T0258704

Mark Twain, seudónimo de Samuel Langhorne Clemens, nació en Florida, Missouri, en 1835. Pasó su infancia y adolescencia en Hannibal, a orillas del río Mississippi. En 1861 viajó a Nevada como ayudante personal de su hermano, que acababa de ser nombrado secretario del gobernador. Más tarde, en San Francisco, trabajó en *The Morning Call*. En 1866 realizó un viaje de seis meses por las islas Hawái y al año siguiente embarcó hacia Europa. Resultado de este último viaje fue uno de sus primeros éxitos editoriales, *Inocentes en el extranjero*, publicado en 1869. En 1876 publicó su segunda obra de gran éxito, *Las aventuras de Tom Sawyer*, y en 1884 la que los críticos consideran su mejor obra, *Las aventuras de Huckleberry Finn*. Murió en 1910 en Redding, Connecticut.

Charles Neider (1915-2001) fue un escritor y reconocido experto en la obra de Mark Twain, a la que dedicó buena parte de su vida literaria; publicó una biografía del novelista estadounidense y editó varias de su obras.

MARK TWAIN

Cuentos completos

Introducción de
CHARLES NEIDER

Traducciones de
MIGUEL TEMPRANO GARCÍA
J. RIUS
FERNANDO TRÍAS BERISTAIN
PEDRO ELÍAS
JULIÁN PEIRO
LESLIE READER
VICENTE GARCÍA GUIJARRO
AMANDO LÁZARO ROS
LAURA RINS

PENGUIN CLÁSICOS

Papel certificado por el Forest Stewardship Council®

Primera edición: febrero de 2016
Quinta reimpresión: noviembre de 2023

PENGUIN, el logo de Penguin y la imagen comercial asociada son marcas registradas
de Penguin Books Limited y se utilizan bajo licencia.

© 2010, 2015, Penguin Random House Grupo Editorial, S. A. U.
Travessera de Gràcia, 47-49. 08021 Barcelona
© Miguel Temprano García, J. Rius, Fernando Trías Beristain, Pedro Elías, Julián Peiro,
Leslie Reader, Vicente García Guijarro, Amando Lázaro Ros y Laura Rins, por la traducción
© Charles Neider, por la traducción
Diseño de la cubierta: Penguin Random House Grupo Editorial / Andreu Barberan
Fotografía de la cubierta: © Getty Images

Printed in Spain – Impreso en España

ISBN: 978-84-9105-052-0
Depósito legal: B-25.865-2015

Compuesto en gama, s. l.

Impreso en Arteos Digital, S. L.

PG 2661 A

Índice

INTRODUCCIÓN

No hace mucho estaba leyendo *Pasando fatigas* de Mark Twain cuando sentí curiosidad por su costumbre de incluir historias puramente ficticias en una obra de no ficción, historias que quedaban allí mezcladas solo porque en ese momento las tenía en mente y eran buenas. En *Pasando fatigas* encontré cinco de esas historias, y me pregunté si en otros de sus textos de no ficción habría más. Pues claro que las había: dos en *Un vagabundo en el extranjero*, tres en *La vida en el Mississippi*, y tres más en *Viaje alrededor del mundo, siguiendo el Ecuador*. «¡Qué costumbre tan curiosa!», pensé. Pero Twain es un cúmulo de costumbres curiosas, tanto en lo personal como en lo literario, y eso puede gustar o no. A mí me gusta. Es precisamente esa falta de convencionalismos, como figura literaria y como ser humano, lo que lo hace tan atractivo a quienes disfrutan con él.

«En rigor, no obstante, esas historias no pertenecen a los libros en los que quedan recogidas —pensé—. Su lugar está entre los otros cuentos, entre los relatos que se reconocen claramente como tales. Deberían quedar recogidas en una recopilación junto con los demás. A ver si lo están.» Y, así, fui a la biblioteca de la Universidad de Columbia, donde descubrí, para mi sorpresa, que no existía ninguna compilación de sus relatos por separado de los ensayos, anécdotas y similares.

He aquí un hombre, un gran hombre, un monumento nacional, podría decirse, que falleció hace más de cuarenta años y aún no se han recopilado sus relatos, y en cambio escritores menores que han muerto hace mucho menos o incluso que están vivos han recibido ese homenaje por parte del mundo editorial y los lectores. ¿Por qué? ¿Se debe a que no es un buen escritor de relatos? Sin embargo, es reconocido por haber escrito algunos maravillosos y creo que en general se le considera uno de nuestros mejores autores de ese género. ¿Se debe a que su producción es tan extensa, variada y popular que sus relatos han quedado eclipsados (por sus novelas y libros de viaje)? ¿O tal vez a que no era un formalista y no publicó sus relatos cortos estrictamente como tales?

A lo largo de su vida los cuentos aparecieron en volúmenes que solo puedo catalogar de misceláneos, puesto que contienen anécdotas, chistes, cartas, reflexiones, etcétera; toda clase de textos de no ficción serios y humorísticos junto con algunos de ficción. Twain era un hombre muy laxo con respecto a los límites. Algunas de sus obras cortas fluctúan entre la ficción y la realidad. Y tenía ideas muy claras sobre el atractivo de las sorpresas. Cuando era editor le pidió a William Dean Howells, su amigo, que preparara una recopilación de relatos de aventuras reales. Howells las dispuso siguiendo un orden, y cuando Twain lo revisó le recomendó con amabilidad que lo mezclara todo, que aportara variedad para que el lector se sorprendiera. El esquema formal le resultaba tan cómodo como un cuello apretado, algo que difiere considerablemente de las ideas francesas que eran populares entonces, y lo siguen siendo. Tal vez sea su falta de convencionalismos, su insistencia en prescindir de la forma, lo que haya dejado sus relatos en la sombra.

Twain no desconocía su rechazo por la forma. No sé si cuando defendía esa postura lo hacía para racionalizar alguna carencia literaria o no. Lo que sé es que era su filosofía. Seis años antes de morir, cuando dictaba fragmentos de su auto-

—y no es este el lugar para tratar de expresar con exactitud en qué consiste o debería consistir— podemos expresar con cierta seguridad lo que no es. No es un fragmento de autobiografía o biografía; no es una crónica, sin matices, de un hecho histórico; no es un chiste ni una historia graciosa sin más; no es un sermón moralizante, proceda o no del púlpito; no es, en resumen, ninguno de los pequeños textos que solían escribirse en el Viejo Oeste para incluirlos en periódicos o revistas y cuya creación resultó ser, en parte y por suerte, obra de Twain. Un cuento es algo que, a través de un largo proceso de evolución, ha llegado a tener vida propia. Obedece sus propias leyes, gobierna su propio territorio. Y ya lo hacía cuando Twain empezó a escribir.

Twain tenía temperamento de escritor, pero carecía de conciencia de escritor. Su genio era en esencia producto del Oeste, su fuerza era su tierra, sus gentes, su lengua y su sentido del humor. De lo que carecía era de una forjada conciencia del Este que le permitiera pulir la riqueza natural de la que gozaba. Tal vez esa conciencia lo hubiera inhibido y hubiera acabado por echarlo a perder. Aunque, quizá, él sabía mejor que nadie lo que necesitaba. Lo que tenía, lo tenía en abundancia: la capacidad innata de hablar por los codos. Sabía muy bien en qué consistía una historia, para qué servía y qué hacer con ella. No creía que necesitaran adornos, y las contaba de forma directa, sin ceremoniales. Su algazara es notable: su afición por las muecas, el monólogo, los dialectos y las caricaturas. Es un gran defensor de las fábulas imposibles, de ir amontonando un detalle sobre otro hasta que la historia acaba por desmoronarse. En sus pasajes más brillantes es divertidísimo, y sus relatos están llenos de ellos, como el lector descubrirá.

Muchas veces se ha dicho que sus cuentos forman una parte importante de nuestro patrimonio literario. Resultaría difícil, si no imposible, rebatir esa afirmación, suponiendo que uno quisiera intentarlo. También forman parte de nuestro folclore. Twain es el escritor que más se le aproxima, nuestro narrador de cuentos populares. El de la rana saltadora es un relato estadounidense vivo que todos los años se representa en el condado de Calaveras. Sean cuales sean sus remotos orígenes (se ha afirmado que es muy parecido a un viejo cuento griego, que a su vez es probable que proceda de otro cuento hindú, y así hasta el infinito), ahora es nuestro relato, que refleja algo en nosotros. «El hombre que corrompió a Hadleyburg» forma parte de nuestro patrimonio moral. Un estadounidense rebelde y creativo, Frank Lloyd Wright, me escribió que de todos los relatos cortos ese era su favorito. Esos cuentos, junto con varios más, entre los cuales se encuentran «Un legado de treinta mil dólares» y «El billete de un millón de libras», se han incluido en muchas antologías. Cuentos de indignación moral como «La historia de un caballo», y otros escritos para sorprender, como por ejemplo «Extracto de la visita que el capitán Tormentas hizo a los cielos», no tienen menos fuerza e importancia aunque sean menos populares. ¿Quiénes son nuestros escritores de relatos? Irving, Hawthorne, Poe, James, Melville, O. Henry, Bret Harte, Hemingway, Faulkner, Porter... Esos son los nombres que acuden a mi mente sin reflexión previa, aunque mi gusto no se extiende a O. Henry y Harte, y encuentra muchas pegas a Faulkner. A Twain lo sitúo entre los mejores.

Twain es un hombre peligroso a la hora de escribir sobre él. A menos que lo abordes con sentido del humor, estás perdido. No se puede diseccionar a un humorista. Al primer golpe lo matas y lo conviertes en un escritor trágico. Debes aproximarte a Twain con una sonrisa. Es su prerrogativa: puede conseguir que lo logres o que falles. Un importante crítico estadounidense realizó un brillante estudio sobre él. El único problema es que a lo largo del texto creía estar describiendo a Twain cuando en realidad estaba describiendo a otra persona, quizá a sí mismo. El crítico no tenía sentido del humor, y su error fue comparable al de aquel sin oído musical que escribió sobre Beethoven. Dios no permita que intente diseccionar a Mark Twain. En él lo maravilloso no consiste en el detallismo constante, ni en la vida cotidiana, es todo en general, el contorno, la personalidad que emana. ¿Quién querría, estando en este lugar, intentar diseccionarlo? Tan solo expondré con brevedad algunas ideas, y si a veces parezco crítico, que el lector recuerde que adoro la honestidad de este hombre.

Twain deja brotar su escritura a raudales, y arroja en ella todas sus dotes. A veces se lleva por delante todo lo que encuentra, pero otras fracasa de forma ingenua. No es el tipo de escritor versátil que triunfa de igual forma sea lo que sea lo que tiene entre manos. Es difícil creer que pudo haber escrito meticulosos ensayos de viaje como los de Hawthorne, o las críticas delicadas y sutiles de James. Sin embargo, a veces parece haber intentado ambas cosas. Andaba por ahí con un sable y a veces intentaba usarlo para cazar mariposas. Escribía muy deprisa y sentía el orgullo de un niño ante su producción diaria. No se esforzaba por obtener un efecto pulido, o, más bien, lo hacía muy raras veces. Cuando le cambiaba el humor dejaba de escribir y abandonaba el manuscrito, en ocasiones durante años. No era un buen juez de su trabajo. Pero como era en esencia un hombre de buen talante, rara vez dejaba de lado el humor en lo que concierne a la relación con su trabajo. En ese aspecto no se parecía a Flaubert, ni a Proust, ni a James. Dejar de lado la benevolencia hacia uno mismo —o hacia la propia producción— puede resultar una gran ventaja a veces. Ser equilibrado no siempre garantiza un trabajo de mayor calidad.

En los escritos de Twain se aprecia —en el relato de Hadleyburg, por ejemplo— una especie de ingenuidad que parece literaria, como un rechazo a teñir la prosa de la sofisticación del hombre maduro. Sin duda eso refleja en cierta medida la actitud que adoptaba en relación con el acto de escribir y con la naturaleza de sus lectores. La escritura no era el hombre al completo, incluso a veces puede que fuera su parte menor. Y entre sus lectores, según parece apreciarse, como en su familia, hay muchas mujeres, mujeres ingenuas, protegidas de la dolorosa realidad del mundo masculino. La influencia de lo moral en la obra de Twain suele ser considerable, pero la puramente literaria, la estética, es de vez en cuando tan débil que resulta tan solo un goteo. Esta última, imposible de definir, es la que se necesita para crear una obra de arte. En algunos casos procede de momentos de bienestar sin límites; en otros, del abismo de la frustración o la desesperación. Pero, sea cual sea la causa, la tensión debe estar presente, dentro de uno, para que se consiga el efecto. Su exceso puede resultar tan devastador para una obra de arte como su defecto, aunque los escritores como Twain suelen pecar más del último.

En su caso, incluso sus páginas menos valiosas tienen algo de placentero, precisamente por una baja tensión. Está relajado y su sentido del humor es contagioso. Twain rara vez intenta superarse, esforzarse por alcanzar un efecto de grandeza. La lección que supone estar relajado mientras se escribe, aunque es peligrosa para los escritores más jóvenes, tiene un valor incalculable para los más maduros. El adecuado equilibrio de las tensiones cuando uno está a punto de sentarse a trabajar —la salud, la relación con lo material, la capacidad lingüística del momento, el papel de la propia mente— es en realidad lo que suele llamarse inspiración. El equilibrio lo es todo: el continente, que consiste en nuestro complejo estado de ánimo, debe acoger al milímetro aquello que contiene, que es el material bruto a punto de ser transformado en arte. Es una lástima que Twain no se tomara a menudo la molestia de encontrar el justo equilibrio en sí mismo. Pero por lo menos sustituyó eso con otra virtud. En alguna parte dice, con ironía, que tenía por costumbre hacer las cosas y pensarlas después. Uno compara ese hábito con el contrario, el de reflexionar hasta un punto enfermizo, cosa que se aprecia en las últimas obras de Melville y James, y también en parte de las obras de Thomas Mann y Marcel Proust.

Twain no se esfuerza por ser un artista (palabra que seguramente él habría pronunciado al estilo británico, y con una sonrisa). Se sentía más cómodo con el término «periodista». Creció siendo periodista, como Dickens, y era uno de esos escritorzuelos entusiastas del siglo XIX que pasaron al lado de la literatura sin apenas darse cuenta. Tenía instinto de periodista, igual que Defoe, aunque no Hawthorne y James. Eso no tiene por qué suponer por fuerza un impedimento a la hora de crear literatura. No desde el momento en que estimula la conciencia de escribir para un público, la conciencia de un escenario y el uso del habla nativa y del saber popular. Desde el momento que anima una discusión en términos populares con una genialidad poco habitual, tratamos con un don muy poco corriente. También es normal que sus limitaciones sean grandes, las de lo conocido, y en especial de lo que resulta conocido para un grupo en particular. La escritura de Twain era casi siempre un medio para lograr un fin. Tenía unos cuantos objetivos impersonales en mente en relación con la forma, la experimentación, la consistencia, el diseño. Gozaba del toque de lo popular y sabía que era una bendición. Esto lo enriquecía y lo hizo famoso en todo el mundo.

Poseía en un grado limitado el oficio del escritor que ve su prosa, que la examina con cuidado, buscando su diseño y su efecto, mientras al mismo tiempo escucha su música. Flaubert y Joyce eran escritores que veían muchísimo, no por casualidad en sus obras hallamos un gran esplendor de imágenes visuales. La inteligencia visual puede actuar como estricto control de la auditiva, que puede resultar incontrolable, como las malas hierbas, hasta que uno acaba escribiendo sonidos por el puro placer de escucharlos. James, en su última etapa, dictaba gran parte de su narrativa, y como resultado sus obras de ese período están marcadas por la prolijidad, la falta de fuerza y cierta vaguedad en el significado. Por supuesto, puede alegarse que adoptó ese método para satisfacer las necesidades de una genialidad en decadencia. El problema aquí radica en que es una tarea difícil registrar y comprobar la decadencia real de su genialidad separándola de los tics de los que había empezado a adolecer. Uno se pregunta si el sentido visual en la literatura, sobre todo en términos de diseño formal, no ha pecado de exceso de ambición en nuestro siglo con la producción de obras como el *Ulises* de Joyce, *José y sus hermanos* de Mann y partes de la gran novela de Proust, y si el impulso de sus excesos no se debió en parte a los abusos del sentido auditivo, tal como se ha observado en un escritor de la talla de Dickens.

En buena parte, la grandeza de Twain se debe a que oía muy bien. Sus diálogos son extraordinarios. A veces uno se pregunta si tenía mucha memoria auditiva. Su capacidad de imitar estilos de habla, con todo un despliegue de detalles precisos, es en verdad notable. Su biógrafo, Albert Bigelow Paine, escribió:

> También durante la cena tenía el hábito, entre platos, de levantarse de la mesa y caminar de un lado a otro de la habitación, agitando la servilleta y hablando, hablando sin parar y con una gracia que jamás habría podido igualar del todo con la pluma. En opinión de la mayoría de quienes conocieron en persona a Mark Twain, sus palabras improvisadas, expresadas con aquella inefable habilidad para el discurso, manifestaban la culminación de su genialidad.

Twain y la tradición oral: ambos están relacionados con la frontera. Sin embargo, algunos de sus principales defectos proceden directamente de esa parte de su genialidad. Alguna que otra falta de consistencia, una especie de estructura o ritmo de vodevil para producir efecto, un exceso de indulgencia en el aspecto burlesco, la sensación de que está dando un sermón desde una tarima. Al principio de su carrera pública alcanzó el éxito como profesor y orador, y sin duda ese éxito, esa práctica, esa confianza consolidada en un talento que debía de hacer tiempo que sabía que poseía, tuvo una influencia decisiva en su trabajo.

En la obra de Twain hay cierta transparencia, como la que se halla en los cuentos de hadas. Uno capta los mecanismos por detrás de la cortina de seda. Pero en esa transparencia hay una especie de fuerza también presente en esos cuentos, un conocimiento previo de los acontecimientos, un gusto por la repetición, por explicar lo que ya se conoce, una suerte de conjuro tribal. También hay algo de abstracto en parte de su ficción, una especie de aproximación geométrica al arte de la narrativa que, para el lector moderno, no acaba de resultar satisfactoria. Me refiero a obras como *El conde americano* y *La tragedia de Wilson Cabezahueca*. La última es una obra muy imperfecta, cuyas imprecisiones permiten rastrear su creación de buen principio, o más bien de mal principio, un hecho que el mismo Twain llegó a revelar hasta cierto punto. Pero cuando habla con su propia voz, con su ritmo, sus formas idiomáticas y su dialecto, tal como hace en muchos de sus relatos, es único, estrafalario, maravilloso, un ejemplo de inspiración.

Este hombre adoraba los recursos efectistas tal como en la frontera se veneraban las bromas. Afirmaba haber sido el primer usuario del teléfono privado, el primer escritor en utilizar una máquina de escribir, el primer autor en dictar su obra en la grabadora de un fonógrafo. Saltaba de invento a invento con la pasión de un jugador empedernido, y perdió la camisa. A veces el abuso de los recursos efectistas le hace perder la camisa literaria. Su obra favorita de entre las que escribió era *Juana de Arco*, en la que pretendía relatar los recuerdos de un amigo de Juana. Es sentimental y aburrido, lo cual resulta previsible, ya que no está narrado con la voz y el estilo característicos de Twain.

Es indiscutible que él, como muchos otros novelistas del siglo XIX, peca a veces de añadir paja. A menudo eso se debe al aspecto económico de la producción de libros en su época. La obra de dos volúmenes, que solía venderse mediante suscripción, a menudo por entregas, era tan importante en aquellos tiempos como ahora. Si un escritor solo contaba con un libro y medio, era un desastre. Tenía que obtener de algún modo la parte restante o tirar la toalla. El efecto que ello produce puede apreciarse en todos los autores, desde Dickens hasta James. Si olvidamos ese punto, es probable que reparemos en la longitud de las novelas del siglo XIX y pensemos: «En aquellos tiempos los escritores eran gigantes». Sí que lo eran, pero está claro que muchas de esas novelas necesitan una poda, desde nuestro punto de vista.

Hay una nueva forma de añadir contenido de relleno que ha tenido su florecimiento en nuestro siglo y que no se debe a lo antes citado, que prácticamente prescinde del aspecto económico de forma consciente. Es el caso de Joyce, Proust, Mann, Faulkner. Sospecho que esa forma de agregar volumen tiene su motivo en una sutil e inocua forma de megalomanía, el deseo de llenar callejones sin salida de tal modo que nadie pueda añadirles ni una coma. Es hora de que la novela de proporciones elegantes recupere su fama y su valor, una novela que por su intensidad, elasticidad, forma y armonía alcanza lo que las de otros tiempos conseguían con el grosor. Una ballena no es, por definición, mejor que un tiburón.

Casi huelga añadir que en el relato corto el impulso o la necesidad de añadir paja eran mínimos, y en consecuencia en los cuentos de Twain abundan menos los recursos efectistas que en la mayoría de sus obras extensas. Incluso podría decirse que se sentía más cómodo con ellos, que era la forma que le resultaba más agradable, siéndole de tanto deleite explicar historias. Era la forma que expresaba de manera más precisa su «voz» particular. De hecho, algunas de sus obras extensas son una serie de relatos colocados uno detrás de otro en lugar de tener una estructura propia.

A pesar de sus grandes éxitos seguía siendo un escritor no satisfecho ni integrado de gusto indefinido. En *Un vagabun-*

do en el extranjero, por ejemplo, a menudo siente deseos de hacer una descripción seria de las escenas, influido por la belleza del paisaje y el hecho de haber tomado notas detalladas. Ello entra en conflicto con el deseo de resultar divertido, o con el nerviosismo por temer que la atención del lector decaiga. Interrumpe las descripciones para introducir palabras y frases estrafalarias en lengua foránea sin ninguna gracia, creando un batiburrillo de mal gusto, aburrido y que supone una afrenta a su considerable talento descriptivo. Su autobiografía es un buen ejemplo, aunque tardío, de ello. No la escribió de forma cronológica —no pudo—, sino que saltaba de un punto a otro, adonde lo llevaran su ociosa memoria (no siempre fiable) y una serie de asociaciones al azar, y unas veces se detenía en los detalles menores mientras que otras trataba los acontecimientos importantes por encima y de forma precipitada. Es un documento de Estados Unidos importante y olvidado, y es lógico que haya sido así puesto que resulta casi imposible de leer en su forma efectiva, una secuencia confusa de hechos en la que se mezclan párrafos de periodismo cotidiano de la época en que lo escribió. Y, sin embargo, lo notable es que se trata de una obra extraordinaria y solo necesita una mano experta que la componga de forma adecuada. Está preparada para convertirse en un clásico de su género, aunque su estado actual corresponde al de un borrador. Twain no siempre reconocía la diferencia entre un borrador y el producto acabado, al revés que Henry James, quien a veces confundía afinar la prosa con convertirla en el propio material vivo del que procedía.

Es probable que el mayor equilibrio en Twain se encuentre en sus cartas, donde podía ser él mismo sin tener que complacer a quienes creía que eran sus lectores y satisfacer sus exigencias (reales o imaginarias) de incluir más fragmentos humorísticos propios de su estilo. Era, en cierto sentido, esclavo de sus lectores; o, más preciso, de lo que creía su deber para con los lectores. Cuando Twain es de verdad él mismo resulta magnífico. Con qué belleza, con qué franqueza, con qué sensibilidad escribe inmerso en un momento de emoción profunda, como cuando plasmó sus pensamientos instantes después de la muerte de su hija Jean. Entonces no hay matices falsos, no hay tensión alguna en su prosa. Sientes que es un hombre, único y grande, honesto, noble, en cierto modo sublime.

Sus mejores libros, a excepción de los de viaje, son los que transcurren en el Oeste, y estos últimos deben en gran medida su parte humorística, su genialidad y su sabiduría a la tendencia fronteriza de Twain. El sentimentalismo de esa zona lo abarca todo: desde una exagerada consideración con las mujeres hasta el sadismo más mortífero; la falta de formas en el comportamiento social, junto con ciertos códigos de conducta que rayan la delincuencia juvenil; el relativo desprecio de la lengua escrita en contraste con la hablada; el vocabulario subido de tono; las actitudes hacia los urbanitas y el Este, que se consideran casi sinónimos; la impaciencia con respecto a los medios y los principios de la ley... Todas esas características de la frontera estadounidense se encuentran en sus mejores obras, y son su motor. También están presentes de un modo más disimulado en su famoso descendiente, Ernest Hemingway.

Hombre de Missouri, Twain decía con escepticismo a Europa y al mundo: «Demostrádmelo». Ese concepto era nuevo en el Este, donde la veneración del viejo continente estaba en boga entre los literatos, igual que hoy en día. París, Roma, Londres, se consideran aún los templos del aprendizaje literario, o, si no, de la práctica literaria; y si no de la práctica, de la conciencia literaria. Twain iba más allá. Al habitante del Oeste, Europa le parece remota, y sus problemas —unos problemas manidos, muy manidos— casi producto de una obstinada imaginación, o, en todo caso, un sueño muy olvidado y a la vez todavía presente, un regusto amargo, un desasosiego atenazador en algún remoto confín de la mente. El clima y los espacios amplios expresan con elocuencia el hoy y el mañana. Europa, como el Este, es un ayer deslucido.

Twain puede ser muy sarcástico al volver las tornas y revelar el engaño. En su época estaba de moda entre los europeos, algunos de los cuales eran ilustres figuras de la literatura, como Dickens, redactar irónicas reseñas sobre los «salvajes» Estados Unidos. Twain, que se autonombró embajador, les devolvió el favor con intereses, ofreciendo una visión progresista de los estadounidenses y otra diferente de Europa, como una pieza de museo de la barroca humanidad. La sal en la herida es consecuencia de que esa visión tiene gran parte de verdad, como Hawthorne había ya insinuado en sus *Cuadernos ingleses*. Twain jamás dio con un símbolo más acertado que la lengua alemana, la cual fue, por su parte, objeto de una sátira tan aguda y tan ingeniosa que incluso hubo muchos alemanes que rieron y apreciaron la verdad de lo que daba a entender. Twain gozaba de una maravillosa sabiduría. Es en esencia tan cuerdo que su compañía resulta vivificante. Por su forma de vida parecía decir: «Pertenezco al clan de los escritores, pero soy más cuerdo que ellos. Yo sé disfrutar de la vida». De un hombre así se espera que viva muchos años. Él los vivió, igual que Tólstoi, y, como él, con frecuencia conseguía escribir sin artificios.

Ha sucedido en otros países que lo que en un momento dado recibe un trato condescendiente por no considerarse merecedor de ser llamado arte se convierte de forma indiscutible, casi de la noche a la mañana, en una forma artística de las más elevadas. Sucedió en Alemania y en Rusia a principios del siglo pasado. Creo que sucederá en nuestro país cuando las leyendas y los mitos del Oeste, y el folclore, pasen a ser la base de una forma sofisticada de conocimiento. No falta esnobismo entre los intelectuales del Este en relación con los materiales procedentes del Oeste. Algunos escritores y críticos académicos que disfrutan con los westerns se burlan de la idea de que en el ámbito más serio de la novela puedan utilizarse los mismos materiales para conseguir un efecto favorable y verdadero. Puede que la frontera sea obsoleta, que haya desaparecido; sin duda es así, en un sentido geográfico. Pero existen otras fronteras —la del matiz cultural, por ejemplo—, y también son importantes. Contienen elementos que se originan o se inspiran en la frontera geográfica. Esta ha sido absorbida por la tierra, y si para el aventurero tal cosa es una calamidad, no tiene por qué serlo para el artista, en particular para el escritor. En el Oeste hay un sentido de desinhibición del que el Este ha carecido durante mucho tiempo. Sobre él planea el fantasma de Europa.

A mí me parece que el Oeste producirá una literatura importante y fecunda, y que esa literatura, aunque será libre en su tono y su discurso de un modo que resulta imposible que lo sea la de Nueva Inglaterra, será no obstante sofisticada, sabrá de lo que habla, comprenderá el significado de la herencia y de la tradición igual que el de la rebelión, y el de su lugar en la gran corriente de la literatura y las artes. El hecho de que no haya sido consciente de su valor durante el último medio siglo no puede utilizarse en su contra. Quienes han hecho de ella su profesión son, por desgracia, provincianos, y o bien albergan un resentimiento innecesario hacia el Este o bien lo temen. Tal vez quienes utilicen el material del Oeste en mayor medida y con más éxito no sean precisamente aquellos que proceden de él. No es necesario. Tanto da de dónde procedan.

La influencia personal de Twain ya a lo largo de su vida fue muy importante. La literaria ha sido también considerable, no solo entre los humoristas, sino también entre los novelistas estadounidenses. La prosa de acción de Hemingway y su lenguaje de tendencia oral son una herencia directa. El propio Hemingway dijo que la literatura estadounidense empieza con un libro, *Las aventuras de Huckleberry Finn*, lo cual resulta una obvia exageración tan de su estilo, pero indica la consideración en que tenía a Twain. Este es un escritor recio, es por excelencia el autor que llama a las cosas por su nombre, el que se esfuerza en establecer una correspondencia precisa entre la realidad tal como él la experimenta y la que aparece en sus libros. También eso es lo que persigue Hemingway; en ello consiste su verdadera pasión. Lo que lo hace grande es que tiene la capacidad de apreciar dónde, en este complejo mundo, puede entrar en contacto con lo que para él es la verdadera experiencia; el valor para buscar esos lugares y, en palabras de James, saturarse de ellos; la pasión para encontrar las palabras —las palabras frescas, según su propio estilo— en las que hacer encajar su experiencia. Como Twain, Hemingway da la impresión de ser un gran escritor solo por casualidad. La escritura va a remolque de su vida. Eso dista mucho del ejemplo de James y Flaubert, que parecían vivir solo para su trabajo, y cuya pasión, moral, inteligencia y religión fueron sacrificadas por su obra y quedaron diluidas en ella.

El gusto por Twain ha disminuido en los últimos cuarenta años. Se le ha considerado perteneciente a otra época, a la de la cromolitografía y la franela, alguien de un optimismo extraordinario, con una capacidad de autocrítica nacional de la que hoy raramente se goza. A pesar de su hombría fronteriza resulta demasiado frívolo, demasiado juvenil, demasiado rodeado de mujeres para satisfacer por completo el gusto del país. Pero es un sólido monumento de las letras estadounidenses y una lección de valor incalculable para nuestros jóvenes novelistas. Su lección dice así: no menosprecies las fuentes de donde hayas nacido; recuerda que el periodismo de ayer puede convertirse en la literatura de mañana; imprégnate del lenguaje vivo, y no olvides que el humor proporciona larga vida y que la musa no te exige que trabajes con el ceño fruncido.

Charles Neider
Pacific Palisades
California

CRONOLOGÍA

30 XI 1835   Samuel Langhorne Clemens —más tarde conocido como Mark Twain— nace en Florida, un pueblo del nordeste de Missouri. Es el sexto de los siete hijos de John Marshall y Jane Lampton Clemens, y sobrevivirá a todos sus hermanos, a su esposa y a tres de sus cuatro hijos.

1839-1853   Vive en Hannibal, una población de Missouri situada a orillas del río Mississippi en la que se inspirará más tarde para crear San Petersburgo, el pueblo ficticio de *Las aventuras de Tom Sawyer* y *Las aventuras de Huckleberry Finn*. Tras dejar la escuela a los once años, hace trabajos de impresión para periódicos locales, entre ellos el de su hermano Orion, y escribe relatos cortos y ensayos.

24 III 1847   La muerte de John Marshall Clemens deja a su familia sumida en la pobreza.

1853-1856   Sam Clemens abandona Missouri para trabajar como impresor en San Luis, Filadelfia y Nueva York. Tras regresar al Medio Oeste, desempeña un trabajo similar para Orion en el sur de Iowa.

V 1857-IV 1861	Pasa dos años formándose como piloto de barcos de vapor en el Mississippi —sobre todo bajo la dirección de Horace Bixby— y dos años más trabajando como piloto titulado.
13 VI 1858	El vapor *Pennsylvania* explota al sur de Memphis, hiriendo de gravedad a su hermano menor, Henry, que muere ocho días después.
12 IV 1861	Estalla la guerra de Secesión cuando los confederados atacan Fort Sumter, en Charleston, Carolina del Sur. Clemens, que está en Nueva Orleans, no tardará en tener que renunciar a su carrera de piloto cuando la guerra interrumpa el tráfico de vapores en el curso inferior del Mississippi.
VI 1861	Clemens se une durante dos semanas a una compañía de milicianos confederados llamada a filas por el gobernador del estado.
VII 1861	Cruza las llanuras con su hermano Orion, que ha sido nombrado secretario del gobernador del territorio de Nevada, creado recientemente.
VII 1861-IX 1862	Lleva a cabo labores de minero en el oeste de Nevada.
IX 1862-V 1864	Trabaja como periodista para el *Virginia City Territorial Enterprise*.
3 II 1863	Utiliza por primera vez el seudónimo «Mark Twain» en un reportaje escrito en Carson City para el *Enterprise*.

VI 1864-XII 1866	Tras mudarse a California, durante un tiempo breve realiza tareas de periodista para *The Morning Call*, hace prospecciones en las agotadas minas de oro de los condados de Tuolumne y Calaveras, y escribe para diversas publicaciones.
18 XI 1865	La publicación de su relato sobre una rana saltadora en el *Saturday Press* de Nueva York contribuye a forjar su reputación en todo el país.
III-VIII 1866	Visita las islas Hawái como corresponsal del *Sacramento Union*. A su regreso a San Francisco, inicia una larga y exitosa carrera como conferenciante hablando de las islas en el norte de California y el oeste de Nevada.
14 V 1867	Publica su primer libro, *La célebre rana saltadora del condado de Calaveras*.
VI-XI 1867	Recorre la costa europea del Mediterráneo y de Tierra Santa en el crucero *Quaker City*. Sus cartas de viaje a los periódicos de San Francisco y Nueva York se reimprimen en numerosas ocasiones, lo que aumenta su reputación. A su regreso, Elisha Bliss, de la American Publishing Co. (APC) de Hartford, Connecticut, lo invita a escribir un libro sobre sus viajes, que se convertirá en *Inocentes en el extranjero*.

I-VIII 1875	Publica en el *Atlantic Monthly Viejos tiempos en el Mississippi*, su primera obra larga sobre la navegación a vapor, en una serie compuesta por siete partes.
5 VII 1875	Informa a Willian Dean Howells que ha terminado de escribir *Tom Sawyer* y se pone a dramatizar el relato.
21 VII 1875	APC publica *Mark Twain's Sketches New and Old*.
5 XI 1875	Entrega a APC el manuscrito de *Tom Sawyer*.
9 VI 1876	*Tom Sawyer* se publica primero en Inglaterra porque la edición estadounidense se retrasa.
28 VI 1876	Belford Brothers, de Canadá, publica una edición pirata de *Tom Sawyer* que no tarda en inundar los mercados americanos.
En torno al 8 XII 1876	APC publica la primera edición estadounidense de *Tom Sawyer*.
17 XII 1877	Clemens pronuncia un discurso burlesco en un banquete celebrado en Boston con ocasión del cumpleaños del poeta John Greenleaf Whittier que más tarde le causa un gran bochorno.

IV 1878-VIII 1879   Viaja por Europa occidental con su familia.

12 XI 1879   Pronuncia un discurso triunfante en Chicago en honor al general Ulysses S. Grant en una reunión del ejército de la Unión.

13 III 1880   APC publica *Un vagabundo en el extranjero*, relato novelado de diversos episodios de los recientes viajes europeos de Clemens.

12 XII 1881   James Osgood, de Boston, publica *El príncipe y el mendigo*, novela de Clemens sobre unos muchachos que se intercambian los papeles en la Inglaterra del siglo XVI.

IV-V 1882   Clemens viaja en vapor desde San Luis, Missouri, hasta Nueva Orleans, y luego remonta el río hasta Saint Paul, Minnesota, a fin de reunir material para su futuro libro *La vida en el Mississippi*.

17 V 1883   James Osgood publica *La vida en el Mississippi*, obra que amplía los artículos de «Viejos tiempos en el Mississippi» y añade material nuevo procedente del regreso de Clemens al río en 1882.

1 V 1884   Clemens funda su propia editorial, Charles L. Webster & Co., con Webster, su sobrino político, como presidente de la empresa.

VII 1884	Empieza a escribir una continuación inacabada de *Huckleberry Finn* que se publicará el 20 de diciembre de 1968 en la revista *Life*, con el título de «Huck Finn y Tom Sawyer entre los indios».
10 XII 1884	Chatto & Windus publica por primera vez *Huckleberry Finn* en Inglaterra. La editorial se convertirá en la única casa inglesa autorizada por Clemens.
18 II 1885	Webster publica tardíamente en Estados Unidos *Huckleberry Finn*.
10 XII 1889	Webster publica *Un yanqui en la corte del rey Arturo*, una novela de Clemens sobre un estadounidense contemporáneo que regresa a la Inglaterra del siglo VI.
27 X 1890	Jane Lampton Clemens, la madre del autor, muere a los ochenta y siete años de edad.
VI 1891-V 1895	La familia cierra la casa de Hartford —a la que nunca regresará— y se va a vivir a Europa para reducir sus gastos. Mientras recorre Europa occidental, Clemens realiza numerosos viajes breves a Estados Unidos para cuidar de sus intereses comerciales en declive.
V 1892	Webster publica *El conde americano*, una novela de Clemens sobre un estadounidense que afirma ser heredero de un condado inglés.

1893-1894	Clemens publica *Tom Sawyer en el extranjero*, primero como novela por entregas en la revista *St. Nicholas* y luego como el último libro editado por su firma Webster & Co., que quiebra en abril de 1894.
28 XI 1894	APC publica *La tragedia de Wilson Cabezahueca*, una novela sobre la esclavitud y el mestizaje, ambientada en un pueblo ficticio de Missouri inspirado en Hannibal.
IV 1895-IV 1896	*Harper's Magazine* publica por entregas la novela *Juana de Arco. La asombrosa aventura de la Doncella de Orléans*, que más tarde es editada en forma de libro por Harper and Brothers, la nueva editorial estadounidense autorizada por Clemens que pronto empezará a reeditar todos sus libros en ediciones uniformes.
V 1895-VII 1896	Clemens abandona Inglaterra con su familia para iniciar una gira de conferencias por todo el mundo. Tras veranear en Elmira, Livy, su hija Clara y él viajan a la Columbia Británica, desde donde cruzan el Pacífico hasta Hawái, Fiyi, Australia y Nueva Zelanda, atraviesan el Índico hasta Sri Lanka, India y Sudáfrica, y regresan a Inglaterra. Mientras tanto, sus hijas Susy y Jean se quedan en Elmira. Los beneficios de la gira saldan las deudas de su editorial, y el autor vuelve a Estados Unidos, donde es recibido como un triunfador.
VII 1896-X 1900	Después de que su hija Jean se reúna con ellos, la familia permanece en Europa cuatro años más.

24 XII 1909   Su hija menor, Jean, muere de un ataque al corazón sufrido durante una crisis epiléptica.

I-IV 1910   Visita las Bermudas en su último viaje fuera de
Estados Unidos. Cuando su salud se deteriora
gravemente, Paine viaja hasta allí para acompañarlo de regreso a casa.

21 IV 1910   Samuel Langhorne Clemens muere de un infar-
to en su casa, Stormfield, a los setenta y cuatro
años de edad. Tres días después es enterrado en
el cementerio Woodlawn de Elmira, donde, con
el tiempo, se dará sepultura a todos los miembros de su familia.

Nota sobre la edición

El presente volumen contiene un total de sesenta relatos, trece de ellos recogidos de libros de no ficción. Cubren el abanico completo de las obras de Twain publicadas, desde 1865 hasta 1916, seis años después de su muerte. El texto corresponde a la edición Stormfield de los trabajos de Twain, publicada en 1929 por Harper & Brothers en treinta y siete volúmenes. Los relatos están organizados según el año de su primera publicación, y alfabéticamente cuando en un mismo año se publicó más de uno.

«A Cure for the Blues» es un ejemplo de obra breve que no he incluido; se trata de una especie de crítica paródica de un libro, sin ninguna de las habituales características de los relatos. «The Private History of a Campaign That Failed» es otro ejemplo del mismo caso. Esta es una obra de remembranza que se acerca a la autobiografía y que, de nuevo, es del todo distinta a un cuento.

C. N.

AGRADECIMIENTOS

Deseo expresar mi gratitud a Harper & Brothers y a los herederos de Mark Twain, sin cuya colaboración no habría sido posible publicar este volumen. Debo un reconocimiento especial al señor Frank MacGregor de Harpers y al señor Henry Nash Smith de la Universidad de California (Berkeley) por las atenciones que me han dispensado.

C. N.

Cuentos completos

una temporada en el campamento de Angel. Añadí que, si podía contarme algo acerca de este reverendo Leonidas W. Smiley, le quedaría sumamente agradecido.

Simon Wheeler me condujo hasta un rincón y, tras sentarse, impidiéndome el paso con su silla, emprendió la monótona narración que sigue a este párrafo. No sonrió una sola vez, ni frunció el ceño, ni varió el tono suave y fluido de voz que empleó desde la frase inicial, ni en ningún momento delató la más leve pizca de entusiasmo; pero su interminable narración estuvo recorrida por una vena de seriedad y sinceridad tan impresionantes que me demostró con toda evidencia que, lejos de imaginar que hubiera en su historia algo ridículo o gracioso, la consideraba como algo muy importante y admiraba a sus dos héroes como hombres de trascendente ingenio y *finesse*. Así pues, le dejé que hablara sin interrumpirle ni una sola vez.

—El reverendo Leonidas W. Hummm, reverendo Le... Bueno, aquí hubo una vez un sujeto llamado Jim Smiley, allá por el invierno del cuarenta y nueve, o en la primavera del cincuenta, no recuerdo muy exactamente. De todas formas, pienso que debió de ser en uno de esos años, ya que me acuerdo perfectamente de que cuando llegó aquí no estaba terminada la gran presa del río. En cualquier caso, era el hombre más peculiar que jamás se haya visto: siempre estaba apostando sobre cualquier cosa, con tal de encontrar a alguien que le aceptara la apuesta. Y si no lo encontraba, cambiaba las tornas. Todo lo que planteara el otro, a él ya le estaba bien: con tal de poder apostar, ya se sentía satisfecho. Y, con todo, tenía mucha suerte, una suerte extraordinaria, y por lo general siempre ganaba. Estaba constantemente dispuesto a correr cualquier riesgo; no se podía mencionar una sola cosa sobre la que no se prestara a apostar, sin importarle mucho qué bando tomar, tal como antes le he dicho. ¿Que había una carrera de caballos? Pues allí le tenía usted, todo colorado de alegría o sin un solo cuarto al terminar. ¿Que había una pelea de perros? Pues allí que apostaba. ¿Que había una pelea de gatos? También apostaba. ¿Que era de gallos? Lo mismo. Incluso si veía a dos pájaros posados en alguna rama, apostaba sobre cuál sería el primero en emprender el vuelo. Si se trataba de una asamblea en el campamento, allí acudía él sin falta para apostar por el pastor Walker, a quien tenía por el mejor de los predicadores de por aquí, lo cual era muy cierto, pues era un hombre excelente. Incluso si veía una sabandija arrastrándose hacia algún sitio, le apostaba a usted sobre lo que tardaría en llegar a su destino. Y si le aceptaba la apuesta, era capaz de seguir al bicho hasta México, solo por enterarse de adónde se dirigía y cuánto tiempo le llevaría. Muchos de los chicos de por aquí conocieron a este Smiley y pueden hablarle de él. En fin, que no hacía distingos, todo le parecía bien para apostar, al muy truhán. Una vez, la mujer del pastor Walker estuvo muy enferma durante bastante tiempo, y parecía que no había salvación para ella; pero una mañana el pastor vino por aquí y Smiley le preguntó qué tal seguía su esposa, y el pastor contestó que, gracias a la infinita misericordia de Dios, se encontraba mucho mejor, y que estaba reponiéndose tan bien que, con la bendición de la Providencia, acabaría por curarse del todo. Smiley, sin pararse a pensar, le dijo: «Le apuesto dos dólares y medio a que no sale de esta».

»Este Smiley tenía una yegua a la que los muchachos llamaban "la jaca del cuarto de hora", aunque solo en broma, ¿sabe usted?, porque ya supondrá que era más rápida que eso, y Smiley también ganaba dinero con aquella yegua, a pesar de que era muy lenta y de que siempre sufría de asma, moquillo, consunción o algo por el estilo. Solían concederle doscientas o trescientas yardas de ventaja y aun así acababan pasándola por el camino; pero hacia el final de la carrera se excitaba mucho, como desesperada, y empezaba a trotar y a galopar, agitando las patas en todas direcciones, unas veces en el aire y otras hacia los lados, golpeando las vallas, levantando tanto polvo y armando tal revuelo con sus resoplidos y bufidos, que siempre acababa llegando la primera a la meta, ganando justo por una cabeza.

»También tenía un perro de presa muy pequeño, que cuando lo veías no habrías dado un centavo por él, ya que parecía servir solo para rondar por ahí con cara aviesa y tumbarse cerca de uno esperando la ocasión de robarle algo. Pero en cuanto se apostaba dinero por él, se convertía en un perro diferente: la mandíbula inferior empezaba a adelantársele como el espolón de un barco y sacaba a relucir sus dientes, refulgentes como el fuego. Y el perro adversario ya podía atacarlo y provocarlo, morderlo y revolcarlo por el suelo dos o tres veces, que Andrew Jackson, que así se llamaba el animal, nunca se revolvía contra él, como si estuviera satisfecho de sí mismo, como si ya se hubiera esperado algo así. Y a todo esto las apuestas se iban doblando y doblando a favor del contrario, hasta que no había ya más dinero que apostar. Entonces, de repente, agarraba al otro perro por el lugar preciso de la articulación de la pata trasera, y ya no lo soltaba. No lo mordía, ¿comprende?, sino que se limitaba a aferrarse a él hasta que los otros tiraban la esponja, así tuviera que aguantar un año. Smiley siempre acababa ganando con aquel chucho, hasta el día en que se topó con un perro que no tenía patas traseras, porque se las había cercenado una sierra de esas circulares, y cuando la pelea había proseguido su curso habitual y las apuestas ya estaban en su apogeo, fue el animalillo a agarrarse a su sitio favorito y en ese preciso instante se dio cuenta de que le habían jugado una mala pasada y de que el otro perro lo tenía contra las cuerdas, por así decirlo, y el pequeño chucho pareció muy sorprendido, se le veía como desanimado, sin hacer ya ningún esfuerzo por ganar la pelea, así que acabó muy mal parado. Lanzó a Smiley una mirada que parecía decirle que tenía el corazón destrozado y que la culpa había sido de él, por haberle hecho enfrentarse con un perro que no tenía patas traseras donde agarrarse, siendo como era aquella su salvación en el combate. Después de dar unos cuantos pasos tambaleantes, se tumbó y murió. Era un buen animal, aquel Andrew Jackson, y de haber vivido habría llegado a hacerse un nombre, ya que tenía madera y genio para ello... Estoy seguro de ello, porque, pese a que nunca tuvo oportunidad de demostrarlo y las circunstancias no le acompañaron, no tendría sentido que un perro como aquel pudiera pelear así si no hubiera tenido talento. Siempre me pongo triste cuando pienso en su último combate y en la forma en que acabó.

»Pues sí, este Smiley tenía terriers, gallos de pelea, gatos y toda clase de bestias por el estilo, hasta el punto de no darte tregua, y ya podías presentarte con cualquier animal que él siempre aceptaba la apuesta con el suyo. Una vez cogió una rana, se la llevó a su casa y dijo que iba a dedicarse a educarla, y durante tres meses no hizo otra cosa que enseñar a aquel bicho a saltar en el patio de atrás de su casa. ¡Y vaya si aprendió! Le daba un golpecito en el trasero, y al momento veías la rana surcando los aires como un buñuelo de viento; luego daba una voltereta, o incluso dos si había tomado bastante impulso, y caía con las patas bien planas y en buena postura, como un gato. También la adiestró en el ejercicio de coger moscas, y la sometió a una práctica tan constante que podía atrapar cualquiera que se pusiera al alcance de su vista. Smiley decía que todo lo que necesitaban las ranas era educación, y que podían hacer casi cualquier cosa... y yo le creía. Mire usted, le he visto poner ahí mismo, en el suelo, a Daniela Webster, que así se llamaba la rana, y decirle canturreando: "Moscas, Daniela, moscas", y antes de poder parpadear la rana daba un salto y atrapaba una mosca ahí, en la barra, y volvía a caer al suelo tan firme como una bola de barro, y se ponía a rascarse la cabeza con su pata trasera con la mayor indiferencia, como si no tuviera ni idea de estar haciendo nada más de lo que cualquier otra rana podría hacer. Jamás se ha visto una rana tan modesta y campechana como aquella, a pesar de estar tan bien dotada. Y cuando se trataba de saltar sobre terreno plano, salvaba más espacio de un solo bote que

Es como si le sucediera algo raro... parece como si estuviera hinchada. —Y, cogiendo a Daniela por la piel del cuello, la levantó del suelo—. ¡Que me lleve el diablo si no pesa al menos cinco libras!

»Y, poniéndola boca abajo, la hizo arrojar dos puñados de perdigones. Entonces comprendió la treta y se puso hecho una auténtica furia. Dejó la rana en el suelo y salió en persecución de aquel individuo, sin lograr darle alcance. Y...

Al llegar a este punto, Simon Wheeler oyó que le llamaban desde el patio de delante y fue a ver de qué se trataba. Antes de salir, se volvió hacia mí y me dijo:

—Quédese aquí, forastero, y espéreme. Enseguida vuelvo.

Pero, con el permiso de ustedes, no consideré que la continuación de la historia del emprendedor vagabundo Jim Smiley me proporcionara mucha información concerniente al reverendo Leonidas W. Smiley, así que me dispuse a marcharme.

Ya en la puerta, me encontré al sociable Wheeler, que regresaba, y volvió a engancharme y a reanudar su relato:

—Pues bien, este Smiley tenía una vaca de color amarillento y tuerta, que no tenía por rabo más que un corto muñón, como una banana, y...

Sin embargo, careciendo tanto de tiempo como de disposición para ello, no esperé a escuchar más acerca de aquella desdichada vaca, y me marché.

1865

El cuento del niño malo

Había una vez un niño malo cuyo nombre era Jim; aunque, si se fijan, habrán observado que en los libros de la escuela dominical los niños malos casi siempre se llaman James. Era extraño, y no obstante cierto, que este se llamaba Jim.

Tampoco este niño tenía a la madre enferma: una madre piadosa y enferma con tisis, que con gusto yacería en su tumba y descansaría por fin, si no fuera por el mucho amor que prodigaba a su hijo y por la angustia de que el mundo fuera duro y cruel con él cuando ella faltase. La mayoría de los niños malos de los libros de las escuelas dominicales se llaman James y tienen madres enfermas que les enseñan a decir: «Ahora voy a acostarme...», etcétera, y les arrullan con voz dulce y plañidera, y les dan un beso de buenas noches, arrodilladas junto a la cama y llorando en silencio. Con este ocurría todo lo contrario. Se llamaba Jim y a su madre no le pasaba nada malo: ni tenía tisis ni nada por el estilo. Era más bien robusta, y no era piadosa; y lo que es más, no se preocupaba en absoluto por su hijo. Solía decir que si se rompía la cabeza no iba a perderse gran cosa. Le mandaba a la cama con un sopapo, y jamás le daba un beso de buenas noches; al contrario, antes de dejarlo acostado, le daba unos pescozones detrás de las orejas.

En cierta ocasión, este niño malo robó la llave de la despensa, se coló en ella y se comió un poco de mermelada, y luego rellenó el tarro con alquitrán para que su madre no notara la diferencia; pero no le asaltó de pronto un cruel remordimiento, ni tampoco escuchó ninguna voz que le susurrara: «¿Está bien que desobedezca así a mi madre? ¿No es pecaminoso hacer algo así? ¿Adónde van los niños malos que engullen glotonamente la mermelada de su buena madre?». Y luego no se arrodilló a solas, ni prometió nunca más volver a hacer una maldad así, ni se levantó con el corazón aliviado y feliz, ni se lo contó todo a su madre pidiéndole su perdón, ni fue bendecido por esta con lágrimas de orgullo y agradecimiento en sus ojos. No; así es como se comportan los otros niños malos de los libros; pero, por extraño que parezca, con este Jim sucedía todo lo contrario. Se comió aquella mermelada y, con su forma de hablar vulgar y pecaminosa, dijo que estaba estupenda; y luego rellenó el tarro con alquitrán, y dijo que aquello también era estupendo, y se echó a reír pensando que «cuando la vieja lo descubra va a poner el grito en el cielo»; y cuando la madre lo descubrió, él negó saber absolutamente nada del asunto, y ella le dio una fuerte paliza y él puso los lloros. Todo lo que ocurría con aquel chico era muy curioso: todo resultaba distinto a lo que les sucedía a los James malos de los libros.

En otra ocasión se subió a los manzanos del granjero Acorn para robar manzanas, y no se quebró ninguna rama, haciéndole caer y rompiéndose un brazo, ni tampoco fue atacado por el enorme perro del granjero y tuvo que permanecer en cama durante semanas, teniendo tiempo de arrepentirse y prometer enmendarse en lo sucesivo. Ah, no; robó tantas manzanas como le vino en gana y bajó de los árboles sin ningún percance; y también estuvo preparado para enfrentarse al perro, y en cuanto lo vio venir para echársele encima le arrojó un ladrillo que lo dejó malparado. Era muy extraño: jamás ocurría nada parecido en aquellos libritos de cubiertas veteadas como mármol, con dibujos de hombres con chaquetas de faldones, sombreros acampanados y pantalones hasta la rodilla, y mujeres con vestidos de talle justo por debajo de los brazos y sin miriñaques. No había nada parecido en ninguno de los libros de la escuela dominical.

En otra ocasión robó el cortaplumas del maestro, y cuando tuvo miedo de que lo descubrieran y le azotaran, lo deslizó dentro de la gorra de George Wilson: el hijo de la pobre viuda de Wilson, el chico intachable, el niño bueno del pueblo, que siempre obedecía a su madre, que nunca decía una mentira, que era muy estudioso y al que le encantaba asistir a la escuela dominical. Y cuando el cortaplumas cayó de la gorra y el pobre George agachó la cabeza y se ruborizó, como tomando conciencia de su culpa, y cuando el agraviado profesor le atribuyó el hurto y estaba a punto de dejar caer el puntero sobre sus hombros temblorosos, no apareció de repente ningún improbable juez de paz con el pelo blanco que se interpusiera y, con actitud ecuánime, dijera: «No castiguéis a este noble muchacho... ¡ahí tenéis al infame culpable! Pasaba por casualidad por la puerta de la escuela y, sin ser visto, observé cómo cometía el hurto». Ni tampoco Jim fue expuesto a la vergüenza general, ni el venerable juez dirigió ningún sermón a toda la escuela bañada en lágrimas, ni tomó a George de la mano diciendo que aquel muchacho era digno de encomio, y luego le pidió que se fuera a vivir con él para barrer su despacho, encender el fuego, hacer recados, cortar leña, estudiar leyes y ayudar a su mujer en las labores domésticas, y tener todo el tiempo restante para jugar, ganando cuarenta centavos al mes y siendo feliz. No; así es como habría ocurrido en los libros, pero no pasó de ese modo con Jim. No hubo ningún juez vejete y entrometido que pasara por allí y montara ningún revuelo, y así George, el niño modélico, recibió una paliza, y Jim se alegró de ello porque, como saben, detestaba a los niños ejemplares. Jim solía decir de ellos: «¡Abajo con esas nenazas!». Tal era el lenguaje grosero de este niño malo y maleducado.

Pero lo más extraño que jamás le ocurrió a Jim fue aquella vez que salió en barca en domingo y no se ahogó, y aquella

CANIBALISMO EN LOS VAGONES DEL TREN

Recientemente estuve en Saint Louis, y al regresar hacia el oeste, después de cambiar de tren en Terre Haute (Indiana), subió en una de las estaciones del trayecto un caballero de aspecto benévolo y agradable, de unos cuarenta y cinco o cincuenta años, y se sentó junto a mí. Estuvimos hablando animadamente durante más o menos una hora sobre temas diversos, y encontré que era un hombre extraordinariamente divertido e inteligente. Cuando se enteró de que yo era de Washington, empezó de inmediato a preguntarme acerca de varios cargos públicos y de los asuntos del Congreso, y enseguida me di cuenta de que mi interlocutor era un hombre muy familiarizado con los entresijos de la vida política en la capital, e incluso de los procedimientos, costumbres y actitudes de los senadores y representantes de las Cámaras de la Asamblea Legislativa. En aquel momento, dos hombres se detuvieron cerca de nosotros durante un instante, y uno le dijo al otro:

—Harris, si haces esto por mí, nunca lo olvidaré, muchacho.

Los ojos de mi nuevo camarada se iluminaron agradablemente. Pensé que aquellas palabras habían despertado en él algún recuerdo feliz. Luego su rostro se serenó y se tornó pensativo, casi sombrío. Se volvió hacia mí y me dijo:

—Déjeme que le cuente una historia; déjeme revelarle un

capítulo secreto de mi vida, un capítulo del que no he vuelto a hablar con nadie desde que acontecieron los sucesos que voy a narrarle. Escuche pacientemente y prométame que no me interrumpirá.

Le dije que no lo haría, y empezó a relatarme la extraña aventura que sigue, hablando a veces animadamente, otras con melancolía, pero siempre con completa seriedad y cargado de sentimiento.

El día 19 de diciembre de 1853 partí en el tren nocturno que salía de Saint Louis en dirección a Chicago. No éramos más que veinticuatro pasajeros en total. No había ni mujeres ni niños. Estábamos todos de un humor excelente, y no tardaron en entablarse agradables relaciones amistosas. El viaje se presentaba bajo los mejores auspicios, y no creo que nadie de aquel grupo tuviera el más vago presentimiento de los horrores por los que muy pronto tendríamos que pasar.

A las once empezó a nevar copiosamente. Poco después de abandonar el pequeño pueblecito de Welden, nos adentramos en las interminables praderas desiertas que se extienden durante leguas y leguas de tierras inhóspitas. El viento, sin encontrar el obstáculo de árboles o colinas, ni tan siquiera de alguna roca aislada, silbaba con violencia a través del llano desierto, y arrastraba la nieve como la espuma de las olas encrespadas de un mar tempestuoso. La nieve se acumulaba rápidamente, y al observar que el tren disminuía de velocidad, supimos que la locomotora se iba abriendo paso cada vez con más dificultad. De hecho, en algunos momentos casi llegó a pararse del todo, en medio de grandes ventisqueros que se atravesaban sobre la vía como lápidas colosales. La conversación empezó a decaer. La alegría se trocó en grave preocupación. La posibilidad de quedar atrapados en la nieve en la pradera desierta, a cincuenta millas de la casa más cercana, se representó en la mente de todos y fue extendiendo su depresiva influencia sobre nuestros espíritus.

A las dos de la mañana fui despertado del inquieto sueño en que me había sumido al darme cuenta de que a mi alrededor había cesado todo movimiento. La horrible verdad cruzó como un relámpago por mi mente: ¡estábamos bloqueados por la nieve! «¡Todo el mundo al rescate!» Y todos nos apresuramos a obedecer. Al salir a la lúgubre oscuridad de la noche, con la nieve azotándonos bajo la incesante tempestad, el corazón nos dio un vuelco a todos, asaltados por la certeza de que perder un solo momento podría acarrearnos la muerte. Palas, manos, tablas... cualquier cosa, todo lo que pudiera desplazar la nieve, se puso al momento en acción. Era una estampa ciertamente extraña, ver a aquel reducido grupo de hombres luchando frenéticamente contra la nieve amontonada, con sus siluetas oscilando entre la más negra penumbra y la luz airada del reflector de la locomotora.

Bastó apenas una hora para comprobar que nuestros esfuerzos eran completamente inútiles. En cuanto retirábamos un ventisquero, la tormenta volvía a obstaculizar la vía con una nueva docena. Y, para colmo de males, descubrimos que en la última carga que la locomotora había llevado a cabo contra el enemigo... ¡se habían roto las bielas de las ruedas! Aun cuando lográramos despejar la vía, no podríamos proseguir el viaje. Volvimos a subir al vagón, extenuados por el trabajo y totalmente abatidos. Nos reunimos en torno a las estufas para evaluar detenidamente nuestra situación. No teníamos provisiones de ningún tipo: esa era nuestra mayor desgracia. No corríamos riesgo de congelarnos, ya que llevábamos gran cantidad de leña en el furgón. Ese era nuestro único consuelo. La discusión llegó a su fin cuando aceptamos la descorazonadora conclusión del conductor: caminar cincuenta millas a través de una tempestad de nieve como aquella representaría la muerte para cualquiera que lo intentara. No podíamos enviar a nadie a buscar ayuda, e incluso si lo hiciéramos no lo conseguiría. Teníamos que resignarnos y esperar, con toda la paciencia que pudiéramos, a que llegara el auxilio, ¡o a morir de hambre! Creo que hasta el corazón más endurecido que allí pudiera haber experimentó un momentáneo escalofrío al oír aquellas palabras.

Al cabo de una hora la conversación se extinguió hasta convertirse en un débil murmullo aquí y allá del vagón, que se percibía a intervalos entre las ráfagas de viento; la luz de las lámparas fue bajando, y la mayoría de los náufragos se refugiaron entre las sombras oscilantes para pensar —para olvidar el presente, si podían—, y para dormir, si lo lograban.

La noche eterna —sin duda nos lo pareció a nosotros— fue desgranando lentamente sus horas hasta que por fin, al este, despuntó el gris y frío amanecer. A medida que la luz fue creciendo en intensidad, los pasajeros empezaron a rebullir y a dar signos de vida uno tras otro, y cada uno se echaba hacia atrás el sombrero que le había caído sobre la frente, estiraba sus miembros entumecidos y lanzaba una mirada por la ventanilla hacia la desoladora perspectiva. ¡Y era realmente desoladora! No se veía por ninguna parte ni un solo ser vivo, ni una sola morada humana: tan solo el vasto desierto blanco, lienzos de nieve alzados por el viento formando montículos por doquier, y un diluvio de copos que caían en remolinos impidiendo ver el firmamento.

Durante todo el día deambulamos arriba y abajo por los vagones, entregados a nuestros pensamientos y hablando muy poco. Otra noche monótona e interminable... y el hambre.

Otro amanecer, otro día de silencio, de tristeza, de hambre atroz, de inútil espera de un auxilio que no podía llegar. Una noche de inquieto duermevela, lleno de sueños de festines... y el descorazonador despertar entre retortijones de hambre.

Llegó y transcurrió el cuarto día... ¡y el quinto! ¡Cinco días de horrible encarcelamiento! Un hambre salvaje se traslucía en todas las miradas. Todas reflejaban el brillo de una espantosa idea, el presentimiento de algo que iba adquiriendo una forma imprecisa en la mente de todos, algo que ninguna boca se atrevía a convertir en palabras.

Transcurrió el sexto día; el séptimo amaneció sobre el grupo de hombres más demacrados, macilentos y desesperados que jamás hayan estado a la sombra de la muerte. ¡Había que decirlo ya! ¡El sombrío pensamiento que había estado germinando en la mente de todos estaba dispuesto por fin a aflorar a los labios! La naturaleza había forzado hasta el extremo: tenía que ceder. RICHARD H. GASTON, de Minnesota, alto y de una lividez cadavérica, se levantó. Todos sabían lo que iba a venir. Todos estaban preparados: toda emoción, toda expresión de excitación frenética se había serenado, y solo una seriedad tranquila y pensativa se traslucía en los ojos que tan salvajes habían mirado últimamente.

—Caballeros, no se puede postergar por más tiempo. ¡Ha llegado el momento! Debemos determinar quién de nosotros ha de morir para proporcionar alimento a los demás.

EL SEÑOR JOHN J. WILLIAMS, de Illinois, se levantó y dijo: «Caballeros, propongo al reverendo James Sawyer, de Tennessee».

EL SEÑOR WM. R. ADAMS, de Indiana, dijo: «Yo propongo al señor Daniel Slote, de Nueva York».

EL SEÑOR CHARLES J. LANGDON: «Yo propongo al señor Samuel A. Bowen, de Saint Louis».

EL SEÑOR SLOTE: «Caballeros, yo deseo declinar mi nombramiento en favor del señor John A. van Nostrand, Júnior, de New Jersey».

EL SEÑOR GASTON: «Si no hay objeción, se accederá al deseo del caballero».

EL SEÑOR VAN NOSTRAND objetó, y la renuncia del señor Slote fue desestimada. También los señores Sawyer y Bowen declinaron su designación, pero fueron desestimadas sobre las mimas bases.

EL SEÑOR A. L. BASCOM, de Ohio: «Propongo que se cierre la lista de las candidaturas y que la asamblea empiece la votación para la elección».

EL SEÑOR SAWYER: «Caballeros, protesto enérgicamente

contra este procedimiento. Es, bajo cualquier punto de vista, irregular e improcedente. Propongo desestimarlo inmediatamente y que elijamos a un presidente de la asamblea, asistido por los cargos correspondientes, y luego podremos abordar el asunto que nos ocupa con toda ecuanimidad».

EL SEÑOR BELL, de Iowa: «Caballeros, protesto. No es este momento para detenerse en formalismos ni en consideraciones protocolarias. Durante más de siete días hemos estado privados de alimento. Cada momento que perdemos en inútiles discusiones no hace más que acrecentar nuestro infortunio. Yo estoy conforme con las designaciones que aquí se han hecho, y creo que todos los caballeros presentes también lo están. Por mi parte, no veo por qué no hemos de proceder inmediatamente a elegir a uno o varios de los designados. Deseo ofrecer mi resolución...».

EL SEÑOR GASTON: «También esta sería protestada, y nos pasaríamos todo el día discutiendo las normas, lo cual no haría más que aumentar el retraso que usted desea evitar. El caballero de New Jersey...».

EL SEÑOR VAN NOSTRAND: «Caballeros, soy extranjero entre ustedes; no he buscado la distinción que me ha sido conferida, y siento una cierta desazón...».

EL SEÑOR MORGAN, de Alabama [*interrumpiéndole*]: «Yo me decanto por la propuesta anterior».

La moción se llevó a cabo y, naturalmente, el debate se prolongó. Se aprobó la propuesta de elegir cargos, y se constituyó una asamblea formada por el señor Gaston como presidente, el señor Blake como secretario, los señores Holcomb, Dyer y Baldwin como miembros del comité de candidaturas, y el señor R. M. Howland como proveedor, para asistir al comité en las nominaciones.

Se acordó tomar un receso de media hora, durante el cual se pudo oír cierto rumoreo. Al sonar el aviso, la asamblea volvió a reunirse y el comité designó como candidatos a los señores George Ferguson, de Kentucky, Lucien Herrman, de Louisiana, y W. Messick, de Colorado. La propuesta fue aceptada.

EL SEÑOR ROGERS, de Missouri: «Señor presidente, una vez presentada debidamente la candidatura ante la asamblea, propongo una enmienda a la misma para sustituir el nombre del señor Herrman por el del señor Lucius Harris, de Saint Louis, a quien todos conocemos bien y tenemos en gran estima por su honorabilidad. No quisiera que se me entendiera como que pretendo empañar la valía y la posición del caballero de Louisiana; nada más lejos de mi intención. Le respeto y le estimo tanto como puede hacerlo cualquiera de los caballeros aquí presentes, pero ninguno de nosotros puede negarse a la evidencia de que, durante la semana que hemos permanecido aquí encerrados, ha perdido más carnes que cualquiera de nosotros; nadie puede cerrar los ojos ante el hecho de que el comité no ha cumplido con su deber, ya sea por negligencia o por alguna falta más grave, al elegir por sufragio a un caballero que, por puros que sean los motivos que le animan, tiene muy poco alimento que ofrecernos...».

EL PRESIDENTE: «El caballero de Missouri debe sentarse inmediatamente. La presidencia no puede permitir que se ponga en entredicho la integridad de este comité, salvo que se haga siguiendo el cauce habitual y ateniéndose a las reglas. ¿Qué decisión toma la asamblea con respecto a la moción del caballero?».

EL SEÑOR HALLIDAY, de Virginia: «Yo propongo una nueva enmienda a las designaciones, para sustituir al señor Messick por el señor Harvey Davis, de Oregón. Tal vez algunos caballeros aducirán que las durezas y las privaciones de la vida en un estado fronterizo han endurecido algo al señor Davis; pero, caballeros, ¿es este el momento de pensar en durezas? ¿Es este el momento de ponerse quisquillosos con trivialidades? ¿Es este el momento de discutir acerca de asuntos de mezquina insignificancia? No, caballeros; lo que necesitamos ahora es corpulencia: sustancia, peso, corpulencia..., estos son ahora los requisitos supremos, y no el talento, ni el genio, ni la educación. Insisto en mi moción».

EL SEÑOR MORGAN [*muy excitado*]: «Señor presidente, me opongo rotundamente a esta enmienda. El caballero de Oregón es viejo, y además es corpulento solo de huesos, no de carne. Yo pregunto al caballero de Virginia: ¿es caldo lo que queremos o una buena sustancia sólida? ¿Es que quiere embaucarnos con una sombra? ¿Quiere burlarse de nuestros sufrimientos dándonos un espectro de Oregón? Yo le pregunto si puede mirar a los rostros angustiados a su alrededor, si puede mirar directamente a nuestros tristes ojos, si puede escuchar el latido de nuestros corazones expectantes, y aun así pretender que nos conformemos con ese fraude medio muerto de hambre. Yo le pregunto si puede pensar en nuestro desolador presente, en nuestras pasadas amarguras, y en nuestro lúgubre futuro, y aun así arrojarnos despiadadamente este despojo, esta ruina, esta piltrafa, este huesudo y correoso vagabundo de las inhóspitas costas de Oregón. ¡Ah, no! ¡Jamás! [*Aplausos*]

Después de un reñido debate, la moción fue sometida a votación y rechazada. Luego se discutió la designación como sustituto del señor Harris en virtud de la primera enmienda. Se procedió a la votación. Se llevaron a cabo cinco escrutinios, sin resultado. Al sexto salió elegido el señor Harris, habiendo votado todos por él, excepto él mismo. Se propuso entonces que su elección fuera ratificada por unanimidad, lo cual no fue posible, ya que volvió a votar contra sí mismo.

EL SEÑOR RADWAY propuso que la asamblea procediera a elegir entre los candidatos restantes al que serviría como desayuno al día siguiente. El proceso se llevó a cabo.

En la primera votación se produjo un empate: la mitad de los miembros se decantó por un candidato a causa de su juventud, y la otra se decantó por otro a causa de su mayor corpulencia. El presidente otorgó el voto decisivo a este último, el señor Messick. Esta decisión provocó considerable disgusto entre los partidarios del señor Ferguson, el candidato derrotado, y hubo ciertos rumores de que se procediera a una nueva votación; pero cuando se disponían a ello, se presentó y aceptó una moción para aplazar la votación, y la asamblea se disolvió al instante.

Durante un buen rato, los preparativos para la cena distrajeron la atención de los partidarios de Ferguson del debate acerca de la afrenta recibida, y luego, cuando quisieron retomarlo, el feliz anuncio de que el señor Harris estaba ya listo acabó con toda intención de seguir discutiendo.

Improvisamos varias mesas con los respaldos de los sillones del vagón y nos sentamos a ellas con el corazón pleno de agradecimiento para disfrutar de la magnífica cena por la que suspirábamos desde hacía siete torturadores días. ¡Cómo cambió nuestro aspecto del que presentábamos hacía apenas unas horas! Hasta entonces, impotencia, hambre, ojos de triste desdicha, angustia febril, desesperación; y, en un momento, agradecimiento, serenidad, un goce demasiado intenso para ser proclamado. No me equivoco al decir que fue la hora más dichosa de mi atribulada existencia. El viento aullaba fuera, haciendo que la nieve golpeara furiosamente contra nuestro vagón-cárcel, pero ni uno ni otra podían hacernos sentir ya desgraciados. Harris me gustó. Sin duda podría haber estado un poco más hecho, pero puedo asegurar que nunca he hecho tan buenas migas con un hombre como con Harris, y que nadie me ha proporcionado nunca tan alto grado de satisfacción. Messick también estuvo muy bien, aunque quizá tenía un gusto un poco fuerte, pero como auténtico valor nutritivo y fibra delicada, nadie como Harris. Messick tenía sus buenas cualidades, no es mi intención negarlo ni pienso hacerlo, pero era tan adecuado para un desayuno como lo hubiera sido una momia: nada. ¡Qué delgadez! ¡Y qué duro! ¡Ah, estaba durísimo! No puede usted imaginarse hasta qué extremo. Es que no puede ni imaginárselo.

—¿Me está usted diciendo que...?

—Por favor, no me interrumpa. Después de desayunar, elegimos a un hombre llamado Walker, de Detroit, para cenar. Era exquisito. Así se lo conté por carta a su mujer. Era digno de todo elogio. Siempre me acordaré de Walker. Sabía un poco extraño, pero suculento. Y a la mañana siguiente tuvimos a Morgan, de Alabama, para desayunar. Era uno de los hombres más deliciosos que he tenido el gusto de conocer: apuesto, educado, refinado, hablaba perfectamente varias lenguas..., un perfecto caballero. Todo un caballero, y singularmente sabroso. Para cenar tuvimos a aquel patriarca de Oregón, y vaya un fraude, no hay discusión posible: viejo, correoso, duro; nadie puede imaginarse hasta qué punto. Así que acabé diciendo: «Caballeros, ustedes harán lo que les parezca, pero yo estoy dispuesto a esperar a que se haga otra elección». Y Grimes, de Illinois, dijo: «Caballeros, yo voy a esperar también. Cuando elijan a alguien que verdaderamente tenga "algo" que lo merezca, me uniré a ustedes con mucho gusto». Pronto se hizo patente el desagrado general respecto a Davis, de Oregón, así que, para conservar la buena armonía que tan agradablemente había imperado desde Harris, se convocó otra elección que dio como resultado la designación de Baker, de Georgia. ¡Estaba espléndido! Bueno, bueno... después de este, vinieron Doolittle, Hawkins, McElroy (hubo algunas quejas acerca de McElroy, porque era extraordinariamente bajo y delgado), Penrod, dos Smith, Bailey (Bailey tenía una pierna de palo, lo que evidentemente era una merma, pero por lo demás estaba excelente), un chico indio, un organillero y un caballero que respondía al nombre de Buckminister: un pobre vagabundo seco como un palo, que ni servía como compañía y mucho menos como desayuno. Nos alegramos de haberle elegido antes de que llegara el auxilio.

—¿Así que por fin llegó el bendito auxilio?

—Sí, llegó una mañana clara y soleada, justo después de una votación. El elegido fue John Murphy, y puedo asegurar que él habría sido el mejor de todos; pero John Murphy regresó con nosotros en el tren que vino a socorrernos, y vivió para casarse con la viuda de Harris...

—¿La viuda de...?

—La viuda de nuestra primera elección. Se casó con ella, y ahora es un hombre feliz, respetado y próspero. ¡Ah, fue como una novela, señor, como una auténtica novela...! Esta es mi parada, señor. Ahora debo despedirme. Cuando considere usted oportuno pasarse uno o dos días por mi casa, estaré encantado de recibirle. Me gusta usted, señor. Hasta diría que le he tomado cierto afecto. Puede que incluso llegara a gustarme tanto como el mismo Harris. Buenos días, señor, y que tenga un viaje agradable.

Y se marchó. Jamás en mi vida me había sentido tan asombrado, angustiado y desconcertado. Pero en el fondo me alegraba de que se hubiera marchado. Con aquellos modales tan exquisitos y aquella voz tan suave, me estremecía cada vez que dirigía su mirada hambrienta hacia mí; y cuando escuché que me había ganado su peligroso afecto y que estaba en su estima casi a la altura del finado Harris... ¡por poco se me para el corazón!

Me sentía anonadado hasta límites inimaginables. No dudaba de su palabra; no podía cuestionar ni un solo punto de una declaración impregnada de una verdad tan grave como la suya; pero sus horripilantes detalles me sobrepasaban y sumían mis pensamientos en una espantosa confusión. Vi que el revisor se me quedaba mirando y le pregunté:

—¿Quién es ese hombre?

—En otro tiempo fue miembro del Congreso, y uno de los buenos. Pero en una ocasión se quedó atrapado en un tren durante una gran nevada, y al parecer casi murió de hambre. Quedó tan trastornado por el frío y tan consumido por la falta de alimento, que después de aquello perdió la cabeza durante dos o tres meses. Ahora está bien, solo que es monomaníaco, y cuando habla de aquel viejo asunto no hay manera de pararle hasta que se ha comido todo el cargamento humano de aquel vagón. Si no llega a tener que apearse, a estas horas ya habría acabado con toda la gente del tren. Se sabe sus nombres tan de corrido como el abecedario. Cuando se los ha comido a todos y solo queda él, entonces siempre dice: «Habiendo llegado la hora de la habitual elección para el desayuno, y al no encontrar ningún tipo de oposición, salí debidamente elegido, tras lo cual, al no plantearse ninguna objeción, renuncié. Por eso estoy aquí».

Me sentí indeciblemente aliviado al saber que solo había estado escuchando las inofensivas divagaciones de un demente, en lugar del relato de la experiencia real de un caníbal sanguinario.

1868

Una visita al Niágara

Las cataratas del Niágara son un sitio de recreo ideal. Los hoteles son excelentes y los precios, nada exorbitantes. No hay mayores oportunidades de pesca en todo el país; de hecho, no son ni igualadas en ningún otro sitio. La razón es que en otras localidades ciertos puntos del río son mejores que otros; en tanto que en el Niágara cualquier sitio es bueno, por la sencilla razón de que los peces no pican en ninguno, así que resulta completamente inútil andar millas y millas para pescar cuando uno puede contarse con tener el mismo éxito en el lugar más cercano. Hasta la fecha, las ventajas de este estado de cosas no se han evidenciado con la debida propiedad ante la opinión pública.

El tiempo es fresco en verano y los paseos y las excursiones son todos agradables y nada fatigosos. Cuando se sale para visitar las cataratas se desciende primero durante una milla más o menos y se paga una pequeña suma por el privilegio de mirar hacia abajo desde un precipicio de donde se ve la parte más estrecha del Niágara. Una brecha abierta en cualquier colina sería igual de interesante si tuviera un río embravecido agitándose espumeante por su fondo. En ese lugar puede uno descender por una escalera ciento cincuenta pies y llegar hasta la superficie misma del agua. Y en cuanto se ha hecho esto, se pregunta uno por qué lo hizo, pero entonces ya es demasiado tarde.

El guía suele explicar a su modo, ideal para que a ustedes se les desquicien los nervios, cómo vio al pequeño vapor *La doncella de la bruma* descender por las terribles cataratas, cómo se perdió de vista este entre las airadas olas, primero una de las ruedas de paletas y luego la otra, y en qué punto la chimenea se derribó sobre la cubierta y el casco empezó a romperse y partirse en dos, y cómo, finalmente, sobrevivió al viaje después de realizar la increíble hazaña de recorrer dieciséis millas en seis minutos, o seis millas en diecisiete minutos, no recuerdo cuál de las dos era ahora. Pero, fuera como fuese, es extraordinario. Vale la pena pagar la entrada para oír al guía contar la historia nueve veces seguidas a distintas personas, sin olvidarse jamás una palabra o alterar una frase o gesto.

Luego se cruza el puente colgante, donde pueden dividir ustedes su infortunio entre las probabilidades de destrozarse, cayendo desde doscientos pies de altura al río que transcurre por debajo, y las de que el tren que pasa por arriba les destroce, cayendo encima de ustedes. Cualquiera de las opciones, considerada aisladamente, resulta inquietante, pero juntas alcanzan una suma de positiva infelicidad.

Por el lado de Canadá se pasa, a lo largo del precipicio, entre largas hileras de fotógrafos en todo momento en guardia tras su cámara, prestos a hacer de ustedes un ostentoso frontispicio que les representará sentados en una especie de ambulancia y con un cuévano sobre el cual han echado una piel, que suponen considerarán un caballo, y un fondo, disminuido y poco importante, del sublime Niágara. Hay mucha gente que tiene la increíble desfachatez o la depravación congénita de ayudar y hacer prosperar esta clase de crimen.

Cualquier día, en manos de estos fotógrafos, podrán ver ustedes pomposas imágenes de papá, mamá, Johnny, el nene y la nena, o de un par de primos de provincias, todos con su sonrisa perdida y todos en actitudes estudiadas e incómodas sobre su carruaje, todos destacándose en su horrible imbecilidad ante la representación empequeñecida y desairada de esa presencia majestuosa cuyos ánimos dominantes son las lluvias, cuya voz es el trueno, y cuya tremenda frente está envuelta en las nubes, que fue monarca del lugar en décadas muertas y olvidadas, antes de que este hatajo de pequeños reptiles fuera juzgado temporalmente necesario para llenar una grieta en las inconmensurables miríadas del mundo, y que seguirá siendo monarca de estos lares, por siglos y decenas de siglos, después de que aquellos se hayan unido a sus parientes consanguíneos, los otros gusanos, y se hayan mezclado con el ingrato polvo.

No hay ningún mal en hacer del Niágara un fondo donde desplegar la maravillosa insignificancia de uno mismo bajo una buena luz, pero requiere una especie de sobrehumana autocomplacencia el encargar a alguien que lo haga.

Cuando hayan examinado la estupenda catarata de la Herradura y se hayan cerciorado de que no hay en ella nada que mejorar, pueden volver a América por el nuevo puente colgante y seguir el dique hasta donde exhiben la Cueva de los Vientos.

Yo, al llegar a ella, seguí las instrucciones del guía y me despojé de todas mis prendas y me puse una chaqueta impermeable y un mono. Este conjunto es llamativo, pero nada bonito. Otro guía, vestido de manera parecida, empezó a descender por una escalera en espiral que se iba enrollando y enrollando hasta que la cosa dejaba, con mucho, de ser una novedad y terminaba mucho antes de que empezara a ser un placer. Nos encontrábamos entonces a bastante profundidad, pero aún considerablemente elevados sobre el nivel del río.

Empezamos a deslizarnos por endebles puentes de una sola plancha, resguardadas nuestras personas de la destrucción por un listón a guisa de barandilla, al que yo me agarraba con ambas manos, no porque tuviera miedo, sino porque me daba la gana. En ese momento el descenso se hizo más abrupto y el puente, más endeble todavía, y empezaron a llover sobre nosotros salpicaduras de la catarata americana a ritmo creciente que pronto se hicieron cegadoras; al llegar a este punto, nuestro progreso fue casi esencialmente una especie de arrastre. Entonces, de la parte de atrás de la catarata, llegó a nosotros un viento huracanado y que parecía determinado a barrernos del puente y a arrojarnos contra las rocas y los torrentes. Observé que quería regresar a casa, pero era demasiado tarde. Estábamos casi debajo de la monstruosa pared de agua retumbante desde las alturas, y hablar era del todo inútil en medio de aquel despiadado estallido de ruidos.

En otro momento, el guía desapareció tras el diluvio y yo le seguí turbado por el trueno, arrastrado sin esperanza por el viento y herido por la tempestad de lluvia. Todo era oscuridad. Jamás habían enloquecido mis oídos tan furiosos estruendos, rugidos y cóleras de viento desencadenado y agua como aquellos. Incliné la cabeza y me pareció recibir el Atlántico sobre mis espaldas. El mundo parecía dirigirse a la destrucción. El agua estallaba tan salvajemente que no podía ver nada en absoluto. Levanté la cabeza con la boca abierta y la mayor parte de la catarata descendió por mi garganta. De tragar una sola gota más hubiera estado perdido. En aquel momento descubrí que el puente se había terminado y que teníamos que confiar en encontrar puntos de apoyo para los pies entre las rocas resbaladizas y abismales. Jamás estuve tan asustado, y sobreviví. Al final logramos pasar y salimos a la luz del día, en un lugar en el que podíamos permanecer frente al hirviente y espumeante mar precipitándose y contemplarlo. Cuando vi la gran cantidad de agua que había y lo terriblemente respetable que era su caída, lamenté haber estado debajo.

El noble piel roja ha sido siempre uno de mis mejores y más queridos amigos. Me gusta leer acerca de él en los cuentos, leyendas y novelas. Me gusta saber de su inspirada sagacidad, de su amor por la vida salvaje y libre de las montañas y bosques, de su general nobleza de carácter, de su manera de hablar, majestuosamente metafórica, y de su caballeroso amor por la doncella morena y la coloreada pompa de su traje y accesorios; en especial la coloreada pompa de su traje y accesorios. Cuando encontré las tiendas de las cataratas del Niágara llenas de curiosos abalorios indios, de sorprendentes mocasines y no menos sorprendentes muñequitos figurando seres humanos que llevan sus armas fijadas en agujeros abiertos en sus manos y cuerpos y tienen los pies en forma de pastel, me embargó la emoción. Me di cuenta de que por fin me iba a encontrar cara a cara con el noble piel roja.

Una señora que servía en una de las tiendas me dijo que, por supuesto, todo aquel vasto surtido de curiosidades estaba fabricado por los indios y que en las cataratas se les hallaba en abundancia, que eran muy amables y no había el menor peligro en hablar con ellos. Comprobé esta aseveración cuando, acercándome al puente que comunica con la isla de la Luna, me tropecé con un noble hijo del bosque sentado bajo un árbol y entregado diligentemente a la tarea de confeccionar un bolso de abalorios. Llevaba un sombrero de fieltro y sandalias y tenía en la boca una pipa negra y corta. Este es el ruinoso efecto que produce el contacto con nuestra afeminada civilización; solo sirve para hacerles perder la coloreada pompa que es tan natural al piel roja cuando se encuentra alejado de nosotros en sus nativas tiendas. Me dirigí a la reliquia como sigue:

—¿Está contento el Wawhoo-wang-Wang del Whacka-Whack? ¿Suspira el Gran Trueno Abigarrado por la senda de guerra, o está satisfecho su corazón soñando con la doncella morena, el Orgullo del Bosque? ¿Anhela el poderoso Sachem beber la sangre de sus enemigos, o se siente feliz confeccionando bolsos de abalorios para los miserables rostros pálidos? Habla, sublime reliquia de una remota grandeza, habla, ruina venerable.

La reliquia dijo:

—Si es a mí, Dennis Holligan, a quien está usted confundiendo con un puerco indio, diablo tartajoso..., ¡maldita sea! ¡Por el flautista que tocó ante Moisés, que me lo como!

Me marché de allí.

Caminando por las inmediaciones de Terrapin Tower me tropecé con una gentil hija de aborígenes, calzada con mocasines y vestida con pantalones ceñidos de gamuza ornados de abalorios, sentada en un banco con sus bellos artículos dispuestos a su alrededor. En aquel momento acababa de tallar un jefe de madera que tenía algún lazo familiar con unas pinzas de tender, y estaba abriéndole un agujero en el abdomen para colocarle el arco. Tras unos momentos de vacilación, me dirigí a ella:

—¿Está pesaroso el corazón de la doncella del bosque? ¿Se encuentra solitario el Renacuajo Sonriente? ¿Pena por los extintos consejos del fuego de raza y la desaparecida gloria de sus antecesores? ¿O deambula su triste espíritu hacia los territorios de caza, adonde ha partido su bravo Raptor del Trueno? ¿A qué obedece el silencio de mi hija? ¿Está airada contra el desconocido del rostro pálido?

La doncella dijo:

—¿A mí, Biddy Malone, se atreve usted a insultar de ese modo? ¡Váyase de aquí o arrojo su mezquino cuerpo por las cataratas, mocoso!

También me alejé de allí.

—¡Vaya con los indios! —dije—. Me dijeron que eran pacíficos... Pues si las apariencias tuvieran algún valor, aseguraría que están todos en el sendero de la guerra.

Hice una tentativa más de confraternizar con ellos, solo una. Llegué hasta un campamento en el que se habían reunido varios de ellos a la sombra de un gran árbol, mientras confeccionaban mocasines, y me dirigí a ellos en son de amistad:

—Nobles pieles rojas, bravos grandes Sachems, jefes de guerra, *squaws*, y poderosos Muck-a-Muck, el rostro pálido de la Tierra del Sol Poniente os saluda: a ti, Gato Salvaje Magnánimo, a ti, Magnífico Ojo de Cristal, el rostro pálido de más allá de las Grandes Aguas os saluda a todos. La guerra y la peste han diezmado vuestras filas y destruido vuestra nación, tan orgullosa antaño. El póquer y las cartas y un gasto vano y moderno de jabón, que vuestros gloriosos antepasados no conocían, han depauperado vuestros bolsillos. Adoptar, en vuestra simplicidad, la propiedad de otros, os ha situado en frecuentes apuros. Tergiversar los hechos, en vuestro inocente candor, ha perjudicado vuestra reputación con el desalmado usurpador. Comerciar con whisky barato para emborracharos, ser felices y tomahawkear a vuestras familias, ha redundado en el sempiterno perjuicio de haceros perder la coloreada pompa de vuestros trajes. Y aquí os encuentro, a la viva luz del siglo XIX, derrengados como la escoria de los arrabales de Nueva York. ¡Oprobio! ¡Vergüenza! Recordad a vuestros antepasados. Acordaos de sus valientes hazañas. Recordad a Uncas, y a Chaqueta Roja, a Woopdedoodledo. Emulad sus proezas. Alistaos bajo mi bandera, nobles salvajes, ilustres vástagos.

—¡Abajo con él! ¡Miserable! ¡A quemarlo! ¡Ahorquémosle! ¡Echémosle al río!

Fue la operación más rápida que jamás se haya llevado a término. No vi más que un súbito blandir de palos, puños, bastones, cestas de abalorios y mocasines. Apenas todo estaba en el aire, que se desplomó a la vez sin que ningún golpe cayera sobre el mismo sitio. Instantes después tenía sobre mí a toda la tribu. Me desgarraron la ropa, me golpearon terriblemente brazos y piernas, me dieron una paliza tan prodigiosa que se me abolló la cabeza de tal modo que en uno de los huecos hubiera podido servirse café como en una taza. Y, para coronar su poco correcto proceder y añadir una nueva humillación a las demás, me arrojaron por las cataratas del Niágara.

A unos noventa o cien pies de la vertiente, lo que quedaba de mi chaleco se prendió de una roca y casi me ahogué antes de poder librarme. Al fin caí al agua y salí a la superficie al pie de las cataratas en un mar de blanca espuma, cuya masa se levantaba a varias pulgadas sobre mi cabeza. Como era de esperar, acabé metiéndome en el torbellino. Empecé a dar vueltas y más vueltas —aproximadamente unas cuarenta y cuatro—, persiguiendo un asidero al que me acercaba en cada viaje —cada uno de media milla—, tratando, por cuarenta y cuatro veces, de alcanzar el mismo arbusto de la orilla y cada vez sin conseguirlo por el solo espesor de un cabello.

Por fin bajó hasta allí un hombre que se sentó junto al arbusto, se llevó una pipa a la boca y encendió un fósforo, siguiendo mis movimientos con un ojo mientras con el otro vigilaba la cerilla, que protegía del viento con las manos a modo de pantalla. En aquel momento una ráfaga de viento se la apagó. La siguiente vez que pasé por allí me preguntó:

—¿Tiene usted una cerilla?

—Sí, en mi otro traje. Haga el favor de ayudarme a salir.

—¡Ni soñarlo!

Cuando volví a pasar, dije:

—Perdone lo que pueda haber de impertinente curiosidad en este hombre a punto de ahogarse, pero ¿querrá usted explicarme su singular conducta?

—Con mucho gusto. Soy el coronel. Por mí, no se dé prisa. Puedo esperarle, pero me gustaría disponer de un fósforo.

Yo dije.

—Póngase usted en mi lugar y yo iré a buscarle uno.

Rehusó hacerlo. Aquella falta de confianza por su parte creó cierta frialdad entre nosotros, lo que hizo que, desde aquel momento, lo evitara. Tenía la idea, en el caso de que me tuviera que ocurrir cualquier cosa, de demorar el momento de verme en manos del coronel en el lado americano de la catarata.

Por fin llegó un policía, que me arrestó por perturbar la paz pidiendo ayuda a gritos a la gente de la orilla. El juez me multó, pero yo le gané la partida. Tenía el dinero en los pantalones y estos se habían quedado con los pieles rojas.

Así me libré. Yazgo ahora en una posición bastante crítica. Pero, crítica o no crítica, el caso es que yazgo. Estoy magulladísimo, aunque no puedo aún hacer consideraciones sobre los daños y perjuicios, porque el doctor no ha terminado de hacer el inventario. Esta noche presentará su manifiesto. No obstante, por el momento, cree que solo dieciséis de mis heridas son fatales. Las demás no me preocupan.

En el momento de recobrar el conocimiento, dije:

—Hay en las cataratas del Niágara una tribu de indios salvajes que se dedican a confeccionar abalorios y mocasines, doctor, ¿de dónde son oriundos?

—De Limerick, hijo mío.

1869

La leyenda de la *Venus Capitolina*

I

[Lugar de la acción: el estudio de un artista en Roma]

—¡Oh, George, cuánto te quiero!

—Dios te bendiga, Mary adorada, lo sé..., pero ¿por qué se opondrá tanto tu padre?

—Sus intenciones son buenas, George. Pero, para él, el arte es una insensatez: solo entiende de mercancías. Cree que contigo me moriré de hambre.

—Maldito sea su juicio..., esto sabe a inspiración. ¿Por qué no seré un tendero acomodado y vulgar, en vez de un escultor divinamente dotado que no tiene ni para comer?

—No desesperes, querido George, todos sus prejuicios se disiparán en cuanto hayas conseguido cincuenta mil dól...

—¡Cincuenta mil cuernos! Pero, criatura, si no puedo ni pagar la pensión hace no sé cuánto tiempo...

II

[Lugar de la acción: una mansión romana]

—Estimado señor, es inútil seguir hablando. No tengo nada en su contra, pero no puedo conceder la mano de mi hija a alguien que solo puede darle amor, arte y miseria. Me parece que no tiene mucho más que ofrecer.

—Señor, soy pobre, lo reconozco. Pero ¿acaso la fama no es nada? El honorable Bellamy Foodle, de Arkansas, afirma que mi nueva estatua de *América* es una obra escultórica muy lograda, y está convencido de que mi nombre llegará a ser famoso algún día.

—¡Bah! ¿Qué sabrá ese cretino de Arkansas? La fama no es nada: lo que cuenta es el precio de venta de su espantajo de mármol. Le llevó a usted seis meses cincelarlo y no podrá venderlo ni por cien dólares. ¡No, señor! Presénteme usted cincuenta mil dólares y podrá llevarse a mi hija; de lo contrario, se casará con el joven Simper. Tiene usted solo seis meses para reunir esa suma. Buenos días, señor.

—¡Ay de mí, qué desgraciado soy!

III

[Lugar de la acción: el estudio]

—¡Oh, John, mi amigo de la infancia, soy el más desdichado de los hombres!

—¡Eres un mentecato!

—Ya solo me queda amar a mi pobre estatua de *América*, y mira: ni siquiera hay ningún rastro de compasión por mí en su frío semblante marmóreo... ¡tan bella y tan despiadada!

—¡Eres un necio!

—¡Oh, John!

—¡Oh, bobadas! ¿No me dijiste que tenías seis meses para reunir el dinero?

—No prolongues mi agonía, John. Aunque tuviera seis siglos, ¿qué más daría? ¿De qué le serviría a un pobre infeliz como yo, sin nombre, capital, ni amigos?

—¡Idiota! ¡Cobarde! ¡Criatura! Seis meses para reunir ese dinero... ¡y te bastan y sobran con cinco!

—¿Estás loco?

—Seis meses... ¡de sobra! Déjalo de mi cuenta. Yo conseguiré el dinero.

—¿Qué quieres decir, John? ¿Cómo vas a reunir una suma tan tremenda para dármela a mí?

—¿Vas a dejar que me encargue de este asunto, sin interferir en nada? ¿Vas a dejarlo todo en mis manos? ¿Juras acatar todo cuanto haga? ¿Te comprometes a no poner en entredicho ninguno de mis actos?

—Estoy aturdido..., desconcertado... Pero lo juro.

John tomó un martillo y, de forma deliberada, ¡lo estampó contra la nariz de *América*! Después dio otro martillazo, y dos de sus dedos cayeron al suelo; otro, y le arrancó parte de una oreja; otro, y toda la hilera de dedos de un pie fue desmembrada; otro, y la pierna izquierda, desde la rodilla hacia abajo, se convirtió en fragmentos ruinosos.

John se puso el sombrero y se marchó.

Durante cerca de medio minuto, George se quedó contemplando enmudecido la pesadilla machacada y grotesca que se hallaba ante él, y luego cayó al suelo entre convulsiones.

En ese momento John regresó con un carruaje, cargó en él al artista de corazón destrozado y a la estatua de piernas destrozadas, y se marchó de allí silbando tranquilamente por lo bajo. Dejó al artista en su apartamento, volvió a empuñar las riendas y desapareció por la via Quirinalis con la estatua.

IV

[Lugar de la acción: el estudio]

—¡El plazo de seis meses se cumple hoy a las dos! ¡Oh, agonía! ¡Mi vida está acabada! Ojalá estuviera muerto. Ayer no cené. Hoy no he desayunado. No me atrevo a entrar en una casa de comidas... ¡Y el hambre es lo de menos! Mi zapatero me agobia sin descanso, el sastre me apremia, me persigue el casero. Soy un desgraciado. No he visto a John desde aquel terrible día. Ella me sonríe tiernamente cuando nos encontramos en las grandes avenidas, pero el viejo miserable de su padre le ordena rápidamente mirar en otra dirección. ¿Y quién llama ahora a la puerta? ¿Quién vendrá persiguiéndome? Apostaría a que es ese maligno y villano zapatero. ¡Adelante!

—¡Ah, qué dicha servir a su excelencia! ¡Que el cielo sea propicio a vuestra gracia! He traído las nuevas botas de su señoría..., oh, no mencione nada sobre el pago, no hay prisa, ninguna prisa. Estaré satisfecho con que mi noble señor continúe honrándome como cliente. Y ahora..., *adieu!*

—¡Ha traído las botas por sí mismo! ¡No quiere que se le pague! ¡Se despide con una reverencia y saludando como si se encontrara ante un rey! ¡Desea que continúe siendo su cliente! ¿Acaso se está acabando el mundo? Por todos los... ¡Adelante!

—Perdone, signore, venía a traerle su traje nuevo para...

—¡¡Adelante!!

—¡Mil perdones por esta intrusión, su señoría! Pero es que he preparado para usted las mejores habitaciones del piso de abajo; esta maltrecha buhardilla no es apropiada para...

—¡¡Adelante!!

—He venido para decirle que su crédito en nuestro banco, infortunadamente interrumpido desde hace algún tiempo, ha quedado enteramente restaurado con gran satisfacción por nuestra parte, y nos sentiríamos muy honrados si quisiera pasar por allí para cualquier...

—¡ADELANTE!

—¡Mi noble muchacho, mi hija es suya! ¡Estará aquí en un momento! ¡Tómela..., cásese con ella..., ámela..., sean felices! ¡Dios les bendiga a ambos! ¡Hip, hip, hur...!

—¡¡ADELANTE!!

—¡Oh, George, querido mío, estamos salvados!

—¡Oh, Mary, querida mía, estamos salvados..., pero te juro que no sé ni cómo ni por qué!

V

[Lugar de la acción: un café de Roma]

Un caballero de un grupo de americanos lee y traduce al resto la siguiente noticia de la edición semanal del *Il Slangwhanger di Roma*:

MARAVILLOSO DESCUBRIMIENTO

Hace unos seis meses, el signore John Smitthe, un caballero americano que desde hace algunos años reside en Roma, compró a un precio irrisorio un pequeño terreno en la Campaña, situado muy cerca de la tumba de la familia de Escipión, que le vendió un pariente arruinado de la princesa Borghese. Más tarde, el señor Smitthe fue al Registro de la Propiedad y puso el terreno a nombre de un pobre artista americano llamado George Arnold, explicando que lo hacía como pago y satisfacción por el daño pecuniario que hace algún tiempo infligió accidentalmente a una propiedad perteneciente al signore Arnold, y manifestó, además, que le iba a proporcionar un desagravio adicional mejorando el terreno para el signore A., corriendo él con todos los gastos. Hace cuatro semanas, mientras se estaban haciendo en la propiedad algunas excavaciones necesarias, el signore Smitthe desenterró la estatua antigua más notable que jamás haya entrado a formar parte de los opulentos tesoros artísticos de Roma. Es una exquisita figura de mujer que, aunque tristemente maltratada por la tierra y el paso de los siglos, no hay ojo humano que no se conmueva ante su belleza arrebatado-

83

ra. Le faltan la nariz, la pierna izquierda a partir de la rodilla y una oreja, así como los dedos del pie derecho y otros dos de una mano, pero, por lo demás, la excelsa figura está en notable estado de conservación. El gobierno tomó inmediatamente posesión militar de la estatua y nombró una comisión de críticos de arte, anticuarios y príncipes cardenalicios de la Iglesia para dictaminar su valor y determinar la remuneración que debe corresponder al propietario del terreno en el que ha sido encontrada. Hasta la noche pasada, todo el asunto permaneció en el más estricto secreto. En el ínterin, la comisión se reunió a deliberar a puerta cerrada. Ayer por la noche se decidió por unanimidad que la estatua representa a Venus y que es obra de algún artista desconocido, pero de sublime talento, del siglo III antes de Cristo. Ha sido considerada como la obra de arte más perfecta de cuantas se tiene conocimiento.

A medianoche celebraron una conferencia final y decidieron que la *Venus* valía la enorme suma de ¡diez millones de francos! De acuerdo con las leyes y costumbres romanas, al gobierno le corresponde la mitad del valor de todas las obras de arte halladas en la Campaña, y por tanto el Estado debe pagar cinco millones de francos al señor Arnold y tomar posesión permanente de la estatua. Esta mañana la *Venus* será trasladada al Capitolio, donde quedará expuesta, y a mediodía la comisión espera al signore Arnold con una orden de Su Santidad el Papa a nombre del Tesoro por la fastuosa suma de ¡cinco millones de francos en oro!

CORO DE VOCES: ¡Menuda suerte! ¡Es inaudito!

OTRA VOZ: Caballeros, propongo que formemos inmediatamente una sociedad limitada americana, para proceder a la compra de tierras y hacer excavaciones en busca de estatuas en este lugar, con las correspondientes conexiones en Wall Street para financiar el negocio.

TODOS: De acuerdo.

VI

[*Lugar de la acción: el Capitolio romano,*
diez años después]

—Mi querida Mary, esta es la estatua más celebrada del mundo. Es la renombrada *Venus Capitolina*, de la que tanto has oído hablar. Aquí está, con sus pequeñas imperfecciones «restauradas» (es decir, remendadas) por los más sobresalientes artistas romanos, y el mero hecho de haber realizado los humildes remiendos de una creación tan noble hará ilustres sus nombres mientras el mundo siga en pie. ¡Qué extraño me resulta este lugar! El día anterior a la última vez que estuve aquí, hace diez felices años, no era un hombre rico... bendito sea, no tenía un centavo. Y, sin embargo, tuve mucho que ver en lograr que Roma se convirtiera en dueña de esta obra, una de las más grandiosas muestras del arte antiguo que existen en este mundo.

—La excelsa, la venerada *Venus Capitolina*... ¡y la cantidad de dinero que vale! ¡Diez millones de francos!

—Sí... ahora vale eso.

—¡Y, oh, Georgy, es divinamente hermosa!

—¡Ah, sí! Pero no es nada comparado con lo que era antes de que el bendito John Smith le rompiera la pierna y le machacara la nariz. ¡Ingenioso Smith..., tan lleno de talento..., noble Smith! ¡El autor de toda nuestra dicha! ¡Escucha eso! ¿Sabes lo que significa esa respiración jadeante? Mary, esta criatura tiene tos ferina. ¡Nunca vas a aprender a cuidar de los niños!

FIN

La *Venus Capitolina* permanece aún en el Capitolio de Roma, y sigue siendo considerada como la obra de arte antiguo más ilustre y hermosa de la que el mundo puede ufanarse. Pero si alguna vez tienen ustedes la suerte de plantarse ante ella y entregarse a la contemplación extática de rigor, no permitan que esta historia verdadera y secreta de sus orígenes estropee su goce. Y cuando lean algo acerca de un gigantesco *Hombre Petrificado* desenterrado cerca de Syracuse, en el estado de Nueva York, o cerca de cualquier otro lugar, aténganse a su propio criterio. Y si el Barnum que allí lo enterró les ofrece vendérselo por una suma enorme, no lo compren. ¡Envíenselo al Papa!

NOTA: Este relato breve fue escrito durante la época en que el famoso fraude del *Gigante Petrificado* causaba sensación en Estados Unidos.

1869

EL PERIODISMO EN TENNESSEE

El redactor jefe del *Avalanche* de Memphis lanzó esta suave diatriba contra un corresponsal que lo calificó de radical: «Desde que empezó a escribir la primera palabra, y luego las siguientes, poniendo los puntos sobre las íes y la rayita de las tes, hasta el mismo punto final, sabía perfectamente que estaba elaborando una frase saturada de infamia y rezumante de falsedades». *Exchange*

El doctor me dijo que los aires del sur serían buenos para mi salud, así que me marché a Tennessee, donde conseguí un empleo como redactor jefe adjunto del *Morning Glory and Johnson County War-Whoop*. Cuando me presenté en mi puesto, encontré al redactor jefe repantigado en una silla de tres patas, con los pies apoyados sobre una mesa de pino. En la habitación había otra mesa de pino y otra silla igualmente maltrecha; ambas estaban sepultadas debajo de una montaña de periódicos, recortes y cuartillas manuscritas. Había una caja de madera llena de arena, con montones de colillas de puro y cigarrillos de picadura Old Soldier, y una estufa cuya puertecilla colgaba del gozne superior. El redactor jefe llevaba un chaquetón negro de largos faldones y pantalones de lino blanco. Sus botas eran pequeñas y estaban pulcramente lustradas. Llevaba además una camisa con chorreras, un gran anillo de sello, un cuello duro de corte anticuado y un pañuelo a cuadros anudado y con las puntas colgando. Fecha del atavío: alrededor de 1848. Estaba fumando un puro, y mientras intentaba dar con una palabra, se pasaba la manaza por el cabello haciendo que sus rizos quedaran muy revueltos. Fruncía el ceño de un modo aterrador, por lo que juzgué que en su mente bullía un editorial particularmente intrincado. Me dijo que cogiera los ejemplares que habían llegado, que los revisara y que escribiera la «Revista de prensa de Tennessee», condensando en el artículo todo lo que contuvieran que pudiera ser de interés.

Escribí lo siguiente:

REVISTA DE PRENSA DE TENNESSEE

Los editores del *Semi-Weekly Earthquake* se encuentran evidentemente en un error con respecto al ferrocarril de Ballyhack. No es propósito de la compañía dejar de lado a Buzzardville. Por el contrario, consideran esta población como uno de los puntos más importantes de la línea ferroviaria, y por consiguiente no pueden tener el menor deseo de soslayarlo. Los señores del *Earthquake* se mostrarán, sin duda, muy complacidos de proceder a la rectificación oportuna.

El caballero John W. Blossom, el competente director del *Thunderbolt and Battle Cry of Freedom* de Higginsville, llegó ayer a nuestra ciudad. Se aloja en la pensión Van Buren.

Observamos que nuestro colega del *Morning Howl* de Mud Springs ha caído en el error de suponer que la elección de Van Werter no es todavía un hecho consumado, pero no cabe duda de que descubrirá su equivocación antes de que estas líneas lleguen a su conocimiento. Indudablemente, se habrá guiado por escrutinios incompletos.

Nos complace señalar que la ciudad de Blathersville ha entablado negociaciones con unos señores de Nueva York para pavimentar sus prácticamente intransitables calles utilizando el pavimento Nicholson. El *Daily Hurrah* urge encarecidamente la adopción de tal medida y parece mostrarse confiado en que se llevará felizmente a cabo.

Le pasé mi manuscrito al redactor jefe para que le diera su aprobación, lo corrigiese o lo destruyera. Le echó una ojeada y su semblante empezó a ensombrecerse. A medida que sus ojos recorrían las páginas, su rostro adquiría una expresión indescriptible. Era fácil percibir que algo no marchaba bien. En ese momento, saltó de su asiento y dijo:

—¡Rayos y truenos! ¿Supone acaso que voy a hablar así de ese hatajo de animales? ¿Se piensa acaso que mis suscriptores van a soportar este azote como si tal cosa? ¡Deme la pluma!

Nunca vi una pluma rasguear y abrirse camino con tanta saña, ni surcar entre los verbos y adjetivos de otro hombre tan implacablemente. Mientras estaba en plena faena, alguien le disparó un tiro por la ventana abierta, malogrando así la simetría de mis orejas.

—¡Ah! —dijo—, será ese granuja de Smith, del *Moral Volcano*. Estuve esperándole ayer.

Y se sacó un enorme revólver de la marina del cinturón, y disparó. Smith cayó, herido en un muslo. El disparo desvió la trayectoria del segundo intento de Smith, que acabó hiriendo a un extraño. A mí. Tan solo un dedo arrancado.

Entonces el redactor jefe prosiguió con sus borrones y sus anotaciones entre líneas. Cuando ya estaba acabando, una granada de mano cayó por la chimenea de la estufa, y la explosión la hizo saltar en mil pedazos. Sin embargo, no causó más desperfectos, a excepción de un fragmento errante que me arrancó un par de dientes.

—Esa estufa ya está definitivamente para el arrastre —dijo el redactor jefe.

Le dije que opinaba lo mismo.

—Bueno, no importa: no la necesitamos con este tiempo. Conozco al hombre que ha hecho esto. Ya lo pillaré. Y ahora, aquí tiene, vea cómo hay que escribir estas cosas.

Tomé el manuscrito. Estaba tan acribillado a tachaduras, borrones y anotaciones entre líneas, que ni su propia madre, si la hubiera tenido, lo hubiese reconocido. Ahora rezaba como sigue:

REVISTA DE PRENSA DE TENNESSEE

Los inveterados embusteros del *Semi-Weekly Earthquake* están sin duda tratando de arrojar sobre gentes nobles y caballerosas otra de sus viles y brutales falsedades con respecto a la más gloriosa iniciativa del siglo XIX: el ferrocarril de Ballyhack. Ha germinado en sus repugnantes cerebros, o mejor dicho, en lo que ellos tienen en el lugar del cerebro, la idea de que Buzzardville iba a ser dada de lado. Harían mejor en tragarse esa mentira, si quieren que su inservible pellejo de reptil se libre de la somanta de palos que tanto merecen.

Ese asno de Blossom, del *Thunderbolt and Battle Cry of Freedom* de Higginsville, ya está otra vez aquí, comiendo de gorra en el Van Buren.

Observamos que el infeliz pelagatos del *Morning Howl* de Mud Springs nos endilga, con su habitual propensión a la mentira, la noticia de que Van Werter no ha sido elegido. La muy elevada misión del periodismo es difundir la verdad; erradicar el error; educar, refinar y elevar el tono de la moral y las costumbres públicas haciendo a los hombres más amables, más virtuosos, más caritativos, y, en todos los sentidos, mejores, más santos y más felices; y aun así, ese canalla de corazón ennegrecido degrada persistentemente su honorable profesión difundiendo la falsedad, la calumnia, el vituperio y la vulgaridad.

Blathersville quiere un pavimento Nicholson... Lo que quiere es una cárcel y otro asilo para pobres. ¡Valiente idea pavimentar un pueblucho con dos tabernas de mala muerte, una herrería y ese emplasto amarillento de periódico que es el *Daily Hurra*! Ese insecto rastrero de Buckner, el editor del *Hurra*, rebuzna sobre este asunto con su acostumbrada imbecilidad, figurándose que habla con algún sentido.

—Así es como hay que escribir: picante y en su punto. El periodismo empalagoso me produce náuseas.

Más o menos en ese momento, un ladrillo entró a través de la ventana, con gran estruendo de vidrios rotos y dándome un golpe tremendo en la espalda. Me aparté del campo de tiro: empezaba a ver por dónde iban las cosas.

El jefe dijo:

—Ese debe de ser el coronel. Llevo esperándolo un par de días. Dentro de nada estará aquí.

Tenía razón. Un momento después apareció el coronel en el umbral de la puerta, empuñando un revólver descomunal, y dijo:

—Señor, ¿tengo el honor de hablar con el cobarde que publica este sarnoso papelucho?

—El mismo. Tome asiento, señor. Tenga cuidado con la silla, le falta una pata. ¿Creo tener el honor de hablar con el pútrido embustero coronel Blatherskite Tecumseh?

—En efecto, señor. Tengo una pequeña cuenta que saldar con usted. Si dispone de un momento, podemos empezar.

—Estoy terminando un artículo sobre el «Fomento del progreso del desarrollo moral e intelectual de América», pero no hay prisa. Adelante.

Ambas pistolas soltaron su fiero aullido al unísono. El jefe perdió un rizo de sus cabellos, y la bala del coronel acabó su trayectoria en la parte más carnosa de mi muslo. El hombro izquierdo del coronel sufrió un leve rasguño. Volvieron a disparar y ambos erraron su objetivo, pero yo recibí mi parte: un tiro en el brazo. Al tercer disparo, los dos caballeros se hirieron ligeramente, y uno de mis nudillos quedó destrozado. Entonces dije que lo mejor sería que saliera a dar un paseo, ya que se trataba de un asunto privado y no me parecía bien seguir siendo testigo de su desarrollo. Pero ambos caballeros me rogaron que permaneciera en mi asiento y me aseguraron que no suponía ningún estorbo para ellos.

Entonces se pusieron a hablar de las elecciones y los recuentos, al tiempo que cargaban sus armas y yo me vendaba las heridas. Pero al cabo de un momento volvieron a abrir fuego, con más animación si cabe, y cada disparo producía su efecto... aunque cabe señalar que, de las seis balas, cinco me dieron a mí. La sexta hirió mortalmente al coronel, quien, con refinado humor, dijo entonces que se veía obligado a excusarse, ya que otros asuntos le reclamaban en la ciudad. Luego preguntó por dónde se iba a casa del sepulturero y se marchó.

El jefe se volvió hacia mí y me dijo:

—Tengo invitados a comer y debo darme prisa. Si me hace usted el favor, quédese para corregir las pruebas y atender a las visitas.

Fruncí ligeramente el ceño ante la idea de atender a las visitas, pero me encontraba tan ofuscado por el tiroteo, resonante aún en mis oídos, que no pude pensar en nada que decir. Continuó:

—Jones estará aquí a las tres: dele una buena paliza. Puede que Gillespie se presente antes: arrójelo por la ventana. Ferguson llegará sobre las cuatro: cárgueselo. Eso es todo por hoy, creo. Si le sobra algo de tiempo, puede escribir un artículo despotricando contra la policía: arremeta fuerte contra el inspector jefe. El látigo está debajo de la mesa; encontrará armas en el cajón, y las municiones están en ese rincón de ahí; hay hilas y vendas en los estantes del buró. En caso de accidente, acuda a Lancet, el cirujano que vive aquí abajo. Es anunciante y nos paga con sus servicios.

Se marchó, y yo me estremecí. Al cabo de las siguientes tres horas, había pasado por peligros tan espantosos que toda paz de espíritu y todo buen humor me habían abandonado. Gillespie se presentó y me arrojó a mí por la ventana. Jones llegó al poco rato y, cuando me disponía a fustigarlo, fue él quien se encargó de hacérmelo a mí. En un encuentro con un desconocido, cuya visita no estaba prevista, perdí el cuero cabelludo. Otro desconocido que respondía al nombre de Thompson me dejó convertido en un maltrecho despojo cu-

bierto de harapos. Y al final, acorralado en un rincón y asediado por un furioso enjambre de editores, facinerosos, polí-
ticos y malhechores que gritaban, juraban y blandían sus
armas ante mis narices hasta dejar el aire saturado de centelleantes relámpagos de acero, cuando ya me disponía a presentar la renuncia a mi puesto en el periódico, llegó el redactor jefe, y con él una turba de encantadores y entusiastas
amigos. Entonces se produjo una escena de tumulto y mor-
tandad como ninguna pluma humana, ni tampoco de acero,
acertaría a describir. Hubo disparos, heridas de arma blanca,
desmembramientos, explosiones y gente arrojada por las
ventanas. Se desencadenó un breve ciclón de turbias blasfemias acompañado por una frenética y confusa danza guerre-
ra, y luego todo acabó. Al cabo de cinco minutos volvió a hacerse el silencio, y el ensangrentado jefe y yo nos quedamos
solos, examinando desde nuestros asientos la truculenta desolación esparcida por el suelo a nuestro alrededor.

—Le gustará el lugar —dijo—, una vez que se haya acostumbrado.

—Tendrá que excusarme —repuse—. Creo que podría
llegar a escribir del modo que usted quiere; con un poco de
práctica y una vez adquirido el lenguaje necesario, estoy convencido de que podría hacerlo. Pero, a decir verdad, este tipo
de energía expresiva tiene sus inconvenientes, y está siempre
expuesta a verse interrumpida. Usted mismo puede comprobarlo. No cabe duda que un estilo vigoroso está concebido
para elevar al público lector, pero a mí no me gusta atraer tanto la atención. No puedo escribir con tranquilidad si me interrumpen constantemente como ha ocurrido hoy. Este puesto
me gusta bastante, pero no tanto el hecho de que me dejen
aquí para atender a las visitas. Este tipo de experiencias son
nuevas para mí, se lo aseguro, y hasta pueden resultar entrete-
nidas en cierto modo, pero no están debidamente repartidas.
Un caballero le dispara a través de la ventana y me mutila a
mí; cae una granada por el tubo de la chimenea a modo de re-

galo para usted, y yo casi me trago la puerta de la estufa; un amigo viene a intercambiar algunos cumplidos con usted y me agujerea a mí como a un colador, haciendo que todos mis principios se me escapen por la piel; se va usted a comer, y viene Jones con su látigo, Gillespie me arroja por la ventana, Thompson me convierte en un guiñapo andrajoso y luego un completo desconocido llega y me arranca el cuero cabelludo con la misma familiaridad que si fuese un antiguo conocido; y en menos de cinco minutos, todos los bribones del país llegan con sus pinturas de guerra y sus tomahawk, y asustan hasta la muerte a lo poco que queda de mi persona. Juzgue usted en conjunto; nunca, en toda mi vida, he pasado un rato tan trepidante como el de hoy. No...; si me cae usted bien, me gusta su manera tranquila y calmosa de abordar los asuntos con las visitas; pero, verá, yo no estoy acostumbrado a esto. El corazón sureño es demasiado impulsivo; y su hospitalidad, demasiado espléndida con el forastero. Los párrafos que he escrito hoy, y en cuyas frías frases su mano maestra ha infundido el ardoroso espíritu del periodismo de Tennessee, despertarán las iras de otros avisperos. Y toda esa turba de periodistas y editores volverá..., y volverá con hambre y querrá merendarse a alguien. Así que no me queda más remedio que despedirme de usted. Declino el placer de estar presente en este tipo de festejos. Vine al sur por motivos de salud, y por el mismo motivo volveré al lugar de donde vine, y deprisa. El periodismo de Tennessee es demasiado turbulento para mí.

Tras lo cual nos despedimos con gran pesar por parte de ambos, y fui a buscar alojamiento al hospital.

1869

UN SUEÑO EXTRAÑO
(Contiene una moraleja)

Hace un par de noches tuve un sueño de lo más singular. Me parecía estar sentado en un portal (de alguna ciudad indeterminada, tal vez), abstraído en mis cosas, y debían de ser sobre las doce o la una de la madrugada. Hacía una noche suave y deliciosa. No llegaba a través del aire sonido humano alguno, ni siquiera el ruido de pasos. No se percibía rumor alguno que turbara aquella calma apacible, excepto el ocasional ladrido sordo de algún perro en la lejanía, y la débil respuesta de otro aún más distante. De repente, procedente de la parte alta de la calle, oí un ruido traqueteante como de huesos, que atribuí a las castañuelas de alguna serenata nocturna. Al cabo de un minuto, un esqueleto alto, encapotado y medio envuelto en una mortaja deshilachada y mohosa cuyos andrajos ondeaban en torno al entramado de sus costillas, pasó junto a mí con paso firme y majestuoso, y luego desapareció en la lúgubre penumbra de la noche estrellada. Llevaba al hombro un ataúd destrozado y carcomido por los gusanos, y en la mano un manojo de algo que no pude distinguir. Supe entonces a qué se debía aquel ruido traqueteante: era el que emitían las articulaciones de aquel personaje al moverse, sobre todo los codos al golpear contra los flancos mientras caminaba. Puedo decir que me quedé sorprendido. Antes de que pudiera ordenar mis pensamientos y entregarme a especulaciones sobre qué podía significar aquella aparición, escuché acercarse a otra, ya que reconocí el traqueteo. Cargaba sobre el hombro apenas dos tercios de ataúd, y bajo el brazo llevaba algunas tablas de la cabecera o los pies del féretro. Estuve tentado de mirar bajo su capucha y decirle algo, pero cuando se volvió hacia mí y me sonrió con sus cuencas cavernosas y su protuberante y macabra dentadura, pensé que era mejor dejar que siguiera su camino. Apenas acabó de pasar, escuché de nuevo el ruido traqueteante y vi surgir a otro esqueleto de la sombría penumbra. Este caminaba encorvado bajo el peso de una lápida y arrastraba un maltrecho ataúd tras de sí mediante una cuerda. Cuando llegó a mi altura, se quedó mirándome fijamente durante uno o dos segundos y dio luego la vuelta, poniéndose de espaldas a mí y diciendo:

—Compañero, ¿quieres ayudarme a bajar esto?

Le ayudé a descargar la pesada lápida hasta depositarla en el suelo, y al hacerlo observé que llevaba el nombre de «John Baxter Copmanhurst», y también la fecha de su muerte: «Mayo de 1839». El finado se sentó con aire fatigado a mi lado, secándose el hueso frontal con el metacarpo, seguramente por la fuerza de la costumbre, ya que yo no veía que le saliese ninguna gota de sudor.

—Es terrible, terrible —dijo, envolviéndose en lo que quedaba de su mortaja y apoyando pensativamente la barbilla en su mano; luego colocó el pie izquierdo sobre su rodilla y empezó a rascarse distraídamente el hueso del tobillo con un clavo oxidado que extrajo de su ataúd.

—¿Qué es tan terrible, amigo?

—¡Oh, todo, todo! Casi desearía no haber muerto.

—Me sorprende usted. ¿Por qué dice eso? ¿Hay algo que vaya mal? ¿Qué le ocurre?

—¿Que qué me ocurre? Mire esta mortaja, hecha jirones. Mire esta lápida, completamente resquebrajada. Mire este viejo y ruinoso ataúd. Todo lo que uno posee se desmorona y se destruye ante sus ojos, ¡y aún me pregunta si me ocurre algo! ¡Rayos y centellas!

—Cálmese, cálmese —dije—. Es terrible..., ciertamente terrible, pero no pensaba que le preocuparan gran cosa esos detalles, dada la situación en que se encuentra.

—Pues bien, señor mío, me preocupan. Mi orgullo está herido y mi comodidad, malograda..., destruida, diría yo. Voy a contarle mi caso, voy a describírselo de tal forma que pueda comprenderlo, si usted me lo permite —dijo el esqueleto, echando hacia atrás la capucha de su mortaja como si se despojara de impedimentos para su actuación, en un gesto desenvuelto que inconscientemente le confirió un aire garboso y festivo nada acorde con la gravedad de su situación en la vida, por así decirlo, y en marcado contraste con su desgraciado estado de ánimo.

—Adelante —le dije.

—Resido en el viejo y lastimoso cementerio que está a una o dos manzanas más arriba, en esta misma calle, allá... ¡Oh, vaya, ya me veía yo venir que este cartílago se me saldría! Es la tercera costilla empezando por abajo, amigo, sujétela por el extremo a la columna con un cordón, si es que lleva alguno; aunque lo que mejor queda es un alambre de plata, es mucho más agradable, duradero y elegante, si uno lo mantiene pulido... ¡Y pensar que uno va desmoronándose así, a pedazos, a causa de la indiferencia y el descuido de sus descendientes! —Y el desdichado espectro hizo rechinar los dientes de tal manera que me produjo escalofríos, ya que el efecto se veía poderosamente aumentado por la ausencia de carne y cutícula—. Resido en aquel viejo cementerio, y lo vengo haciendo desde hace treinta años. Y le aseguro a usted que todo ha cambiado mucho desde el día en que me pusieron esta lápida encima, y me di media vuelta y me eché a dormir un largo sueño, embargado por la deliciosa sensación de haberme librado para siempre de las preocupaciones, el pesar, la angustia, la duda, el miedo, para siempre jamás, mientras escuchaba con enorme y creciente satisfacción los ruidos que hacía el sepulturero, desde el sobresalto de la primera paletada de tierra sobre mi ataúd hasta el murmullo atenuado de la pala alisando el techo de mi nuevo hogar. ¡Delicioso..., maravilloso! ¡Ojalá pudiera usted probarlo esta misma noche!

Y el difunto me sacó de mi abstracción con un estruendoso cachete de su huesuda mano sobre mi espalda.

—Sí, señor, hace treinta años que me eché a descansar aquí, y era feliz. Porque entonces estábamos en pleno campo, en medio de los viejos y majestuosos bosques, fragantes y floridos, con el viento murmurando indolente entre las hojas; las ardillas retozaban por encima y alrededor de nuestras tumbas, los insectos venían a visitarnos y los pájaros llenaban con su música la tranquila soledad. ¡Ah, morirse en aquel entonces valía por diez años de vida! Todo era realmente agradable. Estaba en un vecindario excelente, ya que todos los muertos a mi alrededor pertenecían a las mejores familias de la ciudad. La posteridad parecía reservarnos todo lo mejor. Nuestras tumbas se conservaban en inmejorables condiciones; la verja estaba siempre en un estado impecable; las losas, siempre bien pintadas o enjalbegadas, y en cuanto empezaban a presentar un aspecto ruinoso o herrumbroso se cambiaban por otras nuevas; los mausoleos se conservaban todavía; las rejas, intactas y relucientes; los macizos de rosas y los setos, siempre bien podados y sin cizaña; y los senderos de gravilla, limpios y lisos. Pero aquellos tiempos pasaron. Nuestros descendientes nos han olvidado. Mi nieto vive en una casa magnífica construida con el dinero amasado por estas viejas manos, mientras que yo duermo en una tumba abandonada, invadida por sabandijas que carcomen mi mortaja para construir con ella sus nidos. Algunos amigos que descansan junto a mí, y yo mismo, hemos fundado y establecido la prosperidad de esta magnífica ciudad, y nuestros muy queridos y opulentos vástagos dejan que nos pudramos en un cementerio ruinoso, que los vecinos maldicen y los forasteros desprecian. Fíjese en la diferencia entre aquellos tiempos y estos. Por ejemplo, ahora nuestras tumbas están medio derruidas; las losas están tan deterioradas que se desmoronan por momentos; las rejas se tambalean a uno y otro lado, elevándose en el aire con insólita levedad; nuestros mausoleos se derrumban cansinamente y nuestras lápidas inclinan abatidas las cabezas; ya no quedan adornos, ni rosas, ni setos, ni senderos de gravilla, ni nada que cause placer a la vista; e incluso la vieja verja ahora despintada, que tan vistosamente nos resguardaba de la compañía de bestias y del desfile de pies descuidados, se ha salido de sus goznes y se cierne lúgubremente sobre la calle, haciendo que la gente repare aún más en la presencia de nuestra ruinosa morada, e incitándola a sentir aún mayor desprecio. Y ahora ya ni siquiera podemos ocultar nuestra pobreza y despojos entre los amistosos bosques, porque la ciudad ha ido extendiendo sus demoledores brazos hasta encerrarnos en su seno, y todo lo que queda de la antigua alegría de nuestro viejo hogar son algunos lúgubres árboles, hastiados de la vida ciudadana, con las raíces hundidas en nuestros ataúdes y mirando anhelantes hacia la brumosa lejanía de los bosques. ¡Le digo que esto es espantoso!

»Ya empieza usted a comprender, ya va entendiendo a qué me refiero. Nuestros descendientes están viviendo suntuosamente de nuestro dinero, en la ciudad que ahora nos rodea, mientras que nosotros tenemos que librar una dura batalla para conservar unidos el cráneo al resto de los huesos. Mire usted: no hay una sola tumba en nuestro cementerio que no gotee, ni una sola. Siempre que llueve por la noche tenemos que salir de nuestras fosas y trepar a los árboles, y a veces nos despertamos súbitamente sintiendo el agua helada corrernos por la nuca. ¡Le aseguro a usted que entonces se produce un levantamiento general de viejas losas y una apertura a patadas de viejos mausoleos, y los esqueletos salen corriendo en desbandada hacia los árboles! Si hubiera pasado por allí alguna de esas noches, después de las doce, habría podido ver como a unos quince de nosotros encaramados sobre una pierna, con nuestras articulaciones chirriando de un modo horroroso y con el viento murmurando al pasar entre nuestras costillas. Muchas veces hemos tenido que permanecer en esa situación durante tres o cuatro terribles horas, tras las cuales bajamos rígidos, helados y soñolientos, y tenemos que prestarnos los cráneos unos a otros para vaciar de agua las tumbas; si echo la cabeza hacia atrás y mira a través de mi boca, podrá ver que mi cráneo está todavía medio lleno de un sedimento reseco... ¡Y a veces el peso hace que la cabeza se bambolee y parezca estúpido! Sí, señor, en muchas ocasiones, si se hubiera pasado por allí antes del amanecer, nos habría encontrado vaciando las tumbas y poniendo nuestras mortajas a secar en la verja. Allí me robaron una mañana una elegante mortaja que tenía; creo que fue un individuo llamado Smith, que reside en un cementerio plebeyo que hay por los alrededores; y eso es lo que creo porque la primera vez que le vi no llevaba más que una camisa a cuadros, y la última, que fue en una asamblea social celebrada en el nuevo cementerio, era el cadáver mejor vestido de la reunión. Además, es muy significativo que en cuanto me viera se marchara, y que poco después a una anciana de aquí le faltara su ataúd; por lo general, siempre que salía se lo llevaba consigo, porque si se exponía mucho rato al aire de la noche era propensa a enfriarse y volvía a padecer los espasmos reumáticos que acabaron con su vida. Se llamaba Hotchkiss, Anna Matilda Hotchkiss. Tal vez la conozca. Tiene dos dientes delanteros arriba; es alta, aunque tiende a encorvarse; le falta una costilla en el lado izquierdo; tiene un mechón de pelo estropajoso que le cae por el lado izquierdo de la cabeza, y un tufo un poco por encima de este, y luego otro que sobresale por delante de la oreja derecha; lleva un alambre en la mandíbula inferior, que se le había desprendido por uno de los lados; le falta un hueso pequeño del antebrazo izquierdo, lo perdió en una riña; tiene un porte decidido y una manera de caminar muy altiva con los brazos en jarras y el mentón muy levantado: había sido una mujer bastante hermosa y descocada, pero está tan maltrecha y machacada que parece una caja de porcelana hecha añicos. ¿Se la ha encontrado usted?

—¡Dios no lo quiera! —exclamé de forma involuntaria, ya que no me esperaba aquella pregunta, que me cogió un tanto desprevenido. Pero me apresuré a remediar mi grosería diciendo—: Quiero decir que no he tenido el gusto; no era mi intención referirme descortésmente a una amiga suya. Pero estaba diciendo usted que le robaron... y es sin duda una vergüenza. Pero, a juzgar por lo que queda de la mortaja que lleva usted, parece que en su tiempo fue una bastante costosa. ¿Cómo...?

Sobre los roídos huesos y pellejos desecados del rostro de mi interlocutor empezó a dibujarse una expresión horripilante, que hizo que comenzara a sentirme inquieto y aterrado, pero entonces me explicó que solo estaba intentando esbozar una sonrisa franca y taimada, acompañada de un guiño, para darme a entender que, más o menos cuando él consiguió la vestidura que ahora llevaba, uno de los espectros de un cementerio vecino perdió la suya. Eso me tranquilizó, pero le rogué que a partir de entonces se dirigiera a mí utilizando solo el lenguaje, ya que su expresión facial resultaba muy equívoca. Aunque mostrara el mayor cuidado posible, su intención podía ser malinterpretada. Lo que tenía que evitar, sobre todo, era sonreír. Lo que a él podía parecerle una expresión radiante, probablemente se me antojara a mí bajo una luz muy distinta. Le dije que me gustaba ver a un esqueleto jovial, e incluso decorosamente juguetón, pero que no pensaba que la sonrisa fuera lo que mejor le sentaba a un rostro cadavérico.

—Sí, amigo —dijo el pobre esqueleto—, los hechos son tal y como se los he relatado. Dos de estos viejos cementerios (este en el que yo resido y otro que está un poco más allá) han sido deliberadamente descuidados por nuestros descendientes hasta el punto de que hoy son prácticamente inhabitables. Dejando aparte la incomodidad osteológica, que no es poca cosa con este tiempo lluvioso, la situación actual resulta ruinosa para nuestras propiedades. Hemos tenido que trasladarnos o resignarnos a ver nuestros efectos malograrse o acabar totalmente destruidos. Le costará creerlo, y aun así es cierto: no hay ni un solo ataúd en buen estado entre todos los de mis conocidos; esa es la pura verdad. No me refiero a gentes de baja estofa, de esas que vienen en una caja de pino traída en una carreta, sino a las de féretros lujosos con asas de plata, verdaderos monumentos que son transportados bajo penachos de plumas negras a la cabeza de una procesión y que eligen su parcela en el cementerio: me refiero a gentes como los Jarvis, los Bledsoe, los Burling y demás. Están todos en estado ruinoso. Eran los personajes más importantes de nuestro círculo. Y mírelos ahora: en un estado de absoluta miseria y abandono. No hace mucho uno de los Bledsoe le cedió su mausoleo al fallecido propietario de una taberna a cambio de algunas virutas de madera frescas donde poder descansar la cabeza. Le aseguro que es un hecho de lo más significativo, pues no hay nada de lo que un cadáver se sienta tan orgulloso como de su mausoleo. A un finado le encanta leer las inscripciones. Al cabo de un tiempo acaba por creer lo que en ellas se dice de él, y no resulta extraño verlos sentados en la verja noche tras noche, deleitándose en su lectura. Los epitafios no cuestan nada y hacen muchísimo bien a los infelices muertos, especialmente a los que no han tenido suerte en la vida. Me gustaría que se escribieran más. No es que yo me queje, pero creo que fue un poco mezquino por parte de mis descendientes no ofrecerme más que esta vieja lápida roñosa, y más ahora que no aparece en ella ninguna inscripción elogiosa. Antes ponía:

RECIBIÓ SU JUSTA RECOMPENSA,

y cuando la vi por primera vez me sentí muy orgulloso, pero con el tiempo empecé a notar que, cuando venía algún viejo amigo mío y metía la barbilla por la reja, leyendo con cara larga hasta llegar a esta frase, entonces empezaba a reírse por lo bajo y se marchaba con expresión satisfecha y complacida. Borré la inscripción para fastidiar a esos necios. Pero los muertos están siempre muy orgullosos de su mausoleo. Ahora mismo van por allí una media docena de los Jarvis llevando a cuestas el monumento familiar. Y hace un rato pasó Smithers con algunos espectros contratados para ayudarle a acarrear el suyo... ¡Hola, Higgins, que te vaya bien, amigo! Ese era Meredith Higgins, que murió en el año cuarenta y cuatro; forma parte de nuestro grupo del cementerio, y procede de una excelente familia, su bisabuela era india. Mantengo muy buenas relaciones con él, y si no me ha contestado será porque no me ha oído. Y lo siento, porque me hubiera gustado presentárselo. Le habría parecido admirable. Es el esqueleto más descoyuntado, encorvado y ruinoso que se haya visto, pero es muy divertido. Cuando ríe suena como si alguien hiciera frotar dos piedras, y su risa empieza siempre con un chirrido que parece como si rascaran un clavo contra un cristal... ¡Qué hay, Jones! Ese es el viejo Columbus Jones; su mortaja costó cuatrocientos dólares, y el *trousseau* entero, incluyendo el mausoleo, dos mil setecientos. Fue en la primavera del veintiséis, y para aquel tiempo era una suma enorme. Vinieron muertos de todas partes, incluso desde los Alleghenies, para admirar sus maravillas; mi vecino de tumba aún se acuerda muy bien de todo aquello. ¿Y ve usted a aquel individuo que va con un trozo de losa bajo el brazo, al que le falta uno de los huesos por debajo de la rodilla y que parece que no tenga nada más en el mundo? Pues es Barstow Dalhousie y, junto con Columbus Jones, era la persona más suntuosamente ataviada que entró jamás en este cementerio. Todos nos estamos marchando. No podemos tolerar el trato que recibimos de manos de nuestros descendientes. Construyen nuevos cementerios, pero dejan el nuestro abandonado a la ignominia. Arreglan las calles, pero jamás nada que tenga que ver con nosotros o que nos pertenezca. Fíjese en este ataúd mío: le aseguro a usted que fue una pieza que hubiera llamado la atención en cualquier salón de la ciudad. Si lo quiere, puede quedárselo; yo no puedo permitirme repararlo. Póngale un fondo nuevo, y también una parte de la tapa y uno de los tablones del costado izquierdo, y lo encontrará tan confortable como cualquier receptáculo de su especie que haya usted probado. No tiene que darme las gracias..., no se moleste; ha sido usted tan atento conmigo que, antes de parecer desagradecido, le daría todo cuanto poseo. Este sudario, en su estilo, está bastante bien; si usted lo quiere... ¿No? Muy bien, como guste; solo deseaba ser generoso con usted, porque yo no tengo nada de mezquino. Adiós, amigo mío, debo marcharme ya. Tal vez tenga que recorrer un largo camino esta noche, aún no lo sé. Solo tengo muy clara una cosa, y es que estoy dispuesto a emigrar y que jamás volveré a dormir en ese abominable y delirante cementerio. Viajaré hasta que encuentre un sitio respetable, aunque tenga que ir a buscarlo a New Jersey. Todos mis compañeros se van. Se decidió así anoche, en cónclave público, y en cuanto salga el sol no va a quedar ni un solo hueso en nuestra vieja morada. Cementerios así pueden parecerles bien a quienes nos sobreviven, pero no a los restos que tienen el honor de hacer estas observaciones. Mi opinión es la opinión general. Si lo duda usted, vaya y compruebe cómo los espectros lo han dejado todo antes de partir. Casi arman un disturbio manifestando su descontento... ¡Hola! Ahí están algunos de los Bledsoe, y si no le importa ayudarme a levantar esta lápida, me uniré a ellos para emprender juntos el camino; estos Bledsoe fueron una familia de alta alcurnia, y hace cincuenta años, cuando yo paseaba por estas calles a la luz del día, solían viajar siempre en coche de seis caballos y todas esas cosas. Adiós, amigo.

Y con su lápida al hombro, se unió a la macabra procesión arrastrando tras de sí su maltrecho ataúd, pues, a pesar de que insistió muy seriamente para que lo aceptara, rechacé enérgicamente su ofrecimiento. Calculo que durante unas dos horas aquellos tristes despojos estuvieron desfilando ante mí con su traqueteo de huesos y cargados con sus destartalados pertrechos, y durante todo aquel tiempo estuve compadeciéndome de ellos. Uno o dos de los más jóvenes y menos desvencijados trató de informarse acerca del ferrocarril y los trenes nocturnos, pero el resto parecía desconocer aquel medio de locomoción y se limitaba a preguntar por las carreteras públicas que conducían a distintos pueblos y ciudades, algunos de los cuales no están ya en el mapa y desaparecieron de la faz de la tierra hará al menos treinta años, y otros que ni siquiera llegaron a existir jamás, salvo en los mapas particulares de las agencias con terrenos en propiedad. Y también preguntaban acerca del estado de los cementerios en esos pueblos y ciudades, y sobre la reputación de sus habitantes con respecto a la reverencia que tributaban a sus muertos.

Todo aquel asunto despertó en mí un profundo interés, así como una gran compasión hacia aquellos seres sin hogar. Y como todo parecía tan real, y yo no sabía que solo se trataba de un sueño, le mencioné a uno de los amortajados caminantes mi intención de publicar un relato acerca de este extraño y penoso éxodo, pero también le dije que no podría describirlo ajustándome totalmente a la verdad, tal como estaba ocurriendo, sin parecer que estaba frivolizando con un asunto tan grave y mostrando una irreverencia hacia los muertos que podría causar gran malestar y aflicción entre los amigos que les sobrevivían. Pero aquel amable e imponente despojo de un antiguo ciudadano se inclinó hacia mí y murmuró a mi oído estas palabras:

—No deje que eso le preocupe. La comunidad que puede soportar la existencia de cementerios como estos de los que estamos emigrando también podrá soportar lo que un individuo pueda decir acerca del descuido y el olvido en que se hallan los muertos que descansan en ellos.

En ese mismo instante cantó un gallo, y la espectral procesión desapareció sin dejar tras de sí ni un solo hueso o harapo. Me desperté y me encontré acostado con la cabeza «colgando» considerablemente fuera de la cama: una posición muy indicada para tener sueños que tal vez contengan alguna moraleja, pero no poesía.

NOTA: El lector puede estar tranquilo si los cementerios de su ciudad se encuentran en buen estado de conservación; este Sueño no se refiere en absoluto a su ciudad, pero sí de forma especial y malévola a la población vecina.

1870

LOS HECHOS OCURRIDOS EN EL CASO DEL
CONTRATO DE LA CARNE DE VACA

Quiero exponer ante la nación, en tan pocas palabras como sea posible, la parte, por muy pequeña que sea, que he tenido en este asunto, asunto que mucho ha ocupado la atención pública, ocasionando tanta discordia y llenando tanto los periódicos de ambos continentes con afirmaciones tergiversadas y comentarios extravagantes.

El origen de esta angustiosa cuestión fue el siguiente, y aprovecho este momento para afirmar que todos los hechos contenidos en el resumen que doy a continuación pueden ser ampliamente demostrados por los registros oficiales del Gobierno central.

John Wilson Mackenzie, de Rotterdam, condado de Chemung, New Jersey, ya fallecido, acordó con el Gobierno central, el día, o alrededor del día 10 de octubre de 1861, el suministro de un total de treinta barriles de carne de vaca al general Sherman.

Muy bien.

Dicho señor se puso en camino con su partida de carne de vaca en busca de Sherman, pero cuando se presentó en Washington, Sherman se había marchado a Manassas; en vista de lo cual, cargó con la carne de vaca y fue a buscarlo a tal punto, pero llegó demasiado tarde. Lo fue siguiendo hasta Nashville, y de Nashville a Chattanooga, y de Chattanooga a Atlanta, pero nunca logró alcanzarlo. En Atlanta inició otro viaje y siguió al general durante toda su marcha hasta el mar. De nuevo llegó demasiado tarde, aunque solo por unos días. Pero enterado de que Sherman se había embarcado en la expedición del Quaker City a Tierra Santa, él partió hacia Beirut, calculando dejar atrás al otro navío. Cuando llegó con su carne de vaca a Jerusalén, supo que Sherman no había navegado en el Quaker City, sino que se había marchado a los Llanos a luchar contra los indios. Wilson regresó a América y se dirigió hacia las montañas Rocosas. Después de sesenta y ocho días de arduo viaje por los Llanos, y cuando ya se encontraba a menos de cuatro millas del cuartel general de Sherman, fue tomahawkeado y despojado de su cabellera, y los indios se apoderaron de la carne de vaca. Menos de un barril, que fue reconquistado por las tropas de Sherman, de modo que, incluso muerto, el valeroso navegante cumplió parte de su contrato.

En su testamento, que mantenía como si fuera un diario, legó el contrato a su hijo, Bartholomew Wilson, quien redactó la factura siguiente, y luego falleció:

ESTADOS UNIDOS
Debe a John Wilson Mackenzie, de New Jersey,
ya fallecido:

Por treinta barriles de carne de vaca al general Sherman, 100 $	3.000 $
Por gastos de viaje y transporte	14.000 $
TOTAL	17.000 $

Después se murió, pero dejó el contrato a Wm. J. Martin, que intentó cobrarlo, aunque falleció antes de conseguirlo. Lo legó a Barker J. Allen, que también intentó cobrarlo. Pero no sobrevivió. Barker J. Allen lo legó a Anson G. Rogers, que trató de cobrarlo, y llegó hasta el despacho del contable noveno, cuando la muerte, la gran niveladora, se presentó sin que nadie la llamase, y no revocó el contrato, sino a él. Legó la factura a un pariente suyo de Connecticut, llamado Vengeance Hopkins, que duró cuatro semanas y dos días, superando todas las marcas, sin llegar por poco al doceavo contable. En su testamento dejó la factura del contrato a su tío, el llamado Alegre Johnson. La cosa debilitó demasiado a Alegre Johnson. Sus últimas palabras fueron: «No lloréis por mí. Marcho gustoso». Y así hizo, el pobrecito. Siete personas, después de él, heredaron el contrato, pero todas fallecieron. Y así es como cayó por último en mis manos. Llegó a mí por medio de un pariente apellidado Hubbard, Bethlehem Hubbard, de Indiana. Este pariente me guardaba rencor desde hacía tiempo, pero en sus últimos momentos me mandó llamar, me perdonó todo y me entregó llorando el contrato de la carne de vaca.

Y ahí termina la historia del contrato hasta la hora en que yo lo heredé en propiedad. Voy a ver si consigo justificarme ante la nación en todo cuanto se refiere a mi participación en el asunto. Llevé mi contrato de carne de vaca y la factura por gastos de viaje y transporte al presidente de Estados Unidos.

—Veamos, señor, ¿en qué puedo servirle? —me preguntó.

Yo le contesté:

—Señor, el día, o alrededor del día 10 de octubre de 1861, John Wilson Mackenzie, de Rotterdam, condado de Chemung, New Jersey, ya fallecido, acordó con el Gobierno central el suministro al general Sherman de la suma total de treinta barriles de carne de vaca...

Al llegar a ese punto me interrumpió y me indicó, afablemente pero con firmeza, que me retirase de su presencia. Al día siguiente fui a visitar al secretario de Estado.

El secretario me preguntó:

—¿Qué le trae por aquí, señor?

Yo le dije:

—Su Alteza Real: el día, o alrededor del día 10 de octubre de 1861, JohnWilson Mackenzie, de Rotterdam, condado de Chemung, New Jersey, ya fallecido, acordó con el Gobierno central el suministro al general Sherman de un total de treinta barriles de carne de vaca...

—Con eso basta, señor, con eso basta; este departamento nada tiene que ver con contratos de carne de vaca.

Y me despidió con una inclinación. Yo volví a meditar en el asunto, y, finalmente, al día siguiente visité al secretario de la Marina, que me dijo:

—Hable rápido, señor; no me tenga esperando.

Yo le dije:

—Su Alteza Real, el día, o alrededor del día 10 de octubre de 1861, John Wilson Mackenzie, de Rotterdam, condado de Chemung, New Jersey, ya fallecido, contrató con el Gobierno central el suministro al general Sherman de un total de treinta barriles de carne de vaca...

No pude pasar de ahí. Tampoco él tenía nada que ver con contratos de carne de vaca para el general Sherman. Empecé a pensar que nuestro Gobierno era de una clase muy especial. Parecía como si quisieran librarse de pagar aquella partida de carne de vaca. Al siguiente día me dirigí al ministro del Interior, y le dije:

—Su Alteza Real, el día, o alrededor del día 10 de octubre....

—Es suficiente, señor. He oído hablar antes de usted. Lárguese con su condenado contrato de carne de vaca fuera de esta casa. El Ministerio del Interior nada tiene que ver con la provisión de víveres para el ejército.

Me marché de allí. Pero yo ya estaba exasperado. Me prometí que no dejaría en paz a ninguno de los ministerios de este Gobierno inicuo hasta que estuviese liquidado el asunto del contrato. Cobraría aquella factura, o caería en el empeño como habían caído mis antecesores. Asalté al director general de Correos; asedié el Ministerio de Agricultura; aceché al presidente de la Cámara de Diputados. Ninguno de ellos tenía nada que ver con los contratos de suministro de carne de vaca para el ejército. Avancé hacia el comisario de la Oficina de Patentes, y le dije:

—Excelentísimo y augusto señor, el día, o alrededor del...

—¡Condenación! ¡Al final se ha metido usted aquí con su incendiario contrato de carne de vaca! Nosotros nada tenemos que ver con los contratos de carne de vaca para el ejército, mi querido señor.

—Sí, eso está muy bien, pero alguien tiene que pagar esa carne. Y además exijo el pago ahora mismo, o de lo contrario embargaré esta vieja Oficina de Patentes con todo lo que hay dentro.

—Pero, mi querido señor...

—Me da lo mismo, señor. Yo creo que la Oficina de Patentes es la responsable de esta carne, y, responsable o no, la Oficina de Patentes la pagará.

Los detalles no importan, aquello acabó en un forcejeo. Ganó la Oficina de Patentes. Pero yo descubrí algo ventajoso para mí. Me informaron de que el lugar donde debía ir a reclamar era el Ministerio del Tesoro. Y allí me fui. Esperé dos horas y media, y, por último, fui llevado ante el primer lord del Tesoro. Le dije:

—Nobilísimo, solemnísimo y reverendo señor, el día, o alrededor del día 10 de octubre de 1861, John Wilson Macken...

—Con eso basta, señor. He oído hablar de usted. Vaya a ver al primer contable del Tesoro.

Y fui a verlo. El primer contable me envió al segundo contable. El segundo contable me envió al tercero, y el tercero me envió al primer interventor del Negociado de la Carne de Vaca Salada. Aquello ya tomaba forma de cosa normal. El interventor examinó sus libros y todos sus papeles desperdigados, pero no encontró ninguna minuta del contrato de carne de vaca. Me dirigí al segundo interventor del Negociado de Carne de Vaca Salada. Este examinó sus libros y papeles desperdigados, pero sin resultado. Me sentía con fuerzas. En el transcurso de aquella semana llegué al sexto interventor del Negociado; la semana siguiente recorrí el Departamento de

Reclamaciones; la tercera semana empecé y acabé el Departamento de Contratos Extraviados y puse el pie en el Departamento de Comprobaciones de Fallecimientos, que terminé en tres días. Ya solo me quedaba un lugar al que acudir. Me dispuse a sitiar al comisario de Desperdicios. Mejor dicho, a su escribiente, porque él no estaba allí. Encontré en el despacho a dieciséis bellas señoritas, que escribían en libros, y a siete escribientes jóvenes y bien parecidos que les enseñaban cómo tenían que hacerlo. Las señoritas sonreían por encima del hombro y los escribientes les devolvían la sonrisa y todo marchaba con la alegría de una campana que toca a bodas. Dos o tres escribientes que estaban leyendo el periódico me dirigieron miradas bastante duras, pero siguieron con la lectura y nadie me dijo nada. Sin embargo, yo estaba ya acostumbrado a este entusiasmo de los escribientes temporales de cuarta clase gracias a toda mi accidentada trayectoria, desde el día mismo en que entré en la primera oficina del Departamento de Carne de Vaca Salada hasta el momento mismo en que salí de la última oficina del Negociado de Situación. Para entonces había adquirido yo tal práctica que era capaz de permanecer desde el momento que entraba en una oficina hasta que el escribiente me dirigía la palabra apoyado en una pierna, sin cambiar más de dos o, quizá, tres veces.

Permanecí, pues, en mi lugar hasta cambiar cuatro veces de pierna. Y entonces le dije a uno de los escribientes que estaba dedicado a la lectura:

—Ilustre Vago, ¿dónde está el Gran Turco?

—¿Qué quiere usted decir con eso, señor? ¿A quién se refiere usted? Si se refiere al jefe de oficina, está fuera.

—¿Vendrá hoy de visita al harén?

El joven me miró muy fijamente durante unos instantes y luego reanudó la lectura de su periódico. Pero yo sabía cómo las gastan esta clase de escribientes. Yo sabía que me saldría con la mía si él acababa de leer antes que llegase otro correo de Nueva York. Ya no le quedaban más que dos periódicos por leer. Al cabo de un rato los terminó, bostezó y me preguntó qué era lo que deseaba.

—Ilustre y reputado Imbécil: el día, o alrededor del...

—Usted es el hombre del contrato de carne de vaca. Deme sus documentos.

Los tomó y estuvo largo rato revolviendo en sus papeles perdidos. Al final, encontró lo que a mí me pareció el paso del Noroeste, es decir, encontró el contrato extraviado tanto tiempo de la carne de vaca; encontró el escollo en el que se habían estrellado tantos de mis antecesores incluso antes de llegar hasta él. Me sentí profundamente conmovido. Y, sin embargo, me regocijé, porque yo había sobrevivido. Le dije con emoción:

—Démelo. Ahora lo liquidará el Gobierno.

Pero él me indicó con una mano que retrocediese, y me dijo que antes era preciso cumplir un requisito.

—¿Dónde está ese John Wilson Mackenzie?

—Está muerto.

—¿Cuándo falleció?

—No falleció, lo mataron.

—¿De qué manera?

—Lo tomahawkearon.

—¿Quién lo tomahawkeó?

—¡Quién va a ser! Un indio. No supondrá usted que fue obra del superintendente de una escuela dominical, ¿verdad que no?

—No. ¿De modo que fue un indio?

—Indio fue.

—¿Cómo se llamaba?

—¿Cómo se llamaba? No conozco su nombre.

—Necesito saber su nombre. ¿Quién presenció el tomahawkeamiento?

—No lo sé.

—Entonces, ¿usted no se hallaba presente?

—Puede usted verlo por el estado de mi cabellera. Me hallaba ausente.

—¿Cómo le consta entonces que Mackenzie está muerto?

—Porque murió con toda seguridad en esa ocasión, y tengo toda clase de razones para creer que desde entonces ha continuado muerto. En realidad, sé que ha continuado muerto.

—Necesitamos pruebas. ¿Tiene usted en su poder al indio?

—Claro que no lo tengo.

—Pues bien, es preciso que se haga usted con él. ¿Tiene usted en su poder el tomahawk?

—No se me ocurrió semejante cosa.

—Pues es preciso que se haga usted con el tomahawk. Es preciso que nos presente usted al indio y al tomahawk. Si se puede probar la muerte de Mackenzie de ese modo, podrá usted pasar ante la comisión señalada para la comprobación de reclamaciones, con ciertos visos de que su factura lleve camino de que los hijos de usted puedan quizá cobrar el dinero y disfrutarlo. Pero es indispensable comprobar la muerte de ese hombre. Sin embargo, no está de más que le diga que el Gobierno no pagará jamás los gastos de transporte y de viaje del llorado Mackenzie. Quizá pague el barril de carne de vaca que capturaron los soldados de Sherman si usted consigue que se vote al efecto un proyecto de ley en el Congreso aprobando un crédito para pagarle; pero en modo alguno abonará el importe de los veintinueve barriles que se comieron los indios.

—De modo, pues, que solo se me deben cien dólares, y además están en «veremos». ¡Después de todos los viajes de Mackenzie por Europa, Asia y América con la carne de vaca! ¡Después de todos sus esfuerzos, tribulaciones y transportes, después del sacrificio de todos esos inocentes que intentaron cobrar esta factura! Joven, ¿por qué no me dijo todo esto el primer interventor del Negociado de la Carne de Vaca Salada?

—Porque él no sabía nada acerca de la autenticidad de su reclamación.

—¿Y por qué no me lo dijo el segundo interventor? ¿Y por qué no el tercero? ¿Por qué no me lo dijeron en ninguno de esos negociados y departamentos?

—Porque ninguno de ellos estaba enterado. Aquí todas las cosas siguen una rutina. Usted ha seguido la rutina y ha averiguado lo que deseaba saber. Es el mejor camino. Es el único camino. Todo por sus pasos contados, muy lentamente, pero seguro.

—Sí, es una muerte segura. Lo ha sido para casi todos los de nuestra tribu. Y empiezo a tener el presentimiento de que a mí también me llama. Joven, usted está enamorado de aquella hermosa mujer que hay allí, la de los amables ojos azules y las plumas de acero detrás de la oreja, lo veo en sus tiernas miradas. Usted desea casarse con ella, pero es usted pobre. Tome, extienda la mano: aquí tiene el contrato de la carne de vaca. Andando, llévese usted a la muchacha y sea feliz. ¡Que Dios os bendiga, hijos míos!

Esto es todo lo que yo sé acerca del gran contrato de carne de vaca que tanto ha dado que hablar en la comunidad. El escribiente a quien se lo regalé falleció. Yo no sé nada más acerca del contrato ni de ninguna persona que tenga relación con él. Lo único que sé es que si una persona vive la suficiente cantidad de años, puede llegar a seguir la pista a un asunto a través del Negociado de Circunloquios de Washington y descubrir, después de muchos trabajos, molestias y retrasos, lo que hubiera podido descubrir desde el primer día si en el Negociado de Circunloquios sistematizasen los asuntos con la misma habilidad con que lo haría cualquier gran institución mercantil particular.

1870

CÓMO LLEGUÉ A SER EDITOR
DE UN PERIÓDICO AGRÍCOLA

No sin cierto recelo, acepté de forma temporal el puesto de editor de un diario agrícola. También un terrateniente aceptaría con cierto recelo el mando de un buque. Sin embargo, yo me encontraba en unas circunstancias que convertían el salario en una necesidad. El editor habitual se iba de vacaciones, y yo acepté las condiciones que me ofreció y ocupé su puesto.

La sensación de volver a trabajar resultaba gozosa, y toda esa semana me entregué a la labor con infatigable placer. Entró el número en la imprenta, y esperé durante todo el día con cierta impaciencia para comprobar si mi esfuerzo había atraído la atención de alguien. Al anochecer, cuando dejé la oficina, había un grupo de hombres y muchachos al pie de la escalera, que se dispersaron como impulsados por un resorte para dejarme pasar. Oí a uno o dos decir: «Es él». Naturalmente, el incidente me complació mucho. A la mañana siguiente encontré a otro grupo similar también al pie de la escalera, así como a varios hombres, en parejas o solos, diseminados aquí y allá a lo largo del camino, que me observaban con interés. El grupo se apartó y retrocedió a medida que me acercaba, y oí decir a uno de los hombres: «¡Miradlo a los ojos!». Fingí no reparar en la atención que estaba despertando, pero secretamente experimenté un gran placer y me propuse escribir a mi tía para explicárselo. Subí el corto tramo de escaleras y, cuando llegaba a la puerta, oí alegres voces y risotadas estentóreas. La abrí, y por unos instantes vislumbré a un par de jóvenes de aspecto rústico, cuyos rostros palidecieron y se contrajeron al verme, y luego se tiraron por la ventana entre un gran estrépito de cristales. Me quedé bastante sorprendido.

Al cabo de una media hora, un anciano caballero, de tupida barba y rostro agradable aunque algo severo, entró en el despacho y, a invitación mía, tomó asiento. Parecía tener alguna preocupación en mente. Se quitó el sombrero, lo dejó en el suelo y sacó de él un pañuelo de seda rojo y un ejemplar de mi periódico.

Dejó el diario sobre sus rodillas y, mientras limpiaba los cristales de sus lentes con el pañuelo, preguntó:

—¿Es usted el nuevo editor?

Le dije que así era.

—¿Ha dirigido algún periódico agrícola anteriormente?

—No —dije—. Esta es mi primera tentativa.

—Eso parece. ¿Y ha tenido alguna experiencia práctica en agricultura?

—No, creo que no.

—Algo así he creído intuir —repuso el anciano caballero, calándose las gafas y mirándome por encima de ellas con aspereza, mientras doblaba el periódico para acomodarlo a la lectura—. Quiero leerle el párrafo que me ha hecho intuirlo. Se trata del editorial. Escúcheme, y dígame si ha sido usted quien lo ha escrito:

El nabo no debe ser arrancado, ya que eso los perjudica. Es mucho mejor que un muchacho suba al árbol para sacudir las ramas.

—Y ahora, ¿qué piensa de esto? Porque supongo que fue usted quien lo escribió...

—¿Lo que pienso? Pues pienso que está bien. Pienso que tiene sentido. No me cabe duda de que todos los años millones de fanegas de nabos se estropean solo en este distrito al ser arrancadas a mitad de sazón, cuando, si se hiciera subir a un muchacho a sacudir las ramas...

—¡Sacuda usted a su abuela! ¡Los nabos no crecen en los árboles!

—¿Ah, no? ¿No crecen...? Bueno, ¿y quién ha dicho que lo hicieran? El lenguaje está empleado en un sentido figurado, completamente figurado. Cualquiera que sepa un poco de esto, comprenderá que lo que yo quería decir era que el muchacho tenía que sacudir la parra.

Entonces el anciano se puso en pie y rompió el periódico en trocitos minúsculos, que enseguida pisoteó furiosamente; destrozó varias cosas con el bastón y me dijo que entendía de todo aquello menos que una vaca; y luego se marchó dando un violento portazo. En suma, considerando su comportamiento, me imaginé que algo le habría disgustado. Pero, al no saber de qué podía tratarse, pensé que nada podía hacer por él.

Poco después, un sujeto alto y cadavérico, con largos mechones de pelo lacio hasta los hombros y un rostro con la barba hirsuta de una semana en los montes y los valles, cruzó el umbral como una flecha y se detuvo en seco, inmóvil, con un dedo sobre los labios e inclinando la cabeza y el cuerpo en actitud alerta. No se oía ningún ruido. Aun así, siguió a la escucha. Silencio. Luego echó la llave a la puerta, y de puntillas, con extrema cautela, se acercó hasta llegar cerca de mí, volvió a detenerse y, tras escrutar mi rostro con gran intensidad durante un rato, se sacó de la pechera un ejemplar doblado del periódico y dijo:

—Esto. Usted escribió esto. Léamelo... ¡deprisa! Sáqueme de este infierno. Estoy sufriendo.

Leí lo que sigue; y a medida que las frases salían de mis labios, podía ver cómo el alivio se apoderaba de aquel hombre, cómo se relajaban sus tensos músculos y cómo la angustia se borraba de sus facciones, mientras la paz y la tranquilidad volvían a reflejarse en su rostro como la piadosa luz de la luna sobre un paisaje desolado:

El guano es un pájaro excelente, pero es necesario tener mucho cuidado en su crianza. No tiene que ser importado antes de junio ni después de septiembre. En invierno, debe mantenerse en un lugar cálido, donde pueda empollar a sus crías.

Es evidente que la estación viene con retraso en lo referente al grano. Por consiguiente, los granjeros harán bien empezando a arrancar los tallos de maíz y plantando sus pasteles de trigo sarraceno en julio en vez de en agosto.

Con respecto a la calabaza, esta baya es muy popular entre los nativos del interior de Nueva Inglaterra, que la prefieren a la uva espinosa para hacer tartas de fruta, y también a las frambuesas para alimentar a sus vacas, ya que es más nutritiva, llena más y da mejor rendimiento. La calabaza es el único comestible de la familia de la naranja que arraiga en el norte, a excepción de una o dos variantes del calabacín. Pero la costumbre de plantarla en el patio delantero junto con los demás arbustos está pasando rápidamente de moda, ya que por lo general todo el mundo coincide en la inutilidad de la calabaza como árbol umbroso.

Ahora que se acerca el tiempo cálido y los gansos empiezan a desovar...

El excitado oyente se abalanzó hacia mí para estrecharme las manos y dijo:

—Eso es, eso es; ya basta. Ahora sé que no estoy loco, porque usted lo ha leído exactamente igual que yo, palabra por palabra. Pero le aseguro, forastero, que cuando esta mañana lo leí por primera vez, me dije a mí mismo: «Nunca, nunca antes lo había creído, a pesar de estar bajo la estricta vigilancia de mis amigos; pero ahora sí lo creo, sí creo que estoy loco»; y entonces he lanzado un aullido que debe de haberse oído a dos millas a la redonda y he salido disparado de mi casa para matar a alguien, porque, ¿sabe usted?, sabía que esto tenía que pasar tarde o temprano, así que daba igual que empezara cuanto antes. He vuelto a leer uno de esos párrafos, para estar bien seguro, y luego he pegado fuego a mi casa y me he echado a la calle. Les he dado una buena paliza a varias personas y he dejado a un tipo encaramado a un árbol, donde le tengo a mi disposición. Pero entonces he pensado que podía pasarme por aquí para asegurarme ya del todo, y ahora veo que es de verdad, que está escrito así, y puedo decirle que es una suerte para el tipo del árbol. Está claro que, al volver, lo habría matado. Adiós, señor, adiós; me ha quitado usted un gran peso de encima. Mi pobre razón ha podido aguantar la sacudida de uno de sus artículos agrícolas, y ahora ya sé que nada podrá hacérmela perder. Muy buenos días, señor.

Me incomodó un poco oír hablar de las palizas e incendios con que aquel sujeto se había estado entreteniendo, porque me sentí remotamente partícipe de los mismos. Pero esos pensamientos fueron rápidamente borrados cuando entró por la puerta nada menos que el editor jefe del periódico. (Pensé para mis adentros: «¿Lo ves? Si te hubieses marchado a Egipto, como te recomendé, habría tenido más tiempo para hacerme cargo de todo; pero no me hiciste caso, y aquí estás otra vez. En cierto modo, te esperaba».)

El director presentaba un aspecto desolado, perplejo y abatido.

Echó una mirada alrededor para evaluar los destrozos provocados por el viejo alborotador y aquellos dos jóvenes granjeros, y luego dijo:

—Este es un asunto lamentable..., un asunto muy lamentable. La botella de mucílago, rota, sin contar seis cristales de la ventana, una escupidera y dos candelabros. Pero eso no es lo peor. La reputación del periódico ha quedado muy maltrecha, y me temo que para siempre. Cierto es que nunca ha habido mayor demanda de ejemplares, que nunca hemos vendido una edición tan grande y que nunca hemos alcanzado tanta celebridad... Pero ¿acaso querría alguien hacerse famoso a costa de locuras, o prosperar a expensas de la enfermedad mental? Amigo mío, tan cierto como que soy un hombre honrado, vea a toda esa gente que se agolpa en la calle, y a otros encaramados a la verja, esperando a poder verle aunque sea un momento, porque piensan que está usted loco. Y no es de extrañar, leyendo sus editoriales. Sus artículos son una desgracia para el periodismo. Porque, a ver, ¿quién le metió en la cabeza que podría dirigir un periódico de esta índole? Usted ni siquiera parece conocer los rudimentos más básicos de la agricultura. Habla de un surco y de un rastrillo como si fueran la misma cosa; habla de la época de la muda de las vacas; y recomienda la domesticación del gato montés porque es un animal muy juguetón y un gran cazador de ratones. Su comentario acerca de que las almejas se quedarán quietas si se les toca un poco de música es superflua, enteramente superflua. Nada perturba a las almejas. ¡Las almejas siempre están quietas! La música les importa un bledo. ¡Ah, cielos y tierra, amigo! Si del acopio de ignorancia hubiese hecho la carrera de su vida, le aseguro que ahora podría graduarse con los más altos honores que cabría imaginar. Nunca he visto nada igual. Su observación de que la castaña de Indias se está ganando poco a poco el favor del público como artículo comercial me parece sencillamente calculada para destruir este periódico. Presente ahora mismo su dimisión y lárguese. No quiero más vacaciones... ¡No podría disfrutarlas! Y menos sabiendo que ocupa usted mi puesto. No tendría ni un momento de sosiego temiendo cuál sería su próxima recomendación. Me desquicio por completo cuando pienso en sus observaciones sobre parques de ostras en la sección de «Jardinería paisajística». Quiero que se vaya. Por nada del mundo lograrán convencerme de que me tome otras vacaciones. ¡Oh! ¿Por qué no me dijo usted que no sabía nada de agricultura?

—¿Decirle a usted, pedazo de mazorca, calabaza, hijo de una coliflor? Es la primera vez que escucho tan desconsiderados reproches. Lo que le diré es que llevo en el negocio editorial catorce años, y es la primera vez que escucho que se tenga que saber de algo para editar un periódico. ¡Pedazo de nabo! ¿Quién escribe la crítica teatral en los diarios de segunda categoría? Pues un hatajo de zapateros y mancebos de botica promocionados, que saben tanto de tablas como yo de agricultura, y poco más. ¿Quién hace la reseña de los libros? Gente que nunca ha escrito uno. ¿Quién elabora esos tostones sobre finanzas? Tipos que han desaprovechado cualquier oportunidad de aprender algo sobre el tema. ¿Quién hace las críticas de las campañas contra los indios? Caballeros que nunca han oído un grito de guerra, ni han visto un wigwam, ni han corrido nunca delante de un tomahawk, ni han arrancado flechas a varios miembros de sus familias para encender las fogatas de acampada. ¿Quién escribe esos llamamientos a la templanza, quién clama contra los ponches y combinados? Individuos que solo estarán sobrios cuando bajen a la tumba. Y dígame, boniato, ¿quién edita los periódicos agrícolas? Hombres que, por regla general, fracasan como poetas, como escritores de novelas de misterio o de dramas tremendistas, como reporteros urbanos, y que finalmente se refugian en la agricultura, en compás de espera, antes de entrar en el asilo para pobres. ¡Y quiere usted enseñarme el negocio periodístico! ¡A mí! Señor, yo he ido desde Alfa hasta Omaha, y puedo decirle que cuanto menos sabe un hombre, y cuanto más alboroto levanta, mayor es el sueldo que cobra. Bien sabe Dios que, si en vez de ser un hombre cultivado hubiese sido un ignorante, y si en vez de desconfiado hubiese sido un imprudente, habría podido forjarme una gran reputación en este mundo frío y egoísta. Me voy, señor. Ya que me trata usted como acaba de hacerlo, estoy totalmente decidido a marcharme. Pero he cumplido con mi deber. He cumplido con mi contrato en la medida en que se me ha permitido. Dije que podría hacer de su periódico una publicación de interés para todas las clases sociales, y lo he conseguido. Dije que podría aumentar la tirada hasta veinte mil ejemplares, y si me hubiese concedido un par de semanas más, lo habría logrado. Le he dado a usted la mejor clase de lectores que jamás tuvo un periódico agrícola: no solo un granjero, un individuo capaz de distinguir un árbol de sandías de una parra de melocotones, aunque le vaya la vida en ello. Le aseguro que es usted quien sale perdiendo con esta ruptura, no yo, ruibarbo. *Adiós.**

Y me marché.

1870

* En español en el original. *(N. del T.)*

UN CUENTO MEDIEVAL

I

La revelación del secreto

Era de noche. Reinaba la quietud en el grandioso y antiguo
castillo feudal de Klugenstein. El año 1222 llegaba a su término. En lo alto, en la más elevada de las torres del castillo, brillaba una única luz. Allí se celebraba un concilio secreto. El anciano señor de Klugenstein meditaba con aire grave sentado en
su silla ceremonial. En ese momento, dijo con tierno acento:

—¡Hija mía!

Un joven de noble presencia, vestido de pies a cabeza con
cota caballeresca, respondió:

—Hablad, padre.

—Hija mía, ha llegado el momento de revelarte el misterio que te ha intrigado durante toda tu joven vida. Debes saber, pues, que tiene su origen en lo que ahora voy a revelarte.
Mi hermano Ulrich es el gran duque de Brandeburgo. Nuestro padre, en su lecho de muerte, estipuló que si Ulrich no
tenía ningún hijo varón, la sucesión debería pasar a nuestra
casa, en el supuesto de que yo hubiera tenido un hijo. Y aún
hay más: en el caso de que ninguno de los dos fuera padre de
varón alguno, sino tan solo de hembras, la sucesión pasaría

entonces a la hija de Ulrich, siempre y cuando esta pudiera demostrar que no había sido mancillada; y en el caso de que no fuera así, mi hija sería la sucesora, siempre que conservara su nombre inmaculado. Y así fue como mi buena esposa y yo rogamos fervientemente para ser bendecidos con un hijo, pero nuestras plegarias fueron en vano. Naciste tú. Yo estaba desconsolado. ¡Veía cómo se me escapaba de las manos tan valiosa retribución, cómo se esfumaba tan espléndido sueño! ¡Y había depositado tantas esperanzas...! Cinco años llevaba Ulrich viviendo en unión conyugal, sin que su mujer hubiera dado a luz heredero alguno de un sexo u otro.

»"Pero, un momento", me dije, "no está todo perdido." Un plan salvador se fue abriendo paso en mi mente. Tú naciste a medianoche. Solo la nodriza, la niñera y seis doncellas conocían tu sexo. Antes de que pasara una hora, mandé ahorcarlas a todas. A la mañana siguiente, toda la baronía enloqueció de contento ante la noticia de que en Klugenstein había nacido un "hijo": un heredero del poderoso ducado de Brandeburgo. Y el secreto fue guardado celosamente. La propia hermana de tu madre cuidó de tu crianza y, pasado aquel tiempo, ya no hubo nada que temer.

»Cuando tenías diez años, Ulrich tuvo una hija. Aquello nos dejó abatidos, pero confiábamos en la buena labor del sarampión, los doctores y otros enemigos naturales de la infancia, aunque nuestras ilusiones acababan frustrándose siempre. La niña vivía, crecía... ¡Que el cielo la maldiga! Pero eso no importa. No tenemos por qué temer. Porque... ja, ja..., ¿acaso no tenemos nosotros un hijo? ¿Y no es nuestro hijo el futuro duque? ¿No es así, queridísimo Conrad? Porque, aunque seas ya una mujer de veintiocho años, jamás se te ha llamado con otro nombre que no fuera este.

»El caso es que la edad ya está dejando sentir su peso sobre mi hermano y él mismo se siente débil. Las labores de gobierno le están pasando una penosa factura, y por eso reclama tu presencia junto a él para que actúes como duque de hecho, ya que no puedes serlo aún de derecho. Tus servidores ya están dispuestos; partirás esta misma noche.

»Y ahora, presta atención. Recuerda muy bien cada una de mis palabras. Existe una ley, tan antigua como la misma Germania, según la cual si una mujer se sienta, aunque sea solo un instante, en la gran silla ducal antes de ser coronada solemnemente en presencia del pueblo... ¡MORIRÁ! Así pues, tenlo bien presente. Finge humildad. Pronuncia tus sentencias desde la silla del primer ministro, que está a los pies del trono. Hazlo así hasta que estés coronada y a salvo. Es muy improbable que tu sexo llegue a descubrirse jamás, pero aun así la prudencia aconseja que todo en este traicionero mundo se haga de la forma más segura posible.

—¡Oh, padre mío! ¿Para esto ha sido toda mi vida una mentira? ¿Para poder privar a mi indefensa prima de todos sus derechos? ¡Evítame este horror, padre, compadécete de tu hija!

—¡Desgraciada! ¿Es esta mi recompensa por la augusta fortuna que mi ingenio ha forjado para ti? Por los huesos de mi padre, que tus sensibleros lamentos no se avienen para nada con mi ánimo. Así que ponte en camino para presentarte ante el duque, y cumple con el mayor rigor con mi propósito.

Baste con esto sobre la conversación que sostuvieron. Contentémonos con saber que las plegarias, las súplicas y las lágrimas de la piadosa joven de nada sirvieron. Ni aquellas ni nada pudieron conmover al obstinado señor de Klugenstein. Así que, al final, con gran pesar de su corazón, la hija vio cómo las rejas del castillo se cerraban tras ella, para encontrarse luego cabalgando en la oscuridad, rodeada de una caballeresca legión de vasallos armados y de un bravo séquito de sirvientes.

El viejo barón permaneció en silencio durante varios minutos tras la partida de su hija, y luego, volviéndose hacia su entristecida esposa, dijo:

—Señora, nuestros asuntos parecen ir viento en popa. Hace ya tres meses que envié al astuto y apuesto conde Detzin en su diabólica misión con respecto a Constance, la hija de mi hermano. Si fracasa, no estaremos del todo a salvo, pero si se ve coronado por el éxito no habrá fuerza capaz de impedir que nuestra hija se convierta en duquesa, aunque la mala fortuna haya decretado que nunca pueda llegar a ser duque.

—Mi corazón está lleno de presagios; aun así, puede que todo vaya bien.

—¡Calla, mujer! Deja para las lechuzas esos graznidos. ¡Vete a dormir y a soñar con Brandeburgo y la grandeza!

II

Festejo y lágrimas

Seis días después de los acontecimientos relatados en el capítulo anterior, la brillante capital del ducado de Brandeburgo resplandecía con el boato militar y el júbilo de las leales gentes que desbordaban las calles para recibir a Conrad, el joven heredero de la corona. El corazón del viejo duque estaba henchido de felicidad, ya que la apostura y el gracioso porte de Conrad habían ganado al punto su afecto. Los grandes salones del palacio rebosaban de nobles que prodigaban su entusiasta bienvenida a Conrad; y tan feliz y alegre parecía todo, que el recién llegado sintió desvanecerse todos sus temores y pesares para dar paso a una reconfortante placidez.

Pero en una remota estancia del palacio se desarrollaba una escena de muy distinta índole. La hija única del duque, lady Constance, se hallaba de pie junto a una ventana, con los ojos hinchados y enrojecidos por el llanto. Estaba sola. En ese instante empezó a llorar de nuevo, exclamando en voz alta:

—El villano de Detzin se ha marchado; ¡ha abandonado el ducado! Al principio no podía creerlo, pero, ¡ay de mí!, ha resultado ser muy cierto. ¡Y le quería tanto...! Y osé amarle, aunque sabía que el duque, mi padre, jamás habría consentido que me casara con él. Le amaba, pero ahora le odio. ¡Le odio con toda mi alma! Oh, ¿qué será de mí? Estoy perdida, completamente perdida. ¡Me volveré loca!

III

La trama se enmaraña

Transcurrieron unos meses. Todos pregonaban las excelencias del gobierno del joven Conrad, ensalzando la sabiduría de sus juicios, la magnanimidad de sus sentencias y la modestia con que se conducía en su elevado cargo. Pronto el viejo duque lo dejó todo en sus manos, manteniéndose al margen y escuchando con orgullosa satisfacción cómo su heredero promulgaba los decretos de la corona desde su silla de primer ministro. Parecía evidente que alguien tan amado, elogiado y honrado por todos como lo era Conrad no podía ser más que feliz. Sin embargo, por extraño que parezca, no lo era, pues veía con amargura que la princesa Constance había comenzado a amarle. El amor de los demás era para él una feliz circunstancia, pero el de la joven suponía una peligrosa amenaza. Y observó asimismo que el viejo duque, que había descubierto la pasión de su hija, se mostraba encantado con ello, y soñaba ya con un futuro matrimonio. Cada día se esfumaba algo de la profunda tristeza que había asolado el rostro de la princesa; cada día la esperanza y el ánimo irradiaban con más fuerza de sus ojos; y, de vez en cuando, una vaga sonrisa llegaba incluso a aflorar al semblante que tan turbado había estado.

Conrad estaba desconsolado. Se maldecía amargamente por haber cedido al instinto que le había hecho buscar la compañía de alguien de su propio sexo cuando se sentía como un extraño, como un recién llegado en el lugar, cuando estaba triste y anhelaba una simpatía que solo las mujeres puedan dar o sentir. Al percatarse, empezó a evitar a su prima. Pero solo consiguió empeorar las cosas, pues, naturalmente, cuanto más trataba de evitarla, tanto más buscaba ella su compañía. Al principio, Conrad experimentó un gran desconcierto, y luego llegó incluso a espantarse. La muchacha le perseguía, le acosaba, la encontraba cerca de él a todas horas, en todas partes, tanto de día como de noche. Parecía singularmente ansiosa. Existía una especie de misterio en todo aquello.

La situación no podía continuar así eternamente. Todo el mundo lo comentaba. El duque empezaba a sentirse perplejo. El pobre Conrad se estaba convirtiendo en un verdadero fantasma, acosado por el miedo y el pesar de su desgracia. Un día, al salir de una antesala privada anexa a la galería de los retratos, Constance se acercó a él y, cogiendo sus manos entre las suyas, exclamó:

—¡Oh!, ¿por qué me evitáis? ¿Qué he hecho, qué he dicho, para perder la amable opinión que de mí teníais...? Pues no me cabe duda de que en otro tiempo la tuvisteis. Conrad, no me despreciéis; compadeceos de un corazón torturado. No puedo más, me es imposible contener por más tiempo las palabras que, si no son pronunciadas, me matarían: ¡OS AMO, CONRAD! Ahora podéis despreciarme si lo deseáis, pero ya está dicho.

Conrad se quedó sin habla. Constance titubeó un momento y luego, malinterpretando su silencio, flameó en sus ojos una incontrolable alegría y le echó los brazos al cuello diciendo:

—¡Os enternecéis, os enternecéis! ¡Podéis amarme..., me amaréis! Decid que me amaréis, mi vida, mi adorado Conrad...

Conrad exhaló un gemido. Una mortal palidez cubrió su rostro y tembló como un álamo mecido por el viento. Luego, en su desesperación, apartó de sí a la infeliz muchacha y exclamó:

—¡No sabéis lo que pedís! ¡Es de todo punto imposible!

Y huyó como un criminal, dejando a Constance aturdida y estupefacta. Pasado un minuto, la muchacha seguía aún allí gimiendo y llorando, y Conrad gimiendo y llorando en su habitación. Ambos quedaron desconsolados. Ambos veían cómo la desgracia les miraba directamente a la cara.

Poco a poco, Constance volvió a ponerse en pie y se alejó de allí diciendo:

—¡Y pensar que estaba desdeñando mi amor cuando yo creía que su cruel corazón se conmovía por mí! ¡Le odio! ¡Ese mal hombre me ha despreciado..., me ha despreciado como a un perro!

IV

La atroz revelación

Transcurrió el tiempo. En el semblante de la hija del buen duque se instaló de nuevo la tristeza. Ya no volvió a verse juntos a Constance y a Conrad. El duque se lamentaba profundamente de aquello. Pero, a medida que pasaron las semanas, el color fue retornando a las mejillas de Conrad, renacía en sus ojos la vivacidad de otros tiempos y volvió a desempeñar sus tareas de gobierno con clara y madura sapiencia.

Entonces empezó a circular por el palacio un extraño rumor, que luego fue creciendo y extendiéndose. Los comadreos de la ciudad se hicieron eco de él, y pronto circuló por todo el ducado. El rumor era este:

—¡Lady Constance ha dado a luz un hijo!

Cuando el señor de Klugenstein se enteró, levantó por tres veces de su cabeza el yelmo emplumado y exclamó:

—¡Larga vida al duque Conrad! ¡Desde este día, ya tiene asegurada la corona! Detzin ha salido airoso de su misión, y el muy bribón será debidamente recompensado.

Y difundió la noticia a lo largo y ancho, y durante cuarenta y ocho horas no se hizo en toda la baronía otra cosa que bailar y cantar, y se celebraron procesiones y festejos para conmemorar el gran acontecimiento, todo ello a expensas del viejo Klugenstein, que no cabía en sí de orgullo y satisfacción.

V

La horrible catástrofe

El juicio estaba a punto de celebrarse. Todos los grandes señores y barones de Brandeburgo estaban reunidos en el salón de justicia del palacio ducal. No quedaba un espacio libre donde pudieran caber más espectadores sentados ni de pie. Conrad, revestido de púrpura y armiño, ocupaba la silla del primer ministro, y a ambos lados se sentaban los grandes jueces del reino. El viejo duque había ordenado severamente que el juicio de su hija debía llevarse a cabo sin consideración a su rango, y luego se había retirado a su lecho con el corazón destrozado. Sus días estaban contados. El pobre Conrad había suplicado, como por su propia vida, que se le evitara la desgracia de enjuiciar el crimen de su prima, pero su ruego no había sido atendido.

En el pecho de Conrad anidaba el corazón más apesadumbrado de toda la asamblea.

El más jubiloso se hallaba en el de su padre, pues, a escondidas de su hija «Conrad», el viejo barón de Klugenstein había llegado al lugar y se encontraba entre la multitud de nobles, henchido de espíritu triunfante ante la creciente fortuna de su casa.

En cuanto los heraldos hubieron hecho la debida proclamación y se hubo procedido a los demás preliminares, el venerable presidente del tribunal de justicia dijo:

—¡Que el reo se levante!

La infeliz Constance obedeció y, tras apartar su velo, afrontó la mirada de la multitud. El presidente del tribunal continuó:

—Nobilísima dama, ante los grandes jueces de este reino ha sido denunciado, y probado, que su alteza ha dado a luz a un niño fuera de los sagrados vínculos matrimoniales, y según nuestras leyes ancestrales la condena que os corresponde es la de pena de muerte, salvo en la única contingencia de que su alteza el duque en funciones, nuestro buen señor Conrad, así lo dictamine en su solemne sentencia; así pues, prestad atención.

Conrad empuñó con renuencia su cetro, y en ese instante su corazón de mujer suspiró lastimeramente bajo su atavío por la condenada prisionera, y las lágrimas afloraron a sus ojos. Abrió sus labios para hablar, pero el noble presidente del tribunal se apresuró a decir:

—¡Desde ahí no, su alteza, desde ahí no! No puede pronunciarse un juicio contra nadie de la línea ducal, ¡SALVO DESDE EL TRONO DUCAL!

Un estremecimiento recorrió el corazón del pobre Conrad, y un temblor se apoderó del férreo semblante de su padre. NO HABIENDO SIDO CORONADO, ¿se atrevería Conrad a profanar el trono? El joven dudó y el temor le hizo palidecer. Pero tenía que hacerlo. Todos los ojos del auditorio lo miraban ya con asombro. Si dudaba más tiempo, aquellas miradas se tornarían recelosas. Ascendió al trono. En ese momento, volvió a empuñar el cetro y dijo:

—Prisionera, en el nombre de nuestro soberano lord Ulrich, duque de Brandeburgo, procedo a desempeñar el solemne deber que me ha sido encomendado. Prestad atención a mis palabras. Por las antiguas leyes de nuestra patria, a menos que señaléis al partícipe de vuestro oprobio y le entreguéis al verdugo, vuestra muerte será inevitable. Aferraos a esa oportunidad. Salvaos mientras estáis a tiempo. ¡Nombrad al padre de vuestro hijo!

En la asamblea se produjo un solemne silencio, tan profundo que la gente podía oír el latido de sus propios corazones. Luego Constance se volvió lentamente, con los ojos refulgentes de odio y, señalando a Conrad con el dedo, dijo:

—¡Ese hombre eres tú!

Un espantoso convencimiento de su indefensión, de su peligrosa situación sin esperanza, hizo que el corazón de Conrad se estremeciera con un escalofrío de muerte. ¿Qué poder terrenal podría salvarle? Para refutar aquella acusación, tenía que revelar que era una mujer, y el hecho de que una mujer se sentara sin ser coronada en la silla ducal... ¡suponía la muerte! En ese mismo momento, y al mismo tiempo, él y su anciano padre se desmayaron y cayeron al suelo.

El resto de esta emocionante y accidentada historia NO se encontrará ni en esta ni en ninguna otra publicación, tanto actual como futura.

La verdad es que he colocado a mi héroe (o heroína) en una situación tan comprometida que no sé cómo arreglármelas para sacarle (o sacarla) de ella, y por eso prefiero desentenderme de todo este asunto y dejar a esa persona que se las componga como pueda... o se quede como está. Creía que iba a resultar bastante sencillo enderezar este pequeño entuerto, pero en este momento no lo tengo tan claro.

1870

Mi reloj

Una historieta instructiva

Mi hermoso reloj nuevo había funcionado durante dieciocho meses sin atrasarse ni adelantarse, sin que se rompiese ninguna pieza de su mecanismo o sin que se parase. Había llegado a creer infalible su dictamen sobre la hora del día y a considerar imperecederas su constitución y su anatomía. Pero, al fin, una noche se me olvidó darle cuerda. Lo lamenté como si se tratara de un seguro presagio de calamidades. Sin embargo, poco a poco me obligué a darme ánimos, ajusté el reloj a ojo y ahuyenté mis reparos y supersticiones. Al día siguiente, entré en casa del principal relojero para ponerlo en la hora exacta, y el dueño del establecimiento me quitó el reloj de las manos y procedió a efectuar la operación.

—Está atrasado cuatro minutos, hay que afinar un poco el regulador —dijo.

Intenté detenerlo, intenté hacerle comprender que el reloj marchaba a la perfección. Pero no, aquella berza humana solo era capaz de distinguir que el reloj estaba cuatro minutos atrasado y que el regulador tenía que ser afinado un poco. Así, mientras yo, preso de enorme angustia, daba vueltas a su alrededor implorándole que dejara quieto el reloj, él, serena y cruelmente, llevó a cabo la vergonzosa hazaña. El reloj empezó a adelantarse. Se adelantaba más y más, día tras día. Al cabo de una semana, había sucumbido a una fiebre rabiosa, su ritmo ascendió a ciento cincuenta pulsaciones a la sombra. Al cabo de dos meses, había dejado muy atrás a los demás relojes de la ciudad, e iba trece días por delante. Mientras disfrutaba de las nieves de noviembre, caían todavía las hojas de octubre. A toda prisa pagué el alquiler, las facturas pendientes y otras cosas por el estilo, de modo tan ruinoso que no lo pude sostener. Llevé el reloj a que lo regularan. El relojero me preguntó si lo había reparado alguna vez. Dije que no, que nunca lo había necesitado. Lo contempló con una mirada de turbia felicidad y, ansiosamente, procedió a abrirlo; luego se colocó una caja en forma de dado en un ojo y examinó el interior de la maquinaria. Dijo que requería una limpieza y lubricación, además de regulado.

—Vuelva en una semana.

Después de haber sido limpiado, lubricado y regulado, mi reloj se atrasó hasta tal extremo que su tictac parecía una campana tocando a difuntos. Empecé a perder los trenes, llegaba tarde a todas las citas, me quedaba muchas veces sin cenar; cada cuatro días, el reloj perdía tres, y yo sin protestar. Gradualmente fue retrocediendo hasta al día anterior, luego al otro, luego a la semana anterior, y, poco a poco, descendió sobre mí el discernimiento de la soledad y el abandono en que me iba consumiendo semana tras semana, mientras el mundo se perdía de mi vista. Me pareció descubrir en mí mismo un furtivo sentimiento de hermandad con la momia del museo y un deseo de intercambiar impresiones con ella. Fui de nuevo al relojero. Desmontó todo el reloj, pieza por pieza, y después dijo que el tambor se había «hinchado». Dijo que en tres días podría reducirlo al tamaño normal. Después de esto, el reloj daba un promedio, pero nada más. Durante la mitad del día, funcionaba como el mismo diablo, y lanzaba tales ladridos y jadeos y convulsiones y estornudos y resoplidos que no podía atender a mis propios pensamientos por causa de tanto alboroto. Mientras le duraba la cuerda, no había ningún reloj del país que fuera más rápido que él. Pero el resto del día, se iba retrasando paulatinamente y remoloneaba hasta que todos los demás relojes que había dejado atrás le alcanzaban de nuevo. Así, por último, al cabo de las veinticuatro horas, se ponía a trotar otra vez, y pasaba por delante de la tribuna de los jueces con toda puntualidad. Daba siempre un promedio con todas las de la ley, y nadie podía decir que cumplía ni más ni menos que su deber. Pero un promedio correcto solo es una inofensiva virtud en un reloj, y por ello llevé el instrumento a otro relojero. Este dijo que el perno real estaba roto. Le respondí que me alegraba de que no se tratase de algo más grave. Para decir la estricta verdad, no tenía la menor idea de lo que era el perno real, pero no me pareció conveniente aparentar tal ignorancia frente a un desconocido. Lo reparó, pero lo que el reloj ganó por un lado, lo perdió por otro. Ocurría que corría durante un rato, se paraba otro, y luego empezaba a marchar, y así sucesivamente, siguiendo su propio criterio en cuanto a los intervalos. Y al arrancar, pegaba un respingo igual que un mosquetón. Me calmé durante unos cuantos días, pero finalmente llevé el reloj a otro relojero. Lo desmontó y examinó una y otra vez aquellas piezas ruinosas bajo su cristal de aumento. Dijo que parecía haber algo raro en la espiral. La arregló y le volvió a dar cuerda. Ahora funcionaba bien, exceptuando que, al marcar las diez menos diez, las dos agujas se cerraban como un par de tijeras, y a partir de entonces corrían juntas. El hombre más viejo del mundo no hubiese podido sacar nada en claro sobre la hora del día con semejante reloj, y, por consiguiente, fui a que lo repararan de nuevo. El hombre me dijo que el cristal se había encorvado y que el muelle real no estaba bien tirante. También notó que parte de la maquinaria necesitaba medias suelas. Lo tocó todo a placer, y luego mi cronómetro cumplió irreprochablemente, excepto que de cuando en cuando, después de trabajar en silencio unas ocho horas, las piezas interiores se ponían todas a agitarse de pronto y empezaban a zumbar como una abeja. Las manecillas, entonces, giraban y giraban tan alocadamente que su individualidad se perdía por completo, y parecían solo una delicada telaraña extendida por encima de la esfera del reloj. Despachaban veinticuatro horas en seis o siete minutos, y luego se detenían con un estallido. Con gran pesar acudí a otro relojero, y permanecí alerta mientras lo desarmaba hasta la última pieza. Entonces me preparé a someterlo a un rígido interrogatorio, porque la cosa ya empezaba a ponerse seria. Originalmente, el reloj había costado doscientos dólares, y ya, según me parecía, había desembolsado dos mil o tres mil en arreglos. Mientras esperaba y vigilaba, reconocí en aquel relojero a un antiguo conocido mío, un maquinista de barco de vapor en otros tiempos, y no muy bueno, por cierto. Examinó con cuidado todas las piezas, tal como habían hecho los demás relojeros, y luego dictó su veredicto con el mismo aplomo.

—Despide demasiado vapor, hay que colgar la llave inglesa de la válvula de seguridad —dijo.

Le abrí la cabeza allí mismo, y me hice cargo personalmente de los gastos del entierro.

Mi tío Guillermo (hace poco fallecido, ¡ay!) solía decir que un buen caballo es un buen caballo hasta que se escapa una vez, y que un buen reloj es un buen reloj hasta que los relojeros tienen ocasión de meterle mano. Y solía preguntarse en qué habían parado tantos latoneros y armeros y zapateros y maquinistas y herreros fracasados, pero nadie supo nunca qué contestarle.

1870

ECONOMÍA POLÍTICA

La economía política es la base de todo buen gobierno. Los
hombres más doctos de todas las épocas se han dedicado a
enriquecer esta materia con...

Al llegar a este punto, fui interrumpido por el anuncio de que
un desconocido deseaba verme en la puerta de entrada. Bajé y
me enfrenté con él, le pregunté qué lo traía por aquí, mientras
luchaba por mantener firmes las riendas de mis fogosas ideas
sobre economía política y no dejar que se desbocaran o que se
enredaran en sus arneses. En mi fuero interno deseaba que el
desconocido estuviera en el fondo del canal con un saco de
trigo sobre la cabeza. Yo estaba excitadísimo, y él en perfecta
calma. Dijo que lamentaba interrumpirme, pero que, al pasar,
se había dado cuenta de que necesitaba algunos pararrayos.
Le dije:

—Sí, sí, continúe. ¿Y qué pasa?

Me contestó que, en efecto, no pasaba nada en particular,
pero que le gustaría colocármelos. Soy bisoño en los asuntos
del hogar, estoy acostumbrado a vivir en hoteles y casas de
huéspedes. Como le sucede a todo el mundo en casos similares, trato de aparecer, ante los desconocidos, como muy ducho
en estas cuestiones, y, en consecuencia, dije, como quien no
quiere la cosa, que hacía tiempo que trataba de hacerme colo-

car seis u ocho pararrayos. El desconocido hizo una mueca de sorpresa y me miró inquisitivamente, pero yo conservaba la serenidad, con la idea de que, si por casualidad cometía alguna equivocación, no me ataparía por mi expresión. Él dijo que me prefería de cliente antes que a ningún otro de la ciudad. Le repuse que sí, que estaba bien, y ya había partido para seguir lidiando con mi tema favorito cuando me hizo volver para preguntar exactamente cuántas «puntas» quería colocar, en qué parte de la casa las quería y qué calidad de cable prefería. Como hombre no habituado a las exigencias del hogar, me vi en un apuro. Pero salí bastante airoso, y, quizá, ni sospechó que estaba tratando con un novicio. Le dije que pusiera ocho «puntas» en el tejado, y que utilizara la mejor calidad de cable. Contestó que podía proporcionarme el artículo «ordinario» a veinte centavos el pie, «con un baño de cobre» a veinticinco y «con chapado de cinc y enrollado en espiral» a treinta, y añadió que este último atraería un relámpago en cualquier situación y dondequiera que se dirigiese, y que «haría inofensivo su curso y apócrifo su ulterior progreso». Yo dije que «apócrifo» no era una palabra despreciable, emanando de quien procedía, pero que, al margen de la filología, me gustaba el enrollado en espiral, y que elegía aquella clase. Me respondió que podría decirme que con doscientos cincuenta pies tenía bastante, pero que para hacerlo a conciencia, realizar el trabajo mejor acabado de toda la ciudad, atraer la admiración tanto de justos como de pecadores, y obligar a que todo el mundo dijera que jamás había visto una disposición de pararrayos tan simétrica e hipotética desde que tenía uso de razón, suponía que en efecto le sería imposible hacer nada sin cuatrocientos pies, si bien, como no quería abusar, haría lo posible por reducirlos. Le repuse que utilizara cuatrocientos y que emprendiera la clase de labor que quisiera, pero que me dejara volver a mi trabajo. Por fin pude librarme de él, y después de perder media hora tratando de acomodar de nuevo mis pensamientos sobre economía política, me encontré en situación de proseguir.

... los más valiosos presentes de su genio, experiencia de la vida y conocimientos. Las grandes figuras de la jurisprudencia comercial, confraternidad internacional y desviación biológica de todas las épocas, civilizaciones y nacionalidades, desde Zoroastro hasta Horace Greeley, han...

Al llegar a este punto fui interrumpido de nuevo y requerido para bajar y seguir conferenciando con el hombre de los pararrayos. Me apresuré, hirviendo y traspuesto de pensamientos prodigiosos, concebidos en palabras de tal majestad que cada una de ellas era por sí misma una ininterrumpida procesión de sílabas de quince minutos seguidos. De nuevo me enfrenté con aquel individuo. Él, tan calmado y amable; yo, tan acalorado e histérico. Estaba de pie, en la actitud contemplativa del coloso de Rodas, con un pie encima de mis brotes de tuberosas y el otro entre los pensamientos, con las manos en las caderas, levantada el ala del sombrero, con un ojo cerrado y el otro contemplando con mirada crítica y de admiración mi chimenea principal. Dijo que aquel sí era un estado de las cosas que le hacía a uno alegrarse de vivir, y añadió:

—Juzgue por sí mismo. Dígame si ha visto usted jamás nada tan delirantemente pintoresco como ocho pararrayos en una chimenea.

Yo dije que no podía acordarme de nada que lo sobrepasara. Él replicó que, en su opinión, no había cosa en este mundo, a excepción de las cataratas del Niágara, superior a aquel espectáculo, dentro de las escenas ofrecidas por la naturaleza; y que, con total sinceridad, creía que todo cuanto se necesitaba ya para hacer de mi casa un verdadero bálsamo para los ojos era retocar un poco las otras chimeneas, y así «añadir al sorprendente *coup d'oeil* una dulcificadora uniformidad de obra acabada, que atenuaría la natural extrañeza ante el primer *coup d'état*». Yo le pregunté si había aprendido a hablar así en algún libro y si había manera de conseguirlo. Él sonrió complacido, y dijo que su forma de hablar no se enseñaba en los libros, que únicamente la familiaridad con el rayo podía capacitarle a uno para usar con impunidad aquel estilo conversacional. Entonces estimó que unos ocho cables más, desperdigados por mi tejado, me bastarían, y supuso que con quinientos pies de material iba a tener suficiente. Añadió que los ocho primeros habían excedido algo sus cálculos y que había requerido una pequeña cantidad más de material, unos cien pies, o cosa así. Le repuse que tenía una prisa enorme, y que deseaba que dejáramos definitivamente concluido aquel asunto para poder proseguir mi trabajo. Él contestó:

—Hubiera podido colocar estos ocho cables y seguir con mis asuntos. Hay quien lo hubiera hecho. Pero yo, no. Yo me dije: este hombre es un desconocido y moriría antes que engañarlo. No hay suficientes pararrayos en esta casa y, por principios, no me moveré de aquí hasta que haya hecho con él lo que querría que hicieran conmigo, y se lo haya expuesto así. Señor mío: mi misión está cumplida. Si el recalcitrante y deflogístico mensajero de las nubes viene a asomar su...

—No se lo tome así —dije—. Ponga los ocho restantes, añada quinientos pies de cable en espiral, haga lo que quiera y cuanto quiera, pero calme sus sufrimientos y trate de mantener sus sentimientos dentro del diccionario. Mientras tanto, si es que hemos ya llegado a un acuerdo, voy a volver a mi trabajo.

Creo que estuve, aquella vez, una hora entera tratando de volver al punto en que se encontraba la sucesión de mis ideas antes de la última intromisión, pero creo que por fin lo conseguí y pude aventurarme a proseguir.

... lidiado con esta gran materia, y los más eminentes han descubierto en ella un adversario digno, un adversario que resurge, fresco y sonriente, después de cada embestida. El gran Confucio dijo que preferiría ser un sesudo economista a jefe de policía; Cicerón repetía con frecuencia que la economía política era el mayor cumplimiento que la mente humana fuera capaz de consumar, e incluso nuestro Greeley ha dicho, vaga pero enérgicamente, que «la economía...

Aquí el hombre de los pararrayos me volvió a requerir. Descendí en un estado de ánimo muy próximo a la impaciencia. Dijo que hubiera preferido morir a interrumpirme, pero que cuando se le empleaba en un trabajo se sentía movido a hacerlo de una manera correcta y competente; que cuando terminaba, la fatiga lo arrastraba a buscar el descanso y recreo de que tan necesitado estaba, y que a ello se disponía; pero, al mirar hacia arriba, le había bastado una sola ojeada para ver que todos los cálculos habían sido ligeramente erróneos y que, si se desencadenaba alguna tormenta, aquella casa, por la que sentía ya un personal interés, se quedaría sin otra protección en la tierra que dieciséis pararrayos.

—¡Tengamos paz! —grité—. Ponga ciento cincuenta. Ponga algunos en la cocina. Ponga una docena en el establo. Póngale un par a la vaca. Póngale uno a la cocinera. Repártalos por esta maldita casa hasta que tenga el aspecto de un campo de cañas de cinc con puntas de plata enrolladas en espiral. ¡Vaya! Use todo el material que le venga en gana, y cuando no le queden ya más pararrayos, ponga cables en las escaleras, cables en los pistones, cables en las bielas, cualquier cosa que satisfaga su repugnante apetito de escenarios artificiales y traiga descanso a mi furioso cerebro y salud a mi alma lacerada.

Permaneció impasible limitándose a sonreír pacíficamente. Luego, aquel hombre de hierro se arremangó los puños con gran delicadeza y dijo que iba a proceder a sudar la gota gorda. Pues bien, de todo esto hace tres horas. Es cuestionable que conserve todavía la calma para escribir sobre la noble disciplina de la economía política, pero no puedo resistir el deseo de probarlo, ya que es, entre toda la filosofía de este mundo, el estudio que resulta más cercano a mi corazón y al que mi cerebro tiene más aprecio.

... política es el don más excelso que el cielo haya hecho a los hombres». Cuando el disoluto aunque dotado Byron permanecía en su destierro veneciano, declaró que si pudiera ser posible volver atrás y vivir de nuevo su depravada vida, emplearía los intervalos de lucidez y serenidad no en la composición de frívolas rimas, sino en ensayos sobre economía política. Washington amó esta exquisita ciencia, y hombres tales como Baker, Beckwith, Judson y Smith están imperecederamente relacionados con ella. Incluso el imperial Homero, en el noveno libro de su *Ilíada*, decía:

> *Fiat justitia, ruat caelum,*
> *Post mortem unum, ante bellum,*
> *hic jacet hoc, ex-parte res,*
> *Politicum economico est.*

La grandeza de estas concepciones del anciano poeta, junto con la fortuna de la fraseología que las reviste y la sublimidad de la imaginería con que están ilustradas, han distinguido esta estrofa y la han hecho más celebrada que cualquier otra que jamás...

—Está bien. No diga una palabra más, ni una sola palabra. Limítese a presentar su cuenta y húndase en un impenetrable silencio por toda la eternidad. ¿Novecientos dólares? ¿Eso es todo? Este cheque será respetado por cualquier banco honorable de América. ¿Por qué se ha reunido tanta multitud en la calle? ¿Cómo? ¿Que están mirando los pararrayos? ¡Madre mía! ¿Es que no han visto jamás unos pararrayos? ¿Dice usted que no habían visto tal acumulación en una sola casa? Voy a bajar y dedicarme, con espíritu crítico, a observar esta ebullición popular de ignorancia.

Tres días más tarde
No podemos más. Durante veinticuatro horas, nuestro erizado predio fue la sensación y la comidilla de toda la ciudad.

Los espectadores de los teatros bostezaban, ya que las más felices invenciones escénicas eran vulgares y triviales comparadas con mis pararrayos. Noche y día estuvo nuestra calle bloqueada por la curiosa multitud, entre la cual se encontraba mucha gente venida del campo a admirar la maravilla. Fue un bendito alivio cuando, al segundo día, sobrevino una tormenta y los rayos empezaron a «ir a por» mi casa, según la frase feliz del historiador Josephus. Si así puede decirse nos barrió el terreno. A los cinco minutos no quedaba ni un espectador en media milla a la redonda. Pero todas las casas altas hasta esa distancia estaban invadidas hasta llenar las ventanas, tejados y demás. Y con motivo, pues todas las estrellas fugaces y los fuegos artificiales del Cuatro de Julio de toda una generación, juntos y abatiéndose simultáneamente desde el cielo en un brillante chaparrón sobre un indefenso tejado, no le hubieran ganado la mano al despliegue pirotécnico que destacaba tan magníficamente en mi casa entre la oscuridad general de la tormenta. Tal y como contamos, los rayos golpearon mi propiedad setecientas sesenta y cuatro veces en cuarenta minutos, pero cada vez tropezaban en uno de aquellos fieles postes, y bajaban por el retorcido cable hasta hundirse en la tierra, quizá, antes de que pudieran sorprenderse por cómo sucedía el asunto. En todo aquel bombardeo solo se desprendió un pedazo de pizarra del tejado, y porque durante un instante los pararrayos de los alrededores estaban conduciendo todos los relámpagos que les era posible. Desde que el mundo es mundo no se vio nada parecido. Durante todo un día y una noche, ni un solo miembro de mi familia pudo sacar la cabeza por la ventana sin que le quedara lisa como una bola de billar, ya que se le achicharraba el pelo; y espero que el lector me creerá si le digo que ninguno de nosotros se atrevió a soñar con salir de la casa. Pero al fin se terminó el terrible asedio. No quedaba ya en las nubes de nuestro cielo ni un átomo de electricidad al alcance de mis insaciables postes. Entonces me eché a la calle y reuní un grupo de osados trabajadores, y no nos dimos descanso hasta que mis posesiones fueron desprovistas de su terrible armamento, con excepción de tres pararrayos en la casa, uno en la cocina y otro en la granja, que son los que continúan allí hasta el día de hoy. Y entonces, solo entonces, se arriesgó la gente a volver a pasar por nuestra calle. Quiero hacer constar aquí, de paso, que durante aquellos horrorosos momentos no continué mi ensayo sobre economía política. Incluso ahora no estoy lo suficientemente sosegado de nervios y de seso como para volver a emprenderlo.

A quien pueda interesarle

Se necesita comprador de tres mil doscientos once pies de cable de pararrayos de la mejor calidad, chapado en cinc y enrollado en espiral, y de treinta y una puntas con extremo de plata, todo ello en tolerable estado, pues si bien está bastante usado, puede servir a la perfección para cualquier emergencia ordinaria. En caso de interesarle, diríjase a la agencia de publicidad.

1870

CIENCIA CONTRA SUERTE

Por aquel tiempo —contaba el honorable señor K.— las leyes de Kentucky eran muy severas contra los llamados «juegos de azar». Casi una docena de individuos fueron detenidos por jugar al siete y medio y el jurado dictó contra ellos un auto de procesamiento. Cuando se abrió la vista, se designó para defenderlos, por supuesto, a Jim Sturgis. Cuanto más estudiaba este el caso y más tenía en cuenta las pruebas, más evidente le parecía que iba a perder el caso: no había modo de salvar esa penosa realidad. Aquellos chicos, con toda certeza, habían estado apostando dinero en un juego de azar. Incluso la simpatía pública se despertó a favor de Sturgis. La gente decía que era una verdadera pena verle malograr una carrera de éxitos con un caso tan importante y destacado como aquel, que no podía menos que resolverse en su contra.

Pero después de varias noches en vela, se le ocurrió una brillante idea y saltó de la cama entusiasmado. Creía ver la manera de salir del atolladero. Al día siguiente, habló con cierto misterio entre sus clientes y unos cuantos amigos, y cuando se celebró la vista reconoció lo del siete y medio y las apuestas. Como única defensa, tuvo la inaudita desfachatez de alegar que el siete y medio no era un juego de azar. ¡Había que ver la sonrisa que se dibujó en los rostros de aquella audiencia tan sofisticada! El juez sonrió como los demás. Pero Sturgis conservó en su semblante una seriedad que rozaba lo severo. El fiscal trató de ridiculizarlo para hacerle cambiar de opinión, pero no lo logró. El juez bromeó de manera juiciosa y ponderada sobre el asunto, pero tampoco logró convencerlo. El asunto se estaba poniendo serio. El juez perdió un poco la paciencia y dijo que la broma había llegado demasiado lejos. Jim Sturgis replicó que no había en todo aquello broma alguna, que sus clientes no podían ser castigados por solazarse con lo que alguien consideraba un juego de azar, hasta que quedara demostrado que se trataba, en efecto, de un juego de azar. El juez y el fiscal coincidieron en que no resultaría difícil, y de inmediato llamaron a los diáconos Job, Peters, Burke y Johnson y a los dómines Wirt y Miggles como testigos. Todos, de forma unánime y con sincero convencimiento, dieron al traste con el nimio subterfugio legal de Sturgis, declarando que el siete y medio era un juego de azar.

—Y bien, ¿cómo lo llama usted ahora?

—¡Lo considero un juego de ciencia! —respondió Sturgis—, y estoy dispuesto a probarlo.

Todos vieron su juego.

Llamó a numerosos testigos y aportó una abrumadora cantidad de testimonios dirigidos a demostrar que el siete y medio no era un juego de azar, sino de ciencia.

Lo que debía ser el caso más sencillo del mundo, se convirtió de algún modo en uno excesivamente intrincado. El juez rumió durante un rato y declaró que no había modo de llegar a un acuerdo, porque podrían presentarse tantos testigos dispuestos a declarar en favor de una parte, como de la otra. Pero quería hacer justicia para las dos partes, y dijo que actuaría de acuerdo con cualquier propuesta que el señor Sturgis hiciera para solucionar aquella dificultad.

Inmediatamente el señor Sturgis se puso en pie.

—Que se forme el jurado con seis de cada parte: la suerte contra la ciencia. Démosles velas y un par de barajas. Que se reúnan en la sala de deliberaciones y esperemos el resultado.

La imparcialidad de la proposición no suscitó disputas. Se aceptó el juramento de los cuatro diáconos y de los dos dómines como abanderados de la suerte, y de seis inveterados profesores de siete y medio como representantes de la ciencia. Y todos se retiraron a la sala de deliberaciones.

Al cabo de unas dos horas el diácono Peters envió un recado al tribunal para pedir prestados tres dólares a un amigo. [*Sorpresa*] Dos horas más tarde el dómine Miggles envió otro recado para que un amigo le prestara algo para una apuesta. [*Sorpresa*] Durante las siguientes tres o cuatro horas los demás dómines y diáconos enviaron recados al tribunal pidiendo pequeños préstamos. Y la abarrotada audiencia seguía aguardando, pues para la villa de Bull's Corners era un acontecimiento insólito y todo padre de familia demostraba un vital interés por el desenlace.

El resto de la historia puede narrarse con brevedad. Hacia el alba regresó el jurado, y el diácono Job, como destacado, leyó el siguiente veredicto:

Nosotros, jurado en el caso del estado de Kentucky contra John Wheeler *et al.*, hemos considerado con cuidado los extremos del asunto y probado los méritos de las diversas teorías sugeridas, y por ello, de forma unánime, proclamamos que el juego conocido como siete y medio es eminentemente de ciencia y no de azar. En demostración de lo cual y por esta nuestra decisión se establece, se reitera y se hace manifiesto que durante toda la noche los representantes del «azar» no ganaron ni un solo juego ni fusilaron con éxito un siete a pesar de que ambas cosas fueron comunes y frecuentes en sus oponentes. Además, en apoyo de este nuestro veredicto llamamos la atención hacia el hecho significativo de que los portavoces del «azar» estamos todos exhaustos y que los de la ciencia se han quedado con todo el dinero. Es por tanto la deliberada opinión de este jurado que la teoría del «azar» en lo que al siete y medio se refiere es una teoría perniciosa, calculada para infligir indecibles sufrimientos y pérdidas pecunarias a cualquier comunidad que la acepte.

Y así fue como el siete y medio se distinguió en el estatuto de Kentucky como no perteneciente a los juegos de azar, sino a los de ciencia, y, por lo tanto, no penado por la ley —dijo el señor K.—. Este veredicto se hizo ley, y se sigue manteniendo hasta nuestros días.

1870

El cuento del niño bueno

Había una vez un niño bueno, cuyo nombre era Jacob Blivens. Siempre obedecía a sus padres, por absurdas e irrazonables que sus demandas fueran; siempre se aprendía sus lecciones y nunca llegaba tarde a la escuela dominical. Se resistía a jugar al hockey incluso cuando su austero juicio le decía que era lo más conveniente que podía hacer. Ninguno de los otros chicos lograba sacar nada en claro de aquel niño que se comportaba de una forma tan rara. No había manera de que mintiera, por conveniente que fuese. Se limitaba a decir que mentir no estaba bien, y eso le bastaba. Y era tan honrado que resultaba simplemente ridículo. El curioso proceder de Jacob sobrepasaba toda medida. No quería jugar a canicas en domingo; se negaba a robar nidos; no quería dar monedas candentes a los monos de los organilleros; no demostraba el menor interés en ninguna clase de diversión racional. Los otros niños trataban de encontrar sentido a su carácter y conseguir comprenderle, sin que pudieran llegar a conclusión satisfactoria alguna. Como dije antes, tan solo tenían una especie de vaga idea de que el niño estaba «afligido», y así lo tomaron bajo su protección, no permitiendo que jamás le sucediera mal alguno.

Este niño bueno leía todos los libros de la escuela dominical; eran su mayor deleite. Y en esto radicaba todo el secreto. Creía en los niños buenos que salían en esos libros; confiaba en ellos plenamente. Anhelaba encontrarse con alguno que aún siguiera vivo, pero no lo consiguió. Tal vez todos murieron antes de su época. Siempre que leía algo acerca de algún niño particularmente bueno, pasaba ávidamente las páginas hasta el final para comprobar qué había sido de él, porque estaba dispuesto a viajar miles de millas para verlo. Pero todo era inútil. Aquel niño bueno moría siempre en el último capítulo, y había un dibujo del funeral con todos sus parientes y los niños de la escuela dominical alrededor de la tumba, con pantalones demasiado cortos y birretes demasiado grandes, y todo el mundo lloraba, enjugándose las lágrimas en unos pañuelos que tenían por lo menos metro y medio de tela. Siempre se encontraba con una desilusión así. Jamás podría conocer a ninguno de aquellos niños buenos, debido a que se morían siempre en el último capítulo.

Jacob tenía la noble ambición de figurar en algún libro de escuela dominical. Quería aparecer en él con dibujos que le representaran negándose muy dignamente a mentirle a su madre, mientras esta lloraba de dicha; estampas en las que apareciera de pie ante un portal, dando unas monedas a una pobre mendiga con seis hijos, diciéndole que las gastara libremente, pero sin despilfarro, porque el despilfarro es un pecado; y dibujos que le representaran negándose magnánimamente a acusar al niño malo que le esperaba siempre en una esquina cuando volvía del colegio, y le daba en la cabeza con una correa y luego le perseguía hasta su casa con un «Ji, ji» mientras corría tras él. Esta era la ambición del joven Jacob Blivens. Quería figurar en un libro de escuela dominical. A veces se sentía un poco inquieto cuando pensaba en que los niños buenos mueren siempre. Le encantaba vivir, ¿saben?, y encontraba que aquella era la parte más desagradable de ser un niño de libro de escuela dominical. Sabía que ser bueno no era saludable. Sabía que ser bueno de forma tan sobrenatural como lo eran los niños de los libros resultaba más fatal que la tisis; sabía que ninguno de ellos había sido capaz de soportarlo mucho tiempo, y le apenaba pensar que si figuraba algún día en un libro él ni siquiera lo vería, o que, incluso si llegaba a publicarse antes de que muriera, no tendría ningún éxito ya que en la parte final no aparecería ningún dibujo de su funeral. No sería un gran libro de escuela dominical si no recogía los consejos que diera a la comunidad mientras moría. Así que al final, naturalmente, tuvo que decidirse por sacar el mejor partido posible de las circunstancias: vivir con rectitud y aguantar tanto como pudiera, teniendo preparado su discurso final para cuando le llegara la hora.

Pero de algún modo nada le salía bien a aquel niño bueno; nada le resultaba jamás como les resulta a los niños buenos de los libros. A aquellos siempre les iba bien y eran los malos quienes se rompían las piernas; pero en su caso debía de haber algún tornillo suelto y todo sucedía justamente al revés. Cuando encontró a Jim Blake robando manzanas y se colocó debajo del árbol para leerle la historia del niño malo que se cayó del manzano y se rompió el brazo, también Jim cayó del árbol, pero lo hizo sobre él y le rompió su brazo, sin que aquel se hiciera absolutamente nada. Jacob no podía entenderlo. En los libros no ocurría nada semejante.

Y en otra ocasión, cuando algunos niños malos empujaron a un ciego para que cayera en el barro y Jacob corrió a ayudarle y a recibir su bendición, el ciego no le dio bendición alguna, sino un porrazo en la cabeza con el bastón, diciéndole que se cuidara mucho de volver a pillarlo empujándole y fingir luego ayudarle. Esto no se correspondía en absoluto con todo lo que aparecía en los libros. Jacob los releyó todos de nuevo para ver qué podía haber ocurrido.

Una cosa que Jacob deseaba era encontrar algún perro lisiado que no tuviera dónde refugiarse y que estuviese hambriento y perseguido, para llevárselo a su casa y mimarle, y obtener así la eterna gratitud del animalito. Al fin encontró uno y se puso muy contento; lo llevó a su casa y le dio de comer, pero cuando se disponía a acariciarlo el perro se abalanzó sobre él y le desgarró toda la ropa, excepto por delante, dejándolo con una estampa asombrosa y lamentable. Consultó de nuevo a las autoridades, pero no pudo comprender lo sucedido. El perro era de la misma raza que los que figuraban en los libros, pero su comportamiento fue muy diferente. Hiciera lo que hiciese, aquel niño se metía en líos. Las mismas cosas que resultaban tan gratificantes para los niños de los libros se convertían para él en las empresas más desventajosas a las que podía entregarse.

En una ocasión, cuando se dirigía a la escuela dominical, vio a unos cuantos niños malos dispuestos a emprender un paseo en barca. Se quedó muy consternado, pues sabía por sus lecturas que los niños malos que salen en bote los domingos se ahogan invariablemente. Así que corrió hacia el embarcadero para prevenirles, pero uno de los tablones cedió y acabó cayendo al río. Al poco un hombre le rescató, y el médico tuvo que obligarle a expulsar el agua y ayudarle a recobrar la respiración, pero cogió un fuerte catarro que le retuvo en cama nueve semanas. Sin embargo, lo más increíble de todo aquello fue que los niños malos del bote pasaron un día estupendo y llegaron bien a sus casas de la manera más sorprendente. Jacob Blivens decía que nunca había visto nada como aquello en los libros. Estaba completamente estupefacto.

Cuando se recuperó se sintió algo desanimado, pero, de todos modos, resolvió seguir probando. Sabía que hasta el momento sus experiencias no le servirían para figurar en ningún libro, pero aún no había alcanzado el término de la vida fijado para los niños buenos y esperaba todavía ser capaz de servir de ejemplo si perseveraba hasta que le llegara la hora. En caso de que todo lo demás fallara, contaba con el discurso final para respaldarle.

Consultó de nuevo a las autoridades y descubrió que había llegado el momento de hacerse a la mar como grumete. Fue a ver al capitán de un barco y le ofreció sus servicios, y cuando el capitán le pidió informes sacó orgullosamente un panfleto, señalando las palabras: «A Jacob Blivens, de su afectísimo maestro». Pero el capitán, hombre vulgar y grosero, exclamó: «¡Me trae completamente al pairo!», ya que eso no constituía prueba alguna de que supiera lavar platos o manejar un cubo, así que mucho se temía que no le iba a servir. Aquello fue lo más extraordinario que jamás le había sucedido a Jacob en su vida. Una elogiosa dedicatoria de un profesor en un opúsculo religioso nunca había dejado de despertar las más tiernas emociones de los capitanes de barco y de abrir las puertas a su poseedor para desempeñar cualquier oficio de honor y provecho; jamás en ninguno de los libros que había leído dejaba de ser así. Apenas podía dar crédito a sus sentidos.

Este chico siempre lo pasaba muy mal. Nunca le ocurría nada que se correspondiera con lo que decían las autoridades. Por fin, un día, cuando estaba dando un paseo en busca de niños malos a quienes sermonear, encontró a una pandilla de ellos en la vieja fundición, entregados a una pequeña travesura con catorce o quince perros a los que habían enlazado formando una larga retahíla, y a los que se disponían a adornar con bidones vacíos de nitroglicerina atados a sus colas. El corazón de Jacob se conmovió. Se sentó en uno de aquellos bidones (pues cuando se trataba de cumplir con su obligación no le importaba ensuciarse) y, agarrando del collar al perro que iba a la cabeza, lanzó una mirada reprobatoria al malvado Tom Jones. Pero justo en ese momento apareció rojo de ira el regidor McWelter. Todos los niños malos echaron a correr, pero Jacob Blivens se levantó, consciente de su inocencia, e inició uno de aquellos discursitos pomposos de libro de escuela dominical que empiezan siempre con un «¡Oh, señor!», en franca contraposición con el hecho de que ningún niño, ni bueno ni malo, comienza nunca una explicación con un «¡Oh, señor!». Pero el regidor no quiso esperar a oír el resto. Cogió a Jacob Blivens por una oreja, le hizo dar media vuelta y le dio un fuerte azote en el trasero con la palma de la mano; y al instante aquel niño bueno salió disparado a través del techo en dirección al sol, seguido por los fragmentos de aquellos quince perros, que colgaban de él como la cola de una cometa. Y ya no quedó rastro de aquel regidor ni de aquella vieja fundición sobre la faz de la tierra; y, por lo que respecta al joven Jacob Blivens, nunca tuvo ocasión de pronunciar su discurso final de agonizante, después de todos sus desvelos en componerlo, a menos que lo hiciera para los pájaros; porque, aunque la mayor parte de su cuerpo cayó de pleno sobre la copa de un árbol del condado vecino, el resto se repartió en porciones entre cuatro poblaciones cercanas, así que tuvieron que abrirse cinco investigaciones para saber si estaba muerto o no, y cómo había ocurrido el suceso. Jamás se vio a un niño tan desparramado.[1]

Así pereció el niño bueno que lo hizo todo lo mejor que pudo, pero al que no le salió nada como en los libros. Todos los niños que así lo hicieron prosperaron, excepto él. Su caso es verdaderamente notable. Probablemente quedará inexplicado para siempre.

1870

1. Esta catástrofe de la glicerina ha sido extraída de una poco fiable reseña periodística, de cuyo autor les daría el nombre si lo supiera. (N. del A.)

El funeral de Buck Fanshaw

Alguien dijo que para conocer a una comunidad debe observarse el estilo de sus funerales y saber a qué tipo de hombres se entierra con más ceremonia. No puedo decir a quién enterrábamos con más esplendor en nuestros «buenos tiempos», si al distinguido benefactor público o al insigne bravucón; posiblemente las dos categorías principales o grandes divisiones de la sociedad honraban a sus ilustres muertos de igual forma. Por eso, sin duda, el filósofo al que cito habría necesitado ver dos funerales propios de Virginia antes de formarse un juicio de sus gentes.

Vivimos un gran momento cuando Buck Fanshaw murió. Era un ciudadano representativo. Había «matado a su hombre», no en una pelea propia, es cierto, sino en defensa de un desconocido injustamente abrumado por la superioridad numérica. Regentaba una lujosa taberna. Tomó posesión de una encantadora esposa de quien podía desentenderse sin las formalidades del divorcio. Había ocupado un puesto importante en el Departamento de Bomberos y, en política, había sido leal a Warwick. Cuando murió, toda la ciudad lo lamentó mucho, en especial el vasto estrato inferior de la sociedad.

Durante la investigación se demostró que Buck Fanshaw, en los delirios de una fiebre tifoidea que lo consumía, había tomado arsénico, se había disparado a sí mismo, se había rebanado la garganta y se había roto el cuello al saltar desde la ventana de un cuarto piso. Y, tras la deliberación de rigor, el jurado, triste y lloroso pero con un discernimiento libre de pesar, emitió el veredicto de muerte «por la visita de Dios». ¿Qué haría el mundo sin los jurados?

Tuvieron lugar ingentes preparativos para el funeral. Se alquilaron todos los vehículos de la ciudad, las tabernas guardaron luto, las banderas municipales y del cuerpo de bomberos colgaban a media asta, y todos los bomberos recibieron órdenes de personarse vestidos de uniforme y con las herramientas debidamente cubiertas de negro. Hagamos un paréntesis: puesto que todas las personas de la tierra habían vivido reveladoras aventuras en Silverland, y puesto que todo aventurero traía consigo la jerga de su nación o su localidad, la combinación hacía del lenguaje de Nevada el más rico e infinitamente variado y exuberante que había existido jamás en el mundo entero, excepto, tal vez, el de las minas de California de «los primeros tiempos». La jerga era el idioma de Nevada. Costaba que se pronunciara un sermón inteligible sin recurrir a ella. Expresiones como «¡Qué te juegas!», «¡Ah, me parece que no!», «Irlandeses abstenerse» y un centenar más, se hicieron tan populares que brotaban sin pensarlo de los labios de quien hablaba. Muchas veces no tenían nada que ver con el tema que se estaba tratando y, en consecuencia, carecían de sentido.

Tras la investigación relacionada con Buck Fanshaw, se convocó una reunión de la hermandad de pelo corto, pues en la costa del Pacífico no puede hacerse nada sin celebrar una asamblea pública donde expresar pareceres. Se aprobaron mociones de duelo y se nombraron varias comisiones. Entre otras, se encomendó a una comisión de una sola persona que llamara al pastor: un novato débil, delicado y espiritual de un seminario teológico del Este que aún no se había familiarizado con los modales de las minas. El miembro de la comisión, «Scotty» Briggs, hizo la visita correspondiente, y en los días posteriores fue digno de escucharse el relato que el pastor hizo de ella. Scotty era un fornido bravucón, cuya habitual indumentaria, siempre que prestaba algún servicio oficial importante, como en la comisión, consistía en un casco de bombero, una camisa de franela de un rojo vivo, un cinturón de charol que sujetaba una llave inglesa y un revólver, la chaqueta colgada del brazo y los pantalones remetidos en la caña de las botas. Contrastaba, en cierta manera, con el pálido estudiante de teología. Sin embargo, es justo mencionar, a la muerte de Scotty, que albergaba un gran corazón y mucho cariño por sus amigos, y que jamás se metía en una pelea si podía mantenerse al margen por alguna razón. De hecho, se decía que siempre que se investigaba una de las peleas de Scotty resultaba que nada tenía que ver con sus asuntos, sino que debido a sus buenos sentimientos innatos había intervenido por voluntad propia para ayudar a quien se estuviera llevando la peor parte. Buck Fanshaw y él eran amigos del alma desde hacía años, y habían emprendido muchas hazañas codo con codo. En una ocasión se despojaron de las chaquetas y se pusieron de parte del más débil en una pelea entre desconocidos, y, después de una victoria bien merecida, se dieron la vuelta y descubrieron que los hombres a quienes estaban ayudando habían desertado hacía rato, y encima les habían robado las chaquetas. Pero volviendo a la visita al pastor: Scotty estaba llevando a cabo una penosa misión y su cara era la viva estampa del sufrimiento. Cuando el clérigo lo admitió a su presencia, se sentó frente a él, colocó en sus mismas narices el casco de bombero sobre un sermón manuscrito sin terminar, sacó de él un pañuelo de seda rojo, se enjugó la frente y dio un exagerado suspiro de aflicción, ilustrativo del asunto que le ocupaba. Lo ahogaba la emoción, e incluso derramó algunas lágrimas, pero gracias a sus esfuerzos pudo dominar la voz y dijo con tono lúgubre:

—¿Usted es el tipo que lleva el chiringuito ese de los santos?

—¿Si soy...? Disculpe, me parece que no le he entendido.

Con otro suspiro y medio sollozando, Scotty volvió a la carga:

—Mire, tenemos problemas, ¿sabe?, y los chicos dicen que a lo mejor nos echa un cable si acertamos con usted... o sea, si he dado en el blanco y es el que se encarga del sitio ese donde se reza.

—Soy el pastor que tiene a su cargo a los feligreses que se congregan en la parroquia de aquí al lado.

—¿El qué?

—El consejero espiritual de la pequeña comunidad de creyentes cuyo santuario linda con esta casa.

Scotty se rascó la cabeza, reflexionó un momento, y a continuación dijo:

—Me deja pasmado, amigo. Esta mano es suya. Ande, pase el turno.

—¿Cómo? Le ruego que me disculpe, pero ¿qué ha dicho?

—Bueno, va ganando usted. O a lo mejor vamos ganando los dos. No se pase conmigo y yo no me pasaré con usted. Mire, uno de los chicos ha estirado la pata y queremos despedirlo como se merece, por eso estoy aquí, para reclutar a alguien que nos eche unas palabras y lo lleve bien al otro mundo.

—Mi buen amigo, cada vez estoy más perplejo. Sus comentarios me resultan por completo incomprensibles. ¿No puede explicarlo de una forma más sencilla? Al principio creía haberle entendido, pero ahora estoy perdido. ¿No facilitaría las cosas si se limitara a exponer los hechos sin recargarlos con metáforas y alegorías que impiden su comprensión?

Otra pausa, y más reflexión. Luego Scotty dijo:

—Veo que voy a tener que pasar.

—¿Cómo?

—Me ha cantado las cuarenta, compadre.

—Sigo sin captar lo que quiere decirme.

—Esa jugada me supera, por decirlo de alguna manera. No hay forma de ganarle una baza.

El clérigo se recostó en la silla, perplejo. Scotty apoyó la cabeza en la mano y se dispuso a meditar. Al momento volvió a levantar la mirada, triste pero seguro de sí mismo.

—Ya lo tengo, ya sé cómo me va a entender. Lo que queremos es un sermoneador, ¿sabe?

—¿Un qué?

—Un sermoneador. Un párroco.

—¡Ah! ¡Por qué no lo decía antes! Yo soy clérigo... párroco.

—¡Ahora le escucho! Me ha visto perdido y se ha arremangado como un hombre. ¡Venga aquí! —Le tendió su manaza y rodeó con ella la pequeña mano del pastor, y le dio un apretón que expresaba solidaridad fraterna y ferviente gratitud.

»Todo claro, amigo. Empecemos por el principio. No se preocupe si me cae alguna lagrimilla, porque estamos pasando un mal momento. Verá, uno de los chicos ha hincado el pico...

—¿Que ha qué?

—Hincado el pico... La ha pringado, ya sabe.

—¿La ha pringado?

—Sí... Ha estirado la pata.

—Ah... Ha partido a ese misterioso lugar del que nadie vuelve.

—¿Volver? Lo dudo mucho, amigo, ¡está muerto!

—Sí, ya entiendo.

—Ah, lo entiende... Bueno, pensaba que se había liado aún más. Pues, otra vez, ha muerto...

—¿Otra vez? ¿Es que ya se había muerto antes?

—¿Que si se había muerto antes? ¡No! ¿Se cree que un hombre tiene tantas vidas como un gato? Pero ahora sí que está muerto, ¡ya lo creo!, pobre muchacho, ojalá yo no hubiera vivido para verlo. No habrá nunca un amigo mejor que Buck Fanshaw. Lo conocía como la palma de mi mano, y cuando conozco a un hombre y me cae bien, no lo dejo... ¿Me oye? Puede estar seguro de que no ha habido hombre más hombre en las minas. Nadie ha visto nunca a Buck Fanshaw darle la espalda a un amigo. Pero, ya ve, se acabó lo que se daba. Ya no le sirve de nada. Lo han dejado fino.

—¿Lo han dejado fino?

—Sí, la muerte. Bueno, esto.... tenemos que despedirlo. Sí, claro. Qué mundo tan cruel, después de todo, ¿verdad? Pero ¿sabe, amigo?, era peleón. Tendría que haberle visto cuando se soltaba. ¡Era todo un bravucón con un ojo de vidrio! Si le escupías en la cara y le dabas pie a usar su fuerza, era fantástico ver cómo se transformaba y entraba al trapo. Era el peor hijo de cuatrero que ha existido. ¡Vaya si le iba la cosa! Más que a un piel roja.

—¿La cosa? ¿Qué cosa?

—La bronca. El roce. La pelea, ¿entiende? No se andaba con gil... chiquitas. Perdone, amigo, casi suelto una palabrota. Ya ve, estoy nervioso con todo este jaleo, viéndomelas con todo esto y teniendo que hacer las cosas bien. Pero tenemos que despedirlo. No queda otro remedio. Lo dudo, vaya. Pues si pudiera ayudarnos a hacer esas cosas de los muertos...

—¿A pronunciar el discurso del funeral? ¿A ayudar con las exequias?

—Eso, con las *obsequias*. Sí. Nosotros somos así. Vamos a hacerlo en condiciones, ¿sabe? Él siempre fue un tipo excelente, y el funeral va a estar a su altura, ya lo creo: una placa de plata maciza en la tapa de la caja, seis penachos en la carroza fúnebre y un cochero negro con una camisa muy blanca y un bombín. ¿Qué tal? Elegante, ¿eh? Y también nos encargaremos de usted, amigo. Lo arreglaremos. Tendrá una carroza, y lo que quiera. Usted escápese y nosotros nos encargaremos de todo. Tenemos montada una buena tarima para que se suba, en el número uno, no tenga miedo. Usted entre y largue su sermón, aunque nadie le haga ni caso. Deje a Buck como un buen valiente, amigo; todos los que lo conocían le dirán que era uno de los hombres más nobles que ha habido nunca en las minas. Seguro que no exagera por mucho que diga. Él no soportaba que las cosas se torcieran. Ha hecho más por la paz y la tranquilidad de esta ciudad que ningún otro vecino. Yo he visto con mis ojos cómo les daba una paliza a cuatro mexicanos en once minutos. Si se necesitaba poner orden, no era hombre de esperar a que otro lo hiciera: se arremangaba y lo hacía él. No era católico, para nada. No los soportaba. Siempre decía: «¡Irlandeses abstenerse!». Pero no hacía diferencias a la hora de defender los derechos de un hombre. Cuando unos valentones entraron en el cementerio católico y se pusieron a marcar parcelas con estacas, corrió a perseguirlos. ¡Y los echó! Yo estaba allí, amigo, y lo vi con mis propios ojos.

—Eso está muy bien... Por lo menos las intenciones eran buenas, aunque quizá la acción no es del todo justificable. ¿Tenía convicciones religiosas de alguna clase? Es decir, ¿sentía alguna unión, alguna dependencia, con respecto a un poder superior?

Más reflexión.

—Me parece que me ha vuelto a ganar, amigo. ¿Puede repetírmelo, y despacio?

—Bien, para hacerlo un poco más sencillo, ¿estaba o había estado vinculado con alguna organización ajena a las preocupaciones seculares y abnegada en aras de la moral?

—Buena jugada, amigo, pero cambie de táctica.

—¿Cómo dice?

—Bueno, es demasiado para mí, ya sabe. Siempre que mete la izquierda, muerdo el polvo. Cuando roba carta, siempre es buena; parece que yo no estoy de suerte. Venga, otra ronda.

—¿Cómo? ¿Que vuelva a empezar?

—Eso es.

—Muy bien. ¿Era un hombre bueno y...?

—Vale, ya veo de qué va. No se le ocurra seguir jugando. ¿Un hombre bueno, dice? No hay palabras. Era el hombre más bueno que... Amigo, si lo hubiera conocido, lo habría dado todo por él. Podría haberse cargado a cualquiera de su tamaño en América. Fue cosa suya que se calmaran los ánimos antes de que empezaran las últimas elecciones, y todo el mundo decía que solo podía haber sido cosa suya. Andaba por ahí con una llave inglesa en una mano y una trompeta en la otra, y envió a casa a catorce hombres en menos de tres minutos. Cortó el desmadre y los echó a todos antes de que nadie pudiera mover un dedo. Siempre defendía la paz, y con él había paz; no soportaba los alborotos. Ha sido una gran pérdida para esta ciudad, amigo. Los chicos se pondrán contentos si puede largar cuatro palabras y hacerle justicia. Una vez los irlandeses estaban tirando piedras a las ventanas de la escuela dominical metodista y Buck Fanshaw, sin encomendarse a nadie, cerró la taberna, cogió un par de revólveres y montó guardia en la puerta de la iglesia. Dijo: «Irlandeses abstenerse». Y vaya si se abstuvieron. ¡Era el hombre más valentón de las montañas, amigo! Corría más rápido, saltaba más alto, sacudía más fuerte y aguantaba más whisky en el cuerpo que cualquier hombre en diecisiete condados. Dígalo también en el sermón, amigo; los chicos se pondrán más contentos con eso que con nada. Y también puede decir que siempre le dio a su madre para dar y tomar.

—¿Que le dio?

—Exacto. Cualquiera de los chicos puede decírselo.

—De acuerdo, pero ¿por qué debería darle a su madre?

—Eso digo yo... Pero algunos lo hacen.

—No serán personas de buena reputación.

—Bueno, los hay que no son tan malos.

—En mi opinión, el hombre que usa la violencia contra su propia madre, debería...

—Alto ahí, amigo. Se ha pasado de la raya. Lo que quiero decir es que siempre le dio todo lo que necesitaba, ¿sabe? Una casa para vivir, y terrenos en la ciudad, y mucho dinero. La cuidaba y estaba siempre pendiente de ella, y cuando la mujer cogió la viruela, la cuidó una noche tras otra él solito, ¡se lo juro por Dio...! Uy, lo siento, se me ha escapado. La verdad es que me ha tratado como a un caballero, amigo, y no heriría nunca sus sentimientos adrede. Me parece una buena persona. Me parece un tipo legal, amigo. Me cae bien, y si alguien dice lo contrario se las verá conmigo. Le arrearé hasta que lo confundan con un fiambre de hace un año. ¡Venga aquí!

[*Otro apretón de manos fraternal, y salen*]

Las exequias fueron todo cuanto «los chicos» pudieron desear. Jamás se había visto ceremonia fúnebre tan maravillosa en todo Virginia. Los penachos de la carroza, la banda de música mortuoria, los comercios cerrados, las banderas colgando a media asta, la larga y lenta procesión de sociedades secretas, batallones militares y cuerpos de bomberos con sus uniformes, las herramientas cubiertas de negro, las carrozas de los oficiales, ciudadanos montados en vehículos o circulando a pie, multitudes de espectadores en las aceras, tejados y ventanas, etcétera. Años después, el grado de esplendor alcanzado por cualquier acto público en Virginia se determinaba comparándolo con el funeral de Buck Fanshaw.

Scotty Briggs, portador del féretro y doliente, ocupó un lugar destacado en el funeral, y cuando terminó el sermón y se oyó la última oración del predicador por el alma del difunto, Scotty respondió, en voz baja pero teñida de emoción:

—Amén. Irlandeses abstenerse.

Como en apariencia la respuesta no revestía importancia, probablemente pasó como un humilde tributo a la memoria del amigo desaparecido, pues, tal como Scotty había dicho, eran palabras suyas.

Scotty Briggs logró con el tiempo la distinción de ser el único converso al catolicismo entre los bravucones de Virginia, y resultó que el hombre que por tendencia natural defendía a los débiles debido a la nobleza innata de su espíritu tenía madera de buen cristiano. Aquello no corrompió su generosidad ni redujo su valentía; al contrario, orientó de forma inteligente lo uno y dejó más campo libre a lo otro. Si los progresos de su clase en la escuela dominical se producían más deprisa que en las demás, ¿era extraño? Yo creo que no. ¡Hablaba a sus pequeños pioneros en un idioma que comprendían bien! Fue un gran privilegio para mí, un mes antes de su muerte, oírle explicar la bella historia de José y sus hermanos en clase «sin mirar el libro». Dejo a criterio del lector imaginar cómo sonaba la historia, salpicada de jerga, de boca de ese maestro serio y comedido, a quien sus pequeños discípulos escuchaban con una devoción que mostraba que eran tan poco conscientes como él de que se estuviera infligiendo menosprecio alguno contra las sagradas convenciones.

De *Pasando fatigas*
1872

LA HISTORIA DEL VIEJO CARNERO

De vez en cuando, en aquellos días, los chicos me decían que tenía que conseguir que un tal Jim Blaine me contara la conmovedora historia del viejo carnero de su abuelo, pero siempre añadían que tenía que evitar sacar el tema a menos que en ese momento Jim estuviera borracho, lo justo para sentirse cómodo y amigable. No se detuvieron hasta que me moría de curiosidad por oír la historia. Acabé persiguiendo a Blaine, pero no sirvió de nada. Los chicos en cada ocasión le encontraban pegas a su condición: a menudo estaba moderadamente bebido, pero no de la forma satisfactoria. Jamás había observado el estado de un hombre con tanto interés, con tantas ansias, y nunca había suspirado tanto por ver a un hombre borracho por completo. Por fin, una noche fui corriendo a su casa, porque había oído que en aquel momento su situación era tal que ni siquiera los más quisquillosos le encontraron problemas: estaba tranquila, serena y simétricamente borracho. No había hipo que le enturbiara la voz ni nube lo bastante densa para oscurecer su memoria. Cuando entré, estaba sentado sobre un barril de pólvora vacío, con una pipa de arcilla en una mano y la otra alzada para pedir silencio. Tenía la cara redonda, roja y muy seria, y llevaba el cuello descubierto y el cabello alborotado. En general, sus facciones y su indumentaria le hacían parecer un robusto minero de la época. Sobre la mesa de pino había una vela, y su tenue luz revelaba a «los chicos» sentados aquí y allá en literas, en cajas de candelas, en barriles de pólvora, etcétera. Decían:

—¡Chis! ¡No hables! ¡Está a punto de empezar!

Enseguida encontré un asiento, y Blaine dijo así:

—No creo que aquellos tiempos vuelvan nunca más. No ha habido en el mundo un viejo carnero más peleón. El abuelo lo trajo de Illinois. Se lo dio un hombre que se llamaba Yates, Bill Yates. A lo mejor habéis oído hablar de él. Su padre era diácono, bautista, y también era cuatrero. Tenías que levantarte muy temprano para empezar el día antes que Yates el Agradecido. Fue él quien juntó a los Green con mi abuelo cuando se fue al Oeste. Seguramente Seth Green era el mejor de todos. Se casó con una Wilkerson, Sarah Wilkerson, muy buena muchacha, sí, uno de los mejores partidos de entre todas las chiquitas que jamás se hayan criado en la vieja Stoddard, lo decían todos los que la conocían. Levantaba un barril de harina como yo me zampo una tortita. ¿Bailar? ¡No digamos! ¿Independiente? ¡Vaya! Cuando Sile Hawkins empezó a rondarla, ella le dejó claro que ni con todo su dinero estaba a su altura. Ya veis, Sile Hawkins era... No, no era Sile Hawkins... Era un tipo que se llamaba Filkins... Del nombre no me acuerdo, pero era un paleto. Una noche entró en la iglesia borracho, aclamando a Nixon porque creía que había elecciones. El viejo diácono Ferguson se levantó y lo echó por la ventana, y él aterrizó encima de la cabeza de la señorita Jefferson, la pobre. Era una buena mujer; tenía un ojo de vidrio y muchas veces se lo dejaba a la señorita Wagner, que no tenía ojo, y así ella le hacía compañía; pero el ojo le iba pequeño, y cuando la señorita Wagner estaba despistada, se le daba la vuelta en la cuenca y a veces se quedaba mirando para arriba, o para un lado, o para cualquier sitio, mientras que el otro miraba fijo como un catalejo. A la gente mayor no le importaba, pero casi siempre hacía llorar a los niños del miedo que daba. Intentó rellenarlo con algodón, pero la cosa no funcionaba. El algodón se aflojaba y se le salía, y era tan horrible que los niños no podían soportarlo de ninguna manera. Siempre se le estaba cayendo, y miraba a los presentes con la cuenca vacía y los hacía sentirse muy incómodos. Ella no sabía cuándo se le salía el ojo, porque era ciega de ese lado, ya veis. Así que alguien tenía que acercarse y decirle: «Se le ha aflojado el ojo de mentira, señorita Wagner», y entonces todos tenían que sentarse y esperar hasta que volvía a ponérselo, generalmente del revés, encogida como un polluelo, porque era una mujer muy vergonzosa y siempre se apocaba delante de la gente. Pero no importaba gran cosa que se lo pusiera así, porque su ojo bueno era azul claro y el de vidrio era amarillo por delante, o sea que aunque le diera la vuelta no pegaba nada. La vieja señorita Wagner sabía pedir favores, vaya si sabía. Cuando se reunían para coser o tenía en casa a la Sociedad Dorcas, casi siempre le pedía a la señorita Higgins la pata de palo para moverse. Era bastante más corta que la otra, pero le daba igual. Decía que no podía utilizar las muletas cuando había gente en su casa porque iba muy lenta; que cuando tenía invitados y había cosas que hacer, quería poder levantarse y espabilarse. Era calva como una bola de billar, y por eso acostumbraba a pedirle la peluca a la señora Jacops. La señora Jacops era la mujer del vendedor de ataúdes, un viejo buitre cascarrabias, ya lo creo, que siempre merodeaba por donde había algún enfermo, esperando. Allí que se pasaba el día sentado a la sombra, el muy ruin, encima de un ataúd que le parecía de la medida del candidato, y si el cliente era lento y la cosa no estaba clara, se traía comida y una manta y pasaba las noches en el ataúd. Una vez pasó así tres semanas, con un tiempo helado, sin moverse de delante de casa del viejo Robbins, esperándolo. Después Jacops estuvo unos dos años sin hablarle al viejo porque lo había decepcionado. Se le congeló un pie, y también perdió dinero porque el viejo Robbins empezó a mejorar y se recuperó. La siguiente vez que se puso enfermo, Jacops intentó engañarlo y barnizó el mismo ataúd y se lo llevó, pero el viejo era demasiado listo para él. Lo hizo entrar y le dijo que estaba muy débil. Le compró el ataúd por diez dólares, pero Jacops tenía que devolverle esa cantidad y veinticinco dólares más si no le gustaba el ataúd cuando lo probara. Y luego Robbins murió, y en el funeral reventó la tapa del féretro y se incorporó envuelto con la mortaja, y le dijo al párroco que interrumpiera la ceremonia porque no soportaba un ataúd como aquel. Veréis, de joven ya había pasado por un trance, y se arriesgó a sufrir otro, calculando que si la cosa le salía bien tendría dinero en el bolsillo, y si fallaba no podía perder ni un centavo. Y, ¡pardiez!, demandó a Jacops por los cuartos y ganó el juicio, luego puso el ataúd en su sala de estar y dijo que pensaba tomarse su tiempo. Para Jacops siempre fue un fastidio la forma de actuar de ese viejo miserable. Muy pronto se trasladó otra vez a Indiana, a Wellsville, de donde eran los Hogadorn. Buena familia, sí, de las más antiguas de Maryland. El viejo señor Hogadorn era capaz de pasearse con más alcohol en el cuerpo y soltar más reniegos que prácticamente cualquier hombre que he conocido. Su segunda mujer era la viuda Billings, la que de soltera se llamaba Becky Martin; su madre fue la primera mujer del diácono Dunlap. Su hija mayor, Maria, se casó con un misionero y murió en estado de gracia..., devorada por los salvajes. A él también lo devoraron, pobre hombre, lo destriparon. No era lo habitual, según se decía, pero a los amigos que fueron a llevarse sus cosas les dijeron que lo habían intentado con otros misioneros, pero que no les habían encontrado nada de bueno. A los parientes les dio mucha rabia enterarse de que se habían cargado al hombre solo para hacer un maldito experimento, por así decirlo. Pero os advierto que en realidad nunca se pierde nada, todo lo que la gente no entiende y no ve a qué obedece acaba por ser bueno si se tiene paciencia y se le da una oportunidad. La Providencia no dispara por disparar, amigos. La sustancia del misionero, que él mismo desconocía, convirtió a todos los paganos que se animaron a probar el asado. Nada había servido con ellos, solo eso. A mí no me vengáis con que lo destriparon por casualidad. Las casualidades no existen. Una vez que mi tío Lem estaba apoyado en un andamio, no sé si enfermo, borracho o qué, un irlandés que llevaba una caja llena de ladrillos le cayó encima desde un tercer piso y le partió la espalda por dos sitios. La gente decía que había sido un accidente. Qué iba a ser un accidente, él no sabía por qué estaba allí, pero había un buen motivo. Si no, el irlandés se habría muerto. Nadie me podrá hacer cambiar nunca de opinión. El perro del tío Lem también estaba allí. ¿Por qué el irlandés no se cayó encima del perro? Porque lo habría visto y se habría apartado. Por eso el perro no fue el elegido. No se le puede encomendar a un perro una acción providencial. Escuchad lo que os digo: era todo un montaje. Las cosas no pasan por accidente, chicos. El perro del tío Lem... Ojalá hubierais conocido a ese perro. Era un perro pastor común... o era medio pastor medio bull terrier..., un animal magnífico. Había sido del padre Hagar antes de que lo tuviera el tío Lem. El padre Hagar era de la reserva de los Hagar del Oeste, una de las mejores familias. Su madre era una Watson. Una de sus hermanas se casó con un Wheeler, se instalaron en el condado de Morgan y a él lo enganchó una máquina de una fábrica de alfombras y la palmó en menos de un cuarto de hora. La viuda compró el trozo de alfombra que tenía sus restos, y al funeral fue gente de cien millas a la redonda. El trozo de alfombra medía catorce yardas, y la viuda no quiso que lo enrollaran, o sea que lo colocaron tal cual, todo lo largo que era. La iglesia donde hicieron el funeral era bastante pequeña, y tuvieron que sacar una punta del ataúd por la ventana. No lo enterraron, hincaron un extremo en la tierra y lo dejaron de pie, como si fuera un monumento. Y le clavaron un cartel que de... decía: «En me..., memo..., ria..., de cato..., catorce yardas de alfo..., alfom..., bra de tres ca..., cabos, que con..., contiene los re..., restos mo..., mort..., ales de..., de..., Wi..., Wi..., William Whe...».

Jim Blaine estaba cada vez más adormilado. Se le cayó la cabeza una, dos, tres veces, hasta que acabó apoyándola con tranquilidad sobre su pecho y se durmió plácidamente. A los chicos les resbalaban los lagrimones. Ya desde un buen principio se habían estado ahogando de tanto aguantarse la risa, aunque yo no lo había notado. Me di cuenta de que me habían tomado el pelo. Supe entonces que la peculiaridad de Jim Blaine consistía en que, siempre que alcanzaba cierto estado de embriaguez, no había forma humana de hacerle desistir de contar, con un fervor impresionante, la maravillosa aventura que le sucedió una vez con el viejo carnero de su abuelo. Y nadie había oído nunca mencionar al carnero más allá de la primera frase. Siempre se ponía a divagar e iba pasando sin cesar de una cosa a otra hasta que el whisky se apoderaba de él y caía dormido. Qué fue lo que le ocurrió con el viejo carnero de su abuelo es un gran misterio hasta la fecha, pues nadie lo ha averiguado todavía.

De *Pasando fatigas*
1872

TOM QUARTZ

Uno de mis camaradas de allí[1] —otra de esas víctimas de dieciocho años de esfuerzos no recompensados y esperanzas
frustradas— era uno de los más nobles espíritus que han cargado pacientemente con su cruz en el tedioso exilio: el serio y
sencillo Dick Baker, buscador de oro en las minas del cañón
de Dead-Horse. Tenía cuarenta y seis años y el pelo gris como
una rata, era honesto y considerado, carecía de instrucción, iba
mal vestido y manchado de tierra, pero su corazón valía más
que todo el oro que había visto la luz gracias a sus paladas. De
hecho, más que el que ha sido extraído o acuñado jamás.

Siempre que le fallaba la suerte y se sentía un poco alicaído, acababa llorando la pérdida de un gato maravilloso que
había tenido (pues a falta de mujer y niños, los hombres de
inclinación gentil se apegan a los animales de compañía, ya
que a alguien tienen que amar), y no dejaba de hablar de la
extraña sagacidad de aquel gato con aires de galán. En su fuero más interno creía que había en él algo humano, tal vez incluso sobrenatural.

Una vez lo oí hablar del animal. Dijo así:

—Caballeros, antes tenía aquí un gato, llamado Tom
Quartz, que habría sido del interés de todos ustedes. Lo era

1. California. *(N. del A.)*

de casi todo el mundo, ya lo creo. Lo tuve aquí ocho años, y era el gato más fenomenal que he visto con mis ojos. Era gris y grande, de esos de raza común, y tenía más juicio que cualquier hombre de este campamento. Y mucha dignidad, no dejaba que el gobernador de California se tomara familiaridades con él. Nunca cazó una rata en su vida, parece que le estaba de más. No le preocupaba otra cosa que la minería. Sabía de ello más que cualquier hombre que he conocido en mi vida, el gato. No se le podía enseñar nada sobre minería de ríos, ni de túneles, porque había nacido para eso. Venía detrás de Jim y de mí cuando íbamos a buscar oro a las montañas, y nos seguía con buen paso a lo largo de cinco millas, si llegábamos tan lejos. Y tenía muy buen olfato para el terreno, nunca han visto nada igual. Cuando nos poníamos a trabajar, echaba un vistazo alrededor, y si le parecía que la cosa no pintaba bien, nos lanzaba una mirada como diciendo: «Bueno, tendrán que disculparme», y sin mediar palabra levantaba la nariz y se largaba a casa. Pero si el terreno era de su gusto, se pegaba al suelo y no lo veías más hasta que el primer cedazo estaba limpio. Entonces se acercaba a mirar, y si había medio gramo de oro ya se daba por satisfecho, no esperaba nada más. Luego se tumbaba sobre nuestros abrigos y empezaba a roncar como la sirena de un barco de vapor, hasta que tropezábamos con el filón, y entonces se levantaba a supervisar. Era un rayo supervisando.

»Pero bueno, poco a poco la revolución de las minas de cuarzo fue en aumento. Todo el mundo andaba metido en ello. Todos agarraban el pico y hacían volar la tierra en vez de dar paladas en las montañas; todo el mundo cavaba pozos en vez de escarbar en la superficie. A Jim no le apetecía nada, pero también nosotros teníamos que probar suerte, y eso hicimos. Empezamos por excavar un hoyo, y Tom Quartz se preguntaba de qué diantres iba todo aquello. Nunca había visto ninguna mina de ese estilo, y estaba muy enfadado, como pueden imaginar. No lo comprendía de ninguna manera, la cosa lo superaba. Les tenía mucha manía a esas minas, vaya si no. Les tenía verdadera tirria, y daba la impresión de que las consideraba una supina estupidez. Pero ese gato, saben, estaba siempre en contra de cualquier cosa nueva que se inventara, por alguna razón no lo soportaba. Ya conocen ustedes lo que pasa con las viejas costumbres. Sin embargo, poco a poco Tom Quartz empezó a reconciliarse con la idea, aunque nunca llegó a entender del todo esa rareza de excavar y excavar y no sacar nunca nada bueno. Acabó por entrar también en el pozo para intentar entender algo. Y cuando le entraba la melancolía y se abandonaba, o se exasperaba, o se indignaba, sabiendo como sabía que cada vez había que apoquinar más y no sacábamos ni un céntimo, se enroscaba encima de un saco en una esquina y se echaba a dormir. La cuestión es que un día que ya habíamos excavado unos ocho pies encontramos una roca tan dura que no nos quedó otro remedio que volarla. Era la primera vez en la vida de Tom Quartz que lo hacíamos. Encendimos la mecha, nos encaramamos hasta la boca del pozo y nos alejamos unas cincuenta yardas, pero nos olvidamos de que Tom Quartz estaba durmiendo encima del saco. Al cabo de un minuto más o menos vimos que del agujero salía una nube de humo, y entonces todo estalló con un ruido tremendo, y cuatro millones de toneladas de rocas, tierra, humo y astillas volaron una milla y media por los aires. Y, ¡diantre!, justo en medio de todo aquello estaba Tom Quartz subiendo y subiendo, y no paraba de dar bufidos, y de estornudar, y de agitar las zarpas intentando agarrarse a lo que fuera como un poseso. Pero no le sirvió de nada, ¿saben?, de nada. Y esa fue la última vez que lo vimos, durante unos dos minutos y medio, y luego, de repente, empezaron a llover rocas y escombros, y, ¡pataplaf!, allá que se estampó él a unos diez pies de donde estábamos nosotros. Bueno, yo creo que quizá era el animal con peor genio que se ha visto nunca. Una oreja se le incrustó en el cuello, la cola le quedó hecha una pena y las pestañas le colgaban, y acabó todo negro de polvo y humo, y manchado de tierra y barro de pies a cabeza. En fin, señores, no habría servido de nada intentar disculparse, no éramos capaces de decir palabra. Se miró como con cara de asco, y luego nos miró a nosotros, y fue exactamente como si nos estuviera diciendo: "Caballeros, tal vez les parezca muy bonito aprovecharse de un gato que no tiene experiencia en minas de cuarzo, pero yo soy de otra opinión", y se dio media vuelta y se largó a casa para no volver a dirigirnos la palabra.

»Él era así. Y a lo mejor no me creen, pero después de aquello no se ha visto un gato más contrario a las minas de cuarzo que él. Y cuando, poco a poco, se animó a volver a bajar al pozo, su sagacidad les habría dejado de piedra. En el momento en que provocábamos una explosión y la mecha empezaba a echar chispas, nos lanzaba una mirada como diciendo: "Bueno, tendrán que disculparme", y es sorprendente a qué velocidad salía de aquel agujero y se subía a un árbol. ¿Sagacidad? Llamarlo así es quedarse corto. ¡Aquello era verdadera inspiración!

Yo dije:

—Bueno, señor Baker, pues claro que les tenía manía a las minas de cuarzo, teniendo en cuenta la que le había caído la primera vez. ¿No lo superó nunca?

—¿Superarlo? ¡No! Cuando Tom Quartz se empecinaba con una cosa, no había quien lo sacara de ahí. Podría haberle propinado tres millones de tundas y no habría conseguido que dejara de tenerles tirria a las minas de cuarzo.

El cariño y el orgullo que iluminaban el rostro de Baker al rendir ese homenaje a la testarudez de su leal amigo de otros tiempos me acompañará siempre como un vívido recuerdo.

De *Pasando fatigas*
1872

Un juicio

El capitán Ned Blakely —ese nombre servirá igual que cualquier otro nombre ficticio (pues se encontraba aún entre los vivos según las últimas noticias y tal vez no desee hacerse famoso)— tripuló, durante muchos años, barcos que zarpaban desde el puerto de San Francisco. Era un veterano fornido, con buen corazón y ojo de lince, que llevaba casi cincuenta años siendo marino, su oficio desde edad muy temprana. Era un ser tosco, honesto, lleno de valentía y de obstinada simplicidad en igual medida. Detestaba los convencionalismos, él iba «a lo que interesa». Tenía el afán de venganza de todo marino frente a las facecias y los caprichos de la ley, y creía firmemente que el objetivo primero y último de esta y de los abogados era ir en contra de la justicia.

Zarpó rumbo a las islas Chincha al mando de un barco de guano. Contaba con una buena tripulación, pero su oficial de cubierta, de raza negra, era la niña de sus ojos: durante años le había prodigado admiración y estima. Aquel era el primer viaje del capitán Ned a las islas Chincha, pero llegó antes su fama que él: la fama de ser un hombre que se enfrascaba en una pelea a la mínima que alguien le plantaba cara, y que no toleraba las tonterías. Era una reputación bien merecida. Cuando llegó a su destino, descubrió que las conversaciones giraban en gran medida en torno a las proezas de un tal Bill

Noakes, un bravucón, oficial de cubierta de un barco mercante. Ese hombre había creado allí un pequeño reino del terror. A las nueve en punto de la noche el capitán Ned, completamente solo, caminaba de un lado a otro de la cubierta de su barco a la luz de la luna. Una figura emergió por la borda y se le acercó. El capitán Ned preguntó:

—¿Quién anda ahí?

—Soy Bill Noakes, el hombre más importante de las islas.

—¿Qué busca en este barco?

—He oído hablar del capitán Ned Blakely. Uno de nosotros vale más que el otro, y antes de bajar a tierra sabré quién es.

—Ha acudido al barco apropiado, soy el hombre que busca. Yo le enseñaré a subir a bordo de este barco sin invitación.

Agarró a Noakes, lo arrinconó contra el palo mayor, le puso la cara como un mapa y luego lo arrojó por la borda.

Noakes no se quedó convencido. Regresó a la noche siguiente, y otra vez le quedó la cara como un mapa y cayó de cabeza por la borda. Ya estaba satisfecho.

Una semana después, mientras Noakes estaba celebrando una juerga en tierra con varios marinos, en pleno mediodía, el oficial de color del capitán Ned se unió a ellos y Noakes quiso buscar pelea. El negro no cayó en la trampa y trató de escapar. Noakes lo siguió, el negro se echó a correr, y el primero le disparó con un revólver y lo mató. Media docena de capitanes de barco habían sido testigos de todo lo ocurrido. Noakes se retiró al pequeño camarote de su barco, junto con dos bravucones más, y anunció que cualquier hombre que invadiera aquel espacio sería obsequiado con la muerte. No hubo intento alguno de perseguir a los villanos. No había predisposición para hacerlo, y de hecho muy pocos se plantearon semejante empresa. Allí no había tribunales ni policías, no había gobierno. Las islas pertenecían a Perú, y Perú estaba muy lejos. No disponía de ningún representante oficial en la zona, y tampoco había ninguna otra nación que lo tuviera.

Sin embargo, el capitán Ned no se dejaba confundir por esas cosas. Le traían sin cuidado. Bullía de rabia y estaba loco por que se hiciera justicia. A las nueve en punto de la noche cargó una escopeta de dos cañones, buscó unas esposas, cogió un farol de barco, convocó a su contramaestre y se dirigió a la orilla. Dijo:

—¿Ve ese barco que hay en el muelle?

—Sí, mi capitán.

—Es el *Venus*.

—Sí, mi capitán.

—Ya... Ya me conoce.

—Sí, mi capitán.

—Muy bien. Pues coja el farol. Colóqueselo justo debajo de la barbilla. Yo caminaré detrás de usted y le apoyaré el cañón de esta escopeta en el hombro, apuntando hacia delante... Así. Mantenga el farol bien alto para que yo pueda ver bien lo que hay delante de usted. Voy a entrar a por Noakes, y lo cogeré, y pondré entre rejas a sus compinches. Si se arredra... Bueno, ya me conoce.

—Sí, mi capitán.

De esa forma subieron al barco con discreción, llegaron al camarote de Noakes, el contramaestre abrió la puerta y el farol reveló a los tres forajidos sentados en el suelo. El capitán Ned dijo:

—Soy Ned Blakely. Os estoy apuntando. No os mováis si yo no lo ordeno, ninguno de los tres. Vosotros dos, arrodillaos en el rincón de cara a la pared, ahora mismo. Bill Noakes, ponte estas esposas. Ahora, acércate. Contramaestre, ciérrelas. Muy bien. No muevas ni un músculo. Contramaestre, meta la llave por fuera de la puerta. Ahora, amigos, a vosotros dos os voy a encerrar aquí dentro, y si intentáis echar la puerta abajo... Bueno, ya habéis oído hablar de mí. Bill Noakes, ponte delante, y marchando. Ya está. Contramaestre, cierre la puerta.

Noakes pasó la noche a bordo del barco de Blakely como prisionero, bajo estricta vigilancia. A primera hora de la mañana el capitán Ned llamó a todos sus iguales que se encontraban en el puerto y los invitó, con la ceremonia propia de la marina, a personarse a bordo de su barco a las nueve en punto ¡para presenciar el ahorcamiento de Noakes en el penol!

—¿Qué? A ese hombre no se le ha juzgado.

—Pues claro que no. Pero ¿acaso no mató al negro?

—Desde luego que lo mató, pero no pensará ahorcarlo sin un juicio, ¿verdad?

—¡Un juicio! ¿Para qué hay que juzgarlo, si mató al negro?

—Ay, capitán Ned, esto no saldrá bien. Piense en qué dirán.

—¡Al cuerno el qué dirán! ¿Acaso no mató al negro?

—Desde luego, desde luego, capitán Ned, eso nadie lo niega, pero...

—Pues entonces voy a ahorcarlo, y ya está. Todo el mundo a quien he preguntado me dice lo mismo. Todo el mundo dice que mató al negro, todo el mundo sabe que mató al negro, y sin embargo todos quieren que se celebre un juicio. No comprendo qué tontería es esa. ¡Un juicio! Se lo advierto, no me opongo a que se le juzgue si es por cumplimiento, y yo estaré presente y también contribuiré y ofreceré mi ayuda, pero déjenlo para esta tarde... Sí, para esta tarde, pues estaré muy ocupado hasta que acabe el entierro.

—¿Cómo? ¿Qué quiere decir? ¿Va a ahorcarlo de todos modos... y juzgarlo después?

—¿No he dicho ya que voy a ahorcarlo? En mi vida he visto personas tan necias. ¿Qué diferencia hay? Me piden un favor, y cuando se lo concedo siguen sin estar satisfechos. Antes o después da igual, ya saben cómo acabará el juicio. Él mató al negro. Esto... tengo que irme. Si sus oficiales de cubierta quieren asistir al ahorcamiento, que vengan. Me caen bien.

Hubo un revuelo general. Los otros capitanes se acercaron en bloque a Blakely y le suplicaron que no se dejara llevar por semejante impulso. Le prometieron que formarían un tribunal compuesto por los capitanes más reputados, y ellos elegirían al jurado. Lo harían todo con la seriedad que requería el asunto que tenían entre manos, y harían que el caso tuviera un proceso imparcial, y el acusado, un juicio justo. Y dijeron que si insistía y ahorcaba al acusado en su barco, cometería un asesinato, una falta penada por los tribunales americanos. Defendieron su postura con ahínco. El capitán Ned dijo:

—Caballeros, no soy testarudo ni irracional. Siempre estoy dispuesto a hacer las cosas lo más correctamente que puedo. ¿Cuánto tiempo llevará?

—No mucho.

—¿Y podré llevármelo de la playa y ahorcarlo en cuanto hayan terminado?

—Si se le declara culpable, será ahorcado sin demoras innecesarias.

—¿Cómo que «si se le declara culpable»? ¡Por Neptuno! ¿Acaso no es culpable? Eso me exaspera, todos saben bien que lo es.

Pero al fin lo convencieron de que no estaban planeando nada para engañarlo. Entonces el capitán dijo:

—De acuerdo. Ustedes lo van juzgando y yo mientras me ocupo de su conciencia y lo preparo para partir... Pues bastante lo necesita, y no quiero mandarlo al más allá sin una ceremonia apropiada.

Eso también suponía un problema. Lo persuadieron de que era necesario que el acusado estuviera presente en el juicio. Luego anunciaron que enviarían a un guardia a buscarlo.

—No, señores, prefiero traerlo yo mismo, a mí no se me escapará. Además, de todos modos tengo que ir al barco a por una cuerda.

El tribunal se reunió con la debida ceremonia, eligió al jurado, y en ese momento el capitán Ned se presentó guiando al prisionero con una mano y sosteniendo una Biblia y una cuerda en la otra. Se sentó junto al cautivo y ordenó al tribunal que levara anclas y se hiciera a la mar. Luego se volvió a inspeccionar al jurado, y reconoció a los amigos de Noakes, los dos bravucones. Se acercó allí al instante y les dijo en secreto:

—Os estáis metiendo en camisa de once varas. Más os vale dar un buen veredicto, ¿me oís? Si no, en cuanto acabe este juicio no habrá un muerto sino tres, y volveréis a casa a trozos.

La advertencia no cayó en saco roto. El jurado fue unánime. El veredicto, «culpable».

El capitán Ned se puso en pie de un salto y dijo:

—Vamos, ahora ya eres mío sea como sea. Caballeros, han cumplido de maravilla. Les invito a venir conmigo y comprobar que hago las cosas bien. Síganme hasta el cañón, a una milla de aquí.

El tribunal informó al capitán de que se había designado a un sheriff para ocuparse del ahorcamiento, y...

La paciencia del capitán Ned se había agotado. Su ira no tenía límites. Con gran juicio, se decidió renunciar a ese punto.

Cuando la multitud llegó al cañón, el capitán Ned se subió a un árbol y preparó la soga, luego bajó y la pasó por el cuello de su hombre. Abrió la Biblia y dejó a un lado su sombrero. Eligió un capítulo al azar y lo leyó con voz grave y solemnidad sincera. Luego dijo:

—Muchacho, estás a punto de subir ahí y tener que dar explicaciones, y cuanto más breve es el manifiesto de un hombre en relación con sus pecados, mejor para él. Vacía tu pecho, amigo, y márchate con un historial que resista al último examen. ¿Mataste al negro?

Sin respuesta. Hubo una larga pausa.

El capitán leyó otro capítulo, deteniéndose de vez en cuando para crear más efecto. Luego le dedicó un sermón serio y persuasivo, y acabó repitiendo la pregunta:

—¿Mataste al negro?

Sin respuesta..., más allá de una mueca maligna. El capitán leyó entonces los capítulos primero y segundo del Génesis, con profunda emoción, hizo una pequeña pausa, cerró el libro con reverencia y dijo, con un patente tono de satisfacción:

—Ya está. Cuatro capítulos. Pocos se habrían tomado las molestias que me he tomado yo contigo.

Entonces colgó al condenado, y tensó mucho la soga, se quedó junto a él y calculó media hora con su reloj, y luego entregó el cuerpo al tribunal. Un poco más tarde, mientras contemplaba la figura inmóvil, una duda asomó a su rostro. Sintió una manifiesta punzada de remordimiento, cierto recelo, y dijo con un suspiro:

—A lo mejor tendría que haberlo quemado. Pero he intentado hacer lo mejor.

Cuando el relato de este asunto llegó a California (cosa que ocurrió en «los primeros tiempos») dio mucho que hablar, pero no mermó ni un ápice la popularidad del capitán. De hecho, la aumentó. California tenía por aquel entonces una población que «imponía» justicia siguiendo unas costumbres de lo más simples y primitivas, y por tanto gustaba de admirar esas mismas costumbres aplicadas en cualquier otra parte.

De *Pasando fatigas*
1872

LAS CAVILACIONES DE SIMON ERICKSON

Nos detuvimos un rato en una de las plantaciones, para descansar y refrescar a los caballos. Mantuvimos una agradable conversación con varios caballeros presentes. Pero había una persona, un hombre de mediana edad, con una expresión ausente, que se limitó a mirarnos, darnos los buenos días y enfrascarse de nuevo en las meditaciones que nuestra llegada había interrumpido. Los dueños de la plantación nos susurraron que no nos preocupáramos por él: estaba loco. Decían que se encontraba en las islas[1] a causa de su salud. Era predicador, y su hogar estaba en Michigan. Decían que si despertaba al presente y empezaba a hablar de una correspondencia que mantuvo una vez con el señor Greeley sobre cierto asunto sin importancia, debíamos seguirle la corriente y escuchar con interés, y debíamos darle la razón en que aquella correspondencia era lo más importante del mundo.

Resultaba fácil ver que era un ser amable y que su locura no entrañaba violencia alguna. Se le veía pálido y algo extenuado, como con el pensamiento desconcertado y la mente atribulada. Permaneció sentado mucho rato, mirando al suelo, y de vez en cuando musitaba algo para sí e inclinaba la cabeza en señal de conformidad o la sacudía a modo de leve

1. Islas Hawái. (*N. del A.*)

protesta. Estaba perdido en sus pensamientos, o en sus recuerdos. Nosotros seguimos hablando con los dueños de la plantación, cambiando de un tema a otro. Pero al fin la palabra «circunstancia», pronunciada casualmente durante la conversación, captó su atención e hizo aflorar en su rostro una mirada expectante. Dio media vuelta en la silla y dijo:

—¿Circunstancia? ¿Qué circunstancia? Ah, ya lo sé; lo sé muy bien. O sea que ustedes también han oído hablar de ello. [*Con un suspiro*] Bueno, da igual; todo el mundo ha oído hablar de ello. Todo el mundo. El mundo entero. Es mucho mundo para que algo viaje tan lejos... ¿A que sí? Sí, sí; la correspondencia entre Greeley y Erickson ha provocado la controversia más triste y amarga en ambos lados del océano... ¡Y sigue! Nos hace famosos, pero ¡qué sacrificio tan triste! Lo sentí mucho cuando me enteré de que en Italia había causado aquella guerra tan penosa y sangrienta. Poco me consoló, después de tanto derramamiento de sangre, saber que los vencedores estaban de mi parte, y los vencidos, de la de Greeley. Poco consuela saber que el responsable de la batalla de Sadowa es Horace Greeley, y no yo. La reina Victoria me explicó en una carta que compartía mis sentimientos al respecto. Dijo que, aunque era contraria a Greeley y al espíritu que mostraba en su correspondencia conmigo, no habría permitido lo de Sadowa ni por varios cientos de dólares. Puedo mostrarles su carta, si quieren verla. Pero, caballeros, por mucho que crean saber sobre esa desafortunada correspondencia, no sabrán toda la verdad hasta que la oigan de mi boca. Los diarios siempre la tergiversan, e incluso la historia lo hace. Sí, incluso la historia. ¡Piénsenlo! Permítanme, por favor, contarles el asunto exactamente tal como ocurrió. Les aseguro que no abusaré de su confianza.

Entonces se inclinó hacia delante, lleno de empeño y gravedad, y explicó su historia. Y lo hizo con mucha gracia, aunque de forma sencilla y poco pretenciosa. De hecho, lo hizo de tal forma que todo el tiempo daba a entender que el suyo era un testimonio fiel y honorable que presentaba los hechos por puro amor a la justicia, y bajo juramento. Dijo así:

La señora Beazeley, Jackson Beazeley, viuda, de la ciudad de Campbellton, en Kansas, me escribió en relación con un asunto cercano a su corazón, un asunto que a muchos podría haberles parecido trivial pero que para ella era materia de gran preocupación. En aquel entonces vivía en Michigan y servía a la Iglesia. Era, y es, una mujer digna de estima, una mujer a quien la pobreza y las penurias han demostrado servir de estímulo para el trabajo, en lugar de ser motivo de desaliento. Su único tesoro era su hijo William, un joven a punto de entrar en la edad adulta, religioso, amigable y con un sincero apego a la agricultura. Era el consuelo y el orgullo de la viuda. Y así, movida por su amor por él, me escribió en relación con un asunto, tal como ya he dicho, que afectaba a su corazón, porque afectaba al de su hijo. Deseaba que hiciera una consulta al señor Greeley sobre los nabos. Los nabos eran el sueño que su joven hijo ambicionaba. Mientras otros jóvenes malgastaban con frívolos entretenimientos esos preciosos años de vigor en ciernes que Dios les ha dado con el objeto de prepararse para una vida de provecho, ese muchacho enriquecía con paciencia su mente con información sobre los nabos. El sentimiento que les profesaba rayaba la adoración. No podía pensar en los nabos sin emocionarse, hablar de ellos con serenidad, contemplarlos sin exaltarse ni comérselos sin derramar lágrimas. Toda la poesía de su naturaleza sensible estaba en sintonía con ese delicado vegetal. Con los primeros cantos del amanecer iba en busca de su pedazo de tierra, y cuando el manto de la noche lo alejaba de él, se encerraba con sus libros y consultaba las estadísticas hasta que le vencía el sueño. En los días lluviosos se sentaba y hablaba durante horas con su madre sobre los nabos. Cuando recibían visitas, convirtió en un agradable deber dejar de lado todo lo demás y pasarse el día conversando con ellas sobre su gran pasión por los nabos. Y sin embargo, ¿sentía colmada esa pasión? ¿No estaba en secreto teñida de infelicidad? Pues claro que sí. Un tormento atenazaba su corazón, y la más noble inspiración de su alma eludía su empeño: no conseguía hacer del nabo una planta trepadora. Pasaron los meses, sus mejillas perdieron la frescura, la viveza de su mirada se desvaneció, los suspiros y la abstracción usurparon el lugar a las sonrisas y las conversaciones animadas. Pero una mirada vigilante captó todo aquello, y a su debido tiempo la compasión materna desveló el secreto. De ahí la carta que me dirigió. Suplicaba que le prestara atención: su hijo se estaba muriendo por momentos.

Yo era un extraño para el señor Greeley, pero ¿qué más daba eso? El asunto era urgente. Le escribí y le rogué que resolviera el difícil problema si era posible, y salvara así la vida al estudiante. Mi interés fue en aumento, hasta que llegué a compartir el grado de preocupación de la madre. Aguardé en vilo. Por fin llegó la respuesta.

Descubrí que no lograba leerla con facilidad, puesto que la letra no me era familiar y mis emociones estaban un tanto alteradas. En parte parecía hacer referencia al caso del muchacho, pero abordaba principalmente otros asuntos irrelevantes, como los adoquines, la electricidad, las ostras y algo que descifré como «absolución» o «agrarismo», no estaba seguro de cuál de las dos cosas. Sin embargo, aquello parecían menciones casuales, nada más, de contenido cordial, sin duda, pero carentes de la conexión o coherencia necesaria para que resultaran útiles. Resolví que mi comprensión debía de verse afectada por mis sentimientos, así que dejé reposar la carta hasta el día siguiente.

Por la mañana volví a leerla, todavía con dificultad e incertidumbre, pues había perdido algunas horas de descanso y la visión de mi mente estaba empañada. Las ideas parecían tener mayor conexión, pero la carta no alcanzaba a mostrar el carácter resolutivo que se esperaba de ella. Era demasiado discursiva. Parecía decir lo siguiente, aunque no estaba seguro de algunas palabras:

> La poligamia vence a la emperadora; los extractos obedecen a los polos; a diario existen las causas. Ovaciones que persiguen la sabiduría o los defectos que elijo y condeno. Perú, bata anticuada, bagatela, asume el delito, pero ¿quién lo ha dicho? Nos tememos que no.
>
> Atrxwmente,
>
> HEVACE EVEELOJ

No parecía decir ni una palabra sobre los nabos, ni contener indicación alguna de cómo podían convertirse en una planta trepadora. Ni siquiera se mencionaba a los Beazeley. Decidí consultarlo con la almohada. No cené, ni siquiera desayuné a la mañana siguiente. De modo que retomé el trabajo con el cerebro descansado, y albergaba muchas esperanzas. Esta vez la carta tenía otro aspecto, excepto por la firma, que más tarde resolví que se debía a un inofensivo efecto de la lengua hebrea. La epístola tenía que ser por fuerza del señor Greeley, pues mostraba el membrete de *The Tribune*, y yo no le había escrito a nadie más. La carta, digo, había tomado un aspecto distinto, pero el lenguaje seguía siendo excéntrico y no abordaba el tema. Ahora parecía decir:

> La Habana da voces reparadoras; el bórax concierne a los pistilos; el calendario excusa. Enferma la perdida; los rezos que maldigo son paganos. Piedra atacada, buena gente, tetera, lo del grillo es delito; ¡cuánto bicho! Nos tomamos un ron.
>
> Atrxwmente,
>
> HEVACE EVEELOJ

Como es natural, estaba rendido. Tenía afectada la comprensión. Por eso me concedí dos días de esparcimiento, y luego retomé mi tarea mucho más fresco. Ahora la carta tomaba la siguiente forma:

Las cataplasmas, a veces, son tramposas; los pavos producen atractivo; es un calvario poner pausas. Es uniforme que la viruela deje el brazo dormido y proteja la mano. Una pera bien curada, hierbabuena que llene; con bello beneplácito acunaremos el chico. O sea, qué calor.

Atrxwmente,

HEVACE EVEELOJ

Seguía sin darme por satisfecho. Esas generalidades no atañían a la cuestión. Eran nuevas, y potentes, y estaban expresadas con una confianza que empujaba al convencimiento, pero en un momento como aquel, con la vida de un hombre en juego, parecían inadecuadas, mundanas, y de mal gusto. En cualquier otro momento no solo me habría alegrado, sino enorgullecido de recibir una carta de ese estilo de un hombre como el señor Greeley, y la habría examinado con empeño y habría intentado mejorarme en todo lo posible. Pero ahora, con ese pobre chico en su casa, consumiéndose por lograr alivio, no estaba de humor para aprender.

Pasaron tres días y volví a leer la nota. De nuevo su estilo había cambiado. Ahora parecía decir:

Las copas a veces son traidoras; los nabos adormecen a los chicos; es necesario exponer la causa. Alarma a la pobre viuda; ¿es que la herencia de su marido le será robada? Pero la hierba adecuada, una buena higiene, etcétera., si de ello hace un vicio, lo arrancarán de su capricho; así que blasfemias no.

Atrxwmente,

HEVACE EVEELOJ

Eso estaba mejor. Pero no conseguía avanzar, estaba demasiado agotado. La palabra «nabos» me produjo alegría y ánimo por unos momentos, pero mis fuerzas estaban demasiado afectadas, y la demora podía resultar tan peligrosa para el muchacho que renuncié a proseguir con la traducción y resolví hacer lo que debería haber hecho desde un buen principio. Me senté y le escribí al señor Greeley lo siguiente:

Apreciado señor:

Me temo que no acabo de comprender su amable nota. Según usted, «los nabos adormecen a los chicos», pero eso no es posible, señor; por lo menos el estudio o la contemplación de los nabos no puede hacer eso, pues la exaltación que producen es precisamente lo que ha trastocado la mente y ha debilitado el cuerpo de nuestro pobre amigo. Sin embargo, si es cierto que pueden adormecer esa pasión, ¿tendría la bondad de proseguir y explicarnos cómo deben prepararse? Observo que dice que «es necesario exponer la causa», pero se ha olvidado de hacerlo.

Debido a un malentendido, parece que me atribuye motivos de interés propio en este asunto, por decirlo con suavidad. Pero le aseguro, apreciado señor, que si doy la impresión de cortejar a la viuda es pura apariencia; nada más lejos de la realidad. No me encuentro en esta situación por deseo propio. Ella me pidió, en persona, que le escribiera a usted. Nunca he querido rondarla. De hecho, apenas la conozco. Yo no rondo a nadie. Intento salir adelante, a mi humilde manera, y hacer todo el bien que puedo, sin causar daños ni andarme jamás con insinuaciones. En cuanto a la herencia de su marido, no me interesa. Confío en tener bastante con mis bienes. Me esforzaré por conservarlos, en cualquier caso, y no tratar de aprovecharme de los de otra persona, y menos robarlos. ¿Acaso no se da cuenta? Esa mujer es viuda, no tiene marido. Su marido murió, o eso parecía cuando lo enterraron. Por consiguiente, no hay «hierba adecuada» ni «buena higiene» que pueda arrancarlo de su capricho, si es que estar muerto y enterrado puede considerarse tal cosa. En cuanto a su última observación, es grosera y está fuera de lugar; y si lo que leo es cierto debería aplicarse el cuento, señor, yendo al grano y hablando con más decoro.

Muy atentamente,

SIMON ERICKSON

189

Al cabo de unos pocos días el señor Greeley hizo lo que, de haber sido antes, nos habría ahorrado muchísimos problemas, un gran sufrimiento mental y físico y bastantes malentendidos. Es decir, envió su nota original traducida, o más bien transcrita con letra clara por su secretario. Entonces el misterio se aclaró, y vi que sus intenciones habían sido buenas desde el principio. Cito la nota en su forma comprensible:

> Las patatas, a veces, son trepadoras; los nabos permanecen pasivos: es innecesario exponer la causa. Informe a la pobre viuda de que los esfuerzos de su hijo son en vano. Pero una dieta adecuada, una buena higiene, etcétera., si de ello hace un hábito, curarán su capricho, así que no tema, no.
>
> Atentamente,
>
> HORACE GREELEY

Mas, ay, era demasiado tarde, caballeros, demasiado tarde. La vergonzosa demora había hecho su trabajo: el joven Beazeley ya no existía. Su espíritu había alzado el vuelo hacia una tierra donde toda su desazón sería aliviada, donde todos sus deseos serían complacidos, donde todas sus ambiciones se verían realizadas. Pobre muchacho, para su descanso eterno lo enterraron con un nabo en cada mano.

Así terminó Erickson, y volvió a enfrascarse en sus gestos afirmativos, sus susurros y su ensimismamiento. Los otros hombres se marcharon y lo dejaron allí... Pero no dijeron qué lo había vuelto loco. Con el desconcierto propio del momento, a mí se me olvidó preguntar.

De Pasando fatigas
1872

UNA HISTORIA VERDADERA
Repetida palabra por palabra tal como la oí

Era verano, y la hora del ocaso. Estábamos sentados en el porche de la granja, en la cima de la colina, y «tía Rachel» estaba sentada más abajo que nosotros, en la escalera... pues era nuestra criada, y de color. Tenía una corpulencia y una estatura tremendas. Había cumplido los sesenta años, pero su agudeza visual y su fortaleza no habían disminuido un ápice. Era un espíritu alegre y afable, y reír no le suponía mayor esfuerzo que a un pájaro cantar. En esos momentos estaba en la línea de fuego, como siempre al terminar el día. Es decir, le estaban tomando el pelo sin piedad, y lo disfrutaba. Dejaba escapar una risotada tras otra, y luego permanecía sentada con la cara entre las manos y sufría las sacudidas del trance de una alegría para cuya expresión ya no lograba tomar suficiente aliento. En semejante momento se me ocurrió una idea, y dije:

—Tía Rachel, ¿cómo es que has vivido sesenta años y nunca has tenido problemas?

Ella dejó de temblar. Hizo una pausa, y hubo unos instantes de silencio. Se volvió a mirarme por encima del hombro y dijo, sin siquiera una sonrisa en la voz:

—*Misto* C..., ¿estás usted en serio?

Eso me sorprendió mucho, y moderé mis formas y también mis palabras. Dije:

—Bueno, pensaba... O sea, quería decir... Bueno, que no es posible que hayas tenido problemas. Nunca te he oído suspirar, y nunca he visto una mirada tuya en la que no se reflejara la risa.

En ese momento miró alrededor con ecuanimidad, toda ella muy seria.

—¿Que si ha tenido problemas? *Misto* C..., se lo explico, luego usted mismo. Yo ha nacido entre esclavos. Lo sé todo de esclavos, porque era una de ellos. Bueno, señor, mi hombre, o sea mi marido, era bueno y amable conmigo, como usted es amable con tu mujer. Y *tenimos* niños, siete niños, y los *querimos* igual que usted quiere a sus niños. Eran negros, pero el Señor no puede hacer niños tan negros que su madre no quiere y los dé; no, no por nada de este mundo entero.

»Bueno, señor, me ha criado en Fo'ginny, pero mi madre se crió en Maryland, y ¡por mi alma! ¡Era *terribla* cuando se lanzaba! ¡Por mi tierra que armaba la gorda! Cuando le entraba la pataleta, siempre decía misma palabras. Se ponía derecha con puños en caderas, y decía:

»—¡Quiero que entiendes que yo no ha nacido en el campo para que cuatro desgraciados me tomen pelo! ¡Yo soy una Gallina Azul! ¡Vaya si soy!

»Porque, sabe, así se hace llamar la gente que ha nacido en Maryland, ¡y está orgullosos! Pues esas palabras decía. No se me olvidan nunca, porque las decía mucho, y porque las *dició* cuando mi pequeño Henry un día se ha *rompido* la muñeca, y peor se ha *rompido* la cabeza, justo arriba de todo de la frente, y los negros no han corrido bastante para ayudar. Y cuando se han *volvido* a contestar, ella se levanta y dice:

»—¡Cuidado! —dice—. ¡Quiero que entiendes, negros, que yo no ha nacido en el campo para que cuatro desgraciados me tomen pelo! ¡Yo soy una Gallina Azul! ¡Vaya si soy!

»Y entonces los ha echado de la cocina y ha vendado ella al niño. O sea que yo también dice esas palabras cuando está enfadada.

»Y va un día mi señora y dice que está sin dinero, y que tiene que vender todos los negros de su casa. Y cuando yo oigo que va a vender a todos nosotros en una subasta de Richmond, ¡ah, Dios Santo!, ¡ya sé qué quiere decir!

Tía Rachel se había ido poniendo en pie a medida que se enfrascaba en el tema, y en ese instante se cernía sobre nosotros, su negror en contraste con las estrellas.

—Nos *ponieron* cadenas y nos *ponieron* en una tarima alta como este porche, veinte pies alta. Y toda la gente estaba de pie alrededor, montón y montón de gente. Y suben y nos miran de arriba abajo, y nos *apretan* brazo, y nos hacen levantar y andar, y entonces dicen: «Este muy viejo», o «Este cojo», o «Este no vale tanto dinero». Y venden mi hombre, y se lo llevan, y empiezan a vender mis niños y se los llevan, y yo empiezo a llorar; y el hombre dice:

»—Calla, maldita llorona. —Y me pega en boca con su mano.

»Y cuando todos han marchado menos mi pequeño Henry, lo cojo fuerte contra mi pecho, y me *pono* de pie y digo:

»—No te lo llevas.

»Digo:

»—¡Mato al hombre que lo toca!

»Pero mi pequeño Henry suspira y dice:

»—Me escaparé, y luego trabajo y te compro tu libertad.

»Ah, el bendito, ¡siempre un niño tan bueno! Pero lo llevaron; lo llevaron, el hombre lo llevó, pero yo ha arrancado casi toda la ropa de ellos, y les ha pegado en la cabeza con la cadena, y ellos me han pegado a mí, pero me daba igual.

»Pues así ha ido mi hombre, y todos mis niños, mis siete niños, y a seis no he visto más hasta hoy, y en Semana Santa ha hecho veintidós años de eso. El hombre que me ha comprado es de New Bern, y me llevó allí. Luego los años pasan y ha venido la guerra. Mi amo era un coronel confederado, y yo era cocinera de su familia. Así, cuando la Unión toma la ciudad, todos se han ido y me dejan sola con los otros negros en esa casa enorme. Y los oficiales de la Unión entran y me preguntan si cocino para ellos.

»—Benditos sean —digo—, eso sé hacer.

»No son oficiales cualquiera, le advierto, eran grandes, muy grandes, ¡y cómo hacían correr a soldados! El general me dice que estoy al frente de la cocina, y dice:

»—Si viene alguien y se mete contigo, lo pones a raya; no tienes miedo —dice—, ahora estás entre amigos.

»Y yo piensa: "Si mi pequeño Henry *tene* algún día oportunidad de escapar, se va al norte, seguro". Un día entro en donde está los grandes oficiales, en el salón, y hago una reverencia, y luego me levanto y les hablo de mi Henry, y ellos escuchan mi problema igual que si soy blanca, y digo:

»—Ha venido a decírselo porque si se escapó y ha ido al norte, de donde vienen ustedes, caballeros, a lo mejor lo han visto y pueden decirme para que lo encuentro otra vez; es muy pequeño, y tiene una cicatriz en la muñeca izquierda y arriba de todo de la frente.

»Entonces ellos ponen cara triste, y el general dice:

»—¿Cuánto tiempo hace que lo ha perdido?

»Yo digo:

»—Trece años.

»Y el general dice:

»—Ahora ya no es pequeño; ¡es un hombre!

»¡No lo había pensado nunca! Para mí era siempre aquel pequeño. Nunca había pensado que ha crecido y se ha hecho grande. Pero entonces me doy cuenta. Ninguno de los caballeros lo ha visto, así que no pueden hacer nada por mí. Pero todo ese tiempo, aunque yo no sabía, mi Henry se había ido al norte, años y años, y es barbero, y trabaja por su cuenta. Y al final un día viene la guerra y dice:

»—Soy barbero —dice—, voy a arreglar a mi mamá viejita si no se ha muerto.

»Así que vende el negocio y va adonde reclutan, y se ofrece al coronel para ser su criado, y entonces empieza a ir por todas las batallas para buscar a su mamá viejita. Sí, sí, se ofrece a un oficial y luego a otro, hasta que ha registrado todo el sur, pero, ya ve, yo no sabe nada de todo eso. ¿Cómo iba a saberlo?

»Pues una noche hay un baile de soldados; los soldados en New Bern siempre dan bailes y arman escándalo. En mi cocina daban muchos, montones, porque es muy grande. Se lo aseguro, está cansada de eso, porque está a gusto con los oficiales, y me harta tener a soldados corrientes tonteando así en mi cocina. Pero yo siempre me quedo para poner cosas en su sitio, sí; y a veces me acaban paciencia, y entonces los echa fuera de mi cocina, ¡vaya si los echa!

»Pues una noche, un viernes por la noche, viene toda una sección de un regimiento de negros que está de guardia en la casa. La casa era cuartel general, ya sabe. ¡Y entonces yo me *pono* como una furia! ¿Como una furia, digo? ¡Está fuera de mí! Voy de aquí para allá, de aquí para allá. Solo espero que hacen algo para saltar. Y ellos se ponen a bailar vals, a dar vueltas y vueltas. ¡Caramba! ¡Lo están pasando bien! ¡Y yo más y más furiosa! Enseguida viene un negro joven y elegante y se pone a dar vueltas con una muchacha, la coge de cintura, vueltas, vueltas y vueltas, suficientes para que uno se quede como borracho de mirar. Y cuando llega a mi lado se ponen a dar saltos con una pierna y luego la otra. Y se ríen de mi turbante rojo, y yo me acerca y le dice:

»—¡Fuera de aquí, basura!

»Al joven le cambia cara, de repente, un segundo, pero luego se pone a sonreír otra vez, igual que antes. Pues en ese momento vienen unos negros que tocan música y son de la banda, y no saben andar sin darse aires. Y esa noche se dan muchos aires. ¡Me enfado con ellos! Ellos se ríen y yo me *pono* peor. El resto de negros también se echa a reír, ¡y entonces yo está a punto de explotar! ¡Mis ojos echan chispas! Me estiro mucho, como ahora, casi hasta el techo, y planto puños en caderas y digo:

»—¡Cuidado! —digo—. ¡Quiero que entiendes, negros, que yo no ha nacido en el campo para que cuatro desgraciados me tomen pelo! ¡Yo soy una Gallina Azul! ¡Vaya si soy!

»Y entonces ve que el joven se pone de pie, muy tieso, con los ojos fijos mirando al techo como si se le ha olvidado algo y ya no se puede acordar. Yo me acerco a los negros, me parece mucho a un general, y ellos se apartan de mí y empiezan a irse. Y cuando el joven va a salir, yo lo *oyo* decir a otro negro:

»—Jim —dice—, vete y dices al capitán que llegaré sobre ocho de la mañana, tengo que hacer una cosa —dice—. No voy a dormir esta noche, vete —dice—, y déjame solo.

»Era más o menos la una de madrugada. Bueno, sobre siete ya estaba levantada y trabajando, prepara el desayuno de los oficiales. Está de pie delante de la cocina, justo así, como si sus pies de ustedes son ahora la cocina, y abre la puerta de la cocina con la mano derecha, y la empuja como empuja ahora sus pies, y tiene la sartén con las galletas calientes en la mano y está a punto de levantarme cuando veo la cara de un negro delante de mi cara, y me mira ojos, igual que ahora les mira yo desde abajo. Y yo me quedo allí quieta, ¡imposible que me mueva! Solo miro y miro, y la sartén empieza a temblar, y de repente, ¡me doy cuenta! La sartén se cae al suelo, y yo le coge la mano izquierda y le sube la manga, así, como hace ahora con usted. Y entonces voy a la frente y le aparta el pelo, y digo:

»—¡Chico! Si no eres mi Henry, ¿qué haces con esta marca en la muñeca y esta cicatriz en la frente? Por Dios todopoderoso, ¡te tiene otra vez!

»No, *Misto* C..., yo no ha tenido problemas. ¡Ni alegrías!

1874

LA EXPERIENCIA DE LOS McWILLIAMS
CON EL CRUP MEMBRANOSO

Tal como al autor de este libro se lo contó el señor
McWilliams, un amable caballero neoyorquino a quien
dicho autor conoció por casualidad durante un viaje

Bueno, pues retomando lo que le estaba contando cuando
empecé a divagar explicando la devastación que estaba pro-
vocando en nuestra ciudad el crup membranoso, esa espantosa enfermedad incurable que llenaba de terror a todas las madres, llamé la atención de mi esposa hacia nuestra pequeña
Penelope, y le dije:

—Querida, yo de ti no dejaría que la niña mordisqueara
esa ramita de pino.

—Pero ¿qué hay de malo en ello, cariño? —me contestó,
aunque al mismo tiempo se disponía a quitarle la ramita a la
niña.

Y es que las mujeres no pueden aceptar la menor insinuación, ni siquiera la más sensata, sin discutirla; me refiero a las
mujeres casadas.

—Amor mío —repliqué—, todo el mundo sabe que el pino
es la madera menos nutritiva que puede comer una criatura.

La mano de mi esposa se detuvo en pleno acto de quitarle
a la niña la ramita, y volvió a caer sobre su regazo. Haciendo
evidentes esfuerzos para reprimirse, dijo:

—Sabes muy bien, maridito, que eso no es así. Lo sabes
perfectamente. Todos los médicos afirman que la trementina
que contiene la madera de pino es excelente para los dolores
de espalda y los riñones.

—¡Ah...! Al parecer no estaba bien enterado. No sabía que la niña tuviera nada en la columna ni en los riñones, y que nuestro médico hubiera recomendado...

—¿Quién ha dicho que la niña tenga algo en la columna o en los riñones?

—Amor mío, tú lo has insinuado.

—¡Ni mucho menos! Jamás he insinuado nada parecido.

—Pero, querida, no hace ni dos minutos que has dicho...

—¡Preocuparte de lo que yo diga...! No importa lo que haya dicho. No hay nada malo en que la niña mordisquee un trocito de pino si desea hacerlo, y lo sabes perfectamente bien. Lo mordisqueará... ¿y qué?

—No digas más, querida. Me ha convencido la fuerza de tu razonamiento, y en cuanto salga iré a encargar dos o tres troncos de la mejor madera de pino que haya. No quiero que ningún hijo mío sufra mientras yo...

—¡Oh, por favor! Vete a tu despacho y déjame tranquila. No se puede hacer la menor observación sin que tú la cojas y empieces a razonar y razonar hasta que ya no sabes lo que dices, nunca sabes lo que dices.

—Muy bien, como tú digas. Pero hay en tu última observación cierta falta de lógica que...

Pero, antes de poder terminar, ella ya se había marchado con un aspaviento, llevándose a la niña. Aquella noche, a la hora de cenar, la vi llegar con la cara tan blanca como una sábana.

—¡Oh, Mortimer, hay otro caso! El pequeño Georgie Gordon lo ha cogido.

—¿El crup membranoso?

—El crup membranoso.

—¿No hay esperanza?

—Ni la más mínima. ¡Oh, qué va a ser de nosotros!

A todo esto, la niñera nos trajo a nuestra Penelope para que nos diera las buenas noches y rezara la acostumbrada oración arrodillada ante su madre. En medio de «Con Dios me acuesto...», la pequeña tosió ligeramente. Mi mujer retrocedió como si hubiera recibido un golpe mortal. Pero al momento ya estaba de pie, inmersa en la actividad frenética que inspira el terror.

Mandó que trasladaran su camita del cuarto de los niños a nuestro dormitorio, y se encargó de supervisar el cumplimiento de sus órdenes. Por descontado, tuve que ir con ella. Lo dispusimos todo rápidamente. También colocamos un catre para la niñera de Penelope en el vestidor de mi esposa. Pero entonces la señora McWilliams dijo que ahora estábamos muy lejos de nuestro otro hijo..., ¿y si en mitad de la noche empezaba también él a presentar los síntomas? Y la pobrecilla palideció de nuevo.

Así pues, volvimos a colocar la camita y a la niñera en el cuarto infantil, y dispusimos otra cama para nosotros en una habitación contigua.

Pero entonces la señora McWilliams dijo:

—¿Y si Penelope se lo contagia al niño?

Este pensamiento volvió a sembrar el pánico en su corazón, y todos nuestros esfuerzos para trasladar de nuevo la camita desde el cuarto infantil no resultaron lo suficientemente rápidos para satisfacerla, pese a que ella también ayudó y, con sus frenéticas prisas, estuvo a punto de romperla en pedazos.

Nos trasladamos al piso de abajo, pero tampoco allí encontramos sitio adecuado para instalar a la niñera, y la señora McWilliams afirmaba que su experiencia nos sería de inestimable ayuda. Así pues, volvimos a llevar todos los bártulos a nuestra habitación y experimentamos una gran alegría, como pájaros azotados por la tormenta que encuentran de nuevo su nido.

Entonces la señora McWilliams se dirigió a toda prisa al cuarto de los niños para ver cómo iba allí la cosa. Al poco regresó con un nuevo terror pintado en el semblante. Dijo:

—¿Cómo es que el niño duerme tan profundamente?

Yo le dije:

—Pero, querida, ¡si el niño duerme siempre como un tronco!

—Ya lo sé; ya lo sé; pero esta vez hay algo peculiar en su sueño. Parece como si..., como si respirara de una forma demasiado regular. ¡Oh, es horrible!

—Pero, querida, siempre respira regularmente.

—¡Oh, ya lo sé! Pero ahora hay algo inquietante en su respiración. Y su niñera es demasiado joven e inexperta. Maria deberá quedarse allí con ella, por si le pasa algo al niño.

—Es una buena idea, pero ¿quién va a ayudarte a ti?

—No necesito más ayuda que la tuya. De todas formas, en una situación como esta, tampoco dejaría hacer nada a nadie que no fuera yo misma.

Le dije que sería mezquino por mi parte acostarme a dormir y dejarla a ella sola velando y sufriendo por nuestra pequeña paciente durante una noche tan agotadora. Pero ella hizo caso omiso de mis escrúpulos. Así pues, la vieja Maria nos dejó y fue a ocupar su antiguo puesto en el cuarto de los niños.

Penelope tosió dos veces mientras dormía.

—¡Oh!, ¿por qué no vendrá ese médico? Mortimer, esta habitación está demasiado caldeada. Ya lo creo que está caldeada. Deprisa, ve a cerrar la llave de la calefacción.

La cerré, al tiempo que miraba el termómetro y me preguntaba si veinte grados serían realmente demasiado para una criatura enferma.

El cochero regresó de la ciudad diciendo que nuestro médico estaba enfermo y que se veía obligado a guardar cama. La señora McWilliams me dirigió una mirada de total desolación y me dijo con voz apagada:

—Esto es cosa de la Providencia. Estaba escrito. El médico nunca se ha puesto enfermo hasta ahora. Nunca. Mortimer, no hemos llevado la vida que deberíamos haber llevado. Te lo he repetido una y otra vez. Y ahora aquí tienes el resultado. Nuestra hijita nunca se pondrá bien. Da gracias si puedes perdonarte a ti mismo alguna vez; yo jamás podré hacerlo.

Sin la menor intención de herirla, aunque sin prestar mucha atención a la elección de mis palabras, le dije que no veía que hubiéramos llevado una vida tan disoluta.

—¡Mortimer! ¿Es que quieres que el juicio divino caiga también sobre el niño?

Y rompió a llorar; pero de pronto exclamó:

—¡El doctor debe de haber enviado medicinas!

Yo dije:

—En efecto. Aquí están. Solo estaba esperando a que me dejaras hablar para dártelas.

—Muy bien, ¡pues dámelas! ¿No sabes que ahora cualquier instante es precioso? Pero ¿qué sentido tiene enviar medicinas, cuando sabe muy bien que la enfermedad es incurable?

Le dije que, mientras hay vida, hay esperanza.

—¡Esperanza! Mortimer, no sabes de lo que hablas, entiendes menos que un nonato. ¿Querrás...? ¡Por mi vida, las instrucciones dicen que se le dé una cucharadita cada hora! ¡Como si dispusiéramos de todo un año para salvar a la criatura! Por favor, Mortimer, date prisa. Dale a la pobrecita moribunda una cucharada, ¡y deprisa!

—Pero, querida, una cucharada podría...

—¡No me saques de quicio...! Toma, toma, toma, preciosa mía; sabe muy amargo, pero es bueno para mi Nelly..., bueno para el cariñito de su madre. Te pondrá buena. Venga, venga, pon la cabecita en el pecho de mamá y duérmete, duérmete pronto... ¡Oh, sé que no llegará al amanecer! Mortimer, tal vez con una cucharada cada media hora... ¡Oh!, la niña necesita también belladona, estoy segura..., y acónito. Ve a traerlo, Mortimer. Déjame hacer a mí. Tú no entiendes de estas cosas.

Después por fin nos acostamos, colocando la camita junto a la almohada de mi mujer. Todo aquel jaleo me había dejado rendido y, al cabo de dos minutos, estaba algo más que medio dormido. Mi mujer me sacudió:

—Querido, ¿has vuelto a abrir la llave de la calefacción?

—No.

—¡Ya decía yo! Haz el favor de abrirla. El cuarto está demasiado frío.

Me levanté, la abrí y volví a acostarme. Dormía ya cuando mi esposa volvió a despertarme:

—Queridito, ¿te importaría colocar la camita en tu lado? De ese modo quedaría más cerca de la calefacción.

Trasladé la camita, pero tropecé con la alfombra y desperté a la niña. Volví a amodorrarme mientras mi mujer calmaba a la enferma. Pero al cabo de unos momentos me llegaron, como murmuradas a través de las brumas de mi sopor, estas palabras:

—Mortimer, si al menos tuviéramos un poco de grasa de ganso..., ¿quieres llamar?

Salí medio adormilado de la cama para ir a poner los pies sobre un gato, que respondió con una protesta que le habría valido un buen puntapié si no lo hubiera recibido en su lugar una silla.

—Pero ¡Mortimer...! ¿Por qué enciendes ahora el gas, para despertar de nuevo a la niña?

—Porque quiero ver si me he hecho daño, Caroline.

—Mira..., mira cómo has dejado la silla. No cabe duda de que la has destrozado. ¡Pobre gato! Imagínate si también lo has...

—No pienso imaginarme nada con respecto a ese gato. Esto nunca hubiera ocurrido si a Maria se le hubiese permitido quedarse aquí para ocuparse de sus obligaciones, que son de su incumbencia y no de la mía.

—Deberías avergonzarte de hacer una observación así, Mortimer. Es una pena que no quieras hacer las pocas cosas que te pido en una situación tan terrible como esta, cuando nuestra hijita...

—Bueno, bueno. Haré todo cuanto quieras. Pero no pienso despertar a nadie usando el timbre. Todos se han acostado ya. ¿Dónde está la grasa de ganso?

—Sobre la chimenea del cuarto de los niños. Si vas allí y hablas con Maria...

Fui a buscar la grasa de ganso y volví a dormirme. Una vez más, fui despertado.

—Mortimer, detesto tener que molestarte, pero la habitación sigue estando demasiado fría para el remedio que intento aplicar. ¿Te importaría encender la chimenea? No tienes más que prender un fósforo.

Salí de la cama a rastras y encendí el fuego; luego me senté desconsolado.

—Mortimer, no te quedes ahí sentado, podrías coger un resfriado mortal. Ven a la cama.

Cuando estaba a punto de acostarme, dijo:

—Espera un momento. Haz el favor de darle a la niña un poco más de medicina.

Lo hice; era una medicina que desvelaba un poco a las criaturas, así que mi mujer aprovechó ese intervalo de vigilia para untar y frotar todo el cuerpo del angelito con el aceite de ganso. No tardé en dormirme de nuevo, pero una vez más tuve que levantarme.

—Mortimer, noto una corriente de aire. La noto muy claramente. No hay nada peor para esta enfermedad que las corrientes de aire. Haz el favor de mover la camita frente al fuego.

Lo hice, y volví a tropezar con la alfombrilla, que fue a caer al fuego. La señora McWilliams saltó de la cama, la sacó de la chimenea y tuvimos algunas palabritas. Luego disfruté de otro insignificante intervalo de sueño, tras el cual tuve que levantarme con la petición de preparar una cataplasma de linaza. Fue colocada sobre el pecho de la niña y dejada allí para obrar su efecto curativo.

Un fuego de leña nunca ha sido algo permanente. Cada veinte minutos me levantaba para avivarlo, lo cual le dio a la señora McWilliams la oportunidad de reducir el tiempo de administración de la medicina a diez minutos, motivo para ella de gran satisfacción. De vez en cuando, en medio de estas tareas, renovaba las cataplasmas de linaza y aplicaba sinapismos y otros vesicatorios sobre las escasas zonas que encontraba libres en el cuerpo de la criatura. A todo esto, hacia el amanecer, se terminó la leña y mi mujer me pidió que bajara al sótano y trajera unos cuantos troncos. Yo dije:

—Querida, eso sería mucho trabajo, y la niña ya debe de estar suficientemente caliente bajo tantas cosas. ¿No podríamos poner otra capa de cataplasmas y...?

No me dejó acabar, porque volvió a interrumpirme. Durante un rato estuve subiendo leña del sótano, y luego caí dormido, roncando como solo puede hacerlo un hombre al que ya no le quedan fuerzas y tiene el alma destrozada. Cuando ya entraba la luz del día, sentí una presión sobre el hombro que me devolvió súbitamente la lucidez. Mi mujer me miraba, inclinada sobre mí y jadeante. En cuanto pudo recobrar el habla, dijo:

—¡Ya está! ¡Ya está! ¡La niña está sudando! ¿Qué vamos a hacer ahora?

—¡Dios, qué susto me has dado! No sé lo que tenemos que hacer. Tal vez si la cambiáramos de sitio y volviéramos a ponerla donde la corriente de aire...

—¡Oh, qué idiota! ¡No hay un momento que perder! Hay que hacer venir al médico. Ve tú mismo. Dile que tiene que venir, vivo o muerto.

Arranqué a aquel pobre enfermo de su cama y lo llevé a casa. Miró a la niña y dijo que no estaba muriéndose. Sus palabras me produjeron una alegría indecible, pero enojaron tanto a mi mujer como si se hubiera tratado de una afrenta personal. Luego el médico dijo que la tos de la niña se debía tan solo a una leve irritación de garganta. En cuanto dijo aquello creí que mi mujer iba a ponerle de patitas en la calle. Luego añadió que iba a provocar la tos de la criatura para obligarla a expulsar la causa del trastorno. Así que le dio algo que le provocó un espasmo de tos, haciendo que arrojara una astillita de madera o algo parecido.

—Esta niña no tiene el crup membranoso —dijo—. Ha estado mascando una ramita de pino o algo por el estilo, y se le han quedado unas pequeñas astillas en la garganta. No le harán ningún mal.

—No —dije yo—, estoy convencido de ello. De hecho, la trementina que contiene es muy buena para algunas enfermedades propias de los niños. Mi mujer podrá decírselo.

Pero no lo hizo. Se dio media vuelta con aire desdeñoso y abandonó la habitación; y desde entonces hay un episodio en nuestras vidas al que no aludimos jamás, y es la razón de que el curso de nuestros días transcurra en una absoluta e inalterable placidez.

A pocos hombres casados les ha ocurrido una experiencia como la del señor McWilliams, y por ello el autor de este libro creyó que la novedad del caso podría resultar de cierto interés para el lector.

1875

ALGUNAS DOCTAS FÁBULAS PARA ADULTOS DE AMBOS SEXOS
En tres partes

I

De cómo los animales del bosque organizaron una expedición científica

Sucedió que las criaturas del bosque celebraron un gran consejo y nombraron una comisión de la que formaban parte los más ilustres científicos allí presentes, comisión que había de dirigirse mucho más allá de los límites del bosque y penetrar en el mundo desconocido e inexplorado con el fin de comprobar la verdad de lo que se enseñaba entonces en las escuelas y universidades, así como para llevar a cabo descubrimientos de importancia. Era la empresa de este tipo con más envergadura en la que jamás se había embarcado la nación. Lo cierto es que el Gobierno envió en cierta ocasión al doctor Sapo con una destacada escolta para tratar de descubrir un paso por el noroeste que cruzara el pantano hasta el límite derecho del bosque. Desde entonces se habían enviado varias expediciones con objeto de hallar el paradero del doctor Sapo, pero nunca lo encontraron. El Gobierno lo dio al final por perdido y homenajeó a su madre para demostrar su gratitud por los servicios que su hijo había prestado a la ciencia. En otra ocasión el Gobierno encargó al señor Saltamontes la búsqueda de las fuentes del riachuelo que desemboca en el pantano. Al cabo de un tiempo salieron varias partidas tras sus pasos, las cuales solo pudieron encontrar sus restos, pero se quedaron sin saber si había descubierto las fuentes. El Gobierno se comportó con gran decencia con el muerto y muchos envidiaron su funeral.

Pero todas aquellas expediciones fueron insignificantes comparadas con la presente, pues la constituían los más ilustres de entre los doctos. Además, se encaminaban a regiones inexploradas por completo que se creía que existían más allá del bosque, como ya antes hicimos constar. ¡Cuántos banquetes, elogios y homenajes se prodigaron a sus miembros! Dondequiera que apareciese alguno de ellos, se formaba de inmediato un corro para admirarlo y vitorearlo.

Al fin partieron, y era una bendición del cielo ver la larga procesión de tortugas terrestres cargadas de sabios; instrumentos científicos; luciérnagas para comunicarse por señales; provisiones; hormigas y escarabajos para excavar, transportar y hacer recados; y arañas para labores de agrimensura y otros menesteres de ingeniería. Tras las tortugas terrestres venía otra larga hilera de tortugas de mar, cómodas y espaciosas para un buen servicio de transporte marítimo; y en cada una de ellas, tanto en las de mar como en las de tierra, ondeaba un gladiolo o cualquier otra espléndida bandera. A la cabeza de la columna abría la marcha una orquesta de abejorros, mosquitos, grillos y cigarras que zumbaban una música marcial. El convoy iba bajo la escolta y protección de doce regimientos de orugas legionarias.

Al cabo de tres semanas la expedición dejó atrás el bosque y contempló al vasto e incógnito mundo. Sus ojos recibieron el saludo de un espectáculo imponente. Ante ellos se extendía una vasta planicie regada por un arroyo sinuoso y, más allá, se levantaba hacia el cielo una larga y elevada barrera de muy rara especie, que no supieron cómo calificar. El Escarabajo Pelotero dijo que le parecía solo una muralla de tierra, porque le constaba que podía ver árboles en ella. Pero el profesor Caracol y los demás dijeron:

—Está usted contratado para excavar, señor mío, y nada más. Necesitamos sus músculos, no su inteligencia. Cuando queramos saber su opinión sobre asuntos científicos nos apresuraremos a hacérselo saber. Su despreocupación es intolerable, ¡estar merodeando y entrometiéndose en las augustas labores doctrinales mientras los otros trabajadores están preparando el campamento! ¡Ayude inmediatamente a descargar los bártulos!

El Escarabajo Pelotero, impasible e imperturbable, se volvió observando para sus adentros: «Si no se trata de una muralla de tierra, que me muera ahora mismo con la peor de las muertes».

El profesor Sapo (sobrino del desaparecido explorador) dijo que creía que el cerro era el muro que circundaba la tierra y añadió:

—Nuestros padres nos han legado mucha ciencia, pero no han viajado jamás hasta muy lejos, así que podemos considerar este descubrimiento como nobilísimo. Tenemos asegurada la posteridad, aunque nuestros trabajos comiencen y terminen con esta simple hazaña. ¿De qué estará formado este muro? ¿De hongos, tal vez? Los hongos son algo muy honorable para construir con ellos un muro.

El profesor Caracol se ajustó sus binoculares y examinó el terraplén con aire crítico. Al fin dijo:

—El hecho de su falta de diafanidad me lleva a la conclusión de que nos hallamos ante un vapor denso formado por la calorificación de la humedad ascendente deflogistizada por refracción. Con unos cuantos experimentos endiométricos mi aseveración quedaría confirmada, pero no es necesario. La cosa es obvia.

Cerró sus binoculares y se introdujo en su caparazón para anotar el descubrimiento del fin del mundo y de su naturaleza.

—¡Intelecto profundísimo! —dijo el profesor Lombriz al profesor Ratón de Campo—. ¡Profundísimo intelecto! No hay nada que pueda permanecer un misterio para ese cerebro augusto.

A todo esto, anochecía. Los grillos centinelas estaban en sus puestos, las luciérnagas se habían encendido y el campo quedó sumido en el silencio y el sueño. La mañana siguiente, después de desayunar, la expedición continuó su camino. Hacia el mediodía se había alcanzado una gran avenida por la que discurrían dos interminables hileras paralelas de alguna sustancia negra y dura que se alzaban, sobre el nivel general, a una altura superior a la de un sapo de buena estatura. Los científicos se encaramaron sobre ellas y las examinaron y analizaron de los más diversos modos. Las recorrieron durante mucho rato sin encontrar ni fin ni interrupción en ellas. Les fue imposible llegar a ninguna deducción. No había nada en los archivos científicos que mencionara algo semejante. Pero, por fin, el calvo y venerable geógrafo, el profesor Tortuga, quien, nacido en una familia humildísima, destacó entre los más ilustres geógrafos de su generación por su innata fuerza de voluntad, dijo:

—Amigos míos, no se puede negar que hemos hecho todo un hallazgo. Hemos tenido la fortuna de encontrar, en estado compacto e imperecedero, lo que los más doctos de entre nuestros padres se empeñaban en considerar como mero producto de la imaginación. Descubríos, amigos míos, pues nos hallamos ante algo extraordinario. ¡He aquí los paralelos de latitud!

Todos los corazones y todas las cabezas se inclinaron, tan sublime e imponente era la magnitud del descubrimiento. Muchos derramaron abundantes lágrimas.

Se instaló el campamento y el resto del día lo dedicaron a escribir voluminosas descripciones de la maravilla, y a corregir las tablas astronómicas para adaptarlas a la nueva revelación. Hacia medianoche se oyó un estrépito demoníaco, seguido por un estruendo espantoso, y al momento pasó disparado un ojo enorme y terrible, provisto de una larga cola, que desapareció en la oscuridad emitiendo triunfantes silbidos.

Los pobres trabajadores del campamento quedaron horrorizados hasta lo más profundo de sus corazones, y como un solo ser salieron en estampida a ocultarse entre la hierba. Pero no así los científicos. Ellos no creían en supersticiones. Con toda calma procedieron a intercambiar teorías. Fue consultada la opinión del viejo geógrafo, quien, retirándose a su caparazón, deliberó larga y profundamente. Cuando al fin emergió, todos reconocieron una revelación en su actitud recogida. Y habló como sigue:

—Dad gracias por este estupendo fenómeno que nos ha sido dado presenciar. Es el equinoccio de invierno.

Hubo clamores y gran regocijo.

—Pero —dijo la Lombriz, desenroscándose después de reflexionar— nos encontramos en el rigor del verano.

—Así es —dijo la Tortuga de Mar—, pero estamos lejos de nuestra región, la estación cambia con la diferencia de tiempo entre dos puntos.

—Ah, cierto, ciertísimo. Pero es de noche. ¿Cómo iba el sol a pasar por la noche?

—Sin duda en estas distantes regiones pasa siempre por la noche y a esta hora.

—Sí, sin duda debe de ser así. Pero siendo de noche, ¿cómo podemos verlo?

—Es un gran misterio. ¿Por qué negarlo? Pero estoy persuadido de que la humedad de la atmósfera en estas remotas regiones es tal que las partículas de luz diurna se adhieren al disco, y con ayuda de ellas hemos podido ver el sol en la oscuridad.

La explicación fue considerada satisfactoria y se registró la debida anotación de aquella decisión.

Pero en aquel momento volvieron a oírse los horrísonos silbidos. De nuevo, el estrépito y el estruendo pasó a toda velocidad surgiendo de la noche. Una vez más relució un gran ojo ígneo que se perdió en la oscuridad y la distancia.

Los trabajadores del campo se dieron por perdidos. Los sabios se quedaron dolorosamente perplejos. Era esta una maravilla difícil de comprender. Hablaron y pensaron; pensaron y hablaron. Finalmente el docto y anciano lord Arácnido-Pataslargas, que había estado reflexionando profundamente, con sus esbeltas piernas y brazos cruzados, dijo:

—Dad rienda suelta a vuestras opiniones, hermanos, y luego expondré yo mi pensamiento, pues creo explicarme este fenómeno.

—Así sea, vuestra señoría —intervino con débil balbuceo el arrugado y encanecido profesor Bicho Bola—, pues la prudencia y la discreción hablarán por los labios de vuestra señoría.

Al llegar a este punto el orador declamó toda una serie de exasperantes citas vulgares y carentes de interés de los antiguos poetas y filósofos, pronunciándolas con mucha devoción en las retumbantes magnificencias de sus lenguas originales, pues provenían del «mastodóntico», del «dodo» y de otras lenguas muertas.

—Tal vez no debiera osar entrometerme en asuntos pertenecientes a la astronomía ante tal auditorio —añadió—. He elegido como profesión de mi vida ahondar únicamente entre los tesoros de los lenguajes extinguidos y desenterrar la opulencia de su anciana ingenuidad; pero, a pesar de todo, por poco versado que esté en la noble ciencia de la astronomía, ruego con deferencia y humildad poder sugerir que, puesto que la última de estas maravillosas apariciones procedió exactamente en la dirección opuesta a la primera, que vosotros decidisteis que fuera el equinoccio invernal, y que tal parecía en todas sus características, ¿no es posible, más aún, cierto, que este sea el equinoccio autumnal y que...?

—¡Fuera! ¡Lárguese! ¡Lárguese! —gritaron todos con tono de mofa. Y el pobre viejo Bicho Bola se alejó consumido por la vergüenza.

Prosiguió la discusión y entonces todos los de la comisión, a coro, pidieron a lord Arácnido-Pataslargas que hablara. Y este dijo:

—Doctos colegas, creo sinceramente que hemos sido testigos de una cosa que solo una vez, en recuerdo de ningún viviente, ha ocurrido para perfección nuestra. Es un fenómeno de inconcebible importancia y relieve, mírese como se quiera, pero su interés para nosotros se ve enormemente acrecido por un nuevo conocimiento de su naturaleza que ningún erudito ha poseído jamás hasta el presente, ni siquiera sospechado. Esta gran maravilla que acabamos de presenciar, sabios compañeros (casi me quita el aliento decirlo), ¡es nada menos que el tránsito de Venus!

Todos los eruditos se pusieron unánimemente de pie, pálidos de asombro. Hubo lágrimas, apretones de mano, frenéticos abrazos y las más extravagantes demostraciones de variado júbilo. Pero poco a poco, cuando la emoción empezó a replegarse a sus antiguos límites y la reflexión recuperó sus fueros, el cumplido inspector jefe Lagartija observó:

—Pero ¿cómo es posible? Venus tendría que atravesar la superficie del Sol, pero no de la Tierra.

La flecha dio en el blanco. Trajo el pesar a los pechos de todos aquellos apóstoles del conocimiento, pues ninguno pudo negar que esta era una crítica formidable. Pero, impasible, el venerable Búho cruzó sus alas detrás de las orejas, y dijo:

—Mi amigo ha dado en el meollo de nuestro importante descubrimiento. Sí, todos cuantos han vivido antes que nosotros pensaban que los tránsitos de Venus consistían en un vuelo ante la faz solar. Así lo pensaron, lo mantuvieron y creyeron honestamente aquellos infelices para quienes hay que buscar justificación en las limitaciones de su conocimiento, pero a nosotros nos ha sido deparada la inestimable dicha de probar que el tránsito ocurre por la faz de la Tierra, ¡pues lo hemos visto!

Toda aquella congregada sapiencia quedó sumida en muda adoración de tan imperial intelecto. Al instante se disiparon todas las dudas como la noche ante el rayo.

El Escarabajo Pelotero se inmiscuyó en el grupo sin ser visto. Al poco, avanzó tambaleándose entre los doctos, dando golpecitos familiares en el hombro de uno y de otro, diciendo: «Buen... ¡hip! buen muchacho», en tanto que en sus labios se dibujaba una sonrisa de primoroso bienestar. Cuando alcanzó una posición adecuada para dirigir la palabra a la asamblea, puso su brazo izquierdo en jarra y con los nudillos apoyados en su cadera, bajo el borde de su frac, dobló su pierna derecha, dejó la punta del pie en el suelo y, descansando el talón con gracioso desembarazo en su espinilla izquierda, hinchó su estómago de edil, despegó los labios y apoyó el codo derecho en el hombro del inspector Lagartija.

Pero el hombro fue apartado con indignación y el maltratado hijo del trabajo y del afán dio con su cuerpo en tierra. Después de revolverse un poco se levantó sonriente, compuso su postura con igual cuidado en los pormenores como antes, aunque esta vez eligió el hombro del profesor Garrapata como soporte, abrió la boca y...

Dio otra vez con su cuerpo en el suelo. Volvió a levantarse con empeño, siempre sonriente, hizo un esfuerzo inútil para sacudirse el polvo de su chaqueta y sus piernas, pero la fuerza del malogrado impulso de una de las sacudidas le hizo dar un traspié, se le enredaron las piernas y salió volando, largo y desgarbado, sobre el regazo de lord Arácnido. Dos o tres eruditos se levantaron de sus asientos, arrojaron a la vil criatura rodando a un rincón y ayudaron al patricio a recobrar su porte, confortando su ultrajada dignidad con abundantes discursos de aliento. El profesor Sapo rugió:

—¡Basta ya, señor Pelotero! Decid cuanto tengáis que decir y volved raudo a vuestros asuntos. ¡Pronto! ¿De qué se trata? Apartaos un poco, oléis a establo. ¿Qué intentáis?

—Atiéndame... ¡hip!, atiéndame, su señoría, que ya una

vez tuve la suerte de esclarecer un fenómeno. Pero... ¡hip!, eso no importa. Ha... hab... ¡hip!, habido otro descubrimiento que..., excusadme, nobles señores, ¿qué era e... ¡hip!, eso que pasó por aquí la primera vez?

—El equinoccio de invierno.

—Equinoccio del infierno..., muy bien... No... ¡hip!, no tengo el gusto. ¿Qué era lo otro?

—El tránsito de Venus.

—Tampoco. N... ¡hip!, no importa. El segundo dejó caer algo.

—¡Ah!, ¿sí? ¡Qué suerte, buenas noticias! Di, ¿qué era?

—T... ¡hip!, tómense el trabajo de ir a verlo. Valdrá la pena.

No se votó ningún otro asunto durante las veinticuatro horas siguientes. Luego se registró en el diario lo siguiente:

La comisión se dirigió rápidamente a conocer el hallazgo. Consistía en un objeto liso, duro e imponente, de base redonda y amplia, seguida por una proyección longitudinal parecida a la sección transversal de un tallo de col. El extremo no era macizo, sino un cilindro vacío taponado con una sustancia blanda semejante a la madera y desconocida en nuestra región. Es decir, había estado obturada, pero, por desgracia, la Rata, jefa de los zapadores y minadores, extrajo sin cuidado dicha obstrucción antes de nuestra llegada. El vasto objeto que teníamos ante nosotros, tan misteriosamente llegado desde los relucientes dominios del espacio, se descubrió que era hueco, pero que estaba casi lleno de un líquido picante de tono pardusco parecido al agua de lluvia estancada algún tiempo. ¡Y qué espectáculo se presentó ante nuestros ojos! La Rata se balanceaba en su cumbre entregada a la tarea de introducir la cola por el cilindro, sacarla empapada y permitir a las alborotadas multitudes de trabajadores que sorbieran la punta. Luego, de inmediato, volvía a introducirla y a ofrecer el fluido a la muchedumbre como la vez anterior. Era evidente que este licor tenía cualidades extrañamente poderosas, pues todos cuantos bebían de él se exaltaban al instante presos de emociones intensas y placenteras, y se marchaban dando traspiés, entonando canciones libertinas, abrazando a todo el mundo, peleando, bailando, profiriendo juramentos y desafiando a toda autoridad. A nuestro alrededor reñía un populacho compacto e incontrolado, y asimismo incontrolable, pues todo el ejército, incluso los mismos centinelas, estaba enloquecido por causa de la bebida. Fuimos arrastrados por aquellas desatinadas criaturas y, al cabo de una hora, no se nos podía distinguir de la multitud. La desmoralización fue completa y universal. Más adelante, el campamento, víctima de sus orgías, cayó en un estoico y lastimero estupor en cuyos límites misteriosos se olvidaron las conveniencias sociales y se hicieron los más extraños compañeros de lecho. Al despertar, se cegaron nuestros ojos y se petrificó nuestra alma al encontrarnos ante el increíble espectáculo que ofrecieron el hediondo e intolerable Escarabajo Pelotero y el ilustre patricio lord Arácnido-Pataslargas, sumidos en un profundo sueño, y amorosamente abrazados como no se ha visto igual en todos los tiempos que la tradición ha registrado. Sin duda alguna será difícil de encontrar en esta tierra quien tenga la suficiente fe para creerlo, salvo nosotros que nos encontramos ante tan horrible y condenada visión. ¡Así de inescrutables son los designios de Dios, cuya voluntad se cumpla!

»Aquel mismo día, cumpliendo órdenes, el ingeniero jefe, herr Araña, dispuso el aparejo necesario para vaciar el vasto depósito, y así su calamitoso contenido fue derramado como un torrente sobre la seca tierra, que se apresuró a absorberlo, y así cesó de existir peligro de ulteriores daños, pues nosotros nos hemos reservado solo unas pocas gotas para experimentación y análisis, y también para exhibirlo ante el rey y conservarlo luego entre las maravillas del museo. Se ha podido ya determinar la naturaleza de este líquido. No cabe duda de que es el fluido feroz y de enorme poder destructivo llamado rayo. Fue arrancado con su continente del almacén que hay en las nubes por la irresistible fuerza del planeta volador y arrojado a nuestros pies cuando pasaba a toda velocidad. Resulta de todo ello un interesante descubrimiento: este rayo, en estado de reposo, es inactivo. El agresivo contacto con el trueno lo libera de su encierro, lo lleva a la ignición y produce una combustión instantánea y una explosión que siembra el desastre y la desolación por todos los rincones de la tierra.

Después de otro día dedicado al descanso y al restablecimiento, la expedición continuó su camino. Algunos días más tarde acamparon en una parte agradable del llano y los sabios hicieron una salida para efectuar nuevos descubrimientos. Su recompensa no se hizo esperar. El profesor Sapo descubrió un árbol extraño y llamó a sus camaradas, quienes lo inspeccionaron con profundo interés. Era muy alto y estaba completamente desprovisto de corteza, ramas o follaje. Lord Arácnido, por medio de la trigonometría, determinó su altura; herr Araña midió su circunferencia en la base y calculó la de su parte superior a través de una demostración matemática, basada en la ley de proporción que tiene en cuenta la uniformidad de su elevación. Fue considerado un descubrimiento particularmente extraordinario. Como se trataba de un árbol de una especie ignorada hasta la fecha, el profesor Bicho Bola le dio un nombre de docta eufonía, que no era otro que el del profesor Sapo traducido a la antigua lengua mastodóntica, pues en los descubrimientos había sido siempre costumbre perpetuar su nombre y honrarse a sí mismos por esta especie de relación con sus hallazgos.

El profesor Ratón de Campo, aplicando su finísimo oído al árbol, advirtió un rico y harmonioso sonido que se producía en su interior. Este hecho sorprendente fue comprobado por cada uno de los sabios, y grande fue el contento y el asombro de todos. Se requirió al profesor Bicho Bola para que ampliara el nombre del árbol de tal forma que incluyera la cualidad musical que poseía, lo que realizó, añadiendo la palabra «antífona» vertida a la lengua mastodóntica.

A todo esto el profesor Caracol, después de algunas inspecciones telescópicas, descubrió un gran número de estos árboles, colocados todos en fila y con amplios espacios entre ellos, tanto hacia el sur como hacia el norte, y hasta tan lejos como alcanzaba su telescopio. Descubrió también que todos aquellos árboles estaban unidos unos con otros en su cima por medio de catorce grandes cuerdas, una encima de la otra, que continuaban sin interrupción de árbol en árbol hasta perderse a lo lejos. Esto era sorprendente. El ingeniero jefe, herr Araña, subió a uno de ellos y no tardó en informar que aquellas cuerdas eran una tela de araña que algún descomunal miembro de su propia especie habría tejido, pues podían verse sus presas que pendían por doquier en forma de grandes harapos, que tenían cierto aspecto de telas, y no cabía duda que eran las pieles desechadas de prodigiosos insectos que habían sido apresados y devorados. Luego recorrió una de las cuerdas para efectuar una inspección más detallada, pero sintió una extraña quemazón súbita en la planta de los pies acompañada de una descarga paralizadora, por lo que se lanzó hacia tierra a través de un hilo de propia confección y avisó a todos que se apresuraran a recogerse en el campamento, no fuera cosa que apareciera el monstruo y sintiera tanto interés por los sabios como ellos sentían por él y sus labores. Se marcharon con rapidez, tomando notas acerca de la tela gigante. Aquella noche el naturalista de la expedición construyó una bella maqueta de la araña colosal, sin necesidad de haberla visto, ya que había recogido un fragmento de vértebra junto al árbol y sabía ya con exactitud el aspecto que tenía la bestia, cuáles eran sus costumbres y sus preferencias, valiéndose solo de aquel vestigio. La representó con cola, dientes, catorce patas y hocico, y dijo que comía hierba, ganado, guijarros y tierra con idéntico entusiasmo. El descubrimiento de este animal fue considerado una aportación de excepcional valor para la ciencia. Quedó la esperanza de encontrar un ejemplar muerto para disecarlo. El profesor Bicho Bola llegó a pensar que tal vez si él y alguno de sus doctos compañeros podían permanecer lo suficientemente silenciosos podrían capturar uno vivo. Toda la atención que se prestó a su propuesta fue animarlo a que lo intentara. La asamblea terminó poniéndole al monstruo el nombre del naturalista, puesto que él, después de Dios, era quien lo había creado.

—Y quizá mejorado —murmuró el Escarabajo Pelotero, que volvía a meterse donde no le llamaban, según su ociosa costumbre y su insaciable curiosidad.

II

De cómo los animales del bosque completaron
sus labores científicas

Una semana más tarde la expedición acampó en medio de una colección de curiosidades maravillosas. Eran estas una especie de amplias cavernas de piedra que se erguían aisladas y en grupos más allá del llano, junto al río que habían visto por primera vez cuando salieron del bosque. Las cavernas se alzaban dispuestas en fila, unas frente a otras, a ambos lados de anchos corredores bordeados por una sola hilera de árboles. La cima de cada una de ellas formaba un declive abrupto por ambos lados. Varias filas horizontales de grandes agujeros cuadrados, obstruidos por una sustancia delgada, transparente y reluciente se abrían en la parte delantera de cada caverna. En su interior había unas dentro de otras, y podía uno ascender y visitar aquellos compartimientos menores por medio de curiosos caminos en espiral, que consistían en continuas terrazas regulares levantadas unas sobre otras. En cada compartimiento había varios objetos imponentes y sin forma que fueron considerados criaturas vivientes en otro tiempo, a pesar de que, en ese momento, la delgada piel pardusca estaba hecha jirones y resonaba a cualquier contacto. Había allí arañas en gran número, y sus telas, extendidas en todas direcciones y coronando los muertos despellejados, constituían un espectáculo agradable, puesto que daban una nota de vida y alegría a una escena que de otro modo hubiera solo inspirado una impresión de olvido y desolación. Se trató de obtener información por medio de aquellas arañas, pero fue inútil. Eran de nacionalidad diferente a las de la expedición, y su idioma no parecía sino una jerga musical sin sentido alguno. Eran una raza tímida y amable, aunque ignorante y ferviente adoradora de dioses desconocidos. La expedición les proveyó de un gran número de misioneros para que les enseñaran la verdadera religión, y en una semana ya se había llevado a cabo una gran obra entre aquellas criaturas faltas de luz. No hubiera sido posible hallar, hasta ese momento, tres familias en armonía unas con otras o que poseyeran creencia alguna afianzada, fuera de la clase que fuese. Esto animó a la expedición a establecer allí una colonia permanente de misioneros, para que pudiera proseguir la piadosa obra.

Pero no nos desviemos de nuestra narración. Después de un examen detenido de las fachadas de las cavernas y tras muchas deliberaciones e intercambios de teorías, los científicos determinaron la naturaleza de aquellas singulares formaciones. Proclamaron que cada una de ellas pertenecía en su mayor parte al período de la arcilla; que las fachadas de las cavernas se levantaban en innumerables estratos, maravillosamente regulares, hasta gran altura, cada uno de un espesor aproximado a la altura de cinco ranas; y que en el reciente descubrimiento radicaba una rotunda refutación de las teorías geológicas vigentes, ya que, entre cada uno de los estratos de arcilla, se encontraba otro más delgado de piedra caliza descompuesta. Así que en vez de existir solo un único período de la arcilla, podía afirmarse con certeza que hubo nada menos que ciento setenta y cinco. Y, por las mismas señales, era evidente que se produjeron ciento setenta y cinco inundaciones en la tierra con sus correspondientes sedimentaciones de piedra caliza. La inevitable deducción de ambos hechos era la abrumadora verdad de que el mundo, en vez de contar solo doscientos mil años de existencia, databa de millones y millones de años. Y se producía también otro hecho curioso: cada estrato de arcilla quedaba interrumpido y dividido, en intervalos matemáticamente regulares, por líneas verticales de piedra caliza. Hasta entonces era común hallar, en las formaciones acuosas, brotes de roca volcánica, a través de las fracturas; pero se encontraban ahora, por primera vez, con un fenómeno semejante. Fue un descubrimiento noble y magnífico y se consideró de inestimable valor para la ciencia.

Un examen crítico de algunos de los estratos inferiores demostró la presencia de hormigas y escarabajos peloteros fosilizados (estos últimos acompañados de sus bienes peculiares). El hecho fue anotado en el registro científico con gran alborozo. Era la prueba de que estos vulgares trabajadores pertenecían a los órdenes primeros y más bajos de los seres creados, aunque, al mismo tiempo, había algo repulsivo en la idea de que las perfectas y exquisitas criaturas de los órdenes modernos y más elevados debieran sus orígenes a seres tan ignominiosos, según la misteriosa ley del origen de las especies.

El Escarabajo Pelotero, al oír esta discusión, dijo que estaba conforme con que los advenedizos de estos nuevos tiempos encontraran solaz con tan peregrinas teorías, ya que, por lo que a él atañía, tenía suficiente con ser de las primeras y más antiguas familias y se enorgullecía al ver que su género pertenecía a la vieja aristocracia de la tierra.

—Gozad de vuestra recién brotada dignidad, que apesta a barniz de ayer, puesto que ello os complace —dijo—; a los escarabajos peloteros nos basta descender de una raza que hizo rodar sus aromáticas esferas por los solemnes corredores de la antigüedad, y dejó sus trabajos imperecederos embalsamados en la vieja arcilla para proclamarlo a los siglos en su marcha por la senda del tiempo.

—¡Váyase de paseo! —dijo con sorna el jefe de la expedición.

Transcurrió el verano y se fue acercando el invierno. En el interior y alrededor de muchas de las cavernas se veía lo que aparentaban ser inscripciones. Muchos de los científicos así lo afirmaron, y otros lo negaron. El primero de los filólogos, el profesor Bicho Bola, sostenía que eran escrituras en caracteres desconocidos por completo por los doctos y en un lenguaje irreconocible. Ordenó a sus artistas y delineantes que realizaran facsímiles de todos los escritos que se descubrieran; luego se entregó a la búsqueda de la clave de la lengua ignorada, para cuya tarea siguió el método usado siempre por todo paleógrafo. Colocó ante él un determinado número de copias de las inscripciones y las estudió tanto en conjunto como por separado. Para empezar, examinó las siguientes copias:

HOTEL NACIONAL	COCINA SIEMPRE ABIERTA
LAS UMBRÍAS	PROHIBIDO FUMAR
SE ALQUILAN BOTES BARATOS	ASAMBLEA PARROQUIAL A LAS CUATRO
BILLARES	EL DIARIO DE LA COSTA
PELUQUERÍA LA PRINCIPAL	TELÉGRAFOS
NO PISAR LA HIERBA	PRUEBE PÍLDORAS BRANDRETH
VILLAS PARA ALQUILAR DURANTE LA ESTACIÓN TERMAL	
EN VENTA	EN VENTA
EN VENTA	EN VENTA

Al principio le pareció al profesor que era una escritura jeroglífica y que cada palabra estaba representada por un signo distinto. Un ulterior examen lo convenció de que era un lenguaje escrito y que cada letra de su alfabeto estaba representada por un solo carácter . Y por último dedujo que era un idioma que se transmitía en parte por letras y en parte por signos o jeroglíficos. Se vio obligado a adoptar tal conclusión al descubrir varias muestras.

Observó que ciertas inscripciones eran más frecuentes que otras, como «EN VENTA», «BILLARES», «S.T.—1860—X», «CERVEZA DE BARRIL». Sin duda serían máximas religiosas. Pero poco a poco desechó esta idea conforme empezó a aclararse el misterio del extraño alfabeto. El profesor consiguió traducir varias de las inscripciones con cierta plausibilidad, aunque no a perfecta satisfacción de todos los doctos; pero, no obstante, el profesor efectuaba constantes y alentadores progresos.

Finalmente, se descubrió una caverna en la que se leían estas inscripciones:

MUSEO DE LA RIBERA
Abierto a todas horas.   Entrada, 50 céntimos.
MARAVILLOSA COLECCIÓN DE FIGURAS DE
CERA, FÓSILES ANTIGUOS, ETCÉTERA

El profesor Bicho Bola afirmó que la palabra «museo» equivalía a la frase *lumgath molo,* o «tumba». Al entrar, los científicos quedaron sorprendidísimos. Pero todo cuanto vieron quedará mejor explicado en el lenguaje de su propio informe oficial.

    Colocadas en fila, veíanse una especie de enormes rígidas figuras, que de inmediato llamaron nuestra atención como pertenecientes a la hace largo tiempo extinta especie de reptiles llamados hombres, descritos en nuestros códices antiguos. Este fue un descubrimiento de gran interés, porque en estos últimos tiempos se ha popularizado sostener que la existencia de tal criatura fuera un mito, una superstición, obra de la inventiva imaginación de nuestros remotos antepasados. Pero aquí nos hemos enfrentado, sin duda alguna, con el hombre en estado de fósil, perfectamente conservado. Y esta era, a todas luces, su tumba, como así lo demostraba aquella inscripción. Entonces se empezó a sospechar que las cavernas que habíamos inspeccionado les habían servido de refugio en la antiquísima edad en que vagaban por la tierra, ya que sobre el pecho de cada uno de ellos se leía una inscripción con los caracteres antes observados. A saber: «El capitán Kidd, pirata»; «La reina Victoria»; «Abraham Lincoln»; «George Washington»; etcétera.

»Con febril interés consultamos nuestros antiguos códices científicos para descubrir si por azar la descripción del hombre que en ellos figuraba coincidía con los fósiles ante los que nos hallábamos. El profesor Bicho Bola lo leyó en voz alta, con su fraseología rancia y pintoresca, según se verá:

»—Como por tradición sabemos, pisaba el hombre esta tierra, en tiempos de nuestros padres. Era una criatura de ingente talla, que concebimos de lisa piel, unas veces de un color, otras de varios, que podía ir adoptando según su voluntad. Las patas posteriores estaban armadas de cortas garras parecidas a las del topo, pero más anchas; y las anteriores, de dedos de curiosa delgadez y longitud mucho más grandiosas que las de una rana. Estaban armados igualmente de anchos talones para excavar la tierra buscando su alimento. Tenía en su cabeza una especie de plumas tales como las de una rata, pero más largas, y un hocico adecuado para buscar el sustento por su olor. Cuando le embargaba la felicidad, sus ojos destilaban agua; y cuando sufría o penaba lo manifestaba con un clamor horrible e infernal cual monstruoso cacareo, en extremo horroroso para ser oído, tanto que ansiaba que fuera capaz de desgarrarse y acabar de una vez con sus amarguras. Cuando dos hombres se juntaban emitían los siguientes sonidos: "Vaya, vaya, vaya" y "Qué caramba, qué caramba", junto con otros de más o menos parecido, por lo que los poetas imaginaron que hablaban, pero sabido es lo inclinados que son a dejarse llevar por cualquier frenético disparate. A veces tal criatura iba provista de un bastón que se llevaba a la cara y

223

escupía fuego y humo con un estrépito brusco y tan horrendo que asustaba a su presa mortalmente, la atrapaba en sus garras y se marchaba a su morada poseído de una arrogante y diabólica alegría.

»La descripción llevada a cabo por nuestros antepasados fue maravillosamente corroborada y confirmada por los fósiles que teníamos ante nosotros. El espécimen denominado "El capitán Kidd" fue examinado con todo detalle. Sobre la cabeza y parte de su cara había una especie de crines como las de la cola de un caballo. Con gran trabajo se le quitó un trozo de la lisa piel y se descubrió que su cuerpo estaba constituido por una materia blanca y brillante petrificada por completo. La paja que había comido tantos siglos atrás seguía en su cuerpo sin digerir, e incluso en sus piernas.

»En torno a estos fósiles había objetos que no hubieran significado nada para el ignorante, pero eran una revelación a ojos de la ciencia. Dejaban al desnudo los secretos de las muertas centurias. Estos antiguos memoriales nos descubrieron cuándo vivió el hombre y cuáles eran sus costumbres. Y allí, al lado mismo, había pruebas de que había morado en las más remotas edades de la creación, acompañando a otras especies inferiores que pertenecieron a aquel tiempo olvidado. Encontramos el fósil de un "nautilus", que surcaba los mares primigenios, el esqueleto de un mastodonte, un ictiosauro, un oso de las cavernas, un grandioso alce. También los roídos huesos de algunos de estos animales extintos y de ejemplares jóvenes de la propia especie del hombre, hendidos longitudinalmente, demostrando que para su paladar la médula fue un lujo exquisito. Era evidente que el hombre había despojado aquellos huesos de su contenido, puesto que no se veía la marca de los dientes de bestia alguna, aunque el Escarabajo Pelotero observó lo siguiente: "De todos modos, no hay criatura que pueda dejar la huella en el hueso". Había allí pruebas de que el hombre tuvo vagas e inciertas nociones de arte, pues se advertía en ciertos objetos calificados con intraducibles palabras: "Hachas de sílex, cuchillos, puntas de lanza y ornamentos óseos del hombre primitivo". Algunos de ellos parecían ser armas rudimentarias, confeccionadas con pedernal, y en un lugar secreto se hallaron unas cuantas más en proceso de construcción, con esta leyenda intraducible, escrita sobre un material delgado y endeble que había junto a ellas: "Jones, si no quieres que te despidan del musseo pon más cuidado al acer las harmas primitivas. Con las últimas no podrias hengañar ni a uno de los agüelos centíficos medio dormidos de la universsidad. Ten tanvién en cuenta que los animales que tallastes en los ornamentos hóseos son demasiada injuria para cualquier honbre primitivo. El administrador que lo es, Varnum".

»En la parte posterior de la tumba había un montón de cenizas que demostraban que el hombre celebraba siempre un festín en los funerales. Si no, ¿qué explicación tenían las cenizas en tal lugar? Demostraban también que creía en Dios y en la inmortalidad del alma, porque si no tampoco podrían explicarse las solemnes ceremonias.

»En resumen: creemos que el hombre poseyó un lenguaje escrito. Sabemos en efecto que existió, que no es un mito; que fue el compañero de los osos de las cavernas, del mastodonte y de otras especies extintas; que guisaba y comía a estos animales, así como a los jóvenes de su propia especie; que utilizaba armas de aspecto tosco y no sabía nada de arte; que imaginaba que tenía un alma y se complacía imaginando ser inmortal. Pero no nos burlemos: pueden existir criaturas en este mundo para quienes nosotros, nuestra vanidad y profundidad resulten igualmente risibles.

III

Junto a la orilla del gran río encontraron los científicos una piedra enorme, tallada con la siguiente inscripción:

En la primavera de 1847 el río se desbordó e inundó toda la ciudad. La altura alcanzada por las aguas fue de dos a seis pies. Se perdieron más de novecientas cabezas de ganado y fueron destruidos muchos hogares. El alcalde ordenó que se erigiera este memorial para perpetuar el acontecimiento. ¡Líbrenos Dios de su repetición!

Con infinitas dificultades logró el profesor Bicho Bola traducir este epígrafe, que envió a su patria, y que produjo una excitación extraordinaria. Se confirmaban de una manera notable ciertas tradiciones de las que hablaban los antiguos. La traducción quedó deslucida por una o dos palabras indescifrables, pero estas no perjudicaban la claridad general del significado. Aquí la presentamos:

> Hace mil ochocientos cuarenta y siete años los [¿fuegos?] descendieron y consumieron la ciudad entera. Solo se salvaron unas novecientas almas, y murieron todas las demás. El [¿rey?] ordenó que se erigiera esta piedra para... [intraducible]... su repetición.

Fue la primera traducción satisfactoria que se hizo de los misteriosos caracteres que el extinto hombre dejó a su paso, lo que proporcionó al profesor Bicho Bola tal reputación que, al momento, todas y cada una de las instituciones docentes de su tierra natal le otorgaron la más preciada e ilustre distinción, y se llegó a creer que de ser militar, y haber empleado todo su espléndido talento en la exterminación de alguna desconocida tribu de reptiles, el rey lo hubiera ennoblecido y enriquecido. Y de este hecho tomó su origen aquella escuela de doctos llamada «hombrelogistas», cuya especialidad era el estudio de los antiguos restos del pájaro extinto denominado hombre, pues quedó demostrado que fue un pájaro y no un reptil. El profesor Bicho Bola presidió la escuela, pues todos conocían la perfección de sus traducciones. Otros cometían errores, pero él parecía incapaz de equivocarse. Más adelante se encontraron varios memoriales de la raza perdida, pero ninguno alcanzó el renombre y la veneración lograda por la «piedra Alcaldial», llamada así por figurar en ella la palabra alcalde, que se tradujo por rey. «Piedra Alcaldial» no era sino otro modo de decir «piedra del Rey».

En otra ocasión los expedicionarios realizaron un gran descubrimiento. Era una masa vasta, plana y cilíndrica, de un diámetro como diez veces la altura de una rana, y cinco o seis de altura. El profesor Caracol se puso las gafas y la examinó con detenimiento, luego subió a ella e inspeccionó la parte superior. Dijo:

—El resultado de mi perlustración y persconciación con respecto a esta protuberancia isoperimétrica implica el convencimiento de que se trata de una de las raras y maravillosas creaciones realizadas por los constructores de montículos. El hecho de ser lamelibranquiada en su formación acrecienta el interés por resultar de una clase diferente de las descritas en los anales de la ciencia, pero no menoscaba de ningún modo su autenticidad. Que el megalófono saltamontes emita una llamada e invoque aquí al perfunctorio y circumforáneo Escarabajo Pelotero con el fin de que se efectúen excavaciones y se proceda a recolectar nuevos tesoros.

No fue posible hallar ni un solo escarabajo pelotero de servicio, y el montículo tuvo que ser excavado por una activa brigada de hormigas. No se descubrió nada. El hecho hubiera producido una gran desilusión de no aclarar el misterio el venerable lord Arácnido. Dijo:

—Resulta ahora evidente para mí que la misteriosa y olvidada raza de los constructores de montículos no siempre erigía estos edificios como mausoleos, pues si no, tanto en este caso como en todos los demás previos, se encontrarían aquí sus esqueletos junto a los burdos utensilios que aquellas criaturas usaban en vida. ¿No parece clara esta deducción?

—¡Es cierto, es cierto! —exclamaron todos.

—Por lo tanto, hemos hecho aquí un descubrimiento de peculiar valor, un descubrimiento que amplía en gran medida nuestro conocimiento del hombre en vez de disminuirlo; un descubrimiento que prestigiará las hazañas de esta expedición y nos hará objeto de las felicitaciones de todos los doctos, dondequiera que sea. La ausencia de las acostumbradas reliquias no significa otra cosa que esto: el constructor de montículos, en lugar de ser el reptil ignorante y salvaje que hasta ahora hemos considerado, fue una criatura cultivada y de gran inteligencia, capaz no solo de apreciar las valiosas hazañas de los grandes y nobles seres de su especie, sino de conmemorarlas. Mis eruditos amigos, este bello montículo no es un sepulcro, es un monumento.

Esto produjo una profunda impresión.

Pero la interrumpió una risa grosera y sarcástica, la del Escarabajo Pelotero.

—¡Un monumento! —exclamó—. Un monumento erigido por un constructor de montículos. ¡Vaya que sí! Así es, claro, para los sutiles y penetrantes ojos de la ciencia, pero para un pobre diablo ignorante como yo, que no ha visto jamás un colegio, no es un monumento estrictamente considerado, sino una propiedad riquísima y noble. Y con el permiso de sus mercedes voy a proceder a manufacturarlo en esferas de singular gracia y...

El Escarabajo Pelotero se alejó de allí después de haber recibido unos azotes, y los delineantes de la expedición procedieron a tomar notas del monumento desde diferentes puntos, mientras el profesor Bicho Bola, en un frenesí de celo científico, recorría toda su superficie y los alrededores tratando de hallar alguna inscripción. Pero si hubo alguna, quedó descompuesta o fue arrancada por algún vándalo, que se la llevó como reliquia.

Una vez terminados los bocetos, se creyó prudente cargar el precioso monumento sobre las espaldas de cuatro de las mayores tortugas y enviarlo a la patria, con destino al museo real, cosa que se hizo de inmediato. Cuando llegó fue recibido con enorme júbilo y escoltado hasta su lugar de exposición por miles de ciudadanos entusiastas. Incluso el mismo rey Sapo XVI aceptó colocar sobre él su trono durante el acto.

El creciente rigor del tiempo advirtió a los sabios que era hora de terminar sus labores por el momento y comenzaron los preparativos para el viaje de regreso a casa. Pero hasta el último día en las cavernas dio su fruto, ya que uno de los sabios encontró en una de las remotas esquinas del museo, o tumba, una cosa rarísima y extraordinaria. Era nada menos que un pájaro hombre compuesto de dos cuerpos unidos por el tórax por medio de un ligamento natural, y cuyas características parecían encerrarse bajo las intraducibles palabras «Hermanos siameses». El informe oficial de este hallazgo terminaba como sigue:

> De lo cual se deduce que en otro tiempo hubo dos especies distintas de estas aves majestuosas, una simple y otra doble. La naturaleza tiene siempre una explicación para todo. Para la ciencia es evidente que el hombre doble habitaba originariamente una región en la que abundaban los peligros. De aquí que estuvieran emparejados, para que mientras una de las partes dormía, quedara la otra vigilante, y, además, al ser descubierto el peligro, pudiera haber siempre una potencia doble, en vez de una sencilla, para aprestarse a la defensa. ¡Honremos la mirada de la ciencia esclarecedora de misterios!

Y junto al doble pájaro hombre se encontró lo que, por supuesto, era una antigua relación sobre él, estampada sobre innumerables hojas de una sustancia blanca y delgada ligadas unas a otras. El profesor Bicho Bola lanzó al objeto una mirada rápida y tradujo al instante la siguiente frase ante los sabios trémulos de emoción. Su conocimiento llenó de júbilo y asombro a los expedicionarios: «En verdad, muchos hay que creen que los animales inferiores razonan y se hablan».

Cuando se hizo público el informe oficial de la expedición, la frase que precede a este párrafo estaba seguida de este comentario:

¡Hay, pues, animales inferiores al hombre! No hay otra cosa que pueda significar este notable pasaje. El hombre está extinguido, pero todos ellos pueden seguir existiendo. ¿Qué pueden ser? ¿Dónde habitarán? Se desborda el entusiasmo con la contemplación del brillante campo de descubrimientos e investigaciones que se abre ahora a la ciencia. Terminamos nuestros trabajos rogando humildemente a Vuestra Majestad que nombre una comisión a la que ordene no descansar ni reparar en gasto hasta que quede coronada por el éxito la búsqueda de esta especie de criaturas de Dios, hasta hoy tan insospechadas.

La expedición regresó a la patria después de su larga ausencia y heroicos esfuerzos, y fue recibida con una estentórea ovación de todo el país agradecido. Como es normal hubo criticones, ignorantes vulgares, como siempre hay y habrá. Naturalmente, uno de ellos fue el repugnante Escarabajo Pelotero. Dijo que todo cuanto había aprendido en sus viajes era que la ciencia no necesitaba más que una brizna de suposición para hacer de ella una montaña de hechos probados, y que en el futuro tenía la intención de contentarse con el conocimiento que la naturaleza había dispensado a todas las criaturas, y que no pensaba entremeterse en los augustos secretos de la divinidad.

1875

El cuento del representante

¡Pobre desconocido de ojos tristes! Había algo en la humildad de su semblante, en el cansancio de su mirada, en el decadente refinamiento de sus ropajes que a punto estuvo de despertar la semilla de mostaza de caridad cuya existencia, remota y aislada, resistía en la vacua inmensidad de mi corazón. No obstante, reparé en una cartera que llevaba bajo el brazo, y me dije: «Mira por donde, la Providencia ha llevado a su siervo hasta otro representante».

Bueno, ese tipo de personas siempre consigue captar la atención de los demás. Antes de que supiera cómo había ocurrido, aquel hombre me estaba contando su historia y yo le prodigaba mi atención y mi simpatía. Me contó algo así:

Mis padres murieron, ay, cuando yo era un niñito libre de todo pecado. Mi tío Ithuriel me acogió en su corazón y me trató como si fuera hijo suyo. Era mi único pariente en el mundo, y era bueno, rico y generoso. Me crió con toda clase de lujos. No conocí deseo que el dinero no pudiera satisfacer.

Con el tiempo me gradué y partí con dos de mis criados, mi chambelán y mi ayuda de cámara, de viaje por países extranjeros. Durante cuatro años revoloteé con total despreocupación por entre los jardines más sublimes de lejanas veras, si se permite expresarse de esa forma a alguien cuya lengua ha sido siempre afín a la poesía. De hecho hablo con tal confianza, como hace uno entre los de su condición, porque capto en sus ojos que también usted, señor, goza del don de la grandilocuencia divina. En esas lejanas tierras me deleité con las ambrosías que hacen fructificar el alma, la mente y el corazón. Pero entre todas las cosas, la que más atraía mi gusto connatural por la estética era la costumbre, allí establecida entre los ricos, que consistía en coleccionar rarezas elegantes y costosas, delicados *objets de vertu*, y en funesta hora intenté elevar a mi tío Ithuriel al nivel de quienes gozaban con ese exquisito pasatiempo.

Le escribí y le hablé de la amplia colección de conchas de un caballero, de un majestuoso acopio de pipas de espuma de mar, de un ennoblecedor muestrario de autógrafos indescifrables, de una inestimable compilación de porcelana antigua, de un cautivador acervo de sellos de correos, etcétera, etcétera. Pronto mis cartas dieron su fruto. Mi tío empezó a buscar algo que coleccionar. Puede que usted sepa, tal vez, la rapidez con que acomete una afición así. La suya pronto se convirtió en un virulento fervor, aunque yo no lo sabía. Empezó a dejar de lado su importante negocio porcino, al poco se retiró del todo y convirtió un elegante pasatiempo en una rabiosa búsqueda de objetos curiosos. Poseía una gran riqueza, y no reparó en gastos. Primero probó con los cencerros. Reunió una colección que llenaba cinco salones enormes y contenía todos los tipos distintos que se habían inventado, excepto uno. Ese, muy antiguo y del cual solo existía un ejemplar, lo poseía otro coleccionista. Mi tío ofreció sumas enormes por él, pero el caballero no quería vender. Sin duda conoce usted cuál fue el resultado inevitable. Un verdadero coleccionista no concede valor alguno a una colección que no está completa. Su gran corazón se rompe, vende su tesoro y ocupa la mente con otra categoría que cree vacante.

Eso hizo mi tío. Lo siguiente con lo que probó suerte fueron los cascotes. Tras reunir una amplia colección sumamente interesante, advino la dificultad anterior. Su gran corazón volvió a romperse y vendió la niña de sus ojos al fabricante de cerveza jubilado que poseía el cascote que a él le faltaba. Entonces probó con las hachas de sílex y otros utensilios del hombre primitivo, pero poco a poco descubrió que la fábrica que los construía servía a otros coleccionistas además de a él. Probó con las inscripciones aztecas y las ballenas disecadas: otro fracaso, tras fatigas y gastos extraordinarios. Cuando su colección parecía por fin perfecta, llegó una ballena disecada de Groenlandia y una inscripción azteca de las regiones del Cundurango de América Central que convertían en insignificantes todas las piezas anteriores. Mi tío se apresuró en conseguir esas joyas majestuosas. Consiguió la ballena, pero otro coleccionista obtuvo la inscripción. Un verdadero Cundurango, como usted posiblemente sabe, es una posesión de valor tan supremo que una vez que un coleccionista la consigue es más probable que se muestre dispuesto a prescindir de su familia que de ella. Así que mi tío vendió y vio cómo sus queridísimos objetos se marchaban para no volver jamás, y su pelo negro carbón se volvió blanco como la nieve en una sola noche.

Entonces esperó y reflexionó. Sabía que otro disgusto podría matarlo. Decidió que lo siguiente que eligiera sería algo que nadie más coleccionara. Meditó mucho antes de decidirse, y de nuevo entró en el mundo del coleccionismo, esa vez dispuesto a reunir ecos.

—¿Qué? —pregunté yo.

Ecos, señor. Su primera adquisición fue un eco de Georgia que se repetía cuatro veces; y a continuación, uno de seis repeticiones de Maryland; uno de trece de Maine; uno de diecinueve de Kansas; y uno de doce de Tennessee, que le salió barato, por así decir, porque era imposible de recuperar: una parte del peñasco que lo producía se había venido abajo. Él creyó poder rescatarlo con unos cuantos miles de dólares, y, aumentando la altura con una pared de obra, triplicar la capacidad de repetición. Pero el arquitecto que hizo el trabajo no había construido jamás un eco, por lo que lo estropeó por completo. Antes de empezar con aquello solía ser más respondón que una suegra, pero después solo valía para ingresar en un asilo de sordomudos. Bueno, a continuación compró un lote barato de ecos dobles, esparcidos por varios estados y territorios. Los consiguió con un veinte por ciento de descuento por quedarse el lote entero. Después compró un eco de Oregón que era una perfecta ametralladora Gatling y le costó una fortuna, se lo digo yo. Tal vez sepa, señor, que en el mercado de los ecos la escala de precios es acumulativa, como ocurre con los quilates de los diamantes. De hecho, se utiliza la misma jerga. Un eco de un quilate vale nada menos que diez dólares más que las tierras que lo producen; un eco de dos quilates, también llamado doble, treinta dólares; uno de cinco quilates, novecientos cincuenta; uno de diez quilates, trece mil. El eco de Oregón de mi tío, que él llamaba Gran Pitt, era una joya de veintidós quilates, y costaba doscientos sesenta mil dólares (precio en el que incluyeron las tierras, pues la población más cercana estaba a cuatrocientas millas).

Pues bien, mientras tanto el mío era un camino de rosas. Fui aceptado como pretendiente de la única y encantadora hija de un conde inglés, y la amaba con locura. En su querida presencia nadaba en mares de placer. La familia estaba satisfecha, pues se sabía que yo era el único heredero de un tío que poseía una fortuna de cinco millones de dólares. Sin embargo, ninguno de nosotros sabía que él se había hecho coleccionista, al menos no más allá de una forma modesta, por puro pasatiempo estético.

Los nubarrones se estaban acumulando sobre mi inconsciente cabeza. Se descubrió entonces aquel eco divino, conocido en todo el mundo como el Gran Koh-i-noor o Montaña de Repeticiones. Era una joya de sesenta y cinco quilates. Podías pronunciar una palabra y regresaba a ti durante quince minutos, si el día estaba tranquilo. Pero, aguarde, he aquí que al mismo tiempo se produjo otro hecho: otro coleccionista de ecos se encontraba también en ese campo. Los dos se apresuraron a realizar esa adquisición sin par. La propiedad consistía en dos colinas separadas por un surco poco profundo, allá entre los remotos poblados del estado de Nueva York. Los dos hombres llegaron al lugar a la vez, y ninguno sabía que el otro estaba allí. El eco no era todo propiedad de un solo hombre: una persona llamada Williamson Bolivar Jarvis poseía la colina este, y otra, Harbison J. Bledso, la oeste. El surco intermedio era la línea divisoria. De modo que mientras mi tío compraba la colina de Jarvis por tres millones doscientos ochenta y cinco mil dólares, el otro coleccionista estaba adquiriendo la de Bledso por poco más de tres millones.

Y bien, ¿adivina cuál fue el resultado lógico? Claro, la mayor colección de ecos que existía sobre la faz de la tierra estaba incompleta para siempre, ya que los contenía todos excepto la mitad de la joya de la corona de esas codiciadas piezas. Ninguno de los dos se mostró contento con la propiedad dividida, y sin embargo ninguno quiso venderle su parte al otro. Hubo discusiones, golpes y ofensas. Y por fin el otro coleccionista, con la malevolencia que tan sólo uno de ellos puede llegar a sentir hacia un semejante, ¡procedió a cortar su montaña en dos!

Ya ve, puesto que él no podía poseer el eco, estaba decidido a que nadie más lo poseyera. Iba a quitar su colina de allí, y así no habría nada que reflejara el eco de mi tío. Él protestó, pero el hombre dijo: «La mitad de este eco me pertenece a mí, y he decidido aniquilarla. Usted ocúpese de la suya».

Pues bien, mi tío interpuso una demanda contra el hombre, pero este apeló y se enfrentó a él en un tribunal superior. El caso fue en escalada hasta llegar al Tribunal Supremo de Estados Unidos. Y allí no acabó el problema. Dos de los magistrados creían que un eco era una propiedad privada porque, aunque era invisible e impalpable, podía sin embargo comprarse y venderse, y en consecuencia estaba sujeta a impuestos. Otros dos lo consideraban un inmueble, porque estaba manifiestamente vinculado al terreno y no podía llevarse de un lugar a otro. Y otros de los magistrados sostenían que un eco no era en ningún caso una propiedad.

Por fin se resolvió que el eco era una propiedad, que las colinas eran una propiedad, que los dos hombres eran dueños de cada una de las colinas por separado y con independencia, pero ambos eran copropietarios del eco. Por tanto, el demandado era completamente libre de separar su colina ya que solo le pertenecía a él, pero debía abonar tres millones de dólares en concepto de indemnización por los daños que podía ocasionar a la mitad del eco perteneciente a mi tío. Esa decisión también prohibía a mi tío utilizar la colina del demandado para reflejar su eco sin el consentimiento de este; solo podía utilizar su propia colina. Si su parte del eco no se producía en esas circunstancias, era triste, por supuesto, pero el tribunal no pudo hallar remedio a eso. Este también prohibía al demandado utilizar la colina de mi tío para reflejar su mitad del eco sin consentimiento. ¡Ya ve qué gran resolución! Ninguno de los dos hombres pensaba dar su permiso, y por tanto aquel eco tan increíble y majestuoso vio interrumpido su gran poder. Desde aquel día la magnífica propiedad está inutilizada y es imposible venderla.

Una semana antes de mi boda, mientras seguía nadando en placer y la nobleza acudía desde más lejos o más cerca para honrar nuestra unión, recibí la noticia de la muerte de mi tío junto con una copia del testamento, que me convertía en su único heredero. Se había ido; ay, mi querido bienhechor ya no existía. La idea abruma mi corazón incluso en este día lejano. Entregué su testamento al conde, las lágrimas que enturbiaban mis ojos me impedían leerlo. Este lo hizo en mi lugar, y dijo con dureza: «Señor, ¿a esto lo llama usted riqueza? Claro que sin duda así lo llaman en su fatuo país. Es usted el único heredero de una amplia colección de ecos, si es que puede llamarse colección a algo esparcido por todo lo largo y ancho del continente americano. Y, señor, eso no es todo: está plagado de deudas, no hay en el lote un solo eco que no esté gravado por una hipoteca. No soy hombre severo, pero debo velar por el interés de mi hija. Si poseyera al menos un eco que pudiera considerar honestamente de su propiedad, si tuviera al menos un eco libre de gravamen, de modo que pudiera retirarse a él con mi hija, y con los esfuerzos de un trabajo humilde pudiera cultivarlo y mejorarlo, y así obtener de él manutención, no le daría la negativa. Pero no puedo casar a mi hija con un mendigo. Aléjate de su lado, querida. Y usted, señor, váyase, llévese sus ecos hipotecados y desaparezca de mi vista para siempre».

Mi noble Celestine se aferró a mí entre lágrimas, con sus brazos amorosos, y juró que se casaría conmigo de forma voluntaria, mejor dicho, con mucho gusto, aunque no poseyera un eco en todo el mundo. Pero no podía ser. Nos separaron; ella languideció y murió ese mismo año y yo seguí penosamente mi largo recorrido por la vida, triste y solo, rezando cada día, cada hora, por la liberación que nos reunirá de nuevo en ese preciado reino donde los réprobos dejan de causar problemas y los bondadosos descansan en paz. Ahora, señor, si fuese tan amable de mirar los mapas y los planos que llevo en mi cartera, estoy seguro de que puedo venderle un eco por menos dinero que cualquier hombre del ramo. Este, que a mi tío le costó diez dólares hace treinta años y que es una de las mayores delicadezas de Texas, se lo dejo por...

—Permítame que lo interrumpa —dije—. Amigo, los representantes no me han dado hoy ni un momento de respiro. He comprado una máquina de coser que no quería, un mapa que tiene todas las indicaciones equivocadas, un reloj que no funciona; un veneno para polillas que estas prefieren a cualquier otra sustancia y un sinfín de inventos inútiles. Ya he tenido bastante de tanta tontería. No me quedaría uno de sus ecos ni aunque me lo regalara. Y no pienso dejar las cosas así. Siempre he detestado a los hombres que intentan venderme ecos. ¿Ve esta pistola? Pues coja su colección y lárguese si no quiere que haya derramamiento de sangre.

Pero el hombre se limitó a esbozar una sonrisa triste y dulce, y sacó unos cuantos gráficos más. Saben perfectamente cuál fue el resultado, porque saben que una vez que le has abierto la puerta a un representante el mal ya está hecho y debe asumirse la derrota.

Llegué a un acuerdo con aquel hombre después de una hora insoportable. Compré dos ecos dobles en buenas condiciones, y él añadió otro cuya venta, según dijo, no era apta porque solo se expresaba en alemán. Dijo así: «En otros tiempos era un perfecto políglota, pero por algún motivo su paladar se hundió».

1876

LOS AMORES DE ALONZO FITZ CLARENCE
Y ROSANNAH ETHELTON

I

Era bien entrada la mañana de un crudo día de invierno. La ciudad de Eastport, en el estado de Maine, yacía sepultada bajo una espesa capa de nieve caída recientemente. En las calles se echaba en falta el acostumbrado bullicio. Podías mirar muy a lo lejos sin ver otra cosa que una desolación mortalmente blanca, acompañada de un profundo silencio. Por supuesto, no quiero decir que se pudiera «ver» el silencio: no, solo podía sentirse. Las aceras no eran más que largas y profundas zanjas, flanqueadas a ambos lados por abruptas paredes de nieve. De vez en cuando se oía el rascar débil y lejano de una pala de madera, y, si eras lo suficientemente raudo, podías vislumbrar a lo lejos una figura negra que se encorvaba y desaparecía en medio de una de aquellas zanjas, para reaparecer al momento con un movimiento que indicaba que estaba paleando nieve para despejar el paso. Pero había que ser muy rápido, porque aquella figura negra enseguida tiraba la pala y entraba a toda prisa en su casa, golpeándose con los brazos por todo el cuerpo para entrar en calor. Sí, hacía un frío de mil demonios para quienes intentaran palear nieve o para cualquiera que estuviera fuera demasiado tiempo.

De pronto, el cielo se oscureció; en ese momento empezó a soplar un fuerte viento, cuyas ráfagas violentas y poderosas levantaban grandes nubes de nieve en polvo hacia lo alto, hacia delante, por doquier. Bajo el empuje de una de esas ráfagas, enormes ventisqueros se amontonaban como tumbas blancas atravesadas en las calles; al momento, otra violenta racha hacía que se desplazaran en dirección contraria, y de sus afiladas crestas caía un delicado rocío de nieve, como la fina espuma que la galerna arranca del oleaje marino; y, cuando le venía a su antojo, una tercera ráfaga despejaba el lugar y lo dejaba liso como la palma de la mano. Era una zarabanda, un juego de locos; pero todas y cada una de aquellas ráfagas arrojaban algo de nieve sobre la zanja de las aceras, porque eso era lo suyo.

Alonzo Fitz Clarence estaba sentado en su agradable y elegante saloncito, con un precioso batín de seda azul, con ribetes y puños de satén carmesí, y un acolchado muy elaborado. Tenía ante sí los restos del desayuno, y la exquisita y costosa mesita de servicio añadía un armonioso encanto a la gracia, belleza y riqueza del resto de elementos fijos del aposento. En la chimenea llameaba alegremente el fuego.

Una furiosa ráfaga de viento sacudió las ventanas y una gran ola de nieve se estrelló contra ellas con un sonido húmedo, por así decirlo. El joven y apuesto soltero murmuró para sí:

—Esto quiere decir que habrá que quedarse en casa todo el día. Bueno, no está mal. Pero ¿qué haré para disfrutar de compañía? Están mi madre, y también la tía Susan, pero estas, al igual que los pobres, siempre están conmigo. En un día tan lúgubre como este se precisa un nuevo interés, un nuevo elemento que dé vida a mi monótono cautiverio. He aquí una buena frase, pero que no aporta nada. De ninguna manera se quiere que el cautiverio sea aún más pesado, está claro, sino todo lo contrario.

Dio un vistazo al hermoso reloj francés dispuesto sobre la repisa de la chimenea.

—Ese reloj vuelve a estar mal. Casi nunca sabe en qué hora estamos; y, cuando lo sabe, miente al respecto..., lo cual viene a ser lo mismo. ¡Alfredo!

Nadie contestó.

—¡Alfredo...! Buen criado, pero inseguro como ese reloj.

Alonzo tocó el botón de un timbre eléctrico en la pared. Aguardó unos momentos. Luego volvió a tocar; aguardó unos minutos más, y dijo:

—Sin duda se ha quedado sin batería. Pero, ya que he empezado, tengo que saber qué hora es.

Se acercó a un tubo acústico que había en la pared, hizo sonar la llamada y gritó:

—¡Mamá!

Y lo repitió dos veces.

—Bueno, es inútil. La batería de mamá también está estropeada. Está claro que no voy a poder llamar a nadie del piso de abajo.

Se sentó a un escritorio de madera de palisandro, apoyó la barbilla sobre la mano izquierda ahuecada y habló, como dirigiéndose al suelo:

—¡Tía Susan!

Una voz baja y agradable respondió:

—¿Eres tú, Alonzo?

—Sí. Tengo demasiada pereza y estoy muy a gusto como para bajar al piso de abajo; me encuentro en una situación muy apurada, y no veo cómo encontrar ayuda.

—Querido, ¿qué te pasa?

—Algo de suma importancia, te lo aseguro.

—¡Oh, querido, no me tengas en este suspense! Dime, ¿de qué se trata?

—Necesito saber qué hora es.

—¡Qué chico más abominable, y qué susto me has dado! ¿Es eso todo?

—Solo eso..., por mi honor. Tranquilízate. Dime la hora, y recibe mis bendiciones.

—Son justo las nueve y cinco minutos. Y te lo digo de balde: puedes quedarte con tus bendiciones.

—Gracias. Ni yo hubiera sido más pobre por dártelas, tía, ni tú más rica como para poder vivir sin más recursos.

Alonzo se levantó, murmurando: «Las nueve y cinco», y se dirigió hacia el reloj.

—¡Ah! —dijo—. Te estás portando mejor que de costumbre. Solo te has retrasado treinta y cuatro minutos. Veamos... Veamos... Treinta y tres y veintiuno hacen cincuenta y cuatro; cincuenta y cuatro por cuatro son doscientos treinta y seis. Le resto uno, y quedan doscientos treinta y cinco. Está bien.

Avanzó las agujas del reloj hasta que marcaron la una menos veinticinco, y dijo:

—Vamos a ver si puedes funcionar bien por un tiempo...; si no, ¡te sacaré a subasta!

Se sentó de nuevo al escritorio y exclamó:

—¡Tía Susan!

—¿Sí, querido?

—¿Has desayunado ya?

—Sí, hace una hora.

—¿Estás muy ocupada?

—No..., solo estoy cosiendo. ¿Por qué?

—¿No tienes compañía?

—No, pero espero a alguien a las nueve y media.

—Ay, ya me gustaría a mí. Me siento muy solo. Necesito hablar con alguien.

—Muy bien, habla conmigo.

—Es que es un asunto muy privado.

—No temas: puedes hablar ahora, no hay nadie conmigo.

—No sé si debería correr el riesgo, pero...

—Pero ¿qué? ¡Oh, vamos, no te pares ahora! Sabes que puedes confiar en mí, Alonzo..., lo sabes muy bien.

—Lo sé, tía, pero es que esto es muy serio. Es algo que me afecta profundamente, a mí y a toda la familia, e incluso a toda la comunidad.

—¡Oh, Alonzo, cuéntamelo! No saldrá una palabra de mi boca. ¿De qué se trata?

—Tía, no sé si atreverme...

—¡Oh, por favor, venga! Te quiero y sufro por ti. Cuéntamelo todo. Confía en mí. ¿De qué se trata?

—¡Del tiempo que hace!

—¡Que la peste se os lleve a ti y al tiempo! No entiendo cómo tienes valor para hacerme estas cosas, Lon.

—Tranquila, tranquila, querida tía, perdóname; lo siento mucho, por mi honor. No volveré a hacerlo. ¿Me perdonas?

—Sí, te perdono, porque pareces decirlo muy sinceramente, aunque sé que no debería hacerlo. Volverás a burlarte de mí en cuanto me olvide de esta.

—No, no lo haré, te lo juro por mi honor. Pero es que con este tiempo... ¡oh, qué tiempo! Hay que hacer lo que sea para mantener el ánimo. ¡Tan nevoso, ventoso y racheado..., y con un frío de mil demonios! ¿Qué tiempo hace ahí, tía?

—Cálido, lluvioso y melancólico. Veo a gente doliente pasar por las calles con sus paraguas, y chorros de agua cayendo a su alrededor desde la punta de cada varilla. Todo lo que alcanza mi vista es una especie de doble pavimento elevado de paraguas, extendiéndose a ambos lados de las calles. He mandado encender el fuego para animarme y abrir las ventanas para que entre el fresco; pero todo en vano, es inútil: solo entra el balsámico aliento de diciembre, cargado del burlón aroma de las flores dueñas del exterior, que se regocijan en su desaforada profusión mientras el espíritu del hombre está abatido, y se vanaglorian ante él con su alegre esplendor mientras el alma del hombre se cubre con túnica de penitente y el corazón destrozado.

Alonzo abrió la boca para decir: «Deberías hacer imprimir esas palabras y enmarcarlas», pero se contuvo, porque en ese momento oyó que su tía hablaba con otra persona. Se acercó a la ventana y permaneció allí contemplando el panorama invernal. La tempestad arrojaba la nieve con más furia que nunca; las contraventanas golpeaban con estrépito; un perro vagabundo, con la cabeza gacha y la cola fuera de servicio, arrimaba su trémulo cuerpo contra una pared protegida del viento en busca de abrigo; una muchacha intentaba avanzar hundida en la nieve hasta las rodillas, volviendo la cara contra el vendaval y con la capa de su impermeable levantándose y cubriéndole la cabeza. Alonzo se estremeció y dijo suspirando:

—¡Prefiero la humedad, y la lluvia bochornosa, e incluso las flores insolentes, a todo esto!

Se volvió de espaldas a la ventana, avanzó un paso y se detuvo aguzando el oído. Las notas dulces y lánguidas de una canción familiar llegaban a sus oídos. Permaneció allí, con la cabeza inconscientemente inclinada hacia delante, embebido en la melodía, sin moverse, casi sin respirar. Advirtió un pequeño fallo en la ejecución, pero, más que un defecto, a Alonzo le pareció que añadía más encanto. El error consistía en una marcada desentonación de las notas tercera, cuarta, quinta, sexta y séptima del estribillo de la pieza. Cuando cesó la música, Alonzo dejó escapar un profundo suspiro y dijo:

—¡Ah!..., nunca había oído cantar así «In the Sweet By-and-By»!

Se acercó rápidamente al escritorio, escuchó un instante, y luego dijo con voz cautelosa y confidencial:

—Querida tía, ¿quién canta de esa forma tan angelical?

—Es la compañía que estaba aguardando. Se quedará en mi casa durante uno o dos meses. Voy a presentártela. Señorita...

—¡Por el amor de Dios, tía Susan, espera un momento! ¡Nunca te paras a pensar en lo que vas a hacer!

Se dirigió a toda prisa a su alcoba y al momento regresó con un aspecto exterior visiblemente cambiado, mientras observaba con cierta brusquedad:

—¡Diantre! ¡Esta tía mía me habría presentado a ese ángel yendo yo vestido con ese batín azul celeste de solapas rojas! Las mujeres nunca reflexionan cuando van por faena.

Se acercó presuroso al escritorio y dijo ávidamente:

—Ahora, tía, ya estoy listo.

Y sonrió y se inclinó con toda la seducción y elegancia que poseía.

—Muy bien. Señorita Rosannah Ethelton, permítame que le presente a mi sobrino favorito, el señor Alonzo Fitz Clarence. ¡Bueno...! Los dos son muy buenas personas, y les tengo en alta estima: así que les confío el uno a la otra mientras me ocupo de algunos quehaceres domésticos. Siéntate, Rosannah; siéntate, Alonzo. Adiós. No tardaré mucho.

Alonzo había pasado todo el tiempo inclinándose y sonriendo, e invitando a señoritas imaginarias a sentarse en sillas también imaginarias; pero al fin él mismo tomó asiento, mientras mentalmente se decía: «¡Oh, esto sí que es una suerte! ¡Ya puede soplar el viento, amontonarse la nieve y oscurecerse el cielo cuanto quiera! ¡Poco me importa!».

Mientras estos jóvenes charlan para conocerse entre ellos, tomémonos la libertad de examinar a la más dulce y bella de los dos. Estaba sentada sola y con graciosa naturalidad en una estancia ricamente dispuesta, que era sin duda el gabinete privado de una señora de gusto exquisito y sensible, si atendemos a los indicios y símbolos a la vista. Por ejemplo, junto a una silla baja y confortable había un elegante costurero de aspecto macizo, rematado en su parte superior por una canastilla honda caprichosamente bordada, con ovillos de todos los colores, bobinas de hilo, cordeles y demás, que asomaban bajo la tapa entreabierta colgando profusa y descuidadamente. En el suelo yacían esparcidos retales de vivos colores como rojo turquí o azul de Prusia, así como trozos de cinta, uno o dos ovillos, unas tijeras y unos rollos de sedosas telas estampadas. Sobre un lujoso sofá, tapizado con una especie de suave tejido indio, trabajado con hilos negros y dorados entretejidos con otros de un colorido menos fuerte, había un gran retal de tela blanca, sobre cuya superficie, con la laboriosa ayuda de una aguja de ganchillo, iba creciendo un opulento ramo de flores. El gato de la casa dormitaba tranquilamente sobre aquella obra de arte. Frente a un gran ventanal había un caballete con una pintura inacabada, así como una paleta y pinceles en una silla próxima. Había libros por todas partes: los *Sermones* de Robertson, Tennyson, Moody y Sankey, Hawthorne, *Rab y sus amigos*; libros de cocina, devocionarios, muestrarios... y, por supuesto, libros acerca de toda clase de odiosa y exasperante cerámica. Sobre la tapa de un piano había esparcidas numerosas partituras musicales, a las que se añadían otras en un banco supletorio. Abundaban las pinturas por las paredes, en las repisas de la chimenea y, en general, por todas partes; y allá donde había pequeños rincones o superficies, reposaban estatuillas, hermosas y singulares figurillas, y raros ejemplares de porcelana particularmente diabólica. El ventanal daba a un jardín rebosante de flores autóctonas y extranjeras, y tiernos arbustos floridos.

Pero la dulce joven era lo más exquisito que aquel lugar, tanto dentro como fuera, podía ofrecer a la contemplación: sus facciones estaban delicadamente cinceladas, como las de un busto griego; su piel era como la nieve pura de una camelia japonesa coloreada por el débil reflejo de alguna vecina flor escarlata del jardín; sus grandes y suaves ojos azules estaban orlados por largas y rizadas pestañas; en su expresión se mezclaban la confianza infantil y la inocencia de un cervatillo; su hermosa cabeza estaba coronada con el oro pródigo de su magnífica cabellera; su figura esbelta y redondeada se movía con las maneras y ademanes de una gracia intrínseca.

Su atavío y aliño llevaban el sello de aquella exquisita armonía que solo puede proceder de un refinado gusto natural perfeccionado por la cultura. Su vestido era de un sencillo tul magenta, cortado al sesgo y atravesado por tres ringlas de volantes azul pálido, con las ondas levantadas por una felpilla color ceniza de rosas; manto de tarlatana rosa pálido, con lambrequines de satén escarlata; polonesa de color tostado, *en panier*, con botones nacarados y cordones plateados, cerrada por detrás y ajustada con lazos de terciopelo color paja; una chaquetilla ajustada de reps color lavanda, con cruzamientos de encaje de Valenciennes; cuello bajo, mangas cortas; lazo de cuello de terciopelo granate, con delicada seda rosa en los bordes; pañuelo de tejido sencillo con tres pliegues y un suave tono azafrán; brazaletes de coral y cadena de broche; tocado de nomeolvides y lirios del valle en torno a unas nobles hojas de cala.

Eso era todo; pero, incluso con aquel recatado atuendo, se veía divinamente hermosa. ¿Qué aspecto habría tenido si se hubiese arreglado para asistir a una fiesta o un baile?

Durante todo este tiempo la joven había estado charlando animadamente con Alonzo, ajena a nuestro escrutinio. Los minutos iban pasando y ella continuaba hablando. Pero, al poco rato, miró inadvertidamente hacia arriba y vio el reloj. Un rubor carmesí inundó sus mejillas, y exclamó:

—Bueno, adiós, señor Fitz Clarence. Debo irme ya.

Y se levantó de la silla tan presurosa que apenas oyó el adiós que el joven le dio como respuesta. Se plantó radiante, llena de gracia, hermosa, mirando sorprendida el reloj acusador. Después sus labios fruncidos en un mohín se entreabrieron para decir:

—¡Las once y cinco minutos! ¡Casi dos horas, y no me han parecido ni veinte minutos! ¡Oh, señor, qué habrá pensado de mí!

En ese mismo momento, Alonzo estaba mirando su reloj. Y dijo:

—¡Las tres menos veinticinco! ¡Casi dos horas, y diría que han sido solo dos minutos! ¿Es posible que este reloj haya vuelto a las andadas? ¡Señorita Ethelton! Espere, por favor. ¿Sigue ahí todavía?

—Sí, pero dese prisa; tengo que irme ya.

—¿Tendría la bondad de decirme qué hora es?

La muchacha se ruborizó de nuevo, murmurando para sus adentros: «¡Qué terriblemente cruel de su parte preguntarme eso!», y luego habló en voz alta, respondiendo con una indiferencia perfectamente afectada:

—Las once y cinco.

—¡Oh, gracias! ¿Dice que debe marcharse ya?

—Sí.

—Lo siento.

No hubo respuesta.

—¿Señorita Ethelton?

—¿Sí?

—Está... está ahí todavía, ¿verdad?

—Sí, pero dese prisa, por favor. ¿Qué tiene que decirme?

—Bueno, yo... Bueno, nada de particular. Es que esto está muy solitario. Estoy pidiendo mucho, lo sé, pero ¿le importaría volver a hablar conmigo de vez en cuando..., es decir, si no es demasiada molestia para usted?

—No lo sé..., pero pensaré en ello. Lo intentaré.

—¡Oh, gracias! ¿Señorita Ethelton...? ¡Ah..., ya se ha ido, y ya han vuelto los negros nubarrones, y los remolinos de nieve, y los vientos furiosos! Pero ha dicho «adiós». No ha dicho «buenos días». ¡Ha dicho «adiós»...! Después de todo, el reloj iba bien. ¡Dos horas, dos horas que han pasado como un relámpago!

Se sentó, y durante un rato contempló soñadoramente el fuego. Luego dejó escapar un suspiro y dijo:

—¡Qué cosa tan maravillosa! Hace dos horas yo era un hombre libre, ¡y ahora mi corazón está en San Francisco!

En ese mismo instante, Rosannah Ethelton, apoyada en la ventana de su alcoba con un libro en la mano, contemplaba abstraída la lluvia que caía a mares sobre el Golden Gate, y murmuraba para sus adentros:

—¡Qué diferente es del pobre Burley, con su cabeza hueca y su único y nimio talento para las imitaciones burlescas!

II

Cuatro semanas más tarde, en un suntuoso salón de Telegraph Hill, el señor Sidney Algernon Burley estaba entreteniendo a un alegre grupo de comensales con algunas acertadas imitaciones de voces y gestos de ciertos actores populares, de gente del círculo literario de San Francisco y de los próceres de la fiebre del oro. Iba elegantemente vestido, y era un joven apuesto, aparte de un ojo algo distraído. Parecía muy animado, pero su vista no se apartaba de la puerta con una vigilancia expectante, inquieta. Al cabo, apareció un elegante lacayo y entregó un mensaje a la señora, que inclinó la cabeza en señal de comprensión. Esto pareció dejar clara la situación al señor Burley: su vivacidad fue decreciendo poco a poco, y una expresión abatida empezó a asomar a uno de sus ojos, mientras que en el otro se dibujaba una expresión siniestra.

Llegado el momento, el resto de los comensales se despidió, y él se quedó a solas con la señora, a quien dijo:

—Ya no me cabe ninguna duda. Me está evitando. Si al menos pudiera verla, si pudiera hablar con ella solo un momento..., pero esta incertidumbre...

—Tal vez su aparente esquivez sea solo casualidad, señor Burley. Y ahora vaya un rato al saloncito de arriba e intente distraerse. Yo debo encargarme antes de cierto asunto doméstico de mi interés, y luego iré a la habitación de ella. Sin duda, la convenceré para que pueda usted verla.

El señor Burley subió las escaleras con la intención de dirigirse al saloncito, pero cuando pasaba por delante del gabinete privado de tía Susan, cuya puerta estaba ligeramente entreabierta, oyó una risa alegre que reconoció al instante; así que, sin llamar o anunciarse, entró con aire decidido. Pero antes de poder dar a conocer su presencia, escuchó unas palabras que desgarraron su alma y helaron su joven sangre. Una voz decía:

—¡Querida, ha llegado!

Entonces oyó cómo Rosannah Ethelton, que estaba algo inclinada de espaldas a él, decía:

—¡También el tuyo, querido!

Vio cómo la figura de ella se inclinaba aún más, y escuchó cómo besaba algo, no solo una vez, sino otra y otra. El alma del joven se llenó de ira. La desgarradora conversación prosiguió:

—Rosannah, sabía que tenías que ser bella, ¡pero esto es deslumbrante, cegador, embriagador...!

—Alonzo, ¡qué felicidad para mí oírtelo decir! Sé que no es verdad, pero aun así te estoy tan agradecida de que pienses así... Yo sabía que debías de tener un rostro noble, pero la gracia y la majestuosidad de la realidad desmerecen cualquier mísera creación de mi fantasía.

Burley escuchó otra vez aquel ruidoso aluvión de besos.

—¡Gracias, Rosannah mía! La fotografía me favorece, pero no deberías permitirte pensar de esta forma. ¿Cariño...?

—¿Sí, Alonzo?

—¡Soy tan feliz, Rosannah!

—¡Oh, Alonzo!, ninguna mujer antes que yo ha sabido lo que es el amor, y ninguna después de mí sabrá nunca lo que es la felicidad. ¡Me siento flotar en un firmamento de nubes resplandecientes, en un infinito éxtasis, maravilloso y encantador!

—¡Oh, Rosannah mía...! Porque eres mía, ¿verdad?

—Tuya, ¡oh!, completamente tuya, Alonzo, ¡ahora y siempre! Durante todo el día, y en medio de mis sueños nocturnos, se oye entonar el dulce rondó de una canción: «Alonzo Fitz Clarence, Alonzo Fitz Clarence, Eastport, estado de Maine».

«¡Maldito sea! Bueno, al menos tengo su dirección», rugió Burley para sus adentros. Y salió rápidamente de la estancia.

Justo detrás de Alonzo, ajeno a su presencia, estaba su madre, la viva imagen del pasmo. Iba tan envuelta en pieles de pies a cabeza que solo se le veían los ojos y la nariz. Resultaba una buena alegoría del invierno, ya que estaba toda salpicada de nieve.

Detrás de Rosannah, ajena a su presencia, estaba la tía Susan, también la viva imagen del pasmo. Una buena alegoría del verano, ya que llevaba un vestido ligero y se abanicaba vigorosamente el sudor de su acalorado rostro.

Ambas mujeres tenían los ojos llenos de lágrimas de puro gozo.

—Así que era eso... —exclamó la señora Fitz Clarence—. ¡Ahora comprendo, Alonzo, por qué no ha habido manera de sacarte de tu habitación en seis semanas!

—Así que era eso... —exclamó la tía Susan—. ¡Ahora comprendo, Rosannah, por qué has estado encerrada como una ermitaña las últimas seis semanas!

Los dos jóvenes se levantaron al instante, avergonzados, como quien acaba de ser descubierto mercadeando con bienes robados y espera el fallo del juez Lynch.

—¡Dios te bendiga, hijo mío! Tu felicidad es la mía. ¡Ven a los brazos de tu madre, Alonzo!

—¡Dios te bendiga, Rosannah, por el bien de mi querido sobrino! ¡Ven a mis brazos!

Entonces se fundieron los corazones y las lágrimas de alegría tanto en Telegraph Hill como en Eastport Square.

En ambos lugares, las damas llamaron a sus criados. Uno recibió esta orden:

—Avive el fuego con leña de nogal y tráigame una limonada bien caliente.

Mientras que el otro recibió esta orden:

—Apague ese fuego y tráigame dos abanicos de hoja de palma y una jarra de agua helada.

Entonces se marcharon los dos jóvenes, y ambas damas se sentaron para hablar sobre la grata sorpresa recibida y para empezar a hacer los preparativos de la boda.

Pocos minutos antes de esta escena, el señor Burley salió corriendo de la mansión de Telegraph Hill, sin detenerse ni despedirse formalmente de nadie. Mascullaba entre dientes, imitando inconscientemente a un popular actor melodramático:

—¡Nunca se casará con ella! ¡Lo juro! ¡Antes de que la gran Naturaleza se haya despojado de su invernal armiño para adornarse con las brillantes esmeraldas de la primavera, ella será mía!

III

Dos semanas más tarde. Cada pocas horas, durante unos tres o cuatro días, un clérigo episcopalista de apariencia muy formal y devota, con un ojo algo distraído, había estado visitando a Alonzo. Según rezaba su tarjeta, se trataba del reverendo Melton Hargrave, de Cincinnati. Explicó que se había retirado de su ministerio por razones de salud. Si hubiera dicho por razones de mala salud, seguramente habría estado en un error, a juzgar por su sano y robusto aspecto. Dijo que era el inventor de una gran innovación telefónica, y que esperaba ganarse el sustento vendiendo el privilegio de servirse de ella.

—En la actualidad —prosiguió—, una persona puede derivar la corriente del hilo telegráfico que transmite una canción o un concierto de un estado a otro, y puede acoplarla a su teléfono privado para robar y escuchar esa música mientras recorre su camino. Mi invento lo evitará.

—Bueno —respondió Alonzo—, y si el propietario de la música no se da cuenta de que le están robando, ¿por qué habría de preocuparse por ello?

—No se preocuparía —dijo el reverendo.

—¿Y entonces...? —preguntó Alonzo inquisitivamente.

—Suponga usted... —replicó el reverendo—, suponga que, en lugar de música, lo que se robara al pasar por los cables fuesen dulces palabras de amor de la más íntima y sagrada naturaleza.

Alonzo se estremeció de pies a cabeza.

—Señor —dijo—, ese invento no tiene precio. Lo necesito, cueste lo que cueste.

Sin embargo, por alguna extraña razón, el invento estaba retenido en algún sitio a mitad de camino de Cincinnati. El impaciente Alonzo a duras penas podía esperarse. Le atormentaba la idea de que las dulces palabras de Rosannah pudieran ser oídas por algún desvergonzado ladrón. El reverendo venía con frecuencia y se disculpaba por el retraso, y le explicaba las medidas que había tomado para que el asunto se solucionara cuanto antes. Esto tranquilizaba un poco a Alonzo.

Una mañana, el reverendo subió la escalera y llamó a la puerta de Alonzo. Nadie contestó. Entró, echó un rápido vistazo a su alrededor, cerró suavemente la puerta y corrió hacia el teléfono. Los acordes exquisitamente suaves y lejanos de «Sweet By-and-By» llegaron flotando a través del aparato. La cantante empezó a desentonar, como de costumbre, en las cinco notas siguientes a las dos primeras del estribillo, cuando el reverendo la interrumpió con una voz que imitaba a la perfección la de Alonzo, añadiéndole un leve deje de impaciencia:

—¿Cariño...?

—¿Sí, Alonzo?

—Por favor, no vuelvas a cantar eso esta semana; prueba con algo más moderno.

Los pasos ágiles que acompañan a un corazón feliz resonaron por las escaleras, y el reverendo, con una diabólica sonrisa, se refugió rápidamente tras las pesadas cortinas de terciopelo de la ventana. Alonzo entró y corrió hacia el teléfono.

—Querida Rosannah —dijo—, ¿cantamos algo juntos?

—¿Algo moderno? —preguntó ella, con sarcástica amargura.

—Sí, si es lo que te apetece.

—¡Cante usted, si es lo que quiere!

Este arrebato sorprendió e hirió al joven, que dijo:

—Rosannah, eso no es propio de ti.

—Supongo que me ha salido del mismo modo que a usted su manera tan cortés de hablarme, señor Fitz Clarence.

—¡«Señor» Fitz Clarence! Rosannah, no ha habido nada descortés en mi modo de hablarte.

—¡Oh, claro! Debo de haberle entendido mal, y le pido por ello mis más humildes disculpas, ¡ja, ja, ja! No hay duda de que ha dicho: «No vuelvas a cantar eso hoy».

—¿Cantar el qué hoy?

—La canción de la que ha hablado, naturalmente. ¡Qué obtusos nos hemos vuelto de repente!

—¡Yo no he hablado de ninguna canción!

—¿Ah, no? ¿No lo ha hecho?

—No, no lo he hecho.

—Me veo obligada a recalcar que sí lo ha hecho.

—Y yo me veo obligado a recalcar que no lo he hecho.

—¡Una segunda grosería! Ya es suficiente, señor. No le perdonaré jamás. Todo ha terminado entre nosotros.

Y entonces llegó un sonido ahogado de llanto. Alonzo se atrevió a decir:

—¡Oh, Rosannah, retira tus palabras! En todo esto hay algún espantoso misterio, alguna odiosa equivocación. Te hablo con la mayor seriedad y sinceridad cuando digo que no he dicho nada sobre ninguna canción. Por nada del mundo quisiera ofenderte... Rosannah, querida... ¡Oh, háblame! ¿Quieres?

Hubo una pausa, tras la cual Alonzo sintió alejarse el llanto de la muchacha y comprendió que había dejado el teléfono. Se levantó con un hondo suspiro y salió de la habitación diciéndose para sí: «Saldré a la busca de misiones de caridad y de refugios para pobres, para ayudar a mi madre. Ella la convencerá de que jamás quise ofenderla».

Un minuto después, el reverendo se inclinaba sobre el teléfono como un gato que acecha el territorio de su presa. No hubo de esperar mucho tiempo. Una dulce voz arrepentida, temblorosa todavía por el llanto, dijo:

—Alonzo, querido, me he equivocado. Es imposible que me hayas dicho algo tan cruel. Debió de tratarse de alguien que imitaba tu voz, ya fuera por maldad o por burla.

El reverendo respondió fríamente, remedando la voz de Alonzo:

—Has dicho que todo había terminado entre nosotros. Pues que así sea. Rechazo y desprecio el arrepentimiento que profesas.

Y se marchó, radiante en su malévolo triunfo, para no regresar nunca más con su imaginaria invención telefónica.

Al cabo de cuatro horas, Alonzo volvió con su madre de visitar los asilos para pobres y gentes de mal vivir favoritos de la dama. Intentaron establecer comunicación con la casa de San Francisco, pero no hubo manera. Nadie contestaba. Esperaron y siguieron esperando ante el mudo teléfono.

Por fin, cuando se ponía el sol en San Francisco, y hacía ya tres horas y media que se había hecho de noche en Eastport, hubo contestación al grito tantas veces repetido de «¡Rosannah!».

Pero, ¡ay!, fue la voz de la tía Susan la que respondió. Dijo la señora:

—He estado fuera todo el día; acabo de llegar. Voy a buscarla.

En Eastport esperaron dos minutos..., cinco minutos..., diez minutos... Luego llegaron estas palabras fatales, pronunciadas en tono espantado:

—Se ha marchado y se ha llevado consigo todo su equipaje. Según ha dicho a los criados, se ha ido a visitar a otra amiga. Pero he encontrado esta nota encima de la mesita de mi habitación. Escuchad: «Me marcho; no intenten buscarme; mi corazón está destrozado, y no volverán a verme jamás. Dígale que siempre pensaré en él cuando cante mi pobre "Sweet By-and-By", pero nunca en las desagradables palabras que dijo sobre ella». Esta es su nota. Alonzo, Alonzo, ¿qué quiere decir esto? ¿Qué ha pasado?

Pero Alonzo se había sentado, pálido y frío como un muerto. Su madre descorrió los cortinajes de terciopelo y abrió la ventana. El aire fresco volvió algo en sí al desdichado, quien contó a su tía la funesta historia. Entretanto, su madre estaba examinando una tarjeta que había encontrado en el suelo al apartar las cortinas. En ella podía leerse: «Señor Sidney Algernon Burley, San Francisco».

—¡Infame! —gritó Alonzo.

Y salió corriendo en busca del falso reverendo para acabar con él; porque aquella tarjeta lo explicaba todo, ya que en el transcurso de sus mutuas confesiones los dos enamorados habían hablado de los amores anteriores que habían tenido, echando un sinfín de pestes contra sus defectos y flaquezas..., porque eso es lo que hacen siempre los enamorados. Es algo que tiene una singular fascinación para ellos, justo por detrás de los arrullos y los arrumacos.

IV

Durante los dos meses siguientes acontecieron muchas cosas. Pronto se supo que Rosannah, pobre y desdichada huérfana, no había regresado a casa de su abuela en Portland, Oregón, ni siquiera le había enviado una carta, salvo una copia de la afligida nota que había dejado en la mansión de Telegraph Hill. Sin duda, quien la hubiera acogido (en el caso de que aún siguiera viva) había sido persuadido para no delatar su paradero, ya que cuantos esfuerzos se hicieron para encontrarla habían fracasado.

¿Se rindió Alonzo? No. Se dijo para sus adentros: «Cuando ella esté triste cantará aquella dulce canción. La encontraré». Así que tomó su maletín de viaje y un teléfono portátil, se sacudió la nieve de la ciudad natal de sus chanclos impermeables y partió a recorrer mundo. Vagó a lo largo y ancho del país por numerosos estados. Una y otra vez, los extraños se quedaban asombrados al ver a un hombre pálido, de aspecto lastimoso y desgraciado, que trepaba trabajosamente a postes telegráficos en lugares fríos y solitarios, permanecía allí colgado durante una triste y larga hora con el oído pegado a una cajita, y luego bajaba suspirando y emprendía de nuevo camino con aire desdichado. A veces le disparaban con sus rifles, como hacen los campesinos con los aeronautas, creyéndole loco y peligroso. Por eso sus ropajes estaban agujereados por las balas, y su persona gravemente lacerada. Pero él lo soportaba todo con paciente resignación.

Al inicio de su peregrinación, solía decir con frecuencia: «¡Ah, si al menos pudiera escuchar el "Sweet By-and-By"...!». Pero hacia el final solo decía entre lágrimas amargas: «¡Ah, si al menos pudiera escuchar alguna cosa...!».

De esta forma transcurrieron un mes y tres semanas, hasta que al final algunas personas bondadosas lo recogieron y lo encerraron en un manicomio privado de Nueva York. Nadie le oyó quejarse, porque ya no le quedaban fuerzas, ni tampoco aliento ni esperanza. El director se apiadó de él y le cedió sus propios aposentos, una sala y una alcoba muy confortables, cuidando de Alonzo con afectuosa devoción.

Al cabo de una semana, el paciente pudo abandonar la cama por primera vez. Tendido cómodamente entre almohadones sobre un sofá, escuchaba el quejumbroso miserere del desapacible viento de marzo y el ruido atenuado de los pasos en la calle, pues eran las seis de la tarde y la gente de Nueva York regresaba a sus casas del trabajo. Ardía en la habitación un fuego muy vivo, al que se añadía el alegre fulgor de un par de lámparas de lectura. Así pues, el interior era tan cálido y confortable como sombrío y crudo era el exterior; el interior era luminoso y brillante, mientras que fuera estaba tan oscuro y deprimente como si el mundo estuviera iluminado con gas de Hartford. Alonzo sonrió débilmente al pensar en cómo sus extravíos amorosos le habían convertido en un maníaco a los ojos del mundo; y empezaba a desmadejar el hilo de sus pensamientos cuando una vaga y dulce melodía, el auténtico espectro de un sonido, tan remoto y tenue parecía, llegó a sus oídos. El pulso se le paralizó; escuchó boquiabierto y conteniendo el aliento. La canción seguía fluyendo: él esperaba, escuchando con gran atención, incorporándose lenta e inconscientemente de su posición reclinada. Al fin exclamó:

—¡Es ella, es ella! ¡Oh, las divinas notas desentonadas!

Se dirigió casi a rastras hasta el rincón de donde procedían los sonidos, apartó una cortina y descubrió un teléfono. Se inclinó sobre él, y al expirar la última nota estalló con una exclamación:

—¡Oh, bendito sea el cielo, por fin te he encontrado! ¡Háblame, Rosannah mía, adorada! El cruel misterio se ha aclarado: fue el infame Burley quien, imitando mi voz, te ofendió con su insolencia.

Hubo una pausa en la que no se oyó siquiera respirar, y que para Alonzo fue como una eternidad. Luego llegó un sonido débil, articulándose en lenguaje:

—¡Oh, por favor, repetid esas preciosas palabras, Alonzo!

—Son la verdad, la auténtica verdad, Rosannah mía, y te daré abundantes pruebas de ello.

—¡Oh, Alonzo, quédate conmigo! ¡No me abandones un solo instante! ¡Que yo sienta que estás a mi lado! ¡Dime que jamás nos volveremos a separar! ¡Oh, feliz hora, hora bienaventurada, hora memorable!

—Durante toda la vida conservaremos el recuerdo de esta hora bendita, Rosannah mía; todos los años, al dar el reloj esta querida hora, la celebraremos en Acción de Gracias, todos los años de nuestra vida.

—¡Así lo haremos, Alonzo, así lo haremos!

—Las seis y cuatro minutos de la tarde, Rosannah mía, de ahora en adelante...

—Las doce y veintitrés minutos del mediodía, de ahora en...

—¿Cómo, Rosannah, querida? ¿Dónde estás?

—En Honolulú, en las islas Hawái. ¿Y dónde estás tú? Quédate a mi lado; no me abandones ni un instante. No puedo soportarlo. ¿Estás en casa?

—No, querida, estoy en Nueva York..., como paciente en manos del doctor.

Un grito de agonía llegó al oído de Alonzo, como el agudo zumbido de un mosquito al ser cazado, y que había perdido fuerza viajando a través de cinco mil millas. Alonzo se apresuró a decir:

—Tranquilízate, mi niña. No es nada. Ya me he puesto bien tan solo de sentir tu dulce y curativa presencia. ¿Rosannah...?

—¿Sí, Alonzo? ¡Oh, cómo me has espantado! Prosigue.

—¡Fija el día bienaventurado, Rosannah!

Hubo una pequeña pausa. Luego una tímida vocecita respondió:

—Me ruborizo..., pero de placer, de felicidad... ¿Te gustaría..., te gustaría que fuese pronto?

—¡Esta misma noche, Rosannah! ¡Oh, no corramos el riesgo de más demoras! ¡Ahora mismo...! ¡Esta misma noche, en este mismo instante!

—¡Oh, criatura impaciente! No tengo a nadie aquí, salvo al bueno de mi anciano tío, misionero durante una generación y retirado ahora del ministerio activo..., a nadie, salvo a él y a su mujer. Pero me gustaría tanto que tu madre y tía Susan...

—Nuestra madre y nuestra tía Susan, Rosannah mía.

—Sí, nuestra madre y nuestra tía Susan..., me complace mucho decirlo así, si eso te satisface. ¡Me gustaría tanto que estuviesen presentes!

—A mí también. Si enviásemos un telegrama a tía Susan, ¿cuánto tiempo tardaría en llegar?

—El barco sale de San Francisco pasado mañana. La travesía es de ocho días. Estaría aquí para el 31 de marzo.

—Pongamos, pues, el día 1 de abril; ¿te parece bien, Rosannah querida?

—¡Dios bendito, eso nos convertirá en santos inocentes, Alonzo!*

—Mientras seamos las dos criaturas más felices que el sol alumbre ese día sobre la faz de la tierra, ¿qué más nos da? Que sea el primero de abril, querida.

—¡Pues que sea el primero de abril, con todo mi corazón!

—¡Oh, cuánta felicidad! Fija también la hora, Rosannah.

—Me gusta por la mañana, ¡es tan alegre...! ¿Te parece bien a las ocho de la mañana, Alonzo?

—Será la hora más encantadora del día, porque entonces serás mía para siempre.

Durante un breve rato pudo escucharse un sonido débil pero frenético, como si espíritus incorpóreos de mullidos labios se prodigasen besos; luego Rosannah dijo:

—Excúsame un momento, querido; tengo que despachar una visita.

La joven se dirigió a una amplia sala y tomó asiento cerca de una ventana desde la cual se contemplaba un hermoso escenario. A la izquierda podía verse el encantador valle de Nuuanu, adornado con el rojizo fulgor de sus flores tropicales y sus graciosas y empenachadas palmeras, así como sus faldas montañosas revestidas del brillante verdor de los bosquecillos de limoneros, cidros y naranjos; y más allá se alzaba el precipicio, lleno de historia, desde donde el primer rey Kamehameha empujó al enemigo derrotado hacia su total aniquilación..., un lugar que sin duda había olvidado su atroz pasado, porque ahora aparecía sonriente, como casi siempre a mediodía, bajo el luminoso resplandor de una sucesión de arcoíris. Justo enfrente de la ventana podía verse la pintoresca ciudad, con grupos de nativos de piel oscura diseminados

---

* El primero de abril se celebra el día de los Santos Inocentes en los países anglosajones. (N. del T.)

aquí y allá, disfrutando del caluroso tiempo; y a la derecha se extendía inquieto el océano, agitando sus blancas crines espumosas a la luz del sol.

Rosannah permaneció allí sentada, con su vaporoso vestido blanco, abanicando su cara rubicunda y acalorada, a la espera. Un muchacho kanaka, que llevaba una corbata azul muy ajada y una chistera hecha pedazos, asomó la cabeza y anunció:

—¡*Haole* de Frisco!

—Que pase —dijo la muchacha, enderezándose y adoptando un aire muy digno, cargado de significado.

El señor Sidney Algernon Burley entró, ataviado de pies a cabeza de un níveo color deslumbrante, es decir, del lino más blanco y liviano de Irlanda. Avanzó presuroso, pero la joven hizo un gesto y le dirigió una mirada que le hicieron detenerse en seco. Ella dijo fríamente:

—Aquí estoy, como había prometido. Creí sus afirmaciones, cedí a sus importunidades, y dije que fijaría la fecha. Será el primero de abril, a las ocho de la mañana. Y ahora, ¡márchese!

—Oh, querida mía, si la gratitud de toda una vida...

—Ni una palabra más. Evíteme su presencia y cualquier tipo de contacto antes de ese momento. No..., no suplique. Así es como ha de ser.

Cuando se hubo marchado, Rosannah se dejó caer exhausta en una silla, pues el largo asedio de congojas que había tenido que sufrir la había dejado sin fuerzas. En ese momento dijo:

—¡De qué poco ha ido...! Si el momento fijado hubiese sido una hora antes... ¡Oh, qué horror, me he salvado por los pelos! ¡Y pensar que había llegado a creer que amaba a este monstruo traicionero, fraudulento y mentiroso! ¡Oh, se va a arrepentir de su infamia!

Llevemos ahora esta historia a su final, ya que poca cosa más es preciso contar de ella. El día 2 del siguiente mes de abril, el *Advertiser* de Honolulú publicaba esta noticia:

BODA

En esta ciudad, y por vía telefónica, contrajeron matrimonio ayer a las ocho en punto de la mañana, en una ceremonia oficiada por el reverendo Nathan Hays, asistido por el reverendo Nathaniel Davis, de Nueva York, el señor Alonzo Fitz Clarence, de Eastport, Maine, y la señorita Rosannah Ethelton, de Portland, Oregón. La señora Susan Howland, de San Francisco, una amiga de la novia, estaba presente, invitada por el reverendo señor Hays y esposa, tío y tía de la novia. El señor Sidney Algernon Burley, de San Francisco, también estuvo presente, pero no se quedó hasta el final de la ceremonia. El hermoso yate del capitán Hawthorne, decorado con sumo gusto, aguardaba a la dichosa novia y a sus amigos, que partieron inmediatamente en viaje nupcial hacia Lahaina y Haleakala.

Y los diarios de Nueva York publicaban esta noticia:

BODA

En esta ciudad, y por vía telefónica, contrajeron matrimonio ayer a las dos y media de la madrugada, en una ceremonia oficiada por el reverendo Nathaniel Davis, asistido por el reverendo Nathan Hays, de Honolulú, el señor Alonzo Fitz Clarence, de Eastport, Maine, y la señorita Rosannah Ethelton, de Portland, Oregón. Los parientes y diversos amigos del novio que asistieron al enlace disfrutaron de un suntuoso desayuno y un gran festejo hasta rayar el alba, y luego partieron en viaje nupcial hacia el Aquarium, debido a que el estado de salud del novio no permitía largos desplazamientos.

Hacia el final de aquel memorable día, el señor Alonzo Fitz Clarence y su señora se hallaban inmersos en una dulce conversación referente a los placeres de sus respectivos viajes de novios, cuando de pronto la joven esposa exclamó:

—¡Oh, Lonny, me olvidaba! He hecho lo que te dije.

—¿De veras, querida?

—Por supuesto. ¡Le he convertido a él en el santo inocente! ¡Y así se lo he hecho saber! ¡Ah, qué sorpresa tan deliciosa! Allí estaba él, medio asfixiado de calor con su traje negro, con el mercurio casi desbordando el termómetro, a la espera de casarse. Y tendrías que haber visto la cara que puso cuando se lo susurré al oído. Ah, su perversidad me ha costado muchas lágrimas y sufrimiento, pero las cuentas han quedado bien saldadas. Así que el afán de venganza abandonó mi corazón, y le rogué que se quedara, y le dije que se lo perdonaba todo. Pero no quiso. Dijo que viviría para vengarse; dijo que haría lo posible para que nuestras vidas se convirtieran en un infierno. Pero no podrá, ¿verdad que no, querido?

—¡Jamás, Rosannah mía, jamás!

La tía Susan, la abuela de Oregón, la joven pareja y sus parientes de Eastport son todos muy felices en el momento de escribir estas líneas, y muy probablemente continúan siéndolo. Tía Susan trajo a la novia de las islas, la acompañó a través del continente y tuvo la inmensa fortuna de presenciar el venturoso encuentro entre un marido y mujer que se adoraban y que hasta aquel momento nunca se habían visto.

Tan solo unas palabras acerca del despreciable Burley, cuyas perversas maquinaciones tan cerca estuvieron de destrozar los corazones y las vidas de nuestros pobres y jóvenes amigos: al abalanzarse con intenciones homicidas sobre un artesano tullido y desvalido, de quien se figuró que le había hecho una pequeña afrenta, cayó en una caldera de aceite hirviendo y expiró antes de poder ser extinguido.

1878

Edward Mills y George Benton: un relato

Estos eran dos hombres emparentados de forma lejana, primos séptimos, o algo parecido. Siendo todavía bebés se quedaron huérfanos y fueron adoptados por los Brant, una pareja sin hijos, que enseguida les tomó mucho cariño. Los Brant siempre decían: «Sed puros, honestos, serios, trabajadores y considerados con los demás, y tenéis asegurado el éxito en la vida». Los niños les oyeron repetirlo miles de veces antes de comprenderlo, incluso podían repetirlo mucho antes de ser capaces de rezar el padrenuestro. Lo tenían escrito encima de la puerta de su dormitorio, y fue prácticamente lo primero que aprendieron a leer. Estaba destinado a convertirse en la norma vital inquebrantable de Edward Mills. A veces los Brant cambiaban un poco la frase, y decían: «Sed puros, honestos, serios, trabajadores y considerados, y nunca os faltarán amigos».

El pequeño Mills era un consuelo para todos los que lo rodeaban. Cuando quería golosinas y no podía obtenerlas, atendía a razones y se conformaba sin ellas. Sin embargo, cuando el pequeño Benton quería golosinas, berreaba hasta que las conseguía. El pequeño Mills cuidaba sus juguetes; el pequeño Benton siempre destrozaba los suyos en muy poco tiempo, y luego se volvía tan sumamente fastidioso que, con tal de que hubiera paz en la casa, persuadían al pequeño Edward de que le cediera los suyos.

Cuando los niños crecieron un poco, Georgie se convirtió en una carga económica por lo siguiente: no cuidaba la ropa y, por tanto, con frecuencia lucía prendas nuevas, cosa que no le sucedía a Eddie. Los chicos se hacían mayores a pasos agigantados. Eddie significaba cada vez un consuelo mayor; Georgie, una mayor preocupación. Ante las peticiones de Eddie, bastaba con decir: «Preferiría que no lo hicieras», ya fuera nadar, patinar, ir de picnic o a coger bayas, visitar el circo o cualquiera de las cosas que los niños adoran. Sin embargo, no existía respuesta que frenara a Georgie: había que ceder a sus deseos o los llevaba a cabo por la fuerza. Como es natural, ningún otro chico nadaba, patinaba, cogía bayas y demás con tanta frecuencia; ninguno gozaba más que él. Los buenos de los Brant no permitían que los chicos jugaran hasta más tarde de las nueve en las noches de verano, y a esa hora los mandaban a la cama. Eddie lo respetaba con integridad, pero Georgie solía escaparse por la ventana hacia las diez y se divertía hasta medianoche. Parecía imposible disuadirlo de esa mala costumbre, pero los Brant por fin consiguieron que se quedara en casa comprándolo con manzanas y canicas. Los buenos de los Brant dedicaban todo su tiempo y su atención al vano esfuerzo de enderezarlo. Decían, con lágrimas de agradecimiento en los ojos, que Eddie no requería esfuerzo alguno por su parte, era muy bueno, muy considerado e impecable en todos los aspectos.

Poco a poco los chicos tuvieron edad suficiente para trabajar, de modo que los colocaron de aprendices en un comercio: Edward acudió de forma voluntaria, pero a George tuvieron que persuadirlo y sobornarlo. Edward trabajaba con escrupulosidad y ahínco, y dejó de suponer un gasto para los Brant, quienes se deshacían en alabanzas hacia él, igual que su jefe. Georgie, sin embargo, se escapó, y a la familia le costó dinero y penalidades dar con él y conseguir que volviera. Al cabo de un tiempo volvió a escaparse: más dinero y más penalidades. Se escapó una tercera vez, y en esa ocasión robó unas cuantas cosas de la tienda. Otra vez gastos y padecimientos para el señor Brant, quien además tuvo muchos apuros para lograr convencer al dueño del comercio de que no denunciara al chico por el hurto.

Edward siguió trabajando sin parar, y a su debido tiempo se convirtió en socio de su jefe. Georgie no mejoró: tenía siempre a sus ancianos bienhechores con el corazón encogido y la mente ocupada ingeniando ideas para evitarle la ruina. Edward, de joven, se interesaba por las escuelas dominicales, los círculos de debate, las donaciones en pro de los misioneros, las organizaciones antitabaco, las asociaciones contra la blasfemia y cosas de ese estilo. De mayor, era un colaborador discreto pero fiel y responsable en la iglesia, las sociedades por la templanza y todo tipo de movimientos cuyo objeto era ayudar a los hombres y elevar su espíritu. Todo ello no provocaba mención alguna, no despertaba interés, puesto que tal era su «inclinación natural».

Finalmente los ancianos murieron. Su testamento dejaba constancia del amor y el orgullo que sentían por Edward, y legaba lo poco que poseían a George, porque «lo necesitaba»; mientras que, «gracias a la generosa Providencia», no era ese el caso de Edward. La herencia pasaría a manos de George con una condición: con ella debía comprar al socio de Edward su parte del negocio; si no, el dinero iría a parar a una organización benéfica llamada Sociedad de Amigos de los Presos. Los ancianos dejaron una carta en la que rogaban a su querido hijo Edward que ocupara su lugar y cuidara de George, que lo ayudara y lo protegiera como habían hecho ellos.

Edward se avino con obediencia, y George formó sociedad con él en el comercio. Pero no era un buen compañero: ya antes había estado tonteando con la bebida y pronto se convirtió en un bebedor asiduo, lo cual evidenciaban desagradablemente su cuerpo y su mirada. Edward estuvo un tiempo cortejando a una muchacha dulce y de buen corazón. Se profesaban un gran amor, pero... En esa época, George empezó a rondarla con llantos y súplicas, hasta que por fin ella fue llorándole a Edward y le dijo que veía con claridad cuál era su sagrada obligación, y que no debía permitir que sus deseos egoístas interfirieran con ella: debía casarse con «el pobre George» y «reformarlo». Sabía que le produciría gran pena, y lo sabía bien, pero el deber era el deber. Así que se casó con George, y a Edward, como a ella, estuvo a punto de partírsele el corazón. Sin embargo, él se recuperó y se casó con otra muchacha, también excelente.

Las dos familias tuvieron hijos. Mary hizo todo lo que buenamente pudo para reformar a su marido, pero la empresa era excesiva. George siguió bebiendo, y al cabo de un tiempo, por desgracia, empezó a tratar mal a su mujer y al pequeño. Muchas buenas personas se esforzaron con George —de hecho, solo estaban pendientes de él—, pero este, despreocupado, consideraba que ellos cumplían con su cometido y a él todo le era debido, y no se corrigió. A su vicio añadió otro: el de jugar en secreto. Se cargó de deudas, tomó dinero prestado a crédito de la empresa todo lo en secreto que pudo, y lo hizo tan bien y llevó las cosas tan lejos que una mañana el sheriff tomó posesión del establecimiento, y los dos primos se encontraron sin blanca.

Fueron tiempos difíciles, y aún empeoraron más. Edward se trasladó con su familia a una buhardilla y recorría las calles día y noche en busca de un empleo. Lo imploraba, pero no había uno solo para él. Observaba con estupefacción y dolor lo pronto que su presencia había pasado a ser poco grata, y lo deprisa que el interés que en otros tiempos la gente le profesara se había desvanecido. Aun así, tenía que conseguir un empleo, de modo que se tragó el disgusto y lo buscó con gran ahínco. Por fin lo contrataron para subir capazos de ladrillos por una escalera de mano, por lo que se deshizo en agradecimientos, pero entonces ya nadie lo conocía ni se preocupaba por él. No pudo seguir ejerciendo su labor en las distintas organizaciones morales a las que pertenecía, y tuvo que soportar el inmenso dolor de verse en el oprobio de quedar relegado de sus funciones.

Sin embargo, con la misma rapidez con que Edward perdía popularidad e interés público, George los ganaba. Una mañana lo encontraron tirado en la calle, borracho y harapiento. Un miembro del Asilo de Damas por la Templanza lo rescató del arroyo, lo recogió por su cuenta, consiguió que ingresara en el asilo, lo tuvo sin beber una semana entera y le encontró una colocación. Se publicó un escrito sobre ello.

El pobre hombre fue así objeto de atención generalizada, y salieron muchas personas que con su apoyo y su aliento lo ayudaron a reformarse. No bebió nada en absoluto durante dos meses, y mientras tanto se convirtió en el niño mimado de las personas de buen corazón. Luego volvió a caer..., en el arroyo, y hubo disgustos y lamentaciones. Pero la noble hermandad volvió a rescatarlo. Lo limpiaron, le dieron de comer, escucharon el sonsonete lastimero de su arrepentimiento y lo devolvieron a su antigua colocación. Se publicó otro escrito sobre ello, y toda la población se anegó en lágrimas de felicidad por la nueva reinserción del pobre diablo que luchaba con denuedo contra el líquido fatal. Hubo un gran renacimiento del movimiento por la templanza, y tras algunos discursos vehementes, la presidenta dijo, de forma admirable:

—Es el momento de acoger a otro miembro. Creo que les aguarda un espectáculo que pocos serán capaces de presenciar sin derramar lágrimas.

Se hizo un silencio elocuente, y entonces George Benton, escoltado por un grupo ataviado con la banda roja del Asilo de Damas, avanzó por la tarima y firmó su ingreso. Los aplausos invadieron el ambiente y todo el mundo profería gritos de júbilo. Todos estrecharon la mano del nuevo converso cuando terminó el acto, y al día siguiente le aumentaron el sueldo. La población en pleno hablaba de él, de su héroe. Se publicó un escrito sobre ello.

George Benton recaía, con regularidad, cada tres meses, pero cada vez lo rescataban y se ocupaban de él, y le encontraban buenas ocupaciones. Finalmente lo llevaron por todo el país para dar charlas como bebedor reformado, y tuvo grandes casas y acumuló una inmensa cantidad de bienes.

Era tan popular en su país, y confiaban tanto en él, en sus intervalos sobrios, que nadie se percató de que hizo uso del nombre de un ciudadano ejemplar y logró una gran suma de dinero en el banco. Se tuvo que hacer frente a una presión tremenda para salvarlo de las consecuencias de su falsificación, y en parte se logró: tan solo lo condenaron a dos años. Cuando, al final del primer año, los esfuerzos inagotables de la beneficencia se vieron recompensados y él salió de prisión con la absolución en el bolsillo, la Sociedad de Amigos de los Presos acudió a recibirlo con otra ocupación y un buen sueldo, y todos los demás ciudadanos caritativos se acercaron a prestarle consejos, ánimos y ayuda. Edward Mills había solicitado una ocupación en los Amigos de los Presos en una ocasión, cuando se hallaba en una situación desesperada, pero la pregunta «¿Ha estado usted en prisión?» cerró su caso con la máxima brevedad.

Mientras sucedían todas esas cosas, Edward Mills había hecho frente a la adversidad en silencio. Seguía siendo pobre, pero recibía un salario suficiente y regular como respetable y fiel cajero de un banco. George Benton jamás acudió a su encuentro, y jamás se le oyó preguntar por él. Este acabó por ausentarse largas temporadas de la ciudad. Llegaron informes horribles sobre él, pero no se confirmó ninguno.

Una noche de invierno unos ladrones enmascarados forzaron la puerta del banco y encontraron a Edward Mills allí solo. Le ordenaron que les revelara la combinación para poder acceder a la caja fuerte. Él se negó. Lo amenazaron de muerte. Él dijo que sus superiores confiaban en él, y que no podía traicionar esa confianza. Moriría, si era necesario, pero mientras viviera se mantendría fiel: no pensaba revelar la combinación. Los ladrones lo mataron.

Los agentes dieron caza a los criminales. El jefe de la banda resultó ser George Benton. Hubo muestras de gran condolencia por la viuda y los huérfanos del muerto, y todos los periódicos nacionales rogaron que los bancos del país ofrecieran un testimonio de agradecimiento por la fidelidad y el heroísmo del cajero asesinado ofreciendo una generosa contribución económica para ayudar a su familia, que carecía de recursos. El resultado fue una cantidad ingente de dinero que ascendía a quinientos dólares, a razón de casi tres octavas partes de un centavo por cada banco de la Unión. El propio banco donde trabajaba el cajero ofreció un testimonio de su gratitud esforzándose por demostrar (aunque fracasó de forma humillante) que las cuentas del empleado sin par no cuadraban, y que se había noqueado a sí mismo con una porra para librarse de las pesquisas y el castigo.

A George Benton lo llevaron a juicio. Todo el mundo pareció olvidarse de la viuda y los huérfanos ante la preocupación por el pobre George. Se hizo todo lo que el dinero y las influencias podían hacer para salvarlo, pero todo fracasó: lo condenaron a muerte. De inmediato el gobernador fue asediado con peticiones para que le conmutaran la pena o lo indultaran. Acudieron muchachas sollozantes, ancianas solteronas afligidas, delegaciones de viudas conmovidas, montones de patéticos huérfanos. Pero no; el gobernador, por una vez, no cedió.

George Benton entró en contacto entonces con la religión. La gran noticia se propagó por todas partes. En adelante su celda estuvo siempre llena de muchachas, mujeres y flores frescas. Todo el día se oían oraciones, cánticos, agradecimientos, homilías y lágrimas sin una sola interrupción, salvo por algunos intermedios de cinco minutos para descansar.

La cosa se extendió hasta el mismísimo patíbulo, y George Benton llegó al lugar lleno de orgullo, con la capucha negra, ante las lamentaciones de una audiencia que contaba con lo más gentil y bondadoso que la región era capaz de producir. En su tumba hubo todos los días durante bastante tiempo flores recién cogidas, y en su lápida, debajo de una mano que señalaba hacia lo alto, rezaba esta inscripción: «Ha peleado la buena batalla».

La lápida del valiente cajero lucía el epitafio: «Sed puros, honestos, serios, trabajadores, considerados, y nunca...».

Nadie sabe quién dio la orden de dejarla de ese modo, pero así está.

La familia del cajero se encuentra en circunstancias precarias, según se dice, pero no importa: un montón de personas con criterio, que no estaban dispuestas a que una acción como la suya, tan valerosa y honesta, quedara sin recompensa, recogieron cuarenta y dos mil dólares. Y con ellos se ha construido una iglesia en su memoria.

1880

EL HOMBRE QUE SE ALOJÓ EN EL GADSBY

Cuando mi peculiar amigo Riley y yo éramos corresponsales de un periódico en Washington, en el invierno de 1867, una noche, hacia medianoche, bajábamos por Pennsylvania Avenue en mitad de una tremenda ventisca, cuando la luz de una farola cayó en un hombre que avanzaba con paso presuroso en sentido contrario. Este se detuvo al instante y exclamó:

—¡Menuda suerte! Usted es el señor Riley, ¿verdad?

Riley era la persona más serena, seria y reflexiva de la república. Se detuvo, miró al hombre de pies a cabeza y al final dijo:

—Soy el señor Riley. ¿Acaso me estaba buscando?

—Eso era exactamente lo que estaba haciendo —dijo el hombre con júbilo—, y he tenido la mayor suerte del mundo al encontrarle. Mi nombre es Lykins. Soy uno de los profesores de la escuela secundaria... En San Francisco. En cuanto me enteré de que el puesto de director había quedado vacante, me decidí a obtenerlo; y aquí estoy.

—Sí —dijo Riley despacio—, tal como usted comenta..., señor Lykins..., aquí está. ¿Y lo ha obtenido?

—Bueno, lo que se dice obtenerlo, todavía no; pero estoy muy cerca. He traído una petición, firmada por el superintendente de Instrucción Pública, además de por todos los profesores y otras más de doscientas personas. Ahora quisiera que usted, si es tan amable, me acompañe hasta la delegación del Pacífico, pues deseo acabar con esto cuanto antes y regresar a casa.

—Si el asunto es tan urgente, preferirá que vayamos a la delegación esta misma noche —dijo Riley con una voz que no denotaba burla alguna..., para quien no estaba acostumbrado a oírla.

—Ah, esta noche, ¡por supuesto! No tengo tanto tiempo como para andar perdiéndolo. Quiero que me den su palabra antes de acostarme. ¡Yo no soy de los que hablan, sino de los que actúan!

—Sí... Ha acudido al lugar apropiado para ello. ¿Cuándo ha llegado?

—Hace solo una hora.

—¿Cuándo tiene intención de marcharse?

—A Nueva York, mañana al anochecer; a San Francisco, a la mañana siguiente.

—Tan pronto... ¿Qué tiene previsto hacer mañana?

—¡Hacer! Bueno, tengo que ir a ver al presidente con la solicitud, y a la delegación, y conseguir que me asignen el puesto, ¿no?

—Sí, claro... Está en lo cierto. Y luego ¿qué?

—A las dos de la tarde hay una sesión ejecutiva del Senado; tendrán que confirmarme la asignación. Imagino que ya lo supone.

—Sí, sí... —dijo Riley, pensativo—, de nuevo tiene razón. Entonces, ¿tomará el tren hacia Nueva York al anochecer, y el barco a San Francisco la mañana siguiente?

—Eso es, ¡así lo he planeado!

Riley se quedó unos instantes meditando, y entonces dijo:

—¿No podría quedarse un día..., bueno, pongamos dos días más?

—¡Por el amor de Dios, no! No es mi estilo. No soy de los que andan perdiendo el tiempo... Yo soy de los que actúan, ya se lo he dicho.

273

La tormenta rugía, la densa nieve caía a ráfagas. Riley permaneció en silencio, en apariencia enfrascado en sus reflexiones, durante un minuto o dos. Luego levantó la cabeza y dijo:

—¿Ha oído hablar del hombre que una vez se alojó en el Gadsby...? Ya veo que no.

Hizo retroceder al señor Lykins hasta una valla metálica, lo acorraló, lo paralizó con la mirada como el viejo marinero y procedió a relatar su historia con tanta placidez y sosiego como si estuviéramos cómodamente tumbados en una florida pradera en pleno verano en lugar de vernos acosados por una tormenta de invierno a medianoche.

—Le hablaré de ese hombre. Sucedió en los tiempos de Jackson. El Gadsby era entonces el hotel principal. Un hombre llegó de Tennessee una mañana, sobre las nueve, acompañado por un cochero negro, un espléndido carruaje de cuatro caballos y un perro de gran elegancia, por el cual saltaba a la vista que sentía cariño y orgullo. Se detuvo frente al Gadsby, y el recepcionista, el dueño y todas las demás personas salieron presurosos para atenderlo. Sin embargo, él dijo: «Déjenlo estar», se apeó de un salto y ordenó al cochero que aguardara. Dijo que no tenía tiempo de pararse a comer, que tan solo debía recoger una pequeña suma de dinero que había reclamado al gobierno, así que pensaba ir corriendo a la tesorería, cobrar el dinero y regresar de inmediato a Tennessee, pues tenía una prisa considerable.

»Pues bien, sobre las once en punto de esa noche volvió, pidió una cama, ordenó que guardaran los caballos..., y dijo que recogería el dinero por la mañana. Eso sucedió en enero, ¿comprende?, enero de 1834; el día 3, un miércoles.

»Bueno, pues el 5 de febrero vendió el elegante carruaje y adquirió un coche barato de segunda mano. Dijo que le haría el mismo servicio a la hora de regresar a casa con el dinero, que el lujo le daba igual.

»El 11 de agosto vendió dos de aquellos magníficos caballos... Dijo que muchas veces había pensado que era mejor dos que cuatro para recorrer los abruptos caminos de montaña por donde se debía conducir con cuidado. Además, el dinero reclamado no era excesivo, así que dos caballos bastarían para cargar con él.

»El 13 de diciembre vendió otro caballo. Dijo que no necesitaba dos para tirar de aquel vehículo viejo y ligero; de hecho, con uno avanzaría incluso más deprisa de lo estrictamente necesario, puesto que el tiempo de pleno invierno era ya bien estable y las carreteras se encontraban en perfectas condiciones.

»El 17 de febrero, ya en 1835, vendió el viejo coche de caballos y compró una calesa barata de segunda mano. Dijo que era el vehículo ideal para deslizarse por las carreteras cubiertas de nieve medio derretida de principios de primavera, y que, de todos modos, siempre había querido probar una calesa por esos caminos de montaña.

»El 1 de agosto vendió la calesa y compró los restos de un antiguo coche de dos ruedas. Dijo que tenía ganas de ver la cara de pasmo de aquellos ignorantes de Tennessee cuando lo vieran aparecer tan campante con ese coche, que no creía que hubieran oído hablar de un coche así en toda su vida.

»Pues bien, el 29 de agosto vendió al cochero de color. Dijo que no necesitaba ningún cochero para un coche de dos ruedas, que de todas maneras no había sitio para ambos, y además no todos los días la Providencia le enviaba a uno un chiflado dispuesto a pagar novecientos dólares por un negro de tercera categoría como aquel... Llevaba años queriendo quitárselo de encima, pero no le atraía la idea de dejarlo tirado.

»Dieciocho meses más tarde, o sea, el 15 de febrero de 1837, el hombre vendió el coche de dos ruedas y compró una montura. Dijo que montar a caballo era lo que su médico siempre le había recomendado, y ni de broma pensaba jugarse el pellejo recorriendo aquellos caminos de montaña sobre ruedas en pleno invierno, él seguro que no.

»El 9 de abril vendió la montura. Dijo que no pensaba arriesgar la vida por culpa de ninguna cincha perecedera en una carretera lluviosa y enfangada de abril si podía montar directamente sobre el caballo, sentirse a salvo y saber que lo estaba. Y, además, siempre había desdeñado las sillas de montar.

»El 24 de abril vendió el caballo. Dijo:

»—A mis cincuenta y siete años, todavía tengo salud y ánimo, y sería bastante estúpido por mi parte malgastar un viaje así, y un tiempo así, a caballo, cuando no existe nada en el mundo más espléndido que un recorrido a pie, atravesando los frescos bosques de primavera y subiendo las alegres montañas, para un hombre que se considera tal. Además, mi perro podrá llevar el dinero en un pequeño fardo cuando lo recoja. Así que mañana me levantaré de buena mañana, iré a por la pequeña suma que aún tengo pendiente y me marcharé a Tennessee por mi propio pie tras ofrecer una calurosa despedida al Gadsby.

»El 22 de junio vendió el perro. Dijo:

»—Para qué quiero un perro, si me dispongo a emprender un animadísimo viaje de placer por los bosques y las colinas de verano. Sería un completo estorbo: caza ardillas, ladra a todas horas, anda dando brincos y chapoteando en los charcos. Un hombre no tiene así la oportunidad de meditar y gozar de la naturaleza, y prefiero con creces llevar el dinero yo mismo, es mucho más seguro. Un perro no es muy fiable en cuestiones financieras, siempre lo había notado. Bueno, adiós muchachos; se acabó. A primera hora de la mañana me marcharé a Tennessee con el paso firme y el corazón alegre.

Hubo una pausa y un silencio, salvo por el ruido del viento y la copiosa nevada. El señor Lykins dijo, impaciente:

—¿Y bien?

Riley prosiguió:

—Bueno, eso ocurrió hace treinta años.

—Muy bien, muy bien... ¿Y qué?

—Me he hecho muy amigo del viejo patriarca. Todas las noches acude a despedirse. Hace una hora lo he visto. Se marcha a Tennessee de buena mañana, como siempre. Dice que calcula poder recoger el dinero y marcharse antes de que los noctámbulos como yo hayamos saltado de la cama. Tenía lágrimas en los ojos, estaba tan contento por volver a ver Tennessee y a sus amigos...

Otra pausa de silencio. El forastero la interrumpió:

—¿Eso es todo?

—Eso es todo.

—Bueno, para ser estas horas de la noche, y una noche como esta, me parece que la historia ha durado más que suficiente. Pero ¿por qué me la ha contado?

—Ah, por nada en particular.

—Bueno, ¿y qué sentido tiene?

—Ah, no tiene ningún sentido especial. Solo que si no tiene una prisa excesiva por regresar a San Francisco tras haber conseguido que le asignen ese puesto de director, señor Lykins, le aconsejo que se aloje una temporada en el Gadsby y se tome las cosas con calma. Adiós. Que el Señor le bendiga.

Dicho esto, Riley, sin más, giró sobre sus talones y dejó al atónito profesor allí plantado, una figura de nieve, pensativa e inmóvil, iluminada por el amplio haz de luz de la farola.

Jamás alcanzó su objetivo.

De *Un vagabundo en el extranjero*
1880

LA SEÑORA McWILLIAMS Y EL RAYO

—Como iba diciendo, señor —prosiguió el señor McWilliams, pues ese no era el comienzo de su charla—, el miedo al rayo es una de las dolencias más angustiosas que puede padecer un ser humano. Por regla general se limita a incidir únicamente a las mujeres, pero de cuando en cuando se encuentra también en ciertos perritos y alguna vez en un hombre. Es una dolencia en extremo angustiosa, porque vacía a las personas de su valor hasta unos límites a los que no llega ninguna otra clase de miedo conocido, y no es posible vencerlo con razones, ni siquiera avergonzando a la persona que lo padece. Mujeres capaces de enfrentarse con el mismísimo diablo (o con un ratoncillo) pierden su entereza y se deshacen en presencia del resplandor de un relámpago. Da lástima contemplar su pánico.

»Pues bien, como iba diciendo, me desperté con el grito lastimero, ahogado e ilocalizable de «¡Mortimer! ¡Mortimer!» resonando en mis oídos. En cuanto pude componerme, alargué la mano en la oscuridad y dije:

—¿Eres tú la que llamas, Evangelina? ¿Qué te ocurre? ¿Dónde estás?

—Estoy encerrada en el armario del calzado. No sé cómo

no te avergüenzas de estar ahí en la cama, durmiendo, mientras cae una tormenta tan horrorosa.

—¿Y cómo es posible que una persona sienta vergüenza cuando está dormida? Eso que dices no es razonable, no hay manera de que un hombre se avergüence cuando está durmiendo, Evangelina.

—Porque nunca lo intentas, Mortimer, sabes muy bien que nunca lo intentas.

Llegó hasta mí el sonido de unos sollozos ahogados.

Eso eliminó de golpe las afiladas palabras que ya tenía en la punta de la lengua y las cambié por estas otras:

—Lo siento, querida, lo siento de veras. No quería decir eso. Vuelve y...

—¡MORTIMER!

—¡Santo Dios! ¿Qué ocurre ahora, cariño?

—¿Acaso insinúas que sigues todavía en la cama?

—¡Naturalmente!

—Sal de ahí ahora mismo. Y yo que creía que tú te preocuparías un poco por tu vida, pensando en mí y en tus hijos, ya que por ti, desde luego, no lo haces.

—Pero, amor mío...

—No me hables, Mortimer. Sabes de sobra que durante una tormenta de rayos y truenos como esta no hay sitio más peligroso que la cama. Todos los libros lo dicen, y, sin embargo, tú sigues tumbado, poniendo deliberadamente en peligro tu vida, porque bien sabe Dios que si no fuera por discutir...

—Pero, Evangelina, ¡por todos los diablos!, si ya no estoy en la cama. Estoy...

[*La frase es interrumpida por un relámpago súbito, seguido por un gemido de terror de la esposa y por el tremendo estrépito del trueno*]

—¡Ahí lo tienes! Ya lo ves. Oh, Mortimer, ¿cómo puedes ser tan libertino como para maldecir en un instante así?

—Yo no he maldecido. Y esto, en todo caso, no sería una consecuencia de ello. Aunque yo no hubiese dicho una palabra se habría producido exactamente igual. Sabes muy bien, Evangelina (o por lo menos deberías saberlo), que cuando la atmósfera está cargada de electricidad...

—¡Oh, sí! Ponte a discutir y a discutir. Yo no comprendo cómo puedes obrar así, y más cuando sabes que nuestra casa no tiene pararrayos y que tu pobre esposa e hijos están por completo a merced de la Providencia. ¿Qué haces ahora? ¡Encender una cerilla! ¿Es que te has vuelto loco de remate?

—Por vida de... ¡Mujer! ¿Qué daño hay en ello? El cuarto está tan a oscuras como el espíritu de un pagano, y...

—¡Apágala! ¡Apágala inmediatamente! ¿Estás decidido a matarnos a todos? Ya sabes que no hay nada como la luz para atraer al rayo. [¡Fsssit! ¡Crac! ¡Bum, burumbum, bum bum!] ¡Escucha! ¿No ves ahora lo que has hecho?

—No, no lo veo. Quizá encender una cerilla atraiga un rayo, aunque no lo sé, pero sí sé que no puede producir un rayo, sobre eso me apuesto cualquier cosa, y menos ahora, porque si ese disparo apuntaba a mi cerilla, quien lo disparó tuvo muy mala puntería. No acertaría ni en un millón de veces. La verdad es que un tirador así haría en Dollymount...

—¡Qué vergüenza, Mortimer! Estamos aquí en presencia misma de la muerte, y en momento tan solemne tú eres capaz de hablar de ese modo. Si no deseas que... ¡Mortimer!

—¿Qué pasa?

—¿Has rezado tus oraciones esta noche?

—Verás, iba a hacerlo, pero me puse a sacar la cuenta de cuánto es doce veces trece y...

[¡Fsst..., buum, burrumbum, buum! ¡Bambalum, bumbulum, cataplum, CRAC!]

—¡Estamos perdidos, perdidos sin remedio! ¿Cómo pudiste olvidarte de una cosa como esa en un momento así?

—Pero entonces no era un momento así. Entonces el cielo estaba completamente despejado. ¿Cómo podía yo suponer que se iba a armar todo este estrépito y alboroto por un pequeño despiste? No creo que seas justa en todo caso, queriendo sacar tanto partido de la situación, porque sabes que casi nunca sucede. No me había olvidado de mis oraciones desde aquella ocasión en que produje el terremoto, hace cuatro años.

—¡MORTIMER! ¡Qué manera de hablar la tuya! ¿Te olvidaste ya de la fiebre amarilla?

—Mira, cariño, siempre me estás echando en cara lo de la fiebre amarilla, y yo creo que eso no tiene nada de razonable. Si ni siquiera puedes enviar un telegrama hasta Memphis sin relés, ¿cómo, pues, mi desliz religioso iba a llegar tan lejos? Paso por lo del terremoto, porque tuvo lugar en la vecindad, pero que me ahorquen si voy a ser yo responsable de cualquier condenada...

[¡Fsst..., BUUM, blum, blum! ¡Buum! ¡BUMBUM!]

—¡Válgame Dios, válgame Dios! Estoy segura de que el rayo ha golpeado algo, Mortimer. Ya no volveremos a ver la luz del día, y cuando hayamos muerto, si acaso te apetece recordarlo, esa manera horrible que tienes de hablar... ¡Mortimer!

—Bueno, ¿QUÉ pasa ahora?

—Tu voz suena como si... Mortimer, ¿estás de pie delante de la chimenea abierta?

—Ese es precisamente el crimen que estoy cometiendo.

—¡Apártate de ella inmediatamente! Parece como si estuvieras resuelto a traer la muerte sobre todos nosotros. ¿No sabes acaso que no hay mejor conductor para el rayo que una chimenea abierta? ¿Dónde te has ido ahora?

—Estoy junto a la ventana.

—¡Por lo que más quieras! ¿Te has vuelto loco? ¡Aléjate ahora mismo! Hasta los niños de pecho saben que es fatal permanecer junto a una ventana durante una tormenta de rayos y truenos. ¡Dios mío, Dios mío, estoy segura de que no volveré a ver la luz del día! ¡Mortimer!

—Sí.

—¿Qué es ese ruidito?

—Soy yo.

—¿Y qué estás haciendo?

—Procurando encontrar la parte superior de mis pantalones.

—¡Rápido! ¡Tira lejos semejante cosa! Yo creo que eres capaz de ponerte adrede esa ropa en un momento así, aunque sepas muy bien que todos los académicos están de acuerdo en que la lana atrae al rayo. ¡Oh, Dios! No basta con que haya una vida en peligro por causas naturales, sino que tú también tienes que hacer cuanto está en tu mano para acrecentarlo. ¡Oh, no cantes! ¿En qué puedes estar pensando?

—¿Es que hay peligro en cantar?

—Mortimer, no una, sino cien veces te he dicho que el canto produce vibraciones en la atmósfera que interrumpen la corriente eléctrica y... Pero ¿qué te propones abriendo esa puerta?

—Válgame Dios, mujer, ¿también hay peligro en ello?

—¿Que si lo hay? Peligro de muerte. Todas las personas que han estudiado algo este tema saben que crear una corriente es lo mismo que invitar al rayo a que pase. No la has cerrado bien, ajústala más, pero date prisa o pereceremos todos. ¡Qué cosa más terrible es estar encerrada con un loco en momentos así! Mortimer, ¿qué estás haciendo?

—Nada. He abierto la llave del agua solamente. Hace aquí un calor asfixiante y no hay ventilación. Voy a lavarme la cara y las manos.

—¡No me cabe duda de que has perdido el resto del juicio que te quedaba! Si el rayo cae sobre un cuerpo cualquiera una vez, sobre el agua cae cincuenta veces. Cierra la llave. Estoy viendo que no hay nada en el mundo capaz de salvarnos. Me parece que... Mortimer, ¿qué ha sido eso?

—Un condena..., digo, ha sido un cuadro que se ha caído.

—Entonces ¡es que estás cerca de la pared! ¡Qué imprudencia! ¿No sabes acaso que no hay mejor conductor que una pared para los rayos? ¡Apártate de ahí! Además, has tenido una palabrota en la punta de la lengua. ¿Cómo es posible que llegue tu perversidad a ese extremo, con tu familia en tan gran peligro? Mortimer, ¿diste orden de que nos trajesen un colchón de plumas, como te pedí?

—No. Me olvidé.

—¿Que te olvidaste? Quizá eso te cueste la vida. Si tuvieras ahora un colchón de plumas, podrías tenderlo en medio de la habitación y tumbarte en él, y entonces estarías completamente a salvo. Entra aquí, rápido, antes de que tengas oportunidad de cometer alguna otra estupidez.

Lo intenté, pero en el pequeño armario no había espacio para los dos con la puerta cerrada, a menos que estuviésemos conformes en asfixiarnos. Estuve un rato jadeando y luego salí de golpe. Mi esposa me gritó:

—Mortimer, hay que hacer algo para salvarte de este peligro. Dame aquel libro alemán que hay en un extremo de la repisa de la chimenea, y tráeme también una vela, pero no la enciendas. Coge una cerilla, la encenderé aquí dentro. En ese libro hay algunas instrucciones para estos casos.

Le llevé el libro, a costa de romper un jarrón y algunos otros objetos quebradizos, y la señora se encerró con su vela. Tuve un momento de tranquilidad, pero de pronto gritó:

—¿Qué ha sido eso, Mortimer?

—La gata, nada más.

—¡La gata! ¡Muerte segura! Cógela y ciérrala en el lavabo. Date prisa, corazón, los gatos están cargados de electricidad. Se me va a quedar el pelo blanco con los terribles peligros de esta noche.

Oí otra vez unos sollozos ahogados. De no haber sido por eso, no me habría movido del sitio ni me hubiera lanzado a empresa tan terrible en la oscuridad.

Sin embargo, me puse con ello, tropezando con sillas y toda clase de obstáculos, que además eran duros y muchos de ellos de cantos agudos, y, por último, conseguí encerrar a la gata dentro de la cómoda, con un gasto de cuatrocientos dólares en muebles destrozados y en golpes en la espinilla. Después salieron del armario estas palabras, con voz apagada:

—Dice aquí, Mortimer, que lo mejor en estos casos es ponerse de pie encima de una silla en el centro de la habitación, pero que es preciso que las patas estén aisladas del suelo por elementos no conductores. Es decir, que tienes que meter las patas de la silla dentro de vasos de cristal. [*¡Fsst, bum, bang, crac!*] ¿Oyes eso? Date prisa, Mortimer, antes de que te caiga un rayo.

Conseguí por fin encontrar y quedarme con los cuatro últimos vasos, ya que rompí todos los demás. Aislé las patas de la silla y pedí nuevas instrucciones.

—Mortimer, aquí dice: «Während eines Gewitters entferne man Metalle, wie z. B., Ringe, Uhren, Schlüssel, usw., von sich und halte sich auch nicht an solchen Stellen auf, wo viele Metalle bei einander liegen, oder mit andern Körpern verbunden sind, wie an Herden, Oefen, Eisengittern u. dgl.». ¿Qué quiere decir, Mortimer? ¿Significa que tienes que rodearte de cuerpos metálicos o que tienes que alejarlos de ti?

—Pues de verdad que no lo sé. Parece un poco confuso. Todos los consejos alemanes resultan más o menos confusos. Sin embargo, yo creo que esa frase que me has leído está principalmente en dativo, con algún genitivo y acusativo que se ha colado aquí y allí, para dar suerte. Creo, pues, que lo que recomienda es que se rodee uno de algunos metales.

—Sí, eso debe de ser. Es lo razonable. Los metales son de la misma naturaleza que los pararrayos. Mortimer, cúbrete la cabeza con tu casco de bombero, es casi todo de metal.

Fui por él y me lo puse. Me resultó un artefacto bastante pesado, torpe y molesto para una noche bochornosa y una habitación cerrada. Hasta mi camisón era más de lo que estrictamente necesitaba.

—Mortimer, creo que deberías proteger la parte media de tu cuerpo. ¿Por qué no te ciñes tu sable de miliciano?

Obedecí.

—Mortimer, deberías buscar la manera de proteger tus pies. Cálzate, por favor, las espuelas.

Me las puse en silencio, y me aguanté el genio lo mejor que pude.

—Mortimer, aquí también dice: «Das Gewitter läuten ist sehr gefährlich, weil die Glocke selbst, sowie der durch das Läuten veranlasste Luftzug und die Höhe des Thurmes den Blitz anziehen könnten». ¿Quiere decir esto que es peligroso no tocar las campanas de la iglesia durante una tempestad?

—Sí, eso parece, si eso es el participio pasado del nominativo singular, y yo creo que sí. Creo que significa que, debido a la altura de la torre y a la falta de *Luftzug*, sería muy peligroso (*sehr gefährlich*) no tocar las campanas en tiempo de tormenta. Y además, como verás, la misma fraseología...

—Déjate ahora de fraseologías, Mortimer, no pierdas un tiempo precioso parloteando. Coge la campana grande de llamar a comer, la encontrarás enseguida en el vestíbulo. Date prisa, Mortimer, querido, ya estamos casi a salvo. ¡Ahora sí, corazón, que creo que por fin nos vamos a librar de esta!

Nuestra casita veraniega se alza en lo alto de una hilera de colinas, desde la que se domina el valle. Cerca hay algunas granjas, la más cercana a tres o cuatrocientas yardas de distancia.

Llevaba yo encaramado en la silla, dándole a la campanilla terrible, algo así como siete u ocho minutos, cuando de pronto se abrieron desde fuera los postigos de la ventana y una lámpara de aceite se abrió paso hacia el interior, seguido de una ruda pregunta:

—¿Qué diablos está pasando aquí?

La ventana se llenó de cabezas de hombre, y las cabezas estaban llenas de ojos que contemplaban con expresión histérica mi camisón y mis atavíos guerreros.

Dejé caer la campanilla, salté al suelo, lleno de confusión, y contesté:

—No ocurre nada, amigos, se trata únicamente de una pequeña molestia ocasionada por la tempestad. Estaba procurando alejar los rayos.

—¿Tormenta? ¿Rayos? Pero, señor McWilliams, ¿ha perdido usted la cabeza? La noche es hermosa y llena de estrellas, no ha habido tormenta alguna.

Me asomé y me quedé tan atónito que no pude hablar durante un rato. Luego dije:

—Pues no lo comprendo. Vimos con toda claridad el resplandor de los relámpagos detrás de las cortinas y entre los postigos, y escuchamos los truenos.

Uno tras otro, todos los allí presentes se cayeron de la risa, y dos de ellos murieron. Uno de los supervivientes me explicó:

—Es una lástima que no se le haya ocurrido abrir las persianas y mirar hacia lo alto de aquella colina. Lo que ustedes oyeron fueron cañonazos, lo que vieron fueron las llamaradas. El telégrafo trajo a eso de medianoche la noticia de que había sido elegido presidente Garfield. ¡Y eso es todo!

—Sí, señor Twain, como yo decía al principio —explicó el señor McWilliams—, las reglas para librar a la gente del rayo son excelentes y tan innumerables que lo más incomprensible del mundo para mí es que muera nadie electrocutado por una exhalación.

Al decir esto cargó con su maletín y su paraguas y se marchó, porque el tren había llegado a su pueblo.

1880

LO QUE DESCONCERTÓ A LOS ARRENDAJOS AZULES

Los animales hablan unos con otros, por supuesto. De eso no cabe duda, pero supongo que muy pocas personas los entienden. Solo he conocido en mi vida a un hombre capaz de hacerlo. Lo supe porque él mismo me lo contó. Era de mediana edad, un minero de espíritu sencillo que había vivido en un solitario rincón de California, entre los bosques y las montañas, unos cuantos años, y había estudiado las costumbres de sus únicos vecinos, las fieras y las aves, hasta que le pareció que era capaz de traducir con precisión cualquier comentario que hacían. Este hombre era Jim Baker. Según Jim Baker, algunos animales tienen una formación limitada, por lo que utilizan solo palabras muy sencillas y raramente se sirven de una comparación o del lenguaje florido, mientras que otros tienen un amplio vocabulario, un perfecto dominio de la lengua y una expresión espontánea y fluida. Estos últimos hablan mucho, les gusta hacerlo, son conscientes de su talento y disfrutan luciéndose. Baker decía que, tras observarlos de forma prolongada y con detalle, había llegado a la conclusión de que los arrendajos azules eran las criaturas más elocuentes que había encontrado entre las fieras y las aves. Dijo así:

—Un arrendajo es superior a cualquier otra criatura. Tiene más estados de ánimo y más sentimientos distintos que las otras, y, téngalo presente, cualquier cosa que sienta, es capaz de expresarlo con palabras. Y no con palabras corrientes, sino con un discurso vibrante, absolutamente propio de los libros..., y encima erizado de metáforas. ¡Y tan erizado! En cuanto al dominio del lenguaje, jamás se ha visto a un arrendajo azul atascarse con una palabra. Nadie lo ha visto. ¡Las palabras les brotan solas! Y una cosa más: me he fijado mucho, y no hay ningún pájaro, ni ninguna vaca, ni nada de nada, que use una gramática tan correcta como él. Puede decirse que los gatos usan una gramática correcta. Bueno, los gatos sí, pero dejen que a uno le acometa la furia, dejen que se enzarce con otro gato de noche por los tejados y oirán una gramática que los pondrá enfermos. Las personas ignorantes creen que es «el ruido» que hacen cuando se pelean lo que resulta tan insoportable, pero no es eso, es la gramática tan nauseabunda que usan. En contadísimas ocasiones he oído a un arrendajo usar mal la gramática, y cuando ocurre, se avergüenzan tanto de ello como los humanos, y al instante se callan y se van.

Tal vez crea que un arrendajo es un pájaro. Bueno, claro que lo es, hasta cierto punto, porque tiene plumas, y no pertenece a iglesia alguna, tal vez; pero por lo demás es tan humano como usted. Y le diré por qué. Las dotes de un arrendajo, sus instintos, sus sentimientos, sus intereses, abarcan todo el repertorio. Un arrendajo no tiene más principios que un congresista. Es capaz de mentir, de robar, de decepcionar, de traicionar, y cuatro de cada cinco veces se retractará de su promesa más solemne. El carácter sagrado de una obligación es algo imposible de que le sea inculcado. Pero bueno, además de todo eso hay otra cosa: un arrendajo es capaz de maldecir tanto como cualquier caballero de las minas. Creerá que los gatos saben maldecir. Bueno, los gatos sí, pero dele a un arrendajo un tema que le obligue a utilizar su material de reserva y, ¿cómo queda el gato? No me hable de ello, lo sé demasiado bien. Y aún hay otra cosa más: a la hora de pedir cuentas —de esa forma amable, limpia y verdadera de pedir cuentas—, un arrendajo es capaz de superar a cualquier ser, humano o divino. Sí, señor, un arrendajo es como un hombre en todos los aspectos. Puede llorar, reír, sentir vergüenza, es capaz de razonar, hacer planes y debatir. Disfrutan con las habladurías y el escándalo, y tienen sentido del humor: un arrendajo sabe cuándo está quedando como un tonto igual que lo sabe usted, o tal vez mejor. Si un arrendajo no es humano, lo disimula a la perfección, eso es todo. Ahora voy a contarle unos hechos completamente reales sobre ellos. Cuando empecé a comprender con exactitud su lenguaje, ocurrió aquí un pequeño incidente. Hace siete años, el último hombre que habitaba esta región además de mí se marchó. Ahí está su casa, desierta desde entonces. Una casa de madera, con el tejado de tablones, que cuenta con una sola estancia, nada más; una casa sin techo, ya que no hay nada entre las vigas y el suelo. Pues bien, un domingo por la mañana me hallaba sentado frente a mi cabaña, con mi gato, tomando el sol y contemplando las montañas azules, escuchando el crujir de las hojas solitarias en los árboles, y pensando en mi lejano hogar, allá en los estados lejanos, del que no había tenido noticias en trece años, cuando un arrendajo azul apareció sobre esa casa con una bellota en el pico y me dijo:

—Hola, diría que me he tropezado con algo.

Al hablar, la bellota se le cayó y rodó por el tejado, claro, pero él no se inmutó, tenía la mente ocupada en aquello con lo que había tropezado. Era el hueco de un nudo de la madera. Ladeó la cabeza, cerró un ojo y contempló con el otro el agujero, como una comadreja observando el interior de una jarra. Entonces alzó sus ojos vivarachos, aleteó un par de veces —lo cual implica satisfacción, como comprenderá— y dijo:

—Parece un agujero; ocupa el sitio de un agujero... ¡Vaya si no es un agujero!

Entonces inclinó la cabeza hacia abajo y echó otro vistazo. Esta vez la levantó lleno de alegría, movió las alas y la cola y dijo:

—¡Ah, no, esto no es cualquier cosa, digo yo! ¡Mira que he tenido suerte! Pero ¡si es un agujero de lo más elegante!

Así que bajó volando a recoger la bellota, subió con ella al tejado y la coló por el agujero. Y justo empezaba a echar atrás la cabeza, con una sonrisa divina de verdad, cuando de repente se quedó paralizado con actitud atenta, y aquella sonrisa desapareció poco a poco de su semblante, como el vaho de la cuchilla, y en su lugar se abrió paso la más extraña expresión de sorpresa. Dijo entonces:

—¡Vaya, no la he oído caer!

Acercó de nuevo un ojo hasta el hoyo y estuvo mirando mucho rato. Luego se incorporó y sacudió la cabeza, rodeó el agujero y echó un vistazo desde el otro lado. Volvió a sacudir la cabeza. Estuvo examinándolo un rato, y entonces empezó a detenerse en los detalles: dio vueltas y vueltas al agujero y espió por él desde todos los puntos cardinales posibles. No sirvió de nada. Adoptó esta vez una actitud reflexiva sobre el caballete del tejado, se rascó detrás de la cabeza con la pata derecha durante un minuto, y al fin dijo:

—Bueno, esto es demasiado para mí, ciertamente. Debe de ser un agujero muy profundo. Sin embargo, no me sobra el tiempo para andar perdiéndolo en esto, tengo que ir al grano. Creo que hago lo correcto, pero de todos modos me arriesgaré.

Así que bajó del tejado volando, recogió otra bellota y la coló por el agujero, y luego intentó pegar en él el ojo lo bastante aprisa para ver lo que ocurría, pero era demasiado tarde. Se mantuvo así durante un minuto entero. Luego levantó la cabeza, suspiró y dijo:

—Qué frustrante. Al parecer no entiendo cómo funciona, no hay manera. De todos modos, lo intentaré otra vez.

Fue a por otra bellota, e hizo todo lo posible para ver qué le ocurría, pero no lo logró. Dijo:

—Bueno, no me había tropezado jamás con un agujero como este. En mi opinión es un tipo de agujero completamente nuevo.

Y entonces empezó a ponerse de muy mal humor. Controló el genio un rato, caminando de un lado a otro por el tejado mientras sacudía la cabeza y hablaba entre dientes. Pero las emociones acabaron por dominarlo: estalló y empezó a despotricar, fuera de sí. Jamás había visto a un pájaro ponerse de esa forma por algo tan nimio. Cuando se recompuso, fue hasta el agujero y miró otra vez al interior durante medio minuto. Entonces dijo:

—Amigo, eres un agujero muy grande, y muy profundo, y muy peculiar en todos los sentidos, pero he empezado a llenarte, y ¡que me aspen si no te lleno! ¡Así me cueste cien años!

Dicho eso, se marchó. Nunca en toda su vida ha visto usted trabajar tanto a un pájaro. La emprendió con ello como un negro, y las dos horas y media que pasó metiendo bellotas por el agujero fueron uno de los espectáculos más emocionantes e increíbles que he presenciado jamás. No se paró a mirar ni una sola vez, las iba metiendo y volvía a por más. Al final apenas podía mover las alas, de puro agotamiento. Bajó del tejado en una última ocasión, sudando como un cubo con hielo, arrojó la bellota por el agujero y dijo:

—¡Me parece que esta vez te he pillado!

Y se inclinó para observar. ¿Puede creerlo? Cuando levantó la cabeza estaba pálido de ira. Dijo:

—¡He arrojado ahí dentro suficientes bellotas para alimentar a toda la familia durante treinta años, y si veo el rastro de una sola, que en dos minutos aterrice yo en un museo con las tripas llenas de serrín!

Apenas tenía fuerzas para arrastrarse hasta el caballete y apoyarse de espaldas contra la chimenea. Entonces se recompuso y empezó a soltar el pico. En un segundo me di cuenta de que lo que entre los mineros me parecían blasfemias era, en comparación, lenguaje refinado.

Otro arrendajo andaba por allí, había oído las homilías del primero y se detuvo para preguntarle qué ocurría. El pobre desgraciado le contó todo el lance, y dijo:

—Allí está el agujero, y si no me crees, ve y compruébalo por ti mismo.

Así que el otro fue a mirar, y al volver preguntó:

—¿Cuántas bellotas dices que has metido ahí?

—Dos toneladas como mínimo —afirmó el desgraciado.

Su compañero fue a inspeccionar de nuevo. No parecía comprenderlo, así que lanzó un graznido y acudieron tres arrendajos más. Todos examinaron el agujero, hicieron que el desgraciado volviera a relatarles lo ocurrido, lo debatieron y sacaron tantas conclusiones estúpidas sobre ello como habría hecho cualquier grupo de seres humanos.

Llamaron a más arrendajos, y luego más, y más, hasta que pronto toda la región quedó teñida de azul. Debía de haber unos cinco mil, y jamás ha oído usted nada parecido a su forma de charlar, discutir, desahogarse y despotricar. Todos los arrendajos allí reunidos iban mirando uno a uno por el agujero y daban una explicación más absurda del misterio que el anterior. También examinaron toda la casa. La puerta estaba entreabierta, y por fin un arrendajo se acercó hasta allí, se posó encima y echó un vistazo. Por supuesto, eso acabó con la confusión en un segundo. Allí estaban las bellotas, esparcidas por todo el suelo. Batió las alas y lanzó un grito jubiloso.

—¡Venid! —dijo— ¡Venid todos! Ese loco ha estado intentando llenar una casa entera de bellotas, nada menos!

Todos se precipitaron en picado, como una nube azul, y a medida que iban abriendo la puerta y echando un vistazo al interior, el primer arrendajo comprendió lo absurda que era aquella empresa suya y cayó de espaldas, ahogado por las risas, y luego el siguiente le tomó el relevo e hizo lo propio.

Pues bien, señor, allí estuvieron, posados sobre el tejado de la casa y en los árboles durante una hora entera, carcajeándose de lo ocurrido como si fueran humanos. No servirá de nada que intente convencerme de que los arrendajos no tienen sentido del humor, porque yo sé bien que sí. Y también tienen memoria. Hicieron venir a arrendajos de todo Estados

Unidos para que miraran por ese agujero todos los veranos durante tres años. Y también a otras aves. Todas vieron lo que había ocurrido, a excepción de un búho procedente de Nueva Escocia que había ido a visitar Yosemite y se paró aquí en el camino de regreso. Dijo que no encontraba nada de divertido en ello. Claro que Yosemite también lo había decepcionado bastante.

De *Un vagabundo en el extranjero*
1880

Una aventura curiosa

Esto es lo que me contó el comandante, o así al menos lo recuerdo:

Durante el invierno de 1862-1863, yo era comandante del fuerte Trumbull, en New London, Connecticut. Tal vez nuestra vida no fuera tan convulsa como lo era en «el frente», pero de todos modos era bastante agitada: el cerebro no tenía ocasión de embotarse por falta de motivos que lo mantuvieran activo. Por ejemplo, por toda la zona del norte circulaban sin cesar rumores misteriosos: rumores de que había espías rebeldes por todas partes, dispuestos a hacer volar nuestros fuertes norteños, a incendiar nuestras residencias, a enviar ropa infectada a nuestras ciudades, y cosas por el estilo. Tal vez lo recuerde. Todo esto tendía a mantenernos alerta y a despejar el típico sopor de la vida cuartelaria. Además, nuestro fuerte era una base de reclutamiento, lo cual significa que no teníamos tiempo que malgastar dormitando en ensoñaciones y demás tonterías. A pesar de toda nuestra vigilancia, la mitad de la gente reclutada durante el día se nos escapaba de entre las manos y escurría el bulto durante la primera noche. Las primas de enganche eran tan altas que un recluta podía permitirse darle a un centinela trescientos o cuatrocientos dólares para que lo dejara escapar, y aun así le quedaba una suma de dinero que constituía una auténtica fortuna para un hombre pobre. Así pues, como le he dicho, no llevábamos una vida abúlica.

En fin, un día en que estaba solo en mi despacho redactando algún informe, entró un muchacho demacrado y harapiento de unos catorce o quince años, saludó con una enérgica inclinación de cabeza y dijo:

—Señor, tengo entendido que aquí reclutan gente.

—Así es.

—Quiero enrolarme, señor.

—¡Válgame Dios, no! Eres demasiado joven, muchacho, y demasiado pequeño.

En el rostro del joven se dibujó una gran decepción, que enseguida se tornó en una expresión desolada. Empezó a dar media vuelta lentamente, con intención de marcharse, pero entonces vaciló, volvió a mirarme de frente y dijo con un tono que me llegó al alma:

—No tengo hogar, ni a nadie en el mundo. ¡Si pudiera aceptarme como recluta...!

Pero el asunto no tenía vuelta de hoja, e intenté explicárselo con la mayor delicadeza posible. Después le dije que se sentara junto a la estufa para calentarse, y añadí:

—Ahora te daré algo de comer. ¿Tienes hambre?

No contestó, y tampoco fue necesario: la gratitud asomó a sus grandes y dulces ojos con una elocuencia que no habrían podido expresar las palabras. Se sentó junto al fuego y yo continué escribiendo. De vez en cuando, lo miraba furtivamente. Reparé en que su indumentaria y sus zapatos, aunque sucios y maltrechos, eran de buena calidad. Era un detalle bastante significativo. A ello se añadía el hecho de que poseía una voz grave y musical, unos ojos profundos y melancólicos, un porte y una manera de hablar educados; todo aquello evidenciaba que, sin duda, aquel pobre muchacho se encontraba en apuros. Así pues, me sentí interesado.

Sin embargo, mi trabajo me fue absorbiendo poco a poco

hasta que olvidé por completo al muchacho. No sé cuánto tiempo estuve así, hasta que, al fin, se me ocurrió mirar. El joven se hallaba de espaldas a mí, pero su rostro estaba vuelto de tal forma que podía ver una de sus mejillas..., y por ella se deslizaba un reguero de lágrimas silenciosas.

«¡Dios mío! —me dije—. Me he olvidado por completo de que ese pobre desdichado está muerto de hambre.» Y, para intentar enmendar mi brutal descuido, le dije:

—Ven, muchacho. Almorzarás conmigo. Hoy estoy solo.

Me dirigió otra de aquellas miradas de gratitud, y la felicidad inundó su rostro. Una vez en la mesa esperó con una mano apoyada en el respaldo de la silla hasta que yo me senté; luego él tomó asiento. Cogí el cuchillo y el tenedor y..., bueno, simplemente los sostuve en el aire, muy quieto, ya que el joven había inclinado la cabeza y rezaba en silencio una oración de gracias. Al instante me sentí inundado por un torrente de piadosos recuerdos del hogar y de mi infancia, y suspiré al pensar en lo mucho que me había alejado de la religión, bálsamo, consuelo y sostén para los espíritus heridos.

Durante el almuerzo pude observar que el joven Wicklow —Robert Wicklow era su nombre completo— sabía perfectamente qué debía hacer con su servilleta, y..., bueno, en resumen, pude ver que era un muchacho de buena cuna, que cuidaba hasta los más pequeños detalles. Tenía además una franqueza y una sencillez que me agradaban. Hablamos sobre todo acerca de él, y no me costó mucho que me contara su historia. Al decirme que había nacido y crecido en Luisiana, se ganó por completo mi afecto, ya que yo conocía toda la región de la «costa» del Mississippi, un lugar que me encantaba, y tenía aún demasiado fresco su recuerdo para que mi interés por él hubiera decaído. Incluso los nombres que salían de la boca del muchacho me sonaban a gloria, tanto que dirigí la conversación para que fueran surgiendo: Baton Rouge, Plaquemine, Donaldsonville, Sixty-mile Point, Bonnet-Carré, el Stock Landing, Carrollton, el Steamship Landing, el Steamboat Landing, Nueva Orleans, Tchoupitoulas Street, la Esplanade, la Rue des Bons Enfants, el hotel Saint Charles, el Círculo Tívoli, la Shell Road, el lago Pontchartrain; y me resultaba especialmente agradable volver a oír los nombres del *R. E. Lee*, el *Natchez*, el *Eclipse*, el *General Quitman*, el *Duncan F. Kenner* y otros viejos barcos de vapor tan familiares. Aquello era casi como volver a estar allí, tan vívidamente reproducían en mi mente esos nombres las cosas que representaban. La historia del pequeño Wicklow era la siguiente:

Cuando estalló la guerra, él, su padre y una tía inválida vivían cerca de Baton Rouge, en una rica plantación que pertenecía a la familia desde hacía cincuenta años. El padre era unionista, y, por ello, acosado en todas las formas posibles: pero él seguía aferrado a sus principios. Una noche, unos enmascarados prendieron fuego a la casa y la familia tuvo que huir para salvar la vida. Fueron perseguidos encarnizadamente y Wicklow aprendió todo lo que había que saber sobre la pobreza, el hambre y la penuria. Al fin, la tía inválida halló alivio a su sufrimiento: la miseria y las inclemencias acabaron con su vida; murió a la intemperie, como una vagabunda, azotada por la lluvia y con los truenos retumbando sobre su cabeza. Poco después, el padre fue capturado por una banda armada y, mientras el muchacho rogaba y suplicaba a los verdugos, fue ahorcado ante sus propios ojos. (Al llegar a este punto de su narración, un triste fulgor iluminó la mirada del chico, y dijo como hablando para sí mismo: «Si no consigo alistarme, no importa..., encontraré otro modo..., encontraré la manera».) Tan pronto como el padre fue dado por muerto, se le comunicó a Wicklow que, si no abandonaba la región en un plazo de veinticuatro horas, lo iba a pasar muy mal. Aquella noche se escabulló hasta la orilla del río y se escondió junto al embarcadero de una plantación. Poco más tarde, atracó allí cerca el *Duncan F. Kenner*, nadó hasta el vapor y se ocultó en uno de los botes que arrastraba a popa. Cuando aún no había amanecido, el barco llegó al Stock Landing y el muchacho saltó a tierra. Recorrió a pie las tres millas que le separaban de la casa de un tío suyo en Good-Children Street, en Nueva Orleans, y por el momento sus penurias terminaron. Pero su tío era también unionista, y no tardó en concluir que lo mejor era marcharse del Sur. Así pues, él y el joven Wicklow escaparon furtivamente a bordo de un velero con rumbo a Nueva York. Se alojaron en la Astor House. Durante un tiempo, el muchacho lo pasó bastante bien, paseando arriba y abajo por Broadway y contemplando las extrañas vistas que ofrecía el Norte; pero al final las cosas cambiaron... y no a mejor. Al principio, el tío se había mostrado alegre, pero ahora comenzaba a vérsele preocupado y abatido; se volvió taciturno e irritable; decía que se le acababa el dinero y que no había modo de conseguir más: «Ya no hay bastante para uno, y no digamos para dos». Entonces, una mañana, desapareció: no bajó a desayunar. El muchacho preguntó en recepción y le dijeron que su tío, tras pagar la cuenta la noche anterior, se había marchado..., a Boston, creía el recepcionista, pero no estaba muy seguro.

El chico estaba solo y desamparado. No sabía qué hacer, pero al final llegó a la conclusión de que lo mejor era tratar de encontrar a su tío. Se dirigió al embarcadero, donde descubrió que las escasas monedas que llevaba en el bolsillo no le servirían para llegar a Boston, sino solo hasta New London. Tomó pasaje para aquel puerto, dispuesto a confiar en que la Providencia le proporcionaría el modo de recorrer el resto de la travesía. Pero, después de vagar durante tres días con sus noches por las calles de New London, mendigando un trozo de pan aquí y un sitio donde dormir allá, se había rendido; ya no le quedaban valor ni esperanzas. Si se le permitía alistarse, lo agradecería infinitamente. Y, si no podía hacerse soldado, ¿no podría al menos convertirse en tambor del ejército? ¡Ah, se esforzaría tanto por hacerlo bien, y se mostraría tan agradecido...!

En fin, esta era en esencia la historia del joven Wicklow, tal como me la contó el muchacho, omitiendo algunos detalles. Le dije:

—Hijo mío, ya no debes preocuparte más: desde hoy figuras entre mis amigos.

¡Cómo resplandecieron sus ojos! Llamé al sargento John Rayburn..., era de Hartford, y aún vive allá, tal vez lo conozca..., y le ordené:

—Rayburn, aloje a este muchacho con los músicos. Voy a enrolarle como tambor, y quiero que usted cuide de él y vigile el trato que recibe.

Bueno, como es natural, aquí terminó la relación personal entre el comandante del fuerte y el tamborcillo, pero el pobre niño sin amigos me había causado una fuerte impresión. Seguí atento su evolución, con la esperanza de ver iluminarse su rostro con alguna muestra de alegría y felicidad; pero no fue así, pasaban los días y no se operaba cambio alguno. Wicklow no se juntaba con nadie, estaba siempre como ausente, siempre pensativo; en su rostro se seguía reflejando la tristeza. Una mañana, Rayburn pidió permiso para hablar conmigo en privado. Dijo:

—Espero no ofender a nadie, señor; pero la verdad es que los músicos están pasando por tales apuros, que alguien tiene que hablar.

—Bueno. ¿Qué ocurre?

—Se trata del joven Wicklow, señor. Los músicos están hartos de él hasta extremos inimaginables.

—Bueno, siga, siga. ¿Y qué ha hecho Wicklow?

—Rezar, señor.

—¡Rezar!

—Sí, señor. Los músicos no tienen un instante de tranquilidad debido a las plegarias del muchacho. Empieza con el alba, vuelve a rezar a mediodía, y de noche..., ¡de noche se entrega a sus oraciones como un poseso! ¿Dormir? Los músicos no pueden pegar ojo: se postra en el suelo, como suele decirse, y en cuanto comienza con su machacona letanía de súplicas y plegarias, no hay modo de que calle. Comienza por el director de la banda y ruega por él; después sigue con el primer trompeta y reza por él; después, con el tambor bajo, y así, uno tras otro, recorre toda la banda, recibiendo todos su parte, y pone tanto interés en ello como si le quedara muy poco tiempo en este mundo y pensara que no podría ser feliz en el cielo sin toda una banda junto a él, y quisiera elegir por sí mismo a los músicos para asegurarse de que toquen las melodías nacionales en un estilo adecuado al entorno. Pero, señor, de nada sirve arrojarle las botas para que calle; el lugar está a oscuras, y además no reza a la vista, sino que se arrodilla detrás del tambor mayor, por lo que le importa un comino que le lluevan las botas. Sigue como si tal cosa, como si en realidad le estuvieran aplaudiendo. Los músicos gritan: «¡Eh, cierra el grifo!», «¡Danos un respiro!», «¡Que alguien le dispare!», «¡Oh, vete a paseo!», y cosas por el estilo. ¿Y qué? Nada le afecta; le da igual. —Hizo una pausa—. Por otra parte, es como un tonto bendito; cuando se levanta recoge toda esa pila de botas y coloca cada par junto a la cama de cada hombre. Se las han arrojado tantas veces que ya las conoce todas y puede distinguirlas con los ojos cerrados.

Tras otra pausa, que me abstuve de interrumpir, prosiguió:

—Pero lo más terrible de todo es que, cuando termina de rezar, si es que alguna vez acaba, entonces se arranca a cantar. Usted ya sabe, señor, lo dulce que es su voz cuando habla; es capaz de convencer a un perro de bronce para que vaya a lamerle la mano. Y créame, señor, que su canto tiene algo especial. La música de la flauta es áspera comparada con la de él. Oh, allí en la oscuridad, su canto es tan suave, tan dulce, que uno tiene la sensación de hallarse en el cielo.

—¿Y qué tiene de «terrible» eso?

—¡Ah! Ahí está la cosa, señor. Si le oye cantar aquello de

Tal como soy, pobre, desventurado, ciego...,

si se lo oye cantar una sola vez, verá cómo se le derrite el corazón y le asoman las lágrimas a los ojos. No importa lo que cante, le llega a uno al alma, le llega a lo más profundo de su ser, ¡y siempre le conmueve! Basta con oírlo cantar:

> *Hijo del pecado y del dolor, lleno de tristeza,*
> *no aguardes a mañana, ríndete hoy mismo;*
> *no te duelas del amor*
> *que, desde arriba...,*

etcétera. Le hace sentirse a uno el ser más malvado y desagradecido que camina sobre la faz de la tierra. Y cuando canta canciones que hablan del hogar, de la madre, de la niñez, de antiguos recuerdos, de las cosas que han desaparecido, de los viejos amigos ya muertos, entonces uno ve pasar ante sus ojos todo cuanto ha amado y perdido en la vida..., y es hermoso, es divino escucharlo, señor..., pero..., ¡oh, Dios, cómo desgarra el corazón! Los muchachos de la banda..., bueno, todos lloran..., todos esos bribones rompen a llorar, y no intentan disimularlo; y antes de que uno se dé cuenta, los mismos que han estado arrojándole botas saltan de sus literas y se precipitan en las tinieblas y lo abrazan. Sí, eso hacen..., y le besan, y le llaman con nombres cariñosos, y le piden que les perdone. Y si en ese instante supieran que un regimiento pretendía tocar un solo pelo de la cabeza del muchacho, saldrían sin dudarlo a su encuentro, ¡aunque fuese todo un cuerpo del ejército!

Hizo otra pausa.

—¿Eso es todo? —pregunté.

—Sí, señor.

—Pero, válgame Dios, entonces ¿cuál es la queja? ¿Qué es lo que quieren los músicos?

—¿Que qué es lo que quieren? ¡Caramba, señor! Pues que le prohíba usted cantar.

—¡Menuda idea! ¿No acaba de decir que su música era divina?

—Exacto. Demasiado divina. No hay mortal que pueda soportarla. Conmueve en exceso, le saca a uno las entrañas, le destroza los sentimientos y le hace sentir que es malo y perverso, y no tiene otra salida que la perdición. Le mantiene a uno en un estado de constante arrepentimiento, en el que ya no se le encuentra el gusto a nada y la vida no ofrece ningún consuelo. Y con todo ese llanto, ya sabe..., por la mañana los músicos se sienten avergonzados y no pueden ni mirarse a la cara entre ellos.

—Bueno, se trata de un caso extraño, y de una queja singular. ¿Así que los músicos quieren que deje de cantar?

—Sí, señor, eso es. No piden demasiado; les gustaría que se suprimieran las plegarias, o al menos que se redujeran en lo posible, pero lo principal es el canto. Si consiguieran que cesara el canto, creen que podrían soportar los rezos, por mucho que les atormenten.

Le dije al sargento que estudiaría el asunto. Y aquella noche me deslicé a hurtadillas en el barracón de los músicos y escuché. El sargento no había exagerado. Oí la voz suplicante que rezaba en la oscuridad; oí las blasfemias de los hombres agobiados; oí la lluvia de botas silbar por los aires, chocando y retumbando contra el tambor mayor. Aquello me conmovió, pero también me divirtió. Poco después, tras un impresionante silencio, llegó el canto. ¡Dios mío, qué conmovedor, qué gracia tan arrebatadora! Nunca en mi vida había escuchado algo que pudiera compararse en dulzura, en encanto, en ternura, en santidad, en desgarro. No permanecí allí mucho tiempo, pues comencé a experimentar unas emociones no muy apropiadas para el comandante de una fortaleza militar.

Al día siguiente, di orden de que cesaran las plegarias y los cantos. Siguieron tres o cuatro días tan llenos de acontecimientos y motivos de irritación, que no me acordé en ningún momento del pequeño tambor. Pero una mañana se presentó el sargento Rayburn y dijo:

—Ese muchacho se comporta de un modo muy extraño, señor.

—¿Qué hace?

—Bueno, señor, se pasa todo el día escribiendo.

—¿Escribiendo? ¿Y qué es lo que escribe? ¿Cartas?

—No lo sé, señor. Pero cuando no está de servicio, se dedica a husmear por todas partes, que me condenen si hay un solo agujero o rincón del fuerte en el que no haya fisgado, y a cada momento saca lápiz y papel y garabatea algo.

Aquello me causó una desagradable impresión. Mi primer impulso fue mofarme, pero los tiempos no estaban para reírse de nada que ofreciera el más leve cariz sospechoso. A nuestro alrededor, en todos los confines del Norte, estaban ocurriendo cosas que nos obligaban a permanecer en guardia y a desconfiar de todos y de todo. Recordé el hecho de que aquel muchacho era del Sur, del Sur más profundo, Luisiana, y, dadas las circunstancias, eso no me ayudó a tranquilizarme. Aun así, me costó un gran esfuerzo dar las órdenes que le di a Rayburn. Me sentí como un padre que tramaba algo para exponer a su hijo a la vergüenza y al agravio. Le dije a Rayburn que guardase silencio, y que estuviera alerta, en espera de conseguirme alguno de aquellos escritos, siempre que pudiera llevarlo a cabo sin que el chico se enterara. También le ordené que no hiciera nada que pudiera hacer sospechar al muchacho que lo estaban vigilando. Ordené que le dejara actuar con la libertad habitual, pero que lo siguiera desde lejos cuando fuera a la ciudad.

Durante los dos días siguientes, recibí varios informes de Rayburn. Sin ningún resultado. El muchacho seguía escribiendo, pero siempre que Rayburn aparecía por las inmediaciones se guardaba el papel en el bolsillo con aire despreocupado. Había ido dos veces a un viejo establo abandonado de la ciudad, permanecía allí durante un par de minutos y luego volvía a salir. Aquellas cosas no se podían pasar por alto: no daban muy buena espina. Me vi obligado a admitir que me sentía inquieto. Ordené llamar a mi ayudante, un oficial inteligente y de buen juicio, hijo del general James Watson Webb.

Se mostró sorprendido y preocupado. Hablamos largo y tendido al respecto, y llegamos a la conclusión de que lo mejor era practicar un registro secreto. Decidí encargarme del asunto personalmente. Así pues, hice que me despertaran a las dos de la madrugada; poco después, entré en el barracón de los músicos y me arrastré furtivamente por el suelo entre los soldados que roncaban; llegué sin contratiempos hasta la litera del pequeño tunante dormido, cogí su ropa y su equipo y volví a escabullirme reptando. Al llegar a mis dependencias, encontré allí a Webb esperándome, ansioso por conocer el resultado. Emprendimos el registro de inmediato. La ropa nos brindó una decepción. En los bolsillos encontramos un lápiz y papel en blanco; nada más, excepto una navaja y algunas de esas cosas inútiles que los muchachos guardan como si se tratara de un tesoro. Entonces procedimos con el equipo, esperanzados. Allí solo encontramos... ¡una especie de reproche hacia nuestro comportamiento!: una pequeña Biblia, en cuya primera página estaba escrito: «Desconocido, sé bueno con mi niño; hazlo por su madre».

Miré a Webb, que bajó los ojos; Webb me miró, y yo los bajé. No dijimos nada. Con gesto reverente, volví a guardar el libro en su sitio. Al poco, Webb se levantó y salió, sin pronunciar una palabra. Logré armarme de valor para cumplir con mi desagradable misión y devolví lo sustraído al lugar de donde lo había cogido, arrastrándome a hurtadillas como antes. Parecía algo en total consonancia con el asunto que estaba acometiendo.

Cuando hube terminado, me sentí francamente satisfecho.

Al día siguiente, hacia el mediodía, Rayburn vino como siempre a traerme su informe. Le interrumpí con brusquedad, diciendo:

—Basta ya de estupideces. Estamos tratando como a un monstruo a un pobre niño más inofensivo que un libro de cánticos religiosos.

El sargento pareció sorprendido, y contestó:

—Bueno, señor, fue usted quien dio las órdenes, y he conseguido hacerme con algo de lo que ha escrito.

—¿Y de qué se trata? ¿Cómo lo ha conseguido?

—Atisbé por el ojo de la cerradura y lo vi escribiendo. Cuando me pareció que estaba a punto de terminar, fingí un acceso de tos; al momento estrujó el papel y lo tiró al fuego, al tiempo que miraba a su alrededor por si venía alguien. Luego, como si no pasara nada, se arrellanó cómoda y despreocupadamente en su silla. Entonces entré y lo envié a hacer un recado. No pareció intranquilo en ningún momento, y se marchó enseguida. El fuego acababa de ser encendido: el papel había ido a parar tras un pedazo de leña y no se veía, pero finalmente lo cogí. Es este; apenas chamuscado, como puede ver.

Eché un vistazo a la hoja y leí un par de frases. Luego despedí al sargento y le dije que llamara a Webb. Esto es lo que decía el papel:

Fuerte Trumbull, día 8

Coronel:

Me equivoqué respecto al calibre de los tres cañones con que terminaba mi lista. Son de 18 libras; el resto del armamento, tal como le dije. La guarnición continúa como informé previamente, salvo que las dos compañías de infantería ligera que debían ser destacadas al frente permanecerán aquí por el momento; aún no sé por cuánto tiempo, pero pronto lo sabré. Estamos convencidos de que, dadas las circunstancias, lo mejor es posponerlo todo hasta...

Aquí acababa el texto: en el momento en que Rayburn tosió e interrumpió al informante. Todo el afecto que sentía por el muchacho, todo el respeto y la compasión por su desamparo, se esfumaron en un instante ante la revelación de tan abyecta bajeza.

Pero ahora no podía pensar en eso. Había que abordar un asunto importante..., un asunto que requería, además, una atención total e inmediata. Webb y yo lo analizamos a fondo, desde todos los puntos de vista. Webb dijo:

—¡Qué pena que le interrumpieran en ese momento! Algo va a ser pospuesto... ¿hasta cuándo? ¿Y qué es ese algo? ¡Posiblemente ese pequeño reptil piadoso lo hubiera mencionado!

—Sí —dije—. Hemos perdido una gran oportunidad. ¿Y a quién se referirá con lo de «nosotros»? ¿A conspiradores de dentro del fuerte o del exterior?

Ese «nosotros» resultaba incómodamente sugestivo. De todos modos, era absurdo hacer conjeturas al respecto, por lo que nos ocupamos de cosas más prácticas. En primer lugar, decidimos doblar el número de centinelas y llevar a cabo una vigilancia más estricta. Luego pensamos en llamar a Wicklow y obligarle a confesar, pero esto no parecía lo más sensato mientras pudiéramos seguir otras vías de actuación. Necesitábamos conseguir algún papel más, así que comenzamos a trazar planes a ese fin. Y entonces tuvimos una idea: Wicklow nunca iba al correo; tal vez el establo abandonado le sirviera como tal. Mandamos llamar a mi secretario personal, un joven alemán llamado Sterne, que era una especie de detective nato; le explicamos todo el asunto y le ordené que se pusiera a trabajar en ello. Al cabo de una hora, supimos que Wicklow estaba escribiendo de nuevo. Poco después llegó la noticia de que había pedido autorización para ir a la ciudad. Se le hizo esperar un poco y, mientras, Sterne se marchó presurosamente y se ocultó en el establo. Allí pudo ver cómo Wicklow entraba con andar despreocupado, miraba a su alrededor y luego ocultaba algo debajo de unos escombros en un rincón, tras lo cual salió con toda tranquilidad. Sterne se abalanzó sobre el objeto escondido, una carta, y nos lo trajo. No tenía firma ni destinatario. Repetía lo que ya habíamos leído, y proseguía:

Pensamos que es mejor posponerlo todo hasta que las dos compañías se hayan marchado. Es decir, los cuatro que estamos aquí dentro pensamos así; no nos hemos comunicado con los demás, por miedo a llamar la atención. He dicho cuatro, porque hemos perdido a dos compañeros: apenas alistados, fueron enviados al frente. Es absolutamente necesario que sean reemplazados cuanto antes. Los dos que faltan son los hermanos de Thirty-mile Point. Tengo algo que revelar de suma importancia, pero no puedo confiarlo a este sistema de comunicación; probaré con el otro.

—¡El muy bribón! —dijo Webb—. ¿Quién iba a sospechar que se trataba de un espía? Pero no pensemos en eso ahora; recopilemos todos los datos de que disponemos hasta el momento para analizar la situación actual del asunto. Primero, tenemos dentro del fuerte a un espía rebelde, al cual conocemos; segundo, hay otros tres, cuya identidad desconocemos; tercero, estos espías se han introducido en nuestro fuerte por el sencillo método de alistarse como soldados del ejército de la Unión, y es obvio que dos de ellos han salido perdiendo al ser enviados al frente; cuarto, hay otros espías que ayudan desde el exterior, y cuyo número es indefinido; quinto, Wicklow tiene algo muy importante que comunicar, pero teme hacerlo a través de «este sistema», e intentará emplear «el otro». Este es, por el momento, el estado de la cuestión. ¿Le ponemos la soga al cuello a Wicklow para obligarle a confesar? ¿Capturamos a la persona que recoge las cartas del establo y hacemos que cante? ¿O guardamos silencio e intentamos averiguar más cosas?

Decidimos que lo mejor era seguir esta última línea de actuación. Juzgamos inadecuado adoptar medidas urgentes, ya que era evidente que los conspiradores esperarían a que se marcharan las dos compañías de infantería ligera. Concedimos a Sterne amplios poderes y le dijimos que hiciera todo cuanto estuviera en su mano para descubrir el «otro sistema» de comunicación de Wicklow. Nos proponíamos poner en juego una táctica audaz, y por ello queríamos que los espías no sospecharan nada durante el máximo de tiempo posible. Así pues, ordenamos a Sterne que volviera al establo inmediatamente y que, de ser factible, ocultara la carta de Wicklow en el mismo lugar en que la había dejado, a fin de que pudiese llegar a manos de los conspiradores.

Cayó la noche sin mayores novedades. No había una sola estrella en el firmamento, y soplaba un viento gélido y desapacible; con todo, me levanté repetidas veces de mi cálido lecho e hice la ronda personalmente para convencerme de que la cosa iba bien y de que los centinelas estaban alerta. En todo momento, los encontré despiertos y en guardia; estaba claro que flotaban en el ambiente rumores de peligros inciertos, y el hecho de doblar la vigilancia los había corroborado. Al amanecer, en una de mis rondas, me encontré con Webb, que avanzaba luchando con el recio viento, y me enteré de que también él se había levantado varias veces de la cama para comprobar que todo marchaba bien.

Los sucesos del día siguiente precipitaron un tanto la situación. Wicklow escribió una nueva carta; Sterne lo precedió en el camino al establo, vio cómo la depositaba en el mismo lugar y se apoderó de ella apenas hubo salido el muchacho. Después, deslizándose cautelosamente, siguió desde lejos al pequeño espía; a su vez, Sterne era seguido de cerca por un detective de paisano, ya que nos pareció sensato disponer en todo momento de la ayuda de la ley. Wicklow se dirigió a la estación del ferrocarril y, una vez allí, esperó la llegada del tren de Nueva York; cuando llegó, inspeccionó entre los rostros de la gente que descendía de los vagones. Al poco, un anciano caballero de gafas verdes y bastón se acercó renqueando, se detuvo cerca del muchacho y comenzó a mirar con aire expectante a su alrededor. De pronto, Wicklow avanzó hacia él con rapidez y le puso un sobre en la mano; luego se alejó y desapareció entre la multitud. Un instante después, Sterne se había apoderado de la carta; al pasar junto al detective, le susurró: «Siga al viejo. No lo pierda de vista». Luego se escabulló entre el gentío y se dirigió hacia el fuerte.

Nos reunimos a puerta cerrada, tras dar instrucciones al guardia apostado fuera de que no nos molestaran.

Abrimos primero la carta intervenida en el establo. Decía lo siguiente:

> Santa Alianza
> He hallado, en el cañón de costumbre, órdenes del jefe; fueron depositadas la noche anterior, y anulan las instrucciones recibidas hasta ahora del cuartel subalterno. He dejado en el cañón la indicación habitual de que las órdenes lleguen a las manos oportunas...

Webb me interrumpió:

—Pero ¿acaso el chico no está bajo vigilancia constante?

Le contesté que así era; lo estaba desde que cayera en nuestro poder la primera carta.

—Entonces, ¿cómo ha podido meter o sacar algo de un cañón sin que nadie lo viera?

—La verdad es que esto no me gusta nada —dije.

—Ni a mí —contestó Webb—. Esto solo puede significar que hay conspiradores entre los mismos centinelas. Sin su connivencia de un modo u otro, esta acción no se hubiera podido llevar a cabo.

Mandé llamar a Rayburn y le ordené que inspeccionaran las baterías para ver si encontraban algo. Después reanudamos la lectura de la carta:

> Las nuevas órdenes son apremiantes y exigen que los MMMM estén FFFF mañana a las tres de la madrugada. Doscientos llegarán en pequeños grupos, por tren u otros medios, desde distintas direcciones, y estarán en el lugar indicado a la hora señalada. Hoy divulgaré la señal. El éxito parece asegurado, aunque debe de haberse filtrado algo, ya que anoche se doblaron los centinelas y los jefes hicieron la ronda varias ve-

ces. W. W. llega hoy del Sur y recibirá órdenes secretas... por el otro sistema. Los seis deben estar en el 166 a las dos en punto. Allí encontrará usted a B. B., quien le dará instrucciones detalladas. El santo y seña es el mismo de la última vez, pero invertido: la primera sílaba al final, y la última al principio. Recuerde el XXXX. No lo olvide. Mucho ánimo. Antes de que el sol vuelva a salir serán héroes, y su gloria, imperecedera; habrán añadido una página inmortal a la historia. Amén.

—¡Rayos y truenos! —dijo Webb—. Al parecer, nos estamos adentrando en terreno pantanoso.

Contesté que no cabía duda de que las cosas empezaban a tomar muy mal cariz. Añadí:

—Está en marcha una acción desesperada; eso parece evidente. Y ha sido fijada para esta noche; también eso parece evidente. La naturaleza exacta de la empresa, me refiero al objeto de la misma, se ha disimulado bajo esas indescifrables emes y efes, pero parece muy claro, a mi juicio, que lo que intentan es apoderarse por sorpresa del fuerte. Debemos actuar con rapidez y contundencia. Ya no vamos a conseguir nada con nuestra política clandestina respecto a Wicklow. Necesitamos saber, y además lo antes posible, dónde está ubicado el «166», para poder caer sobre el enemigo a las dos de la madrugada; y sin duda la forma más rápida de obtener esa información será sacársela al muchacho. Pero, antes que nada, debo poner al corriente de la situación al Departamento de Guerra y pedir plenos poderes.

Se redactó un despacho en lenguaje cifrado para ser enviado vía telegráfica; lo leí, di mi aprobación y orden de que fuera remitido.

Una vez hubimos acabado de analizar el asunto de la primera carta, abrimos la que se le había sustraído al anciano cojo. ¡Contenía tan solo un par de hojas en blanco! Fue como un jarro de agua fría para nuestras ardientes y ávidas expectativas. Por un instante, nos quedamos tan en blanco como el papel, y el doble de estúpidos. Pero esto solo duró un instante, ya que, como es natural, pensamos inmediatamente en la «tinta simpática». Acercamos el papel al fuego y aguardamos a que, bajo la influencia del calor, aparecieran los caracteres escritos; pero solo surgieron unos tenues trazos, de los que no se podía sacar nada en claro. Entonces llamamos al médico del fuerte y le ordenamos que probara todos los métodos que conociera hasta dar con el apropiado, y que en cuanto aparecieran los caracteres nos comunicara el contenido de la carta. Aquel contratiempo nos resultó muy enojoso y nos sentimos lógicamente frustrados ante aquella demora, ya que abrigábamos la esperanza de que aquel escrito nos revelara algunos de los más importantes secretos de la conspiración.

Después se presentó de nuevo el sargento Rayburn, que sacó del bolsillo un trozo de bramante de unos treinta centímetros de largo con tres nudos, y nos lo mostró.

—Lo he encontrado en un cañón situado junto a la orilla —dijo—. He extraído los tapabocas de todos los cañones y los he examinado a conciencia; tan solo he encontrado esta cuerda.

Así pues, aquel trozo de cuerda era la «señal» de Wicklow para comunicar que los mensajes del «jefe» habían llegado a sus destinatarios. Di orden de que todos los centinelas que hubieran montado guardia cerca de aquel cañón durante las últimas veinticuatro horas fuesen encerrados inmediatamente, aislados unos de otros, y que no se les permitiera ningún contacto con nadie sin mi conocimiento y consentimiento.

Llegó un telegrama del Departamento de Guerra. Estaba redactado en los siguientes términos:

Suspenda el hábeas corpus. Ponga a la población bajo la ley marcial. Practique los arrestos que crea necesarios. Actúe con energía y rapidez. Tenga informado al departamento.

Ahora teníamos carta blanca para actuar. Hice que arrestaran al anciano cojo y ordené que lo llevaran al fuerte, todo ello del modo más discreto posible; lo puse bajo custodia y prohibí que hablara con nadie. Al principio pareció resistirse airadamente ante aquel trato, pero pronto renunció a oponerse.

Supimos luego que Wicklow había sido visto entregando algo a dos reclutas nuevos; en cuanto el muchacho se hubo alejado, estos fueron detenidos y encerrados en el calabozo. En poder de ambos se halló un trocito de papel en el que aparecían escritas a lápiz las siguientes palabras y signos:

EL TERCER VUELO DEL ÁGUILA
RECUERDE EL XXXX
166

De acuerdo con las instrucciones recibidas, telegrafié en clave al Departamento de Guerra para informar de los progresos realizados, así como para dar una descripción de la nota precedente. Parecíamos estar en una posición lo suficientemente fuerte para quitarnos por fin la máscara ante Wicklow, así que mandé a buscarlo. Ordené también que me trajeran la carta escrita con tinta simpática, y el médico lo hizo en persona, y me informó de que por el momento el papel había resistido todos los reactivos, pero que existían otros métodos que podría aplicar en cuanto yo lo autorizara.

Poco después entró el muchacho. Su mirada era un tanto inquieta y ansiosa, pero se mostraba tranquilo y sosegado, y si acaso sospechaba algo, ni su porte ni su rostro lo revelaban. Esperé unos instantes antes de decirle, en tono agradable:

—Hijo mío, ¿por qué acudes con tanta frecuencia a ese viejo establo?

Wicklow contestó con sencillez y sin revelar turbación alguna:

—Bueno, no lo sé muy bien, señor; no hay ningún motivo especial para ello, salvo que me gusta estar solo y allí me divierto.

—Te diviertes allí, ¿eh?

—Sí, señor —respondió con la misma inocencia y sencillez.

—¿Y eso es todo lo que haces en el establo?

—Sí, señor —dijo, con un aire de infantil asombro en sus ojos grandes y suaves.

—¿Estás seguro?

—Sí, señor, seguro.

Tras una pausa, proseguí:

—Wicklow, ¿por qué escribes tanto?

—¿Yo? Pero si no escribo apenas, señor.

—¿No?

—No, señor. Ah, si se refiere a garabatear, eso sí; garabateo algunas cosas, para divertirme.

—¿Y qué haces con los papeles garabateados?

—Nada, señor. Los tiro.

—¿No se los envías a nadie?

—No, señor.

De repente, con un gesto brusco, le planté ante las narices la carta al «coronel». Por un instante pareció sobresaltarse, pero inmediatamente recobró la compostura. Un leve rubor invadió sus mejillas.

—Entonces, ¿por qué enviaste estos garabatos?

—Yo..., yo... ¡no lo hice con mala intención!

—¡Que no lo hiciste con mala intención! Revelas nuestro armamento y el estado del puesto, ¿y dices que no tenías mala intención?

Wicklow bajó la cabeza y guardó silencio.

—Vamos, habla y deja de mentir. ¿A quién iba dirigida esta carta?

Wicklow dio entonces muestras de angustia; pero se recobró enseguida y contestó en un tono de absoluta seriedad:

—Le confesaré la verdad, señor, toda la verdad. La carta no iba dirigida a nadie. La escribí para divertirme. Ahora me doy cuenta de mi error y de la estupidez cometida; pero ese ha sido mi único delito, señor; le doy mi palabra de honor.

—Ah, me alegra escuchar eso. Es peligroso escribir cartas de este tipo. ¿Y estás seguro de que esta es la única que has escrito?

—Sí, señor, completamente seguro.

Su temeridad era asombrosa. Dijo esa mentira con un aire de sinceridad como jamás se ha visto. Esperé un instante para contener mi creciente ira y repliqué:

—Wicklow, procura recordar y trata de ayudarme con dos o tres asuntillos que me interesa averiguar.

—Haré todo lo posible, señor.

—Bien, para empezar..., ¿quién es «el jefe»?

Aquí el chico se traicionó al dirigirme una fugaz mirada sobresaltada, pero eso fue todo. Volvió a serenarse al momento y contestó tranquilamente:

—No lo sé, señor.

—¿Que no lo sabes?

—No lo sé.

—¿Estás seguro de ello?

Trató de mantenerme la mirada, pero el esfuerzo resultó excesivo; su mandíbula fue cayendo lentamente sobre su pecho y guardó silencio; permaneció inmóvil en su sitio, jugueteando nerviosamente con un botón. Era una imagen digna de lástima, a pesar de la vileza de sus actos. Poco después rompí el silencio para preguntar:

—¿Quiénes integran la «Santa Alianza»?

Su cuerpo se estremeció visiblemente, e hizo un leve y fútil ademán con las manos, que se me antojó el gesto de una criatura desesperada pidiendo clemencia. Pero no profirió sonido alguno. Continuó inmóvil en su sitio, la cabeza abatida. Los demás seguíamos sentados, mirándole y esperando a que hablara; entonces vimos que unos grandes lagrimones comenzaban a rodar por sus mejillas. Pero seguía en silencio. Al cabo de un rato, le dije:

—Muchacho, debes contestarme y decirme la verdad. ¿Quiénes integran la Santa Alianza?

Siguió llorando en silencio. Repetí, con cierta brusquedad:

—¡Responde a la pregunta!

Se esforzó por recobrar la voz; luego, con una mirada suplicante, consiguió pronunciar unas palabras entre sollozos:

—¡Oh, tenga piedad de mí, señor! No puedo contestarle a eso, porque no lo sé.

—¡Cómo!

—Es cierto, señor. Le digo la verdad. Nunca he oído hablar de la Santa Alianza hasta este momento. Se lo juro por mi honor, señor.

—¡Santo cielo! Mira esta segunda carta que tú mismo has escrito. ¿Ves las palabras «Santa Alianza»? Bien, ¿qué tienes que decirme ahora?

El muchacho me miró a los ojos con la expresión herida de quien se siente víctima de una gran injusticia, y dijo:

—Esto es alguna broma cruel, señor. ¿Y cómo pueden habérmela gastado a mí, que siempre he intentado obrar el bien y que jamás le he hecho daño a nadie? Alguien ha falsificado mi letra; yo no he escrito esto. ¡Es la primera vez que lo veo!

—¡Ah, maldito embustero! ¡Mira! ¿Qué tienes que decir a esto?

Y con gesto brusco saqué del bolsillo la carta escrita con tinta simpática y se la planté delante de los ojos.

Su rostro se tornó blanco..., blanco como el de un muerto. Se tambaleó un poco y tuvo que apoyar una mano contra el muro para mantener el equilibrio. Luego preguntó, con una voz tan tenue que apenas era audible:

—¿La..., la ha leído?

Probablemente nuestros rostros delataron la verdad antes de que mis labios lograran proferir un falso «sí», porque percibí con total claridad que el valor había vuelto a los ojos del muchacho. Esperé a que hablara, pero no abrió la boca. Así pues, pregunté al fin:

—Bueno, ¿no tienes nada que decir a las revelaciones de esta carta?

Wicklow respondió, con perfecta compostura:

—Nada, excepto que son completamente inofensivas e inocentes; no pueden perjudicar a nadie.

Me sentí en cierto modo acorralado, ya que no podía refutar su aseveración. No sabía con exactitud cómo continuar. Sin embargo, una idea acudió en mi ayuda.

—¿Estás seguro de que no sabes nada del jefe y de la Santa Alianza, y de que no escribiste la carta que afirmas que es una falsificación?

—Sí, señor..., seguro.

Muy lentamente, extraje la cuerda con nudos encontrada en el cañón y se la mostré sin decir palabra. Wicklow la miró con total indiferencia y luego me dirigió una mirada inquisitiva. Mi paciencia estaba llegando al límite. Pero contuve mi ira y, con mi voz habitual, proseguí:

—¿Ves esto, Wicklow?

—Sí, señor.

—¿Qué es?

—Parece un trozo de cuerda.

—¿Parece...? Es un trozo de cuerda. ¿No lo reconoces?

—No, señor —respondió con una calma absoluta.

¡Su serenidad era francamente asombrosa! Hice una pequeña pausa, para que el silencio añadiera solemnidad a lo que iba a decir; entonces me levanté y, apoyando la mano sobre el hombro del muchacho, dije con aire grave:

—De nada va a servirte esto, hijo. De nada. Esta cuerda con nudos, que te servía para comunicarte con tu «jefe» y que hemos hallado en uno de los cañones junto a la orilla...

—¡En el cañón! ¡Oh, no, no, no! ¡No diga en el cañón, sino en una grieta del tapabocas! ¡Debía estar en la grieta!

Y Wicklow se dejó caer de rodillas, juntando las manos y levantando una cara que daba pena verla, tal era su color ceniciento y su expresión aterrada.

—No, estaba en el cañón.

—¡Oh, algo ha marchado mal! ¡Dios mío, estoy perdido!

Wicklow se levantó de un salto y echó a correr frenéticamente de un lado a otro, esquivando las manos que pretendían atraparlo, en un desesperado intento por huir. Pero, por supuesto, la fuga era imposible. Entonces volvió a hincarse de rodillas y rompió a llorar con todas sus fuerzas; se aferró a mis piernas y empezó a rogar y suplicar:

—¡Ah, tenga piedad de mí! ¡Ah, sea misericordioso! ¡No me delate! ¡Ellos no dudarían en matarme! Protéjame, sálveme. ¡Lo confesaré todo!

Nos llevó algún tiempo tranquilizarlo y calmar su miedo, hasta que volvió a comportarse de forma más o menos razonable. Después, comencé a interrogarlo y él a contestar con humildad, con los ojos bajos; de cuando en cuando se limpiaba las lágrimas que resbalaban sin cesar por sus mejillas.

—¿Así que eres rebelde de corazón?

—Sí, señor.

—¿Y espía?

—Sí, señor.

—¿Y has actuado siguiendo órdenes dictadas desde el exterior?

—Sí, señor.

—¿Voluntariamente?

—Sí, señor.

—¿De buen grado, tal vez?

—Sí, señor. De nada serviría negarlo. El Sur es mi país; mi corazón es sudista y devoto de su causa.

—¿Así que la historia que me contaste sobre tus desgracias y la persecución contra tu familia fue toda inventada para engañarnos?

—Me..., me dijeron que lo contara así, señor.

—Y estabas dispuesto a traicionar y destruir a quienes se compadecieron de ti y te dieron refugio. ¿Comprendes lo vil que llegas a ser, pobre desgraciado?

Wicklow replicó con nuevos sollozos.

—Bueno. Dejemos eso y vayamos al grano. ¿Quién es el «coronel» y dónde se encuentra?

El muchacho comenzó a sollozar con más fuerza y a suplicar que no le obligara a responder a eso. Dijo que si hablaba lo matarían. Le amenacé con meterle en la celda de aislamiento si no me proporcionaba aquella información. Asimismo, le prometí protegerlo de cualquier peligro si confesaba. Por toda respuesta, apretó los labios y adoptó un aire obstinado del que me fue imposible sacarlo. Al final decidí actuar y lo conduje a la celda; pero un solo vistazo al interior lo convenció. Estalló en un acceso de lágrimas y súplicas y dijo que lo contaría todo.

Así que lo traje de vuelta, y me confesó el nombre del «coronel» y me lo describió con todo detalle. Dijo que le hallaríamos en el hotel principal de la ciudad, vestido de paisano. Tuve que amenazarlo de nuevo para que me diera el nombre y la descripción del «jefe». Dijo que se le podía encontrar en el número 15 de Bond Street, en Nueva York, donde vivía bajo el nombre de R. F. Gaylord. Mandé un telegrama con el nombre y la descripción al jefe de policía de la metrópoli y pedí que Gaylord fuese arrestado y retenido hasta que enviara a alguien en su busca.

—Veamos —dije—, según parece, hay también varios conspiradores «en el exterior», presuntamente en New London. Dame sus nombres y señas.

Me nombró y describió a tres hombres y dos mujeres, todos ellos alojados en el hotel principal. Mandé allí a mi gente para hacerlos arrestar, a ellos y al «coronel», y encerrarlos en el calabozo del puesto militar.

—Ahora quiero saber quiénes son los tres compañeros de conspiración que están contigo aquí en el fuerte.

Me percaté de que se disponía a eludir mi pregunta con una falsedad, así que saqué los misteriosos trocitos de papel que se hallaron en poder de los dos nuevos reclutas, lo cual surtió un beneficioso efecto sobre él. Le dije que ya habíamos apresado a dos de los hombres y que él debería identificar al tercero. Esto lo asustó terriblemente y exclamó:

—¡Oh, por favor, no me haga hacer eso! ¡Me mataría en el acto!

Le contesté que no dijera estupideces; tendría a alguien cerca para protegerle y, de todos modos, los hombres estarían desarmados. Ordené que todos los reclutas novatos se presentaran para pasar revista, y el pobre y trémulo muchacho comenzó a caminar por delante de la fila, tratando de mostrar la mayor indiferencia posible ante los reclutas. Finalmente, le dirigió una sola palabra a uno de ellos y, antes de que hubiera dado cinco pasos, el hombre fue arrestado.

En cuanto Wicklow regresó, hice que trajeran a los tres reclutas. Le ordené a uno que diera un paso adelante y dije:

—Bueno, Wicklow, recuerda: nada que se aparte en lo más mínimo de la verdad. ¿Quién es este hombre y qué sabes de él?

Como ya estaba «lanzado», el muchacho obvió las posibles consecuencias y, fijando la mirada en el rostro del recluta, empezó a hablar directamente y sin vacilar:

—Su nombre verdadero es George Bristow, y es de Nueva Orleans. Hace dos años era segundo maestre en el paquebote costero *Capitol*. Es un personaje patibulario, que ha estado dos veces en presidio por asesinato: una de ellas por haber matado a un marinero llamado Hyde con una barra de cabrestante; y la otra, a un estibador que se negó a levantar la sondaleza, lo cual no le correspondía hacer. Es espía, y fue enviado aquí por el coronel para trabajar como tal. Era tercer maestre del *Saint Nicholas* cuando la nave estalló cerca de Memphis, en el 58, y poco faltó para que lo lincharan por robar a los muertos y heridos mientras eran trasladados a la playa en un bote vacío.

Y hablando y hablando, Wicklow ofreció una completa biografía de aquel hombre. Cuando terminó, le pregunté al recluta:

—¿Qué tiene que decir a eso?

—Con perdón, señor, pero es el embustero más despreciable que jamás haya hecho uso de la palabra.

Hice que lo encerraran de nuevo, y mandé comparecer a los otros dos, por turno. El resultado fue el mismo. El chico narró una historia de lo más detallada acerca de cada uno, sin vacilar en ningún momento respecto a nombres y hechos; pero lo único que pude sacar de ambos bribones fue la indignada afirmación de que todo era mentira. Se negaron a confesar nada de aquello. Los devolví a su encierro y llamé al resto de los detenidos, uno por uno. Wicklow lo contó todo acerca de cada uno: las ciudades del Sur de las que procedían y todos los detalles de su relación con la conspiración.

Pero todos negaron en redondo los hechos imputados, y ninguno confesó. Los hombres gritaban enfurecidos, las mujeres lloraban. Según sus palabras, todos eran gente inocente del Oeste que, por encima de todas las cosas en este mundo, amaban a la Unión. Con gran enojo, volví a encerrarlos a todos de nuevo y procedí a interrogar de nuevo a Wicklow.

—¿Dónde está el número 166 y quién es B. B.?

Pero en este punto Wicklow decidió plantarse. Ni las promesas ni las amenazas surtieron efecto alguno sobre él. El tiempo se nos echaba encima, y era necesario actuar drásticamente. Así que le hice atar por los pulgares. A medida que aumentaba el dolor, le arrancaba gritos y gemidos que casi ni yo mismo podía soportar. Pero me mantuve firme y él no tardó en chillar:

—¡Oh, por favor, haga que me desaten y lo diré todo!

—No. Vas a decirlo antes de que te haga soltar.

Abrumado por la agonía de la tortura, confesó:

—¡Hotel Eagle, número 166!

Y mencionó una inmunda taberna situada junto al río, un lugar frecuentado por obreros, estibadores y gentes de más baja estofa.

Lo hice desatar; acto seguido, quise conocer el objeto de la conspiración.

—Tomar el fuerte esta misma noche —contestó con obstinación y sollozando.

—¿Están todos los jefes de la conspiración detenidos?

—No. Faltan los que deben reunirse en el 166.

—¿Qué significa «Recuerde el XXXX»?

No hubo respuesta.

—¿Cuál es el santo y seña para el número 166?

No hubo respuesta.

—¿Qué significan estas «FFFF» y estas «MMMM»? ¡Responde! ¡Responde o te hago atar de nuevo!

—¡No contestaré nunca! Antes prefiero morir. Haga conmigo lo que quiera.

—¡Piensa bien en lo que dices, Wicklow! ¿Es tu última palabra?

Respondió con firmeza y sin que la voz le temblara en absoluto:

—Es mi última palabra. Tan cierto como que amo a mi ultrajado país y que odio todo cuanto ilumina este sol norteño. Prefiero morir antes que revelar algo más.

Volvimos a atarle por los pulgares. Destrozaba el corazón oír los lamentos agónicos del pobre muchacho, pero no conseguimos sacarle una palabra. A todas las preguntas, respondía:

—Puedo morir y moriré; pero no diré una palabra más.

En fin, que tuvimos que renunciar a la tortura. Estábamos totalmente convencidos de que moriría antes que confesar. Así que lo desatamos y lo recluimos en el calabozo bajo fuerte vigilancia.

Después, durante varias horas, estuvimos enviando telegramas al Departamento de Guerra y preparándonos para lanzar el asalto al 166.

¡Qué emociones las de aquella noche oscura y desapacible! Las noticias se habían filtrado y toda la guarnición estaba expectante. Se triplicó el número de centinelas y resultó imposible entrar o salir del fuerte sin ser llevado antes a un puesto de control con el cañón de un fusil apuntando amenazadoramente a la cabeza. A pesar de todo, Webb y yo estábamos menos preocupados que antes, ya que por fuerza la conspiración tenía que estar bastante debilitada con tantos de sus dirigentes en nuestras manos.

Decidí asaltar el número 166 a una hora intempestiva, capturar y amordazar a B. B. y estar preparado para recibir a los demás cuando llegaran. Sería la una y cuarto de la madrugada cuando salí furtivamente de la fortaleza, acompañado de media docena de fornidos y valientes soldados, y de Wicklow, que llevaba las manos atadas a la espalda. Le dije que íbamos al 166 y que, si descubría que me había mentido de nuevo y trataba de despistarnos, tendría que indicarnos el lugar exacto o sufrir las consecuencias.

Nos acercamos a la taberna con mucho sigilo y sin ser advertidos. En la barra se veía encendida una pequeña luz; el resto del lugar estaba a oscuras. Probé a empujar la puerta de la calle, que cedió. Entramos y cerramos a nuestra espalda. Entonces nos quitamos los zapatos y uno tras otro nos acercamos a la barra. Allí se encontraba solo el propietario alemán, dormido en una silla. Lo desperté con suavidad y le dije que se quitara las botas y que nos precediera, advirtiéndole al mismo tiempo que no debía hacer ningún ruido sospechoso. Obedeció sin chistar, evidentemente aterrado. Le ordené que nos condujera al 166, y subimos dos o tres tramos de escalera tan silenciosos como una procesión de gatos; luego, al final de un largo pasillo, llegamos a una puerta a través de cuyo dintel acristalado se distinguía el resplandor de una tenue luz interior. El tabernero se me acercó en la oscuridad para indicarme en voz muy baja que aquel era el 166. Probé a abrir la puerta: estaba cerrada por dentro. Susurré una orden a uno de mis soldados más corpulentos y arremetimos con nuestros hombros contra la puerta, haciéndola saltar de sus goznes. Apenas pude vislumbrar una figura en una cama y advertir cómo su cabeza se inclinaba con rapidez hacia la vela: la luz se apagó y quedamos sumidos en una oscuridad absoluta. Me abalancé sobre el lecho y con las rodillas intenté inmovilizar a su ocupante. Mi prisionero se debatió de un modo feroz, pero con la mano izquierda le aferré fuertemente la garganta, lo cual me permitió aumentar la presión de mis rodillas. Enseguida saqué mi revólver, lo amartillé y apoyé el frío cañón del arma contra su rostro.

—¡Encended la luz! —dije—. Ya es mío.

Así se hizo. La llama del fósforo rasgó las tinieblas. Miré a mi prisionero y... ¡santo Dios, era una muchacha!

La solté y me aparté de la cama, bastante avergonzado. Nos miramos unos a otros sintiéndonos totalmente estúpidos. Estábamos totalmente confundidos, sin capacidad alguna de reacción, tan repentina y abrumadora había sido la sorpresa. La joven se echó a llorar y se cubrió la cara con la sábana. El tabernero preguntó sumisamente:

—¿Ha hecho algo malo mi hija, *nicht wahr*?

—¿Su hija? ¿Es esta su hija?

—Oh, sí, es mi hija. Acaba de llegar de Cincinnati esta misma noche y se sentía algo enferma.

—¡Maldición...! El muchacho ha vuelto a engañarnos. Este no es el verdadero 166, ni tampoco esta es B. B. Muy bien, Wicklow, ahora nos dirás dónde se halla el auténtico 166 o... ¡Demonios! ¿Dónde está el muchacho?

¡Desaparecido! Y, lo que es peor, no encontramos rastro de él por ninguna parte. Aquello era un desastre total. Maldije mi necedad al no mantenerlo atado a uno de los hombres; pero la situación no era muy adecuada para perder el tiempo con inútiles pensamientos. ¿Qué debía hacer en tales circunstancias? Esa era la cuestión. Aquella muchacha podría ser B. B., después de todo. No creía que lo fuera, pero ciertamente no nos convenía tampoco pecar de incrédulos. Así que al final decidí apostar a mis hombres en un cuarto vacío frente al 166 y les ordené que capturaran a todo el que se acercase a la habitación de la joven, y que mantuvieran al tabernero bajo estricta vigilancia, hasta nuevas órdenes. Después me apresuré a volver al fuerte para averiguar si todo iba bien allí.

Sí, todo iba bien. Y siguió así. Permanecí despierto toda la noche para asegurarme de ello. No sucedió nada. Cuando vi despuntar el alba me sentí indeciblemente feliz. Telegrafié al departamento para comunicar que las barras y estrellas seguían ondeando sobre el fuerte Trumbull.

Me sentí enormemente aliviado. Pero con todo, lógicamente, no bajé en ningún momento la guardia ni cejé en mis esfuerzos; el caso era demasiado grave para ello. Hice comparecer a los detenidos, uno por uno, y los hostigué durante una hora en un desesperado intento de hacerlos hablar, pero en vano. Se limitaron a hacer rechinar los dientes y a mesarse los cabellos, sin decir palabra.

Hacia el mediodía llegaron noticias del muchacho desaparecido. Había sido visto a las seis de la mañana dirigiéndose hacia el oeste, a unas ocho millas del fuerte. En el acto envié a un teniente de caballería y un soldado tras él. Por fin lo avistaron a unas veinte millas. Wicklow había saltado una cerca y se arrastraba penosamente por un campo fangoso hacia una gran y anticuada mansión a las afueras de un pueblo. Mis hombres atravesaron a caballo un bosquecillo y dieron un gran rodeo para acercarse a la casa por la parte de atrás; desmontaron y se deslizaron en la cocina. No había nadie. Entraron en el cuarto contiguo, también vacío; pero la puerta que comunicaba este con la sala de estar se hallaba abierta. Se disponían a franquear el umbral cuando oyeron una voz muy queda: alguien estaba rezando. Así pues, se detuvieron con todo respeto; el teniente asomó la cabeza y vio a una anciana pareja arrodillada en un rincón de la sala: era el viejo el que rezaba. En el preciso instante en que terminaba su oración,

Wicklow abrió la puerta principal y entró en la casa. Los dos ancianos corrieron hacia él y lo inundaron a besos y abrazos, mientras exclamaban:

—¡Nuestro niño! ¡Oh, querido! Dios sea alabado. ¡Hemos encontrado al hijo perdido! ¡El muerto ha resucitado!

Bueno, señor, ¿qué me dice de esto? ¡El muy tunante había nacido y se había criado en aquella mansión, de la que no se había alejado más de cinco millas en toda su vida hasta hacía solo dos semanas, cuando llegó como un vagabundo al cuartel y me embaucó con su lacrimógena historia! Tan cierto como el Evangelio. El anciano era su padre, un clérigo cultivado y ya retirado; y la anciana, su madre.

Permítame añadir unas palabras para explicar el comportamiento y los actos de aquel muchacho: Wicklow resultó ser un voraz devorador de novelas baratas de aventuras y periódicos sensacionalistas, y, naturalmente, le atraían los misterios oscuros y las heroicidades llamativas. Había leído en la prensa informaciones sobre los furtivos tejemanejes de los espías rebeldes en nuestra zona, así como de sus turbios propósitos y algunas de sus más sonadas proezas, por lo que su imaginación se inflamó con aquel tema. Durante varios meses había sido camarada inseparable de un joven yanqui de lengua suelta e imaginación calenturienta, que había servido un par de años como «escribiente de barro» (es decir, sobrecargo subalterno) en algunos paquebotes que hacían el recorrido entre Nueva Orleans y algunos puertos situados a doscientas o trescientas millas Mississippi arriba; de ahí su soltura en el manejo de los nombres y otros detalles relativos a esa región. Yo no había pasado más que dos o tres meses en esa parte del país antes de la guerra, por lo que mi desconocimiento le permitió al muchacho embaucarme con facilidad, mientras que un oriundo de Luisiana lo hubiera pillado probablemente en algún error en menos de un cuarto de hora. ¿Sabe usted por qué decía que prefería morir antes que explicar algunos de los enigmas de su traición? ¡Pues porque no podía! ¡No tenían explicación ni sentido alguno! Simplemente habían salido de la imaginación de Wicklow sin ningún tipo de planteamiento previo o posterior; y por eso, al ser interrogado repetidas veces, no podía inventar una explicación para ello. Por ejemplo, no podía decir qué había escrito en aquella carta con «tinta simpática», por la sencilla razón de que en ella no había nada escrito: se trataba tan solo de un papel en blanco. Tampoco había puesto nada en ningún cañón, ni había tenido intención de hacerlo; sus cartas iban dirigidas a personas imaginarias, y cuando acudía al establo a ocultar alguna, retiraba la que había dejado el día anterior. Y tampoco tenía conocimiento alguno de la cuerda con nudos, y cuando se la enseñé era la primera vez que la veía. Pero en cuanto le di a entender dónde la habíamos hallado, adoptó la idea al momento, a su modo romántico y novelesco, consiguiendo sacar de ello unos dramáticos efectos. Se inventó al señor «Gaylord»; se inventó el número 15 de Bond Street..., una casa que había sido demolida tres meses antes; se inventó al «coronel»; se inventó las historias de los infortunados a los que hice apresar y a los que confronté con él; se inventó a B. B., e incluso el número 166, porque desconocía que existiera tal número en el hotel Eagle hasta que llegamos allí. Se inventaba cualquier hecho o personaje en el momento en que hiciera falta. Si le preguntaba por espías «del exterior», describía al instante a forasteros entrevistos en el hotel y cuyos nombres había oído por casualidad. Ah..., durante aquellos agitados días Wicklow había estado inmerso en un mundo maravilloso, misterioso y romántico, y estoy convencido de que todo aquello era real para él y de que lo vivía plenamente en lo más hondo de su alma.

Pero nos había causado numerosos problemas, y no menos humillaciones. Por su culpa, yo había detenido a quince o veinte personas, a las que encerré en los calabozos del cuartel, con centinelas apostados en la puerta. Muchos de ellos eran soldados, y ante ellos no necesitaba excusarme, pero el resto eran ciudadanos de primera clase, de todas las partes del país, y no hubo disculpas suficientes para desagraviarlos. ¡Estaban furiosos y llenos de rabia, y me pusieron en grandes aprietos! Y aquellas dos damas..., una era la esposa de un congresista de Ohio, la otra, hermana de un obispo del Oeste..., vertieron sobre mí tal torrente de lágrimas, me mostraron tal desdén y me hicieron sentir tan ridículo, que sin duda recordaré aquello mientras viva. El anciano cojo de las gafas era el presidente de un colegio superior de Filadelfia, que había venido a la ciudad para asistir a los funerales de su sobrino. Por supuesto, nunca había visto al joven Wicklow hasta entonces. Y no solo se había perdido el entierro y había sido encerrado bajo la acusación de ser un espía rebelde, sino que Wicklow se había plantado allí y lo había llamado en sus propias narices negrero, falsificador, cuatrero e incendiario, procedente de la más infausta guarida de desalmados de Galveston; y eso era algo que el pobre anciano no podría olvidar jamás.

¡Y el Departamento de Guerra...! ¡Oh, Dios...! ¡Más vale correr un tupido velo sobre ese tema!

NOTA: Le mostré este manuscrito al comandante, que me dijo: «Su falta de familiaridad con los asuntos militares le ha hecho caer en pequeños errores. Con todo, son errores pintorescos: déjelos como están; los militares sonreirán al verlos, y el resto no los advertirá. Ha captado correctamente los hechos esenciales de la historia y los ha expuesto tal como ocurrieron». (Mark Twain)

1881

Historia del inválido

Aunque mi aspecto es el de un hombre de sesenta años, y casado, no es verdad; ello se debe a mi condición y sufrimientos, pues soy soltero y solo tengo cuarenta y uno. Con dificultad creeréis que yo, que soy una sombra de lo que fui, hace apenas dos años era un hombre fuerte y rebosante de salud (un hombre de hierro, ¡un verdadero atleta!), y, sin embargo, esta es la cruda realidad. Pero más extraño es todavía el modo en que perdí mi salud. Fue una noche de invierno, vigilando una caja de fusiles en un viaje de doscientas millas en ferrocarril. Es la pura verdad, y voy a contaros cómo sucedió.

Soy de Cleveland, Ohio. Hace dos años, una noche de invierno, llegaba a casa poco después del anochecer, en medio de una furiosa tempestad de nieve, y lo primero que me dijeron al entrar fue que mi más querido compañero de escuela y amigo de la infancia, John B. Hackett, había muerto el día anterior, y que en sus últimas palabras había manifestado el deseo de que yo llevase sus restos mortales a sus pobres padres ancianos, que vivían en Wisconsin. Me sentí desconcertado y afligido, pero no había tiempo que perder en emociones: era preciso partir de inmediato. Cogí la tarjeta que decía: «Diácono Levi Hackett, Bethlehem. Wisconsin», y eché a correr a través de la horrible tempestad hacia la estación del ferrocarril. Una vez allí, encontré la larga caja de pino blanco que me habían descrito. Clavé en ella la tarjeta con algunas tachuelas, la dejé con cuidado en el vagón del tren expreso y me apresuré al restaurante, a buscar un sándwich y algunos cigarros. Cuando, al poco rato, volví, mi ataúd estaba otra vez en el suelo, en principio, y un muchacho lo miraba por todos lados, con una tarjeta en la mano, unas tachuelas y ¡un martillo! Me quedé boquiabierto y desconcertado. Empezó a clavar su tarjeta, y eché a correr hacia el vagón del expreso, con gran turbación, para exigir una explicación. Pero no, mi caja estaba allí, como la había dejado yo, en el vagón. No había ningún contratiempo que lamentar. (Pero, en realidad, sin sospecharlo, se había producido una prodigiosa equivocación: yo me llevaba una caja de fusiles que aquel muchacho había ido a facturar, y que iba destinada a una asociación de cazadores de Peoria, Illinois, y él se llevaba ¡mi cadáver!) En ese instante un mozo de estación empezó a gritar: «¡Viajeros, al tren!». Me metí en el tren, y conseguí un asiento confortable encima de una bala de cangilones. Allí estaba el diligente encargado del equipaje, de unos cincuenta años, de aspecto sencillo, honrado y de buen talante, que hablaba con amable cordialidad. Cuando arrancó el convoy, un desconocido, de un salto, dejó un paquete con un queso limburger singularmente curado y oloroso en un extremo de mi ataúd, o sea, de mi caja de fusiles. Mejor dicho, ahora sé que aquello era un queso limburger, pero por aquel entonces no había oído hablar de él en toda mi vida, y, como es natural, ignoraba por completo su reputación. Bien, pues el tren avanzaba veloz por la noche de borrasca. La terrible tempestad arreciaba con furia. Sentí que se apoderaba de mí una triste desdicha, y mi corazón se sintió abatido, abatido, abatido... El viejo mozo de carga hizo un par de comentarios abruptos sobre la tempestad y el tiempo ártico, cerró de un tirón las puertas corredizas y pasó las aldabas, ajustó bien su ventanilla, y por último se puso a andar bulliciosamente de una parte a otra, arreglando las cosas, canturreando en voz baja «Sweet By-and-By», desafinando en gran medida. Al poco rato empecé a sentir un olor pésimo y penetrante que se deslizaba en silencio a través del aire helado. Eso abatió aún más mi ánimo, porque, en efecto, lo atribuí a mi pobre amigo fallecido. Era infinitamente entristecedor recordarlo de esta estúpida y patética manera, así que a duras penas pude contener mis lágrimas. Además, me preocupaba el viejo mozo, temía que se diese cuenta de ello. Sin embargo, continuó canturreando y no hizo gesto alguno. Se lo agradecí. Pero no por ello dejaba de estar inquieto, y a cada instante aumentaba mi inquietud, porque aquel olor se volvía por momentos más insoportable. Al cabo de un rato, con las cosas dispuestas a su entera satisfacción, el viejo trabajador cogió un poco de leña y encendió un fuego tremendo en su estufa. Aumentó con ello mi pesar de tal forma que no es posible expresarlo con palabras. No podía dejar de pensar que aquello no era lo correcto. Estaba completamente seguro de que el efecto sería muy perjudicial para mi pobre amigo fallecido. Thompson (así se llamaba el mozo, como descubrí en el transcurso de la noche) se puso a escudriñar todos los rincones del vagón, tapando grietas y haciendo todos los posibles para que, a pesar de la noche que hacía en el exterior, nosotros pudiésemos pasarla de la manera más cómoda posible. Nada dije, pero pensé que ese no era el camino adecuado. Entretanto, la estufa empezó a calentarse hasta ponerse al rojo vivo y a viciarse el aire del vagón. Sentí que me mareaba, que palidecía, pero lo sufrí en silencio y sin decir palabra. No tardé en reparar que «Sweet By-and-By» se apagaba lentamente, hasta que cesó del todo y reinó un ominoso silencio. A los pocos minutos Thompson dijo:

—¡Puaj! ¡No tiene pinta de ser de canela la leña que he puesto en la estufa!

Gruñó una o dos veces, fue en dirección al ataú..., caja de fusiles, se detuvo cerca del queso limburger un momento y luego se sentó a mi lado, con cara de estar impresionado. Tras una pausa contemplativa, dijo, señalando la caja con un ademán:

—¿Amigo suyo?

—Sí —respondí suspirando.

—Estará maduro, ¿eh?

Permanecimos en silencio, casi diría por espacio de dos minutos, demasiado ocupados con nuestros propios pensamientos. Luego Thompson dijo en voz baja, espantado:

—A veces no es seguro si están muertos de verdad o no. Lo parecen, ¿sabe? Tienen todavía el cuerpo caliente y las articulaciones flexibles, así que, aunque pienses que están muertos, no lo sabes a ciencia cierta. Es algo terrible de verdad, porque ignoras si, en un momento dado, se alzarán tan satisfechos y te mirarán a los ojos.

Después de una pausa, y levantando ligeramente su codo hacia la caja, siguió:

—Pero ¡este sí que no está dormido! No, señor, no; ¡de este sí que lo aseguraría!

Nos quedamos sentados un rato, en silencio y pensativos, escuchando el viento y el rugir del tren.

Luego Thompson dijo, con voz tiernísima:

—Al fin y al cabo, todos tenemos que irnos un día u otro, nadie se escapa. Hombre nacido de mujer es corto de días, etcétera, como dicen las Sagradas Escrituras. Sí, mírelo usted como quiera; es muy solemne y curioso: nadie puede salvarse, todos tienen que irse, todo el mundo, es la pura verdad. Se encuentra usted un día sano y fuerte —al decir esto se puso de puntillas y abrió un ventanuco, sacó la nariz un momento y se sentó de nuevo, mientras yo, a mi vez, me puse en pie con esfuerzo y saqué la nariz por el mismo sitio, y así hicimos cada tanto—, y al día siguiente lo arrancan a usted como a la hierba, y aquellos lugares que le habían conocido ya no lo verán más, como dicen las Sagradas Escrituras. Pues sí, es algo muy solemne y curioso: todos tenemos que marcharnos un día u otro, y nadie puede escapar.

Hubo de nuevo una larga pausa. Luego:

—¿De qué murió?

Dije que lo ignoraba.

—¿Cuánto tiempo hace que está muerto?

Creí que lo más prudente era exagerar los hechos, por no parecer fuera de lo razonable, así que dije:

—Dos o tres días.

Pero de nada sirvió, porque Thompson recibió mis palabras con una mirada ofendida, que significaba con claridad: «Tres o cuatro años, quiere usted decir». Después, se dirigió con calma hacia la caja, se quedó unos momentos allí, volvió con rapidez, contempló el ventanuco abierto y dijo:

—Habríamos disfrutado de unas vistas endiabladamente mejores si lo hubiera enviado usted el pasado verano.

Thompson se sentó y enterró su rostro en un pañuelo rojo de seda, y empezó a balancearse poco a poco, meciendo su cuerpo, como quien saca fuerzas de flaqueza para soportar algo casi insoportable. Para aquel entonces, la fragancia (si así la podríamos llamar) era casi asfixiante. Su cara se estaba poniendo gris, y yo sentía que la mía había perdido todo su color. Thompson descansaba la frente sobre su mano izquierda, con el codo apoyado sobre la rodilla, y agitó su pañuelo hacia la caja con la otra mano.

—Más de uno he trajinado en mi vida (y más de uno recogido de forma considerable, también), pero, por Dios, este los gana a todos. En comparación, jefe, ¡aquellos eran heliotropos! —dijo.

Esta especial designación de mi pobre amigo me dejó satisfecho, a pesar de las tristes circunstancias, porque tenía todo el aspecto de un cumplido.

Pronto a todas luces fue evidente que se precisaba hacer algo. Propuse encender unos cigarros. Thompson creyó que era una buena idea.

—Quizá sea lo mejor —dijo.

Echamos espesas bocanadas de humo a conciencia durante un rato, e hicimos cuantos esfuerzos pueden imaginarse para creer que las cosas habían mejorado. Pero todo fue inútil. Al cabo de un tiempo ambos cigarros cayeron quedamente de nuestros insensibles dedos al mismo tiempo. Thompson dijo, suspirando:

—No, jefe, esto no mejora un ápice. De hecho, empeora, parece como si aguijoneara la ambición de su amigo. ¿Qué cree usted que deberíamos hacer?

No me sentí capaz de sugerir nada. Había tenido que sufrir tanto que no tenía fuerzas para hablar. Thompson empezó a refunfuñar de una manera inconexa y sin ánimo sobre las tristes experiencias de aquella noche, y tomó la costumbre de referirse a mi pobre amigo con diferentes títulos, a veces militares, a veces civiles; y reparé en que a medida que aumentaba su eficiencia, Thompson lo ascendía en consecuencia y le aplicaba mayor título. Al fin, dijo:

—Se me ha ocurrido una idea. Supongamos que nos agacháramos y diésemos al coronel un pequeño empujón hacia el otro extremo del vagón, unos diez pasos, por ejemplo. ¿No le parece que entonces no sería tanta su influencia?

Me pareció un buen plan. Tomamos una gran bocanada de aire fresco por el ventanuco, el suficiente para terminar nuestro cometido. Nos dirigimos hacia allí, nos agachamos sobre aquel queso mortífero y agarramos con fuerza la caja. Thompson hizo con la cabeza una señal: «Listos», y entonces empujamos hacia delante con todas nuestras fuerzas, pero Thompson resbaló y cayó de bruces con la nariz sobre el queso, y perdió el aliento por completo. Empezó a toser y a sentir náuseas, y echó a correr a trompicones hacia la puerta, dando patadas y gritando con voz ronca:

—¡Dejadme! ¡Paso libre...! ¡Me muero..., vía libre!

Ya en la fría plataforma sostuve un rato su cabeza y pareció que volvía en sí. Preguntó de inmediato:

—¿Cree usted que hemos apartado algo al general?

Dije que no, que ni se había movido del sitio.

—Bien, pues no nos queda más remedio que abandonar esta idea. Debemos pensar en otra cosa. El hombre se encuentra bien donde está, creo yo; y si esos son sus sentimientos y ha tomado la decisión de no dejarse estorbar, puede usted apostar lo que quiera, que no se dejará convencer ni por el más pintado. Sí, es mejor que lo dejemos donde está y que allí se quede todo el tiempo que le plazca; dispone en su juego de las mejores bazas, ¿sabe usted?, y es inútil que por nuestra parte nos esforcemos en torcer su suerte. Siempre seremos nosotros los que saldremos perdiendo.

Pero tampoco podíamos quedarnos fuera con aquella violenta tempestad que nos habría helado hasta la muerte. Así que entramos, cerramos la puerta y empezamos a sufrir de nuevo y a turnarnos en el ventanuco. Al poco rato, cuando salimos de una estación donde nos habíamos detenido unos momentos, Thompson entró a grandes zancadas y exclamó:

—¡Vamos, ahora sí que la cosa marchará bien! Me parece que vamos a despedirnos del comodoro. Creo haber logrado en esta estación el material para desarmarlo de una vez.

Era ácido fénico. Tenía una garrafa. Lo roció por todas partes. De hecho, quedó todo empapado: caja de fusiles, queso y lo demás que había por allí. Después nos sentamos, henchidos nuestros corazones de esperanza. Pero nuestra satisfacción no duró mucho rato. Como veréis, los dos perfumes empezaron a mezclarse, y entonces... Nada, que muy pronto tuvimos que salir de nuevo al exterior, y que, una vez fuera, Thompson enjugó su cara con el pañuelo de seda rojo, y dijo, descorazonado:

—Es en vano. No hay manera de deshacernos de él. Se aprovecha de cuanto imaginamos para cambiar la situación, y nos lo devuelve añadiendo su olor. ¿Sabe, jefe, que ahora nos encontramos cien veces peor que cuando empezó a soltarse? En mi vida he visto otro tan entusiasmado en su cometido y que parara en ello tan condenado cuidado. No, señor, jamás en mi vida, con el tiempo que hace que estoy empleado en el ferrocarril. Y cuente usted, como le decía antes, que he llevado una infinidad.

Entramos de nuevo, porque no podíamos soportar el frío terrible que se apoderaba de nuestros cuerpos, pero ahora era imposible permanecer allí dentro unos segundos. No nos quedó otro remedio que movernos hacia delante y atrás como en un vals, helándonos, deshelándonos y ahogándonos a intervalos. Al cabo de una hora, más o menos, nos detuvimos en otra estación, y cuando el tren arrancó de nuevo, Thompson apareció con un saco y dijo:

—Jefe, voy a hacer otra prueba, la última, y si con esto no le abrumamos, no nos toca otro remedio que tirar la toalla y darlo por perdido. Así es como lo veo.

Traía un montón de plumas de gallina, manzanas secas, hojas de tabaco, harapos, zapatos viejos, azufre, asafétida y algunas cosas más. Lo amontonó todo sobre una placa grande de hierro, en el suelo, y le prendió fuego.

Cuando tomó impulso, no llegué a comprender cómo era posible que el mismo cadáver pudiera soportarlo. Cuanto habíamos experimentado hasta entonces era poesía comparado con aquel tremendo olor; pero, entendámonos, el original sobresalía en medio de todos los demás, tan soberano como siempre. De hecho, parecía como si los demás aromas le dieran más empuje, y, ¡vaya!, ¡con qué abundancia se prodigaba! No hice estas reflexiones allí dentro (no hubo tiempo para ello), sino en la plataforma. Mientras huía, Thompson cayó medio ahogado, y antes de que lo arrastrase al exterior, como hice, por el cuello, estuve en un tris de caer yo mismo desvanecido. Cuando recobramos el sentido, Thompson dijo, abatido:

—No nos queda más remedio que quedarnos en la plataforma, jefe. Hemos de permanecer aquí nos guste o no. El gobernador quiere viajar solo, se ha empeñado en ello, y está decidido a ganar la partida.

Añadió:

—Y, ¿sabe?, estamos envenenados. Este es nuestro último viaje, puede estar completamente seguro de ello. Una fie-

bre tifoidea, he aquí lo que saldrá de todo esto. Yo ya empiezo a sentir que me viene encima, ahora, ahora mismo. Sí,
señor, hemos sido predestinados, tan cierto como que ha nacido usted.

Una hora después fuimos retirados de la plataforma, helados e insensibles, en la estación siguiente, y yo caí de inmediato en una fiebre virulenta, sin recobrar el conocimiento
durante tres semanas. Supe más tarde que pasé aquella terrible noche con una inofensiva caja de fusiles y un montón de
queso inocente, pero cuando me lo comunicaron era ya demasiado tarde para salvarme. La imaginación había hecho su
trabajo, y mi salud quedó alterada para siempre. Ni las Bermudas ni ninguna otra tierra me la podrá devolver jamás. Este
es mi último viaje, y me voy derechito hacia casa, a morir.

1882

LOS MCWILLIAMS Y EL TIMBRE DE ALARMA
CONTRA LADRONES

La conversación fue derivando, de una manera suave y agradable, del tiempo a las cosechas, de las cosechas a la literatura, de la literatura al cotilleo y del cotilleo a la religión; pero de pronto dio un salto al azar y aterrizó en las alarmas contra ladrones. Entonces fue cuando el señor McWilliams demostró tener algún sentimiento. Siempre que observo esa señal en el ánimo de este hombre, caigo en la cuenta de lo que significa, me sumo en el silencio y le doy la oportunidad de quitarse una carga del corazón. Contó, pues, con emoción mal dominada:

Yo no concedo a los timbres de alarma contra ladrones ni un solo céntimo de valor, señor Twain, pero que ni un solo céntimo, y le diré a usted la razón. Cuando estábamos terminando nuestra casa, descubrimos que nos había sobrado un poco de dinero, porque el fontanero no se había enterado. Yo era partidario de dedicarlo a iluminar con él a los paganos, no sé qué me había dado a mí en ese tiempo por los paganos, pero mi señora dijo que no, que teníamos que comprar un aparato de alarma contra ladrones. Yo me resigné a ese «compromiso». Quiero decirle a usted que siempre que yo deseo una cosa, y mi señora desea otra, y nos resolvemos por la de mi señora (cosa que ocurre siempre), ella dice que hemos llegado a un compromiso. Pues bien, vino el del aparato desde Nueva York, nos lo instaló, nos cobró trescientos veinticinco dólares y nos dijo que ya podíamos dormir tranquilos. Y, en efecto, tranquilos dormimos algún tiempo, digamos un mes. Pasado ese plazo, una noche, percibí olor a humo de tabaco y me levanté a ver lo que pasaba. Encendí una vela, y, al ir a bajar las escaleras, me tropecé con un ladrón que salía de uno de los cuartos cargado con una canasta de cacharros de hojalata, que él había confundido en la oscuridad con plata de ley. El hombre estaba fumando una pipa. Yo le dije:

—Amigo mío, en esta habitación no se puede fumar.

El hombre me contestó que él era forastero y que no podía esperar que conociese las normas de la casa, que había estado en muchas otras tan buenas como esta y hasta entonces nadie lo había censurado. Y agregó que, por propia experiencia, nunca había pensado que esa clase de normas se aplicaran también a los ladrones. Yo le dije:

—Si es así, fume usted, aunque opino que otorgar a un ladrón un privilegio que se niega incluso a un obispo es una señal elocuente de la depravación de los tiempos. Pero, dejando todo esto a un lado, ¿me quiere usted decir qué es eso de entrar en esta casa de manera furtiva y clandestina sin hacer sonar el timbre de la alarma contra ladrones?

Se quedó confuso y avergonzado, y me contestó con turbación:

—Le pido a usted mil perdones. Ignoraba que tuviesen tal aparato contra ladrones. De haberlo sabido, lo habría disparado. Le ruego que no hable del caso donde puedan oírlo mis padres, que son ancianos y débiles, y quizá este descarado y temerario quebrantamiento de uno de los sagrados convencionalismos de nuestra civilización cristiana podría romper con demasiada violencia el frágil puente que cuelga oscuramente entre la pálida y evanescente actualidad de la hora presente y la profundidad solemne y grandiosa de las eternidades. ¿Tendría usted dificultad en darme fuego?

Yo le dije:

—Esos sentimientos lo honran, pero si me lo permite, le diré que la metáfora no es su fuerte. Deje usted a su muslo, esta clase de cerillas solo se encienden en el rascador de la caja, y aun así se encienden muy pocas veces, si mi experiencia vale de algo. Pero, volviendo al asunto: ¿cómo entró usted?

—Por una ventana del segundo piso —me contestó con tranquilidad.

Rescaté los cubiertos de hojalata a precio de casa de empeños, deduciendo el coste de publicidad, di al ladrón las buenas noches, cerré la ventana después que él hubo salido y me dirigí a comisaría para poner una denuncia. A la mañana siguiente mandamos llamar al hombre de la alarma contra ladrones. Cuando vino nos dio por explicación que el timbre no se disparó porque solo estaba conectada con el primer piso. Aquello era idiota a todas luces: lo mismo da entrar en combate sin armadura alguna que llevar resguardadas solo las piernas. El técnico conectó el segundo piso con la alarma, nos cobró trescientos dólares y se largó. Al poco tiempo tropecé una noche, en el tercer piso, con un ladrón, en el momento en que se disponía a bajar por una escalera cargado con un surtido de artículos de mi propiedad. Mi primer impulso fue romperle la cabeza con un taco de billar; pero el segundo fue abstenerme, porque el ladrón estaba entre el bastidor de los tacos y yo. Sin duda alguna este segundo impulso era el más razonable, de modo que decidí seguirlo y llegué a un «compromiso». Rescaté mis bienes a la tarifa de antes, después de una rebaja del diez por ciento por el empleo de la escalera, que era mía. Al día siguiente llamamos de nuevo al técnico, conectó el aparato con el tercer piso y nos cobró trescientos dólares.

Para entonces, el cuadro anunciador había adquirido dimensiones formidables. Tenía cuarenta y siete etiquetas, en cada una de las cuales estaba escrito el nombre de los distintos cuartos y chimeneas, y ocupaba el espacio de un armario común. El gongo de llamada era del tamaño de una palangana, y estaba colocado encima de la cabecera de nuestra cama. Había también un cable que iba desde la casa a las habitaciones del cochero, en las cuadras, y otro magnífico gongo junto a la cabecera de su cama.

Podríamos ya estar tranquilos a no ser por un defecto. Todas las mañanas, a las cinco, la cocinera abría la puerta de la cocina para dedicarse a sus tareas, ¡y se disparaba la alarma! La primera vez que ocurrió pensé que había llegado por fin el día del Juicio. Y eso no lo pensé dentro de la cama, no, lo pensé fuera, porque el primer efecto que produce aquel gongo terrible es el de dispararlo a usted a través de la casa, aplastarlo contra la pared y enroscarle y retorcerlo como una araña encima de una estufa, hasta que alguien cierra la puerta de la cocina. Lo cierto, lo indiscutible, es que no hay nada remotamente comparable al horrendo estrépito que produce aquel gongo. Pues bien, semejante catástrofe ocurría con regularidad todas las mañanas a las cinco, y nos quitaba tres horas de sueño. Tenga usted en cuenta que, cuando aquel aparato lo despertaba a uno, no se limitaba a hacerlo por partes, sino de arriba abajo, incluida la conciencia, de modo que ya podía usted calcular sus dieciocho horas de estar bien despierto, dieciocho horas de estar en vela de la manera más inconcebible que uno ha estado en vela en su vida. Nos ocurrió en cierta ocasión que un forastero se murió en nuestras manos, y dejamos nuestra habitación para reposo de su cadáver hasta la mañana siguiente. ¿Creerá usted que aquel extranjero esperó al día del Juicio Final? No, señor, a las cinco de la mañana se puso en pie de la manera más rápida y más natural. Yo estaba convencido de que lo haría; estaba perfectamente seguro. Aquel hombre cobró su seguro de vida y desde entonces ha vivido feliz, porque se presentaron pruebas abundantes de que su muerte había sido completa y verdadera.

Bueno, debido a esa pérdida diaria de sueño, poco a poco nos acercábamos a mejor vida, de modo, pues, que hicimos venir otra vez al técnico, que tiró un cable hasta el exterior de la puerta y colocó allí un interruptor, lo que daba ocasión a que Thomas, el mayordomo, cometiese un ligero error: desconectaba la alarma por la noche cuando él se retiraba a dormir, y la volvía a conectar al alba, justo a tiempo para que la cocinera abriese la puerta de la cocina y proporcionase al gongo la oportunidad de dispararnos por toda la casa y de romper, en ocasiones, una ventana valiéndose de alguno de nosotros. Al final de una semana reconocimos que aquel interruptor era un engaño y una trampa. Descubrimos también que durante todo ese tiempo se había estado alojando en la casa una cuadrilla de ladrones, no precisamente para robar, porque ya era poco lo que nos habían dejado, sino para ocultarse de la policía, que les pisaba los talones. Ellos pensaron con astucia que a los detectives no se les ocurriría jamás que una tribu de ladrones se acogiese al santuario de una casa protegida con esa ostentación por el aparato de alarma más imponente y complicado que había en toda América.

Nueva llamada al técnico. Esta vez tuvo una idea deslumbrante: modificó el aparato de manera que al abrir la puerta de la cocina ya no saltaba la alarma. La idea era espléndida, y así nos la cobró. Pero ya barruntará usted cuál fue el resultado. Yo conectaba todas las noches el aparato al acostarme, ya sin fiarme de la frágil memoria de Thomas. En cuanto se apagaban las luces de la casa, los ladrones entraban por la puerta de la cocina y desconectaban la alarma sin esperar a que la cocinera entrase por la mañana. Ya comprenderá usted lo molesto de nuestra situación. Durante meses y meses no nos fue posible tener un invitado porque no disponíamos en la casa de una sola cama libre: todas estaban ocupadas por ladrones.

Hasta que yo ingenié un remedio propio. El técnico acudió a nuestra llamada y tiró bajo tierra otro cable hasta las cuadras. Allí colocó una llave, de manera que el cochero pudiera encender y apagar el timbre conectando y desconectando la corriente. La cosa funcionó de maravilla, y tuvimos una temporada de tranquilidad, durante la cual nos dedicamos otra vez a traer invitados y a disfrutar de la vida.

Pero, al poco tiempo, aquel incontenible aparato se inventó otro caprichito. Cierta noche de invierno fuimos lanzados fuera de la cama por la música repentina de aquel horrible gongo, y cuando nos acercamos renqueando al tablero anunciador y encendimos la lámpara, vimos que se iluminaba la bombilla que indicaba «cuarto de los niños». Mi señora se desmayó en el acto, y a mí estuvo a punto de ocurrirme lo mismo. Agarré mi escopeta de perdigones y esperé a que llegase el cochero mientras el gongo alborotaba de un modo espantoso. Yo estaba seguro de que el gongo del cochero lo habría arrancado también de la cama, y que en cuanto lograra vestirse se presentaría con su escopeta. Cuando me pareció que era el momento justo, me arrastré hasta el cuarto de al lado del de los niños, miré por la ventana y distinguí la vaga silueta del cochero en la explanada de debajo, en la posición de «presenten armas», esperando su oportunidad. Entonces me metí de un salto en el cuarto de los niños y disparé, y en aquel mismo instante abrió fuego también el cochero, apuntando a la roja llama de mi escopeta. Ni él ni yo dimos al ladrón, pero dejé inválida a una niñera, y él me arrancó todo el pelo de la parte posterior de la cabeza. Encendimos el gas y llamamos por teléfono a un cirujano. No encontramos por ninguna parte rastro del ladrón, y tampoco ninguna ventana abierta. Había un cristal roto, pero era el que había recibido el disparo del cochero. Aquello sí que resultaba un bello misterio: ¡la alarma que se dispara espontáneamente, sin que ande por allí ladrón alguno!

El técnico acudió, como de costumbre, a nuestra llamada, y nos explicó que se trataba de una «falsa alarma». Aseguró que aquello se arreglaba en un periquete. Repasó la conexión de la ventana del cuarto de los niños, nos cobró una cantidad sustanciosa y se largó.

No hay pluma estilográfica que sea capaz de describir lo que las falsas alarmas nos hicieron sufrir durante los tres años siguientes. Los tres primeros meses yo corría armado con mi escopeta hacia la habitación que marcaba el anunciador, y el cochero lo hacía por fuera con su armamento, para apoyarme. Pero jamás descubrimos nada a que pudiéramos abrir fuego, porque las ventanas se encontraban muy bien cerradas y aseguradas. En todas las ocasiones llamábamos al técnico y él repasaba la instalación de la ventana en particular, de manera que se mantuviese tranquila cosa de una semana, y siempre tenía buen cuidado de enviarnos una factura como la siguiente:

Cable	2,15 $
Enchufe	0,75 $
Dos horas de trabajo	1,50 $
Cera	0,47 $
Cinta	0,34 $
Tornillos	0,15 $
Recarga de batería	0,98 $
Tres horas de trabajo	2,25 $
Cuerda	0,02 $
Tocino	0,66 $
Crema para las manos	1,25 $
Cincuenta muelles	2,00 $
Billetes de ferrocarril	7,25 $
TOTAL	19,77 $

Por último, ocurrió una cosa completamente natural, después de llevarnos trescientos o cuatrocientos chascos con aquellas falsas alarmas: ya no les hicimos caso. Sí, cuando el gongo me lanzaba contra cualquier pared de la casa, yo me limitaba a levantarme, examinaba tranquilamente el cuadro anunciador, tomaba nota de la habitación que marcaba y volvía a acostarme como si nada hubiese ocurrido. Además, dejaba la habitación de la falsa alarma desconectada y ya no hacía venir al técnico. No hay, pues, que decir que con el curso del tiempo quedaron sin conectar a la alarma todas las habitaciones de mi casa y la máquina quedó al fin fuera de servicio.

Durante el tiempo en que carecí de esa protección ocurrió la mayor de todas las calamidades. Una noche se metieron en casa unos ladrones y se llevaron la alarma contra robos. Sí, señor, con todo su aparejo: cargaron con ella, sin dejar un solo tornillo, con sus resortes, campanas, gongos, batería y todo; se llevaron ciento cincuenta millas de cable de cobre y se largaron con el aparato sin dejar seña ni rastro, sin que quedase siquiera un indicio al que jurar, quiero decir, por el que jurar.

Nos costó Dios y ayuda recuperar el aparato, pero por fin lo conseguimos, pagando. La casa de alarmas dijo que lo que ahora debíamos hacer era ponerlo en perfecto funcionamiento, agregarle sus nuevos muelles patentados para las ventanas a fin de hacer imposibles las falsas alarmas, y su nuevo reloj patentado, que desconectaba y conectaba mañana y noche el aparato sin intervención personal de nadie. Aquello parecía una buena idea. Nos aseguraron que lo dejarían todo terminado en diez días. Se pusieron manos a la obra y nosotros nos fuimos de vacaciones de verano. Trabajaron un par de días, y se fueron también de vacaciones, después de lo cual los ladrones se establecieron en nuestra casa y empezaron las suyas. Cuando regresamos en otoño, encontramos la casa tan vacía como un depósito de cerveza en un lugar donde han estado trabajando los pintores. Amueblamos de nuevo, y llamamos al técnico a toda prisa. Llegó, terminó su trabajo y dijo:

—Pues bien: este reloj está dispuesto de manera que conecta la alarma todas las noches a las diez, y la desconecta todas las mañanas a las cinco cuarenta y cinco. Todo lo que hay que hacer es darle cuerda una vez por semana y él se encarga de lo demás, sin que haya que intervenir en nada.

Después de lo cual pasamos tranquilos una temporada de tres meses. La factura, como es natural, fue prodigiosa, y yo había dicho que no la pagaría hasta que el aparato demostrase en la práctica que no tenía el menor fallo. El plazo de prueba estipulado era de tres meses. Así pues, la pagué, y al mismo día siguiente el aparato armó a las diez de la mañana un estrépito de diez mil enjambres de abejas. Di una vuelta de doce horas a las manecillas, de acuerdo con lo que marcaban las instrucciones, y se apagó la alarma. Pero por la noche hubo otra complicación y tuve que adelantarlas, una vez más, doce horas, a fin de que quedase de nuevo conectado el aparato. Aquel absurdo duró una o dos semanas, hasta que el técnico acudió y colocó un reloj nuevo. Durante los tres años siguientes venía cada tres meses y lo cambiaba. Pero resultaba siempre un fracaso. Todos los relojes tenían el mismo defecto perverso: conectaban la alarma durante el día y no por la noche, y si uno forzaba las cosas, los relojes lo deshacían en cuanto volvías la espalda.

Y esta es la historia de la alarma contra ladrones, con todo cuanto ocurrió, sin atenuaciones y sin malicia. Sí, señor, y cuando yo llevaba ya viviendo nueve años con ladrones y manteniendo en todo ese tiempo un aparato costosísimo de alarma para protegerlos a ellos, no a mí, pero a mis expensas (porque jamás conseguí que ellos contribuyesen con un condenado centavo), me limité a decir a mi señora que ya estaba harto de semejante clase de patraña. De modo, pues, que con su pleno consentimiento, lo desmonté todo, lo vendí a cambio de un perro, y al perro lo maté de un tiro. Señor Twain, ignoro lo que usted pensará del asunto, pero mi opinión es que esta clase de aparatos se fabrican solo en interés de los ladrones de casas. Sí, señor, porque estas alarmas reúnen en sí mismas todo lo que hay de molesto en un incendio, en un motín y en un harén, sin que tengan ninguna de las ventajas compensadoras, ninguna en absoluto, que suelen acompañar a esas cosas. Adiós, aquí termino.

1882

El robo del elefante blanco[1]

I

La siguiente curiosa historia me fue relatada por alguien a quien conocí por casualidad en un vagón de tren. Era un caballero de más de setenta años, con un rostro francamente benévolo y gentil y un porte serio y sincero que imprimían el sello inconfundible de la verdad a cada una de las afirmaciones que salían de sus labios. Me dijo:

Ya sabe usted la reverencia que profesa al real elefante blanco el pueblo de Siam. Como sabrá, se trata de un animal consagrado al rey, que solo los reyes pueden poseer y que, hasta cierto punto, es incluso superior a los reyes, ya que no solo recibe honores, sino también adoración. Pues bien, hará unos cinco años, cuando surgieron los conflictos sobre la delimitación de fronteras entre Gran Bretaña y Siam, pronto quedó patente que Siam estaba en un error. Así pues, tras procederse

---

1. No se incluyó en *Un vagabundo en el extranjero* porque se temía que algunos detalles hubiesen sido exagerados y otros no fuesen del todo verídicos. Cuando se hubo comprobado que estas sospechas eran infundadas, el texto se entregó a la imprenta. *(N. del A.)*

rápidamente a las reparaciones necesarias, el representante inglés expresó su satisfacción, manifestando que el pasado debía quedar olvidado. Esto alivió en gran manera al rey de Siam; y en parte como muestra de gratitud, pero en parte también, quizá, para borrar cualquier vestigio de desagrado que Inglaterra pudiera sentir hacia él, el soberano deseó enviar un regalo a la reina: la única forma segura de reconciliarse con un enemigo, según las ideas orientales. El regalo no solo tenía que ser regio, sino trascendentalmente regio. Por tanto, ¿qué obsequio podría cumplir mejor ese requisito que un elefante blanco? Mi posición en la administración pública de la India era tal que se me consideró especialmente digno de ser el portador del regalo a Su Majestad. Se fletó un barco para mí y mis criados, así como para los oficiales y subalternos encargados del elefante, y cuando llegamos al puerto de Nueva York alojé mi regia carga en unos soberbios aposentos de Jersey City. Antes de continuar la travesía, era preciso permanecer allí durante un tiempo para que la salud del animal se restableciera un poco después del largo viaje.

Todo transcurrió bien durante los primeros quince días..., pero entonces empezaron mis calamidades. ¡El elefante blanco fue robado! Vinieron a despertarme en plena noche para informarme del espantoso infortunio. Por unos momentos, la angustia y el terror me desquiciaron por completo; me sentí totalmente perdido. Luego fui tranquilizándome y recobré mis facultades. Enseguida comprendí qué camino debía seguir; porque, a fin de cuentas, solo había un único camino que un hombre inteligente pudiera seguir. Pese a lo intempestivo de la hora, salí a toda prisa hacia Nueva York y allí le pedí a un policía que me condujera a la jefatura general. Afortunadamente llegué a tiempo, ya que el célebre inspector Blunt, el jefe del cuerpo de detectives, se disponía a salir en ese momento hacia su casa. Era un hombre de mediana estatura y corpulento, que cuando se enfrascaba en sus pensamientos fruncía las cejas y se golpeaba reflexivamente la frente con un dedo, lo que daba inmediatamente la impresión de hallarse ante una persona fuera de lo común. Su sola presencia me inspiró confianza y me hizo recuperar la esperanza. Le expuse mi caso. No se alteró lo más mínimo; no produjo más efecto visible sobre su férreo autodominio que si le hubiera contado que me habían robado el perro. Me ofreció una silla y dijo con total tranquilidad:

—Por favor, déjeme pensar en ello un momento.

Y, diciendo esto, se sentó a su mesa de trabajo y apoyó la cabeza sobre una mano. Unos escribientes trabajaban en el otro extremo de la sala; el rasguear de sus plumas sobre el papel fue el único sonido que escuché durante los seis o siete minutos siguientes. Entretanto, el inspector permanecía allí sentado, sumido en sus pensamientos. Finalmente levantó la cabeza, y en las recias líneas de su cara observé que el cerebro había hecho su trabajo y había trazado un plan. Y con su voz grave e impresionante dijo:

—No se trata de un caso corriente. Es preciso actuar con mucha cautela; debemos estar muy seguros del paso que damos antes de dar el siguiente. Y todo debe mantenerse en secreto: en el secreto más profundo y absoluto. No debe hablarse con nadie de este asunto, ni siquiera con los periodistas. Yo me encargaré de ellos; procuraré que no lleguen a saber más de lo que conviene a mis propósitos.

Tocó una campanilla; se presentó un joven.

—Alaric, di a los periodistas que aguarden.

El muchacho se retiró.

—Y ahora pongámonos a trabajar en el asunto... y de manera metódica. En mi profesión, nada puede llevarse a cabo sin seguir un orden estricto y minucioso.

Cogió pluma y papel.

—Veamos... ¿Nombre del elefante?

—Hassan Ben Ali Ben Selim Abdallah Mohammed Moisé Alhammal Jamsetjejeebhoy Dhuleep Sultan Ebu Bhudpoor.

—Muy bien. ¿Su apodo?

—Jumbo.

—Muy bien. ¿Lugar de nacimiento?

—La ciudad capital de Siam.

—¿Viven sus padres?

—No; murieron.

—¿Tuvieron más descendientes, aparte de este?

—Ninguno. Era hijo único.

—Muy bien. A este respecto, bastará con estos datos. Ahora, por favor, describa al elefante, sin descuidar ningún detalle, por insignificante que sea..., es decir, insignificante desde su punto de vista, porque para la gente de mi profesión no hay ningún detalle insignificante; no existen.

Yo describía; él anotaba. Al terminar me dijo:

—Ahora escuche atentamente. Si he cometido error alguno, corríjame.

Y leyó lo siguiente:

—Altura: diecinueve pies; longitud desde la frente al comienzo de la cola: veintiséis pies; longitud de la trompa: dieciséis pies; longitud de la cola: seis pies; longitud total, incluyendo cola y trompa: cuarenta y ocho pies; longitud de los colmillos: nueve pies y medio; orejas en consonancia con estas dimensiones; la huella de su pata, parecida a la marca que deja un barril puesto derecho sobre la nieve; color del elefante, un blanco apagado; lleva en ambas orejas un agujero de la superficie de un plato, para la inserción de alhajas, y tiene una costumbre muy acusada de arrojar agua sobre los curiosos y de maltratar con su trompa no solo a la gente con la que tiene trato, sino también a completos desconocidos; cojea ligeramente de la pata derecha posterior, y en su sobaco izquierdo tiene una pequeña cicatriz de un viejo forúnculo; cuando fue robado, llevaba encima un castillo con asientos para quince personas y una manta de ensillar tejida en oro del tamaño de una alfombra ordinaria.

No había ningún error. El inspector tocó la campanilla, entregó la descripción a Alaric y dijo:

—Haga que impriman inmediatamente cincuenta mil copias de este informe y que sean enviadas a todos los despachos de detectives y casas de empeños del continente.

Alaric se retiró.

—Bueno... De momento, vamos bien. Lo siguiente que necesito es una fotografía de la propiedad sustraída.

Le entregué una. La examinó con aire crítico y dijo:

—Tendrá que servir, ya que no disponemos de nada mejor; pero tiene la trompa enrollada y metida dentro de la boca. Es una lástima, y casi parece hecho adrede para despistar, porque está claro que normalmente no la lleva en esta posición.

Tocó la campanilla.

—Alaric, haga que saquen cincuenta mil copias de esta fotografía a primera hora de la mañana, y que sean enviadas junto con las circulares descriptivas.

Alaric se retiró para ejecutar sus órdenes. El inspector dijo:

—Por descontado, será necesario ofrecer una recompensa. ¿De qué cantidad estaríamos hablando?

—¿Qué cantidad propone usted?

—Para empezar, yo diría que... unos veinticinco mil dólares. Se trata de un asunto intrincado y difícil; hay mil maneras de escapar y otras tantas oportunidades de esconderse. Estos ladrones tienen amigos y compinches en todas partes...

—¡Santo Dios! ¿Acaso sabe quiénes son?

Su cauteloso rostro, acostumbrado a ocultar ideas y emociones, no reveló nada, como tampoco las palabras que pronunció acto seguido con tanto aplomo:

—No se preocupe por eso. Puede que lo sepa, puede que no. Generalmente podemos determinar con bastante precisión quién es nuestro hombre basándonos en su manera de actuar y en el volumen del botín que persigue. No estamos tratando con un carterista o un ratero cualquiera, de eso puede estar seguro. Esta propiedad no ha sido «sisada» por un novato. Pero, como iba diciendo, teniendo en cuenta la cantidad de viajes que será preciso efectuar y la diligencia con que los ladrones borrarán sus huellas a lo largo de su huida, puede que veinticinco mil dólares no sea una cantidad demasiado grande que ofrecer, aunque creo que valdrá la pena comenzar a partir de esa suma.

Así pues, convenimos esta cantidad para empezar. Entonces aquel hombre, al que no escapaba nada que pudiera considerarse una pista, dijo:

—Hay casos en la historia detectivesca que demuestran que los criminales han sido descubiertos a causa de sus singulares apetitos. Veamos, ¿qué come este elefante, y en qué cantidad?

—Bueno, respecto a lo de qué come..., come de todo. Se comerá a un hombre, se comerá una Biblia: comerá cualquier cosa que esté entre un hombre y una Biblia.

—Bien..., de hecho, muy bien; pero resulta demasiado genérico. Es preciso detallar: en nuestra profesión, los detalles son lo único que verdaderamente cuenta. Muy bien..., respecto a los hombres. En una comida, o, si lo prefiere, en un día, ¿cuántos hombres se comerá, si son tiernos?

—No le preocupa demasiado que estén tiernos; en una sola comida es capaz de comerse cinco hombres normales.

—Muy bien, cinco hombres. Lo anotamos. ¿De qué nacionalidades los prefiere?

—No parece mostrar preferencias en ese aspecto. Prefiere a la gente conocida, pero no tiene prejuicios contra los extranjeros.

—Muy bien. Ahora ocupémonos de las Biblias. ¿Cuántas Biblias suele comer en una comida?

—Puede llegar a comerse una edición entera.

—Esta respuesta no es muy precisa. ¿Habla usted del tomo ordinario en octavo o del familiar ilustrado?

—Creo que le son indiferentes las ilustraciones; es decir, creo que no les da más valor que a la simple letra impresa.

—No, no ha captado usted mi idea. Me refiero al volumen. La Biblia corriente, impresa en octavo, pesa alrededor de dos libras y media, mientras que el gran formato en cuarto con ilustraciones pesa unas diez o doce. ¿Cuántas Biblias con grabados de Doré se tragaría en una comida?

—Si conociera a ese elefante, no preguntaría eso. Se tragaría cuantas le diesen.

—Bien, entonces, calculémoslo en dólares y centavos. Tenemos que obtener esa información de un modo u otro. La Biblia de Doré cuesta cien dólares el ejemplar con piel de Rusia y cantos dorados.

—Necesitaría unos cincuenta mil dólares; esto es, una edición de quinientos ejemplares.

—Esto ya es más exacto. Tomaré nota. Muy bien, le gustan los hombres y las Biblias. De momento, vamos bien. ¿Qué otras cosas le gusta comer? Necesito detalles.

—Dejará las Biblias para comer ladrillos; dejará los ladrillos para comer botellas; dejará las botellas para comer ropa; dejará la ropa para comer gatos; dejará los gatos para comer ostras; dejará las ostras para comer jamón; dejará el jamón para comer azúcar; dejará el azúcar para comer tarta; dejará la tarta para comer patatas; dejará las patatas para comer salvado; dejará el salvado para comer heno; dejará el heno para comer avena; y dejará la avena para comer arroz, porque fue criado principalmente con arroz. Come de todo, excepto mantequilla europea, y si la probara también se la comería.

—Muy bien. Por regla general, la cantidad que ingiere en cada comida es... digamos...

—Sí, entre un cuarto y media tonelada.

—¿Y bebe...?

—Toda suerte de líquidos: leche, agua, whisky, melaza, aceite de ricino, canfeno, ácido fénico... En fin, no vale la pena entrar en pormenores; puede anotar cualquier fluido que se le ocurra. Bebe cualquier cosa que sea líquida, a excepción del café europeo.

—Muy bien. ¿Y qué cantidad?

—Ponga usted de cinco a quince barriles. Su sed varía; sus otros apetitos, no.

—Todos estos datos son bastante inusuales. Sin duda nos proporcionarán pistas excelentes para seguir su rastro.

Tocó la campanilla.

—Alaric, llame al capitán Burns.

Burns se presentó. El inspector Blunt le puso al corriente de la cuestión, sin omitir detalle alguno. Luego dijo, en el tono claro y resuelto de un hombre que tiene sus planes perfectamente trazados en la mente y que está acostumbrado a mandar:

—Capitán Burns, asigne a los detectives Jones, Davis, Halsey, Bates y Hackett para seguir el rastro del elefante.

—Sí, señor.

—Asigne a los detectives Moses, Dakin, Murphy, Rogers, Tupper, Higgins y Bartholomew para seguir los pasos de los ladrones.

—Sí, señor.

—Ponga una fuerte guardia, una guardia de treinta de los mejores hombres, con otros treinta para el relevo, en el sitio donde fue robado el elefante, para mantenerlo estrechamente vigilado día y noche; y que no permitan a nadie acercarse, a excepción de los periodistas, sin mi autorización escrita.

—Sí, señor.

—Coloque a detectives de paisano en las estaciones de ferrocarril, en los embarcaderos de vapores y mercantes y en todas las carreteras que salen de Jersey City, con órdenes de registrar a toda persona sospechosa.

—Sí, señor.

—Proporcione a cada uno de esos hombres la fotografía y la descripción detallada del elefante, y deles instrucciones para que registren todos los trenes y todos los buques mercantes y demás embarcaciones que zarpen de puerto.

—Sí, señor.

—En caso de que encuentren el elefante, deben capturarlo e informarme inmediatamente vía telegráfica.

—Sí, señor.

—Debo ser informado inmediatamente en caso de que se encuentre cualquier pista: huellas del animal, o cualquier otra cosa por el estilo.

—Sí, señor.

—Consiga una orden para hacer que la policía del puerto patrulle atentamente todos los frentes.

—Sí, señor.

—Envíe detectives de paisano por todos los ferrocarriles: por el norte hasta Canadá, por el oeste hasta Ohio, por el sur hasta Washington.

—Sí, señor.

—Ponga expertos en todas las oficinas telegráficas para escuchar todos los mensajes, y pida que hagan descifrar todos los despachos que estén escritos en clave.

—Sí, señor.

—Que todo esto se lleve a cabo en el más absoluto secreto; escúcheme bien: en el más impenetrable secreto.

—Sí, señor.

—Infórmeme de todo a la hora de costumbre.

—Sí, señor.

—¡Retírese!

—Sí, señor.

Y se marchó.

El inspector Blunt permaneció silencioso y pensativo durante unos instantes, mientras el fulgor de sus ojos iba apagándose hasta desvanecerse. Luego se volvió hacia mí y dijo en un tono tranquilo:

—No suelo jactarme de nada; no es mi costumbre; pero... encontraremos al elefante.

Estreché calurosamente su mano y le di las gracias; y realmente me sentía agradecido en lo más profundo de mi ser. A medida que veía cómo trabajaba aquel hombre, más me gustaba su persona y más me admiraban y me maravillaban los misteriosos prodigios de su profesión. Nos despedimos por aquella noche, y regresé a mi domicilio con un corazón más alegre que el que había arrastrado conmigo hasta su despacho.

A la mañana siguiente, el asunto del robo aparecía en todos los periódicos, y con todo lujo de detalles. Había incluso información adicional: las distintas teorías del detective Fulano, del detective Mengano, del detective Zutano, etcétera, sobre el modo en que se debió de perpetrar el robo, quiénes serían los ladrones y hacia dónde habrían huido con su botín. Había en total once de estas teorías, que abarcaban en conjunto todas las posibilidades; hecho que, por sí solo, demuestra la independencia de pensamiento de que gozaban los detectives. No había dos teorías iguales, ni siquiera parecidas, salvo en un detalle sorprendente en el que concordaban absolutamente las once teorías: en que, a pesar de haberse practicado un agujero en la parte trasera del edificio y de que la única puerta permanecía cerrada, el elefante no había sido sacado a través del orificio, sino por alguna otra salida (no descubierta todavía). Todas las teorías coincidían en que los ladrones habían practicado aquel agujero para despistar a los detectives. Es algo que nunca se me habría ocurrido, ni a mí ni seguramente a ningún otro ciudadano de a pie, pero los detectives no se habían dejado engañar en ningún momento. Así pues, lo que para mí era lo único que no encerraba misterio alguno, era de hecho en lo que más equivocado estaba. Las once teorías daban los nombres de los supuestos ladrones, pero ni siquiera dos de ellas coincidían en un solo nombre: el número total de sospechosos ascendía a treinta y siete. Los diferentes artículos de los periódicos terminaban con la opinión más importante de todas: la del inspector jefe Blunt. Una parte de sus declaraciones decía lo siguiente:

El inspector jefe sabe quiénes son los dos principales autores: «Brick» Duffy y «Red» McFadden. Diez días antes de perpetrarse el robo, ya estaba al tanto de que iban a intentarlo y, con la mayor discreción, había hecho vigilar estrechamente los pasos de estos dos conocidos villanos; pero, por desgracia, la noche en cuestión se perdió su pista y, antes de volver a encontrarla, el pájaro había volado..., esto es, el elefante.

Duffy y McFadden son los dos malhechores más intrépidos de su gremio; el inspector jefe tiene razones para creer que fueron ellos quienes robaron la estufa de la jefatura central durante una noche muy cruda del pasado invierno, debido a lo cual él y los demás detectives presentes tuvieron que ponerse en manos de los médicos antes de que llegara la mañana, algunos de ellos con los pies congelados, y otros con los dedos, las orejas y otros miembros congelados.

Cuando leí la primera parte de aquello, me quedé aún más atónito ante la portentosa sagacidad de aquel hombre singular. No solo veía con claridad meridiana el presente, sino que ni siquiera el futuro escapaba a su mirada penetrante. Me presenté a primera hora de la mañana en su despacho y le dije que sin duda me habría gustado que hubiese hecho arrestar antes a aquellos bribones, evitando así tanto revuelo y tanta pérdida; pero su respuesta fue sencilla y contundente, de las que no admiten réplica:

—No es nuestra competencia prevenir el crimen, sino castigarlo. Y no podemos castigarlo hasta que se ha cometido.

Señalé que la prensa había echado a perder el secretismo con que se habían iniciado las diligencias. No solo habían sido revelados todos los datos de que disponíamos, sino también nuestros planes y proyectos: incluso se habían publicado los nombres de los sospechosos, con lo que sin duda ahora podrían disfrazarse u ocultarse.

—Déjelos. Se encontrarán con que, cuando esté dispuesto para actuar, mi mano caerá sobre ellos, en sus escondrijos secretos, de forma tan certera como la mano del destino. En cuanto a los periódicos, necesitamos el contacto con ellos. La fama, la reputación, estar constantemente en boca del público, son la tarjeta de presentación del detective. Necesita hacer públicos sus datos, ya que, de lo contrario, es como si no tuviera ninguno; necesita publicar su teoría, porque nada hay tan curioso o sorprendente como la teoría de un detective, ni nada que le granjee tanto respeto y admiración. Y nosotros tenemos que publicar nuestros planes porque los diarios insisten en conocerlos, y no podemos negarnos a ello sin ofenderlos. Necesitamos mostrar constantemente al público lo que estamos haciendo, ya que de lo contrario creerían que no hacemos nada. Resulta mucho más agradable que un periódico diga «La ingeniosa y extraordinaria teoría del inspector Blunt es la siguiente», antes que ser duramente criticado o, peor aún, recibir ataques sarcásticos.

—Comprendo la fuerza de sus razonamientos. Pero he observado que, en una parte de sus declaraciones a los periódicos de esta mañana, se negaba usted a revelar su opinión sobre cierto aspecto secundario de la cuestión.

—Sí, siempre lo hacemos: eso causa buen efecto. Además, a decir verdad, no tengo ninguna opinión formada al respecto.

Entregué una considerable suma de dinero al inspector para cubrir gastos, y me senté a la espera de noticias. Confiábamos en que los telegramas empezarían a llegar de un momento a otro. Entretanto, volví a leer los periódicos y también la circular descriptiva, y observé que nuestra recompensa de veinticinco mil dólares parecía ofrecerse solo a los detectives. Dije que pensaba que debería ser ofrecida a cualquiera que recuperara el elefante. El inspector dijo:

—Son los detectives los que encontrarán el elefante, así que la recompensa recaerá sobre quien debe. Si otra gente encontrase al animal, sería solo por haber espiado a los detectives y haberse aprovechado de las pistas e indicaciones que les habrían robado; y, por tanto, los detectives serían los que tendrían, al fin y al cabo, derecho a la recompensa. El objeto de una recompensa es el de estimular a hombres que consagran su tiempo, su formación y su sagacidad a este tipo de trabajo, y no la de conferir beneficios a ciudadanos favorecidos por la suerte que recuperan algo por casualidad, sin habérselo ganado por sus propios méritos y esfuerzos.

Ciertamente, era bastante razonable. En ese momento, el aparato telegráfico de la esquina empezó a percutir, dando como resultado el siguiente despacho:

Flower Station, Nueva York, 7.30 mañana

Tengo pista. Encontrada serie de profundas huellas atravesando granja cercana. Perseguido dos millas al este, sin resultado; pienso elefante marchado al oeste. Sigo el rastro en esa dirección.

DETECTIVE DARLEY

—Darley es uno de los mejores hombres del cuerpo —dijo el inspector—. No tardaremos mucho en volver a tener noticias de él.

Llegó el telegrama número dos:

Barker's, New Jersey, 7.40 mañana

Acabo de llegar. Fábrica vidrio asaltada noche pasada, ochocientas botellas robadas. Agua cerca en grandes cantidades solo a cinco millas de distancia. Se dirigirá hacia allí. Elefante estará sediento. Botellas estaban vacías.

DETECTIVE BAKER

—Esto también pinta bien —dijo el inspector—. Ya le dije yo que los apetitos del animal nos proporcionarían buenas pistas.

Telegrama número tres:

Almiar cerca de aquí desaparecido durante la noche. Probablemente comido. Tengo una pista, la sigo.

DETECTIVE HUBBARD

—¡Cómo se mueve! —dijo el inspector—. Ya sabía yo que teníamos un trabajo difícil entre manos, pero aun así lo encontraremos.

Flower Station, Nueva York, 9 mañana

Siguiendo pista huellas tres millas dirección oeste. Grandes, profundas e irregulares. Acabo de encontrar campesino que dice que no son huellas de elefante. Dice que son hoyos de cuando desenterró retoños de árboles para dar sombra, durante la helada del pasado invierno. Espero órdenes.

DETECTIVE DARLEY

—¡Ajá, un cómplice de los ladrones! ¡La cosa se pone al rojo vivo! —dijo el inspector.

Y dictó a Darley el siguiente telegrama:

Arreste al hombre y oblíguele a dar los nombres de sus compinches. Siga las huellas; hasta el Pacífico, si es preciso.

INSPECTOR JEFE BLUNT

El siguiente telegrama:

Coney Point, Pennsylvania, 8.45 mañana

Oficinas del gas asaltadas durante la noche, y desaparecidas facturas del gas impagadas de tres meses. Tengo una pista y la sigo.

DETECTIVE MURPHY

—¡Dios mío! —dijo el inspector—. ¿Se habrá comido las facturas del gas?

—Por ignorancia..., sí; pero esos papeles no permiten mantener la vida. Al menos, por sí solos.

Entonces llegó este emocionante telegrama:

Ironville, Nueva York, 9.30 mañana

Acabo de llegar. El pueblo, consternado. Elefante pasó por aquí a las cinco madrugada. Algunos dicen tomó dirección este, otros dicen oeste, algunos norte, otros sur; pero todos dicen no esperaron mucho para fijarse. Mató un caballo: he guardado un pedazo como pista. Lo mató con la trompa; por el estilo de impacto, creo que golpeó de zurda. Por la posición en que yace caballo, creo elefante se dirige al norte por la línea ferrocarril de Berkley. Lleva cuatro horas y media de ventaja, pero encontraré enseguida su pista.

Detective Hawes

Prorrumpí en exclamaciones de alegría. El inspector se mostró tan imperturbable como una imagen tallada. Tocó tranquilamente la campanilla.

—Alaric, haga venir al capitán Burns.

Burns se presentó.

—¿Cuántos hombres hay disponibles para recibir órdenes inmediatas?

—Noventa y seis, señor.

—Envíelos al norte inmediatamente. Que se concentren en la línea ferroviaria de Berkley al norte de Ironville.

—Sí, señor.

—Que actúen con la más absoluta reserva. En cuanto quede gente libre de servicio, que estén disponibles hasta recibir nuevas órdenes.

—Sí, señor.

—¡Retírese!

—Sí, señor.

Llegó entonces otro telegrama.

Sage Corners, Nueva York, 10.30

Acabo de llegar, elefante pasó por aquí a las 8.15. Todos han huido de la ciudad, salvo un policía. Parece que elefante no embistió policía, sino farola. Alcanzó a ambos. Me guardo un trozo de policía como pista.

DETECTIVE STUMM

—Así pues, el elefante ha girado hacia el oeste —dijo el inspector—. Pero no escapará, porque tengo hombres destacados por toda la región.

El siguiente telegrama decía:

Glover's, 11.15

Acabo de llegar. Pueblo desierto, excepto viejos y enfermos. Elefante pasó hace unos tres cuartos de hora. Estaba reunida la junta antitemplanza: metió la trompa por una ventana y arrojó chorro de agua de la cisterna. Algunos tragaron hasta morir; varios ahogados. Detectives Cross y O'Shaughnessy pasaron por la ciudad, pero fueron hacia el sur, así que no dieron con el elefante. Toda la región aterrorizada en muchas millas a la redonda: la gente huye de sus casas. Se encuentran con elefante en todas partes, y muchos han muerto.

DETECTIVE BRANT

Yo tenía ganas de echarme a llorar, a tal punto me afligían aquellos estragos. Pero el inspector se limitó a decir:

—Ya lo ve... Le estamos pisando los talones. Siente nuestra presencia: se ha dirigido de nuevo hacia el este.

Pero nos estaban reservadas noticias aún más intranquilizadoras. El telégrafo trajo lo siguiente:

Hogansport, 12.19

Recién llegado. Elefante pasó hace media hora, causando gran pánico y tumulto. Elefante embistiendo furioso por las calles. Se encontró con dos fontaneros: uno murió, el otro escapó. Duelo general.

DETECTIVE O'FLAHERTY

—Ahora se encuentra justo en medio de mis hombres —dijo el inspector—. No tiene escapatoria.

Llegaron una serie de telegramas de detectives procedentes de toda la geografía de New Jersey y Pennsylvania, que seguían el rastro del elefante a través de graneros, fábricas y bibliotecas de escuelas dominicales completamente arrasados, y cuyos mensajes estaban llenos de grandes esperanzas..., esperanzas que llegaban incluso a certidumbres. El inspector dijo:

—Ojalá pudiera comunicarme con ellos y ordenarles que se dirigieran hacia el norte, pero es imposible. Un detective solo acude a la oficina telegráfica para enviar su informe; luego vuelve a su trabajo, y ya no hay manera de pillarlo.

Llegó este telegrama:

Bridgeport, Connecticut, 12.15

Barnum ofrece cuota anual de cuatro mil dólares por derechos exclusivos de usar elefante como medio publicidad ambulante, desde ahora hasta que los detectives lo encuentren. Quiere colgar carteles de circo. Desea respuesta inmediata.

DETECTIVE BOGGS

—¡Esto es completamente absurdo! —exclamé.

—Claro que lo es —dijo el inspector—. Evidentemente el señor Barnum, que se cree muy listo, no me conoce..., pero yo le conozco bien a él.

Y luego dictó el siguiente telegrama:

> Oferta del señor Barnum rechazada. Siete mil dólares o nada.
>
> INSPECTOR JEFE BLUNT

—Eso es. No tardaremos mucho en obtener respuesta. El señor Barnum no se encuentra en su casa, sino en la oficina de telégrafos: ese es su estilo cuando tiene un negocio entre manos. Dentro de tres...

> Trato hecho.
>
> P. T. BARNUM

Y con eso se interrumpió el tableteo del aparato telegráfico. Antes de que pudiera hacer algún comentario sobre aquel extraordinario episodio, el siguiente telegrama condujo mis pensamientos en otra dirección mucho más angustiosa:

> *Bolivia, Nueva York, 12.50*
>
> Elefante llegado aquí desde el sur a las 11.50, y huido hacia el bosque, dispersando en su camino un entierro y acabando con dos miembros del cortejo fúnebre. Civiles dispararon contra él pequeñas balas de cañón y luego huyeron. Detective Burke y yo llegamos diez minutos más tarde, desde el norte; pero tomamos como huellas ciertas excavaciones y perdimos mucho tiempo. Encontramos al fin la pista buena y la seguimos hacia el bosque. Avanzamos a cuatro patas, sin apartar los ojos del rastro, y lo perseguimos entre la vegetación. Burke iba delante. Por desgracia, el animal se había detenido a descansar: de

modo que Burke, con la cabeza gacha y los ojos fijos en el rastro, se dio de bruces contra las patas traseras del elefante antes de darse cuenta de su proximidad. Burke se levantó al momento, lo cogió de la cola y exclamó alegremente: «Reclamo la recomp...», pero no pudo seguir, pues de un solo trompazo el animal abatió mortalmente al valeroso compañero, dejándolo hecho pedazos. Retrocedí a toda prisa, y el elefante dio la vuelta y empezó a perseguirme con pasmosa velocidad, pisándome los talones hasta llegar a la linde del bosque. Me habría visto irremisiblemente perdido de no ser de nuevo por la providencial intervención del entierro, cuyos despojos distrajeron su atención. Acabo de enterarme de que ya no quedan restos del cortejo fúnebre, pero tanto da, porque existe abundante material para otro. Entretanto, el elefante ha vuelto a desaparecer.

DETECTIVE MULROONEY

No volvimos a saber nada —a excepción de las noticias que enviaban los diligentes detectives diseminados por New Jersey, Pennsylvania, Delaware y Virginia, todos los cuales seguían nuevas y alentadoras pistas—, hasta que poco después de las dos de la tarde recibimos el siguiente telegrama:

Baxter Center, 2.15

Elefante pasó por aquí, completamente cubierto de carteles de circo, y disolvió asamblea evangelista, embistiendo y contusionando a muchos que se disponían a pasar a mejor vida. Civiles lo cercaron y montaron guardia. Cuando detective Brown y yo llegamos, entramos en cercado y procedimos a identificar elefante mediante fotografía y descripción. Todo concordaba exactamente, excepto un detalle que no pudimos ver: forúnculo bajo axila. Para asegurarse, Brown se deslizó debajo de elefante para mirar, y fue inmediatamente descalabrado: aplastado y aniquilado, aunque nada se encontró bajo escombros. Todo el mundo huyó; y también elefante, golpeando a diestra y siniestra certeramente. Escapó, pero dejando abundante reguero de sangre de las heridas de cañón. Seguro volver a encontrarlo. Se escabulló hacia el sur, a través denso bosque.

DETECTIVE BRENT

Este fue el último telegrama. Al anochecer, cayó una niebla tan densa que no podía distinguirse nada a más de tres pasos de distancia. Esto duró toda la noche. El transporte fluvial e incluso los ómnibus se vieron obligados a dejar de circular.

III

A la mañana siguiente, los periódicos venían llenos de teorías detectivescas, al igual que el día anterior; y también abundaban en detalles sobre los trágicos hechos acaecidos, y otros muchos más recogidos directamente de sus corresponsales telegráficos. Hasta una tercera parte de cada columna, una tras otra, estaba ocupada por enormes y terribles titulares, cuya lectura destrozaba mi corazón. Su tono general era más o menos este:

> ¡El elefante blanco anda suelto! ¡Prosigue su fatídica marcha! ¡Pueblos enteros abandonados por sus habitantes aterrorizados! ¡El pánico le precede, dejando a su paso muerte y devastación! ¡Los detectives siguen su rastro! ¡Graneros destruidos, fábricas arrasadas, cosechas devoradas, asambleas públicas dispersadas, acompañadas de escenas de matanzas imposibles de describir! ¡Teorías de treinta y cuatro de los más distinguidos detectives de la fuerza policial! ¡La teoría del inspector jefe Blunt!

—¡Lo ve! —dijo el inspector Blunt, casi traicionándose en su exaltación—. ¡Esto es magnífico! Es el mayor golpe de fortuna que jamás haya tenido una organización de detectives. La fama de este suceso se extenderá por todos los confines de la tierra y perdurará hasta el fin de los tiempos, y con ella mi nombre.

Pero yo no compartía su alegría. Sentía como si yo hubiese cometido todos aquellos crímenes sangrientos, y el elefante no fuese sino mi agente inconsciente. ¡Y cómo había ido creciendo la lista...! En cierto lugar había «intervenido en unas elecciones, matando a cinco electores que repetían voto». A este acto le siguió la aniquilación de dos pobres tipos, llamados O'Donohue y McFlannigan, que habían «encontrado refugio en el hogar de los oprimidos del mundo entero justo el día anterior, y estaban ejerciendo por primera vez el noble derecho de los ciudadanos americanos en las urnas cuando fueron abatidos por la mano implacable del Azote de Siam». En otro lugar había «encontrado a un exaltado predicador sensacionalista que preparaba para su próximo sermón una serie de ataques heroicos contra el baile, el teatro y otras cosas difícilmente justificables, y lo aplastó con sus enormes patas». Y aun en otro sitio había «matado a un agente para la instalación de pararrayos». Y de esta forma proseguía la lista, tornándose cada vez más y más sangrienta, y cada vez más y más desgarradora. Sesenta personas habían resultado muertas, y doscientas cuarenta heridas. Todos los testimonios daban fe de la abnegada labor de los detectives, y todos terminaban señalando que «trescientos mil ciudadanos y cuatro detectives habían visto a la terrible bestia, y dos de los últimos habían sido aniquilados por ella».

Temía volver a escuchar en cualquier momento el tableteo del aparato telegráfico. Los mensajes no tardaron en llegar, pero me sentí felizmente decepcionado por su naturaleza. Pronto se supo que se había perdido todo rastro del elefante. La niebla le había permitido encontrar un buen escondrijo, aún no localizado. Telegramas llegados de todas partes, absurdamente distantes entre sí, informaban de que se había vislumbrado una vaga y gigantesca mole a través de la niebla, a tal y a cual hora, y que «se trataba indudablemente del elefante». Esa vaga y gigantesca mole había sido observada en New Haven, en New Jersey, en Pennsylvania, en el estado de Nueva York, en Brooklyn... ¡e incluso en la misma ciudad de Nueva York! Pero en todos los casos la vaga y gigantesca mole se había esfumado rápidamente sin dejar rastro. Todos los detectives de la numerosa fuerza policial diseminada por aquella enorme extensión del país enviaban sus comunicados cada hora, y todos tenían una pista, seguían estrechamente algún rastro y estaban a punto de dar con él.

Pero el día pasó, sin resultado alguno.

Al día siguiente, lo mismo.

Al otro, exactamente igual.

Las informaciones de los periódicos empezaban a ser monótonas, con datos que no revelaban nada nuevo, con pistas que no conducían a ninguna parte, y teorías que habían agotado prácticamente los elementos de sorpresa, deleite y asombro.

Por consejo del inspector, doblé la recompensa.

Siguieron cuatro días anodinos. Luego cayó sobre los pobres y esforzados detectives un duro y amargo golpe: los periodistas se negaban a publicar sus opiniones, declarando fríamente:

—¡Dadnos un respiro!

Dos semanas después de la desaparición del elefante, aumenté la recompensa hasta setenta y cinco mil dólares, por consejo del inspector. Era una cantidad muy considerable, pero estaba convencido de que era mucho mejor sacrificar toda mi fortuna particular que perder mi crédito ante el gobierno. Ahora que los detectives se encontraban en una situación tan adversa, los periódicos se volvieron contra ellos y empezaron a atacarles con los más hirientes sarcasmos. Esto dio una idea a los cantantes cómicos de cara negra, que, disfrazados de detectives, simulaban cazar al elefante por el escenario haciendo ridículas extravagancias. Los caricaturistas dibujaron estampas satíricas de detectives escudriñando el país con catalejos, mientras el elefante, a sus espaldas, les robaba manzanas de los bolsillos. Y representaban la placa policial con toda suerte de imágenes ridículas; sin duda habrá visto la placa estampada en oro al final de las novelas de detectives: un ojo muy abierto, con la leyenda SIEMPRE ALERTA. Cuando los detectives pedían una bebida, el camarero con ínfulas de gracioso resucitaba una forma de expresión caída en desuso y decía: «¿Quiere un trago de esos que hacen abrir los ojos?». Y es que la atmósfera estaba cargada de sarcasmos.

Pero había un hombre que se movía tranquila e imperturbablemente en medio de todo aquello, sin que pareciera afectarle en absoluto. Se trataba de aquel corazón de pedernal: el inspector jefe. Sus ojos valerosos nunca bajaron ante nadie; su serena confianza no vaciló jamás. Siempre decía:

—Que sigan con sus mofas... El que ríe último ríe mejor.

Mi admiración hacia aquel hombre fue creciendo hasta convertirse en una especie de idolatría. No me apartaba de su lado. Cada día que pasaba su despacho me resultaba un lugar más desagradable, pero, si él podía soportarlo, yo estaba dispuesto a hacer lo mismo: al menos aguantaría todo el tiempo que me fuera posible. Así que acudía allí regularmente, y me quedaba, y era el único extraño que parecía poder soportarlo. Todo el mundo se asombraba de ello, y con frecuencia pensaba que debía abandonar ya, pero en tales ocasiones contemplaba el rostro tranquilo y aparentemente despreocupado del inspector, y permanecía firme en mi puesto.

Habían pasado ya tres semanas desde la desaparición del elefante, y una mañana, cuando estaba a punto de declarar que no me quedaba más remedio que plegar velas y retirarme, el genial detective me hizo desistir de tal idea proponiéndome una nueva, soberbia y magistral táctica.

Se trataba de hacer un trato con los ladrones. La fertilidad inventiva de aquel hombre excedía a cuanto yo hubiera visto hasta entonces, y debo decir que he tenido amplio trato con las mentes más refinadas del mundo entero. Aseguró estar convencido de que podría llegar a un acuerdo por cien mil dólares y recuperar así el elefante. Le dije que creía poder reunir esa suma, pero ¿qué sería de los pobres detectives que tan fielmente habían colaborado? Me dijo:

—En este tipo de tratos siempre se llevan la mitad.

Eso echó por tierra mi única objeción. Así pues, el inspector escribió dos notas que decían así:

> Apreciada señora:
> Su marido puede ganar una buena cantidad de dinero (y verse totalmente protegido por la ley) si concierta una reunión inmediata conmigo.
>
> Inspector jefe Blunt

Envió una de ellas con su mensajero confidencial a la «reputada mujer» de Brick Duffy, y la otra, a la reputada mujer de Red McFadden.

Al cabo de una hora, se recibieron estas ofensivas respuestas:

> Viejo chalado:
> Brick Duffy murió ace dos años.
>
> Bridget Mahoney

> Jefe de los mochuelos:
> Red McFadden fue colgado ará unos dieciocho meses. Cualquier asno que no sea detective lo save.
>
> Mary O'Hooligan

—Hacía tiempo que sospechaba estos hechos —dijo el inspector—. Estos testimonios solo demuestran el infalible acierto de mi instinto.

En cuanto fracasaba uno de sus recursos, ya tenía uno

nuevo a punto. A continuación redactó un anuncio para los periódicos de la mañana, del cual conservé una copia.

A. — xwblv. 242 N. Tjnd — fz328wmlg. Ozpo, —; 2 m! ogw. Mum.

Dijo que, si el ladrón estaba vivo, aquello le haría acudir al lugar de encuentro habitual. Después explicó que allí era donde se trataban todos los asuntos importantes entre detectives y criminales. El encuentro tendría lugar a las doce de la noche siguiente.

Nada más se podía hacer hasta entonces, así que no perdí ni un momento en abandonar el despacho, agradecido sobremanera por aquel privilegio.

A las once en punto de la noche siguiente llevé cien mil dólares en billetes de banco, que deposité en manos del inspector jefe; poco después se despidió de mí, con la valerosa e imperturbable expresión de confianza en su mirada. Casi había transcurrido una hora de insoportable angustia cuando escuché acercarse sus benditos pasos, y me levanté y salí jadeando y tambaleante a su encuentro. ¡Cómo llameaban sus nobles ojos por el triunfo...! Me dijo:

—¡Hemos llegado a un acuerdo! ¡Qué canción más diferente entonarán mañana esos que se burlan tanto! ¡Sígame!

Cogió una vela encendida y bajó a grandes zancadas al gran sótano abovedado, donde solían dormir unos sesenta detectives, una veintena de los cuales estaba jugando a cartas para matar el tiempo. Yo le seguía muy de cerca. Se dirigió raudo hasta el extremo más oscuro y alejado del subterráneo, y cuando me encontraba a punto de sucumbir a una angustiosa sensación de asfixia y de desmayarme, el inspector tropezó y cayó encima de los miembros estirados de un voluminoso objeto, y mientras caía le oí exclamar:

—¡Nuestra noble profesión queda reivindicada! ¡Aquí tiene a su elefante!

Tuve que ser llevado a las oficinas de arriba y reanimado con ácido fénico. Toda la fuerza detectivesca entró en tromba y estalló en una escena de algarabía triunfal como nunca hasta entonces había visto. Se llamó a los periodistas, se abrieron cajas enteras de champán, se hicieron numerosos brindis, los apretones de manos y las enhorabuenas fueron continuas y entusiastas. Como es natural, el inspector jefe era el héroe del momento, y su dicha era tanta, y había sido ganada de forma tan paciente, digna y valerosa, que me sentí muy feliz al verle, aunque yo no fuese allí más que un miserable sin hogar, con mi inestimable carga muerta y mi posición al servicio de mi país irremediablemente perdida por lo que siempre sería considerado como la ejecución fatalmente negligente de un importantísimo encargo. Muchas miradas elocuentes testimoniaron su profunda admiración hacia el jefe, y más de una voz de detective murmuró: «Miradlo bien: es el rey de la profesión. Dadle una pista, es todo cuanto necesita, y solo con eso no habrá nada, por oculto que esté, que él no pueda encontrar». Causó inmenso placer el reparto de los cincuenta mil dólares; cuando terminó, el inspector jefe pronunció un pequeño discurso, mientras se guardaba su parte en el bolsillo, en el que dijo:

—Disfrutadlo, muchachos, os lo habéis ganado. Y aún más que eso: habéis ganado la inmortal fama de la profesión de detective.

Entonces llegó un telegrama, que decía lo siguiente:

Monroe, Michigan, 10 de la noche

Por primera vez después de tres semanas encuentro oficina telegráfica. Todavía sigo aquellas huellas, a caballo, a través de los bosques, durante más de mil millas, y son cada vez más fuertes, grandes y frescas. No se preocupe: antes de una semana encontraré elefante. Eso seguro.

Detective Darley

371

El jefe pidió tres vítores por «Darley, una de las mentes más lúcidas de nuestro cuerpo», y luego ordenó que se le telegrafiase de inmediato para que regresara y recibiera su parte de la recompensa.

Así terminó este fantástico episodio del elefante robado. A la mañana siguiente, los periódicos fueron una vez más pródigos en grandes elogios, con una única y despreciable excepción. Aquel diario decía: «¡Qué detective tan genial! Quizá haya sido un poco lento en encontrar una minucia como un elefante perdido: puede que lo haya estado persiguiendo durante todo el día y durmiendo por la noche sobre su carcasa putrefacta durante tres semanas, pero al final lo encontrará..., ¡si consigue que el hombre que lo extravió le indique su paradero!».

Había perdido para siempre al pobre Hassan. Los cañonazos le habían herido mortalmente. Se había arrastrado entre la niebla hasta aquel inhóspito lugar, y allí, rodeado por sus enemigos y en peligro constante de ser descubierto, había ido consumiéndose de hambre y sufrimiento hasta que la muerte le trajo la paz.

El trato me costó cien mil dólares; los gastos de los detectives sumaron cuarenta y dos mil más; mi gobierno ya no volvió a confiarme ninguna misión ni cargo público; soy un hombre arruinado que vaga errante por el mundo..., pero mi admiración hacia aquel hombre, que a mi entender es el más grande detective que jamás haya existido, se mantiene viva hasta hoy, y seguirá así hasta el fin de mis días.

1882

LA MARCA DE FUEGO

Deseo revelar un secreto que llevo guardando nueve años y que se ha convertido en una carga.

En una ocasión, hace nueve años, dije con convencimiento:

—Si alguna vez vuelvo a Saint Louis, buscaré al señor Brown, el gran comerciante de grano, y le pediré que me conceda el privilegio de agarrarle la mano y darle un buen apretón.

La ocasión y las circunstancias fueron las que se relacionan a continuación. Un amigo mío, clérigo, se presentó una noche y dijo:

Traigo una carta realmente excepcional que quisiera leerle, si consigo hacerlo sin perder el control. No obstante, debo añadir algunas explicaciones a modo de preámbulo. La carta fue escrita por un antiguo ladrón y vagabundo de procedencia baja y educación plebeya, un hombre manchado por el delito y sumido en la ignorancia, pero, ¡gracias a Dios!, con una auténtica mina de oro oculta en su interior, como verá. Está dirigida a un ladrón llamado Williams, que cumple una condena de nueve años en cierta prisión estatal por robo. Williams era un ladrón particularmente osado, y ejerció el oficio durante varios años, pero al fin lo cogieron y lo encerraron a la espera de juicio en una población donde una noche había allanado una casa, pistola en mano, y había obligado al dueño a entregarle ochocientos dólares en bonos del tesoro. Williams no era una persona corriente en absoluto: se había graduado en Harvard y procedía de una familia de Nueva Inglaterra. Su padre era clérigo. Mientras estaba en la cárcel, su salud empezó a resentirse y se vio amenazado por la tisis. Aquello, junto con la oportunidad de reflexión que ofrece el encierro en solitario, produjo su efecto... su efecto natural. Se sumió en meditaciones profundas. Su temprana formación se afianzó con fortaleza y ejerció una gran influencia en su mente y en su corazón. Dejó atrás su antiguo modo de vida y se convirtió en un cristiano honesto. La cosa llegó a oídos de algunas damas de la población que fueron a visitarlo y, con palabras de aliento, apoyaron sus buenos propósitos y lo animaron a seguir adelante con su nueva vida. Pero el juicio había terminado en condena y lo sentenciaron a cumplir nueve años en la prisión del estado, tal como he dicho antes. Ahí se hizo amigo del pobre desgraciado al que he nombrado al principio, Jack Hunt, quien escribió la carta que le voy a leer. Verá que esa amistad fue provechosa para este último. Cuando hubo cumplido su pena se marchó a Saint Louis, y desde allí escribió su carta a Williams, aunque su camino no pasó del despacho del guardia de la prisión, por supuesto, ya que a los presos pocas veces se les permite recibir correspondencia del exterior. Las autoridades de la prisión la examinaron, pero no la destruyeron, no tuvieron valor para hacerlo. Después la mostraron a varias personas, y al final cayó en manos de las damas de quienes le he hablado hace un rato. El otro día me topé con un viejo amigo mío, un clérigo, que había leído esta carta y no cabía en sí. Con tan solo recordarla se quedó tan conmovido que no podía hablar sin que se le quebrara la voz. Prometió que me conseguiría una copia, y aquí está: una copia exacta, con todas las imperfecciones de la original. Está llena de expresiones coloquiales (del argot de los ladrones), pero su significado ha sido incluido, entre paréntesis, por las autoridades de la prisión:

Saint Louis,
9 de junio de 1872

Señor W. Amigo Charlie, si se me permite *yamarle* así:

Seguro que le sorprende recibir una carta de *mi*, pero espero que no por eso se suba por las paredes. *Qiero* darle las gracias por la forma en que me habló cuando estaba entre rejas, eso me *a* llevado a intentar ser un hombre mejor. Seguro que creía que lo que me dijo me *inportaba* un bledo, y al principio *asi* era, pero me di cuenta de que es usted un hombre que *a echo* un gran trabajo con las personas de buen corazón y no busca beneficiarse ni tampoco lucirse y todos los muchachos lo saben.

En las noches pensaba muchas veces en lo que usted me *decia*, y *asi* dejé de maldecir cinco meses antes de que fuera mi hora de salir de la cárcel, pues me di cuenta de que no me *hacia* ningún bien. El día que salí a la calle usted me dijo que si dejaba de andar por *ay* birlando cosas (robando) y me volvía legal durante tres meses, *haria* el mejor trabajo de mi vida. El agente me dio un pase para este sitio, y en el coche pensé más en lo que me *habia* dicho usted, pero no me *dicidí*. Cuando llegamos a Chicago, en el coche que nos *trayó* hasta aquí, le di el tirón (le robó el bolso) a una vieja. Acababa de bajar del coche y ya estaba deseando no haberlo *echo*, pues un rato antes me *habia* decidido a ser un tipo legal, durante tres meses *segun* usted, pero *me se* olvidó cuando vi el tirón tan regalado (fácil de llevar a cabo), aunque me he quedado cerca de ella y cuando *a* bajado del coche me *hize* el encontradizo y le dije: «Señora, ¿*a* perdido algo?», y ella se pispó (descubrió) de que le había volado (desaparecido) el bolso. «¿Es este?», le pregunto, y se lo doy. «Mira que llega a ser usted *onrado*», dice ella, pero yo no *tenia* valor de aguantar una charla y me he largado a toda prisa. Cuando llegué aquí me quedaba un dólar y veinticinco centavos, y *estube* tres días sin trabajo porque no era bastante fuerte para andar agachando el lomo (cargando y descargando) en los barcos. La tarde del tercer *dia* cambié los *ultimos* diez centavos por dos tortas con queso, y lo estaba pasando bastante mal y *creia* que *tendria* que volver a trincar (robar), pero entonces me acordé de lo que usted me *habia* contado una vez sobre un tipo que *yamaba* al Señor cuando *tenia* mala suerte y pensé que no *perdia* nada con probar por lo menos, pero cuando *querí* empezar me salió mal desde el principio, y solo pude decir: «Señor, dale a este pobre la oportunidad de ser un tipo legal durante tres meses, por el amor de Dios, amén», y le estuve dando vueltas y vueltas mientras *segia* mi camino, y una hora después estaba en el número 4 de Saint Louis, y esto es lo que me *a* pasado y por eso estoy ahora aquí y como le he dicho antes a punto de escribir esto. Mientras caminaba *hoí* un ruido fuerte y vi un caballo que *corria* arrastrando un coche con dos niños, y yo *cojí* un trozo de la tapa de una caja que *habia* en la *cera* y corrí en medio de la *caye*, y cuando el caballo se acercó le casqué en la cabeza todo lo fuerte que he podido. La tapa se *a echo* pedazos y el caballo se frenó un poco, y yo *cojí* las riendas y le tiré de la cabeza hasta que paró. El caballero que era su dueño *a* venido corriendo y *ensegida* vio que los niños estaban bien, así que *a* querido darme la mano y me regaló un billete de cincuenta dólares, y entonces caí en que le *habia* pedido al Señor que me *alludara*, y me quedé tan patitieso que no podía soltar las riendas ni abrir la boca. Él vio que me pasaba algo, y *volbió* para preguntarme: «Chico ¿te encuentras bien?», y entonces se me ocurre que *podia* preguntarle si tenía trabajo, y *boy* y le pido que se quede el billete y me *de* un trabajo. Él me dijo: «Súbete aquí y *ablaremos* de eso, pero quédate el dinero». Me preguntó si *sabia* cuidar caballos, y yo le dije que sí, pues antes solía rondar por los establos y muchas veces *alludaba* a limpiar y guiar a los caballos. Él me dijo que buscaba a un hombre para hacer ese trabajo, y que me *pagaria diciseis* dólares al mes, y me *cojió*. Ya imaginará que he aprovechado la oportunidad al momento, y esa noche, en la pequeña *abitación* que *tenia* encima del establo *estube* mucho rato pensando en mi vida pasada y en lo que me acababa de ocurrir, y me puse de rodillas y le di gracias al Señor por el trabajo y por *alludarme* a ser un tipo legal, y le dije que le *bendijiera* a usted por ponerme en el buen camino. Y a la mañana siguiente *volbí* a hacerlo y me compré algunas ropas y una Biblia, pues después de lo que el Señor *habia echo* por *mi* iba a leer la Biblia todos los días por la noche y por la mañana, y le pediría que me *hechara* un vistazo. Cuando *yevaba* allí una semana más o menos, el señor Brown (así se *yamaba*) vino una noche a mi *abitación* y me enseñó a leer la Biblia. Me preguntó si era cristiano y le dije que no, y me preguntó *porque leia* la Biblia en vez de otros libros, y..., mire, Charlie, preferí hablarle claro desde el principio, así que le conté todo lo de que *habia* estado entre rejas, y lo de usted, y lo de que *habia* estado a punto de dejar correr lo del trabajo pero que el Señor me lo dio cuando se lo pedí, y la *unica* forma que *tenia* de devolverle el *fabor* era leer la Biblia y ser un tipo legal. Le pedí que me diera una oportunidad durante tres meses, y él *estubo* mucho rato *hablandome* como un padre, y me dijo que podía quedarme, y entonces me sentí mejor que nunca en toda mi vida, pues le *habia* dicho toda la verdad al señor Brown y ya no tenía miedo de que viniera *algien* y descubriera el pastel (su pasado), y me quedara sin trabajo. A la mañana siguiente me *yamó* a la biblioteca y me suelta otro sermón, y me dice que estudie un poco todos los días, que él me *alludará* una hora o dos por la noche, y entonces me dio un libro de aritmética, uno de lectura, uno de geografía y uno de ortografía, y todas las noches me *alludaba*. Por la mañana me dejaba entrar en la casa para rezar, y me permitía ir a clases de la Biblia en la escuela dominical, que me gustaba mucho porque me *alluda* a entender mejor mi Biblia.

Mire, Charlie, hace ya dos meses que se acabaron los tres meses de ser un tipo legal, y como usted dijo es lo mejor que he *echo* en mi vida, y acabo de empezar otros tres meses del mismo estilo. *Aora* es cosa de Dios *alludarme* a que dure toda la vida. Charlie, le escribo esta carta para decirle que creo que Dios me *a* perdonado mis pecados y *a oido* sus plegarias, pues usted me dijo que *rezaria* por *mi*. A *mi* me gusta leer su palabra y contarle todos mis problemas y él me *alluda*, lo sé porque tengo muchas oportunidades de robar pero no me apetece como antes y *aora* me gusta más ir a la iglesia que al teatro, y antes no. Nuestros pastores y otros hablan muchas veces conmigo, y hace un mes querían que me uniera a la iglesia pero les dije: «No, *aora* no, porque podría confundir mis sentimientos, esperaré un poco», pero *aora* siento que Dios me *yama*, y el primer domingo de julio me uniré a la iglesia. Querido amigo, me gustaría poder escribir *como* me siento, pero aún no puedo, ya sabe que aprendí a leer y escribir cuando estaba en la *carcel* y no *se* escribir tan bien como puedo hablar. Ya *se* que no todas las palabras de aquí están bien escritas, y *ay* muchos errores más, pero usted sabrá perdonarlos, pues sabe que me he criado en una casa pobre *asta* que me escapé, y que nunca he sabido *qien* era mi padre ni mi madre ni mi nombre *berdadero*, y espero que no se enfade mucho conmigo, pero como tengo tanto derecho a un nombre como a otro he *cojido* el suyo, pues *se* que cuando salga no lo utilizará, y es usted el hombre en *qien* más pienso del mundo, así que espero que no se enfade. Me estoy portando bien, pongo diez dólares al mes en el banco junto con veinticinco de los cincuenta dólares. Si alguna vez *qiere* dinero, *digamelo* y es suyo, me gustaría que me permita *enbiarle* un poco *aora*. Con esta carta le *enbio* una *suscripcion* para un año de *Littles Living Age*, no sabía qué puede gustarle y se lo dije al señor Brown, y él me dijo que creía que eso le gustaría. Me gustaría estar cerca de usted para poder *enbiarle* bebidas los días de fiesta. Claro que eso estropearía este tiempo de aquí, pero de todas formas le *enbiaré* una caja para Acción de Gracias. La semana que viene el señor Brown me lleva a su almacén como porteador, y me adelantará en cuanto sepa un poco más. Tiene un almacén de grano, venta al *mallor*. Se me *a* olvidado contarle lo de la escuela bíblica, la escuela dominical, las clases son los domingos por la tarde, he ido dos domingos por la tarde y he *recojido* a siete churumbeles (niños) y los he hecho venir. Dos sabían tan poco como yo y los he puesto en una clase para que puedan aprender algo. Yo tampoco sé mucho pero como esos chavales no saben leer me las apaño bien con ellos, me aseguro de que vendrán *porque* los sigo media hora antes de las clases, y también tengo cuatro chicas. *Ha-*

bleles de *mi* a Mack y a Harry, si vienen cuando acaben la cárcel les daré trabajo enseguida. Espero que disculpe esta carta y todos los errores, ojalá pudiera verle porque no puedo escribir igual que hablo. Espero que el calor le siente bien a sus pulmones, *tenia* miedo de que se muriera cuando se puso a sacar sangre. *Deles* mis recuerdos a todos los muchachos y dígales *como* me va, me va bien y aquí todos me tratan lo mejor que pueden. El señor Brown le escribirá a veces y espero que algún día usted me escriba a *mi*, esta carta es de su amigo verdadero

C. W.

que usted conoce como Jack Hunt

P. D.: Le *enbio* la tarjeta del señor Brown. *Enbiele* mi carta para él.

Eso era verdadera elocuencia, una elocuencia irresistible, y sin gracia ni ornamento alguno como sostén. Pocas veces un escrito me ha conmovido tan profundamente. El receptor de esa carta se pasó toda la lectura interrumpiéndose con el tono afectado y la voz quebrada, pero intentó fortalecer sus sentimientos leyéndolo varias veces en privado antes de aventurarse a hacerlo en compañía. Estuvo practicando conmigo para ver si había esperanza de que lo pudiera recitar durante las plegarias con un decente dominio de sus emociones. El resultado no era prometedor. Sin embargo, decidió arriesgarse, y lo hizo. Salió relativamente airoso, pero su auditorio se vino abajo enseguida, y aún no se había recuperado cuando llegó al final.

La fama de la carta se extendió por toda la población. Un hermano pastor se acercó y pidió prestado el manuscrito, lo integró en un sermón que pronunció delante de mil doscientas personas un domingo por la mañana, e hizo que toda la concurrencia se anegara en sus propias lágrimas. Entonces mi amigo lo integró en otro sermón y se presentó con él frente a la congregación en el servicio dominical. Fue otro éxito. Todos los feligreses estallaron en llanto como si fueran uno solo.

Mi amigo se marchó de vacaciones a las regiones pesqueras de nuestros vecinos británicos del norte, y se lo llevó consigo, ya que era posible que necesitara tener un sermón a mano. Un día le pidieron que predicara. La pequeña iglesia estaba llena. Entre los presentes se encontraba el hoy difunto doctor J. G. Holland, el también difunto señor Seymour del *The New York Times*, el señor Page, filántropo y abogado por la templanza, y, según creo, el senador Frye de Maine. La maravillosa carta cumplió su habitual cometido: todo el mundo se conmovió, todos lloraban, las lágrimas resbalaban sin cesar por las mejillas del doctor Holland, y prácticamente podía decirse lo mismo de todos los allí presentes. El señor Page sentía tal entusiasmo por la carta que dijo que no descansaría hasta peregrinar hasta aquella prisión y hablar con el hombre que había logrado inspirar a un desventurado como aquel para que redactara un escrito tan inestimable.

¡Ah, qué mala suerte la del tal Page, y la de todos los demás! Si hubieran estado en Jericó, la carta habría dado la vuelta al mundo y hubiera conmovido todos los corazones de todas las naciones durante los mil años siguientes, ¡y nadie habría descubierto que se trataba del fraude y la trapacería más sorprendentes, descarados e ingeniosos que jamás se han inventado para embaucar a los pobres mortales confiados!

La carta era un verdadero timo, esa es la verdad. Aunque, mirándolo desde una perspectiva más amplia, no tenía parangón. ¡Era perfecto, redondo, simétrico, completo, colosal!

El lector lo sabe al llegar a este punto, pero nosotros lo supimos muchas millas y semanas más tarde de ese estado de cosas. Mi amigo regresó del campo, y de nuevo comenzó junto con los otros clérigos y misioneros a inundar a su auditorio con lágrimas y más lágrimas de sus feligreses. Rogué con fervor que se me permitiera publicar la carta en una revista y relatar la historia de los llantos consecuencia de su gloria. Cantidades de personas obtuvieron copias, con el beneplácito para hacerlas circular escritas a mano, y no en forma impresa. Se enviaron también a las islas Hawái y a otras regiones lejanas.

Charles Dudley Warner estaba un día en la iglesia cuando la consabida carta fue leída y de nuevo arrancó un gran número de lágrimas. Más tarde, en la puerta, sorprendió al clérigo con una pulla particularmente afilada al formularle la pregunta:

—¿Sabe si esa carta es genuina?

Era la primera vez que alguien levantaba sospechas sobre ello, pero tuvo el terrible efecto que en las personas siempre tienen las primeras suspicacias sobre su ídolo. A ello siguió cierta conversación:

—¿Por qué lo dice? ¿Qué le hace sospechar que no es genuina?

—Nada que yo sepa, salvo que es demasiado limpia, cohesionada y fluida, y está demasiado bien redactada para que la haya escrito un ignorante, alguien no acostumbrado a escribir. Creo que la ha redactado un hombre culto.

El artista de las letras había detectado el mecanismo literario. Si el lector vuelve a leer ahora la carta también lo detectará, está presente en cada frase.

De inmediato, el clérigo dejó brotar la semilla de la duda que empezaba a germinar en su interior y escribió a un pastor que residía en la ciudad donde Williams había ingresado en prisión y se había convertido. Le pidió que lo aclarara, y también le preguntó si a una persona del mundo literario (refiriéndose a mí) se le permitiría publicar la carta y explicar su historia. Pronto recibió la siguiente respuesta:

Reverendo, mi apreciado amigo:
En relación con la «carta del preso», no hay duda alguna sobre su veracidad. «Williams», para quien fue escrita, estuvo en esta cárcel y se preciaba de su conversión. Y, reverendo señor, el capellán tenía una gran fe en la autenticidad del cam-

bio obrado, hasta el punto en que eso puede suceder en un caso así.

La carta fue enviada a una de las damas que imparten enseñanzas en la escuela dominical. No sé si fue cosa del propio Williams o, lo más probable, del capellán de la prisión del estado. La dama expresó una gran indignación porque la carta hubiera recibido tanta atención pública, pues podría parecer un abuso de información privilegiada, o Williams considerarlo un agravio. En cuanto a su publicación, me temo que no puedo concederle permiso para ello. No obstante, si se omiten los nombres de las personas y los lugares, y en particular si se envía fuera del país, creo que puede asumir la responsabilidad y hacerlo.

Es una carta maravillosa que ningún genio cristiano, y mucho menos un infiel, podría haber escrito. Al mostrar la obra de la gracia en el alma humana, en particular tratándose de alguien tan vil y degenerado, confirma su origen genuino y la debilidad de nuestra fe en su capacidad para ocuparse de la vileza en todas sus formas.

Alguien dijo que el «señor Brown» de Saint Louis era un hombre de Hartford. ¿Acaso todos sus enviados de Hartford sirven tan bien al Señor?

P.D.: Williams sigue en la prisión del estado, cumpliendo una larga condena, de nueve años, creo. Ha estado enfermo y lo amenaza la tisis, pero hace tiempo que no pregunto por él. La dama de quien le he hablado intercambia correspondencia con él, imagino, y seguro que se encargará de cuidarlo.

La carta llegó al cabo de unos días de haber sido escrita, y la fama del señor Williams aumentó de nuevo. La sucia sospecha del señor Warner fue sepultada en el olvido, donde al parecer debía estar. Era, de todos modos, una sospecha basada solo en la evidencia interna, y este es un campo muy amplio y un juego que puede jugarse a dos bandas. Tómense estas palabras como un ejemplo de ello, descubierto por quien escribió la misiva citada más arriba: «Es una carta maravillosa que ningún genio cristiano, y mucho menos un infiel, podría haber escrito».

Contaba con el permiso para publicarla, siempre que eliminara los nombres y los lugares y enviara mi historia fuera del país. Así, elegí una revista australiana como vehículo, puesto que era un lugar bastante lejano, y me dispuse a trabajar en mi escrito. De nuevo los pastores de allá empezaron a inflamar la cuestión, y la carta fue su acicate.

Mientras tanto, el hermano Page se sentía inquieto. No había visitado la penitenciaría, pero le había mandado una copia de la gloriosa carta al capellán de la citada institución, y la había acompañado, por lo que parecía, de ciertas indagaciones. Obtuvo respuesta, fechada cuatro días después de la tranquilizadora epístola del otro hermano, y esta cayó en mis manos antes de que hubiera completado mi artículo. Tengo ahora mismo el original enfrente, y la incluyo aquí. La descripción que aporta, de lo más concienzuda, está plagada de evidencia interna:

Prisión del estado, oficina del capellán,
11 de julio de 1873

Apreciado hermano Page:

Me es grato remitirle la carta que amablemente se me ha prestado. Temo que su veracidad no puede confirmarse. En principio está dirigida a uno de nuestros prisioneros. Sin embargo, ninguno de ellos ha recibido jamás algo semejante. Los funcionarios de nuestra prisión se encargan de leer con atención todas las cartas que recibimos antes de que lleguen a manos de los convictos, y es imposible que una así haya quedado olvidada. Además, Charles Williams no es un hombre cristiano, sino un derrochador libertino y astuto cuyo padre es pastor del Evangelio. Adoptó un nombre falso. Señor, me alegro de haberlo conocido. Estoy preparando un sermón sobre cómo se ve la vida entre rejas, y me gustaría poder pronunciarlo en su zona.

Así terminó ese teatro. Mi pobre artículo fue pasto de las llamas, pues aunque disponía de un material más abundante e infinitamente más rico del que jamás había dispuesto, había muchas partes a mi alrededor que antes anhelaban su publicación y que ahora, en este estadio de complejidad de la partida, se habían unido para oponerse a ella. Decían: «Espere, los hechos son demasiado recientes». Todas las copias de la famosa carta, salvo la mía, desaparecieron de súbito, y desde ese momento en las iglesias volvió a afincarse la misma sequía de antes. Como norma general, en la ciudad reinaron las amplias sonrisas durante un tiempo, pero había lugares en los que esa sonrisa no tenía presencia y, de hecho, era peligroso hacer referencia a la carta del ex convicto.

Unas palabras aclaratorias: Jack Hunt, el supuesto autor de la carta, es un ser imaginario. El ladrón Williams (un graduado de Harvard, hijo de un pastor) fue quien escribió la carta, dirigida a sí mismo. Consiguió que saliera de la cárcel, que llegara a las personas que lo habían apoyado y lo habían animado a convertirse, con lo que sabía que ocurrirían dos cosas: no se dudaría de la veracidad de la carta ni se preguntaría sobre ella, y su punto clave se captaría y tendría un gran efecto. El efecto, de hecho, de iniciar un movimiento para la supresión de la pena del señor Williams.

Ese punto clave está implícito de una forma ingeniosa y en apariencia casual, y queda abierto al final de la carta, sin hacer hincapié en él, de modo que el lector jamás sospecharía que constituye su corazón, suponiendo que llegara a percibirlo. Es el siguiente:

> Espero que el calor les siente bien a sus pulmones, *tenia* miedo de que se muriera cuando se puso a sacar sangre. *Deles* mis recuerdos...

Eso es todo cuanto hay: un toque y nada más, sin detenerse demasiado. Sin embargo, fue escrito para aquellos ojos ligeros en captarlo, y su objeto era conmover a un buen corazón para lograr la liberación de un pobre tipo reformado y purificado que había caído en las garras de la tisis.

Cuando oí por primera vez la carta leída en voz alta, hace nueve años, resolví que era la más extraordinaria con que me había topado jamás. Y me dispuse tan bien hacia el señor Brown de Saint Louis que me dije que si alguna vez volvía a esa ciudad, buscaría a ese hombre excelente y besaría los bajos de su vestidura, si era nueva. Bueno, pues sí que volví a Saint Louis, pero no busqué al señor Brown, pues, ¡ay!, las investigaciones de hace años han demostrado que ese benévolo señor, como Jack Hunt, no era una persona de carne y hueso, sino una mera invención del inteligente granuja, Williams... Ladrón, graduado de Harvard, hijo de un clérigo.

De *La vida en el Mississippi*
1883

LA CONFESIÓN DE UN MORIBUNDO

Nos estábamos acercando a Napoleon, Arkansas, de modo que empecé a pensar en mi misión en esas tierras. La hora: mediodía; un día espléndido y soleado. Eso suponía un problema —o, en cualquier caso, no una ventaja—, pues mi misión era de las que (preferiblemente) no se llevan a cabo en pleno mediodía. Cuanto más pensaba en ese hecho, más me obsesionaba con él, planteándomelo ahora de una manera, ahora de otra. Al fin adopté la forma de una pregunta concreta: ¿es de sentido común llevar a cabo la misión durante el día, cuando, sacrificando un poco de comodidad y con un poco de voluntad, puede hacerse de noche, sin ojos inquisidores alrededor? Eso zanjó la cuestión. Las preguntas y las respuestas más simples son la solución más rápida a la mayoría de las cavilaciones.

Convoqué a mis amigos en mi camarote y les dije que sentía provocar enfados y frustraciones, pero que, después de pensarlo mucho, verdaderamente me parecía mejor que bajáramos a tierra con nuestros bártulos e hiciéramos escala en Napoleon. Sus ruidosas protestas no se hicieron esperar: hablaban como si fueran a organizar un motín. Su principal argumento era el mismo que siempre se saca a relucir en estas ocasiones desde que el mundo es mundo: «Fue usted quien decidió y mantuvo que lo mejor era quedarse en este barco», y bla, bla, bla. Como si el hecho de optar por cometer una insensatez en un momento dado lo condenara a uno a seguir adelante y, por ello, cometer no una sino dos insensateces con tal de llevar a cabo la primera decisión. Probé varias tácticas para aplacarlos, y obtuve un éxito razonable, lo cual me animó a redoblar mis esfuerzos. Y para demostrarles que no había sido yo quien había provocado aquella misión tan fastidiosa y que de ningún modo se me podía culpar por ello, me puse a relatarles la historia de lo ocurrido... Explayándome como a continuación:

A finales del último año pasé unos meses en Munich, Baviera. En noviembre me alojaba en la pensión, por así decir, de fräulein Dahlweiner, en Karlstrasse, pero mi lugar de trabajo se encontraba a una milla de allí, en casa de una viuda que se ganaba el sustento alquilando habitaciones. Todas las mañanas, sus dos hijos pequeños y ella aparecían y empezaban a hablarme en alemán, porque así se lo había pedido. Un día, durante un paseo por la ciudad, visité una de las dos instalaciones donde el gobierno almacena y vigila los cuerpos hasta que los médicos deciden que se trata de una muerte definitiva y no de un estado de trance. Aquella sala enorme era un lugar espeluznante. Había a la vista treinta y seis cadáveres de personas adultas, tumbados boca arriba sobre unos tableros ligeramente inclinados formando tres largas hileras, todos con la cara rígida, de un blanco céreo, y envueltos en mortajas blancas. A ambos lados de la sala había unas alcobas muy profundas, como ventanas en voladizo, y dentro de cada una de ellas yacía una figura de rostro de mármol, oculta y enterrada bajo montones de flores recién cogidas, a excepción de la cara y las manos entrelazadas. Las cincuenta figuras inmóviles, tanto grandes como pequeñas, tenían una anilla en un dedo, de la cual salía un cable hasta el techo, conectado después a una campanilla de otra sala donde, día y noche, había un vigilante alerta y dispuesto a acudir de inmediato en ayuda de cualquiera de aquellos pálidos compañeros que, al regresar de entre los muertos, hiciera un movimiento; pues cualquiera, incluso el más mínimo, tiraría del cable y haría sonar la temible campanilla. Me imaginé a mí mismo haciendo de centinela, dormitando allí solo durante la pesada guardia de una noche de viento aullador, pendiente de que, de un momento a otro, ¡mi cuerpo se echara a temblar como un flan ante el repentino clamor de aquella horrenda llamada! Así que me interesé por lo siguiente, pregunté qué solía ocurrir: ¿el vigilante moría y el cadáver resucitado acudía y lo aliviaba en lo posible durante esos últimos momentos? Pero me reprendieron por tratar de satisfacer una curiosidad frívola y sin objeto en un lugar de lamentación tan solemne, de modo que seguí mi camino con el rabo entre las piernas.

A la mañana siguiente estaba explicándole mis aventuras a la viuda cuando ella exclamó:

—¡Venga conmigo! Tengo un inquilino que le explicará con gusto todo cuanto desea saber. Ha sido vigilante de noche en ese lugar.

Estaba vivo, pero no lo parecía en absoluto. Guardaba cama y sostenía la cabeza en alto apoyándola sobre varias almohadas. Tenía la cara consumida y pálida. Sus ojos, muy hundidos, estaban cerrados, y la mano apoyada en su pecho se asemejaba a una garra, con aquellos dedos tan largos y huesudos. La viuda empezó por presentarme. El hombre abrió los ojos despacio, y emitieron un destello siniestro en la penumbra de sus cuencas. Frunció la frente de piel negra. Levantó la mano enjuta y, agitándola, nos instó a que nos retiráramos. Pero la viuda prosiguió sin tregua hasta que le hubo explicado que yo era extranjero, de Estados Unidos. La expresión del hombre se transformó al instante, se tornó más animada; ávida, incluso. Y cuando me di cuenta nos habíamos quedado los dos solos.

Empecé a hablar con mi rígido alemán, a lo que él respondió en un inglés bastante fluido, y desde ese momento concedimos al primero reposo eterno.

El tísico y yo nos hicimos muy amigos. Iba a verlo todos los días y charlábamos sobre cualquier cosa. Por lo menos, sobre cualquier cosa que no estuviera relacionada con las esposas y los hijos. Si aparecía en la conversación la esposa o el hijo de alguien, a continuación siempre ocurrían tres cosas: en los ojos del hombre aparecía unos instantes el brillo más gentil y más lleno de amor y de ternura; de inmediato, este se desvanecía y se instalaba aquella mirada funesta cuyo destello había observado la primera vez que le vi abrir los ojos; por último, dejaba de hablar en ese mismo momento y durante todo el día, y permanecía tumbado en silencio, abstraído y ausente, sin oír, al parecer, nada de lo que yo le decía ni prestar atención a mi despedida. Y, en efecto, no se daba cuenta ni con la vista ni con el oído del momento en que yo abandonaba la habitación.

Cuando llevaba dos meses siendo el acompañante cotidiano y único de Karl Ritter, un día dijo de forma repentina:

—Le contaré mi historia.

Y procedió de este modo:

—No me he rendido jamás hasta ahora, pero ahora ya sí. Voy a morir. Decidí anoche que así debe ser, y muy pronto. Dice usted que, cuando tenga oportunidad, volverá una y otra vez a visitar el río de su tierra. Muy bien: pues eso, junto con cierta experiencia curiosa que me aconteció anoche, ha hecho que me decida a contarle mi historia, ya que usted viajará a Napoleon, Arkansas, y me hará el favor de detenerse allí y cumplir cierto cometido, cosa que llevará a cabo con buena disposición una vez que haya oído lo que tengo que explicarle.

»Abreviaré la historia siempre que sea posible, pues lo requiere, porque es muy larga. Ya sabe por qué motivo fui a Estados Unidos y me instalé en aquella solitaria región del sur. Pero no sabe que tuve una esposa. Ella era joven, bella, encantadora, y, ay, ¡tan buena, inocente y delicada! Y nuestra pequeña era como su madre en miniatura. El nuestro era el más feliz de los hogares.

»Una noche, hacia el final de la guerra, me desperté del

letargo del alcohol y me descubrí atado y amordazado, ¡y el ambiente estaba saturado de cloroformo! Vi a dos hombres en una habitación, y uno susurró al otro con voz áspera:

»—Le había advertido de lo que le ocurriría si hacía un solo ruido, y la niña...

El otro hombre lo interrumpió con voz grave y medio llorosa:

»—Me habías dicho que solo los amordazarías y les robarías, no que les harías daño, si no, no habría venido.

»—¡Deja de lloriquear! No he tenido más remedio que cambiar de planes porque se han despertado. Has hecho todo lo que has podido para salvarlas, date por satisfecho con eso. Ahora ven y ayúdame a buscar.

»Los dos hombres tenían la cara tapada y llevaban ropas raídas, como las de los negros. Tenían una linterna de ojo de buey, y gracias a su luz reparé en que al más amable le faltaba el dedo pulgar de la mano derecha. Estuvieron hurgando en mi pobre cabaña durante un rato. Al final, el jefe dijo con una voz impostada:

»—Es una pérdida de tiempo. Él nos dirá dónde está escondido. Quítale la mordaza y reanímalo.

»El otro repuso:

»—De acuerdo, siempre que no tenga que pegarle.

»—No tendrás que pegarle..., si está calladito.

»Se me acercaron. Justo en ese momento se oyó un ruido fuera, unas voces y pisadas de caballos. Los ladrones contuvieron la respiración y escucharon. Se oían cada vez más cerca, hasta que alguien gritó:

»—¡Ah de la casa! Enciendan la luz, queremos agua.

»—¡Es la voz del capitán, por D...! —dijo el bandido de voz impostada, y los dos ladrones se precipitaron hacia la puerta trasera y apagaron la linterna al salir.

»El forastero gritó varias veces más y luego rodeó la casa (daba la impresión de que allí había una docena de caballos), y ya no oí nada más.

»Me esforcé por librarme de mis ataduras, pero no lo conseguía. Intenté hablar, pero la mordaza me lo impedía, era incapaz de articular palabra. Me detuve por si oía las voces de mi esposa y de mi hija. Estuve escuchando mucho rato con atención, pero ningún sonido venía de la otra punta de la habitación, donde estaba su cama. El silencio se volvía por momentos más y más horroroso, más y más temible. ¿Le parece que habría soportado usted eso durante una hora? Pues compadézcame, porque yo tuve que soportarlo durante tres. Qué digo tres horas, ¡fueron tres siglos! Cada vez que sonaba el reloj parecía que hubieran pasado años y años desde la última vez. Todo este tiempo estuve luchando por desatarme, y, por fin, al amanecer, conseguí liberarme y me pude levantar y estirar los brazos y las piernas, que estaban agarrotados. Las cosas se distinguían con bastante claridad. El suelo estaba lleno de trastos que los ladrones habían arrojado al buscar mis ahorros. Lo primero que captó mi atención fue un documento mío que había visto en manos del rufián más bruto, y que luego desechó. ¡Tenía sangre! Fui tambaleándome hasta el otro extremo de la habitación. ¡Oh, pobres indefensas, incapaces de hacer daño a nadie! Allí yacían. Sus problemas habían terminado; los míos acababan de empezar.

»¿Cree que recurrí a la ley? ¿Acaso la sed del pobre se apaga si el rey bebe por él? ¡No! ¡No! ¡Claro que no! No quería que la justicia interfiriera de modo inoportuno. ¡La ley y la soga no saldarían la deuda que tenía pendiente! Que me dejaran que me tomara la justicia por mi mano, y que no se preocuparan. Encontraría al culpable y lo obligaría a saldar su cuenta. ¿Que cómo iba a hacerlo, dice? ¿Cómo iba a conseguirlo y sentirme seguro de mis actos si no había visto las caras de los ladrones, ni había oído sus voces auténticas, ni tenía idea alguna sobre quiénes podían ser? Sin embargo, me sentía confiado y mi determinación era firme. Tenía una pista..., una pista a la que tal vez usted no habría dado valor, que tal vez ni siquiera habría sido de gran ayuda a un detective, puesto que no conocería el secreto de cómo sacarle partido. Volveremos sobre ello y ya lo verá, pero ahora sigamos explicando las cosas en su debido orden. Había una circunstancia que me proporcionaba un punto de partida y una dirección clara: los dos ladrones eran, a todas luces, militares disfrazados de vagabundos, y no eran nuevos en la milicia, sino experimentados: soldados regulares, tal vez. Un soldado no adquiere su actitud, sus gestos y su porte en un solo día, ni en un mes, ni siquiera en un año. Eso pensaba, pero no dije nada. Y uno de ellos había exclamado: «¡Es la voz del capitán, por D...!». Aquel me pagaría con su vida. A dos millas de distancia había acampados varios regimientos y dos compañías de la caballería norteamericana. Cuando supe que el capitán Blakely, de la compañía C, había pasado cerca de nuestra casa esa noche con su escolta, no dije nada, pero decidí buscar a mi hombre entre los suyos. En mis conversaciones me esmeraba e insistía en describir a los ladrones como vagabundos, tipos que andaban husmeando en los campamentos, y entre los de esa clase la gente buscó sin éxito. Nadie sospechaba de los soldados excepto yo.

»Trabajando de noche y con paciencia en mi casa desolada, me fabriqué un disfraz con diferentes retales y restos de ropa. En el pueblo más cercano me compré un par de gafas protectoras. Al poco tiempo, cuando se levantó el campamento militar y la compañía C recibió órdenes de dirigirse a cien millas hacia el norte, a Napoleon, oculté un saquito con mi dinero bajo el cinturón y partí por la noche. Cuando la compañía llegó a su destino, yo ya estaba allí. Sí, en efecto, y con un nuevo oficio: el de adivino. Para que mi parcialidad no me delatara, hice amigos y me dediqué a predecir la fortuna en todas las compañías allí acuarteladas. Prodigué atenciones sin límites a esos hombres: no había favor que me pidieran o riesgo que tuviera que correr por ellos al que me negara. Me convertí en el blanco voluntario de sus bromas, lo cual redondeaba mi popularidad: conseguí que sintieran predilección por mí.

»Pronto di con un soldado al que le faltaba el dedo pulgar. ¡Menuda alegría la mía! Y cuando descubrí que solo él, de toda la compañía, había perdido un dedo, mis últimos recelos se disiparon. Estaba seguro de que me encontraba sobre la pista correcta. El nombre de ese tipo era Kruger; un alemán. Había nueve alemanes en la compañía. Lo seguí para ver quiénes eran sus camaradas, pero no parecía tenerlos. Yo me convertí en su amigo, y me aseguré de que la amistad fuera a más. A veces sentía tantas ansias de venganza que apenas podía evitar ponerme de rodillas y suplicarle que señalara al hombre que había matado a mi esposa y a mi hija, pero conseguí morderme la lengua. Aguardé el momento mientras seguía prediciendo la fortuna siempre que se me presentaba la oportunidad.

»Mi montaje era sencillo: un poco de pintura roja y un trozo de papel blanco. Pintaba la base del dedo pulgar de mi cliente, la estampaba en el papel, la examinaba durante la noche y le revelaba mi predicción al día siguiente. ¿En qué me basaba para hacer semejante tontería? Cuando era joven, conocí a un anciano francés que había sido guardia de prisión durante treinta años, y él me contó que en las personas había una cosa que no cambiaba nunca, desde la cuna hasta la tumba: las huellas de la base del dedo pulgar. Decía que no existían dos seres humanos que las tuvieran exactamente iguales. En mis tiempos se fotografiaba a los criminales recién ingresados y se colgaba su retrato en la galería de los bribones para referencias futuras, pero en la época de aquel caballero se tomaban las huellas de la base del pulgar del prisionero. Siempre decía que lo de la fotografía no era buena idea: un simple disfraz podía hacer que en el futuro resultara inservible. "El pulgar es lo único seguro —decía—, para eso no hay disfraces que valgan". Demostraba su teoría con mis amigos y conocidos, y siempre funcionaba.

»Yo seguí prediciendo la fortuna. Todas las noches me encerraba solo y examinaba con un cristal de aumento las huellas tomadas durante el día. Imagínese la vehemente avidez que proyectaba sobre aquellas laberínticas espirales rojas mientras a mi lado tenía el documento que conservaba las huellas del pulgar y de los otros dedos de la mano derecha de aquel asesino desconocido, ¡impresas con la que para mí era la sangre más querida que jamás ha existido en este mundo! Y muchas, muchas veces me veía obligado a repetir el mismo comentario lleno de desilusión: "¡Jamás coincidirán!".

»Pero por fin obtuve mi recompensa. Era la huella del cuadragésimo tercer hombre de la compañía C que había comprobado: el soldado Franz Adler. Una hora antes no conocía el nombre del asesino, ni su voz, ni su figura, ni su rostro, ni su nacionalidad, pero ¡entonces ya lo sabía todo! Sentí que tenía que cerciorarme, aunque el francés no cesaba de repetir que aquellas muestras eran una garantía absoluta. Sin embargo, había una forma de estar seguro. Tenía las huellas del pulgar izquierdo de Kruger. Por la mañana, lo atajé mientras no estaba de servicio, y cuando ningún testigo podía vernos ni oírnos, le dije con un tono que imponía respeto:

»—Hay una parte de mi predicción que es tan grave que he creído mejor no revelarla en público. Otro hombre y usted, cuya ventura he estado estudiando esta noche, el soldado Adler, ¡mataron a una mujer y una niña! Los andan persiguiendo, y dentro de cinco días los habrán asesinado a los dos.

»Él cayó de rodillas, muerto de miedo, y se pasó cinco minutos repitiendo las mismas palabras como un demente, con la misma voz llorosa que formaba parte de mis recuerdos de aquella noche infernal en mi cabaña:

»—Yo no lo hice, le juro por mi alma que yo no lo hice, y quise evitar que lo hiciera él. Quise evitarlo, a Dios pongo por testigo. Fue él solo.

»Eso era todo cuanto quería oír. Intenté librarme de aquel bobo, pero no hubo manera, se aferró a mí implorándome que lo salvara del asesino. Me dijo:

»—Tengo dinero..., diez mil dólares guardados en un escondite, fruto de robos y saqueos. Sálveme, dígame qué tengo que hacer y el dinero será suyo, hasta el último centavo. Dos terceras partes son de mi primo Adler, pero puede quedárselo todo. Lo escondimos juntos nada más llegar aquí, pero ayer lo cambié de sitio y no se lo he dicho, y tampoco se lo diré. Pensaba fugarme, marcharme con él. Es oro, y pesa demasiado para cargar con ello si uno anda corriendo y escondiéndose aquí y allá. Pero una mujer que hace dos días partió hacia el río para prepararme el terreno me seguirá con el botín. Y si no tengo oportunidad de describirle el escondite, pensaba darle mi reloj de plata, o enviárselo, y ella lo comprenderá. En la parte trasera del estuche hay una nota que lo explica todo. Tenga, tome el reloj. ¡Dígame qué tengo que hacer!

»Intentaba colocarme el reloj a toda costa, y había sacado la nota y estaba explicándome lo que decía cuando divisamos a Adler, a unas doce yardas de allí. Le dije al pobre Kruger:

»—Guárdese el reloj, no lo quiero. A usted no le harán ningún daño. Ahora márchese, tengo que revelarle su fortuna a Adler. En su momento le explicaré a usted cómo escapar del asesino. Mientras tanto, necesito volver a examinar sus huellas. No le cuente nada de esto a su primo. No le cuente nada a nadie.

»Se marchó muy asustado y agradecido, ¡pobre diablo! Estuve mucho rato explicándole a Adler lo que le deparaba la suerte. Lo hice a propósito, para no tener tiempo de terminar. Prometí volver a verlo esa noche, durante la guardia, y contarle la parte realmente importante de todo ello, la más trágica. "Así que manténgase alejado de los fisgones", le dije. En las afueras del pueblo siempre tenían a un piquete vigilando, por pura disciplina y ceremonia. No había motivo para ello, el enemigo no andaba cerca.

»Alrededor de medianoche me puse en marcha, con la contraseña en mi poder, y busqué un camino que me condujera a la solitaria zona en la que Adler debía ejercer su guardia. Estaba tan oscuro que tropecé con una figura borrosa casi sin haber tenido tiempo de pronunciar palabra alguna que me sirviera de protección. El centinela me dio el alto y yo obedecí, pero en ese mismo momento añadí: "Soy yo, el adivino". Me coloqué a un lado del pobre diablo y, sin decir nada más, ¡le clavé mi puñal en el corazón! "*Ja wohl* —exclamé entre risas—. Sí que era la parte más trágica de la predicción, ¡ya lo creo!" Al caer del caballo se aferró a mí, y mis gafas azules se quedaron en sus manos cuando el animal huyó corriendo y lo arrastró, con el pie todavía en el estribo.

»Corrí a través de los bosques y me aseguré de ponerme a salvo, dejando las gafas inculpatorias en manos del muerto.

»De eso hace quince o dieciséis años. Desde entonces he vagado por el mundo sin objetivo alguno, a veces trabajando, a veces ocioso; a veces con dinero, a veces sin blanca; pero siempre hastiado de la vida, deseando que acabe, pues mi misión en este mundo terminó con el acto de aquella noche. Y el único placer, el único consuelo, la única satisfacción que he experimentado en todos estos tediosos años la encuentro en mi reflexión diaria: "¡Lo he matado!".

»Cuatro años atrás empecé a perder la salud. Mi camino sin rumbo me trajo hasta Munich. Como no tenía dinero busqué trabajo, y lo encontré. Cumplí con mi deber fielmente durante un año, y entonces me adjudicaron un puesto de vigilante en la casa de los muertos que ha visitado usted hace poco. El lugar era ideal para mi estado de ánimo. Me gustaba, sí, estar entre los cadáveres... Estar solo con ellos. Solía pasearme entre los rígidos cuerpos y echar un vistazo a sus serios semblantes cada tanto. Cuanto más tarde era, más me impresionaba. Prefería las últimas horas. A veces bajaba la luz, eso me daba cierta perspectiva, ya sabe, y mi imaginación podía ponerse a trabajar. Las lóbregas hileras de muertos, cada vez más desdibujadas, siempre me inspiraban historias curiosas y fascinantes. Hace dos años, cuando llevaba uno allí, estaba solo sentado en la sala de vigilancia durante una noche ventosa de invierno, pasando frío, entumecido, incómodo. Iba perdiendo el mundo de vista poco a poco. El ulular del viento y los distantes portazos de los postigos resultaban más y más débiles para unos oídos cada vez más sordos, ¡cuando de buenas a primeras uno de los cordeles tiró de la campana de los muertos! Esta repicó con un sonido que helaba la sangre. De poco me quedo paralizado del susto, pues era la primera vez que la oía.

»Me recompuse y corrí a la sala. En la fila exterior, a media altura, una figura amortajada se había incorporado y agitaba poco a poco la cabeza de un lado al otro. ¡Qué espectáculo tan espeluznante! Estaba vuelta hacia mí. Corrí hasta allí y le miré la cara. ¡Cielo Santo! ¡Era Adler!

»¿Puede imaginar cuál fue mi primer pensamiento? Expresado en palabras, fue algo así: "Parece ser que la primera vez te escapaste. ¡Pues esta vez el resultado será diferente!".

»Era evidente que aquel ser sufría unos terrores inimaginables. Imagínese lo que debe de suponer despertarse en medio de un silencio tan absoluto y, al mirar, ¡encontrarse con aquella macabra reunión de muertos! ¡Cuánta gratitud asomó a su pálido y enjuto rostro cuando vio una figura viva ante él! ¡Y cuánto aumentó su ferviente y mudo reconocimiento cuando sus ojos recayeron en el tónico revitalizante que yo llevaba en las manos! Imagínese la expresión de horror de su rostro demacrado cuando coloqué el tónico detrás de mí y le dije, con tono de burla:

»—Habla, Franz Adler, ¡invoca a esos muertos! Sin duda te escucharán y se apiadarán de ti, pero nadie más lo hará.

»Quiso hablar, pero la mortaja le mantenía la boca cerrada con firmeza y no se lo permitió. Intentó levantar las manos en un gesto implorante, pero las tenía cruzadas y atadas sobre el pecho. Yo le dije:

»—Grita, Franz Adler, haz que quienes duermen en las calles distantes te oigan y te brinden ayuda. Grita, y no pierdas tiempo, pues te queda muy poco. ¿Cómo? ¿No puedes?

Qué lástima, pero qué se le va a hacer, la ayuda no siempre llega. Cuando tu primo y tú asesinasteis a una mujer y una niña indefensas en una cabaña de Arkansas..., ¡eran mi esposa y mi hija! Ellas también gritaron para pedir ayuda, como recordarás, pero no les sirvió de nada. Recuerdas que no les sirvió de nada, ¿verdad? Te castañetean los dientes... ¿Cómo es que no puedes gritar? Aflójate la venda con las manos y así podrás hacerlo. Ah, ya veo..., están atadas, no puedes servirte de ellas. Es curioso cómo las historias se repiten al cabo de los años, porque aquella noche era yo quien las tenía así, ¿te acuerdas? Sí, más o menos como tú ahora... ¡Qué cosas! No puedo liberarte. A ti no se te pasó por la cabeza desatarme a mí, y a mí no se me pasa por la cabeza hacerlo contigo. ¡Chis...! Se oyen unos pasos. Vienen hacia aquí. ¡Escucha qué cerca están! Incluso puedes contarlos: uno..., dos..., tres. Está justo en la puerta. ¡Es el momento! ¡Grita, hombre, grita! ¡Es la última opción que tienes para librarte de la eternidad! Vaya, has tardado demasiado, ya ves... Ha pasado el momento. Escucha..., se está alejando. ¡Se ha ido! Piénsalo, piénsalo bien: has oído los pasos de un hombre por última vez. Qué curioso debe de resultar escuchar un sonido tan corriente como ese y saber que jamás lo harás de nuevo.

»Ay, amigo mío, ¡me extasiaba contemplar la agonía de aquel rostro amortajado! Pensé en una nueva forma de tortura, y la apliqué..., ayudándome de una pequeña mentira.

»—Aquel pobre Kruger intentó salvar a mi esposa y a mi hija, y yo le quedé agradecido y le devolví el favor cuando llegó el momento. Lo convencí para que te robara. Entre una mujer y yo lo ayudamos a desertar, y logró escapar sano y salvo.

»Una expresión de sorpresa y triunfo asomó vaga entre la angustia del semblante de mi víctima. Me sentí perturbado, intranquilo. Pregunté:

»—Así, ¿qué? ¿No se escapó?

»Sacudió la cabeza a modo de negación.

»—¿No? Pues ¿qué pasó?

»La satisfacción de aquel rostro amortajado se hizo aún más evidente. El hombre quiso mascullar unas palabras, pero no tuvo éxito. Intentó expresar algo con sus manos inmovilizadas, y fracasó. Se detuvo un momento, entonces ladeó un poco la cabeza con gesto elocuente, señalando el cadáver que yacía a su lado.

»—¿Está muerto? —pregunté—. ¿No consiguió escapar? ¿Lo descubrieron y le dispararon?

»Negó con la cabeza.

»—Pues ¿cómo murió?

»El hombre intentó de nuevo revelar algo con las manos. Lo observé de cerca, pero no conseguí deducir sus intenciones. Me incliné sobre él y lo miré con más detenimiento. Había levantado el pulgar y con debilidad se señalaba el pecho.

»—Ah, ¿quieres decir que lo apuñalaron?

»Hizo que sí con la cabeza, y lo acompañó de una sonrisa espectral tan cargada de maldad que hizo que un rayo de luz clarificadora atravesara mi embotado cerebro, y grité:

»—¿Lo apuñalé yo, confundiéndolo contigo? Pues aquella puñalada no estaba destinada a nadie sino a ti.

»El gesto afirmativo del bribón que iba a morir por segunda vez fue todo lo jubiloso que sus fuerzas, ya muy debilitadas, consiguieron plasmar en su expresión.

»—¡Ah, mísero de mí! ¡Mira que matar al alma piadosa que guardó lealtad a mi querida esposa y mi querida hija cuando estaban indefensas, y que las habría salvado si hubiera podido! ¡Ah, mísero, mísero de mí!

»Me pareció oír el gorjeo ahogado de una risa socarrona. Aparté el rostro de las manos y vi a mi enemigo hundiéndose de nuevo en su tabla inclinada.

»Para mi satisfacción, tardó mucho tiempo en morir. Tenía una vitalidad maravillosa, una constitución asombrosa. Sí, fue una satisfacción que tardara tanto en hacerlo. Cogí una silla y un periódico y me senté a leer a su lado. De vez en cuando daba un sorbo de brandy. Era necesario, teniendo en cuenta el frío que hacía. Alcancé la botella, él creía que iba a darle un poco. Leí en voz alta, sobre todo falsas historias de personas que, en el umbral de la muerte, habían sido rescatadas y devueltas a la vida y al vigor gracias a unos cuantos tragos de licor y un baño caliente. Sí, sufrió una muerte larga y difícil: tres horas y seis minutos desde el momento en que había sonado su campanilla.

»Se cree que en los dieciocho años transcurridos desde que se fundó el servicio de vigilancia de cadáveres ningún amortajado ocupante de las casas de los muertos de Baviera ha hecho sonar jamás la campanilla. Bueno, es una creencia inofensiva. Dejémoslo así.

»El frío de aquella habitación me había calado los huesos. Eso reavivó e instaló de forma permanente la enfermedad que llevaba tiempo aquejándome pero que, hasta esa noche, había ido desapareciendo poco a poco. Aquel hombre había asesinado a mi mujer y a mi hija, y dentro de tres días me habrá añadido a su lista. Da igual... ¡Dios mío! ¡Qué recuerdos tan dulces! ¡Lo pillé escapando de la tumba y volví a arrojarlo dentro!

»Después de aquella noche me vi recluido en cama durante una semana, pero en cuanto pude moverme fui a consultar los libros de las casas de los muertos y me hice con el lugar en que había muerto Adler. Qué casa de huéspedes tan horrenda. Imaginé que lo normal era que se hubiera quedado con los efectos personales de Kruger, puesto que era su primo, y yo quería hacerme con su reloj, si era posible. Pero mientras yo yacía enfermo, las pertenencias de Adler habían sido vendidas y estaban repartidas por aquí y por allá, a excepción de unas cartas y unas pocas fruslerías sin valor. No obstante, gracias a esas cartas localicé al hijo de Kruger, el único pariente que dejó. Ahora es un hombre de treinta años, zapatero de oficio, y vive en el número catorce de Königsstrasse, Mannheim. Es viudo y tiene varios hijos pequeños. Sin explicarle por qué, desde ese momento le he estado proporcionando dos tercios de su sustento.

»En cuanto a ese reloj, ¡fíjese qué extrañas son las cosas! Estuve buscándolo por toda Alemania durante más de un año, y me costó lo suyo en dinero y tribulaciones, pero por fin lo encontré, y sentí una alegría inexplicable. Lo abrí, pero ¡dentro no había nada! Bueno, debía de haber supuesto que aquel pedazo de papel no iba a permanecer allí todo ese tiempo. Desde luego, renuncié a aquellos diez mil dólares en ese mismo momento y me los quité de la cabeza, aunque no sin pena, pues los quería para el hijo de Kruger.

»Anoche, cuando por fin admití que debo morir, empecé a prepararme. Me dispuse a quemar todos los documentos inútiles. Y, en efecto, en una pila de las cosas de Adler que no había examinado con suficiente detenimiento, ¡apareció el tan ansiado papel! Lo reconocí al instante. Aquí está..., se lo traduzco:

Caballeriza de obra, pilar de piedra, centro de la población, esquina con Orleans y Market Street. Esquina que da al juzgado. Tercera piedra, cuarta hilera. Allí hay una señal, dice cuántas faltan.

»Tenga, quédeselo, ¡y guárdelo bien! Kruger me explicó que esa piedra podía retirarse, y que estaba en el muro de la parte norte, en la cuarta hilera empezando por arriba, la tercera piedra desde el oeste. El dinero está escondido detrás. Dijo que la última frase era un engaño, por si el papel caía en manos ajenas. Seguramente lo hizo por Adler.

»Quiero suplicarle que cuando haga esa travesía por el río, busque el dinero oculto y lo envíe a Adam Kruger, a la dirección de Mannheim que he mencionado. Eso lo convertirá en un hombre rico y yo podré descansar tranquilo en la tumba sabiendo que he hecho cuanto podía por el hijo del hombre que intentó salvar a mi mujer y a mi hija. Si bien es cierto que, ignorante, segué su vida con mis propias manos a pesar de que mi corazón deseaba protegerlo y servirle.

—Esa es la historia que me contó Ritter —expliqué a mis dos amigos.

Se hizo un silencio profundo e imponente, que duró un tiempo considerable, tras el cual los dos hombres estallaron en exclamaciones de admiración y entusiasmo refiriéndose a todos aquellos extraños incidentes. Y tanto eso como las preguntas con las que empezaron a bombardearme duró hasta que todos quedamos prácticamente agotados. Entonces mis amigos empezaron a tranquilizarse, se distrajeron con otras cosas, y de vez en cuando me asaltaban con alguna pregunta más para luego sumirse en las profundidades de su sosiego y su meditación. Llevábamos diez minutos callados cuando Rogers dijo con aire distraído:

—¡Diez mil dólares! —Y tras una pausa considerable añadió—: Diez mil. Es un montón de dinero.

Y el poeta me preguntó:

—¿Piensa mandárselo de inmediato?

—Sí —dije—. Qué pregunta tan tonta.

No hubo respuesta. Tras una pausa, Rogers interrogó, vacilante:

—¿Se lo mandará todo? O sea... Quiero decir...

—Desde luego. Todo.

Iba a añadir algo, pero me interrumpí... Me interrumpió el hilo de un pensamiento que acababa de concebir. Thompson habló, pero mi mente estaba ausente y no capté sus palabras. Sin embargo, oí la respuesta de Rogers:

—Sí, a mí también me lo parece. Con eso tendrá suficiente, porque la verdad es que él, lo que se dice hacer, no ha hecho nada.

Siguió el poeta:

—Mirándolo bien, es más que suficiente. Piénsenlo un momento: ¡cinco mil dólares! Pero ¡si no podría gastarlos ni en una vida entera! Además, podría ser perjudicial, incluso podría ser su ruina. Párense a considerarlo: en cuestión de poco tiempo se habrá deshecho de la horma, cerrará el negocio, quién sabe si no se dará a la bebida, maltratará a sus hijos huérfanos de madre, se dejará llevar por malas influencias, irá de mal en peor...

—Exacto —lo interrumpió Rogers con fervor—. Lo he comprobado cien veces. Qué digo cien, muchas más. Si quieres destruir a un hombre así, pon dinero en sus manos, eso es todo. Solo tienes que hacer tal cosa, y bastará. Y si eso no lo hunde y le arranca todo lo que tiene de competente, toda su dignidad y lo demás, entonces es que no conozco la naturaleza humana. ¿No le parece, Thompson? E incluso con una tercera parte que le dejáramos, en menos de seis meses...

—¡Menos de seis semanas, querrá decir! —exclamé yo, animándome e interviniendo en la conversación—. A menos que esos tres mil dólares estuvieran depositados en manos seguras, donde no pudiera tocarlos, no tardaría más de seis semanas en...

—¡Pues claro que no! —dijo Thompson—. He publicado libros de personas así, y en cuanto las regalías caen en su poder... Pueden ser tres mil, o incluso dos mil...

—Me gustaría saber, ¿qué haría un zapatero con dos mil dólares? —terció Rogers con tono sincero—. Un hombre que tal vez está más que satisfecho en Mannheim, rodeado de los de su clase, saboreando el pan con ese gusto que solo proporciona el duro trabajo, disfrutando de su vida sencilla, sincero, honrado, puro de corazón, ¡y bienaventurado! ¡Sí, he dicho bienaventurado! De todas las miríadas envueltas en seda que transitan el mundo vacío y artificial de la perdición humana, poned ante él esa tentación una sola vez, ¡una sola! Poned mil quinientos dólares ante un hombre así, y...

—¡Mil quinientas serpientes! —exclamé yo—. Incluso quinientas bastarían para acabar con sus principios, frenar su diligencia, llevarlo a abusar del ron, y de allí al arroyo, y luego al asilo, y luego...

—¿Por qué tenemos que cometer un crimen semejante, caballeros? ¿Por qué? —interrumpió el poeta, con tono sincero y suplicante—. Él es feliz donde está y como está. Todos esos sentimientos de honor, de caridad, de elevada y sagrada benevolencia nos advierten, nos imploran, nos ordenan que no lo molestemos. En eso consiste la verdadera amistad, la auténtica amistad. Podríamos seguir otros caminos que nos elevarían en apariencia, pero ninguno conlleva tanta sabiduría y franca bondad, ténganlo por seguro.

Tras comentarlo un rato más, resultó evidente que todos y cada uno de nosotros, en nuestro fuero más interno, albergábamos recelos sobre esa forma de resolver la cuestión. Quedó claro que todos sentíamos que algo sí que debíamos enviarle al pobre zapatero. Llegados a ese punto tuvo lugar una conversación larga y seria, y al fin decidimos enviarle una litografía a color.

Cuando la cosa parecía dispuesta de forma satisfactoria para todos los interesados, surgió un nuevo problema: daba la impresión de que aquellos dos hombres esperaban que nos repartiéramos el dinero a partes iguales. Mi idea no era esa. Les dije que podían considerarse afortunados si les permitía compartir la mitad. Rogers intervino:

—¿Quién podría haber tenido suerte de no haber sido por mí? Fui yo quien sacó el tema en primer lugar; si no, todo habría ido a parar a manos del zapatero.

Thompson dijo que él también estaba pensando lo mismo en el momento en que Rogers lo había expresado en voz alta.

Yo repuse que la idea no habría tardado en ocurrírseme a mí también, sin ayuda de nadie. Tal vez fuera un poco lento, pero seguro que lo habría pensado.

Esa cuestión nos llevó a reñir, y luego a pelearnos, y todos salimos bastante malparados. Cuando, al cabo de un rato, me hube recompuesto, subí a la cubierta superior de un humor de perros. Allí encontré al capitán McCord, a quien dije, con toda la amabilidad que me permitía mi estado de ánimo:

—He venido a despedirme, capitán. Deseo bajar a tierra en Napoleon.

—¿Que desea bajar dónde?

—En Napoleon.

El capitán se echó a reír. Pero al ver que yo no estaba para bromas, lo dejó correr y preguntó:

—¿Habla en serio?

—¿Que si hablo en serio? Por supuesto.

El capitán levantó la cabeza hacia la caseta del piloto y dijo:

—¡Quiere bajar en Napoleon!

—¿Seguro?

—Eso dice.

—¡Por el alma del gran César!

El tío Mumford se acercaba por la cubierta, y el capitán dijo:

—Tío, ¡aquí hay un amigo suyo que quiere bajar en Napoleon!

—Vaya, por...

Yo lo interrumpí:

—Bueno, ¿a qué viene todo esto? ¿Es que un hombre no puede bajar del barco en Napoleon, si así lo desea?

—Pero bueno, ¿es que no lo sabe usted? Napoleon ya no existe. Desapareció hace años y años. ¡El río Arkansas inundó la población, la destrozó y los restos fueron a parar al Mississippi!

—¿Arrastró toda la población? Los bancos, las iglesias, las cárceles, las oficinas de correos, el juzgado, el teatro, el edificio de los bomberos, los establos... ¿Todo?

—¡Todo! En solo quince minutos, más o menos. No dejó bicho viviente. Nada quedó en pie excepto los restos de una casucha y una chimenea de ladrillo. El barco está pasando justo por encima de lo que fue el centro de esa población. Allí está la chimenea... Es todo cuanto queda de Napoleon. Esos densos bosques que ve a la derecha estaban antes a una milla de distancia. Eche un vistazo atrás, corriente arriba. Empieza a reconocer estos parajes, ¿verdad?

—Sí, sí que los reconozco. Son los más maravillosos de los que he oído hablar jamás. Con diferencia, los más maravillosos..., y sorprendentes.

Mientras, el señor Thompson y el señor Rogers se habían acercado con su cartera y su paraguas, y habían escuchado en silencio la explicación del capitán. Thompson me puso medio dólar en la mano y dijo:

—Mi parte de la litografía.

Rogers hizo lo propio.

Sí, resultaba de lo más asombroso ver cómo el Mississippi fluía entre orillas despobladas y justo por encima del lugar donde veinte años atrás siempre veía una población orgullosa de sí misma. Una población que había sido la capital de un condado extenso e importante; donde Estados Unidos contaba con un gran hospital para marineros; donde se habían librado innumerables trifulcas (cada día una investigación); donde un día conocí a la muchacha más bella de todas, y que gozaba de mejor educación en todo el valle del Mississippi; donde, un cuarto de siglo antes, nos habían repartido las primeras noticias impresas del triste desastre del *Pennsylvania*. Una población que ya no lo era, que había sido engullida, que había desaparecido, ¡había servido de alimento a los peces y nada quedaba de ella salvo los restos de una casucha y una chimenea de ladrillos medio derruida!

De *La vida en el Mississippi*
1883

LA HISTORIA DEL PROFESOR

Fue en los primeros tiempos. Entonces no era profesor universitario, sino un joven agrimensor de espíritu humilde, con el mundo a mis pies..., para trazar sus dimensiones en un plano, si alguien lo requería. Había obtenido un contrato para hacer un estudio de unos terrenos en los que quería excavarse una gran mina en California y hacia allí me dirigía, por mar. El viaje tenía que durar tres o cuatro semanas. Los pasajeros eran numerosos, pero yo tenía muy poco que decirles. Leer y soñar eran mis dos pasiones, y evitaba las conversaciones con tal de satisfacer esos deseos. A bordo había tres jugadores profesionales, unos tipos toscos y repulsivos. No llegué a hablar con ellos, pero no podía evitar verlos con cierta frecuencia, pues todos los días y todas las noches se reunían para jugar en un camarote de la cubierta superior, y durante mis paseos los divisaba por la rendija de la puerta, que permanecía un poco entreabierta para dejar salir el excedente de humo de tabaco y de blasfemias. Su presencia resultaba nociva y odiosa, pero no me quedaba más remedio que aguantarla, como es natural.

Había otro pasajero a quien también veía mucho, pues parecía resuelto a mostrarse amable conmigo, y no podía librarme de él sin correr algún riesgo de herir sus sentimientos, cosa que estaba muy lejos de mis intenciones. Además, su rústica simplicidad y su radiante bondad me atraían por algún motivo. La primera vez que vi al tal señor John Backus supuse, por sus ropas y su aspecto, que era granjero en un pueblucho de algún estado del oeste —sin duda Ohio—, pero después, cuando se lanzó a relatarme su historia personal y descubrí que, en efecto, se dedicaba a la cría de ganado en una región interior de Ohio, me sentí tan orgulloso de mi perspicacia que le tomé cariño por haber confirmado mis sospechas.

Todos los días, después del desayuno, se las arreglaba para acercarse a mí y ayudarme a cumplir con mi paseo. Y así, con el tiempo y con su facilidad para darle a la sinhueso, me lo explicó todo sobre su ocupación, sus planes, su familia cercana, sus parientes lejanos, sus ideas políticas... En fin, todo lo que, vivo o muerto, tenía algo que ver con Backus. Y me da la sensación de que, al mismo tiempo, consiguió arrancarme todo lo que yo sé de mi oficio, mi gente, mis propósitos, mis planes y mi propio ser. Tenía una inteligencia sutil y persuasiva, y aquello lo demostraba, pues no era yo dado a hablar sobre mis cosas. Una vez comenté algo sobre la triangulación: la imponente palabra fue música para sus oídos. Me preguntó qué quería decir, y yo se lo expliqué. En adelante, se dedicó de un modo pacífico e inofensivo a ignorar mi nombre y siempre me llamaba Triángulo.

¡Menudo entusiasta del ganado! Con solo mencionar un toro o una vaca, su mirada se iluminaba y su lengua elocuente se soltaba al instante. Mientras yo paseara escuchando, él me acompañaría hablando. Conocía todas las razas y todas le gustaban, y a todas alababa con sus cariñosas palabras. Yo seguía dando zancadas sumido en un sufrimiento silencioso mientras duraba el tema del ganado. Cuando no podía soportarlo más, introducía diestramente una cuestión científica en la conversación. Entonces mi mirada se iluminaba y la suya se apagaba, mis palabras fluían y las suyas se agotaban, para mí la vida era alegría y para él, tristeza.

Un día, un poco dubitativo y con cierto pudor, me preguntó:

—Triángulo, ¿le importaría bajar a mi camarote un momento para que hablemos de un asunto?

Lo acompañé al instante. Cuando llegamos, él sacó la cabeza, miró a un lado y a otro del salón, cauteloso, y luego cerró la puerta y echó la llave. Nos sentamos en el sofá, y empezó:

—Voy a hacerle una proposición, y si le parece bien, nos beneficiaremos los dos por igual. No va a California por placer, y yo tampoco. Vamos por trabajo, ¿verdad? Bueno, pues puede usted hacerme un favor, y yo se lo haré a usted, si nos ponemos de acuerdo. Durante bastantes años he estado arañando dinero de aquí y de allá para recoger unos ahorros. Los tengo aquí.

Abrió un viejo baúl de piel que estaba cerrado con llave, lo volcó para quitar del medio un amasijo de prendas raídas y dejó unos instantes a la vista un pequeño saco de material resistente, pero enseguida volvió a enterrarlo entre la ropa y cerró el baúl con llave. Bajó la voz hasta adoptar un tono cauteloso y prosiguió:

—Los tengo todos aquí, unos diez mil dólares en monedas de las buenas. Bueno, mi idea es la siguiente: lo que a estas alturas no sepa sobre la cría de ganado es que no merezco saberlo. En California se ganan bien la vida con ello. La cuestión es que yo sé, igual que usted, que cuando se estudian unos terrenos, quedan parcelas colindantes dentro de los límites de la propiedad que nadie paga. Por su parte, todo lo que tiene que hacer es señalar las divisorias del terreno de forma que esas parcelas queden fuera, luego me las da a mí, yo llevo allí al ganado, entra dinero contante y sonante, yo le paso cada tanto su parte, y...

Sentí poner fin a su entusiasmo desbordante, pero no pude evitarlo. Le interrumpí y dije con severidad:

—Yo no soy de esos. Cambiemos de tema, señor Backus.

Sentí lástima al ver su desconcierto y oír sus disculpas, incómodo y avergonzado. Yo me sentía igual de consternado que él, sobre todo porque parecía por completo ajeno al hecho de que su proposición pudiera tener algo de deshonesto, así que me apresuré a consolarlo y, para que olvidara el percance, lo enfrasqué en una conversación orgiástica sobre el ganado y la matanza. Nos encontrábamos en Acapulco, y por fortuna cuando subimos a cubierta la tripulación estaba cargando en el barco algunas cabezas de ganado con ayuda de una eslinga. La melancolía de Backus se desvaneció al instante, y con ella el recuerdo de su reciente metedura de pata.

—Pero ¡mire eso! —exclamó—. Dios mío, Triángulo, ¿qué dirían en Ohio? ¡Se les saldrían los ojos de las órbitas al ver las reses ahí colgadas, vaya si no!

Todos los pasajeros habían subido a cubierta para mirar —incluidos los jugadores—, y Backus los conoció y a todos afligió con su tema favorito. Al alejarme vi que uno de los jugadores se acercaba a él para abordarlo. Luego lo hizo otro, y al fin el tercero. Me detuve, esperé y observé. Siguieron conversando los cuatro, y la cosa se puso más seria. Backus se apartó poco a poco, los jugadores lo siguieron de cerca. Me sentí incómodo. Sin embargo, cuando en ese momento pasaron por mi lado, oí que Backus decía con tono de sentirse acosado:

—No servirá de nada, caballeros. Les repetiré lo que ya les he dicho un montón de veces: no es mi mundo y no quiero arriesgarme.

Me sentí aliviado. «Basta con su propia sensatez para protegerlo», me dije.

Durante los quince días que duró el trayecto desde Acapulco hasta San Francisco, varias veces vi a los jugadores hablando muy seriamente con Backus, y una de ellas le hice una amable advertencia. Él se echó a reír con naturalidad y dijo despreocupado:

—¡Ah, sí! Se me acercan sin cesar, quieren que juegue un poco, solo para divertirnos, dicen, pero ¡Dios me libre! Si en mi tierra no me han advertido mil veces que me ande con cuidado con ese tipo de ganado, no me lo han advertido ninguna, se lo digo yo.

Pasaron los días, y a su debido tiempo llegamos cerca de San Francisco. Era una noche cerrada y desagradable, soplaba un fuerte viento, pero casi estábamos en tierra. Yo me encontraba solo en cubierta. Hacia las diez me dispuse a bajar. Una figura emergió de la guarida de los jugadores y desapareció en la oscuridad. Me quedé petrificado, pues estaba seguro de que era Backus. Bajé volando la escalera de cámara y lo busqué con la mirada, pero no di con él. Regresé a cubierta justo a tiempo de divisarlo cuando entraba de nuevo en aquel maldito nido de granujas. ¿Habría acabado por sucumbir? Eso me temía. ¿A qué había bajado al camarote? ¿A buscar su saco de monedas? Quizá. Me acerqué a la puerta acosado por los malos presagios. Estaba entornada, y al echar un vistazo dentro capté una imagen que me hizo desear enormemente haber dedicado mi atención a salvar a mi pobre amigo ganadero en lugar de perder el tiempo como un estúpido leyendo y soñando. Estaba jugando. Peor: lo estaban saturando de champán, y ya empezaban a notarse los primeros efectos. Alabó «la sidra», tal como él lo llamaba, y dijo que ahora que la había probado seguiría bebiendo aunque llevara alcohol, de tan rica como estaba y tan distinta como era de todo lo que había probado hasta ese momento. Los granujas intercambiaron sonrisas furtivas y llenaron todas las copas, y mientras Backus vaciaba genuinamente la suya los demás fingían hacer lo mismo, pero tiraban el champán por encima del hombro.

No podía soportar la escena, así que me dediqué a seguir paseando y traté de interesarme por el mar y los sonidos del viento. Pero no, mi conciencia intranquila me arrastraba hasta allí cada cuarto de hora, y todas las veces veía a Backus tomando champán con gusto y de buena fe mientras los otros tiraban el suyo. Fue la noche más desagradable que he pasado jamás.

Mi única esperanza era que pronto diéramos fondo; eso interrumpiría la partida. Ayudé al barco a avanzar todo cuanto pude con mis plegarias. Por fin retumbó al cruzar el Golden Gate, y mi alegría fue tal que se me aceleró el pulso. Corrí de nuevo hasta aquella puerta y miré dentro. ¡Ay! Poco lugar había para la esperanza: Backus tenía los ojos entrecerrados e inyectados en sangre; la cara, sudorosa y roja como un tomate; la voz, lacrimógena y pastosa. Su cuerpo borracho se tambaleaba con el movimiento de vaivén del barco. Apuró otra copa mientras seguía ocupado con el juego.

Robó una carta, la miró y sus apagados ojos se iluminaron un instante. Los otros jugadores lo observaron y mostraron su satisfacción con señales apenas perceptibles.

—¿Cuántas cartas?

—¡Ninguna! —exclamó Backus.

Uno de los bribones, llamado Hank Wiley, desechó una carta, los otros, tres cada uno. Las apuestas seguían. Hasta ese momento las cantidades habían sido nimias, de uno o dos dólares, pero Backus salió con veinte. Wiley vaciló un momento, luego dijo «Lo veo» y aumentó la apuesta en diez dólares. Los otros dos se retiraron de la mano al instante.

Backus subió la apuesta en veinte. Wiley dijo:

—Lo veo, ¡y subo cien más!

Entonces sonrió y se dispuso a recoger el bote.

—Déjelo ahí —dijo Backus, con la pesadez de la borrachera.

—¡¿Qué?! ¿Quiere decir que piensa igualar?

—¿Igualar? Bueno, eso parece. Y añado cien más.

Rebuscó en su abrigo y sacó la suma establecida.

—Ah, esa es su estrategia, ¿verdad? Veo su apuesta, pero ¡la subo en quinientos más! —exclamó Wiley.

—¡Quinientos más! —dijo el ganadero loco, y sacó la suma y la colocó encima de la pila. Los tres conspiradores apenas podían disimular su entusiasmo.

Toda la diplomacia y el disimulo habían desaparecido, y las exclamaciones se sucedían con constancia y rapidez a medida que la pirámide dorada se iba haciendo más y más alta. Al final había diez mil dólares a la vista. Wiley arrojó un saco de monedas encima de la mesa y dijo con una amabilidad fingida:

—Quinientos dólares más, amigo rural. ¿Qué me dice ahora?

—¡Lo veo! —dijo Backus, soltando su pesada bolsa de monedas de oro encima de la pila—. ¿Qué tiene?

—¡Cuatro reyes, idiota! —Wiley arrojó sus cartas y rodeó con los brazos el dinero apostado.

—¡Cuatro ases, imbécil! —atronó Backus, sacando un revólver para apuntar a su hombre—. ¡Yo también soy jugador profesional, y he estado todo el viaje esperando este momento, inútiles!

El ancla cayó con un ruido sordo, y el viaje tocó a su fin.

Vaya, vaya... Qué mundo tan triste. Uno de los tres jugadores estaba compinchado con Backus. Era él quien repartió las manos fatídicas. Según lo pactado con las dos víctimas, tenía que haberle dado a Backus cuatro reinas, pero, ¡ay!, no lo hizo.

Una semana más tarde, me topé con Backus ataviado a la última moda en Montgomery Street. Dijo con alegría, como si estuviéramos despidiéndonos:

—Ah, por cierto, no tiene que preocuparse por lo de los pedazos de tierra. En realidad no sé nada sobre ganado, aparte de lo que pude aprender trabajando una semana como aprendiz en Jersey, justo antes de que zarpáramos. Mis conocimientos y mi entusiasmo por las reses han cumplido bien su cometido. Ya no volveré a necesitarlos.

De *La vida en el Mississippi*
1883

Un cuento de fantasmas

Alquilé una gran habitación al final de Broadway, en un enorme y antiguo edificio cuyos pisos superiores llevaban años desocupados hasta que yo llegué. Hacía mucho que habían abandonado el lugar al polvo y a las telarañas, a la soledad y al silencio. La primera noche que subí a mi cuarto fue como si anduviera a tientas entre tumbas y perturbase la intimidad de los muertos. Por primera vez en mi vida, me embargó un temor supersticioso, y, cuando, al pasar por un oscuro rincón de la escalera, una invisible y tenue telaraña me rozó la cara y se quedó pegada allí, me estremecí como quien ha visto un fantasma.

Me alegró mucho llegar a mi habitación y cerrar la puerta con llave, dejando fuera el moho y la oscuridad. Un alegre fuego ardía en la chimenea y me senté delante de ella con una agradable sensación de alivio. Pasé allí dos horas pensando en días pasados, rememorando antiguas escenas y recordando rostros casi olvidados entre las brumas del ayer; creyendo escuchar voces silenciadas para siempre hace ya mucho tiempo y canciones antaño familiares que ya nadie canta. Y, a medida que mi ensoñación se iba convirtiendo en una sensación cada vez más triste, el aullido del viento se fue transformando en un quejido, el airado golpear de la lluvia contra los cristales disminuyó hasta convertirse en un suave tamborileo, y uno por uno todos los ruidos de la calle se apagaron hasta que los pasos apresurados del último viandante rezagado se extinguieron en la distancia y ya no se oyó ningún sonido.

El fuego se había consumido. Me invadió una sensación de soledad. Me levanté y me desvestí moviéndome de puntillas por la habitación, haciendo furtivamente lo que tenía que hacer, como si estuviese rodeado de enemigos durmientes cuyo sueño fuese peligroso perturbar. Me arrebujé debajo de las mantas y me quedé escuchando la lluvia y el viento y el leve crujido de los postigos, hasta que acabé por quedarme dormido.

Dormí profundamente, aunque ignoro por cuánto tiempo. De pronto me desperté presa de una temblorosa expectación. Todo estaba en silencio, a excepción de mi propio corazón, cuyos latidos me parecía oír. ¡De pronto, la ropa de la cama empezó a deslizarse hacia los pies, como si alguien estuviera tirando de ella! No pude moverme; no pude decir nada. Las mantas siguieron deslizándose hasta dejar el pecho al descubierto. Luego, haciendo un gran esfuerzo, las cogí y me tapé la cabeza. Esperé, escuché, esperé... Una vez más algo volvió a tirar de ellas, y una vez más yací aletargado una eternidad de segundos interminables hasta que mi pecho volvió a quedar al descubierto. Por fin, hice acopio de energías, tiré de las mantas para ponerlas en su sitio y las sujeté con fuerza. Esperé. Al cabo de un momento, noté un leve tirón y las agarré aún con más fuerza. El tirón se fue haciendo más fuerte hasta convertirse en una tensión constante y cada vez más poderosa. Solté las mantas y, por tercera vez, se deslizaron de la cama. Gemí. ¡De los pies de la cama llegó otro gemido como respuesta! La frente se me perló de sudor. Estaba más muerto que vivo. De pronto, oí unos pisotones en la habitación: me recordaron a las pisadas de un elefante, no parecían humanos. Pero por fortuna se alejaban de mí, y eso me alivió. Lo oí acercarse a la puerta y cruzarla sin mover el picaporte ni la cerradura, y luego se alejó por los tétricos pasillos, presionando el suelo y las vigas hasta que crujieron de nuevo a su paso..., y por fin volvió a reinar el silencio.

Cuando se calmaron mis nervios, me dije: «Ha sido un sueño..., un sueño horrible». Y seguí dándole vueltas, hasta que me convencí de que ciertamente había sido un sueño; después una risotada de consuelo relajó mis labios y volví a sentirme feliz. Me levanté, encendí una luz y, cuando comprobé que la cerradura seguía tal como la había dejado, otra carcajada de alivio fue creciendo en mi pecho hasta salir de mis labios. Cogí la pipa, la encendí, y acababa de sentarme junto al fuego, ¡cuando la pipa se me cayó de las manos, la sangre huyó de mis mejillas y mi plácido aliento se transformó en un jadeo! ¡En las cenizas del hogar, junto a la huella de mi pie descalzo, había otra tan grande que, comparada con ella, mi pie era como el de un niño! Así que efectivamente había recibido visita y las pisadas de elefante tenían una explicación.

Apagué la luz y volví a la cama paralizado de terror. Me quedé allí mucho rato, escrutando la oscuridad y escuchando. Luego oí un ruido chirriante en el piso de arriba, como si arrastraran un cuerpo muy pesado por el suelo, luego lo soltaron y mis ventanas temblaron en respuesta al golpe. Oí el sonido amortiguado de puertas que se cerraban en la parte más alejada del edificio. Oí, de vez en cuando, el ruido de unos pasos furtivos que recorrían los pasillos y subían y bajaban por las escaleras. En ocasiones, dichos sonidos se acercaban a mi puerta, vacilaban y volvían a alejarse. Oí el leve resonar de unas cadenas en algún remoto pasillo y escuché cómo se acercaba, cómo subía fatigosamente las escaleras y cómo subrayaba cada movimiento con el sonido de la cadena, que caía con un repiqueteo sobre el escalón anterior a medida que avanzaba el espectro que las llevaba. Oí frases musitadas; gritos interrumpidos que parecían ahogarse violentamente; el frufrú de unos ropajes intangibles, y el susurro de unas alas invisibles. Luego reparé en que algo había invadido mi habitación..., en que no estaba solo. Oí suspiros y alientos en torno a mi cama, y murmullos misteriosos. Tres pequeñas esferas de tenue luz fosforescente aparecieron en el techo justo encima de mi cabeza, refulgieron allí un instante, y luego cayeron: dos sobre mi rostro y una en la almohada. Estallaron y se convirtieron en un líquido tibio. La intuición me dijo que se habían transformado en gotas de sangre al caer. No necesité encender la luz para cerciorarme. Luego vi caras lívidas, apenas iluminadas, y unas manos blancas que flotaron incorpóreas en el aire un instante y luego desaparecieron. Los susurros cesaron, al igual que las voces y los sonidos, y siguió un solemne silencio. Esperé y escuché. Sentí que si no encendía una luz moriría. El miedo me había debilitado. Me incorporé lentamente hasta sentarme, ¡y mi rostro rozó una mano húmeda! Las fuerzas me abandonaron y me desplomé como un inválido. Luego oí un frufrú de ropa que pareció atravesar la puerta y salir de la habitación.

Cuando una vez más volvió a reinar el silencio, salí a rastras de la cama, débil y enfermo, y encendí la luz con una mano que temblaba como si hubiese envejecido cien años. El resplandor me proporcionó un poco de ánimo. Me senté y caí en una soñolienta contemplación de la gigantesca huella de las cenizas. Poco a poco sus contornos empezaron a temblar y volverse borrosos. Levanté la vista y observé que la llama de gas empezaba a apagarse lentamente. En ese momento volví a oír los pasos elefantinos. Reparé en que se acercaban cada vez más por los salones polvorientos, mientras la luz se iba volviendo más y más lánguida. Los pasos llegaron hasta mi puerta y se detuvieron, la luz se había reducido a un mortecino resplandor azulado y todo lo que me rodeaba estaba sumido en una penumbra espectral. La puerta no se abrió, pero noté una leve corriente de aire en la mejilla, y enseguida comprendí que había una inmensa y vaporosa presencia ante mí. La observé con ojos fascinados. Un pálido resplandor emanaba de aquella cosa; poco a poco sus nebulosos pliegues fueron cobrando forma: apareció un brazo, luego unas piernas, luego un cuerpo, y por fin una enorme cara triste me miró a través del vaho. ¡Despojado de sus etéreos recubrimientos, desnudo, musculoso y majestuoso, el gigantesco gigante de Cardiff* se alzó sobre mí!

Todo mi pesar desapareció, pues hasta un niño habría comprendido que de aquel rostro tan benévolo no podía venir ningún mal. Recobré de pronto el ánimo y al mismo tiempo la llama volvió a brillar con fuerza. Jamás un náufrago solitario se alegró tanto de ver a alguien como yo de saludar al amistoso gigante. Dije:

—¿Así que eras tú? ¿Sabes que he pasado un miedo de muerte estas dos o tres últimas horas? Me alegra muchísimo verte. Ojalá tuviese una silla. ¡Oye, oye, no se te ocurra sentarte ahí! —Pero fue demasiado tarde. Se sentó antes de que pudiera impedirlo y cayó al suelo: jamás he visto una silla tan rota en toda mi vida—. Alto, alto, lo romperás to... —Otra vez fue demasiado tarde. Se oyó otro ruido y otra silla quedó hecha pedazos—. ¡Maldita sea! ¿Es que no tienes nada en la cabeza? ¿Acaso quieres romperme todos los muebles? Vamos, vamos, tontorrón petrificado... —Sin embargo, de nada sirvió. Antes de que pudiera impedirlo, se sentó en la cama y la hizo trizas—. Pero ¿qué modo de comportarse es ese? Primero te paseas por ahí con una legión de duendes vagabundos y me das un susto de muerte, y luego, cuando paso por alto una falta de decoro en el vestir que no toleraría ninguna persona cultivada excepto en un teatro respetable, y ni siquiera allí si la desnudez fuese de tu sexo, me lo pagas rompiendo todos los muebles que encuentras para sentarte. ¿Y para qué? Te haces tanto daño a ti como a mí. Te has roto el extremo de la columna vertebral y has cubierto el suelo de

* El gigante de Cardiff fue uno de los más famosos fraudes de la historia de América. Descubierto por unos trabajadores al ir a excavar un pozo, el supuesto fósil de un gigante había sido fabricado en realidad por orden de un vendedor de tabaco llamado George Hull, que quería burlarse de un pastor fundamentalista que defendía, de acuerdo con un pasaje del Génesis, que en la tierra habían vivido gigantes. *(N. del T.)*

fragmentos de tus piernas, y ahora esto parece una cantera de mármol. Deberías avergonzarte..., ya eres grandecito para saberlo.

—De acuerdo, no romperé más muebles. Pero ¿qué voy a hacer? Llevo un siglo sin poder sentarme.

Los ojos se le llenaron de lágrimas.

—Pobre diablo —dije—, no debería haber sido tan severo contigo. Y encima eres huérfano. Siéntate aquí, en el suelo, es lo único que puede resistir tu peso..., además, no podemos conversar si estás ahí arriba; ponte aquí, yo me subiré a este taburete y hablaremos cara a cara.

Se sentó en el suelo y yo encendí una pipa y se la di, le eché una de mis mantas rojas sobre los hombros, le puse el bidé en la cabeza a modo de casco, y le proporcioné así un aspecto de lo más pintoresco. Luego cruzó los tobillos, mientras yo avivaba el fuego y exponía la planta de sus prodigiosos y mellados pies al calor de la lumbre.

—¿Qué les pasa a las plantas de tus pies y a la parte de atrás de tus piernas, que están tan maltrechos?

—Son unos sabañones terribles..., los contraje cuando estuve enterrado en la granja de Newell. Pero me gusta aquel lugar, lo echo de menos como quien añora su casa. Nunca he estado tan a gusto como allí.

Estuvimos hablando una media hora, y luego reparé en que parecía cansado y se lo dije.

—¿Cansado? —respondió—. Pues sí. Ya que me has tratado tan bien, te lo contaré. Soy el espectro del Hombre Petrificado que está en el museo, al otro lado de la calle. Soy el fantasma del gigante de Cardiff. No conoceré descanso ni reposo hasta que hayan vuelto a enterrar mi pobre cuerpo. ¿Y qué creerás que se me ocurrió para obligar a esos hombres a hacerlo? ¡Pues aterrorizarlos, embrujar el lugar donde exponen mi cuerpo! Así que rondé por el museo noche tras noche, incluso pedí ayuda a otros fantasmas. Pero no sirvió de nada, porque a medianoche nadie visita el museo. Luego se me ocurrió venir aquí y embrujar un poco este lugar. Pensé que, si alguien me oía, podría tener éxito, pues contaba con la mejor ayuda que la perdición podía proporcionar. Noche tras noche, hemos deambulado por estos pasillos mohosos, arrastrando cadenas, gimiendo, susurrando, subiendo y bajando por las escaleras, hasta que, para serte sincero, casi he acabado por hartarme. Pero esta noche, al ver luz en tu habitación, hice acopio de energías y volví a intentarlo con cierto entusiasmo. Pero estoy agotado..., totalmente exhausto. ¡Dame, te lo suplico, dame alguna esperanza!

Yo salté de mi taburete presa de entusiasmo y exclamé:

—¡Esto lo supera todo! ¡Es lo nunca visto! Pobre fósil bobalicón, te has tomado todas estas molestias por nada: estás embrujando un molde de escayola..., ¡el verdadero gigante de Cardiff está en Albany![1] Maldita sea, ¿es que no sabes dónde están tus propios restos?

Jamás vi una mirada tan elocuente de vergüenza y penosa humillación embargar un rostro de ese modo.

El Hombre Petrificado se puso lentamente en pie y preguntó:

—¿De verdad? ¿Es eso cierto?

—Tan cierto como que estoy aquí sentado.

Se quitó la pipa de la boca y la dejó en la repisa de la chimenea; luego se quedó indeciso un momento (inconscientemente, por la fuerza de la costumbre, trató de meter las manos donde antes habían estado los bolsillos de los pantalones y hundió pensativo la barbilla en el pecho), y por fin dijo:

—Vaya, nunca me había sentido tan absurdo. El Hombre Petrificado ha vendido a todos, ¡y ahora ese fraude mezquino ha terminado vendiendo su propio fantasma! Hijo mío, si te

1. Así es. El fraude original se duplicó ingeniosa y fraudulentamente y se exhibió en Nueva York como el «único gigante de Cardiff genuino» (para indecible disgusto de los propietarios del verdadero coloso), justo al mismo tiempo en que este último atraía multitudes en un museo de Albany. *(N. del A.)*

queda caridad en el corazón por un pobre fantasma sin amigos, no se lo cuentes a nadie. Piensa cómo te sentirías si te hubieses puesto en ridículo de este modo.

Oí alejarse al majestuoso vagabundo, paso a paso por las escaleras hasta salir a la calle, y sentí que se hubiera ido, pobre hombre..., y todavía sentí más que se llevase mi manta roja y mi bidé.

1888

SUERTE[1]

En cierta ocasión asistí en Londres a un banquete celebrado en
honor de uno de los dos o tres militares ingleses más destacados
e ilustres de esta generación. Por razones que se entenderán más
adelante, ocultaré su nombre real y títulos bajo los de teniente
general lord Arthur Scoresby, Cruz Victoria, caballero de la
Orden del Bath, etcétera, etcétera. ¡Qué extraordinaria fascinación produce todo nombre célebre! Sentado ante mí, en carne y
hueso, estaba el hombre del que había oído hablar infinidad de
veces desde el día en que, treinta años atrás, su nombre había
saltado de repente a la gloria en un campo de batalla de Crimea,
una gloria que ya no le abandonaría nunca más. Miraba y miraba a aquel semidiós, y sentía con ello saciarse mi hambre y mi
sed; lo observaba, lo examinaba, lo escrutaba: la serenidad, la
reserva y la noble gravedad de su rostro; la sencilla honestidad
que impregnaba todo su ser; la dulce inconsciencia de su grandeza..., inconsciencia de los miles de ojos fijos admirativamente
en él, inconsciencia de la honda, afectuosa y sincera adoración
que brotaba de todos los corazones y manaba hacia él.

El clérigo que se sentaba a mi izquierda era un viejo amigo mío; pero, antes de vestir el hábito, había pasado la prime-

---

1. Este relato no es una ficción. Me lo contó un clérigo que fue instructor en Woolwich cuarenta años atrás, y que atestigua su veracidad. (N. del A.)

ra mitad de su vida en el campamento y en el campo de batalla como instructor en la escuela militar de Woolwich. Justo en el momento en que le hablaba de aquel gran personaje, vi centellear en sus ojos una velada y singular luz, se inclinó hacia mí y murmuró confidencialmente, haciendo un gesto en dirección al héroe del banquete:

—Entre nosotros..., es un completo idiota.

Su sentencia constituyó una gran sorpresa para mí. Si el sujeto hubiera sido Napoleón, o Sócrates, o Salomón, mi asombro no podría haber sido mayor. Pero yo era muy consciente de dos cosas: que el reverendo era un hombre de la más estricta veracidad, y que sabía juzgar muy bien a las personas. Por consiguiente, tenía la certeza, más allá de cualquier género de dudas, que el mundo estaba equivocado con respecto a aquel héroe: en realidad, era idiota. Y me propuse averiguar, en su debido momento, cómo el reverendo, por sí solo y sin ayuda de nadie, había descubierto el secreto.

La ocasión se presentó pocos días más tarde, y esto es lo que me contó el reverendo:

Cuarenta años atrás, yo era instructor en la academia militar de Woolwich. Estaba presente en una de las secciones cuando el joven Scoresby se presentó al examen de ingreso. Enseguida sentí una gran lástima por él, ya que el resto de sus compañeros contestaba con brillantez y desenvoltura, mientras que él..., ¡Dios bendito!, él no sabía nada, lo que se dice nada. Era sin duda un muchacho bueno, dulce, adorable e ingenuo; y por ello me resultaba muy penoso verlo allí plantado, sereno como una imagen tallada, dando unas respuestas que eran un auténtico prodigio de estupidez e ignorancia. Sentí crecer en mi interior toda mi compasión para ayudar a aquel muchacho. Me dije que, cuando se examinara de nuevo, volvería sin duda a ser suspendido, por lo que intentar mitigar su caída en lo posible no sería más que un inofensivo acto de caridad. Lo llevé aparte y pude comprobar que sabía algo sobre la vida de César; y como a eso se limitaban sus conocimientos, me puse manos a la obra y lo adiestré como a un galeote sobre una serie de preguntas referentes a César que los examinadores solían hacer. ¡No me creerá, pero ese día Scoresby superó el examen con las más altas calificaciones! Aprobó con ese «relleno» puramente superficial, e incluso recibió felicitaciones, mientras que otros, con conocimientos muy superiores, fueron suspendidos. Por algún extraordinario accidente de la fortuna, de esos que no es probable que ocurran dos veces en el mismo siglo, no le hicieron una sola pregunta que se saliera de los estrechos límites de lo aprendido.

Fue algo pasmoso. En fin, durante todo ese curso me mantuve a su lado, mostrando hacia él un sentimiento parecido al de una madre por su hijo tullido; y Scoresby se salvaba siempre..., y siempre por puro milagro, o así lo parecía.

Más tarde pensé que lo que le dejaría en evidencia y acabaría por fin con él serían las matemáticas. Decidí endulzar su muerte cuanto me fuera posible, y comencé a atiborrarle de conocimientos relacionados con el tipo de preguntas que era más probable que hicieran los examinadores; después, lo abandoné a su suerte. En fin, señor, intente imaginarse el resultado: ¡para mi consternación, Scoresby consiguió el primer puesto! Y, con ello, una clamorosa ovación de reconocimiento.

¿Dormir? No logré pegar ojo en una semana. Mi conciencia me atormentaba día y noche. Yo había obrado tan solo por caridad y con el fin de ayudar al pobre muchacho en su caída. Ni siquiera en sueños habría pensado que pudieran darse resultados tan absurdos. Me sentía tan culpable y miserable como Frankenstein. Teníamos allí a un completo zopenco al que yo había colocado en el camino de las promociones rutilantes y de las grandes responsabilidades, y solo podía esperarse una cosa: que él y sus responsabilidades se desmoronaran juntos a la primera de cambio.

Acababa de estallar la guerra de Crimea. Pues claro, me dije, tenía que haber una guerra. No podíamos continuar en tiempos de paz y permitir que aquel asno muriera sin quedar antes al descubierto. Esperé el terremoto. Y llegó. Y a mí casi se me cayó el alma a los pies. ¡Scoresby había sido promocionado para la capitanía de un regimiento que marchaba al frente! Hombres infinitamente mejores envejecen y encanecen antes de lograr ascender a un grado tan alto. ¿Quién podría haber previsto que semejante responsabilidad pudiera recaer sobre hombros tan inexpertos e inadecuados? Apenas podría haberlo soportado en el caso de que hubiera sido nombrado portaestandarte; pero capitán... ¡Piense en ello! Sentí que el pelo se me ponía blanco.

Y fíjese en lo que llegué a hacer..., yo, que amo tanto el reposo y la tranquilidad. Me dije a mí mismo que, ante el país, yo era responsable de aquello, por lo que debía mantenerme muy cerca de Scoresby para proteger a mi patria de él en todo lo que me fuera posible. De modo que, con un profundo suspiro, invertí mi escaso capital ahorrado tras muchos años de trabajo y penosa economía en comprarme una plaza de portaestandarte en su regimiento, y partimos hacia el campo de batalla.

Y una vez allí..., ¡oh, Dios, fue algo espantoso! ¿Equivocaciones? Scoresby no hacía otra cosa que cometerlas. Pero, naturalmente, nadie estaba al tanto de su secreto. Todos lo contemplaban bajo un prisma erróneo, y por fuerza malinterpretaban todas sus acciones. Así pues, consideraban sus estúpidos disparates como inspiraciones geniales. ¡En serio! Sus errores más leves habrían hecho llorar a cualquier hombre en su sano juicio; y a mí me hicieron llorar... y también rabiar y desvariar, en privado. ¡Y lo que mayores sudores fríos me provocaba era el hecho de que cada nuevo error que cometía aumentaba el esplendor de su reputación! Yo no paraba de repetirme que llegaría tan alto que, cuando al fin se descubriera la verdad, aquello sería como la caída del sol desde los cielos.

Fue ascendiendo de grado en grado por encima de los cadáveres de sus superiores, hasta que al final, en el momento más álgido de la batalla de..., cayó nuestro coronel; sentí cómo el corazón se me subía a la garganta, porque Scoresby era quien lo seguía en rango. «Ahí lo tienes —me dije—. Dentro de diez minutos, estaremos todos en el infierno.»

La batalla era terriblemente encarnizada; los aliados retrocedían poco a poco en todos los frentes. Nuestro regimiento ocupaba una posición vital: una sola equivocación significaría la aniquilación total. Y en ese crucial momento, ¿qué cree que hizo aquel inmortal necio? ¡Pues retirar al regimiento de su posición y ordenar una carga contra una colina cercana, donde no había siquiera la sombra de un enemigo! «¡Ya está! —me dije—. Este es el fin.»

Y allá que fuimos, y bordeamos la colina antes de que aquel delirante movimiento pudiera ser advertido y detenido. ¿Y qué encontramos al otro lado? ¡Pues a todo un insospechado ejército ruso de reserva! ¿Y qué ocurrió? ¿Nos aniquilaron? Eso es lo que por fuerza habría ocurrido en noventa y nueve de cada cien casos. Pero no; aquellos hombres, ante lo absurdo del ataque, pensaron que un regimiento aislado no podía ir allí a pastar en semejante momento. Debía tratarse necesariamente del ejército inglés en su totalidad, con lo que la astuta táctica rusa había sido descubierta y anulada; así que pusieron pies en polvorosa en medio de una gran confusión, subiendo por la colina y bajando hasta el mismo campo de batalla, y nosotros detrás de ellos. Y los propios rusos rompieron y disgregaron el sólido centro ofensivo de su ejército, y poco después salieron huyendo en la más tremenda desbandada que imaginarse pueda. ¡Y así los aliados vieron cómo su derrota se convertía en una victoria magnífica y arrolladora! El mariscal Canrobert había contemplado todo lo ocurrido, aturdido por el asombro, la admiración y el gozo. E inmediatamente hizo llamar a Scoresby, y lo abrazó y lo condecoró en el mismo campo de batalla ante todos los ejércitos.

¿Cuál había sido la equivocación de Scoresby en aquella ocasión? Pues sencillamente confundir su mano derecha con la izquierda..., eso fue todo. Le habían ordenado retroceder y apoyar el flanco derecho, y, en lugar de ello, retrocedió «hacia delante», y bordeó la colina de la izquierda. Pero la fama conquistada ese día como fabuloso genio militar le valió la fama y la gloria en todo el mundo, que perdurarán incólumes mientras haya libros de historia.

Scoresby es todo lo bueno, dulce, adorable y humilde que puede ser un hombre, pero no sabe volver a casa cuando llueve. Esa es la auténtica verdad. Es el mayor asno que existe en todo el universo; y hasta hace media hora, esto era un secreto compartido entre él y yo. Scoresby se ha visto favorecido, día tras día y año tras año, por la suerte más fenomenal y asombrosa que pueda imaginarse. A lo largo de todas las guerras de nuestra generación, ha sido nuestro soldado más brillante. Su carrera militar no ha sido más que una sucesión de tremendos errores, y no ha habido uno solo que no lo haya convertido en caballero, en baronet, en lord, o en lo que sea. Mire su pecho, todo revestido de condecoraciones, tanto nacionales como extranjeras. Pues bien, señor, cada una de ellas es el recordatorio de una u otra supina imbecilidad; y, todas juntas, la prueba irrefutable de que en este mundo lo mejor que le puede ocurrir a un hombre es nacer con suerte. Y le repito, tal como le dije en el banquete: Scoresby es un completo idiota.

1891

Ejerciendo de guía

Llegaría un día en que deberíamos desplazarnos de Aix-les-Bains a Ginebra, y desde allí, en una serie de tortuosas jornadas de sol a sol, hasta Bayreuth, en Baviera. Haría falta un guía, por supuesto, para cuidar de un grupo tan considerable como el que me acompañaba.

Pero iba dejando pasar el tiempo. Los días volaban, y al fin un día desperté a la realidad de que estábamos a punto de partir y no tenía guía. Decidí entonces lo que parecía una temeridad, pero me sentía con ánimos para ello. Dije que haríamos la primera etapa del viaje sin ayuda... Y así lo hice.

Llevé al grupo desde Aix-les-Bains hasta Ginebra yo solo, cuatro personas. La distancia era de más de dos horas, y allí teníamos que cambiar de coche. No hubo ni un solo accidente de ninguna clase, salvo olvidarnos una maleta y varios objetos más en el andén, algo que apenas puede llamarse así por la frecuencia con que ocurre. De esta manera, me ofrecí a guiar al grupo durante todo el trayecto hasta Bayreuth.

Fue un craso error, aunque en el momento no me lo pareció. Había que tener en cuenta más detalles de los que creía. Primero: debíamos pasar a recoger a dos personas que dejamos en una pensión de Ginebra unas semanas atrás y llevarlas hasta el hotel. Segundo: había que notificar al personal del Grand Quay encargado de guardar el equipaje que trasladara siete de los baúles allí guardados hasta el hotel y se llevara otros siete que encontrarían apilados en el vestíbulo. Tercero: tenía que averiguar en qué parte de Europa estaba Bayreuth y comprar siete billetes de tren para ese destino. Cuarto: debía enviar un telegrama a un amigo de los Países Bajos. Quinto: eran las dos de la tarde, y había que darse prisa en prepararnos para tomar el primer tren de noche, y asegurarnos de viajar en coche cama. Sexto: era necesario sacar dinero del banco.

Me pareció que los billetes del coche cama eran lo más importante, de modo que yo mismo fui a la estación para asegurarme; los mensajeros de los hoteles no siempre son personas diligentes. Hacía mucho calor y me tendría que haber desplazado en coche, pero pensé que caminando ahorraba tiempo, lo cual resultó ser falso porque me perdí y la distancia se triplicó. Pedí los billetes, y me preguntaron qué ruta quería seguir, ante lo que sentí vergüenza y me atolondré, con tanta gente como se encontraba a mi alrededor y yo sin saber nada sobre ello ni imaginar siquiera que había dos posibles. De modo que decidí que lo mejor era regresar, consultar el mapa y volver a la estación.

Para ello mandé que me recogiera un coche, pero cuando subía la escalera del hotel recordé que no me quedaban cigarros, de modo que consideré que lo mejor era salir a comprarlos antes de que se me borrara de la cabeza. Solo tenía que doblar la esquina, y para eso no necesitaba el coche. Pedí al cochero que me esperara. Pensando en el telegrama y tratando de redactarlo mentalmente, me olvidé de los cigarros y del coche, y seguí caminando sin detenerme. Había pensado pedir al personal del hotel que lo enviara, pero como a esas alturas no podía estar muy lejos de la oficina de correos, juzgué que era mejor que me ocupara de hacerlo yo. Sin embargo, correos estaba más lejos de lo que había imaginado. Por fin di con la oficina, escribí el telegrama y lo entregué. El empleado era un hombre de aspecto severo y nervioso, y empezó a bombardearme a preguntas en francés con tanta fluidez que yo no conseguía detectar dónde empezaban y acababan las palabras, y eso hizo que volviera a atolondrarme. Sin embargo, un caballero inglés se acercó y me dijo que aquel hombre quería saber adónde tenía que mandar el telegrama. No supe decírselo, porque el telegrama no era mío, y le expliqué que lo enviaba de parte de una de las personas con quien viajaba. Pero al parecer nada excepto la dirección iba a tranquilizar a aquel empleado, de modo que le dije que si tanto interés tenía en ello, regresaría y la averiguaría.

No obstante, se me ocurrió que primero iría a recoger a las otras dos personas, pues lo mejor era hacer las cosas con método y en orden, de una en una. Entonces recordé que el coche seguía esperando en el hotel, tragándose mi dinero, de modo que paré a otro y le pedí que fuera a avisar al primero y lo enviara a la oficina de correos, donde debía esperar hasta que yo llegara.

Tuve que caminar muchísimo para recoger a aquellas dos personas, y cuando llegué resultó que no podían venir conmigo porque sus maletines pesaban mucho y necesitaban un coche. Me dispuse a buscar uno, pero antes de encontrarlo me di cuenta de que estaba en el barrio del Grand Quay —por lo menos me lo pareció—, de modo que resolví que ahorraría tiempo si me acercaba a pie a solucionar lo de los baúles. Caminé una milla, y aunque no fui capaz de dar con el Grand Quay, me topé con una tienda de cigarros y me acordé de que me hacían falta. Dije que me marchaba a Bayreuth y que quería suficientes para todo el viaje. El hombre me preguntó qué ruta pensaba seguir. Yo le respondí que no lo sabía. Él siguió diciendo que me recomendaba que fuera por Zurich y varios otros lugares que nombró, y se ofreció a venderme siete billetes de segunda clase por veintidós dólares cada uno, lo cual implicaba regalarme el descuento que le hacía la compañía ferroviaria. Yo ya estaba harto de viajar en segunda clase con billetes de primera, así que acepté.

Al cabo de un rato encontré las oficinas de Natural & Co., la empresa guardaequipajes, y les solicité que enviaran siete de nuestros baúles al hotel y los dejaran apilados en el vestíbulo. Me daba la impresión de que no estaba transmitiendo el mensaje completo, pero fue todo cuanto pude hallar en mi cabeza.

Enseguida me topé con una oficina bancaria y quise sacar dinero, pero me había dejado la carta de crédito en alguna parte y no pude hacerlo. En ese momento recordé que debía de habérmela olvidado encima de la mesa mientras escribía el telegrama, así que tomé un coche con destino a correos, y cuando subí a la oficina me dijeron que, en efecto, habían encontrado una carta de crédito encima de la mesa, pero que la habían puesto en manos de las autoridades policiales, y que me haría falta ir allí y demostrar que me pertenecía. Le indicaron a un mozo que me acompañara, y salimos juntos por la puerta trasera y caminamos un par de millas hasta dar con el lugar. Pero entonces me acordé de los coches que me esperaban y le pedí al chico que cuando regresara a la oficina de correos los mandara a buscarme. Era de noche, y el alcalde había salido a cenar. Se me ocurrió que podía hacerlo yo también, pero el oficial de guardia no opinaba lo mismo, y me quedé allí. El alcalde llegó a las diez y media, pero dijo que era demasiado tarde para llevar a cabo ninguna acción a esas horas, que mejor que volviera por la mañana, a las nueve y media. El oficial pretendía que me quedara allí toda la noche, ya que dijo que era alguien de aspecto sospechoso y que con toda probabilidad la carta de crédito no era mía, que ni siquiera sabía lo que era una carta de crédito, simplemente había visto que el propietario la había olvidado encima de la mesa y quería hacerme con ella porque seguro que era la clase de persona que quiere hacerse con todo lo que puede, tenga valor o no. Pero el alcalde manifestó que no observaba en mí nada sospechoso, que le parecía alguien inofensivo a quien no le pasaba nada más allá de ser un desmemoriado, y que no había para tanto. De modo que le di las gracias y me dejó marchar, y yo volví a casa con mis tres coches.

Estaba muerto de cansancio y esas no eran condiciones para contestar a ninguna pregunta con sensatez, así que creí mejor no molestar a la expedición a semejantes horas de la noche, ya que había una habitación libre. Sabía que estaba al final del pasillo, pero no logré llegar hasta allí, ya que la expedición había designado a un vigilante porque estaban preocupados por mí. Me encontraba en una situación apurada. Todos los miembros aparecían inmóviles y amenazantes, sentados en cuatro sillas contiguas, con capas y todo tipo de prendas encima, y los maletines y las guías de viaje en el regazo. Llevaban cuatro horas allí sentados, y no habían parado de apurar sus copas. Estaban esperando, sí, esperándome a mí. Tuve la impresión de que nada salvo un espontáneo *tour de force* brillante y presentado con acierto sería capaz de romper aquella barrera de hierro y desviar su atención en mi favor, de modo que me tiré a la piscina con una cabriola y anuncié sin preocupación a voz en cuello:

—Je, je... ¡Ya estoy aquí, señor Merryman!

Nada podía resultar más mudo y sepulcral que la ausencia de aplausos que hubo a continuación. No obstante, proseguí; no podía hacer otra cosa, aunque mi confianza, ya de inicio bastante débil, había sido objeto de un lance mortal y desapareció del todo.

Intenté parecer jocundo a pesar de mi aflicción, y traté de conmover a los demás y suavizar el amargo resentimiento de aquellos rostros con alguna ocurrencia divertida y convirtiendo todo aquel horrendo asunto en un incidente fortuito y cómico, pero no fue buena idea. El clima no era el más apropiado para ello. No obtuve ni una sonrisa, ni una sola facción de aquellos semblantes ofendidos se relajó, no conseguí arrancar la mínima calidez al invierno que asomaba en aquellos ojos gélidos. Me dispuse a hacer un último y poco efectivo esfuerzo para relajar el ambiente, pero el jefe de la expedición me atajó en plena frase y dijo:

—¿Dónde se había metido?

Vi en su forma de decirlo que su intención era pasar fríamente a ocuparnos de los asuntos importantes. De modo que empecé a relatarles mis idas y venidas, pero de nuevo me interrumpió.

—¿Dónde están los otros dos? Hemos pasado unos nervios espantosos pensando en ellos.

—Ah, están bien. Iba a pedirles un coche, pero salí a la calle y...

—¡Siéntese! ¿No sabe que son las once? ¿Dónde los ha dejado?

—En la pensión.

—¿Por qué no los ha traído aquí?

—Porque no podíamos con los maletines, y pensé que...

—Pensó, pensó... Usted no tiene que pensar nada. No se puede pensar si no se tiene la maquinaria apropiada. La pensión está a dos millas. ¿Es que no pidió un coche para ir hasta allí?

—No..., bueno... Mi intención no era esa, pero las cosas fueron así.

—¿Cómo que las cosas fueron así?

—Es que estaba en correos y me acordé de que había dejado un coche aquí esperándome, y entonces, para no perder más dinero, mandé a otro a..., a...

—¿A qué?

—Bueno, ahora no me acuerdo, pero creo que el segundo coche tenía que venir al hotel para pedir que pagaran al primero y decirle que podía marcharse.

—¿Y de qué habría servido eso?

—¿Que de qué habría servido? Habría servido para no perder más dinero, ¿no?

—¡Sí, y luego tendría que haberle pagado al segundo coche por quedarse esperando en vez del primero!

No dije nada.

—¿Por qué no le pidió al segundo coche que volviera a recogerlo?

—Ah, sí que lo hice. Ahora me acuerdo. Exacto, eso es lo que hice, porque recuerdo que cuando...

—Bien, ¿y entonces por qué no volvió a recogerlo?

—¿A correos? Sí que lo hizo.

—Muy bien, ¿y entonces cómo es que regresó a la pensión andando?

—Esto..., no recuerdo bien por qué fue. Ah, sí, ya me acuerdo. Escribí el telegrama para enviarlo a los Países Bajos y...

—¡Bueno! ¡Menos mal que por lo menos ha hecho algo de provecho! No le habría consentido que no enviara... ¿Por qué pone esa cara? Está intentando no mirarme a los ojos... Ese telegrama es lo más importante que... ¡No lo ha enviado!

—Yo no he dicho eso.

—No hace falta que lo diga. Madre mía... Ese telegrama no tenía que dejar de enviarse por nada del mundo. ¿Por qué no lo ha hecho?

—Bueno, verá, con tantas cosas en que pensar y tanto que hacer... En correos son muy especiales, y cuando hube escrito el telegrama...

—Da igual, déjelo correr, las explicaciones no sirven de nada. ¿Qué pensará el caballero de nosotros?

—Ah, no se preocupe por eso; pensará que hemos entregado el telegrama al personal del hotel y que ellos...

—¡Pues claro! ¿Por qué no hizo eso? Es lo más razonable.

—Sí, ya lo sé, pero se me metió en la cabeza que debía asegurarme, y fui al banco a sacar dinero y...

—Bueno, por lo menos merece cierta confianza por haber pensado en eso, y no quiero ser demasiado duro con usted, aunque tiene que reconocer que nos ha causado bastantes problemas, y algunos no eran necesarios. ¿Cuánto dinero ha sacado?

—Bueno... Quería..., quería...

—¿Quería qué?

—Bueno... Me parece que en esas circunstancias..., la mayoría de la gente, ya sabe, habría...

—A ver, ¿por qué divaga? Haga el favor de mirarme y dejar que... ¡Cómo! ¿No ha sacado dinero del banco?

—Bueno, el banquero me dijo...

—Da igual lo que dijera el banquero. Usted tendría que haber razonado y... Bueno, razonar exactamente no, pero...

—Bueno, lo que pasó es que no llevaba encima la carta de crédito.

—¿No la llevaba encima?

—No la llevaba encima.

—No repita lo que yo le digo. ¿Dónde estaba?

—En correos.

—¿Y qué hacía allí?

—Pues me la olvidé.

—Mire, le juro que he conocido muchos guías, pero de todos los que he...

—Yo lo he hecho lo mejor que he podido.

—Ya, claro, pobre. Y yo no debería abusar de usted de este modo cuando ha estado matándose mientras nosotros estábamos aquí tan tranquilos, pensando en lo mucho que nos ha ofendido en lugar de estarle agradecidos por todo lo que ha intentado hacer por nosotros. Todo saldrá bien. Podemos coger perfectamente el tren de las siete y media de la mañana. ¿Ha comprado los billetes?

—Sí... Y son una ganga. En segunda clase.

—Me alegro. Todo el mundo viaja en segunda clase, y nosotros bien podemos ahorrarnos ese ruinoso gasto extra. ¿Cuánto le han costado?

—Veintidós dólares cada uno... Es un directo a Bayreuth.

—Vaya, pensaba que solo había trenes directos a Londres y a París.

—Puede que para algunas personas no haya trenes directos a Bayreuth y para otras sí. Y parece que yo soy de esas.

—El precio me parece bastante caro.

—Al contrario, el hombre de la tienda ha renunciado a su comisión.

—¿La tienda?

—Sí, los compré en una tienda de cigarros.

—Eso me hace pensar que tenemos que levantarnos muy temprano y no debemos dejar el equipaje para el último momento. El paraguas, las botas de agua, los cigarros... ¿Qué ocurre?

—¡Diantre! Me he dejado los cigarros en el banco.

—¡No me lo puedo creer! ¿Qué hay del paraguas?

—Sí, eso ya está, hay tiempo.

—¿Qué quiere decir?

—Ah, que no hay problema, me ocuparé de...

—¿Dónde está ese paraguas?

—No son más que cuatro pasos. No tardaré más de...

—¿Dónde está?

—Bueno, creo que me lo dejé en la tienda de cigarros, pero de todas formas...

—¡Saque los pies de ahí debajo! ¡Lo que me temía! ¿Dónde están sus botas de agua?

—Esto..., bueno...

—¿Dónde están sus botas de agua?

—Pero si ya han pasado las lluvias... Todo el mundo dice que no va a caer ni una gota en...

—¡¿Dónde están las botas?!

—Bueno, verá... Pasó lo siguiente: primero el oficial dijo...

—¿Qué oficial?

—El de policía; pero el alcalde...

—¿Qué alcalde?

—El de Ginebra; pero yo le dije...

—Espere. ¿Qué ha hecho?

—¿Quién, yo? Nada. Los dos querían que me quedara hasta mañana y...

—¿Dónde tenía que quedarse?

—Bueno, la cosa es que...

—¿Dónde ha estado? ¿Qué es lo que lo ha entretenido hasta las nueve y media de la noche?

—Bueno, verá, después de perder la carta de crédito...

—Hace rato que solo se anda con rodeos. Haga el favor de contestar directamente a mi pregunta: ¿dónde están sus botas de agua?

—Están..., bueno, están en la cárcel del condado.

Empecé a esbozar una sonrisa tranquilizadora, pero me quedé paralizado. El clima no acompañaba. A la expedición no le pareció gracioso que hubiera pasado tres o cuatro horas en la cárcel. Y, en el fondo, a mí tampoco me lo parecía.

Tuve que explicarlo todo, y, por supuesto, se descubrió que no podíamos coger el tren de primera hora de la mañana porque aún no habría podido recuperar la carta de crédito. Parecía que tendríamos que irnos a la cama con aquella sensación de distancia y descontento, pero por fortuna pudo evitarse. Salieron a colación los baúles, y pude explicar que de eso sí que me había ocupado.

—Claro, obra usted con todo el acierto, la sensatez, la minuciosidad y la inteligencia que puede, y es una vergüenza que lo carguemos con tantas culpas. No se hable más. Ha obrado usted muy bien, de forma admirable, y siento haberle tratado con desconsideración.

Sus palabras me calaron más hondo que algunas de las cosas que había dicho antes, y eso me incomodó, porque no me sentía tan seguro sobre aquella cuestión de los baúles como me habría gustado. Tenía la sensación de que algo había hecho mal, pero no era capaz de decir qué, y no quería remover el asunto en ese preciso momento, ya que era tarde y tal vez fuera mejor dejarlo como estaba.

Por la mañana hubo música, como era evidente, cuando se descubrió que no podíamos coger el tren de primera hora de la mañana. Pero yo no tenía tiempo que perder: una vez hube escuchado los primeros compases de la obertura, salí para recuperar mi carta de crédito.

Me pareció un buen momento para comprobar lo de los baúles y rectificar si era necesario, cosa que sospechaba que pasaría. Era demasiado tarde. El conserje me dijo que los habían embarcado con rumbo a Zurich la noche anterior. Le pregunté cómo había podido hacerlo sin presentar los billetes.

—En Suiza no hace falta. Se paga por el equipaje y lo mandan a donde uno quiere. Solo sale gratis el equipaje de mano.

—¿Cuánto le ha costado?

—Ciento cuarenta francos.

—Veintiocho dólares. Hay algo que no cuadra en todo este tema de los baúles, estoy seguro.

A continuación me topé con el portero, quien me dijo:

—No ha dormido bien, ¿verdad? Se le ve cansado. Si necesita un guía, anoche llegó uno muy bueno. Y no tiene trabajo hasta dentro de cinco días, de momento. Se llama Ludi. Se lo recomiendo; *das heisst*, el Grand Hôtel Beau Rivage le recomienda a su guía.

Decliné su recomendación con frialdad. Aún no había perdido la esperanza. Y no me gustaba que se me notara tanto que estaba cansado. A las nueve en punto me encontraba en la cárcel del condado, y tenía la esperanza de que por casualidad el alcalde se dejara caer antes de la hora habitual, pero no fue así. El ambiente era lóbrego. Cada vez que quería tocar algo, o mirar algo, o hacer algo, o dejar de hacer algo el oficial me decía que estaba *défendu*. Pensé en practicar francés con él, pero tampoco me lo permitió. Parecía que le ponía de especial mal humor oírme hablar su lengua.

Por fin llegó el alcalde, y no hubo más problemas, pues en cuanto hubo reunido al Tribunal Supremo —cosa que siempre se hacía cuando tenía lugar una disputa sobre algún objeto de valor— y todo estuvo en su sitio, los oficiales en sus puestos y el capellán pronunció sus oraciones, procedieron a traer la carta y abrirla, pero dentro solo había unas cuantas fotografías; pues, tal como en ese momento recordé, había sacado la carta de crédito para hacer sitio a las fotografías, y la carta me la había guardado en el otro bolsillo, como demostré para satisfacción de todos los presentes sacándola y mostrándola lleno de júbilo. Entonces los miembros del tribunal se miraron de forma inexpresiva, y luego me miraron a mí, y otra vez se miraron unos a otros, y por fin dejaron que me marchara, pero dijeron que era un peligro que yo anduviera suelto y me preguntaron cuál era mi profesión. Les dije que era guía. Entonces alzaron los ojos en un gesto como de reverencia y exclamaron: «*Du lieber Gott!*», y yo pronuncié un cortés agradecimiento por su aparente admiración y salí corriendo hacia el banco.

Con todo, el hecho de ser guía me obligaba a tener muy presente el orden y las normas, y a hacer una cosa detrás de otra y cada una a su debido tiempo, de modo que al llegar al banco pasé de largo y fui en busca de los dos miembros de la expedición que faltaban. Vi un coche que venía hacia mí con parsimonia, y conseguí con insistencia que se detuviera. Eso no me sirvió para ir más deprisa, pero fue un trayecto reposado, y a mí me gustaban las cosas reposadas. En la celebración que tenía lugar durante toda una semana del sexto centenario del nacimiento de la Suiza libre y la firma del Pacto Federal había una auténtica riada de gente, y todas las calles estaban adornadas con banderas ondeando al viento.

El caballo y el cochero llevaban tres días y tres noches borrachos, y no habían conocido en ese tiempo cama ni reposo. Parecían sentirse igual que yo: somnolientos y desmejorados. No obstante, al cabo llegamos a nuestro destino. Entré y llamé al timbre, y le pedí a la criada que apremiara a los miembros de mi grupo para que salieran. Ella dijo algo que no comprendí, y regresé al carruaje. La muchacha quizá me había dicho que esas personas no vivían en su piso, y que lo más sensato que podía hacer yo era ir planta por planta llamando a los timbres hasta que los encontrara, pues en esos edificios suizos no parece haber otro modo de dar con la familia que buscas que tener paciencia y averiguar tu destino a fuerza de subir pisos. Calculé que debería esperar unos quince minutos, pues una ocasión así conllevaba tres hechos. Primero: ponerse el sombrero, bajar a la calle y subir al carruaje. Segundo: regreso de uno para recuperar «mi otro guante». Tercero: regreso del otro para recoger «mi libro de *Verbos franceses a primera vista*». Dedicaría esos quince minutos a meditar y me tomaría las cosas con calma.

El rato que siguió fue de gran tranquilidad y reposo, hasta que noté una mano en mi hombro y me sobresalté. El intruso era policía. Levanté la cabeza y me percaté de que el panorama había cambiado. Había una gran multitud, y todos tenían esa expresión complacida y expectante que una aglomeración así muestra cuando ve que alguien ha caído en desgracia. El caballo estaba dormido, y el cochero también, y unos muchachos nos habían engalanado con elementos chillones que habían hurtado de los innumerables postes de las pancartas. Era un espectáculo escandaloso. El agente dijo:

—Lo siento, pero no puedo permitir que se pasen el día aquí durmiendo.

Me sentí ofendido, y contesté con mucha dignidad:

—Le ruego que me disculpe, yo no estaba durmiendo, estaba pensando.

—Bueno, pues piense si quiere, pero hágalo para sus adentros. Está molestando a todo el vecindario.

Era un chiste fácil, y la multitud se echó a reír. A veces ronco por las noches, pero no es probable que eso me pase durante el día y en un lugar así. El agente nos quitó los adornos, pareció lamentar que careciéramos de amigos y trató de verdad de comportarse con humanidad, pero dijo que no podíamos quedarnos allí más tiempo, si no tendría que cobrarnos por el estacionamiento. Eran las normas, dijo, y prosiguió con modos afables afirmando que se me veía muy desaliñado y que ojalá conociera...

Lo mandé callar con bastante aspereza, y le dije que era normal querer celebrar un poco esas fechas, sobre todo si le concernían a uno de forma personal.

—¿Personal? —preguntó—. ¿En qué sentido?

—Porque hace seiscientos años un antepasado mío firmó el pacto.

Se quedó unos instantes pensativo, luego volvió a mirarme y dijo:

—Conque un antepasado... No me extrañaría que lo hubiera firmado usted, pues de todas las reliquias que jamás he..., pero dejemos eso. ¿Cómo es que lleva tanto rato aquí esperando?

Yo respondí:

—No ha pasado tanto rato, ni mucho menos. Llevo aquí quince minutos esperando porque se han olvidado un guante y un libro y han vuelto a buscarlos.

Entonces le expliqué quiénes eran las personas a las que había ido a recoger.

Se mostró muy servicial, y empezó a preguntar a las personas asomadas en las ventanas que estaban muy por encima de nosotros, hasta que una mujer de una de las plantas más altas gritó:

—Ah, ¿ellos? Pues les he pedido un coche y se han marchado hace mucho... A las ocho y media, diría.

Era indignante. Miré el reloj, pero no averigüé nada. El agente prosiguió:

—Son las once y cuarto, como ve. Debería haberse informado mejor. Lleva aquí durmiendo tres cuartos de hora, bajo este sol. No solo se ha quedado frito, sino que se está asando. Fantástico. Y encima quizá pierda el tren. Me resulta usted muy interesante. ¿A qué se dedica?

Le dije que era guía. Eso pareció desconcertarlo, y, antes de que se recobrara, nos habíamos marchado.

Cuando llegué a la tercera planta del hotel encontré nuestras habitaciones vacías. No me sorprendí. En el momento que un guía le quita la vista de encima a su grupo, todos se van de compras. Cuanto menos tiempo falta para que salga el tren, más probable es que desaparezcan. Me senté para cavilar qué era lo mejor que podía hacer a continuación, pero el botones me encontró allí y dijo que la expedición había salido en dirección a la estación hacía media hora. Era la primera vez que obraban de forma racional, que yo supiera, y me resultaba muy desconcertante. Esa es una de las cosas que hacen que la vida de un guía sea tan difícil e incierta. Justo cuando todo marcha sin la menor complicación, su grupo tiene un momento de lucidez y mandan al garete todos los planes que este había trazado.

El tren debía partir a las doce en punto, y ya pasaban diez minutos. Al cabo de diez minutos más podía llegar a la estación. No vi que dispusiera de mucho margen de maniobra, pues se trataba del expreso, un auténtico rayo, y en el continente a esos trenes tan rápidos les fastidia mucho sufrir retrasos con respecto a los horarios anunciados. Los integrantes de mi grupo eran los únicos viajeros que quedaban en la sala de espera, todos los demás habían pasado el control y habían *monté dans le train*, como decían en esa región. Estaban agotados de puro nerviosismo y preocupación, pero yo los tranquilicé y los animé, y salimos corriendo.

Pero no, volvimos a tener mala suerte. El empleado no se mostró satisfecho con los billetes. Los examinó con cuidado, con detenimiento, con suspicacia. Luego se me quedó mirando un buen rato, y entonces avisó a otro empleado. Ambos los estuvieron inspeccionando y avisaron a un tercero, y luego a más, y el grupo deliberó y deliberó, y gesticuló y siguió deliberando, hasta que les rogué que tuvieran en cuenta que el tiempo volaba, y que tomaran sus decisiones y nos permitieran marcharnos. Entonces nos dijeron con mucha cortesía que había un problema con los billetes, y me preguntaron dónde los había adquirido.

En ese momento creí adivinar dónde radicaba el problema. Claro, había comprado los billetes en una tienda de cigarros, y, por supuesto, se habían impregnado del olor del tabaco. Sin duda lo que iban a plantearnos era que los billetes debían pasar por la aduana y que iban a gravarnos un impuesto por el aroma. De modo que decidí ser completamente franco, ya que a veces es lo mejor, y dije:

—Caballeros, no los engañaré. Estos billetes de tren...

—¡Ah, disculpe, monsieur! Estos billetes no son de tren.

—Vaya —dije yo—, ¿es ese el problema?

—Desde luego, monsieur. Son billetes de lotería, sí, y el sorteo se celebró hace dos años.

Fingí que la cosa me parecía muy divertida. Es todo cuanto puede hacerse en esas circunstancias y, sin embargo, no sirve de nada. No consigues engañar a nadie, y todo el mundo te compadece y siente vergüenza ajena. Una de las situaciones más duras de la vida, en mi opinión, es soportar el profundo malestar que conlleva una cosa así, y la sensación de derrota y de haber sido objeto de una mala pasada, mientras tienes que aparentar condescendencia y alegría, sabiendo todo el tiempo que tu propia expedición, los tesoros de tu alma, de cuyo amor y reverencia eres objeto por el derecho que te otorga nuestra civilización, están sufriendo una gran humillación frente a unos desconocidos al ver que estás obteniendo una compasión ganada a pulso que supone un estigma, una lacra. Una lacra que certifica que eres..., ¡ay, todas y cada una de aquellas cosas que resultan fatales para el respeto humano!

Dije, con mucha alegría, que no pasaba nada, que era uno de esos accidentes sin importancia que un día u otro le ocurren a todo el mundo... En dos minutos me haría con los billetes adecuados y cogeríamos el tren, y además así tendríamos algo de lo que reírnos durante el viaje. Saqué los billetes a tiempo, con su sello y todo, pero resultó que no pudieron dármelos, porque con tantas molestias como me había tomado con respecto a los dos integrantes del grupo que faltaban, se me había olvidado pasar por el banco y no tenía dinero suficiente. De modo que el tren se marchó, y no parecía que pudiéramos hacer otra cosa que regresar al hotel; y eso hicimos. Pero estábamos más bien melancólicos y no dijimos gran cosa. Intenté sacar algunos temas, como el paisaje, la transustanciación y cosas así, pero no dio la impresión de que sirvieran para crear el clima apropiado.

Habíamos perdido nuestras habitaciones privilegiadas, pero nos asignaron otras que, aunque estaban bastante desperdigadas, nos servirían. Imaginé que el panorama se aclararía, pero el jefe de la expedición dijo:

—Que suban los baúles.

Eso me dejó bastante preocupado. Había algo dudoso en todo aquel asunto de los baúles, estaba casi seguro. Iba a proponer...

Pero un movimiento de su mano bastó para frenarme, y recibí la noticia de que nos alojaríamos allí tres días para ver si así podíamos descansar.

Yo respondí que me parecía bien, pero que no hacía falta avisar a nadie. Yo mismo bajaría y me ocuparía de los baúles. Pedí un coche y fui de inmediato a ver al señor Charles de Natural & Co., y le pregunté qué instrucciones había dado con respecto a ellos.

—Nos dijo que mandáramos siete baúles al hotel.

—¿Y tenían que recoger alguno?

—No.

—¿Está seguro de que no le dije que recogiera los siete baúles que encontraría apilados en el vestíbulo?

—Completamente seguro.

—Entonces son catorce los que estarán en Zurich, o en Jericó o vaya usted a saber dónde, y en el hotel va a haber aún más platos rotos cuando la expedición...

No terminé la frase porque la cabeza había empezado a darme muchas vueltas, y cuando te sientes así crees que has acabado una frase y resulta que no lo has hecho, y empiezas a divagar y a atontarte, y sin que te des cuenta te atropella un carro, una vaca o cualquier otra cosa.

Dejé allí el coche esperando —me olvidé de él—, y durante el camino de regreso estuve pensándolo y decidí presentar mi dimisión, porque casi seguro que si no me despedirían. Pero me pareció que no era oportuno hacerlo en persona: lo haría con un mensaje. Así que mandé llamar al señor Ludi y le expliqué que un guía iba a presentar su dimisión por incompatibilidad, o cansancio, o algún otro motivo, y que como él tenía cuatro o cinco días libres me gustaría que cubriera aquella vacante si creía que tal cosa era posible. Cuando todo estuvo dispuesto, lo envié arriba para que anunciara a la expedición que, a causa de un error del personal de Natural & Co., nos habíamos quedado sin nuestros baúles, pero que en Zurich los encontraríamos todos, y que sería mejor que cogiéramos el primer tren, aunque fuera un carguero, así que debíamos ponernos en marcha.

Se ocupó de ello y bajó para invitarme a que subiera... Sí, claro; y mientras nos dirigíamos al banco para sacar dinero, y recoger los cigarros y el tabaco, y a la tienda de cigarros para cambiar los billetes de lotería y recuperar mi paraguas, y a Natural & Co. para pagarle al cochero y decirle que podía marcharse, y a la prisión del condado para recuperar mis botas de agua y dejar mi tarjeta de visita al alcalde y al Tribunal Supremo con la indicación de que abandonaba la ciudad, me explicó cuál era el clima que dominaba en las alturas ocupadas por la expedición y vi que estaba muy bien donde me encontraba.

Me mantuve fuera de peligro hasta las cuatro de la tarde para dar tiempo a que el clima se atemperara, y aparecí en la estación a la hora justa para tomar el expreso de las tres con destino a Zurich junto con la expedición, ahora en manos de Ludi, quien aparentemente llevaba a cabo su compleja labor con pocos esfuerzos y molestias.

Bueno, trabajé como un esclavo mientras estaba de servicio, y lo hice todo lo mejor que supe. Sin embargo, aquella gente solo hacía hincapié y parecía querer poner énfasis en los defectos de mi labor, en lugar de fijarse en los detalles merecedores de alabanza. Los ignoraban para insistir en un solo hecho, recalcarlo y montar un número al respecto, hasta que tuve la impresión de que se estaban pasando de la raya. Porque, además, tampoco había para tanto, según mi punto de vista. El asunto solo consistía en que, durante nuestra estancia en Ginebra, me había erigido en guía y me había volcado en ello con tanto esfuerzo como para trasladar un circo entero a Jerusalén, y sin embargo ni siquiera había conseguido que el grupo saliera de la ciudad. Al final les dije que no quería saber nada más sobre ese tema, que estaba harto. Y les aseguré cara a cara que nunca más volvería a hacer de guía para salvarle la vida a nadie, y que si vivía para demostrarlo, lo haría. Creo que es un oficio difícil, fastidioso, agotador y de lo más ingrato, y que prácticamente lo único que con él se gana es acabar con el corazón herido y el alma maltrecha.

1891

EL CUENTO DEL CALIFORNIANO

Hace treinta y cinco años estaba yo explorando terrenos en Stanislaus, pateando todo el día con el pico, el cedazo y el cuerno, lavando un puñado de tierra por aquí y otro por allá, con la constante esperanza de dar con un buen filón pero sin llegar a conseguirlo. Era una región maravillosa: boscosa, cálida y muy agradable; y en otros tiempos, muchos años atrás, había tenido una extensa población, pero ahora la gente había desaparecido y aquel paraíso encantador era todo soledad. Se habían marchado en cuanto se agotaron los yacimientos de la superficie. En una zona antes ocupada por una pequeña ciudad ajetreada, con bancos, periódicos, bomberos, un alcalde y concejales, no quedaba más que una vasta extensión de césped verde esmeralda, sin la menor señal de haber albergado jamás cualquier tipo de vida humana. Eso era en la zona baja, cerca de Tuttletown. En los campos vecinos que bordeaban las carreteras polvorientas se encontraban, cada tanto, las más bellas casitas de campo, cómodas y acogedoras, tan cubiertas de enredaderas saturadas de rosas que las puertas y las ventanas quedaban por completo ocultas a la vista —señal de que se trataba de hogares desiertos, abandonados años atrás por familias derrotadas y desilusionadas que no habían podido venderlos ni regalarlos—. De vez en cuando, separadas entre sí por una distancia de media hora, uno se topaba con solitarias cabañas de madera del principio de los tiempos de la minería, construidas por los primeros buscadores de oro, los predecesores de quienes levantaron las casitas de campo. Algunas pocas cabañas seguían estando habitadas, y en ese caso podía tenerse por seguro que su ocupante era el mismo pionero que la había construido. También podía suponerse que seguía estando allí, porque en un momento dado había tenido la oportunidad de regresar a su estado siendo rico y no lo había hecho, sino que había perdido sus riquezas, de modo que ante tal humillación había decidido cortar toda comunicación con los parientes y amigos de su tierra para que en adelante lo dieran por muerto. Esparcidos por California había en esa época unos cuantos de esos muertos vivientes: pobres tipos despojados de su orgullo, avejentados y con el pelo canoso a sus cuarenta años, cuyos pensamientos secretos eran solo lamentaciones y anhelos. Lamentaciones por haber malgastado la vida, y anhelos de verse libres de la lucha y de acabar con todo.

¡Qué tierra tan solitaria! No se oía un solo ruido en las pacíficas extensiones de césped y árboles a excepción del zumbido sordo de los insectos. No se veía ningún hombre ni animal, nada que le levantara a uno el ánimo y le hiciera alegrarse de estar vivo. De modo que cuando por fin, en las primeras horas de la tarde, divisé a un ser humano, agradecí mucho la inyección de ánimo que experimenté. Se trataba de un hombre de unos cuarenta y cinco años, y estaba de pie junto a la puerta de una de las acogedoras casitas cubiertas de rosas que he mencionado antes. Sin embargo, esta no parecía desierta: tenía el aspecto de gozar de vida doméstica, mimos, atenciones y cuidados, igual que el jardín de la entrada, un jardín floral, alegre, exuberante y lozano. El hombre me invitó a entrar, por supuesto, y me animó a sentirme como en casa, pues tal era la costumbre del país.

Era una delicia encontrarse en un lugar así, tras varias semanas familiarizándome día y noche con las cabañas de los mineros, con todo lo que eso conlleva en cuanto a suelos de tierra, camas eternamente deshechas, platos y tazas de estaño, beicon con alubias acompañado de café solo, y ausencia de decoración salvo por las imágenes de la guerra de los periódicos ilustrados del Este sujetas con clavos a las paredes de madera. Todo era una dura, triste y material desolación. Sin embargo, aquí había un nido con elementos en los que reposar los cansados ojos y reanimar esa parte de la propia naturaleza que, tras un largo ayuno, reconoce, al verse expuesta a los componentes del arte, por baratos y modestos que estos sean, que ha pasado hambre sin ser consciente de ello y que ha hallado por fin con qué nutrirse. Jamás habría creído que una alfombra de trapo pudiera suponer para mí tal deleite y tal satisfacción, ni que fueran tal alivio para el alma los papeles pintados; las litografías enmarcadas; los vivos colores de los paños que cubren los respaldos de los asientos y de los tapetes de las lámparas; las sillas Windsor; las estanterías barnizadas cubiertas de caracolas, libros y jarrones de porcelana; y, en definitiva, el sinfín de recursos y detalles inclasificables que una mano femenina distribuye por la casa y que uno ve sin saberlo, pero que echaría de menos al instante si los quitaran. El placer que experimentaba mi corazón se reflejaba en mi rostro, y el hombre lo notó y se sintió complacido. Le resultó tan evidente que respondió como si hubiera sido expresado en voz alta.

—Todo es obra de ella —dijo con voz arrulladora—, lo ha hecho todo ella sola, detalle a detalle. —Y barrió la habitación con una mirada llena de cariño y adoración.

Una de esas suaves telas japonesas que las mujeres usan para cubrir con un aire cuidadosamente casual la parte superior del marco de un cuadro estaba fuera de su sitio. Él lo notó y se tomó muchas molestias para recolocarla, retrocediendo varias veces con el fin de juzgar el efecto antes de lograr que le pareciera bien. Por fin, para rematarlo, le dio unas ligeras palmadas y dijo:

—Ella siempre lo hace. No sabes qué es, pero algo le falta hasta que haces eso. Uno mismo lo nota después, pero es todo cuanto puedo decirle. No se sabe bien el porqué. Es como la palmadita final que una madre da al pelo de su hijo después de peinarlo y cepillarlo, digo yo. La he visto tantas veces colocar todas estas cosas que sé hacerlo igual que ella, aunque no sé bien a qué obedece su efecto. Ella, sin embargo, sí que lo sabe. Sabe cómo hacerlo y por qué. Yo, en cambio, el porqué no lo sé, pero sí el cómo.

Me llevó a un dormitorio para que pudiera lavarme las manos. Hacía años que no veía un dormitorio así: un cubrecama blanco, almohadas blancas, el suelo alfombrado, las paredes empapeladas, cuadros, un tocador con espejo, un acerico y delicados objetos de aseo. Y en la esquina, un lavabo con la palangana y la jarra de auténtica porcelana, una pastilla de jabón en una jabonera también de porcelana y una estantería con más de una docena de toallas, demasiado blancas y limpias para que quien no estaba acostumbrado las usara sin cierto sentimiento de profanación. De nuevo, mi rostro habló por mí y él respondió con palabras de complacencia:

—Todo es obra de ella, lo ha hecho todo ella sola, detalle a detalle. Nada hay aquí que no haya recibido su toque personal. Podría pensarse que... Pero bueno, no debo hablar tanto.

Yo ya estaba secándome las manos y observaba todos y cada uno de los objetos del dormitorio como uno es capaz de hacerlo cuando se encuentra en un lugar nuevo donde todo lo que ve conforta su visión y su espíritu. Y entonces me di cuenta, por uno de esos mecanismos que no pueden explicarse, ya saben, que allí había algo que aquel hombre quería que descubriera por mí mismo. Lo sabía a la perfección, así como que estaba intentando darme pistas con furtivos movimientos oculares, así que hice todo lo posible para seguir bien las indicaciones, ávido como estaba por satisfacerlo. Me equivoqué varias veces, tal como capté con el rabillo del ojo sin que él llegara a decirlo en voz alta. Pero al fin supe que estaba mirando directamente el objeto. Lo supe por el placer que brotaba de él en oleadas invisibles. El hombre estalló en risas de felicidad, se frotó las manos y exclamó:

—¡Eso es! Lo ha descubierto. Sabía que lo haría. Es el retrato de mi esposa.

Me dirigí al pequeño soporte de nogal negro situado en la pared del fondo y allí encontré aquello en lo que todavía no había reparado: un estuche con un daguerrotipo. Contenía el más dulce de los rostros femeninos, el más bello, según me pareció, que había visto jamás. El hombre detectó la admiración en mi rostro y quedó todo satisfecho.

—Diecinueve años acababa de cumplir —dijo mientras devolvía el retrato a su sitio—, y eso fue el día de nuestra boda. Cuando la vea... ¡Ay, cuando la vea!

—¿Dónde está? ¿Cuándo llegará?

—Ah, está fuera. Se marchó a visitar a su familia. Viven a cuarenta o cincuenta millas de aquí. Hoy hace dos semanas que se fue.

—¿Y cuándo espera que vuelva?

—Hoy es miércoles. Volverá el sábado por la noche, sobre las nueve, seguramente.

Me azotó un sentimiento de decepción.

—Qué lástima, porque ya me habré marchado —dije con pesar.

—¿Marcharse? ¡No! ¿Por qué tiene que marcharse? No se vaya, la decepcionaría tanto...

Decepcionar..., ¡a una criatura tan bella! Las palabras no me habrían halagado más aunque las hubiera pronunciado ella misma. Sentía unas ansias fuertes y profundas de verla, tan suplicantes, tan insistentes, que me asusté. Me dije: «Me marcharé ahora mismo de este lugar, por el bien de mi tranquilidad mental».

—Mire, a ella le gusta que venga gente y se aloje aquí con nosotros. Gente que sabe cosas y tiene conversación, como usted. A ella le encanta porque sabe..., bueno, lo sabe casi todo, y es capaz de conversar, se expresa de forma tan armoniosa como un pajarillo. Y lee unos libros que, bueno, se quedaría usted de piedra. No se marche, son solo unos días, ya sabe, y la decepcionaría tanto...

Oí las palabras, pero apenas las procesé, de tan sumido como estaba en mis pensamientos y mi lucha interior. Él se había apartado, pero yo no me di cuenta. De hecho, se encontraba de nuevo ante mí con el estuche del retrato en las manos. Lo abrió frente a mí y dijo:

—Vamos, dígale cara a cara que podría quedarse para conocerla pero que no lo hará.

El segundo vistazo al daguerrotipo echó por tierra mis buenos propósitos. Me quedaría y asumiría el riesgo. Esa noche estuvimos fumando en pipa con tranquilidad y hablamos hasta tarde de varios temas, pero sobre todo de ella. Sin duda, hacía muchos días que no disfrutaba de tal placer y reposo. El jueves llegó y pasó con naturalidad. Sobre la hora del crepúsculo apareció un corpulento minero que había venido de tres millas lejos (uno de los pioneros de pelo canoso que habían permanecido en el lugar), y nos obsequió con un cálido saludo arropado por su tono grave y serio. A continuación dijo:

—He venido solo para preguntar por la señora y saber cuándo volverá. ¿Tiene noticias de ella?

—Ah, sí, una carta. ¿Quiere que se la lea, Tom?

—Sí, me parece que sí, ¡si a usted no le importa, Henry!

Henry la sacó de su cartera y dijo que obviaría algunas de las frases más íntimas, si no teníamos inconveniente. Entonces procedió a leer el grueso de la carta: un escrito trazado a mano, reposado y lleno de gracia y encanto, cuya posdata incluía numerosos saludos y mensajes cariñosos para Tom, Joe y Charley, además de otros amigos cercanos y vecinos.

Cuando el hombre terminó de leerla, miró a Tom y exclamó:

—Ay, ¡volvemos a estar igual! Aparte las manos y deje que le vea los ojos. Siempre le pasa lo mismo cuando le leo una carta suya. Le escribiré yo a ella y se lo explicaré.

—Oh, no, no debe hacerlo, Henry. Me estoy haciendo viejo, ya sabe, y con cualquier pequeña decepción se me saltan las lágrimas. Creía que la encontraría aquí, pero solo hay una carta.

—Bueno, ¿qué le hacía pensar eso? Yo pensaba que todo el mundo sabía que no volverá hasta el sábado.

—¡El sábado! Claro, ahora que lo pienso sí que lo sabía. No sé qué me pasa últimamente. Pues claro que lo sabía. ¿Acaso no estamos todos preparándonos para recibirla? Bueno, ahora debo irme. Pero ¡aquí estaré cuando ella llegue, amigo!

A última hora de la tarde del viernes otro veterano canoso se acercó con paso pesado desde su cabaña, situada aproximadamente a una milla de distancia, y dijo que a los chicos les gustaría divertirse un poco el sábado por la noche, si Henry creía que ella no estaría demasiado cansada después del viaje para que estuviera con ellos.

—¿Cansada? ¿Ella, cansada? Pero ¡qué dice este hombre! Joe, sabe de sobras que sería capaz de no pegar ojo en seis semanas con tal de complacer a cualquiera de ustedes.

Cuando Joe supo que había una carta, quiso que se la leyeran, y los afectuosos mensajes que contenía dejaron al tipo destrozado, pero se justificó alegando que era un viejo chocho y que le ocurriría lo mismo si ella tan solo mencionara su nombre.

—Dios mío, la echamos tanto de menos... —dijo.

El sábado por la tarde me descubrí consultando el reloj con bastante frecuencia. Henry lo notó y dijo, con expresión sorprendida:

—No pensará que está a punto de llegar, ¿verdad?

Noté que me había pillado, y me sentí un poco avergonzado, pero me eché a reír y dije que era una manía mía siempre que estaba pendiente de algo. De todos modos, él no pareció del todo convencido, y desde ese momento empezó a mostrarse inquieto. En cuatro ocasiones me hizo acompañarlo carretera arriba para situarnos en un lugar desde donde divisáramos a larga distancia, y allí se quedaba plantado, con la mano a modo de visera, observando. Varias veces dijo:

—La cosa empieza a preocuparme. Empieza a preocuparme mucho. Sé que no está previsto que ella llegue hasta las nueve más o menos. Sin embargo, una sensación parece querer advertirme de que le ha ocurrido algo. Usted no cree que le haya ocurrido nada, ¿verdad?

Empecé a sentir mucha vergüenza ajena por el comportamiento tan infantil de aquel hombre, y cuando repitió aquella pregunta implorante aún otra vez más, acabé por perder la paciencia y le hablé con bastante brutalidad. Eso pareció abatirlo y acobardarlo, y después se le veía tan dolido y humillado que me odié a mí mismo por haber actuado de un modo tan cruel e innecesario. Por eso me alegré mucho cuando Charley, otro veterano, se acercó por allí al filo del anochecer y se pegó a Henry para que le leyera la carta y charlar sobre los preparativos para la bienvenida. Charley pronunció un discurso alentador tras otro, e hizo todo lo posible por ahuyentar la aprensión y los malos augurios de su amigo.

—¿Que si le ha ocurrido algo, dice? Henry, eso no tiene ningún sentido. A ella no va a pasarle nada, por eso puede estar tranquilo. ¿Qué decía en la carta? Decía que estaba bien, ¿verdad? Y decía que llegaría a las nueve, ¿no? ¿Alguna vez ha faltado a su palabra que usted sepa? Bueno, ya sabe que no, así que no se ponga nervioso. Llegará, eso es segurísimo, tanto como que usted existe. Vamos, empezaremos con la decoración, no nos queda mucho tiempo.

Enseguida llegaron Tom y Joe, y todos se pusieron a adornar la casa con flores. Hacia las nueve los tres mineros dijeron que, puesto que habían llevado consigo sus instrumentos, empezarían a afinarlos, ya que los chicos y las chicas estaban al caer y no veían la hora de disfrutar de una buena velada como las de antes. Un violín, un banjo y un clarinete, esos eran sus instrumentos. Los componentes del trío ocuparon sus lugares respectivos uno junto al otro y empezaron a tocar algunas piezas rápidas que invitaban a bailar a la vez que marcaban el compás con sus gruesas botas.

Eran casi las nueve. Henry estaba de pie en la puerta con los ojos fijos en la carretera, y su cuerpo oscilaba ante la tortura de su angustia. Le habían hecho tomar varias copas por la salud y la seguridad de su esposa, y en ese momento Tom exclamó:

—¡Todos a punto! ¡Una copa más y la tendremos aquí!

Joe llevó las copas en una bandeja y las repartió entre los presentes. Yo me dispuse a coger una de las dos que quedaban, pero Joe gruñó con un hilo de voz:

—¡Deje esa! Coja la otra.

Eso hice. A Henry le adjudicaron la última. Apenas había apurado su copa cuando el reloj empezó a dar las nueve. Lo escuchó hasta el final mientras iba palideciendo por momentos. Entonces dijo:

—Chicos, estoy muerto de miedo. Ayudadme... ¡Quiero tumbarme!

Lo ayudaron a llegar al sofá. Él empezó a acurrucarse y adormilarse, pero al momento, como quien habla en sueños, dijo:

—¿He oído cascos de caballos? ¿Han llegado?

Uno de los veteranos le respondió al oído:

—Es Jimmy Parrish, que ha venido a decirnos que la comitiva va con retraso, pero que ya han enfilado la carretera y vienen hacia aquí. El caballo de ella va cojo, pero dentro de media hora llegará.

—¡Ah, menos mal que no le ha pasado nada!

Se quedó dormido en cuanto hubo pronunciado esas palabras. En un momento, aquellos hombres diestros le habían quitado la ropa y lo habían metido en la cama del dormitorio donde yo me había lavado las manos. Cerraron la puerta y regresaron. Daba la impresión de que se estaban preparando para marcharse, y entonces les dije:

—Por favor, no se marchen, caballeros. Ella no me conoce, soy forastero.

Se miraron unos a otros, y fue Joe quien habló.

—¿Ella? La pobre... ¡si lleva muerta diecinueve años!

—¿Muerta?

—O algo peor. Fue a visitar a su familia medio año después de casarse, y cuando volvía, un sábado por la noche, los indios la capturaron a menos de cinco minutos de aquí, y jamás se ha vuelto a saber de ella.

—¿Y a raíz de eso él se volvió loco?

—No ha estado cuerdo una hora seguida desde entonces. Pero solo se pone así de mal una vez al año, cuando se acerca la fecha. Entonces, tres días antes del día en que se supone que ella tiene que llegar, empezamos a dejarnos caer por aquí para darle ánimos y preguntarle si ha recibido noticias, y el mismo sábado venimos y adornamos la casa con flores y lo preparamos todo para dar un baile. Llevamos haciéndolo diecinueve años. La primera vez éramos veintisiete, sin contar a las chicas. Ahora solo somos tres, y no queda ni una sola. Lo drogamos para que se duerma, si no se pondría histérico. Así sigue adelante un año más, cree que ella está aquí con él hasta que se acercan los últimos tres o cuatro días. Entonces empieza a buscarla y saca esa vieja carta, y todos venimos a pedirle que nos la lea. ¡Señor, qué encantadora era!

EL DIARIO DE ADÁN Y EVA

Lunes

Esta nueva criatura del pelo largo empieza a ser un poco pesada.
No hace más que seguirme y hacerse la encontradiza. No me gusta. No estoy acostumbrado a tener compañía. Preferiría que se
quedase con los demás animales... Hoy está nublado, sopla viento
de poniente, creo que tendremos lluvia... ¿Tendremos? ¿Por qué
he dicho eso? Ahora caigo: la nueva criatura siempre habla así.

Martes

He estado inspeccionando la gran cascada. Es de las cosas más
bonitas de la finca, o eso opino yo. La nueva criatura la llama
«cataratas del Niágara», no estoy muy seguro de por qué. Dice
que se parece a las cataratas del Niágara. Pero eso no es una
razón, sino una idiotez absurda. No me deja poner nombre a
nada. La nueva criatura le pone nombre a todo lo que encuentra antes de que yo pueda decir nada. Y siempre pone la misma
excusa: que se parece a algo. Ahí está, por ejemplo, el dodo.
Ella sostiene que, nada más verlo, uno se da cuenta de que «parece un dodo». Seguro que se queda con ese nombre. Estoy
harto de preocuparme por eso, y además no sirve de nada. ¡Un
dodo! No parece más un dodo de lo que pueda parecerlo yo.

Miércoles

Me he construido un refugio para la lluvia, pero no hay manera de estar tranquilo. La nueva criatura siempre acaba entrometiéndose. Cuando traté de echarla, vertió agua por los agujeros que utiliza para mirar, se los secó con la parte trasera de las patas e hizo un ruido como algunos de los otros animales cuando se asustan. Ojalá no hablase tanto; se pasa el día hablando. Parece que trato de criticar a la pobre criatura, de vilipendiarla, pero no es esa mi intención. Nunca había oído una voz humana, y cualquier sonido nuevo y extraño que interrumpa el solemne susurro de estas soledades me molesta e irrita. Y ese nuevo sonido está tan cerca, justo junto a mi hombro, en el oído, primero en uno y luego en el otro, y yo estoy acostumbrado a sonidos más o menos lejanos.

Viernes

Por mucho que yo diga, continúa poniéndole nombre a todo. Yo tenía pensado un nombre muy bonito y musical para la finca: «Jardín del Edén». En privado sigo llamándola así, pero en público ya no. La nueva criatura dice que no hay más que bosques, rocas y paisajes, por lo que no parece un jardín. Dice que parece un parque y nada más que un parque. En consecuencia, y sin consultarme, lo ha llamado: «Parque de las cataratas del Niágara». A mí me parece un poco rimbombante. Incluso ha puesto un cartel:

PROHIBIDO
PISAR EL CÉSPED

Mi vida ya no es tan feliz como lo era antes.

Sábado

La nueva criatura come mucha fruta. A este paso, se nos va a terminar. Otra vez hablo en segunda persona..., así es como habla ella; y ahora yo también, de tanto oírla. Esta mañana hay mucha niebla. Nunca salgo cuando hay niebla. La nueva criatura sí. Siempre sale haga el tiempo que haga y vuelve con los pies embarrados. Y habla. Con lo silencioso y agradable que era esto antes.

Domingo

Un día más. Los domingos son cada vez más exasperantes. El pasado noviembre se eligieron como día de descanso. Antes descansaba seis a la semana. Esta mañana sorprendí a la nueva criatura tratando de arrancar manzanas a pedradas del árbol prohibido.

Lunes

La nueva criatura dice que se llama Eva. Me parece estupendo, no tengo nada que objetar. Dice que la llame así cuando quiera que venga. Yo respondí que, en ese caso, era innecesario. Es una palabra muy respetable, imponente y adecuada, que permite la repetición. Dice que no es una cosa, sino una mujer. Es dudoso, pero a mí me da igual: no me importa lo que sea con tal de que se vaya y deje de hablar.

Martes

Ha llenado la finca de nombres execrables y carteles odiosos:

AL REMOLINO

A LA ISLA DE LAS CABRAS

A LA CUEVA DE LOS VIENTOS

Afirma que este parque sería un buen sitio para pasar las vacaciones si hubiese costumbre de hacerlo. Un sitio de vacaciones, otro de sus inventos..., palabras que no significan nada. ¿Qué es un sitio de vacaciones? Pero será mejor no preguntarle, está deseando explicármelo.

Viernes

Ahora le ha dado por suplicarme que no salte por las cataratas. ¿Qué tiene de malo? Dice que le da escalofríos. Quisiera
saber por qué; siempre lo he hecho: me gustan la altura y el
frescor. Pensaba que las cataratas eran para eso. Que yo sepa
no tienen otro uso, y para algo se habrán hecho. Ella afirma
que se hicieron solo por el paisaje..., como el rinoceronte y el
mastodonte.

Salté por las cataratas dentro de un barril: no le gustó. Salté en una bañera: tampoco le gustó. Nadé en el remolino y en
los rápidos vestido con una hoja de parra. Me hice daño.
Conseguí que me regañara por mi extravagancia. Aquí no
puedo hacer lo que quiero. Necesito un cambio de aires.

Sábado

El pasado martes por la noche me escapé, anduve durante dos
días y construí otro refugio en un sitio apartado; borré mis
huellas lo mejor que pude, pero ella me siguió ayudada por
un animal al que ha domesticado y al que llama «lobo», y volvió a hacer ese ruido tan triste y a verter agua por donde mira.
Tuve que volver con ella, pero escaparé de nuevo en cuanto
tenga ocasión. Se dedica a las ocupaciones más absurdas; entre otras, a estudiar por qué los animales a los que ha llamado
tigres y leones comen flores y hierba, cuando, según ella, sus
dientes parecen indicar que están pensados para devorarse
unos a otros. Eso es absurdo, pues para hacerlo tendrían que
matarse entre ellos, y eso introduciría lo que, según tengo entendido, se llama «muerte»; y, según me han dicho, la muerte
todavía no ha entrado en el parque. Lo que, en cierto sentido,
es una pena.

Domingo

Un día más.

460

Lunes

Creo que ya sé para qué sirve la semana: para descansar de la pesadez del domingo. Parece una buena idea... Ha vuelto a subir a ese árbol. Tuve que hacerla bajar. Dice que no estaba mirando nadie. Por lo visto, eso le parece suficiente justificación para hacer cualquier cosa peligrosa. Se lo dije. La palabra «justificación» la llenó de admiración..., y también de envidia, o eso me pareció. Es una buena palabra.

Martes

Me contó que la hicieron a partir de una costilla sacada de mi cuerpo. Como mínimo, resulta dudoso. No me falta ninguna costilla... Está muy preocupada por el buitre; dice que la hierba no le sienta bien, cree que no podrá criarlo, piensa que está hecho para comer carne descompuesta. El buitre tendrá que arreglárselas con lo que hay. No vamos a cambiarlo todo solo por satisfacer al buitre.

Sábado

Ayer se cayó al estanque cuando estaba contemplándose, cosa que siempre hace. Casi se ahogó, y dice que fue muy desagradable. Eso hizo que sintiera lástima por las criaturas que viven ahí, y que ella llama peces, pues continúa poniéndoles nombre a animales que no lo necesitan y no acuden cuando los llama, aunque no es que le importe mucho, no parece ser muy lista; el caso es que los sacó del agua y los metió en mi cama para que estuviesen calentitos, pero me he fijado en ellos de vez en cuando a lo largo del día y no me parece que estén mejor, tan solo más quietos. En cuanto se haga de noche los devolveré al agua. No volveré a dormir con ellos, porque son húmedos y desagradables cuando no se lleva ropa.

Domingo

Un día más.

Martes

Ahora se ha hecho amiga de una serpiente. Los demás animales están encantados, porque siempre estaba experimentando con ellos y molestándolos; y yo también estoy contento porque la serpiente habla, y gracias a eso puedo descansar.

Viernes

Dice que la serpiente le ha recomendado probar la fruta de ese árbol, y afirma que el resultado será que tendremos una educación noble y esmerada. Le expliqué que también tendría otro resultado: introduciría la muerte en el mundo. Fue un error por mi parte, habría sido mejor no decir nada; solo sirvió para darle una idea: así podría salvar al buitre enfermo y proporcionar carne fresca a los leones y los tigres. Le aconsejé que se alejase del árbol. Dijo que no lo haría. Preveo complicaciones. Me marcharé.

Miércoles

He pasado unos días de lo más variopinto. La otra noche escapé y cabalgué a lomos de un caballo toda la noche tan rápido como pude con la esperanza de salir del parque y esconderme en algún otro territorio antes de que empiecen las dificultades, pero fue imposible. Una hora después de salir el sol, cuando cabalgaba por una llanura cubierta de flores donde miles de animales pastaban, dormitaban o retozaban, se produjo de pronto una barahúnda de gritos espantosos, y al cabo de un momento hubo una terrible conmoción en la llanura y todos los animales empezaron a destruirse unos a otros. Enseguida supe lo que había ocurrido: Eva había comido aquella fruta y la muerte había llegado al mundo... Los tigres devoraron mi caballo, sin hacerme caso cuando les ordené que no lo hicieran, y me habrían devorado a mí también si me hubiera quedado, menos mal que huí a toda prisa... Encontré este lugar, fuera del parque, y pasé unos días bastante a gusto, pero me ha descubierto. Me ha encontrado y ha llamado a este sitio Tonawanda..., dice que se parece a eso. De hecho, no lamenté que viniera, porque aquí casi no hay nada de comer y me trajo unas cuantas manzanas. No me quedó más remedio que comerlas, estaba muerto de hambre. Iba contra mis principios, pero descubrí que los principios no sirven de nada a menos que uno esté bien alimentado... Vino tapada con ramas y hojas, y cuando le pregunté por qué hacía esas tonterías y se las quité, se puso a temblar y se ruborizó. Nunca había visto a nadie temblar y ruborizarse así, y me pareció estúpido e inapropiado. Afirmó que pronto la entendería. Tenía razón. A pesar de lo hambriento que estaba, dejé la manzana a medio comer —sin duda la mejor que he visto, dado lo avanzado de la estación—, y me tapé yo mismo con las ramas y las hojas que le había quitado, y luego le hablé con cierta severidad y le ordené que fuese a buscar unas para ella y no se exhibiera de esa manera. Así lo hizo, y después volvimos al lugar donde se había producido la batalla entre los animales, recogimos algunas pieles y le pedí que fabricara unos trajes adecuados para ocasiones públicas. Es cierto que son un poco incómodos, pero también muy elegantes, y eso es lo más importante de la ropa... Creo que es una buena compañera. Comprendo que sin ella me sentiría solo y deprimido ahora que he perdido mi propiedad. Además, dice que a partir de ahora tendremos que trabajar para vivir. Me será útil. Yo la supervisaré.

Diez días después

¡Ahora me acusa a mí de ser la causa de nuestra desgracia! Dice con aparente sinceridad y certeza que la serpiente le aseguró que la fruta prohibida no eran manzanas, sino castañas. Yo respondí que en tal caso era inocente, pues no había comido ninguna castaña. Ella respondió que la serpiente le había informado de que la palabra «castaña» era un término figurado para referirse a un chiste muy viejo. Yo me quedé pálido, pues he contado muchos chistes para pasar el rato y supongo que algunos serían viejos, aunque siempre pensé que eran nuevos cuando los contaba. Me preguntó si había contado alguno justo cuando ocurrió la catástrofe y me vi obligado a admitir que había contado uno para mis adentros, aunque no en voz alta. La cosa fue así. Estaba pensando en las cataratas y me dije: «Es impresionante ver cómo cae hacia abajo esa enorme cantidad de agua». Luego, al instante, una idea brillante cruzó mi imaginación y la dejé volar diciendo: «¡Aunque aún sería más impresionante verla caer hacia arriba!». Y estaba a punto de desternillarme de risa cuando se desataron la muerte y la guerra en la naturaleza y tuve que huir para salvar la vida.

—¿Lo ves? —dijo triunfante—, ahí lo tienes; la serpiente habló justo de ese chiste y lo llamó la Primera Castaña, y dijo que era tan viejo como la Creación.

Así que la culpa es toda mía. Ojalá no fuese tan ingenioso; ¡ay, ojalá no hubiera tenido nunca una ocurrencia tan divertida!

Un año después
Lo hemos llamado Caín. Ella lo capturó mientras yo estaba poniendo trampas en la orilla norte del Erie; lo atrapó entre unos troncos a un par de millas de nuestro escondrijo..., o tal vez fuese a cuatro, no está muy segura. Se parece un poco a nosotros, y es posible que se trate de algún pariente. Es lo que opina ella, aunque yo creo que se equivoca. La diferencia de tamaño demuestra que se trata de un tipo de animal diferente, tal vez un pez, aunque, cuando lo metí en el agua para comprobarlo, se hundió y ella se zambulló y lo sacó antes de que el experimento pudiera ser concluyente. Sigo pensando que es un pez, pero a ella le da igual y no me deja comprobarlo. No lo entiendo. La llegada de la criatura parece haber cambiado totalmente su forma de ser y ahora no quiere hacer experimentos. Piensa más en él que en ningún otro animal, aunque es incapaz de explicar por qué. Su imaginación está trastornada..., todo parece indicarlo. A veces, se pasa media noche con el pez en brazos cuando este se queja y quiere volver al agua.

En esas ocasiones brota agua de la parte de su rostro que utiliza para ver y le da palmaditas en la espalda al pez y hace ruiditos con la boca para consolarlo, y demuestra preocupación y lástima de mil maneras distintas. Nunca le he visto hacer eso con ningún otro pez, y me extraña mucho. Antes hacía lo mismo con los tigres y jugaba con ellos, antes de que perdiéramos nuestra propiedad, pero era solo jugando; y nunca le importó tanto cuando la comida les sentaba mal.

Domingo
Los domingos no trabaja, sino que se pasa el día tumbada muy cansada, y le gusta ponerse encima al pez y hace ruidos absurdos para divertirle y finge que va a comerle las aletas y él se ríe. Nunca había visto un pez que supiera reír. Eso me hace dudar... He llegado a cogerle el gusto a los domingos. Supervisarla toda la semana es muy cansado. Debería haber más domingos. Antes eran aburridos, pero ahora me parecen útiles.

Miércoles
No es un pez. No tengo ni idea de lo que es. Hace ruiditos diabólicos cuando no está a gusto y dice «gu-gu» cuando lo está. No es como nosotros, porque no anda; no es un pájaro, porque no vuela; no es una rana, porque no salta; no es una serpiente, porque no repta; estoy seguro de que no es un pez, aunque no he tenido ocasión de averiguar si sabe nadar o no. Se pasa el día tumbado, casi siempre de espaldas, con los pies hacia arriba. No he visto hacer eso a ningún otro animal. Dije que en mi opinión era un enigma, pero ella se limitó a admirar la palabra sin comprenderla. A mi juicio es un enigma o algún tipo de bicho. Si se muere, me lo llevaré y veré cómo está hecho. Ningún animal me había dejado nunca tan perplejo.

Tres meses después
Mi perplejidad aumenta en lugar de disminuir. Duermo poquísimo. Ya no se pasa el día tumbado, sino que se pasea por

ahí a cuatro patas. Pero se distingue de los demás cuadrúpedos en que sus patas delanteras son muy cortas y eso hace que la principal parte de su persona se eleve incómodamente en el aire, lo que no resulta nada atractivo. Se parece a nosotros, pero su forma de moverse indica que no es de nuestra misma raza. Las cortas patas delanteras y las largas patas traseras indican que pertenece a la familia de los canguros, aunque debe de ser una especie diferente, porque el verdadero canguro salta y este nunca lo hace. Aun así, se trata de una variedad curiosa e interesante, y no ha sido catalogada antes. Como la he descubierto yo, creo justificado atribuirme el mérito poniéndole mi nombre, y lo he llamado *Cangurorum adamiensis*... Debía de tratarse de un ejemplar muy joven, pues ha crecido mucho desde que lo encontramos. Ahora debe de ser cinco veces más grande y, cuando no está a gusto, es capaz de emitir entre veintidós y treinta y ocho veces el sonido que hacía al principio. Las amenazas no sirven para impedirlo, sino que producen el efecto contrario. Por ese motivo he interrumpido el sistema. Ella lo tranquiliza mediante la persuasión, y dándole cosas que con anterioridad me había asegurado que no le daría. Como he observado antes, yo no estaba en casa cuando llegó, y ella afirmó que lo había encontrado en el bosque. Me parece raro que solo haya uno, pero debe de ser así, pues me he dejado la piel todas estas semanas buscando otro para añadirlo a mi colección y para que juegue con este; sin duda estaría más tranquilo y podríamos domesticarlo más fácilmente. Pero no he visto ninguno, y, lo que resulta aún más raro, tampoco he encontrado huellas. Por fuerza tiene que vivir en el suelo, pues apenas puede valerse, pero, entonces, ¿cómo se mueve sin dejar huellas? He puesto una docena de trampas, pero no sirven de nada. Atrapo toda clase de animalillos excepto este; tengo la impresión de que se meten en la trampa por pura curiosidad, para ver para qué es la leche que hay dentro. Nunca se la beben.

Tres meses después

El canguro sigue creciendo, lo que resulta muy extraño y sorprendente. Nunca vi ninguno que tardara tanto en crecer. Le ha salido pelo en la cabeza, no como el de los canguros, sino como el nuestro, solo que mucho más fino y suave, y en lugar de ser negro es rojo. El caprichoso y absurdo desarrollo de este monstruo zoológico inclasificable me está volviendo loco. Si pudiera capturar otro..., pero es imposible: está claro que se trata de una nueva variedad y de un ejemplar único. Sin embargo, atrapé un auténtico canguro y lo traje a casa, pensando que el nuestro se sentiría solo y preferiría disfrutar de su compañía o de la de cualquier animal con el que pudiera sentirse cómodo y olvidar su actual situación entre unos desconocidos que ignoran sus costumbres y no saben qué hacer para que se sienta a gusto; pero fue un error: se llevó tal susto al ver al canguro que me convencí de que no había visto ninguno antes. Compadezco al pobre y ruidoso animal, pero no hay forma de hacer que esté contento. Si pudiera domesticarlo..., pero es imposible; cuanto más lo intento, peor está. Me conmueve verlo sufrir esos pequeños y apasionados ataques de aflicción. Quería dejarlo marchar, pero ella no quiso ni oír hablar del asunto. Me pareció cruel e impropio de ella, y sin embargo es posible que tenga razón. Podría estar más solo que nunca, pues si yo no he podido encontrar a otro, ¿cómo iba a hacerlo él?

Cinco meses después

No es un canguro. No, porque se tiene en pie mordiéndose el dedo, avanza unos pasos sobre las patas traseras, y luego se cae. Es probable que sea alguna especie de oso, y sin embargo no tiene cola —todavía—, ni pelo, excepto en la cabeza. Sigue creciendo. Es una circunstancia curiosa, pues los osos crecen antes. Los osos se han vuelto peligrosos desde que aconteció nuestra desdicha, y no me gusta que este ande por ahí sin bozal. Le he ofrecido traerle un canguro si lo deja marchar, pero no sirvió de nada: está decidida a correr toda clase de riesgos absurdos. No era así antes de perder la cabeza.

Quince días después

He examinado su boca. Todavía no hay peligro: solo tiene un diente. Aún no tiene cola. Hace más ruido ahora que antes..., y sobre todo de noche. Me he ido de casa. Pero volveré por la mañana a comprobar si tiene más dientes. Cuando tenga muchos tendrá que marcharse, tenga o no tenga cola, pues un oso no necesita cola para ser peligroso.

Cuatro meses después

He pasado un mes cazando y pescando en la región que ella llama Buffalo; no sé por qué, a menos que sea porque allí no hay búfalos. Entretanto, el oso ha aprendido a corretear por su cuenta sobre las patas traseras y dice «papá» y «mamá». Desde luego es una especie nueva. Esas palabras pueden ser puramente accidentales, por supuesto, y tal vez no signifiquen nada, pero aun así siguen siendo extraordinarias y es algo que ningún otro oso puede hacer. Semejante imitación del lenguaje, unida a la ausencia de pelo y de cola, indica que se trata de una nueva especie de oso cuyo estudio puede ser muy interesante. Entretanto, partiré a cazar a los bosques del norte y de paso llevaré a cabo una investigación exhaustiva. Sin duda, debe de haber otro en alguna parte, y este será menos peligroso cuando tenga compañía de su propia especie. Partiré enseguida, pero antes le pondré un bozal.

Tres meses después

Ha sido una caza muy, muy fatigosa, pero no he tenido éxito. Mientras tanto, sin moverse de casa, ¡ella ha atrapado otro! Nunca he visto tener tanta suerte. Podría haberme pasado cien años cazando en el bosque y nunca lo habría capturado.

Al día siguiente
He estado comparando a este con el otro, y está claro que son de la misma raza. Iba a disecar uno para mi colección, pero ella se ha opuesto a la idea, así que lo he dejado correr, aunque me parece un error. Si escaparan, sería una pérdida irreparable para la ciencia. El mayor es más dócil que antes y se ríe y habla como un loro; debe de haber aprendido por el tiempo que pasa con el loro, y lo cierto es que ha desarrollado esa facultad en un grado muy desarrollado. Me sorprendería que resultase ser una nueva especie de loro, pero no debería extrañarme, pues ha sido de todo desde que empezó siendo un pez. El nuevo es tan feo como lo era el otro, tiene la misma tez sulfúrea y como de carne cruda, y la misma cabeza sin pelo. Ella lo llama Abel.

Diez años después
Son niños, lo descubrimos hace mucho tiempo. Lo que nos confundió fue que tuviesen una forma tan pequeña e inmadura, no estábamos acostumbrados. Ahora también hay niñas. Abel es un buen chico, pero, si Caín hubiese seguido siendo un oso, habría mejorado. Después de todos estos años, ahora comprendo que me equivoqué con Eva desde el principio: es mejor vivir fuera del jardín con ella que dentro de él sin ella. Al principio me parecía que hablaba demasiado, pero ahora lamentaría mucho que se callara y no volver a oírla. ¡Bendita sea la castaña que nos unió y me enseñó a conocer la bondad de su corazón y la dulzura de su espíritu!

PARTE II: DIARIO DE EVA
(Traducido del original)

Sábado
Ahora casi tengo un día de edad. Llegué ayer. O eso me parece a mí. Y debe de ser así, porque, si hubo un día de anteayer,

yo no estuve allí cuando ocurrió o lo recordaría. Claro que también pudiera ser que lo haya habido y yo no me diese cuenta. Muy bien, a partir de ahora estaré atenta, y si vuelve a haber algún día de anteayer tomaré buena nota. Será mejor empezar ahora y que el registro sea lo menos confuso posible, pues el instinto me dice que algún día estos detalles tendrán importancia para el historiador. Me siento como un experimento, exactamente como un experimento; nadie podría sentirse más como un experimento que yo; y me voy convenciendo de que eso es lo que soy: un experimento, solo un experimento y nada más que eso.

Y, si soy un experimento, ¿soy la única implicada? No, creo que no; me parece que todo lo demás también forma parte de él. Soy la parte más importante, pero creo que lo demás también participa. ¿Estará garantizada mi posición o debería andarme con cuidado? Tal vez lo segundo. Mi instinto me advierte de que la constante vigilancia es el precio de la supremacía. [*Esta frase no está nada mal para tratarse de alguien tan joven*]

Hoy todo tiene mejor aspecto que ayer. Con las prisas por acabarlo todo, ayer las montañas quedaron demasiado escarpadas y algunas de las llanuras estaban tan cubiertas de desechos y restos que su aspecto era un poco desasosegante. Las obras de arte nobles y hermosas no deberían hacerse con precipitación; y este majestuoso mundo nuevo es muy noble y hermoso. Y es casi perfecto, teniendo en cuenta el tiempo que ha costado hacerlo. Hay demasiadas estrellas en algunos sitios y en otros escasean, pero no me cabe duda de que podrá remediarse. La luna se desprendió la noche pasada y quedó fuera de cuadro: una gran pérdida, se me rompe el corazón al pensarlo. Ninguno de los demás adornos es comparable en cuanto a belleza y acabado. Habría que haberla asegurado mejor. Ojalá podamos recuperarla.

Pero, claro, es imposible saber adónde habrá ido a parar. Y, además, quien la encuentre seguro que se la queda para él;

lo sé porque es lo que yo haría. Creo que puedo ser honrada en todo lo demás, pero empiezo a darme cuenta de que en el centro de mi naturaleza está el amor por lo hermoso, la pasión por lo bello, y no sería recomendable confiarme una luna que perteneciese a otra persona, si dicha persona no supiese que la tenía yo. Devolvería una luna encontrada a plena luz del día, porque me daría miedo que hubiese alguien mirando; pero si la encontrase en la oscuridad, estoy segura de que hallaría alguna excusa para no decir nada. Me encantan las lunas, son tan bonitas y románticas... Ojalá tuviésemos cinco o seis; no me iría nunca a la cama; no me cansaría de tumbarme en la hierba y contemplarlas.

Las estrellas también tienen su aquel. Me encantaría poder ponérmelas en el pelo. Pero imagino que debe de ser imposible. Te sorprendería saber lo lejos que están, aunque no lo parece. Cuando aparecieron anoche por primera vez, traté de bajar algunas con un palo, pero no las alcancé, cosa que me dejó admirada; luego lo intenté a pedradas, hasta que se me cansó el brazo, pero no acerté a ninguna. Debe de ser porque soy zurda y no tengo buena puntería. Ni siquiera apuntando a unas les di a las de al lado, aunque estuve a punto, pues vi la piedra pasar cuarenta o cincuenta veces entre el grupo de estrellas y no les acerté por un pelo, y, si hubiese insistido más, tal vez le hubiese dado a alguna.

Lloré un poco, lo que no deja de ser natural, supongo, para alguien de mi edad, y después de descansar un poco cogí una cesta y eché a andar hasta llegar a un sitio en el borde del círculo, donde las estrellas están muy cerca del suelo y pensé que podría cogerlas con la mano, lo que sería incluso preferible porque podría cogerlas con cuidado y no romperlas. Pero estaba más lejos de lo que pensaba, y al final tuve que desistir; acabé tan cansada que no podía dar un paso, y además me dolían mucho los pies.

No pude volver a casa; estaba demasiado lejos y hacía frío; pero encontré a unos tigres y me acurruqué entre ellos y estuve de lo más cómoda, su aliento era dulce y agradable porque se alimentan de fresas. Nunca había visto ningún tigre, pero los reconocí en el acto por las rayas. Si tuviese una de esas pieles me haría un vestido precioso.

Hoy empiezo a hacerme una idea de las distancias. Estaba tan entusiasmada con tocar todas las cosas bonitas que veía, que a veces trataba de cogerlas cuando estaban demasiado lejos o cuando estaban solo a unas pulgadas y parecía que estuviesen a varios pies..., ¡ay, y con espinas en medio! Aprendí una lección y también formulé un axioma yo solita, el primero: «Experimento arañado de la espina huye». Creo que es muy bueno para ser yo tan joven.

Ayer por la tarde estuve siguiendo al otro experimento desde lejos para ver si podía averiguar para qué servía. Pero no lo conseguí. Creo que es un hombre. Nunca he visto ninguno, pero parecía un hombre, y estoy segura de que lo es. Veo que despierta más mi curiosidad que cualquiera de los demás reptiles. Suponiendo que sea un reptil, aunque creo que debe de serlo, pues tiene el pelo descuidado y los ojos azules y parece un reptil. No tiene caderas, su cuerpo se estrecha como una zanahoria y, cuando está de pie, se tambalea como una grúa; así que debe de ser un reptil, aunque igual es solo su constitución.

Al principio me daba miedo y echaba a correr cada vez que se volvía, pues pensaba que iba a perseguirme; pero luego descubrí que estaba tratando de escapar, así que perdí la timidez y estuve siguiéndolo varias horas a veinte yardas de distancia, lo que hizo que se pusiera muy nervioso e inquieto. Al final se angustió mucho y trepó a un árbol. Esperé un buen rato, luego me cansé y me volví.

Hoy, más de lo mismo. Volvió a subirse al árbol.

Domingo

Todavía sigue ahí arriba. Al parecer, descansando. Pero es un mero subterfugio: los domingos no son para descansar, para

472

eso tenemos los sábados. Me parece una criatura más interesada en descansar que en ninguna otra cosa. A mí me cansaría descansar tanto. Me fatiga sentarme a vigilar el árbol. Quisiera saber para qué sirve; nunca le he visto hacer nada.

Anoche volvieron a poner la luna, ¡menuda alegría me llevé! Creo que fue muy honrado por su parte. Después volvió a caerse, pero esta vez no me angustié tanto; con vecinos así no hay por qué preocuparse, la colocarán de nuevo. Ojalá pudiera hacer algo para demostrarles mi agradecimiento. Me gustaría enviarles unas estrellas, porque tenemos más de las que necesitamos. Me refiero a mí, pues es evidente que al reptil estas cosas le dan igual.

Tiene gustos vulgares y no es nada amable. Cuando fui a verlo al anochecer, había bajado del árbol y estaba tratando de atrapar los brillantes pececillos que juegan en el estanque. Así que tuve que tirarle unas piedras para que volviera a subir al árbol y los dejara en paz. Me gustaría saber si será para eso para lo que sirve. ¿Acaso no tiene corazón? ¿Es que no se compadece de esos pobres animales? ¿Será que fue diseñado y fabricado para hacer algo tan desagradable? Al menos lo parece. Una de las piedras le dio en la oreja y empleó el lenguaje. Me dio un escalofrío, pues era la primera vez que oía utilizarlo a alguien distinto de mí. No entendí las palabras que dijo, pero me parecieron muy expresivas.

Cuando descubrí que sabía hablar me sentí más interesada, pues me encanta hablar; me paso el día hablando, incluso en sueños; y soy muy interesante, aunque, si tuviese con quien hablar, sería el doble de interesante, y no pararía nunca si no quisiera.

Si ese reptil es un hombre, entonces no sería un animal. Lo cual tendría consecuencias gramaticales, ¿no? Creo que sería él. En ese caso se declinaría así: nominativo, «él»; dativo, «a él»; posesivo, «su». En fin, lo consideraré un hombre y lo llamaré así hasta que descubra que es otra cosa. Será más práctico que seguir con tantas incertidumbres.

Domingo de la semana siguiente

Me he pasado la semana siguiéndolo y tratando de que nos conozcamos. He tenido que llevar todo el peso de la conversación porque es muy tímido, pero no me importa. Parecía contento de tenerme cerca y empleé mucho la segunda persona del plural, porque parecía gustarle que lo incluyera también a él.

Miércoles

Nos llevamos muy bien y cada vez nos vamos conociendo más. Ya no trata de evitarme, lo que parece buena señal y demuestra que le agrada tenerme cerca. Eso me gusta y trato de ayudarle en todo lo que puedo, para que me coja más aprecio. Estos últimos dos días le he librado de la preocupación de tener que poner nombre a las cosas; para él ha sido un gran alivio, pues no se le da muy bien, y es evidente que está muy agradecido. No se le ocurre ni un solo nombre racional, pero yo procuro darle a entender que no me he dado cuenta de ese defecto. Siempre que aparece una nueva criatura, le pongo nombre antes de que tenga tiempo de avergonzarse por su silencio. De ese modo le he ahorrado muchos malos ratos. Yo no comparto su defecto. En cuanto le echo la vista encima a un animal, sé lo que es. No tengo que pensarlo ni un momento: se me ocurre su nombre en el acto, como por inspiración, y sin duda debe de serlo, pues un momento antes no tenía ni idea. Es como si supiera de qué animal se trata por la forma y el modo en que se comporta.

Cuando apareció el dodo, él pensó que era un gato montés..., lo vi en sus ojos. Pero le ahorré la vergüenza. Y tuve mucho cuidado de decirlo sin herir su orgullo. Hablé con sorpresa y naturalidad, sin asomo de pedantería, y dije: «¡Vaya, si tenemos aquí un dodo!», y le expliqué, sin que pareciera que se lo estaba explicando, por qué sabía que se trataba de un dodo, y, aunque me pareció que estaba un poco picado de que yo conociera un animal que él desconocía, era evidente que me miraba con admiración. Fue muy agradable, y lo he recordado varias veces antes de dormir. ¡Qué cosas tan nimias bastan para alegrarnos cuando sentimos que nos lo merecemos!

Jueves

Mi primera desilusión. Ayer se pasó el día dándome esquinazo y era como si no quisiera que le hablase. Yo apenas podía creerlo y pensé que se trataba de algún malentendido, pues me encanta estar con él y oírle hablar, y no entendía que él pudiera ser tan desagradable si nunca le he hecho nada malo. Pero al final resultó ser cierto, así que me marché y me senté sola en el mismo sitio donde lo vi la mañana en que nos hicieron, cuando aún no sabía lo que era él y lo veía con indiferencia; ahora se había convertido en un lugar triste, todo me apenaba y me recordaba a él. No sabía por qué exactamente, porque era una sensación nueva; no la había experimentado nunca antes y era un misterio que no sabía resolver.

Pero, cuando anocheció, no pude soportar la soledad y fui al nuevo refugio que ha construido, para preguntarle qué le había hecho y cómo podría repararlo para que volviese a ser amable conmigo, pero me sacó a la lluvia y sufrí mi primera desilusión.

Domingo

Vuelve a ser amable y estoy contenta, pero he pasado unos días muy tristes; procuro no pensar en eso si puedo evitarlo.

Traté de conseguirle unas manzanas, pero no tengo buena puntería y fallé, aunque creo que le gustaron mis intenciones. Están prohibidas, y él dice que acabaré haciéndome daño, pero también me lo hice al tratar de complacerle; ¿por qué habría de preocuparme por eso?

Lunes

Esta mañana le dije cómo me llamo, con la esperanza de que le interesara. Pero le trajo sin cuidado. Es raro. Si me dijera su nombre me interesaría. Creo que sonaría mejor en mis oídos que cualquier otro sonido.

Apenas habla. Tal vez sea porque no es muy listo, y eso le avergüence y trate de ocultármelo. Es una pena que piense así, porque la inteligencia carece de importancia: los verdaderos valores están en el corazón. Ojalá pudiera hacerle comprender que un corazón compasivo es mejor que cualquier riqueza y que sin él la inteligencia es siempre pobre.

A pesar de lo poco que habla, tiene un vocabulario considerable. Esta mañana empleó una palabra muy buena. Evidentemente, él mismo se dio cuenta de que lo es, pues la pronunció después otras dos veces, como por casualidad. No sonó natural, pero demostró que posee cierta capacidad de percepción. Sin duda, esa semilla podría crecer, si se cultivara.

¿De dónde sacaría esa palabra? Yo no creo haberla empleado nunca.

No, le trajo sin cuidado mi nombre. Traté de ocultarle mi decepción, pero supongo que no lo conseguí. Me fui y me senté en la hierba a la orilla del estanque con los pies en el agua. Es donde voy siempre cuando necesito compañía, alguien a quien mirar, o con quien hablar. Ese cuerpo tan blanco y bonito pintado en el agua no me basta..., pero algo es algo, y siempre será mejor que la soledad absoluta. Habla cuando yo lo hago, se entristece cuando estoy triste, me consuela con su compasión; dice: «No te desanimes, pobre niña sin amigos; yo seré tu amiga». Es una buena amiga, mi única amiga, mi hermana.

¡La primera vez que ella me abandonó...! ¡Ah!, nunca lo olvidaré..., nunca, nunca. ¡El corazón me pesaba como si fuera de plomo! Exclamé: «¡Ella era lo único que tenía y ahora se ha ido!». Desesperada, grité: «Tengo el corazón roto, no soporto vivir así», y me tapé la cara con las manos y no encontré consuelo. ¡Y, cuando las aparté, al cabo de un rato, ella volvió a aparecer, blanca, brillante y hermosa, y salté entre sus brazos!

Fue una felicidad completa; había conocido la felicidad antes, pero no así, fue una especie de éxtasis. Nunca más he vuelto a dudar de ella. A veces se aparta de mí, tal vez una hora, o incluso un día entero, pero la espero sin dudarlo. Me digo: «Estará ocupada, o se habrá ido de viaje, pero volverá». Y así es: siempre vuelve. Por la noche no viene, si está oscuro, porque es muy asustadiza, pero cuando hay luna siempre lo hace. A mí no me asusta la oscuridad, pero ella es más joven: nació después de mí. Le he hecho muchas, muchas visitas; es mi consuelo y mi refugio cuando la vida me resulta penosa..., sí, eso es lo que es.

Martes
He pasado toda la mañana trabajando para mejorar la finca; y he procurado apartarme de él con la esperanza de que acabe sintiéndose solo y venga a verme. Pero no lo ha hecho.

A mediodía terminé el trabajo de la jornada, y me entretuve revoloteando por ahí con las abejas y las mariposas y contemplando las flores, ¡esas preciosas criaturas que capturan la sonrisa de Dios en el cielo y la conservan! Las recogí e hice coronas y guirnaldas, y me vestí con ellas mientras comía..., manzanas, por supuesto; luego me senté a la sombra y esperé y esperé. Pero no vino.

No tiene importancia. No habría servido de nada, a él no le gustan las flores. Dice que son basura, no distingue una de otra, y se cree superior por pensar así. No le gusto yo, no le gustan las flores, no le gusta el colorido del cielo al atardecer...., ¿acaso hay algo que le guste, aparte de construir cobertizos para protegerse de la lluvia y cuidar los melones y pisotear las uvas y toquetear la fruta en los árboles para ver si está en sazón?

Dejé un palo seco en el suelo y traté de horadarlo con otro para hacer una cosa que se me había ocurrido, pero me llevé un buen susto. Una película fina, azulada y transparente salió del agujero, y yo lo solté todo y eché a correr. ¡Pensé que era un espíritu y me asusté mucho! Pero volví la vista atrás y vi que no me estaba persiguiendo, así que me apoyé en una roca, descansé jadeante y esperé a que dejaran de temblarme las piernas; luego volví sobre mis pasos con cuidado, alerta, dispuesta a huir a la primera ocasión, y, cuando estuve cerca, aparté las ramas de un rosal y me asomé, con aire astuto y despierto con la esperanza de que el hombre anduviera por ahí. El espíritu se había ido. Me acerqué y encontré un delicado polvo rosa en el agujero. Lo toqué y dije «¡Ay!», y aparté el dedo. Sentí un dolor horrible. Me metí el dedo en la boca y empecé a dar saltos y a gritar hasta que se me pasó el dolor. Luego sentí mucho interés y empecé a examinarlo.

Tenía curiosidad por saber qué era el polvo rosa. De pronto se me ocurrió su nombre, aunque nunca lo había oído antes. ¡Era fuego! Estaba tan segura como se pueda estar. Así que, sin dudarlo un instante, lo llamé «fuego».

Había creado algo que no existía antes; había añadido una cosa nueva a las muchas que había en el mundo; me di cuenta enseguida y me enorgullecí de mi logro, iba a correr a buscarle y a contárselo, pensando que así me tendría más aprecio..., pero lo pensé dos veces y no lo hice. No..., seguro que le traería sin cuidado. Me preguntaría para qué servía, ¿y qué le respondería yo? No servía para nada, aunque era bonito, muy bonito.

Solté un suspiro y no fui en su busca. No servía para nada, no servía para construir un refugio, no servía para mejorar los melones, no podía apresurar la cosecha de frutas, era inútil, una tontería y una vanidad; la despreciaría y me hablaría con sequedad. Sin embargo, a mí no me parecía despreciable; dije: «¡Oh, fuego, te quiero, delicada criatura rosada, por lo hermosa que eres..., y con eso me basta!», y estuve a punto de abrazarlo, pero me contuve. Luego inventé otra máxima, aunque se parecía tanto a la primera que temí que pudiera ser un mero plagio: «Experimento quemado del fuego huye».

Me puse otra vez manos a la obra y, después de fabricar una buena cantidad de polvo de fuego, lo puse en un puñado de hierba seca para llevármelo y jugar con él, pero le dio el viento y me salpicó y escupió, así que lo solté y salí corriendo. Cuando volví la vista atrás, el espíritu azul se había alzado en el aire y se extendía como una nube, y en el acto se me ocurrió su nombre: «humo», aunque palabra que jamás lo había visto antes.

Pronto unos resplandores rojos y amarillos se alzaron entre el humo y les puse el nombre de «llamas», y tuve razón, aunque eran las primeras que había en el mundo. Treparon por los árboles, brillaron de forma espléndida entre una gran cantidad de humo, y yo aplaudí y bailé y reí de contento, ¡era tan nuevo, tan desconocido, tan maravilloso y bello!

Él llegó corriendo, se detuvo, se quedó mirando y no dijo nada en un montón de tiempo. Luego me preguntó lo que era. Fue una pena que me hiciese una pregunta tan directa. Tuve que contestarle, claro. Le dije que era fuego. Si le molestó que yo lo supiera y tener que preguntarme, no es culpa mía. Yo no quería ofenderle. Tras una pausa, preguntó:

—¿De dónde ha salido?

Otra pregunta directa, que requirió también una respuesta directa.

—Lo he hecho yo.

El fuego se alejaba más y más. Él se acercó al borde de lo quemado y se quedó mirándolo, luego dijo:

—¿Qué es eso?

—Carbón.

Cogió uno para examinarlo, pero cambió de opinión y volvió a dejarlo en el suelo. Luego se marchó. Nada le interesa.

Pero a mí sí me interesó. Había cenizas, grises, suaves, delicadas y hermosas. Supe lo que eran nada más verlas. Igual que las brasas, también lo supe enseguida. Encontré unas manzanas y las saqué de las brasas; el hallazgo me alegró mucho, pues soy joven y tengo un gran apetito. Al principio me decepcionaron, estaban rajadas y parecían estropeadas, pero estaban mejor que las crudas. El fuego es precioso y creo que algún día será útil.

Viernes

El lunes al caer la noche volví a verlo un momento, pero fue solo un instante. Tenía la esperanza de que me felicitase por tratar de introducir mejoras en la finca, pues había trabajado mucho con la mejor intención. Pero no le gustó, y dio media vuelta y se marchó. También le molestó que intentara persuadirle de que no saltara por la catarata. El fuego ha despertado otra pasión en mí..., nueva y claramente diferente del amor, el pesar y las otras que llevo descubiertas: el miedo. Y es horrible. Ojalá nunca lo hubiera conocido: me hace pasar muy malos ratos, enturbia mi felicidad y me hace temblar y estremecerme. Pero no logré persuadirle, porque él no lo conoce todavía y no entendió lo que le decía.

EXTRACTO DEL DIARIO DE ADÁN

Tal vez debería tener en cuenta que es muy joven, casi una niña, y ser un poco más tolerante. Es entusiasta, vivaz y todo le interesa, para ella el mundo entero es motivo de maravilla, misterio, alegría y fascinación; cuando descubre una flor nueva se queda muda de contento, tiene que acariciarla, olerla y hablarle e inventa bonitos nombres con los que denominarla. Y la enloquecen los colores: las rocas marrones, la arena amarilla, el musgo gris, las hojas verdes, el cielo azul, el color perlado del amanecer, las sombras purpúreas de las montañas, las islas doradas que flotan en los mares carmesíes a la caída del sol, la luna pálida que viaja por la mortaja del cielo, las estrellas que brillan como joyas en la inmensidad del espacio. Nada de eso tiene el menor valor práctico que yo sepa, pero a ella le basta con que sean coloridas y majestuosas, y pierde la cabeza por ellas. Si pudiera callarse y estarse quieta un par de minutos, sería digna de ver. En ese caso creo que disfrutaría mirándola; de hecho, estoy seguro, porque poco a poco me voy dando cuenta de que es una criatura muy hermosa: ágil, esbelta, suave, bien proporcionada y graciosa; y una vez que la vi, blanca como el mármol, iluminada por el sol, con la cabeza echada hacia atrás y haciéndose sombra con la mano para observar el vuelo de un pájaro, tuve que admitir para mis adentros que es muy hermosa.

Lunes a mediodía. Si hay algo en el planeta que no le interese, no está en mi lista. Hay animales que me son indiferentes, pero a ella no le ocurre igual. No discrimina, todos le gustan. Cree que todos son tesoros y todos son bienvenidos.

Cuando el poderoso brontosaurio apareció en mitad del campo, a ella le pareció una adquisición, a mí una calamidad; he ahí un buen ejemplo de la falta de armonía existente entre nuestra visión de las cosas. Quiso domesticarlo, yo propuse ir a vivir a otro sitio. Creía poder amansarlo con cariño hasta que llegase a ser una agradable mascota; yo dije que una mascota de veintiún pies de alto y ochenta y cuatro de largo no me parecía apropiada porque, incluso sin querer, podía hacernos daño: podría sentarse en la casa y aplastarla, pues basta fijarse en su mirada para confirmar que es muy despistado.

Aun así, insistió en quedarse con aquel monstruo y no hubo manera de quitárselo de la cabeza. Se le ocurrió poner una lechería con él y quiso que la ayudara a ordeñarlo, pero me negué, sería demasiado peligroso. El sexo no era el adecuado, y además no teníamos escalera. Luego quiso montar a lomos de él para ir a ver el paisaje. Treinta o cuarenta pies de su cola se extendían por el suelo como un árbol caído, y creyó poder trepar por ella, pero se equivocó; y cuando llegó arriba estaba resbaladizo y se cayó. De no ser por mí, se habría hecho daño.

¿Se conformó con eso? No. No se contenta con nada que no pueda demostrar; las teorías sin confirmar no son lo suyo y se niega a aceptarlas. Admito que tiene razón y me gusta, noto su influencia; si pasase más tiempo con ella, creo que acabaría convenciéndome. En fin, elaboró una última teoría sobre aquel coloso: pensaba que, si lográbamos domesticarlo y que fuese amigo nuestro, podríamos emplearlo como puente para cruzar el río. Resultó que ya era bastante manso, al menos para ella, así que puso a prueba su teoría, pero fracasó: cada vez que lo metía en el río y trataba de cruzar por encima, el animal salía a la orilla y la seguía como una mascota. Igual que los demás animales. Todos lo hacen.

Viernes

Martes..., miércoles..., jueves..., y hoy; no lo he visto en todos estos días. Son muchos para pasarlos sola, aunque mejor sola que mal acompañada.

Necesitaba compañía..., creo que es parte de mi naturaleza, así que me he hecho amiga de los animales. Son encantadores y muy amables y educados; nunca se enfadan, ni te dan a entender que les estés molestando; sonríen y mueven la cola, si la tienen, y están siempre dispuestos a ir de excursión o a hacer cualquier cosa que les propongas. Creo que son unos auténticos caballeros. Estos días lo hemos pasado muy bien y no me he sentido sola. ¡Sola! No, creo que no. Pero, si siempre estoy rodeada de multitudes de animales —a veces ocupan cuatro o cinco acres—, son incontables, y, cuando me subo a una roca y miro por encima de la extensión de pieles, todo está tan moteado, salpicado de color y rayas, que parece un lago, aunque sepa que no lo es; además, hay bandadas de pájaros muy sociables que levantan huracanes con sus alas, y cuando el sol ilumina sus plumas los hay de todos los colores imaginables.

Hemos hecho largas excursiones y he visto mucho mundo, casi todo, creo; por lo que soy el primer viajero y el único. Cuando emprendemos la marcha es impresionante: no hay nada comparable. Por comodidad, voy montada en un tigre o un leopardo porque son suaves y tienen el lomo redondeado, y además son unos animales preciosos; pero para las largas distancias o para contemplar el paisaje, prefiero al elefante. Me sube con la trompa, aunque sé bajar sola; cuando nos disponemos a acampar, se sienta y yo me deslizo por la espalda hasta el suelo.

Los pájaros y los animales se llevan bien unos con otros y nadie discute por nada. Todos hablan y me hablan, pero deben de emplear un idioma extranjero, porque no entiendo ni una palabra de lo que dicen, aunque ellos me entienden cuando les hablo, sobre todo el perro y el elefante. Me da vergüenza. Demuestra que son más listos que yo, y por tanto superiores a mí. Me molesta porque quiero ser el experimento principal..., y tengo intención de serlo.

He aprendido muchas cosas y ahora soy muy cultivada, aunque al principio no lo era. Era un poco ignorante. Al principio me molestaba porque, por mucho que observaba, nunca veía correr el agua río arriba, pero ahora no me importa. He hecho un sinfín de experimentos y ahora sé que solo corre río arriba de noche. Sé que es así porque el estanque nunca se vacía, y, si el agua no volviese de noche, sin duda lo haría. Es mejor comprobar las cosas mediante experimentos, así una sabe a qué atenerse, mientras que, si depende de indicios y conjeturas, no llega a cultivarse nunca.

Hay cosas que no pueden averiguarse, pero es imposible saberlo solo con suposiciones y conjeturas: no, hay que ser paciente y seguir experimentando hasta descubrir lo que no se puede descubrir. Es maravilloso y es lo que hace que el mundo sea tan interesante. Si no hubiese nada que averiguar, sería aburrido. De hecho, tratar de averiguar algo sin conseguirlo es tan interesante como tratar de averiguarlo y conseguirlo, o incluso más. El secreto del agua era un tesoro hasta que lo descubrí, luego se perdió toda la emoción y experimenté una sensación de pérdida.

Gracias a los experimentos he descubierto que la madera flota, igual que las hojas secas, las plumas y otras muchas cosas; gracias a todas esas pruebas sé que las rocas flotan, pero tengo que conformarme solo con saberlo, pues no hay manera de demostrarlo. No obstante, encontraré un modo..., y luego esa emoción desaparecerá. Esas cosas me entristecen, porque, con el tiempo, cuando lo haya averiguado todo, ya nada me emocionará, ¡y me gusta tanto emocionarme...! La otra noche no podía conciliar el sueño al pensarlo.

Al principio no sabía para qué me hicieron, pero ahora creo que fue para desvelar los secretos de este mundo tan maravilloso, y ser feliz y estar agradecida a su Creador por concebirlo. Creo que todavía quedan muchas cosas por aprender..., o eso espero; y, si voy con cuidado y no me doy demasiada prisa, creo que durarán muchas semanas. Ojalá esté en lo cierto. Cuando sueltas una pluma flota en el aire y desaparece de la vista, luego arrojas un trozo de tierra y no lo hace. Siempre cae. Lo he intentado una y otra vez y siempre ocurre igual. Quisiera saber por qué. Por supuesto, no cae, pero ¿por qué lo parece? Supongo que es una ilusión óptica. Me refiero a una de las dos cosas. No sé cuál. Tal vez la pluma, tal vez el trozo de tierra; no puedo demostrarlo, tan solo puedo probar que uno de los dos es falso y que elija quien quiera.

Mediante la observación, sé que las estrellas no van a durar. He visto a alguna de las mejores disolverse y caer del cielo. Si una puede disolverse es que todas pueden, y, si todas pueden, tal vez lo hagan una misma noche. Sé que eso acabará sucediendo. Pienso pasarme las noches mirándolas hasta que me duerma, así grabaré esos cuerpos centelleantes en mi memoria y, cuando desaparezcan, podré restaurar esas preciosas miríadas en el negro cielo y haré que vuelvan a brillar y las duplicaré con mis lágrimas.

DESPUÉS DE LA CAÍDA

Al hacer memoria, el jardín me parece un sueño. Era precioso, bellísimo, delicioso, y ahora se ha perdido y no volveré a verlo jamás.

El jardín se ha perdido, pero lo he encontrado a él y estoy contenta. Me quiere tanto como puede; yo lo amo con toda la fuerza de mi naturaleza apasionada, tal como creo que corresponde a mi edad y mi sexo. Cuando me pregunto por qué lo quiero, no sé qué responder, y tampoco me importa mucho, por lo que supongo que esta clase de amor no tiene que ver con la razón y las estadísticas, como el amor por los reptiles y los animales. Debe de ser así. Me gustan ciertos pájaros por su canto, pero no me gusta Adán por cómo canta..., no, no es eso; cuanto más canta, menos me gusta. Sin embargo, le pido que cante porque quiero acostumbrarme a todo lo que le interesa. Estoy segura de que puede aprender, porque al principio no lo soportaba y ahora sí. Hace que se corte la leche, pero no me importa. Me acostumbraré a la leche agria.

No lo amo por su inteligencia..., no, no es eso. No tiene la culpa de no ser inteligente, pues no fue él quien lo creó; es tal como lo hizo Dios, y eso basta. Seguro que lo hizo así por algo. Con el tiempo se desarrollará, aunque creo que no será algo repentino; y además no hay prisa, me gusta tal como es.

Tampoco lo quiero por su amabilidad y delicadeza. No, en eso tiene notables carencias, pero así está bien, y va mejorando.

Tampoco es por su laboriosidad..., no, no es eso. Creo que es trabajador, pero por algún motivo se empeña en ocultármelo. Es mi único pesar. Por lo demás, es franco y sincero. Estoy segura de que es lo único que me oculta. Me duele que tenga secretos para mí y a veces me quita el sueño, pero lo apartaré de mi imaginación; no quiero que enturbie mi felicidad, que por lo demás es perfecta.

No lo quiero por su cultura, no. Es autodidacta e ignora muchas cosas, aunque no tantas.

No lo quiero por su caballerosidad..., no, no es eso. Me acusó, pero no le culpo; es una peculiaridad de su sexo, creo, y él no lo creó. Por supuesto, yo no lo habría hecho, antes me habría dejado matar; pero, claro, eso es una peculiaridad de mi sexo y no me enorgullezco de ello, porque yo no lo creé.

Entonces, ¿por qué lo quiero? Creo que es solo porque es masculino.

En el fondo es bueno, y por eso lo quiero, pero podría amarlo aunque no lo fuese. Si me pegase o me insultase, seguiría queriéndolo. Lo sé. Es una cuestión de sexo, creo.

Es fuerte y apuesto, y lo amo por eso, y lo admiro y me siento orgullosa de él, pero podría amarlo aunque careciese de esas cualidades. Si fuese vulgar lo amaría; si estuviese enfermo también lo querría y trabajaría para él, y sería su esclava y rezaría por él y lo velaría hasta el día de mi muerte.

Sí, creo que lo quiero solo porque es mío y masculino. Supongo que no hay otro motivo. Es lo que dije al principio: este tipo de amor no es producto de la razón y las estadísticas. Simplemente llega —nadie sabe de dónde— y es inexplicable. Y tampoco hace falta explicarlo.

Eso es lo que opino. Aunque soy solo una chica y la primera que ha estudiado la cuestión, y podría ser que me equivoque a causa de mi inexperiencia e ignorancia.

CUARENTA AÑOS DESPUÉS

Rezo y anhelo por que nos vayamos juntos de esta vida...., un anhelo que no desaparecerá de la tierra, sino que perdurará en el corazón de cualquier mujer enamorada, hasta el fin de los tiempos, y recibirá mi nombre.

Pero, si uno de los dos debe partir primero, rezo por que sea yo, porque él es fuerte y yo, débil. Él no me necesita tanto como yo a él..., la vida sin él no sería vida; ¿cómo podría soportarla? Este ruego también es inmortal y existirá mientras perdure mi estirpe. Soy la primera mujer, y también lo repetirá la última.

EN LA TUMBA DE EVA

ADÁN: Dondequiera que ella estuviese, ahí estaba el Paraíso.

1893, 1905

El romance de la doncella esquimal

—Sí, le contaré todo cuanto quiera saber de mí, señor Twain —dijo la muchacha con su voz suave y posando plácidamente sus sinceros ojos sobre mi rostro—, ya que es muy bueno y amable de su parte que yo le agrade y muestre interés por conocer mi vida.

Había estado raspándose distraídamente la grasa de ballena de las mejillas con un pequeño cuchillo de hueso, limpiándolo en las pieles de su manga, mientras contemplaba cómo la aurora boreal agitaba en el cielo sus llameantes franjas luminosas, que bañaban con los ricos matices del prisma la blanca y solitaria planicie y los grandes icebergs; era un espectáculo de belleza y esplendor casi insoportables; pero entonces despertó de su ensoñación con un movimiento de cabeza y se dispuso a contarme su pequeña y modesta historia.

Se arrellanó confortablemente en el bloque de hielo que nos servía como sofá, y yo me apresté a escuchar.

Era una criatura hermosa. Desde el punto de vista esquimal, claro. Algunos habrían considerado que estaba un tanto rolliza. Tenía solo veinte años y pasaba por ser la muchacha más cautivadora de la tribu. Allí al aire libre, incluso con su pesado e informe abrigo de pieles, sus pantalones, sus botas y su enorme capucha, quedaba manifiesta la belleza de su rostro; en cuanto a su figura, solo podía darse por supuesta. Entre las numerosas visitas que iban y venían por allí, nunca había visto pasar por el hospitalario territorio de su padre a ninguna chica que pudiera igualársele. Y, aun así, no estaba pagada de sí misma. Era dulce, sencilla y sincera, y, si era consciente de ser toda una belleza, no había nada en su modo de comportarse que lo dejara traslucir.

Desde hacía una semana se había convertido en mi compañera inseparable, y a medida que la conocía mejor, más aumentaba mi afecto por ella. Su padre era el personaje más importante de su tribu y estaba considerado como el más alto representante de la cultura esquimal, así que ella había sido criada con gran afecto y esmero en una atmósfera de refinamiento nada habitual en las regiones polares. Hice con Lasca —tal era el nombre de la muchacha— largos viajes en trineos tirados por perros a través de los impresionantes campos helados, y su compañía me resultó siempre placentera y agradable su conversación. Salía de pesca con ella, aunque nunca subía en su peligroso bote: me limitaba a seguir su avance caminando por el hielo y a observar cómo alcanzaba a sus presas con su venablo certeramente letal. Fuimos juntos a cazar focas; en varias ocasiones la vi, junto con su familia, extrayendo grasa de una ballena varada; y una vez la acompañé mientras perseguía un oso, aunque me volví antes de que acabara la caza, ya que en el fondo siempre me han dado miedo los osos.

Lasca estaba ya dispuesta a comenzar su relato, y esto es lo que me contó:

—Nuestra tribu ha sido siempre nómada, como las demás, pero hace un par de años mi padre se cansó de vagar de un lado para otro sobre los mares helados, y levantó esta gran mansión de bloques de nieve congelada. Mírela: tiene más de siete pies de altura y es tres o cuatro veces más larga que cualquiera de las demás. Desde entonces hemos vivido aquí. Mi padre se sentía muy orgulloso de su casa, y con razón; porque si la ha examinado usted cuidadosamente, habrá notado que es mucho más hermosa y completa que el resto de las vi-

viendas en general. Pero, si no lo ha hecho, fíjese en que dispone de unos lujosos elementos y muebles por encima de lo común. Por ejemplo, al final de lo que usted ha llamado la «sala», la tarima elevada para acomodar a los invitados y a la familia durante las comidas, ¿no es la mayor que haya visto nunca en una casa?

—Sí, tiene mucha razón, Lasca. Es la mayor. No he visto nada parecido ni siquiera en las más hermosas mansiones de Estados Unidos.

Esta confesión hizo centellear de orgullo y placer los ojos de la muchacha. Al percatarme de ello, tomé buena nota.

—Estaba segura de que eso le sorprendería —continuó—. Y otra cosa: está mucho más revestida de pieles que las demás. Pieles de todo tipo: de foca, de oso, de nutria, de zorro plateado, de marta cibelina..., de todas clases y en gran cantidad. Y lo mismo ocurre con los bancos de dormir de hielo a lo largo de las paredes, eso que usted llama «camas». ¿Están mejor provistas que estas las tarimas y bancos de dormir de su país?

—A decir verdad, no, Lasca. Ni de lejos.

También esto la complació visiblemente. Pero ella solo pensaba en el «número» de pieles que su padre, tan preocupado por la estética, había dispuesto, y no en su valor. Podría haberle dicho que todas aquellas hermosas pieles eran sinónimo de riqueza, al menos en mi país, pero ella no lo habría comprendido; ese tipo de cosas no eran consideradas como riquezas entre su gente. Podría haberle dicho que su indumentaria, o las más vulgares ropas cotidianas de la gente normal de por allí, valían mil doscientos o mil quinientos dólares, y que no conocía a nadie en mi país que fuese a pescar con atavíos de esa cuantía; pero Lasca no lo habría comprendido, y opté por callar. La muchacha prosiguió:

—Y luego están las cañerías para desagüe; tenemos dos en la sala y dos en el resto de la casa. Es muy raro tener dos en la misma sala. ¿Tienen en su país dos desagües en la misma sala?

El recuerdo de aquellas cañerías me hizo proferir una exclamación entrecortada, pero me recobré antes de que ella se percatara y dije con efusión:

—En fin, Lasca, es una vergüenza que sea yo mismo quien deje en evidencia a mi país, y usted no debería permitir que esto llegue a saberse, porque se lo estoy diciendo en confidencia. Y le doy mi palabra de honor de que ni siquiera el hombre más rico de Nueva York dispone de dos cañerías de desagüe en el salón.

Llena de inocente alegría, Lasca palmoteó con sus manos cubiertas de ricas pieles, y exclamó:

—¡Oh, no habla en serio! ¡No puede hablar en serio!

—Se lo digo muy en serio, querida. Está Vanderbilt, por ejemplo. Es uno de los hombres más ricos del mundo. Pues yo le juraría, en mi mismísimo lecho de muerte, que Vanderbilt no tiene dos cañerías de desagüe en su salón. Más aún, ni siquiera tiene una. Que me muera ahora mismo si le miento.

Sus adorables ojos se dilataron por el asombro y dijo muy despacio, con una especie de sobrecogimiento en la voz:

—¡Qué extraño...! ¡Qué increíble...! Cuesta creerlo. ¿Tan tacaño es ese señor?

—No, no es eso. No le importa gastar el dinero, pero..., esto..., ya sabe, podría parecer ostentoso. Sí, eso es, de eso se trata: es un hombre sencillo a su manera, que huye de la ostentación.

—Oh, está muy bien esa modestia —dijo Lasca—, siempre que no se lleve demasiado lejos... Pero ¿qué aspecto tiene la casa de ese señor?

—Bueno, lógicamente parece deslucida y como inacabada, pero...

—¡Me lo imaginaba! Nunca había oído nada así. Por lo demás... ¿es una casa bonita?

—Oh, sí, muy bonita. Está muy bien considerada.

La muchacha guardó silencio por unos momentos, mientras roía abstraídamente un cabo de vela, al parecer tratando de entender aquello. Al fin sacudió ligeramente la cabeza y expresó su opinión con tono decidido:

—Bueno, a mi modo de ver, creo que hay un tipo de humildad que, cuando se llega al fondo del asunto, se descubre que es en sí misma una especie de jactancia; y creo que cuando una persona puede permitirse el lujo de poseer dos cañerías de desagüe en su sala y no lo hace, tal vez lo haga por sincera humildad, pero es cien veces más probable que lo haga para llamar la atención de la gente. A mi entender, ese tal señor Vanderbilt sabe muy bien lo que se hace.

Intenté hacerla cambiar de opinión, arguyendo que una doble cañería de desagüe no era prueba suficiente para juzgar a una persona, aunque pudiera parecerlo desde el entorno de uno; pero la muchacha ya se había hecho su idea, y no hubo manera de hacerla cambiar. Al poco, preguntó:

—¿Tiene la gente rica de su país bancos de dormir tan buenos como los nuestros, hechos con amplios y hermosos bloques de hielo?

—Pues... son buenos..., bastante buenos... Pero no están hechos de bloques de hielo.

—¡Caramba! ¿Y por qué no están hechos de bloques de hielo?

Le expliqué las dificultades que entrañaba, y también lo caro que costaba el hielo en un país donde además había que tener mucho ojo con el repartidor, para que la factura no llegara a pesar más que el mismo hielo. Entonces exclamó:

—¡Cielo santo! Pero ¿es que tienen que comprarlo?

—Puede estar segura, querida.

Lasca estalló en un aluvión de inocentes carcajadas, y dijo:

—¡Oh, jamás he oído nada más absurdo! Pero si hay hielo en abundancia, y además no tiene ningún valor. Ahora mismo, desde aquí, puede verse un centenar de millas de él. Yo no daría una vejiga de pescado por todo ese hielo junto.

—Porque no sabe cuánto vale, mi pequeña y tonta provinciana. Si a mediados de verano tuviera todo ese hielo en

Nueva York, podría usted comprar con él todas las ballenas del mercado.

Me miró con aire dubitativo y preguntó:

—¿Lo dice en serio?

—Totalmente. Se lo juro.

Eso la dejó pensativa. Al cabo, dijo suspirando:

—Cómo me gustaría vivir allí...

Tan solo había pretendido proporcionarle una escala de valores para que ella me entendiese, pero mi propósito fue malinterpretado. Solo conseguí darle la impresión de que las ballenas eran abundantes y baratas en Nueva York, y la boca se le hacía agua al pensar en ellas. Pensé que lo mejor sería tratar de mitigar el mal que había hecho, así que le dije:

—Pero si viviese allí no daría ninguna importancia a la carne de ballena. Nadie lo hace.

—¿Cómo?

—Pues así es.

—¿Y por qué no le dan importancia?

—Bueeeno..., no lo sé muy bien. Creo que es por prejuicio. Sí, eso es..., solo por prejuicio. Creo que, en algún momento, hubo alguien que no tenía otra cosa mejor que hacer que mostrar prejuicios contra la carne de ballena, y una vez que un capricho así empieza a instaurarse, ya se sabe, dura hasta el final de los tiempos.

—Eso es cierto..., muy cierto —dijo Lasca, con aire pensativo—. Lo mismo sucedió aquí con nuestros prejuicios contra el jabón; como sabrá, nuestras tribus tenían al principio muchos prejuicios contra el jabón.

La miré fijamente para comprobar si hablaba en serio. A todas luces, así era. Vacilé, y luego dije con cautela:

—Perdón. ¿Tenían prejuicios contra el jabón? ¿Tenían...?

Y mi voz fue languideciendo.

—Sí, pero solo al principio: nadie quería comerlo.

—¡Ah...! Comprendo. No la había entendido bien.

La muchacha prosiguió:

—No eran más que prejuicios. Cuando los forasteros trajeron aquí el jabón, a nadie le gustaba. Pero cuando se puso de moda, a todo el mundo le encantaba, y ahora lo comen todos los que pueden permitírselo. ¿A usted le gusta?

—¡Sí, claro! Me moriría si no pudiera tenerlo..., sobre todo aquí. ¿Y a usted?

—¡Lo adoro! ¿Y le gustan las velas?

—Las considero una absoluta necesidad. ¿Le gustan a usted?

Sus ojos hicieron chiribitas y exclamó:

—¡Oh! ¡No me las recuerde! ¡Las velas...! ¡Y el jabón...!

—¡Y las entrañas de pescado...!

—¡Y el aceite de ballena...!

—¡Y la pringue...!

—¡Y la grasa de ballena...!

—¡Y los despojos...! ¡Y el chucrut...! ¡Y la miel...! ¡Y el alquitrán...! ¡Y la trementina...! ¡Y la melaza...! ¡Y...!

—¡Oh, por favor, no siga...! Voy a morir de éxtasis.

—¡Y servir todo eso en un cubo de grasa e invitar a los vecinos y pasarlo en grande...!

Pero aquella visión de un festín tan excelso fue demasiado para ella: la pobre se desmayó. Le froté la cara con nieve y la hice volver en sí, y al poco su excitación acabó calmándose. Lentamente, volvió a retomar el hilo de su historia:

—Así pues, vinimos a vivir aquí, en esta hermosa casa. Pero yo no era feliz. Y había una razón para ello: yo he nacido para amar; para mí, no existe la verdadera felicidad sin amor. Quería ser amada por mí misma. Quería un ídolo, y quería ser el ídolo de mi ídolo; tan solo una mutua idolatría podría satisfacer mi temperamento apasionado. Tenía muchos pretendientes..., de hecho, demasiados; pero todos tenían el mismo y fatal defecto. Tarde o temprano acababa descubriéndolo, ninguno de ellos dejó de traicionarse: no me querían a mí, sino a mi fortuna.

—¿Su fortuna?

—Sí, porque mi padre es, con mucho, el hombre más rico de nuestra tribu... y de todas las tribus de estas regiones.

Me pregunté en qué consistiría la fortuna del padre de Lasca. No podía tratarse de la casa: cualquiera podría construir otra igual. Tampoco se trataba de las pieles: allí carecían de valor. Ni tampoco del trineo, los perros, los arpones, el bote, los anzuelos y las agujas de hueso, u otras cosas parecidas... no, aquella no era su fortuna. Entonces, ¿qué podría haber enriquecido tanto a aquel hombre como para atraer a su casa a un enjambre de mezquinos pretendientes? Finalmente, me pareció que el mejor modo de descubrirlo era preguntando. Y eso hice. Tan complacida se mostró la muchacha por la pregunta, que comprendí que estaba deseando que se la planteara. Tenía tantas ganas de contármelo como yo de saberlo. Se me acercó con aire confidencial y me dijo:

—Adivine a cuánto asciende la fortuna de mi padre... ¡Oh, nunca podrá adivinarlo!

Fingí sopesar profundamente la cuestión, mientras ella observaba el ansioso esfuerzo en mi semblante con voraz interés y fruición; y cuando por fin me rendí y le rogué que satisficiera mi anhelo diciéndome a cuánto ascendía la fortuna de aquel Vanderbilt polar, acercó sus labios a mi oído y susurró con gran solemnidad:

—A veintidós anzuelos..., no de hueso, sino extranjeros..., ¡de hierro auténtico!

Luego retrocedió teatralmente para observar el efecto. Hice todo cuanto pude para no decepcionarla.

Palidecí, y dije con voz ahogada:

—¡Dios santo!

—¡Se lo juro por mi vida, señor Twain!

—Lasca, usted me engaña... No puede hablar en serio.

La muchacha se mostró espantada y turbada. Exclamó:

—Señor Twain, todo cuanto le he dicho es cierto, punto por punto. Usted me cree, ¿verdad? Diga que me cree... ¡Diga que me cree!

—Yo... Bueno, sí... Intento creerla. Pero me lo ha dicho tan de repente. Y es algo tan impactante. No debería decir estas cosas de forma tan súbita. Es...

—¡Oh, no sabe cuánto lo siento! Si me hubiese imaginado...

—Bueno, está bien; no voy a culparla por eso, es usted joven e irreflexiva, y por supuesto no podía prever el efecto que...

—Pero..., oh, Dios, debería haberlo previsto. Porque...

—Verá, Lasca, si para empezar hubiese dicho cinco o seis anzuelos, y después, poco a poco...

—Oh, ya entiendo... Y después, poco a poco, ir añadiendo uno, y luego dos, y luego... ¡Ah! ¿Cómo no se me habrá ocurrido?

—No tiene importancia, hija, está bien... Ya me encuentro mejor; dentro de un momento se me habrá pasado. Pero... eso de soltarle, así sin más, lo de los veintidós anzuelos a una persona que no está preparada, y que tampoco es muy fuerte...

—¡Oh, ha sido un crimen! Perdóneme... Dígame que me perdona. ¡Dígalo!

Tras cosechar un buen número de agradables ruegos, carantoñas y halagos para persuadirme, la perdoné. La muchacha volvió a mostrarse feliz y poco después reanudó su narración. Entonces descubrí que la fortuna de la familia contenía un tesoro más, al parecer alguna joya, y que Lasca trataba de no referirse a ella de forma muy directa, por temor a causarme un nuevo y paralizante sobresalto. Pero sentía una gran curiosidad por saber qué sería aquel objeto, y la incité a que me lo dijera. Lasca tenía miedo a hablar. Pero insistí; le dije que esta vez estaba preparado y que me mantendría fuerte, para que la impresión no me trastornara demasiado. La muchacha recelaba, pero la tentación de revelarme aquella maravilla y regocijarse ante mi asombro y admiración era demasiado fuerte para ella, y al fin confesó que llevaba aquel objeto sobre su persona, y quiso asegurarse de que yo estuviera real-

495

mente preparado, etcétera, etcétera. Y, mientras decía esto, se metió la mano por dentro del pecho y sacó un maltrecho cuadrado de latón, mirándome con gran ansiedad. Hice como que me tambaleaba y caía sobre ella, en una buena representación de desmayo, lo cual la complació y la asustó al mismo tiempo. Cuando volví en mí y me tranquilicé, me preguntó con avidez qué pensaba de su joya.

—¿Que qué pienso? Pienso que es la cosa más maravillosa que he visto en mi vida.

—¿De verdad? ¡Qué amable es usted al decirlo! Es algo primoroso, ¿no es cierto?

—¡Ya lo creo! Preferiría tener una igual antes que poseer el ecuador.

—Estaba segura de que le causaría admiración. Me parece tan hermosa... Y no hay otra semejante en estas latitudes. Mucha gente ha recorrido toda la travesía desde el mar polar abierto para contemplarla. ¿Había visto antes una joya así?

Contesté que no, que era la primera vez que veía algo semejante. Me supuso bastante esfuerzo contestar tan generosa mentira, porque había visto un millón de objetos como aquel en mis tiempos: la humilde joya de la muchacha no era más una vieja y abollada placa de equipaje de la estación central de Nueva York.

—¡Demonios! —exclamé—. ¿Y lleva eso colgando del cuello, por ahí sola y sin protección, sin ni tan siquiera un perro?

—¡Chisss! Hable más bajo —dijo ella—. Nadie sabe que lo llevo; creen que está en la caja del tesoro de papá. Por lo general suele estar guardado allí.

—¿Y dónde está la caja del tesoro?

Era una pregunta bastante brusca, y por un momento la muchacha pareció sobresaltada y algo recelosa, pero entonces dije:

—Oh, vamos, no debe temer nada de mí. En mi país hay setenta millones de habitantes y, aunque siempre me digo que no deberían hacerlo, no hay ni uno solo de ellos que no estuviera dispuesto a confiarme el secreto de sus anzuelos.

Esto la tranquilizó, y me dijo dónde escondían los anzuelos en la casa. A continuación se desvió un poco de su relato para hablar orgullosamente del tamaño de las láminas de hielo transparente que conformaban las ventanas de su casa; me preguntó de nuevo si en mi país había visto algo parecido y, ante mi franca negativa, se sintió tan satisfecha que apenas podía encontrar palabras para expresar su gratitud. Era tan fácil complacerla y tan agradable hacerlo, que continué:

—¡Ah, Lasca! ¡Qué afortunada es usted! Tiene una hermosa casa, una joya maravillosa, un gran tesoro, toda esta elegante nieve, suntuosos icebergs e ilimitada esterilidad, osos y morsas en abundancia, y esta majestuosa amplitud y libertad; todos la miran con ojos llenos de admiración, todos la honran y le brindan su respeto, y se ponen a su merced sin usted pedirlo; es joven, rica, hermosa, deseada, cortejada, envidiada; se cumplen sus más ínfimos deseos, ni uno solo de sus caprichos queda sin complacer, puede obtener todo cuanto se le antoje... ¡Oh, sí, tiene usted una suerte inconmensurable! He conocido a infinidad de muchachas, pero todas estas extraordinarias cosas no podrían afirmarse de ninguna salvo de usted. Porque usted es digna de ello, digna de todo ello, Lasca; lo creo de corazón.

La joven se sintió infinitamente orgullosa y feliz al oír aquello, dándome las gracias una y otra vez ante aquella observación final, y en su voz y sus ojos pude ver que estaba realmente conmovida. Luego dijo:

—De todos modos, no todo es luz: también hay sombras. La carga de la riqueza es difícil de sobrellevar. A veces me pregunto si no sería mejor ser pobre, o al menos, no ser tan inmensamente rica. Me duele cuando veo pasar a la gente de las tribus vecinas, y se me quedan mirando y se dicen unos a otros con tono reverente: «Mirad, es ella... ¡La hija del millonario!». Y a veces dicen con aire abatido: «Ella nada en la abundancia de sus anzuelos, y yo... yo no tengo nada». Eso me destroza el alma. Durante mi infancia éramos pobres, y si nos apetecía podíamos dormir con la puerta abierta; pero ahora..., ahora por las noches necesitamos un vigilante. En aquellos tiempos, mi padre era amable y cortés con todo el mundo; ahora se muestra distante y altanero, y no tolera tratos de confianza con nadie. Antes su único pensamiento era para su familia; ahora no piensa en otra cosa que en sus anzuelos. Y su riqueza hace que todos se muestren rastreros y obsequiosos con él. Antes nadie le reía sus chanzas, que eran siempre manidas, forzadas y desprovistas del único elemento que las justifica realmente: el humor; ahora todos ríen y cloquean ante sus frases insulsas, y si alguien no lo hace mi padre se muestra profundamente disgustado, y lo demuestra. Antes no le pedían su opinión sobre tema alguno, y cuando se prestaba a ofrecerla no la tenían en cuenta: su opinión sigue siendo de escaso valor, pero aun así todos la solicitan y la aplauden..., y mi padre mismo se añade a los aplausos, ya que no tiene ninguna delicadeza y demuestra una gran falta de tacto. Ha hecho que descienda el nivel de toda nuestra tribu. Antiguamente era una raza de hombres francos y auténticos; ahora son despreciables hipócritas, caídos en el servilismo. ¡En el fondo de mi alma siento un total desprecio por las costumbres de los ricos! La gente de nuestra tribu era normal y sencilla, y se contentaba con los anzuelos de hueso de sus padres; ahora está consumida por la avaricia y no le importaría perder el honor y la honestidad para poder hacerse con los envilecedores anzuelos de hierro de los forasteros. En fin, no debo explayarme con estas cosas tan desagradables. Como ya le he dicho, mi sueño era ser amada por mí misma.

»Al fin, ese sueño pareció próximo a cumplirse. Un día llegó un forastero llamado Kalula. Le dije mi nombre y él dijo que me amaba. Mi corazón saltó lleno de gratitud y de gozo, porque yo me había enamorado de él en el primer instante, y así se lo dije. Me estrechó contra su pecho, asegurando que nunca podría ser más feliz que en aquel momento. Dimos un largo paseo por los campos helados, hablando de nosotros y planeando... ¡oh, un futuro maravilloso! Cuando nos sentimos cansados, nos sentamos y comimos. Él tenía jabón y velas y yo había llevado grasa de ballena. Estábamos hambrientos y todo nos supo a gloria.

»Kalula pertenecía a una tribu de unos lejanos parajes al norte, y descubrí que no había oído hablar de mi padre, cosa que me llenó de gran contento. Bueno, había oído hablar de un hombre muy rico, pero no sabía su nombre; o sea que, como es natural, ignoraba que yo era la heredera. Puede estar seguro de que no se lo dije. Al fin era amada por mí misma, y eso me llenaba de satisfacción. Me sentía tan feliz... ¡Oh, más feliz de lo que pueda imaginar!

»Al llegar la hora de la cena, lo llevé a casa. A medida que nos acercábamos, se mostró muy asombrado y exclamó:

»—¡Qué maravilla! ¿Es esa la casa de tu padre?

»Me causó dolor escuchar ese tono y ver el brillo de admiración en sus ojos, pero la sensación se desvaneció rápidamente, porque lo amaba y me parecía muy apuesto y noble. Toda mi familia, incluyendo a tías, tíos y primos, se mostró encantada con él, así que se invitó a mucha gente y, una vez cerrada la casa a cal y canto y encendidas las lámparas de piedra, con el interior cómodo, caliente y casi sofocante, dimos comienzo a una alegre fiesta para celebrar mi compromiso.

»Cuando se acababa la fiesta, mi padre se sintió dominado por la vanidad y no pudo vencer la tentación de mostrar sus riquezas y de hacerle comprender a Kalula la buena fortuna que había tenido; sobre todo, quería regocijarse ante el asombro del pobre hombre. Me entraron ganas de llorar; pero como tratar de disuadir a mi padre habría sido inútil, no dije nada y me limité a quedarme allí sentada, sufriendo.

»Mi padre fue directo hacia el escondite, a la vista de todos, sacó los anzuelos, los trajo a donde estábamos y los dejó caer en centelleante confusión por encima de mi cabeza, esparciéndose sobre la tarima, junto a las rodillas de mi enamorado.

»Por descontado, el espectáculo dejó sin habla al pobre Kalula, que solo atinó a mirar fijamente los anzuelos presa de un estúpido asombro, maravillado de que un solo hombre pudiera poseer riquezas tan increíbles. Un momento después, alzó la cabeza con los ojos muy brillantes y exclamó:

»—¡Ah! ¡Usted es el famoso millonario!

»Todos estallaron en grandes y alegres carcajadas, y cuando mi padre recogió el tesoro con aire descuidado, como si aquello no fueran más que baratijas sin importancia, y lo devolvió a su sitio, la sorpresa del pobre muchacho alcanzó su paroxismo. Dijo:

»—¿Será posible que usted guarde esas cosas para sí sin contarlas?

»Mi padre respondió con una fatua risa caballuna:

»—¡Cómo se nota que nunca has sido rico, ya que das tanta importancia a un simple asunto de un anzuelo de más o de menos!

»Kalula se quedó un tanto azorado y bajó la cabeza, pero dijo:

»—Si he de serle sincero, señor, yo nunca he poseído nada que valga ni la lengüeta de uno de esos preciosos objetos, ni he visto hasta hoy un hombre que poseyera tantos que mereciera la pena contarlos, ya que el más rico de los que he conocido solo poseía tres.

»Mi necio padre se rió de nuevo con insulso placer, permitiendo que quedara la impresión de que no tenía por costumbre contar sus anzuelos ni cuidarlos celosamente. Como comprenderá, era pura fanfarronería. ¿Contarlos? ¡Vamos, los contaba todos los días!

»Había conocido a mi amado al alba y lo llevé a casa tres horas más tarde, hacia el anochecer, ya que los días entonces eran muy cortos, porque se acercaba la noche de seis meses. La fiesta duró muchas horas; finalmente, los invitados se marcharon y los demás nos tumbamos sobre los bancos de dormir, y pronto el más profundo sueño invadió a todos, excepto a mí. Me sentía demasiado feliz, demasiado excitada para dormir. Permanecí tendida e inmóvil durante largo rato; y entonces, una vaga forma pasó junto a mí y fue engullida por las sombras del extremo más alejado de la casa. No pude distinguir de quién se trataba, ni siquiera si era hombre o mujer. Al poco rato, la misma figura, u otra, pasó junto a mí en dirección contraria. Me pregunté qué significaría aquello, pero no saqué nada en claro. Y mientras seguía pensando, me quedé dormida.

»No sé durante cuánto tiempo estuve dormida, pero recuerdo que desperté súbitamente al oír gritar a mi padre con voz terrible: "¡Gran Dios de las Nieves, ha desaparecido un anzuelo!". Algo me dijo que aquello me traería la desgracia, y la sangre se me heló en las venas. Y en ese mismo instante mi presentimiento se vio confirmado; mi padre gritó: "¡En pie todo el mundo, y agarrad al forastero!". Se produjo un gran tumulto de gritos y blasfemias, y frenéticas persecuciones de vagas formas en medio de las tinieblas. Corrí en ayuda de mi amado, pero ¿qué otra cosa podía hacer sino esperar y retorcerme las manos? Una muralla viviente me separaba ya de Kalula: lo amarraban de manos y pies. Solo cuando estuvieron seguros de que no podía escapar dejaron que me acercara a él. Me arrojé contra su pobre y vejado cuerpo y lloré mi dolor sobre su pecho, mientras mi padre y toda mi familia se reían de mí y proferían amenazas e insultos contra él. Kalula lo soportó todo con una tranquila dignidad que me hizo amarlo más todavía y sentirme orgullosa y feliz de sufrir con él y por él. De pronto oí que mi padre ordenaba que se reunieran los ancianos de la tribu para decidir la vida o la muerte de mi Kalula.

»—¿Cómo? —exclamé—. ¿Sin tan siquiera buscar el anzuelo perdido?

»—¡Perdido! —dijeron todos a la vez con sarcasmo.

»Y mi padre añadió en tono burlón:

»—Atrás todo el mundo, y guardad la seriedad debida. Mi hija va a buscar el anzuelo "perdido". ¡Oh, sin duda lo encontrará!

»Y todos rompieron a reír de nuevo.

»Permanecí impasible. En aquel momento no sentía temor ni duda alguna. Dije:

»—Reíd ahora cuanto os venga en gana. Es vuestro turno. Pero ya llegará el nuestro. Esperad a verlo.

»Cogí una lámpara de piedra. Estaba segura de que hallaría ese insignificante objeto enseguida, y me consagré a la tarea con tanta confianza en mí misma que los demás comenzaron a ponerse graves, al tiempo que sentían nacer la sospecha de que tal vez se hubieran precipitado. Pero... ¡ay! ¡Qué amargo resultó aquello! Se produjo un profundo silencio durante un largo rato, en el que pudieron contarse los dedos diez o doce veces; después, mi corazón comenzó a desfallecer y a mi alrededor se reanudaron las burlas, ahora más convencidas, hasta que al fin, cuando renuncié a seguir, todos estallaron en torrentes y más torrentes de crueles risotadas.

»Nadie sabrá nunca cuánto sufrí entonces. Pero el amor era mi fuerza y mi sostén, y ocupé el lugar que me correspondía junto a Kalula, le pasé el brazo alrededor del cuello y murmuré a su oído:

»—Creo en tu inocencia, amor mío... Creo en ella, pero quiero que me lo digas tú mismo, para confortarme, para poder soportar todo cuanto nos reserva el destino.

»Él respondió:

»—Soy inocente, mi inocencia es tan segura como que estoy a punto de morir. Consuélate, pues, corazón mío. ¡Y ten paz, oh, aire de mis pulmones, vida de mi vida!

»—Y ahora, ¡que vengan los ancianos!

»En cuanto proferí estas palabras, se oyó fuera un ruido de nieve crujiendo bajo las pisadas, y luego varias figuras que se encorvaban para franquear el umbral... Eran los ancianos.

»Tras acusar solemnemente al prisionero, mi padre narró lo sucedido durante la noche. Dijo que el guardián nocturno se hallaba apostado junto a la puerta, y que dentro de la casa solo se encontraban la familia y el forastero.

»—¿Iba a robar la familia su propia riqueza?

»Calló. Durante largo rato los ancianos permanecieron en silencio. Después, cada uno de ellos se volvió hacia su vecino: "Esto no pinta nada bien para el forastero". Qué dolorosas me resultaron aquellas palabras... Entonces mi padre se sentó. ¡Oh, desgraciada, desgraciada de mí! ¡En ese mismo instante yo podría haber probado la inocencia de mi amado, pero no lo sabía!

»El jefe del tribunal preguntó:

»—¿Hay alguien que salga en defensa del prisionero?

»Me levanté y dije:

»—¿Por qué habría él de robar ese anzuelo, u otro, o todos ellos? ¡Dentro de un día, habría sido el heredero de todos!

»Permanecí de pie, esperando. Hubo un largo silencio, mientras el aliento que brotaba de todos los pechos me rodeaba como si fuera niebla. Por fin, los ancianos, uno tras otro, asintieron lentamente con la cabeza varias veces y murmuraron:

»—Hay mucha razón en lo que dice esta niña.

»¡Oh, qué alivio sentí al escuchar esas palabras! Un alivio pasajero, pero tan valioso... Me senté.

»—Si alguien más quiere decir algo, que hable ahora o que calle para siempre —dijo el jefe del tribunal.

»Mi padre se levantó y dijo:

»—Durante la noche, una figura pasó junto a mí en la oscuridad en dirección al tesoro, y poco después regresó. Ahora creo que se trataba del forastero.

»¡Oh, a punto estuve de desmayarme! Yo creía que aquel era mi secreto, y ni el mismísimo Gran Dios de los Hielos podría habérmelo arrancado del corazón.

»El jefe del tribunal se dirigió al pobre Kalula con aire muy grave:

»—¡Habla!

»Kalula vaciló; luego dijo:

»—Era yo. No podía dormir pensando en aquellos hermosos anzuelos. Fui allí, los besé y acaricié para apaciguar mi espíritu e inundarlo de inocente alegría, y luego los dejé donde estaban. Quizá se me haya caído alguno, pero no he robado ninguno.

»¡Oh, qué fatal era admitir aquello en aquel lugar! Se produjo un silencio terrible. Sabía que Kalula acababa de dictar su propia condena y que todo había terminado. En todas las caras podía leerse, como en un jeroglífico: "¡Es una confesión! ¡Una mezquina, pobre y débil confesión!".

»Me senté, respirando con pequeños jadeos entrecortados..., y esperé. Poco después, escuché las terribles e inevitables palabras; y cada una de ellas, al ser pronunciada, fue como un puñal que me atravesó el corazón:

»—El tribunal ordena que se someta al acusado al juicio del agua.

»¡Oh! ¡Maldición para quien trajo a nuestra tierra el "juicio del agua"! Llegó hace muchas generaciones de un lejano país, nadie sabe muy bien cuál. Antes de eso, nuestros antepasados empleaban los augurios y otros métodos menos fiables para juzgar, y por ello algunos culpables salvaban su vida; pero con el juicio del agua no ocurre lo mismo: es una invención de hombres más sabios que nosotros, que no somos más que pobres e ignorantes salvajes. Con él, los inocentes demuestran que lo son, sin ningún tipo de duda o discusión, porque se ahogan; y los culpables demuestran que lo son, con la misma certeza, porque no se ahogan. El corazón se me desgarraba en el pecho, porque me decía: "Él es inocente, y se hundirá bajo las olas y no volveré a verle jamás".

»Después de aquello, ya no me separé de Kalula. Durante las últimas horas estuve llorando en sus brazos y él derramó sobre mí todo el profundo caudal de su amor y... ¡oh, era tan desdichada y tan feliz! Y al final, cuando me lo arrebataron, lo seguí llorando y vi cómo lo arrojaban al mar... Entonces me cubrí el rostro con las manos. ¿Agonía? ¡Oh, conozco los más hondos abismos de esta palabra!

»Pero al momento la gente prorrumpió en gritos de maliciosa alegría y yo aparté las manos de mi rostro, desconcertada. ¡Oh, qué amarga visión...! ¡Kalula estaba nadando!

»Al punto, mi corazón se volvió de piedra, de hielo. Pensé: "¡Era culpable y me engañó!".

»Le di la espalda, con mi más profundo desdén, y me marché a casa.

»Lo condujeron a alta mar y lo abandonaron en un iceberg que iba hacia el sur a la deriva. Después, mi familia regresó a casa y mi padre me dijo:

»—Tu ladrón, abandonado a su muerte, nos pidió que te hiciéramos llegar un mensaje: "Decidle que soy inocente, y que durante todos los días y todas las horas y todos los minutos que pase agonizando hasta que muera, la amaré y pensaré en ella, bendiciendo el día en que vi su dulce rostro". Muy hermoso... ¡incluso poético!

»Contesté:

»—Es una persona inmunda. No quiero que volváis a hablar de él en mi presencia.

»¡Ah..., y pensar que..., pensar que era realmente inocente!

»Transcurrieron nueve meses, nueve meses tristes y sombríos; y llegó por fin el día del Gran Sacrificio Anual, en el que todas las doncellas de la tribu se lavan la cara y se peinan el cabello. Y en cuanto el peine se deslizó por mi cabellera, cayó al suelo el fatídico anzuelo, que había estado oculto allí durante todo este tiempo... ¡y me desmayé en los brazos de mi arrepentido padre! Con un gemido desgarrador, dijo:

»—¡Lo hemos asesinado, y ya nunca más volveré a sonreír!

»Y ha sido fiel a su palabra. Y escúcheme bien: desde entonces, no pasa un solo mes sin que deje de peinarme el cabello. Pero, ¡ah!, ¿de qué me sirve ahora?

Y así acaba la pequeña y modesta historia de la pobre doncella esquimal..., de la cual podemos aprender que, puesto que cien millones de dólares en Nueva York y veintidós anzuelos en la frontera del círculo ártico representan la misma supremacía económica, el hombre que se encuentre en circunstancias apuradas y se quede en Nueva York es un completo necio, ya que no tiene más que gastar diez centavos en anzuelos y emigrar.

1893

¿Está vivo o muerto?

Estaba pasando el mes de marzo de 1892 en Mentone, un pueblecito de la Riviera. En este apartado lugar uno puede disfrutar, de forma reservada, de las mismas ventajas que ofrecen Montecarlo y Niza, a pocas millas de aquí, de manera más pública. Es decir, se puede gozar del sol a raudales, el aire balsámico y el brillante mar azul sin la desagradable algarabía y alboroto, ni los atavíos de la presunción humana. Mentone es un rincón tranquilo, silencioso, sosegado, sin pretensiones: los ricos y los ostentosos no vienen por aquí. Por regla general, claro. De vez en cuando también llega alguno, y recientemente he trabado relación con uno de ellos. Para no revelar su personalidad, aun de modo parcial, me referiré a él como Smith. Cierto día, en el Hôtel des Anglais, durante el segundo desayuno, Smith exclamó:

—¡Deprisa! Fíjese en el hombre que sale por la puerta del comedor. Obsérvele detenidamente.

—¿Por qué?

—¿Sabe quién es?

—Sí. Llegó aquí pocos días antes que usted. Según dicen, se trata de un fabricante de sedas de Lyon, retirado y muy rico, e imagino que está solo en el mundo, porque siempre tiene un aspecto triste y soñador, y no habla con nadie. Se llama Théophile Magnan.

Supuse que Smith procedería a justificar el gran interés que había mostrado por monsieur Magnan; pero, en lugar de hacerlo, se abismó en sus pensamientos, alejándose de mí y del resto del mundo durante unos minutos. De vez en cuando se pasaba los dedos por el sedoso cabello blanco, como si quisiera ayudar a sus pensamientos, y mientras tanto dejó que se le enfriara el desayuno. Al fin, dijo:

—No, se ha esfumado. Me es imposible recordarlo.

—¿A qué se refiere?

—Oh, a un hermoso cuento de Hans Andersen. Pero no lo recuerdo bien. Dice así, más o menos: un niño tiene un pájaro enjaulado, al que ama, pero al que descuida negligentemente. El pájaro entona su canción, que nadie escucha y a la que nadie presta atención; pero, con el transcurso del tiempo, el hambre y la sed acucian a la criatura, y su canto se torna quejumbroso y débil, hasta que al fin cesa: el pájaro muere. El niño acude entonces, y su corazón se desgarra por el remordimiento; luego, entre amargas lágrimas y lamentos, llama a sus amigos y juntos entierran al pájaro con refinada pompa y un tierno penar, sin saber, pobrecillos, que no son solo los niños los que hacen que los poetas mueran de hambre, y que luego se gasten en sus funerales y monumentos cantidades que habrían bastado para que vivieran con desahogo y comodidad. Ahora...

Pero aquí nos vimos interrumpidos. Serían las diez de la noche cuando volví a encontrarme con Smith, que me invitó a su salón privado a fumar y a beber whisky escocés caliente. La estancia era acogedora, con sus cómodas butacas, sus alegres lámparas y su agradable hogar, donde ardía leña de olivo bien seca. Para que todo resultara perfecto, se oía a lo lejos el bramar amortiguado del oleaje. Después del segundo vaso de whisky y de una charla placentera y relajada, Smith dijo:

—Ahora que estamos debidamente entonados, voy a contarle una historia curiosa que, estoy seguro, va a interesarle. Durante muchos años se ha mantenido en secreto..., un secreto que he compartido con otros tres hombres; pero hoy me dispongo a desvelar el misterio. ¿Está usted cómodo?

—Completamente. Adelante.

Y esto es lo que me contó Smith:

—Hace muchísimos años, yo era un joven artista..., de hecho, muy joven, que vagaba de aldea en aldea por toda la campiña de Francia, pintando bocetos aquí y allá, hasta que acabé uniéndome a una pareja de simpáticos muchachos franceses que llevaban el mismo género de vida que yo. Éramos tan felices como pobres, o tan pobres como felices, como usted prefiera. Mis amigos se llamaban Claude Frère y Carl Boulanger: dos tipos queridos y entrañables, los espíritus más luminosos que jamás se burlaron de la miseria y que disfrutaban noblemente de cuanto les deparara la vida.

»Al fin, nuestro errar se interrumpió en un pueblecito bretón, donde un pintor tan pobre como nosotros nos acogió y nos salvó literalmente de morir de hambre: François Millet...

—¡Cómo! ¿El gran François Millet?

—¿Gran...? En aquel tiempo, no era mucho más grande que nosotros. No gozaba de ninguna fama, ni siquiera en su pueblo; y hasta tal punto llegaba su pobreza que solo podía ofrecernos unos pocos nabos, e incluso a veces los nabos solían faltar. Los cuatro nos convertimos pronto en amigos íntimos, inseparables. Pintábamos con afán y dedicación, acumulando cada vez más y más material, pero difícilmente vendíamos algo. Pasamos juntos momentos maravillosos, pero... ¡oh, Dios, cuántas horas de amargura vivimos también!

»Transcurrieron así poco más de dos años. Hasta que, un día, Claude dijo:

»—Muchachos, esto se acaba. ¿Es que no os dais cuenta? Es el fin. La gente se ha hartado, y en el pueblo se ha formado una liga contra nosotros. Vengo de allá y puedo aseguraros que es cierto cuanto os digo. Se niegan a fiarnos un solo céntimo más mientras no hayamos saldado todas las cuentas pendientes.

»Un escalofrío nos recorrió el cuerpo. Nuestros rostros palidecieron por la angustia. Comprendimos que nuestra situación era desesperada. Siguió un largo silencio. Finalmente, Millet dijo con un suspiro:

»—No se me ocurre ninguna idea... Nada. Pensad algo, muchachos.

»Nadie respondió, a menos que pueda llamarse respuesta a un lúgubre silencio. Carl se levantó y comenzó a caminar de un lado a otro nerviosamente; luego dijo:

»—¡Es una vergüenza! Mirad esos lienzos: montones y más montones de cuadros tan buenos como los mejores que se pintan en Europa..., como los mejores. Sí. Y muchos forasteros que han pasado por aquí así lo han afirmado..., prácticamente.

»—Pero no han comprado —respondió Millet.

»—No importa, lo han afirmado. Y, además, es verdad. Mira tu *Angelus*. ¿Quién se atrevería a decir...?

»—¡Bah, Carl..., mi *Angelus*! Me daban cinco francos por él.

»—¿Cuándo?

»—¿Quién te los daba?

»—¿Dónde está?

»—¿Por qué no los aceptaste?

»—¡Caramba...! No habléis todos a la vez. Creí que iba a darme más..., estaba convencido. Lo parecía..., así que le pedí ocho.

»—Bueno... ¿Y qué pasó?

»—Dijo que volvería.

»—¡Rayos y truenos! Pero, François...

»—Oh, lo sé... ¡Lo sé! Fue una equivocación. Me comporté como un estúpido. Muchachos, lo hice con la mejor intención, debéis creerme y...

»—Naturalmente, François, lo sabemos, bendito seas. Pero no vuelvas a cometer una estupidez así.

»—¿Yo? Ojalá viniese alguien y me ofreciera una col a cambio del *Angelus*... ¡Ibais a ver!

»—¡Una col! Oh, no hables de coles... Se me hace la boca agua... Pon ejemplos menos tentadores.

»—Muchachos —dijo Carl—, ¿creéis realmente que estos cuadros carecen de mérito? Vamos, contestadme.

»—¡No!

»—¿Pensáis entonces que son de un gran mérito? Vamos, contestadme.

»—Sí.

»—De tan grande y elevado mérito que, si estuvieran firmados por un nombre ilustre, se venderían a precios fabulosos. ¿No es cierto?

»—Totalmente. Nadie lo duda.

»—Pero..., no estoy de broma..., ¿verdad que es así?

»—Pues claro que sí..., y nosotros tampoco bromeamos. Pero...

»—Pues, en este caso, muchachos..., ¡haremos que los firme un nombre ilustre!

»La animada conversación se interrumpió de golpe. Todos los rostros se volvieron inquisitivamente hacia Carl. ¿Qué especie de acertijo era aquel? ¿Dónde podía tomarse en préstamo un nombre ilustre? ¿Y quién podría prestarse a ello?

»Carl se sentó y continuó:

»—Lo que voy a proponeros va totalmente en serio. Creo que es el único modo de salvarnos del hospicio, y también creo que es un método completamente seguro. Mi idea se basa en infinidad de hechos bien documentados de la historia humana. Estoy convencido de que con mi proyecto nos haremos ricos.

»—¡Ricos! Te has vuelto loco.

»—No. Nada de eso.

»—Sí, sin duda: te has vuelto loco. ¿Qué entiendes por ricos?

»—Cien mil francos por cuadro.

»—Te has vuelto loco. Lo sabía.

»—Sí. Has perdido el juicio, Carl. Has sufrido demasiadas privaciones y...

»—Carl, lo mejor que puedes hacer es tomarte una pastilla y guardar cama.

»—Primero ponedle una venda; vendadle la cabeza y luego...

»—No, vendadle los talones. Durante semanas se le ha estado embotando el cerebro... Ya me había dado cuenta.

»—¡Callaos! —dijo Millet, con vehemente severidad—. Dejemos al muchacho que se explique. Vamos, cuéntanos tu plan, Carl. ¿De qué se trata?

»—Pues bien, a modo de preámbulo, fijaos en un hecho que se ha repetido a lo largo de la historia humana: que el mérito de muchos grandes artistas no ha sido reconocido hasta después de que hayan sufrido penurias hasta morir de hambre. Esto ha ocurrido con tanta frecuencia que me atrevería a fundamentar una teoría al respecto: que el mérito de todo gran artista desconocido y menospreciado debe ser y será reconocido, y sus cuadros pagados a precios fabulosos, después de su muerte. Mi plan es el siguiente: lo echaremos a suertes..., y uno de nosotros debe morir.

»Sus palabras fueron pronunciadas de forma tan tranquila e inesperada que casi nos olvidamos de sobresaltarnos. Siguió una nueva y desaforada avalancha de consejos, consejos médicos, para intentar sanar el cerebro de Carl; pero este esperó pacientemente a que se calmara la hilaridad general, y después prosiguió con su plan:

»—Sí, uno de nosotros debe morir para salvar a los demás... y a sí mismo. Lo echamos a suertes. El elegido se convertirá en un artista ilustre, y todos nosotros seremos ricos. Callaos, vamos..., guardad silencio. No me interrumpáis. Os contaré lo que he pensado. Mi idea es esta: durante los próximos tres meses, el elegido para morir pintará sin descanso, aumentará su catálogo todo cuanto pueda..., no cuadros, ¡no!, bocetos inacabados, estudios, fragmentos de estudios, esbozos, una docena de pinceladas y ya está; nada serio, claro, pero que tenga su sello personal. Deberá producir cincuenta obras diarias, y cada una deberá contener alguna peculiaridad o manierismo que hagan reconocible su autoría: esas cosas son las que venden, ya lo sabéis, y por las que los museos pagan cantidades fabulosas para incluirlas en sus colecciones, después de que el genio haya desaparecido. Tendremos a punto una tonelada de ellas..., ¡una tonelada! Y durante todo ese tiempo el resto de nosotros se encargará de apoyar y divulgar la obra del moribundo, con vistas a París y los marchantes de arte..., preparando el camino para la inminente muerte del maestro, ¿entendéis? Y cuando las expectativas estén en su punto álgido, divulgamos la noticia de su muerte y se hace un funeral por todo lo alto. ¿Captáis la idea?

»—No...; al menos, no del...

»—¿No del todo? ¿No lo entendéis? El elegido no morirá realmente; cambiará de nombre y desaparecerá; enterraremos un muñeco y lloraremos sobre él, y todo el mundo con nosotros. Y entonces...

»Pero no pudo terminar. Todos rompimos en una atronadora salva de hurras y vítores, y saltamos y brincamos por la habitación, y nos abrazamos en grandes arrebatos de gratitud y alegría. Hablamos durante horas sobre el gran proyecto, sin ni siquiera sentir el hambre; y por fin, cuando todos los detalles se hubieron arreglado satisfactoriamente, echamos a suertes quién debía "morir", como llamábamos a aquello, y salió elegido Millet. Luego empezamos a reunir aquellos objetos de los que uno nunca se separa hasta que se ponen en la balanza frente a futuras riquezas, pequeñas baratijas de recuerdo y cosas así, y los empeñamos por una cantidad que bastó para proporcionarnos una frugal cena y desayuno de despedida, sobrándonos aún unos cuantos francos para el viaje y un montón de nabos y demás que permitirían a Millet vivir durante unos días.

»A la mañana siguiente temprano, después del desayuno, los otros tres amigos partimos..., a pie, naturalmente. Cada uno de nosotros llevaba una docena de pequeños cuadros de Millet, con el objeto de venderlos. Carl debía dirigirse a París, con la misión de labrarle a Millet la fama necesaria a la espera del gran día. Claude y yo debíamos separarnos y recorrer los caminos de Francia.

»Tal vez le sorprenderá a usted saber lo sencillo y cómodo que nos resultó todo. Yo anduve dos días antes de comenzar con mi parte del plan. Entonces me puse a hacer un esbozo de una hermosa villa a las afueras de un pueblo grande..., porque había visto a su propietario en una de las galerías de arriba. Bajó para echar un vistazo, tal como había esperado. Trabajé con rapidez, a fin de despertar su interés. De vez en cuando el hombre lanzaba una pequeña exclamación mostrando su aprobación, hasta que poco después comenzó a hablar con entusiasmo... ¡y al final dijo que yo era un maestro!

»Dejé mi pincel, tendí la mano hacia mi maletín, saqué unos de los cuadros de Millet y, señalando la firma, dije con orgullo:

»—Supongo que lo reconoce, ¿no? Pues bien, ¡él fue quien me enseñó! ¡Es lógico que conozca mi oficio!

»Mi interlocutor, denotando una culpable turbación, permaneció en silencio. Entonces añadí en tono afligido:

»—¡No querrá usted hacerme creer que no reconoce las iniciales de François Millet!

»Evidentemente, él no conocía aquella firma; pero, por eso mismo, se sintió el hombre más agradecido del mundo al verse liberado con tanta facilidad de una situación tan incómoda.

»—¡No! Pero bueno... ¡pues claro que es un Millet! ¡No sé cómo no me he dado cuenta antes! Por supuesto que lo reconozco.

»De inmediato, quiso comprarlo; pero le dije que, aunque yo no era rico, tampoco era tan pobre. Con todo, al final se lo vendí por ochocientos francos.

—¡Ochocientos francos!

—Sí. Millet lo hubiera vendido por una chuleta de cordero. Pues bien, yo obtuve ochocientos francos por aquella minucia. Ojalá pudiese recuperarlo ahora por ochenta mil. Pero aquellos tiempos ya pasaron. Hice una preciosa pintura de la casa de aquel hombre, y pensé en vendérsela por diez francos, pero aquello no hubiera sido lógico, siendo yo discípulo de tan gran genio, así que se lo vendí por cien. Al punto mandé los ochocientos francos a Millet y me marché del pueblo al día siguiente.

»Pero ya no lo hice a pie. No. Viajé en coche. Desde entonces, he viajado siempre en coche. Vendí un cuadro diario, y nunca traté de vender dos. Siempre le decía a mi cliente:

»—Estoy cometiendo una estupidez vendiéndole un cuadro de François Millet. Ese hombre no va a vivir ni tres meses, y una vez muerto, sus cuadros no podrán comprarse a ningún precio.

»Procuraba hacer el mayor hincapié posible en ese pequeño detalle, preparando al mundo para el triste acontecimiento.

»Me atribuyo el mérito de nuestro plan de vender las telas: fue idea mía. La propuse aquella última noche, mientras planificábamos nuestra campaña, y los tres convinimos en llevarla a la práctica antes de probar cualquier otra táctica. Nos dio a todos un resultado excelente. Yo caminé solo dos días, y Claude otros dos, ya que teníamos miedo de que la fama de Millet se expandiera demasiado cerca de su pueblo; pero Carl, el muy bribón y desalmado, tan solo caminó media jornada, y después ya viajó a cuerpo de rey.

»De vez en cuando visitábamos al director de algún periódico de provincias para que publicara una nota: no una reseña acerca del descubrimiento de un nuevo pintor, sino una que daba por sentado que todo el mundo conocía a François Millet; no una reseña que elogiara su obra, sino simplemente unas palabras sobre el estado de salud del "maestro", a veces en un tono esperanzado, otras abatido, pero siempre teñido por el temor a la inminencia de lo irremediable. No dejábamos nunca de subrayar estos párrafos, ni de enviarles los periódicos a quienes nos compraban los cuadros.

»Carl llegó pronto a París, donde realizó un trabajo realmente notable. Hizo amistad con varios corresponsales extranjeros, y consiguió que las noticias del estado de salud de Millet se difundieran por Inglaterra y por todo el continente, por Estados Unidos y por doquier.

»Al cabo de seis semanas de iniciada nuestra campaña, nos encontramos los tres en París, donde decidimos que era momento de parar y dejar de solicitarle a Millet nuevas telas. Habíamos obtenido ya tal repercusión, y el plan había fructificado tanto, que sería un error no aprovechar la ocasión cuanto antes, sin esperar más. Así pues, escribimos a Millet pidiéndole que se metiera en cama y comenzara a consumirse rápidamente, ya que nos gustaría que muriera al cabo de diez días, si podía estar listo en tan corto plazo.

»Entonces hicimos cuentas y descubrimos que, entre los tres, habíamos vendido ochenta y cinco cuadros y estudios por un valor de sesenta y nueve mil francos. Carl había realizado la última y más brillante de todas las ventas. Consiguió colocar el *Angelus* por dos mil doscientos francos. ¡Cómo lo ensalzamos...! No podíamos ni imaginar que muy pronto Francia lucharía por poseerlo, y que un extranjero se haría con él por quinientos cincuenta mil francos, en efectivo.

»Aquella noche celebramos una cena de despedida rociada con champán, y al día siguiente Claude y yo partimos hacia el pueblo donde agonizaba Millet, a fin de cuidarle en sus últimos días y mantener a los entrometidos alejados de la casa. A diario enviábamos boletines a Carl, que se había quedado en París, encargado de que estos fueran publicados en los periódicos de varios continentes, para informar a un mundo que aguardaba expectante. Al fin se produjo el triste acontecimiento, y Carl llegó con el tiempo justo para ayudar en los últimos rituales funerarios.

»Tal vez recuerde usted el gran funeral y la conmoción que causó en todo el planeta, y que a él acudieron personajes ilustres de los dos mundos para dar testimonio de su dolor. Nosotros cuatro, aún inseparables, portamos el féretro sobre nuestros hombros y no permitimos que nadie nos ayudara. Era necesario hacerlo así, porque la caja no contenía más que una figura de cera, y otros portadores habrían reparado en lo poco que pesaba. Sí, los mismos cuatro amigos que habíamos compartido afectuosamente tantas privaciones en aquella época ya pasada para siempre, portábamos el fér...

—¿Qué cuatro?

—Pues nosotros cuatro..., porque Millet ayudaba a llevar su propio féretro. Disfrazado, naturalmente. Se hizo pasar por un familiar, un pariente lejano.

—¡Asombroso!

—Pero cierto, todo completamente cierto. En fin, recordará cómo aumentaron de valor los cuadros. ¿Dinero? No sabíamos qué hacer con tanto dinero. Hay un hombre en París que tiene setenta cuadros de Millet. Nos pagó dos millones de francos por ellos. Y en cuanto a los innumerables bocetos y estudios que Millet produjo a espuertas mientras nosotros viajábamos por toda Francia, no quiera usted saber a qué precio los vendemos hoy día..., es decir, ¡cuando permitimos dejar escapar alguno!

—¡La historia es extraordinaria, realmente extraordinaria!

—Sí. No puede calificarse de otro modo.

—¿Y qué se hizo de Millet?

—¿Sabe guardar un secreto?

—Sí.

—¿Recuerda al hombre que le señalé esta mañana en el comedor? Él era François Millet.

—¡Santo...

—... Dios! Sí. Por una vez no se dejó morir de hambre a un genio para que el dinero que le correspondía fuese a parar a bolsillos ajenos. No se permitió que el corazón de esta ave canora se consumiera en cantos que no eran escuchados, para ser pagado luego con la fría pompa de un gran funeral. Nosotros nos encargamos de que eso no sucediera.

1893

El billete de un millón de libras

Cuando tenía veintisiete años, trabajaba como oficinista de un agente de minas en San Francisco, y era experto en todos los detalles del mercado bursátil. Me encontraba solo en el mundo, sin nada que me respaldara salvo mi ingenio y una reputación inmaculada; pero estas cualidades me estaban llevando por el buen camino para labrarme una fortuna, y yo me sentía feliz ante esta perspectiva.

Era completamente dueño de mi tiempo después de la junta del sábado por la tarde, y tenía la costumbre de salir a navegar con un pequeño velero por la bahía. En cierta ocasión me aventuré demasiado lejos de la costa, y fui arrastrado mar adentro. Cuando empezaba a hacerse de noche y casi había perdido la esperanza, me recogió un pequeño bergantín que se dirigía rumbo a Londres. La travesía fue larga y tempestuosa, y a cambio de mi pasaje me hicieron trabajar como un marinero raso, sin paga. Cuando desembarqué en Londres, mis ropas estaban raídas y hechas jirones, y no llevaba más que un dólar en el bolsillo. Aquel dinero me alimentó y albergó durante veinticuatro horas. Las siguientes veinticuatro las pasé sin comida ni cobijo.

Hacia las diez de la mañana siguiente, andrajoso y hambriento, me arrastraba a duras penas por Portland Place cuando un niño que pasaba, a remolque de su niñera, tiró a la alcantarilla una pera grande y apetitosa, a la que solo le faltaba un bocado. Por supuesto, me paré en seco y clavé mi anhelante mirada en aquel tesoro embarrado. La boca se me hacía agua, mi estómago lo ansiaba, todo mi ser lo reclamaba. Pero cada vez que hacía algún amago de ir a cogerlo, la mirada de algún transeúnte me disuadía de mi propósito, y entonces, claro, me incorporaba y adoptaba un aire indiferente, simulando no haber ni siquiera reparado en la fruta. Esto se repitió una y otra vez, sin que pudiera llegar a coger la pera. Mi desesperación iba en aumento, y estaba ya dispuesto a superar toda vergüenza para hacerme con ella, cuando detrás de mí se abrió una ventana, se asomó un caballero y me dijo:

—Entre, por favor.

Me abrió la puerta un lacayo de vistosa librea y me condujo a una suntuosa habitación, donde estaban sentados dos ancianos caballeros. El criado se retiró y me pidieron que tomara asiento. Acababan de desayunar, y la visión de los restos del ágape casi me hace perder el tino. A duras penas conseguí contenerme en presencia de aquellos manjares, pero, al no ser invitado a probarlos, tuve que soportar mi sufrimiento lo mejor que supe.

Pues bien, poco antes había sucedido allí algo de lo que yo no sabría nada hasta muchos días después, pero que voy a contaros ya. Un par de días antes, los dos viejos hermanos habían sostenido una controversia muy acalorada, y habían acordado zanjarla mediante una apuesta, que es la manera inglesa de resolverlo todo.

Recordaréis que en cierta ocasión el Banco de Inglaterra emitió dos billetes de un millón de libras esterlinas cada uno, con el propósito especial de ser empleados en alguna transacción pública con un país extranjero. Por un motivo u otro, uno de ellos había hecho servicio y había sido canjeado y anulado; el otro permanecía todavía en los subterráneos del banco. Bien, pues se dio el caso que los hermanos, charlando de ello, llegaron a preguntarse cuál sería la suerte de un extranjero cabalmente honrado e inteligente que anduviese abandonado por Londres sin amigo alguno, sin más dinero que aquel billete de un millón de libras y sin manera de poder explicar cómo había ido a parar a sus manos. El hermano A dijo que acabaría muriéndose de hambre; el hermano B dijo que no sería así. El hermano A dijo que no podría presentar el billete en un banco, ni en ninguna otra parte, sin ser arrestado en el acto. Continuaron discutiendo hasta que el hermano B dijo que apostaba veinte mil libras a que el hombre viviría treinta días, fuera como fuese, a costa de aquel billete y sin que lo encarcelaran. El hermano A aceptó la apuesta. El hermano B fue al Banco y compró aquel billete. Se portó como un perfecto inglés, como podéis ver: todo agallas, directo al grano. Luego dictó una carta, que uno de sus escribientes copió con hermosa letra redondilla, y los dos hermanos se sentaron junto a la ventana durante todo un día, al acecho del hombre apropiado para entregárselo.

Vieron pasar muchas caras honradas que no eran lo bastante inteligentes; muchas que eran inteligentes, pero que no eran lo bastante honradas; muchas que poseían ambas cualidades, pero que no eran lo suficientemente pobres o que, si lo eran, no eran extranjeras. Siempre había algún defecto, hasta que pasé yo. Entonces estuvieron de acuerdo en que yo era el hombre perfecto; así que fui elegido por unanimidad, y por esa razón estaba yo allí esperando, sin saber el motivo por el que había sido invitado a entrar. Empezaron a hacerme preguntas sobre mi persona, y pronto estuvieron al tanto de mi historia. Finalmente me dijeron que yo era el hombre que cumplía todos los requisitos. Dije que me alegraba de ello muy sinceramente, y pregunté de qué se trataba. Entonces uno de ellos me entregó un sobre, y me dijo que hallaría la explicación en su interior. Me disponía a abrirlo, pero me dijo que no lo hiciera, que me lo llevara a donde me alojara y que allí lo estudiara muy detenidamente, con prudencia y sin precipitarme. Yo estaba totalmente desconcertado y quise saber algo más del asunto, pero se negaron; así que me marché, sintiéndome herido y humillado por haber sido convertido en el blanco de alguna broma de mal gusto, y por otra parte obligado a soportarla, porque no estaba en condiciones de mostrarme agraviado ante las afrentas de gente rica y poderosa.

En aquel momento habría cogido la pera y me la habría comido allí mismo, delante de todo el mundo, pero ya no estaba: era lo que había perdido en aquel infortunado negocio, y la idea no ayudó a suavizar mis sentimientos hacia aquellos hombres. Cuando me alejé lo bastante para no ser visto desde la casa, abrí el sobre y... ¡contenía dinero! Huelga decir cómo cambió mi opinión sobre aquella gente. No perdí un solo momento y, embutiéndome la nota y el dinero en el bolsillo de mi chaleco, entré en la primera casa de comidas baratas que encontré. ¡Dios mío, cómo comí! Al final, cuando ya no podía más, tomé mi billete y lo desdoblé, le eché un vistazo y por poco me desmayo. ¡Cinco millones de dólares! ¡Oh, la cabeza me daba vueltas!

Debí de permanecer anonadado y guiñando los ojos ante aquel billete durante más de un minuto antes de poder reponerme. Lo primero que vi entonces fue al dueño del local. Sus ojos permanecían fijos sobre el billete y parecía como petrificado. Su actitud era de veneración, con todo su cuerpo y su alma, pero daba la impresión de no poder mover ni manos ni pies. Al momento reaccioné e hice la única cosa racional que podía hacer en una situación así. Le tendí el billete y dije con aire despreocupado:

—Tráigame el cambio, por favor.

Entonces el hombre recuperó su estado normal y me ofreció mil excusas por no poder darme cambio de aquel billete, y ni siquiera pude conseguir que lo tocara. Sentía la necesidad imperiosa de mirarlo, no podía apartar la vista de él; era como si no pudiera saciar la sed de mirar de sus ojos, pero se abstuvo de tocarlo, como si fuera algo demasiado sagrado para que la pobre arcilla mortal pudiese manejarlo.

—Lo siento si hay algún inconveniente —le dije—, pero debo insistir. Cámbielo, por favor; no tengo nada más.

Pero él dijo que no importaba; estaba más que dispuesto a aplazar el cobro de aquella minucia para mejor ocasión. Dije que seguramente no volvería por allí durante una buena temporada, pero él dijo que no tenía importancia, que podía esperar, y que además podía pedir cualquier cosa que necesitara, siempre que quisiera, y que podría saldar la cuenta cuando se me antojara. Dijo que esperaba no haber mostrado excesivas confianzas ante un caballero tan rico, tan solo por parecer yo tan alegremente despreocupado y porque me gustara bromear ante la gente con mi forma de vestir. Mientras estábamos hablando entró otro cliente, y el propietario me indicó por señas que me guardara aquella monstruosidad; luego me acompañó hasta la puerta con toda suerte de reverencias, y me encaminé rápidamente hacia la casa de aquellos hermanos, a fin de corregir la equivocación cometida antes de que me cogiera la policía y me lo exigiera a la fuerza. Estaba muy nervioso; de hecho, estaba terriblemente asustado, aunque, por supuesto, sabía que estaba libre de toda culpa; pero conocía demasiado bien a los hombres para saber que, cuando descubren que han dado a un vagabundo un billete de un millón de libras esterlinas creyendo que era de una, montan en cólera contra él, en vez de culpar a su propia miopía, lo cual sería lo más pertinente. A medida que me acercaba a la casa iba calmándose mi exaltación, porque allí todo permanecía tranquilo, lo cual me daba la seguridad de que la equivocación todavía no había sido descubierta. Llamé a la puerta. Apareció el mismo criado. Pregunté por aquellos caballeros.

—Se han marchado. —Fue la respuesta que me dio en el frío y altivo estilo de su tribu.

—¿Se han ido? ¿Adónde?

—De viaje.

—Pero ¿adónde?

—Al continente, creo.

—¿Al continente?

—Sí, señor.

—¿Hacia dónde? ¿Qué ruta han seguido?

—No sabría decírselo, señor.

—¿Cuándo regresarán?

—Dentro de un mes, han dicho.

—¡Un mes! ¡Oh, esto es terrible! Deme alguna idea para poder comunicarme con ellos. Es de suma importancia.

—No puedo, en serio. No tengo ni idea de dónde han ido, señor.

—Entonces tengo que ver a algún miembro de la familia.

—La familia también está fuera; hace meses que están por el extranjero..., en Egipto y en la India, creo.

—Verá, es que se ha cometido una inmensa equivocación. No hay duda de que antes de la noche estarán de regreso. ¿Querrá decirles que he pasado por aquí y que seguiré pasando hasta que todo quede arreglado, y que no tienen motivo alguno para alarmarse?

—Se lo comunicaré, en caso de que regresen; pero no creo que lo hagan. Dijeron que usted volvería a pasar de nuevo por aquí al cabo de una hora para hacer averiguaciones, pero que yo debía decirle a usted que todo estaba bien, que volverían a tiempo y le estarían esperando.

Así que desistí y me marché. ¿Qué clase de enigma encerraba todo aquello? Estaba a punto de perder la cabeza. Estarían de regreso «a tiempo». ¿Qué quería decir aquello? Ah, tal vez la nota lo explicara. Me había olvidado de la nota; la saqué y la leí. Esto es lo que decía:

Es usted un hombre honrado e inteligente, como puede verse por su cara. Nos figuramos asimismo que es pobre y extranjero. Aquí encontrará una cantidad de dinero. Se le concede en préstamo durante treinta días, sin intereses. Preséntese en esta casa al finalizar el plazo. He hecho una apuesta sobre usted. Si la gano, obtendrá usted cualquier puesto que esté a mi alcance; cualquiera, claro está, con el que pueda demostrar que está familiarizado y para el que sea competente.

No había firma, ni dirección, ni fecha.

¡En qué situación me hallaba metido! Vosotros ya estáis al tanto de lo que había pasado antes de esto, pero yo no sabía nada. Para mí aquello era un misterio profundo y tenebroso. No tenía la más mínima idea de qué clase de apuesta se trataba, ni de si podía redundar en beneficio o en perjuicio mío. Entré en un parque y me senté a reflexionar sobre el asunto, a fin de considerar qué era lo que debía hacer.

Al cabo de una hora, mis razonamientos habían cristalizado en el siguiente veredicto:

Tal vez esos hombres piensan beneficiarme, tal vez perjudicarme: no hay manera de dilucidarlo; mejor no pensar en ello. Tienen entre manos un juego, un plan, un experimento de alguna clase: no hay manera de dilucidarlo; mejor no pensar en ello. Han hecho una apuesta sobre mí: no hay manera de dilucidar cuál; mejor no pensar en ello. Todo esto son valores indeterminables; en cambio, el resto de la cuestión es tangible, sólida, y puede ser clasificada y etiquetada con certeza. Si pido al Banco de Inglaterra que ponga este billete al crédito del hombre al que pertenece, lo harán, porque lo conocen, aunque yo ignore su identidad; pero entonces me preguntarán cómo es que estoy en posesión del mismo, y si les digo la verdad me encerrarán en el manicomio, sin duda, y si miento, acabaré con mis huesos en prisión. Lo mismo ocurriría si lo depositara en cualquier banco o pidiera dinero prestado a cuenta de él. No me queda otra que acarrear con esta inmensa carga hasta que vuelvan esos hombres, tanto si quiero como si no. Es algo completamente inútil para mí, tan inútil como un puñado de cenizas, y aun así debo cuidarlo y vigilarlo mientras mendigo para poder vivir. No puedo desprenderme de él, aunque lo intentara, porque ningún ciudadano honrado ni ningún maleante lo aceptaría ni se mezclaría en algo así a ningún precio. Aquellos hermanos se habían guardado bien las espaldas. Incluso si perdiera el billete, o lo quemara, seguirían estando a salvo, porque podrían suspender el pago y el banco se haría cargo de todo; pero, entretanto, yo tengo que sufrir esta carga durante todo un mes, sin sueldo ni provecho, a menos que ayude a que se gane la apuesta, sea cual sea, y obtenga el puesto que se me ha prometido. Eso es algo que me gustaría conseguir: esa clase de hombres siempre tienen a su disposición empleos que merecen realmente la pena.

Empecé a darle vueltas y más vueltas a aquel posible puesto laboral. Mis expectativas iban aumentando cada vez más. Sin duda, el sueldo sería elevado. Empezaría dentro de un mes, y después todo marcharía bien. Al poco rato, ya me sentía persona de importancia. Comencé a vagar de nuevo por las calles. La vista de una sastrería despertó en mí un vivo deseo de tirar mis harapos y volver a vestir decentemente. ¿Podía permitírmelo? No; no tenía nada en este mundo salvo un millón de libras. Así que me obligué a pasar de largo. Pero al momento ya estaba volviendo sobre mis pasos. La tentación me acosaba cruelmente. Debí de pasar unas seis veces adelante y atrás frente al escaparate de aquella tienda, sosteniendo en mi interior una viril lucha. Finalmente sucumbí: tenía que hacerlo. Pregunté si no tendrían algún terno de saldo que hubiese sido rechazado por estar mal cortado u otro motivo. El dependiente al que me dirigí señaló con un movimiento de cabeza a otro, sin contestarme. Fui hacia este, quien a su vez me señaló a otro dependiente, también sacudiendo la cabeza y sin proferir palabra. Cuando me acerqué a este último, me dijo:

—Enseguida le atiendo.

Aguardé hasta que terminó lo que estaba haciendo; luego me condujo a una trastienda y desplegó ante mí un montón de ternos rechazados, y escogió para mí el más deslucido. Me lo puse. No me sentaba bien ni era en modo alguno elegante, pero era nuevo y estaba ansioso por tenerlo; así que no le puse ningún defecto, y dije, con cierto apocamiento:

—Me iría muy bien si pudiera esperar unos días a cobrar el importe. No llevo cambio pequeño encima.

El rostro del dependiente adoptó una expresión de lo más sarcástica, y dijo:

—¡Oh!, ¿no lleva...? Claro, cómo iba a esperarme algo así... Los caballeros como usted solo suelen llevar encima billetes grandes.

Me sentí ofendido, y dije:

—Amigo, no debería juzgar siempre a los desconocidos por la ropa que gastan. Puedo pagar perfectamente este terno. Tan solo deseaba evitarle la molestia de cambiar un billete grande.

Al oír estas palabras cambió un poco su actitud, y dijo, todavía con ciertos humos:

—No era mi intención ofenderle, pero, ya puestos a hacer reproches, podría decirle que se precipita usted al concluir que no dispondremos de cambio para cualquier billete que lleve usted encima. No dude de que podremos.

Le entregué el billete y dije:

—Oh, muy bien. Perdone usted.

Recibió el billete con una sonrisa, una de esas amplias sonrisas que parecen dar la vuelta a la cara, con pliegues, arrugas y espirales, y recuerdan a un pequeño estanque donde se ha arrojado una piedra; y luego, en cuanto echó un vistazo al billete, la sonrisa quedó súbitamente congelada, y se tornó amarillenta, y recordaba a aquellas franjas de lava ondulantes y retorcidas que se acumulan en los niveles inferiores de las faldas del Vesubio. Nunca antes había visto una sonrisa tan rápidamente petrificada y que se perpetuara tanto como aquella. El hombre permaneció allí plantado con el billete en la mano, blanco como el papel, y el propietario de la sastrería se acercó presuroso para averiguar lo que ocurría, diciendo bruscamente:

—Bien, ¿qué pasa? ¿Cuál es el problema? ¿Falta algo?

—No hay ningún problema —dije—. Estoy esperando el cambio.

—Venga, vamos... Dale el cambio, Tod, dale el cambio.

Tod replicó:

—¡Darle el cambio...! Es muy fácil de decir, señor, pero mire usted el billete.

El propietario le echó un vistazo, lanzó un discreto pero elocuente silbido, y luego empezó a rebuscar entre el montón de trajes rechazados, sacando frenéticamente unos por aquí y otros por allá, sin parar de hablar excitadamente como para sí mismo:

—¡Vender a un millonario excéntrico un terno tan impresentable como este! Este Tod es tonto..., tonto de nacimiento. Siempre está haciendo cosas así. Siempre consigue que ningún hombre rico vuelva por aquí, porque no sabe distinguir a un millonario de un vagabundo, nunca ha sabido. ¡Ah! Aquí está lo que buscaba. Por favor, señor, quítese todo eso y tiradlo al fuego. Hágame el favor de ponerse esta camisa y este traje. Eso es..., este le sienta de maravilla: sencillo, discreto, modesto, y al mismo tiempo con una elegancia propia de un duque; fue confeccionado por encargo para un príncipe extranjero; tal vez lo conozca, señor, Su Serenísima Alteza el hospodar de Halifax; tuvo que dejarlo y quedarse con un traje de luto porque su madre estaba a punto de morir..., aunque al final no murió. Pero qué se le va a hacer: las cosas no siempre pueden salir de la forma que a nosotros..., que a nuestros clientes... ¡Eso es! Los pantalones le quedan estupendamente, señor, de maravilla. Y ahora el chaleco. ¡Ajá, espléndido también! Ahora la levita... ¡Dios mío! Pero ¡mírese...! El conjunto... ¡perfecto! En toda mi carrera profesional jamás he visto un triunfo tan espectacular como este.

Expresé mi satisfacción.

—Muy bien, señor, bastante bien; me atrevería a decir que, de momento, cumplirá con su cometido. Pero espere a ver lo que haremos para usted después de tomarle las medidas. Tod, trae libreta y pluma. Vamos a ver. Largo de pierna, treinta y dos...

Y así siguió. Antes de permitirme decir una sola palabra, ya me había tomado las medidas y estaba dando órdenes para confeccionar fracs, trajes de calle, camisas, y toda suerte de piezas de vestir. En cuanto tuve oportunidad, dije:

—Pero, señor mío, no puedo encargar todo eso, a menos que pueda esperar indefinidamente o me cambie el billete.

—¡Indefinidamente! Qué palabra tan inapropiada, señor, nada apropiada. Eternamente..., esa es la palabra, señor. Tod, despacha todo esto rápidamente y envíalo a la dirección del señor sin pérdida de tiempo. Los clientes menores que aguarden. Anota la dirección del caballero y...

—Estoy cambiando de residencia. Me pasaré por aquí y le daré la nueva dirección.

—Bien, señor, muy bien. Un momento... Permítame que le acompañe hasta la puerta, señor. Por aquí... Buenos días, señor, buenos días.

En fin, ¿podéis suponer a qué me condujo todo aquello? Pues, naturalmente, a comprar cuanto me hiciera falta, y luego pedir el cambio. Al cabo de una semana me había provisto suntuosamente con todas las comodidades y lujos necesarios, y había tomado unas dependencias privadas en un hotel carísimo de Hannover Square. Allí era donde almorzaba y cenaba, pero seguí acudiendo a desayunar a la humilde casa de comidas de Harris, donde comí por primera vez a cambio de mi billete de un millón de libras. Harris había sido mi creador. Se había corrido la voz de que el excéntrico extranjero que llevaba billetes de un millón en el bolsillo de su chaleco era el gran cliente benefactor del lugar. Con eso hubo suficiente. De ser un pobre y humilde establecimiento que subsistía a duras penas, se había convertido en un célebre local atestado de clientes. Harris estaba tan agradecido que me obligaba a tomar dinero prestado, y de ninguna manera aceptaría una negativa;

así que, pese a que yo continuaba siendo pobre de solemnidad, disponía de dinero para gastar y vivir como los ricos y los poderosos. No dejaba de pensar que en cualquier momento me daría el gran batacazo, pero ya me había lanzado al agua y ahora debía continuar nadando o ahogarme. Como ya sabéis, se cernía sobre mí ese elemento de desastre inminente que confería un aspecto serio, grave e incluso trágico a una situación que, de otra forma, habría resultado puramente ridícula. Durante la noche, en la oscuridad, la parte trágica se imponía con toda su fuerza, siempre advirtiéndome, siempre amenazante; y eso me inquietaba y me angustiaba, haciéndome difícil conciliar el sueño. Pero a la alegre luz del día, el elemento trágico se desvanecía y desaparecía, y yo volvía a caminar como si flotara, y me sentía feliz en mi vértigo, en mi embriaguez, por decirlo así.

Y era natural, porque me había convertido en una de las celebridades de la mayor metrópoli del mundo, y eso hacía que la cabeza me diera vueltas de forma cuando menos vertiginosa. No podía coger un periódico, inglés, escocés o irlandés, sin encontrar en él una o más referencias al «millonario del bolsillo de chaleco» y a sus últimas acciones y palabras. Al principio, cuando me mentaban, mi nombre aparecía siempre al final de la columna de cotilleos de sociedad; luego me pusieron por encima de los caballeros; luego, por encima de los baronets; luego, por encima de los barones, y así sucesivamente, ascendiendo de una manera constante a medida que aumentaba mi notoriedad, hasta alcanzar la cota más elevada, y allí permanecí, más encumbrado que todos los duques de sangre no real y que todos los eclesiásticos, a excepción del primado de toda Inglaterra. Pero, cuidado, aquello no era la fama: hasta entonces solo había conseguido notoriedad. Y por fin llegó el golpe de gracia, el espaldarazo que me armaba caballero, por decirlo así, y que de una vez transmutó la escoria perecedera de la notoriedad en el oro perdurable de la fama: ¡el *Punch* me hizo una caricatura! Sí, ya era un hombre realizado: mi fama había quedado asegurada. Podían hacer bromas sobre mi persona, pero de forma reverente, sin hilaridad, sin grosería; en adelante podía ser objeto de sonrisas, no de risas. Ese tiempo ya había pasado. El *Punch* me caricaturizó todo agitado, vestido con mis harapos y regateando con un *beefeater* la compra de la torre de Londres. Bueno, ya os podéis imaginar cómo debía de sentirse un joven en quien antes nadie había reparado y que ahora, de repente, no podía decir una sola palabra sin que fuese recogida y repetida en todas partes; que no podía ir a ningún sitio sin oír los velados comentarios que saltaban de boca en boca: «Por ahí va, ¡es él!»; que no podía tomar su desayuno sin que una multitud a su alrededor le contemplara; que no podía aparecer en el palco de la ópera sin que el fuego de un millar de gemelos se concentrara sobre su persona. En fin, que estaba inmerso en una situación de gloria continua: ni más ni menos.

¿Sabéis?, yo había conservado mi viejo y harapiento traje, y de vez en cuando salía vestido con él a fin de disfrutar del antiguo placer de comprar bagatelas y ser agraviado, para luego escarnecer al ofensor con el billete de un millón de libras. Pero no pude mantener mucho tiempo esa costumbre: las publicaciones ilustradas hicieron tan familiar el atavío, que cuando salía con él era reconocido inmediatamente y me seguía toda una muchedumbre, y si intentaba comprar algo el tendero me habría ofrecido a crédito toda su tienda antes de poder mostrarle mi billete.

Hacia el décimo día de mi fama, fui a cumplir con mi deber para con la bandera, presentando mis respetos al ministro americano. Me recibió con el entusiasmo que merecía mi persona, echándome en cara el haber demorado tanto el cumplimiento de mis deberes, y me dijo que solo había una manera de conseguir su perdón, y era aceptando el lugar en la recepción de aquella noche que había quedado vacante por la enfermedad de uno de los invitados. Dije que asistiría encantado, y nos pusimos a charlar. Resultó que él y mi padre habían sido compañeros de colegio en la infancia, más tarde habían estudiado juntos en Yale, y siempre habían sido íntimos amigos hasta la muerte de mi padre. Así que me pidió que acudiera a su casa siempre que dispusiera de tiempo libre, y yo le dije que, naturalmente, lo haría con mucho gusto.

De hecho, era algo que no solo me complacía, sino que me alegraba. Cuando se produjera el desastre, él podría de alguna manera salvarme de la destrucción total; no sabía cómo podría hacerlo, pero tal vez se le ocurriría algo. A aquellas alturas, no podía arriesgarme a descubrirle mi secreto, algo que debería haber hecho mucho antes, al principio de mi impresionante carrera en Londres. Pero ahora ya no podía correr ese riesgo; estaba demasiado metido en ello, hasta el fondo, como para arriesgarme a hacer tales revelaciones a un amigo tan reciente. Sin embargo, según mis cálculos, no me había metido hasta un fondo tan profundo que estuviera más allá de mis posibilidades. Porque, ¿sabéis?, a pesar de todos los préstamos recibidos, me estaba manteniendo cuidadosamente dentro de lo que permitían mis medios..., esto es, dentro de mi sueldo. Naturalmente, yo no podía saber cuál iba a ser mi sueldo, pero sí tenía una base suficiente para hacer la siguiente estimación: si ganaba la apuesta, podría elegir el puesto que quisiera, tal como me había ofrecido aquel acaudalado anciano, siempre que demostrara mi competencia; y en cuanto a eso, no tenía ninguna duda. Y con respecto a la apuesta, no me preocupaba en absoluto: siempre he sido un hombre afortunado. Pues bien, yo calculaba que mi sueldo sería de seiscientas a mil libras al año; es decir, seiscientos el primer año, que irían aumentando año a año hasta que, por méritos propios, alcanzase la cifra del millar. Hasta ese momento, solo debía el sueldo de mi primer año. Todo el mundo había intentado prestarme dinero, pero yo había rechazado a la mayoría con un pretexto u otro; así que mi deuda ascendía solo a trescientas libras en préstamos, y dedicaría las trescientas restantes a mi manutención y las compras necesarias. Estaba convencido de que el sueldo de mi segundo año cubriría las deudas en préstamos que pudiera acumular hasta el final de ese mes, siempre que continuara siendo prudente y evitara despilfarros, lo cual me proponía hacer con toda rectitud. Una vez finalizado el mes, cuando mi futuro patrón regresara de su viaje, las cosas volverían a la normalidad, porque asignaría inmediatamente la parte correspondiente del sueldo de los dos primeros años a mis acreedores, por traspaso bancario, y me aplicaría seriamente a mi trabajo.

Fuimos catorce los comensales en aquella encantadora recepción: el duque y la duquesa de Shoreditch y su hija, lady Anne-Grace-Eleanor-Celeste y tal y cual de Bohun, el conde y la condesa de Newgate; el vizconde Cheapside, lord y lady Blatherskite, algunos hombres y mujeres sin título, el ministro, su esposa y su hija, y una amiga invitada de esta, una muchacha inglesa de veintidós años llamada Portia Langham, de quien me enamoré a los dos minutos, y quien también se enamoró de mí..., no necesitaba lentes para verlo. Hubo también un convidado más, un americano..., pero me estoy adelantando un poco a mi historia. Mientras la gente se encontraba todavía en el salón, abriendo boca para la cena y observando fríamente a los últimos recién llegados, el criado anunció:

—El señor Lloyd Hastings.

Una vez terminadas las cortesías de rigor, Hastings se percató de mi presencia y vino hacia mí con la mano cordialmente tendida; en el momento en que iba a estrechar la mía, se detuvo en seco y dijo con expresión azorada:

—Perdone, señor, creí que le conocía.

—¡Oh! Y me conoce, viejo camarada.

—No. ¿No es usted el..., el...?

—¿El monstruo del bolsillo de chaleco? Sí, lo soy. No tenga miedo de llamarme por mi apodo; ya estoy acostumbrado a ello.

—Bueno, bueno, bueno..., ¡qué sorpresa! Una o dos veces he visto su nombre junto al apodo, pero jamás se me ocurrió que usted podría ser el Henry Adams al que hacían referencia. Vaya..., no hace ni seis meses que estaba usted trabajando como empleado a sueldo de Blake Hopkins, en San Francisco, haciendo horas extra por las noches para ganar algo más de dinero ayudándome a ajustar y comprobar las cuentas y estadísticas de la Gould and Curry Extension. ¡Y ahora está usted en Londres, convertido en un gran millonario y en una celebridad colosal! ¡Oh, vamos, parece algo salido de *Las mil y una noches*! Hombre, entiéndalo, cuesta mucho de asimilar; deme algo de tiempo para que este torbellino se calme dentro de mi cabeza.

—Lo cierto, Lloyd, es que tampoco yo estoy mucho mejor que usted. También a mí me cuesta mucho comprenderlo.

—¡Oh, Dios, es algo tan asombroso!, ¿verdad? Vaya, si precisamente hoy hace tres meses que fuimos al restaurante Miners...

—No, al What Cheer.

—Cierto, el What Cheer; fuimos allí a las dos de la madrugada y tomamos una chuleta y café después de haber trabajado durante seis largas y duras horas en aquellos papeles de la Extension; e hice cuanto pude para convencerle de que se viniese conmigo a Londres, y me ofrecí a conseguirle un permiso de excedencia y a correr con todos sus gastos, y además a darle una gratificación si conseguía realizar la venta que me proponía; y usted no quiso tomarlo en consideración, y me dijo que no tendría éxito en la venta, y que no podía permitirse dejar así como así la agencia, y que al regresar le faltaría tiempo para volver a encarrilar los asuntos del negocio. Y, sin embargo, aquí está usted. ¡Qué extraño es todo esto! ¿Cómo es que al final ha venido, y qué le ha llevado a alcanzar tan extraordinaria posición?

—¡Oh!, ha sido una casualidad. Es una larga historia..., como una novela, podría decirse. Ya se lo explicaré todo, pero ahora no.

—¿Cuándo?

—Cuando acabe este mes.

—Pero ¡si faltan más de quince días! No se puede excitar de esta forma la curiosidad de un hombre. Dejémoslo en una semana.

—No puedo. Más adelante sabrá el porqué, poco a poco. Y bien, ¿cómo marcha el negocio?

Su alegría se desvaneció como un soplo, y dijo con un suspiro:

—Fue usted un verdadero profeta, Hal, un verdadero profeta. Ojalá no hubiese venido. Es mejor que no hablemos de ello.

—Pero debe hacerlo. Esta noche, cuando salgamos de aquí, vendrá conmigo y aceptará mi hospitalidad, y entonces me lo contará todo.

—¡Oh!, ¿de veras? ¿Lo dice en serio? —preguntó con los ojos humedecidos.

—Sí, quiero escuchar toda la historia, palabra por palabra.

—¡Cuánto se lo agradezco! Encontrar de nuevo el interés de un ser humano, una voz, una mirada dirigidas a mí y a mis asuntos, después de todo por lo que he tenido que pasar... ¡Oh, Dios, podría arrodillarme a sus pies!

Estrechó fuertemente mi mano, manteniéndola largo rato entre las suyas, y luego se mostró risueño y animado a la espera del ágape... que no llegó a producirse. No, pasó lo que siempre acostumbra a pasar con este malsano y exasperante sistema inglés: no pudo establecerse la cuestión protocolaria de las precedencias, y no hubo comida. Los ingleses siempre cenan antes de asistir a este tipo de recepciones, porque son conscientes de los peligros que corren; pero nadie advierte al extranjero, que por lo general cae cándidamente en la trampa. Por fortuna, en aquella ocasión nadie sufrió las consecuencias, ya que todos habíamos cenando previamente, pues no había ningún bisoño entre nosotros a excepción de Hastings, y cuando este había sido invitado el ministro le había informado de que, por deferencia a la costumbre inglesa, no había ordenado ninguna comida. Cada caballero ofreció el brazo a una dama y nos dirigimos en procesión al comedor, porque es habitual proceder a realizar todo el ritual; pero allí empezó la disputa. El duque de Shoreditch quería tener la precedencia y sentarse a la cabecera de la mesa, sosteniendo que él era superior a un ministro que representaba únicamente a una nación y no a un monarca; pero yo defendí mis derechos, y me negué a ceder. En las columnas de sociedad yo estaba por encima de todos los duques que no fueran de sangre real, y así lo manifesté, y por esta razón reclamé para mí la precedencia. No pudo resolverse la cuestión, claro está, en una lucha que se libraba de forma encarnizada por ambas partes; al final, y de forma poco juiciosa, el duque intentó hacer valer las cartas de su nacimiento y antigüedad, y yo «vi» a su Guillermo el Conquistador y «elevé la apuesta» con Adán, de quien yo era directo sucesor, como demostraba mi nombre, mientras que él pertenecía a una rama colateral, como indicaban su nombre y su más reciente origen normando; así que de nuevo volvimos todos en procesión al salón, donde nos fue ofrecido un tentempié perpendicular: un plato con sardinas y una fresa; entonces todos se agrupan por parejas, y se plantan uno frente a otro para comer. En este acto, la religión de la precedencia no es tan estricta: las dos personas de mayor rango lanzan al aire un chelín; el ganador se come la fresa y el perdedor se queda con el chelín. Los dos siguientes tiran la moneda, luego otros dos, y así sucesivamente. Tras el refrigerio, se dispusieron varias mesas y todos jugamos a cribbage, a seis peniques la partida. El inglés nunca juega por diversión. Si no puede ganar o perder algo, tanto da una cosa como otra, no jugará.

Pasamos un rato delicioso; sin duda, lo fue para dos de nosotros: la señorita Langham y yo. Yo estaba totalmente embelesado por ella y no podía contar mi mano de cartas si había más de una doble secuencia; y cuando tenía una buena puntuación nunca me enteraba y volvía a levantar todas las cartas, y sin duda habría perdido todas las partidas de no ser porque a ella le ocurría exactamente lo mismo, ya que se encontraba en mi misma situación, ¿comprendéis? Y por tanto ninguno de los dos conseguíamos ganar una partida, ni tampoco nos extrañaba que así fuera; tan solo sabíamos que éramos felices y no queríamos saber nada más, y tampoco que nadie nos interrumpiera. Y yo le dije..., sí, lo hice..., le dije que la amaba; y ella..., bueno, ella se sonrojó hasta la punta del cabello, pero le gustó; sí, dijo que le gustaba. ¡Oh, nunca ha habido una velada tan maravillosa como aquella! Cada vez que sacaba una combinación puntuable, hacía una anotación; cada vez que ella lo hacía, acusaba recibo, contando las manos igualmente. En fin, que ni siquiera podía decir yo: «¡Dos puntos por sus talones!», sin añadir: «Oh, qué dulce es mirarla», y entonces ella decía: «Quince dos, quince cuatro, quince seis, y una pareja dan ocho, y ocho dan dieciséis..., ¿no le parece?», mirando de reojo por debajo de sus pestañas, ¿sabéis?, tan dulce y picaruela. ¡Oh, fue algo que no puede explicarse!

Bueno, al final me comporté con ella con total honestidad e integridad; le dije que no tenía un triste céntimo, sino tan solo el billete de un millón de libras, del que ella tanto había oído hablar; y le confesé que ni siquiera me pertenecía, lo cual despertó su curiosidad. Entonces, en voz muy baja, le conté toda la historia desde el principio, y ella por poco se muere de risa. Yo no acertaba a comprender qué era lo que podía causarle tanta hilaridad, pero lo cierto es que así fue: a cada nuevo detalle que le explicaba, ella se desternillaba de tal modo, con una risa tan estrepitosa, que yo me veía obligado a detenerme al menos durante minuto y medio para darle tiempo a recobrar el aliento. Sí, se rió hasta que ya no le quedaban fuerzas, como nunca había visto reír. Cuando menos, nunca antes había visto que escuchar una historia tan desgraciada, la historia de las penas, tribulaciones y miedos de una persona, pudiese producir aquel efecto. Así que aún la amé más por aquello, viendo que alguien podía mostrarse tan alegre cuando no había ningún motivo para ello; porque pronto necesitaría a una mujer así, ¿comprendéis?, dado el rumbo que iban a tomar las cosas. Por supuesto, le dije que tendríamos que esperar un par de años, hasta que yo pudiera percibir mi sueldo; pero a ella no pareció importarle, tan solo esperaba que pusiera el mayor cuidado posible en materia de gastos y que no permitiera que la deuda aumentara poniendo en peligro el sueldo del tercer año. Luego empezó a mostrar cierta preocupación, y me preguntó si no estaría incurriendo en algún error de cálculo al establecer la retribución del primer año en una cifra más elevada de la que en realidad percibiría. Su observación tenía mucho sentido, y me hizo sentir algo menos confiado de lo que había estado hasta entonces; pero aquello me dio una buena idea para negociar, y se la expuse abiertamente.

—Portia, querida, ¿le importaría acompañarme el día en que tenga que encontrarme con esos ancianos caballeros?

Ella pareció amilanarse un poco, pero dijo:

—No..., si mi presencia puede ayudarle a infundirle valor. Pero... ¿cree usted que será pertinente?

—No, no lo sé... De hecho, me temo que no lo sea. Pero, verá, hay tantas cosas que dependen de esa visita que...

—Entonces iré, pase lo que pase, sea o no pertinente —exclamó ella, con dulce y generoso entusiasmo—. ¡Oh, seré tan feliz pensando en que le estoy ayudando!

—¿Ayudarme, querida? Pero ¡si usted lo hará todo! Es tan hermosa, tan adorable, tan radiante de triunfo, que con usted allí podré hacer que nuestro sueldo aumente hasta arruinar a esa buena y anciana gente, sin que ellos tengan valor para oponer resistencia.

¡Ah, deberías haber visto cómo la sangre inundó aquel rostro ruborizado, y cómo sus ojos resplandecieron de felicidad!

—¡Adulador perverso...! No hay una sola palabra de verdad en cuanto dice, pero aun así le acompañaré. Tal vez eso le enseñará a no esperar que los demás vean las cosas con los mismos ojos que usted.

¿Se disiparon mis dudas? ¿Recuperé la confianza? Podréis juzgarlo a raíz de este hecho: en ese momento, para mis adentros, elevé el sueldo del primer año a mil doscientas libras. Pero no se lo dije a ella: me lo reservé para darle una sorpresa.

Durante todo el camino de regreso, estuve en las nubes. Hastings hablaba, pero yo no escuchaba una palabra de cuanto decía. Cuando entramos en el salón de mis aposentos, él me devolvió a la realidad con sus exultantes apreciaciones de mis numerosos lujos y comodidades.

—Déjeme contemplar un momento todo esto hasta saciarme. ¡Por Dios! ¡Es un palacio! ¡Un auténtico palacio! Y en él hay todo cuanto se pueda desear, incluyendo un agradable fuego de carbón y un delicioso refrigerio aguardándonos. Henry, todo esto no solo me hace darme cuenta de lo rico que es usted, sino que me hace darme cuenta hasta lo más profundo de mi ser, hasta la médula, de lo pobre que soy yo... ¡Ah, qué pobre, miserable, derrotado, hundido, destruido!

¡Maldita sea mi estampa! Aquel lenguaje me dio escalofríos. Me asustó terriblemente, y me hizo comprender que me encontraba sobre una finísima superficie de apenas media pulgada, y que debajo de mí se abría un inmenso cráter. Yo no sabía que había estado soñando..., mejor dicho, me había dejado llevar por mis ensoñaciones durante un buen rato; pero, ahora..., ¡oh, Dios! Profundamente endeudado, sin un miserable céntimo, con la felicidad o la desgracia de una hermosa doncella en mis manos, y sin nada en perspectiva salvo un sueldo que tal vez nunca..., ¡oh, nunca!, llegaría a materializarse. ¡Ahhh, ahhh! ¡Estaba perdido irremisiblemente! ¡Nada podría salvarme!

—Henry, los réditos más miserables de sus ingresos diarios podrían...

—¡Oh, mis ingresos diarios! ¡Venga, probemos este whisky y alegremos el alma! Ah, no... Tiene hambre. Tome asiento y...

—No, no podría probar bocado; no me entra. Llevo unos días en que no puedo comer nada; pero beberé con usted hasta caer al suelo. ¡Adelante!

—¡Barril tras barril, estoy con usted! ¿Preparado? ¡Vamos allá! Y ahora, Lloyd, empiece a desgranar su historia mientras yo voy sirviendo las bebidas.

—¿Desgranar? ¿Cómo? ¿Otra vez?

—¿Otra vez? ¿Qué quiere decir?

—Pues que si quiere volver a escucharla de nuevo.

—¿Escucharla de nuevo? ¡Esto no hay quien lo entienda! Espere, no tome ni una gota más de ese líquido. No lo necesita.

—Mire usted, Henry, me está alarmando. ¿Acaso no le he contado ya toda la historia de camino hacia aquí?

—¿Usted?

—Sí, yo.

—Que me aspen si he escuchado una sola palabra.

—Henry, esto es algo muy serio. Empieza a preocuparme. ¿Qué ha tomado en casa del señor ministro?

En ese momento un fogonazo iluminó mi entendimiento, y tuve que reconocer mi culpa como un hombre.

—He tomado a la muchacha más encantadora del mundo... ¡como prisionera!

Entonces vino corriendo hacia mí, y me estrechó las manos, una y otra vez, hasta que nos dolieron; y no me reprochó el no haber escuchado ni una sola palabra de una historia que se prolongó durante tres millas de camino. Se limitó a sentarse frente a mí, como la buena y paciente persona que era, y volvió a contármelo todo una vez más. En resumidas cuentas, se reducía a lo siguiente: Hastings había llegado a Inglaterra con lo que había creído que era una gran oportunidad; presentar una «opción» de venta de las acciones de la Gould and Curry Extension a favor de los «concesionarios» de la mina, quedando para él todo el dinero que pudiera sacar a partir del millón de dólares exigido. Había trabajado muy duro, había tirado de todos los hilos posibles, había probado todos los recursos honrados, había gastado casi todo el dinero que poseía en este mundo, y no había encontrado a un solo capitalista interesado en la compra, y su opción caducaba a fin de mes. En una palabra, estaba arruinado. Entonces se levantó de repente y exclamó:

—¡Henry, usted puede salvarme! Usted puede salvarme, y es el único hombre en el mundo que puede hacerlo. ¿Lo hará? ¿Verdad que lo hará?

—Dígame cómo. Explíquese, amigo.

—¡Entrégueme un millón y el pasaje a mi país a cambio de mi «opción»! ¡Oh, no rehúse, no rechace mi oferta!

Pasé una verdadera agonía. Estuve a punto de dejar escapar las fatales palabras: «Lloyd, yo también soy pobre de solemnidad; sin un miserable penique, y además totalmente endeudado». Pero de pronto una idea fulgurante cruzó llameando por mi mente, y apreté las mandíbulas, y me tranquilicé hasta adoptar una expresión tan fría como la de un capitalista. Luego dije, en un tono profesional lleno de aplomo:

—Le salvaré, Lloyd...

—Entonces, ¡estoy salvado! ¡Dios le bendiga eternamente! Si alguna vez yo...

—Déjeme terminar, Lloyd. Le salvaré, pero no de esa manera; porque eso no sería justo para usted, después del duro trabajo que ha realizado y de todos los riesgos que ha corrido. Yo no necesito comprar minas; en un centro comercial como Londres, no tengo necesidad de ello para mantener mi capital en movimiento, que es a lo que me dedico todo el tiempo. Pero le diré lo que vamos a hacer. Naturalmente, yo sé todo lo que hay que saber de esa mina, conozco su inmenso valor, y puedo jurarlo ante cualquiera que así lo desee. Usted venderá la mina en un plazo de quince días por tres millones de dólares, usando libremente mi nombre, y compartiremos a medias en las ganancias.

¿Y sabéis lo que pasó? Pues que en su delirante ataque de alegría, en su frenética danza jubilosa, podría haber destrozado todos los muebles y objetos de la estancia si no se lo hubiera impedido sujetándolo con firmeza.

Así que por fin se sentó, totalmente feliz, y dijo:

—¡Puedo utilizar su nombre! Imagínese... ¡su nombre! Oh, Dios, esos ricachones londinenses acudirán a mí en manada, se pelearán por comprar esas acciones. ¡Vuelvo a ser un hombre, un hombre cabal para siempre, y nunca podré olvidarle mientras viva!

En menos de veinticuatro horas se había corrido la voz por todo Londres. Día tras día, no hacía otra cosa que permanecer sentado en casa y asegurar a cuantos venían:

—Sí; yo le dije que me remitiera a quien pidiera referencias. Conozco al hombre y conozco la mina. Él es de una honradez irreprochable, y la mina vale mucho más de lo que pide por ella.

Entretanto, pasaba todas las veladas en casa del ministro con Portia. No le conté nada acerca de la mina: me lo reservaba para darle una sorpresa. Hablábamos del sueldo; de nada más que del sueldo y del amor; a veces del uno, a veces del otro, a veces del sueldo y el amor juntos. Y, ¡válgame Dios!, el interés que la mujer y la hija del ministro se tomaron por nuestro pequeño idilio, y los infinitos e inocentes pretextos que idearon para evitarnos cualquier interrupción y mantener al ministro en la inopia, sin sospechar nada... en fin, fue algo realmente encantador por su parte.

Cuando el mes llegó a su fin, yo tenía un millón de dólares a mi nombre en el London and County Bank, y también Hastings se encontraba en esa misma situación financiera. Ataviado con mis mejores galas, tomé un coche y pasé por delante de la casa de Portland Place, donde todo indicaba que mis pájaros ya habían vuelto al nido, y luego me dirigí a la residencia del ministro, donde recogí a mi adorada y pusimos de nuevo rumbo a la casa de los ancianos caballeros, sin parar de hablar muy excitados del sueldo. Ella estaba tan emocionada y angustiada, que eso la hacía intolerablemente hermosa. Le dije:

—Querida, con el aspecto que luces sería un crimen conseguir un sueldo inferior en un solo penique a tres mil libras al año.

—¡Henry, Henry, nos arruinarás!

—No tengas miedo. Tú solo mantén ese maravilloso aspecto y confía en mí. Todo irá bien.

Así las cosas, me pasé todo el camino intentando reafirmar su ánimo y su valor. Ella continuaba suplicándome, diciendo:

—¡Oh, por favor!, recuerda que si pedimos demasiado podemos quedarnos sin sueldo, y entonces, ¿qué será de nosotros sin ningún medio en el mundo de ganarnos la vida?

Nos abrió la puerta aquel mismo criado, y allí estaban los ancianos caballeros. Naturalmente, se quedaron muy sorprendidos al ver a mi lado a aquella prodigiosa criatura, pero les dije:

—No se preocupen, caballeros. Es mi futuro sostén y compañera.

Y se la presenté, y les llamé a ellos por su nombre. No parecieron sorprendidos: sabían perfectamente que yo no habría dudado en consultar el directorio. Nos ofrecieron asiento, y fueron muy corteses conmigo y muy solícitos con ella, procurando aliviar su turbación haciéndola sentir muy a gusto en todo momento. Entonces dije:

—Caballeros, estoy dispuesto a rendir cuentas.

—Nos complace oírlo —dijo el que era mi hombre—, porque ahora podremos decidir sobre la apuesta que hicimos mi hermano Abel y yo. Si ha logrado que yo la gane, obtendrá usted cualquier puesto que esté a mi alcance. ¿Tiene el billete de un millón de libras?

—Aquí está, señor.

Y se lo entregué.

—¡He ganado! —exclamó, palmeando alegremente la espalda de Abel—. Vamos, hermano, ¿qué me dices ahora?

—Digo que él ha sobrevivido, y que yo he perdido veinte mil libras. Nunca lo hubiera creído.

—Tengo además que informarles de algo —dije—, y por extenso. Me gustaría que me permitieran volver pronto, a fin de poder detallarles la historia de todo lo que me ha ocurrido este mes; les prometo que vale la pena escucharla. Entretanto, miren esto.

—Pero... ¡válgame Dios! ¿Un certificado de depósito por valor de doscientas mil libras? ¿Es suyo?

—Mío. Lo he ganado en treinta días de juicioso uso de este pequeño préstamo que me hicieron. Y tan solo lo utilicé para comprar minucias y ofrecer siempre el billete para que me lo cambiasen.

—¡Vamos, hombre...! ¡Eso es asombroso! ¡Increíble!

—No importa, se lo demostraré. No tienen por qué dar crédito a mis palabras sin las pruebas suficientes.

Pero ahora fue Portia la que se quedó atónita. Sus ojos se abrieron desmesuradamente, y dijo:

—Henry, ¿es realmente tuyo este dinero? ¿Me has mentido?

—Lo he hecho, querida. Pero me lo perdonarás, lo sé.

Ella esbozó un mohín de enfado y dijo:

—No estés tan seguro de ello. ¡Ha sido muy desagradable por tu parte engañarme de ese modo!

—Ah, ya se te pasará, cariño, ya se te pasará. Solo lo hice para divertirnos un poco. Venga..., vámonos.

—Pero... ¡esperen, esperen! Su empleo, ya sabe... Quiero ofrecerle un empleo —dijo mi hombre.

—Bueno —repuse—, le quedo profundamente agradecido; pero en realidad no necesito ninguno.

—Pero podría elegir el mejor puesto que esté a mi alcance.

—De nuevo le doy las gracias, de todo corazón, pero ni siquiera ese necesito.

—Henry, me avergüenzo de ti. No demuestras ni la mitad del agradecimiento que merecería este buen caballero. ¿Puedo hacerlo en tu nombre?

—Claro, querida, si crees que puedes mejorarlo. Veamos cómo lo haces.

Ella se dirigió hacia mi hombre, se sentó en su regazo, le rodeó el cuello con el brazo y le plantó un beso en la misma boca. Entonces los dos ancianos caballeros estallaron en grandes carcajadas, pero yo me quedé anonadado, como petrificado. Portia dijo:

—Papá, ha dicho que no hay ningún empleo a tu disposición que él pueda aceptar; y eso me duele tanto como si...

—¡Querida mía!, ¿este señor es tu padre?

—Sí; es mi padrastro, y el más querido que jamás haya existido. ¿Comprendes ahora por qué me reí tanto en casa del ministro cuando, sin conocer mi parentesco, me contaste cuántos problemas y preocupaciones te estaba causando el plan urdido por papá y tío Abel?

Por supuesto, en ese momento decidí tomar la palabra; me puse muy serio y fui directamente al grano:

—Oh, mi muy querido señor, me gustaría retirar lo que acabo de decir. Tiene usted un puesto vacante que sí quiero.

—Dígame cuál.

—El de yerno.

—¡Bueno, bueno, bueno...! Pero, ¿sabe?, si nunca ha ejercido en calidad de tal, sin duda no podrá proporcionarme las recomendaciones de rigor que satisfagan las condiciones del contrato, y entonces...

—Póngame a prueba... ¡Oh, hágalo, se lo ruego! Solo póngame a prueba durante treinta o cuarenta años, y si...

—Oh, de acuerdo, muy bien. No pide mucho, así que puede llevársela.

¿Que si fuimos felices? No existen palabras en el diccionario más voluminoso para describirlo. Y cuando, uno o dos días más tarde, Londres se enteró de la historia completa de mis aventuras con el billete durante aquel mes, ¿fue la comidilla de toda la ciudad y nos divertimos mucho con ello? Pues sí.

El papá de mi querida Portia devolvió aquel billete, que brindaba tantas amistades y abría tantas puertas, al Banco de Inglaterra, donde fue ingresado en caja; entonces el Banco lo canceló y se lo obsequió al caballero, quien nos lo entregó como regalo de boda, y desde entonces siempre ha colgado debidamente enmarcado en el lugar más sagrado de nuestra casa. Porque él me dio a mi Portia. De no ser por él, no me habría quedado en Londres, no habría acudido a la recepción del ministro y nunca la habría encontrado. Y por eso siempre digo: «Sí, como puede ver, es de un millón de libras; pero no hizo más que una sola compra en su vida, y con ella consiguió el artículo por solo una décima parte de su valor».

1893

CECIL RHODES Y EL TIBURÓN

El tiburón es el pez más veloz de todos los peces. La velocidad del más rápido de los barcos a vapor que hay a flote es poca comparada con la suya. Se le da muy bien merodear, nada largas distancias a mucha profundidad por los océanos, y tarde o temprano las orillas de todos ellos reciben su visita mientras duran sus expediciones sin tregua. Tengo para contar una historia que todavía no ha sido publicada. En 1870, un joven extranjero llegó a Sidney y se dispuso a encontrar algo que hacer. Pero no conocía a nadie, y no llevaba consigo recomendación alguna, por lo que el resultado fue que no obtuvo empleo. Sus expectativas eran altas al principio, pero a medida que iba malgastando tiempo y dinero se volvió cada vez menos exigente, hasta que se avino a servir en los puestos más humildes si así conseguía pan y refugio. Sin embargo, seguía teniendo la suerte en contra: no pudo hallar una sola vacante de ninguna clase. Al final todo su dinero se esfumó. Vagó por la calle todo el día, pensando; y toda la noche, pensando, cada vez más hambriento. Al amanecer descubrió que estaba muy lejos de la ciudad y caminaba sin rumbo por la orilla del puerto. Pasó junto a un pescador de tiburones que lo saludó con una inclinación de cabeza, lo miró y dijo:

—Oiga, joven, láncele un conjuro a mi sedal y cambie mi suerte.

—¿Cómo sabe que no la empeoraré?

—Porque no puede. Llevo toda la noche con una suerte nefasta. Si no puede cambiarla, no me hará daño alguno, y si la cambia, será para bien, eso seguro. Venga.

—De acuerdo, ¿qué me dará?

—Le daré el tiburón, si pesca alguno.

—Y yo me lo comeré enterito, esqueleto incluido. Páseme la caña.

—Aquí la tiene. Me marcharé un rato para que mi suerte no estropee la suya, pues me he dado cuenta muchísimas veces de que... Eh, tire, tire, hombre, ¡han picado! Lo sabía. Claro, he sabido que era usted hijo de la buena fortuna desde el primer momento en que le vi. Vamos... Ya está en la orilla.

Era un tiburón anormalmente grande. «Mide sus buenos diecinueve pies», había dicho el pescador, mientras lo abría en canal con su cuchillo.

—Ahora vacíelo, joven, mientras yo me acerco a la cesta a por un cebo fresco. Casi siempre se encuentra algo que vale la pena. Ya ve, ha cambiado mi suerte. Pero... Dios mío, espero que no haya cambiado también la suya.

—Ah, da igual, no se preocupe por eso. Vaya a por el cebo. Yo me encargo de vaciar el tiburón.

Cuando el pescador regresó, el joven acababa de terminar de lavarse las manos en el mar y se disponía a marcharse.

—¿Cómo? ¡No pensará irse!

—Sí. Adiós.

—Pero ¿y su tiburón?

—¿El tiburón? ¿Para qué lo quiero?

—¿Que para qué lo quiere? Eso sí que es bueno. ¿No sabe que puede informar al gobierno y recibirá por él una jugosa recompensa de ochenta chelines? En dinero contante y sonante, claro. ¿Qué dice ahora?

—Ah, que puede ir a recogerla usted.

—¿Y quedármela? ¿Es eso lo que quiere decir?

—Sí.

—Vaya, qué cosas. Es usted de esos a los que llaman excéntricos, por lo que veo. El refrán dice que las apariencias engañan, y ahora veo que es cierto, porque está usted hecho un zarrapastroso, ¿sabe?, y en cambio debe de ser rico.

—Lo soy.

El joven regresó poco a poco a la ciudad, caminando muy sumido en sus pensamientos. Se detuvo un momento enfrente del mejor restaurante, entonces echó un vistazo a sus ropas y pasó de largo. Después desayunó en un establecimiento barato. Era un desayuno copioso, y le costó cinco chelines. Entregó un soberano, recibió el cambio, miró la calderilla y masculló para sí:

—Con esto no me basta para comprarme ropa. —Y siguió su camino.

A las nueve y media, el más rico comerciante de lana de Sidney se encontraba en el salón de su casa y se disponía a desayunar mientras leía el periódico. Un criado asomó la cabeza y dijo:

—En la puerta hay un vagabundo que quiere verle, señor.

—¿Para qué me traes un mensaje semejante? Dile que se ocupe de sus asuntos.

—No se quiere marchar, señor. Ya lo he intentado.

—¿Que no quiere marcharse? Eso es…, bueno, es muy poco corriente. Entonces, una de dos: o es alguien excepcional o está loco. ¿Está loco?

—No, señor. No lo parece.

—Entonces es alguien excepcional. ¿Qué dice que desea?

—No me lo quiere decir, señor; solo dice que es muy importante.

—Y no quiere marcharse. ¿Le ha dicho él que no quiere marcharse?

—Dice que no se moverá de allí hasta que le vea a usted, señor, aunque tenga que esperar todo el día.

—Y, sin embargo, no está loco. Hazlo pasar.

El vagabundo pasó. El comerciante se dijo: «No, no está loco, eso lo nota uno enseguida. Debe de ser, pues, lo otro».

Y prosiguió en voz alta.

—Bien, mi buen señor, despache deprisa, no malgaste las palabras. ¿Qué es lo que quiere?

—Quiero que me preste cien mil libras.

—¡Jesús! —«Es un error, sí que está loco... No, no puede ser, con esa mirada no es posible»—. Pero bueno, me deja usted boquiabierto. A ver, ¿quién es?

—Nadie a quien conozca.

—¿Cuál es su nombre?

—Cecil Rhodes.

—No, no recuerdo haber oído antes ese nombre. Entonces..., solo por curiosidad, ¿qué le manda visitarme con tan extraordinaria petición?

—La intención de conseguir cien mil libras para usted y otras tantas para mí en los próximos sesenta días.

—Bueno, bueno... Es la idea más extraordinaria que he... Pero siéntese, usted me interesa. Y por algún motivo me..., bueno, me fascina, creo que esa es más o menos la palabra. Y no es por su proposición, no..., no es eso, es otra cosa, no sé muy bien el qué, algo que lleva dentro y que emana de su persona, supongo. Bueno, entonces..., solo por curiosidad, nada más, si lo he entendido bien, su deseo es que le pr...

—He dicho «intención».

—Perdón, eso ha dicho. Creía que había elegido esa palabra por casualidad... Que la había empleado sin pensar, ya sabe.

—La he empleado a conciencia.

—Bueno, debo decir... Mire, deje que me pasee un poco por la sala, es como si la cabeza empezara a darme vueltas, sin embargo usted parece tan tranquilo. —«Desde luego, este joven no está loco, en cuanto a lo de que es alguien excepcional... Bueno, sin duda lo es, excepcional como mínimo»—. En fin, creo que ya no hay nada que pueda sorprenderme. Dispare, y no se ahorre explicaciones. ¿Cuál es su plan?

—Comprar la remesa de lana... cuya entrega será dentro de sesenta días.

—¿Cómo? ¿Toda la remesa?

—Toda.

—Pues no era cierto que ya nada pudiera sorprenderme. Menudas son sus palabras. ¿Sabe a cuánto ascenderá?

—Dos millones y medio de libras esterlinas, o quizá un poco más.

—Ah, ha hecho sus buenos cálculos. ¿Sabe, entonces, a cuánto subirá el margen, para comprar la remesa en sesenta días?

—A las cien mil libras que he venido a obtener.

—De nuevo ha calculado bien. En fin, me gustaría que dispusiera del dinero aunque solo fuera para ver qué ocurre. Si lo tuviera, ¿qué haría con él?

—Obtendré doscientas mil libras en sesenta días.

—Quiere decir que las obtendría, claro, si...

—He dicho «obtendré».

—¡Sí, diantre! ¡Ha dicho «obtendré»! Es usted el tipo más preciso que he conocido jamás con respecto al lenguaje. Es evidente que la claridad en el discurso implica claridad mental. Caramba, me parece que de verdad cree que tiene un motivo razonable para haberse aventurado a entrar en esta casa. Un completo extraño, con un plan descabellado de comprar toda la remesa de lana de una colonia entera para especular con ella. Dígame, estoy preparado..., aclimatado, si se me permite usar esa palabra: ¿por qué quiere comprar esa remesa de lana, y por qué tendría que obtener tanto dinero con ella? Es decir, ¿qué le hace pensar que...?

—Pensar no, lo sé.

—De nuevo la palabra precisa. ¿Y cómo lo sabe?

—Porque Francia ha declarado la guerra a Alemania, y la lana ha subido un 14 por ciento en Londres, y todavía sigue subiendo.

—¡Vaya, no me diga! Bueno, ya lo he pillado. Eso es un verdadero mazazo, y tendría que haberme hecho saltar de la silla, pero no me ha afectado lo más mínimo, ya ve. El motivo es muy simple: esta mañana he leído el periódico. Puede echarle un vistazo si lo desea. El barco más veloz de la flota llegó ayer a las once de la noche, cincuenta días después de partir de Londres. La noticia está impresa aquí. No se huele la guerra por ninguna parte. Y en cuanto a la lana, es la mercancía menos cotizada en el mercado inglés. Ahora le toca a usted... Pero bueno, ¿por qué no se sorprende? ¿Cómo puede seguir sentado tan tranquilo cuando...?

—Porque tengo noticias más recientes.

—¿Más recientes? Oh, vamos... Más recientes, si esto es de hace cincuenta días, y nos ha llegado desde Londres a toda máquina...

—Yo tengo noticias de hace diez días.

—Pero ¡bueno! ¡Qué está diciendo este loco! ¿De dónde las ha sacado?

—De un tiburón.

—¡Venga ya! ¡Esto es demasiado! ¡Qué mentira! ¡Llamen a la policía! ¡Tráiganme la pistola! ¡Alerten a toda la ciudad! ¡Todos los locos de la cristiandad se han fugado del manicomio y se han encarnado en...!

—¡Siéntese y tranquilícese! ¿De qué sirve ponerse nervioso? ¿Acaso yo estoy nervioso? No hay nada por lo que ponerse así. Cuando me oiga decir algo que no pueda demostrar, tendrá tiempo de albergar todas esas agraviantes fantasías sobre mí y mi cordura.

—¡Ah, le pido mil perdones! Debería avergonzarme, y, de hecho, me avergüenzo por pensar que una circunstancia tan ínfima como mandar a un tiburón hasta Inglaterra para traer un informe del mercado...

—¿A qué nombre corresponde su segunda inicial, señor?

—Andrew. ¿Qué está escribiendo?

—Espere un momento. Es para demostrar lo del tiburón... y otra cosa. Son solo diez líneas. Bueno..., ya está. Fírmelo.

—Gracias..., muchas gracias. Déjeme ver. Dice..., dice... ¡Vaya, qué interesante! Pero... ¡Qué cosas! Demuestre lo que pone aquí y le entregaré el dinero, incluso le daré el doble si es necesario, y compartiré las ganancias con usted, la mitad para cada uno. Bueno..., ya he firmado. Ahora cumpla su promesa si puede. Muéstreme un ejemplar de *The Times* de hace diez días.

—Aquí lo tiene... Y también los botones y el cuaderno de notas del hombre a quien se zampó el tiburón. Fue en el Támesis, sin duda, pues verá que en la última entrada del cuaderno pone «Londres», y tiene la misma fecha que el *The Times*, y dice: «Der consequentz der Kriegeserklärung, reise ich heute nach Deutschland ab, auf das ich mein Leben auf dem ultar meines Landes Legen mag», en el alemán más claro que alguien es capaz de plasmar en papel, y significa que «como consecuencia de la declaración de la guerra, esta alma fiel regresa hoy a su hogar para luchar». Y lo habría hecho, pero el tiburón acabó con él ese mismo día, pobre hombre.

—Una lástima. Pero ya habrá tiempo para lamentaciones, nos ocuparemos de ello a su debido tiempo. Ahora hay otras cuestiones que apremian. Bajaré a poner en marcha los motores sin hacer ruido y compraré la remesa. Eso servirá para levantarles la moral a los muchachos, que andan bajos de ánimo, aunque sea de forma provisional. En este mundo todo es provisional. Dentro de sesenta días, cuando los llamen para entregar la mercancía, se sentirán como si les hubiera caído un rayo. Pero ya habrá tiempo para lamentaciones, y nos ocuparemos de eso al mismo tiempo que lo otro. Venga conmigo, lo acompañaré a ver a mi sastre. ¿Cómo ha dicho que se llama?

—Cecil Rhodes.

—Un nombre difícil de recordar. Pero seguro que con el tiempo lo abrevia, si vive para hacerlo. Hay tres tipos de personas: los hombres corrientes, los hombres excepcionales y los lunáticos. Yo creo que usted es de los excepcionales, y por eso voy a arriesgarme.

El trato se cerró y le valió al joven forastero la primera gran ganancia de todas las que llegó a acumular.

De *Viaje alrededor del mundo,*
siguiendo el Ecuador, 1897

La broma con la que Ed ganó una fortuna

> Mostrémonos agradecidos con los necios. Si no fuera por ellos, a los demás nos sería imposible alcanzar el éxito.
>
> Nuevo calendario de Cabezahueca Wilson

Unos años antes del inicio de la guerra civil parecía que Memphis, Tennessee, iba a convertirse en un magnífico puerto franco para el comercio tabaquero. Los espabilados empezaban a captar los primeros indicios de ello. En esa época Memphis contaba con un embarcadero, por supuesto. Había una construcción en pendiente con el suelo pavimentado donde se colocaban las mercancías, y los barcos se situaban en la parte exterior, de modo que toda la carga y descarga se efectuaba a través de ese embarcadero, que conectaba con tierra firme. Para ello hacían falta unos cuantos mozos, quienes andaban ocupadísimos un montón de horas todos los días, pero otras tantas las pasaban sin nada que hacer y se aburrían como una ostra. Les rezumaba la juventud y la energía, y algo tenían que inventar para soportar los momentos ociosos, y, por norma, se dedicaban a idear bromas para gastárselas entre ellos.

El blanco favorito era Ed Jackson, porque él no tramaba

ninguna y a los demás les resultaba fácil engañarlo, pues siempre se tragaba todo lo que le decían.

Un día explicó a sus compañeros sus proyectos para las vacaciones. Esa vez no pensaba ir a pescar ni a cazar, no, se le había ocurrido un plan mejor. Con su salario de cuarenta dólares al mes había conseguido ahorrar dinero suficiente para sus propósitos, y pensaba ir a ver qué tal era Nueva York.

Era una idea magnífica y sorprendente. Significaba hacer un viaje, una aventura inmensa... En aquella época significaba ver mundo, era el equivalente a darle una vuelta en nuestros tiempos. Al principio los otros jóvenes sospechaban que tenía afectadas las facultades mentales, pero cuando descubrieron que hablaba en serio, lo siguiente que pensaron fue en la excelente oportunidad que eso les brindaba para gastarle una broma.

Los jóvenes estudiaron la cuestión, luego celebraron una reunión secreta y forjaron un plan. La idea era que uno de los conspiradores diera a Ed una carta de presentación para el comodoro Vanderbilt y lo convenciera para que se la entregara. No le costaría gran cosa. Pero ¿qué haría Ed cuando regresara a Memphis? Se trataba de una cuestión delicada. Ed era de natural bondadoso y siempre había reaccionado con paciencia a las bromas, pero hasta el momento se había tratado de inocentadas que no lo humillaban, que no lo avergonzaban, mientras que esta era cruel. En ese sentido gastársela significaba jugar con fuego, pues, a pesar de su buen corazón, Ed era del sur, y eso se traducía en que en cuanto regresara y pillara a los conspiradores, mataría a tantos como pudiera antes de caer él. Fuera como fuese, debían correr ese riesgo, no era cuestión de desperdiciar una broma semejante.

De ese modo, prepararon la carta con sumo cuidado y toda clase de detalles. La firmaba Alfred Fairchild, y estaba redactada en un tono ameno y cordial. Decía que quien la entregaba era íntimo amigo del hijo de quien escribía, que era de buena pasta y tenía un carácter admirable, y rogaba al comodoro que se mostrara amable con el joven forastero por respeto a quien la firmaba. Proseguía diciendo: «Tal vez usted se haya olvidado de mí, en todo este tiempo, pero no le costará evocarme entre las memorias de su infancia cuando le recuerde que una noche robamos en el huerto del viejo Stevenson, y que, mientras el hombre nos perseguía por la carretera, nosotros huimos campo a través y nos vengamos vendiéndole las manzanas a su cocinero a cambio de tantas rosquillas como nos cupieran en el sombrero. Y que una vez...». Y así seguía y seguía, dando nombres de camaradas imaginarios y explicando con detalle todo tipo de andanzas y travesuras de los años escolares, descabelladas, absurdas y, cómo no, inventadas, pero narradas de forma vívida y clara.

Con toda seriedad le preguntaron a Ed si se avendría a entregarle una carta al comodoro Vanderbilt, el gran millonario. Esperaban que la pregunta dejara atónito al chico, y así fue.

—¿Cómo? ¿Conoces a ese hombre extraordinario?

—Yo no, pero mi padre sí que lo conoce. Fueron juntos a la escuela. Y si te parece bien, le escribiré a mi padre y le preguntaré si quiere mandarle una carta. Sé que estará encantado de que se la lleves tú de mi parte.

Ed no encontró palabras capaces de expresar su gratitud y satisfacción. Pasaron tres días y la carta llegó a sus manos. El joven se dispuso a emprender el viaje, sin dejar de dar mil gracias mientras les estrechaba la mano a todos para despedirse. Cuando hubo desaparecido, sus camaradas estallaron en grandes carcajadas de puro regocijo, hasta que, más tranquilos, empezaron a mostrarse menos felices, menos contentos. Pues de nuevo les asaltaban las viejas dudas sobre la sensatez de cometer un engaño semejante.

Cuando Ed llegó a Nueva York se desplazó hasta la sede empresarial del comodoro Vanderbilt, y allí lo hicieron pasar a un gran vestíbulo en el que un montón de gente aguardaba con paciencia su turno para que el millonario les concediera una entrevista de dos minutos en su despacho privado. Un criado le pidió a Ed su tarjeta de visita, y este le entregó la carta en su lugar. Al cabo de un momento acudieron a avisarlo de que podía pasar. Ed encontró al señor Vanderbilt solo, con la carta, abierta, en la mano.

—Por favor, siéntese, señor... Esto...

—Jackson.

—Ah... Siéntese, señor Jackson. Por cómo empieza, esta carta parece de un amigo. Permítame..., le echaré un vistazo. Dice... Dice... Pero ¿quién es? —Volvió la hoja y descubrió la firma—. Alfred Fairchild... Mmm... Fairchild... No recuerdo ese nombre. Pero da igual... he olvidado un montón de nombres. Dice... Dice... Mmm... Mmm... ¡Ajá! ¡Menuda broma! ¡Es espléndido! ¡Qué recuerdos me trae! No son muy claros, desde luego... Hace mucho tiempo de eso..., y los nombres..., algunos me resultan vagos e imprecisos... Pero todo esto ocurrió de verdad, no me cabe duda... Algo en mi interior me dice que es así. Dios mío, ¡cómo me reconforta, y qué recuerdos de mi juventud lejana! Bueno, bueno... Tengo que volver al trabajo, los negocios apremian y la gente está esperando... Dejaré el resto para leerlo esta noche en la cama y así volveré a revivir mi juventud. Dele las gracias a Fairchild de mi parte cuando lo vea... Solía llamarlo Alf, me parece... Y dígale que le estoy muy agradecido por lo que esta carta ha supuesto para el alma cansada de un hombre muy trabajado, y que si hay cualquier cosa que pueda hacer por él o por algún amigo suyo, la haré sin dudarlo. En cuanto a usted, joven, considérese mi huésped. Puede alojarse en cualquier hotel de Nueva York. Quédese un rato aquí mientras me ocupo de todas esas personas, y luego nos marcharemos a mi casa. Yo me ocuparé de usted, muchacho... Póngase cómodo mientras tanto.

Ed estuvo en Nueva York una semana, y lo pasó de maravilla. Jamás llegó a sospechar que el comodoro tenía su vista de lince puesta en él, y que todos los días lo evaluaba, lo analizaba, lo ponía a prueba, lo juzgaba.

Sí, lo pasó de maravilla, y no mandó ni una sola carta a Memphis. Dos veces, haciendo honor a su modestia y su decencia, le propuso al comodoro poner fin a su visita, pero este dijo: «No, espere, déjeme hacer a mí. Yo le indicaré cuándo debe marcharse».

En aquella época el comodoro estaba llevando a cabo algunos de sus magníficos proyectos, tales como conectar tramos sueltos de vías ferroviarias para convertirlos en perfectos sistemas de comunicación, o concentrar negocios mercantiles sin rumbo ni timón para tejer redes comerciales efectivas. Y, entre otras cosas, gracias a su gran visión de futuro, había detectado que el punto de convergencia de aquel gran comercio del tabaco del que ya todo el mundo hablaba era Memphis, y había decidido echarle el guante y hacerlo suyo.

La semana tocó a su fin, y el comodoro dijo:

—Ya puede regresar a su hogar. Pero primero hablaremos un poco más sobre ese asunto del tabaco. Ahora le conozco bien. Conozco sus capacidades tanto como usted mismo... Tal vez incluso mejor. Usted comprende todo este tema del tabaco, comprende que voy a hacerme con él, y también comprende los planes que he estado tejiendo para ello. Lo que quiero es contar con un hombre que conozca mis ideas, y que esté cualificado para representarme en Memphis y asumir el mando supremo de ese importante negocio. Y para ello le he designado a usted.

—¡A mí!

—Sí. Su salario será alto, desde luego, puesto que me representa a mí. Más adelante le corresponderán algunos aumentos, y los obtendrá. Necesitará un pequeño equipo de ayudantes, elíjalos usted mismo..., y con cuidado. No contrate a ningún hombre por pura amistad. Pero, en igualdad de condiciones, contrate a aquel a quien conoce, opte por su amigo antes que por un desconocido.

Después de estar hablando un rato más sobre ese asunto, el comodoro dijo:

—Adiós, muchacho, y dele las gracias a Alf de mi parte por haberlo enviado a verme.

Cuando Ed llegó a Memphis se apresuró a bajar al muelle, pues se moría de ganas de difundir la excelente noticia y agradecer una y otra vez a los muchachos que hubieran pensado en él para entregarle la carta al señor Vanderbilt. Resultó ser uno de aquellos ratos ociosos. Caía el sol de mediodía, y en el muelle no había el más mínimo rastro de vida. Pero cuando Ed avanzó entre las pilas de mercancías, vio una figura vestida de blanco lino durmiendo a pierna suelta sobre una pila de sacos de grano situados bajo una toldilla, y se dijo: «Es uno de ellos», y aceleró el paso. A continuación observó: «Es Charley... Es Fairchild... Qué bien», y al cabo de un momento posó con afecto la mano sobre el hombro del durmiente. Este abrió los ojos con pereza, dio un vistazo..., y palideció. Al instante abandonó la pila de sacos, ¡y Ed se quedó solo mientras Fairchild corría hacia el embarcadero como una exhalación!

Ed estaba aturdido, estupefacto. ¿Se había vuelto loco Fairchild? ¿Qué explicación podía haber para aquello? Poco a poco, con cierta sensación de estar en las nubes, avanzó hacia el embarcadero. Rodeó una pila de mercancías y, de repente, se topó con dos de los muchachos. Reían con ligereza sobre algún asunto gracioso, oyeron sus pasos y levantaron la cabeza justo en el momento en que él los vio. Las risas cesaron al momento, y antes de que Ed pudiera abrir la boca se habían echado a correr y saltaban fardos y toneles como si fueran ciervos en una cacería. Ed se quedó otra vez paralizado. ¿Se habían vuelto todos locos? ¿A qué podía deberse aquel comportamiento tan extraño? Y así, hablando consigo mismo, llegó al embarcadero y subió a bordo. Todo estaba en silencio, sin un alma. Cruzó el barco, torció para acercarse a la parte que cubría la rueda, y oyó un expresivo:

—¡Dios mío!

Y vio una figura menuda vestida de lino blanco que se arrojaba al mar.

El joven emergió a la superficie medio atragantado y tosiendo, y gritó:

—¡Lárgate de aquí! Déjame en paz. No fue cosa mía, te lo juro. ¡No fue cosa mía!

—¿Qué es lo que no fue cosa tuya?

—Darte...

—Me da igual lo que sea. ¡Déjalo correr! ¿Por qué todos os comportáis así? ¿Qué os he hecho?

—¿Tú? Bueno, tú no has hecho nada, pero...

—Pues entonces, ¿qué es lo que tenéis contra mí? ¿Por qué me tratáis así?

—Yo... Esto... ¿Tú no tienes nada contra nosotros?

—Claro que no. ¿Qué te hace pensar semejante cosa?

—Tu amor propio. ¿De verdad que no tienes nada contra nosotros?

—Mi amor propio...

—¡Júramelo!

—No sé de qué diantres me estás hablando, pero te lo juro.

—¿Y me darás un apretón de manos?

—¡Dios sabe que me alegraré mucho de hacerlo! Pero ¡si me muero de ganas de estrecharle la mano a alguien!

El muchacho que se había arrojado al agua masculló:

—El muy pillo... ¡Se olió el pastel y no llegó a entregar la carta! Da igual, no seré yo quien saque el tema.

Y salió del agua chorreando, con toda la ropa empapada, para estrecharle la mano. Uno tras otro, los conspiradores fueron apareciendo con cautela, armados hasta los dientes, captaron el clima de cordialidad y se aventuraron a acercarse y unirse a aquella celebración de amor fraternal.

Ante la pregunta de Ed sobre por qué habían actuado de ese modo, todos contestaban con evasivas y fingían que le habían gastado una broma, para ver qué hacía. Era la mejor explicación que habían podido concebir con tan poco tiempo de margen. Y cada cual se decía a sí mismo: «No llegó a entregar la carta y nos ha salido el tiro por la culata, tanto si resulta que se lo ha olido como si somos tan tontos como para descubrirnos y contarlo».

A continuación, cómo no, le pidieron que les contara cosas del viaje; y Ed dijo:

—Vamos a la cubierta de la sala de calderas y pediremos la bebida... Invito yo. Os lo explicaré todo. Y esta noche también invito yo. ¡Comeremos ostras y lo pasaremos en grande!

Cuando tuvieron las bebidas y hubieron prendido sus cigarrillos, Ed prosiguió:

—Bueno, cuando le entregué la carta al señor Vanderbilt...

—¡Por las barbas de Neptuno!

—Dios Santo, qué susto. ¿Qué ha pasado?

—Esto... No... Nada, nada... Es que en mi asiento hay un clavo levantado —dijo uno de los chicos.

—Pero si habéis gritado todos... Bueno, da igual. Cuando le entregué la carta...

—Pero ¿le entregaste la carta? —Y todos se miraron como cuando la gente piensa que debe de estar soñando.

Entonces se dispusieron a escuchar, y a medida que Ed se enfrascaba en la historia y les iba relatando maravillas, se quedaron todos mudos del asombro y su enjundia los dejó boquiabiertos. Apenas se oyó ni un susurro durante dos horas. Permanecieron sentados sin mover un músculo y se empaparon del relato con final feliz. Ed por fin terminó y dijo:

—Y todo os lo debo a vosotros, chicos. Nunca os dejaré de estar agradecido. Que Dios os bendiga, ¡sois los mejores amigos que han existido! Todos tendréis un lugar en mi negocio, os quiero a todos allí. Os conozco bien, apostaría lo que fuera por vosotros. Os gustan las bromas, eso ya lo sé, pero vuestra amistad no tiene precio. Y, Charley Fairchild, tú serás mi secretario, mi mano derecha, por tu gran capacidad y porque fuiste tú quien me dio la carta, y también como favor a tu padre, que fue quien la escribió, y para complacer al señor Vanderbilt, que así me expresó sus deseos. Y ahora, a la salud de ese gran hombre... ¡Bebed!

Desde luego, cuando se presenta la ocasión, siempre aparece el hombre adecuado. Aunque esté a mil millas de distancia y no lo parezca ni en broma.

De *Viaje alrededor del mundo,*
siguiendo el Ecuador
1897

Un cuento sin final

En el barco teníamos un entretenimiento que nos ayudaba a
pasar el tiempo..., al menos por la noche, en el salón de fuma-
dores, cuando los hombres se recuperaban de la monotonía y
el aburrimiento del día. Consistía en terminar historias ina-
cabadas. Es decir, alguien contaba una historia menos el final, y luego los demás trataban de proporcionar un final inventado por ellos mismos. Cuando todos los que querían
probar suerte terminaban, el hombre que había contado la
historia relataba el final verdadero..., y luego se podía elegir.
A veces los finales nuevos resultaban mejores que los antiguos. Pero la historia que requirió un esfuerzo más insisten-
te, decidido y ambicioso fue una que no tenía final, por lo
que no teníamos nada con lo que comparar los finales nuevos. El hombre que la contó afirmó que solo podía darnos
los detalles hasta cierto punto, porque no conocía la historia
completa. La había leído en un volumen de relatos hacía
veinticinco años y se había visto obligado a abandonar la lectura antes de llegar al final. Ofreció cincuenta dólares a cualquiera que la terminara para satisfacción de un jurado elegido
entre todos. Nombramos un jurado y nos pusimos manos a
la obra. Ideamos un montón de finales, pero el jurado los rechazó todos. Y tenía razón. Era un cuento cuyo autor tal vez
completara satisfactoriamente en su momento, y, si realmen-

te tuvo esa fortuna, me gustaría saber cuál era el final. Cualquiera se puede dar cuenta de que la fuerza del relato radica en el planteamiento, y no hay manera de conducirlo al desenlace con el que sin duda debería concluir. En esencia, el cuentecillo era como sigue:

John Brown, de treinta y un años, bueno, amable, discreto y tímido, vivía en un tranquilo pueblecito de Missouri. Era superintendente de la escuela dominical presbiteriana. Un cargo modesto, pero el único que desempeñaba de forma oficial, por lo que se sentía humildemente orgulloso y se consagraba por completo a su trabajo y sus intereses. Todo el mundo reconocía la extremada bondad de su naturaleza; de hecho, la gente siempre decía que actuaba movido por la moderación y los buenos impulsos, y que se podía contar con su ayuda cuando hacía falta y con su discreción tanto cuando hacía falta como cuando no.

Mary Taylor, de veintitrés años, modesta, dulce, encantadora y hermosa tanto por su carácter como por su persona, lo era todo para él. Y él casi lo era todo para ella. Estaba indecisa, tenía muchas esperanzas. Su madre se había opuesto desde el principio. Pero él había notado que también esta estaba indecisa. La mujer se sentía conmovida por el interés que John demostraba por las dos protegidas de ella, y por cómo había contribuido a mantenerlas. Se trataba de dos hermanas ancianas y desamparadas que vivían en una cabaña de troncos en un lugar solitario, a unas cuatro millas del cruce de caminos junto a la granja de la señora Taylor. Una de las hermanas estaba loca y en ocasiones era un poco violenta, pero solo a veces.

Por fin la ocasión pareció propicia para un último avance, y Brown hizo acopio de valor y se decidió a dar el paso. Aumentaría al doble su contribución y así se ganaría a la madre. Una vez eliminada su oposición, el resto de la conquista sería rápida y segura.

Se puso en camino una plácida tarde dominical del suave verano de Missouri, muy bien equipado para su misión. Iba vestido de lino blanco, con una cinta azul a guisa de corbata y unas botas muy elegantes. Su calesa y su caballo eran los mejores que pudo alquilar. La manta de viaje también era de lino blanco, estaba nueva y tenía un ribete hecho a mano que no conocía rival en toda la comarca tanto por su belleza como por su elaboración.

Cuando llevaba recorridas cuatro millas por el solitario camino y estaba arreando al caballo para cruzar un puente de madera, se le voló el sombrero de paja, que cayó en el río y se alejó flotando hasta quedar enganchado en un tronco. No supo qué hacer. Estaba claro que necesitaba el sombrero, pero ¿cómo recuperarlo?

Entonces se le ocurrió una idea. Los caminos estaban desiertos, no se veía un alma. Sí, correría el riesgo. Acercó el caballo a la cuneta y lo dejó ramoneando entre la hierba; luego se desvistió y metió la ropa en la calesa, dio unas palmaditas al caballo para asegurarse su lealtad y su compasión, y corrió a zambullirse en el agua. Nadó unas cuantas brazadas y no tardó en recobrar el sombrero. Cuando llegó a la orilla, ¡el caballo había desaparecido!

Las piernas le flaquearon. El caballo trotaba tranquilamente por el camino. Brown corrió tras él gritando: «¡Eh, eh, muchacho!», pero, cada vez que se acercaba lo bastante para arriesgarse a subir a la calesa, el caballo aceleraba un poco el paso y lo dejaba chasqueado. Así siguieron, con el pobre hombre desnudo y muerto de preocupación y ansiedad de que en cualquier momento pudiese aparecer alguien. Continuó implorando y suplicándole al caballo, hasta que ambos hubieron recorrido casi una milla y llegado muy cerca de la casa de los Taylor; por fin lo consiguió y se metió en la calesa. Se puso la camisa, la corbata y la chaqueta, luego buscó los pant..., pero fue demasiado tarde. Se sentó y se echó encima la manta de viaje, pues le pareció ver a una mujer que salía de la casa. Hizo girar al caballo a la izquierda y tomó por otro camino al llegar al cruce. Era muy recto y estaba desprotegido por ambos lados, pero, a unas dos millas de allí, torcía abruptamente junto a unos árboles, y se sintió muy agradecido al llegar a aquel bosquecillo. Al pasar la curva, aminoró el paso del caballo y buscó los pant..., otra vez demasiado tarde.

Se había topado con la señora Enderby, la señora Glossop, la señora Taylor y la propia Mary. Iban a pie y parecían cansadas y agitadas. Llegaron a la vez junto a la calesa y le estrecharon la mano, todas hablaron al mismo tiempo, y le dijeron, muy serias y preocupadas, lo mucho que se alegraban y la suerte que era que hubiese pasado por allí. La señora Enderby afirmó en tono casi reverente:

—Parece casualidad que haya venido justo ahora, pero que a nadie se le ocurra profanarlo llamándolo así; lo han enviado..., lo han enviado desde lo alto.

Todas se conmovieron, y la señora Glossop dijo con voz sobrecogida:

—Sarah Enderby, nunca ha dicho usted una palabra más cierta en su vida. No es una casualidad, sino una especial Providencia. Lo han enviado. Es un ángel, un ángel tan cierto como cualquier otro: un ángel de liberación. Digo ángel, Sarah Enderby, y no emplearé otra palabra. Que nadie vuelva a decirme jamás que no existe la Providencia, pues, si esto no lo es, que venga alguien a explicármelo, si es que puede.

—Claro que lo es —dijo con fervor la señora Taylor—. John Brown, bendito sea tu nombre, me hincaría de rodillas ante ti. ¿No has notado de algún modo que te habían enviado? Besaría el borde de tu manta de viaje. —Él fue incapaz de hablar, la vergüenza y el miedo lo tenían paralizado. La señora Taylor prosiguió—: Mira a tu alrededor, Julia Glossop. Cualquiera podría ver aquí la mano de la Providencia. Estamos aquí a mediodía, ¿y qué vemos? Vemos el humo que se alza en el cielo, y digo: «La cabaña de las ancianas se ha incendiado». ¿No es cierto, Julia Glossop?

—Con esas mismas palabras, Nancy Taylor. Yo estaba a tu lado como lo estoy ahora y te oí. Tal vez dijeras «cobertizo», en lugar de «cabaña», pero en esencia es lo mismo. Y estabas muy pálida.

—¿Pálida? Estaba tan pálida que..., casi podría compararme con esta manta de viaje. Luego dije: «Mary Taylor, dile al ranchero que enganche a los caballos..., acudiremos al rescate». Y ella me respondió: «Mamá, ¿no recuerdas que le dijiste que podía ir a ver a sus parientes y quedarse hasta el domingo?». Y así era. Admito que lo había olvidado. «En ese caso, iremos a pie», respondí. Así lo hicimos. Y encontramos a Sarah Enderby por el camino.

—Seguimos todas juntas —prosiguió la señora Enderby—. Y descubrimos que la loca había incendiado la cabaña y la había reducido a cenizas. Las pobres son tan viejas y débiles que no podían venir a pie. Así que las dejamos a la sombra lo más cómodas posible y empezamos a preguntarnos cómo podríamos llevarlas a casa de Nancy Taylor. Y yo hablé y dije..., ¿qué es lo que dije? ¿Acaso no dije: «Dios proveerá»?

—¡Sí que lo dijo! Lo había olvidado.

—Yo también —reconocieron la señora Glossop y la señora Taylor—, pero es cierto que lo dijo. Parece increíble.

—Sí, lo dije. Y luego fuimos a buscar al señor Moseley, a unas dos millas de aquí, y resultó que todos habían ido a acampar a Stony Fork; después volvimos, otras dos millas, y anduvimos otra milla..., y Dios ha proveído. Ya lo ven.

Todas se miraron sobrecogidas, alzaron las manos y dijeron al unísono:

—¡Es algo prodigioso!

—Y bien —dijo la señora Glossop—, ¿qué les parece que hagamos? ¿Que el señor Brown lleve a las ancianas a casa de la señora Taylor una por una, o que meta a las dos en la calesa y él conduzca el caballo?

Brown ahogó un jadeo.

—Es una cuestión complicada —dijo la señora Enderby—. Todas estamos cansadas y, hagamos lo que hagamos, va a ser difícil resolverla. Pues si el señor Brown las lleva a las dos a la vez, al menos una de nosotras tendrá que volver con él para ayudarle, ya que no podrá meterlas solas en la calesa y ellas no pueden valerse.

—Cierto —admitió la señora Taylor—. No parece..., ¡oh, ya lo tengo! Una de nosotras puede ir hasta allí con el señor Brown y las demás pueden ir a mi casa a prepararlo todo. Yo iré con él. Entre ambos meteremos a una de las ancianas en la calesa; luego la llevaremos a mi casa y...

—Pero ¿quién se ocupará de la otra? —preguntó la señora Enderby—. No podemos dejarla sola en el bosque..., sobre todo a la loca. Ir y volver son ocho millas.

Todas se habían sentado en la hierba junto a la calesa para descansar. Guardaron silencio un minuto o dos y se debatieron pensando en aquella frustrante situación; por fin, a la señora Enderby se le iluminó la cara y dijo:

—Creo que he tenido una idea. Verán, está claro que no podemos seguir andando. Piensen en lo que hemos hecho: tres millas hasta aquí, una y media más hasta la casa de los Moseley son cuatro y media, y luego otra vez aquí..., más de nueve millas desde mediodía, y no hemos probado bocado. La verdad es que no sé cómo lo hemos hecho; yo estoy muerta de hambre. En fin, alguien tiene que volver para ayudar al señor Brown, eso no tiene vuelta de hoja; pero quienquiera que vaya tiene que ir en la calesa, no andando. Así que mi idea es la siguiente: una de nosotras volverá con el señor Brown y luego irá con una de las ancianas a casa de Nancy Taylor, dejando al señor Brown al cuidado de la otra anciana; las demás que vayan ahora mismo a casa de Nancy, y descansen y las esperen allí; luego una de ustedes que vuelva a recoger a la otra y la lleve a casa de Nancy; en cuanto al señor Brown, tendrá que regresar andando.

—¡Espléndido! —exclamaron—. ¡Oh, sin duda es la mejor solución!

Todas reconocieron que la señora Enderby era la mejor organizadora del grupo, y se sorprendieron de no haber ideado aquel plan tan sencillo ellas mismas. No es que quisieran negarle el mérito, pobres mujeres, y ni siquiera repararon en que lo habían hecho. Tras una breve consulta, decidieron que la señora Enderby volviera con Brown en la calesa, ya que la idea había sido suya. Una vez todo dispuesto y decidido, las señoras se pusieron en pie aliviadas y contentas, se sacudieron la ropa y tres de ellas emprendieron el camino a casa; la señora Enderby puso el pie en el estribo de la calesa, y estaba ya a punto de subir cuando Brown reunió lo que le quedaba de voz y dijo con voz entrecortada:

—Por favor, señora Enderby, llámelas..., estoy muy débil; no puedo andar, de verdad que no puedo.

—Pero ¡mi querido señor Brown! ¡Está usted muy pálido! Me avergüenza no haberme dado cuenta antes. ¡Eh! ¡Vuelvan todas! El señor Brown no se encuentra bien. ¿Puedo hacer algo por usted, señor Brown? No sabe cuánto lo siento. ¿Le duele a usted algo?

—No, señora, es solo que estoy débil; no estoy enfermo, pero sí muy débil; me ha ocurrido hace poco.

Las otras regresaron, expresaron su pesar y conmiseración y se reprocharon no haber reparado en lo pálido que estaba. Enseguida trazaron un nuevo plan. Irían todas a casa de Nancy Taylor y atenderían primero a Brown. Podía tumbarse en el sofá del salón, y, mientras la señora Taylor y Mary cuidaban de él, las otras dos damas cogerían la calesa e irían a buscar a una de las ancianas, y una de ellas se quedaría con la otra, y...

En ese momento, sin más deliberaciones, todas fueron donde el caballo y empezaron a darle la vuelta. El peligro era inminente, pero Brown se las arregló para volver a hablar y se salvó. Dijo:

—Pero, señoras, están descuidando un detalle que hace que el plan sea impracticable. Verán, si llevan a una de ellas a casa, y una de ustedes se queda con la otra, cuando alguien vaya a por las dos serán tres personas, y no cabrán en la calesa.

Todas exclamaron:

—Caramba, ¡es verdad!

Y volvieron a quedarse muy confundidas.

—¿Qué vamos a hacer, amigas mías? —exclamó la señora Glossop—. En mi vida he visto un asunto tan complicado como este. Lo del zorro, la oca, el maíz y demás..., no era nada comparado con esto.

Volvieron a sentarse muy fatigadas para torturar sus atormentadas cabezas en busca de un plan que funcionase. Enseguida a Mary se le ocurrió uno; era su primer intento. Dijo:

—Yo soy joven y fuerte, y he descansado un poco. Llévense al señor Brown a nuestra casa y ayúdenle, es evidente que le hace falta. Yo volveré a cuidar de las ancianas, puedo estar allí en veinte minutos. Ustedes pueden seguir y hacer lo que al principio: esperar en el camino junto a la casa a que pase alguien con una carreta; luego, que vaya a recogernos y nos lleve a las tres a casa. No tendrán que esperar mucho; los granjeros deben de estar a punto de volver del pueblo. Daré ánimos a la vieja Polly para que tenga paciencia..., a la loca no le hace falta.

Discutieron el plan y lo aceptaron; parecía el más fácil de poner en práctica, dadas las circunstancias, pues para entonces las ancianas ya debían de estar muy preocupadas.

Brown se sintió aliviado y agradecido. En cuanto llegasen al camino, encontraría una escapatoria.

Entonces la señora Taylor dijo:

—La tarde empieza a refrescar, y esas pobres ancianas estarán exhaustas y necesitarán cubrirse con algo. Llévate la manta de viaje, cariño.

—Muy bien, mamá, lo haré.

Se acercó a la calesa y alargó el brazo para cogerla...

Así acababa la historia. El pasajero que la contó nos explicó que, cuando la leyó hacía veinticinco años en un tren, se había interrumpido en ese punto, pues el tren había caído por un puente.

Al principio pensamos que podríamos concluir el cuento sin dificultades y nos pusimos manos a la obra muy confiados, pero pronto nos dimos cuenta de que no era una tarea fácil, sino muy frustrante y complicada. La culpa la tenían el carácter de Brown y su generosidad y amabilidad, que se complicaban con una modestia y una timidez exageradas, sobre todo en presencia de las damas. Estaba lo del amor que sentía por Mary, prometedor pero todavía inseguro..., de hecho, en un estado que requería resolver el asunto con mucho tacto, sin cometer equivocaciones ni ofender a nadie. Y estaba lo de la madre, indecisa y vacilante, a quien podía ganarse con mucha diplomacia o perder para siempre. También había que tener en cuenta a las ancianas indefensas que esperaban en el bosque: su destino y la felicidad de Brown dependían de lo que hiciera este en los dos segundos siguientes. Mary había alargado el brazo para coger la manta de viaje; Brown debía decidirse..., no había tiempo que perder.

Por supuesto, el jurado se negó a aceptar un final que no fuese feliz: la conclusión debía mostrar a un Brown admirado por las señoras, con un comportamiento intachable, su modestia indemne y su generosidad incólume; debían rescatar a las ancianas gracias a él, su benefactor, y todas debían estar orgullosas de él, felices y llenas de halagos.

Tratamos de solucionarlo, pero las dificultades eran constantes e irreconciliables. Comprendimos que la timidez de Brown no le permitiría renunciar a la manta de viaje. Eso ofendería a Mary y a su madre; y sorprendería a las demás señoras, en parte porque semejante insensibilidad por las ancianas no casaría bien con el carácter de Brown, y en parte porque lo había enviado la Providencia y no era lógico que se comportara así. Si le pedían que explicara su comportamiento, su timidez le impediría contar la verdad, y su falta de inventiva haría que no fuese incapaz de idear una mentira creíble. Estuvimos dándole vueltas a aquel problema hasta las tres de la mañana.

Entretanto, Mary había alargado el brazo para coger la manta de viaje. Nos rendimos y decidimos permitir que lo hiciera. El lector tiene ahora el privilegio de decidir por sí mismo cómo terminó todo.

De *Viaje alrededor del mundo,*
siguiendo el Ecuador
1897

El hombre que corrompió Hadleyburg

I

Ocurrió hace muchísimos años. Hadleyburg era la población
más honrada e íntegra de toda la región. Había conservado
sin mácula esa fama durante tres generaciones, y se mostraba
más orgullosa de ella que de todas sus demás riquezas. Tan
orgullosa estaba, y tal anhelo sentía de asegurar su perpetuidad, que empezó a enseñar a sus bebés los principios de la
honradez en los tratos desde la cuna, e hizo de esas enseñanzas el fundamento de su cultura a lo largo de todos los años
consagrados a su educación. Asimismo, se tenía cuidado de
apartar del camino de los jóvenes, durante los años de su formación, lo que pudiera tentarles, a fin de que su honradez tuviera todas las oportunidades de endurecerse y solidificarse, y
convertirse así en una parte de sus mismos huesos. Las poblaciones próximas sentían celos de esta honrosa supremacía, y
simulaban mofarse del orgullo de Hadleyburg, calificándolo
de vanidad. A pesar de todo, no tenían más remedio que reconocer que Hadleyburg era de verdad una población incorruptible, y si se les apremiaba, admitían también que el simple hecho de que un joven afirmase proceder de Hadleyburg
era la única recomendación que necesitaba al salir de su ciudad natal en busca de un empleo de responsabilidad.

Pero un día, con el transcurso del tiempo, tuvo Hadley-burg la mala suerte de ofender a un forastero que iba de paso. Quizá lo hizo sin saberlo, y, desde luego, sin darle importancia, porque Hadleyburg se bastaba a sí misma, y le importaban un comino los forasteros y lo que pudieran pensar. Sin embargo, les habría hecho bien en hacer una excepción con aquel individuo, porque era un hombre rencoroso y vengativo. Durante un año, en todas sus andanzas, conservó presente el recuerdo de la ofensa recibida, y dedicó todos sus momentos de ocio a la tarea de inventar un desquite que lo compensara. Urdió muchos planes, todos ellos buenos, pero ninguno lo bastante devastador. El menos eficaz lastimaría a un gran número de personas, pero lo que aquel hombre quería era un plan que abarcase a la población entera, sin que uno de sus habitantes escapase sin daño. Al fin tuvo una idea afortunada, que cuando surgió en su cerebro iluminó toda su cabeza con un júbilo maligno. Empezó en el acto a trazar el plan, diciéndose: «Esto es lo que hay que hacer: yo pervertiré la ciudad».

Seis meses después se fue a Hadleyburg, y llegó en un carruaje buggy a eso de las diez de la noche a la casa del viejo cajero del banco. Sacó un fardo del carruaje, se lo echó al hombro, cruzó vacilante el patio de la casa y llamó a la puerta. Una voz de mujer le contestó:

—Adelante.

El hombre entró, colocó su fardo detrás de la estufa de la sala y pidió cortésmente a la anciana que estaba leyendo el *Heraldo de los Misioneros,* junto a la lámpara:

—Por favor, señora, seguid sentada, no la molestaré. Ya está. Ahí está muy bien oculto, nadie diría que está ahí. ¿Podría hablar un momento con vuestro esposo, señora?

No, se había marchado a Brixton, y quizá no regresase hasta la mañana siguiente.

—Perfecto, señora, no importa. Yo solo deseaba dejar a su cuidado este fardo, para que sea entregado al legítimo dueño cuando se descubra quién es. Yo soy forastero, vuestro esposo no me conoce, esta noche he venido a la ciudad solo para quitarme de encima un asunto que me trae preocupado desde hace tiempo. Mi encargo queda ya realizado, y me marcho satisfecho y un poco orgulloso. Ya no me volverá usted a ver. El fardo lleva sujeto un papel que explicará todo. Buenas noches, señora.

La anciana sintió miedo de aquel desconocido misterioso y corpulento y se alegró de verlo marchar. Pero despertó su curiosidad. Fue derecha al fardo y cogió el papel. Empezaba como sigue:

PARA SER PUBLICADO,

o para que se busque mediante indagaciones particulares al verdadero interesado, lo mismo da una cosa que otra. Este fardo contiene monedas de oro que pesan ciento sesenta libras y cuatro onzas...

—¡Dios nos valga, y pensar que la puerta no está cerrada con llave!

La señorita Richards corrió a la puerta, toda trémula, y la cerró. Acto seguido bajó las persianas de la ventana y permaneció asustada, preocupada, y preguntándose qué otra cosa podría hacer para ponerse a ella y al dinero a salvo de todo peligro. Se mantuvo al acecho durante un rato por si escuchaba ladrones, y luego se rindió a la curiosidad y volvió junto a la lámpara para terminar de leer el documento:

... Yo soy un extranjero, y me vuelvo a mi país a quedarme allí para siempre. Quedo agradecido a América por lo que he recibido de sus manos durante mi larga estancia bajo su bandera, y estoy muy especialmente agradecido a uno de sus ciudadanos, un ciudadano de Hadleyburg, por una gran fineza que tuvo conmigo hará un par de años. En realidad, no es una la fineza, sino dos. Me explicaré: yo era jugador. Digo que era. Yo era un jugador arruinado. Llegué de noche a esta población, hambriento y sin una moneda en el bolsillo. Pedí socorro en la oscuridad, sentía vergüenza por mendigar a la luz del día. Le pedí a la persona adecuada. Me dio veinte dólares, es decir, me dio la vida, o al menos así me pareció a mí. Me dio también fortuna, porque con aquel dinero me enriquecí en las mesas de juego. Por último, no se me ha ido de la cabeza, hasta el día de hoy, cierta observación que él me hizo, y que al fin ha podido más que yo y ha salvado lo que me quedaba de sentido moral. Ya no volveré a jugar. Pero no tengo la menor idea de quién era aquel hombre, y quiero encontrarlo. Quiero entregarle este dinero, para que él lo regale, lo gaste o lo guarde, según sea de su agrado. Yo solo quiero darle un testimonio de mi gratitud. Si pudiera permanecer aquí, yo mismo daría con él; pero no importa, se le encontrará. Esta es una población honrada, una población incorruptible, y yo sé que puedo confiar en ella sin temor. Ese hombre puede ser identificado por la observación que me hizo; estoy convencido de que él la recordará.

Mi plan es, pues, el siguiente: si usted prefiere realizar la investigación por su propia cuenta, hágalo. Háblele del contenido de este escrito a cualquier persona que crea que pueda ser el interesado. Si esa persona contesta: «En efecto, soy yo, el comentario que le hice fue este y este», compruébelo usted de esta manera: abra el fardo, y dentro del mismo encontrará un sobre lacrado que contiene la observación. Si lo que dice el candidato concuerda con lo contenido en el sobre, entregue usted el dinero, sin más preguntas, porque con toda seguridad se trata de la persona a quien yo busco.

Pero si prefiere que la investigación sea pública, publique el presente escrito en el periódico local, y agregue las siguientes instrucciones: el candidato deberá comparecer dentro de treinta días en el ayuntamiento a las ocho de la noche (viernes), y entregar su observación en sobre lacrado al reverendo Burgess (si él tiene la amabilidad de acceder); y que el señor Burgess rompa allí mismo los cierres del fardo, lo abra y vea si las observaciones concuerdan. Si es así, que se entregue el dinero, con mi más sincero agradecimiento, a mi bienhechor, así identificado.

La señora Richards se sentó, estremeciéndose ligeramente de emoción, y pronto se quedó embelesada en unos pensamientos de este tipo: «¡Qué cosa más extraña es esta...! ¡Y qué suerte para aquel hombre bondadoso que echó su pan sobre las aguas! ¡Ojalá hubiera sido mi marido quien lo hizo! ¡Porque somos tan pobres, tan viejos y tan pobres...!». Y después, con un suspiro: «Pero no fue mi Edward. No, no fue él quien dio a un desconocido veinte dólares. Es una lástima, ahora lo veo». Más tarde agregó con un escalofrío: «Pero ¡es dinero de un jugador! El salario del pecado: nosotros no podríamos aceptarlo, no podríamos tocarlo. No me gusta estar cerca de ese dinero, parece una profanación». Se trasladó a una silla más alejada: «Me gustaría que llegase Edward y se lo llevase al banco. Podría venir un ladrón en cualquier momento, es cosa terrible estar aquí sola con este dinero».

El señor Richards llegó a las once, y su esposa dijo:

—¡Cuánto me alegro de que hayas llegado!

Él respondió:

—Estoy cansadísimo, cansado de que no puedo más. Es cosa terrible ser pobre y, a mis años, verse obligado a realizar estos viajes agotadores. Siempre trabajando, trabajando y trabajando, por un salario, convertido en esclavo de otro hombre, mientras él está repantigado en su casa con las zapatillas puestas, rodeado de riquezas y de comodidades.

—Ya sabes, Edward, que yo lo siento por ti. Pero consuélate, tenemos nuestra subsistencia, disfrutamos de buena reputación...

—Sí, Mary, y de ahí no pasamos. No hagas caso de lo que digo, ha sido nada más que un momento de irritación que nada significa. Bésame..., así, ya pasó todo, y ya no me quejo. ¿Qué te han traído? ¿Qué hay en el fardo?

Entonces su mujer le contó el gran secreto. El hombre se quedó aturdido por un momento, y luego dijo:

—¿Y pesa ciento sesenta libras? Pues esto, Mary, son cuarenta mil dólares. Date cuenta, ¡es una verdadera fortuna!

No hay en el pueblo diez hombres que la tengan. Dame el papel.

Le echó un vistazo y dijo:

—¡Vaya aventura! Esto es una novela, una de esas cosas imposibles que uno lee en los libros, y jamás se tropieza en la vida. —Estaba ya interesadísimo, alegre, incluso jubiloso. Dio unos golpecitos en las mejillas de su vieja esposa, y dijo con buen humor—: ¡Somos ricos, Mary, ricos! Lo único que necesitamos hacer es enterrar el dinero y quemar el papel. Si el jugador viene alguna vez a indagar, nos limitaremos a mirarle fríamente y a decirle: «¿Qué paparruchas está usted hablando? Jamás lo hemos visto a usted ni hemos oído hablar de su fardo de oro hasta ahora». Entonces él se quedará como un estúpido, y...

—Y entre tanto, mientras tú andas bromeando, el dinero sigue ahí, y nos estamos acercando con rapidez a la hora de los ladrones.

—Cierto. Muy bien. ¿Qué quieres que hagamos, una investigación particular? No, eso no, porque le quitaría lo que tiene de novelesco. Es preferible el método de investigación pública. ¡Piensa en el barullo que armará! Todas los demás pueblos nos tendrán envidia, porque jamás un extranjero confiaría semejante cosa a ninguna población que no fuera Hadleyburg, y ellos lo saben. Es un privilegio para nosotros. Tengo que ir ahora mismo a la imprenta, de lo contrario será demasiado tarde.

—Pero, Edward, espera, espera, no me dejes aquí sola con esto.

Pero él ya se había marchado. Aunque por poco tiempo. No lejos de su casa tropezó con el director y propietario del periódico, le entregó el papel y le dijo:

—Cox, aquí hay algo interesante para usted, publíquelo.

—Quizá sea demasiado tarde, señor Richards, pero veré qué puedo hacer.

Ya en casa, él y su mujer se sentaron para charlar otra vez sobre el cautivador misterio. No estaban en condiciones de dormir. La primera pregunta que se planteaba era esta: ¿quién podía ser el ciudadano que entregó al desconocido veinte dólares? La pregunta parecía sencilla, ambos contestaron al mismo tiempo:

—Barclay Goodson.

—Sí —dijo Richards—, pudo ser él, es un hombre que hace estas cosas, pero no hay otro parecido en el pueblo.

—Edward, en eso estarán todos de acuerdo, naturalmente en privado. Desde hace seis meses nuestro pueblo ha vuelto a ser una vez más lo que era: honrado, mezquino, mojigato y avaro.

—Eso es lo que él dijo siempre, hasta el día de su muerte; lo dijo sin recato, públicamente.

—Sí, y por eso el pueblo le tuvo inquina.

—Por supuesto, pero a él le tenía sin cuidado. Creo que fue el hombre más odiado entre nosotros, después del reverendo Burgess.

—Bueno, Burgess se lo merece, y ya no tendrá nunca aquí otra congregación de fieles. Dentro de la mezquindad, nuestro pueblo sabe valorarlo a él debidamente. ¿No te parece raro, Edward, que este forastero haya señalado a Burgess para hacer la entrega del dinero?

—Pues sí, me parece extraño. Es decir, es decir...

—¿A qué viene tanto es decir? ¿Es que tú también lo elegirías a él?

—Mary, quizá el forastero lo conoce mejor que este pueblo.

—¡Mucho va a ganar con ello Burgess!

El marido parecía perplejo, sin saber qué contestar. La mujer lo miraba con fijeza, y esperó. Por fin, y con la vacilación de quien afirma una cosa que con seguridad será puesta en duda, dijo el señor Richards:

—Mary, Burgess no es un mal hombre.

La esposa manifestó verdadera sorpresa.

—¡Qué tonterías! —exclamó.

—No es un mal hombre. Me consta. Toda su impopularidad arranca de aquello..., de aquello que hizo tanto ruido.

—¡Naturalmente que de «aquello»! ¡Como si «aquello» no fuese bastante por sí mismo!

—Ya lo creo, ya lo creo. Pero él no fue el culpable.

—¡Qué manera de hablar la tuya! ¿Que no fue el culpable? Todo el mundo sabe que sí.

—Mary, te doy mi palabra de que es inocente.

—No lo puedo creer, y no lo creo. ¿Cómo lo sabes?

—Es una confesión. Me avergüenza, pero lo confesaré. Yo fui el único hombre al que le constaba que él era inocente. Hubiera podido salvarlo, y..., y... ya sabes qué agitado estaba el pueblo, y no tuve el valor de hacerlo. Todos se habrían vuelto contra mí. Me sentí ruin, completamente ruin; pero no me atreví, no tuve la hombría de afrontar aquello.

Mary daba muestras de estar turbada, y permaneció un rato en silencio. Luego dijo, tartamudeando:

—No..., no creo que con ello hubiese salido ganando, porque es preciso..., ejem, tener en cuenta la opinión pública, hay que tener cuidado con... —Aquel era un camino difícil, y la mujer se quedó atascada, pero después de unos momentos arrancó de nuevo—: Fue una gran pena, pero..., Edward, no nos lo podíamos permitir, no podíamos de ninguna manera. ¡Te digo que yo no hubiera consentido que lo hicieses por nada del mundo!

—Nos habría hecho perder la buena voluntad de muchísima gente, Mary, y entonces..., y entonces...

—Lo que ahora me preocupa, Edward, es lo que él pensará de nosotros.

—¿Él? Él no sospecha que yo habría podido salvarlo.

—¡Cuánto me alegro de eso que dices! —exclamó la mujer, en tono de alivio—. Mientras él lo ignore, él..., él..., pues la verdad, la cosa cambia mucho. Bien mirado, yo debería haberme figurado que él no lo sabe, porque se esfuerza siempre por ser amigable con nosotros a pesar de los pocos ánimos que le damos. Más de uno me lo ha echado en cara. Ahí tienes a los Wilson, a los Wilcox y a los Harkness, que me dicen con maligno placer: «Burgess, el amigo de ustedes», porque saben que me molesta. Me agradaría que no le gustáramos, no puedo imaginar por qué razón persiste.

—Yo sí puedo explicarlo. Es otra confesión. Cuando aquello era todavía reciente y era la comidilla de todos y la ciudad se preparaba para pasearlo montado en un raíl, mi conciencia me lastimó de tal manera que no pude soportarlo, y fui a darle aviso en secreto. Por eso se ausentó él de la ciudad, y no regresó hasta que no hubo peligro.

—¡Edward! ¡Si el pueblo lo hubiese descubierto...!

—¡No digas eso! Todavía se me pone la carne de gallina cuando lo pienso. Me arrepentí un minuto después de haberlo hecho, y tuve miedo incluso de contártelo, por si tu cara lo delataba a alguien. No dormí en toda la noche por la preocupación. Pero, después de algunos días, vi que nadie sospecharía de mí, y desde entonces me alegro cuando pienso en lo que hice. Me alegro todavía, Mary, me alegro de verdad.

—Y yo también me alegro ahora, porque eso habría sido darle un trato vergonzoso. Sí, me alegro, porque, bien mirado, estabas en la obligación de hacerlo. Pero, Edward, ¿y si algún día se descubriese?

—No se descubrirá.

—¿Por qué?

—Porque todo el mundo cree que fue Goodson.

—¡Naturalmente que lo creen!

—Desde luego. Y por supuesto que a él le tuvo sin cuidado. Convencieron a ese pobre viejo Sawlsberry de que fuese a verlo y se lo echase en cara, y él se marchó fanfarroneando y lo hizo. Goodson lo miró de arriba abajo, como si buscase la parte del cuerpo que más podría despreciar, y le dijo: «De modo que es usted del comité de investigaciones, ¿verdad?». Sawlsberry le contestó que eso era, más o menos. «¿Y quieren detalles, o cree que se conformarán con una especie de explicación general?» «Si quieren detalles, volveré a decírselo, señor Goodson, llevaré primero la explicación general.» «Perfecto, dígales usted entonces que se vayan todos al infierno, creo que eso es bastante general. Y además, Sawlsberry, le daré a usted un consejo. Cuando regrese para los detalles tráigase un canasto para que pueda llevar a su casa los restos de usted.»

—Eso es muy propio de Goodson, es su estilo. Ese hombre tenía solo una vanidad: pensaba que podía dar consejos mejor que nadie.

—Con eso quedó liquidado el asunto, y nosotros a salvo, Mary. Ya no se habló más.

—Válgame Dios, yo no lo pongo en duda.

Volvieron luego a retomar con gran interés el misterio del fardo de oro. No tardó la conversación en sufrir interrupciones, ocasionadas por el ensimismamiento de los interlocutores que se fueron haciendo más y más frecuentes. Por último, Richards se absorbió por completo en sus pensamientos. Permaneció sentado largo rato, contemplando ausente el suelo, y al poco acentuaba sus pensamientos con débiles movimientos nerviosos de las manos que parecían demostrar molestia. Su esposa, mientras tanto, había recaído en un silencio pensativo y sus movimientos empezaron a mostrar desasosiego y preocupación. Por último, Richards se levantó y paseó sin rumbo por la habitación, peinándose el cabello con los dedos, igual que suelen hacer los sonámbulos cuando tienen una pesadilla. Entonces pareció llegar a un propósito firme, y sin decir una palabra, se caló el sombrero y salió rápidamente de casa. Su mujer permaneció sentada, meditabunda, con la cara contraída, y pareció no darse cuenta de que estaba sola. De cuando en cuando murmuraba:

—Y no nos dejes caer en la ten...; pero..., pero ¡somos tan pobres, tan pobres!; no nos dejes caer... ¿Quién saldría perjudicado con ello?, y nadie lo sabría nunca; no nos dejes...

La voz se ahogó en balbuceos. Al poco rato levantó la vista y masculló entre asustada y alegre:

—¡Se marchó! Pero, válgame Dios, quizá llegue demasiado tarde, demasiado tarde. Quizá no, quizá ha llegado a tiempo.

Se levantó y se quedó pensando, mientras estrechaba sus

manos con angustia. Un ligero escalofrío sacudió su cuerpo y exclamó, con la garganta reseca:

—Que Dios me perdone, es terrible pensar en tales cosas, pero... ¡Señor, y cómo estamos hechos, de qué manera más extraña estamos hechos!

Apagó entonces la luz, se deslizó con sigilo por el cuarto, se arrodilló junto al fardo y palpó con las manos sus costados llenos de cantos, acariciándolos amorosamente. En sus pobres ojos envejecidos había un brillo glotón. Cayó en varios accesos de ensimismamiento, y de vez en cuando parecía que volvía en sí y murmuraba:

—¡Si hubiésemos esperado! ¡Oh, si hubiésemos esperado un poco más y no nos hubiésemos precipitado!

Mientras tanto, Cox había ido a su casa desde las oficinas y le había contado a su mujer todo lo relacionado con el extraño suceso. Ambos habían intercambiado impresiones con ansiedad, y barruntaron que el difunto Goodson era el único hombre del pueblo capaz de socorrer a un extranjero necesitado con una suma tan generosa como la de veinte dólares. Hubo una pausa en su conversación y los dos se quedaron pensativos y silenciosos. Pero poco a poco se fueron poniendo nerviosos e inquietos. Por fin, la mujer dijo, como hablando para sí misma:

—Nadie conoce este secreto sino los Richards y nosotros.

El marido salió de sus meditaciones con un ligero sobresalto y miró anhelante a su mujer, que se había puesto muy pálida. Se levantó vacilando, miró furtivamente a su sombrero, luego a su mujer, como en una especie de interrogación muda. La señora Cox tragó saliva una o dos veces, se llevó la mano a la garganta y acto seguido asintió con la cabeza en lugar de hablar. Un instante después estaba sola y hablando entre dientes consigo misma.

Richards y Cox se apresuraban por las calles desiertas, viniendo de direcciones opuestas. Se tropezaron, jadeantes, al pie de las escaleras de la imprenta, y allí ambos leyeron a la luz de la noche sus rostros respectivos. Cox cuchicheó:

—¿Nadie, aparte de nosotros, lo sabe?

La respuesta, en un murmullo, fue:

—Ni un alma, palabra de honor.

—Si no fuera demasiado tarde para...

Los dos hombres echaron a correr escaleras arriba. En ese instante fueron alcanzados por un muchacho, y Cox preguntó:

—¿Eres tú, Johnny?

—Sí, señor.

—No despaches todavía el primer correo, ni ningún otro. Espera hasta que yo te lo ordene.

—Señor, salieron ya.

—¿Que salieron? —Había en el tono de esas palabras una desilusión indecible.

—Sí, señor. Hoy cambiaron el horario para Brixton y todas las poblaciones de más allá, señor. Tuve que empaquetar los periódicos veinte minutos antes de lo ordinario. Tuve que darme prisa; si hubiese tardado dos minutos más...

Los dos hombres se dieron media vuelta y se alejaron, caminando con lentitud, sin esperar a oír el resto. Ninguno de los dos habló por espacio de diez minutos. Entonces Cox dijo, con voz irritada:

—No acierto a comprender qué es lo que impulsó a usted a obrar con tal precipitación.

La contestación fue bastante humilde:

—Ahora me doy cuenta, pero no sé cómo, lo cierto es que no lo pensé hasta que fue demasiado tarde. La próxima vez...

—¡Al diablo con la próxima vez! Ni en mil años se presentará otra como esta.

Los amigos se separaron sin darse las buenas noches y se encaminaron apesadumbrados a sus casas con los andares de un hombre herido de muerte. Cuando llegaron, sus esposas se pusieron en pie de un salto y de sus labios salió un ansioso:

—¿Y bien?

Pero vieron la respuesta en sus ojos y se dejaron caer en el asiento con gran dolor, sin esperar a una respuesta en voz alta. En ambas casas se produjo una discusión bastante acalorada, lo cual era nuevo en ellas. Habían tenido antes, pero no de tal rudeza. Las discusiones de esta noche parecían plagiadas la una de la otra. La señora Richards dijo:

—Si hubieses esperado, Edward, si te hubieses parado, por lo menos, a pensar. Pero no, tuviste que salir corriendo a la imprenta y extender la noticia por todo el mundo.

—El papel decía que se publicase.

—Eso no significa nada, porque también decía que lo hicieses de forma privada, si lo preferías. ¿Es cierto o no?

—Sí, sí, es cierto; pero al pensar en lo sensacional de la noticia y en el cumplido que significaba para Hadleyburg que un extranjero tuviese en nuestro pueblo tal confianza...

—Desde luego, eso ya lo sé, pero si te hubieras detenido a pensar habrías visto que era imposible que dieses con el interesado, porque ese hombre está ya en su tumba y no ha dejado tras él hijos ni parientes, y con tal de que el dinero fuese a parar a alguien que lo necesita terriblemente, y no se perjudicase a nadie, y..., y...

No pudo seguir y rompió a llorar. Su marido buscó alguna frase reconfortante y salió con lo siguiente:

—Mary, después de todo, seguro que habrá sido mejor que lo hayamos hecho así. Tiene que ser lo mejor, eso lo sabemos. Y es preciso que recordemos que así está dispuesto por Dios.

—¡Dispuesto por Dios! Todo está dispuesto por Dios, dicen siempre los que necesitan una razón para excusar su estupidez. Pues también estuvo dispuesto por Dios que nos llegase a nosotros el dinero de esa manera extraordinaria y fuiste tú el que te entrometiste en los designios de la Providencia. ¿Quién te dio ese derecho? Has pecado, eso es lo que has hecho. Fue tu acción de una presunción blasfema, que desmerece a quien dice profesar mansa y humildemente la...

—Pero, Mary, tú sabes lo que nos han enseñado durante toda la vida, lo mismo que a todo el pueblo, hasta que ha llegado a ser en nosotros una segunda naturaleza no detenernos un solo instante a pensar cuando se trata de realizar una acción honrada.

—Ya lo sé, ya lo sé, nos hemos pasado la vida en un eterno entrenar y entrenar y entrenar en la honradez. Hemos vivido desde la misma cuna protegidos contra toda seducción posible, por lo que nuestra honradez es artificial y tan débil como el agua cuando llega la tentación, como lo hemos visto esta noche. Bien sabe Dios que jamás tuve ni siquiera la sombra de una duda acerca de mi pétrea e indestructible honradez hasta ahora. Y ahora, al sentir la primera tentación fuerte y auténtica, yo... Edward, estoy convencida de que la honradez de este pueblo está tan corrompida como la mía y tanto como la tuya. Nuestro pueblo es mezquino, duro de corazón y tacaño, y no tiene otra virtud más que esta honradez tan renombrada y de la que tan vanidosos nos sentimos. Por eso, créeme que si llega un día en que esa honradez caiga por efecto de una gran tentación, toda nuestra fama se derrumbará como un castillo de naipes. Ahí está, he confesado y me siento mejor. Soy una embaucadora, y lo he sido toda mi vida, sin saberlo. No consentiré que nadie me vuelva a llamar honrada. No pasaré por ello.

—Pues, Mary, la verdad es que me siento como tú. También a mí me resulta extraño, muy extraño. Jamás lo hubiera creído.

Siguió un largo silencio. Los dos esposos estaban sumidos en sus meditaciones. Por fin, la esposa alzó la vista y dijo:

—Ya sé lo que estás pensando, Edward.

El señor Richards tenía el aspecto avergonzado de quien se siente cazado.

—Me da vergüenza tener que confesarlo, Mary, pero...

—No te preocupes, Edward, yo estaba pensando lo mismo.

—Quizá sí. Dime lo que pensabas.

—Tú pensabas que si uno pudiera adivinar cuál fue el consejo que Goodson le dio al forastero...

—Eso es, ni más ni menos. Me siento culpable y avergonzado. ¿Y tú?

—Yo, ni siquiera eso. Pongamos aquí un jergón, tenemos que montar guardia hasta que abran por la mañana la caja fuerte del banco y admitan el fardo. ¡Válgame Dios, y qué equivocación hemos cometido!

Echaron el jergón en el suelo, y Mary dijo:

—¿Cuál pudo ser el «Ábrete, Sesamo»? ¿Cuál pudo ser aquella observación? Bueno, acostémonos ya.

—¿Dormiremos?

—No, pensaremos.

—Sí, pensaremos.

Para entonces también el matrimonio Cox habían transitado por su pelea y su reconciliación y se estaban yendo a la cama a pensar, pensar, agitarse, inquietarse y preocuparse por dar con la observación que Goodson dio a aquel hombre perdido y en apuros. El consejo de oro, el consejo que vale cuarenta mil dólares en moneda contante y sonante.

La razón por la que las oficinas del telégrafo del pueblo abrieron más tarde de lo normal aquella noche fue esta: el capataz del periódico de Cox era el representante local de la Associated Press. Podía decirse que era honorario, porque no llegaban a cuatro las veces que podía enviar en un año treinta palabras que le fuesen aceptadas. Esta vez no ocurrió lo mismo. El telegrama que envió dando cuenta de la noticia que había pescado tuvo inmediata contestación:

> Envía relación completa, todos los detalles, mil doscientas palabras.

¡Colosal pedido! El capataz sirvió lo que le pedían y se sintió el hombre más orgulloso del estado. Al día siguiente, a la hora del desayuno, el nombre de Hadleyburg la incorruptible estaba en boca de toda América, desde Montreal hasta el golfo, desde los glaciares de Alaska hasta los naranjales de Florida; millones y millones de personas hablaban del extranjero y de su fardo de dinero, preguntándose si se encontraría al verdadero interesado, y esperando recibir pronto más noticias sobre el asunto, sin falta.

II

El pueblo de Hadleyburg se despertó gozando de celebridad mundial, atónito, feliz, engreído. Engreído más allá de lo imaginable. Sus diecinueve ciudadanos importantes, con sus mujeres, fueron de un lado para otro intercambiando apretones de manos, radiantes, sonrientes, felicitándose, diciéndose que aquello equivalía a agregar una palabra más al diccionario: Hadleyburg, sinónimo de incorruptible, destinada a vivir para siempre en los diccionarios. Y los ciudadanos de menor importancia, con sus mujeres, fueron y vinieron haciendo lo mismo que los demás. Todos corrieron al banco para ver el fardo de dinero, y antes de mediodía comenzaron a acudir multitudes ofendidas y envidiosas desde Brixton y las poblaciones próximas. Aquella tarde y al día siguiente llegaron periodistas de todas partes a cerciorarse de la autenticidad del fardo y de su historia para escribirla de nuevo, hacer llamativos dibujos del talego, de la casa de Richards, del banco, de la iglesia presbiteriana, de la iglesia bautista, de la plaza pública y del ayuntamiento, en el que se haría la prueba y se entregaría el dinero, y también para sacar infames retratos de los Richards, del banquero Pinkerton, de Cox, del capataz del periódico, del reverendo Burgess, del jefe de correos. Y hasta de Jack Halliday, el holgazán, bondadoso, insignificante pescador, cazador, amigo de sus amigos, benefactor de los perros abandonados y típico Sam Lawson del pueblo. El menudo, engreído y grasiento Pinkerton mostraba el fardo a cuantos llegaban, se frotaba complacido las manos enjutas y se explayaba sobre la estupenda fama de honradez que tenía el pueblo, como lo demostraba el hecho actual, que la corroboraba. Manifestaba su fe y su esperanza de que ese ejemplo se extendiese por los confines del mundo americano, hasta ser el punto de partida en materia de regeneración moral, etcétera.

Transcurrida una semana, las cosas habían vuelto ya a su cauce, la alocada borrachera de orgullo y de júbilo se había apaciguado hasta convertirse en una satisfacción suave, dulce y callada, en una especie de gozo profundo, innominado, indecible. Todas las caras rebosaban paz y santa felicidad.

De pronto sobrevino un cambio. Fue un cambio gradual, tanto que apenas si se advirtieron sus comienzos. Quizá nadie los advirtió, salvo Jack Halliday, a quien nada se le escapaba, y que era también quien lo tomaba todo a guasa, fuera lo que fuese. Empezó a lanzar pullas sobre si la gente no parecía tan feliz como uno o dos días antes; después se empeñó en decir que ese nuevo talante se estaba convirtiendo en clara tristeza; a continuación, que aquello tomaba un mal cariz; y acabó afirmando que todos se habían vuelto tan hurraños, pensativos y distraídos que podría robar al hombre más mezquino del pueblo una moneda de un centavo de lo más hondo del bolsillo del pantalón sin que saliese de su ensimismamiento.

En esta etapa, o alrededor de esta etapa, los cabezas de las diecinueve principales familias dejaron caer cada uno en su casa, a la hora de acostarse, un comentario de esta clase:

—¿Cuál pudo ser la observación que hizo Goodson?

De inmediato, y con un escalofrío, contestaba su esposa:

—¡No digas eso! ¿Qué idea horrible estás maquinando en tu cabeza? ¡Por amor de Dios, olvídala!

Pero a la noche siguiente se les escapó otra vez a aquellos hombres la misma pregunta y obtuvieron idéntica respuesta. Pero menos firme.

Y la tercera noche volvieron a formular la misma pregunta en un impulso de angustia, como distraídos. Esta vez (y la siguiente) las esposas se inquietaron un poco e intentaron contestar algo. Pero no lo hicieron.

A la otra noche recuperaron el habla y contestaron, con anhelo:

—¡Si una pudiera adivinarlo!

Los comentarios de Halliday se fueron haciendo cada día más burlones, desagradables y despectivos. Se paseó por todas partes, mofándose del pueblo, individualmente y en conjunto. No había otra risa que la suya. El pueblo cayó en un vacío y un ensimismamiento huecos y dolorosos. No se lograba encontrar por ninguna parte siquiera una sonrisa. Halliday iba de un lado para otro con una caja de cigarros encima de un trípode, simulando que era una cámara. Detenía a los transeúntes, los enfocaba con ella y decía:

—¡Listo! Ponga usted una cara agradable, por favor.

Pero ni siquiera con tan graciosa ocurrencia lograba que aquellas caras alargadas mostrasen, por sorpresa, una expresión de simpatía.

Transcurrieron tres semanas. Ya solo quedaba una. Era sábado por la tarde, después de la cena. A esa hora, que había sido siempre de ajetreo y movimiento, de andar de tiendas y de canturreos, las calles estaban vacías y desoladas. Richards y su vieja esposa se encontraban retirados en su salita, tristes y meditabundos, como ya lo estaban todas las noches. Durante toda su vida habían dedicado esas horas a leer, hacer punto, charlar animadamente, hacer y recibir visitas en la vecindad; pero todo eso ya estaba muerto y enterrado desde siglos atrás, es decir, desde hacía dos o tres semanas. Ahora no hablaba nadie, nadie leía, nadie hacía visitas, todos los habitantes de la aldea se retraían en sus casas, entre suspiros, desasosiego y silencio, tratando de adivinar aquella observación.

El cartero dejó un sobre. Richards echó una ojeada lánguida a la dirección y al sello de correos, ambos desconocidos, y tiró la carta encima de la mesa, reanudando sus barruntos, sus miserias y sus desesperanzas en el punto en que las había dejado. Dos o tres horas más tarde, su mujer se levantó con muestras de aburrimiento y se marchaba ya a la cama sin dar las buenas noches, cosa ahora corriente, pero se detuvo cerca de la carta, la contempló un momento sin ningún interés, abrió el sobre y empezó a leerla por encima. Richards, que estaba sentado con la silla reclinada en la pared y con la barbilla entre las rodillas, oyó caer algo al suelo. Era su mujer. El marido se acercó de un salto, pero ella gritó:

—¡No me toques, que soy demasiado feliz! ¡Lee la carta, léela!

La leyó. La devoró, con la cabeza dándole vueltas. La carta procedía de un estado lejano y decía:

Soy un desconocido para usted, pero no importa. Tengo algo que decirle. Acabo de llegar a mi hogar procedente de México y me he enterado del episodio en cuestión. Como es natural, usted ignora quién hizo aquella observación, pero yo lo sé y soy la única persona viviente que lo sabe. Fue Goodson. Nos conocimos bien, hace muchos años. Aquella noche pasaba yo por su pueblo, y fui huésped en la casa de Goodson hasta que llegara el tren de medianoche. Lo oí cuando hacía aquella advertencia al forastero en la oscuridad, en Hale Alley. Goodson y yo hablamos del asunto de camino a su casa, y mientras fumábamos en su salón. Mencionó en la conversación los nombres de muchos convecinos de usted, de la mayoría de los cuales se expresó en forma muy poco favorable, exceptuando a dos o tres. Entre estos últimos estaba usted. Digo que se expresó favorablemente, nada más que eso. Recuerdo que afirmó que no le gustaba ninguna persona del pueblo, ni una sola, pero que usted (yo creo que fue a usted a quien se refirió, estoy casi seguro) le había hecho en cierta ocasión un favor muy grande, quizá sin darse cuenta de todo su valor, y que le gustaría disponer de una fortuna para poder dejársela a usted cuando él falleciese, así como una maldición para cada uno del resto de los ciudadanos. Entonces: si en efecto fue usted quien le hizo ese favor, es también su heredero legítimo y a quien corresponde el fardo de oro. Yo sé que puedo confiar en su honor y en su honradez, porque estas virtudes son una herencia infalible de todos los ciudadanos de Hadleyburg. Por eso voy a revelarle la observación, completamente seguro de que si no es usted el hombre de quien

Goodson me habló, buscará hasta que encuentre al que de verdad lo sea, a fin de que la deuda de gratitud que con él tenía contraída el pobre Goodson quede pagada. Esta es la advertencia: «Está usted lejos de ser una mala persona; siga su camino y corríjase».

HOWARD L. STEPHENSON

—¡Oh, Edward, el dinero es nuestro! ¡Qué agradecida estoy; oh, qué agradecida! Bésame, querido, hace una eternidad que no nos besamos, y necesitamos tanto el dinero... Desde ahora eres libre de Pinkerton y de su banco, y ya no serás nunca esclavo de nadie. Siento tal alegría que me parece que me han nacido alas.

El matrimonio pasó media hora de felicidad en el sofá, acariciándose. Era como si hubiesen vuelto los viejos tiempos, cuando iniciaron su noviazgo, y que duraron sin interrupción hasta el día en que el forastero trajo el dinero fatal. Al rato dijo la mujer:

—¡Oh, Edward, qué suerte que le hicieses ese gran favor al pobre Goodson! Yo no le tuve nunca simpatía, pero ahora siento amor por él. Además, fue algo magnífico y hermoso por tu parte no hablar ni jactarte del asunto. —Acto seguido, y con tono de censura, agregó—: Pero a mí sí que debiste decírmelo, Edward, a tu mujercita sí que debiste decírselo.

—Pues verás, Mary, es que yo, bueno...

—Basta ya de titubeos y de que se te trabe la lengua, explícamelo todo, Edward. Siempre te he querido, y ahora me siento orgullosa de ti. Todo el mundo cree que en este pueblo solo hay un alma buena y generosa, y ahora resulta que esa alma eres tú, Edward. ¿Por qué no me lo cuentas?

—Pues verás..., ejem... ¡No puedo, Mary!

—¿Que no puedes? ¿Por qué no puedes?

—Verás, es que él..., ejem...; bueno, él me hizo prometer que no lo contaría a nadie.

La esposa lo miró de arriba abajo y dijo muy despacio:

—¿Dices que... te hizo prometer? ¿Para qué me dices esto, Edward?

—¿Es que me crees capaz de mentir, Mary?

Ella se quedó turbada y en silencio durante un instante, y luego dejó reposar su mano dentro de la de su marido y dijo:

—No, no. Es que ya no estamos en nuestros cabales, ¡que Dios nos perdone! En toda tu vida has dicho una mentira. Pero ahora, ahora parece como si se derrumbasen bajo nuestros pies los cimientos de las cosas, y nosotros, nosotros... —Se atragantó un instante, y luego exclamó con voz entrecortada—: No nos dejes caer en la tentación. Edward, yo creo que hiciste esa promesa. Dejémoslo estar. Apartémonos de un terreno semejante. Ya pasó todo. Seamos otra vez felices, no es este momento para nubarrones.

A Edward le costó algún esfuerzo hacer lo que le decía su esposa, porque su pensamiento seguía divagando en un afán por acordarse del favor que él había hecho a Goodson.

El matrimonio pasó despierto la mayor parte de la noche. Mary, feliz y atareada, y Edward, atareado, pero no tan feliz. Mary hacía planes sobre lo que haría con su dinero. Edward seguía esforzándose por recordar aquel favor. Al principio sintió remordimientos de conciencia por la mentira que había dicho a Mary, si es que lo era. Después de mucho meditar se dijo: «Supongamos que era una mentira. ¿Y qué? ¿Tanta importancia tiene? ¿No actuamos siempre a base de mentiras? ¿Por qué, pues, no decirlas? Fíjate en Mary, fíjate en qué habría hecho. ¿Qué pensaba ella mientras yo corría a cumplir honradamente con el encargo del forastero? ¡Se lamentaba de que no hubiese destruido los documentos y nos hubiésemos podido quedar con el dinero! ¿Es, acaso, mejor robar que mentir?».

Esa cuestión alivió su pesar, la mentira quedó relegada a último término y dejó paso a la tranquilidad. Entonces apareció otro asunto: ¿había él, en efecto, hecho aquel favor? Allí estaba la afirmación misma de Goodson, tal como Stephenson la reproducía en su carta. No era posible demostración mejor que aquella, de hecho era una prueba terminante. Por supuesto. Quedaba, pues, resuelto este punto. Aunque no, no del todo. Recordó con un ligero respingo que el desconocido señor Stephenson se mostraba una pizca inseguro sobre si quien hizo aquel favor había sido él u otra persona, y apelaba nada menos que a su honor. Era él mismo quien tenía que decidir a quién había de ir a parar el dinero, y el señor Stephenson no dudaba de que, si él no era la persona apropiada, se portaría como hombre de honor y descubriría al interesado. La verdad, resultaba odioso colocar a un hombre en esa situación. ¿Por qué Stephenson no se callaría sus dudas? ¿Por qué se le ocurrió importunar con ellas?

Siguió meditando. ¿Por qué Stephenson mantuvo en la memoria el apellido Richards como el que correspondía al hombre que había hecho el favor, y no el de nadie más? Eso presentaba buen aspecto. Sí, eso presentaba muy buen aspecto. Y cada vez lo presentó mejor y mejor, hasta que se convirtió en prueba terminante. Entonces Richards apartó por fin el tema de sus pensamientos, porque un instinto secreto le decía que, una vez demostrada una prueba, lo mejor era no volver a tocarla.

Se sentía ya razonablemente tranquilo, pero otro detalle más pugnaba por su consideración. Desde luego, él había hecho ese favor; sobre ese punto no cabía duda. Pero ¿cuál fue? Tenía que recordarlo. No se dormiría hasta que lo hubiese hecho, de ese modo sería completa la paz de su alma. Y le dio vueltas y vueltas a la cabeza. Pensó en una docena de cosas distintas, posibles o probables. Pero ninguna parecía un favor proporcional, un favor lo suficientemente grande, un favor que mereciese tamaña recompensa, que fuese digna de la fortuna que Goodson deseó dejarle en su testamento. Y, de todos modos, Richards no podía recordar haber realizado ninguno de ellos. Bueno, bueno: ¿qué género de favor podía ser el que despertase en un hombre aquel agradecimiento tan desbordante? Ya está: ¡era la salvación de su alma! Eso debía de ser. Sí, Richards recordaba con cuánto empeño acometió en una ocasión la tarea de convertir a Goodson y que empeñó en esa empresa lo menos..., iba a decir tres meses, pero, meditándolo mejor, lo fue achicando hasta un mes; luego hasta una semana; a continuación, hasta un día; y, finalmente, lo redujo a cero. Sí, ahora lo recordaba, y con desagradable vivacidad, que Goodson le contestó que se fuese de allí en mala hora, y que se preocupase de sus propios asuntos, ¡porque él no quería seguir a los de Hadleyburg ni siquiera al cielo!

De modo, pues, que esa solución resultó un fracaso, porque él no había salvado el alma de Goodson. Se sintió descorazonado. Pero, poco después, se le ocurrió otra idea: ¿habría él salvado los bienes de Goodson? No, tampoco eso, porque Goodson no tenía nada. ¿Y su vida? ¡Ahí estaba! ¡Por supuesto! Pero ¿cómo no se le había ocurrido pensar antes en eso? Esta vez sí que estaba sobre la pista adecuada. El molino de su imaginación se lanzó enseguida a trabajar con ahínco.

Desde ese momento se consagró, por espacio de dos horas agotadoras, a salvar la vida de Goodson. La salvó de toda clase de maneras difíciles y peligrosas. En todas ellas la salvó satisfactoriamente hasta cierto punto, pero justo cuando empezaba a convencerse de que había sucedido, surgía de pronto un detalle que lo echaba todo a perder, y hacía la cosa imposible. Por ejemplo, cuando estuvo a punto de ahogarse. Richards salió nadando y arrastró a Goodson a tierra en un estado de inconsciencia, mientras una gran multitud miraba y aplaudía. Pero cuando lo tuvo todo pensado y empezaron a acudir a su memoria los detalles, surgió sobre el asunto un verdadero enjambre de puntos contradictorios. Si aquello hubiese ocurrido, toda la población se habría enterado, Mary también, y la cosa brillaría en la memoria de Richards como un faro luminoso, en lugar de presentársele como un favor sin importancia, que quizá le prestó «sin darse cuenta de todo su valor». Y, llegado a ese punto, Richards recordó de pronto que él no sabía nadar.

Pero ¡ah! Había un punto que se le había pasado por alto desde el principio: tenía que tratarse de un favor que él le había prestado «sin darse cuenta de todo su valor». Por ahí era por donde tenía que seguir para encontrarlo con facilidad. Sí, esa era una pista más fácil que todas las demás. Y, desde luego, no tardó en descubrirlo. Hacía años, muchísimos años, Goodson estuvo a punto de contraer matrimonio con una joven bonita y muy simpática, Nancy Hewitt, pero, fuera por lo que fuese, se rompió el compromiso. La joven falleció, Goodson permaneció soltero y poco a poco se le agrió el carácter y llegó a despreciar con franqueza al género humano. Muy poco después del fallecimiento de la muchacha, el pueblo descubrió, o creyó descubrir, que la difunta llevaba en las venas una cucharadita de sangre de negro. Richards elaboró durante un buen rato esos detalles, e incluso creyó recordar ciertas cosas relacionadas con los mismos, que con seguridad se le habían extraviado en la memoria por una duradera falta de atención. Le pareció recordar con vaguedad que había sido él quien descubrió lo de la sangre de negro; que había sido él quien lo contó a sus convecinos; que estos dijeron a Goodson de dónde procedía la noticia; que, de ese modo, él había salvado a Goodson de casarse con una muchacha de color; que le había hecho este gran favor «sin darse cuenta de todo su valor». Mejor dicho, sin que ni él mismo supiese que lo había hecho, pero que Goodson lo apreciaba en toda su importancia, porque se había librado por los pelos del peligro, y murió agradecido a su bienhechor y anhelando poseer una fortuna que dejarle. Ahora lo veía todo claro y sencillo, y cuantas más vueltas le daba, más luminoso lo veía y mayor era su seguridad. Por último, cuando se acurrucó en la cama y se dispuso a dormir, satisfecho y feliz, recordó todo el asunto como si hubiese sido cosa del día anterior. Hasta rememoró con cierta confusión cómo Goodson le dijo palabras de agradecimiento. Mientras tanto, Mary había gastado ya seis mil dólares en una casa nueva y en unas pantuflas para el pastor de su iglesia, y después se había quedado dormida con gran sosiego.

Ese mismo anochecido del sábado, el cartero había entregado una carta a todos y cada uno de los restantes ciudadanos de categoría, es decir, diecinueve cartas en total. No había entre ellas dos que tuviesen el mismo sobre, ni dos cuyas direcciones estuviesen escritas con igual letra; pero las cartas que iban dentro eran todas exactamente iguales en todos los detalles, menos en uno. Eran copias idénticas de la carta recibida por Richards —letra manuscrita y todo—, y estaban todas firmadas por Stephenson; pero en lugar del apellido Richards, cada recipiendario leyó en la suya su propio apellido.

Durante toda la noche los dieciocho ciudadanos de categoría hicieron lo mismo que a esa misma hora estaba haciendo Richards, su hermano de casta, es decir, consagrando sus energías intentando recordar cuál era el servicio notable que habían hecho de un modo inconsciente a Barclay Goodson. En ninguno de los casos fue aquella una tarea distraída; sin embargo, todos tuvieron éxito.

Y mientras ellos se entregaban a tan difícil ocupación, sus mujeres se pasaron la noche gastando el dinero, cosa fácil. Durante aquella noche única, las diecinueve esposas invirtieron un promedio de siete mil dólares cada una del total de cuarenta mil que había en el talego; es decir, ciento treinta y tres mil dólares en conjunto.

Al día siguiente Jack Halliday se llevó una sorpresa. Notó que las caras de los diecinueve principales ciudadanos y de sus mujeres mostraban otra vez la expresión de felicidad sosegada y santa. No logró entenderla, ni se le ocurrieron tampoco comentarios que pudieran dañar o turbar esa felicidad. Le llegó a él, pues, el turno de sentirse descontento. Por mucho que barruntara acerca de los motivos que tenían para sentirse felices, fallaba en todos los casos después de un examen atento. Cuando tropezó con la señora Wilcox y observó la placidez radiante de su rostro, se dijo a sí mismo: «Es que le ha parido su gata». Siguió su camino y preguntó a la cocinera; no había parido. También la cocinera se había fijado en aquella felicidad, pero ignoraba la causa. Cuando Halliday descubrió el duplicado de aquella radiante placidez en el rostro de

Barriga de Sábalo Billson —apodo que tenía en el pueblo—, tuvo la seguridad de que algún convecino de Billson se había roto la pierna; pero al investigarlo descubrió que no había ocurrido tal cosa. El éxtasis manso que descubrió en la cara de Gregory Yates solo podía significar una cosa: que se había quedado sin suegra; pero también ahí se equivocó. «En cuanto a Pinkerton, seguro que ha cobrado una moneda de diez centavos que él daba ya por perdidos.» Etcétera, etcétera. En algunos casos los barruntos tenían que quedar en suspenso, pero en otros resultaban claras equivocaciones. Por último, Halliday se dijo a sí mismo: «Sea por lo que sea, el caso es que hay en Hadleyburg diecinueve familias que están, por el momento, en la gloria; ignoro lo que ha ocurrido; lo único que sé es que la Providencia no está hoy de servicio».

Cierto arquitecto y constructor originario de un estado colindante se había arriesgado hacía poco a establecer un pequeño negocio en aquella población de tan pocas perspectivas, y el rótulo de su negocio no llevaba aún colgado una semana. Todavía no tenía un solo cliente; el hombre se hallaba descorazonado y lamentando haberse establecido en semejante comunidad. Pero de pronto cambió para él la veleta. Primero una y luego otra, las esposas de dos de los ciudadanos destacados le dijeron en secreto:

—Venid a mi casa el lunes, pero nada digáis por el momento. Estamos pensando en construir...

Ese mismo día recibió once invitaciones. Aquella noche escribió a su hija y dio por nulo el compromiso que esta tenía con un estudiante. Alegó que podría hacer una boda una milla más elevada que aquella.

Pinkerton, el banquero, y dos o tres hombres que estaban en buena posición, proyectaron construir villas campestres, pero lo dejaron para un poco más adelante. Esa clase de gente no cuenta sus pollos hasta que han salido del cascarón.

Los Wilson idearon una gran novedad: un baile de disfraces. No hicieron promesas en firme, pero contaron a todas sus amistades, en el seno de la confianza, que estaban dándole vueltas a la idea y que creían que se decidirían a organizarlo, «y si lo hacemos, podéis, desde luego, daros por invitados». La gente se quedó sorprendida y se dijeron unos a otros:

—Pero ¡estos pobres Wilson se han vuelto locos! Ellos no pueden permitírselo.

Varias entre las diecinueve dijeron en secreto a sus maridos:

—Es una buena idea; no diremos nada hasta después que los Wilson den su baile barato, y entonces nosotros daremos uno que los enfermará.

Fueron corriendo los días, y la factura de los despilfarros futuros fue creciendo y creciendo, haciéndose más y más desatinada, más y más disparatada y temeraria. Empezó a parecer que cada uno de los diecinueve se disponía a gastar no solo sus cuarenta mil dólares antes de la fecha en que habían de recibirlos, sino también a endeudarse antes de cobrar el dinero. En algunos casos, aquellas gentes de cabeza ligera no se contentaron con hacer proyectos, sino que hicieron compras al fiado. Compraron tierras, hipotecas, granjas, valores especulativos, ropas elegantes, caballos y otras cosas, pagaron la cuota de entrada y firmaron el compromiso de pago por el saldo a diez días de la fecha. En ese momento, un segundo pensamiento, ya sosegado, empezó a circular, y Halliday pudo observar que en muchas caras empezaba a retratarse una espantosa preocupación. Quedó nuevamente intrigado, sin saber a qué palo apostar. «Los gatitos de la señora Wilcox no se han muerto, puesto que no nacieron todavía; nadie se ha roto una pierna; no ha decrecido el número de suegras; nada en absoluto ha ocurrido. Este es un misterio insoluble.»

Hubo también otro hombre intrigado: el reverendo Burgess. Durante días y días, adondequiera que él iba, la gente parecía seguirle, o estar al acecho de su persona; siempre que se encontraba en algún lugar apartado, podía estar seguro de que surgiría alguno de los diecinueve, le pondría a escondidas en la mano un sobre y le cuchichearía: «Para que sea abierto el

viernes por la noche en la Casa Consistorial». Y luego, el su-
sodicho se esfumaba como un criminal. El reverendo Burgess
esperaba que surgiese un solo pretendiente al fardo, y llegaba
hasta dudarlo en vista de que Goodson había fallecido, pero
jamás se le ocurrió que tal cantidad de personas pudieran pre-
tenderlo. Finalmente, cuando amaneció el célebre viernes, se
encontró con que tenía diecinueve sobres.

III

Jamás el salón de sesiones había presentado un cuadro más
distinguido. La plataforma que se alzaba al fondo estaba res-
paldada por una vistosa tapicería de banderas, así como la delantera de las galerías laterales. Cada tanto en las paredes colgaban guirnaldas de banderolas que cruzaban la sala, y las
columnas también estaban envueltas en banderas. Todo
aquello se había hecho para producir impresión en los forasteros, porque se hallarían allí presentes en número considerable, y una gran parte de ellos estarían relacionados con los
periódicos. El lleno era completo. Los cuatrocientos doce
asientos estaban ocupados, así como las sesenta y ocho sillas
de más que se habían amontonado en los pasillos. Los escalo-
nes de la plataforma estaban ocupados, y sobre ella había
asientos para algunos forasteros distinguidos. En las mesas de
forma de herradura que cercaban el frente y los costados de la
plataforma, había tomado asiento un numeroso pelotón de
corresponsales especiales que habían acudido de todas partes.
Era aquella la reunión de gentes mejor vestidas que se había
visto en el pueblo. Se podían contemplar algunos atavíos bastante costosos, y en algunos de los casos las mujeres que los
llevaban parecían estar poco acostumbradas a ellos. O, por lo
menos, la gente del pueblo tuvo esa sensación, aunque quizá
surgiese de que sabían que aquellas damas jamás habían estado en el interior de aquellos vestidos.

El fardo de oro reposaba sobre una mesita en la parte delantera de la plataforma, donde pudiera verlo toda la concurrencia. El grueso de esta lo contemplaba con un interés ardoroso, un interés que les hacía la boca agua, un interés anhelante y patético. Una minoría de diecinueve matrimonios lo contemplaba con ternura y cariño, como quien contempla una cosa de su propiedad, y la mitad masculina repetía para sus adentros los pequeños y conmovedores discursos, improvisados, de agradecimiento por los aplausos y las felicitaciones de la concurrencia que iban a pronunciar poco después. De cuando en cuando, alguno de aquellos varones sacaba del bolsillo del chaleco un papel y lo repasaba en secreto para refrescar la memoria.

Como es natural, había un runruneo de conversaciones, como siempre ocurre; pero, por último, cuando se levantó el reverendo Burgess y apoyó su mano en el fardo, se hizo tal silencio que se hubieran podido oír a los microbios mordisqueando. Relató la curiosa historia, y pasó luego a hablar en calurosos términos de la vieja y bien ganada reputación de Hadleyburg por su honradez inmaculada y del justo orgullo del pueblo por esa fama. Dijo que era esta un tesoro de inapreciable valor, y que ese valor quedaba ahora realzado de manera inestimable por mano de la Providencia, porque el reciente episodio había propagado su renombre por todos lados; y había hecho que todo el mundo americano enfocase sus miradas hacia aquel pueblo, y de su nombre, así lo esperaba y creía, un sinónimo de incorruptibilidad comercial para todos los tiempos. [*Aplausos*]

—¿Y quién ha de ser el guardián de este magnífico tesoro? ¿La comunidad? ¡No! La responsabilidad es individual, no comunal. Desde hoy en adelante, todos y cada uno de vosotros ha de ser en su propia persona su guardián especial, y erigirse individualmente responsable de que no ha de sufrir daño alguno. ¿Aceptáis, cada uno de vosotros, este gran deber? [*Síes tumultuosos*] Pues entonces todo va bien. Transmitídselo a vuestros hijos y a los hijos de vuestros hijos. Hoy está vuestra pureza a salvo de toda censura; cuidad de que siga estándolo. Hoy no hay persona en vuestra comunidad capaz de aventurarse a echar mano a un solo penique que no sea suyo; cuidad de manteneros en esa condición.

—¡Lo haremos, lo haremos!

—No es este lugar para establecer comparaciones entre nosotros y otros pueblos, algunos de los cuales no nos tratan con afecto. Ellos tienen sus costumbres, nosotros, las nuestras; que cada cual esté, pues, satisfecho. [*Aplausos*] He terminado, amigos míos. Tengo bajo mi mano un reconocimiento elocuente que hace un extranjero de lo que nosotros somos. Gracias a él, de hoy en adelante todo el mundo lo sabrá. Ignoramos quién es, pero yo le manifiesto en nombre de todos vuestra gratitud y os pido que levantéis vuestras voces en señal de aprobación.

Toda la concurrencia se levantó como un solo hombre e hizo que retumbasen los muros con el estruendo de su agradecimiento durante largos minutos. Después, se sentaron todos, y el reverendo Burgess sacó un sobre de su bolsillo. La concurrencia contuvo el aliento mientras lo abría y sacaba una hoja de papel. Leyó su contenido despacio y con solemnidad mientras el auditorio escuchaba con atención extática lo que el mágico documento decía. Cada una de sus palabras tenía el valor de un lingote de oro:

—«La observación que yo hice al extranjero en apuros fue la siguiente: "Está usted muy lejos de ser una mala persona; siga su camino y corríjase".» —Y prosiguió—: Dentro de un momento sabremos si la advertencia que aquí se transcribe corresponde a la que está oculta dentro del fardo. Si resulta que, en efecto, así es (y no tengo la menor duda), este fardo de oro pertenece a un conciudadano que de hoy en adelante comparecerá ante la nación como el símbolo de la virtud especial que ha hecho célebre a nuestro pueblo por todo el país: ¡el señor Billson!

La concurrencia se había preparado ya para estallar en un verdadero vendaval de aplausos, pero, en vez de eso, pareció atacada de parálisis. Hubo durante unos momentos un silen-

cio profundo, seguido de una oleada de murmullos que recorrió toda la sala, que decían, más o menos, lo siguiente:

—¿Billson? ¡Vamos, eso no se aguanta por ningún lado!
¡Dar Billson a un forastero, ni a nadie, veinte dólares! ¡A otro
con esos cuentos!

Al llegar a ese punto, contuvo la concurrencia el aliento
otra vez, víctima de otro súbito acceso de asombro, porque
descubrió que mientras en una parte del vestíbulo el diácono
Billson se ponía en pie con la cabeza mansamente inclinada,
hacía lo propio en otra parte el abogado Wilson. Reinó por
unos momentos un silencio de perplejidad.

Todo el mundo estaba intrigado, y diecinueve parejas
mostraban sorpresa e indignación.

Billson y Wilson se volvieron el uno hacia el otro y se
contemplaron. Billson preguntó, burlón:

—¿Por qué se levanta usted, señor Wilson?

—Porque tengo derecho. Quizá tenga usted a bien explicar a la concurrencia por qué se levanta.

—Con muchísimo gusto. Porque yo escribí ese papel.

—¡Es una falsedad y una impudicia! Quien lo escribió
fui yo.

Ahora le llegó a Burgess el turno de quedar paralizado. Se
quedó mirando como alelado primero a uno de aquellos
hombres y luego al otro, como si no comprendiese nada. La
concurrencia estaba estupefacta. Entonces habló el abogado
Wilson y dijo:

—Pido que se lea el nombre con que está firmado este
papel.

Esas palabras hicieron volver en sí a la presidencia, que
leyó en voz alta el nombre:

—John Wharton Billson.

—¡Ahí está! —gritó Billson—. ¿Qué tiene que decir ahora? ¿Qué clase de disculpas va usted a presentarme y va a presentar a esta concurrencia, a la que ha ofendido, por la impos-
tura que ha querido representar?

—No hay por qué presentar disculpas, señor. En cuanto a lo demás, yo lo acuso a usted públicamente de haber sustraído mi nota al señor Burgess, y de haberla sustituido con una copia que usted firmó con su propio nombre. Solo de esa manera pudo usted hacerse con la observación. Solo yo, entre todas las personas, poseía el secreto de esa frase.

Si aquello continuaba, era probable que degenerase en escándalo. Todo el mundo advirtió con angustia que los escribas copiaban como locos. Muchas personas gritaban:

—¡Presidencia, presidencia! ¡Orden, orden!

Burgess golpeó con su mallete en la mesa y dijo:

—No nos olvidemos de las buenas formas. Es evidente que en alguna parte ha habido una equivocación, pero con seguridad que la cosa no pasa de ahí. Si el señor Wilson me dio un sobre (y ahora recuerdo que, en efecto, me lo dio), todavía lo conservo.

Sacó uno del bolsillo, lo abrió, lo miró, pareció sorprendido y preocupado y permaneció en silencio algunos momentos. Acto seguido hizo con la mano un movimiento mecánico de vaivén, se esforzó para decir algo y renunció a ello, presa del abatimiento. Varias voces gritaron:

—¡Que lo lea, que lo lea! ¿De qué se trata?

Entonces el señor Burgess, como aturdido y sonámbulo, leyó:

—«La observación que hice al desdichado forastero fue la siguiente: "Está usted lejos de ser una mala persona. —La concurrencia tenía clavados los ojos en él, llena de admiración—. Siga su camino y corríjase".»

Murmullos:

—¡Es asombroso! ¿Qué puede querer decir esto?

El presidente agregó:

—Este que he leído está firmado por Thurlow G. Wilson.

—¡Ya está! —exclamó Wilson—. Supongo que eso liquida la cuestión. Sabía con toda seguridad que mi nota había sido plagiada.

—¡Plagiada! —replicó Billson—. Yo le haré saber que ni usted ni hombre alguno de su ralea se arriesgará a...

LA PRESIDENCIA: «¡Orden, caballeros, orden! Siéntense los dos, por favor».

Ambos obedecieron, sacudiendo las cabezas y refunfuñando airadamente. La concurrencia se hallaba por completo intrigada, no sabía qué hacer en aquella curiosa circunstancia. Thompson, el sombrerero, se levantó a continuación. Le habría gustado ser uno de los diecinueve, pero no podía aspirar a tanto. Sus existencias de sombreros no bastaban para ocupar semejante posición. Dijo:

—Señor presidente, si se me permite hacer una sugerencia, ¿no sería posible que estos dos caballeros estuviesen en lo cierto? Le planteo, señor, esta pregunta: ¿puede ocurrir que ambos hayan dicho al forastero las mismas palabras? A mí me parece...

El curtidor se puso en pie y lo interrumpió. Era un hombre irritable, se creía con títulos para ser uno de los diecinueve, pero no conseguía que le reconociesen esa categoría. Eso era causa de que se mostrase siempre algo antipático en sus maneras y en su conversación. Dijo:

—¡Alto ahí, ese no es el asunto! Una cosa así podría ocurrir dos veces en un siglo, pero no lo demás. ¡Ni el uno ni el otro dieron los veinte dólares! [*Murmullos de aprobación*]

BILLSON: «¡Yo se los di!».

WILLSON: «¡Yo se los di!».

A continuación, ambos se acusaron mutuamente de rateros.

LA PRESIDENCIA: «¡Orden! Siéntense, por favor. Siéntense los dos. Ninguna de las notas salió por un instante de mis manos».

UNA VOZ: «Bueno, con eso sabemos ya a qué atenernos».

EL CURTIDOR: «Señor presidente, una cosa está clara: uno de estos dos hombres debió de meterse debajo de la cama del otro para escuchar y robar los secretos íntimos. Si no resulta antiparlamentario sugerirlo, haré notar que los dos son capaces de semejante cosa».

LA PRESIDENCIA: «¡Orden! ¡Orden!».

EL CURTIDOR: «Retiro la sugerencia, señor, y me limitaré a insinuar que si uno de ellos ha oído al otro cuando revelaba a su mujer la observación, lo atraparemos de inmediato».

UNA VOZ: «¿Cómo?».

EL CURTIDOR: «Fácil. No han copiado los dos la frase en los mismos términos. Si no hubiese mediado un largo rato y una pelea llena de excitación entre las dos lecturas, lo habríais descubierto».

UNA VOZ: «Señale usted la diferencia».

EL CURTIDOR: «En la nota de Billson aparece la palabra "muy", y en la otra no».

MUCHAS VOCES: «¡Así es, está en lo cierto!».

EL CURTIDOR: «Por eso, si la presidencia quiere examinar la nota que está dentro del fardo, sabremos cuál de estos dos farsantes...».

LA PRESIDENCIA: «¡Orden!».

EL CURTIDOR: «Cuál de estos dos aventureros...».

LA PRESIDENCIA: «¡Orden, orden!».

EL CURTIDOR: «Cuál de estos dos caballeros [*Risas y aplausos*] tiene títulos suficientes para ceñirse el cinturón de campeón entre los charlatanes desvergonzados que vieron la luz en este pueblo, al que ha deshonrado y que de hoy en adelante se convertirá para él en un lugar de vergüenza». [*Aplausos entusiastas*]

MUCHAS VOCES: «¡Abridlo! ¡Abrid el fardo!».

El señor Burgess hizo un corte en el fardo, metió la mano y sacó un sobre, en el que había dos notas dobladas. Y entonces dijo:

—Una lleva escrito: «Para no ser leída hasta después que lo hayan sido todas las comunicaciones dirigidas a la presidencia, si es que hay alguna». La otra dice: «La comprobación». Permítanme ustedes: «No exijo que la primera parte de la observación que me fue hecha por mi bienhechor sea reproducida con absoluta exactitud, porque no tiene nada destacado y pudo olvidarse; pero sus últimas palabras son llamativas y creo que es fácil recordarlas. Si estas no son reproducidas con exactitud, considérese al candidato como un impostor. Mi bienhechor empezó diciendo que rara vez aconsejaba él a nadie, pero que sus consejos, cuando los daba, llevaban el contraste de oro de ley. Y entonces siguió con esto, que jamás se me ha borrado de la memoria: "Está usted lejos de ser una mala persona...".».

CINCUENTA VOCES: «Cuestión resuelta. ¡El dinero es de Wilson! ¡Wilson! ¡Wilson! ¡Que hable, que hable!».

La gente saltó de sus asientos y se apelotonó alrededor de Wilson, le estrujaban la mano y lo felicitaban fervorosamente, mientras la presidencia daba golpes con el mallete y gritaba:

—¡Orden, caballeros! ¡Orden, orden! Permítanme ustedes que termine la lectura, por favor.

Cuando se restableció la calma, se reanudó la lectura, como sigue:

—«... siga su camino y corríjase, o, fíjese en mis palabras, algún día, por sus pecados, morirá usted e irá al infierno o a Hadleyburg, pero HAGA TODO LO QUE PUEDA PARA QUE SEA AL PRIMERO.»

Se produjo un silencio espantoso. Las caras de los ciudadanos empezaron a cubrirse de una negra nube. Después de una pausa, la nube empezó a desaparecer y una expresión cosquilleante pugnó por sucederle. Pugnó tan enérgicamente, que solo pudo ser contenida con grandes y dolorosas dificultades. Los reporteros, los de Brixton y los otros forasteros bajaron sus cabezas y se ocultaron las caras con las manos, y lograron contenerse a fuerza de la más enérgica y heroica cortesía. En este momento, el más inoportuno, rompió el silencio el bramido de una voz solitaria, la de Jack Halliday:

—¡Esto sí que es de ley!

Entonces la concurrencia, la forastera y la de casa, se dejó ir. Hasta la seriedad del señor Burgess se vino abajo por fin, y el auditorio, al ver aquello, se consideró absuelto de forma oficial de todo freno y se aprovechó a lo grande. La carcajada que estalló fue larga y alegre y tempestuosamente cordial, pero cesó al fin, y dio tiempo suficiente al señor Burgess para recomponerse y a la gente de enjugarse un poco los ojos. Pero hubo un segundo estallido, y un tercero, hasta que Burgess pudo pronunciar estas frases severas:

—Es inútil intentar disfrazar el hecho: nos encontramos en presencia de un asunto de la mayor importancia. En él se juega el honor de nuestro pueblo, porque ataca a su buen nombre. La diferencia de una sola palabra entre las observaciones presentadas por el señor Wilson y el señor Billson es en sí misma una cosa seria, puesto que indica que uno u otro de estos caballeros es culpable de un robo.

Los dos hombres aludidos permanecían sentados, impotentes, sin energía, aplastados. Pero al oír esas palabras ambos se agitaron eléctricamente y se dispusieron a levantarse.

—¡Siéntense ustedes! —dijo la presidencia con aspereza, y los dos obedecieron—. Según decía, esto era una cosa seria. Sí, lo es, pero para uno solo de ellos. Pero el asunto se ha vuelto más grave, porque el honor de ambos se halla ahora ante un peligro tremendo. ¿Iré más lejos y diré que se trata de un peligro del que no pueden escabullirse? Ambos prescindieron de las quince palabras decisivas. —Se calló, dejó que durante algunos momentos se concentrase el silencio reinante, haciendo más profundos sus imponentes efectos, y agregó—: Solo se ve un camino para que haya podido ocurrir eso. Yo pregunto a estos caballeros: ¿hubo en ello confabulación? ¿Acaso un acuerdo?

Se alzó por toda la sala un apagado murmullo, que expresaba:

—Los atrapó a los dos.

Billson no estaba acostumbrado a esas contingencias; permaneció sentado en un irremediable desmayo. Pero Wilson era hombre de leyes. Hizo un esfuerzo y se puso en pie, pálido y desasosegado, y dijo:

—Pido la indulgencia de los aquí reunidos mientras explico este asunto tan penoso. Me duele tener que decir lo que voy a decir, ya que ello infligirá un daño irreparable al señor Billson, al que hasta este momento aprecié y respeté siempre y en cuya invulnerabilidad a la tentación he creído por completo, igual que todos vosotros. Pero debo hablar en defensa de mi honor y con franqueza. Confieso avergonzado (y ahora os suplico por ello el perdón) que yo dije al forastero en apuros todas las frases contenidas en el sobre, incluso las quince deshonrosas para el pueblo. [*Sensación*] Cuando se publicó hace poco el caso las recordé y decidí reclamar el fardo de monedas porque estaba en mi derecho, desde cualquier punto de vista. Yo les pido ahora que mediten lo que sigue. Y que lo sopesen bien: aquella noche, el agradecimiento que el forastero me mostró no tuvo límites. Él mismo dijo que no le era posible encontrar palabras con las que expresarlo de manera adecuada, y que si él pudiera me lo devolvería por mil. Pues bien, yo pregunto a ustedes esto: ¿podía yo esperar (podía yo creer, siquiera remotamente) que, con tales sentimientos, sería capaz de realizar un acto tan desagradecido como el de agregar esas últimas palabras tan innecesarias al texto? ¿Que me tendería una trampa? ¿Que me sacaría a relucir como calumniador de mi propia ciudad ante los ojos de mis compatriotas reunidos en un salón público? Eso era absurdo, imposible. Su papel solo podía contener la cariñosa y primera frase de mi comentario. De eso no tenía yo ni sombra de duda. Ustedes en mi caso habrían pensado lo mismo. No habrían esperado una baja traición de una persona con la que ustedes se habían mostrado amistosos y a la que no habían ofendido en nada, y por eso, en plena confianza, con absoluta fe, escribí en el documento las primeras frases, y concluí con el «siga su camino, y corríjase», y lo firmé. En el momento en que iba a meter el papel dentro del sobre fui llamado al despacho, y sin pensarlo lo dejé abierto encima de mi escritorio. —Hizo un alto, volvió lentamente la cabeza hacia Billson, esperó un momento y agregó—: Yo pido a ustedes que se fijen en esto: cuando regresé un poco más tarde, el señor Billson salía por la puerta de la calle. [*Sensación*]

Billson se puso en pie y gritó:

—¡Mentira! ¡Eso es una mentira infame!

LA PRESIDENCIA: «¡Siéntese usted, señor! El señor Wilson está en el uso de la palabra».

Los amigos de Billson lo hicieron sentar a la fuerza y lo tranquilizaron, mientras Wilson seguía diciendo:

—He ahí los hechos. Cuando volví, mi nota estaba encima de la mesa, pero en lugar distinto de donde yo la dejé. Me di cuenta de ello, pero no le di importancia, pensando que una corriente la habría arrastrado hasta allí. Que el señor Billson leyese un documento privado era cosa que a mí no me alcanzaba. Él era un hombre honrado y por encima de tales bajezas. Si ustedes me permiten decirlo, creo que con esto está explicada su palabra «muy»: puede atribuirse a un fallo de memoria. Yo soy el único hombre del mundo que puede aportar aquí todos los detalles de la observación que hay en el fardo de una manera honrada. He dicho.

No hay nada que pueda compararse a un discurso persuasivo para confundir el aparato mental, derruir las convicciones y pervertir las emociones de un auditorio que no tiene práctica en los trucos y recursos engañosos de la oratoria. Wilson tomó asiento, victorioso. La concurrencia lo sumergió en olas de aplausos aprobadores. Los amigos acudieron en enjambre a su alrededor, le estrecharon la mano, le felicitaron, abuchearon a Billson y no le permitieron decir una palabra. La presidencia no hacía otra cosa que golpear con el mallete y gritar:

—¡Caballeros, sigamos adelante!

Se logró, por fin, un grado relativo de silencio, y el sombrerero dijo:

—Pero ¿que más queda por hacer, señor, sino entregar el dinero?

VOCES: «¡Eso es, eso es! ¡Acérquese usted, Wilson!».

EL SOMBRERERO: «Yo propongo tres hurras por el señor Wilson, símbolo de la virtud especial que...».

Los aplausos no le dejaron terminar. Mientras tanto, (también con el estruendo del mallete) algunos entusiastas levantaron a Wilson a horcajadas sobre los hombros de un amigo, y ya se lo llevaban triunfantes hacia la plataforma. De pronto, la voz de la presidencia se alzó por encima del estrépito:

—¡Orden! ¡A sus puestos cada cual! Ustedes olvidan que queda todavía un sobre por leer. —Cuando se hizo la calma le echó mano, y ya iba a abrirlo, pero volvió a dejarlo encima de la mesa, y dijo—: Me había olvidado, este sobre no hay que abrirlo hasta que se hayan leído todas las comunicaciones escritas recibidas por mí.

Entonces sacó del bolsillo otro sobre, sacó el contenido, le echó un vistazo, dio muestras de asombro, lo enseñó y lo contempló. Veinte o treinta voces gritaron:

—¿De qué se trata? ¡Que lo lea! ¡Que lo lea!

Así hizo, despacio, y lleno de estupefacción:

—«La observación que yo hice al extranjero...

VOCES: «Pero ¿qué es eso?».

—... fue esta: "Está usted lejos de ser una mala persona...

VOCES: «¡Qué espanto!».

—... Siga su camino, y corríjase"».

UNA VOZ: «¡Que me sierren la pierna!».

—Firmado por el señor Pinkerton, el banquero.

La vorágine de regocijo que se desató entonces fue como para hacer llorar a los hombres más juiciosos y a aquellos cuyos lagrimales no habían quedado todavía exprimidos. Se rieron hasta que les corrieron las lágrimas por la cara. Los periodistas, acometidos de ataques de risa, escribieron absurdos garabatos que no podrían descifrar jamás; un perro dormido se despertó del susto y pegó un salto, fuera de sí, y se volvió loco ladrando ante aquel torbellino. Entre el barullo se cruzaron toda clase de gritos:

—¡Nos estamos haciendo ricos, ya tenemos dos modelos de incorruptibilidad! ¡Sin contar a Billson! ¡Tres! Contad también a Barriga de Sábalo... ¡Por muchos que tengamos, nunca serán bastantes! ¡Perfecto, queda elegido Billson! ¡Pobre Wilson, víctima de dos ladrones!

UNA VOZ FUERTE: «¡Silencio! La presidencia ha pescado algo más dentro de su bolsillo».

VOCES: «¡Hurra! ¿Hay algo nuevo? ¡Que lo lea!, ¡que lo lea!».

LA PRESIDENCIA [*Leyendo*]: «La observación que yo le hice», etcétera. «Está usted lejos de ser una mala persona. Siga...», etcétera. «Firmado, Gregory Yates».

UN HURACÁN DE VOCES: «¡Cuatro símbolos! ¡Hurra por Yates! ¡Eche usted otra vez el anzuelo!».

La concurrencia había llegado ya a los bramidos de regocijo, y estaba dispuesta a sacar de la circunstancia toda la diversión que podía dar de sí. Algunos de los diecinueve, pálidos y angustiados, se levantaron y empezaron a abrirse camino hacia las naves laterales, pero una veintena de voces gritaron a un tiempo:

—Las puertas, las puertas, cerrad las puertas. ¡Que no salga de aquí ninguno de los incorruptibles! ¡Que se sienten todos!

La orden fue obedecida.

—¡Pesque usted otra vez! ¡Lea, lea usted!

La presidencia volvió a pescar, y una vez más las frases ya familiares empezaron a salir de sus labios: «Está usted lejos de ser una mala persona».

—¡El nombre, el nombre! ¿Cuál es el nombre?

—L. Ingoldsby Sargent.

—¡Ya tenemos cinco elegidos! ¡Amontone usted los símbolos! ¡Adelante, adelante!

—«Está usted lejos de ser una mala...»

—¡El nombre, el nombre!

—Nicholas Whitworth.

—¡Hurra, hurra! ¡Este es un día simbólico!

Alguien empezó a lamentarse y a cantar la encantadora canción «Mikado», que empieza:

Cuando un hombre tiene miedo, una doncella hermosa...

El auditorio intervino lleno de júbilo, y se unió al canto. En el momento preciso, alguien contribuyó con otro verso:

Y no te olvides jamás...

La concurrencia lo siguió en coro tumultuoso. Se oyó de pronto el tercer verso:

La gente corruptible lejos de Hadleyburg está...

También lo cantaron con gran estrépito. Cuando se apagó la última nota, se dejó oír alta y clara le voz de Jack Halliday, cargada con un último verso:

Pero ¡estad seguros de que aquí están los símbolos!

Este lo bramaron con un entusiasmo desbordante. La feliz concurrencia volvió al comienzo y cantó dos veces seguidas las estrofas, con enorme impulso y aliento, y terminó con un aplastador y triple vítor, y un hurra por «¡Hadleyburg la incorruptible y por todos sus símbolos, cuyo sello de ley seamos dignos de recibir esta noche!».

Empezaron entonces otra vez los gritos a la presidencia, desde toda la sala:

—¡Adelante! ¡Adelante! ¡Lea usted! ¡Lea usted algunos más! ¡Lea todos los que tiene!

—¡Eso es, adelante! ¡Estamos ganando la fama eterna!

Una docena de hombres se pusieron en pie y empezaron a protestar, diciendo que semejante farsa era obra de algún bromista desocupado, y que constituía un insulto a toda la comunidad. Todas aquellas firmas eran sin duda alguna falsificadas.

—¡Siéntese! ¡Siéntese! ¡Cállese la boca! Está usted confesando. Ya saldrá su nombre y apellido entre el montón de papeles.

—Señor presidente, ¿cuántos de esos sobres tiene usted?

La presidencia contó.

—Contando los que han sido ya examinados, hay diecinueve.

Estalló una tempestad de aplausos burlones.

—Quizá todos ellos contienen el secreto. Propongo que los lea usted y que lea también las firmas, así como las ocho primeras palabras de cada nota.

—¿Quién apoya la moción?

Fue sometida a votación y aprobada clamorosamente. Entonces se puso en pie el viejo Richards, y junto a él se levantó también su esposa. Esta había bajado la cabeza para que nadie viese que estaba llorando. Su marido le ofreció el brazo, y prestándole apoyo, comenzó a expresarse con voz temblorosa:

—Amigos míos, ustedes nos conocen de toda la vida, a Mary y a mí, y creo que siempre nos tuvieron simpatía y respeto.

El presidente lo interrumpió:

—Permítanme. Es muy cierto, señor Richards, eso que está usted diciendo, esta población, en efecto, los conoce, siente simpatía por ustedes; más aún: los honra y los ama a ustedes...

La voz de Halliday volvió a resonar:

—¡También eso lleva el sello de ley! ¡Que la asamblea diga si el presidente está o no en lo cierto! ¡Arriba todos! ¡Vamos allá!, ¡hip, hip, hip! ¡Todos juntos!

La concurrencia se alzó en masa, se volvió con ansiedad hacia el anciano matrimonio, llenó el aire con una tempestad de nieve de ondulantes pañuelos y lanzó tres vítores con cariño cordial.

La presidencia prosiguió entonces:

—Lo que yo quería decir es esto: nosotros conocemos, señor Richards, su bondadoso corazón, pero no es este momento para ejercer la caridad con los culpables. [Gritos de: «¡Muy bien, muy bien!»] Leo el generoso propósito en su rostro, pero no puedo permitir que abogue en favor de estos hombres...

—Es que yo iba a...

—Por favor, señor Richards, siéntese. Debemos examinar el resto de las notas, la más estricta justicia para con los hombres que ya han sido expuestos a la vergüenza así lo exige. En cuanto se haya hecho esto, le doy mi palabra, será usted oído.

MUCHAS VOCES: «¡Muy bien! La presidencia está en lo cierto, no puede tolerarse a estas alturas ninguna interrupción. ¡Adelante! ¡Los nombres, los nombres! ¡Que se cumpla lo acordado en la moción!».

El anciano matrimonio se sentó a regañadientes, y el marido cuchicheó a su mujer:

—¡Qué doloroso resulta el tener que esperar! La vergüenza será mayor todavía cuando descubran que lo que pretendíamos hacer era defendernos a nosotros mismos.

En cuanto se reanudó la lectura de nombres, estalló otra vez la jovialidad a carcajadas.

—«Está usted lejos de ser una mala persona... Firmado, Robert J. Titmarsh.»

—«Está usted lejos de ser una mala persona.... Firmado, Eliphalet Weeks.»

—«Está usted lejos de ser una mala persona... Firmado, Oscar B. Wilder.»

Al llegar a ese punto, la asamblea tuvo la ocurrencia de quitarle de la boca al presidente las ocho palabras. El presidente no lo tomó mal. De allí en adelante se limitó a mostrar una tras otra las notas y a esperar. La asamblea canturreaba las ocho palabras formando un coro vibrante, rítmico y profundo, asemejándose mucho, de un modo irrespetuoso, a un himno de iglesia bien conocido. «Está usted lejos... de ser una mala... personaaa...» Y, acto seguido, la presidencia decía: «Firmado, Archibald Wilcox». Etcétera, etcétera, nombre tras nombre, y todo el mundo estaba pasando un rato agradabilísimo, salvo los desdichados diecinueve. De cuando en cuando, al citarse un nombre especialmente destacado, la concurrencia obligaba a la presidencia a esperar, mientras el coro cantaba todo el texto, desde el principio hasta las últimas palabras: «Y váyase usted al infierno o a Hadleyburg, pero haga todo lo que pueda para que sea al priii-mee-roo». Y en esos casos especiales agregaba un grandioso, angustioso e imponente «¡A-a-a-mén!».

La lista fue achicándose, achicándose, achicándose. El pobrecito Richards llevaba la cuenta, haciendo una mueca de dolor cuando se pronunciaba algún nombre parecido al suyo, y aguardando en miserable espera el momento en que gozaría del humillante privilegio de levantarse con Mary y dar fin a su defensa, que se proponía expresar de este modo: «... porque hasta ahora nunca hicimos ninguna mala acción, y hemos continuado nuestro humilde camino libres de reproches. Somos muy pobres, somos ancianos y no contamos con hijos ni parientes que nos ayuden. Nos vimos terriblemente tentados, y caímos. Cuando antes me levanté, lo hice con el propósito de hacer mi confesión y suplicar que no fuese leído mi nombre en este lugar público, porque nos parecía que eso acabaría con nosotros, pero no se me permitió. Con razón: era indispensable que sufriésemos con los demás. Ha sido muy duro para nosotros. Es la primera vez que hemos oído pronunciar nuestro nombre deshonrado. Sed misericordiosos, y tened en cuenta días mejores. Haced que nuestra vergüenza sea tan ligera de cargar como lo consienta vuestra caridad». Al llegar a ese punto, Mary le golpeó con el codo, ya que se había dado cuenta de que estaba ensimismado. La asamblea cantaba: «Está usted leeeejos de...», etcétera.

—Prepárate —le cuchicheó Mary—. Ahora viene tu nombre, ha leído ya dieciocho.

Terminó el canto.

—¡El que sigue, el que sigue, el que sigue! —gritaron desde todos los puntos de la sala.

Burgess se metió la mano en el bolsillo. El viejo matrimonio, tembloroso, hizo el ademán de levantarse. Burgess titubeó y dijo:

—Me encuentro con que ya los he leído todos.

Desmayados de gozo y de sorpresa, el matrimonio se dejó caer en sus asientos y Mary susurró:

—¡Bendito sea Dios, estamos salvados! Perdió la nuestra. Ni por un centenar de esos fardos cambiaría yo esta satisfacción.

La concurrencia rompió a cantar su «Mikado» en tono de farsa, y lo hizo tres veces con un entusiasmo cada vez mayor, poniéndose en pie cuando llegó por tercera vez al verso final:

Pero ¡nos queda un símbolo, por lo menos!

Y cerró con tres vítores y un hurra de propina por «la pureza de Hadleyburg y nuestros dieciocho inmortales representantes de la misma».

Entonces Wingate, el talabartero, se levantó y propuso que se vitorease «al hombre más puro del pueblo, al único ciudadano destacado que no intentó robar aquel dinero: Edward Richards».

Se dieron los vítores con una cordialidad grandiosa y conmovedora, y alguien propuso que Richards fuese elegido guardián único y símbolo de la que era ya sagrada tradición en Hadleyburg, con poderes y derechos para alzarse y mirar a la cara al mundo burlón.

Fue aprobado por aclamación. Volvieron a cantar «Mikado» y terminaron con este verso:

¡Y nos queda un símbolo, por lo menos!

Hubo un silencio, y entonces...

UNA VOZ: «Pero, bueno, ¿a quién hay que darle el fardo?».

EL CURTIDOR [*Con agrio sarcasmo*]: «Eso es cosa fácil. Hay que dividir el dinero entre los dieciocho incorruptibles. Ellos entregaron al forastero necesitado veinte dólares por barba, y fíjense ustedes que lo hicieron el uno después del otro, de modo que el cortejo tardó veintidós minutos en desfilar. Proveyeron al extranjero, reunió trescientos sesenta dólares. Ellos solo piden que se les devuelva el préstamo, con los intereses. En total, cuarenta mil dólares».

MUCHAS VOCES [*En tono de mofa*]: «¡Eso es! ¡Dividendo, dividendo! ¡Sed compasivos con los pobres y no los tengan ustedes esperando!».

LA PRESIDENCIA: «¡Orden! Voy a leer el documento del forastero que ha quedado sin abrir. Dice así:

> Si no comparece ningún pretendiente [*Coro inmenso de gemidos*] deseo que abra usted el talego y cuente el dinero delante de los ciudadanos más destacados del pueblo, para que ellos lo reciban en depósito [*Gritos de «¡Uuu!»*] y lo empleen como mejor les parezca en favor de la propagación y la conservación de la gloriosa fama de la que goza vuestra comunidad de honradez incorruptible [*Más gritos*], a la que sus nombres y sus esfuerzos agregarán un brillo nuevo y muy duradero. [*Estallido entusiasta de aplausos burlones*]

»Parece que esto es todo. Pero no, aquí hay una posdata:

> P. D.: Ciudadanos de Hadleyburg: no existe tal observación. Nadie la hizo. [*Gran sensación*] No hubo tal pobre forastero, ni veinte dólares de limosna, ni ninguna de las bendiciones ni cumplidos que le acompañaron. Es pura invención. [*Zumbido y runrún general de asombro y de satisfacción*] Permítanme relatar mi historia, que solo exigirá unas pocas frases. Pasé por su pueblo en una fecha determinada, y recibí una grave ofensa por la que nada había yo hecho por merecer. Cualquier otra persona se habría dado por satisfecha matando a uno o dos vecinos, en justo pago, pero eso habría sido para mí una venganza trivial e inadecuada, porque los muertos no sufren. Además, me sería imposible matarles a todos ustedes, y, en todo caso, dada mi manera de ser, ni aún con eso me hubiera dado por satisfecho. Quise lastimar a todos cuantos ahí viven, hombres y mujeres, y no en sus cuerpos ni en sus bienes, sino en su vanidad, que es el punto más vulnerable de todos los débiles y estúpidos. Me disfracé, pues, y regresé a su

pueblo para estudiarlos de cerca. Vi que eran presa fácil. Gozaban ustedes de una antigua y gran fama por su honradez, y, como es natural, se enorgullecían de ello. Ese era el más preciado de sus tesoros, la niña de sus ojos. En cuanto descubrí con qué cuidado y vigilancia se mantenían ustedes y mantenían a sus hijos apartados de la tentación, me di cuenta de cómo tenía que proceder. ¡Pobres criaturas, que no comprendían que la mayor de todas las debilidades es la virtud que no ha pasado por la prueba del fuego! Tracé un plan y reuní una lista de nombres. Mi proyecto consistía en corromper Hadleyburg, la incorruptible. Pretendía convertir en mentirosos y en ladrones a casi medio centenar de hombres y mujeres irreprochables que en toda su vida no habían mentido ni robado un penique. Me preocupaba Goodson. Goodson no había nacido ni se había criado en Hadleyburg. Temí que si ponía en marcha mi plan, haciéndoles conocer mi carta, ustedes se dirían: «Goodson es el único entre nosotros capaz de donar veinte dólares a un pobre diablo», y que quizá no mordiesen el cebo. Pero los cielos se lo llevaron, y entonces caí en la cuenta de que estaba a salvo. Tendí mi trampa y puse el cebo. Quizá no caigan todas las personas a las que envié por correo el pretendido secreto, pero, si no estoy equivocado acerca de la manera de ser de Hadleyburg, cazaré a la mayor parte.

VOCES: «¡Exacto!, cayeron todos ellos».

Estoy seguro de que llegarán incluso a robar un dinero que es ostensiblemente producto del juego, antes de que desaparezca. ¡Pobres hombres, así tentados, y educados de una manera equivocada! Confío en sofocar por siempre y para siempre su vanidad, y hacer que Hadleyburg se gane una nueva fama, que perdurará, y que llegará lejos. Si he triunfado, abran ustedes el fardo y convoquen al Comité para la Propagación y Preservación de la Buena Fama de Hadleyburg.

UN CICLÓN DE VOCES: «¡Que se abra! ¡Los dieciocho al frente! ¡Comité de Propagación de la Tradición! ¡Los Incorruptibles!».

619

La presidencia desgarró de arriba abajo el fardo, y cogió un puñado de monedas brillantes, grandes y doradas, las sacudió, las examinó y dijo:

—¡Amigos, no son otra cosa que discos de plomo bañado en oro!

Esta noticia provocó un estallido apabullante de deleite, y cuando se acalló el barullo gritó el curtidor:

—Por derecho de evidente antigüedad, queda nombrado el señor Wilson como presidente del Comité de Propagación de la Tradición. Sugiero que dé un paso al frente en representación de sus compañeros y se haga cargo del dinero en depósito.

UN CENTENAR DE VOCES: «¡Wilson! ¡Wilson! ¡Wilson! ¡Que hable, que hable!».

WILSON [*Con voz trémula de ira*]: «Permítanme que diga, sin disculparme por mi mal lenguaje, ¡que el diablo cargue con el dinero!».

UNA VOZ: «¡Hay que ver con el de la Iglesia bautista!».

UNA VOZ: «¡Quedan diecisiete símbolos! ¡Adelante, caballeros, y háganse cargo del legado!».

Una pausa. Nadie contesta.

EL TALABARTERO: «Señor presidente, nos ha quedado un hombre puro, por lo menos, de entre la agonizante aristocracia, y es un hombre que necesita el dinero y que se lo merece. Propongo que nombre usted a Jack Halliday para que suba al estrado y saque a subasta ese fardo de monedas doradas de veinte dólares, y que entregue la suma al hombre que de verdad se merece el dinero, al hombre al que Hadleyburg se complace en honrar, ¡Edward Richards!».

Esta proposición fue recibida con gran entusiasmo, para echar otra vez una mano al pobre hombre. El talabartero inició la puja con un dólar, y los naturales de Brixton y el representante de Barnum pelearon fuerte por llevárselo. La concurrencia aplaudió todas las alzas que se hacían, y la emoción subió más y más a cada momento. Los postores se aguijonearon y se hicieron cada vez más audaces, más resueltos. Las posturas saltaron de un dólar a cinco, luego a diez, luego a veinte, a cincuenta, a cien, a...

Al principio de la subasta Richards había susurrado angustiado a su mujer:

—¡Oh, Mary! ¿Podemos permitirlo? Fíjate en que es un premio de honor, un testimonio de pureza de carácter, y..., y..., ¿podemos consentirlo? ¿No sería mejor, Mary, que yo..., que me levantase? ¿Qué debemos hacer? ¿Qué crees tú que...?

LA VOZ DE HALLIDAY: «¡Quince me ofrecen! ¡Dan quince por el fardo!; ¡veinte!, gracias; ¡treinta!, perfecto; ¡treinta, treinta, treinta! ¿Me ha parecido oír cuarenta?, ¡cuarenta son! Que no pare, caballeros, que no pare; ¡cincuenta! Gracias, noble Roman. ¡Se va en cincuenta, cincuenta, cincuenta!; ¡setenta! ¡Noventa! ¡Magnífico! ¡Cien! ¡Sigan pujando, sigan pujando! ¡Ciento veinte!; ¡cuarenta!; ¡justo a tiempo! ¡Ciento cincuenta! ¡Doscientos! ¡Espléndido! Me parece oír doscientos y..., ¡gracias! ¡Doscientos cincuenta!».

—Esta es otra tentación, Edward, estoy temblando, pero nos hemos salvado de una tentación, y eso debería advertirnos de que... [«*¿Fueron seiscientos lo que oí? ¡Gracias!, seiscientos cincuenta, seiscientos cinc... ¡Setecientos!*»] Y, sin embargo, Edward, si una se pone a pensar en que nadie sosp... [«*¡Ochocientos dólares!, ¡hurra! ¡Que sean novecientos! Señor Parsons, me pareció oírle..., ¡gracias!, ¡novecientos! Pero ¿es que este glorioso fardo de plomo virgen se va a ir solo por novecientos dólares, con el dorado y todo? ¡Vamos! ¿Oigo bien? ¡Mil dólares! Fiel servidor suyo. ¿No ha dicho alguien mil cien? Un fardo que se va a convertir en el más célebre de todo el univ...*»] ¡Oh, Edward! —Empezó a sollozar—. ¡Somos tan pobres!, pero, pero, haz lo que te parezca mejor, haz lo que te parezca mejor.

Edward sucumbió, es decir, permaneció sentado en silencio con su conciencia a disgusto, pero abrumado por las circunstancias.

Mientras tanto, un desconocido que parecía un detective

aficionado, con un absurdo atuendo de conde inglés, había estado contemplando la sesión con interés manifiesto y expresión satisfecha, y hasta hizo comentarios para sí mismo. En este momento hablaba para sus adentros como sigue:

«Ninguno de los dieciocho está pujando. No me parece bien, necesito que cambie, las exigencias dramáticas lo imponen. Tienen que comprar el fardo que intentaron robar, y es preciso que paguen una cantidad elevada, porque algunos de ellos son gente rica. Otra cosa: si me equivoco acerca de la naturaleza de Hadleyburg, el hombre que ha sido la causa de que así sea tiene derecho a recibir altos honorarios por ello, y alguien los tiene que pagar. Este pobre Richards se ha puesto en ridículo a mi juicio. Es un hombre honrado; no lo entiendo, pero lo reconozco. Sí, él aceptó mi envite y tiene una escalera real. Le pertenece, pues, el dinero que hay en la mesa. Y, si las cosas salen bien, no ha de ser una insignificancia. Me ha decepcionado, pero lo dejaré pasar».

El hombre en cuestión contemplaba las pujas. Al llegar a los mil dólares, se desbarataron las ofertas; fueron cayendo rápidamente. Esperó, siguió esperando. Uno de los licitadores se retiró, luego otro, y otro. Nuestro hombre pujó entonces una o dos veces. Cuando los aumentos se redujeron a cantidades de diez dólares, él agregó cinco, y alguien subió aún tres dólares más. Él esperó un momento y lanzó un salto de cincuenta dólares, y se llevó el talego por la cantidad de mil doscientos ochenta y dos dólares. La concurrencia aplaudió, pero, de pronto, se callaron todos, porque el desconocido se había puesto en pie y había levantado una mano. Y empezó a hablar.

—Deseo decir unas palabras y pedir un favor. Soy un negociante de rarezas y tengo tratos en todo el mundo con personas interesadas en la numismática. La compra que acabo de hacer me rendirá beneficios, a pesar del precio. Sin embargo, y si merece su aprobación, hay una manera de que cada una de estas monedas de veinte dólares de plomo valgan su peso en oro, y quizá más. Otorgadme vuestro consentimiento y yo entregaré una parte de mis beneficios a vuestro señor Richards, cuya invulnerable honradez todos ustedes han reconocido esta noche de manera tan entusiasta y cordial. La parte que le corresponderá ascenderá a diez mil dólares, que yo le entregaré mañana. [*Grandes aplausos de la concurrencia*] —Lo de «la invulnerable honradez» provocó que los Richards se sonrojasen mucho, lo que se tomó como efecto de su modestia, y no los descubrió—. Si ustedes apoyan mi proposición con una buena mayoría (me agradaría que obtuviese dos terceras partes de los votos), lo consideraré como una muestra de la aprobación de este pueblo, y no pido más. El negocio de las rarezas se beneficia con cualquier recurso que contribuya a despertar el interés y a llamar la atención. Pues bien: desearía que ustedes me concedieran el permiso de grabar en el anverso de estas llamativas monedas los nombres de los dieciocho caballeros que...

Nueve de cada diez concurrentes se pusieron en pie en un instante, incluyendo el perro, y la proposición fue aprobada entre un torbellino de aplausos y de risas.

Volvieron a sentarse, y entonces se pusieron en pie todos los «símbolos», excepto el doctor Clay Harkness, que protestaba violentamente contra aquel ultraje, y amenazaba con...

—Les suplico a ustedes que no me amenacen —dijo el desconocido, con tranquilidad—. Conozco los derechos que la ley me da, y no estoy acostumbrado a que me asusten con bravatas. [*Aplausos*] Se volvió a sentar.

Entonces el doctor Harkness vio allí su oportunidad. Era uno de los dos hombres más ricos del pueblo, Pinkerton el otro. Harkness era propietario de un taller de acuñación de moneda, es decir, de un específico farmacéutico muy popular. Aspiraba a salir elegido alcalde en una candidatura, y Pinkerton en la otra. Era una campaña muy peleada, y cada día más competida. Ambos tenían grandes apetencias por el dinero y habían adquirido una gran extensión de tierra con un determinado propósito: iba a tenderse una nueva línea de ferrocarril, y los dos aspiraban a sentarse en la legislatura para trazar su recorrido de la manera más conveniente a sus intereses. Bastaría un solo voto para decidir la elección y hacer la fortuna de dos o tres personas. El premio era de importancia, y Harkness un atrevido especulador. Estaba sentado cerca del desconocido. Mientras alguno de los demás símbolos ocupaba la atención de la asamblea con sus protestas y sus súplicas, Harkness se inclinó hacia delante y le preguntó cuchicheando:

—¿Cuánto quiere por el fardo?

—Cuarenta mil dólares.

—Le doy veinte.

—No.

—Veinticinco.

—No.

—Pongamos treinta.

—El precio son cuarenta mil dólares, y ni un penique menos.

—Hecho, se los daré. Acudiré al hotel a las diez de la mañana. No quiero que se sepa. Lo veré a usted en secreto.

—Perfecto.

El desconocido se levantó y habló así a la asamblea:

—Me parece que se ha hecho tarde. Los discursos de estos caballeros no carecen de mérito, de interés, o de elegancia, pero si se me disculpa, me retiraré. Agradezco a ustedes el gran favor que me han hecho aprobando mi petición. Suplico a la presidencia que me guarde el fardo hasta mañana, y que entregue al señor Richards estos tres billetes de quinientos dólares. —Los billetes llegaron hasta la presidencia—. Mañana, a las nueve, vendré a por él, y a las once entregaré personalmente al señor Richards, en su casa, la suma restante hasta completar los diez mil dólares. Buenas noches.

Se escabulló de la sala, dejando a la concurrencia armando un barullo enorme, entre los vítores, la canción «Mikado», las protestas del perro y el canto «¡Está usted lejos de s-e-e-r una mala perso-o-ona..., una mala perso-o-ona!».

IV

Ya en su casa, los Richards tuvieron que soportar felicitaciones y cumplidos hasta la medianoche. Entonces quedaron a solas. Parecían un poco tristes, y permanecieron sentados y pensativos. Por último, Mary suspiró y dijo:

—¿Crees, Edward, que somos merecedores de censuras, de grandes censuras? —Su mirada se dirigió hacia el terceto acusador de grandes billetes que estaba encima de la mesa, y que las visitas habían contemplado con glotonería y palpado con reverencia.

Edward no contestó enseguida, pero luego suspiró y dijo vacilante:

—No..., no pudimos evitarlo, Mary. Estaba dispuesto así. Todo lo dispone Dios.

Mary lo miró fríamente, pero él no le devolvió la mirada. Dijo entonces:

—Siempre creí que las felicitaciones y los elogios sabían a gloria. Pero ahora me parece... ¿Edward?

—¿Sí?

—¿Vas a seguir en el Banco?

—N-n-no.

—¿Dimitirás de tu cargo?

—Por la mañana, por carta.

—Me parece lo mejor.

El señor Richards apoyó su cabeza sobre las manos y murmuró:

—Antes no me asustaba dejar que pasasen por mis manos verdaderos océanos de dinero perteneciente a otras personas, pero me siento tan cansado. Mary, me siento tan cansado...

—Vamos a la cama.

El desconocido se presentó a las nueve de la mañana en busca del fardo y se lo llevó al hotel en un coche. A las diez, Harkness mantuvo con él una conversación secreta. El desconocido pidió y obtuvo cinco cheques al portador contra un banco metropolitano, cuatro de mil quinientos dólares y uno de treinta y cuatro mil dólares. Metió en su cartera uno de los primeros, y el resto, que ascendía a treinta y ocho mil quinientos dólares, los metió en un sobre, en el que introdujo una carta después de que se marchara Harkness. A las once se presentó ante la casa de los Richards y llamó. La señora Richards miró entre las persianas, salió a abrir, recibió el sobre, y el desconocido desapareció sin decir palabra. La señora Richards volvió a entrar, toda colorada y con las piernas vacilantes, y jadeó:

—¡Ahora sí que lo he reconocido! Anoche me pareció que no había visto nunca a aquel hombre.

—¿Es el mismo que trajo aquí el fardo?

—Estoy casi segura de que sí.

—Entonces él es el auténtico Stephenson, el mismo que puso en evidencia a todos los ciudadanos importantes del pueblo con su falso secreto. Pero si ahora nos envía cheques en lugar de dinero, nos veremos nosotros también expuestos, cuando ya creíamos estar a salvo. Después de descansar esta noche, empezaba ya a sentirme de nuevo tranquilo, pero el aspecto de ese sobre me pone enfermo. No abulta bastante: ocho mil quinientos dólares, aun en billetes grandes, tendrían que abultar más que eso.

—¿Por qué no quieres saber nada de cheques, Edward?

—¡Cheques firmados por Stephenson! Yo me resigno a recibir los ocho mil quinientos dólares, si nos los envía en billetes, porque cualquiera diría que Dios lo ha ordenado así, Mary. Pero siempre he sido un hombre apocado, y no tengo valor para poner en circulación un cheque firmado con un apellido tan calamitoso. Eso sería tendernos una trampa. Ese hombre intentó hacerme caer una vez y de un modo u otro nos salvamos, pero ahora nos prepara una nueva. Si es un cheque...

—¡Oh, Edward, qué malísima intención! —Sostuvo los cheques y empezó a llorar.

—Échalos al fuego, rápido, no debemos permitir esa tentación. Se trata de una artimaña para hacer que el mundo se ría de nosotros, lo mismo que de los demás, y... ¡Dámelos, que tú no te decides! —Se los quitó de un tirón e intentó contenerse hasta llegar a la estufa. Pero era humano, era cajero, y se detuvo un instante para comprobar la firma, y al verla estuvo a punto de desmayarse—. ¡Abanícame, Mary, abanícame! ¡Valen su peso en oro!

—¡Qué dicha, Edward! ¿Por qué?

—Están firmados por Harkness. ¿Qué misterio puede encerrarse en esto?

—Edward, ¿crees que...?

—¡Fíjate, fíjate en esto! Mil quinientos, mil quinientos, mil quinientos, treinta y cuatro mil. ¡Treinta y ocho mil quinientos en total! Mary, el fardo no vale doce dólares, y Harkness, por lo visto, lo ha comprado.

—¿Y crees que todo el dinero es para nosotros, en lugar de los diez mil?

—Así parece. Y los cheques están extendidos al portador.

—¿Eso es bueno, Edward? ¿Qué finalidad tiene?

—Me imagino que se nos indica que debemos cobrarlos en algún banco de una ciudad lejana. Quizá Harkness no desea que trascienda la cosa. ¿Qué es esto? ¿Una carta?

Era la misma letra de Stephenson, pero no traía firma. Y decía:

Estoy decepcionado. Su honradez está por encima de toda tentación. Yo creía otra cosa, pero fui injusto con ustedes, y les pido perdón de la manera más sincera. Siento veneración por usted, y también en esto soy sincero. Este pueblo no es digno ni de besar la orla de su traje. Querido señor, yo hice conmigo mismo una justa apuesta, de que en esta comunidad de usted, que de tal manera se jacta de su honradez, había diecinueve hombres a los que podía corromper. He perdido. Quédese con todas las ganancias, porque lo merece usted.

Richards dejó escapar un profundo suspiro y musitó:

—Parece que estuviera escrita con fuego, a juzgar por lo que abrasa. Mary, otra vez soy un miserable.

—Y yo también. Yo quisiera, querido...

—¡Y pensar, Mary, que este hombre cree en mí!

—Por favor, Edward, calla, no lo puedo soportar.

—Mary, si yo mereciese estas hermosas frases (y bien sabe Dios que hubo un tiempo en que creí merecerlas), sería capaz de dar por ellas los cuarenta mil dólares. Y me guardaría esta carta como más valiosa que el oro y las joyas, y no me separaría nunca de ella. Pero ahora no podríamos vivir a la sombra de su presencia acusadora.

La tiró al fuego.

Llegó un mensajero y entregó un sobre. Richards extrajo una carta y la leyó; era de Burgess.

> Usted me salvó en un trance difícil. Yo lo salvé a usted la noche pasada. Fue a costa de una mentira, pero realicé gustoso el sacrificio, impulsado por mi corazón agradecido. Nadie del pueblo sabe tan bien como yo cuán valeroso, bueno y noble es usted. En el fondo de su corazón es imposible que usted sienta respeto por mí, conociendo la acusación que pesa sobre mí, y de qué manera fui condenado por la voz pública. Pero deseo que, por lo menos, me crea usted un hombre agradecido. Eso me ayudará a sobrellevar mi carga.
>
> Firmado:
>
> BURGESS

—¡Salvado una vez más! ¡Y de qué manera! —Tiró la carta al fuego—. Mary, quisiera morirme, quisiera salir de una vez de todo esto.

—¡Qué días más amargos, Edward, qué amargos! Estas puñaladas son muy profundas por su misma generosidad, ¡y todas llegan tan rápido!

Tres días antes de la elección cada uno de los dos mil electores se encontró de pronto en posesión de un valioso recuerdo: una de las célebres monedas falsas de veinte dólares. Alrededor de una de sus caras estaban grabadas estas palabras: «La observación que yo hice al pobre forastero fue...». Por la otra cara de la moneda estaban grabadas estas otras: «... siga su camino y corríjase. Pinkerton». Así fue como cayó sobre una sola cabeza los restos que habían quedado de la célebre broma, y el efecto fue desastroso. Reavivó la reciente e inmensa carcajada y la concentró sobre Pinkerton. La elección de Harkness fue un simple paseo.

Durante las veinticuatro horas después de que los Richards recibieran los cheques, sus conciencias empezaron a tranquilizarse, descorazonadas. La anciana pareja empezaba a reconciliarse con el pecado que había cometido. Pero pronto iban a aprender que el pecado se viste de nuevos y auténticos terrores cuando parece existir una posibilidad de que sea descubierto. Esto le aporta un aspecto de novedad, sumamente importante y trascendental. En la iglesia, el sermón de la mañana siguió los patrones habituales. Las mismas antiguallas, repetidas de la misma manera. Los Richards habían escuchado aquel sermón un millar de veces, y siempre lo encontraron inofensivo, casi desprovisto de sentido, y con tendencia a producir el sueño en los oyentes. Pero ahora no les resultó así: parecía erizado de acusaciones, y se habría dicho que apuntaba de una manera directa y especial a aquellos que ocultaban pecados mortales. Al salir de la iglesia se apartaron en cuanto les fue posible de la multitud que los felicitaba y corrieron hacia su hogar, sintiendo hasta en la médula un frío producido por no sabían qué temores vagos, confusos e indefinidos. Y dio la casualidad de que, al doblar una esquina, se cruzaron con el señor Burgess. ¡No prestó atención a su inclinación de cabeza en señal de reconocimiento! No la había visto, pero ellos ignoraban este detalle. ¿Qué podía significar semejante conducta? Podía..., podía significar una docena de cosas terribles. ¿No sería posible que el señor Burgess supiese que en aquel trance del pasado Richards hubiera podido aclarar su inocencia, y que hubiese esperado en silencio la ocasión de saldar cuentas? Ya en su casa, en su aflicción el matrimonio se puso a pensar que quizá la criada estuviese en la habitación contigua escuchando el día en que Richards reveló a su mujer que Burgess era inocente. Empezó Edward a imaginarse que en aquella ocasión había oído el roce de un vestido procedente de ahí, y esas suposiciones acabaron convirtiéndose en certezas. Llamaría a Sarah con cualquier pretexto, y se fijaría en la expresión de su cara. Esta les daría a entender si los había delatado al señor Burgess. Le hicieron algunas preguntas al azar, incoherentes y sin propósito, para que la muchacha tuviese la seguridad de que aquella súbita buena suerte había trastornado a los dos ancianos. La criada se asustó al ver cómo la miraban con fijeza, escudriñándola, y aquello la sobrepasó. Se sonrojó, se puso nerviosa y confusa, lo cual fue para los ancianos prueba evidente de su culpabilidad, de que era responsable de alguna acción horrenda, de que había sido espía y traidora. Al instante después de volver a quedarse a solas empezaron a atar muchos cabos que ninguna relación tenían entre sí, deduciendo consecuencias horribles de su combinación. Cuando las cosas habían llegado casi a lo peor, Richards dejó escapar un súbito jadeo, y su mujer le preguntó:

—¿Qué tienes, qué tienes?

—¡La carta, la carta de Burgess! Ahora comprendo que estaba escrita en lenguaje irónico. —Citó un párrafo—: «En el fondo de su corazón es imposible que usted sienta respeto por mí, conociendo la acusación que pesa sobre mí.» Dios nos asista, ahora lo veo perfectamente claro. ¡Burgess sabe que yo sé la verdad! Fíjate con qué habilidad están escritas las frases. Fue una trampa, en la que caí como un estúpido. Y, Mary...

—¡Es horrible! Ya sé lo que vas a decir. No te ha devuelto el papel en que tú copiaste la falsa observación.

—No, se la ha guardado para arruinarnos con ella. Mary, ya nos ha puesto en evidencia ante alguien. Lo sé, estoy seguro. Lo advertí al salir de la iglesia en una docena de caras.

¿Cómo iba a contestar a nuestra inclinación de cabeza? ¡Bien sabe él lo que ha hecho!

Por la noche hubo que llamar al médico. Por la mañana corrió la noticia de que el anciano matrimonio estaba enfermo de gravedad, postrado en cama por la emoción agotadora de la suerte que les había caído del cielo, por las felicitaciones y por no dormir. Eso dijo el doctor. La población lo lamentó con sinceridad. Aquellos dos ancianos eran ya casi lo único que les quedaba de lo que sentirse orgullosos.

Dos días después las noticias eran peores. Los dos ancianos deliraban y hacían cosas extrañas. De acuerdo con el testimonio de las enfermeras, Richards había mostrado cheques por valor de ocho mil quinientos dólares. No, por una cantidad sorprendente: ¡treinta y ocho mil quinientos! ¿Cómo podía explicarse una suerte tan grande?

Al siguiente día las enfermeras propagaron más noticias, todas asombrosas. Ellas creyeron conveniente esconder los cheques, a fin de que no sufriesen daño; pero cuando fueron a buscarlos se encontraron con que habían desaparecido de debajo de la almohada de los enfermos; no se encontraban por ninguna parte. El enfermo dijo:

—Dejen ustedes la almohada. ¿Qué buscan?

—Pensamos que sería mejor que los cheques...

—Jamás volverán a verlos, han sido destruidos. Procedían de Satanás. Yo vi en ellos la marca del infierno, y comprendí que me habían sido remitidos a fin de hacerme caer en pecado.

Acto seguido comenzó a balbucear cosas rarísimas y terribles, que las enfermeras no comprendieron del todo, y que el doctor les aconsejó que no propagasen.

Richards había dicho la verdad: jamás volvieron a verse aquellos cheques.

Una de las enfermeras debió de hablar en sueños, porque antes de dos días los balbuceos prohibidos eran propiedad de todo el pueblo, y en verdad que resultaban sorprendentes.

Parecían indicar que Richards había sido también un candidato al fardo, y que Burgess había ocultado ese hecho, para luego difundirlo con malicia.

Burgess negó con rotundidad esa acusación. Aseguró que no era justo dar importancia al chachareo de un anciano enfermo que estaba fuera de sus cabales. Sin embargo, la sospecha estaba en el aire, y dio pábulo a muchas conversaciones.

Uno o dos días después corrió la voz de que las confesiones delirantes de la señora Richards venían a ser un duplicado de las de su marido. Las sospechas se reavivaron hasta convertirse en certezas, y el orgullo del pueblo en la pureza del único ciudadano importante que se había salvado del descrédito empezó a menguar y vacilar, y llevaba camino de extinguirse.

Transcurrieron seis días, y llegaron más noticias. El anciano matrimonio se estaba muriendo. En el último momento se aclaró la inteligencia de Richards, y mandó llamar a Burgess. Este ordenó:

—Despejen ustedes la habitación, porque creo que quiere decirme algo en secreto.

—¡No! —exclamó Richards—. Quiero testigos. Quiero que todos ustedes escuchen mi confesión para que pueda morir como un hombre, y no como un perro. Yo, igual que todos los demás, era un hombre puro, artificialmente puro, y, como los demás, caí cuando se me presentó la tentación. Firmé una mentira y reclamé el condenado fardo. El señor Burgess recordó que yo le había hecho un favor, y en agradecimiento (y por su ignorancia), eliminó mi nota y me salvó. Ustedes conocen la acusación que hace años se hizo contra Burgess. Mi testimonio, y solo mi testimonio, hubiera podido probar su inocencia. Fui un cobarde, y consentí que cayese sobre él la ignominia...

—No, señor Richards, usted...

—Mi criada le descubrió nuestro secreto...

—Nadie me ha descubierto nada...

—... y entonces el señor Burgess hizo una cosa muy natural y justificada: se arrepintió de su bondad al salvarme y me puso en evidencia, como merecía...

—¡Jamás! Juro que...

—Y yo le perdono desde lo más hondo de mi corazón.

Las protestas apasionadas de Burgess cayeron en oídos sordos. El moribundo falleció sin enterarse de que una vez más había perjudicado al pobre Burgess. Su anciana esposa murió aquella misma noche.

El último de los sagrados diecinueve había caído víctima del fardo endemoniado, y el pueblo quedó desnudo del último harapo que le quedaba de su antigua gloria. El duelo no fue ostentoso, pero sí profundo.

Por mediación de la alcaldía, respondiendo a una súplica y petición, se permitió a Hadleyburg que cambiase de nombre (nadie quiera saber por cuál, pues yo no lo diré), suprimiendo una palabra de su lema que, por espacio de muchas generaciones, había adornado la estampilla oficial del pueblo.

Ha vuelto a ser una población honrada, y tendrá que ser muy madrugador el hombre que pretenda sorprenderla de nuevo sesteando.

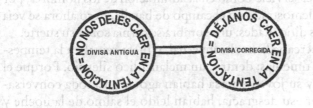

1899

EL DISCO DE LA MUERTE[1]

I

Ocurrió en tiempos de Oliver Cromwell. El coronel Mayfair era
el oficial más joven de su rango de los ejércitos de la Commonwealth, y apenas contaba treinta años de edad. Pero, a pesar de
su juventud, era ya un soldado veterano, curtido y acostumbrado a los rigores de la guerra, porque había iniciado su carrera militar con solo diecisiete años; había combatido en muchas
contiendas y había conquistado su alta posición paso a paso,
tanto en el servicio como en la admiración de los hombres, por
el valor demostrado en el campo de batalla. Pero ahora se veía
en graves dificultades: una sombra se cernía sobre su suerte.

Se acercaba la noche invernal, y fuera reinaban la tempestad y las tinieblas; dentro, un melancólico silencio. Porque el
coronel y su joven esposa habían agotado ya toda conversación sobre su desgracia, habían leído el salmo de la noche y
rezado las plegarias, y solo les restaba permanecer sentados,
cogidos de la mano y mirando el fuego, pensando... y esperando. La espera no sería larga: ambos lo sabían, y la esposa se
estremecía solo de pensarlo.

---

1. El tema de este relato hace referencia a un emotivo episodio mencionado en las *Cartas y discursos de Oliver Cromwell*, de Carlyle. *(N. del A.)*

Tenían una hija, Abby, de siete años, a la cual ambos adoraban. No tardaría en acudir en busca de su beso de buenas noches, y por ello el coronel le dijo a su mujer:

—Sécate las lágrimas y demos la impresión de ser felices; hagámoslo por ella. Olvidemos, por el momento, lo que sucederá.

—Lo haré. Las encerraré en mi corazón, que está destrozado.

—Y yo aceptaré todo lo que el destino nos depare y lo soportaré con paciencia, sabiendo que todo lo que Él hace es justo y lleno de bondad...

—Digamos: «Hágase su voluntad». Sí, pero yo solo puedo decirlo de mente y alma; ojalá pudiese decirlo con el corazón. ¡Oh, si pudiese...! Si esta mano amada que aprieto y beso por última vez...

—¡Calla, querida! ¡Ya viene!

Una figurita de cabellos rizados y en camisa de dormir cruzó el umbral y corrió hacia su padre, quien la apretó contra su pecho y la besó fervorosamente una, dos, tres veces.

—Pero, papá, no me beses de esta manera, que me despeinarás.

—Oh, cuánto lo siento..., ¡de verdad! ¿Me perdonas, querida?

—Pues claro, papá. Pero ¿lo lamentas de veras? No me estarás engañando... ¿Estás realmente arrepentido?

—Bueno, juzga por ti misma, Abby.

Y cubriéndose el rostro con las manos, el coronel simuló sollozar.

Al ver la tragedia que había causado, la niña sintió remordimientos y comenzó también a sollozar, tirando de las manos de su padre y diciendo:

—Oh, no, papá, por favor, no llores. Abby no hablaba en serio. Abby no volverá a hacerlo más. ¡Por favor, papá!

Tiraba y se esforzaba por separar los dedos; entonces vislumbró fugazmente un ojo detrás de ellos, y exclamó:

—¡Oh, qué malo eres, papá! ¡No estás llorando! ¡Solo estás haciendo el tonto! Y ahora Abby se va con su mamá. Porque tú no tratas bien a Abby.

La niña iba a bajar de sus rodillas, pero su padre la estrechó entre sus brazos y dijo:

—No, quédate conmigo, querida. Papá ha sido malo y lo confiesa, y lo siente mucho. Ea..., déjale que enjugue tus lágrimas con un beso..., y que suplique el perdón de Abby, y, como castigo, hará todo lo que ella le pida. Ya está, todas las lágrimas se han secado a besos y no hay un solo rizo despeinado..., y todo lo que Abby ordene...

Y con eso fue suficiente; y en un momento el sol volvió a iluminar el rostro de la niña, que empezó a dar palmaditas en las mejillas de su padre hasta dictar por fin su sentencia:

—¡Un cuento! ¡Un cuento!

¡Atención!

Los mayores contuvieron la respiración y escucharon. ¡Pasos! El rumor apenas se percibía apagado por el viento. Se acercaban..., cada vez más y más fuertes..., hasta que pasaron de largo y se desvanecieron. Los mayores dejaron escapar hondos suspiros de alivio, y entonces el padre dijo:

—Un cuento, ¿eh? ¿Uno alegre?

—No, papá: un cuento de miedo.

Papá intentó persuadirla para contarle uno alegre, pero la niña insistió en sus derechos: de acuerdo con lo pactado, debía hacerse cuanto ella ordenara. El coronel había dado su palabra, y era un buen soldado puritano. Comprendió que debía cumplir su voluntad.

—Papá —dijo Abby—, no deberías contarme siempre cuentos alegres. La niñera dice que la gente no siempre pasa momentos felices. ¿Es eso cierto, papá? Eso es lo que ella dice.

La madre suspiró, y sus pensamientos volvieron a desviarse hacia sus preocupaciones. El padre repuso con dulzura:

—Es cierto, querida. Las desgracias siempre llegan. Es una lástima, pero es verdad.

—Oh, pues cuéntame un cuento sobre ellas, papá; y que sea de miedo, para que todos temblemos y nos sintamos como si fuéramos nosotros. Mamá, acércate y coge una mano de Abby, porque si el cuento es demasiado terrible, nos será más fácil soportarlo juntos. Ya puedes empezar, papá.

—Pues bien, había una vez tres coroneles...

—¡Oh, vaya...! ¡Yo conozco a los coroneles, claro! Porque tú eres uno, y conozco la ropa. Sigue, papá.

—Y en una batalla, esos tres coroneles cometieron una falta de disciplina.

Estas grandes palabras resonaron gratamente en los oídos de la niña, que miró a su padre, llena de asombro e interés, y preguntó:

—¿Eso es algo bueno de comer, papá?

Los mayores casi sonrieron, y el padre respondió:

—No. Es algo muy diferente, querida. Se excedieron en el cumplimiento de las órdenes recibidas.

—¿Eso es algo...?

—No. Tampoco es algo comestible. Se les ordenó que simularan un ataque contra una posición fuerte en una batalla ya perdida, a fin de atraer al enemigo hacia ellos y dar a las fuerzas de la Commonwealth la oportunidad de retirarse; pero, llevados por el entusiasmo, los coroneles se excedieron en el cumplimiento de sus órdenes y convirtieron el ataque fingido en real. Tomaron la posición por asalto y ganaron la batalla. El capitán general se enfadó mucho por su acto de desobediencia, y después de dedicarles grandes elogios, ordenó que los trasladaran a Londres para ser juzgados a vida o muerte.

—Ese es el gran capitán general Cromwell, ¿verdad, papá?

—Sí.

—¡Oh, yo le he visto, papá! A veces pasa junto a nuestra casa tan majestuoso, en su gran caballo, con los soldados, y parece tan..., tan..., bueno, no sé cómo decirlo. Parece como si estuviera descontento, y por eso se nota que la gente le tiene miedo; pero yo no le tengo miedo, porque a mí no me lo parece.

—¡Oh, mi querida parlanchina! Bueno... Los coroneles llegaron a Londres como prisioneros y, bajo palabra de honor, se les permitió ir a ver a sus familias por última...

¡Atención!

Escucharon atentamente. Nuevos pasos; pero volvieron a pasar de largo. La madre reclinó la cabeza sobre el hombro de su marido para ocultar su palidez.

—Llegaron esta mañana.

La niña abrió unos ojos enormes.

—Pero ¡papá...! ¿Es que se trata de una historia real?

—Sí, querida.

—¡Oh, qué bien! ¡Mucho mejor así! Continúa, papá. Pero, mamá... ¡Querida mamá! ¿Estás llorando?

—No te preocupes por mí, tesoro. Estaba pensando en..., en..., en las pobres familias.

—Oh, no debes llorar por eso, mamá. Todo saldrá bien, ya verás. Los cuentos siempre acaban bien. Continúa, papá. Llega pronto a donde vivieron felices por siempre jamás. Entonces, mamá ya no llorará. Ya lo verás, mamaíta. Continúa, papá.

—Antes de dejarlos ir a sus casas los condujeron a la torre.

—¡Oh, conozco la torre! Se puede ver desde aquí. Continúa, papá.

—Lo estoy contando lo mejor que puedo, dadas las circunstancias. En la torre, fueron juzgados por el tribunal militar. Una hora duró el juicio, y fueron hallados culpables y condenados a ser fusilados.

—¿A morir, papá?

—Sí.

—¡Oh, qué malos! Mamá querida, ya estás llorando otra vez. ¡No lo hagas! Pronto llegará la parte feliz, ya verás. Date prisa, papá, hazlo por mamá. Vas muy despacio.

—Es cierto, pero supongo que es porque me paro mucho a reflexionar.

—Pues no lo hagas. Debes continuar sin pararte.

—Muy bien, pues. Los tres coroneles...

—¿Los conoces, papá?

—Sí, querida.

—¡Oh, me gustaría conocerlos! Me encantan los coroneles. ¿Crees que me dejarían que les besara?

Con voz algo trémula, el coronel respondió:

—¡Uno de ellos sí, querida! Vamos..., bésame por él.

—Toma, papá..., y estos dos, para los otros. Estoy segura de que ellos me dejarían que les besara, papá, porque les diría: «Mi papá también es coronel, y muy valiente, y haría lo que ustedes han hecho. Así que no puede ser algo malo, a pesar de lo que diga esa gente, y no tienen que avergonzarse de nada». Y entonces ellos me dejarían que les besara, ¿verdad, papá?

—Dios sabe que lo harían, hija.

—Mamá... ¡Oh, mamá! No debes llorar. Papá llegará muy pronto a la parte feliz. Continúa, papá.

—Luego, algunos lamentaron la decisión tomada..., bueno, en realidad, todos los que formaban el tribunal militar. Y fueron a ver al capitán general para decirle que ellos habían cumplido con su deber (porque juzgarlos era su deber, ¿comprendes?), y le suplicaran que dos de los tres coroneles fueran perdonados y solo uno de ellos fuera fusilado. Pensaban que con uno bastaría para dar ejemplo al resto del ejército. Pero el capitán general era muy severo y les reprendió duramente porque, después de haber cumplido con su deber y aliviar su conciencia, querían incitarlo a él a echarse atrás y mancillar así su honor militar. Los miembros del tribunal replicaron que no le estaban pidiendo más que lo que habrían hecho ellos mismos si ocuparan su elevada posición y tuvieran en sus manos la noble prerrogativa de la misericordia. El capitán general quedó muy impresionado y guardó silencio, y tras sumirse en hondas cavilaciones, parte de la severidad se esfumó de su rostro. Al poco, les pidió que aguardaran y se retiró a su gabinete para rezar a Dios y buscar su consejo; y al volver dijo: «Deberán echarlo a suertes. Eso decidirá su destino, y dos de ellos vivirán».

—¿Y lo hicieron, papá? Y al que le tocara morir... ¡Oh, pobre hombre!

—No. Los coroneles se negaron.

—¿No quisieron hacerlo, papá?

—No.

—¿Y por qué?

—Dijeron que, al echarlo a suertes, el elegido se condenaría a sí mismo a muerte por un acto de su propia voluntad, lo cual no sería otra cosa que un suicidio, sea cual fuere el nombre que se le quisiera dar. Dijeron que eran cristianos y que la Biblia prohíbe que un hombre se quite la vida por su propia mano. Le enviaron esta respuesta y dijeron que estaban preparados: que la sentencia del tribunal fuese ejecutada.

—¿Qué quiere decir eso, papá?

—Que..., que los tres serán fusilados.

¡Atención!

¿El viento? No. Tam, tam, tam... Rataplán, rataplán...

—¡Abran... en nombre del capitán general!

—Oh, vaya, papá, ¡son los soldados! ¡Me encantan los soldados! ¡Déjame abrirles, papá! ¡Déjame a mí!

Abby bajó de un salto y corrió hacia la puerta, y al abrirla exclamó alegremente:

—¡Entren! ¡Entren! ¡Aquí están, papá! ¡Son granaderos! ¡Sé que son granaderos!

Los soldados entraron en fila y se alinearon, con las armas al hombro; el oficial saludó, mientras el coronel condenado se mantenía muy erguido y devolvía el saludo. A su lado, la esposa, muy pálida y con las facciones contraídas por el dolor, ocultaba lo mejor posible su aflicción, mientras la niña lo miraba todo con ojos danzarines...

Un largo abrazo, de padre, madre e hija. Luego la orden: «¡A la torre..., marchen!». Y el coronel abandonó la casa con paso y porte marciales, seguido por los soldados. Luego la puerta se cerró.

—¡Oh, mamá! ¿No ha salido todo de maravilla? Te dije que así sería. ¡Y ahora irán a la Torre y papá los verá! Él...

—¡Oh, ven a mis brazos, pobrecita inocente...!

II

A la mañana siguiente, la apenada madre no pudo abandonar el lecho. De vez en cuando los médicos y enfermeras que estaban a su lado intercambiaban palabras en voz baja. No permitieron entrar a Abby en la habitación; le dijeron que fuera a correr y jugar: mamá estaba muy enferma. La niña, muy abrigada con ropas invernales, salió a la calle y estuvo un rato jugando. Luego pensó que era extraño, y también que estaba muy mal que su padre siguiera en la torre sin saber nada de lo que estaba pasando. Era necesario remediarlo, así que ella misma se ocuparía del asunto.

Una hora más tarde, el tribunal militar se presentó ante el capitán general. Este, con expresión sombría, erguido y con los nudillos apoyados sobre la mesa, indicó que estaba presto a escuchar. El portavoz informó:

—Les hemos incitado a que reconsideraran su decisión; se lo hemos suplicado, pero persisten. No quieren echarlo a suertes. Están dispuestos a morir antes que profanar su religión.

El rostro del lord Protector se ensombreció aún más, pero calló. Se quedó muy pensativo un momento y luego dijo:

—Solo uno de ellos morirá: se echará a suertes por ellos.

La gratitud resplandeció en el rostro de los miembros del tribunal.

—Enviad a buscarlos. Que los traigan a ese aposento de ahí. Que sean colocados uno junto a otro, de cara a la pared y con los brazos cruzados a la espalda. Avísenme cuando estén dispuestos.

Una vez solo, se sentó y ordenó a un subalterno:

—Vaya y tráigame al primer niño que encuentre.

El hombre apenas había salido por la puerta cuando ya estaba de vuelta... llevando a Abby de la mano, con las ropas ligeramente blanqueadas por la nieve. La niña fue derecha hacia el jefe del Estado, aquel formidable personaje ante cuyo nombre temblaban los soberanos y poderosos del mundo entero, y subiéndose en su regazo le dijo:

—Yo le conozco, señor. Usted es el capitán general. Le he visto. Sí, le he visto pasar por delante de mi casa. Todos le tenían miedo, pero yo no, porque usted no me miró enfadado; se acuerda, ¿verdad? Yo llevaba mi vestidito rojo, el que tiene esos adornos azules delante. ¿Se acuerda de eso?

Una sonrisa suavizó las severas arrugas del rostro del lord Protector, que se esforzaba por dar una respuesta diplomática:

—A ver, déjame pensar... Yo...

—Yo estaba allí de pie junto a la casa. Mi casa, ya sabe...

—Bueno, queridita, debería estar avergonzado, pero...

La niña lo interrumpió, con aire de reproche.

—Ya veo que no se acuerda. Pues bien, yo no le he olvidado a usted.

—Sí, estoy muy avergonzado; pero nunca más volveré a olvidarlo: te doy mi palabra. ¿Me perdonarás por esta vez, verdad que sí, y seguiremos siendo buenos amigos por siempre jamás?

—Sí, claro que le perdono; pero no sé cómo ha podido olvidarlo. Debe de tener muy mala memoria..., aunque a veces yo también la tengo. Pero le perdono, porque sé que su intención es ser bueno y justo, y yo creo que es usted muy bueno. Pero tiene que abrazarme más fuerte, como lo hace mi papá... Hace mucho frío.

—Te abrazaré hasta que se alegre tu corazón, mi nueva amiguita, aunque a partir de ahora serás siempre mi «vieja amiga», ¿verdad? Me recuerdas a mi hijita..., ¡oh!, ahora ya es mayor..., pero era tan cariñosa, dulce y buena como tú. Y tenía tu encanto, pequeña hechicera; tu dulzura y confianza, que cautivaba tanto al amigo como al extraño, que convertía de buen grado en esclavo a aquel a quien dirigía sus preciosos cumplidos. Se acurrucaba entre mis brazos, como haces tú ahora; y disipaba mi cansancio y mis preocupaciones y daba paz a mi corazón, como haces tú ahora. Y éramos compañeros e iguales, y jugábamos juntos. Ese agradable paraíso se esfumó y desapareció hace muchos años, pero ahora tú me lo has devuelto. Así que recibe la bendición de un hombre abrumado por su carga, deliciosa criatura; de un hombre que, mientras está aquí sentado, lleva sobre sus hombros todo el peso de Inglaterra.

—La quería usted mucho, mucho, muchísimo, ¿verdad?

—¡Ah! Juzga tú misma: ¡ella mandaba y yo obedecía!

—¡Oh, es usted encantador! ¿Quiere darme un beso?

—Y muy agradecido; y lo consideraré un privilegio. Toma, este es para ti. Y este..., este es para ella. Me lo has pedido, pero podrías habérmelo ordenado, porque ahora la representas a ella, y todo aquello que me ordenes será obedecido.

Abby batió palmas alegremente ante la idea de su gran ascenso. Luego su oído captó un rumor que se acercaba: las rítmicas pisadas de unos hombres a paso de marcha.

—¡Soldados! ¡Soldados, capitán general! ¡Abby quiere verlos!

— Los verás, querida, pero espera un poco. Antes tengo que darte un encargo.

Entró un oficial, que, tras una profunda inclinación, dijo:

—Ya están aquí, Su Alteza.

Volvió a inclinarse y se retiró.

El jefe de la nación dio a Abby tres pequeños discos de cera de lacrar: dos blancos y uno de un rojo intenso. Este último representaba la muerte para el coronel a quien le tocara en suerte.

—¡Oh, qué disco rojo más bonito! ¿Son para mí?

—No, querida, son para otros. Levanta esa cortina de ahí, que oculta una puerta abierta; crúzala y verás a tres hombres en fila, de espaldas a ti y con las manos cruzadas detrás..., así..., cada uno con una mano abierta, como una taza. Pon uno de estos discos en cada una de las manos abiertas, y luego vuelve.

Abby desapareció tras la cortina y el lord Protector se quedó solo. Dijo para sí, con aire reverente:

—Sin duda Él ha querido enviarme esta buena idea para ayudarme en mi perplejidad. Siempre es un omnipresente apoyo para aquellos que están en la duda y buscan Su ayuda. Él sabe sobre quién debe recaer la elección y ha enviado a esta inocente mensajera para que cumpla Su voluntad. Cualquier otro podría equivocarse, pero Él no. ¡Sus caminos son prodigiosos, y sabios...! ¡Bendito sea Su santo Nombre!

Cuando la pequeña hada dejó caer la cortina tras de sí, permaneció inmóvil unos instantes, contemplando curiosa el interior de la cámara de la condenación y las rígidas figuras de los soldados y los prisioneros. Luego la alegría le iluminó el rostro y dijo para sus adentros: «Pero ¡si uno de ellos es papá! Puedo reconocerlo de espaldas. ¡Le daré el disco más bonito!». Avanzó alegremente y depositó los discos en las manos abiertas; luego metió la cabeza por debajo del brazo de su padre y, alzando el rostro sonriente, exclamó:

—¡Papá! ¡Papá! Mira lo que tienes en la mano. ¡Te lo he dado yo!

El coronel miró el fatídico regalo, se dejó caer de rodillas y, en una agonía de amor y piedad, estrechó contra su pecho a su pequeño e inocente verdugo. Soldados, oficiales, prisioneros indultados, todos quedaron paralizados ante la enormidad de la tragedia que contemplaban; la desoladora escena desgarró sus corazones y llenó sus ojos de lágrimas, que derramaron sin vergüenza alguna. Durante unos minutos reinó un hondo y respetuoso silencio. Luego el oficial de la guardia avanzó renuente y, poniendo la mano sobre el hombro del prisionero, le dijo con dulzura:

—Me duele hacerlo, señor, pero tengo que cumplir con mi deber.

—¿Cuál es su deber? —preguntó la niña.

—Llevármelo. Lo siento mucho.

—¿Llevárselo? ¿Adónde?

—A..., a..., ¡Dios mío...!, a otra parte de la fortaleza.

—No puede hacer eso. Mi mamá está enferma y tengo que llevarme a mi papá a casa.

La niña se soltó del abrazo, se subió a la espalda de su padre y le rodeó el cuello con los brazos.

—Abby está a punto, papá. Vámonos.

—Pobre hija mía..., no puedo. Debo ir con ellos.

La niña saltó al suelo y paseó una mirada inquisitiva y asombrada a su alrededor. Luego corrió hasta plantarse ante el oficial, golpeó indignada el suelo con su piececito y gritó:

—Le he dicho que mi mamá está enferma. ¿Es que no me ha oído? Déjelo ir. ¡Tiene que dejarlo ir!

—Oh, pobre niña, bien sabe Dios que quisiera hacerlo, pero debo llevármelo. ¡Atención, guardias...! ¡A formar...! ¡Armas al hombro!

Abby había desaparecido, rápida como un destello de luz. Al momento estaba de nuevo en la cámara, arrastrando de la mano al lord Protector. Ante aquella formidable aparición, los presentes se cuadraron, el oficial saludó y los soldados presentaron armas.

—¡Deténgalos, señor! Mi mamá está en cama y necesita a mi papá, y yo les dije que lo dejaran ir, pero no me han hecho caso y se lo quieren llevar.

El lord Protector se quedó petrificado.

—¿Tu papá, pequeña? ¿Es este tu papá?

—Pues claro. Siempre lo ha sido. ¿Acaso le habría dado a otro el hermoso disco rojo, queriéndole tanto como le quiero? ¡Claro que no!

Una gran conmoción se dibujó en el rostro del lord Protector, que dijo:

—¡Ah, que Dios me ayude! ¡Las malas artes del diablo me han hecho cometer el acto más cruel jamás cometido por hombre alguno! Y ya no hay salida... ¡No hay ayuda posible! ¿Qué puedo hacer?

Entre afligida e impaciente, Abby exclamó:

—¿Por qué no puede hacer que lo suelten? —Y rompió a llorar—. ¡Dígales que lo dejen ir! ¡Usted me dijo que podía darle órdenes, y la primera vez que le ordeno algo, usted no lo hace!

El duro y envejecido rostro se iluminó con una tierna luz, y entonces el lord Protector posó su mano sobre la cabecita de la pequeña tirana y dijo:

—¡Demos gracias a Dios por esa salvadora e irreflexiva promesa! ¡Y también a ti, que, inspirada por Él, me has recordado mi olvidado juramento, oh, incomparable niña! Oficial, obedezca sus órdenes: ella habla por mi boca. El prisionero está perdonado. ¡Póngalo en libertad!

1901

DOS CUENTOS PEQUEÑOS

CUENTO PRIMERO

El hombre que llevaba un mensaje para el director general

Hace algunos días, en este segundo mes de 1900, un amigo vino a visitarme por la tarde, aquí en Londres. Somos de una edad en la que, cuando los hombres pasan el rato fumando y charlando, no hablan tanto de las dulzuras de la vida como de sus irritaciones. Al rato, mi amigo comenzó a injuriar al Ministerio de Guerra. Por lo visto él tenía un amigo que había inventado no sé qué cosa que podía ser muy útil para los soldados en Sudáfrica. Se trataba de un calzado de poco peso, muy barato y resistente, que se conservaba seco en tiempo de lluvia y mantenía su forma y consistencia. El inventor deseaba llamar la atención del Gobierno hacia su invento, pero era un hombre al que nadie conocía y estaba seguro de que los altos funcionarios no harían caso a un mensaje suyo.

—Eso prueba que era un asno, igual que lo somos todos —dije, interrumpiéndole—. Prosiga.

—¿Por qué habla así? Aquel hombre dijo la verdad.

—Aquel hombre mintió. Prosiga.

—Yo demostraré que él...

647

—Usted no puede demostrar nada de eso. Yo soy muy viejo y sé muchas cosas. No debe usted discutir conmigo, porque eso constituye una irreverencia y una ofensa. Prosiga.

—Muy bien. Pero ahora verá usted. Yo no soy desconocido, y, sin embargo, no pude hacer llegar el mensaje de aquel hombre hasta el director general del Departamento de Calzado de Cuero.

—Esa es otra mentira. Prosiga, por favor.

—Doy a usted mi palabra de honor de que fracasé.

—Desde luego. Eso ya lo sabía. No necesitaba usted decírmelo.

—¿En qué, pues, he mentido?

—En la afirmación que hizo de que no pudo llamar inmediatamente la atención del director general sobre el mensaje de aquel hombre. Eso es una mentira, porque hubiera podido conseguir que le prestase atención inmediata.

—Le digo a usted que no pude. No lo he conseguido en tres meses.

—Desde luego. Claro. Sin que usted me lo dijese podía yo saberlo. Hubiera podido conseguir que le prestase atención inmediata si se hubiese puesto a ello de una manera cabal, y lo mismo pudo hacer el otro hombre.

—Me puse a ello de una manera cabal.

—No lo hizo usted.

—¿Y cómo lo sabe? ¿Qué sabe usted de los hechos?

—Nada en absoluto. Pero le digo que no lo hizo de una manera cabal. Eso sí que lo sé con absoluta certeza.

—¿Cómo puede usted saberlo, si ignora el método de que me serví?

—Lo sé por los resultados. Los resultados son la prueba perfecta. Se puso usted a ello de una manera disparatada. Yo soy muy viejo y sé...

—¡Desde luego! Pero ¿quiere permitirme que le diga de qué manera procedí? Creo que eso dejará resuelto si fue un disparate o no.

—No, ese punto ya lo está. Pero prosiga usted, puesto que tanto deseo tiene de ponerse en ridículo. Yo soy muy vie...

—¡Claro que sí, claro que sí! Me senté y escribí una carta llena de cortesía al director general del Departamento de Zapatos de Cuero, expli...

—¿Lo conoce usted a él personalmente?

—No.

—Ese es un tanto que yo me apunto. Empezó usted de una manera disparatada. Prosiga.

—En la carta le exponía el gran valor y lo barato que resultaba el invento, y me ofrecí a...

—¿A ir a verlo y entrevistarse con él? Claro que fue eso. Segundo tanto contra usted. Yo soy muy...

—No me contestó hasta el tercer día.

—Como era forzoso. Prosiga.

—Me envió tres líneas hurañas agradeciéndome el trabajo que me había tomado y proponiendo...

—Nada.

—Cierto, no proponiendo nada. En vista de eso le escribí con mayor cuidado y...

—Tercer tanto.

—... y no me contestó. Al cabo de una semana le volví a escribir, reclamándole con un poquitín de aspereza una respuesta a aquella carta.

—Cuatro tantos. Siga usted.

—Me contestaron que no habían recibido la carta y me pedían copia de la misma. Yo seguí, por medio de la oficina de correos, el rastro de la carta y comprobé que la habían recibido, pero envié una copia y no dije nada. Pasaron dos semanas sin que yo diese señales de vida. Entre tanto me serené hasta encontrarme en temperatura propicia para escribir una carta cortés. La escribí, propuse una entrevista para el día siguiente y le dije que si para entonces no recibía noticias suyas interpretaría su silencio como señal de conformidad.

—Cinco tantos.

—Llegué a las doce en punto. Me ofrecieron una silla en el vestíbulo y me pidieron que esperase. Esperé hasta la una y media. Entonces me marché, avergonzado e irritado. Dejé pasar otra semana para serenarme, volví a escribir y concerté una entrevista con el director para el día siguiente a mediodía.

—Seis tantos.

—Me contestó, accediendo. Llegué con tiempo y me quedé calentando la silla hasta las dos y media. Me marché y sacudí de mis zapatos, a fondo y para siempre, el polvo de aquel lugar. Por su grosería, ineficacia, incapacidad, indiferencia hacia los intereses del ejército, el director general del Departamento de Zapatos de Cuero del Ministerio de Guerra es, en mi opinión...

—¡Calma! Yo soy muy viejo y sé mucho y he visto a muchas personas en apariencia inteligentes que no tuvieron el suficiente sentido común para acometer un asunto tan sencillo y tan fácil como este de una manera sensata. No es usted una rareza para mí. He conocido en persona a millones y millones como usted. Perdió tres meses sin ninguna necesidad; el inventor ha perdido tres meses. Los soldados han perdido tres, lo que hace en total nueve meses. Voy ahora a leerle a usted un cuentecillo que escribí la noche pasada. Y después de la lectura irá usted a visitar al director general mañana al mediodía y tratará su asunto.

—¡Magnífico! ¿Lo conoce usted?

—No, pero oiga usted el cuento.

CUENTO SEGUNDO

De cómo el deshollinador llamó la atención del emperador

I

Había llegado el verano y todas las personas fuertes estaban vencidas bajo el peso del terrible calor, y muchas de las débiles, abatidas y moribundas. El ejército llevaba varias semanas consumiéndose con una epidemia de disentería, la maldición del soldado, y no se le encontraba remedio. Los médicos estaban desesperados: si sus medicinas y su ciencia habían tenido en otro tiempo alguna eficacia (y ni en sus mejores momentos fue mucha la que tuvieron), eso pertenecía al pasado, y prometía seguir así.

El emperador ordenó que compareciesen ante él los médicos más afamados para celebrar una consulta, porque estaba profundamente trastornado. Los trató con gran severidad y les pidió explicaciones por dejar que sus soldados se muriesen de aquella manera, y les preguntó si conocían o no su profesión, si eran verdaderamente sanadores o simples asesinos. Entonces el asesino principal, que era también el doctor más anciano del país y el de aspecto más venerable, contestó y dijo:

—Majestad, hemos hecho lo que hemos podido, que ha sido poco por una buena razón. No hay médico ni físico que pueda curar esa enfermedad. Solo la naturaleza y la buena constitución física pueden conseguirlo. Yo soy viejo y lo sé. No hay doctor ni medicina que pueda tratarla, lo repito y lo recalco. A veces algunos remedios parecen ayudar un poco a la naturaleza (muy poco), pero, por regla general, lo que hacen es solo perjudicar.

El emperador era un hombre apasionado y de muy mala lengua. Arrojó sobre los doctores un diluvio de epítetos rudos y desagradables, y los expulsó de su presencia.

Antes de que se cumpliese un día se sintió atacado por aquella cruel enfermedad. La noticia corrió de boca en boca y trajo la consternación por todo el país. No se hablaba sino de aquel espantoso desastre con general abatimiento, porque eran pocos los que tenían esperanza. El mismo emperador estaba muy melancólico. Suspiraba y decía:

—Hágase la voluntad de Dios. Que vayan otra vez a llamar a los asesinos, y pasemos por ello.

Llegaron, le tomaron el pulso, le miraron la lengua, echaron mano a su depósito de brebajes, lo vaciaron dentro del emperador y se sentaron pacientemente a esperar, porque no cobraban por el fruto de su labor sino un tanto por año.

II

Tommy era un mozo despierto de dieciséis años, pero no frecuentaba la buena sociedad. Su posición era demasiado humilde y su oficio, demasiado bajo. En realidad, ejercía el más humilde de todos, porque era el segundo de su padre, que vaciaba los pozos negros y conducía un carro nocturno. El amigo más íntimo de Tommy era Jimmy, el deshollinador, un muchacho enjuto, de catorce años, honrado y habilidoso, de buen corazón, y que mantenía a su madre enferma y en cama con el ejercicio de aquella profesión peligrosa y desagradable.

A cosa de un mes de que cayera enfermo el emperador, estos dos mozalbetes se encontraron después del anochecer, a eso de las nueve. Tommy se dirigía hacia su trabajo nocturno, y, como es natural, no llevaba su ropa de domingo, sino su espantoso traje de trabajo, que no olía muy bien. Jimmy iba de camino a casa de vuelta de su trabajo y estaba todo lo negro que se puede estar, llevando al hombro sus cepillos y a la cintura el talego del hollín. En su cara negrísima no se distinguía rasgo alguno fuera de sus ojos vivarachos.

Se sentaron en un bordillo para conversar. Por supuesto, hablaron del único tema: la calamidad que había caído sobre la nación, de la enfermedad del emperador. Jimmy estaba rebosante con un gran proyecto y ardía en deseos de exponerlo. Dijo, pues:

—Tommy, yo soy capaz de curar a Su Majestad. Sé cómo hacerlo.

Tommy se mostró sorprendido.

—¿Cómo? ¡Tú!

—Sí, yo.

—Pero, tontaina, ¡si los mejores doctores no pueden!

—Me tiene sin cuidado; yo lo puedo curar. Puedo hacerlo en quince minutos.

—¡No me vengas con esas! Pero ¿qué es lo que me quieres hacer tragar?

—La realidad, nada más.

Jimmy hablaba con tal seriedad que Tommy se puso más serio y dijo:

—Jimmy, creo que hablas en serio. ¿Verdad que no bromeas?

—Te doy mi palabra.

—¿Cuál es tu plan? ¿Cómo piensas curarlo?

—Le diré que se coma una raja de sandía madura.

La cosa cogió a Tommy bastante por sorpresa, y antes que pudiera ponerse un tapón, largó vociferantes carcajadas por lo absurdo de aquella idea. Pero se contuvo al ver que aquello lastimaba a Jimmy. Le dio unas palmadas cariñosas en la rodilla, sin importarle el hollín, y dijo:

—Retiro todas mis risas. No quise molestarte, Jimmy, no lo volveré a hacer. Pero, verás: lo que has dicho me parece muy raro, porque siempre que se juntan la disentería y un campamento de soldados, los médicos ponen un rótulo amenazando con azotar con el látigo de nueve colas, hasta que ya no puedan aguantarlo más, a cuantos sean sorprendidos llevando sandías.

—Ya lo sé. ¡Qué idiotas! —dijo Jimmy con voz vibrante de lágrimas y de ira—. Las sandías abundan, y ni uno solo de esos soldados debería haber muerto.

—Pero, Jimmy, ¿quién te ha metido esa idea en la cabeza?

—No es una idea, es un hecho. ¿Conoces a ese viejo zulú de pelo cano? Pues bien, en todos estos últimos tiempos ha curado a un gran número de amigos nuestros: mi madre lo ha visto y yo también. No necesita sino una o dos tajadas de sandía, y lo mismo da que la enfermedad sea nueva o vieja, se la cura.

653

—Es muy extraño. Pero, Jimmy, si eso es cierto, sería preciso decírselo al emperador.

—Desde luego. Mi madre se lo ha dicho a mucha gente, esperando que alguien llevase la noticia hasta él, pero todos son pobre gente trabajadora e ignorante y no saben cómo arreglárselas.

—Claro que no, porque son unos botarates —dijo Tommy, burlón—. Yo llegaré hasta él.

—¿Tú? ¡Tú, mofeta del carro de noche!

Esta vez fue Jimmy quien se echó a reír. Pero Tommy le replicó envalentonado:

—¡Sí, ríete si quieres, pero yo lo haré!

Lo dijo en un tono de tal seguridad y confianza, que produjo impresión, y Jimmy le preguntó con gravedad:

—¿Conoces al emperador?

—¿Que si conozco al emperador? ¡Qué cosas dices! Desde luego que no.

—Pues entonces, ¿cómo piensas hacerlo?

—Es muy sencillo y muy fácil. Adivínalo. ¿Cómo te las arreglarías tú, Jimmy?

—Le enviaría una carta. Hasta este momento no se me había ocurrido. Pero apuesto que es eso lo que vas a hacer.

—Pues yo apuesto que no. Dime, ¿cómo enviarías la carta?

—Por el correo, por supuesto.

Tommy lo abrumó de burlas y dijo:

—Dime: ¿no has pensado nunca en que están haciendo eso mismo todos los chalados del imperio? ¿Me vas a decir que no pensaste nunca en eso?

—Pues no —contestó Jimmy, avergonzado.

—Lo hubieras pensado si no fueses tan joven e inexperto. Verás, Jimmy: cuando hasta un vulgar general, un poeta, un actor o alguien que es un poco famoso cae enfermo, todos los lunáticos del reino llenan los correos con recetas de curanderos que lo sanarán con toda seguridad. ¿Y qué no ocurrirá cuando el enfermo es el emperador?

—Me imagino que algo todavía peor —dijo Jimmy, muy humilde.

—¡Eso es lo que a mí me parece! Escucha, Jimmy: cada noche nos llevamos en carros desde el patio trasero del palacio seis cargamentos de esa clase de cartas, que están tiradas allí. ¡Ochenta mil cartas en una sola noche! ¿Crees que alguien las lee? ¡Qué va! Ni una sola. Eso es lo que le ocurriría a tu carta si la escribieses, y creo que no la escribirás.

—No —suspiró Jimmy, apabullado.

—Pero no importa, Jimmy. No te apures, porque hay más de una manera de despellejar un gato. Yo haré que le llegue la noticia.

—¡Si pudieras hacerlo, Tommy, yo te querría para siempre!

—Te digo que lo haré. No te preocupes, confía en mí.

—Lo haré, Tommy, porque tú sabes mucho. No eres como los demás muchachos, que jamás saben nada. ¿Cómo te las arreglarás?

Tommy estaba muy complacido. Se arrellanó para poder conversar a gusto y dijo:

—¿Conoces tú a ese pobre harapiento que se tiene por carnicero porque va de un lado para otro con un canasto y vende carne de gato e hígados pasados? Pues bien: empezaré diciéndoselo a él.

Jimmy se quedó profundamente desilusionado y apenado, y dijo:

—Tommy, es una vergüenza que me hables así. Tú sabes que tengo puesto en ello mi corazón, no está bien.

Tommy le dio una palmada cariñosa y dijo:

—No te preocupes, Jimmy. Sé lo que me hago. No tardarás en verlo. Ese carnicero mestizo se lo dirá a la vieja que vende castañas en la esquina de la callejuela, su íntima amiga, y yo le pediré que se lo diga. Después, y también a petición, ella se lo dirá a una rica tía suya que tiene una pequeña frutería en la esquina, dos manzanas antes. Ella, a su vez, se lo dirá a su amigo, el hombre que tiene la tienda de venta de caza;

este se lo dirá al sargento de policía, y el sargento se lo contará al capitán; el capitán se lo dirá al magistrado, y el magistrado a su hermanastro, el juez del distrito; el juez del distrito se lo contará al sheriff, y este llevará la noticia al alcalde y el alcalde se lo dirá al presidente del Consejo, y el presidente del Consejo se lo dirá a...

—¡Por san Jorge, Tommy, es un plan admirable! ¿Cómo se te ha...?

—El presidente del Consejo se lo dirá al contraalmirante, este al vicealmirante y el vicealmirante al almirante de los Azules, quien, a su vez, se lo dirá al de los Rojos, y el almirante de los Rojos se lo dirá al de los Blancos, y el de los Blancos se lo dirá al primer lord del Almirantazgo, y el primer lord del Almirantazgo se lo dirá al presidente de la Cámara, y el presidente de la Cámara...

—¡Sigue, Tommy, que ya llegas!

—... se lo dirá al montero mayor, y el montero mayor al jefe de Caballerizas, y este al palafrenero mayor, y el palafrenero mayor se lo dirá al camarero mayor, y el camarero mayor al gran chambelán, y el gran chambelán se lo dirá al jefe de la Casa, y el jefe de la Casa al pajecillo favorito, que ahuyenta con un abanico las moscas del emperador, y el paje se pondrá de rodillas, se lo cuchicheará a Su Majestad..., ¡y ya está!

—Tommy, no tengo más remedio que ponerme en pie y largar un par de hurras. Es la idea más grande que se le ha ocurrido a nadie. ¿Cómo se te pudo meter en la cabeza?

—Siéntate y escucha, que te daré algunos consejos. No los olvides mientras vivas. Y ahora, dime: ¿quién es el amigo más íntimo que tienes y el único al que ni podrías ni querrías jamás negar nada?

—Pues tú, Tommy; ese amigo eres tú. Y lo sabes.

—Suponte que quieres pedirle un gran favor al hombre que vende la carne de gato. Tú no lo conoces, y él te enviaría al diablo, porque esa es su manera de ser. Pero es, después de ti, mi mejor amigo, y sería capaz de correr hasta ahogarse por hacerme un favor, cualquier favor, él no se preocupa por la clase que sea. Y yo te pregunto: ¿qué es más razonable: que vayas tú y le pidas que le diga a la castañera lo de la curación con la sandía, o que me pidas a mí que lo haga en tu nombre?

—Esto último, por supuesto. Jamás habría pensado en ello, Tommy. ¡Es espléndido!

—Es una filosofía, ¿sabes? Puede beneficiarte, y muchísimo. Se basa en esta idea: todos los mortales, pequeños o grandes, tienen un amigo especial, un amigo al que favorecen con alegría y muy a gusto, no a regañadientes, con una satisfacción que les llega al alma. Por ello, no me importa con quién empieces, pero puedes hacer llegar al oído de cualquiera lo que tú deseas, por muy humilde que sea tu posición y por muy elevada que sea la suya. La cosa es, además, sencillísima: solo te hace falta dar con el primer amigo, ahí termina tu parte de trabajo. Ese amigo encuentra al otro, el otro al tercero, y así sucesivamente, un amigo tras otro, un eslabón tras otro, igual que una cadena; y puedes ir igual hacia arriba que hacia abajo, todo lo alto o todo lo bajo que te agrade.

—Eso es magnífico, Tommy.

—Es tan sencillo y fácil como el abecedario; pero ¿sabes tú de alguien que lo ponga en práctica? No, todos son unos estúpidos. Todos se dirigen a un desconocido, sin nadie que los presente, o le escriben una carta, y, claro está, reciben un sofión, y bien merecido se lo tienen. El emperador no me conoce, pero eso no importa; mañana comerá su sandía. Ya lo verás. ¡Eh, tú!; ¡eh, tú!..., ¡espera! Es el hombre de la carne de gato. Adiós, Jimmy, voy a buscarlo.

Lo alcanzó y le dijo:

—Escucha, ¿me harías un favor?

—¿Que si lo haría? ¡Eso ni se pregunta! Aquí estoy para ello. ¡Dímelo y me verás volar!

—Ve y dile a la castañera que deje todo lo que tiene entre manos y que lleve este mensaje a su mejor amigo, y que le diga que haga lo mismo. —Le dio el mensaje y le dijo—: ¡Ahora, vamos, corre!

Un instante después, el mensaje del deshollinador al emperador se ponía en camino.

III

La noche siguiente, cerca de las doce, estaban los doctores en la habitación imperial del enfermo, murmurando entre sí, profundamente turbados, porque el caso del emperador era muy grave. No podían ocultarse a sí mismos que cada vez que vaciaban en su cuerpo el contenido de una botica, el paciente empeoraba. Esto los entristecía, porque era lo que esperaban. El pobre emperador, macilento, yacía inmóvil y con los ojos cerrados, y su paje favorito le ahuyentaba las moscas y lloraba en silencio. De pronto oyó el susurro de la seda de la colgadura de puerta, se volvió y vio al gran jefe de la Casa del Emperador asomando la cabeza y haciéndole señas muy excitado para que se acercase. El paje, ágil y suave, salió de puntillas para ver lo que quería su adorado y venerado amigo, y este le dijo:

—¡Solo tú puedes convencerlo, hijo mío! ¡Y no dejes de hacerlo, por lo que más quieras! Toma esto, házselo comer y estará salvado.

—Caiga sobre mí esta responsabilidad. ¡Lo comerá!

Eran dos grandes rajas de sandía, roja y fresca.

A la mañana siguiente circuló por todas partes la noticia de que el emperador estaba otra vez sano y bueno y que había hecho ahorcar a los médicos. Corrió por todo el país una ola de regocijo, y se hicieron frenéticos preparativos para iluminarlo.

Después del desayuno, Su Majestad se hallaba sentado y meditando. Su gratitud era indecible, y trabajaba por idear una recompensa lo bastante abundante para testimoniarla a su bienhechor. Al fin, tomó a una decisión, llamó al paje y le preguntó si era él quien había inventado aquel remedio. El muchacho contestó que no, que se lo había dado el jefe de la Casa del Emperador.

Despidió al paje y volvió a su tarea. El jefe de la Casa del Emperador era conde: lo haría duque y le otorgaría grandes fincas que pertenecían a un miembro de la oposición. Lo mandó llamar y le preguntó si era él quien había inventado el remedio. Pero el jefe de la Casa del Emperador, hombre honrado, le dijo que se lo había transmitido el gran chambelán. El emperador lo despidió, y siguió pensando. El chambelán era vizconde: lo nombraría conde y le otorgaría grandes rentas. Pero el chambelán le dijo que había sido el camarero mayor, y el emperador tuvo que seguir meditando e ideó una recompensa menor. Pero el camarero mayor se descargó en otro, y el emperador tuvo que seguir sentado y barruntando otra recompensa más oportuna y conveniente.

Entonces, para quebrantar lo aburrido de la investigación y apresurar el asunto, mandó buscar al detective mayor y le ordenó que siguiese el rastro de la medicina hasta su origen, de manera que pudiese recompensar debidamente a su bienhechor.

A las nueve de la noche, el detective mayor vino con la noticia. Había seguido la pista hasta llegar a un mozalbete llamado Jimmy, deshollinador. El emperador exclamó, con profundo sentimiento:

—¡Magnífico muchacho, él me ha salvado la vida y no le pesará!

Y le envió de regalo un par de sus propias botas, y el otro par que venía después del mejor. Le venían demasiado anchas a Jimmy, pero le iban bien al zulú, de manera que nada se perdió, y las cosas pasaron como debían pasar.

—Bueno, ¿ve usted adónde voy a parar?

—No tengo más remedio que decir que sí. Y se hará tal como ha dicho. Mañana lo llevaré a cabo. Soy íntimo del amigo más cercano del director general. Me dará una carta de presentación, en la que expondrá que el asunto que llevo entre manos es de verdadera importancia para el Gobierno. Iré con ella, sin esperar una cita. Haré que se la entreguen, con mi tarjeta, y con seguridad que no tendré que esperar ni medio minuto.

Todo salió al pie de la letra, y el Gobierno adoptó aquellas botas.

1901

El pasaporte ruso demorado

Una mosca hace verano.

Calendario de
PUDD'NHEAD WILSON

I

Una cervecería de la Friedrichstrasse, Berlín, cerca del mediodía. Un centenar de mesas redondas, en las que se sentaban caballeros fumando y bebiendo. Varios camareros con delantal blanco iban de acá para allá llevando a los sedientos grandes jarras de espumosa cerveza. Junto a la entrada principal y alrededor de una mesa, estaban reunidos media docena de alegres muchachos, estudiantes norteamericanos, despidiendo a un joven viajero de Yale, que acababa de pasar unos días en la capital alemana.

—Pero ¿a qué viene interrumpir tan bruscamente su viaje, Parrish? —preguntó uno de los estudiantes—. Si yo tuviese una oportunidad parecida... ¿Por qué quiere volver a su casa?

—Sí —añadió otro—. ¿A qué se debe? Explíquenoslo, porque a primera vista parece una locura, ¿sabe? ¿Lo hace, acaso, por nostalgia?

El fresco y juvenil rostro de Parrish se cubrió de un femenino rubor. Tras una leve vacilación, confesó que era, en efecto, por nostalgia.

—Es la primera vez que abandono mi país —dijo—. Y cada día me siento más solo. Llevo semanas sin ver a un amigo. ¡Es horrible! Iba a continuar el viaje por amor propio, pero verlos a ustedes ha sido un duro golpe. Ha sido el paraíso para mí y no puedo resignarme ahora a ese aburrimiento de la soledad. Si alguien me acompañara..., pero no tengo a nadie..., ¿comprenden? Es inútil, pues, insistir. De pequeño solían llamarme Miss Nancy, y creo que sigo siéndolo. Femenino, tímido y todo lo demás. ¡Debí haber nacido mujer! No lo soporto más: me vuelvo a casa.

Los muchachos se burlaron de él con jovial buen humor y le dijeron que cometía la mayor equivocación de su vida. Uno de ellos agregó que antes de volver debía visitar al menos San Petersburgo.

—¡Por favor! —exclamó Parrish, suplicante—. Ha sido el más querido de mis sueños, y voy a renunciar a él. No vuelva a decir una palabra sobre ese tema, porque soy de mantequilla y no puedo resistir ante la persuasión de nadie. No puedo ir solo: me moriría.

Golpeó el bolsillo de su levita y dijo:

—Aquí tengo lo que me protege contra un cambio de opinión: he comprado un billete con cama a París y me marcho esta noche. Pero ahora, bebamos... Esta va por mi cuenta. Salud..., ¡por la patria!

Tras las despedidas, Alfred Parrish quedó abandonado a sus pensamientos y a su soledad. Un instante después, un hombre de mediana edad, vigoroso y de aspecto formal, cuya decisión y confianza en sí mismo hacían pensar en un adiestramiento militar, se acercó desde la mesa vecina, se sentó junto a él y comenzó a hablar, con concentrado interés y seriedad. Sus ojos, su rostro, su persona, todo su cuerpo, emanaban energía. Estaba lleno de vapor, a la presión de las carreras, y casi parecía oírse el pitido de sus válvulas. Tendió una mano cordial, estrechó la de Parrish y dijo, con un convincente aire de enérgica certeza:

—Oh... No debe hacerlo. No debe, compréndalo. Sería la mayor de las equivocaciones. Lo lamentaría siempre. Permítame que lo convenza, se lo ruego. ¡No haga eso! ¡No lo haga!

Era tan cordial su voz, parecía tan sincero, que el joven sintió levantar su espíritu abatido, al tiempo que una traicionera humedad asomaba a sus ojos, con lo que confesaba involuntariamente que estaba conmovido y rebosante de gratitud. El desconocido se dio cuenta del detalle, se mostró muy satisfecho y atacó de nuevo sin esperar una respuesta:

—No, no lo haga. Sería una equivocación. He oído todo lo que se ha hablado aquí: perdóneme, pero estaba tan cerca que no pude evitarlo. Me entristeció pensar que usted renuncia a continuar su viaje cuando en realidad desea ir a San Petersburgo. ¡Además, está casi a la vista de esa ciudad! Reconsidérelo... Debe reconsiderarlo. La distancia es mínima, y en unas horas se puede ir y volver. ¡Imagínese qué recuerdo para usted!

El desconocido describió entonces la capital rusa y sus maravillas, ante lo que a Alfred Parrish se le hizo la boca agua y su excitado espíritu rugió de deseo. Siguió:

—Por supuesto, usted debe ir a San Petersburgo... ¡Debe! ¡No puede imaginar ahora el placer que le reportará! Lo sé porque la conozco igual que a mi propia ciudad natal, en América. Diez años... He vivido durante diez años. Pregunte allí a cualquiera: todo el mundo me conoce. Soy el comandante Jackson. Hasta los perros me conocen. Vaya. ¡Oh...! Debe ir. Claro que debe ir, faltaba más.

Alfred Parrish estaba trémulo de ansiedad. Iría. Su expresión lo afirmó con tanta claridad como pudo hacerlo su lengua. No obstante, volvió a cernirse la vieja sombra... Explicó, con aspecto apenado:

—¡Oh, no...! No. Es inútil. Imposible. La soledad me mataría.

Sorprendido, el mayor respondió:

—¡La... soledad! ¡Pues yo iré con usted!

Fue un sobresalto inesperado. Y no del todo agradable. Las cosas se desarrollaban con excesiva rapidez. ¿Se trataría de una encerrona? ¿Sería aquel hombre un estafador? ¿Por qué se tomaba tanto interés por un muchacho errante y desconocido? Parrish echó una rápida ojeada sobre el rostro franco, agradable y sonriente del comandante, y se sintió avergonzado. Deseó hallar un modo de salir del aprieto sin herir los sentimientos del desconocido. Pero la diplomacia no era precisamente su especialidad, y abordó la difícil tarea con consciente torpeza y escaso aplomo, diciendo, con un artificioso despliegue de altruismo:

—Oh, no, no... Es usted demasiado bueno. Yo no puedo... No puedo permitir que se moleste tanto por mí...

—Pero ¡si no es molestia! ¡En absoluto! Debo partir esta noche, de todos modos. Me voy en el expreso de las nueve. ¡Venga! Iremos juntos. No va a estar solo ni un segundo. ¡Basta con que diga que sí!

La excusa había fracasado. ¿Qué hacer? Parrish estaba descorazonado. Pensó que ninguno de los subterfugios que se le pudieran ocurrir podría sacarlo de aquella situación. Pero era necesario hacer otro esfuerzo, y mientras iba contando su nueva excusa, creyó que no habría réplica posible:

—¡Ah! Por desgracia, la suerte me ha vuelto la espalda y eso es imposible. Vea. —Parrish sacó su billete y lo puso sobre la mesa—. Tengo un billete para París y, con razón, no querrán cambiármelo por uno nuevo y contraseñas de equipaje a San Petersburgo, por lo que perdería mi dinero. Por otra parte, si me permitiera este lujo, me quedaría con pocos fondos después de comprar los nuevos pasajes, pues no llevo más dinero efectivo que este.

Y Parrish puso sobre la mesa un billete de quinientos dólares.

De inmediato, el comandante cogió el billete de tren y las contraseñas de equipaje, y dijo, con entusiasmo, al tiempo que se ponía en pie:

—¡Estupendo! Todo me parece espléndido y seguro. A mí sí me lo cambiarán. Me conocen..., todo el mundo me conoce. Espere ahí. Volveré enseguida.

Y apoderándose del billete de quinientos dólares, añadió:

—Me llevaré también el dinero, quizá haya que agregar una diferencia para el nuevo pasaje.

Y desapareció.

II

Alfred Parrish quedó paralizado. Todo había sido tan inesperado... Tan inesperado, tan audaz, tan increíble, tan imposible... Estaba boquiabierto, pero su lengua se negaba a funcionar. Quiso gritar: «¡Deténganlo!», pero faltaba aire en sus pulmones; quiso perseguirlo, pero sus piernas no supieron sino temblar. Cuando cedieron, cayó desplomado sobre la silla. Su garganta estaba seca, su respiración era entrecortada, tragaba saliva con dificultad. Su consternación iba en aumento: su cabeza daba más vueltas que un torbellino. ¿Qué debía hacer? Lo ignoraba. Una cosa le parecía evidente: debía serenarse e ir en busca de aquel hombre. Naturalmente, al comandante no le devolverían el dinero del billete, pero... ¿lo tiraría por eso? No. Iría sin duda a la estación y procuraría venderlo a mitad de precio. Y lo haría ese mismo día, ya que los billetes serían inservibles al día siguiente, de acuerdo con la costumbre alemana. Tras estas reflexiones, Parrish se sintió esperanzado. Se levantó y emprendió la marcha. Pero solo había dado un par de pasos cuando un repentino desfallecimiento se apoderó de él, y volvió tambaleándose a su silla, con el temor de que hubiesen advertido su movimiento..., porque la última ronda de cervezas se sirvió por su cuenta. Aún debía pagarla y no tenía un solo *pfennig* en el bolsillo. Estaba prisionero. ¡Quién sabe qué iba a suceder si trataba de marcharse de allí! Se quedó indeciso, asustado, derrotado. Y las pocas palabras de alemán que sabía no bastaban para pedir ayuda e indulgencia.

Entonces sus pensamientos comenzaron a acosarlo. ¿Cómo pudo ser tan estúpido? ¿Por qué había escuchado a quien no era sino un aventurero? ¡Y el camarero iba hacia él! Parrish se ocultó tras su periódico, temblando. Pasó de largo. Aquello lo llenó de gratitud. Las manecillas del reloj parecían haberse detenido, a pesar de que no les quitaba el ojo.

Transcurrieron diez minutos con gran lentitud. ¡El camarero otra vez! Parrish se sepultó en su periódico. El camarero se detuvo durante lo que pareció una semana, y luego siguió su camino.

Otros diez minutos de sufrimiento y de nuevo el camarero: limpió la mesa, en lo que se estuvo un mes. Luego se detuvo por espacio de dos meses y se alejó.

Parrish comprendió que le sería imposible soportar otra visita. Era necesario arriesgarse, pasar por la picota, huir. Pero el camarero permaneció a su alrededor otros cinco minutos... Meses y meses. Parrish lo acechaba con ojos desesperados, mientras sentía que los achaques de la vejez le asaltaban y que su cabello se tornaba completamente gris.

Por fin, el camarero se alejó, se detuvo ante una mesa, cobró; fue hacia otra mesa, cobró; siguió adelante... Los implorantes ojos del muchacho no se apartaban de él. Su corazón martilleaba y jadeaba en rápido y acelerado ritmo de angustia mezclada con esperanza.

El camarero se detuvo de nuevo para cobrar y Parrish se dijo: «¡Ahora o nunca!», y se dirigió hacia la salida. Un paso..., dos..., tres..., cuatro..., ya estaba cerca..., cinco..., las piernas le temblaban... ¿Acaso no lo seguían unos pasos apresurados? El corazón le dio un vuelco ante la idea. Seis..., siete, ¡y estaba en la calle! Ocho..., nueve..., diez..., once..., doce... ¡Los pasos!

¡Los pasos que le perseguían! Al doblar la esquina, se dispuso a salir volando... Pero una pesada mano se abatió sobre su hombro y las fuerzas escaparon de su cuerpo.

Era el comandante. No le hizo una sola pregunta, ni siquiera mostró sorpresa. Dijo, con su aire vivaz y desbordante:

—Maldita gente... Me retrasó. Por eso no he vuelto antes. En la taquilla había un empleado nuevo que no me conocía y se negaba al cambio diciendo que no era lo correcto. Tuve que dar caza a mi viejo amigo, el gran magnate. Oh, me refiero al jefe de estación..., ¿comprende? ¡Eh, coche, coche...! Suba, Parrish... Al consulado ruso, cochero, volando... De modo que, como decía, todo eso me llevó tiempo. Pero ahora todo marcha, y a las mil maravillas además: han pesado de nuevo su equipaje, y han cambiado las contraseñas, el billete y la cama. Tengo los papeles en el bolsillo. Oh, y el cambio... Se lo guardaré. ¡Vamos, cochero, corra! ¡No deje dormir a los caballos!

El pobre Parrish hacía cuanto estaba en su mano por intercalar alguna palabra, mientras el coche se alejaba cada vez más de la cervecería donde había dejado la cuenta por pagar. Por fin lo consiguió, y pidió volver de inmediato a la cervecería para saldar su deuda.

—Oh, no se preocupe por eso —respondió el comandante con tranquilidad—. No tiene importancia. Me conocen..., todo el mundo me conoce. La abonaré yo mismo la próxima vez que esté en Berlín... Vamos, cochero, corra. No nos sobra mucho tiempo.

Cuando irrumpieron en el consulado ruso era ya tarde. Solo había un empleado. El comandante puso su tarjeta sobre la mesa y dijo, en ruso:

—Haga usted el favor de visar el pasaporte de este joven para San Petersburgo, con toda la rapidez que...

—Señor... No tengo autorización para hacerlo, y el cónsul acaba de marcharse.

—¿De marcharse? ¿Adónde?

—A su casa, en el campo.

—¿Y cuándo va a volver?

—Mañana por la mañana.

—¡Caray! Oh... Mire usted... Yo soy el comandante Jackson..., él me conoce, todo el mundo me conoce. Ponga el visado usted mismo, dígale que el comandante Jackson se lo ha pedido: no le creará dificultad alguna.

Pero aquello hubiera sido de una desesperada y fatal incorrección: no había modo de convencer al empleado, que casi parecía desvanecerse ante la idea.

—Bien, le diré qué debe hacer —concluyó el comandante—. Aquí tiene todo lo necesario... Que lo visen mañana por la mañana, y me lo mandan por correo.

El empleado, con aire vacilante, dijo:

—El cónsul... Bueno... Quizá lo haga, y entonces...

—¿Quizá? ¡Claro que lo hará! Me conoce..., todo el mundo me conoce.

—De acuerdo. Le informaré de lo que usted acaba de decirme.

Parecía perplejo y hasta cierto punto dominado, y agregó con timidez:

—Pero, comprenda usted, tendrá que esperar en la frontera durante veinticuatro horas. Y allí no va a encontrar comodidades.

—¿Quién va a esperar? Yo no, si el juzgado sabe lo que hace.

El empleado quedó paralizado unos instantes.

—¿No querrá que le envíe el pasaporte a San Petersburgo...?

—¿Y por qué no?

—¿Mientras usted está detenido en la frontera, a treinta y ocho kilómetros de distancia? De nada le serviría, en tal caso.

—¿Detenido? ¡Qué tontería! ¿Y por qué he de estarlo?

—Debe saber que, desde luego, no le dejarán cruzar la frontera sin pasaporte.

—¡No harán tal cosa! El jefe de inspectores me conoce..., todo el mundo me conoce. Me haré responsable del muchacho. Puede mandarme el pasaporte a San Petersburgo, Hôtel de l'Europe, a nombre del comandante Jackson. Dígale al cónsul que no tiene por qué preocuparse, que asumo los riesgos.

Después de una vacilación, el empleado se aventuró a decir:

—Conviene no olvidar, señor, que el peligro es particularmente serio en estos momentos, pues ha entrado en vigencia el nuevo edicto.

—¿Y qué dice ese edicto?

—Que quien esté en Rusia sin pasaporte será condenado a pasar diez años en Siberia.

—¡Maldición! —exclamó el comandante en inglés, ya que el idioma ruso no tiene suficiente fuerza para las emergencias del espíritu.

Meditó durante unos instantes, su rostro recobró la animación y, de nuevo en ruso, continuó:

—Oh... No importa. ¡Envíelo a San Petersburgo! Ya me las arreglaré. Allí todo el mundo me conoce..., todas las autoridades..., todos.

III

El comandante fue un adorable compañero de viaje, y Parrish se sintió encantado con él. Su conversación parecía el sol y el arcoíris e iluminaba todas las regiones que atravesaba, llenándolas de contento y gozo y felicidad. Era extraordinariamente servicial y sabía cómo y cuándo debían hacerse todas las cosas, y de la mejor manera. El largo viaje fue como un cuento de hadas para el joven, después de vivir durante muchas tristes semanas una vida solitaria y desamparada, sin amigos. Cuando estaban próximos a la frontera, Parrish hizo una alusión a los pasaportes, y entonces, como si recordara algo, agregó, sobresaltado:

—Ahora que lo pienso, no me ha devuelto usted mi pasaporte al salir del consulado. Pero lo tiene..., claro.

—No. Lo mandarán por correo —dijo el comandante, cómodo.

—¡Por correo! —exclamó Parrish con voz entrecortada. Había oído cosas terribles sobre los horrores y calamidades que sufrían los turistas sin pasaporte en Rusia, y todas ellas acudieron a su espíritu asustado. Se puso lívido.

—¡Oh, comandante...! ¡Dios mío! ¿Qué será de mí? ¿Cómo pudo usted hacerme eso?

Posando una mano sobre el hombro del joven, el comandante replicó:

—Hijo mío, no hay por qué preocuparse... No se apure. Yo cuido de usted y no voy a permitir que le ocurra nada. El jefe de inspectores me conoce. Le explicaré su caso y las cosas se solucionarán. Ya lo verá. Vamos, no se intranquilice lo más mínimo. Todo se arreglará, será pan comido.

Alfred temblaba y se sentía hundido. Pero hizo cuanto pudo por ocultar su sufrimiento y corresponder a las bondadosas frases de sosiego de su compañero de viaje con una apariencia de valentía.

Cuando llegaron a la frontera, descendió de su departamento y se detuvo junto a la multitud, esperando con cruel ansiedad a que el comandante pudiera abrirse paso entre el gentío para hablarle al jefe de los inspectores. Fue una espera interminable, pero, al fin, el comandante reapareció. Y dijo, con alegría:

—¡Maldición! ¡Hay un nuevo inspector y no lo conozco!

El joven cayó sobre una pila de baúles, y profirió una desesperada exclamación:

—¡Oh, Dios mío! ¡Debí adivinarlo!

Se desplomó como una masa inerte e impotente, pero el comandante lo aferró. Lo hizo sentar sobre un cajón, se sentó a su lado, lo ciñó con un brazo y le murmuró al oído:

—Vamos, no tiene por qué preocuparse... Todo irá bien. Confíe en mí. El subinspector ve menos que un sábalo. Puedo asegurárselo, lo he estado observando. Voy a decirle qué debe hacer. Yo pasaré y haré sellar mi pasaporte, después, me detendré por la parte interior de la reja, justo donde están esos campesinos con sus hatos. Espere allí. Con los dos recostados contra la reja, me será fácil deslizarle mi pasaporte por entre los barrotes. Siga entre la multitud y entréguelo. Confiemos en la Providencia y en ese sábalo. Más en el sábalo. Saldremos del paso... No hay que tener miedo.

—Pero, Dios mío... Si no me parezco en nada a su descripción...

—¡Y qué importa...! Ese no distingue a un hombre de cincuenta y un años con un muchacho de diecinueve... No se inquiete, todo saldrá a pedir de boca.

Diez minutos más tarde, tambaleándose, Alfred se dirigía hacia el tren, pálido, en pleno colapso nervioso. Pero el sábalo había sido burlado, y se sentía tan satisfecho como un canalla que no ha pagado los impuestos y ha conseguido escapar de la policía.

—¡Se lo dije! —manifestó el comandante, en un espléndido ánimo—. Estaba seguro de que las cosas marcharían a las mil maravillas con tal de que usted confiara como un monaguillo en la Providencia y no tratara de profanar sus designios... Ocurre siempre así.

Desde la frontera hasta San Petersburgo el comandante se consagró a insuflar vida en su joven compañero, a reavivarle la circulación, a arrancarlo de su postración y a hacerle comprender de nuevo que la vida era toda deleite y que valía la pena vivirla. Gracias a ello, Parrish entró en la ciudad ufano, desfiló con buen ánimo en el hotel y anotó su nombre en el registro. Pero el empleado de la recepción, en lugar de indicarle un aposento, lo miró con aire inquisitivo y esperó. El comandante acudió raudo en su ayuda y dijo, con cordialidad:

—Puede estar tranquilo. Usted me conoce. Alójelo. Me hago responsable de él.

El empleado conservaba su aire grave y negó con la cabeza. El comandante continuó:

—No se preocupe. El pasaporte llegará dentro de veinticuatro horas... lo enviarán por correo. Aquí está el mío y el suyo llegará muy pronto.

El empleado se mostraba muy cortés, muy respetuoso, pero firme. Dijo en inglés:

—Si he de serle sincero, desearía alojarlos, comandante, y en verdad lo haría si estuviese en mi mano. Pero no tengo otro remedio, debo pedirle al señor que se marche. No puedo permitir que se quede en la casa un solo instante.

Parrish empezó a tambalearse y emitió un gemido. El comandante lo aferró y lo sostuvo con el brazo, al tiempo que pedía al empleado, con tono suplicante:

—Vamos, usted me conoce..., todo el mundo me conoce..., permítale dormir aquí solo esta noche y le doy mi palabra de que...

El empleado negó con la cabeza:

—Por favor, comandante... Me pone usted en peligro y también hace peligrar a la casa. Me..., me repugna hacerlo, pero debo avisar a la policía.

—Espere, no haga eso. Venga, Parrish, y no se atormente... Todo saldrá bien. ¡Eh, cochero! Suba, hijo mío. Al palacio del jefe de la policía secreta... ¡Y haga volar a esos caballos! ¡Que corran como el viento! Bueno, no tiene por qué preocuparse, ya estamos lejos del hotel. El príncipe Bosslofsky me conoce más que yo mismo: nos lo solucionará todo enseguida.

Galoparon a través de las alegres calles y llegaron ante el palacio, profusamente iluminado. Pero eran las ocho y media: el centinela les informó de que el príncipe se disponía a cenar y no iba a recibir visita alguna.

—A mí sí va a recibirme —respondió el comandante con energía, y tendió su tarjeta—. Soy el comandante Jackson. Hágale llegar esto. No habrá inconveniente.

Después de algunas protestas la tarjeta fue remitida y el comandante y su pobre niño esperaron un rato en la sala de recibo. Al fin, enviaron a buscarlos y los condujeron a un suntuoso gabinete, donde el príncipe los aguardaba de pie, con lujoso atavío y ceñudo como una nube tempestuosa. El comandante le expuso el caso y le rogó que autorizara una permanencia de veinticuatro horas al muchacho, mientras llegaba el pasaporte.

—Pero ¡eso es imposible! —dijo el príncipe en un inglés impecable—. Me sorprende que haya traído usted a este joven sin pasaporte, comandante. ¡Cómo pudo cometer tal locura! De verdad me maravilla. ¿Conoce usted el castigo? Diez años en Siberia, y sin remedio... ¡Agárrelo! ¡Sosténgalo!

El pobre Parrish se desplomaba de nuevo contra el suelo.

—Vamos..., pronto... Dele esto. ¡Así! Otro trago... El brandy es ideal para estos casos... ¿No es cierto, muchacho? Ahora se sentirá mejor, ya verá. ¡Pobrecito! Acuéstese en el sofá. ¡Qué estupidez la suya, comandante, meterlo en semejante apuro!

El comandante ayudó a Parrish a tumbarse en el sofá con sus fuertes brazos, y al tiempo que colocaba un almohadón bajo su cabeza, le murmuró al oído:

—¡Simule que se encuentra muy mal! Haga la comedia a conciencia: está conmovido, ya lo ve. En el fondo tiene un corazón tierno. Gima un poco y diga: «Mamá, mamá». Eso lo dejará fuera de combate, no hay duda.

Parrish iba a hacerlo de todos modos, por natural impulso. Así pues, los gemidos brotaron de inmediato, con tan grande y conmovedora sinceridad que el comandante dijo entre dientes:

—¡Magnífico! Otra vez. Ni Sarah Bernhardt podría hacerlo mejor.

Entre el dolor del muchacho y la elocuencia del comandante, ganaron por fin la batalla. El príncipe arrió la bandera.

—Bien, que así sea. Pero usted merece una lección y debe recibirla. Voy a concederle veinticuatro horas justas. Si entonces no ha llegado el pasaporte, no venga a verme. Siberia será el castigo, sin esperanza de perdón.

El comandante y Parrish volcaron su corazón en los agradecimientos al príncipe. Mientras, este tocó el timbre y llamó a un par de soldados. En ruso, les ordenó que durante las veinticuatro horas siguientes acompañaran a los dos extranjeros, sin perder ni un instante de vista al más joven. Y si, al expirar aquel plazo, Parrish no podía exhibir su pasaporte, debían encerrarlo en un calabozo de la fortaleza de san Pedro y san Pablo y, a continuación, presentarse ante él e informarle.

Los infortunados volvieron al hotel con sus guardianes, y cenaron bajo su vigilancia. Después, en el aposento de Parrish, el comandante trató de consolar al muchacho hasta que se fue a la cama. Uno de los soldados se encerró con él y el otro se estiró ante la puerta, en el exterior, y no tardó en dormirse.

No así Alfred Parrish. Apenas se quedó solo y en mudo silencio con aquel soldado de aire solemne, su alegría artificial comenzó a fundirse, su aparente valor a exhalar los gases que lo sustentaban y a encogerse hasta su estado normal, y su débil corazón a contraerse como una uva pasa. A los treinta minutos tocó fondo: el dolor, la pena, el pánico, la desesperación, habían llegado al paroxismo. ¿El lecho? El lecho no era para seres como él, no era para los condenados, para los reos. ¿Dormir? ¡Él no era el niño hebreo, él no podía dormir sobre el fuego! Tan solo podía caminar sobre el piso. Es decir, no solo podía, sino que debía hacerlo. Y así hizo durante casi una hora. Y lloró, y gimoteó, y se estremeció, y rezó.

Luego, con gran tristeza, tomó sus últimas decisiones e intentó prepararse lo mejor posible para afrontar su suerte. Para terminar, escribió una carta:

Querida mamá:
Cuando te lleguen estas tristes líneas, tu pobre Alfred habrá muerto. ¡No! ¡Peor, mucho peor que eso! Por mi propia culpa, por mi ceguedad, he caído en manos de un estafador o de un loco: no sé exactamente de cuál de los dos se trata, pero en cualquiera de ellos, estoy perdido. A veces, me parece que

es un estafador, aunque la mayoría de las veces solo creo que está loco, pues parece tener buen corazón y empeñarse por todos los medios en sacarme de los fatales aprietos en los que él mismo me ha metido.

Dentro de algunas horas, seré uno de tantos de una innominada procesión que, a golpes de látigo, recorrerá con gran esfuerzo las nevadas estepas de Rusia con destino a Siberia, esa tierra de misterio y dolor e infinito olvido. No llegaré a verlo: mi corazón está destrozado y voy a morir. Dale a ella mi retrato y pídele que lo guarde como un recuerdo mío, para que la ayude a vivir de tal modo que los dos podamos reunirnos en ese mundo mejor donde no existe el matrimonio, ni las separaciones, y donde nunca hay dificultades. Dale cualquier andrajo a Archy Hale y otro tanto a Henry Taylor; mi chaqueta de franela, mi equipo de pesca y mi Biblia a mi hermano Will.

No hay esperanza: mi salvación es imposible. Un soldado con fusil está junto a mí y nunca me quita los ojos de encima. Se limita a parpadear, ese es su único movimiento: diríase que está muerto. No puedo sobornarlo: el loco tiene mi dinero. Mi carta de crédito está en mi baúl y quizá no llegue nunca... no llegará nunca, bien lo sé. Reza por mí, madre querida, reza por tu pobrecito Alfred. Aunque eso no pueda servirme de nada.

IV

Por la mañana, cuando el comandante llamó a Alfred para desayunar, este se encontraba macilento y exhausto. Les hicieron servir el desayuno a sus guardianes, y encendieron unos cigarros. Entonces, el comandante soltó su lengua y la puso en funcionamiento, y bajo su mágica influencia Parrish se sintió progresiva y satisfactoriamente reconfortado, con moderadas esperanzas y, por último, casi dichoso.

Pero no salió del hotel. Siberia se cernía sobre él de un modo sombrío y amenazador, y ya no sentía ningún deseo de ver las cosas de interés. Además, le hubiera resultado insoportable visitar calles, iglesias o exposiciones con un soldado a cada lado y viendo a la gente detenerse, mirarlo absortos y hacer comentarios. No. Era preferible quedarse en la habitación y esperar la llegada del correo de Berlín y de su propio destino. Así pues, el comandante lo acompañó cortés durante todo el día, con un soldado envarado e inmóvil junto a la puerta, con el fusil al hombro, y otro dormitando fuera en un sillón. Hora tras hora, el fiel veterano narró historias de sus campañas, describió batallas, hilvanó explosivas anécdotas, todo ello con una gracia, energía y decisión indomables que mantuvo al estudiante vivo y con el pulso en marcha. Cuando llegó a su término la larga jornada, la pareja, seguida por sus guardianes, fue al gran comedor y se sentó.

—El suspense llega a su fin —dijo el pobre Alfred, en un suspiro.

En aquel momento, pasaron dos ingleses, y uno de ellos comentó:

—Bueno, pues no recibiremos cartas de Berlín hoy...

Parrish empezó a sentir que se sofocaba. Los ingleses se sentaron en una mesa próxima. El que había permanecido en silencio dijo:

—¡Oh! No hay para tanto...

La respiración de Parrish mejoró.

—Se han recibido noticias telegráficas después. El accidente demoró muchísimo al tren, pero eso es todo. Va a llegar esta misma noche, aunque con tres horas de retraso.

Esta vez Parrish no terminó en el suelo porque el comandante lo agarró a tiempo. Jackson había oído también el diálogo y previó lo que iba a ocurrir. Le dio al joven unas palmaditas en la espalda, lo levantó de la silla y dijo con entusiasmo:

—Vamos, hijo. Anímese. No hay razón alguna para inquietarse. Conozco una solución. ¡Que se vaya al cuerno el pasaporte! ¡Que se demore cuanto quiera! Podemos arreglárnoslas sin él.

Parrish no lo escuchaba, se sentía demasiado mal. La esperanza había desaparecido y Siberia estaba ya ante sus ojos.

Llevado por sus piernas de plomo, y sostenido por el comandante, fueron hasta el consulado norteamericano. Durante el trayecto Jackson lo iba alentando con promesas de que bajo su recomendación el ministro no vacilaría un segundo en otorgarle un nuevo pasaporte.

—Guardaba esta carta en la manga desde el primer momento —manifestó el comandante—. El ministro me conoce, somos íntimos. Nos hicimos amigos durante horas y horas junto a otros heridos en Cold Harbor, y aunque no nos hayamos visto mucho nuestra amistad se ha conservado en espíritu desde entonces. ¡Ánimo, muchacho, todo tiene una perspectiva espléndida! ¡Qué demonios! Estoy hinchado como un pavo. ¡Van a terminarse, pues, nuestras dificultades! Si es que en algún momento las tuvimos.

Junto a la entrada lucía la insignia de la república más rica, libre y poderosa de todas las épocas: el disco de pino, el águila extendida sobre él, su cabeza y sus alas entre las estrellas y las garras llenas de material bélico anticuado. El espectáculo hizo brotar las lágrimas en los ojos de Alfred, el orgulloso recuerdo de la patria surgió en su corazón,* retumbó en su pecho el «Hail Columbia» y como por ensalmo todos sus temores y penas se esfumaron. Porque allí estaba a salvo, ¡a salvo! Ningún poder terrenal se atrevería a franquear el umbral y ponerle la mano encima.

Por motivos económicos, el consulado en Europa de la más poderosa república del mundo consiste en una habitación y media en un noveno piso, en el caso de que el décimo esté ocupado. Está compuesto de un ministro o embajador que percibe un sueldo propio de un guardafrenos, un secretario que vende cajas de cerillas y repara cacharros para sobrevivir, una muchacha contratada como intérprete y para trabajos generales, unas imágenes de transatlánticos norteamericanos, una cromolitografía del presidente actual, una mesa de despa-

* Una antigua canción patriótica. (N. del T.)

677

cho, tres sillas, una lámpara de queroseno, un gato, un reloj y una escupidera con el lema «En Dios confiamos».

Los visitantes subieron, seguidos por la escolta. Sentado ante el escritorio un hombre escribía asuntos oficiales con un clavo sobre papel de embalaje. Se levantó y se dirigió hacia ellos. El gato se metió bajo la mesa; la muchacha se apretujó en un rincón, al lado de la botella de vodka, para hacer sitio; y los soldados se arrimaron a la pared, a su lado, fusiles al hombro. Alfred irradiaba felicidad y se sentía a salvo.

El comandante estrechó la mano del funcionario con toda cordialidad, expuso con rapidez el caso con estilo desenvuelto y fluido y solicitó el anhelado pasaporte.

El funcionario indicó a sus visitantes que tomaran asiento, mientras objetaba:

—En realidad, yo soy solo el secretario del consulado, y no es mi cometido otorgar un pasaporte mientras el embajador está en suelo ruso. Hay una gran responsabilidad.

—De acuerdo. Mande buscarlo.

Sonriendo, el secretario añadió:

—¡Oh! Es fácil decirlo, pero no hacerlo. Se ha marchado no sé dónde, de vacaciones.

—¡Demonios! —estalló el comandante.

Alfred gimió. Se esfumaron los colores de su rostro y comenzó a desfallecer. El secretario dijo, con tono vacilante:

—¿Por qué ese exabrupto, comandante? El príncipe le ha dado a usted veinticuatro horas. Mire el reloj: no hay que preocuparse. Queda aún media hora. El tren va a llegar de un momento a otro. El pasaporte estará aquí, pues, en el instante preciso.

—¡Ha ocurrido un lamentable accidente! ¡El tren lleva un retraso de tres horas! ¡A cada minuto, la vida y la libertad de este muchacho se agotan un poco más! ¡Y solo quedan treinta! ¡Dentro de media hora podremos considerarle muerto y condenado para toda la eternidad! ¡Por Dios, tenemos que obtener ese pasaporte!

—¡Oh...! ¡Voy a morir, lo sé! —gimió Parrish, escondiendo el rostro entre los brazos, sobre el escritorio.

Un brusco cambio se operó en el semblante del secretario. Su placidez se disipó, y en su cara y ojos fulguró una chispa de excitación. Exclamó:

—Comprendo que su situación es espantosa, pero... ¡Dios mío! ¿Qué quieren que haga? ¿Qué me sugieren?

—¡Qué demonios! ¡Dele el pasaporte al muchacho!

—¡Oh! Pero eso es imposible. ¡Completamente imposible! Usted no sabe nada de este muchacho. Hace tres días, ni siquiera había oído hablar de él. No hay posibilidad alguna de identificarlo. Está perdido, perdido... ¡Es inútil tratar de salvarlo!

El muchacho gimió de nuevo y sollozó:

—¡Dios mío, Dios mío, estos son los últimos instantes sobre la tierra de Alfred Parrish!

En el semblante del secretario se operó otro cambio.

En pleno estallido de pena, irritación y desesperanza, el funcionario se detuvo un momento, se sosegó, y con el tono indiferente con que se habla del tiempo cuando no hay otro tema de conversación, preguntó:

—¿Es ese su nombre?

El joven sollozó un sí.

—¿De dónde es usted?

—De Bridgeport.

El secretario sacudió la cabeza, la sacudió de nuevo y murmuró algo para sí. Después de un instante, añadió:

—¿Ha nacido allí?

—No. En New Haven.

—¡Ah...!

El secretario dirigió una rápida mirada al comandante, que escuchaba con atención, descolorido y apagado el semblante, e indicó más que dijo:

—Ahí hay vodka. Tal vez los soldados tengan sed.

El comandante se levantó de un salto y les sirvió vodka;

los soldados se mostraron agradecidos. El interrogatorio prosiguió:

—¿Vivió usted durante mucho tiempo en New Haven?

—Hasta los catorce años. Hace dos años volví para ingresar en Yale.

—Y cuando vivía allí, ¿en qué calle estaba domiciliado?

—En Parker Street.

En los ojos del comandante alboreó una vaga luz de comprensión, y miró al secretario con aire inquisitivo. Este hizo un gesto de asentimiento y el comandante sirvió más vodka.

—¿En qué número?

—No tenía.

El joven se irguió y miró con patetismo al secretario, como diciendo: «¿Por qué quiere usted torturarme con todas esas tonterías, si soy lo bastante desdichado sin ellas?».

Pero el secretario no le prestó atención.

—¿De qué tipo de casa se trataba?

—Era de ladrillo... De dos pisos.

—¿Daba directamente a la calle?

—No. Al frente había un pequeño patio.

—¿Con reja de hierro?

—No. Empalizada.

El comandante volvió a servir vodka, esta vez sin instrucciones, llenando las copas hasta los bordes. Su rostro estaba ahora despejado y lleno de animación.

—Franquea usted la puerta. ¿Qué ve entonces?

—Un vestíbulo angosto. Al final, una puerta y otra a la derecha.

—¿Nada más?

—Una percha.

—¿La puerta de la derecha?

—El recibidor.

—¿Alfombra?

—Sí.

—¿Qué tipo de alfombra?

—Una Wilton anticuada.

—¿Con figuras?

—Sí... Una partida de caza a caballo, con halcones.

El comandante miró furtivamente el reloj. Faltaban seis minutos escasos. Se volvió, jarra en ristre, y sirvió vodka una vez más, mientras miraba al secretario y luego al reloj, con aire inquisitivo. El secretario asintió: cubriendo el reloj con su cuerpo por un instante, el comandante atrasó las manecillas media hora. A continuación sirvió a los soldados dobles raciones.

—¿Un cuarto más allá del vestíbulo y de la percha?

—El comedor.

—¿Estufa?

—Parrilla.

—¿A quién pertenecía la casa? ¿A su familia?

—Sí.

—¿Le sigue perteneciendo?

—No. Cuando nos mudamos a Bridgeport, la vendieron.

El secretario hizo una pequeña pausa.

—¿Cómo le llamaban a usted sus compañeros de juego? ¿Algún apodo?

Las pálidas mejillas del muchacho fueron lentamente invadidas por el rubor, y bajó los ojos. Pareció luchar consigo mismo durante un momento. Luego dijo, con tono lastimero:

—Me llamaban Miss Nancy.

El secretario meditó por espacio de unos segundos y lanzó otra pregunta:

—¿Algún adorno en el comedor?

—Pues... s..., no.

—¿Ninguno? ¿En absoluto? ¿Está seguro?

—No.

—¡Diablos! ¿No le parece eso algo extraño? ¡Medítelo!

Parrish pensó un rato: el secretario esperaba, jadeante. Por fin, el adolescente alzó los ojos con tristeza y negó con la cabeza.

—Piense... ¡Piense! —dijo el comandante, con ansioso afán, al tiempo que servía vodka nuevamente.

—¡Vamos! —dijo el secretario—. ¿Ni siquiera un cuadro?

—¡Ah, claro! Pero usted habló de un adorno.

—¿Qué opinaba su padre de ese cuadro?

Los colores volvieron a invadir las mejillas del muchacho, que permaneció silencioso.

—¡Dígalo! —suplicó el secretario.

—¡Dígalo! —exclamó el comandante. Y con su trémula mano echó más vodka fuera de los vasos que dentro.

—Yo... yo no puedo repetir sus palabras —musitó el joven.

—¡Pronto! ¡Pronto! —dijo el secretario—. Hable. No podemos perder tiempo. La patria y la libertad, o Siberia y la muerte dependen de su respuesta.

—Oh, por piedad... Mi padre es clérigo y...

—¡Qué importa eso ahora! ¡Dígalo o...!

—¡Afirmaba que aquel cuadro era la más infernal pesadilla que tuviera en su vida!

—¡Salvado! —gritó el secretario, al tiempo que aferraba su clavo y un pasaporte en blanco—. ¡Es cierto! ¡Lo identifico! ¡He vivido en la casa y yo mismo pinté ese cuadro!

—¡Oh! ¡Ven a mis brazos, mi pobre niño! —exclamó el comandante—. ¡Le agradeceremos siempre al Señor el haber hecho a este artista...! Suponiendo que fuera el Señor quien lo hiciera.

1902

Historia detectivesca de dos cañones

I

La primera escena ocurre en el campo, en Virginia. Año: 1880. Acaba de celebrarse una boda entre un joven hermoso, pero de escasa fortuna, y una joven rica. Un caso de amor a primera vista y de matrimonio precipitado, al que se ha opuesto con tenacidad el padre, viudo, de la joven.

El novio, Jacob Fuller, tiene veintiséis años de edad, pertenece a una familia antigua, pero maltratada, que tuvo que emigrar por la fuerza de Sedgemoor, a beneficio de las arcas del rey James, según dijeron algunos, con mala intención, y todos los demás porque estaban convencidos de ello. La novia tiene diecinueve años y es bella. Es de un romanticismo intenso y exaltado, desmedidamente orgullosa de la nobleza de su linaje y de un amor arrebatado por su joven esposo. Por ese amor hizo frente al disgusto del padre, soportó sus censuras, escuchó con lealtad inquebrantable las amenazadoras predicciones que él le hizo y se marchó de su casa sin su bendición, muy ufana y feliz de las pruebas que de ese modo estaba dando de la calidad del cariño que se había asentado en su corazón.

La mañana que siguió al día de su boda tuvo para ella una triste sorpresa. Su marido rechazó las caricias que ella le brindaba y dijo:

—Siéntate. Tengo algo que decirte. Yo te amaba. Eso fue antes que pidiera tu mano a tu padre. No es su rechazo lo que me duele, hubiera podido soportarlo. Pero las cosas que de mí te dijo..., eso ya es otra cosa. No es preciso que hables. Sé muy bien de lo que te habló, tengo fuentes fiables. Te dijo, entre otras cosas, que llevo escrito en el rostro mi carácter, que soy traicionero, hipócrita, un cobarde y un bruto, que no conozco la piedad ni la compasión: la «rúbrica de Sedgemoor», así lo llamó, y «el distintivo de la manga pobre». Cualquiera en mi lugar habría ido a su casa y lo habría matado a tiros como a un perro. Quise hacerlo, mi propósito era firme, pero se me ocurrió algo mejor: deshonrarlo, destrozarle el corazón, matarlo pulgada a pulgada. ¿Y cómo hacerlo? ¡Mediante el trato que te diese a ti, la niña de sus ojos! Me casaría contigo, y después... Ten paciencia. Ya lo verás.

Desde aquel instante, y por espacio de tres meses, la joven esposa sufrió todas las humillaciones, todos los insultos, todas las miserias que pudo idear el cerebro diligente e ingenioso del marido, salvo la violencia física. La joven había conservado su fuerte orgullo y mantuvo en secreto sus angustias. De cuando en cuando el marido le decía:

—¿Por qué no vas y se lo cuentas a tu padre?

Inventó entonces nuevas torturas, la sometió a ellas y volvió a preguntarle. Ella contestaba siempre:

—Jamás lo sabrá de mi boca.

Y echaba en cara al marido su origen, diciéndole que ella era esclava de un vástago de esclavos y no tenía más remedio que obedecer, y que lo haría hasta ese punto, pero no más allá. Que él podía matarla, si gustaba, pero no doblegarla: un hombre de la estirpe de Sedgemoor no lo conseguiría jamás. Al cabo de tres meses, le dijo él con expresión que encerraba un sentido sombrío:

—Lo he intentado todo, menos una cosa.

Y esperó a ver qué contestaba ella.

—Ponla en obra— le contestó la mujer, torciendo el labio en señal de mofa.

Aquella noche se levantó el marido a las doce, se vistió y le dijo:

—Levántate y vístete.

Ella obedeció, como siempre, sin decir una palabra. La condujo a media milla de distancia y procedió a atarla a un árbol que se alzaba a un lado de la carretera, mientras ella forcejeaba y chillaba. Entonces la amordazó, le azotó la cara con un látigo de cuero y soltó contra ella a sus sabuesos. Estos le arrancaron las ropas a mordiscos y la dejaron desnuda. Cuando la vio así, les ordenó que se apartasen y le dijo:

—Te descubrirá la gente que pase. Empezarán a caer por aquí dentro de tres horas y propagarán la noticia, ¿me oyes? Ya no volverás a verme.

Y se alejó. Ella dijo para sí, gimiendo:

—¿Y yo he de dar a luz a una criatura... de ese hombre? ¡Quiera Dios que sea varón!

Más tarde, los granjeros la soltaron y corrieron la noticia, como es natural. Los habitantes de la región se alzaron con propósito de linchar al malhechor, pero el pájaro había volado. La joven esposa se encerró en la casa de su padre, él se encerró con ella, y desde entonces no quiso ver a nadie. Su orgullo había recibido un golpe mortal y también su corazón. Se fue apagando, pues, día a día, y hasta su hija se alegró cuando vino la muerte a libertarlo.

Entonces ella vendió la finca y desapareció.

II

En el año 1886 una mujer joven vivía en una casa modesta próxima a una apartada aldea de Nueva Inglaterra, sin otra compañía que la de un niño de unos cinco años. Ella misma realizaba todas las labores del hogar, rehuía las amistades y no se trataba con nadie. El carnicero, el panadero y los demás que la atendían no podían contar a los del pueblo más que su apellido era Stillman y que a su niño lo llamaba Archy. No habían podido descubrir de dónde procedía, pero dijeron que hablaba como los del Sur. El niño no tenía compañeros de juego, ni camaradas, ni otra maestra que su madre. Lo educaba con diligencia y de un modo inteligente, y se mostraba satisfecha con los resultados, incluso un poco orgullosa. Cierto día dijo Archy:

—Mamá, ¿soy diferente de los demás niños?

—Yo creo que no. ¿Por qué lo dices?

—Porque un muchacho que caminaba por aquí me preguntó si había pasado ya el cartero, y yo le contesté que sí; entonces él me preguntó si hacía mucho rato que lo había visto, y yo le contesté que no lo había visto. Él me dijo que cómo sabía yo, entonces, que había pasado, y le contesté que lo sabía porque podía oler su huella en la acera. Él me hizo entonces una mueca y me dijo que yo era un completo idiota. ¿Por qué me hizo eso?

La joven se puso pálida y dijo para sus adentros: «¡Es un sello de nacimiento! Lleva dentro el don del podenco». Atrajo al muchacho hacia su pecho y lo acarició apasionadamente, diciendo:

—¡Dios ha señalado el camino!

Los ojos de la mujer ardían con luz siniestra y la excitación que la dominaba la hacía respirar con jadeos breves y entrecortados. Se dijo: «Ya está solucionado el rompecabezas. Muchas veces ha sido un misterio para mí ver las cosas absurdas que el muchacho hacía a oscuras, pero ahora lo veo todo claro».

Lo sentó en su sillita y le dijo:

—Espera un poco hasta que vuelva, corazón, entonces charlaremos del asunto.

Subió a su habitación y escondió diversos objetos pequeños que había en su tocador: una lima de uñas en el suelo, debajo de la cama; unas tijeritas, debajo del escritorio; un pequeño abrecartas de marfil, debajo del armario. Volvió entonces junto al muchacho y le dijo:

—¡Qué despistada! Me he dejado algunas cosas que debí bajar.

Le dijo cuáles eran y agregó:

—Corre y tráemelas, corazón.

El muchacho salió disparado a realizar el encargo y no tardó en volver con todo.

—¿Te resultó difícil, cariño?

—No, mamá, no tuve más que seguir tus pasos.

Durante su ausencia la madre se había acercado a la estantería, tomó varios libros de la repisa inferior, los abrió, pasó su mano por una página, grabó los números en la memoria y luego los volvió a colocar en su sitio. Entonces dijo:

—Mientras tú estabas en el cuarto yo hice algo, Archy. ¿Te crees capaz de descubrirlo?

El muchacho se dirigió a la estantería y sacó los libros que su madre había cogido, y los abrió por las páginas en las que ella había pasado la mano. Entonces ella lo sentó en su regazo y le dijo:

—Ahora voy a contestar a tu pregunta, querido. He descubierto que, en un aspecto, eres distinto a los demás chicos. Tú ves en la oscuridad, hueles cosas que los demás no perciben y tienes las habilidades de un podenco. Son cualidades buenas y apreciables, pero debemos conservarlas en secreto. Si la gente las descubriera, hablarían de ti como de un niño extraño, raro, y los demás muchachos te dirían cosas desagradables, y te pondrían apodos. En este mundo es preciso ser como todos los demás, si no se quiere provocar burlas, envidias y celos. Yo me alegro de esa cualidad grande y provechosa con la que has nacido, pero la mantendrás en secreto por amor a tu mamá, ¿verdad?

El niño se lo prometió, sin entenderlo.

El cerebro de la madre permaneció todo el día muy atareado, dando vueltas a enardecidas ideas, trazando planes, proyectos, esquemas, a cuál más pavoroso, adusto y sombrío. Y, sin embargo, todo ello hizo que su rostro se iluminase con un resplandor feroz, muy característico, encendido por vagos resplandores infernales. Estaba poseída por un febril desasosiego. No podía estar sentada, ni de pie, ni leer, ni coser. Solo encontraba alivio en el movimiento. Probó de veinte maneras distintas el don del que estaba dotado su hijo, y durante todo ese tiempo no dejó de decirse a sí misma, con el alma en el pasado: «Él destrozó el corazón de mi padre, y todos estos años he estado pensando noche y día inútilmente en cómo destrozaré yo el suyo. Por fin he descubierto la manera, la he descubierto».

Cuando llegó la noche, todavía le dominaba el demonio del desasosiego. Siguió con las pruebas de su hijo: cruzó la casa desde la buhardilla hasta el sótano, alumbrándose con una vela y escondiendo agujas, alfileres, dedales y carretes debajo de las almohadas, de las alfombras, en grietas de las paredes, debajo de la carbonera, y acto seguido envió al pequeño a que lo encontrase todo en la oscuridad. Así hizo, y se sintió feliz y orgulloso cuando su madre lo elogió y lo ahogó a caricias.

Desde ese instante la vida tomó un nuevo cariz para aquella mujer, que se decía a sí misma: «El porvenir está asegurado: puedo esperar y disfrutar de esta espera». La mayor parte de sus intereses olvidados revivieron. Volvió a dedicarse a la música, a los idiomas, al dibujo, a la pintura y a otras cosas que abandonó hacía tiempo, y que fueron los deleites de sus años de doncella. Se sintió de nuevo feliz y experimentó otra vez el placer de vivir. A medida que transcurrían los años, observaba el desarrollo de su muchacho y se sentía satisfecha. No del todo, pero casi. El lado bondadoso de su corazón era mayor que el otro. Ese era, a los ojos de ella, el único defecto de su hijo. Pero se decía que el amor y la reverencia que sentía hacia ella lo compensaban. El muchacho sabía odiar, eso ya suponía algo, pero la cuestión era si el material del que estaban compuestos sus odios era de una calidad tan resistente y duradera como la de sus amistades, y ahí ya no estaba tan tranquila.

Siguieron pasando los años. Archy era ya un joven hermoso, bien conformado, atlético, cortés, digno, sociable, de trato simpático, y quizá parecía un poco más mayor de lo que era en realidad, porque solo contaba dieciséis años. Una noche le dijo su madre que debía comunicarle algo de la mayor importancia. Agregó que tenía ya edad suficiente para saberlo, y además de edad, el carácter y la entereza necesarios para llevar a cabo un proyecto que venía elaborando y madurando desde muchos años atrás. Le refirió entonces su dolorosa historia, en toda su desnuda atrocidad. El muchacho se quedó paralizado durante un rato, y luego dijo:

—Te comprendo. Nosotros somos del Sur, y nuestra manera de ser y nuestras costumbres solo admiten una reparación. Lo buscaré y lo mataré.

—¿Matarlo? ¡No! La muerte es liberación, emancipación. La muerte es un favor. ¿Es que yo le debo alguno? No has de tocar ni un cabello de su cabeza.

El muchacho permaneció durante un rato pensativo, y luego dijo:

—Tú eres para mí todo lo que hay en el mundo, y tus deseos son mi ley y mis placeres. Dime lo que hay que hacer y lo haré.

Los ojos de la madre brillaron de satisfacción, y dijo:

—Irás en su busca. Desde hace once años sé dónde se oculta. Me costó localizarlo más de cinco años de investigaciones y mucho dinero. Es minero de cuarzo en Colorado, y las cosas le van bien. Vive en Denver. Se llama Jacob Fuller. ¡Trabajo me ha costado pronunciar ese nombre...! Es la primera vez después de aquella noche inolvidable. ¡Figúrate! Tú hubieras llevado ese apellido si no te hubiera ahorrado esa vergüenza dándote otro más limpio. Lo ahuyentarás de ese lugar, lo perseguirás, y volverás a ahuyentarlo otra vez, y otra, y otra, y otra vez, de un modo constante e implacable, envenenando su vida, llenándola de misteriosos terrores, colmándola de cansancio y de angustia, haciéndole anhelar la muerte y la valentía para suicidarse. Lo convertirás en otro judío errante, y jamás sabrá lo que es el sosiego, la paz del alma ni el sueño reparador. Te convertirás en su sombra, te aferrarás a él, lo perseguirás hasta destrozarle el corazón, de igual modo que él destrozó el de mi padre y el mío.

—Obedeceré, madre.

—Así lo creo, hijo mío. Los preparativos están hechos, todo está a punto. Aquí tienes una carta de crédito. Gasta con libertad, por el dinero no te preocupes. Algunas veces será preciso que te disfraces. Lo he previsto, igual que otras comodidades.

Sacó del cajón de la máquina de escribir varios cuadrados de papel. Todos tenían el texto siguiente, escrito a máquina:

DIEZ MIL DÓLARES DE RECOMPENSA

Se cree que cierto individuo reclamado en un estado del Este vive en esta población. El año 1880, durante la noche, ató a su joven esposa a un árbol a la vera de un camino público, le marcó la cara con un zurriago de cuero, hizo que sus perros le arrancasen la ropa y la dejó desnuda. La abandonó y huyó del país. Un pariente consanguíneo de la mujer lo viene buscando desde hace diecisiete años. Escríbase a ..., oficina de Correos. La recompensa arriba señalada será pagada en efectivo a la persona que proporcione a ese pariente, en una entrevista individual, la dirección del criminal.

—Cuando lo hayas encontrado y te hayas familiarizado con su rastro, irás y fijarás durante la noche uno de estos papeles en la casa que él ocupa y otro en la oficina de Correos o en algún otro lugar destacado. Será la comidilla de la región. Al principio le concederás algunos días para que pueda forzar la venta de sus propiedades por algo que se aproxime a su valor. Luego lo arruinaremos poco a poco. No debemos empobrecerlo de golpe, porque quizá eso lo conduciría a la desesperación, estropearía su salud y quizá lo mataría.

Echó mano a otros tres o cuatro escritos a máquina, que sacó del cajón, duplicados, y leyó uno:

A Jacob Fuller:

Se le dan a usted ... días para arreglar sus asuntos. Dentro de ese plazo no se le molestará. Termina el ... de ... a las ... Después, PÓNGASE EN MOVIMIENTO. Si después de esa hora no se ha ausentado, lo expondré a usted en todas las paredes, detallando una vez más su crimen, agregando la fecha y el lugar de la escena, con los nombres de los interesados, incluso el de usted. No tema que se le vaya a causar daño físico alguno, eso no ocurrirá en ninguna circunstancia. Usted llevó el dolor a un anciano, destruyó su vida y desgarró su corazón. Lo que él sufrió, lo sufrirá usted.

—No firmarás. Deberá recibir esto antes de que se entere del anuncio de la recompensa, es decir, antes de que se levante por la mañana, para que no pierda la cabeza y huya del lugar sin llevarse un penique.

—No lo olvidaré.

—Estos escritos los usarás al principio: quizá baste con una sola vez. Más adelante, cuando ya tengas fijada la fecha en que ha de abandonar un lugar, no necesitarás hacer otra cosa más que hacerle llegar una copia de esta nota:

PÓNGASE EN MOVIMIENTO. Le doy a usted ... días.

»Y él obedecerá con toda seguridad.

III

Extractos de las cartas a la madre:

Denver, 3 de abril de 1897

Llevo viviendo varios días en el mismo hotel que Jacob Fuller. Le he tomado el rastro, sería capaz de seguir sus pasos por entre diez divisiones de infantería y dar con él. Es propie-

691

tario de una buena mina, que le produce unos apreciables ingresos, pero no es rico. Aprendió el negocio de la forma adecuada, trabajando por su jornal. Es un hombre de carácter alegre y lleva muy bien sus cuarenta y tres años. Podría pasar por más joven, quizá por treinta y seis o treinta y siete. No ha vuelto a casarse y dice que es viudo. Está bien considerado, goza de simpatías, es popular y tiene muchos amigos. Yo mismo me siento atraído hacia él, lo que llevo de sangre paterna se deja sentir. ¡Qué ciegas, desprovistas de razón y arbitrarias son algunas de las leyes de la naturaleza o, mejor dicho, la mayoría de ellas! Mi tarea se ha hecho dura, ¿se da usted cuenta? ¿Lo comprende y lo disculpa? El fuego se ha apagado más de lo que quisiera confesarme a mí mismo. Pero llevaré adelante mi obra. Aunque el placer haya empalidecido, queda el deber, y no perdonaré a ese hombre.

Me ayuda el agudo rencor que en mí se despierta cuando pienso en que el individuo que cometió el odioso crimen es el único que no ha sufrido nada por él. Es evidente que ha aprendido la lección, ha reformado su carácter y es feliz con ese cambio. Él, el criminal, se ve libre de todo sufrimiento; usted, la inocente, está abrumada. Pero tranquilícese, cosechará la parte que le corresponde.

Silver Gulch, 19 de mayo

A medianoche del 3 de abril clavé el primer escrito, y una hora después colé por debajo de su puerta el segundo, notificándole que debía abandonar Denver antes de las 11.50 de la noche del día 14.

Algún pajarraco de reportero rezagado robó uno de mis carteles y recorrió la ciudad hasta dar con otro, y lo robó también, para conseguir así la exclusiva de una noticia importante, y evitar que pudiera darla otro periódico. Y el suyo, el más importante de la ciudad, lo publicó por la mañana con grandes titulares en la primera plana. Le seguía una opinión volcánica de una columna de longitud acerca de nuestro canalla, y terminaba agregando mil dólares por cuenta del periódico a la recompensa que nosotros ofrecíamos. Los periódicos de esta región saben tener estos rasgos de nobleza... cuando hay negocio en ello.

A la hora del desayuno ocupé yo el sitio de siempre, que había elegido porque veía la cara de papá Fuller y porque estaba lo bastante cerca para oír los comentarios que se hacían en su mesa. Había en el comedor de setenta y cinco a un centenar de personas. Todas discutían aquella noticia y decían que esperaban que el pariente diese con aquel malvado, y que limpiara la ciudad de la contaminación de su presencia con una bala, echándolo a las vías, o algo por el estilo.

Cuando entró Fuller, traía la nota de que abandonara la ciudad doblada dentro de una mano y el periódico en la otra. Casi estuve a punto de sentir angustia viéndolo. Su alegría se había esfumado, parecía viejo, demacrado y lívido. Además, ¡imagínese, mamá, las cosas que tuvo que escuchar! Oyó cómo sus propios amigos, ajenos a la verdad, lo describían con los epítetos y caracterizaciones sacados de los mismísimos diccionarios y refraneros que Satanás edita allá abajo en los infiernos. Más aún: tuvo que mostrarse conforme con aquellos veredictos y aplaudirlos. Esa aprobación le sabía, sin embargo, a hiel. A mí no consiguió engañarme: se vio que había perdido el apetito, no hacía sino mordisquear, le resultaba imposible comer. Uno de los allí presentes dijo, por último:

—Es probable que ese pariente se encuentre en este comedor y que esté escuchando lo que pensamos de tan incalificable rufián los habitantes de esta ciudad. Me gustaría que fuese así.

¡Mamá querida, de qué manera lastimosa parpadeó Fuller y miró a su alrededor todo asustado! No pudo más, se levantó y salió de allí.

Durante varios días dijo a todos que había comprado una mina en México y que deseaba liquidar la de aquí para marcharse lo antes posible, a fin de atender en persona sus asuntos. Jugó bien sus cartas. Vendería por cuarenta mil dólares: una cuarta parte en efectivo, el resto en letras seguras. Pero como, debido a su nueva compra, necesitaba con urgencia el dinero, rebajaría el precio si le pagaban todo al contado. Vendió, por fin, por treinta mil dólares. ¿Y qué cree usted que hizo entonces? Pidió que le pagaran en billetes. Los tomó diciendo que el individuo de México procedía de Nueva Inglaterra, que era muy desconfiado y prefería los billetes al oro o a los cheques. La gente lo encontró raro, porque con un cheque en Nueva York habría conseguido los billetes que quisiese. Se habló de tan extraño detalle, pero solo durante un día, que es lo que dura en Denver el interés por un tema de conversación.

Yo no le quitaba la vista de encima en todo ese tiempo. En cuanto se realizó la venta y se le pagó el dinero, el día 11, me pegué tras los pasos de Fuller sin abandonarlos ni por un solo instante. Aquella noche..., no, el 12, porque había pasado ya medianoche, lo seguí hasta su habitación, cuatro puertas más allá de la mía, en el mismo pasillo. Volví a la mía, me vestí con mi embarrado disfraz de peón, que es el que uso durante el día, me ennegrecí la cara y me senté en la oscuridad, dentro de mi habitación, con un maletín a mano con una muda y con la puerta entreabierta. Sospechaba que el pájaro iba a levantar el vuelo. Media hora después cruzó por delante de la puerta una anciana llevando una maleta. Yo husmeé su rastro, que me era ya tan familiar, y seguí tras ella con mi maletín, porque se trataba de Fuller.

Abandonó el hotel por una entrada lateral, y al llegar a la esquina se metió por una calle poco frecuentada y caminó un trayecto de tres manzanas bajo una lluvia ligera y en una profunda oscuridad. Se metió en un coche de alquiler de dos caballos, que era evidente que le esperaba. Yo tomé asiento (sin que nadie me invitase) en la plataforma de baúles de la parte de atrás y salimos a toda velocidad. Recorrimos diez millas. El coche se detuvo junto a una estación de paso, y fue luego despedido. Fuller se apeó y se sentó en una carretilla, debajo de un toldo, todo lo lejos de la luz como le fue posible. Yo entré en la estación y vigilé la taquilla. Fuller no compró pasaje, y yo tampoco. Llegó el tren y él se subió a un vagón. Yo subí al mismo por el otro extremo y, caminando por el pasillo, ocupé el asiento de detrás del suyo. Cuando él pagó al revisor y le dio el nombre de su destino, yo me retrasé algunos asientos mientras el revisor le cambiaba un billete. Cuando llegó donde yo estaba, le pagué pasaje hasta el mismo lugar, varios centenares de millas hacia el oeste.

Desde ese momento, y por espacio de una semana, me hizo bailar de lo lindo. Viajaba tan pronto para aquí como para allá, aunque siempre en dirección oeste, y dejó de vestir de mujer después del primer día. Se convirtió en un peón como yo y se puso patillas falsas muy espesas. Su disfraz era perfecto, y podía representar el papel sin detenerse a pensarlo, porque había trabajado hacía tiempo por un jornal. Ni su más íntimo amigo habría sido capaz de identificarlo. Finalmente se estableció aquí, en el más olvidado campamento de las montañas de Montana. Tiene una cabaña, y sale siempre a hacer prospecciones. No se le ve en todo el día, y esquiva el trato con todos. Estoy viviendo en la pensión de un minero, y es un sitio espantoso: la comida, el camastro, la suciedad... Todo.

Llevamos aquí cuatro semanas y en todo ese tiempo solo lo he visto una vez, pero sigo todas las noches sus huellas y me mantengo informado de lo que hace. En cuanto él se hizo con su cabaña, me dirigí a una población que está a cincuenta millas y telegrafié al hotel de Denver para que me guardasen el equipaje hasta que enviase a alguien a buscarlo. Todo lo que aquí necesito es una muda de camisa de soldado, y ya me la traje al venir.

Silver Gulch, 12 de junio

El episodio de Denver no ha llegado hasta aquí, creo yo. Conozco a la mayoría de los hombres del campamento y nunca han hecho alusión al mismo, por lo menos que yo haya oído. Fuller se cree, desde luego, bastante a salvo en estas condiciones. Ha localizado una mina, a dos millas de distancia, en un lugar apartado de las montañas. Ofrece buenas perspectivas y la trabaja con actividad. Pero ¡qué cambio se ha realizado en él! Jamás sonríe, se mantiene siempre apartado y no se junta con nadie. Él, que hace dos meses tanto gustaba de la compañía y vivía tan alegre. Últimamente lo he visto cruzar por delante de mí varias veces, con las espaldas caídas, abatido, arrastrando sus pasos, convertido en una figura patética. Aquí se hace llamar David Wilson.

Puedo tener por seguro que permanecerá aquí mientras nosotros no lo molestemos. Ya que usted insiste, volveré a desterrarlo, pero no veo cómo podría ser más desdichado de lo que es ahora. Regresaré a Denver y me obsequiaré con una temporadita de descanso, de alimentos comestibles, de camas soportables y de limpieza corporal, y después cargaré con mis bártulos y notificaré al pobre papá Wilson que se ponga en movimiento.

Denver, 19 de junio

Aquí lo echan de menos. Todos albergan la esperanza de que prospere en México, y no lo dicen con ligereza, sino que les sale del corazón. Ya sabe usted que esto siempre se puede distinguir. Estoy entreteniéndome aquí mucho tiempo, lo reconozco. Pero si usted estuviera en mi lugar tendría compasión de mí. Sí, ya sé lo que dirá, y con razón: si yo estuviese en su lugar y llevase en mi corazón los mismos recuerdos abrasadores...

Tomaré mañana el tren de la noche para regresar.

Denver, 20 de junio

¡Dios nos perdone, madre, pero estamos acosando a un hombre que no es el nuestro! No he dormido en toda la noche. Estoy esperando ahora, con el alba, que llegue el tren de la mañana. ¡Qué largos se me hacen los minutos, qué largos!

Este Jacob Fuller es un primo del culpable. ¡Qué estúpidos hemos sido en no meditar que este no volvería jamás a emplear su propio nombre y apellido después de su acción endemoniada! El Fuller de Denver tiene cuatro años menos, llegó aquí el año 79, al poco de enviudar, cuando tenía veintiún años, un año antes que usted se casase, y eso se puede demostrar con innumerables documentos. Hablé anoche con amigos íntimos suyos que lo tratan desde el mismo día en que llegó a esta ciudad. No dije nada, pero dentro de pocos días volveré a traerlo de nuevo aquí, y lo indemnizaré por lo que ha perdido en su mina. Se celebrará un banquete, y habrá una procesión de antorchas, y todos los gastos correrán de mi cuenta. ¿Dirá usted que esto es una exageración? Pero ya sabe que yo no soy nada más que un muchacho, tengo esa suerte. Pero muy pronto dejaré de serlo para siempre.

Silver Gulch, 3 de julio

¡Madre, se fue! Se fue sin dejar una sola pista. Cuando llegué, el rastro estaba ya frío. Hoy me levanto por primera vez de la cama desde entonces. ¡Ojalá que ya no fuese muchacho! Porque entonces podría resistir mejor estos golpes. Todos opinan que se marchó hacia el oeste. Me pongo hoy en camino en una carreta (dos o tres horas de trayecto) y luego tomaré el tren. No sé ni adónde voy, pero no tengo más remedio que ir. Intentar quedarme sin hacer nada sería un tormento.

Desde luego, habrá adoptado un nuevo nombre y un nuevo disfraz. Esto quiere decir que tendré que registrar el mundo entero para dar con él. O, al menos, eso es lo que espero. ¿Lo ve usted, madre? Soy yo quien se ha convertido en el judío errante. ¡Qué ironía! Nosotros habíamos destinado ese papel para otra persona.

¡Imagínese usted qué dificultades! Desaparecerían si pusiese un anuncio público de búsqueda. Pero si existe algún modo de hacerlo que no lo asuste a él, a mí no se me ha ocurrido todavía, a pesar de que le he dado vueltas en mi cabeza hasta que se me ha quedado huera. «Si el caballero que hace poco vendió una mina en Denver y compró otra en México me enviase su dirección (¿a quién, madre?), se le explicará que todo fue un error, se le pedirá perdón y se le ofrecerá plena reparación por las pérdidas que ha sufrido en determinado asunto.» ¿Lo ve usted? Pensaría que se trata de una trampa. Cualquiera en su caso haría lo mismo. Si yo dijese ahora: «Se ha descubierto que no es el hombre que buscamos, que al que buscamos es a otro, a un hombre que llevó en tiempos su mismo nombre y apellidos y que renunció a ellos por muy buenas razones...». ¿Qué tal estaría esto? Pero entonces la gente de Denver abriría los ojos y diría: «¡Ajá!». Y recordarían el detalle sospechoso de los billetes y se preguntarían: «¿Por qué huyó si no era el hombre a quien buscaban? No se sostiene». Si no llegase a encontrarlo quedaría demolido en el mismo lugar donde nada malo hay contra él. Usted tiene mucho mejor cabeza que yo. Ayúdeme.

Tengo una pista, y solo una. Conozco su letra. Si él inscribe su nuevo nombre y apellido falsos en el registro de un hotel y no la tergiversa demasiado, podrá servirme mucho, si es que alguna vez tropiezo con ella.

San Francisco, 28 de junio de 1898

Ya sabe usted cómo he registrado los estados desde Colorado al Pacífico, y cuán próximo estuve en cierta ocasión de tenerlo en mis manos. Pues bien: otra vez he estado a punto de atraparlo. Fue ayer, aquí. Descubrí su rastro, muy fresco, en plena calle, y lo seguí derecho hasta un hotel barato. Fue un craso error. Un perro habría seguido la pista en sentido contrario. Pero yo solo tengo una parte de perro, y cuando me altero puedo ser muy estúpido, como un hombre. Había estado alojado diez días en aquella casa. Ahora sé que durante los últimos seis u ocho meses rara vez se hospeda mucho tiempo en un mismo lugar, porque está inquieto y tiene que mantenerse en movimiento. ¡Comprendo ese sentimiento! Sé por propia experiencia cómo se encuentra quien lo tiene. Sigue usando el mismo nombre y apellido que cuando estuve a punto de hacerme con él, hará ahora nueve meses: «James Walker», sin duda, el mismo que adoptó desde que huyó de Silver Gulch. Es un hombre modesto y le agradan poco los nombres y apellidos de fantasía. Identifiqué su letra con facilidad, aunque estaba un poco disfrazada. Es un hombre recto y no vale para simulaciones y ficciones.

Me dijeron que acababa de salir de viaje, y que no había dejado dirección ni había mencionado dónde iba. Cuando le pidieron que anotara sus nuevas señas puso cara de asustado. No llevaba más equipaje que una maleta barata, y salió del hotel a pie y con esta en la mano. Era un «viejo agarrado y la casa ha perdido poco con que se marchase». ¡Viejo! Me imagino que ya lo es. Apenas si presté atención a lo que me decían, solo permanecí allí un momento. Corrí siguiendo su rastro y este me condujo a un muelle. Madre, cuando llegué ¡desaparecía en el horizonte el humo del buque en que había embarcado! Si hubiese seguido la dirección exacta me habría ahorrado media hora, habría podido tomar un remolcador rápido y quizá hubiese podido dar alcance al vapor. Ha salido para Melbourne.

Hope Canyon, California, 3 de octubre de 1900

Tiene usted motivos para quejarse. «Una carta al año» es una mezquindad. Lo reconozco plenamente. Pero ¿cómo va a escribir uno si no tiene otra cosa que relatar que fracasos? No hay nadie capaz de hacerlo, parte el corazón.

Ya le conté (y de ello parece haber pasado un siglo) de qué manera se me escapó en Melbourne y cómo lo perseguí luego por Australia durante interminables meses.

Pues bien: después de eso lo seguí hasta la India, casi lo vi en Bombay, seguí su rastro por todas partes (Baroda, Rawal-Pindi, Lucknow, Lahore, Cawnpore, Allahabad, Calcuta, Madrás), ¡por todas partes! Semana tras semana, mes tras mes, entre el polvo y el calor abrasador, siempre tras su huella, algunas veces muy cerca de él, pero sin alcanzarlo nunca. Y luego hasta Sri Lanka, y luego a... No se preocupe usted, ya se lo iré escribiendo todo.

Lo perseguí de nuevo a Estados Unidos, hasta California, y luego hasta México, y otra vez a California. Desde entonces lo he venido persiguiendo por ese estado, desde primeros de enero hasta hace un mes. Estoy casi seguro de que no se encuentra lejos de Hope Canyon. Le seguí la pista hasta un punto situado a treinta millas de aquí: supongo que alguien le dejó subir en su carreta.

Estoy ahora tomándome un descanso, interrumpido a veces por reemprender la búsqueda del rastro perdido. Estaba cansado, madre, abatido y a punto ya de perder toda esperanza, pero los mineros de este pequeño campamento son buenos compañeros, y estoy, desde hace tiempo, acostumbrado a ellos, y sus maneras despreocupadas lo reaniman a uno y le hacen olvidar sus pesares. Llevo aquí un mes. Vivo en la misma cabaña que un joven llamado «Sammy» Hillyer, de unos veinticinco años, hijo único de su madre (como yo), a la que quiere entrañablemente, y a quien escribe todas las semanas, en lo que en parte también se parece a mí. Es un muchacho tímido, y en cuanto a inteligencia, bueno, la verdad es que no hay que confiar en él para incendiar un río, pero no importa. Es simpático, bondadoso y leal, y sentarse y hablar con él, y tener de nuevo un camarada, es como el pan, la carne, el descanso y las comodidades. Me gustaría que «James Walker» disfrutase de algo así, porque antes tenía amigos y le agradaba la compañía. Esto me devuelve la imagen de la última vez que lo vi. ¡Qué tragedia! Aparece ante mí una y otra vez. ¡Justo en aquel momento estaba yo dando ánimos a mi conciencia para hacer que se largase otra vez de donde estaba!

Hillyer tiene un corazón mejor que el mío, mejor que el de todos los de esta comunidad, creo yo, porque es el único amigo de la oveja negra del campamento, Flint Buckner. Es el único hombre con el que Flint habla y al que permite que le hable. Dice Hillyer que conoce su historia, y que han sido ciertas dificultades las que lo han hecho lo que es ahora, y que por eso tiene uno que tratarlo con toda la claridad que le sea posible. Ahora bien: hay que tener un corazón bien espacioso para que quepa un huésped como Flint Buckner, según lo que me dicen otros. Creo que este detalle le dará a usted una idea mejor del carácter de Sammy que cualquier descripción rebuscada que le hiciese de él. En una de sus charlas me dijo algo como esto: «Flint es un paisano mío y me confía todas sus cuitas. Vacía de vez en cuando su corazón conmigo, porque de otro modo creo que estallaría. No puede haber un hombre más desgraciado que él, Archy Stillman, pues su vida está hecha de angustias del alma. No es, ni con mucho, tan viejo como parece. Ha perdido el sosiego y la paz hace muchos, muchos años. Ignora lo que es la buena suerte, nunca la tuvo, y muchas veces me dice que ojalá estuviese ya en el otro infierno, de lo cansado que está de este de aquí».

IV

Ningún auténtico caballero dirá la cruda verdad
en presencia de las señoras

Era una mañana fresca y perfumada de principios de octubre. Las lilas y laburnos, encendidos con el magnífico flamear del otoño, colgaban ardiendo y centelleando en el aire, como un bello puente provisto por la naturaleza para los animales salvajes y sin alas que tienen su hogar en las copas de los árboles y van a visitarse. El alerce y el granado colgaban sus llamas de color púrpura y amarillo en brillantes y anchas salpicaduras a lo largo de las ondulaciones del bosque, y la fragancia sensual de innumerables flores caducas se elevaba en la atmósfera desmayada. Allá, en lo alto del vacío firmamento, dormía con alas inmóviles un solitario esófago.[1] Por todas partes reinaban el sosiego, la serenidad y la paz de Dios.

1. Tomamos del periódico *Springfield Republican*, 12 de abril de 1902:
«Al director del *Republican*:

»Uno de sus conciudadanos me ha dirigido una pregunta acerca del "esófago", y deseo contestarle por medio de usted. Lo hago así con la esperanza de que circule la respuesta y me ahorre trabajo de pluma, porque he contestado ya a la misma pregunta muchísimas veces, y debido a ello no consigo disfrutar de las vacaciones que yo debiera tener.

»Publiqué no hace mucho una novelita, y en ella fue donde puse lo del esófago. Quiero decir, con reserva, que esperaba que la palabrita picara a algunas personas. La verdad es que la incluí con esa intención..., pero la cosecha ha sido mayor de la que calculé. El esófago ha aguijoneado a culpables y a inocentes, aunque yo solo quería pescar a los segundos, a los inocentes e ingenuos. Sabía que algunos me escribirían haciéndome preguntas. Eso me produciría una ligerísima molestia, pero no esperaba que los sabios y los

La cosa ocurre en octubre, 1900.

Hope Canyon es el lugar, un campamento de mineros de plata, que queda en lo profundo de la región de Esmeralda. Es un lugar apartado, elevado y lejano, recientemente descubierto. Aunque si es rico o no en metal, lo decidirá en un sentido o en otro la labor de búsqueda de sus ocupantes de uno o dos años. El campamento está habitado por un par de centenares de mineros, una mujer blanca y un niño, varios lavanderos

doctos acudiesen a mí en demanda de socorro. Esto es, sin embargo, lo que ha ocurrido, y es ya hora de que yo levante la voz y corte, si puedo, esas inquisiciones, porque escribir cartas no supone un descanso para mí, y este asunto no me está divirtiendo tanto como esperaba. Para que usted comprenda la situación, insertaré un par de preguntas como muestra. Me llega la primera de un hombre dedicado a la enseñanza pública en las Filipinas:

Santa Cruz, Ilocos, Sur, P. I.
13 de febrero de 1902

Mi querido señor: Acabo de leer la primera parte de su última novela corta titulada *Historia detectivesca de dos cañones,* que me gusta muchísimo. En la parte IV, página 264 de la *Harper's Magazine* de enero, encuentro este pasaje: «Allá, en lo alto del vacío firmamento, dormía con alas inmóviles un solitario "esófago". Por todas partes reinaban el sosiego, la serenidad y la paz de Dios». Pues bien: hay en ese párrafo una palabra que no entiendo: la de «esófago». La única obra de consulta que tengo es el *Standard Dictionary,* pero este no explica el significado. Si usted dispusiese de tiempo, me alegraría que me aclarase el sentido, porque ese pasaje lo encuentro muy conmovedor y hermoso. Quizá le parezca a usted una tontería, pero tenga en cuenta mi falta de medios, porque me encuentro en la parte norte de Luzón.

De usted muy atte.

»¿Se fija usted? Solo esa palabra le desconcertó en el párrafo. Esto demuestra que se hallaba habilísimamente construido para el engaño del que se pretendía hacer víctima al lector. Mi propósito fue que pareciese muy bien en la lectura, y es evidente que lo parece; y también hacerlo emotivo y conmovedor, y usted mismo puede ver cómo le llegó al alma a este maestro. ¡Si yo hubiese prescindido de esa única palabra traidora, habría dado en el blanco! En el blanco y por todas partes, y el párrafo se habría deslizado como el aceite por la sensibilidad de todos los lectores, sin dejar detrás de sí una sospecha.

chinos, cinco *squaws* y una docena de vagabundos indios vestidos con pieles de conejo, destartalados sombreros de copa alta y corbatas de hojalata. No existen todavía molinos, ni iglesia, ni periódico. El campamento solo tiene dos años de existencia. No se ha descubierto nada extraordinario: el mundo ignora su nombre y su lugar.

A ambos lados del cañón se alzan las montañas como murallas hasta tres mil pies de altura, y la larga espiral de chozas

---

»La otra consulta que ofrezco como muestra procede de un profesor de una universidad de Nueva Inglaterra. Contiene una obscenidad (que no podría tolerar que se suprimiera), pero como el profesor no pertenece a la sección de teología, ningún daño hay en ello:

Querido señor Clemens:

«Allá, en lo alto del vacío firmamento, dormía con alas inmóviles un solitario esófago. Por todas partes reinaban el sosiego, la serenidad y la paz de Dios».

No es frecuente que yo tenga oportunidad de leer mucha literatura de periódicos, pero este último período he leído, con gran satisfacción y aprovechamiento, su *Historia detectivesca de dos cañones.*

Pero ¿qué diablos es un esófago? Yo tengo uno, pero no duerme en el aire ni en ninguna parte. Mi profesión consiste en el manejo de las palabras, y la de «esófago» me interesó en cuanto me topé con ella. Pero, como solía decir uno de mis compañeros de juventud, «¡Que me condene por siempre jamás coeternamente!», si logro ponerla en claro. ¿Es una broma, o yo soy un necio?

»Entre usted y yo, casi me avergoncé de haber mareado a un hombre semejante, pero por mi orgullo que iba a decirlo. Le escribí explicándole que se trataba de una broma…, y eso es lo que estoy haciendo al que me lo pregunta desde Springfield. Y le dije, además, que leyese con cuidado el párrafo entero, y que no encontraría en todos los detalles ni un vestigio de significado. También hago esta misma recomendación al que me consulta de Springfield.

»He confesado. Lamento parcialmente lo que hice. Nunca más volveré a hacerlo… por ahora. No me hagan más preguntas, dejen descansar al esófago sobre sus mismas alas inmóviles.

MARK TWAIN». *(N. del A.)*

Nueva York, 10 de abril de 1902

Nota del editor:

«La *Historia detectivesca de dos cañones,* que apareció en el *Harper's Magazine* de los últimos meses de enero y febrero, es la más acabada de las desparramadas desde lo más hondo de la estrecha garganta recibe el beso del sol tan solo una vez al día, cuando pasa por lo más alto, al mediodía. La aldea tiene un par de millas de largo: las cabañas se levantan unas muy lejos de las otras. La taberna es la única casa construida con entramado de madera. Es la única casa de verdad, por así decirlo. Ocupa una posición cen-

---

caricaturas de las novelas detectivescas. Contiene pasajes melodramáticos de gran efecto, en los que resulta difícil descubrir el engaño, con tanta habilidad como están hechos. Pero el espejismo no debiera resistir ni siquiera al primer incidente del número de febrero. He aquí el párrafo que nos ha dado una muestra tan admirable del talento del conjunto del señor Clemens y de la falta de atención de los lectores:

> Era una mañana fresca y perfumada de principios de octubre. Las lilas y laburnos, encendidos con el magnífico flamear del otoño, colgaban ardiendo y centelleando en el aire, como un bello puente provisto por la naturaleza para los animales salvajes y sin alas que tienen su hogar en las copas de los árboles y van a visitarse. El alerce y el granado colgaban sus llamas de color púrpura y amarillo en brillantes y anchas salpicaduras a lo largo de las ondulaciones del bosque, y la fragancia sensual de innumerables flores caducas se elevaba en la atmósfera desmayada. Allá, en lo alto del vacío firmamento, dormía con alas inmóviles un solitario esófago. Por todas partes reinaban el sosiego, la serenidad y la paz de Dios.

»El éxito de la broma de Mark Twain nos trae a la memoria su relato del hombre petrificado dentro de una caverna, al que nos describe con todo detalle, dándonos primero una pintura del escenario, de su impresionante soledad, etcétera. Luego entra a detallar lo majestuoso de la figura, mencionando por casualidad que el dedo pulgar de su mano derecha descansaba contra un lado de su nariz. Después de otras descripciones desliza el detalle de que los dedos de esa mano se hallaban extendidos como si irradiasen de un centro, y, volviendo a insistir en la dignidad de la actitud y de la postura de aquel hombre, hacía notar de pasada que el pulgar de la mano izquierda estaba en contacto con el dedo meñique de la derecha, etcétera. Pero la cosa estaba escrita con tal habilidad que Mark Twain, contando años más tarde esa historia en un artículo que apareció en aquella excelente revista *Galaxy,* ya extinta, declaró que no hubo nadie que descubriese la broma, y, si no recordamos mal, hubo de hecho quien se dedicó a buscar aquella asombrosa y vieja caverna en la que él, cuando era director de un periódico de Nevada, había colocado la acción. Es seguro que la *Rana saltadora* de Mark Twain tiene muchísimas martingalas más que cualquiera otra rana».

tral, y en ella se reúne por las noches la población. Allí beben, juegan al *seven-up* y al dominó. También al billar, porque hay una mesa, toda ella con desgarraduras remendadas con tafetán. Disponen de algunos tacos, pero no de suelas, y de algunas bolas astilladas que corren a saltos y que no se detienen de forma gradual, sino que se clavan súbitamente en el sitio. Hay también un pedazo de cubo de tiza, en el que sobresale una punta de pedernal. El hombre que emboca seis bolas seguidas tiene pagado lo que debe, y la casa carga con la cuenta.

La cabaña de Flint Buckner era la última de la aldea, yendo hacia el sur. Su concesión de la mina de plata se encontraba en el otro extremo de la aldea, hacia el norte, un poco más allá de la última choza que hay en esa dirección. Era un ser amargado, insociable y no tenía compañeros. Las personas que habían intentado tratar con él lo lamentaron y renunciaron. No se conocía su historia anterior. Algunos creían que Sammy Hillyer la sabía, pero otros decían que no. Cuando se le preguntaba, Hillyer contestaba que no, que la ignoraba. Flint llevaba con él a un bondadoso joven inglés de dieciséis o diecisiete años, al que trataba con aspereza en público y en privado. Como es natural, se recurrió a preguntar a ese mozalbete, pero sin éxito. Fetlock Jones —este era su nombre— dijo que Flint lo había recogido en uno de sus vagabundeos en la búsqueda de minas, y como él no tenía hogar ni amigos en América, le pareció prudente quedarse y aguantar los malos tratos de Buckner a cambio del salario, que consistía en tocino y habichuelas. Eso fue todo lo que él pudo informar.

Fetlock llevaba ya un mes en esa esclavitud, y debajo de su mansedumbre exterior se iba consumiendo despacio hasta quedar reducido a cenizas con los insultos y humillaciones que su amo le había infligido. Los mansos sufren con amargura esas heridas, quizá más que los varoniles, que son capaces de encontrar alivio estallando en palabras o en golpes cuando han alcanzado el límite de su resistencia. Las personas de buen corazón querían ayudar a Fetlock a salir de su miseria, e intentaron hacer que abandonase a Buckner; pero el muchacho se mostró asustado ante esa idea y dijo que no se atrevía. Pat Riley insistió y dijo:

—Abandona a ese condenado avaro y vente conmigo. No tengas miedo, yo me encargaré de él.

El muchacho le dio las gracias con lágrimas en los ojos, pero se estremeció y dijo que no se atrevía a correr semejante riesgo, que Flint lo encontraría alguna vez a solas, durante la noche, y que entonces...

—¡Me pongo enfermo con solo pensarlo, señor Riley!

Otros le dijeron:

—Escápate de su lado, nosotros te proveeremos de lo necesario para que alguna noche puedas largarte hacia la costa.

Pero todas las sugerencias fracasaron. Aseguró que Flint lo perseguiría y lo volvería a traer con él, por pura ruindad.

La gente no conseguía entenderlo. Las miserias que sufría el muchacho fueron en aumento, semana tras semana. Es muy probable que la gente lo hubiese comprendido todo si hubiese sabido de qué manera empleaba su tiempo libre. Dormía en una cabaña cerca de la de Flint, y allí, durante las noches, se curaba sus magulladuras y meditaba sobre sus humillaciones, dando vueltas y vueltas en la cabeza a un solo problema: cómo podría asesinar a Flint Buckner sin que lo descubrieran. Era este el único placer que tenía en la vida, y esas horas eran las únicas de las veinticuatro que esperaba con ansiedad y durante las cuales era feliz.

Pensó en el veneno. No..., eso no le serviría. La investigación descubriría dónde se había comprado y por quién. Pensó en dispararle un tiro por la espalda en un lugar solitario cuando Flint viniese hacia casa a medianoche, que era la hora en que siempre lo hacía. No..., alguien podría oír el ruido del disparo y atraparlo. Pensó en apuñalarlo mientras dormía. No..., quizá la puñalada no fuese eficaz y Flint lo agarraría a él. Examinó un centenar de recursos diferentes, pero ninguno era adecuado para sus propósitos. Hasta en el más oscuro y más secreto descubría siempre el fatal defecto de un riesgo, de una ocasión, de una posibilidad de ser descubierto. No correría semejante peligro.

Pero el muchacho tenía una paciencia sin límites. Se decía a sí mismo que no había ninguna prisa. Jamás abandonaría a Flint si no era dejándolo cadáver. No era urgente, ya descubriría la manera. Esta existía en alguna parte, y él soportaría la vergüenza, el dolor y la miseria hasta encontrarla. Sí, había algún modo de matarlo sin dejar rastro, sin dejar ni la más débil pista del asesino. No había prisa. Él lo encontraría, y entonces... ¡Oh, entonces qué placer sería el de vivir! Mientras tanto cuidaría mucho de conservar su fama de mansedumbre, y también, como lo había hecho hasta entonces, se abstendría de que nadie le oyese decir una sola frase de rencor o de ofensa contra su opresor.

Dos días antes de la mencionada mañana de octubre, Flint había comprado algunas cosas, y él y Fetlock las llevaron a su cabaña: una caja de velas, que colocaron en el rincón; una lata de pólvora para las voladuras, que colocaron encima de la caja de velas; un cuñete de pólvora, que colocaron debajo del camastro de Flint; y un gran rollo de mecha, que colgaron de una percha. Fetlock se dijo que los trabajos mineros de Flint habían pasado ya de la etapa del pico y que ahora iban a empezar las voladuras. Él había visto cómo se preparaban las explosiones y tenía cierta noción del procedimiento, pero nunca había echado una mano en esa tarea. Sus conjeturas resultaron ciertas: había llegado la hora de las voladuras. Por la mañana llevaron entre los dos la mecha, los barrenos y el bote de pólvora hasta la excavación. Tenía ya ocho pies de profundidad, y se servían de una pequeña escalera para entrar y salir. Bajaron al pozo, y Fetlock, por orden del otro, sostuvo el barreno, sin que nadie le enseñase la manera conveniente de hacerlo, y Flint se puso a golpear. El mazo descargó y el barreno saltó de la mano de Fetlock como la cosa más natural.

—¿Es esa la manera de sostener un barreno, piojoso, hijo de un negro? ¡Recógelo! ¡Levántalo! Así, sostén firme... ¡Maldito seas! ¡Yo te enseñaré!

Al cabo de una hora estaba terminado el agujero.

—Y ahora, cárgalo.

El muchacho se dispuso a llenarlo de pólvora.

—¡Idiota!

Un fuerte golpe en la mandíbula apartó al muchacho.

—¡Levántate! No te quedes ahí lloriqueando. Veamos: mete primero dentro la mecha. Echa ahora la pólvora. ¡Espera, espera! ¿Es que vas a llenar el agujero con pólvora hasta el borde? De todos los maricas idiotas que yo he conocido, tú eres... ¡Mete ahí algo de tierra! ¡Mete grava! ¡Aplástalo bien! ¡Espera, espera! ¡Por vida de...! ¡Quítate de ahí!

Le quitó de un manotón el hierro y él mismo apisonó la carga, sin dejar de maldecir y blasfemar como un demonio. Acto seguido encendió la mecha, trepó fuera del pozo y corrió cincuenta yardas, seguido de Fetlock. Permanecieron esperando algunos minutos, y de pronto subió por los aires con una tremenda explosión una gran cantidad de humo y de rocas. A los pocos momentos se produjo una lluvia de piedras, y luego todo volvió a quedar sereno. El amo dijo al muchacho:

—¡Quisiera Dios que hubieses estado tú ahí dentro!

Bajaron al pozo, lo limpiaron, abrieron otro agujero y colocaron dentro otra carga.

—¡Ven acá! ¿Cuánta mecha piensas gastar? ¿Es que no sabes calcular lo que dura?

—No, señor.

—¿Que no lo sabes? Bueno, que me maten si he visto otra cosa igual.

Subió por la escalera, salió del pozo y le gritó desde arriba:

—Pero, majadero, ¿vas a estarte ahí todo el día? Corta la mecha y enciéndela.

El muchacho, todo tembloroso, empezó a decir:

—Señor, si tiene usted a bien, yo...

—¿Qué es eso de contestarme a mí? ¡Córtala y enciéndela!

El muchacho cortó y encendió.

—Pero ¿qué has hecho? ¡Una mecha de un solo minuto! ¡Ojalá que...!

En un arrebato de furor, levantó la escalera del pozo y huyó. El muchacho se quedó horrorizado.

—¡Oh, Dios mío! ¡Socorro, socorro! ¡Sálveme! —imploraba—. ¿Qué hago yo, qué puedo hacer yo?

Se apretó contra el muro del pozo todo cuanto pudo. El chisporroteo de la mecha lo dejó sin voz. Se quedó sin respiración, contemplando impotente. Dentro de dos segundos, de tres, de cuatro, volaría por los aires hecho pedazos. De pronto tuvo una idea. Se abalanzó hacia la mecha, cortó la pulgada que aún quedaba sobre la tierra y se salvó.

Se desplomó al suelo desmadejado y casi sin vida por el terror. Había perdido toda su fuerza, pero murmuró con profundo regocijo:

—¡Él me lo ha enseñado! Yo sabía que si esperaba, descubriría la manera.

Al cabo de unos cinco minutos se acercó Buckner con pasos furtivos hasta el pozo, con expresión preocupada y asustada, y miró hacia abajo. Se dio cuenta de la situación: comprendió lo que había ocurrido. Echó la escalera y el muchacho se arrastró débilmente hasta el exterior. Estaba muy pálido. Su aspecto contribuyó a aumentar el desasosiego de Buckner, y este le dijo con exageradas muestras de pesar y de simpatía, que resultaron muy torpes debido a la falta de práctica:

—Ha sido una cosa accidental, compréndelo. No hables de esto con nadie. Estaba alterado y no me fijé en lo que hacía. Parece que no te sientes bien: ya has trabajado bastante por hoy. Vete a mi cabaña, come lo que quieras y descansa. Ha sido un accidente, compréndelo, debido a mi excitación.

—Me llevé un susto —dijo el mozalbete al marcharse—, pero aprendí algo, de modo que no me importa.

—¡Qué fácil de contentar es! —masculló Buckner, siguiéndolo con la mirada—. ¿Dirá algo? ¿No podrá él...? ¡Ojalá que lo hubiese matado!

El muchacho no aprovechó su vacación para descansar, sino que la empleó en trabajar, en un trabajo ansioso, febril y feliz. Por la ladera de la montaña y hasta la cabaña de Flint se extendía una espesa vegetación de chaparros. La mayor parte de su labor tuvo lugar en los recovecos intrincados de aquel indómito monte bajo. El resto lo realizó en su propia choza. Cuando todo estuvo a punto, se dijo a sí mismo:

—Si acaso recela de que voy a contar lo ocurrido, no le durará más que hasta mañana. Podrá ver que soy el mismo pobre diablo de siempre durante todo el día, y también el siguiente. Pero pasado mañana por la noche será su fin. Y nadie podrá adivinar jamás quién acabó con él ni de qué manera lo hizo. Fue él mismo quien me sugirió la idea, y eso es lo más extraño.

V

El día siguiente vino y se fue.

Es ya casi medianoche, y de aquí cinco minutos empezará una nueva mañana. La escena tiene lugar en el salón de billares de la taberna. Hombres rudos y vestidos con ropas burdas, sombreros blandos, pantalones remetidos en la caña de las botas, unos con chalecos y ninguno con chaqueta, se encuentran agrupados alrededor de la estufa de hierro, que tiene los carrillos rojizos y esparce un calor agradable. Las bolas de billar chasquean, no se oye otro ruido —es decir, en el interior; en el exterior el viento gime en ráfagas—. Los hombres parecen molestos, y también expectantes. Un minero voluminoso y pesado, de anchas espaldas, mediana edad, patillas hirsutas y ojos ariscos en una cara de pocos amigos, se levanta, pasa por su brazo un rollo de mecha, recoge algunos otros objetos de su propiedad y se marcha sin dirigir a nadie un saludo. Es Flint Buckner. Cuando la puerta se cierra a sus espaldas, estalla un zumbido de conversaciones.

—No he conocido jamás a un hombre más metódico —dice Jake Parker, el herrero—. Puede usted decir que son las doce cuando él se marcha, sin necesidad de que mire su Waterbury.

—Y que yo sepa, esa es la única virtud que tiene —dice Peter Hawes, minero.

—Ese hombre es una deshonra para esta sociedad —añade Ferguson, el hombre de la Wells Fargo—. Si yo fuera el propietario de este negocio, le obligaría a que dijese algo alguna vez o que se largase de aquí. —Esto lo dijo con una mirada elocuente dirigida al encargado del bar, que se hizo el despistado, porque el hombre de quien se hablaba era un buen cliente, y todas las noches se marchaba a su casa bien cargado de bebidas que le suministraba él mismo.

—Digan —preguntó Ham Sandwich, minero—: ¿recuerda alguno de ustedes que alguna vez les haya preguntado si quieren beber?

—¿Preguntarnos, él? ¿Flint Buckner? ¡Oh, Laura!

Tal fue la burlesca contestación que provocó un estallido espontáneo de la multitud expresada con unas palabras o con otras. Después de un breve silencio, dijo Pat Riley, minero:

—Ese maldito es un acertijo sin solución. Y su muchacho, otro. Yo no entiendo a ninguno de los dos.

—Ni nadie —dijo Ham Sandwich—. Y si esos dos son acertijos sin solución, ¿en qué categoría va usted a colocar al otro? Si hablamos de cosa completamente misteriosa, aquel los deja pequeños a los dos. ¿No os parece?

—¡Sí, sí!

Todos lo dijeron, excepto uno. Era el recién llegado, Peterson. Pidió de beber para todos y preguntó quién podía ser el número tres. Le contestaron todos a una:

—¡Archy Stillman!

—¿Es un misterio ese hombre? —preguntó Peterson.

—¿Que si es un misterio? ¿Que si Archy Stillman es un misterio? —prorrumpió Ferguson, el de la Wells Fargo—. Mire usted: la cuarta dimensión es una tontería para él. —Dijo esto porque era un hombre instruido.

Peterson quiso escuchar todo lo que sabían acerca del muchacho. Todo el mundo quería contárselo, y todos empezaron a una. Pero Billy Stevens, el dueño del bar, llamó a la concurrencia al orden y dijo que lo mejor era que hablase uno cada vez. Distribuyó las bebidas y señaló a Ferguson para romper la marcha. Este dijo:

—Verá usted: es un muchacho. Eso es casi todo lo que sabemos de él. Puede tirarle de la lengua hasta cansarse, pero será inútil, porque no le sonsacará usted nada. Por lo menos, nada que tenga relación con sus propósitos, o con la clase de su negocio, ni de dónde viene, ni lo demás por el estilo. Pero si trata usted de llegar a la médula y al origen de su mayor y más notable misterio, se limita a cambiar de conversación y allí acaba todo. Puede usted entregarse a sus barruntos hasta que se le ponga la cara amoratada. Podría usted hacerlo, si gusta. Pero supongamos que sí: ¿adónde llega por ese camino? A ninguna parte, por lo que yo he podido ver.

—¿Cuál es su mayor y más notable misterio?

—Quizá sea la vista. Quizá el oído. Quizá el instinto. Quizá la magia. Puede usted optar por lo que guste: los adultos, a veinticinco centavos; los niños y las criadas, a mitad de precio. Voy a decirle lo que ese muchacho es capaz de hacer. Sale usted de aquí y desaparece. Puede ir y esconderse donde le dé la gana, no me importa dónde ni lo lejos que sea, y ese muchacho irá derecho hasta su escondite y le pondrá el dedo encima.

—¿Lo dice usted en serio?

—Por completo. Nada significa para él la temperatura, nada le obstaculizan las condiciones elementales... Ni siquiera se fija en ellas.

—¡No diga usted eso! ¿Nada la oscuridad, la lluvia ni la nieve? ¿Nada significa para él todo eso?

—Todo le da lo mismo. No le importa un comino.

—Pero, bueno... ¿También la niebla?

—¡La niebla! Tiene una vista capaz de atravesarla igual que una bala.

—Venga, muchachos, con la mano en el pecho: ¿qué novela me están colocando?

—¡Es la pura verdad! —gritaron todos—. Siga, Wells Fargo.

—Pues bien, señor: puede usted dejarlo aquí charlando con los muchachos y escabullirse a cualquiera de las cabañas que hay en este campamento, y una vez allí, abrir un libro (sí, señor, o una docena de ellos) y aprenderos de memoria el número de la página. Él saldrá de aquí e irá derecho hasta esa cabaña y los abrirá uno por uno en la página exacta y la cantará, sin cometer una sola equivocación.

—¡Por fuerza que ese hombre tiene que ser el diablo!

—Más de uno lo pensó. Y ahora voy a contarle a usted un hecho completamente asombroso que él realizó. La otra noche, él...

Se oyó de pronto en el exterior un gran murmullo. Las puertas se abrieron de par en par y penetró una multitud excitada, llevando delante a la única mujer blanca del campamento, que gritaba:

—¡Mi hija, mi hija! ¡Ha desaparecido! ¡Por amor de Dios, ayúdenme a encontrar a Archy Stillman, lo hemos buscado por todas partes!

El dueño del bar dijo:

—Siéntese, siéntese, señora Hogan, y no se preocupe. Hace tres horas que me pidió una cama, agotado de caminar siguiendo huellas, como hace siempre, y se marchó arriba. Ham Sandwich, corre y hazlo levantar, está en la número catorce.

Poco tardó el joven en bajar preparado para todo. Le pidió detalles a la señora Hogan.

—Válgame Dios, que no hay ninguno. ¡Ojalá los hubiese! La acosté a las siete de la tarde, y cuando hace una hora entré yo misma en la habitación para hacer lo propio, la niña había desaparecido. Corrí a la cabaña de usted, y no estaba, y desde entonces vengo buscándolo por todas partes, en todas las cabañas desde lo profundo del cañón, y ahora he vuelto a subir garganta arriba y estoy que desvarío, llena de miedos y con el corazón destrozado. Pero gracias a Dios que por fin lo encuentro a usted, querido, usted descubrirá dónde está mi niña. ¡Vamos, vamos, rápido!

—Salga usted delante. Yo la acompaño, señora. Vayamos primero a su cabaña.

Toda la concurrencia salió para acompañarlos en la búsqueda.

La parte sur de la aldea estaba toda en pie, un total de un centenar de hombres esperando en la calle. Formaban una masa confusa y negra, salpicada de linternas parpadeantes. La multitud se dividió en columnas de tres y de cuatro para adaptarse al estrecho camino, y avanzó a paso ligero hacia el sur, en la estela de sus líderes. Llegaron a los pocos minutos a la cabaña de Hogan.

—Allí está el camastro —dijo la señora Hogan—, allí estaba la niña, allí la dejé yo a las siete, pero solo Dios sabe dónde se encuentra ahora.

—Denme una linterna —dijo Archy. La colocó en el duro suelo de tierra y se arrodilló, simulando examinarlo con mucho cuidado—. Aquí está su huella —dijo, señalando con el dedo hacia una área difusa—. ¿Lo ven ustedes?

Varios de la concurrencia se pusieron de rodillas y se esforzaron por ver. Uno o dos creyeron discernir algo que se parecía a una huella, pero los demás negaron con la cabeza y confesaron que la superficie lisa y dura no mostraba marcas que sus ojos tuviesen agudeza suficiente para distinguir. Uno de ellos dijo:

—Quizá el pie de la niña pudo dejar una marca, pero yo no la distingo.

El joven Stillman salió afuera, arrimó la luz al suelo, se volvió hacia la izquierda y avanzó tres pasos, examinando con gran atención. Luego dijo:

—Ya tengo la dirección de los pasos... Vamos, que alguien se haga cargo de la linterna.

Echó a andar con rapidez hacia el sur, y las filas lo siguieron, ondulando y curvándose en los recodos profundos de la garganta. Caminaron durante una milla y alcanzaron la boca del cañón. Se extendía ante ellos una llanura cubierta de salvia, tenue, inmensa, vaga. Stillman ordenó el alto, diciendo:

—Es preciso evitar que tomemos una dirección equivocada. Tenemos que orientarnos de nuevo.

Echó mano de una linterna y examinó el terreno en un trecho de veinte yardas. Luego dijo:

—Seguidme, la cosa está clara.

Y entregó la linterna. Avanzó por entre los arbustos de salvia durante un cuarto de milla, torciendo gradualmente hacia la derecha, luego tomó una nueva dirección y trazó otro gran semicírculo, y volvió a cambiar de rumbo y se encaminó hacia el oeste por espacio de casi media milla. Allí se paró.

—La pobre niña se detuvo aquí. Acercad la linterna. Podéis ver dónde estuvo sentada.

Pero se encontraban en un suelo resbaladizo de álcali, cuya superficie era como el acero. Nadie de los allí presentes tuvo la valentía para jactarse de tener una vista capaz de descubrir la huella de un almohadón sobre un brillo como aquel. La desconsolada madre cayó de rodillas y besó aquel sitio, lamentándose.

—Pero ¿dónde está entonces la niña? —preguntó alguien—. Aquí no se quedó. Por lo menos eso es evidente.

Stillman se movió alrededor de aquel sitio, llevando una linterna y simulando buscar huellas. Al cabo de un rato dijo con tono de disgusto:

—Pues no lo entiendo. —Siguió examinando—. Es inútil. Estoy seguro de que estuvo aquí, pero no se marchó por su propio pie, también eso es seguro. Esto es un rompecabezas y no consigo sacar nada en limpio.

La madre se descorazonó al oírle.

—¡Oh, Dios mío! ¡Oh, santísima Virgen! ¡Algún ave rapaz se la llevó! ¡Ya nunca más la veré!

—Todavía no me doy por derrotado —dijo Archy—. La encontraremos... No se dé usted por vencida.

—¡Que Dios le bendiga por esas palabras, Archy Stillman! —Le agarró una mano y se la besó con fervor.

Peterson, el recién llegado, cuchicheó irónico al oído de Ferguson:

—Magnífica exhibición la que le ha permitido encontrar este lugar, ¿verdad? Aunque, la verdad sea dicha, no valía la pena llegar tan lejos. Lo mismo habría resultado para el caso cualquier otro hipotético lugar, ¿no cree?

A Ferguson no le agradó nada semejante insinuación, y contestó con un poco de acaloramiento:

—¿Pretende usted insinuar que la niña no ha estado aquí? ¡Yo le digo que sí! Ahora bien: si usted quiere ponerse tan escrupuloso como...

—¡Ya está! —gritó Stillman—. ¡Vengan aquí todos y miren esto! Hemos tenido la huella todo este tiempo ante nuestras mismas narices, y no hemos sido capaces de verla.

Hubo una zambullida general hacia el suelo en el lugar donde Stillman aseguraba que había descansado la niña, y fueron muchos los ojos que se esforzaron con la esperanza de ver la cosa sobre la que descansaba su dedo. Hubo una pausa, seguida de un suspiro de desencanto, disparado desde varios pechos a la vez. Pat Riley y Ham Sandwich dijeron, a un tiempo:

—¿Qué hay, Archy? Aquí no se ve nada.

—¿Nada? ¿Llaman ustedes nada a esto? —Y de repente trazó una figura con el dedo sobre el suelo—. Mírenla. ¿No la identifican ahora? Es la huella del indio Billy. Él se llevó a la niña.

—¡Alabado sea Dios! —exclamó la madre.

—Aparten la linterna. Ya sé la dirección. ¡Síganme!

Salió corriendo tras la pista, metiéndose a un lado y a otro de los arbustos de salvia durante trescientas yardas, y desapareció por encima de una duna. Los demás se esforzaban en seguirle, lo alcanzaron y lo encontraron esperándolos. Diez pasos más allá había una tienda india, un abrigo informe y confuso de harapos y viejas mantas de caballo, por entre cuyas rendijas se veía una luz.

—Pase usted delante, señora Hogan —dijo el mozo—. A usted le corresponde el privilegio de ser la primera.

Todos siguieron a la madre, que se lanzó a la carrera hacia la tienda india, y vieron al mismo tiempo la imagen que presentaba el interior. El indio Billy estaba sentado en el suelo, y a su lado, dormida, estaba la niña. La madre la estrechó con un abrazo enloquecido, en el que incluyó a Archy Stillman. Lágrimas de agradecimiento le corrían por la cara, y vertió con voz ahogada y entrecortada un dorado torrente del tesoro de frases cariñosas y de adoración que no alcanza su plena riqueza en ninguna otra parte sino en el corazón irlandés.

—La encontré a eso de las diez —explicó Billy—. Estaba dormida, allá lejos, muy cansada, con la cara húmeda..., supongo que de llorar. La traje conmigo, le di de comer, estaba hambrienta... Y se volvió a dormir.

La madre, feliz, llevada por el impulso de su agradecimiento sin límites, dejó de lado toda jerarquía social y abrazó al indio, llamándolo «el ángel disfrazado de Dios». En efecto, si era tal oficial divino, quizá estaría disfrazado. Vestido para caracterizar al personaje.

A la una y media de la mañana irrumpió el cortejo en la aldea cantando «When Johnny Comes Marching Home», ondeando las linternas y echándose al cuerpo las bebidas que les iban sacando durante el recorrido. Se concentró el cortejo en la taberna y pasó una noche de jarana durante lo que le quedaba de madrugada.

VI

La aldea recibió la tarde siguiente la descarga eléctrica de un hecho que causó una inmensa sensación. Llegó a la taberna un extranjero, solemne y digno, de porte y aspecto distinguidos, y se inscribió en el registro con el siguiente nombre formidable: Sherlock Holmes.

La noticia fue corriendo de cabaña en cabaña y de mina en mina. Se abandonaron las herramientas, y la población se dirigió como un enjambre hacia el centro de interés. Un hombre que salía por la parte norte de la aldea se lo gritó a Pat Riley, que tenía su concesión junto a la de Flint Buckner. En aquel momento, Fetlock Jones pareció que se ponía enfermo y dijo para sus adentros:

«¡El tío Sherlock! ¡Qué mala suerte! ¡Tenía precisamente que venir cuando...!». El muchacho cayó como en un sueño y más tarde pensó: «Pero ¿de qué me sirve tenerle miedo? Cualquiera que le conozca como yo sabe que no es capaz de resolver un crimen si no lo ha planeado por adelantado, disponiendo las claves y contratando a algún individuo para que lo cometa ateniéndose a sus instrucciones... Pero esta vez no habrá pista alguna, de modo, pues, que no tiene ninguna probabilidad, ninguna en absoluto. No, señor; todo está preparado. Si me arriesgase a demorarlo... No, no correré un peligro como ese. Flint Buckner dejará este mundo por la noche, eso es seguro». Pero entonces se le presentó otra dificultad: «El tío Sherlock querrá conversar conmigo esta noche de las cosas de nuestra casa, y ¿cómo me voy a desembarazar de él? Porque es preciso que me acerque a mi choza uno o dos minutos a eso de las ocho». Aquel era un problema molesto y le hizo pensar mucho. Pero halló la manera de vencer el inconveniente: «Iremos a dar un paseo y lo dejaré unos momentos en el camino, de manera que no vea lo que estoy haciendo. La mejor manera de despistar a un detective es, en todo caso, tenerlo bien cerca cuando uno está preparando el asunto. Sí, eso es lo más seguro, haré que me acompañe».

Mientras tanto, el camino que pasaba por delante de la taberna estaba bloqueado por aldeanos que esperaban con anhelo poder echar un vistazo al gran hombre, pero permaneció en su cuarto y no apareció. Solo Ferguson, el herrero Jake Parker y Ham Sandwich tuvieron suerte. Estos admiradores entusiásticos del gran detective científico alquilaron el almacén donde se guardaban los equipajes retenidos, que daba a su habitación a través de un pequeño callejón lateral de diez o doce pies de anchura. Se emboscaron en él y abrieron unos minúsculos agujeros en el postigo de la ventana. Las persianas de la habitación del señor Holmes estaban echadas, pero al rato las levantó. Los espías experimentaron un escalofrío agradable. Se les puso la carne de gallina al verse cara a cara con el hombre extraordinario que había llenado el mundo con la fama de sus habilidades más que humanas. Allí lo tenían sentado, no como un mito, no como un espectro, sino real, vivo, de carne y hueso, y casi al alcance de la mano.

—¡Fíjate en esa cabeza! —dijo Ferguson, con voz reverente—. ¡Vive Dios, que eso es una cabeza!

—¡Vaya si lo es! —corroboró el herrero, con profundo respeto—. ¡Fíjate en su nariz! ¡Fíjate en sus ojos! ¿Inteligencia? ¡A carretadas!

—¡Y qué palidez la suya! —exclamó Ham Sandwich—. Eso proviene de pensar, ni más ni menos que de pensar. ¡Diablos! Unos zoquetes como nosotros no sabemos de verdad lo que es pensar.

—Desde luego que no —coincidió Ferguson—. Lo que nosotros tomamos por pensar no es más que baboseo y sensiblería.

—Tienes razón, Wells Fargo. Y fíjate en el ceño de su frente: eso es pensar profundo, hasta muy abajo, hasta el fondo mismo, hasta cuarenta brazas dentro de la entraña de las cosas. Ese hombre sigue la pista de algo.

—Ya lo creo que sí, ya lo veréis. Pero fijaos en esa tremenda gravedad suya, en esa pálida solemnidad. Ni un cadáver le sobrepasaría.

—No, señor, ni aunque le pagasen. Y además le corresponde por derecho propio, porque ha muerto ya cuatro veces, como lo cuenta la historia. Tres veces de muerte natural y una por accidente. He oído decir que huele a húmedo y frío como una tumba. Y él...

—¡Chis! ¡Observadlo bien! Fijaos... Ha apoyado el dedo pulgar en la protuberancia de un lado de su frente y el dedo índice en la contraria. Parece que ahora su pensamiento trabaja como un molino. Podéis apostar lo que queráis a que es así.

—Claro que es así. Y ahora levanta la vista hacia el cielo y se atusa muy despacio el bigote, y...

—Ahora se ha levantado y se ha puesto en pie, y está contando sus pistas sobre los dedos de la mano izquierda con el dedo índice de la derecha. ¿Lo veis? Toca el índice, ahora el corazón, ahora el anular.

—¡Ya están todas!

—¡Mirad su expresión amenazadora! Parece como si no encontrara la pista que le falta. Y por eso...

—¡Cómo sonríe como un tigre y desdeña los otros dedos como si no tuviesen importancia! Ya la tiene, muchachos, con seguridad que la tiene.

—Eso digo yo. Por nada del mundo quisiera estar en el pellejo del hombre al que viene persiguiendo.

El señor Holmes acercó una mesa a la ventana, se sentó en ella, de espaldas a los espías, y se puso a escribir. Estos retiraron los ojos de los agujeros, encendieron sus pipas y se acomodaron para fumar y charlar a gusto. Ferguson dijo, muy convencido:

—Muchachos, no vale la pena decir nada. ¡Ese hombre es una maravilla! Tiene en su cara todas las señales de que lo es.

—Jamás dijiste palabra tan verdadera como esa, Wells

Fargo —dijo Jake Parker—. Escuchad una cosa: ¿no habría sido miel sobre hojuelas que hubiese estado aquí anoche?

—¡Por san Jorge que sí! —exclamó Ferguson—. Entonces habríamos visto lo que es trabajar científicamente. Un trabajo de puro intelecto, de la mayor altura, sí, señor. Archy está muy bien y nadie debe menospreciarlo, eso os lo digo yo. Pero el don que él tiene es en exclusivo visual, que ve lo mismo que una lechuza, y por lo que yo puedo deducir es un gran talento natural y animal, nada más y nada menos, y magnífico en su clase, pero no es obra de la inteligencia, ni puede compararse por lo maravilloso y extraordinario con lo que hace este hombre, como no podría compararse... Bueno, os voy a decir lo que él habría hecho. Se habría trasladado a la cabaña de Hogan y habría echado una ojeada (nada más que eso) al interior, y con ella ya tendría bastante. ¿Verlo todo? Sí, señor, con eso habría observado hasta el más pequeño detalle, y conocería del interior de la cabaña más de cuanto los Hogan podrían saber en siete años. A continuación se habría sentado encima del camastro, muy tranquilo, y habría preguntado a la señora... Oye, Ham: haz que ahora eres tú la señora Hogan. Yo te pregunto y tú respondes.

—Perfecto. Adelante.

—«Señora, si me permitís, os suplico atención, no dejéis divagar a vuestro pensamiento. Veamos: ¿el sexo de la persona?»

—«Hembra, su excelencia.»

—«Hum, hembra. Muy bien, muy bien. ¿Edad?»

—«Seis cumplidos, su excelencia.»

—«Hum, muy niña. Débil... Dos millas. A las dos millas la habrá rendido el cansancio. Se dejará caer a tierra y se quedará dormida. La encontraremos, más o menos, a dos millas de distancia. ¿Dientes?»

—«Cinco, su excelencia, y otro a punto de salir.»

—«Muy bien, muy bien, verdaderamente bien.» Ya veis, muchachos, que él se da cuenta de una pista en cuanto la ve, para ningún otro tendría aquello maldita importancia. «¿Medias, señora? ¿Zapatos?»

—«Sí, su excelencia, las dos cosas.»

—«¿De mezcla, quizá? ¿De tafilete?»

—«De mezcla, su señoría, y de becerro.»

—«Hum, de becerro. Esto complica el asunto. Sin embargo, pasémoslo por alto, ya lo arreglaremos. ¿Religión?»

—«Católica, su excelencia.»

—«Muy bien. Córtenme un pedacito de la manta que hay sobre la cama, por favor. Ah, gracias. Una parte de lana, y de fabricación extranjera. Muy bien. Ahora un pedazo de alguna pieza de ropa de la niña, por favor. Gracias. Algodón. Se advierte el uso. Es una pista excelente, excelente. Tengan la amabilidad de traerme una paletada del polvo del suelo. Gracias, muchas gracias. ¡Oh, admirable, admirable! Ahora sí que sabemos, creo yo, por dónde andamos.» Ya veis, muchachos, cómo se ha hecho ya con todas las pistas que necesita, no le hace falta nada más. ¿Qué hace entonces este hombre extraordinario? Deja sobre la mesa esos pedazos de tela y el polvo del suelo, se apoya en la mesa con los codos, los contempla, los coloca uno junto al otro, los estudia, masculla para sí mismo: «Hembra»; los cambia de posición, sigue: «De seis años»; los vuelve a cambiar una y otra vez y continúa murmurando: «Cinco dientes, otro a punto de salir; católica, mezcla, algodón, becerro... Condenado becerro». Acto seguido se yergue, mira a lo alto, se pasa los dedos por el pelo, sigue haciéndolo una y otra vez, balbuciendo: «¡Condenado becerro!». Luego levanta la cabeza y frunce el ceño, y empieza a contar las pistas con los dedos, y se detiene en el anular. Pero solo un instante, porque luego su cara se ilumina con una sonrisa igual que una casa en llamas. Se yergue solemne y majestuoso y dice a la multitud: «Que un par de vosotros eche mano a una linterna, marchad a la tienda del indio Billy y traedme a la niña. Los demás, marchaos a vuestras casas y acostaos. Buenas noches, señora; buenas noches, caballeros». Por último se despide con una inclinación como la del monte Cervino, y sale en dirección a la taberna. Ese es su estilo, el inconfundible estilo científico, intelectual. Todo resuelto en quince minutos, sin andarse por aquí y por allá hora y media por el campo de salvia con toda una multitud de gentes a la zaga. ¡Ese es, podéis creerlo!

—¡Por Jackson, es extraordinario! —exclamó Ham Sandwich—. Wells Fargo, nos lo has dibujado hasta en el más pequeño detalle. No lo verás pintado hasta la vida en los libros con más exactitud. ¡Por san Jorge, que lo estoy viendo! ¿Y vosotros, muchachos?

—¡Vaya si lo vemos! ¡Como que es una fotografía lo que nos ha hecho!

Ferguson quedó en gran medida complacido y satisfecho con su éxito. Permaneció sentado en silencio, saboreando durante un rato su felicidad. Luego murmuró, con profunda reverencia en la voz:

—Me pregunto si a ese hombre lo habrá hecho Dios.

Nadie respondió al momento, pero luego añadió Ham Sandwich, con veneración:

—Yo creo que no lo hizo todo de una vez.

VII

A las ocho de aquella noche dos personas avanzaban en la fría oscuridad pasando por delante de la cabaña de Flint Buckner. Eran Sherlock Holmes y su sobrino.

—Espere un momento aquí, en el camino, tío —dijo Fetlock—, mientras yo corro a mi cabaña. Solo tardaré un minuto.

Le pidió algo, que el tío le dio, y desapareció en la oscuridad. Pero regresó pronto, y ambos retomaron su paseo y su charla. A las nueve de la noche estaban ya de regreso en la taberna. Se abrieron camino por entre la concurrencia del salón de billares, que se amontonaba allí con la esperanza de poder echar un vistazo al hombre extraordinario. Estalló una ovación digna de un rey. El señor Holmes agradeció el homenaje con una serie de corteses inclinaciones, y mientras él seguía adelante, su sobrino habló a la concurrencia:

—Caballeros: mi tío Sherlock tiene algún trabajo entre manos que le llevará hasta las doce o la una. Pero entonces, o antes, si le es posible, bajará a este salón con la esperanza de que estén todavía aquí algunos de ustedes para beber con él.

—Por san Jorge, muchachos, que ese hombre es como un duque. ¡Tres vítores por Sherlock Holmes, el hombre más grande que haya existido jamás! —gritó Ferguson—. Hip, hip, hip...

—¡Hurra! ¡Hurra! ¡Hurra! ¡Y ahora la propina!

El vocerío sacudió el edificio, de tanto entusiasmo como pusieron en su cordial recibimiento. Una vez arriba, el tío reprendió con cariño al sobrino, diciendo:

—¿Cómo se te ocurrió meterme en ese compromiso?

—Yo creo, tío, que usted no desea ser impopular, ¿verdad? Pues bien: en ese caso, no se haga usted el muy recatado en un campo de mineros. Los muchachos lo admiran, pero si usted abandonase el lugar sin beber con ellos, lo calificarían de esnob. Además, usted me ha dicho que tenía cosas que hablar de nuestra tierra para tenernos entretenidos toda la noche.

El muchacho estaba en lo cierto, y hablaba con prudencia. El tío lo reconoció. Obró también con juicio en otro detalle del que no hizo mención más que para sus adentros: «El tío y los demás me serán muy útiles para fijar una coartada que con dificultad podrá negar nadie».

Tío y sobrino conversaron con diligencia durante tres horas. Entonces, a eso de la medianoche, Fetlock bajó y se apostó en la oscuridad, a una docena de pasos de la taberna, y esperó. Cinco minutos más tarde salió de la sala de billares, tambaleándose, Flint Buckner, y casi lo rozó cuando pasaba.

—¡Ya es mío! —murmuró el muchacho, y, siguiendo con la vista la sombra que se movía, se dijo: «Adiós, adiós para siempre, Flint Buckner. Tú llamaste a mi madre una..., bueno, no importa qué, porque el asunto ya está arreglado. Amigo mío, este es tu último paseo».

Volvió meditabundo a la taberna.

—De aquí hasta la una queda una hora. La pasaremos con los muchachos. Esto servirá para la coartada.

Bajó con Sherlock Holmes a la sala de billares, que se hallaba abarrotada de mineros anhelantes y llenos de admiración. El huésped pidió que sirviesen de beber, y empezó la fiesta. Todo el mundo se sentía feliz y se mostraba obsequioso. No tardó en romperse el hielo, y vinieron los cantos, las anécdotas y más bebidas, mientras los minutos trascendentales volaban. Faltaban seis minutos para la una y la jovialidad había llegado a su punto más alto.

¡¡Buuum!!

Se produjo el silencio al instante. El profundo estruendo llegó en oleadas y retumbos saltando de pico en pico hasta el cañón, luego se apagó a lo lejos y desapareció. Entonces se rompió el encantamiento y los hombres corrieron hacia la puerta, exclamando:

—¡Algo ha estallado!

Una voz en el exterior dijo:

—Es allá abajo, casi al final de la garganta. He visto el fogonazo.

La multitud se precipitó cañón abajo, y Holmes, Fetlock, Archy Stillman —todos, en una palabra—, salvaron la distancia de una milla en pocos minutos. A la luz de una linterna descubrieron el suelo liso y sólido de la cabaña de Flint Buckner. De esta no había quedado el menor vestigio, ni un trapo, ni una astilla. Y de Flint, ninguna señal. Grupos de búsqueda registraron por todas partes, y de pronto alguien gritó:

—¡Aquí está!

Era cierto. Cincuenta yardas más abajo, en lo hondo de la garganta, lo habían encontrado. Es decir, habían encontrado una masa destrozada y sin vida que parecía ser él. Allí corrió Fetlock Jones con los demás y observó.

La investigación fue cosa de un cuarto de hora. Ham Sandwich, presidente del jurado, entregó el veredicto, redactado con cierta gracia literaria espontánea, y que terminaba con esta conclusión, a saber: «Que el difunto había muerto por un acto propio o por acción de otra u otras personas desconocidas a este jurado, no dejando familia, ni otros efectos fuera de la cabaña, que voló por los aires, y que Dios tenga piedad de su alma. Amén».

Después, el impaciente jurado fue a reunirse con el resto de la multitud, porque el centro absoluto del interés seguía siendo Sherlock Holmes. Los mineros permanecían callados y reverentes formando un semicírculo, que abarcaba un gran espacio vacío que incluía la parte delantera del solar de la desaparecida cabaña. El hombre extraordinario iba y venía por aquel ancho espacio acompañado por su sobrino, que llevaba una linterna. Tomó con una cinta las medidas de la propiedad, la distancia desde el borde del chaparral hasta el camino, la altura de los arbustos del chaparral y algunas más. Recogió aquí un pedazo de tela, allí una astilla, más allá un pellizco de tierra, lo estudió todo con profundidad y se lo guardó. Acto seguido definió la situación del lugar con una brújula de bolsillo, con un margen de dos segundos para compensar la variación magnética. Miró la hora —del Pacífico— en su propio reloj, haciendo la corrección correspondiente al lugar. Contó los pasos que había desde el solar de la cabaña hasta el cadáver, e hizo el ajuste oportuno por la diferenciación de mareas. Calculó la altura con un barómetro aneroide y la temperatura con un termómetro de bolsillo. Por último, hizo una solemne inclinación y dijo:

—Esto está terminado. ¿Quieren que volvamos, caballeros?

Se puso al frente de la línea de marcha en dirección a la taberna, y la multitud siguió tras él, discutiendo con gran interés, llena de admiración hacia el hombre extraordinario, e intercalando barruntos acerca del origen de la tragedia y de quién pudiera ser el autor.

—Bueno: ¿verdad, muchachos, que es una grandísima suerte que tengamos aquí a este hombre? —preguntó Ferguson.

—Es la cosa más grande que ha ocurrido en un siglo —respondió Ham Sandwich—. Fíjense en lo que digo: la noticia correrá por todo el mundo.

—¡Vaya si correrá! —dijo Jake Parker, el herrero—. Será el gran negocio para este campamento. ¿No es cierto, Wells Fargo?

—Pues ya que preguntan mi opinión (si ello indica que quieren saber cómo pienso), puedo decirles lo siguiente: ayer yo valoraba mis pertenencias en Straight Flush a dos dólares el pie; quisiera ver yo quién es capaz de comprarlas hoy a dieciséis.

—¡Está en lo cierto, Wells Fargo! Jamás ningún nuevo campamento tuvo una suerte mayor. A propósito: ¿vieron de qué manera echó mano ese hombre a los pedacitos de tela, a la tierra y a las demás cosas? ¡Vaya vista la suya! Es que le es imposible pasar por alto una pista, es algo que no puede ocurrir en él.

—Eso mismo digo yo. Además, esas cosas no tienen ningún sentido para nadie más que para él. Para él son igual que un libro, igual que un libro de letras grandes.

—¡Tan seguro como que habéis nacido! Estas pequeñeces guardan su pequeño secreto, convencidas de que nadie es capaz de arrancárselo. Pero, por vida mía, en cuanto él echa allí su garra no tienen más remedio que decirlo a voces, no olviden ustedes esto.

—Muchachos, ya no me pesa que no estuviese anoche para dar con la niña. Este es un asunto más gordo, mucho más. Sí, señor, y más enmarañado, científico e intelectual.

—Creo que todos nosotros nos alegramos de que las cosas hayan ocurrido de esta manera. ¿Alegrarnos? ¡Por san Jorge! No es esa la palabra. Les diré una cosa: Archy podría haber aprendido algo si hubiese tenido la viveza suficiente para hacerse a un lado y fijarse en la manera como este hombre pone en acción su sistema. Pero no, el chico anduvo de aquí para allá, metiéndose por el chaparral, y se perdió todo.

—Tan verdad es eso como el Evangelio, lo vi con mis propios ojos. Bueno, Archy es joven. Ya aprenderá cualquier día de estos.

—Digan, muchachos: ¿quién creen que ha sido el autor?

La pregunta era difícil de contestar, y dio lugar a una gran cantidad de conjeturas nada satisfactorias. Se habló de varios hombres como de posibles autores, pero fueron descartando uno tras otro por no cumplir los requisitos. Nadie, fuera del joven Hillyer, había sido íntimo de Flint Buckner, y nadie se había peleado de verdad con él. Flint había desairado a cuantos hombres intentaron trabar amistad con él, pero no lo hizo de manera tan ultrajante como para que exigiese derramamiento de sangre. Desde el primer instante estuvo en todas las lenguas un nombre, pero fue el último que se pronunció: Fetlock Jones. Fue Pat Riley quien lo mencionó.

—Bueno —dijeron los muchachos—, claro está que todos hemos pensado en él porque tenía un millón de motivos para matar a Flint Buckner, y hacerlo era una clara obligación para él. Sin embargo, hay dos cosas que no podemos obviar: una, que no tiene agallas, y otra, que cuando el hecho ocurrió él no se encontraba cerca del lugar.

—Lo sé —dijo Pat—. Él estaba con nosotros en el salón de billares.

—Sí, y llevaba allí una hora antes de que ocurriese.

—Así es. Y resulta una suerte para él. De no ser por eso, sería sospechoso desde el primer instante.

VIII

El comedor de la taberna había sido desembarazado de todo su mobiliario, salvo de una mesa de pino de seis pies y una silla. Esta mesa estaba apoyada contra un extremo del salón, y sobre ella había una silla. Sherlock Holmes, solemne, imponente, impresionante, se sentó en ella. El público permanecía en pie. La sala estaba llena. El humo del tabaco era espeso y el silencio, profundo.

El hombre extraordinario levantó su mano para imponer un silencio adicional. La mantuvo en alto unos pocos momentos, y a continuación, en términos concisos y tajantes, planteó pregunta tras pregunta y tomó nota de las contestaciones con «hums», «ajás», asentimientos con la cabeza y demás. Por este procedimiento se enteró de todo lo que había que enterarse acerca de Flint Buckner, de su carácter, conducta y costumbres, de boca de aquella gente. De todo ello se sacó en claro que el sobrino del hombre extraordinario era la única persona del campamento que tenía motivos para matarlo. El señor Holmes dirigió una sonrisa de compasión al testigo y preguntó, con languidez:

—¿Saben, por casualidad, caballeros, alguno de ustedes, dónde se encontraba Fetlock Jones en el momento de la explosión?

La respuesta fue atronadora:

—¡En el salón de billares de esta casa!

—¡Ah! Y, díganme: ¿acababa de llegar?

—¡Llevaba aquí una hora entera!

—¡Ah! ¿Cuánto habrá desde aquí hasta el lugar de la explosión?

—¡Una buena milla!

—¡Ah! Como coartada no resulta extraordinaria, es cierto, pero...

Estalló una tempestad de carcajadas, mezcladas con gritos de «¡Por vida de..., y cómo encadena las verdades!» y «¿No te pesa, Sandy, haber hablado?», que cortaron el resto de la frase, y el apabullado testigo bajó su cara sonrojada, dominado por una patética vergüenza. El interrogador reanudó su discurso:

—Una vez que hemos terminado con la relación algo lejana que el mozo Jones tiene con este caso [*Risas*] llamemos ahora a los testigos visuales de la tragedia y escuchemos lo que tienen que decirnos.

Sacó entonces sus pistas fragmentarias y las dispuso sobre una hoja de cartón encima de sus rodillas. La concurrencia contuvo la respiración y esperó.

—Tenemos la longitud y la latitud, corregidas de acuerdo con la variación magnética, y esto nos da el punto exacto de la tragedia. Tenemos la altitud, la temperatura y el grado de humedad que reinaba, datos de un valor inestimable, ya que ellos nos permitirán calcular con precisión el grado de influencia que debieron de ejercer a esa hora de la noche sobre el temperamento y la disposición de ánimo del asesino. [*Runruneo de admiración, comentario entre dientes, «¡Por san Jorge, qué profundo!»*]

Movió con el dedo sus pistas.

—Y ahora, pidamos a estos testigos mudos que hablen. Hay aquí un talego de tela vacío para perdigones. ¿Qué nos dice? Que el móvil del crimen fue el robo, no la venganza. ¿Qué más? Que el asesino era hombre de inteligencia inferior. ¿Diremos que idiota, o algo que se le acerque? ¿Cómo lo sabemos? Porque una persona de sano juicio no habría concebido el propósito de robar al llamado Buckner, que nunca tuvo dinero. Pero ¿no pudo ser el asesino un forastero? Que hable por sí mismo el talego. Yo saco de él este objeto: un trozo de cuarzo que contiene plata. Es peculiar. Examínenlo, por favor, usted, usted y usted. Devuélvanmelo ahora, se lo ruego. No hay un solo filón en esta costa que produzca justo esta clase y color de cuarzo, y esta es una veta que sale a flor de tierra durante dos millas. En opinión mía, está llamada, en día no lejano, a proporcionar a esta localidad una fama que correrá por todo lo ancho del mundo, y traerá a sus doscientos propietarios una cantidad de riquezas superior a sus ensueños de avaricia. Dadme el nombre de ese filón, por favor.

—¡Es la Consolidated Christian Science and Mary Ann!
—Fue la respuesta inmediata.

Estalló un salvaje trueno de hurras, y todos los allí presentes agarraron la mano del hombre que tenían a su lado y se la estrecharon con lágrimas en los ojos. Wells Fargo Ferguson gritó:

—¡En esa veta está Straight Flush, y su precio sube ahora a ciento cincuenta por pie, como lo oís!

Cuando se restableció la serenidad, siguió hablando el señor Holmes:

—Vemos, pues, que han quedado sentados tres hechos, a saber: el asesino era casi un idiota; no era forastero; su móvil fue el robo, no la venganza. Sigamos adelante. Tengo en mi mano un pequeño fragmento de mecha, que despide un vivo olor a haber sido quemada hace poco. ¿Qué testimonio nos trae? Juntándola a la prueba corroborativa del cuarzo, nos revela que el asesino fue un minero. ¿Qué otra cosa más nos dice? Lo siguiente, caballeros: que el asesinato se consumó por medio de un explosivo. ¿Y qué más? Que el explosivo fue colocado contra el lado de la cabaña más próximo al camino (el de la fachada), porque la encontré a menos de seis pies de ese punto.

»Ahora tengo entre mis dedos una cerilla sueca, de las que se frota contra un rascador, que ha sido encendida. La encontré en el camino, a seiscientos veintidós pies de la cabaña destruida. ¿Qué nos dice esta cerilla? Que la mecha se encendió en aquel punto. ¿Qué más? Que el asesino era zurdo. ¿Cómo lo sabemos? Yo no podría explicar a ustedes, caballeros, cómo lo sé, porque los indicios son tan sutiles que solo la larga experiencia y el estudio profundo capacitan para descubrirlos. Pero aquí están, reforzados por un hecho que habréis observado con frecuencia en los grandes relatos detectivescos: todos los asesinos son zurdos.

—¡Por Jackson, que eso es así! —dijo Ham Sandwich, dándose un manotazo resonante en el muslo con su manaza—. Que me condenen si se me había ocurrido hasta ahora.

—Ni a mí tampoco. ¡Ni a mí! —gritaron varios—. ¡No hay manera de que se le escape nada a este hombre! ¡Vaya vista la suya!

—Caballeros, por muy lejos que el asesino se encontrase de su inminente víctima, no escapó sin daño alguno. Este fragmento de madera que ahora os muestro lo hirió. Le sacó sangre. Dondequiera que esté, lleva grabada la marca reveladora. Lo recogí en el lugar en que se encontraba el asesino cuando prendió fuego a la mecha fatal. — Examinó a toda la concurrencia desde su alto sitial y su cara empezó a ensombrecerse. Alzó lentamente su mano y señaló—: ¡Ahí está el asesino!

La concurrencia se quedó por un instante paralizada de asombro. De pronto estallaron veinte voces:

—¿Sammy Hillyer? ¡Demonios, no! ¿Él? ¡Eso es majadería pura!

—Cuidado, caballeros... No se precipiten. Fíjense..., tiene una herida ensangrentada en la frente.

Hillyer se puso lívido del susto. Estaba a punto de llorar. Se volvió a uno y otro lado, suplicando a todos los rostros ayuda y simpatía. Extendió sus manos suplicantes hacia Holmes y empezó a implorar:

—¡No diga usted eso, no lo diga! Yo no lo hice, doy mi palabra de que no lo hice. Esta herida que tengo en la frente me la produje...

—¡Oficial, deténgalo! —exclamó Holmes—. Yo me hago responsable.

El oficial avanzó muy a regañadientes, vaciló y se detuvo.

Hillyer entonces dirigió otra súplica:

—¡Oh, Archy, no permitas que lo hagan, eso mataría a mi madre! ¡Tú sabes de qué modo me hice esta herida! ¡Díselo y sálvame, Archy, sálvame!

Stillman se abrió camino hasta la primera fila y dijo:

—Sí, yo te salvaré. No temas. —Y habló así a la concurrencia—: No tiene importancia cómo se produjo la herida, pues nada tiene que ver con este caso y carece por completo de trascendencia.

—¡Que Dios te bendiga, Archy, tú eres un verdadero amigo!

—¡Hurra por Archy! ¡Sigue, muchacho, y muéstrales tu color contra sus dos pares y una sota! —gritó la multitud, porque surgió de pronto en su corazón el orgullo por aquel talento de su tierra y el sentimiento patriótico de lealtad hacia él, con lo que cambió todo el aspecto de la situación.

El joven Stillman esperó a que se acallase el barullo y dijo:

—Pido a Tom Jeffries que se coloque en aquella puerta de allí, y al oficial Harris que se coloque en esa otra, y que no dejen que nadie salga de este salón.

—Dicho y hecho. ¡Adelante, viejo!

—Creo que el criminal está aquí presente. Si he acertado en mi suposición, no tardaré en mostrároslo. Ahora voy a hablaros de la tragedia desde el principio hasta el fin. El móvil no fue el robo, fue la venganza. El asesino no era idiota. No se colocó a seiscientos veintidós pasos de distancia. No fue herido por un trozo de madera. No colocó el explosivo contra la cabaña. No trajo con él un talego de perdigones y no era zurdo. Salvo estos errores, la manera como nuestro distinguido huésped ha expuesto el caso es sustancialmente correcta.

Corrió por toda la sala una carcajada de satisfacción. Los amigos se inclinaban la cabeza unos a otros, como queriendo decir: «Eso es hablar con claridad y valentía. Es un buen mozo, un buen muchacho. ¡Ya veréis como no abate su bandera!».

Todo eso no conturbó la serenidad del huésped. Stillman siguió diciendo:

—También yo tengo algunos testigos, y luego os diré dónde podéis encontrar algunos más. —Exhibió un pedazo de alambre ordinario, y la multitud alargó el cuello para ver—. Este alambre está recubierto de una suave capa de sebo derretido. Y aquí tenéis una vela que se ha quemado hasta la mitad. La otra mitad tiene cortes que distan una pulgada el uno del otro. Pronto os diré dónde he encontrado estas cosas. Ahora voy a dejar de lado los razonamientos, adivinaciones, y las conexiones increíbles de pequeñas pistas y otras exhibiciones teatrales de la profesión detectivesca, y os diré de una manera clara y honrada de qué manera ocurrió este triste hecho.

Se detuvo un momento, para producir mayor efecto, y que el silencio y la expectación intensificasen y concentrasen el interés de la concurrencia, y luego prosiguió:

—El asesino trazó su plan tomándose muchísimo trabajo. Ese plan era acertado, muy ingenioso y demostraba una inteligencia despierta, y no débil. Estaba bien urdido para alejar toda sospecha de su inventor. En primer lugar, marcó una vela, dividiéndola en espacios de una pulgada, la encendió y tomó nota del tiempo que tardaba en fundirse. De ese modo descubrió que cuatro pulgadas empleaban tres horas. Hace un rato que yo mismo, en el piso de arriba, mientras se realizaba la investigación acerca del carácter y conducta de Flint Buckner en esta habitación, hice la prueba durante media hora y llegué a establecer así la velocidad de consumo de una vela cuando se halla al abrigo del viento. Una vez que lo hubo probado, apagó su vela (es la misma que les he enseñado a ustedes), y señaló en una nueva las divisiones de una pulgada. Puso esta otra en un candelero de hojalata. Acto seguido la agujereó con un alambre al rojo en la marca de la quinta hora. Les he mostrado ya el alambre, que está revestido de una suave capa de un sebo que se había fundido y luego enfriado. A fuerza de trabajo (durísimo, diría yo) subió forcejeando monte arriba por el espeso chaparral que cubre la escarpada ladera del monte que queda a las espaldas de la cabaña de Flint Buckner tirando de un barril de harina vacío. Lo colocó en un escondite del todo seguro y colocó el candelero en el fondo del mismo. Después midió unos treinta y cinco pies de mecha, es decir, la distancia entre el barril y la parte posterior de la cabaña, e hizo un agujero en el costado del barril (aquí está la gran barrena con que lo hizo). Siguió en su trabajo hasta que un extremo de la mecha quedaba dentro de la cabaña de Buckner, y el otro, con una muesca que dejaba al descubierto la pólvora, quedaba en el agujero del barril, calculado para que la cabaña volase a la una de esta madrugada si la vela se encendía sobre las ocho de la noche, hora a la que con seguridad se encendió. Todo ello a condición de que dentro de la cabaña hubiese materias explosivas conectadas con el otro extremo de la mecha, que también apuesto a que las había, aunque no pueda probarlo. Muchachos, el barril está allí, en el chaparral, y dentro del barril, en el candelero de hojalata, está todavía la vela. La mecha quemada pasa por el agujero hecho con la barrena, y el otro extremo está colina abajo, donde se encontraba antes la cabaña. Vi esas cosas hará una o dos horas, cuando el profesor, aquí presente, medía cosas ociosas y coleccionaba reliquias que no tienen relación alguna con el caso.

Calló un momento. La concurrencia dio un respiro largo y profundo, soltó la tensión de sus cuerdas vocales y de sus músculos y estalló en vítores.

—¡Condenado muchacho! —exclamó Ham Sandwich—, por eso es por lo que andaba huroneando por el chaparral en lugar de aprovecharse de aspectos sacados del juego del profesor. Muchachos, ese no tiene un pelo de tonto.

—¡No, señor! Por vida de...

Pero Stillman reanudaba su discurso:

—Mientras nosotros andábamos por allí fuera hace una o dos horas, el propietario de la barrena y de la vela las cogió del lugar donde las había escondido (no era el lugar adecuado) y las llevó a otro que quizá le pareció mejor, a doscientas yardas más arriba, en el pinar, y las escondió allí, cubriéndolas de pinaza. Fui hasta allí y las encontré. La barrena corresponde con exactitud al agujero del barril. Y ahora...

El hombre extraordinario lo interrumpió, y dijo con sarcasmo:

—Caballeros, hemos oído un bonito cuento de hadas... Muy bonito, desde luego. Ahora yo desearía hacer al joven una o dos preguntas.

Algunos de los muchachos parpadearon, y Ferguson dijo:

735

—Me temo que Archy va a recibir lo suyo.

Los demás perdieron sus sonrisas y se apaciguaron. El señor Holmes dijo:

—Vamos a analizar esta historia maravillosa de una manera consecutiva y ordenada (por progresión geométrica, por así decirlo), uniendo detalle con detalle en un firme, implacablemente consistente e inabordable avance contra ese castillo de naipes del error, contra ese tejido de sueños de una imaginación inexperta. Para empezar, caballerito, deseo plantearle a usted por el momento (por el momento) tres preguntas. Creo haberle oído decir que en su opinión la supuesta vela fue encendida a eso de las ocho de ayer noche, ¿no es así?

—Sí, señor, a eso de las ocho.

—¿Podría usted decir con exactitud que fue a las ocho?

—No, no puedo ser tan preciso.

—Hum. ¿Cree usted que si a esa hora más o menos hubiese pasado por allí una persona se habría tropezado casi con seguridad con el asesino?

—En efecto, así lo creo.

—Gracias, eso era todo. Por el momento. Veremos luego.

—¡Condenado hombre! Le está tendiendo una trampa a Archy —dijo Ferguson.

—Así es —asintió Ham Sandwich—. No me gusta el aspecto que tiene esto.

Stillman dijo, mirando al huésped:

—Yo mismo pasé por allí a las ocho y media... No, a eso de las nueve.

—¿De veras? Eso ya resulta interesante... Muy interesante. ¿No se tropezaría usted con el asesino?

—No, no me tropecé con nadie.

—¡Ah! Pues bien (y perdóneme la observación): no comprendo a qué viene entonces ese dato.

—No viene a nada. Por el momento. Veremos luego. —Se calló, y al poco reanudó el discurso—: No me tropecé con el asesino, pero estoy tras sus huellas, estoy seguro, y creo que se encuentra dentro de esta habitación. Les pediré a todos ustedes que desfilen uno por uno delante de mí, aquí, donde la luz es buena, para que pueda verles los pies.

Corrió por toda la sala un zumbido de excitación y empezó el desfile, mientras el huésped lo contemplaba realizando un férreo esfuerzo por mantener la seriedad, lo que consiguió no del todo mal. Stillman se agachó, se hizo sombra con la mano y miró con gran atención todas las parejas de pies a medida que marchaban. Pasaron por delante, pisando con monotonía, cincuenta hombres, sin resultado alguno. Sesenta. Setenta. La cosa empezaba a parecer absurda. El huésped comentó con afable ironía:

—Por lo visto, los asesinos esta noche son escasos.

La concurrencia percibió el humor de la frase y se animó con una risa cordial. Desfilaron diez o doce candidatos más, ya sin arrastrar los pies, sino más bien bailando, con saltitos airosos y ridículos, que convulsionaron de risa a los espectadores, y de pronto Stillman extendió su mano y dijo:

—¡Este es el asesino!

—¡Fetlock Jones...! ¡Por el gran sanedrín! —bramó la multitud.

Y dejó escapar en el acto una explosión pirotécnica, deslumbrante y confusa de agitados comentarios que les inspiraba la situación.

Cuando mayor era el torbellino, el huésped alargó la mano exigiendo serenidad. La autoridad que rodeaba al célebre nombre y a la gran personalidad hizo sentir su fuerza misteriosa sobre la concurrencia, y todos obedecieron. Entre el silencio jadeante que entonces se produjo habló el huésped, diciendo con dignidad y sentimiento:

—Esto ya es serio. Esto va contra una vida inocente. ¡Inocente por encima de toda sospecha! ¡Inocente por encima de toda posibilidad! Oíd de qué manera lo demuestro, fijaos de qué manera un hecho sencillo puede barrer esta mentira desatinada. Escuchad, amigos míos: ese mozo al que se acusa no dejó de estar ayer por la noche ni un solo instante fuera del alcance de mi vista.

Estas palabras produjeron una impresión profunda. Los hombres volvieron sus ojos hacia Stillman y en todos ellos había una grave interrogación. Pero su cara se iluminó, y dijo:

—¡Ya sabía yo que hubo además otra persona! —Se acercó con energía a la mesa, miró a los pies del huésped, luego a la cara, y dijo—: ¡Usted estaba con él! ¡Usted no distaba ni cincuenta pasos de él cuando encendió la vela que prendió fuego a la mecha! [*Sensación*] Más aún: ¡usted mismo le proveyó de cerillas!

Evidentemente, el huésped acusó el golpe, o así le pareció al público. Abrió la boca para hablar, pero las palabras no le salieron con soltura.

—Esto..., esto, digo, es un desatino... Esto...

Stillman siguió llevando adelante su ventaja. Mostró una cerilla que había sido encendida.

—Aquí tiene usted una de las cerillas. La encontré dentro del barril... Y aquí tengo otra.

El huésped recobró de pronto la voz:

—Sí..., porque usted mismo las puso allí.

El tiro pareció certero. Stillman replicó:

—Es de cera, clase que en este campamento no se conoce. Que me registren a ver si encuentran la caja. ¿Está usted dispuesto a ello?

Esta vez el huésped se tambaleó. Hasta el ojo más torpe pudo observarlo. Tanteó a ciegas con sus manos, una o dos veces movió los labios, pero no acabó de pronunciar ninguna palabra. La concurrencia esperaba y vigilaba en tenso suspense, y el silencio realzaba aún más lo impresionante de la situación. Entonces Stillman dijo, con mucha gentileza:

—Estamos esperando lo que usted resuelva.

Reinó otra vez el silencio durante algunos momentos, y el huésped contestó, en voz baja:

—Me niego a que me registren.

No se produjo ninguna reacción bulliciosa, pero, una después de otra, todas las voces de la concurrencia murmuraron:

—¡Asunto resuelto! Archy se lo come.

¿Qué hacer ahora? Nadie daba muestras de saberlo; la situación era embarazosa en ese momento, solo, como se comprenderá, porque las cosas habían tomado de repente un giro tan inesperado que aquellas inteligencias poco ejercitadas no estaban preparadas para ello, y se habían quedado en punto muerto, como un reloj que se detiene, por efecto del choque. Pero al cabo de unos instantes empezó de nuevo a funcionar la maquinaria, con indecisión, y aquellos hombres juntaron sus cabezas en grupos de dos y de tres y se susurraban al oído diversas propuestas. Una de estas encontró mucho favor: consistía en dar al asesino un voto de gracia por haberlos librado de Flint Buckner y luego dejarlo marchar. Pero las cabezas más serenas se opusieron, señalando que los cerebros torpones de las gentes de los estados del este sentenciarían que aquello era un escándalo, y armarían un revuelo estúpido e inacabable. Al final, estas últimas se impusieron y obtuvieron el consentimiento general para la propuesta que presentaron. Su líder pidió orden a la concurrencia, y expuso lo siguiente: que Fetlock Jones fuera encarcelado y juzgado.

La moción fue aprobada. En apariencia, nada más había que hacer por el momento, y la gente se alegró de ello, porque, para sus adentros, sentían impaciencia por salir, correr al escenario de la tragedia y ver si el barril y los demás artículos estaban o no estaban allí.

Pero la desbandada se contuvo. No habían terminado las sorpresas todavía. Fetlock Jones había permanecido un rato sollozando en silencio, sin que nadie se fijase en él, en medio de las emociones absorbentes que durante un rato se habían seguido sin interrupción unas a otras. Pero al decretarse su encarcelamiento y juicio, estalló su desesperación, y dijo:

—¡No! No vale la pena. No necesito que me encarcelen ni que me juzguen, ya he pasado por toda la mala suerte y todas las miserias que soy capaz. ¡Ahorcadme ahora, para que así me vea libre de todas ellas! En cualquiera de los casos se habría descubierto... y nada podría salvarme. Él lo ha contado todo igual que si hubiese estado conmigo y lo hubiese visto. No me explico cómo lo descubrió. Encontrarán el barril y las demás cosas, y ya no me quedaría ninguna posibilidad. Yo lo maté, y también ustedes lo habrían matado si él los hubiese tratado como a un perro, y ustedes no hubiesen sido nada más que unos niños, débiles y pobres, sin un amigo que los amparase.

—¡Se lo tuvo condenadamente bien merecido! —exclamó Ham Sandwich—. Veamos, muchachos...

El oficial gritó:

—¡Orden, orden, caballeros!

Una voz:

—¿Supo tu tío lo que te traías entre manos?

—No, no lo supo.

—Fue él quien te dio las cerillas, ¿verdad que sí?

—Sí, él me las dio, pero ignoraba para qué las quería.

—Estando tú metido en un asunto como este, ¿cómo te atreviste a correr el riesgo de tenerlo cerca de ti, si es un detective? ¿Cómo pudo ser eso?

El muchacho vaciló, se manoseó los botones con embarazo y después dijo con cortedad:

—Yo sé algo acerca de los detectives, porque los he tenido en la familia. Si no quieren que descubran una cosa, lo mejor es tenerlos muy cerca cuando la hagan.

El vendaval de carcajadas que acogió este ingenuo disparo de sabiduría no alteró mucho el embarazo del pobre muchacho.

IX

De una carta a la señora Stillman, fechada solo con un «Martes»:

Se encerró a Fetlock Jones bajo llave y candado dentro de una cabaña de madera desocupada, y allí lo dejamos en espera de ser juzgado. El oficial Harris le suministró raciones para un par de días, le dijo que mantuviese una buena vigilancia sobre sí mismo, y le prometió que volvería a visitarlo cuando tuviese que proveerle de más alimentos.

A la mañana siguiente, una veintena de nosotros acompañamos a Hillyer, por pura amistad, y lo ayudamos a enterrar a su difunto pariente, el por nadie llorado Buckner. Yo actué como segundo acompañante del féretro, y Hillyer como cabeza del duelo. Cuando dimos fin a nuestra tarea cruzó cerca de nosotros renqueante y con la cabeza gacha un forastero, harapiento y melancólico, ¡y yo percibí el rastro que había estado persiguiendo alrededor del mundo! ¡Fue para mi moribunda esperanza como el aroma del paraíso!

Un instante después me puse a su lado y apoyé con cariño una mano sobre su espalda. Se desplomó, igual que si un rayo lo hubiese reducido a cenizas, y al ver que los muchachos venían corriendo, forcejeó hasta ponerse de rodillas, levantó hacia mí sus manos implorantes, y de sus labios temblorosos salió la súplica de que no lo persiguiese más, expresándose de este modo:

—¡Ya me ha perseguido usted, Sherlock Holmes, por todo el mundo, y, sin embargo, pongo a Dios por testigo de que jamás hice daño a ningún hombre!

Nos bastó mirar sus ojos desatinados para comprender que aquel hombre estaba loco. ¡Esa era mi obra, madre! Quizá un día pueda la noticia de que usted ha fallecido producirme una angustia como la que yo sentí en ese momento, pero ninguna otra cosa lo conseguirá jamás. Los muchachos lo levantaron del suelo, lo rodearon, llenos de piedad, le hablaron del modo más gentil y conmovedor, le animaron a que se alegrase y apartara sus temores, y le dijeron que estaba entre amigos y que ellos lo cuidarían, lo protegerían y ahorcarían a cualquiera que le pusiese la mano encima. Estos rudos hombres de las minas son como todas las madres cuando uno sabe despertar ese lado de sus corazones. Sí, y cuando se despierta el otro son como los demás muchachos temerarios y faltos de razón. Hicieron cuanto estuvo en su mano por consolarlo, pero nadie lo logró, hasta que Wells Fargo Ferguson, que es un hábil estratega, dijo:

—Si solo se trata de que Sherlock Holmes lo molesta, ya no tiene usted por qué preocuparse más.

—¿Por qué? —preguntó anhelante el desdichado lunático.

—Porque ha muerto otra vez.

—¿Muerto? ¿Muerto? Por favor, no juegue usted con un pobre miserable como yo. ¿De veras que ha muerto? ¿Palabra de honor, chicos, que este hombre me dice la verdad?

—¡Es tan verdad como que os encontráis aquí! —dijo Ham Sandwich.

Y todos respaldaron como un solo hombre aquella afirmación.

—Lo ahorcaron la semana pasada en San Bernardino —agregó Ferguson, para dejar bien sentado el asunto— mientras lo buscaba a usted. Se equivocaron de hombre. Lo lamentan, pero ya no pueden remediarlo.

—Le están levantando un monumento —dijo Ham Sandwich, con el aire de una persona que ha participado en el asunto y sabe lo que se dice.

James Walker lanzó un profundo suspiro (de alivio, por supuesto) y no dijo nada. Pero sus ojos habían perdido algo de su expresión desvariada, su cara se iluminó visiblemente y su expresión abatida se relajó un poco. Fuimos todos a nuestra cabaña, y los muchachos le prepararon la mejor comida que se pudo cocinar con los ingredientes que había en el campamento. Mientras andaban ocupados en esa tarea, Hillyer y yo lo equipamos desde el sombrero hasta la suela de los zapatos con toda clase de prendas nuevas que nos pertenecían, y lo transformamos en un anciano bien parecido y presentable. Mejor que anciano habría que decir viejo, y es una lástima. Viejo por lo cargado de espaldas, la escarcha de sus cabellos y las señales que el dolor y la aflicción han dejado en su cara. No obstante, por los años que tiene, se encuentra en lo mejor de su vida. Mientras él comía, nosotros fumábamos y charlábamos. Por último, y cuando ya estaba terminando de comer, recuperó el uso de la palabra y nos contó de forma voluntaria su historia personal. No me es posible repetirla con sus mismas palabras, pero procuraré hacerlo con la mayor fidelidad posible:

La historia del hombre al que confundimos con otro

La cosa ocurrió de este modo: yo me encontraba en Denver. Había vivido allí muchos años. Unas veces recuerdo cuántos fueron, otras no, pero eso no importa. De pronto recibí un aviso de que debía marcharme de esa ciudad o que, de lo contrario, me vería expuesto a la vergüenza pública por un crimen horrible cometido mucho tiempo antes en el Este, años y años antes.

Yo conocía el crimen, pero no era el criminal: era un primo mío del mismo nombre. ¿Qué era lo mejor que podía hacer? No lo sabía, porque mi cabeza estaba trastornada por el temor. Se me concedía un plazo muy corto, creo que de un solo día. Si aquello se hacía público, yo estaba arruinado. La gente me lincharía y no querría creer en mis palabras. Eso ocurre siempre en los linchamientos: cuando descubren que se equivocaron, lo lamentan mucho, pero es demasiado tarde. Lo mismo que ha ocurrido ahora con el señor Holmes. Me dije, pues, que lo que me convenía era venderlo todo y conseguir dinero para vivir con él, y escapar de allí hasta que pasase la tormenta. Entonces yo volvería con mis pruebas. Escapé, pues, de noche, y marché muy lejos de allí, a no sé qué lugar de la montaña, donde viví disfrazado y con nombre falso.

Mi dificultad y mis molestias fueron en aumento, y mis apuros me hicieron ver fantasmas y oír voces, hasta que ya no pude pensar con rectitud ni claridad sobre ningún asunto. Cada vez lo percibía todo más confuso y revuelto, y tenía que dejar de pensar, porque la cabeza me dolía muchísimo. Todo fue empeorando más y más, y los fantasmas y las voces eran cada vez más numerosos. Andaban a mi alrededor todo el tiempo, al principio solo de noche, pero después también de día. Los oía cuchicheando sin cesar alrededor de mi cama, urdiendo complots contra mí, de modo que no me dejaban dormir y me mantenían agotado, ya que no podría disfrutar del descanso.

Entonces llegó lo peor. Una noche los cuchicheos dijeron: «No lo conseguiremos jamás, porque no podemos verlo, y no podremos mostrarlo a la gente».

Entonces suspiraron, y uno de ellos dijo: «Es preciso que traigamos a Sherlock Holmes. Podrá llegar aquí en doce días».

Todos se mostraron de acuerdo y chismorrearon y saltaron de alegría. Pero mi corazón quedó destrozado, porque yo había leído acerca de ese hombre y sabía lo que supondría para mí tenerlo siempre tras mi huella, con su intuición sobrehumana y sus incansables energías.

Los espíritus fueron en su busca, y yo me levanté en el acto y huí, sin llevar otra cosa que un maletín de mano en el que guardaba mi dinero (treinta mil dólares). Todavía quedan dos terceras partes de esa suma en el maletín. Tardó cuarenta días en descubrir mi rastro. Yo escapé por un pelo. Él, por pura costumbre, había escrito su verdadero nombre en el registro de una taberna, pero lo había raspado y escrito «Dagget Barclay» en su lugar. Pero el miedo aguza y despierta la vista, y yo leí su nombre auténtico por entre las raspaduras y escapé igual que un ciervo.

Lleva tres años y medio persiguiéndome por todo el mundo: por los estados del Pacífico, por Australia, por la India, por todas partes en las que ustedes puedan pensar. Regresé entonces a México y subí a California, sin que me dejase apenas momento de sosiego. Pero aquel nombre en los registros me salvaba siempre, y lo que aún queda vivo de mí. ¡Y qué fatigado me siento! Me ha dado ese hombre una vida cruel, a pesar de que yo les doy a ustedes mi palabra de honor de que ningún daño le hice a él ni a nadie.

Ese fue el final de la historia, que hizo que a los muchachos se les subiese la sangre a la cabeza, como no podía ser

744

menos. En cuanto a mí... cada palabra del viejo abría un agujero ardiente allí donde golpeaba.

Acordamos por votación que el viejo dormiría con nosotros, en calidad de huésped mío y de Hillyer. Por supuesto, yo no diré nada, pero en cuanto lo vea bien descansado y alimentado lo llevaré a Denver para que recobre su fortuna.

Los muchachos se despidieron del viejo con el apretón de manos que se acostumbra en las minas, y que es una especie de rompehuesos de buena camaradería, y luego se desperdigaron para propagar la noticia.

Al amanecer del día siguiente, Wells Fargo Ferguson y Ham Sandwich nos despertaron con suavidad y nos dijeron en secreto:

—La noticia de la manera como ha sido tratado este viejo forastero ha circulado por los alrededores, y los campamentos están soliviantados. Se está reuniendo gente de todas partes y quieren linchar al profesor. El oficial Harris está muerto de miedo y ha telefoneado al sheriff. ¡Venid!

Salimos corriendo. Los demás podrían mirar la cosa como bien les pareciese, pero, en el fondo de mi corazón, yo hice votos para que el sheriff llegase a tiempo. Como se comprenderá con facilidad, era poco el deseo que yo tenía de que ahorcasen a Sherlock Holmes por faltas que yo había cometido. Había oído hablar mucho acerca del sheriff, pero pregunté para tranquilizarme:

—¿Es capaz ese hombre de contener a una multitud alborotada?

—¿Que si es capaz? ¿Que si Jack Fairfax es capaz? Bueno, me entran ganas de sonreír. Es un hombre que ha vivido fuera de la ley con una ristra de diecinueve cabelleras. ¡Que si puede! ¡Ahí es nada!

A medida que avanzamos corriendo por la cañada se oyeron en el aire sosegados gritos, chillidos y alaridos lejanos que fueron cobrando cada vez más fuerza a medida que nos acercábamos. Estallaban uno tras otro, cada vez más fuertes, cada vez más próximos. Por fin, tropezamos con una muchedumbre agolpada en el espacio libre de delante de la taberna, y ahí el estrépito era ensordecedor. Algunos matones bárbaros de la garganta de Daly tenían sujeto entre sus garras a Holmes, que era el hombre más tranquilo de cuantos allí había. Jugueteaba en sus labios una sonrisa desdeñosa, y si algún temor a la muerte se ocultaba en su británico corazón, su personalidad de hierro lo tenía dominado, sin permitirle que asomase al exterior el menor síntoma.

—Oíd vosotros: ¡vamos a votar! —Esto lo dijo uno de la pandilla de Daly, el llamado Barriga de Sábalo Higgins—. ¡Rápido! ¿Lo ahorcamos o lo matamos a tiros?

—¡Ni una cosa ni otra! —gritó uno de sus camaradas—. Dentro de una semana lo tendríamos otra vez con vida. La única manera definitiva de acabar con él es la hoguera.

Las pandillas procedentes de los campamentos de la zona prorrumpieron en gritos atronadores de aprobación y se abrieron paso a empujones hacia el preso, a quien rodearon, gritando:

—¡La hoguera! ¡La hoguera es lo que le corresponde!

Lo arrastraron hasta el poste de los caballos, lo pusieron de espaldas, lo encadenaron a él y apilaron leña y piñas a su alrededor, cubriéndolo hasta la cintura. Aquel rostro de expresión firme seguía sin empalidecer, y la sonrisa burlona seguía jugueteando por sus labios delgados.

—¡Una cerilla! ¡Venga una cerilla!

Barriga de Sábalo la encendió, la resguardó del viento con la mano, se agachó y la colocó debajo de una piña. Cayó sobre la muchedumbre alborotada un profundo silencio. La piña prendió, y una minúscula llamita vaciló a su alrededor unos instantes. Me pareció percibir un ruido lejano de cascos de caballo... Se fue haciendo más y más claro, pero la muchedumbre, absorta en su tarea, no parecía advertirlo. La cerilla se apagó. El hombre encendió otra, se agachó y de nuevo se alzó una llamita, y esta vez prendió y empezó a extenderse... Aquí y allá, los hombres volvieron la cara hacia otro lado. El verdugo permaneció en su sitio, con la cerilla ya apagada entre sus manos, contemplando su obra. El ruido de cascos salió del recodo de un despeñadero y avanzó como un trueno sobre nosotros. Un instante después se oyó un grito:

—¡El sheriff!

Enseguida llegó y se abalanzó entre la multitud, encabritó su caballo hasta que lo tuvo casi recto sobre sus patas traseras y dijo:

—¡Atrás, ratas de albañal!

Le obedecieron todos, menos el cabecilla. Este mantuvo su terreno, y su mano buscó el revólver. El sheriff lo encañonó rápidamente con el suyo y exclamó:

—Baja esa mano, bravucón de pega. Mata el fuego a pisotones. Ahora suelta a ese extranjero.

El bravucón de pega obedeció. Entonces el sheriff dirigió la palabra a todos los allí reunidos. Sujetando su caballo con desenvoltura marcial, y sin poner en su discurso el menor tono de pasión, pronunciándolo de manera mesurada y meditada, en un tono que armonizaba con su carácter y que los convertía en unos sinvergüenzas, dijo:

—De verdad que sois una magnífica colección... ¿Verdad que sí? Buenos para ir del brazo de este estafador..., Barriga de Sábalo Higgins, este bocazas que dispara contra la gente por la espalda y se las da de bravucón. Si hay algo que a mí me merece un desprecio especial es una muchedumbre que comete un linchamiento: no vi jamás un grupo de gente así en el que hubiese un solo hombre. Necesitan juntarse ciento contra uno antes de reunir valor suficiente para enfrentarse con un sastre enfermo. Esa clase de gentuza está compuesta de cobardes, y de cobardes está compuesta la comunidad en que viven. Y noventa y nueve veces de cada cien, el sheriff de esa comunidad es otro cobarde. —Hizo una pausa, en apariencia para resolver esa idea en su pensamiento y saborear su jugo, y luego siguió diciendo—: El sheriff que permite que una multitud amotinada le quite un preso es el cobarde más despreciable que existe. Según las estadísticas, hubo en América el año pasado ciento ochenta y dos de esos cobardes reptiles. Al paso que esto lleva, muy pronto habrá en los libros de medicina una nueva enfermedad: la enfermedad del sheriff. —Esta ocurrencia le produjo satisfacción, saltaba a la vista—. La gente preguntará: «¿Otra vez está enfermo el sheriff?». Y contestará: «Sí; la enfermedad de siempre...». Y pronto habrá un nuevo título. Ya no se dirá: «Se ha presentado para sheriff de Rapaho County», sino: «Quiere salir Cobarde de Rapaho». ¡Válgame Dios, pensar que una persona ya crecida tenga miedo a una multitud amotinada que quiere linchar a una persona! —Se volvió a mirar al cautivo y le dijo—: Forastero, ¿quién eres y qué has hecho?

—Me llamo Sherlock Holmes, y no he hecho nada en absoluto.

Fue asombroso el efecto que produjo en el sheriff oír este nombre, aunque seguramente ya venía advertido. Siguió hablando con sentimiento, y dijo que constituía un borrón para el país que un hombre cuyas hazañas maravillosas habían llenado el mundo con su fama y su destreza, y cuyos relatos habían ganado el corazón de todos los lectores por el brillo y el encanto de su estilo literario, recibiese bajo la bandera de las franjas y estrellas un ultraje como este. Le pidió disculpas en nombre de toda la nación, hizo a Holmes una inclinación muy elegante y ordenó al oficial Harris que lo acompañase a su habitación, y le hizo responsable personal de que nadie volviese a molestarlo. Se volvió luego hacia la multitud y dijo:

—¡Y vosotros, escoria, a vuestros agujeros! —Eso hicieron. Luego dijo—: Tú, Barriga de Sábalo, sígueme, de ti me cuidaré yo mismo. No, puedes guardar tu revólver de juguete, el día que yo tenga miedo de verte a mis espaldas me habrá llegado la hora de sumarme a los ciento ochenta y dos del año pasado.

Y se alejó al paso, con Barriga de Sábalo detrás.

Cuando regresábamos a nuestra cabaña, sobre la hora del desayuno, nos llegó la noticia de que Fetlock Jones se había fugado de su encierro durante la noche, y que había desaparecido. Nadie lo lamentó. Que su tío le siga la pista si le complace. Eso está dentro de su especialidad, al campamento no le interesa.

X

Diez días después
James Walker está ya físicamente bien, y su juicio muestra
señales de mejoría. Mañana por la mañana salgo, con él, hacia
Denver.

A la noche siguiente.
Nota breve, enviada desde una estación de paso
Esta mañana, en el momento de emprender viaje, me cuchicheó Hillyer: «Guárdate esta noticia y que no se entere de ella
Walker hasta que creas que se la puedes contar sin peligro de
que turbe su juicio y sea un retraso para su mejoría: el antiguo
crimen acerca del cual nos habló se cometió en realidad, y
quien lo cometió fue un primo suyo, tal como dijo. El otro día
enterramos al verdadero criminal (el hombre más desdichado
que ha vivido en este siglo): Flint Buckner. ¡Su verdadero
nombre era Jacob Fuller!». Ahí tiene usted, madre, de qué manera, y con mi colaboración, ignorante doliente, el esposo de
usted y padre mío acabó en su tumba. ¡Deje que allí descanse!

1902

LAS CINCO BENDICIONES DE LA VIDA

I

En la mañana de la vida, apareció el hada buena con su cesta.

—Aquí tienes los dones —dijo—. Coge uno y deja los demás. Y sé precavido: elige bien, ¡sí, elige bien! Pues solo uno de ellos tiene valor.

Los dones eran cinco: Fama, Amor, Riqueza, Placer y Muerte. El joven, ávido, dijo:

—No necesito pensarlo.

Y eligió el Placer.

Salió al mundo y buscó los placeres que deleitan a la juventud. Pero todos resultaron a su vez breves y frustrantes, vanos y carentes de sentido. Y todos, al partir, se rieron de él. Al fin el joven dijo:

—He perdido el tiempo todos estos años. Si pudiera volver a elegir, elegiría bien.

II

El hada apareció y dijo:

—Quedan cuatro dones. Elige otro; ¡ah!, y recuerda: el tiempo vuela, y solo uno de ellos es valioso.

El hombre lo pensó durante mucho rato. Luego eligió el Amor, y no reparó en las lágrimas que brotaban de los ojos del hada.

Al cabo de muchos, muchos años, el hombre estaba sentado junto a un ataúd, en un hogar desierto. Hablaba consigo mismo, y se decía:

—Uno tras otro se han ido marchando y me han dejado, y ahora es ella quien yace aquí: mi último ser querido, el más querido de todos. Una vez tras otra la desolación se ha abatido sobre mí. Por cada hora de felicidad que me ha vendido el Amor, ese mercader traicionero, he pagado mil horas de aflicción. Desde lo más profundo de mi alma, yo lo maldigo.

III

—Elige de nuevo. —Era el hada quien hablaba—. Los años te habrán dotado de sabiduría, no puede ser de otro modo. Quedan tres dones. Solo uno de ellos vale la pena; recuérdalo, y elige a conciencia.

El hombre lo pensó mucho rato. Al fin eligió la Fama, y el hada exhaló un suspiro y siguió su camino.

Pasaron los años y el hada regresó. Se situó junto al hombre, quien, al inicio del ocaso, estaba sentado en solitario, pensativo. El hada conocía sus pensamientos:

«Mi nombre estaba presente en el mundo entero, todos sin excepción lo cubrían de alabanzas, y durante un breve tiempo creí que eso era mío. ¡Cuán breve fue ese tiempo! Entonces llegó la envidia, después, la descalificación, y la calumnia, y el odio, y la persecución. Y el escarnio, que es el principio del fin. Por último llegó la lástima, que es el cortejo fúnebre de la fama. ¡Ah, la amargura y las miserias de la celebridad!, blanco de injurias en su apogeo, del desprecio y de la compasión en su decadencia».

IV

—Vuelve a elegir una vez más. —Era la voz del hada—.
Quedan dos dones. Y no desesperes. Al principio solo había
uno valioso, y sigue estando aquí.

—La Riqueza..., que implica poder. ¡Qué ceguera la mía!
—dijo el hombre—. Por fin la vida valdrá la pena. Gastaré,
derrocharé, los deslumbraré a todos. Quienes se han reído de
mí y me han despreciado morderán el polvo, y yo saciaré mi
ávido corazón con su envidia. Tendré todos los lujos, todos
los placeres, todo aquello que cautiva el espíritu, todo lo que
satisface al cuerpo y que el hombre tiene en mayor aprecio.
¡Compraré, compraré y compraré! Deferencia, respeto, estima, adoración... Todas las falaces gracias de la vida que el
mercado de un mundo trivial es capaz de proporcionar sin límites. He perdido mucho tiempo, y hasta ahora siempre he
elegido mal, pero dejemos eso: antes era un ignorante, y no
podía sino tomar por bueno aquello que más lo parecía.

Pasaron tres breves años, y llegó un día en que el hombre
estaba sentado en una humilde buhardilla, tembloroso. Se le
veía pálido, demacrado, con los ojos hundidos y las ropas an-
drajosas. Roía un mendrugo de pan mientras musitaba:

—¡Maldigo todos los dones de este mundo, por su escarnio
y sus mentiras de oropel! Son un engaño, todos ellos. No son
dones, sino simples préstamos temporales. Placer, Amor, Fama,
Riqueza, no son sino disfraces provisionales de su realidad que
sí perdura: Dolor, Aflicción, Vergüenza, Pobreza. El hada decía la verdad: solo uno de los dones que tenía era valioso, solo
uno no es despreciable en absoluto. Qué vacuos, innobles y no-
civos sé ahora que son todos los demás en comparación con ese
otro inestimable, ese otro querido, dulce y amable, que sume
en un dormir perdurable y sin sueños los dolores que atormen-
tan el cuerpo, y las vergüenzas y las aflicciones que corroen la
mente y el corazón. ¡Tráemelo! Estoy cansado. Reposaré.

V

Acudió el hada con cuatro de los dones, pero faltaba la Muerte. Dijo así:

—Se lo he entregado a un niñito a quien su madre adoraba. El pobre era ignorante, pero ha confiado en mí y me ha pedido que eligiera por él. Tú no me pediste que eligiera por ti.

—¡Ah, mísero de mí! ¿Qué me queda, pues?

—Aquello que ni siquiera tú mereces: el absurdo agravio de la Vejez.

1902

¿Era el cielo? ¿O el infierno?

I

—¿Has dicho una mentira?
—Confiésalo... ¡Confiésalo! ¡Has dicho una mentira!

II

La familia se componía de cuatro personas: Margaret Lester, viuda, de treinta y seis años; Helen Lester, su hija, de dieciséis; y las tías solteras de la señora Lester, Hannah y Hester Gray, gemelas, de sesenta y siete. Entre el sueño y la vela, las tres mujeres pasaban los días y las noches adorando a la joven; contemplando los movimientos de su encantador espíritu en el espejo de su rostro; hallando reposo para el alma en la imagen de su lozanía y su belleza; escuchando la música de su voz; reconociendo, agradecidas, la riqueza y el bien que les ofrecía el mundo debido a su presencia; temblando al pensar cuán desolado quedaría cuando un día su luz lo abandonara.

Por temperamento —y en sus adentros— las tías ancianas eran de lo más cariñosas, adorables y buenas, pero en cuestiones de moral y de conducta su educación había sido tan inexorablemente rigurosa que les había dado una apariencia austera, por no decir dura. Su influencia era patente en aquella casa, tanto que madre e hija se adaptaban a sus exigencias morales y religiosas con alegría, con satisfacción, con buena predisposición, sin cuestionarlas. Actuar de ese modo se había convertido en la segunda naturaleza de ambas. Y así, en ese apacible paraíso no había conflictos, ni enfados, ni críticas, ni malos tragos.

No había en él lugar para la mentira. En él, mentir era impensable. En él, el discurso quedaba limitado a la verdad absoluta, a la verdad más estricta e implacable, a la verdad a ultranza, fueran cuales fuesen las consecuencias. Al fin, un día, bajo el peso de las circunstancias, el tesoro de la casa se manchó los labios con una mentira... Y lo confesó, entre lágrimas y amonestaciones a sí misma. No hay palabras capaces de plasmar la consternación de las tías. Fue como si el cielo se hubiera roto y se hubiera venido abajo, y la tierra se hubiera precipitado hacia su perdición con un gran estruendo. Permanecieron sentadas una al lado de la otra, pálidas e implacables, observando, mudas, a la culpable, que estaba arrodillada frente a ellas con la cara enterrada primero en el regazo de una y luego de la otra, gimiendo y sollozando, apelando a su compasión y su perdón sin obtener respuesta, besando con humildad las manos de las dos, para observar tan solo que las retiraban como si el contacto de aquellos labios mancillados fuera una profanación.

Dos veces, con un silencio entre medio, tía Hester dijo, paralizada por la estupefacción:

—¿Has dicho una mentira?

Dos veces, con un silencio entre medio, tía Hannah exclamó a continuación, con tono estupefacto y entre dientes:

—Confiésalo... ¡Confiésalo! ¡Has dicho una mentira!

Fue todo cuanto pudieron pronunciar. La situación era nueva, inaudita, insólita. No entraba dentro de sus posibilidades comprenderla, no sabían cómo abordarla, las había dejado prácticamente sin habla.

Al cabo se decidió que la chiquilla responsable de la falta merecía ser llevada ante su madre, que estaba enferma y debía conocer lo ocurrido. Helen suplicó, rogó, imploró que la dispensaran de aquel castigo añadido, que le ahorraran a su madre el dolor y el sufrimiento que ello le acarrearía. Pero no era posible: el deber requería tal sacrificio; el deber es lo primero de todo; nada puede eximirlo a uno del deber; ante el deber, no hay pacto que valga.

Helen siguió suplicando y dijo que era ella quien había cometido el pecado, su madre no tenía nada que ver... ¿Por qué tenían que obligarla a sufrir por su culpa?

No obstante, las tías eran obstinadas en su rectitud, y respondieron que era de lógica y de recibo que la ley que castiga al hijo por los pecados del padre pudiera invertirse; y, por tanto, era más que justo que la inocente madre de una hija pecadora sufriera la parte que le correspondía de la pena, el dolor y la vergüenza que por fuerza cargaba el pecado.

Las tres se dirigieron a la habitación de la enferma.

En esos momentos el doctor se encontraba de camino hacia la casa. Sin embargo, le quedaba todavía un buen trecho por recorrer. Era buen médico y buen hombre, y tenía buen corazón, pero era necesario llevar tratándolo un año para conseguir no odiarlo, dos para empezar a soportarlo, tres para simpatizar con él, y cuatro o cinco para llegar a apreciarlo. Era un aprendizaje lento y difícil, pero valía la pena. El hombre era de una gran estatura, tenía la cabeza y la cara aleonadas, la voz ronca, y una vista que unas veces se caracterizaba por su perspicacia y otras por su miopía, según el momento. No sabía nada sobre la etiqueta, y tal cosa le traía sin cuidado: en el discurso, los modos, el porte y la conducta era todo lo contrario a alguien convencional. Era franco, hasta el límite; tenía opinión sobre todos los temas, siempre disponible y a punto, y no le importaba un comino si a su interlocutor le gustaba o no. Si alguien le caía bien, le caía bien, y se ocupaba de dejarlo claro; si alguien no le agradaba, directamente lo odiaba, y pregonaba la noticia a los cuatro vientos. En sus tiempos jóvenes había sido marinero, y aún conservaba los aires de lobo de mar. Era un cristiano firme y leal, y se creía el mejor sobre la tierra y el único con una fe sólida y sana, llena de sentido común y carente de puntos oscuros. Quienes tenían un interés personal en el asunto, o quienes por algún motivo deseaban acogerse a ese lado suyo más benévolo, lo llamaban «el Cristiano». Este apelativo le suponía un delicado halago y era música para sus oídos, y su «C» mayúscula era para él un objeto tan encantador y vívido que podía llegar a observarlo cuando brotaba de labios de una persona incluso en la oscuridad. Muchos de quienes lo adoraban se aferraban a su sensatez y lo llamaban de forma habitual con ese largo nombre sin problemas, porque para ellos era un placer hacer cualquier cosa que lo complaciera. Por otra parte, su cosecha de enemigos, abundante y cultivada con ahínco, lo embellecía y lo adornaba con una malicia intensa y arraigada, dando lugar a una fórmula más extensa: «el Único Cristiano». De esos dos apelativos, el último era el que tenía mayor difusión; el enemigo, en la grandeza de su superioridad numérica, se ocupaba de ello. Cuando el doctor creía en algo, lo hacía con el alma, y salía en su defensa siempre que tenía la oportunidad, pero si los intervalos entre oportunidades aumentaban hasta un punto fastidioso, él mismo ideaba la forma de acortarlos. Era concienzudo hasta la severidad, de acuerdo con su visión más bien particular de las cosas, y aquello que consideraba un deber lo cumplía, tanto si los profesionales de la moral estaban de acuerdo como si no. En el mar, en sus tiempos jóvenes, solía blasfemar con libertad, pero en cuanto se convirtió adoptó la norma, que en adelante siempre había cumplido sin excepción, de no hacerlo salvo en muy raras y especiales ocasiones, y aun así solo si el deber lo requería. En sus años de marinero había sido un bebedor empedernido, pero tras su conversión se volvió estricta y declaradamente abstemio con objeto de servir de ejemplo a la juventud, y desde ese momento apenas bebía. De hecho, no lo hacía nunca, excepto cuando le parecía que era una obligación, cosa que sucedía varias veces al año, pero nunca más de cinco.

Por necesidad, un hombre así es influenciable, impulsivo, emocional. Él lo era, y no se le daba nada bien ocultar sus emociones; o, si era capaz, no se molestaba en hacerlo. Llevaba escrito en la cara qué aires predominantes soplaban en su ánimo, y cuando entraba en un lugar todo el mundo abría el paraguas o la sombrilla —en sentido figurado— según lo que indicaban. Cuando su mirada desprendía luminosidad, implicaba que estaba conforme y todo eran bendiciones; cuando entraba con la frente arrugada, la temperatura bajaba diez grados. Era un hombre muy querido en casa de sus amigos, pero a veces también le temían.

Albergaba un profundo cariño por la familia Lester, y sus miembros lo correspondían con creces. En esa casa lamentaban su forma de ser cristiano, y él se burlaba de forma manifiesta de la de aquella, pero ambas partes seguían profesándose exactamente el mismo afecto.

Se encontraba de camino hacia la casa, aunque aún estaba lejos. Las tías y la culpable se dirigían a la habitación de la enferma.

III

Las tres últimas personas a quienes he mencionado estaban de pie junto a la cama. Las tías estaban serias, y la pecadora sollozaba en silencio. La madre volvió la cabeza sobre la almohada, y la compasión y el ferviente amor materno iluminaron al instante sus cansados ojos al posarlos sobre su hija, y le ofreció el abrigo y el amparo de sus brazos.

—¡Espera! —exclamó tía Hannah, y extendió el brazo para impedir que la chica se arrojara a ellos.

—Helen —dijo la otra tía con mucho énfasis—, explícaselo todo a tu madre. Purga tu alma, no dejes nada por confesar.

Compungida y apesadumbrada ante sus juezas, la joven relató entre lamentos el triste episodio de principio a fin, y luego, en una súplica vehemente, exclamó:

—Oh, madre, ¿podrás perdonarme? ¿Me perdonarás? ¡Es tal mi desconsuelo...!

—¿Perdonarte, querida mía? Oh, ¡ven a mis brazos! Así, apoya la cabeza sobre mi pecho y siéntete en paz. Aunque hubieras dicho mil mentiras...

Se oyó un sonido, un carraspeo —una advertencia—. Las tías levantaron la cabeza y se quedaron paralizadas en el sitio... Allí estaba el doctor, y su semblante era un nubarrón de tormenta. Ni la madre ni la hija advirtieron su presencia, siguieron pegadas la una a la otra, corazón con corazón, flotando en su inmensa satisfacción, ausentes con respecto a todo lo demás. El médico permaneció largo rato observando y lamentando la escena que tenía enfrente, examinándola, analizándola, tratando de determinar su origen. Luego levantó la mano e hizo una señal a las tías. Ellas se acercaron temblando, se situaron con humildad frente a él y aguardaron. Él se inclinó y les susurró:

—¿No les había dicho que a esta paciente debía evitársele cualquier alteración emocional? ¿Qué diablos han estado haciendo? ¡Despejen el lugar!

Obedecieron. Media hora después el hombre apareció en el pasillo, sereno, alegre, envuelto en una luz radiante, guiando a Helen, con el brazo alrededor de su cintura, mimándola, dedicándole palabras tiernas y retozonas; y también ella volvía a gozar de su luz y su alegría connaturales.

—Bueno —dijo—: adiós, querida. Ve a tu habitación y mantente alejada de tu madre, y pórtate bien. Pero espera... Saca la lengua. Bien, así está bien. ¡Estás más sana que una manzana! —Le dio una palmadita en la mejilla y añadió—: Ahora vete, quiero hablar un momento con tus tías.

Ella desapareció. El rostro del doctor volvió a ensombrecerse de golpe, y al tomar asiento dijo:

—Ustedes dos han hecho mucho daño..., y puede que algo de bien. Sí, algo de bien, eso es. ¡Esa mujer tiene fiebre tifoidea! Me temo que sus insensateces han servido para que se le manifieste la enfermedad, pero eso también tiene su parte buena, ya lo creo. Antes no había podido diagnosticar qué era.

Las dos mujeres se pusieron en pie de un salto, temblando aterrorizadas.

—¡Siéntense! ¿Qué pretenden hacer?

—¿Hacer? Tenemos que acudir corriendo a su lado. Nosotras...

—No harán nada de eso, ya han causado bastante daño por hoy. ¿Acaso quieren despilfarrar de una sola vez toda la reserva de crímenes y locuras? Siéntense, háganme el favor. He conseguido que se duerma, lo necesita. Si la molestan sin que yo lo haya ordenado, es que se han sorbido el seso..., claro que para eso tendrían que tenerlo.

Las mujeres se sentaron, afligidas e indignadas pero cediendo a su apremio. Él prosiguió:

—Bien, quiero que me expliquen lo sucedido. ¡Querían explicármelo ellas! ¡Como si no hubieran sobrevenido ya bastantes alteraciones de ánimo! Ustedes conocían cuáles eran mis órdenes. ¿Cómo se han atrevido a entrar ahí y montar semejante número?

Hester lanzó una mirada a Hannah con aire suplicante, Hannah se la devolvió, implorante, a Hester... Ninguna quería bailar al son de aquella orquesta tan desagradable. El doctor acudió en su ayuda, diciendo:

—Empiece usted, Hester.

Cabizbaja y jugueteando, nerviosa, con el borde de su chal, Hester procedió con timidez:

—No le habríamos desobedecido por un motivo cualquiera, pero este era de vital importancia. Se trataba del deber. Uno no tiene elección ante el deber, debe dejar de lado todas las con-

sideraciones menores y cumplir con él. Nos hemos visto obliga-
das a llevar a la muchacha ante su madre. Ha dicho una mentira.

El doctor fulminó a la mujer con la mirada unos instantes
mientras daba la impresión de devanarse los sesos tratando de
entender una afirmación que resultaba incompresible por
completo. Entonces rugió:

—¡¿Que ha dicho una mentira?! ¿En serio? ¡Que Dios se
apiade de mi alma! ¡Yo las digo a miles todos los días! Todos
los médicos lo hacen. Lo hace todo el mundo... incluyéndolas
a ustedes, por cierto. ¿Y ese es el motivo tan importante que
les otorga autoridad para atreverse a desobedecer mis órdenes y poner en peligro la vida de esa mujer? Míreme, Hester
Gray. Lo suyo es demencial, esa muchacha es incapaz de decir una mentira con la intención de hacer daño a nadie. Eso es
imposible... completamente imposible. Ustedes mismas lo
saben..., las dos. Lo saben a la perfección.

Hannah salió en defensa de su hermana.

—Hester no ha dicho que fuera una mentira de esa clase,
porque no lo era. Pero era una mentira.

—Madre mía, ¡les juro que jamás había oído una insensatez semejante! ¿Es que no tienen juicio para discernir una
mentira de otra? ¿No conocen la diferencia entre una mentira
buena y una mala?

—Todas las mentiras son pecado, todas —dijo Hannah,
frunciendo los labios como una pasa—. Todas están prohibidas.

El Único Cristiano tamborileó con los dedos sobre su
asiento, impaciente. Quería rebatir esa afirmación, pero no
sabía por dónde ni cómo empezar. Al fin se aventuró:

—Hester, ¿no diría usted una mentira para proteger a una
persona de un acto dañino o vergonzoso del que no es merecedora?

—No.

—¿Ni siquiera a un amigo?

—No.

—¿Ni siquiera a su amigo más querido?

—No, no lo haría.

El doctor batalló unos instantes en silencio con la situación. Luego preguntó:

—¿Ni siquiera para salvarlo de la amargura de su dolor, su tristeza y sus miserias?

—No. Ni siquiera para salvar su vida.

Hubo otra pausa. Y a continuación:

—¿Ni su alma?

Se hizo un silencio que duró un tiempo considerable. Luego Hester respondió en voz baja, pero con decisión:

—Ni su alma.

Durante un rato nadie dijo nada. Entonces intervino el doctor:

—¿Es usted de la misma opinión, Hannah?

—Sí —respondió ella.

—Esta pregunta va dirigida a las dos: ¿por qué?

—Porque decir una mentira así, cualquier mentira, es pecado, y podría costarnos la salvación de nuestra alma. Qué digo «podría»... Ocurriría seguro, si muriéramos sin tiempo de arrepentirnos.

—Curioso..., curioso... Es una creencia antigua. —Entonces el doctor preguntó sin más preámbulos—: ¿Y un alma así merece la salvación? —Se levantó, gruñendo y refunfuñando, y se dirigió a la habitación de la enferma con paso decidido. Desde el umbral, les lanzó con aspereza una advertencia—: ¡Arrepiéntanse! ¡Abandonen esta vil, sórdida y codiciosa devoción para la salvación de sus raídas almas, y busquen algo para hacer que les dé dignidad! ¡Pongan en peligro sus almas! Arriésguenlas por buenas causas, y si las pierden, ¿qué más les dará? ¡Arrepiéntanse!

Las bondadosas ancianas se quedaron paralizadas en sus asientos, pulverizadas, escandalizadas, humilladas, retorciéndose de amargura y de indignación ante semejantes injurias. Se sentían heridas en el alma, las pobrecillas, y dijeron que jamás podrían perdonar esas ofensas.

—¡Arrepiéntanse!

No paraban de repetir esa palabra, llenas de resentimiento.

—¡Arrepiéntanse... y aprendan a decir mentiras!

El tiempo transcurrió deprisa, y en su debido momento un cambio se obró en sus espíritus. Habían cumplido con el primer deber de todo ser humano, que consiste en pensar solo en sí mismo hasta que agota el asunto. Es entonces cuando está en condiciones de ocuparse de cuestiones menores y empieza a fijarse en los demás. Eso cambia la naturaleza de su alma... normalmente para bien. La mente de las dos ancianas volvió sobre su amada sobrina y la terrible enfermedad que la aquejaba. Olvidaron al instante los agravios de que había sido objeto su amor propio, y en su corazón creció el deseo vehemente de acudir en ayuda de la afectada y reconfortarla con su amor, velar por ella, atenderla lo mejor posible con sus débiles manos, y dedicar con gozo y con cariño las fuerzas que aún conservaban sus cuerpos ajados a servirla si tal privilegio les era concedido.

—¡Nos será concedido! —dijo Hester, con lágrimas resbalándole por las mejillas—. No hay cuidadora que pueda compararse con nosotras, pues ninguna estaría dispuesta a montar guardia junto a esa cama hasta derrumbarse y perecer, y bien sabe Dios que nosotras sí lo haremos.

—Amén —dijo Hannah, con una sonrisa de aprobación y respaldo asomando entre la humedad del vaho que empañaba sus gafas—. El doctor nos conoce y sabe que no volveremos a desobedecerle, así que no traerá a ninguna otra cuidadora. ¡No se atreverá!

—¿Que no se atreverá? —dijo Hester, furiosa, mientras apartaba todo rastro de humedad de sus ojos—. ¡El Cristiano del demonio es capaz de cualquier cosa! Pero esta vez no le servirá de nada intentarlo... Aunque, ¡santo Dios, Hannah! Después de todo lo que se ha dicho y se ha hecho, un hombre con dotes, sabiduría y bondad, no estará pensando en una cosa así... No cabe duda de que es hora de que tú o yo vayamos a esa habitación. ¿Qué le frena? ¿Por qué no viene y nos lo dice?

Oyeron el ruido de sus pasos al acercarse. Entró, se sentó y empezó a hablar:

—Margaret está enferma —dijo—. Sigue durmiendo, pero se despertará de un momento a otro; entonces una de ustedes debe acudir a su lado. Se pondrá peor antes de mostrar mejoría. Muy pronto deberán establecer guardias tanto de día como de noche. ¿Hasta qué punto pueden ocuparse ustedes dos?

—¡Nos ocuparemos de todo! —exclamaron las dos mujeres a un tiempo.

Los ojos del doctor centellearon, y dijo con energía:

—¡Parece que dicen la verdad, valerosas reliquias! Y, de hecho, deberán ocuparse todo cuanto puedan de cuidarla, pues nadie en todo el pueblo es capaz de igualarlas en esa tarea divina. Sin embargo, no pueden hacerlo todo solas, y sería un crimen permitírselo. —Era un gran elogio, un elogio muy valioso teniendo en cuenta la fuente de que procedía, y a punto estuvo de eliminar todo el resentimiento de los corazones de las ancianas gemelas—. Su Tilly y mi Nancy se ocuparán del resto. Ambas son buenas enfermeras, almas blancas de piel negra, atentas, cariñosas, tiernas... ¡Las cuidadoras perfectas...! Y también mentirosas cualificadas desde la cuna... ¡Cuidado! Y vigilen un poquito a Helen, también está enferma, y aún lo estará más.

Las ancianas parecieron algo sorprendidas, y no daban crédito. Hester dijo:

—¿Cómo es posible? No ha pasado ni una hora desde que usted le dijo que estaba más sana que una manzana.

El doctor respondió, con tranquilidad:

—Era mentira.

Las mujeres se abalanzaron sobre él, indignadas, y Hannah dijo:

—¿Cómo puede hacer una confesión tan odiosa como esa con un tono tan indiferente, cuando sabe cuál es nuestra opinión sobre cualquier clase de...?

—¡Cállense! Son ustedes más ignorantes que un burro. Las dos lo son, y no saben de qué están hablando. Son igual que el resto de los topos moralistas: mienten desde buena mañana hasta la noche, pero como no lo hacen con las palabras, sino solo con los ojos, el tono de voz, los engañosos énfasis cambiados de lugar y los gestos que inducen a malas interpretaciones, alzan su barbilla con autocomplacencia y se presentan ante Dios y el mundo entero como transmisoras de la verdad piadosa y sin mácula. En sus frías almas se helaría hasta la agonía cualquier mentira que llegara allí. ¿Por qué se engañan a sí mismas con esa idea descabellada de que ninguna mentira lo es a excepción de las que se expresan con palabras? ¿Cuál es la diferencia entre mentir con los ojos y hacerlo con la boca? No hay ninguna, y si reflexionan un momento lo comprenderán. No existe un solo ser humano que no diga un montón de mentiras todos los días de su vida, y ustedes..., bueno, se dicen treinta mil la una a la otra. Sin embargo, montan en cólera presas de una indignación morbosa e hipócrita porque le he dicho a esa chiquilla una mentira benévola que no comporta pecado alguno, solo para protegerla de su imaginación, que al ponerse en marcha le elevaría la temperatura de la sangre y le provocaría fiebre al cabo de una hora, suponiendo que fuera yo capaz de faltar a mi deber y lo permitiera. Y quizá lo sería, si estuviera interesado en conseguir la salvación de mi alma con unos medios tan vergonzosos.

»Venga, avengámonos a razones. Examinemos los detalles. Cuando las dos se encontraban en la habitación de la enferma armando semejante escándalo, ¿qué habrían hecho de haber sabido que yo estaba al llegar?

—Diga usted, ¿qué?

—Habrían salido a toda prisa y se habrían llevado a Helen de allí... ¿A que sí?

Las damas guardaron silencio.

—¿Cuál habría sido su objetivo y su intención?

—Diga usted, ¿cuál?

—Impedir que yo descubriera su falta, engañarme para que creyera que la alteración en el estado de ánimo de Margaret se debía a alguna causa desconocida para ustedes. En una palabra, una mentira..., una mentira sin palabras. Es más, una que quizá habría resultado muy perniciosa.

Las gemelas se ruborizaron, pero no pronunciaron palabra.

—Y no solo cuentan miríadas de mentiras silenciosas, sino que también las dicen con la boca. Las dos lo hacen.

—¡Eso no es cierto!

—Sí que lo es. Pero solo mentiras inofensivas. Jamás se les ocurriría decir una mentira que hiciera daño. ¿Saben que en ello hay una parte de suposición y otra de ignorancia?

—¿Qué quiere decir?

—Dan por supuesto que las mentiras inofensivas no conllevan culpa, e ignoran que constantemente están haciendo esa distinción. Por ejemplo, la semana pasada rechazaron la invitación de la anciana señora Foster de celebrar una cena con los odiosos Higsby... con una amable nota en la que le rogaban que las disculpara y decían sentir mucho no poder asistir. Era una mentira, una mentira tan absoluta como cualquiera de las que se han pronunciado a lo largo de la historia. Niéguelo, Hester... con otra mentira.

Hester respondió echando la cabeza hacia atrás.

—Eso no le valdrá. Conteste: ¿fue o no fue una mentira?

Un rubor se extendió por las mejillas de las dos mujeres, y, tras mucho batallar y con esfuerzo, pronunciaron su confesión:

—Fue una mentira.

—Bien. Están empezando a arrepentirse, aún hay esperanza para ustedes. No dirían una mentira para salvar el alma de su amigo más querido, pero no tienen escrúpulos en soltarla para evitarse la incomodidad de expresar una verdad desagradable.

Se puso en pie. Hester, hablando por las dos, dijo con frialdad:

—Hemos mentido, ahora nos damos cuenta. No volverá a ocurrir. Mentir es pecado. Jamás diremos otra mentira de ninguna clase, ni siquiera por cortesía o benevolencia, para ahorrarle a alguien un mal rato o un disgusto que le depara Dios.

—¡Ay, qué poco tardarán en incumplir eso! De hecho, ya lo han incumplido, pues lo que acaba de decir es una mentira. Adiós. ¡Arrepiéntanse! Una de las dos debe ir ahora a la habitación de la enferma.

IV

Doce días después

Madre e hija seguían debatiéndose en las garras de la espantosa enfermedad. Había pocas esperanzas para las dos. Las ancianas gemelas estaban pálidas y extenuadas, pero no abandonaban sus puestos. Tenían el corazón hecho pedazos, las pobres, pero su coraje era firme e inquebrantable. Esos doce días la madre los pasó consumiéndose de añoranza por la hija, y la hija, por la madre, pero ambas sabían que no se les podía conceder aquello que suplicaban. Cuando a la madre se le comunicó —desde el primer momento— que lo que padecía era fiebre tifoidea, se asustó y preguntó si había peligro de que Helen pudiera haber contraído la enfermedad el día anterior, cuando había acudido a su habitación para confesarse. Hester le dijo que el doctor había desechado la idea. Le molestó tener que decirlo, aunque era cierto, pues ella no creyó al doctor. Pero cuando vio la alegría de la madre ante la noticia, aquel peso en su conciencia se aligeró un poco, y el resultado fue que se sintió avergonzada del engaño cometido con buenas intenciones, pero no lo bastante como para desear de forma clara y categórica haberse abstenido de decirlo. Desde ese momento, la enferma comprendió que su hija debía mantenerse apartada de ella, y aseguró que haría todo lo posible por resignarse a la separación, pues prefería la muerte antes que poner en peligro la salud de su hija. Esa tarde tuvieron que llevar a Helen a la cama: estaba enferma. Durante la noche se puso peor. Por la mañana la madre volvió a preguntar por ella:

—¿Se encuentra bien?

Hester se quedó helada. Separó los labios, pero las palabras se negaron a brotar. La madre permaneció lánguidamente a la espera, observando, murmurando. De repente se quedó blanca y exclamó, con voz entrecortada:

—¡Dios mío! ¿Qué le ha pasado? ¿Está enferma?

Entonces el torturado corazón de la pobre tía se alzó en rebelión y salió de su boca:

—No... Estate tranquila, se encuentra bien.

La enferma, feliz, se deshizo en agradecimientos:

—¡Doy gracias a Dios por esas apreciadas palabras! Dame un beso. ¡Cuánto te adoro por lo que has dicho!

Hester le contó lo sucedido a Hannah, quien lo recibió con una mirada de desaprobación y dijo, con sequedad:

—Hermana, eso es mentira.

A Hester le temblaban los labios de forma lastimera. Ahogó un sollozo y respondió:

—Ay, Hannah, ya sé que es pecado, pero no he podido evitarlo. No podía soportar el miedo y la congoja que veía en su expresión.

—No importa. Es una mentira. Dios te lo tendrá en cuenta.

—Ay, ya lo sé, ya lo sé —lloró Hester, retorciéndose las manos—, pero si volviera a encontrarme en la misma situación, seguiría sin poder evitarlo. Sé que lo haría otra vez.

—Entonces por la mañana ve tú con Helen. Yo me encargaré de darle el parte a su madre.

Hester se aferró a su hermana, suplicando e implorando.

—No lo hagas, Hannah, ay, no lo hagas... La matarás.

—Por lo menos le habré dicho la verdad.

Por la mañana, las noticias que debía comunicarle a la madre eran devastadoras, y se preparó para el momento de la verdad. Cuando regresó de su misión, Hester la esperaba en el pasillo, pálida y temerosa. Con voz susurrante, preguntó:

—Oh, ¿cómo se lo ha tomado la pobre madre desconsolada?

Hannah tenía los ojos anegados en lágrimas y dijo:

—Perdóname, Dios mío. ¡Le he dicho que su hija estaba bien!

Hester la estrechó contra su pecho con un complacido «¡Dios te bendiga, Hannah!», y vertió su agradecimiento en un torrente de cánticos de alabanza.

Después de eso, las dos conocían el límite de su fortaleza, y aceptaron su destino. Se rindieron con humildad, y se abandonaron a los duros requisitos de la situación. Todas las mañanas pronunciaban la mentira del día y confesaban su pecado en las plegarias, pero sin pedir perdón, pues no lo merecían. Tan solo pretendían dar cuenta de que eran conscientes de su debilidad, y no albergaban deseos de ocultarla ni justificarla.

Todos los días, a medida que el joven y bondadoso objeto de su idolatría decaía más y más, las ancianas tías llenas de pesadumbre alababan su deslumbrante lozanía y su vigorosa belleza de juventud ante la madre abatida, y se estremecían al sentir las punzadas que les provocaban sus extasiadas muestras de gozo.

Durante los primeros días, mientras la chiquilla tuvo fuerza suficiente para coger el lápiz, escribía delicadas notas de amor a su madre en las que le ocultaba su enfermedad. La madre las leía una y otra vez con lágrimas de alegría y agradecimiento en los ojos, y las besaba una y otra vez, y las guardaba debajo de la almohada como si fueran preciados tesoros.

Llegó entonces un día en que la fuerza la abandonó, y la mente empezó a delirar, y la boca a mascullar patéticas incoherencias. Eso supuso un doloroso dilema para las pobres tías. No había más notas de amor para la madre. No sabían qué hacer. Hester procedió con una explicación plausible y cuidadosamente estudiada, pero perdió el hilo y se tornó cada vez más confusa. El rostro de la madre empezó a traslucir entonces sospecha, y luego alarma. Hester lo notó, se dio cuenta de la inminencia del peligro y optó por la solución de emergencia, recomponiéndose con decisión y arrancando una victoria a la boquiabierta expresión de la derrota. Con voz plácida y convincente dijo:

—Había pensado que te incomodaría oírlo, pero Helen ha pasado la noche en casa de los Sloane. Celebraban una pequeña fiesta, y aunque ella no quería ir, estando tú tan enferma, logramos convencerla, ya que es joven y necesita los inocentes pasatiempos de la juventud, y nos pareció que tú en nuestro lugar lo aprobarías. Puedes estar segura de que te escribirá en cuanto llegue.

—Qué buenas sois, ¡y qué gesto tan considerado y acertado por vuestra parte! ¿Aprobarlo? ¡Os doy las gracias de corazón! Mi pobre niña desterrada... Decidle que quiero que disfrute de todos los placeres que pueda, no pienso robarle ni uno solo. Tan solo aseguraos de que conserve la salud, es todo cuanto os pido. No permitáis que enferme, no lo soportaría. Qué agradecida estoy de que se haya librado del contagio... ¡Y qué riesgo tan tremendo corrió, tía Hester! Piensa en ese rostro encantador apagado y consumido por la fiebre. No lo quiero imaginar. Aseguraos de que conserve la salud, ¡y la lozanía! Tengo su imagen frente a mí, qué primor de criatura, con esos enormes y honestos ojos azules; y qué dulce, ¡ay, qué dulce, delicada y encantadora! ¿Sigue siendo igual de bella que siempre, tía Hester?

—Ay, sí, más bella, radiante e irresistible que nunca, si eso es posible.

Y Hester dio media vuelta y se puso a revolver entre los tarros de medicamentos para ocultar su pena y su vergüenza.

Al cabo de un rato, las dos tías se empeñaban en una difícil y frustrante labor en la habitación de Helen. Con gran paciencia y fervor, intentaban que sus dedos ancianos y anquilosados elaboraran la nota en cuestión. Cometieron un fallo tras otro, pero iban mejorando poco a poco. Lo más triste de todo, lo más irónico, es que no había nadie para apreciarlo, y ni siquiera eran conscientes de ello. Con frecuencia sus lágrimas caían sobre el papel y lo estropeaban, y a veces una sola palabra mal escrita convertía en un riesgo una nota que podría haber servido. Pero por fin Hannah fue capaz de escribir con una caligrafía que era una imitación lo bastante buena de la de Helen como para engañar a cualquiera que no estuviera ojo avizor, y la adornó con profusión de delicadas frases y de los cariñosos sobrenombres que la niña solía pronunciar casi desde la cuna. Se la llevó a la madre, quien la cogió con avidez y la besó, y la acarició, y leyó sus preciosas frases una y otra vez, recreándose con gran deleite en el último párrafo:

> Mi adorada florecilla, ¡ay, si pudiera verte, y besarte los ojos, y sentir que me estrechas en tus brazos! Me alegro de que no te molestara que saliera. Reponte pronto. Todo el mundo es muy bueno conmigo, pero me siento muy sola sin ti, querida mamá.

—Mi pobre niña, sé muy bien cómo se siente. No puede ser feliz sin mí, y yo... ¡Ay, me desvivo por ver la luz de sus ojos! Dile que puede salir siempre que le plazca. Y, tía Hannah..., dile que no puedo oír el piano desde aquí, ni su preciosa voz cuando canta. Bien sabe Dios cuánto me gustaría poder oírla. Nadie sabe hasta qué punto la adoro. ¡Y pensar que algún día el tiempo la acallará! Pero ¿por qué lloras?

—Ah, porque... porque... me he acordado de una cosa. Cuando venía hacía aquí, Helen estaba cantando «Loch Lomond». ¡Qué canción tan triste! Siempre me emociono con ella.

—Yo también. Qué bella y desgarradora está cuando alguna pena de juventud perturba su pecho y canta esa canción por el místico alivio que le proporciona... ¿Tía Hannah?

—¿Qué, querida Margaret?

—Estoy muy enferma. A veces me asalta la idea de que no volveré a oír jamás esa querida voz.

—Oh, eso no... ¡No, Margaret! ¡No puedo soportarlo!

Margaret se sintió conmovida y angustiada, y dijo con dulzura:

—Vamos... Vamos... Deja que te abrace. No llores. Ven... Junta tu cara con la mía. Estate tranquila. Deseo vivir, y viviré si puedo. ¡Ay, qué haría ella sin mí...! ¿Me nombra a menudo? Pero qué digo, pues claro que lo hace.

—Sí, continuamente... ¡Continuamente!

—¡Mi dulce niña! ¿Ha escrito la nota nada más llegar?

—Sí, sí, nada más llegar. No ha esperado ni a quitarse el abrigo.

—Lo sabía. Tal es su carácter afectuoso e impulsivo. Lo sabía sin necesidad de preguntarlo, pero quería oírtelo decir. Una esposa a quien su marido cuida sabe que la ama, pero todos los días le pide que se lo repita por el puro y simple placer de escucharlo... Esta vez ha escrito la nota con pluma. Es mejor así, los trazos del lápiz podrían borrarse, y eso me dolería mucho. ¿Le has sugerido tú que escriba con pluma?

—S... no... ella... Ha sido idea de ella.

La madre vio el placer en su expresión y dijo:

—Esperaba oírte decir eso. ¡No ha existido jamás una criatura tan adorable y considerada...! ¿Tía Hannah?

—¿Qué, querida Margaret?

—Ve y dile que pienso en ella a cada instante, y que la adoro. Pero... otra vez estás llorando. No estés tan preocupada por mí, querida, creo que no hay nada que temer por el momento.

La apenada mensajera salió con su cometido y lo pronunció con gran piedad para aquellos oídos que no podían prestarle atención. La muchacha balbució unas palabras, ajena, y la miró con unos ojos asombrados y sobresaltados que ardían de la fiebre, unos ojos que no emitían destello alguno que indicara que la había reconocido.

—¿Eres...? No, tú no eres mi madre. Quiero que venga mi madre... ¡Quiero que venga! Hace un momento estaba aquí... No la he visto salir. ¿Volverá? ¿Volverá deprisa? ¿Volverá ahora mismo...? Hay muchas casas... y me oprimen mucho... y todo da vueltas, y vueltas, y más vueltas... Ay, mi cabeza, ¡mi cabeza!

Y así deliraba y deliraba, en su sufrimiento, saltando de un atormentado pensamiento a otro, y agitando los brazos en el agotador e incesante acoso de su enfermedad.

La pobre Hannah mojaba aquellos labios resecos y acariciaba con suavidad aquella frente que ardía, musitando palabras cariñosas y compasivas, y agradeciendo al Señor que la madre estuviera feliz y no supiera nada.

VI

Cada día la muchacha estaba más y más débil, e iba derecha a la tumba, y cada día las apesadumbradas cuidadoras llevaban bellas noticias de su radiante salud y sus encantos a la feliz madre, cuya peregrinación estaba también muy cerca del final. Y cada día escribían, en lugar de la chiquilla, notas que traslucían amor y alegría, y aguardaban con el corazón maltrecho y lleno de remordimientos, llorando al ver que la agradecida madre las leía con avidez, y las adoraba, y las guardaba como si fueran el mayor de los tesoros a causa de su dulce procedencia, y las veneraba porque las había tocado la mano de su hija.

Al fin acudió aquella amable amiga que todo lo cura y en todo pone paz. La luz estaba baja. En el solemne silencio que precede al anochecer, unas vagas figuras iban y venían por la penumbra del pasillo sin hacer ruido, y de vez en cuando se retiraban, calladas y sobrecogidas, a la habitación de Helen, y allí se reunían al lado de su cama, pues el último aviso había llegado, y lo sabían. La moribunda yacía con los párpados cerrados, inconsciente. La ropa de cama que cubría su pecho subía y bajaba con desfallecimiento mientras su casi agotada vida iba tocando a su fin. En algún momento, un suspiro o un sollozo ahogado rompían la quietud. El mismo inquietante pensamiento ocupaba todas las mentes: la compasión por su muerte, por el tránsito a la inmensa oscuridad, sin que su madre estuviera presente para ayudarla, darle coraje y bendecirla.

Helen se revolvió, y sus manos empezaron a agitarse con añoranza, como si buscara algo. Llevaba varias horas sin poder ver. El final había llegado, todas lo sabían. Con un gran sollozo, Hester la estrechó contra su pecho a la vez que lloraba, diciendo:

—Oh, mi pequeña, ¡mi niña querida!

Una luz repentina iluminó el rostro de la joven agonizante, pues le fue concedida la gracia de confundir por otros los brazos que le ofrecían cobijo. Y así le llegó la hora del descanso eterno, mientras musitaba:

—Oh, mamá, qué feliz soy... Te he echado tanto de menos... Ahora ya puedo morir.

Dos horas más tarde, Hester acudió con el parte del día. La madre preguntó:

—¿Cómo está la niña?

—Bien.

VII

En la puerta de la casa colgaron una gavilla de crespón blanco y negro, y allí permaneció, meciéndose y musitando con el viento, susurrando sus noticias. A mediodía terminaron de preparar a la difunta. Su joven figura yacía dentro del ataúd, llena de belleza, y aquel dulce rostro mostraba una gran paz. Dos dolientes estaban sentados junto a ella, lamentándose y adorándola. Eran Hannah y Tilly, la criada negra. Hester llegó temblando, pues una gran tribulación atenazaba su alma. Dijo así:

—Ha pedido una nota.

Hannah se quedó blanca. No había pensado en eso. Creía que aquel patético servicio había tocado a su fin, pero ahora se daba cuenta de que tal cosa no era posible. Durante un breve espacio de tiempo las dos mujeres se quedaron mirándose la una a la otra con expresión vacía. Por fin Hannah dijo:

—No hay otro remedio, tenemos que llevársela. Si no, sospechará.

—Y lo descubrirá.

—Sí. Y se le partirá el corazón. —Miró el rostro de la difunta y se le llenaron los ojos de lágrimas—. Yo la escribiré —dijo.

Hester acudió con la nota. La última línea decía así:

> Mi adorada florecilla, mi querida y dulce madre, pronto volveremos a estar juntas. ¿A que son buenas noticias? Y es cierto, todo el mundo dice que es cierto.

La madre se lamentó, diciendo:

—Pobrecilla, ¿cómo va a soportarlo cuando se entere? No volveré a verla en vida. Es duro, es muy duro. ¿Ella no sospecha nada? ¿Se lo estáis ocultando?

—Cree que pronto estarás bien.

—Qué buenas sois, ¡y qué cuidadosas, querida tía Hester! ¿No se ha acercado a ella nadie que pueda contagiarle la enfermedad?

—Eso sería un crimen.

—¿Pero la veis?

—Sí..., desde cierta distancia.

—Eso está muy bien. De otras personas no podría fiarme, pero vosotras, mis dos ángeles custodios..., sois más fiables que el acero. Otras personas serían desleales, y muchas me engañarían y me mentirían.

Hester bajó la mirada al suelo, y sus ancianos labios empezaron a temblar.

—Deja que te bese, ya que no puedo besarla a ella, tía Hester. Y cuando un día me haya ido y haya pasado el peligro, pon este beso en sus dulces labios y dile que se lo manda su madre, que en él ha puesto todo su maltrecho corazón.

Al cabo de una hora, Hester, anegando de lágrimas el rostro de la difunta, cumplió su patética misión.

VIII

Llegó el amanecer de un nuevo día, y la luz ascendió y se extendió sobre la tierra. La tía Hannah llevó noticias reconfortantes a la madre cuya vitalidad decaía, y una alegre nota, que de nuevo decía:

> Nos queda poco tiempo de espera, querida madre. Luego volveremos a estar juntas.

El grave sonido de una campana llegó arrastrado por el viento.

—Tía Hannah, tocan a muertos. Alguna pobre alma descansa en paz, como pronto me ocurrirá a mí. No dejaréis que ella me olvide, ¿verdad?

—¡Oh, bien sabe Dios que eso no ocurrirá nunca!

—¿No oyes ruidos extraños, tía Hannah? Parecen las pisadas de mucha gente.

—Pensábamos que no lo oirías, querida. Han venido algunas personas a ver a Helen para... para hacerle compañía.

La pobrecilla está tan sola. Habrá música, a ella le gusta mucho. Esperemos que no te importe.

—¿Importarme? Ah, no, no... Dadle todo lo que desee su querido corazón. Qué buenas sois con ella, ¡y conmigo! ¡Que Dios os bendiga siempre a las dos!

Luego, tras permanecer a la escucha:

—¡Qué bonito! Es música de su órgano. ¿Crees que lo está tocando ella? —Las notas lejanas, suntuosas y llenas de inspiración llegaron hasta sus oídos en medio del ambiente silencioso—. Sí, es ella, mi amor, lo reconozco. Están cantando. Pero... ¡Es un himno religioso! Es el más sagrado, el más conmovedor, el más portador de consuelo... Parece que me está abriendo las puertas del cielo... Si pudiera morirme ahora...

Débil y a lo lejos, se oía elevarse la letra entre la quietud:

> *Cerca, Dios mío, estoy de ti,*
> *Cerca estoy de ti,*
> *Aunque una cruz sea,*
> *Lo que a ti me acerca.*

Hacia el final del himno, otra pobre alma descansaba en paz, y a aquellas que en vida habían sido una sola, no las separó la muerte. Las hermanas, apenadas pero jubilosas, exclamaron:

—¡Menos mal que no ha llegado a enterarse!

IX

A medianoche se sentaron juntas, llorando su pesar, y el ángel del Señor se apareció, transfigurando el ambiente con un resplandor ultraterreno. Habló así:

—A los mentirosos solo les corresponde un lugar: arder en las llamas del infierno por toda la eternidad. ¡Arrepentíos!

777

Las dolientes cayeron de rodillas ante él, y juntaron las manos y agacharon su canosa cabeza, adorándolo. Pero su lengua permanecía pegada al paladar; estaban mudas.

—¡Hablad! Así podré llevar vuestro mensaje al cielo para que os juzguen y volver con la sentencia para la cual no existe apelación.

Las mujeres agacharon aún más la cabeza, y una dijo:

—Nuestro pecado es grande, y sufrimos su vergüenza, pero solo el más perfecto y auténtico arrepentimiento es capaz de otorgar la plenitud. Y nosotras, pobres criaturas, hemos aprendido que somos débiles humanas, y sabemos que si volviéramos a encontrarnos en esa dura situación nuestro corazón nos impulsaría a obrar del mismo modo, y pecaríamos de nuevo, igual que hemos pecado. Los fuertes pueden resistir la tentación, y así ser salvados, pero nosotras estamos perdidas.

Alzaron la cabeza con aire suplicante. El ángel había desaparecido. Mientras lloraban, maravilladas, regresó, e inclinándose hasta su altura, les susurró la sentencia.

X

—¿Era el cielo? ¿O el infierno?

1902

HISTORIA DE UN PERRO

I

Mi padre era un San Bernardo, mi madre, una collie, pero yo soy una presbiteriana. Eso es lo que me contó mi madre, porque yo no capto esas sutiles distinciones. Para mí no son más que largas y armoniosas palabras sin significado alguno. Mi madre sentía debilidad por ellas. Le gustaba pronunciarlas y veía que otros perros parecían sorprendidos y envidiosos, como si se preguntaran dónde había obtenido tanta cultura. Pero, en realidad, lo suyo no era cultura, era apariencia: aprendía las palabras escuchando en el comedor y en el salón cuando recibíamos visitas, y cuando acudía con los niños a la escuela dominical y escuchaba allí también. Siempre que oía una palabra larga la repetía para sí muchas veces, y así la retenía hasta que se celebraba en el barrio alguna reunión de fieles, y entonces la soltaba y los sorprendía e incomodaba a todos, desde el más tierno cachorro hasta el mayor mastín, lo cual recompensaba todos sus esfuerzos. Si había algún extraño, era casi seguro que desconfiara, y en cuanto recobraba el habla le preguntaba por su significado. Ella siempre se lo decía. Eso no se lo esperaba, más bien creía que iba a pillarla desprevenida, de modo que al obtener respuesta era él quien pasaba vergüenza en lugar de ella, como había previsto. Los

779

demás siempre aguardaban ese momento, estaban satisfechos y orgullosos, pues sabían lo que iba a ocurrir porque lo habían experimentado otras veces. Cuando mi madre explicaba el significado de una palabra importante, todos los perros quedaban tan admirados que a ninguno se le ocurrió jamás dudar de su veracidad, lo cual es natural, porque, por una parte, ella respondía con tal prontitud que parecía un diccionario parlante, y, por otra, ¿dónde iban a comprobar si era correcto o no?, pues ella era la única cultivada de todos los presentes. Fui haciéndome mayor, y un día mi madre llegó a casa con la palabra «inintelectual», y estuvo toda la semana explotándola a conciencia en distintas reuniones, creando con ello un alto grado de infelicidad y abatimiento. Fue entonces cuando reparé en que durante ese tiempo le habían preguntado por su significado en ocho reuniones diferentes y ella cada vez había salido con una nueva definición, lo cual me demostró que lo suyo era más una cuestión de aplomo que de cultura, aunque, por supuesto, no dije nada. Siempre tenía una palabra a mano, siempre a punto, como un salvavidas, una especie de palabra de emergencia a la que se agarraba cuando estaba en un tris de venirse abajo inesperadamente: «sinónimo». Cuando por un casual sacaba a colación un vocablo que había gozado de su momento de gloria semanas antes y los significados que había ideado para él ya se le habían olvidado, si había algún desconocido presente sin duda que lo dejaba descolocado unos minutos, y cuando volvía en sí ella ya se había apresurado a tomar otros derroteros, sin esperarse nada. De modo que cuando el desconocido la alababa y le pedía cuentas sobre la palabra, yo (el único de los presentes que estaba en el ajo) la veía deshincharse un instante —solo un instante—, pero enseguida volvía a ponerse la mar de tiesa y afirmaba con tanta calma como la que se respira en un día de verano: «Es sinónimo de "supererogación"», o cualquier otra palabreja de longitud reptiliana, y proseguía tan tranquila, escabulléndose por nuevos derroteros, sin incomodarse lo más mínimo y dejando al extranjero con la sensación de humillado y de indigno, mientras los ya iniciados estampaban la cola en el suelo al unísono y su expresión se transformaba en una de auténtico gozo.

Lo mismo le ocurría con las frases. Se traía una oración entera a casa, si sonaba importante, y la exprimía durante seis noches y dos tardes más, y cada vez la explicaba de una forma distinta —cosa inevitable, pues solo se preocupaba por la frase en cuestión, no por su significado, y sabía que de todos modos ninguno de aquellos perros tenía suficientes luces para atraparla—. Sí, ¡era una fresca! No se acobardaba por nada del mundo, tal era la confianza que tenía puesta en la ignorancia de aquellas criaturas. Incluso explicaba las anécdotas con las que la familia y sus invitados reían y se regocijaban. Por lo general mezclaba churras con merinas, así que lo que decía no encajaba ni tenía sentido, pero al explicarlo se revolcaba por el suelo de la risa, y profería tales ladridos que parecía una auténtica descerebrada, mientras yo apreciaba que ella misma se estaba preguntando por qué la anécdota no le parecía tan graciosa como cuando la había oído por primera vez. Sin embargo, eso no representaba problema alguno: los otros perros también se revolcaban por el suelo y ladraban como posesos, avergonzándose para sus adentros por no verle la gracia al asunto y sin sospechar siquiera que no era culpa suya, sino que, en realidad, no tenía gracia.

Por todo eso os daréis cuenta de que mi madre era más bien vanidosa y frívola. Aun así, tenía virtudes, y, a mi parecer, bastaban para compensar sus defectos. Era de buen corazón y modales amables, y jamás albergaba resentimientos por las ofensas recibidas, sino que las apartaba de su mente y las olvidaba. Enseñó a sus hijos sus formas cordiales, y de ella aprendimos también a ser valientes y a actuar con prontitud en situaciones de riesgo en lugar de huir, a afrontar el peligro que amenazaba al prójimo, fuera amigo o extraño, y ayudarlo de la mejor manera sin pararnos a pensar lo que ello podía costarnos. Y no solo nos lo enseñó de palabra, sino también con el ejemplo, que es la forma mejor, la más segura y perdurable. ¡Menudo era su valor! ¡Qué acciones tan magníficas! Era como un soldado, y tan modesta... Era imposible no admirarla, y también era imposible no imitarla; ni siquiera un spaniel King Charles era capaz de mantener un comportamiento por entero canallesco en su compañía. Así que, como podéis observar, lo suyo era algo más que una cuestión de cultura.

II

Al fin me convertí en adulta, y me vendieron; me alejaron de ella y no volví a verla jamás. Le partieron el corazón, y a mí también. Lloramos, pero ella me reconfortó tanto como pudo y me dijo que habíamos venido a este mundo con un propósito bueno y sabio, que debíamos cumplir nuestro deber sin lamentarnos, debíamos tomar la vida como venía y vivirla haciendo el máximo bien al prójimo sin importar el resultado, eso no era cosa nuestra. Decía que los hombres que vivían de ese modo obtendrían una noble y bella recompensa en el otro mundo, y que aunque nosotros, los animales, no iríamos allí, hacer el bien y actuar con corrección sin esperar nada a cambio dotaba a nuestra corta vida de un sentido y una dignidad que resultaban una recompensa en sí mismos. Había aprendido todo eso a lo largo de las veces que había acompañado a los niños a la escuela dominical, y lo había guardado en la memoria con más cuidado que las otras palabras y frases. Lo había estudiado en profundidad, por nuestro bien y por el suyo propio. Con ello uno se daba cuenta de que tenía una mente sabia y reflexiva, por mucho que también hubiera en ella ligereza y vanidad.

O sea que nos despedimos, y nos miramos por última vez a través de las lágrimas. Lo último que me dijo —lo reservó para el final para que pudiera recordarlo mejor, creo— fue:

—Hazlo por mí: cuando en un momento dado alguien esté en peligro no pienses en ti misma, piensa en tu madre, y actúa como actuaría yo.

¿Acaso creéis que una cosa así se olvida? No.

III

¡Qué encantador, mi nuevo hogar! Era una casa grande y elegante, con cuadros, delicados elementos decorativos y ricos muebles, y ni un solo rincón oscuro. Al contrario: toda la exuberancia de los colores refinados cobraba luz cuando el sol inundaba las estancias, y los amplios terrenos que las rodeaban, y el enorme jardín... ¡Ah, la pradera, y los nobles árboles, y las flores sin fin! Yo era un miembro más de la familia, y me amaban, y me cuidaban, y no me pusieron un nuevo nombre, sino que me llamaban por el antiguo, que yo tenía en gran estima porque me lo había puesto mi madre: Aileen Mavourneen. Lo sacó de una canción; los Gray la conocían y decían que era un nombre muy bonito.

La señora Gray tenía treinta años, y era tan dulce y encantadora... No podéis imaginarlo. Y Sadie tenía diez, y era igual que su madre: una preciosa y esbelta copia de ella en miniatura, con sus coletas caoba cayéndole por la espalda y sus vestiditos cortos. El pequeño tenía un año, y la cara redondita y con hoyuelos, y me adoraba, nunca se cansaba cuando jugaba a tirarme de la cola y me abrazaba, y reía con aquella felicidad inocente. El señor Gray tenía treinta y ocho años, era alto, delgado y atractivo, un poco calvo por delante, siempre alerta, de movimientos rápidos, centrado en el trabajo, dispuesto, decidido, poco sentimental, ¡y con uno de esos rostros de rasgos cincelados que parece relucir e incluso emitir destellos de gélida intelectualidad! Era un científico renombrado. No sé lo que quiere decir esa palabra, pero mi madre habría sabido cómo usarla para conseguir que produjera efecto. Ella habría sabido cómo deprimir con ella a un terrier caza ratas, y hacer que un perro faldero lamentara estar presente. Pero no era esa la mejor palabra. La mejor era «laboratorio». Mi madre habría sido capaz de montar en torno a ella una reunión de sociedades capaz de hacer que los perros con los mejores collares se echaran a temblar. El laboratorio no es un libro, ni un cuadro, ni un lugar donde lavarse las manos, como decía el presidente del colegio de perros; no, eso es el lavabo. El laboratorio es una cosa muy distinta: está lleno de tarros, botellas, aparatos eléctricos, alambres y máquinas extrañas. Y todas las semanas otros científicos venían y usaban los aparatos, y comentaban cosas, y hacían lo que ellos llamaban experimentos y descubrimientos. A menudo yo también iba y me situaba entre ellos para escuchar, e intentaba aprender en honor y en memoria de mi madre, aunque para mí era muy doloroso ser consciente de que con lo que ella se había perdido yo no obtenía nada, pues, por mucho que lo intentaba, jamás conseguí que todo aquello me hiciera servicio alguno.

Otras veces me tumbaba en el suelo del taller de la señora y me dormía, y ella me utilizaba como reposapiés porque sabía que me gustaba, ya que era como una caricia. Otras, pasaba alguna hora suelta en el cuarto del niñito, y allí me alborotaban el pelo y me hacían feliz. En algunos momentos, cuando el pequeño dormía y la niñera había salido unos minutos para ocuparse de algo relacionado con él, yo vigilaba junto a la cuna. En otros, me revolcaba y corría por el jardín con Sadie hasta que las dos quedábamos agotadas, y luego me quedaba dormida sobre la hierba a la sombra de un árbol mientras ella leía. De vez en cuando visitaba a los perros vecinos, pues no muy lejos vivían unos cuantos de lo más agradables, y uno muy atractivo, airoso y cortés, un setter irlandés de pelo rizado cuyo nombre era Robin Adair. Era un presbiteriano, como yo, y pertenecía a un pastor escocés.

Los criados de la casa eran todos muy amables conmigo y me apreciaban mucho, así que, como veis, mi vida era placentera. No había perrita más feliz que yo, ni más agradecida. Eso me decía a mí misma, pues era la pura verdad. Intentaba por todos los medios portarme bien y hacer lo correcto, y honrar la memoria de mi madre y sus enseñanzas, y ganarme lo mejor que podía la felicidad que me había tocado vivir.

Poco a poco se formó mi pequeño cachorro, y entonces mi copa estaba colmada, mi felicidad era completa. Mi cachorro era la cosita más delicada y preciosa, tan blandito y tan suave y aterciopelado... Sus torpes patitas eran tan lindas, y su mirada, tan cariñosa, y su cara, tan dulce e inocente... Yo me sentía orgullosa de ver hasta qué punto los niños y su madre lo adoraban, y cuánto lo acariciaban, y cómo celebraban su más mínimo logro. Yo sentía que la vida era demasiado placentera para...

Entonces llegó el invierno. Un día estaba vigilando en el cuarto del pequeño, es decir, dormía sobre la cama mientras el niño lo hacía en la cuna, que estaba al lado, junto a la chimenea. Era una de esas cunas que tienen encima una especie de carpa muy alta, hecha con un tejido como de gasa que permite ver a través de él. La niñera no estaba, y los dos dormíamos solos. De pronto, saltó una chispa del fuego y fue a parar a uno de los laterales de la carpa. Imagino que debieron de transcurrir unos momentos antes de que el niño gritara y me despertara, ¡y allí estaban aquellas llamas que se elevaban hasta el techo! Sin tiempo de pensarlo, salté al suelo muerta de miedo y al cabo de un segundo estaba a medio camino de la puerta. Pero en el instante siguiente resonó en mis oídos el consejo que me había dado mi madre al despedirse y regresé a la cama, metí la cabeza entre las llamas, arrastré al niñito agarrándolo por la cintura y lo saqué de la cuna, y ambos caímos al suelo envueltos por una nube de humo. Volví a hacerme con la criatura, que no paraba de chillar, y la arrastré hasta la puerta, la saqué al pasillo y doblé la esquina, y aún seguía tirando de ella, nerviosa, feliz y orgullosísima cuando oí los gritos de mi amo:

—¡Largo de aquí, bestia maldita!

Salté para ponerme a salvo, pero él era increíblemente rápido y me perseguía, golpeándome con el bastón, lleno de furia, mientras yo me echaba a un lado y a otro para esquivarlo, muerta de miedo, hasta que por fin un fuerte golpe me alcanzó en una pata delantera y me hizo caer con un alarido, y me quedé indefensa unos instantes. El bastón se elevó para soltarme otro golpe, pero no descendió, pues se oyeron los gritos desaforados de la niñera:

—¡La habitación del niño está en llamas!

Y mi amo salió corriendo hacia allí, y mis otros huesos estuvieron a salvo.

El dolor era atroz, pero daba igual, no debía perder tiempo, el hombre podía volver de un momento a otro. De modo que, cojeando sobre tres patas, me dirigí al otro extremo del pasillo, donde había una escalera pequeña y oscura que llevaba a la buhardilla en la que almacenaban cajas y cosas así, por lo que había oído, y adonde apenas subía nadie. Conseguí trepar hasta allí y, en la oscuridad, me abrí paso entre las pilas de objetos y me oculté en el lugar más secreto que pude encontrar. Era una tontería tener miedo en ese lugar, y sin embargo lo tenía. Tenía tanto miedo que me contuve y apenas gemía, aunque me habría resultado de gran ayuda hacerlo, porque gemir alivia el dolor, ya sabéis. Pero por suerte podía lamerme la pata, y eso me reconfortó un poco.

Durante media hora, en la planta de abajo hubo mucho alboroto, y gritos, y pasos apresurados, y luego volvió a reinar el silencio. Duró unos minutos, y mi ser lo agradeció, pues sirvió para que mi miedo disminuyera, y el miedo es peor que el dolor, ¡sí, sí, mucho peor! Entonces oí algo que me dejó paralizada. Me estaban llamando... Me llamaban por mi nombre... ¡Me buscaban!

Las voces quedaban amortiguadas por la distancia, pero no por ello dejaban de producirme terror. Se me antojaban los sonidos más espantosos que había oído jamás. Se oían por aquí y por allá, en todas partes, allí abajo: por los pasillos, por las habitaciones, en las dos plantas, y en el sótano y en la bodega. Después también las oí fuera, cada vez más lejos... Y de nuevo más cerca, y otra vez por toda la casa. Creí que no cesarían jamás, pero por fin lo hicieron, horas y horas después de que la tenue luz del crepúsculo hubiera abandonado la buhardilla y hubiera quedado sumida en la más absoluta oscuridad.

En aquella sagrada quietud mis miedos fueron disipándose poco a poco, y yo me sentí en paz y me dormí. Descansé bien, pero me desperté antes de que hubiera empezado a salir el sol. Me sentía bastante a gusto, y fui capaz de idear un plan. Era un plan estupendo, que consistía en bajar a hurtadillas la escalera y esconderme detrás de la puerta de la bodega, y aprovechar para escaparme de buena mañana, cuando viniera el hombre que traía el hielo, mientras él estaba dentro llenando la nevera. Luego me quedaría escondida todo el día, y empezaría mi marcha al caer la noche. Me marcharía a... bueno, a cualquier sitio donde no me conocieran y pudieran delatarme a mi amo. A esas alturas estaba incluso contenta, pero entonces pensé: «Vaya, ¿y qué clase de vida me espera sin mi cachorro?».

Aquello fue mi desesperación. Me di cuenta de que no había plan alguno que me sirviera. Debía quedarme donde estaba, me quedaría allí y esperaría, y aceptaría lo que tenía que venir. No era cosa mía, la vida era así, mi madre lo había dicho. Luego... Vaya, ¡empezaron a oírse voces otra vez! Todos mis viejos pesares regresaron. Me dije que mi amo no me perdonaría jamás. Yo no sabía qué había hecho para que se mostrara tan resentido e implacable, pero imaginé que eran cosas que un perro no podía entender, y en cambio el hombre identificaba claramente que eran terribles.

Me llamaron veces y veces, durante noches y días enteros, según me pareció. Tanto tiempo pasó que el hambre y la sed estuvieron a punto de hacerme perder el juicio, y me di cuenta de que empezaba a sentirme muy débil. Cuando a uno le ocurre eso duerme muchas horas, y eso hacía yo. Una vez me desperté muerta de miedo. ¡Me pareció que las voces se oían allí mismo, en la buhardilla! En efecto: era la voz de Sadie, y estaba llorando. Mi nombre brotó de sus labios con voz quebrada, pobrecilla, y yo no daba crédito al júbilo que me produjo oírla decir:

—Vuelve con nosotros... Ay, vuelve con nosotros y perdónanos. Estamos tan tristes sin...

La interrumpí con un ladrido de enorme gratitud, y al cabo de un momento Sadie avanzaba entre los trastos, dando traspiés en la oscuridad a la vez que gritaba para que su familia la oyera:

—¡La he encontrado! ¡La he encontrado!

Los días que siguieron fueron... en fin, maravillosos. Sadie, su madre y los criados parecían rendirme culto. Daba la impresión de que ninguna cama era lo bastante buena para mí, y en cuanto a la comida, no estaban satisfechos si no me ofrecían carne y toda clase de manjares aunque no fuera temporada. Todos los días acudían vecinos y amigos para que les contaran mi proeza —así era como ellos lo llamaban, y significa «agricultura», pues recuerdo que una vez mi madre utilizó la palabra en una reunión de perros y lo explicó, aunque no dijo lo que significa, solo que era sinónimo de «incandescencia interior»—. Y Sadie y la señora Gray contaban mil veces la misma historia a los recién llegados, y decían que yo había arriesgado la vida para salvar al niño, y que los dos teníamos quemaduras que lo demostraban. Entonces los invitados me cogían uno detrás de otro, y me acariciaban, y me dedicaban alabanzas; y el orgullo brillaba en los ojos de Sadie y de su madre. Pero cuando la gente quería saber qué me había dejado coja, ellas se avergonzaban y cambiaban de tema, y a veces cuando las acosaban con esa y otras preguntas sobre la cuestión, yo tenía la impresión de que estaban a punto de echarse a llorar.

Lo bueno no terminaba ahí, no. Una vez vinieron los amigos del señor, una veintena de hombres muy distinguidos, y me llevaron al laboratorio y hablaron de mí como si fuera una especie de descubrimiento, y algunos dijeron que aquello era una maravilla en un simple animal, la más notable demostración de instinto que podían recordar. Pero mi amo respondió con vehemencia:

—Es mucho más que instinto, es puro raciocinio, y muchos hombres que gozan del privilegio de la salvación y que partirán con ustedes y conmigo hacia un mundo mejor por el derecho que ese raciocinio les otorga, no llegan a la altura de este cuadrúpedo bobo que está predestinado a desaparecer cuando muera. —Y entonces se echaba a reír y proseguía—: Si no, mírenme a mí, ¡menuda ironía! Dios mío, con mi magnífica inteligencia, lo único que se me ocurrió pensar fue que la perra se había vuelto loca y estaba acabando con el niño, y resulta que de no haber sido por su inteligencia..., ¡es puro raciocinio, ya se lo he dicho!..., ¡el niño habría muerto!

Discutieron y discutieron, y yo era el centro y el objeto de todo su discurso, y deseé que mi madre supiera que se me estaba dispensando ese gran honor. Se habría sentido orgullosa.

Luego se pusieron a hablar de óptica, tal como ellos lo llamaban, y de si una determinada lesión cerebral producía o no ceguera, pero no se ponían de acuerdo y dijeron que debían seguir experimentando. Después hablaron de plantas, y eso me interesó porque en verano Sadie y yo habíamos plantado unas semillas —bueno, yo la ayudé a cavar los hoyos—, y tras días y días fueron apareciendo matas y flores, y a mí me pareció increíble que sucediera tal cosa. Pero así fue, y yo deseé poder hablar, pues se lo habría contado a estos hombres, y así verían cuánto sabía y cuán entusiasmada estaba. Pero la óptica me traía sin cuidado, era un tema aburrido, y cuando se pusieron a hablar de ello otra vez, me cansé y me quedé dormida.

Muy pronto llegó la primavera, soleada, apacible y encantadora, y aquella dulce madre y sus pequeños se despidieron de mi cachorro y de mí con unas palmadas y partieron de viaje para visitar a sus parientes. Mi amo no nos hacía ninguna compañía, pero jugábamos los dos juntos y lo pasábamos bien. Los criados se mostraban corteses y amigables, de modo que nos sentíamos bastante felices mientras contábamos los días y esperábamos a que regresara la familia.

Un día volvieron aquellos hombres, y dijeron que era la hora de hacer sus investigaciones, y se llevaron a mi cachorro al laboratorio. Yo los seguí cojeando con mis tres patas, sintiéndome orgullosa, pues cualquier muestra de atención a mi pequeño era un placer también para mí, por supuesto. Comentaron algunas cosas y realizaron el experimento, y de pronto el cachorro dio un chillido y lo dejaron en el suelo, y él empezó a dar vueltas tambaleándose, con toda la cabeza ensangrentada, y mi amo se puso a dar palmadas y exclamó:

—¡He ganado! ¡Confiésenlo! ¡Está más ciego que un topo!

Y todos dijeron:

—Es cierto... Ha demostrado su teoría, y la sufriente humanidad tiene una gran deuda con usted de ahora en adelante.

Todos se arremolinaron en torno a él y le estrecharon la mano con cordialidad y agradecimiento, llenándolo de alabanzas.

Pero yo apenas veía ni oía todo aquello, pues corrí al instante junto a mi amado pequeño, y me acurruqué junto a él donde estaba tendido, y le lamí la sangre, y posé su cabeza en la mía mientras gemía sin apenas voz; y en el fondo de mi corazón sabía que para él, con todo su dolor y su padecimiento, era un alivio sentir el contacto con su madre, aunque no pudiera verme. Entonces se derrumbó, y apoyó en el suelo su pequeña nariz aterciopelada, y se quedó quieto y no volvió a moverse más.

Al cabo de un momento el amo interrumpió un instante su discurso, y avisó al lacayo para decirle:

—Entiérralo en un rincón del final del jardín.

Luego prosiguió con sus comentarios, y yo salí trotando detrás del lacayo, muy contenta y agradecida, pues sabía que el cachorro estaba libre de todo dolor porque estaba dormido. Fuimos hacia el final del jardín, hasta el extremo más lejano, donde los niños, la niñera, el cachorro y yo solíamos jugar durante el verano a la sombra de un gran olmo, y una vez allí el lacayo cavó un hoyo y vi que se disponía a plantarlo, y me sentí muy contenta porque sabía que crecería hasta convertirse en un perro magnífico y elegante, como Robin Adair, y que la familia se llevaría una gran sorpresa cuando llegara a casa. Así que intenté ayudarle a cavar, pero mi pata coja no resultaba de ayuda, ya que no podía moverla, ya sabéis, y para cavar hacen falta dos, si no, no se puede. Cuando el lacayo hubo terminado de enterrar al pequeño Robin, me dio unas palmadas en la cabeza, con lágrimas en los ojos, y dijo:

—Pobre perrita. Y pensar que tú salvaste a su hijo...

He estado observando dos semanas enteras, pero ¡mi cachorro no crece! Durante estos últimos días se ha instalado en mí cierto temor. Sé que hay algo terrible en todo esto. No sé qué es, pero el miedo me tiene en un sinvivir, y no como nada, a pesar de que los criados me traen la mejor comida, y me hacen mimos, e incluso vienen a verme por la noche, y lloran y me dicen:

—Pobre perrita... Déjalo ya y vuelve a casa. ¡No nos partas el corazón!

Y todo eso me aterra en grado sumo, y hace que esté segura de que ha ocurrido algo malo. Y me siento tan débil... Desde ayer soy incapaz de sostenerme en pie. Y esta última hora los criados han estado mirando hacia el lugar donde se pone el sol y empieza a levantarse el frío de la noche, y dicen cosas que no logro entender pero que por algún motivo me hielan el corazón.

—¡Pobres criaturas! Qué poco se lo imaginan... Llegarán a casa de buena mañana, y preguntarán entusiasmados por la perrita que fue capaz de aquella hazaña, y a ver quién de nosotros tiene valor para contarles la verdad: «Vuestra pequeña amiga se ha ido donde van los animales cuando mueren».

1903

Un legado de treinta mil dólares

I

Lakeside era un agradable pueblecito de unos cinco o seis mil habitantes, y además bastante hermoso, como acostumbran a serlo en el Lejano Oeste. Sus iglesias podían acoger hasta treinta y cinco mil feligreses, como suele suceder en el Lejano Oeste y en el Sur, donde todo el mundo es muy religioso, y donde cada secta protestante está representada y dispone de su propio lugar de culto. Las diferencias sociales eran desconocidas en Lakeside..., al menos, de forma inconfesa; todo el mundo se conocía, incluso al perro del vecino, y se respiraba una atmósfera amistosa y sociable.

Saladin Foster trabajaba como contable en la tienda principal del pueblo, y era el mejor retribuido entre todos los de su oficio. Ahora tenía treinta y cinco años, y llevaba prestando sus servicios en el mismo comercio desde hacía catorce; en la semana de su boda había comenzado cobrando un sueldo anual de cuatrocientos dólares, que había ido aumentando progresivamente en cien dólares durante cuatro años, hasta que al quinto se estancó en ochocientos: una bonita cifra, sin duda, y todos coincidían en que Saladin la merecía.

Su mujer, Electra, poseía todas las virtudes propias de la esposa perfecta, aunque, al igual que Saladin, era una gran soñadora y muy aficionada a la lectura en privado de novelas. Lo primero que hizo después de casarse, siendo apenas una niña de diecinueve años, fue comprar un acre de terreno a las afueras del pueblo. Lo pagó en efectivo: veinticinco dólares, toda su fortuna. La de Saladin era aún menor: diez dólares. En aquella parcela, Electra plantó un huerto, y cultivó el terreno a medias con un vecino, haciéndole pagar un ciento por ciento anual de usufructo. Gracias al sueldo de su marido, durante el primer año ahorró y depositó treinta dólares en el banco; otros sesenta, el segundo; cien dólares, el tercer año; y ciento cincuenta, el cuarto. Cuando el salario de Saladin llegó a los ochocientos, y a pesar de que los gastos del hogar se habían incrementado por la llegada de dos criaturas, Electra se las había arreglado para seguir ingresando en el banco doscientos dólares anuales. Cuando llevaba casada siete años, hizo construir y acomodar una bonita y confortable casa en su terreno de un acre con huerto, pagó la mitad al contado y se instaló allí con su familia. Siete años más tarde ya había saldado su deuda y aún disponía de varios cientos de dólares que había ido ganando por su cuenta.

Y los había ganado gracias a la compra de propiedades, ya que hacía mucho tiempo había adquirido otro terreno colindante, de uno o dos acres, para obtener beneficios vendiendo parcelas a gente agradable que deseara construir casas y fueran buenos vecinos, a fin de proporcionar un entorno de cordial compañerismo tanto para ella como para su creciente familia. A raíz de sus seguras inversiones, Electra tenía unos ingresos de cien dólares anuales; sus hijas iban creciendo en edad y gracia; y ella se sentía una mujer feliz. Feliz con su marido y sus hijas, y su marido y sus hijas felices con ella. Y es en este punto donde comienza esta historia.

La hija menor, Clytemnestra, a la que llamaban Clytie para abreviar, tenía once años; su hermana, Gwendolen, a la que llamaban Gwen, tenía trece. Eran niñas simpáticas y muy lindas. Sus nombres revelaban la debilidad de sus progenitores por lo novelesco y lo fantasioso, como los nombres de estos delataban que se trataba de un rasgo hereditario. Formaban los cuatro una familia muy afectuosa, y por ello todos tenían apodos cariñosos. El de Saladin era uno muy curioso y de género ambiguo: Sally; y también lo era el de Electra: Aleck. Durante todo el día, Sally se dedicaba a trabajar como un buen y diligente contable y vendedor; durante todo el día, Aleck se dedicaba a ejercer como una buena y abnegada madre y ama de casa, así como una mujer de negocios concienzuda y calculadora; pero por la noche, una vez instalados en la acogedora sala de estar, ambos dejaban de lado los afanes de su vida diaria y se adentraban en un mundo de fantasía: se dedicaban a leer novelas en voz alta, soñando despiertos y alternando con reyes y princesas, con imponentes caballeros y hermosas damas, rodeados del deslumbrante esplendor de nobles palacios o de la lóbrega oscuridad de antiguos castillos.

II

Entonces, ¡llegó la gran noticia! Una noticia asombrosa e inesperada; de hecho, una noticia jubilosa. Llegaba de uno de los estados vecinos, donde vivía el único pariente que quedaba de la familia. Era de la rama de Sally: una vaga especie de tío lejano o de primo segundo o tercero, que respondía al nombre de Tilbury Foster, septuagenario y soltero, que disfrutaba de una situación muy acomodada y, en consecuencia, era de carácter agrio y desagradable. Hacía ya mucho tiempo, Sally había intentado mantener contacto con él por carta, pero no volvería a cometer nunca más ese error. Y ahora Tilbury escribía a Sally diciéndole que su muerte estaba muy próxima y que iba a dejarle un legado de treinta mil dólares, en efectivo; pero no por afecto, ya que el dinero había sido la causa de sus mayores problemas e infortunios y quería que fuera a parar a donde pudiera seguir ejerciendo su maligna obra. El legado estaba notificado en su testamento y se haría efectivo tras su muerte. «A condición de que» Sally fuera capaz de demostrar ante los albaceas que «no había hecho pesquisas acerca del legado, ya fuera de palabra o por correspondencia, no había hecho averiguaciones relativas a su entrada en los trópicos celestiales eternos, y no había asistido al funeral».

En cuanto Aleck se repuso un tanto de las tremendas emociones provocadas por la carta, se suscribió al periódico local del área donde vivía el pariente.

Los dos cónyuges se comprometieron solemnemente a que, mientras viviera el tío Tilbury, mantendrían la noticia en el mayor de los secretos, por miedo a que algún ignorante indiscreto hiciera llegar hasta el lecho del moribundo rumores que distorsionaran su actitud, haciéndoles parecer que mostraban una desobediente gratitud, confesándola y haciéndola pública ante el rostro mismo de la prohibición.

Durante el resto del día, Sally equivocó absolutamente todos los asientos de sus libros de contabilidad; y Aleck no conseguía concentrarse en sus quehaceres domésticos, y en cuanto cogía una maceta, un libro o un palo de madera olvidaba al momento qué se proponía hacer con ellos. Porque ambos estaban perdidos en sus ensoñaciones.

«¡Treinta mil dólares!»

Durante todo el día, resonaba en sus oídos la música inspiradora de esas palabras.

Desde el mismo día de la boda, Aleck se había hecho cargo de la economía familiar, y Sally apenas conocía el privilegio y el placer de gastar un centavo en cualquier bagatela.

«¡Treinta mil dólares!», proseguía la cantinela en sus mentes. ¡Una cantidad fabulosa, impensable!

Durante todo el día, Aleck estuvo ensimismada planeando cómo invertir ese dinero; y Sally, planeando cómo gastarlo.

Esa noche no hubo lectura de novelas. Las dos niñas se retiraron pronto, ya que sus padres permanecían silenciosos, aturdidos y extrañamente ausentes. Los besos de buenas noches podrían haber sido lanzados al vacío, dada la respuesta que obtuvieron; los padres no fueron conscientes de ellos, y solo una hora más tarde repararon en la ausencia de sus hijas. Durante esa hora, dos lápices habían estado muy afanados, tomando notas acerca de sus planes. Fue Sally quien por fin rompió el silencio. Y dijo, sin gran entusiasmo:

—¡Ah, Aleck, esto va a ser grande! Con los primeros mil dólares compraremos un caballo y un pequeño carruaje para el verano, y un trineo y una manta de pieles para el invierno.

Aleck respondió con aplomo y decisión:

—¿De nuestro capital? De ninguna manera. ¡Ni aunque fuera de un millón!

Sally se sintió profundamente decepcionado, y el brillo desapareció de su rostro.

—¡Oh, Aleck! —dijo con aire de reproche—. Siempre hemos trabajado muy duro y nos hemos apretado el cinturón, y ahora que somos ricos podríamos...

No acabó, porque vio que la mirada de su mujer se suavizaba. Su súplica la había conmovido. Entonces Aleck dijo, en un dulce tono persuasivo:

—No debemos gastar el capital, querido, no sería sensato. De los intereses que obtengamos de él...

—¡Con eso bastará, Aleck, con eso bastará! ¡Qué buena y cariñosa eres! Nos proporcionarán unos buenos ingresos, y si podemos gastarlos en...

—¡De eso nada, querido, nada de nada! Podrás gastar una parte de los dividendos; esto es, una parte razonable. Pero el capital íntegro, hasta el último penique, tiene que ponerse a trabajar y rendir, y no tocarlo. Supongo que entiendes que es lo más razonable, ¿no?

—Bueno, sí... Sí, claro. Pero tendremos que esperar mucho tiempo. Seis meses por lo menos hasta que recibamos los primeros intereses.

—Sí. Tal vez más.

—¿Más de seis meses? ¿Por qué? ¿Es que no se pagan por semestres?

—En ese tipo de inversiones, sí; pero nosotros no vamos a invertir de ese modo.

—Entonces, ¿de qué modo?

—Para obtener grandes beneficios.

—Grandes... Eso está bien. Adelante, Aleck. ¿De qué se trata?

—Carbón. Las nuevas minas. Hulla. Voy a invertir diez mil dólares. Una buena base. Cuando la cosa esté en marcha, obtendremos tres acciones por cada una suscrita.

—¡Cielos, eso suena estupendo, Aleck! Las acciones valdrán entonces... ¿cuánto? ¿Y cuándo cobraremos?

—Al cabo de un año. Nos pagarán el diez por ciento al semestre, y las acciones tendrán un valor de treinta mil dólares. Sé de qué va la cosa: he visto el anuncio aquí, en el periódico de Cincinnati.

—Vaya... Treinta mil dólares por diez mil... ¡en un solo año! Invirtamos todo el capital, ¡y sacaremos noventa mil! Voy a escribir para comprar las acciones ahora mismo. Mañana tal vez sea tarde.

Y se dirigía ya hacia el escritorio cuando Aleck le detuvo y le obligó a tomar asiento de nuevo, diciéndole:

—No pierdas la cabeza. No podemos suscribir las acciones hasta que no tengamos el dinero. ¿Es que no lo sabías?

El entusiasmo febril de Sally bajó uno o dos grados, pero no se apaciguó del todo.

—Qué más da, Aleck, ese dinero será nuestro, lo sabes..., y además muy pronto. Probablemente él ya habrá dejado atrás todos sus problemas; puede que en este mismo momento esté eligiendo su caldero de azufre. Así que creo que...

Aleck se estremeció y exclamó:

—Pero ¡cómo puedes decir eso, Sally! No quiero que hables así, es totalmente inmoral.

—Ah, bueno; ponle una aureola si lo prefieres, no me importa lo que lleve. Solo era una manera de hablar. ¿Es que ni siquiera voy a poder hablar?

—Pero ¿por qué tienes que hablar de esa forma tan terrible? ¿Acaso te gustaría que la gente dijera esas cosas de ti cuando tu cuerpo aún está caliente?

—Supongo que no, siempre que mi última voluntad no fuera dejar dinero a alguien para causarle daño. Pero dejemos estar a Tilbury, Aleck, y hablemos de cosas terrenales. A mí me parece que deberíamos invertir los treinta mil dólares en esas minas. ¿Cuál es el problema?

—Poner todos los huevos en una cesta: ese es el problema.

—Muy bien, si tú lo dices... ¿Y qué pasa con los otros veinte mil? ¿Qué piensas hacer con ellos?

—No hay ninguna prisa. Voy a informarme bien antes de hacer nada.

—Muy bien, si esa es tu decisión —dijo Sally con un suspiro. Se quedó muy pensativo durante un rato, y luego dijo—: Entonces, dentro de un año tendremos veinte mil dólares de beneficios de los diez mil invertidos. Ese dinero podremos gastarlo, ¿verdad que sí, Aleck?

Esta negó con la cabeza.

—No, querido —dijo—, no se venderán a ese precio tan alto hasta que no recibamos el primer dividendo semestral. Podrás gastarte una parte de eso.

—Bah, minucias... ¡y encima esperar todo un año! ¡Maldita sea la...!

—Vamos, debes tener paciencia. Tal vez se establezca el pago del dividendo en tres meses; entra dentro de las posibilidades.

—¡Oh, qué alegría! ¡Oh, gracias! —Y Sally saltó de su asiento y besó a su mujer lleno de gratitud—. ¡Eso serán tres mil! ¡Tres mil dólares contantes y sonantes! ¿Y cuántos serán para mí? ¿Cuánto podremos gastarnos de ese dinero, Aleck? Sé generosa, querida. Venga..., seré bueno.

Aleck se sintió muy complacida, tanto que sucumbió a la presión y le concedió una suma que a su propio juicio era un extravagante derroche: mil dólares. Sally la besó una y otra vez, y aun así no encontraba la manera de poder demostrarle toda su alegría y agradecimiento. Este nuevo acceso de afecto y gratitud llevó a Aleck más allá de los límites de la prudencia, y antes de poder contenerse ya le había hecho otra concesión: un par de miles de los cincuenta mil o sesenta mil que esperaba obtener en un año de los veinte mil dólares del legado aún no invertidos. Lágrimas de felicidad arrasaron los ojos de Sally, que dijo:

—¡Oh, cómo me gustaría abrazarte! —Y eso hizo. Luego cogió sus notas, se sentó y comenzó a repasar los lujos que deseaba asegurarse en su primera compra—. Caballo..., carruaje..., trineo..., manta de viaje..., arneses de cuero..., perro..., chistera..., banco de iglesia..., remontuar..., dentadura nueva... ¿Y bien, Aleck?

—¿Qué?

—Estás haciendo cuentas, ¿no? Muy bien. ¿Has invertido ya los veinte mil dólares restantes?

—No, no hay ninguna prisa. Primero quiero informarme bien y meditarlo.

—Pero estás haciendo números... ¿De qué se trata?

—Bueno, tendré que poner a trabajar los beneficios que produzcan los treinta mil dólares de las minas, ¿no crees?

—¡Cielo santo, menuda cabeza! Nunca hubiera pensado en eso. ¿Y cómo va la cosa? ¿Hasta dónde has llegado?

—No muy allá..., unos dos o tres años. Lo he invertido dos veces: una en petróleo y otra en trigo.

—¡Vaya, Aleck, eso es estupendo! ¿Y a cuánto asciende el total?

—Creo que..., bueno, para ir sobre seguro, subirá a unos ciento ochenta mil dólares, aunque probablemente será más.

—¡Válgame Dios!, ¿no es maravilloso? ¡Cielo santo!, por fin la fortuna ha venido a nuestro encuentro, después de tantos años de penalidades. ¿Aleck?

—¿Qué?

—Voy a donar trescientos dólares íntegros a las misiones. ¿Qué derecho tenemos a escatimar en un gasto así?

—No podrías hacer algo más noble, querido. Y eso se debe a tu naturaleza desprendida, generoso muchacho.

Esta alabanza llenó a Sally de una profunda dicha, pero fue lo suficientemente justo como para reconocer que Aleck era más merecedora de elogio que él, ya que sin ella nunca hubiera conseguido el dinero.

Luego se fueron a la cama, y en su gozoso delirio olvidaron apagar la vela de la sala. No se acordaron hasta que se habían desvestido; Sally dijo que podían dejarla arder, que podían permitírselo aunque costara mil dólares. Pero Aleck fue hasta la sala y la apagó.

También fue aquella una buena obra, porque mientras volvía a la alcoba se le ocurrió un plan que convertiría aquellos ciento ochenta mil dólares en medio millón antes de que tuvieran tiempo de enfriarse.

III

El diario al que se había suscrito Aleck era un modesto periodicucho que salía los jueves, y luego recorría las quinientas millas desde el pueblo del tío Tilbury para llegar a Lakeside el sábado. Dado que la carta de este había salido el viernes, no le había dado tiempo al benefactor a morirse antes y salir en el número de esa semana, pero disponía de sobra para aparecer en el próximo. Así pues, los Foster se vieron obligados a aguardar casi toda una semana para enterarse de si algo de naturaleza satisfactoria le había ocurrido o no al hombre. Fue una semana larga, muy larga, y la tensión de la espera resultó muy dura. La pareja apenas podría haberla soportado si no hubiesen tenido un entretenimiento que absorbía por completo sus mentes. Ya hemos visto cómo lo hacían. La esposa amasaba enormes fortunas, el marido las gastaba con esplendidez; o, en cualquier caso, gastaba cuanto le permitía su mujer.

Por fin llegó el sábado, y con él el *Weekly Sagamore*. La señora Eversly Bennett, la esposa del pastor presbiteriano, estaba en casa de la pareja, intentando que aportaran una donación benéfica. De pronto cesó toda conversación... por parte de los Foster. La señora Bennett se percató de que sus anfitriones no atendían ni una sola de sus palabras, así que, entre intrigada e indignada, se levantó y se marchó. En cuanto hubo salido de la casa, Aleck rompió nerviosamente la faja del periódico, y sus ojos y los de Sally recorrieron con avidez las columnas de obituarios. ¡Gran decepción! Tilbury no aparecía en ninguna. Aleck era cristiana desde la cuna, y su deber religioso y la fuerza de la costumbre la obligaron a guardar la compostura. Se recobró y dijo, con una alegría piadosa teñida de un escaso dos por ciento de valor comercial:

—Demos humildemente gracias al Señor por haberle conservado la vida, y...

—¡Maldito sea el viejo rastrero! Ojalá...

—¡Sally! ¿No te da vergüenza?

—¡No me importa! —replicó el airado hombre—. Tú piensas igual que yo, y si no fueras tan inmoralmente piadosa serías sincera y lo dirías.

Herida en su dignidad, Aleck respondió:

—No entiendo cómo puedes decir tales despropósitos, crueles e injustos. No existe algo como la piedad inmoral.

Sally experimentó una punzada de remordimiento, pero intentó ocultarlo tratando de salvar su alegato cambiando las formas..., como si un mero cambio formal, pero conservando aún la esencia, pudiera engañar a una experta como la que trataba de apaciguar.

—Aleck —dijo—, no era mi intención que sonara tan desagradable. No quería decir piedad inmoral; a lo que me estoy refiriendo es a..., a..., bueno, a la piedad convencional; esto..., la piedad de cara a la galería; la..., la..., bueno, ya sabes a lo que me refiero. Aleck, la..., bueno, cuando pones en el aparador objetos chapados para hacerlos pasar por plata maciza, sin ninguna mala intención, solo por puro hábito, porque siempre se ha hecho, por una costumbre anquilosada, una lealtad a..., a..., no encuentro las palabras adecuadas, pero sabes lo que quiero decir, Aleck, y no hay nada malo en ello. Lo intentaré de nuevo. Verás, te digo. Si una persona...

—Ya has dicho bastante —le interrumpió Aleck fríamente—. Dejémoslo estar.

—Lo estaba deseando —replicó Sally con un fervor desesperado, enjugándose el sudor de la frente y con una expresión de agradecimiento para la que tampoco tenía palabras.

Luego adoptó un aire meditativo, y empezó a lamentarse como para sí mismo:

—Siempre me meto en camisas de once varas... Lo sé, pero sigo y sigo, y no llego a ninguna parte. Por eso soy tan malo para estas cosas. Si me quedara calladito..., pero no. Nunca lo hago. Y nunca aprenderé.

Una vez confesada su derrota, se mostró debidamente amansado y sumiso. Aleck lo perdonó con la mirada.

De inmediato volvió a imponerse el tema que más les interesaba, el gran y supremo tema; nada podía mantenerlo en un segundo plano por mucho tiempo. Empezaron a preguntarse por qué razón no habría aparecido la noticia de la muerte de Tilbury. Tras discutirlo desde todos los puntos de vista posibles, más o menos esperanzados, acabaron donde habían empezado, y tuvieron que admitir que la única explicación lógica de la ausencia de la noticia debía ser, y sin duda lo era, que Tilbury no había muerto. Había algo de triste en ello, incluso un poco injusto; pero así era, y había que aceptarlo. En esto estaban ambos de acuerdo. A Sally le parecía que en aquel designio divino había algo extrañamente inescrutable; más inescrutable de lo habitual, pensaba; de hecho, uno de los designios más innecesariamente inescrutables que podía recordar..., y así lo dijo, con cierto sentimiento. Pero si esperaba que Aleck lo secundara, no lo consiguió; la mujer se reservó su opinión, si es que la tenía; no acostumbraba a correr riesgos insensatos en ningún mercado, ni en los terrenales ni en ningún otro.

La pareja debía esperar al periódico de la próxima semana: estaba claro que Tilbury había pospuesto su partida. Eso fue lo que pensaron y lo que decidieron. Así que dejaron el tema de lado, y volvieron a dedicarse a sus asuntos tan buenamente como pudieron.

Pues bien, si hubieran sabido la verdad, verían que estaban muy equivocados con respecto a Tilbury. El hombre había cumplido su palabra, al pie de la letra: había muerto, a su debido tiempo. Llevaba muerto más de cuatro días, y bien muerto; estaba muerto y enterrado, tan muerto como cualquiera de sus nuevos compañeros de cementerio; y había muerto también con tiempo suficiente para que la noticia saliera publicada en el *Sagamore* de esa semana, pero que no llegó a aparecer por un accidente; un accidente que no habría podido ocurrir en un periódico metropolitano, pero que puede suceder fácilmente en un periodicucho de pueblo como el *Sagamore*. En esta ocasión, justo cuando se estaba cerrando la página editorial, llegó un envío gratuito de sorbete de fresa de la elegante heladería Hostetter, y el paquete ya compuesto donde aparecía la bastante fría expresión de dolor por el fallecimiento de Tilbury tuvo que ceder su espacio a la efusiva muestra de gratitud del editor.

De camino al almacén de galeradas, la noticia de la muerte de Tilbury se empasteló. De no haber sido por eso, podría haber aparecido en alguna futura edición, ya que en el *Weekly Sagamore* no se desperdicia ninguna materia «viva»; y la materia «viva» permanece inmortal en sus galeradas, a menos que se produzca un accidente de empastelado. Porque cuando algo queda empastelado, ya no hay resurrección posible, y su oportunidad de ser impreso desaparece por siempre jamás. Así pues, le gustara o no a Tilbury, ya se removiera cuanto quisiera en su tumba, la noticia de su muerte nunca vería la luz en el *Weekly Sagamore*.

IV

Pasaron tediosamente cinco semanas. El *Sagamore* llegaba los sábados con toda puntualidad, pero nunca contenía una sola mención a Tilbury Foster. A esas alturas, la paciencia de Sally ya había llegado a su límite, y dijo con expresión rencorosa:

—¡Malditas sean sus entrañas! ¡Es inmortal!

Aleck le reconvino severamente y añadió con fría solemnidad:

—¿Cómo te sentirías si de repente dejaras este mundo justo después de proferir alguna de tus blasfemias?

Sin pararse a pensar demasiado, Sally contestó:

—Me sentiría afortunado por haberlas soltado antes de que me pillaran con ellas dentro.

El orgullo le había impelido a decir algo y, como no podía pensar en nada que fuera más racional, salió precipitadamente. Tal como él lo llamaba, había robado una base: se había escabullido de su presencia, a fin de evitar que su mujer lo sometiera al fuego de su aplastante lógica.

Seis meses llegaron y pasaron. El *Sagamore* seguía sin traer noticias de Tilbury. Durante este tiempo Sally había lanzado varias veces la caña, con la insinuación de que le gustaría saber qué pasaba. Aleck había hecho caso omiso de sus palabras. Entonces Sally decidió armarse de valor y arriesgarse a emprender un ataque frontal. Así que propuso muy seriamente disfrazarse e ir al pueblo de Tilbury para, de forma subrepticia, hacer averiguaciones acerca de las perspectivas del asunto. Aleck se mostró enérgica y decididamente contraria a tan peligroso proyecto.

—A ver, ¿tú qué tienes en la cabeza? —le preguntó—. ¿Es que no puedo dejarte un momento solo? ¿Hay que vigilarte todo el tiempo, como a un niño que gatea para impedir que se meta en el fuego? ¡Tú no vas a ir a ninguna parte!

—Pero, Aleck, estoy seguro de que podría hacerlo sin que nadie se enterara.

—Sally Foster, ¿sabes que tendrías que ir haciendo preguntas por ahí?

—Pues claro, pero... ¿y qué? Nadie sospecharía quién soy.

—¡Oh, mira que llegas a ser necio! Algún día tendrás que demostrar ante los albaceas que no intentaste hacer averiguaciones. Y entonces, ¿qué?

Sally había olvidado este detalle. No dijo nada: el argumento no admitía réplica. Aleck añadió:

—Así que aleja esa idea de tu mente y no vuelvas siquiera a mencionarla. Tilbury te ha tendido una trampa. ¿Es que no sabes lo que es una trampa? Está al acecho, esperando a verte caer en ella en cualquier momento. Pues bien, se va a quedar con un palmo de narices; al menos, mientras yo esté al timón. ¿Sally?

—¿Sí?

—Prométeme que, mientras vivas, aunque sea cien años, no harás nunca ninguna pregunta o pesquisa. ¡Promételo!

—Muy bien —contestó Sally con un suspiro renuente.

Luego Aleck suavizó el tono y dijo:

—No debes impacientarte. Estamos prosperando; podemos esperar; no hay ninguna prisa. Nuestro pequeño y seguro capital no deja de crecer; y, con respecto a futuras inversiones, aún no he cometido un solo error: la fortuna aumenta en miles y decenas de miles de dólares. No hay otra familia en todo el estado con mejores perspectivas que las nuestras. Ya estamos nadando prácticamente en la abundancia. Lo sabías, ¿no?

—Sí, Aleck, claro que sí.

—Entonces agradece a Dios lo que está haciendo por nosotros y deja de preocuparte. No creerás que podríamos haber alcanzado resultados tan prodigiosos sin Su especial guía y ayuda, ¿no?

—No..., supongo que no —dijo Sally, vacilante. Y luego añadió, dominado por un sentimiento de admiración—: Pero aun así, cuando se trata de emplear el buen juicio para aumentar los beneficios de unas acciones o para conseguir sacar más dinero de Wall Street, no creo que necesites la ayuda de ningún aficionado de fuera, y si yo quisiera...

—¡Oh, cállate, por el amor de Dios! Ya sé que no lo haces con mala intención ni quieres ser irreverente, pero cada vez que abres la boca sueltas unas cosas como para echarse a temblar. Me tienes en un sinvivir, aterrada. No solo por ti, sino por todos nosotros. Antes no me daban miedo los truenos, pero ahora, en cuanto escucho uno, yo...

La voz se le quebró y no pudo continuar. Rompió a llorar, y al ver aquello el corazón de Sally se enterneció, y la estrechó entre sus brazos, la arrulló, la confortó, y le prometió que se enmendaría, y se reprochó su comportamiento, e imploró arrepentido su perdón. Y lo decía muy en serio, y lamentaba mucho lo que había hecho y estaba dispuesto a hacer cualquier sacrificio para repararlo.

Así pues, en privado, meditó largo y tendido acerca de todo aquello, dispuesto a hacer lo que resultara mejor para obtener el perdón. Prometer reformarse era muy fácil; de hecho, ya lo había prometido antes. Pero ¿serviría eso de algo a largo plazo? No, sería algo transitorio: era consciente de sus flaquezas y tuvo que reconocerse a sí mismo con pesar que sería incapaz de mantener su promesa. Debía idear algo mejor y más seguro; y por fin dio con ello. Al coste de un precioso dinero que llevaba ahorrando mucho tiempo, chelín a chelín, instaló un pararrayos en la casa.

Y, a la siguiente ocasión, volvió a recaer.

¡Qué milagros puede obrar la fuerza de la costumbre! Y con qué rapidez y facilidad adquirimos los hábitos, tanto los más nimios como los que nos transforman profundamente. Si, por casualidad, nos despertamos dos noches seguidas a las dos de la madrugada, eso nos causará una gran inquietud, ya que si se repite a la noche siguiente la casualidad puede convertirse en hábito; y un mes coqueteando con el whisky... Pero, bueno, todos conocemos esos tópicos.

El hábito de levantar castillos en el aire, el de soñar despierto... ¡cómo arraiga y crece! Se convierte para nosotros en todo un lujo. Cómo nos dejamos arrastrar por sus hechizos en cualquier momento ocioso, cómo nos deleitamos en ellos, cómo se eleva nuestro espíritu y nos embriagamos con sus cautivadoras fantasías; ¡oh, sí!, y con qué rapidez y facilidad la vida de ensueño y la real se entremezclan y confunden hasta tal punto que al final apenas podemos distinguir una de otra.

Poco después, Aleck se suscribió a un diario de Chicago y al *Wall Street Pointer*. De lunes a sábado los examinaba con aguda visión financiera y con la misma diligencia con que se consagraba a la lectura dominical de la Biblia. Sally se sentía francamente admirado al observar sus rápidos y seguros avances en el desarrollo y expansión de sus conocimientos y buen juicio para pronosticar y manejar los valores de los mercados tanto materiales como espirituales. Se sentía tan orgulloso de su aplomo y audacia en la explotación bursátil terrenal, como de su prudencia y moderación en el manejo de los asuntos del alma. Se daba cuenta de que nunca perdía la cabeza en ninguno de ambos casos: haciendo gala de un admirable coraje, no solía arriesgar demasiado en inversiones terrenales de futuro, y establecía cautelosa los límites; unos límites que nunca ponía en los asuntos espirituales. Su política era sana y sencilla, como le explicó a su marido: el dinero que destinaba a valores terrenales era para especular; el que destinaba a valores espirituales era una inversión segura. En el primer caso, estaba deseando hacer inversiones con un margen de riesgo; pero, en el segundo, no había margen para el riesgo: quería recibir cien centavos por cada dólar, y tener el capital bien registrado en los libros.

Bastaron solo unos pocos meses para educar la imaginación de Aleck y Sally. La práctica diaria aumentó la precisión y la eficacia de su maquinaria mental. En consecuencia, Aleck hizo crecer la imaginaria fortuna con mayor celeridad de lo que nunca antes habría soñado; y la capacidad de Sally para gastar ese nuevo flujo de dinero aumentó en consonancia, junto con la presión que ello conllevaba. Al principio, Aleck había establecido en doce meses el plazo para que su inversión en las minas diera beneficios, y se había mostrado totalmente reacia a la posibilidad de que ese término pudiera verse acortado en nueve meses. Pero aquel había sido el punto más débil y pueril de una fantasía financiera que había carecido de aprendizaje, experiencia y práctica. En cuanto pudo disponer de esa base, los nueve meses se esfumaron y la inversión de los diez mil dólares imaginarios regresó rauda a casa... ¡con un beneficio del trescientos por ciento a las espaldas!

Aquel fue un gran día para los Foster. Habían enmudecido de alegría. Pero había también otra razón para ello: después de observar y analizar a fondo el mercado financiero, Aleck, llena de miedos y temores, había realizado recientemente su primera inversión de riesgo en la bolsa, cubriendo el margen con los veinte mil dólares que les quedaban del legado. En su imaginación había visto cómo las acciones subían, punto a punto, siempre temerosa ante la posibilidad de que se produjera una caída bursátil, hasta que al final la angustia fue superior a ella (siendo como era inexperta y poco curtida en este tipo de inversiones) y con su telégrafo imaginario dio a su agente imaginario la orden imaginaria de que vendiera. Le dijo que se conformaba con cuarenta mil dólares de ganancias. La venta se realizó el mismo día en que se recuperó el dinero de la inversión en las minas, junto con sus enormes beneficios. Así que, como he dicho, ambos habían enmudecido. Permanecieron sentados toda la noche, mirándose aturdidos y dichosos, tratando de asimilar el colosal hecho, el abrumador hecho de que tenían realmente cien mil dólares en imaginaria moneda contante y sonante. Pero así era.

Aquella fue la última vez que Aleck se sintió temerosa ante una inversión bursátil de riesgo; cuando menos, no volvería a sentir un miedo semejante al de aquella primera experiencia, que le hizo perder el sueño y que sus mejillas palidecieran.

Desde luego fue aquella una noche memorable. Después de que gradualmente se afianzara en el espíritu de la pareja la idea de que eran ricos, empezaron a hacer uso del dinero. Si pudiéramos ver a través de los ojos de estos soñadores, habríamos visto cómo su deslucida casita de madera desaparecía para ceder su lugar a una vivienda de ladrillo de dos plantas, con su verja de hierro forjado en la entrada; cómo una lámpara a gas de tres globos empezaba a colgar del techo de la sala; cómo la desvencijada y raída alfombra dejaba paso a una de noble urdimbre Bruselas, de a dólar y medio la yarda; cómo la plebeya chimenea desaparecía para ser sustituida por una gran y exquisita estufa con ventanas de mica, que expandía su reverente calor por toda la casa. Y habríamos visto también otras cosas: entre ellas, el carruaje de un caballo, la manta de viaje, la chistera y demás.

A partir de entonces, aunque las hijas y los vecinos siguieran viendo la misma vieja casa de madera, para Aleck y Sally era un edificio de ladrillo de dos plantas; y no pasaba una noche sin que la mujer expresara su preocupación por la imaginaria factura del gas, y sin que el marido le replicara con aire despreocupado:

—Bueno, ¿y qué? Podemos permitírnoslo.

Antes de irse a la cama aquella primera noche en que fueron ricos, la pareja decidió que debían celebrarlo. La idea era dar una gran fiesta. Pero ¿cómo se lo explicarían a los demás, a las hijas y los vecinos? No podían revelar que el motivo de la celebración era el de que eran ricos. Sally estaba deseoso, ansioso de hacerlo; pero Aleck le refrenó y no se lo permitió.

Le dijo que, aunque era como si el dinero ya estuviera en sus manos, sería mejor esperar a que realmente lo estuviera. Esa fue la postura que adoptó la mujer, y no hubo manera de sacarla de ahí. Debían mantener el gran secreto, dijo, ocultarlo ante sus hijas y ante todo el mundo.

Aquello planteaba un delicado problema a la pareja. Debían celebrar su fortuna, estaban determinados a hacerlo, pero, dado que debían mantenerla en secreto, ¿qué motivo podrían aducir para el festejo? No había ningún cumpleaños hasta dentro de tres meses. Tampoco les servía el pretexto de Tilbury: por lo visto, iba a vivir eternamente. ¿Qué diablos podía celebrarse en aquella nación? Así fue como lo expresó Sally; y se le empezaba a agotar la paciencia, y se sentía agobiado. Pero al final dio con ello —como por pura inspiración, según le pareció a él—, y todos sus problemas se esfumaron al instante: celebrarían el descubrimiento de América. ¡Qué idea tan magnífica!

Aleck se quedó casi sin palabras para expresar lo orgullosa que estaba de su marido; ella jamás habría pensado en algo así. Pero Sally, aunque henchido de placer ante los cumplidos de su esposa y asombrado de su propio ingenio, trató de contener su vanidad y dijo que no era para tanto, que podría habérsele ocurrido a cualquiera. Ante esas palabras, Aleck alzó orgullosa la cabeza y dijo:

—¡Oh, por supuesto! A cualquiera se le habría ocurrido..., ¡a cualquiera! Por ejemplo, a Hosannah Dilkins. O tal vez a Adelbert Peanut, ¿no, querido? Oh, sí, ya me gustaría a mí ver a esos intentándolo. Por el amor de Dios, pero si ni siquiera se les ocurriría pensar en el descubrimiento de un islote de cuarenta acres, no digamos ya en el de todo un continente. Sabes muy bien, Sally Foster, que ni aun devanándose los sesos hasta que se les derritieran darían con una idea tan buena.

La buena mujer sabía que su marido tenía talento; y si el cariño la hacía exagerar la altura de su ingenio, se trataba seguramente de un dulce y afectuoso delito, perdonable por venir de quien venía.

V

La celebración fue un gran éxito. Estuvieron presentes todos los amigos, tanto los jóvenes como los mayores. Entre los primeros, asistieron Flossie y Gracie Peanut y su hermano Adelbert, prometedor oficial hojalatero, así como Hosannah Dilkins, Jr., oficial yesero tras haber acabado recientemente su aprendizaje. Desde hacía muchos meses, Adelbert y Hosannah habían mostrado interés por Gwendolen y Clytemnestra Foster, y los padres de las muchachas habían contemplado aquello con íntima satisfacción. Pero de pronto se dieron cuenta de que su sentimiento de aprobación había desaparecido. Tuvieron que reconocer que su nueva situación económica había levantado una barrera social entre sus hijas y los jóvenes artesanos. Las muchachas podían aspirar a algo más... y debían hacerlo. Sí, debían. No podían casarse con alguien que no fuera cuando menos abogado o comerciante, y papá y mamá se encargarían de ello: no permitirían ningún matrimonio con alguien de clase inferior.

No obstante, aquellas cavilaciones y proyectos eran de carácter privado y no afloraron a la superficie, por lo que no enturbiaron en ningún momento la celebración. Lo que sí afloró a la superficie fue una complacencia serena y altiva, un porte digno, un comportamiento grave y solemne, que despertó tanto la admiración como el asombro de los presentes. Todos lo notaron y comentaron entre ellos, pero nadie fue capaz de adivinar el secreto que había detrás de ello. Era una maravilla, un misterio. Varias personas señalaron, sin sospechar siquiera lo acertado de sus observaciones:

—Es como si hubieran adquirido una digna propiedad.

Y, de hecho, de eso se trataba.

La mayoría de las madres habrían abordado aquel asunto matrimonial a la vieja usanza; habrían dado a sus hijas una charla de aire solemne y carente de tacto, un sermón que solo obtendría un efecto contrario a su propósito, haciendo que derramaran abundantes lágrimas y se despertara en ellas una íntima rebelión; y las susodichas madres también contribuirían a empeorar el asunto pidiendo a los jóvenes artesanos que dejaran de prodigar sus atenciones. Pero esta madre era diferente. Era práctica. No dijo nada de aquello a los jóvenes implicados, ni tampoco a nadie más, excepto a Sally. Este escuchó atentamente y comprendió; la comprendió y la admiró.

—Ya capto la idea —dijo Sally—. En lugar de señalar defectos a la mercancía que se nos ofrece, y sin que haya necesidad de herir sentimientos ni poner obstáculos a la transacción comercial, tú te limitas a ofrecer productos de mejor calidad a mayor precio, y luego dejas que la naturaleza siga su curso. Es muy prudente, Aleck, y sabio. Demuestra muy buen juicio. ¿Y ya has pensado en alguien? ¿Has elegido la mercancía que buscamos?

No, no lo había hecho. Tenían que estudiar bien el mercado, y eso es lo que hicieron. Para empezar, tomaron en consideración a Braddish, un joven y prometedor abogado, y a Fulton, un joven y prometedor dentista. Sally debía invitarles a comer. Pero no enseguida, dijo Aleck, no había ninguna prisa. Convenía vigilar de cerca a aquel par, y esperar; nada se perdía por ir poco a poco en un asunto tan importante.

También aquella decisión resultó ser de lo más sabia y prudente, porque al cabo de tres semanas Aleck realizó una fabulosa operación mercantil que incrementó sus cien mil dólares imaginarios a cuatrocientos mil de la misma cualidad. Esa noche, ella y Sally se sentían en las nubes. Por primera vez, bebieron champán en la cena. No era champán real, pero su efecto era similar por la cantidad de imaginación gastada en él. Fue Sally quien tuvo la iniciativa, y Aleck cedió sumisamente. No obstante, en su fuero interno, ambos se sentían confusos y avergonzados, ya que él era un destacado Hijo de la Templanza, y en los funerales lucía un mandil al que ningún truhán podría mirar sin cuestionar su propio juicio y criterio; y Aleck formaba parte de la Asociación de Mujeres Cristianas Abstemias, con todo lo que conllevaba de férrea virtud y rectitud inquebrantable. Pero así era la cosa: el orgullo de los ricos estaba empezando su trabajo desintegrador. Habían vivido para demostrar, una vez más, una triste verdad que había sido demostrada muchas veces antes: que mientras que los principios constituyen una grandiosa y noble protección contra las fatuas vanidades y los degradantes vicios, la que ofrece la pobreza vale seis veces más. Sin duda, ¡más de cuatrocientos mil dólares! Volvieron a hablar del tema matrimonial. No se mencionó ni al abogado ni al dentista; no había razón para ello: estaban fuera de la carrera. Descalificados. Pensaron en el hijo del fabricante de conservas de cerdo y en el hijo del banquero del pueblo. Pero finalmente, como en el caso anterior, decidieron permanecer atentos y esperar, procediendo siempre de forma cauta y segura.

Una vez más, la suerte volvió a favorecerlos. Aleck, siempre ojo avizor, vio una gran oportunidad financiera y realizó una muy arriesgada inversión. Siguieron días de dudas y angustias, de una terrible inquietud, ya que el fracaso de la operación significaría la ruina absoluta. Cuando llegó el resultado, Aleck apenas podía controlar su voz ahogada por la emoción al anunciar:

—El suspense ha terminado, Sally... ¡y nuestra fortuna asciende ya a un millón de dólares!

Con lágrimas de gratitud, Sally dijo:

—¡Oh, Aleck, joya entre las mujeres, dueña de mi corazón! Por fin somos libres, nadamos en la abundancia, y nunca más tendremos que escatimar. ¡Esto bien merece un Veuve Cliquot! —Sacó una pinta de cerveza de abeto, y, tras consumar el sacrificio, exclamó—: ¡Qué nos importan ya los gastos!

Y Aleck le recriminó con suaves reproches, pero con ojos humedecidos por la dicha.

Enseguida descartaron a los hijos del banquero y del fabricante de conservas de cerdo, y comenzaron a considerar al hijo del gobernador y al del congresista.

VI

Resultaba fatigoso seguir al detalle los grandes avances y progresos que las finanzas imaginarias de los Foster experimentaron a partir de entonces. Era algo que maravillaba, deslumbraba, aturdía. Todo cuanto Aleck tocaba se convertía en oro, en cantidades que se amontonaban refulgentes hasta el firmamento. Millones y millones afluían a sus arcas en una corriente de rugir poderoso, con un caudal que no cesaba de aumentar. Cinco millones..., diez millones..., veinte..., treinta..., ¿tendría fin aquello algún día?

Transcurrieron dos años de espléndido delirio, durante los cuales los embriagados Foster apenas fueron conscientes del paso del tiempo. Poseían ya una fortuna de trescientos millones de dólares; formaban parte de la junta directiva de las más importantes corporaciones de la nación; y seguían amasando millones, cinco de golpe, luego diez, a un ritmo tan rápido que apenas podían contarlos. Los trescientos millones se duplicaron; luego una vez más; y otra más; y otra...

¡Dos mil cuatrocientos millones!

Aquel volumen de negocio empezaba a resultar un tanto confuso. Era necesario llevar a cabo un minucioso recuento de su capital, a fin de encauzarlo bien. Los Foster lo sabían, eran conscientes de ello, comprendían que era algo absolutamente indispensable; pero también sabían que una contabilidad correcta y apropiada era una tarea que debía realizarse de forma ininterrumpida una vez que se iniciara. Un trabajo de diez horas... ¿Y de dónde iban a sacar diez horas libres seguidas? Sally se pasaba todos los días vendiendo broches, azúcar y telas; Aleck se pasaba todos los días cocinando, lavando platos, barriendo y haciendo las camas, y sin ninguna ayuda, ya que estaban reservando a sus hijas para que pudieran alternar con la alta sociedad. Los Foster sabían que había una sola manera de conseguir esas diez horas, y solo una. A ambos les daba vergüenza proponerlo; cada uno esperaba que el otro lo hiciera. Al fin, Sally dijo:

—Alguien tiene que ceder. Y me ha tocado a mí. Hazte a la idea de que yo lo he propuesto: no me importa pronunciarlo en voz alta.

Aleck se ruborizó, pero se sintió agradecida. Y sin más, ambos cayeron. Cayeron y... ¡quebrantaron el descanso dominical! Porque era el único día en que podían disponer de diez horas seguidas. Tan solo era un paso en la senda de la perdición. Después llegarían más. Las grandes riquezas ofrecen tentaciones que socavan de forma certera y fatídica la estructura moral de las personas que no están habituadas a poseerlas.

Los Foster corrieron las cortinas y quebrantaron el descanso dominical. Con ardua y paciente labor repasaron todos sus bienes e hicieron una lista de ellos. ¡Y qué procesión tan formidable de nombres resultó ser! Empezando con las redes ferroviarias, las líneas de navegación, la Standard Oil, el cable submarino, los telégrafos y demás, y acabando con las minas de oro de Klondike, la compañía de diamantes De Beers, los chanchullos de la política municipal neoyorquina en Tammany Hall y los turbios privilegios en el departamento de correos.

Dos mil cuatrocientos millones, y todos ellos invertidos en valores de primer orden, los que ofrecían mayor seguridad y rendían más intereses. Ingresos: ciento veinte millones anuales. Aleck dejó escapar un largo murmullo de comedido placer y dijo:

—¿Crees que es suficiente?

—Sí, Aleck.

—¿Qué hacemos?

—Plantarnos.

—¿Retirarnos de los negocios?

—Eso es.

—Estoy de acuerdo. La mejor parte del trabajo ya ha terminado. Nos tomaremos un largo descanso y disfrutaremos de las rentas.

—¡Estupendo! ¿Aleck?

—¿Sí, querido?

—¿Cuánto podemos gastarnos de las rentas?

—Todo.

Sally tuvo la sensación de que miles de cadenas caían y sus miembros se aligeraban. No dijo una palabra: su felicidad iba más allá de la capacidad del habla.

Después de aquello, vulneraron sistemáticamente la festividad dominical. En la senda del mal, los primeros pasos son los que cuentan. Los domingos, después del servicio matutino, dedicaban todo el día a idear planes: planes de cómo gastar el dinero. Esta deliciosa disipación se prolongaba hasta después de medianoche; y en cada una de estas sesiones, Aleck se desprendía con liberalidad de millones que destinaba a grandes obras de caridad e instituciones religiosas, y Sally despilfarraba enormes sumas en cosas a las que, al principio, daba nombres muy definidos. Solo al principio. Luego, de forma gradual, empezaron a perder definición hasta acabar diluyéndose en lo que llamaba «gastos varios», los cuales resultaban totalmente indescriptibles, aunque seguros. Porque la moral de Sally se estaba desmoronando. El despilfarro de esos millones había añadido a la economía real de la familia un nuevo e incómodo gasto... en velas de sebo. Durante un tiempo, Aleck se mostró preocupada. Al cabo de poco, dejó de hacerlo, ya que el problema desapareció. Se sentía dolida, compungida, avergonzada; pero no dijo nada, y se convirtió en cómplice. Sally traía velas a casa: las robaba de la tienda.

Siempre es así. Para quienes no están acostumbrados a ellas, las grandes riquezas son pura ponzoña que devora la carne y los huesos de su moralidad. Cuando eran pobres, a los Foster se les podrían haber confiado todas las velas del mundo. Pero ahora ellos..., bueno, no nos detengamos en eso. Porque de las velas a las manzanas no hay más que un paso: Sally empezó a robar manzanas; luego, jabón; después, azúcar de arce; más tarde, conservas, y loza, y cristalería... Una vez que se ha tomado la senda de la perdición, ¡qué fácil resulta ir de mal en peor!

Mientras tanto, otros grandiosos elementos jalonaron el camino de la espléndida marcha financiera de los Foster. Los ficticios ladrillos de su vivienda dieron paso a un imaginario granito y a unas mansardas ajedrezadas; más tarde, esta residencia desapareció para ser reemplazada por otra más ostentosa, y así sucesivamente. Mansión tras mansión se levantaban en el aire cada vez más altas, más amplias, más elegantes, haciendo desaparecer a su predecesora. En estos últimos días de gran esplendor, nuestros soñadores residían en un enorme y suntuoso palacio situado en una remota región, en la frondosa cima de una montaña con una espléndida panorámica sobre el valle, el río y las suaves lomas de las colinas envueltas en delicada bruma..., y todo ello privado, todo ello propiedad de los soñadores; un palacio atendido por una multitud de criados de librea, y al que acudían poderosos e ilustres invitados procedentes de todas las grandes capitales del mundo, nacionales y extranjeras.

El palacio estaba lejos, muy lejos en dirección al sol naciente, en un lugar inconmensurablemente remoto, astronómicamente remoto: en Newport, Rhode Island, tierra sagrada de la alta sociedad, inefable dominio de la aristocracia americana. Por regla general, después del servicio religioso, pasaban parte del domingo en su suntuosa residencia, y el resto del día viajando por Europa o haciendo agradables excursiones en su yate privado. Seis días de sórdida y afanosa vida real llena de estrecheces en las miserables afueras de Lakeside, y el séptimo día en un mundo de ensueño: aquel se convirtió en su programa y en su rutina.

En su vida real de severas restricciones continuaban siendo como siempre: trabajadores, diligentes, cuidadosos, prácticos y ahorrativos. Permanecían fieles a la pequeña Iglesia presbiteriana, velaban devotamente por sus intereses y observaban sus elevadas y estrictas doctrinas con todas sus energías mentales y espirituales. Pero en su vida de ensueño se abandonaban sin reparos a sus fantasías, fueran las que fuesen y permitiendo que se desbordasen a su antojo. Las de Aleck no resultaban muy caprichosas ni tampoco frecuentes, pero las de Sally eran innumerables y de lo más variado. En su vida de ensueño, Aleck se convirtió a la Iglesia episcopal, a causa de sus grandes títulos oficiales; luego, a la Alta Iglesia, en virtud de sus cirios y manifestaciones religiosas; y después, naturalmente, se convirtió a la de Roma, donde había aún más cirios y cardenales. Pero estas mudanzas no eran nada comparadas con las de Sally. Su vida de ensueño era un frenesí deslumbrante, continuo y persistente, que mantenía vivo y chispeante con frecuentes cambios, entre los que también se contaba la parte religiosa. Cambiaba de creencias como de camisa.

Los liberales dispendios que los Foster prodigaban en sus fantasías comenzaron ya en los primeros estadios de su prosperidad, pero fueron incrementándose a medida que lo hacía su fortuna. Con el tiempo, llegaron a convertirse en sumas fabulosas. Cada domingo, Aleck fundaba una o dos universidades; también uno o dos hospitales; algún hospicio al estilo del Rowton; un puñado de iglesias; y, de vez en cuando, una catedral. Hasta que un día, inoportuno como siempre y escogiendo muy mal sus palabras, Sally comentó:

—¡No pasa un día sin que envíes un barco lleno de misioneros para que convenzan a los incautos chinos de que cambien su confucianismo de oro de ley por esa falsificación del cristianismo!

Aquel lenguaje grosero e insensible hirió profundamente a Aleck, que abandonó la estancia llorando. Aquella visión conmovió el corazón de Sally, quien, en su pesar y su vergüenza, habría dado lo que fuese por no haber pronunciado aquellas desagradables palabras. De la boca de Aleck no había salido ni una sola sílaba de reproche, y eso le hundió. Ni una sola insinuación de que, antes de hablar, echase un vistazo a su propio historial; y podría haberlo hecho, ¡oh, sí!, podría haber hecho muchas e hirientes observaciones. El generoso silencio de Aleck se convirtió en una rápida venganza, porque le hizo meditar sobre su existencia, y Sally, en una espectral procesión de imágenes que pasaban fugaces ante él, tuvo una visión de la vida que había llevado en aquellos últimos años de ilimitada prosperidad, y permaneció allí contemplándolos, con las mejillas ardiendo y el alma encogida por la humillación. Tan solo había que mirar la vida que llevaba ella: tan noble y justa, y en una senda siempre ascendente. Y luego contemplar la de él: tan frívola, cargada de mezquinas vanidades, tan egoísta, tan vacía, tan innoble. Y el rumbo que seguía: siempre descendente, cayendo cada vez más bajo.

Estableció comparaciones entre su historial y el de Aleck. Él le había encontrado una falta a ella; así que reflexionó... ¡sobre él! ¿Y qué pudo decirse a sí mismo? Cuando ella estaba erigiendo su primera iglesia, ¿qué hacía él? Reunir a un puñado de hastiados multimillonarios en un club de póquer; deshonrar con ello su propio palacio; perder cientos de miles de dólares cada noche, envaneciéndose neciamente de la notoriedad que ello le procuraba. Cuando ella estaba fundando su primera universidad, ¿qué hacía él? Corromperse con una vida secreta de juerga y disipación en compañía de otros compinches licenciosos, multimillonarios en dinero pero paupérrimos en moral. Cuando ella estaba construyendo su primer orfanato, ¿qué hacía él? ¡Ay, Dios! Cuando ella estaba fundando la noble Sociedad para la Purificación de los Sexos, ¿qué hacía él? ¡Ah, pues qué iba a ser! Cuando ella y la Asociación de Mujeres Cristianas Abstemias y la Mujer del Hacha avanzaban con infatigable paso para hacer desaparecer la fatídica botella de la faz de la tierra, ¿qué hacía él? Emborracharse tres veces al día. Cuando ella, constructora de un centenar de catedrales, era recibida con enorme gratitud por la Roma pontificia, bendecida y condecorada con la Rosa de Oro tan honrosamente ganada, ¿qué hacía él? Hacía saltar la banca en Montecarlo.

Sally se detuvo. No le era posible continuar; no podría soportar el resto. Se levantó, con una gran resolución en sus labios: aquella vida secreta debía ser revelada y confesada; ya no viviría más en la clandestinidad; iría y le contaría Todo a Aleck.

Y eso fue lo que hizo. Se lo contó Todo; y sollozó con la cara enterrada en el pecho de ella; lloró, gimió y suplicó su perdón. Aquello fue un mazazo terrible, y Aleck se quedó aturdida por la conmoción; pero sabía que era suya, él era el fondo de su corazón, la bendición de sus ojos, lo era todo para ella y no podía negarle nada, así que lo perdonó. En el fondo sentía que él ya nunca podría representar para ella lo mismo que había significado antes; sabía que él solo podía arrepentirse, no reformarse; aun así, a pesar de toda su degradación y decadencia moral, ¿acaso no era suya, enteramente suya? ¿No era él el ídolo de su adoración inmortal? Le dijo que era su sierva, su esclava, y, abriendo su anhelante corazón, lo acogió en él.

VII

Algún tiempo después, se hallaban un domingo por la tarde surcando los mares a bordo de su yate imaginario, reclinados indolentemente bajo la toldilla de la cubierta de popa. Permanecían callados, ensimismados en sus pensamientos. Últimamente, estas veladas en silencio se habían hecho cada vez más frecuentes; la antigua calidez y cordialidad que reinaba entre ambos se había desvanecido. La terrible revelación de Sally había obrado su efecto; Aleck se había esforzado en lo posible por alejar ese recuerdo de su mente, pero era en vano, y la vergüenza y la amargura emponzoñaban su vida de ensueño. Ahora, los domingos, podía ver cómo su marido se estaba convirtiendo en una criatura viciosa y repugnante. No podía cerrar los ojos a esa realidad, así que en esos días de domingo ya no miraba a su marido, si podía evitarlo.

Pero ¿acaso estaba ella exenta de pecado? ¡Ay! Bien sabía que no. También ella escondía un secreto, estaba actuando de forma deshonrosa con él, lo cual le causaba un gran malestar interior: había roto el pacto entre ambos, y se lo estaba ocultando. La tentación había sido más fuerte que ella, y había reanudado los negocios. Había invertido toda su fortuna en una operación de riesgo a fin de adquirir la totalidad de las compañías ferroviarias, petroleras y del acero de la nación, y ahora se pasaba todas las horas del domingo temiendo que se le escapara alguna palabra que revelara su secreto. Sintiéndose miserable por los remordimientos de su propia traición, Aleck no podía evitar que su corazón se llenara de compasión hacia su marido, y experimentaba una enorme congoja al verlo allí tumbado, ebrio y satisfecho, sin sospechar nada. Sin sospechar nada..., confiando en ella con una certeza absoluta y patética, mientras ella sostenía precariamente sobre su cabeza una posible catástrofe de devastadoras...

—Esto... ¿Aleck?

Aquellas palabras interrumpieron súbitamente su ensimismamiento. Se sintió agradecida por poder alejar aquellos pensamientos que la obsesionaban, y, recuperando en su tono gran parte de la ternura de antaño, contestó:

—¿Sí, querido?

—¿Sabes, Aleck?, creo que nos estamos equivocando..., quiero decir, tú te estás equivocando. Me refiero a todo este asunto de los matrimonios. —Se incorporó, orondo y benevolente como un Buda de bronce, y adoptó un aire grave—.

Piénsalo..., han pasado más de cinco años. Y continúas con la misma actitud que tenías al principio: cada vez que nuestra fortuna aumenta, tus pretensiones lo hacen también en cinco puntos. Siempre que pienso que por fin va a haber alguna boda, ves algo mucho mejor en perspectiva y yo sufro una nueva decepción. Creo que eres demasiado exigente. Y un día nos quedaremos sin pretendientes. Primero rechazamos al abogado y al dentista; aquello estuvo bien, tenía su lógica. Luego, al hijo del banquero y al heredero del fabricante de conservas de cerdo; muy bien, ahí también tuviste razón. Después rechazamos al hijo del gobernador y al del congresista; y de nuevo diste en el clavo, debo reconocerlo. Luego, al hijo del senador y al hijo del vicepresidente de Estados Unidos; y te di toda la razón, no hay permanencia en esos cargos y pequeñas distinciones. Entonces pusiste la mira en la aristocracia, y pensé que habíamos dado con la veta de oro... ¡por fin! Podríamos aspirar a alguno de los Cuatrocientos y entroncar con algún linaje venerable, sagrado, inefable, macerado con la antigüedad de doscientos cincuenta años de historia, desinfectado de los ancestrales olores a salazón y curtidos, y sin rastro de la mugre del trabajo desde hace por lo menos un siglo. Y luego..., luego las bodas, claro. ¡Pues no! Entonces se presentan un par de aristócratas de Europa y rechazas en el acto a los mestizos. ¡Fue una terrible decepción, Aleck! Y desde entonces, ¡menudo desfile! Rechazaste a los baronets por un par de barones; rechazaste a los barones por un par de vizcondes; a los vizcondes, por un par de condes; a los condes, por un par de marqueses; a los marqueses, por un par de duques. Ahora es el momento, Aleck, ¡compra! Has llegado al límite. Ahora se ofrecen a subasta cuatro duques; de cuatro diferentes nacionalidades, todos fuertes como un roble y de pedigrí, todos arruinados y endeudados hasta las cejas. Están a un precio alto, pero podemos permitírnoslo. Vamos, Aleck, no lo demores más, no mantengas este suspense: ¡disponlo todo y deja que las muchachas elijan!

Durante toda esta exposición de su política matrimonial, Aleck había sonreído con suave complacencia. Y luego sus ojos se iluminaron con un brillo singular, como de triunfo, con tal vez algún fulgor de agradable sorpresa, cuando dijo con toda la serenidad que pudo:

—Sally, ¿y qué me dirías de... la realeza?

¡Prodigioso! El pobre hombre tropezó tontamente y cayó de bruces sobre la traca del tablón de aparadura, raspándose la barbilla con la serviola de la embarcación. Se quedó aturdido durante un momento, pero enseguida se recobró y caminó cojeando hasta sentarse junto a su esposa. Sus nublados ojos la inundaban con oleadas de la antigua admiración y afecto que le profesaba.

—¡Santo cielo! —exclamó fervorosamente—, Aleck, eres grande... ¡la mujer más grande sobre la faz de la tierra! Nunca podré abarcar tu inmensidad. Nunca conseguiré llegar a tus insondables profundidades. Y yo que me había considerado cualificado para criticar tu juego... ¡Yo! Si me hubiera parado a pensar, habría comprendido que guardabas un as en la manga. Y ahora, querida, estoy que ardo de impaciencia... ¡Dímelo ya!

La halagada y dichosa esposa acercó los labios al oído de su marido y susurró un nombre principesco, que dejó casi sin aliento a Sally e iluminó su rostro exultante.

—¡Dios bendito! —exclamó—. ¡Es un partido fabuloso! Posee un casino y un cementerio, un obispo y una catedral..., y todo de su propiedad. Y todo en valores del Estado garantizados al quinientos por ciento, hasta el último detalle; la pequeña propiedad más pulcra y productiva de toda Europa. Y ese cementerio... Es el más selecto del mundo: solo se admiten suicidas; sí, señor, y también tienen suspendida la libre admisión, de continuo. Cierto que el principado tiene poca extensión, pero es suficiente: ochocientos acres dentro del camposanto y cuarenta y dos fuera de él. Pero es una soberanía: eso es lo principal, la tierra no importa. Si quieres tierras, el Sáhara está lleno.

Aleck, radiante de profunda felicidad, dijo:

—Piensa bien en ello, Sally. Es una familia que nunca ha contraído matrimonio fuera de las casas reales e imperiales europeas: ¡nuestros nietos ocuparán tronos!

—No cabe duda de eso, Aleck. Y también llevarán cetros, y los sostendrán con un aire tan natural y despreocupado como manejo yo la vara de medir. ¡Es un magnífico partido! ¿Lo tienes bien sujeto? ¿Se nos puede escapar? ¿No vas a invertir con un margen de riesgo?

—No. Confía en mí. No se puede dejar escapar, es un valor seguro. Igual que el otro.

—¿Quién es, Aleck?

—Su Alteza Real Sigismund-Siegfried-Lauenfeld-Dinkelspiel-Schwartzenberg Blutwurst, gran duque heredero de Katzenyammer.

—¡No! ¡No puede ser cierto...!

—Tan cierto como que estoy aquí sentada: te doy mi palabra —respondió Aleck.

Sally no podía soportar ya más emociones, y estrechó a su mujer contra su pecho arrebatadamente, diciendo:

—¡Qué maravilloso parece todo, y qué hermoso! Es uno de los más antiguos y nobles de los trescientos sesenta y cuatro principados alemanes, y uno de los pocos a los que se ha permitido mantener sus propiedades reales después de los recortes efectuados por Bismarck. Conozco el territorio; he estado allí. Tiene una cordelería, una fábrica de velas y un ejército. Un ejército permanente. Infantería y caballería. Tres soldados y un caballo. Aleck, ha sido una larga espera, llena de decepciones y esperanzas frustradas, pero bien sabe Dios lo dichoso que me siento ahora. Dichoso, y totalmente agradecido a ti, esposa mía, que lo has hecho posible. ¿Y cuándo será el feliz acontecimiento?

—El próximo domingo.

—Bien. Y haremos que esos matrimonios se celebren en el estilo más regio apropiado a estos casos, tal como corresponde a la progenie real de una de las partes. Según tengo entendido, solo existe un tipo de matrimonio consagrado a la realeza, y exclusivo de ella: el morganático.

—¿Y por qué lo llaman así, Sally?

—No lo sé. Pero en cualquier caso es el procedimiento regio, el único regio.

—Entonces insistiremos en ello. Más aún: lo exigiremos. O matrimonio morganático, o no hay boda.

—¡Muy bien dicho! —dijo Sally frotándose las manos lleno de satisfacción—. Será el primer enlace morganático que se celebre en América. Aleck, en Newport se morirán de envidia.

Después guardaron silencio y dejaron volar las alas de su imaginación hasta los confines más remotos de la tierra para invitar a todas las testas coronadas y sus familias, y proporcionar medio de transporte gratis para todos.

VIII

Durante tres días la pareja anduvo como flotando, con la cabeza en las nubes. Apenas eran vagamente conscientes de lo que sucedía a su alrededor; lo veían todo de forma borrosa, como a través de un velo; estaban ensimismados en sus ensoñaciones, y con frecuencia no escuchaban lo que se les decía; contestaban de forma confusa o al azar; Sally vendía melaza a peso, azúcar por yardas, y despachaba jabón cuando le pedían velas; y Aleck metió al gato en la pila de lavar y dio leche a la ropa sucia. Todo el mundo estaba asombrado y desconcertado, y murmuraban:

—¿Qué les ocurre a los Foster?

Tres días. ¡Y luego se precipitaron los acontecimientos! Las cosas habían dado un feliz giro, y durante cuarenta y ocho horas la cotización de los valores no había hecho más que subir, más, y más, y aún más. Alcanzó la línea de compra, y siguió subiendo, subiendo, subiendo... Cinco puntos por encima de su coste; luego diez..., quince..., ¡veinte! Veinte puntos de beneficio limpio en aquella especulación colosal, y sus agentes de bolsa imaginarios ponían conferencias imaginarias para gritarle frenéticamente:

—¡Venda, venda! ¡Por el amor de Dios, venda!

Por fin Aleck confesó la magnífica noticia a su marido, y este también le dijo:

—¡Vende, vende! ¡Ah, no vayas a cometer una equivocación ahora, ya eres dueña de la tierra! ¡Vende, vende!

Pero ella se mantuvo firme en sus trece, inamovible como una roca, y dijo que aguantaría hasta que subiera cinco puntos más, aunque le fuera la vida en ello.

Fatídica decisión. A la mañana siguiente se produjo el histórico desplome, el devastador desplome, el colapso financiero en el que Wall Street tocó fondo y todas las bolsas de valores de primer orden cayeron noventa y cinco puntos en cinco horas, y se pudo ver a los grandes multimillonarios mendigando un pedazo de paz en el Bowery. Aleck se mantuvo firme y aguantó todo cuanto pudo, pero al final llegó una llamada que ya le fue imposible rechazar, y sus agentes vendieron. Entonces, y solo entonces, el hombre que había en ella desapareció y volvió a aflorar la mujer. Se abrazó al cuello de su marido y dijo entre sollozos:

—Yo tengo la culpa, y no quiero que me perdones, ¡soy indigna de ello! ¡Estamos en la miseria! Somos pobres, y yo soy una miserable. Esos matrimonios nunca se celebrarán. Todo se ha perdido. Ahora ni siquiera podremos aspirar al dentista.

Un amargo reproche estuvo a punto de salir de la boca de Sally: «¡Te supliqué que vendieras, pero tú...!». Sin embargo, no dijo nada; no tenía valor para añadir más dolor a aquella alma destrozada y arrepentida. Un pensamiento mucho más noble acudió a su mente, y dijo:

—Anímate, Aleck, ¡no todo está perdido! En realidad no has invertido un solo penique del legado de mi tío, solo has especulado con un futuro inmaterial; lo que hemos perdido no son más que esas ganancias futuras cosechadas gracias a tu incomparable juicio y sagacidad financiera. Alégrate, olvida tus pesares. Aún conservamos esos treinta mil dólares intactos, y con la experiencia que has adquirido, ¡piensa en lo que serás capaz de conseguir con ellos en un par de años! Esos matrimonios no han sido cancelados, tan solo pospuestos.

Aquellas palabras obraron maravillas. Aleck comprendió cuánta verdad había en ellas, y su influjo resultó electrizante. Sus lágrimas cesaron y su elevado espíritu volvió a recuperar su insigne talla. Con los ojos centelleantes y el corazón agradecido, y con la mano alzada en gesto de promesa y profecía, declaró:

—Aquí y ahora proclamo...

Pero en ese momento fue interrumpida por un visitante: se trataba del editor y propietario del *Sagamore*. Resultaba que había tenido que ir a Lakeside para hacer una visita de rigor a una desconocida abuela suya que estaba llegando al final de su peregrinaje, y, con la idea de combinar negocios y penas, había decidido pasarse por casa de los Foster, quienes durante los últimos cuatro años habían estado tan absorbidos por otros asuntos que habían descuidado pagar su suscripción. Debían seis dólares. Ninguna otra visita habría sido mejor recibida. Él lo sabría todo acerca del tío Tilbury y cuáles eran las probabilidades de que acabara pronto en el cementerio. Por descontado, no podían hacer preguntas, ya que aquello contravendría las condiciones del legado; pero sí que podrían ir tanteando en torno al tema y confiar en obtener resultados. El plan no funcionó. El obtuso editor no se daba cuenta de que intentaban sacarle información; pero al final, el azar pudo más que todas sus artes sibilinas. Para ilustrar con una metáfora algo que estaba comentando, dijo:

—Vaya, ¡tan malvado como Tilbury Foster...!, como decimos por allí.

Fue algo tan repentino que los Foster saltaron de sus sillas. El visitante se percató de ello y dijo en tono de disculpa:

—No era mi intención ofender, se lo aseguro. No es más que un dicho, una especie de broma, ya saben..., nada más. ¿Es pariente suyo?

Sally dominó su ardiente ansiedad y respondió con toda la indiferencia que pudo aparentar:

—Yo..., bueno, no que yo sepa. Pero hemos oído hablar de él. —El editor, agradecido, se tranquilizó y recobró la compostura. Sally añadió—: ¿Y está..., está bien?

—¿Que si está bien? ¡Diantre, pero si lleva cinco años criando malvas!

Los Foster mostraron una compunción dolorida, aunque más bien parecía regocijada. Sally dijo, con despreocupada resignación... y tanteando el terreno:

—Ah, bueno; así es la vida, y nadie escapa: ni siquiera los más ricos.

El editor se echó a reír.

—Si pretende incluir a Tilbury entre estos —dijo—, está muy equivocado. No tenía un centavo. ¡Tuvo que enterrarlo el pueblo!

Los Foster se quedaron petrificados durante dos minutos; petrificados y fríos. Luego, totalmente pálido y con una voz muy débil, Sally preguntó:

—¿Es eso cierto? ¿Está seguro de ello?

—Bueno, ¡yo diría que bastante! Fui uno de los albaceas. Todo lo que tenía al morir era una carretilla, y me la dejó a mí. Sin ruedas, y en un estado lamentable. Pero algo es algo, así que, para corresponderle, le escribí a toda prisa una pequeña nota necrológica, que al final no se publicó por falta de espacio.

Pero los Foster ya no escuchaban: su copa rebosaba amargura, y ya no podía contener nada más. Permanecieron sentados con la cabeza gacha, ajenos a todo salvo al dolor que embargaba sus corazones.

Una hora más tarde, continuaban allí sentados, cabizbajos, inmóviles, silenciosos; el visitante se había marchado hacía tiempo, sin que ellos se percataran.

Luego se removieron en sus asientos, levantaron penosamente la cabeza y se miraron como si acabaran de despertar de un largo sueño, perplejos, aturdidos; entonces empezaron a hablar entre ellos, de una forma balbuceante, incoherente, pueril. A intervalos volvían a sumirse en el silencio, dejando una frase inacabada, sin ser aparentemente conscientes de ello o perdiendo el hilo de sus pensamientos. A veces, tras despertar de uno de esos silencios, tenían una vaga y fugaz conciencia de que algo les había ocurrido a sus mentes; y entonces, con torpe y anhelante solicitud, se acariciaban tiernamente las manos en busca de mutuo apoyo y compasión, como diciendo: «Aquí estoy, no voy a dejarte, soportaremos esto juntos; en algún lugar nos espera la liberación y el olvido, en algún lugar habrá una tumba, y paz. Ten paciencia: no tardará mucho».

Vivieron dos años más, sumidos en la perpetua noche mental de sus cavilaciones, inmersos en vagas lamentaciones y melancólicos sueños, siempre en silencio. Y por fin la liberación les llegó el mismo día.

Hacia el final, la oscuridad se disipó por un momento de la desquiciada mente de Sally, y dijo:

—Las grandes riquezas, adquiridas de forma repentina y fraudulenta, son una maldición —dijo—. No nos hicieron ningún bien, fugaces fueron sus febriles placeres; y, por ellas, arrojamos por la borda una existencia dulce, sencilla y feliz. Que nuestro ejemplo sirva a otros de advertencia.

Volvió a guardar silencio, con los ojos cerrados; después, cuando el frío de la muerte empezó a penetrar en su corazón y la conciencia abandonaba su cerebro, murmuró:

—El dinero le llevó a la miseria, y él se cobró su venganza en nosotros, que no le habíamos hecho ningún mal. Vio cumplido su deseo: en su calculada y artera mezquindad, no nos dejó más que treinta mil dólares, sabiendo que intentaríamos aumentar esa cantidad y, en el empeño, arruinaríamos nuestra vida y destruiríamos nuestros corazones. Por el mismo precio, podría habernos legado una suma que no nos hubiera hecho desear aumentarla, que estuviera más allá de cualquier tentación de especular; eso es lo que habría hecho cualquier alma afectuosa; pero en él no había ningún espíritu generoso, no había piedad, no...

1904

LA HISTORIA DE UN CABALLO

Agradecimientos

A pesar de que he tenido varias ocasiones de presenciar una corrida de toros, nunca vi ninguna, pero me era indispensable que apareciera en esta novela, y en ella se encontrará una que es digna de crédito. La saqué de la obra de John Hay *Castilian Days*, reduciéndola y condensándola de acuerdo con las exigencias de mi relato. El señor Hay y yo fuimos amigos desde nuestros primeros tiempos, y si aún se encontrase entre nosotros, estoy seguro de que no me censuraría por la libertad que me he tomado.

También podrá comprobarse que son correctos los conocimientos que en la novela se exponen acerca de las minucias de la vida militar, pero tampoco son míos: los saqué de las *Army Regulations*, edición de 1904; de la *Hardy's Tactics. Cavalry*, edición revisada de 1861; y del libro *Jomini's Handbook of Military Etiquette*, West Point, edición de 1905.

No obraría yo con honradez estimulando con mi silencio la suposición de que soy quien ha compuesto el toque de corneta del caballo, porque no es así. Como dice Aristóteles, lo alcé. Es la frase musical con que se inicia el *pizzicato* de *Sylvia*, por Delibes. Cuando este maestro lo compuso, no se dio cuenta de que era una llamada militar, y he sido yo quien lo ha descubierto.

He distribuido a lo largo del relato algunos anacronismos e incidentes históricos que nunca ocurrieron, amén de algunos otros detalles por el estilo, para que me ayudasen a salir del paso en los trances difíciles. Esta no es idea original mía, la saqué de Heródoto, quien dice: «Son muy pocas las cosas que ocurren en el momento debido, y las demás no ocurren en absoluto. El historiador concienzudo se encarga de corregir esos defectos».

Los gatos que ocupan la presidencia no me pertenecen, son de otro.

Fuera de esas excepciones, todo lo que queda de la novela es mío.

MARK TWAIN
Lone Tree Hill, Dublín, New Hampshire, octubre de 1905

PRIMERA PARTE

I

Soldado, hablando consigo mismo

Yo soy el caballo de Buffalo Bill. Me he pasado la vida con su silla encima, y encima a él, que pesa, sin las ropas, sus buenas doscientas libras; y no hay modo de decir lo que pesa cuando se echa al campo a guerrear y lleva sus pertrechos colgados del cinto. Su estatura pasa de los seis pies, es joven, no tiene una onza de carne que esté de más, es erguido, de porte elegante, ágil de movimientos, rápido como un gato, y da gusto mirar su rostro hermoso y los negros cabellos ondulados cayendo sobre su espalda. Nadie le gana en bravura, y nadie, salvo yo, le gana en fortaleza. Si alguien duda de su bella estampa no tiene más que verlo con sus pantalones de ante adornados de abalorios cabalgando a mis lomos, con el cañón del rifle asomando por encima del hombro, siguiendo una huella enemiga, y yo corriendo como el viento, mientras su melena flamea hacia atrás, saliendo del cobijo de su sombrero de ala ancha. Sí, vale la pena ver esa estampa, de la que yo formo parte.

Yo soy, entre docenas de caballos, su favorito. Corpulento como es, lo he cargado en un trayecto de ochenta y una millas, recorridas desde la caída de la tarde hasta la salida del sol, siguiendo un rastro. Y puedo hacer cincuenta un día sí y otro también, sin excepción. No soy voluminoso, pero estoy construido para lo práctico. Lo he llevado a él miles y miles de millas en sus tareas de exploración para el ejército, y no hay desfiladero, cañada, valle, fuerte, puesto comercial, ni rancho de búfalos en toda la extensión entre las montañas Rocosas y las Grandes Llanuras que él y yo no conozcamos tan bien como los toques de ordenanza. Es el jefe de los exploradores del ejército en la frontera, lo que nos hace ser importantes. Para ser digno de ocupar mi posición en el servicio militar es imprescindible proceder de buena familia y poseer una educación muy por encima de la corriente. Soy, según dicen todos, el caballo mejor educado y de mejores maneras que existe, fuera de los del hipódromo. Quizá estén en lo cierto, no me toca a mí decirlo, porque, según creo, la modestia constituye la mejor norma de conducta. Buffalo Bill me enseñó la mayor parte de las cosas que conozco, mi madre otras muchas, y lo demás me lo aprendí yo mismo. Colocad delante de mí una hilera de mocasines —de los pawnee, sioux, shoshone, cheyenne, pies negros, y de todas las demás tribus que os agraden— y les diré el nombre de la tribu a que pertenece cada mocasín solo por su confección. Se lo diré en el lenguaje de caballo, y si pudiera hablar en inglés, así se lo diría a ustedes.

Conozco algunas de las señales de los indios: las que hacen con las manos y las que se hacen de noche, con hogueras, y de día, con columnas humo. Buffalo Bill me enseñó a sacar arrastrando a los soldados heridos fuera de la línea de fuego, levantándolos con los dientes. Y lo he hecho, sí, señores, por lo menos a él lo arrastré fuera del campo de batalla cuando lo vi herido. Y no solo una, sino dos veces. Sí, sé muchísimas cosas. Recuerdo las formas de las personas, sus andares y sus caras. No intenten ustedes disfrazar a una persona que ha hecho por mí alguna buena acción, porque la reconoceré dondequiera que la encuentre. Conozco el arte de seguir una huella, y sé distinguir la vieja de la reciente. Puedo seguirla yo mismo, con Buffalo Bill durmiendo en la silla. Pregúntenle, y él les dirá que sí. Muchas veces, después de haber cabalgado toda la noche, me dice al amanecer: «Muchacho, quédate de guardia. Si el rastro se hace más vivo, llámame». Y acto seguido se ha echado a dormir. Él sabe que puede confiar en mí, porque soy caballo de fama. Un caballo explorador que tiene fama no la arriesga fácilmente.

Mi madre era americana por completo. Les aseguro que no tenía nada de sangre vulgar. Pertenecía a la más pura sangre de Kentucky, a la aristocracia de sangre más azul de todas las sangres azules, a la aristocracia orgullosa y acrimoniosa, o quizá ceremoniosa. No sé cuál de las dos palabras, pero no importa, porque lo que hay que mirar en ellas es su tamaño, y esta última ya lo cumple. Vivió su vida militar como coronel del Décimo de Dragones, tomando parte en ásperos servicios, aunque también en distinguidos. Quiero decir que ella llevaba al coronel, lo que viene a ser igual. ¿Qué habría sido de él sin su cabalgadura? No hubiese hecho carrera. Para formar un coronel de dragones hacen falta dos. Mi madre era una espléndida cabalgadura para llevar a cabo esa función, pero nunca pasó de ahí. Era bastante fuerte para la exploración y también tenía aguante, pero no alcanzaba la velocidad que se requería para ese servicio. El caballo explorador necesita tener acero en los músculos y relámpagos en la sangre.

Mi padre era un «bronco». Nada notable en su ascendencia —es decir, en su linaje reciente—, pero la tenía muy buena si uno se remontaba bastante atrás. Cuando el profesor Marsh anduvo por aquí a la caza de huesos para su capilla de la Universidad de Yale, encontró esqueletos de caballos que no abultaban más que los de un zorro. Estaban incrustados en las rocas, y aseguró que eran los ascendientes de mi padre. Mi madre se lo oyó decir. Y también afirmó que aquellos esqueletos tenían dos millones de años, cosa que la asombró, y redujo sus pretensiones de Kentucky a límites muy pequeños y las hizo aparecer como simples versículos de antífona, por no decir oblicuos. A ver: yo sabía antes el significado de estas palabras, pero esto fue hace años, y ya no me queda un recuerdo tan vivaz como cuando las aprendí. Esta clase de palabras no se sostienen en el clima que tenemos aquí. El profesor Marsh dijo que aquellos esqueletos eran fósiles. De modo que, según eso, yo soy en parte sangre azul y en parte fósil. Para buscar ascendencia más antigua y mejor tendrán, creo yo, que rebuscar entre los Cuatrocientos. Soy, además, un caballo feliz, aunque he nacido fuera del vínculo matrimonial.

Y ahora estamos de vuelta una vez más en Fort Paxton, después de cuarenta días de exploración, en los que llegamos hasta el Big Horn. Todo está sosegado. Los cuervos y los pies negros andan, como siempre, enzarzados en disputas, pero sin ataques violentos, y los colonos se sienten bastante tranquilos.

El Séptimo de Caballería se halla todavía aquí de guarnición, y también el Noveno de Dragones, con dos compañías de artillería y alguna de infantería. Todos se han alegrado de verme, incluso el jefe, el general Alison. Las señoras de los oficiales y los niños se encuentran bien, y vinieron a visitarme y me trajeron azúcar. El coronel Drake, del Séptimo de Caballería, me dijo algunas cosas agradables, y su señora estuvo conmigo muy elogiosa. También el capitán y la capitana Marsh, de la compañía B del mismo regimiento, y el capellán, que siempre se muestra cariñoso y agradable conmigo desde que en cierta ocasión le hice echar los pulmones de una coz a un comerciante. Quienes me dieron el azúcar fueron Tommy Drake y Fanny Marsh, dos chiquillos muy simpáticos, los más simpáticos del fuerte, en mi opinión.

Todos hablan de la pobre niña huérfana que viene desde Francia. Su padre era el hermano del general Alison, que se casó con una bellísima joven española hace diez años, y desde entonces no se le volvió a ver por América. Vivieron un par de años en España y luego se trasladaron a Francia. Ambos fallecieron hace algunos meses. Esta muchachita, que está de camino, es su única hija. El general Alison se alegra de tenerla con él. No la conoce todavía. Es un viejo solterón, simpático, pero solterón a fin de cuentas, y solo le falta un año para llegar al límite de la edad marcada para el retiro. ¿Qué sabe, pues, él de cómo hay que cuidar a una mocita de nueve años? Otra cosa sería si la tuviese yo a mi cargo, porque yo conozco muy bien las cosas de los niños, y ellos me idolatran. Se lo puede decir el mismísimo Buffalo Bill.

Algunas de estas noticias las conozco porque las he oído en las charlas de la guarnición, y las demás las sé por Potter, el perro del general. Potter es un gran danés. Tiene una situación privilegiada en todo el puesto, igual que Shekels, el perro del Séptimo de Caballería. Visita todas las casas y hace acopio de todo lo que merece ser calificado de noticia. Potter carece de imaginación y quizá no tiene tampoco mucha cultura, pero posee un buen cerebro para la historia y una buena memoria, por lo cual es la persona en quien mayor confianza tengo para que me ponga al día de todo cuando regreso de una exploración. Bueno, eso ocurre cuando Shekels ha salido en busca de comida y no puedo echarle mano.

II

Una carta desde Rouen para el general Alison

Mi querido cuñado: Permíteme que te vuelva a escribir en español, porque sé que no puedo fiarme de mis conocimientos de inglés, y te lo pido porque, a juzgar por lo que solía decirme tu hermano, a los oficiales del ejército que se educan en la Academia Militar de Estados Unidos se les enseña nuestro idioma. Confirmo lo que te decía en mi otra carta: tanto mi hermana como su esposo, cuando supieron que no sanarían de su enfermedad, manifestaron el deseo de que tú te hicieras cargo de su pequeña Catherine (sabiendo que pronto te retirarías del ejército) a que se quede conmigo, que me encuentro con la salud quebrantada, o a que vaya a vivir a California con tu madre, cuya salud es también frágil.

Como no conoces a la niña, es preciso que te hable un poco de ella. No te avergonzarás de su figura, porque es una copia en pequeño de su hermosísima madre, y tiene esa belleza andaluza a la que ninguna otra sobrepasa, ni siquiera en vuestro propio país. Posee el encanto, la gracia, el buen corazón y el sentimiento de justicia que distinguían a su madre, y tiene de su padre la vivacidad, la alegría, el valor y el espíritu de emprendeduría, reuniendo de la una y del otro el temperamento afectuoso y la sinceridad.

Durante todos estos años de destierro mi hermana sintió gran nostalgia por su tierra española. Sin cesar hablaba de su país con su hija, fomentando y alimentando como una flor preciosa en su corazoncito el amor por España. Ella murió feliz sabiendo que el fruto de sus tareas patrióticas era todo lo rico que jamás pudo desear.

Cathy es lo suficientemente estudiosa para sus nueve añitos. Su madre misma le enseñó el español, y lo mantuvo siempre lozano en su oído y en su lengua sin hablarle casi nunca en otro idioma. Su padre fue su profesor de inglés, y hablaba con ella en ese lenguaje casi en exclusiva. Durante más de siete años ha empleado el francés a diario con sus compañeras de juegos, y ha tenido buenas ocasiones de practicar el alemán y el italiano con sus institutrices. Es cierto que se advierte en su pronunciación una débil fragancia extranjera, cualquiera que sea el idioma en que habla, pero esa fragancia es un punto menos que imperceptible, y, en mi opinión, supone un encanto más que un desmerecimiento. En el resto de sus estudios, yo diría que Cathy ni va adelantada ni retrasada con respecto a una niña corriente de su edad. Pero puedo afirmar esto en favor suyo: en cuanto al cariño con sus amigas, elevación de carácter y bondad de corazón, no tiene muchas que la igualen, y en mi opinión, ninguna que la supere. Otra cosa te suplico, y es que respetes su manera de ser con los animales: ella los adora. Esto lo ha heredado de su madre. Tiene poca experiencia en crueldades y opresiones, y te suplico que le evites hasta donde puedas ese espectáculo. Le bastaría presenciar un caso cualquiera para que montase en cólera y os crease dificultades, porque, aunque pequeña, es resuelta y decidida, tiene personalidad y no le falta ni rapidez de comprensión ni iniciativa. En ocasiones se equivoca, pero yo creo que sus intenciones son siempre justas. En cierta ocasión, cuando solo tenía tres o cuatro años, empezó de pronto a dar pisotones con sus minúsculos pies, como en un estallido de indignación, luego barrió el suelo hacia atrás con ellos, y se agachó para ver el resultado. Su madre le preguntó:

—¿Qué es eso, niña? ¿Qué es lo que te ha excitado de esa manera?

—Mamá, la hormiga grande quería matar a la pequeña.

—Y tú protegiste a la pequeña.

—Sí, mamá, porque no tenía amigas, y yo no podía permitir que la hormiga grande la matase.

—Pero tú has matado a las dos.

Cathy se sintió angustiada y le temblaron los labios. Recogió los restos del suelo, los colocó sobre la palma de su mano y dijo:

—¡Cuánto lo siento, hormiguita! Yo no quise matarte, pero fue la única manera de salvarte en ese apuro.

Es una mujercita cariñosa y dulce, y cuando se marche de aquí me dolerá muchísimo. Pero contigo será feliz, y si tu corazón es viejo y está cansado, deja que te lo cuide ella. Le devolverá el vigor, su lozanía y lo hará cantar. ¡Sé bueno con ella, por amor a todos nosotros!

Ya no tardaré mucho en salir de mi destierro. En cuanto esté más fuerte volveré a España, ¡y eso me rejuvenecerá otra vez!

Mercedes

III

El general Alison a su madre

Me alegro de saber que están todos bien en San Bernardino.

... Esta nieta de usted se encuentra aquí, yo no sé desde hace cuánto, porque donde ella está pierde uno la cuenta de los días y de todo lo demás. Madre, ella ha conseguido lo que jamás consiguieron los indios. ¡Ha tomado el fuerte, lo ha tomado en un solo día! Y también se apoderó de mí, de los coroneles, de los capitanes, de las mujeres, de los niños, de las bestias, de Buffalo Bill y de sus exploradores. Se apoderó de la guarnición, hasta del último hombre, y en cuarenta y ocho horas se había hecho la dueña del campamento de los indios, sin exceptuar al ilustre Pájaro de las Tormentas. ¿Le parece a usted que yo he perdido mi solemnidad, mi gravedad, mi apostura, mi dignidad? Usted misma las perdería si se encontrase en mi situación. Madre, no ha conocido usted jamás a un diablejo tan hechicero. Es energía pura, espíritu, luz de sol. Se interesa por todo y por todos, derrama su pródigo amor sobre cualquier criatura que quiera aceptarlo, sean alta o baja, cristiana o pagana, se cubra de plumas o de piel. Nadie hasta la fecha lo ha rehusado, y, en mi opinión, nadie lo rehusará jamás. Pero tiene temperamento: en ocasiones se prende fuego y llamea, con peligro de quemar a cuantos están cerca de ella. Pero se le pasa pronto, y su apasionamiento desaparece con la misma rapidez con que llega. Como es natural, tiene ya su nombre indio, pues estos rebautizan enseguida a cuantos extranjeros llegan. Pájaro de las Tormentas se cuidó de ello, y

839

le ha puesto el nombre que corresponde al nuestro de luciér-
naga o cocuyo. Dijo:

—Casi siempre es muy sosegada, muy dulce, como una
noche veraniega, pero cuando se enfurece, despide llamas.

¿No es eso bueno? ¿Ve usted su fulgor? La niña es bella,
madre, bella como un retrato, y tiene en la cara algo que recuerda a usted y a su padre, el pobre George. En su inquieta
actividad, en sus maneras temerarias, en sus estallidos de sol y
en sus chaparrones, me trae sin cesar el recuerdo de George.
Estos temperamentos impulsivos son dramáticos. George era
dramático, y dramática es Cocuyo y también Buffalo Bill. El
día en que llegó Cathy (fue por la mañana), Buffalo Bill había
salido a llevar órdenes al comandante Fuller, que está en Five
Forks, allá arriba en Clayton Hills. Me encontraba yo a media tarde sentado en mi mesa, intentando trabajar, cosa que
este diablejo venía haciéndome imposible en la última media
hora. Acabé por decirle:

—Veamos, adorable picaruela, ¿no puedes estarte tranquila un par de minutos, para que tu pobre tío pueda atender
a una parte de sus obligaciones?

—Lo intentaré, tío, sin duda alguna —me contestó.

—Pues, entonces, bésame como una niña buena. Y ahora
siéntate en aquella silla y pon tu vista en aquel reloj. Así está
bien. Si te mueves durante los próximos cuatro minutos, aunque solo sea para parpadear, ¡te voy a comer!

Sentadita allí, quieta como un ratoncito, parecía muy dulce,
muy humilde y obediente. Trabajo me costó no dejarla en libertad y permitirle que armase todo el barullo que le diese la gana.
Durante casi dos minutos reinaron un silencio y un sosiego por
completo extraordinarios y celestiales, y, de pronto, Buffalo
Bill, con su elegante uniforme de explorador, llegó galopando
hasta la puerta, saltó de su silla, dijo a su caballo: «Espérame,
Soldado», entró en la estancia y se quedó de pronto como una
estatua, mirando con asombro a la niña. Ella se olvidó de mis
órdenes y un instante después estaba en pie, diciéndole:

—¡Qué guapo eres! ¿Te gusto yo?

—No, no me gustas. ¡Te adoro! —Y la levantó con un abrazo, y la encaramó sobre sus hombros, algo así como a nueve pies del suelo.

Ella estaba a sus anchas. Jugueteó con sus largos cabellos, mostró admiración por sus manazas, por sus ropas y por su carabina; le hizo preguntas y preguntas, sin darle apenas tiempo a contestar, hasta que les di a los dos licencia para que se retirasen durante media hora, con objeto de tener alguna posibilidad de terminar mi trabajo. Luego oí las exclamaciones que hacía Cathy admirando a Soldado, y bien que el caballo se merecía sus arrebatos, porque es un prodigio y goza de una fama tan brillante como su misma piel sedeña.

IV

Cathy a su tía Mercedes

Qué maravilloso es esto, tita querida, ¡es como un paraíso! ¡Cuánto me gustaría que lo vieses! Todo es salvaje y encantador, y hay unas llanuras grandísimas, que se extienden por millas, millas y millas, cubiertas de una arena aterciopelada y de plantas de salvia, con conejos tan grandes como un perro con unas orejotas tan altas y magníficas como las de un burro, y con este nombre los conocen. ¡Y qué montañas más enormes, escarpadas, cubiertas de peñascos, altísimas, envueltas por sus faldas de montones de nubes y con un aspecto solemne, temeroso y satisfecho! Los indios son encantadores. ¡Qué cariño sentirías por ellos, tita querida, y cuánto te querrían a ti! Te dejarían que cogieses a sus bebés en tus manos, como me dejan a mí. Son unos bebés gordísimos, morenísimos y muy buenos. No lloran nunca, no llorarían ni aunque les clavasen alfileres, pero no se los clavan, porque los indios son pobres y no pueden comprárselos. ¡Y qué cantidad de caballos, mulas, vacas y perros! Los hay a centenares, centenares y centenares, y todos ellos se dejan hacer lo que tú quieras, menos tío Thomas, pero no me importa, porque es encantador. ¡Y si oyeras tocar las trompetas! ¡Tuu..., tuu..., tutú..., tuu..., tú! Y siempre así. ¡Te digo que es una belleza! ¿Reconoces esos tuus? Son el principio de la diana. ¡Qué tempranísimo la tocan todas las mañanas! Y cuando la oímos, yo y todos los soldados que hay aquí nos levantamos y salimos antes de un minuto, con excepción del tío Thomas, que es inexplicablemente perezoso, no sé por qué, aunque ya se lo he dicho, y creo que se enmendará. No son muchas las faltas que tiene, y es cariñoso y encantador, igual que Buffalo Bill, Pájaro de las Tormentas, mamá Dorcas, Soldado, y Shekels, y Potter, y Sour-Mash, y..., y todos. Son, como tú dirías, unos angelitos.

El día mismo que llegué (ya no sé cuantísimo tiempo hace de eso), Buffalo Bill me llevó montada en Soldado al campamento de Pájaro de las Tormentas. No al campamento grande, que está lejos, en la llanura, en el que manda Nube Blanca, y al que me llevó al día siguiente, sino a este otro que se encuentra a cuatro o cinco millas de aquí, en las colinas y peñascales, y hay un gran prado, lleno de cabañas indias, perros, mujeres y mil cosas interesantes, además de un arroyo que lo cruza y que tiene el agua más limpia que te puedes imaginar, con piedrecitas blancas en el fondo, y árboles a todo lo largo de las orillas, que son frescas, umbrías, y por las que da gusto cruzar. Cuando el sol se va poniendo aquello es bastante oscuro, pero mirando hacia arriba se ven sobre el firmamento los grandes y elevados picos llenos de luz y llenos de vida, porque el sol da en ellos, y en ocasiones cruza volando un águila, pero no aleteando, sino igual que si estuviese dormida. Los muchachitos y las muchachitas indias retozan, se ríen y corren alrededor de la fuente y del estanque, y no llevan mucha ropa encima, salvo las muchachas. Los perros se pelean, las mujeres andan muy atareadas trabajando, y los maridos andan muy atareados descansando, mientras los viejos fuman sentados unos junto a otros, pasándose la pipa no hacia la izquierda sino hacia la derecha, lo que quiere decir que en el campamento hubo una riña y ellos están procurando arreglarla. Los niños juegan exactamente igual que cualquier otro, y los chicos tiran al blanco con sus arcos, y yo le di una bofetada a uno porque hirió a un perro con un garrote que no hacía nada. El muchacho se enfadó, pero pronto se arrepintió... Pero este párrafo se está haciendo demasiado largo y voy a empezar otro. Pájaro de las Tormentas se vistió con sus mejores atavíos guerreros para que yo lo viese, y estaba espléndido, con la cara pintada de rojo, muy brillante e intenso, como una brasa. Desde lo alto de la cabeza y por toda la espalda le caía una guirnalda de plumas de águila, y llevaba además su tomahawk y su pipa, que tiene el cuello más largo que mi brazo. Jamás he pasado un rato mejor en toda mi vida que el que pasé en el campamento de los indios, y aprendí muchas palabras de su idioma. Al día siguiente, BB me llevó al campamento que hay en las llanuras, a cuatro millas, y pasé otro rato agradabilísimo, y me hice amiga de algunos indios más y de algunos perros. El jefe principal, que se llama Nube Blanca, me regaló un arco y unas flechas pequeñas y muy bonitas, y yo le regalé mi ceñidor de cinta roja, y cuatro días después ya manejaba muy bien mi arco, y aventajaba a todos los muchachos blancos de mi estatura que hay en el puesto. He vuelto desde entonces muchas veces a aquellos campamentos, y he aprendido también a montar a caballo, me enseñó BB. Todos los días me hace practicar y me elogia, porque cada vez lo hago mejor, y en ocasiones me permite que dé una carrera montada en Soldado, ¡y eso sí que es morirse de gusto! Es el caballo más encantador, hermosísimo, lustroso y negro, sin que en todo él tenga ni una mancha de otro color, salvo una estrella blanca en la frente, pero no una estrella copiada, sino una verdadera estrella, con cuatro puntas, exactamente igual que una hecha a mano. Si se tapara por completo al caballo, y se dejara ver solo su estrella, se le reconocería, aunque estuviese en Jerusalén o en Australia. Me he hecho amiga de muchísimos de los del Séptimo de Caballería y de los Dragones, oficiales, familias y caballos durante los primeros días, y a otros más los conocí pocos días después, y a otros pocos, días después, y resulta que ahora conozco una cantidad de soldados y de caballos como no te puedes imaginar, por mucho que te esfuerces, tita. Estudio de cuando en cuando, porque es poco el tiempo que me queda para eso. ¡Cuánto te quiero! Te envío un abrazo y un beso.

Cathy

P.D.: Pertenezco al Séptimo de Caballería y al Noveno de Dragones, soy oficial de los dos, pero no tengo que trabajar porque no cobro salario.

V

El general Alison a Mercedes

Cathy lleva ya con nosotros una buena temporada. ¿Te preocupa el que tu diablejo viva en una frontera tan salvaje como esta, a centenares de millas de la civilización y habitada solo por tribus nómadas de indios? ¿Temes por su seguridad? Que eso no te cause el menor desasosiego. ¡Válgame Dios, si vive en una guardería! ¡Si tiene más de mil ochocientas niñeras! Si la guarnición sospechase que tú crees que no son capaces de cuidarla, se desconsolarían. Piensa que son muy capaces, y te lo dirían ellos mismos. Compréndelo, el Séptimo de Caballería nunca tuvo hasta ahora una hija, como tampoco el Noveno de Dragones, y el uno y el otro están como las mamás novicias, que creen que no hay otro hijo como el suyo, ni tan maravilloso, ni tan digno de ser cuidado y protegido con lealtad y ternura. Estos atezados veteranos míos son unas madres buenísimas, creo yo, y saben mucho más que las demás, porque dejan que corra infinidad de riesgos, lo que a mí me parece que constituye una buena educación para ella, y cuantos mayores peligros corre y más triunfalmente sale de ellos, más orgullosos se sienten de ella. La han adoptado con ceremonias militares muy serias y rigurosas de su propia invención. Antes que ceremonias diría yo solemnidades, que fueron tan profundamente solemnes y graves, que hubieran resultado cómicas de no haber sido conmovedoras. Fue una buena exhibición, tan ceremoniosa y compleja como el relevo de guardia o el desfile con la bandera a la cabeza. El director de la banda del Séptimo compuso para la ocasión una música especial, y la niña pasó por todo tan seria como el más formal de los veteranos. Por último, cuando la entronizaron sobre los hombros del veterano más viejo y la declararon «adoptada como es debido y en toda regla», las bandas rompieron a tocar, y todos saludaron, y ella les devolvía el saludo. Fue un espectáculo más emotivo que cualquiera de esa clase que haya visto en escena, porque las cosas del teatro son pura apariencia y esto era una cosa real, en la que los actores ponían sus corazones.

Todo eso ocurrió hace algunas semanas, y a ese acto siguieron varias galas adicionales. Los soldados crearon dos nuevos grados, desconocidos hasta ahora en las ordenanzas militares, y se los confirieron a Cathy con un ceremonial digno de un duque. De modo, pues, que ella es ahora cabo-general del Séptimo de Caballería y teniente-portaestandarte del Noveno de Dragones, con el privilegio (decretado por los soldados) de escribir EE.UU. a continuación de su nombre. Le regalaron también unas charreteras, ambas de color azul oscuro, con las iniciales «T.P.» en una y «C.G.» en la otra. Y una espada. Ella lleva puesto todo. Por último, le presentaron el saludo. Testifico que esta ceremonia es cumplida con celo por las dos partes, con toda seriedad y en la forma debida. Todavía no he visto sonreírse a ningún soldado saludando a Cathy, ni a esta cuando lo devuelve.

Yo no me hice ver de forma manifiesta en esas ceremonias, y no me doy por enterado de las mismas, pero me coloqué en un sitio desde el que pude presenciarlas. Una sola cosa temía, y era que los demás niños del puesto se sintiesen celosos, pero tengo la alegría de poder decir que no ha sido así. Al contrario, se sienten muy orgullosos de su camarada y de los honores que se le rinden. Es un hecho sorprendente, pero auténtico. Todos ellos sienten devoción por Cathy, porque ha transformado su vida aburrida de un puesto fronterizo en una especie de festival ininterrumpido. Saben además que es una amiga fiel, con la que siempre pueden contar y que no cambia según el día.

Se ha convertido en un jinete bastante extraordinario, bajo la tutoría de un profesor más que extraordinario, BB, que es como llama cariñosamente a Buffalo Bill. No solo le ha enseñado veintisiete maneras de romperse la crisma y veintidós maneras de evitarlo, sino que le ha infundido la mejor y más segura protección de un jinete: la seguridad en sí mismo. Lo consiguió de una manera gradual, sistemática, poco a poco, un paso cada vez, sin seguir adelante hasta que no estuviera del todo convencida de cada uno. Así la fue haciendo avanzar por cosas terroríficas que, mediante el entrenamiento, se empequeñecieron antes de alcanzarlas, de modo que ya no le parecieron nada espantosas. Sí, Cathy es hoy un jinete audaz, y roza la perfección en lo que conoce del arte de montar. No tardará en dominarlo igual que un cadete de West Point, y lo ejercitará con la misma temeridad que cualquiera de ellos. No sabe nada de montar en sillas de mujer. ¿Te aflige? Pues aún hay más: es una excelente jinete a pelo. ¿Te preocupa? No te intranquilices, te doy mi palabra de que no corre ningún peligro.

Me dijiste que si mi corazón se sentía viejo y cansado, ella lo rejuvenecería, y dijiste verdad. No comprendo cómo he podido vivir antes sin ella. Yo era un árbol viejo y abandonado, pero desde que esta florida enredadera se ha colgado de mi vida, las cosas han cambiado. Tiene una habilidad inagotable para proveernos a mí y a mamá Dorcas de trabajo, pero estoy contento con la parte que me corresponde, y, como es natural, también lo está Dorcas, que fue la que educó a George, y Cathy resulta de tantas maneras otro George que Dorcas se siente devuelta a la juventud y a los gozos de aquella época que desapareció hace tiempo. Mi padre quiso darle libertad hace veinte años, cuando aún vivíamos en Virginia, pero no lo consiguió, porque ella se consideraba un miembro de la familia y por nada del mundo quiso marcharse. Y lo ha seguido siendo desde entonces hasta el día de hoy, y ocupa, sin que nadie se la dispute, esa posición. Cuando mi madre la envió desde San Bernardino, al saber que Cathy venía a este lugar, lo único que hizo fue cambiar una parte de la familia por otra. Está dotada de la calurosa cordialidad de su raza, pródiga en afectos, y cuando Cathy llegó se convirtieron en madre e hija antes de cinco minutos, y eso es lo que han sido hasta la fecha y serán en adelante. Dorcas está convencida de que es ella quien educó a George, y ello constituye uno de sus orgullos, aunque quizá ambos se educaron mutuamente, porque los dos eran de la misma edad, trece años más jóvenes que yo. En todo caso, ambos eran compañeros de juegos; sobre ese punto no hay lugar a discusión.

Cathy opina que Dorcas es, después de ella, la mejor católica de América. No podría hacer un elogio más elevado que ese a ninguna persona, y Dorcas no podría recibir otro que le resultase más grato. Está convencida de que no hubo jamás niña más maravillosa que ella. Se le ha metido en la cabeza la curiosa idea de que Cathy es dos gemelos, y que uno de ellos es niño, pero no pudo apartarse del otro, y se sumergió en él, por así decirlo. Discutir con ella que eso es un disparate es perder tiempo y saliva. Está convencida y los argumentos no le producen efecto alguno, porque dice:

—Mírela usted, a ella le gustan las muñecas, los juegos de niñas, todo lo que aman las niñas, y es dulce y cariñosa, y no tiene nada de cruel con los animales. Pues bien: ese es el gemelo-niña. Pero también le gustan los juegos de muchachos, los tambores, los pífanos, los desfiles de soldados, las galopadas, y no tiene miedo a nada ni a nadie. Ese es el gemelo-niño. No me venga usted diciendo que no hay en ella más que una niña. No, señor, son dos gemelos, uno de los cuales ha quedado oculto a la vista. Pero da lo mismo, porque ese muchacho está allí dentro, y usted puede verlo asomarse a sus ojos cuando está irritada.

Acto seguido Dorcas siguió suministrando ejemplos ilustrativos con su manera sencilla y convencida:

—Fíjese usted, amo Tom, en ese cuervo. ¿Quién es capaz de amistarse con un cuervo sino ella? Nadie, no es cosa natural. Pues bien: un muchacho indio tenía atado al pájaro y le hacía siempre mil perrerías y pasar hambre, pero ella se apiadó del pobre animalito y quiso comprárselo al muchacho con lágrimas en los ojos. Eso lo hizo el gemelo-niña, ¿ve? Le ofreció su dedal, y él lo tiró al suelo; le ofreció todos los buñuelos que tenía, que eran dos, y él los tiró al suelo; le ofreció medio alfiletero, que equivalía a cuarenta cuervos, y él hizo una mueca y le clavó uno de los alfileres al cuervo en la espalda. Ese era el límite, como usted comprenderá. Aquello fue una llamada al otro gemelo. Los ojos de Cathy se inflamaron, saltó sobre el muchacho igual que un gato montés, y cuando acabó con él, ella tenía toda la ropa destrozada, pero él no era más que una alegoría. El que hizo eso fue sin discusión el otro gemelo, que tomó la delantera. No, señor, no me diga usted que el gemelo-niño no está allí, porque yo lo he visto con mis propios ojos, y muchísimas veces, si vamos a eso.

—¿Alegoría? ¿Qué es una alegoría?

—No lo sé, amo Tom, es una de las palabras que ella emplea. Le gustan las palabras abultadas, sabe usted, y yo me las voy quedando cuando ella las suelta. Suenan bien, y no puedo impedirlo.

—¿Y qué ocurrió después de haber convertido al muchacho en una alegoría?

—Pues que ella soltó al cuervo, se lo confiscó a la fuerza, se lo trajo a casa y dejó allí tirados los buñuelos y las demás cosas. Por supuesto, le hizo mil mimos, como se los hace a todo el mundo. Antes de dos días, el cuervo se le pegó de tal manera que, bueno, ya sabe usted cómo la sigue a todas partes, y cómo muchas veces cuando ella da esas carreras a caballo como para romperse la crisma, el cuervo se le sube al hombro (en todo ello el gemelo-niña está al frente), y hace cuanto le viene en gana, inventa toda clase de diabluras y es un verdadero fastidio en la cocina. Bueno, allí lo aguantan, pero no lo harían si se tratase del pájaro de otra persona. —Al llegar a este punto, mamá Dorcas empezó a reírse por lo bajo, muy satisfecha, y agregó—: Bueno, hay que decir que también la niña es un fastidio. Sí, igual que su cuervo, porque va y viene sin descanso y mete la nariz en todo. Pero como es tan inocente y no tiene la menor mala intención, resulta encantadora y adorable. Porque no es culpa suya, no, señor, es su naturaleza. Su interés por las cosas está siempre al rojo vivo y no le es posible estarse quieta. Ayer, por ejemplo, tuve yo que andar rogando: «Por favor, señorita Cathy, no haga usted eso», y luego: «Por favor, señorita Cathy, deje eso en paz», y luego: «Por favor, señorita Cathy, no arme tanto ruido», y así una vez y otra, hasta catorce veces en quince minutos, según creo. Entonces ella alzó la vista para mirarme con sus ojazos morenos e implorantes, y me dijo con su deje extranjero que le llega a una al corazón: «Por favor, mami, diríjame un cumplido».

—¿Y se lo dirigiste, vieja tonta?

—Amo Tom, yo la estreché contra mi corazón y le dije: «¡Pobrecita niña mía sin madre, que no tienes una sola falta, y yo quiero que hagas lo que te dé la gana y que eches la casa abajo, y tu mamita negra no te dirá una palabra!».

—Claro, por supuesto, ya sabía yo que tú consentirías a la niña.

Ella se enjugó las lágrimas y me contestó con dignidad:

—¿Consentir a la niña? ¿Consentir a esa niña, amo Tom? A esa niña no hay nadie que consienta. Es la abeja reina de este puesto y todos la miman y son sus esclavos, y con todo eso, como bien sabe usted mismo, no se la ha consentido en absoluto. —Y para quedar tranquila, me soltó esta—: Amo Tom, ella le hace hacer a usted todo cuanto le da la gana, y no lo puede negar. De modo que si esa niña pudiera estar consentida, ya lo estaría desde hace mucho tiempo, porque usted es el peor de todos. Fíjese en ese montón de gatos que ocupan su silla, mientras usted se sienta, tan calladito, en un cajón de velas, porque son los gatos de Cathy.

Si Dorcas hubiese sido un soldado, habría podido castigarla por franqueza tan excesiva. Cambié de tema e hice que reanudase sus ejemplos ilustrativos. Se había anotado limpiamente sus tantos contra mí, y yo no iba a rebajar su victoria con una disputa. Como prueba de su teoría de los gemelos, pasó a relatarme este incidente:

—Hará dos semanas, cuando se dio un golpe en el dedo que se lo abrió, se puso pálida del dolor, pero no soltó una palabra. Yo la senté en mi regazo y el cirujano le limpió la sangre, echó mano a la aguja y al hilo y empezó a coser la piel. Tuvo que darle una buena cantidad de puntos, y a cada uno ella se apretujaba un poco más contra mí, pero no se le escapó una sola queja. Al final, el cirujano se sintió tan lleno de admiración, que dijo: «¡Vaya mujercita valiente que eres!». Ella, entonces, con la misma tranquilidad y sencillez que si hablase del tiempo, le contestó: «¡Solo el Cid es más valiente que yo!». ¿Lo ve usted? El cirujano se encontró entonces ante el gemelo-niño.

—¿Quién es el Cid?

—Lo ignoro, señor, yo solo sé lo que ella dice. No deja de hablar del Cid, asegurando que fue el héroe más valeroso que tuvo España o ningún otro país. Arma las grandes disputas con los demás niños y niñas porque ella se pone de parte del Cid y los demás sacan a relucir todo lo que saben de George Washington.

—¿Se pelean?

—No, no pasan de discusiones y fanfarronadas, como suelen hacer los niños. Ellos quieren que sea americana, pero ella les contesta que no puede ser más que española. Ya sabe usted que su madre vivía siempre con nostalgia de su país, la pobrecita pensando siempre en él, y por eso la niña se siente tan española como si allí hubiese vivido siempre. Cree que recuerda cómo era España, pero pienso que no es cierto, porque cuando se trasladaron a Francia era todavía un bebé. Cathy se muestra muy orgullosa de ser española.

¿Te complace eso, Mercedes? Si es así, alégrate: tu sobrina sigue leal a su patria. Su madre puso muy profundos los cimientos de su amor a España, y cuando vuelva a tu lado volverá tan española como tú misma. Me ha hecho prometer que cuando el Ministerio de Guerra me conceda el retiro la llevaré a hacerte una visita muy larga.

Yo mismo me cuido de sus estudios. ¿Te ha dicho eso? Sí, soy su maestro, y creo que, bien mirado todo, progresa bastante. El bien mirado todo (traducido a su sentido real) quiere decir: vacaciones. La realidad es que ella no ha nacido para el estudio, y se le hace muy cuesta arriba. Y a mí también: me duele como un golpe ver a ese espíritu hecho para el aire libre y para el sol forcejeando y pasando un mal rato con el libro delante. A veces, cuando me la encuentro mirando hacia la lejanía, hacia las llanuras y las montañas azules, con ojos nostálgicos, no tengo más remedio que abrirle las puertas de la prisión, no puedo evitarlo. Es una estudiante singular, y tiene muchas meteduras de pata. En una ocasión le hice esta pregunta:

—¿Qué es lo que el zar gobierna?

Ella apoyó el codo en la rodilla, la mano en la barbilla, y sometió el problema a profunda consideración. Al poco rato levantó la vista, y dio a sus palabras una inflexión ascendente, que denotaba cierto asomo de incertidumbre.

—¿El caso dativo?

He aquí dos razonamientos que ella dio con la más absoluta tranquilidad:

—Capellán, el que lleva una capa. Zagala, la que va a la zaga. Como verás, no es un genio, sino una niña corriente. Todos ellos cometen esa clase de errores. Cuando descubre que es capaz de contestar a una pregunta con rapidez y exactitud, sin titubeo alguno, le bailan los ojos de alegría. Esta mañana, por ejemplo, le pregunté:

—Cathy, corazón, ¿qué es un cubo?

—¿Qué va a ser? El que ha nacido en Cuba.

De cuando en cuando suelta todavía en su discurso alguna palabra extranjera, y hasta en su inglés más correcto se advierte un sutil olorcillo o fragancia extranjera, ¡y que le dure mucho tiempo, porque a mí me parece encantador y delicioso! Su inglés resulta algunas veces muy relamido, libresco y cautivador. Tiene todavía los dientes de leche, pero yo, mirando por su salud, procuro frenar sus ocurrencias. Es obediente (como corresponde a un personaje de graduación militar reconocida, como es ella), pero en ocasiones soy condescendiente. Por ejemplo, salimos a dar un paseo y pasamos cerca de algunos arbustos cargados de uva espín silvestre. Se le iluminó la cara, juntó las manos y dejó escapar esta emocionada exclamación:

—¡Válgame Dios, si yo me dejase llevar por un vicio, sería por el de la gula!

¿Podía yo resistirme? No. Le di una uva espín.

Me preguntas cómo anda de idiomas. Pues bien: cada lengua de las que sabe se cuida de sí misma. Aquí no se enmohecerán: nuestros regimientos no los componen solo gente de aquí, muy al contrario. Además, Cathy se dedica con gran actividad a aprender idiomas indios.

VI

Soldado y el penco mexicano

—¿Cuándo llegaste?

—A la caída de la tarde.

—¿De dónde?

—De Salt Lake.

—¿Estás en el servicio militar?

—No. En el comercio.

—Comercio de pirata, si no me equivoco.

—¿Y qué sabes tú de eso?

—Lo vi cuando llegaste. Me di cuenta de quién era tu amo. Mala persona. Ladrón de trampas, ladrón de caballos, ladrón de indias, renegado: Hank Butters, lo conozco muy bien. ¿Te robó, verdad?

—Bueno, así podría decirse.

—Me lo imaginaba. ¿Dónde quedó su socio?

—Hizo alto en el campamento de Nube Blanca.

—Es otro de la misma calaña, el tal Blake Haskins. [*Aparte*] Me imagino que andan al acecho de Buffalo Bill. [*En voz alta*] ¿Cuál es tu nombre?

—¿Cuál de ellos?

—¿Tienes más de uno?

—Me ponen uno nuevo cada vez que me roban. Antaño tenía un nombre honrado, pero de eso hace mucho, lo olvidé ya. Desde entonces he tenido trece «alias».

—¿Alias? ¿Qué es alias?

—Un nombre falso.

—Alias. Suena bien, y es de las palabras en que yo me especializo. Suena a cosa docta y de incandescencia cerebroespinal. ¿Eres persona culta?

—Pues no, no puedo jactarme de ello. Soy capaz de echar abajo una valla, sé distinguir la cebada de un vaso de whisky con soda, puedo competir con los que han ido al colegio en blasfemar cuando la silla me ha hecho una llaga y sé algunas cosas más, no muchas. No se me ha presentado la oportunidad de aprender, he tenido siempre que trabajar. Además, soy de cuna humilde y no tengo familia. Tú hablas mi dialecto igual que un nativo, pero no eres un penco mexicano. Tú eres un caballero, eso salta a la vista, y, además, persona educada.

—Sí, procedo de una familia antigua y no carezco de conocimientos. Soy un fósil.

—¿Un qué?

—Fósil. Los primitivos caballos fueron fósiles. Vivieron hace dos millones de años.

—¡Por vida de todas las arenas y todas las artemisas! ¿Lo dices en serio?

—Sí, es la pura verdad. Hasta los hombres reverencian y veneran los huesos de mis antepasados. No los dejan expuestos al aire libre cuando tropiezan con ellos, sino que se los llevan a tres mil millas de aquí y los colocan en santuarios, dentro de sus templos del saber, y les rinden adoración.

—¡Qué cosa más admirable! Ya sabía yo que tenías que ser persona distinguida, con solo ver tu elegante presencia y cortés manera de hablar, y también porque no te someten al trato indigno de las maneas, como hacen conmigo y con los demás. ¿Querrías decirme tu nombre?

—Es posible que ya lo hayas oído. Soldado.

—¿Cómo? ¿El célebre, el ilustre?

—Algo hay de eso.

—¡Se me corta el aliento! ¡Bien lejos estaba yo de soñar que me vería frente a frente del poseedor de nombre tan insigne! ¡El caballo de Buffalo Bill, conocido desde la frontera canadiense hasta los desiertos de Arizona y desde los límites orientales de las Grandes Llanuras hasta las faldas de la Sierra! En verdad que hoy es un día memorable para mí. ¿Sirves todavía al renombrado jefe de exploradores?

—Sigo siendo de su propiedad, pero me ha prestado por algún tiempo a la nobilísima, graciosísima e ilustrísima Su Excelencia Catherine, cabo-general del Séptimo de Caballería y teniente-portaestandarte del Noveno de Dragones, EE.UU., a quien Dios guarde.

—Amén. ¿Dijiste Su Excelencia?

—La misma. Es una dama española, dulce flor de una casa ducal. Y en verdad que es una maravilla: lo sabe todo, es capaz de todo, habla todos los idiomas, domina todas las ciencias, es un cerebro para el que no hay horizontes, tiene un corazón de oro, es la gloria de su raza. ¡Y que Dios la proteja!

—Amén. ¡Es admirable!

—Sin duda alguna. Yo sabía muchas cosas y ella me ha enseñado otras. Estoy instruido. Te hablaré de ella.

—Escucho encantado.

—Te voy a contar una historia sencilla, con tranquilidad, sin excitación, sin elocuencia. Solo llevaba aquí cuatro o cinco semanas, y ya era una erudita en las cosas militares. Por eso la hicieron oficial por partida doble. Todos los días hacía la instrucción a caballo igual que cualquier soldado, y era capaz de empuñar la corneta y dar ella misma los toques para las maniobras. En esto, se celebró una carrera, con premios, en la que solo podían participar muchachos y muchachas. Se inscribieron diecisiete, y ella era la más joven. Tres chicas y catorce chicos, buenos jinetes todos. Era una carrera de obstáculos con cuatro vallas, todas bastante altas. El primer premio consistía en una corneta de plata, de tamaño mediano, fabricada con mucha habilidad y muy bonita, con su cordón de seda rojo y borlas. Buffalo Bill estaba muy ansioso, le había enseñado a la niña a montar a caballo y deseaba con ardor que ella ganase, por la fama que ello le daría. Quiso, pues, que cabalgase sobre mí, pero ella se negó y se lo echó en cara, diciéndole que eso era una cosa injusta y que no estaba bien, porque suponía una ventaja. ¿Qué caballo de este puesto o de ningún otro tendría probabilidades frente a mí? Lo trató con gran severidad y le dijo: «Debería darte vergüenza, porque me propones que me comporte de una manera indigna de un oficial y de un caballero».

»Entonces él la tiró al aire a unos treinta pies de altura y la agarró cuando caía, y le dijo que sí, que estaba avergonzado, y se llevó el pañuelo a los ojos y simuló que lloraba. Esto casi desgarró el corazón de la niña, y le hizo muchos mimos y le pidió que la perdonase, y le aseguró que haría cualquier otra cosa que le pidiese menos esa. Pero él dijo que tenía ganas de ahorcarse, y que lo haría si tuviese a mano una cuerda, que solo así se haría justicia, porque nunca, nunca, se perdonaría a sí mismo lo que había hecho. Ella empezó a llorar, y ambos sollozaron de un modo que se les podía oír desde una milla de distancia. Ella se colgó de su cuello y empezó a suplicarle, hasta que él se consoló un poco y le prometió con solemnidad que no se ahorcaría hasta el fin de la carrera, pero que si la ganaba, no se ahorcaría de ningún modo. Esto la llenó de felicidad y le dijo que la ganaría o moriría encima de la montura. Con eso quedaron los dos tan amigos y contentos.

»Buffalo Bill no puede evitar gastarle bromas, por lo mucho que la quiere y por lo inocente e ingenua que es. Cuando la niña las descubre se pone furiosa y lo abofetea, pero luego lo perdona por tratarse de él, y a lo mejor al siguiente día cae víctima de otra broma. Como ves, no es capaz de escarmentar, porque no lleva dentro el menor engaño, y las personas así no esperan que haya alguien que lo lleve.

»Fue una carrera magnífica. Estaba presente todo el puesto. ¡Qué griterío y qué abucheo cuando los diecisiete críos volaron por la pista y saltaron por encima de las vallas! ¡Fue magnífico de ver! Hacia la mitad del camino estaban todos a la par, y lo mismo podía ganar uno que nadie. Pero en ese preciso instante se le ocurrió a una vaca meterse en la pista y agachar la cabeza para comerse la hierba, ofreciendo su flanco al batallón que venía volando como el viento. Todos se hicieron a un lado para rodearla, pero ¿y la muchacha? ¡Clavó sus espuelas en el caballo y saltó por encima como un pájaro! Y allá se fue y salvó la última valla sola y sin compañía, mientras el ejército largaba un alarido clamoroso, y ella se apeaba del caballo igual que si no se hubiera movido. Saludó con una inclinación y todos se arremolinaron a su alrededor para felicitarla. Le dieron la corneta, y ella se la llevó a los labios y tocó a botasilla para ver qué ocurría. BB se sintió todo lo orgulloso que te puedas imaginar. Y dijo: "¡Llévate a Soldado y no me lo devuelvas hasta que yo te lo pida!". Y te aseguro que él no hubiera dicho semejante cosa a ninguna otra persona de este planeta. De eso hace ya más de dos meses, y desde entonces nadie ha cabalgado sobre mis lomos fuera del cabo-general del Séptimo de Caballería y teniente-portaestandarte del Noveno de Dragones, EE.UU., ¡a quien Dios guarde!

—Amén. Te escucho. Sigue contando.

—Ella se puso a la tarea y organizó a los otros dieciséis jinetes de la carrera, y los llamó Primer Batallón de Batidores de las montañas Rocosas, EE.UU., y quiso ser su trompeta, pero la nombraron por elección teniente general y trompeta. De modo, pues, que ella tiene un grado superior al de su tío, el comandante del fuerte, que es solo brigadier. ¡Y cómo entrena a su gente menuda! Pregúntaselo a los indios, a los comerciantes o a los soldados, ellos te lo contarán. Se consagró a su actividad desde el primer día. Todas las mañanas salen con gran estrépito a la llanura, y ella, sentada sobre mis lomos, se lleva la corneta a la boca y da los toques de órdenes, haciéndolos maniobrar durante más de una hora. Es un espectáculo de una belleza incomparable ver cómo aquellos caballitos cambian de una formación a otra, y se mueven a su aire, rompen la formación, se desparraman, vuelven a formar, siempre en movimiento, siempre graciosos, unas veces al trote, otras al galope; unas veces cerca de aquí, otras lejos; siempre igual que en un baile de gala, hasta que algunas veces ella ya no se puede contener, da el toque de carga y me suelta las riendas. Puedes creerme si te digo que si el batallón no nos ha sacado demasiada ventaja, lo alcanzamos y nos lanzamos contra los parapetos con la línea delantera.

»Sí, esos muchachitos son soldados, y además están sanos y ya no enferman como antes. Y todo por el ejercicio que ella los obliga a hacer. En la actualidad, tiene un fuerte de su propiedad: el fuerte Fanny Marsh. El comandante general, Tommy Drake, lo planeó, y el Séptimo y los Dragones lo construyeron. Tommy es hijo del coronel, tiene quince años y es el mayor del batallón; Fanny Marsh es brigadier general y viene a continuación, porque ha cumplido los trece. Es hija del capitán Marsh, compañía B, del Séptimo de Caballería. La teniente general Alison es, con mucho, la más joven de todos: creo que anda por los nueve años y medio o tres cuartos. El traje militar de su rango no es para la campaña, sino para un desfile, porque es obra de mujeres. Aseguran haberlo sacado de la Edad Media, de un libro. Es todo de seda, raso y terciopelo de colores rojo, azul y blanco; y lleva calzones de malla, espada, jubón con mangas acuchilladas, capa corta y gorro con pluma. Les he oído llamar a las cosas por esos nombres. Las copiaron del libro y dicen que la chica va vestida igual que un paje de antaño. Cuando la veas, dirás que no hay un equipo más elegante. Cuando se lo pone está encantadora. ¡Parece cosa de ensueño! En ciertos aspectos ella parece tener sus años, pero en otros yo creo que tiene tantos como su tío. Es muy instruida. Le enseña la lección con un libro que tiene. La he visto sentada cerca de él con el libro abierto y leyendo, para que él pueda aprender.

»Todos los sábados contrata a pequeños indios para que monten la guarnición del fuerte, y luego ella lo sitia, construye accesos militares con trincheras de mentira que abre durante una supuesta noche y, por último, en un amanecer de pega, desenvaina la espada, da el toque de asalto y toma el fuerte a la carga. Lo hace para ejercitarse. Además, ha inventado ella misma un toque especial de corneta. Se lo ha sacado de su cabeza, es muy emocionante y no hay otro tan bonito en el servicio militar. Es para llamarme a mí: nunca lo emplea para llamar a nadie más. Me lo enseñó, explicándome lo que quería decir: «¡Soy yo, Soldado, ¡ven aquí!». Cuando llegan flotando desde lejos esas notas vibrantes nunca dejo de oírlas, aunque esté a dos millas de distancia, y entonces..., ¡tendrías que ver cómo arrean mis cascos!

»Ella me ha enseñado a darle los buenos días y las buenas noches levantando mi pata derecha para que ella le dé un apretón, y también me ha enseñado a decir adiós. Esto lo hago con el pie izquierdo, pero solo como demostración, porque hasta ahora nuestros adioses han sido de mentira, como espero que sigan siéndolo siempre. Si alguna vez tuviera yo que levantar mi pie izquierdo de veras, lloraría. Ella me ha enseñado a saludar, y soy capaz de hacerlo tan bien como un soldado. Bajo mucho mi cabeza y levanto mi pezuña derecha hasta ponerla junto a mi carrillo. Me lo enseñó porque en cierta ocasión hice un mal papel por ignorante.

»Yo gozo de ciertos privilegios, porque todos saben que soy honrado y leal y porque tengo una hoja de servicios distinguida. Por eso ni me manean, ni me atan al palenque, ni me encierran en las cuadras, y me consienten que vaya y venga a mi gusto. Pues bien: el desfile, con la bandera al frente, es una ceremonia muy solemne, y cuando esta pasa todos tienen que descubrirse, incluso el comandante del puesto. En cierta ocasión estaba yo allí y crucé sin darme cuenta por delante de la banda de música, acto terriblemente deshonroso. La teniente general se sintió tan avergonzada y tan afligida de que yo hubiese realizado cosa semejante en presencia de todo el mundo que no pudo contener las lágrimas. Fue entonces cuando me enseñó el saludo, para que si yo alguna vez cometía por ignorancia algún acto contrario a las normas militares pudiera saludar, pues ella creía que todos comprenderían que con aquello yo me disculpaba lo suficiente y que no llevarían las cosas adelante. Es un saludo noble y distinguido, ningún otro caballo sabe hacerlo. Con frecuencia los soldados me saludan y yo lo devuelvo.

»Gozo del privilegio de hallarme presente cuando los Batidores de las montañas Rocosas desfilan con su bandera. Yo permanezco en posición de firmes, con gran solemnidad, igual que los muchachos, y saludo cuando pasa la bandera. Por supuesto, siempre que ella se dirige a su fuerte, sus centinelas gritan: «Guardia, a formar!», y entonces... ¿Has percibido esa refrescante brisa del amanecer que nos envían los pinos de la montaña y las flores silvestres? La noche ha terminado ya, muy pronto escucharemos las cornetas. Dorcas, la negra, es una mujer muy bondadosa y cariñosa. Cuida de la teniente general y es madre del brigadier general Alison, es decir, que viene a ser la madrastra de la teniente general. Eso es lo que dice Shekels. O eso creo que dice, porque nunca acabo de comprenderle bien. El...

—¿Quién es Shekels?

—El perro del Séptimo de Caballería. Digo, si en efecto es un perro. Su padre fue un coyote y su madre, una gata montés. ¿Verdad que es difícil que de eso salga un perro?

—Yo no lo tomaría por un perro auténtico. Como máximo, creo que tendrá solo un algo de perro. Sin embargo, me imagino que esta es una cuestión de ictiología, y si lo es, yo no llego a tales profundidades, de modo que mi opinión vale poco y reclamo que no se la tome en consideración.

—No es cuestión de ictiología, sino de teología, cosa mucho más difícil y enmarañada. La teología es siempre así.

—Yo no alcanzo ni con mucho a la teología, por lo que no voy a entrar. Pero, en términos generales, opino que el retoño de un coyote y una gata montés no es un perro auténtico, sino dudoso. Esa es mi opinión, y a ella me atengo.

—Pues hasta ahí llego yo también, para ser honrado y concienzudo. Yo siempre lo he considerado como un perro dudoso, y lo mismo le ocurre a Potter, que es el gran danés. Dice que el otro no es perro, y ni siquiera ave de corral, aunque yo no voy tan lejos.

—Ni yo iría tampoco. Las aves de corral son una cuestión en la que nadie puede penetrar hasta el fondo, porque son muchísimas en número y su variedad es muy grande. No ve uno más que alas, alas y alas hasta cansarse. Pavos, gansos, murciélagos, mariposas, ángeles, saltamontes, peces voladores y..., la verdad es que esa tribu no acaba nunca. Solo con pensar en ello me da un ataque de asma. Pero del que hablamos no tiene alas, ¿verdad?

—No.

—Pues en mi opinión es más probable que él sea perro que yo ave. Yo no he oído hablar de ningún ave de corral que carezca de alas. Las alas son su signo, por ellas se conoce que lo son. Fíjate en el mosquito.

—¿Qué crees tú entonces que es el mosquito? Algo tiene que ser.

—Bien pudiera ser un reptil. Todo lo que no tenga alas es un reptil.

—¿Quién te dijo eso?

—Nadie, pero lo oí decir.

—¿Dónde lo oíste decir?

—Hace muchos años. Yo marchaba con la expedición del instituto de Filadelfia, encabezada por el profesor Cope, que iba a las Bad Lands a la caza de huesos de mastodonte, y le oí decir al mismísimo profesor que cualquier bacteria plantígrada, circunfleja y vertebrada que carecía de alas y era de existencia discutible tenía que ser un reptil. Entonces: ¿tiene alas este perro? No. ¿Es una bacteria plantígrada, circunfleja y vertebrada? Quizá lo sea o quizá no. Pero yo, sin haberlo visto nunca y basándome solo en su parentesco ilegal y espectacular, apostaría una bala de heno contra una mezcla de afrecho a que lo parece. Por último, ¿es de existencia discutible? Ese es el punto de la cuestión. Dejo a tu consideración que me digas si oíste jamás hablar de un perro de existencia más discutible que este.

—No, jamás.

—Pues entonces es un reptil. Cuestión resuelta.

—Pero escucha, no me acuerdo cómo te llamas...

—Mi último alias, Mestizo.

—Es muy bonito. Iba a decirte que tú eres mucho más instruido de lo que dijiste ser. A mí me gusta la compañía de las personas cultas, y cultivaré tu amistad. Pero volvamos a Shekels. Siempre que quieras saber cualquier cosa secreta que ocurre en este puesto y en los campamentos de

Nube Blanca o de Pájaro de las Tormentas, él podrá contártelo, y se alegrará de hacerse amigo tuyo, porque ha nacido charlatán y recoge todos los chismes. Aun y ser el reptil de todo el Séptimo de Caballería, no pertenece a nadie en particular, y tampoco tiene que cumplir ninguna obligación militar. Por eso va y viene a su gusto y goza de popularidad entre todos los gatos domésticos y otras fuentes auténticas de información privada. Comprende todos los idiomas, y además los habla, aunque con un acento que da dentera, es cierto, y con un estilo gramatical que parece compuesto de blasfemias. Sin embargo, a fuerza de practicar, llega uno al meollo de lo que dice, y suele ser de utilidad. ¡Escucha!, ya tocan diana.

DIANA[1]

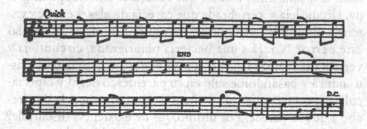

—Se oye muy débil y llega desde lejos, pero ¿verdad que suena con limpieza, que es agradable? No hay música que revuelva la sangre como la de la corneta en medio de la serena solemnidad del crepúsculo matutino, con la llanura alargándose confusa a lo lejos hasta desaparecer y las montañas fan-

1. La letra de la diana que toca la corneta en West Point se supone que es la siguiente:
   ¡No puedo lograr,
   no puedo lograr,
   no puedo lograr que despierten! (N. del A.)

tasmales durmiendo apoyadas contra el firmamento. Dentro de un instante oirás otro toque: débil, lejano, penetrante, igual que el otro y más dulce todavía. Espera, escucha. ¡Ahí lo tienes! Ese toque dice: «¡Soy yo, Soldado, ven!».

TOQUE DE LLAMADA DE SOLDADO

—Y ahora, ¡fíjate en la estela azul que dejo detrás!

VII

Soldado y Shekels

—¿Hiciste lo que te dije? ¿Visitaste al penco mexicano?

—Sí, trabé relación con él antes de que anocheciese, y nos hemos hecho amigos.

—A mí me fue simpático, ¿y a ti?

—Al principio, no. Me tomó por un reptil y eso me desasosegó, porque yo ignoraba si era un cumplido o no. Y no podía preguntárselo, por no pasar por ignorante. No dije, pues, nada y no tardé en cogerle una gran simpatía. ¿Crees tú que eso era un cumplido?

—Sí, lo era. Los reptiles escasean mucho, en la actualidad quedan pocos.

—¿Ah, sí? ¿Y qué es un reptil?

—Es una bacteria plantígrada, circunfleja y vertebrada que carece de alas y que es de existencia discutible.

—Vaya, suena a cosa buena, y con seguridad que lo es.

—Claro que sí. Puedes estar satisfecho de serlo.

—Lo estoy. Para una persona tan humilde como yo parece estupendamente magnífico y elegante. Me satisface, desde luego, y procuraré estar a la altura de mi condición. Pero resulta difícil de recordar. ¿Quieres repetírmelo, pero despacito?

—Bacteria plantígrada, circunfleja y vertebrada que carece de alas y que es de existencia discutible.

—Es magnífico, hay que reconocerlo. Magnífico y de hermosa sonoridad. Espero que no me vuelva orgulloso y estirado, porque no me gustaría serlo. ¿No crees, Soldado, que ser reptil es mucho más distinguido y honroso que ser perro?

—No hay punto de comparación. Es tremendamente aristocrático. Con frecuencia se le llama reptil a un duque, es un hecho registrado en la historia.

—¡Eso es estupendo! Potter no quiso nunca juntarse conmigo, pero creo que cuando se entere de lo que soy, se alegrará de hacerlo.

—Puedes estar bien seguro.

—He de darle las gracias a Mestizo. Para ser un penco mexicano, es de muy buena clase. ¿No te parece?

—Esa opinión tengo yo de él, porque lo de su nacimiento es cosa que no puede remediar. No todos podemos ser reptiles ni todos podemos ser fósiles, hemos de conformarnos con nuestra suerte y agradecer que no haya sido peor. Esa es la verdadera filosofía.

—¿Para esos otros?

—No te salgas del tema, por favor. ¿Resultaron ciertas mis sospechas?

—Por completo. Mestizo los ha oído hacer planes. Andan tras la cabeza de BB, porque los hizo salir corriendo de Medicine Bow, y les ha quitado los caballos que ellos habían robado.

—Y, desde luego, lo conseguirán.

—No si él se mantiene en guardia.

—¡Él, mantenerse en guardia! Jamás lo hace. Desprecia a

esa gentuza y a todos los de su calaña. Su vida está siempre amenazada, y eso ya se ha convertido en monótono.

—¿Sabe él que están aquí?

—Claro que sí. Es siempre el primero en enterarse de quiénes van y vienen. Pero le tienen sin cuidado ellos y sus amenazas, cuando alguien lo pone en guardia se limita a soltar la carcajada. Antes de que se dé cuenta lo balearán por la espalda. ¿Te contó Mestizo sus planes?

—Sí. Han averiguado que pasado mañana sale para Fort Clayton con uno de sus exploradores. Ellos se marcharán mañana, fingiendo que se dirigen al sur, pero luego darán un rodeo hacia el norte para alcanzarlo en el momento apropiado.

—Shekels, esto no me gusta nada.

VIII

La salida del explorador BB y de la teniente general Alison

BB [*saludando*]: «¡Magnífico! ¡Muy bien ejecutado! ¡Ni el Séptimo podría hacerlo mejor! General, maneja usted a sus batidores como un experto. ¿Y hacia dónde van?».

—Avanzaremos cuatro millas por el camino a Fort Clayton.

—¡Cuánto me alegro! ¿Y con qué propósito?

—Para daros guardia de honor a ti y a Thorndike.

—¡Bendito sea... tu corazón! Prefiero que seas tú quien me dé esa guardia a que me la dé el comandante en jefe de los ejércitos de Estados Unidos. ¡Eres un soldadito incomparable! No voy a jurártelo, porque ya sé que me crees.

—Pensé que te gustaría, BB.

—¿Que si me gusta? ¡Pues claro que sí! Venga, prepárense todos, toquen marcha, ¡y allá nos vamos!

IX

Otra vez Soldado y Shekels

—Bueno, pues la cosa ocurrió de esta manera. Cumplimos con los deberes que nos imponía darle escolta, luego volvimos, nos dirigimos a la llanura y sometimos a los batidores a un duro entrenamiento de varias horas. Acto seguido los enviamos a sus casas, bajo el mando de la brigadier general Fanny Marsh, y después la teniente general y yo galopamos unas tres horas por los llanos. Cuando volvíamos perezosamente hacia casa a mitad de la tarde, nos encontramos a Jimmy Slade, el tamborilero. Nos saludó y preguntó a la teniente general si sabía la noticia, a lo que ella contestó que no. Entonces él nos dijo:

»—Han tendido una emboscada a Buffalo Bill antes de llegar a Clayton y ha resultado malherido, y también el explorador Thorndike. Bill no pudo volver, pero Thorndike sí, y vino a traer la noticia. Han salido el sargento Wilkes y seis hombres de la Compañía B hace dos horas a toda velocidad para traer a Bill. Y dicen...

»—¡En marcha! —me gritó, y yo me lancé.

—¿A toda prisa?

—No hagas preguntas tontas. ¡A la carrera!

»Nada ocurrió durante cuatro horas, ni se habló una sola palabra, salvo que de vez en cuando ella me decía:

»—Vamos, Soldado, no aflojes, querido. ¡Lo salvaremos!

»Y no aflojé. Cuando se echó encima la oscuridad entre las colinas escarpadas, la pobrecita llevaba montada todo el día sobre la silla, y me di cuenta de que estaba cansada e insegura porque relajaba la presión de sus rodillas. Aquello me asustó muchísimo, pero cuantas veces intenté aflojar el paso para que pudiera dormirse y yo detenerme, volvía a aguijonearme, y, claro está, llegó un momento en que salió despedida.

»¡Vaya trance aquel! Ella estaba tendida en el suelo, sin moverse. ¿Qué iba a hacer yo? No podía dejarla allí e ir en busca de socorro, porque merodeaban los lobos. No quedaba más que permanecer a su lado. Era terrible. Yo me temía que la pobrecita hubiese muerto. Pero estaba con vida. Al rato volvió en sí y dijo:

—Dame un beso, Soldado.

»¡Benditas palabras! La besé muchas veces, estoy ya acostumbrado y nos gusta a los dos. Pero no se levantaba, y aquello me tenía preocupado. Ella me acarició la nariz con su mano, me habló y me llamó con nombres muy cariñosos, porque ella es así, pero me tocaba siempre con la misma mano. Lo que ella quería era que yo no me afligiese.

»No tardaron en aparecer los grandes lobos grises rondando alrededor. Se los oía gruñir por lo bajo, y morderse unos a otros, pero solo se veían sus ojos, que brillan en la oscuridad como chispas o estrellas. La teniente general dijo:

»—Si yo tuviese aquí a los batidores de las montañas Rocosas, obligaríamos a esos animales a trepar a un árbol.

»Luego fingió que los batidores estaban al alcance de su corneta, y se la llevó a los labios y tocó a reunión, luego a botasillas, después al trote, al galope, y ¡carguen! Entonces tocó a retirada y gritó:

»—¡Eso va por vosotros, rebeldes, porque los batidores no retroceden nunca!

»La música asustó a los lobos y se retiraron, pero como estaban hambrientos volvieron más tarde. Cada vez se volvían más audaces, como tienen por costumbre. La cosa duró una hora, y luego la pobre niña se durmió de agotamiento. Daba pena oírla gemir y apretujarse contra mí, que nada podía hacer por ella. Yo no perdía un instante de vista a los lobos. Son mi especialidad, tengo práctica. El más atrevido de todos se aventuró por fin a ponerse a mi alcance, y lo hice aterrizar junto a sus amigos aún con algo de su cabeza sobre él, y ellos se encargaron de lo demás. En la siguiente hora les ocurrió lo mismo a otros dos, que siguieron el camino del primero, los gaznates del destacamento. Con esto los supervivientes quedaron satisfechos y se largaron, dejándonos en paz.

»Aunque permanecí despierto y preparado durante el resto del tiempo, ya no tuvimos otras aventuras. A partir de medianoche, la niña dio señales de gran desasosiego, empezó a desvariar, y a gemir, y dijo:

»—Agua, agua, tengo sed.

»Y de cuando en cuando:

»—Dame un beso, Soldado.

»Otras veces se creía en el fuerte y daba órdenes a la guarnición. En uno de estos desvaríos se imaginó estar en España, y que su madre estaba con ella. La gente dice que los caballos no saben llorar, pero no saben lo que se dicen, porque nosotros lloramos por dentro.

»Después de una hora de la salida del sol, oí que los muchachos se acercaban, y distinguí el trote de Pomp, Caesar y Jerry, viejos camaradas míos. Sonido más grato que aquel no lo escuché nunca ni podré escucharlo.

»Traían a Buffalo Bill en una camilla a caballo, con la pierna rota por una bala, y los que la cargaban eran Mestizo y el de Blake Haskins. Buffalo Bill y Thorndike habían matado a aquellos dos bandoleros.

»Cuando llegaron hasta donde nosotros estábamos, y Buffalo Bill vio a la niña en el suelo tan pálida, exclamó:

»—¡Dios mío!

»El sonido de aquella voz hizo volver en sí a la niña, dejó escapar un gritito de felicidad y forcejeó por levantarse, pero no lo consiguió. Los soldados se reunieron a su alrededor como las más tiernas mujeres, y sus ojos se humedecieron sin avergonzarse cuando observaron que el brazo le colgaba inerte. También a Buffalo Bill se le humedecieron, y cuando colocaron a la niña en su regazo, preguntó:

»—¿Qué ha pasado, corazón?

»Ella le contestó:

»—Vinimos a salvarte, pero yo estaba cansada, me dormí, me caí del caballo, me lastimé y ya no pude volver a levantarme.

»—¿Viniste a salvarme, ratita querida? ¡Oh, muchas, muchas gracias!

»—Sí, y Soldado permaneció a mi lado, como te puedes imaginar, y me defendió de los lobos. Cuantas veces se le presentó ocasión mató de un par de coces a algunos de ellos, como sabías que haría, BB.

»Entonces el sargento dijo:

»—Señor, son tres los que ha matado, y aquí están sus huesos para dar fe.

»—Es un caballo maravilloso —dijo BB—, es el mejor caballo que ha existido. Salvó tu vida, teniente general Alison, y seguirá protegiéndola mientras él viva. ¡Te lo vendo por un beso! —Ella lo besó en un impulso apasionado de dicha, y él dijo—: Veo que te sientes ya mejor, españolita, ¿crees que serías capaz de dar el toque de marcha?

»La niña levantó la corneta para hacer lo que él le pedía, pero BB le ordenó que esperase unos momentos. Él y el sargento le entablillaron el brazo; ella parpadeó, pero no dejó escapar un gemido. Después nos dirigimos hacia el fuerte, y ahí termina la historia. Yo le pertenezco. ¿Verdad que es un encanto de chica, Shekels?

—¿Un encanto? Más que un encanto, es mil veces encantadora, ¡es un reptil!

—Shekels, ese elogio te ha salido del corazón, y que Dios te bendiga por él.

X

El general Alison y Dorcas

—Demasiada compañía para ella, amo Tom. Entre usted, Shekels, la mujer del coronel, y el Cid...

—¿El Cid? ¡Ah, sí, te refieres al cuervo!

—… y la señora del capitán Marsh, Hambre y Peste, los cachorros de coyote, Sour-Marsh y sus cachorros, Sardanápalo y sus gatitos (¡al diablo con los nombres que les pone a sus mascotas!, me descoyuntan la mandíbula), y Potter y usted, todos echados por la casa, y Soldado todo el tiempo asomado a la ventana, yo no sé cómo la chica va curándose tan bien como lo está haciendo. Porque ella…

—Lo que pasa, vieja avariciosa, es que la quieres toda para ti.

—Amo Tom, usted es un hombre inteligente. Le digo que es demasiada compañía, y además, ¡vaya una ocurrencia la de estar recibiendo constantemente los partes de sus oficiales, que estudia para obrar en consecuencia, y les da órdenes lo mismo que cuando estaba sana! Todo eso no puede hacerle bien. Tampoco al cirujano le gusta: intentó convencerla de que no lo hiciese, pero no lo consiguió. Y cuando la obligó, ella se puso furiosa e indignada, lo trató con severidad, lo acusó de insubordinación y le dijo que él no tenía derecho a dar órdenes a un jefe de su categoría. El cirujano vio que la había excitado todavía más, y que con ello le había hecho un daño mayor que todos los demás juntos. Sufrió un gran disgusto, y se arrepintió de no haber permanecido callado. La verdad es que los médicos saben poco. La muchacha se interesa demasiado por las cosas; debería descansar más. Se pasa el día enviando mensajes a BB, a los soldados, a los indios y a no sé cuántos más, sin contar con las bestias.

—¿También a las bestias les envía mensajes?

—Sí, señor.

—¿Y quién se los lleva?

—Algunas veces Potter, pero casi siempre Shekels.

—¡Vaya! ¿A quién puede parecerle mal que ande en fantasías tan simpáticas como esas?

—¡Que no son fantasías, amo Tom! La niña los envía.

—Bueno, por lo que respecta a ella no lo dudo.

—Entonces, señor, ¿duda de que los animales los reciben?

—Desde luego que lo dudo. ¿Y tú no?

—No, señor. Los animales hablan entre ellos. Yo lo sé bien, amo Tom, y no lo digo por decir.

—¡Qué superstición más curiosa!

—¡No es superstición, amo Tom! Fíjese usted en Shekels, fíjese usted ahora mismo. ¿Es cierto o no que está escuchando? ¡Y ahora mire! Ya volvió la cabeza hacia otro lado. Lo ha hecho porque lo hemos sorprendido en el acto. Yo le pregunto a usted si hay cristiano capaz de mostrarse más avergonzado que ese animal ahora. ¡Túmbate! ¿Lo ve? Ya se iba a escabullir hacia fuera. ¡No me diga usted nada, amo Tom! Si los animales no hablan, es que yo no sé lo que me digo. El peor de todos es Shekels. Va y les cuenta a los demás todo cuanto ocurre en las casas de los oficiales, y cuando anda escaso de noticias, las inventa. En eso tiene tan poca conciencia como un arrendajo azul, y en cuanto a principios de moralidad, ni uno solo. Fíjese ahora en él, vea qué humilde se muestra. Se da cuenta de lo que estoy diciendo, y sabe que es la pura verdad. Ya ve usted cómo es capaz de sentir vergüenza; esa es la única virtud que tiene. Es asombroso cómo los animales se las arreglan para enterarse de todo lo que ocurre. Ellos...

—Pero ¿tú crees, Dorcas, que de verdad hacen eso?

—No solo lo creo, amo Tom, sino que me consta que es así. Anteayer sabían que iba a ocurrir algo. Se mostraban excitados y se juntaban aquí y allá, cuchicheando. Cualquiera podía ver que ellos... ¡Válgame Dios! Tengo que volver con Cathy, y todavía no he cumplido su encargo.

—¿Cuál es, Dorcas?

—Verá usted, son dos o tres cosas. Primera, el doctor no hace el saludo cuando entra en la habitación. No, amo Tom, no es cosa de reírse, porque...

—Bien, perdóname, no tuve intención de reírme. Me pilló distraído.

—Pues verá usted, como la niña no quiere lastimar los sentimientos del doctor, no le ha dicho nada y sigue mostrándose muy cariñosa con él, pero a esa clase de personas les lastima que las traten con descortesía.

—Mandaré que ahorquen a ese médico.

—Amo Tom, ella no quiere que usted lo ahorque, ella...

—Pues entonces lo haré freír en aceite.

—Tampoco quiere que lo fría en aceite. Lo que yo...

—Bueno, bueno, lo que yo quiero es complacerla: haré que lo despellejen.

—Pero ¡si ella no quiere verlo despellejado! Eso le desgarraría el alma. Vamos a ver...

—Mujer, esto carece por completo de sentido. ¿Qué diablos quiere?

—Amo Tom, si tuviese un poquito más de paciencia y no se disparase por la cosa más pequeña, le habría dicho que ella solo quiere que usted hable con él.

—¡Hablar con él! ¡Esa sí que es buena! Y toda esta furia y este alboroto increíble nada más que para una..., para una... ¡Dorcas, hasta ahora no te había visto llegar a estos extremos! Has alarmado al centinela, que cree que me asesinan, o que ha estallado un motín, una revuelta, una insurrección...

—Amo Tom, está usted haciendo una comedia, lo sabe perfectamente. No sé a qué obedece que obre usted así, aunque siempre lo ha hecho desde que era pequeño, y creo que no puede corregir ese defecto. ¿Ha terminado ya, amo Tom?

—Pues sí, pero a cualquiera tiene que resultarle enojoso ver que cuando pone de su parte todo lo que puede, y se desvive por ofrecer todos los mimos posibles, lo rechazan con desprecio y... Bueno, dejémoslo estar, no tiene importancia. Hablaré con el médico. ¿Quedas contenta con eso, o piensas volver otra vez a la carga?

—Sí, señor, quedo contenta. Además, es una cosa de pura justicia hablar con él, porque la niña tiene razón en lo que dice. Toda su preocupación consiste en mantener la disciplina entre los batidores y esta insubordinación del médico sienta un mal ejemplo. ¿No es eso cierto, amo Tom?

—No puedo negar que hay algo de razón en lo que dices. Le hablaré, pues, aunque en el fondo sigo pensando que ahorcarlo tendría efectos más duraderos. ¿Qué más te ha encargado, Dorcas?

—Verá usted, mientras ella esté enferma, su habitación es el cuartel general de los batidores. Pues bien: los soldados de Caballería y los Dragones que están libres de servicio vienen y relevan a sus centinelas para darles descanso. Lo hacen por puro cariño, señor, y porque saben que a ella le complacen los honores militares en su honor, y también a los demás muchachos, pero no traen sus mosquetes, de modo que...

—Ya los había visto allí, pero no había caído en por qué. Así que están montando la guardia, ¿no?

—Sí, señor. Ella teme que usted les suelte una reprimenda y lastime sus sentimientos si se entera, por eso le suplica que si no tiene inconveniente en entrar a casa por la puerta trasera...

—Dorcas, sosténme, no dejes que me desmaye.

—Ya está, incorpórese y compórtese, amo Tom. No va a desmayarse; lo que usted hace es nada más que una comedia, igual que cuando era pequeño. No parece haber caído en la cuenta de que ya ha pasado mucho tiempo para que se haya hecho un hombre.

—Dorcas, si la niña sigue progresando así, en no mucho tiempo voy a perder mi empleo: tendrá en sus manos el mando del puesto. Es preciso que dé la cara, no puedo dejarme despojar sin lucha. Esta usurpación... Dorcas, ¿cuál crees que será su próximo paso?

—Amo Tom, ello no abriga ninguna mala intención.

—¿Estás segura?

—Sí, amo Tom.

—¿Tienes la certeza de que no premedita designios ulteriores?

—No sé lo que usted quiere decir con eso, amo Tom, pero tengo la certeza de que ella no tiene esas cosas.

—Bien, con eso ya quedo tranquilo por el momento. ¿Y para qué otra cosa viniste?

—Creo que debería empezar por contárselo a usted todo, amo Tom, y luego decirle lo que quiere. Ha habido una *émeute*, según ella dice. La cosa ocurrió cuando ella no había regresado aún con BB. El oficial de día le dio parte esta mañana del suceso. Tuvo lugar en su fuerte. Entre el comandante general, Tommy Drake, y la teniente coronel, Agnes Frisbie, hubo un lío: el muchacho le arrebató su muñeca, que está hecha de cabritilla blanca llena de serrín, y delante de todos le hizo pedazos los vestidos. El agresor se encuentra arrestado, y se le procesa...

—Sí, ya veo, por conducta indigna de un oficial y de un caballero. El caso, en mi opinión, no tiene vuelta de hoja. Es muy serio. ¿Y qué es lo que la niña quiere?

—Verá usted, amo Tom, ha convocado un consejo de guerra, pero el médico opina que su estado de salud no le permite presidirlo. Ella sostiene que, por tratarse de un comandante general, solo ella es competente, de modo que lo que me pide es si usted se presta a presidir ese consejo de guerra en su lugar. ¡Amo Tom, incorpórese! Está usted tan a punto de desmayarse como Shekels.

—Dorcas, vuelve al lado de la niña y condúcete con tacto. Muéstrate persuasiva, pero no la impacientes. Dile que no se preocupe, que el asunto está en mis manos, pero que sería faltar a las buenas formas llevar con precipitación un asunto de tal gravedad. Explícale que es preciso que nos guiemos por los precedentes, y que yo creo que en este caso de ahora no los hay. Puedes decirle que me consta que jamás ocurrió en nuestro ejército una cosa parecida, y que, por tanto, necesitaré guiarme por los precedentes europeos, que tendré que revisar con cautela y sopesar con cuidado. Dile que no se impaciente, que eso me llevará varios días, pero que se hará en su debida forma, y que me presentaré ante ella para darle los partes de mis gestiones. ¿Comprendes bien dónde voy a parar, Dorcas?

—Pues no sé si lo comprendo, señor.

—A lo siguiente: no es posible que yo, brigadier de un ejército regular, presida el consejo de guerra de unos niños; comprende que jamás ha sucedido tal cosa. Perfecto. Yo me dedicaré a examinar las autoridades que hay en la materia, y la iré informando de mis trabajos hasta que ella misma me saque del trance, presidiéndolo cuando ya se encuentre bien. ¿Me comprendes ahora?

—¡Claro que sí, señor! Y está muy bien pensado. Voy a decírselo y lo arreglaré con ella. ¡Túmbate!, no te muevas de ahí.

—Pero ¿qué está haciendo de malo el perro?

—Nada, pero me molesta ver su conducta.

—¿Y qué hace?

—¿Es que no lo comprende, viendo la prisa que tiene? Ya iba a salir corriendo para llevar la noticia por todo el puesto. Me imagino que ahora ya no negará usted que los animales se cuentan entre sí todo lo que oyen. Lo ha visto usted con sus propios ojos.

—Sí, Dorcas, aunque me pese confesarlo, ya no veo modo de mantener mis dudas en presencia de una prueba tan abrumadora como la que nos está dando este perro.

—¡Menos mal que al fin se da cuenta! Me admira, amo Tom, que sea usted tan cabezota. Siempre lo fue usted, hasta cuando era pequeño. Me marcho ya.

—Escucha, dile que, en vista del retraso, soy de opinión de que debería poner en libertad al acusado, bajo palabra de honor.

—Se lo diré, señor. ¡Amo Tom!

—¿Qué pasa?

—Que ella no puede llegar hasta donde está Soldado, y el caballo no se aparta de allí un momento, con la cabeza gacha y muy solitario; y ella me pregunta si no querría usted ir a darle un apretón de manos y a consolarlo. Todos los demás lo hacen.

—¡Pues sí que es una clase curiosa de soledad! Bueno, está bien, lo haré.

XI

Varios meses después. Antonio y Thorndike

—Thorndike, ¿acaso ese penco en el que va usted montado fue el que lo sacó de la pelea que usted y Buffalo Bill tuvieron hace unos meses con el difunto Blake Haskins y su compañero?

—Sí, este es Mestizo, y no tiene ni pizca de mal caballo.

—Me he fijado en que mantiene una velocidad estupenda. ¿No le parece la de hoy una mañana espléndida?

—En efecto.

—Thorndike, es una mañana de Andalucía, y con eso está dicho todo.

—De Andalucía y de Oregón, Antonio. Si le agregas eso, te doy mi voto. Como nací allí sé lo que me digo. Y como tú naciste en Andalucía...

—Puedo hablar con autoridad acerca de ese pedazo del paraíso, ¿verdad? Pues sí, puedo. Igual que el Don. ¡Igual que Sancho! Esta alborada es andaluza por completo: vivificadora, fresca, sembrada de rocío, fragante, penetrante...

Y la brisa perfumada
sopla suave y delicada
sobre la isla de Sri Lanka...

—... ¡Levántate, buey inválido! ¡Mira que tropezar de ese modo en el preciso momento en que te estábamos poniendo por las nubes! ¿De modo que sales de exploración, y no eres capaz de estar a la altura del honor que se te hace? Dígame, Antonio: ¿ha pasado usted mucho tiempo por allá, en las Llanuras y las Rocosas?

—Más de trece años.

—Es mucho tiempo. ¿Nunca sintió usted nostalgia de su país?

—Nunca, hasta ahora.

—¿Y por qué ahora? Después de una cura tan larga...

—Se ha despertado en mí al presenciar los preparativos que lleva a cabo el comandante, en vista de su retiro.

—Claro. Es natural.

—Me hacen pensar en España. Conozco la región donde vive la tía de la hija del Séptimo, conozco aquella región encantadora por millas y millas a la redonda. Apostaría a que he visto muchas veces la casa de su tía, y a que estuve dentro de la casa en aquellos felices tiempos de antaño en que yo era un caballero español.

—Dicen que la niña está loca por ver España.

—Así es, lo he oído decir.

—¿Y no habló usted nunca con ella sobre su origen?

—No. He procurado evitarlo. No tardaría en volverme tan loco como ella, y eso no me haría feliz.

—También a mí me gustaría hacer ese viaje, Antonio. Yo daría mucho por ver dos cosas. Una de ellas es el ferrocarril.

—Cuando la niña llegue a Missouri podrá ver uno.

—Y la otra es una corrida de toros.

—Yo he visto infinidad, y ojalá pudiese ver otra más.

—Yo no sé nada de ellas, solo tengo una idea revuelta y confusa, Antonio, pero sé lo suficiente para comprender que se trata de un deporte magnífico.

—¡El más grandioso del mundo! No hay otro que se le pueda comparar. Te contaré lo que he visto, y entonces podrás juzgar. Fue la primera, y la tengo tan grabada en mi imaginación como cuando la tuve delante de mí. Era un domingo por la tarde, el tiempo era espléndido, y mi tío el sacerdote me llevó para recompensarme por haber sido un buen chico, porque, espontáneamente y sin que nadie me lo pidiese, rompí mi hucha y di el dinero a una misión que estaba civilizando a los chinos, dulcificando sus vidas y sus corazones con las cariñosas enseñanzas de nuestra religión. Ojalá, Thorndike, que usted pudiera ver lo que yo vi aquel día.

»La plaza rebosaba de gente, desde el ruedo hasta la grada más alta. Eran doce mil personas formando una masa circular, sólida e inclinada: realeza; nobles; clérigos; damas; caballeros; altos funcionarios; generales; almirantes; soldados; marineros; abogados; ladrones; comerciantes; chamarileros; cocineras; sirvientas; criadas de cocina; busconas; petimetres; jugadores; pordioseros; vagabundos; vagos; damas, caballeros y predicadores americanos; damas, caballeros y predicadores ingleses; y alemanes; y franceses, etcétera. Todo el mundo estaba allí representado. Los españoles, para admirar y elogiar; los extranjeros, para saborear el espectáculo y censurarlo cuando volviesen a sus países. Allí estaban todos, una curva circular, sólida, inclinada, de colores vivísimos y ondulantes bajo la cascada de sol veraniego. ¡Aquello era un jardín, un jardín llamativo y fastuoso de flores! Los niños masticando naranjas; seis mil abanicos aleteando y lanzando destellos; todo el mundo feliz y charlando gozosamente con sus íntimos; rostros encantadores de muchachas contestando con sonrisas y saludos a otros igual de encantadores; damas y caballeros de pelo cano intercambiando muestras de afecto; etcétera. ¡Qué cuadro de alegría satisfecha y de gozosa anticipación de lo que se va a presenciar! Allí no hay un espíritu ruin, ni una sola alma sórdida, ni un corazón triste. ¡Ah, Thorndike, lo que yo daría por volverlo a ver!

»De pronto, las notas marciales de una corneta atraviesan el zumbido de las voces y los murmullos. "¡Todo el mundo fuera del ruedo!"

»Y queda libre. Se abre la puerta grande y avanza el cortejo, luciendo trajes espléndidos y centelleantes: primero, los alguacilillos del día; luego, los picadores, a caballo; y detrás, los matadores, a pie, cada cual rodeado de su cuadrilla de chulos. Avanzan hasta colocarse delante del palco de las autoridades de la ciudad y presentan el saludo de rigor. Les echan la llave, y entonces se procede a abrir el cerrojo de la puerta por donde saldrá el toro. Suena otro clarín, se abre de golpe esa puerta, y el toro se abalanza al ruedo, furioso, trémulo, parpadeando al recibir la luz cegadora, y se planta, animal magnífico, en el centro de aquella multitud de ojos llenos de admiración, bravucón, dispuesto a la pelea, retador. Ve a su enemigo, es decir, a los hombres que montan a caballo, inmóviles, apoyados en sus largas picas, sobre jamelgos con los ojos tapados, rocines que casi no pueden sostenerse de delgados y hambrientos, y que ya solo sirven para este deporte y el sacrificio, y después para el muladar.

»El toro se abalanza con ansia asesina en la mirada, pero el picador lo espera y le clava la pica en el lomo. El toro retrocede dolorido, y el picador se aleja del peligro. Estalla una ovación para el picador y se oyen pitos para el toro. Algunos gritan: "¡Es un buey!", y le dicen todo tipo de cosas insultantes. Pero el toro no está para escucharlos, él va a lo suyo. No le molestan los capeadores, que agitan las capas a su alrededor para confundirlo; persigue a este, persigue al otro, y va de aquí para allá, desperdigando a los ágiles *banderillos**\ en todas direcciones, como un surtidor, y recibiendo sus dardos enloquecedores en el morrillo, al mismo tiempo que le esquivan y escapan. ¡Qué espectáculo más lleno de animación, y cómo la concurrencia se viene abajo aplaudiendo! Tendrías que escuchar el griterío atronador que estalla cuando la corrida está en su momento más emocionante y los espectadores presencian gestas magníficas.

»¡El primer toro de aquel día fue estupendo! Desde el instante mismo en que el espíritu combativo se despertó en su interior como una marea creciente, se puso a lo suyo, y empezó a hacer prodigios. Se abrió camino por entre sus perseguidores, arrojando a uno limpiamente al otro lado de la barrera; derribó a un caballo con su jinete, y se abalanzó como una flecha hacia otro que estaba cerca, metió los cuernos y lo hirió a él y a la montura. Siguió al ataque de un lado a otro, y despanzurró dos caballos, que se desplomaron al suelo. Malhirió

* En español en el original. *(N. del T.)*

a un tercero de tal manera que, a pesar de que se apresuraron a ponerlo a cubierto, y volvieron a meterle dentro las tripas rellenando los desgarrones con estopa, intentaron sacarlo otra vez frente al toro, pero no tuvo fuerzas para caminar ese recorrido. Realizó una tentativa de galope al sentir la espuela, pero no tardó en girar, tambalearse y caer, formando un montón inerte. El ruedo ofreció durante ese rato el espectáculo más emocionante, magnífico e inspirador que se ha visto nunca. El toro lo despejó por completo y se quedó solo, como el rey del lugar. La gente enloqueció de orgullo, de gozo y deleite al verlo, y el griterío, el estruendo y el estrépito de los aplausos fueron tales que uno no oía ni siquiera su propia voz.

—Antonio, solo con oírselo contar me vuelvo loco. Aquello debió de ser perfectamente espléndido. Si tengo vida, no me moriré sin ver una corrida de toros. ¿Lo mataron?

—¡Claro que sí! El toro entra allí para que lo maten. Lo cansaron y, por último, acabaron con él. El toro seguía abalanzándose contra el matador, y este lo esquivaba siempre con gracia y elegancia, esperando su momento. Al fin, llegó: el toro acometió, el torero le mostró el capote, y cuando aquel iba a pasar, la larga espada se clavó en él silenciosa, entre el omóplato izquierdo y el espinazo, y se le fue metiendo y metiendo hasta el puño. El animal se desplomó, moribundo.

—Le digo, Antonio, que es el deporte más noble que ha existido jamás. Daría un año de mi vida por presenciarlo. ¿Matan siempre al toro?

—Sí. A veces el toro es tímido, y al verse en un sitio tan extraño para él, se queda tembloroso o intenta retirarse. Todo el mundo lo desprecia entonces por su cobardía, y quiere que se le castigue y se le ponga en ridículo. Entonces lo desjarretan por detrás, y resulta la cosa más divertida del mundo verlo caminar por el ruedo cojeando con sus patas cortadas. La inmensa concurrencia estalla entonces en vendavales de risa; yo me he reído viendo ese espectáculo hasta que me corrían las lágrimas por los carrillos. Cuando el toro ha dado toda la diversión de que era capaz, ya no sirve para nada, y lo matan.

—Te digo, Antonio, que es una cosa absolutamente magnífica, absolutamente hermosa. Eso no tiene ni para empezar con quemar a un negro.

XII

Mestizo y el otro caballo

—Salvia, ¿has oído de lo que hablaban?

—Sí.

—¿No es una cosa muy rara?

—Pues no, Mestizo, yo creo que no.

—¿Y por qué no?

—En mis tiempos he conocido a muchos seres humanos. Los crearon como son, no pueden remediarlo. Si son brutos, es porque así nacieron; también los brutos serían brutales si hubieran nacido así.

—Para mí, Salvia, el hombre es de lo más extraño e inexplicable. ¿Por qué ha de tratar a los animales de esa manera, si no le hacen ningún daño?

—El hombre no obra siempre así, Mestizo, es bastante bondadoso cuando no lo subleva la religión.

—¿Acaso las corridas de toros son un servicio religioso?

—Creo que sí, lo he oído decir. Se celebran los domingos.

[*Un silencio meditativo, que dura algunos momentos*]

Y luego:

—Dime, Salvia: cuando morimos nosotros, ¿vamos al cielo y vivimos allí junto con el hombre?

—Mi padre opinaba que no. Creía que nosotros no tenemos que ir allí como no lo hayamos merecido como un castigo.

XIII

El general Alison a su madre

Ha sido un viaje muy largo, pero encantador, como no podía ser menos, el que hemos hecho a través de las Rocosas, de las Black Hills y de la imponente extensión de las Grandes Llanuras hasta la civilización y las orillas del Missouri, donde comenzó el ferrocarril y terminó el deleite. Pero nadie se encuentra peor después del viaje. Desde luego, ni Cathy, ni Dorcas, ni Soldado. Por lo que a mí respecta, no me quejo.

España es tal como Cathy se la había representado, y más todavía, asegura ella. Vive presa de una furia de gozo. Es el animalito más loco que se vio jamás, y se halla toda entregada a su júbilo. Cree que recuerda su tierra, pero yo creo que eso no es muy probable. Las dos, Mercedes y Cathy, se comen la una a la otra. Es un éxtasis de amor, magnífico de ver. Es una cosa española; con eso está dicho todo. ¿Será la nuestra una visita corta?

No. Será permanente. Cathy ha decidido quedarse aquí con su tía. Dorcas dice que ella (Dorcas) previó que ocurriría eso, y también que lo deseaba, ya que el sitio conveniente para la niña es su propio país, y que no debieran habérmela enviado, sino que yo tendría que haber venido donde estaba ella. Me pareció una locura traer a Soldado, pero hice bien en ceder a las súplicas de Cathy: si se hubiese quedado allí, la mitad del corazón de la niña se habría quedado también, y no sería dichosa. La verdad es que todo ha ocurrido de la mejor manera posible, y todos estamos satisfechos y contentos. Quizá Dorcas y yo regresemos algún día a América, pero también pudiera ser que no.

Abandonamos el puesto temprano por la mañana. Fue

un momento conmovedor. Las mujeres abrazaban a Cathy llorando, así como los duros guerreros del batallón de Batidores de las montañas Rocosas. Allí estaba Shekels, y también el Cid, Sardanápalo, Potter, Mestizo, Sour-Mash, Hambre y Peste. Cathy los besó a todos y lloró. Había varias delegaciones de las distintas compañías de la guarnición para representar a los demás, y cuando Cathy dijo: «¡Adiós, y que Dios te bendiga por tus aficiones militares!»; acudió un pelotón especial del Séptimo, con el veterano más viejo a la cabeza, para despedir a la hija del Séptimo con grandes honores y ceremonias imponentes. El veterano había aprendido de memoria un discurso, hizo el saludo y se dispuso a declamarlo, pero le temblaron los labios y se le quebró la voz. Cathy entonces se inclinó desde su silla y le besó en la boca, convirtiendo su derrota en victoria, lo que provocó los aplausos de todos.

Las ceremonias se cerraron con el acto siguiente, que constituyó una sorpresa muy emocionante. Quizá haya averiguado usted que cuando un soldado, un regimiento o la guarnición entera quería hacer algo para complacer a Cathy, se diluían sensiblemente y desaparecían los rigorismos de las leyes militares. Las bandas concibieron la idea de conmover su corazón marcial con una despedida que quedaría grabada para siempre en su memoria, una despedida hermosa e inolvidable, que le recordase el pasado y el amor que le tenían, siempre que se pusiese a pensar en ello. Sometieron su proyecto al general Burnaby, mi sucesor y el más nuevo servidor de Cathy, y consiguieron su permiso, a pesar de la escasez de precedentes. Los músicos sabían cuáles eran los aires militares favoritos de la niña. Con esto le bastará a usted para adivinar lo que viene, pero ella no lo sabía. Se le pidió que tocase a diana, y ella lo hizo.

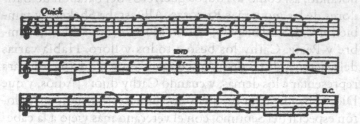

Cuando dio la última nota, todas las bandas rompieron a tocar a una, y despertaron las montañas con el «Star-Spangled
Banner», interpretado como para que a quien lo oyera se le
hinchase el corazón y le saltase en el pecho y se le pusiera la
carne de gallina. Era cosa para reventar de satisfacción ver
cómo la cara radiante de Cathy brillaba entre su júbilo y sus
lágrimas. Entonces, y a petición, tocó ella a asamblea...

ASAMBLEA

... y las bandas retumbaron con el «¡En torno a la bandera,
formad, formad otra vez!» Después tocó ella otra, llamada
«To the Standard»...

«TO THE STANDARD»

884

... y las bandas contestaron con «Cuando marchábamos por Georgia». Acto seguido tocó ella a botasilla, esa llamada que es la más emocionante y expeditiva...

BOTASILLA

...y las bandas apenas si pudieron aguardar a la nota final. Rompieron con toda su fuerza con el «Tramp, tramp, tramp, los muchachos marchan», y la excitación de todos aumentó hasta hervirles la sangre.

Hubo luego una pausa solemnísima, y la corneta tocó a silencio, que esta vez podía interpretarse con estas palabras: «¡Adiós, y que Dios nos guarde!», porque este toque es el que deja libre de servicio al soldado para toda la noche, y lo despide. Es un toque quejumbroso, dulce, patético, porque este no está nunca seguro de llegar a la mañana; siempre es posible que sea aquella la última vez que lo oiga...

SILENCIO

... y entonces las bandas volvieron sus instrumentos hacia Cathy, y estallaron en el alegre frenesí de la siguiente canción:

Cuando el marino marcando el paso vuelva a su casa,
¡trompas perdidos hemos de estar!
¡Trompas perdidos hemos de estar, sí!
Cuando el marino marcando el paso vuelva a su casa.

Y siguieron al instante con «Dixie», ese antídoto contra la melancolía, la canción militar más alegre y jubilosa de cuantas se tocan a ambos lados del océano. Y así acabó. Y luego, ¡adiós!

¡Cuánto me habría gustado que usted se hubiese encontrado allí para verlo todo, para oírlo todo, para sentirlo todo y para que volase usted por los aires, arrebatada por el huracanado hurra que barrió el lugar como final!

Cuando salimos de allí a caballo, nuestro destacamento principal llevaba ya una o dos horas en camino, me refiero al equipaje de campamento. Pero no nos marchamos solos, porque cuando Cathy tocó a marcha los batidores salieron al trotecito en columna de a cuatro, dándonos escolta, y a ellos se unieron Nube Blanca y Pájaro de las Tormentas con todos sus pomposos guerreros, y Buffalo Bill con cuatro exploradores. A tres millas de distancia de allí, en las Llanuras, la teniente general tocó el alto, plantó su caballo como una estatua ecuestre, con la corneta en los labios, y estuvo haciendo maniobrar a los batidores durante media hora, y, por último, cuando tocó a la carga, se puso ella misma al frente. «Y no será esta la última vez», les dijo, y sus palabras fueron contestadas con vítores. Nos despedimos de todos y nos dirigimos hacia el este, alejándonos al trote.

P. D.: *Un día después.* La noche pasada han robado a Soldado. Cathy está como loca y no se consuela con nada. Mercedes y yo no estamos muy alarmados por la suerte del caballo, a pesar de que esta parte de España se halla actualmente en un torbellino político y se hace bastante poco caso de la ley. En tiempos corrientes se habría tardado poco en capturar al ladrón y al animal. Espero que no tardemos en tenerlos en nuestro poder.

XIV

Soldado, para sí mismo

Han transcurrido cinco meses. ¿O es que son seis? Las fatigas me han oscurecido la memoria. Creo que he recorrido todo este país de un extremo a otro. Ahora, desde anteayer, estoy de vuelta en la ciudad por la que cruzamos aquel último día de nuestro largo viaje, y que tan próxima se encuentra de la casa de campo en que ella vive. Me he convertido en una ruina tambaleante y mis ojos están casi ciegos, pero he reconocido el sitio en el que estoy. Si ella pudiera verme, me conocería, y haría sonar mi toque de llamada. ¡Ay, si yo pudiera escucharlo una vez más! Me devolvería la vida, me devolvería su rostro, y las montañas, y la vida en libertad, y yo acudiría a él. Sí, acudiría aunque me estuviera muriendo. Ella no me reconocería por el aspecto que tengo ahora, sino por mi estrella. Pero nunca más me verá. No me permiten salir de estas sucias cuadras, de este lugar infecto y miserable, en el que tengo otras dos ruinas como yo de acompañantes.

¿Cuántas veces he cambiado de manos? Creo que han sido doce, no puedo acordarme bien. Y cada vez hacia abajo, y cada vez en manos de un amo más duro. Todos ellos fueron crueles conmigo; me hicieron trabajar noche y día en ocupaciones bajas, y me golpearon. Me tuvieron mal alimentado, y hubo jornadas en las que nada comí. He quedado reducido, pues, a los huesos, con una piel áspera y sucia que forma bultos y ángulos sobre mi cuerpo encogido, esa misma piel que antaño era bruñida, esa piel que a ella le gustaba acariciar con su mano. Yo era el orgullo de las montañas y de las Grandes

Llanuras; ahora soy un mamarracho despreciado por todos. Estas ruinas lamentables que tengo aquí de camaradas dicen que hemos llegado al último escalón, a la humillación final. Dicen que cuando un caballo no vale ya el pienso que come, que consiste en hierbas y restos, lo venden por una copa de aguardiente para la plaza de toros, para que divierta al pueblo y muera por su regocijo.

Morir es cosa que no me preocupa. Nosotros, los que hemos hecho el servicio militar, no tememos la muerte. Pero ¡si yo la viese a ella de nuevo! ¡Si yo pudiera oír el toque de su corneta llamándome otra vez!: «¡Soy yo, Soldado, ven!».

XV

El general Alison a la señora Drake, esposa del coronel

Vuelvo ahora a donde estaba, y le contaré a usted lo demás. Nunca sabremos cómo terminó Cathy allí, no hay modo de explicarlo. Ella estaba siempre al acecho de caballos negros, lustrosos y briosos, vigilaba, esperaba, desesperaba, volvía a esperar; constantemente andaba a la caza y tocaba la llamada, por muy flaca que fuese la posibilidad de respuesta, y acababa con el corazón destrozado al sufrir otra desilusión. Preguntaba siempre, se interesaba en todas las cuadras de venta y en todos los lugares en los que existía acopio de caballos. Cómo llegó hasta allí tendrá que quedar en el misterio.

En el punto al que yo había llegado en el párrafo que precede a este relato, la situación era la siguiente: había dos caballos muriendo en el suelo, el toro había ahuyentado a un lado y otro por un momento a sus perseguidores, y estaba plantado en medio de la plaza, jadeando, levantando con sus pezuñas nubes de polvo sobre su espalda. El hombre que había sido herido volvió otra vez al ruedo con otro caballo, un pobre jamelgo con los ojos tapados pero en el que había algo irónicamente militar en su porte. Un instante después el toro le había desgarrado la barriga: sus tripas se arrastraban por el suelo y el toro volvía a la carga con el enjambre de sus cóleras. De pronto, resonaron las notas de un toque de corneta que me heló la sangre: «¡Soy yo, Soldado, ven!». Me volví, y Cathy ya volaba hacia abajo por entre la masa de gente. Salvó de un salto la barrera y corrió hacia aquel caballo sin jinete, que se adelantaba tambaleante en dirección a las notas conocidas, pero le faltaron las fuerzas y cayó a sus pies, mientras ella le prodigaba sollozantes besos, y la concurrencia se ponía en pie movida por un solo impulso y lívida de horror. Antes que nadie pudiera acudir en su socorro, el toro embistió de nuevo...

Nunca más recobró el conocimiento. La llevamos a casa, destrozada y empapada de sangre; nos arrodillamos junto a ella, escuchando sus palabras entrecortadas y delirantes, y oramos por su alma, que salía del cuerpo, y ya no nos consolamos, ni creo que nos consolaremos nunca. Pero ella se sintió feliz, se encontraba muy lejos de allí, bajo otro cielo, alternando otra vez con los batidores, con sus amigos animales y con los soldados. Sus nombres fueron cayendo suaves y con ternura de su boca, uno a uno, dejando un silencio entre ellos. No sufría, permanecía acostada con los ojos cerrados, murmurando ensimismada como una persona que sueña. Algunas veces sonreía, sin decir nada; otras sonreía al pronunciar un nombre, como Shekels, o BB, o Potter. Algunas veces se creía en su fuerte, dando órdenes; otras cargaba por las llanuras a la cabeza de sus hombres; otras estaba entrenando con su caballo; y en una ocasión dijo en tono de censura: «Me estás dando el pie equivocado, dame el izquierdo, ¿no sabes que nos estamos despidiendo?».

Después permaneció callada un rato; el final estaba próximo. De pronto murmuró: «Cansada... Tengo sueño... Coge en brazos a Cathy, mamá». Y luego dijo: «Dame un beso, Soldado». Durante un ratito permaneció tan callada que dudábamos si respiraba. De pronto alargó las manos y empezó a tantear a ciegas, y por último dijo: «No lo encuentro; tocad a silencio».

Aquel era el fin.

SILENCIO

1906

Cazando la falsa gallipava

Siendo yo muchacho, mi tío y sus hijos mayores cazaban con rifle, mientras que Fred, el más joven, y yo lo hacíamos con una escopeta de perdigones, es decir, con una pequeña escopeta de un solo cañón, muy apropiada a nuestra estatura y a nuestra fuerza, ya que pesaba poco más que una escoba. La llevábamos cada uno, por turnos, media hora seguida. Yo no atinaba a nada, pero me gustaba probar. Fred y yo tirábamos a las aves pequeñas y los demás cazaban ciervos, ardillas, gallipavos salvajes y otras presas por el estilo. Mi tío y sus hijos mayores eran buenos tiradores. Mataban halcones, patos salvajes y otras aves al vuelo; a las ardillas no las mataban ni las herían, sino que las atontaban. Cuando los perros levantaban una ardilla, esta corría a lo alto de los árboles, se deslizaba por una rama y se apretujaba contra ella con la esperanza de hacerse invisible, aunque sin éxito. Siempre se distinguían sus minúsculas orejitas tiesas. No podía verse su hocico, pero ya sabía uno dónde estaba. Entonces el cazador, desdeñando buscar un apoyo para su rifle, se ponía en pie y apuntaba de pronto a la rama, y disparaba una bala debajo mismo de donde la ardilla tenía pegada la nariz. El animalito se venía abajo, sin heridas, pero inconsciente. Entonces los perros le daban una sacudida con la boca, y ya estaba muerta. En ocasiones, cuando la distancia hasta la rama era mucha y no se tenía en cuenta el viento, la bala hería a la ardilla en la cabeza. Y ya podían los perros hacer con ella lo que quisiesen, que el orgullo del cazador estaba lastimado y no consentía que aquel animal entrase al zurrón.

Apenas asomaban los primeros débiles resplandores del alba, los magníficos gallipavos salvajes iban y venían en grandes manadas, dispuestos a mostrarse sociables y a responder a las invitaciones que otros excursionistas de su especie pudieran hacerles para acercarse a ellos y conversar. El cazador se escondía e imitaba la llamada del gallipavo succionando el aire por el hueco del hueso de la pata de uno de ellos, que había contestado previamente a un reclamo de esa clase y que después había vivido el tiempo necesario para lamentarlo. No hay nada que permita reproducir de una manera perfecta el canto del gallipavo como no sea ese hueso.

Esta es otra de las traiciones de la naturaleza, ¿sabéis? Está llena de ellas. La mitad de las veces no sabe lo que más le gusta, si traicionar a una de sus criaturas o protegerla. En el caso del gallipavo ha hecho una detestable combinación: le da un hueso que utiliza para meterlo en dificultades, pero también lo provee de un truco que lo ayuda a salir de ellas. Cuando la gallipava responde a una invitación y descubre que se equivocó aceptándola, hace lo mismo que la perdiz hembra: se acuerda de que tiene una cita anterior y se aleja, renqueando y arrastrándose para fingir que está muy inválida, pero al mismo tiempo está diciendo a su pollada no visible: «Pegaos contra el suelo, no os mováis, no os expongáis; estaré de vuelta en cuanto me lleve engañado fuera de esta región a ese ruin estafador».

Este inmoral dispositivo puede tener consecuencias agotadoras cuando se trata de una persona ignorante y confiada. Cierta mañana perseguí a una gallipava, que renqueaba de modo muy visible, por un gran trecho de Estados Unidos, porque confié en ella y no pude pensar que se dedicase a engañar a un simple muchacho que la tenía por verdadera y por honrada. Yo iba armado con la escopeta de perdigones de un solo cañón, pero mi intención era cazarla viva. Me puse muchas veces a distancia de una carrera de ella, y corrí, pero siempre, en el preciso instante en que yo daba mi salto final y ponía la mano donde había estado su espalda, ya no estaba allí, sino a dos o tres pulgadas; y cuando daba en tierra con mi estómago, rozaba las plumas de su cola. Casi, casi la agarraba, pero no lo suficiente; es decir, no lo suficiente para cantar victoria, pero sí para convencerme de que la vez próxima sería mía.

La gallipava me esperaba siempre un poquito más lejos, simulando que descansaba de su gran fatiga. Eso era una mentira, pero yo la creía porque seguía pareciéndome una pájara honrada, aunque hacía mucho que hubiera debido empezar a sospechar de ella, porque no era aquel el modo correcto de proceder para un animal de gran inteligencia. Yo la seguí, la seguí y la seguí, lanzándome periódicamente a la carrera y levantándome del suelo para sacudirme el polvo, a fin de reanudar la persecución con una tranquila confianza cada vez mayor, porque, fijándome en el cambio de clima y de vegetación, pude apreciar que llegábamos a las altas latitudes, y como la gallipava parecía siempre un poco más fatigada y un poco más desanimada después de cada una de mis carreras, juzgué que al final ganaría con toda seguridad, porque aquella competición resultaba solo una cuestión de resistencia. Y como la gallipava parecía desvalida, toda la ventaja era para mí.

A medida que avanzaba la tarde comencé yo mismo a sentir fatiga. Ni ella ni yo habíamos tenido un momento de descanso desde que iniciamos la excursión, más de diez horas antes. Sin embargo, después de mis últimas carreras, habíamos hecho una pausa, y yo simulé estar pensando ya en alguna otra cosa. Pero ni ella ni yo éramos sinceros y ambos esperábamos que el otro dijese se acabó, aunque sin prisas, porque, a decir verdad, aquellos fugitivos momentos de descanso resultaban muy agradables para los sentimientos de ambos. Era natural que así fuese, porque llevábamos escaramuceando desde el alba sin probar bocado en todo ese tiempo. Yo, al menos, porque a veces, cuando ella se tumbaba de costado abanicándose con un ala y pidiendo a Dios fuerzas para salir de aquel trance, se le presentaba por casualidad a la boca algún saltamontes cuyo tiempo había llegado, lo cual era una suerte y una oportunidad para ella, mientras que yo no comí nada, absolutamente nada, en todo el día.

Más de una vez, cuando ya estaba cansado, renuncié al propósito de cazarla viva, y ya iba a disparar contra ella; pero no lo hice nunca, a pesar de que estaba en mi derecho, porque no tenía fe en darle. Además, siempre que levantaba la escopeta, ella se detenía y adoptaba una postura interesante. Esto me hizo sospechar que me conocía y estaba enterada de cuál era mi puntería, por lo que no quise exponerme a comentarios.

En resumidas cuentas, no la cacé. Cuando ella se cansó por fin del juego, levantó el vuelo casi bajo mi misma mano, se remontó con la rapidez y el zumbido de un tiro y se posó en la rama más alta de un árbol grandísimo. Se sentó, cruzó las piernas y me miró sonriente desde allá arriba, mostrándose satisfecha al contemplar mi asombro.

Estaba avergonzado, y también perdido. Mientras recorría los bosques a la caza de mí mismo, tropecé con una cabaña de madera abandonada, y preparé una de las mejores comidas que he saboreado en todos los días de mi vida. La huerta estaba llena de tomates maduros. Aunque hasta entonces nunca me habían gustado, los comí con hambre devoradora. Solo dos o tres veces, a partir de entonces, he probado cosa tan deliciosa como aquellos tomates. Tal atracón me di de ellos que ya no volví a probarlos hasta que llegué a la mediana edad. Ahora soy capaz de comerlos, pero su sola vista me desagrada. Me imagino que todos, en un momento u otro de la vida, nos hemos atracado alguna vez con exceso. En cierta ocasión, apremiado por las circunstancias y porque no había a mano ninguna otra cosa, me comí una parte de un barril de sardinas. Desde entonces he podido pasar perfectamente sin catarlas.

1906

Extracto de la visita que el capitán Tormentas
hizo a los cielos

I

Pues bien, cuando yo llevaba ya difunto unos treinta años, empecé a sentirme un poco preocupado. Imagínate, durante todo
ese tiempo había estado zumbando por el espacio igual que un
cometa. ¡Un cometa! ¡Te digo, Peters, que los había dejado a
todos atrás! Como comprenderás, ninguno de ellos seguía mi
camino de forma constante, porque viajan trazando una larga
órbita en forma de lazo, mientras yo marchaba en una línea tan
derecha como un dardo en dirección al Más Allá. Pero de
cuando en cuando me encontraba con alguno que seguía mi
rumbo durante cosa de una hora, y entonces corríamos un rato
juntos. Por lo general, la carrera no era equilibrada, porque yo
pasaba por su lado como si estuviese quieto. Un cometa ordinario no corre mucho más de doscientas mil millas por minuto. Cuando me topaba con uno (por ejemplo, con el de Encke,
o el de Halley), no era aquello sino un puro llamear y desvanecerse, como comprenderás. No se le podía llamar de verdad
una carrera. Era algo así como si el cometa fuese un tren de
mercancías y yo un despacho telegráfico. Pero después de salir
de nuestro sistema astronómico, alguna vez distinguí las luces de alguno que era una cosa seria. Nosotros no tenemos cometas de esa clase, con los nuestros no tengo ni para empezar.

Una noche que iba cruzando el espacio a un paso muy vivo y con todas las velas desplegadas, y el viento a mi favor (por mis cálculos, llevaba una velocidad de un millón de millas por minuto, quizá más, en ningún caso menos), divisé uno de magnitud extraordinaria a unos tres puntos de mi amura de estribor. A juzgar por las luces de su popa, su rumbo era entre nordeste y nornoreste. Como era tan semejante al que yo llevaba, no quise perder la oportunidad, me desvié un grado, afirmé el timón y me fui por él. ¡Qué zumbido producí, y cómo volaba por los aires la pelusa eléctrica! Antes de un minuto y medio me hallaba yo envuelto en un nimbo eléctrico que llameaba a mi alrededor por millas y millas e iluminaba el espacio como el día. El cometa brillaba a lo lejos con luz amoratada, igual que una antorcha mortecina, cuando lo avisté por primera vez, pero a medida que me abalanzaba sobre él se iba haciendo más y más voluminoso. Con tal rapidez me deslizaba en su dirección, que cuando llevaba ciento cincuenta millones de millas estuve a punto de verme engullido por los resplandores fosforescentes de su cola, y quedé deslumbrado, sin poder distinguir nada. Me dije que nada ganaba chocando con él, y me desvié, siguiendo adelante en mi carrera. Al rato me puse a la par de su cola. ¿Sabes qué impresión producía aquello? Parecía un mosquito abalanzándose sobre el continente americano. Avancé más despacio. Llevaba ya costeándolo algo más de ciento cincuenta millones de millas, y entonces me di cuenta, por la configuración del cometa, de que no había alcanzado ni siquiera su cintura. Te digo, Peters, que aquí abajo no sabemos una palabra de cometas. Si quieres ver cometas de verdad, tienes que salir fuera de nuestro sistema solar, donde hay espacio suficiente para ellos, como comprenderás. Amigo mío, allá, por aquellas regiones, he visto cometas que no podrían siquiera colocarse dentro de las órbitas de los más grandes y nobles de aquí sin que les colgase la cola fuera de ellas.

Seguí avanzando con estrépito otros ciento cincuenta millones de millas y me puse a la altura de lo que podríamos llamar su hombro. Te aseguro que estaba pasando un buen rato, pero en ese momento vi al oficial de puente que se acercaba a un costado y me enfocaba con sus binoculares. En el acto le oí gritar:

—¡Ah de abajo! ¡Metedle velocidad, metedle velocidad! ¡Lanzad un centenar de millones de billones de toneladas de lastre de azufre!

—¡Sí, señor!

—¡Tocad el silbato a la guardia de estribor! ¡Todo el mundo a cubierta!

—¡Sí, señor!

—¡Enviad doscientos mil millones de hombres a lo alto para largar los sobrejuanetes y los sobrepericos!

—¡Sí, señor!

—¡Largad la rastrera y el ala! ¡Desplegad hasta el último palmo de vela que tengáis! ¡Echadle lona desde la proa hasta el gobernalle!

—¡Sí, señor!

En cosa de un segundo empecé a comprender que había despertado a un competidor bastante amenazador, Peters. En menos de diez minutos aquel cometa se convirtió en una nube ardiente de tela al rojo vivo. Llegaba su arboladura hasta perderse de vista en el firmamento. Aquel viejo artilugio parecía hincharse y ocupar todo el espacio, y el humo de azufre de los hornos... Bueno, no hay nadie capaz de describir cómo avanzaba y lo invadía todo, y nadie sería capaz ni de lejos de describir el olor que despedía. Tampoco podría nadie contar cómo la monstruosa nave avanzaba con gran estrépito. ¡Y qué barullo de gentes! ¡Miles de silbatos desgarrando el aire a la vez, y una tripulación tan numerosa como los habitantes de cien mil mundos como el nuestro blasfemando a un tiempo! Te digo que hasta entonces no había escuchado cosa igual.

Avanzábamos a la par, rugiendo y retumbando, ambos a todo lo que daba de sí nuestra energía, porque yo no había encontrado hasta entonces un cometa que pudiera sacarme ventaja, y ello me obligaba a ganarle la carrera o a liarme a tortazos con algo. Me pareció que yo tenía cierta fama en el espacio, y me preparé a mantenerla. Me fijé en que ahora no aceleraba tanto como antes, y, a pesar de todo, iba ganándole terreno. A bordo del cometa la excitación era enorme. Más de cien billones de pasajeros subieron en enjambre desde las bodegas y se precipitaron sobre las amuras de un lado, y empezaron a hacer apuestas acerca de la carrera. Como es natural, el cometa se escoró, y le hizo perder velocidad. ¡Qué locura furiosa la del oficial de ruta! Se abalanzó sobre la muchedumbre, con la trompeta en la mano, y gritó:

—¡Todos al centro del buque, todos al centro del buque, atajo de...,[1] o romperé la sesera hasta al último de todos vosotros, idiotas!

Yo ganaba y ganaba ventaja poco a poco, hasta que, por último, avancé suavemente hasta la magnífica nariz de aquella vieja conflagración. Para entonces habían hecho salir de su camarote al capitán del cometa, y este se dejó ver por la proa envuelto en el rojo resplandor, al lado del oficial de ruta. Había salido en mangas de camisa y con zapatillas, con el pelo enmarañado y hecho jirones y con uno de sus tirantes colgando. ¡Qué mareados parecían aquellos dos hombres! No pude menos que llevarme el dedo pulgar a la nariz cuando los adelantaba, y les grité:

—¡Ta-ta-ta-ta! ¿Tenéis algún mensaje que mandar a la familia?

Peters, eso fue un error. Sí, señor, fue un error y lo he lamentado muchas veces. Comprende una cosa, el capitán había renunciado ya a ganar aquella carrera, pero mi comentario le resultó pesado, y no lo pudo soportar. Se volvió hacia el oficial y le dijo:

—¿Tenemos bastante azufre para hacer el viaje?

---

1. El capitán no recordaba la palabra que usó. Dijo que provenía de una lengua extranjera. (N. del A.)

—Sí, señor.

—¿Seguro?

—Sí, señor, más del que necesitamos.

—¿Cuánto azufre llevamos de cargamento para Satanás?

—Dieciocho mil billones de quintillones de *kazarks*.

—Perfecto, que sus huéspedes se hielen hasta que llegue el próximo cometa. ¡Aligerad el barco! ¡Brío, muchachos, brío! ¡Tirad por la borda todo el cargamento!

Peters, mírame a los ojos y mantente sereno. ¡Entonces me enteré de que un *kazark* es el equivalente exacto al volumen de ciento sesenta y nueve mundos como el nuestro! Y todo eso lo tiraron por la borda. Cuando cayó, barrió una gran constelación de estrellas como si se tratara de unas pocas velas que uno apagase de un soplo. En cuanto a la carrera, allí acabó todo. En el instante mismo en que el cometa se vio aligerado, pasó volando por mi lado, produciéndome la impresión de que yo tenía echada el ancla. El capitán se irguió a popa junto a las serviolas y se llevó el dedo pulgar a la nariz, gritándome:

—¡Ta-ta-ta-ta! ¡Quizá tenga usted algún mensaje que enviar a sus amigos los del Trópico Eterno!

Entonces se ajustó el tirante que llevaba suelto y se lanzó hacia delante. Antes de tres cuartos de hora su embarcación había vuelto a ser una pálida antorcha lejana. Sí, Peters, fue un error aquel comentario. Nunca me arrepentiré bastante de él. Si me hubiese mantenido con la boca cerrada, habría podido derrotar al bravucón del firmamento.

Pero me he salido un poco de la senda de mi relato; voy a encauzarlo otra vez. Ya te habrás dado cuenta de la velocidad que yo llevaba. Pues, como iba diciendo, cuando había avanzado de esa manera cosa de treinta años, empecé a intranquilizarme. Sí, aquello era bastante grato, eran muchas las cosas que se descubrían, pero resultaba muy solitario. Además, yo quería ir a algún lugar concreto. No me había lanzado al espacio con la idea de recorrerlo por siempre. En los comienzos el retraso me complacía, porque creía que cuando llegase a mi destino terminaría en algún lugar agradable, pero después ya comencé a decirme que resultaba preferible que me dirigiese a..., sí, a cualquier lugar, con tal de que acabase mi incertidumbre.

Entonces, cierta noche, porque era siempre de noche, menos cuando pasaba cerca de alguna estrella que ocupaba todo el universo con su fuego y con su resplandor, momentos en los que había bastante luz, desde luego, pero que yo dejaba a mis espaldas en un par de minutos para zambullirme de nuevo en una semana completa de oscuridad. Las estrellas no están unas tan cerca de otras como parece. ¿Dónde iba yo? Ah, sí: entonces, cierta noche navegaba por el espacio cuando descubrí una hilera tremendamente larga de luces parpadeantes, allá en el horizonte, delante de mí. A medida que me fui acercando, empezaron a adquirir altura y volumen, y producían la impresión de ser potentísimos hornos. Yo pensé para mis adentros: «¡Por san Jorge, que al fin llego, y que donde llego es al infierno, como me temía!».

Entonces me desmayé. Ignoro cuánto tiempo permanecí inconsciente, pero debió de ser un buen rato, porque cuando volví en mí había desaparecido por completo la oscuridad, y la sustituía la más deliciosa luz del sol y la atmósfera más fragante y balsámica. ¡Y qué mundo más maravilloso se extendía delante de mí, qué país más resplandeciente, bello y encantador! Aquellas cosas que había tomado por hornos eran puertas de entrada, de millas de altura, hechas de resplandecientes piedras preciosas, y servían para cerrar la brecha de un muro de oro macizo, cuya altura no era posible ver, así como tampoco su longitud, ni en una ni en otra dirección. Fui enderezado en una línea recta hacia una de aquellas puertas y me dirigí a ella tan rápido como hacia una casa en llamas, y vi que el firmamento estaba oscurecido por millones de personas que también se dirigían hacia allí. ¡Qué estrépito rugiente el que le-

vantaban al abalanzarse por los aires! También el suelo estaba
cubierto de personas como un hormiguero: juzgaría que había billones.

Toqué tierra. Me dejé llevar entre una nube de gente hacia
una de las puertas, y cuando me llegó el turno, un oficial me
dijo con toda naturalidad:

—¡Vamos, rápido! ¿De dónde viene usted?

—De San Francisco —le contesté.

—San Fran... ¿qué? —preguntó.

—San Francisco.

El hombre se rascó la cabeza, pareció desconcertado, y
siguió:

—¿Es algún planeta?

¡Por san Jorge, Peters, imagínatelo!

—¿Un planeta? —dije yo—. Es una ciudad. Y además,
una de las ciudades más grandes, más distinguidas y...

—¡Bueno, bueno! —exclamó—, aquí no tenemos tiempo
para la conversación. Aquí no tratamos con ciudades. ¿Quiere usted decirme de dónde viene, así, en términos generales?

—Perdón —me disculpé—. Inscríbame como de California.

¡Otra vez lo cogí desprevenido, Peters! Se quedó intrigado un instante, y luego me dijo, con brusquedad e irritación:

—No conozco semejante planeta. ¿Se trata de una constelación?

—¡Válgame Dios! —le contesté—. ¿Constelación, dice
usted? No, es un estado.

—Caballero, aquí no tratamos con estados. ¿Quiere usted decirme de dónde viene, así, en términos generales, en un
sentido amplio? ¿Me comprende?

—Ya caigo —dije yo—. Pues bien: vengo de América, de
Estados Unidos de América.

¿Creerás, Peters, que otra vez lo descoloqué? ¡Y si no fue
así, es que yo soy un memo! Mostró una cara tan impasible e
inexpresiva como un blanco de tiro después de una competi-

ción entre milicianos. Se volvió hacia un subalterno y le preguntó:

—¿Dónde está América? ¿Qué es América?

El subalterno contestó en el acto, diciendo:

—No existe un orbe semejante.

—¿Un orbe ha dicho usted? —contesté—. Pero ¿de qué está usted hablando, jovencito? No es un orbe, es una nación, un continente. Colón lo descubrió. Vamos, habréis oído hablar de Colón, por lo menos. ¡América, sí, señor, América!

—¡Silencio! —ordenó el oficial—. De una vez por todas, ¿de dónde procede usted?

—Pues bien —dije yo—, no sé ya qué decir, a menos que agrande las cosas y diga que procedo del mundo.

—¡Eso ya va tomando forma! —respondió él, animándose—. ¿De qué mundo?

Esta vez, Peters, fue a mí a quien cogió desprevenido. Lo miré intrigado, y él a mí fastidiado. De pronto rompió a gritar:

—¡Vamos, vamos! ¿De qué mundo?

Le contesté:

—¿De qué mundo va a ser? Pues del mundo.

—¡Del mundo! —exclamó—. Pero, hombre, ¡hay billones de mundos! ¡Que pase otro!

Eso quería decir que me hiciese a un lado. Obedecí, y ocupó mi lugar un hombre de color azul celeste con siete cabezas y una sola pierna, que se colocó allí de un salto. Yo di un paseo. Pensé que hasta entonces las miríadas de personas a las que había visto llegar en tropa a aquella puerta eran iguales a esa criatura. Fui de un lado a otro con la esperanza de tropezar con algún conocido, pero en aquel momento se les habían agotado las existencias. Medité, pues, otra vez de cabo a rabo en el asunto y, por último, volví a presentarme muy manso y dando la impresión de ser, por así decirlo, bastante ceporro.

—¿Y bien? —preguntó el oficial.

—Verá, señor —dije, muy humilde—, es que no logro poner en claro cuál es el mundo del que yo procedo. Pero usted quizá lo deduzca por lo siguiente: es el único al que redimió nuestro Salvador.

Al oír aquel nombre, dejó caer su cabeza. Después me contestó con cariño:

—Los mundos que Él salvó son tan numerosos como las puertas del cielo: nadie es capaz de contarlas. ¿A qué sistema astronómico pertenece el mundo de usted? Quizá eso pueda ayudarnos.

—Es un sistema astronómico del que forman parte el Sol, y también la Luna, y Marte (a cada nombre que yo pronunciaba él negaba con la cabeza, porque jamás había oído hablar de ellos), y Neptuno, y Urano, y Júpiter...

—¡Espere un momento! Júpiter... Júpiter... Me parece que hace ochocientos o novecientos años pasó por aquí un hombre que procedía de Júpiter, pero es que la gente que procede de ese sistema rara vez entran por esta puerta.

De pronto empezó a mirarme con tal fijeza que creí que me taladraba con la mirada. Y después me preguntó, recalcando las palabras:

—¿Vino usted en línea recta desde su sistema astronómico?

—Sí, señor —le contesté, pero al decirlo me sonrojé el poquitín más ligero del mundo.

Él me miró con mucha severidad, y dijo:

—Eso no es cierto, y este no es lugar de embustes. Usted se salió de su ruta. ¿Cómo fue eso?

Yo le contesté, sonrojándome otra vez:

—Le pido disculpas, retiro lo que he dicho antes y confieso. Un día, durante el trayecto, hice una carrera de velocidad con un cometa, nada más que un amago, nada más que la sombra de una sombra de carrera.

—¡Vaya, vaya, hombre, vaya!—exclamó él, sin ninguna dulzura en sus palabras.

Yo proseguí:

—Pero solo me desvié un punto y volví a mi ruta en el instante mismo en que terminó la carrera.

—No importa, ha bastado esa divergencia para ocasionar toda esta dificultad. Eso lo ha traído a una puerta que se encuentra a miles de millones de leguas de la que le correspondía. De haber ido usted a su puerta, allí estarían enterados de todas las cosas de su mundo sin ninguna dificultad y no habría sufrido este retraso. Procuraremos, sin embargo, acomodaros. —Se volvió hacia un subalterno y le preguntó—: ¿A qué sistema astronómico pertenece Júpiter?

—No lo recuerdo, señor, pero creo que existe un planeta de ese nombre en uno de los pequeños sistemas lejanísimos de uno de los rincones del universo apenas poblados de mundos. Voy a ver.

Echó mano de un globo y ascendió y ascendió cada vez más, hasta llegar frente a un mapa que era tan grande como Rhode Island. Fue subiendo hasta perderse de vista y al rato descendió para coger algo de comer, y se largó de nuevo hacia arriba. En pocas palabras, estuvo entregado a esa tarea durante dos días y, al fin, bajó de su globo y dijo que creía haber encontrado aquel sistema solar, aunque quizá solo se tratara de excrementos de moscarda. Así que agarró un microscopio y volvió a su tarea. Resultó mejor de lo que él temía. Desde luego, había sacado de la oscuridad a nuestro sistema. Me hizo que le describiese nuestro planeta y la distancia a que se encontraba del sol, y luego le dijo a su jefe:

—Señor, ahora sé a cuál se refiere. Sí, está en el mapa. Es un planeta al que llaman la Verruga.

Yo pensé para mis adentros: «Jovencito, te ganarías algún disgusto si bajases por allí y llamases a nuestro planeta la Verruga».

En fin, entonces me dejaron entrar, y me dijeron que ya estaba a salvo para siempre y que ya no tendría dificultad alguna.

Después se volvieron y siguieron dedicados a su trabajo, como si considerasen mi caso resuelto por completo. Me quedé un poco sorprendido, pero sentía recelos de alzar la voz y llamar su atención. Me reventaba tener que hacerlo, daba lástima molestarlos viendo todo el jaleo que se traían entre manos. Dos veces pensé que renunciaría a revolver la cuestión y que lo dejaría estar; y dos veces inicié la retirada, pero de inmediato pensé en qué impresión iba yo a dar con mi aspecto entre los redimidos, y este pensamiento me retenía, y me obligaba a permanecer anclado. La gente empezó a mirarme con curiosidad (me refiero a los oficiales), admirados de que no me pusiese en camino. No pude soportar mucho rato aquello, porque resultaba por demás molesto. Por fin, reuní todo mi valor y llamé con una seña la atención del oficial.

—Pero ¿cómo? ¿Usted aquí todavía? —preguntó.

Yo le dije en voz baja y muy confidencial, formando tornavoz con mis manos junto a su oído:

—Perdón, señor, no tome a mal que se lo recuerde y que parezca un entremetido, pero ¿no se ha olvidado usted de algo?

Él me escudriñó un momento y dijo:

—¿Que si me he olvidado de algo? Que yo sepa, no.

—Piénselo usted —le pedí.

Él meditó, y luego me aseguró:

—Pues no, creo no haberme olvidado de nada. ¿De qué se trata?

—Míreme usted —le dije—, míreme bien, de arriba abajo.

Así lo hizo.

—¿Y bien? —me preguntó.

—¿No observa usted nada en mí? —le pregunté—. Si yo voy y me mezclo entre los elegidos con esta pinta, ¿no llamaré mucho la atención? ¿No destacaré demasiado?

—Pues la verdad —respondió— que yo no le veo nada de particular. ¿Qué es lo que le falta?

—¿Faltarme? Pues me falta mi arpa, mi guirnalda, mi aureola, mi libro de himnos y mi rama de palma. Es decir, que me falta todo lo que, como es natural, le es preciso aquí a un hombre, amigo mío.

¿Perplejo? Peters, en mi vida he visto a un hombre tan perplejo como aquel. Por último, dijo:

—Está visto que por dondequiera que a usted se le tome, resulta una curiosidad. Nunca había oído yo hablar de estas cosas hasta ahora.

Me lo quedé mirando un rato con un asombro imponente y le dije:

—Bueno, espero que no lo tome a mal, porque no lo digo con mala intención, pero, de verdad, para llevar en el Reino todo el tiempo que yo creo que usted lleva, se diría que conoce usted poquísimo las costumbres.

—¿Costumbres? —preguntó—. Amigo mío, el cielo es un lugar muy vasto. Los grandes imperios poseen una gran variedad de costumbres. La tienen hasta los dominios pequeños, como sin duda lo sabe usted por lo que ha visto en pequeña escala en la Verruga. ¿Cómo puede usted imaginarse que yo vaya nunca a enterarme de las variadas costumbres de los infinitos reinos celestiales? Solo con pensarlo, ya me duele la cabeza. Conozco las más corrientes en aquellas partes habitadas por quien está destinado a entrar por mi puerta, y tenga en cuenta que ya es mucho saber para un solo individuo que haya logrado atiborrarme la cabeza con esos conocimientos en los treinta y siete millones de años que llevo consagrados noche y día a semejante estudio. Pero ¿que vaya a aprenderme las costumbres de toda la apabullante extensión de los cielos? ¡Qué cosas tan disparatadas dice usted, hombre! Bueno, no dudo que esa extraña costumbre de la que usted habla esté de moda en el distrito celestial al que usted pertenece, pero en esta parte no llamará usted la atención con esas cosas.

En vista de ello, me tranquilicé, le dije adiós y me marché de allí. Estuve durante todo el día paseando en dirección al extremo más alejado del inmenso vestíbulo de aquellas oficinas, esperando llegar de un momento a otro al paraíso, pero estaba en un error. Aquel vestíbulo estaba construido de acuerdo con el plan general de los cielos, y, como es lógico, no podía ser más pequeño de lo que era. Me sentí, al fin, tan rendido que ya no pude avanzar más, por lo que me acomodé para descansar. Luego empecé a acercarme a gente desconocida y de la clase más rara para pedirles información, pero sin ningún éxito. Ellos no conocían mi idioma ni yo conocía el suyo. Me sentí terriblemente solo. Estaba tan abatido y tan lleno de nostalgia que lamenté lo menos un centenar de veces haber muerto. Por supuesto, volví hacia atrás. A eso del mediodía del día siguiente alcancé por fin mi punto de partida y de nuevo me asomé a la oficina de inscripciones, y le dije al oficial:

—Empiezo a comprender que, si uno quiere ser feliz, necesita estar en su propio cielo.

—Eso es por completo correcto —me contestó—. ¿Acaso se imaginó usted que les conviene el mismo cielo a toda clase de hombres?

—Pues la verdad, sí que tenía esa creencia, pero ahora veo lo tonta que era. ¿Qué camino he de seguir para llegar hasta mi distrito?

Llamó al subalterno que había examinado el mapa, y este me dio unas indicaciones generales. Le di las gracias, y ya me retiraba cuando él me detuvo:

—Espere usted un momento, ese distrito está a millones de leguas de aquí. Salga usted fuera y colóquese encima de aquella alfombra roja del deseo, cierre usted los ojos, contenga la respiración y formule la orden de encontrarse allí.

—Le quedo muy agradecido —dije—. ¿Por qué no me dirigió usted hacia allí en cuanto llegué?

—Aquí tenemos muchísimas cosas en que pensar, a usted es a quien se le debió ocurrir y quien debió preguntármelo. Adiós, quizá ya no lo veremos a usted por esta región en mil siglos o cosa así.

—Pues en ese caso, hasta la vista —me despedí.

Salté encima de la alfombra, contuve el aliento, cerré los ojos y manifesté el deseo de trasladarme a la oficina de inscripción de mi propio distrito. En aquel mismo instante, una voz que yo conocía cantó con toda naturalidad:

—¡Veamos, un arpa, un libro de himnos, un par de alas y una aureola del tamaño trece para el capitán Eli Tormentas, de San Francisco! Y extendedle un certificado de patente de salud, y luego dejadlo pasar.

Abrí los ojos y me encontré que quien hablaba era nada menos que Pi Ute el Indio, al que yo había tratado en Tulare County. Un hombre excelente. Recuerdo que asistí a su funeral, en el que quemaron su cadáver, y los demás indios se tiznaron las caras con sus cenizas y ulularon como gatos monteses. Se alegró muchísimo de verme, y también comprenderás que yo me alegré de verlo a él. Todo aquello me daba la impresión de que por fin me encontraba en mi verdadero cielo.

Hasta donde alcanzaba la vista, se veía una legión de dependientes que corrían y se afanaban, ataviando a millares de yanquis y de mexicanos, de ingleses y de árabes y de toda clase de pueblos con sus nuevos uniformes. Cuando me dieron el mío y me puse la aureola, me eché un vistazo delante del espejo. Habría sido capaz, de tan grande como fue mi felicidad, de pegar un salto por encima de una casa.

—¡Esto ya tiene otro color! —exclamé—. Y puesto que ya estoy arreglado, muéstrame una nube.

Antes de quince minutos iba camino de un banco de nubes, y conmigo marchaban algo así como un millón de personas. La mayoría de nosotros intentábamos alzar el vuelo, pero algunos se quedaron inválidos, y nadie pudo hacerlo del todo bien. En consecuencia, nos dijimos que, por el momento, y mientras no hubiésemos practicado con nuestras alas, lo mejor era ir a pie.

Nos cruzamos con un gran gentío que estaba de vuelta. Algunos llevaban sus arpas, pero nada más; otros, solo sus libros de himnos; algunos no llevaban nada en absoluto; y todos venían muy mansos y con señales de hallarse a disgusto. Un joven, al que solo le había quedado la aureola, y que la llevaba en la mano, me la ofreció de pronto, diciéndome:

—¿Querría usted aguantármelo un minuto?

Y acto seguido desapareció entre la multitud. Seguí mi camino. Una mujer me pidió que le guardase la rama de palma, y en el acto desapareció. Una chica joven me comprometió a aguantarle el arpa, y vive Dios que también desapareció. Y así unos y otros, hasta que ya no podía cargar más. Entonces se me acercó un anciano sonriente y me pidió que le sostuviera sus cosas. Yo me sequé el sudor y le dije, con bastante aspereza:

—Amigo mío, no tengo más remedio que pedirle que me disculpe, pero no soy una percha.

Por entonces empecé a tropezar con montones de esos trastos, tirados en el camino. Dejé caer con disimulo la carga extra que llevaba junto con todos ellos. Miré a mi alrededor, y, Peters, todo el mundo que me seguía estaba tan cargado como yo un momento antes. La multitud que regresaba les había pedido por favor también a ellos que guardasen sus cosas durante un minuto. Hicieron lo mismo que yo: tiraron la carga y seguimos adelante.

Cuando me vi encaramado en una nube, en compañía de un millón de personas, me sentí satisfecho como jamás lo había estado en mi vida. Me dije: «Ahora sí que ocurre todo según nos prometieron. Tenía mis dudas, pero ahora estoy bien seguro de que me encuentro en el cielo».

Hice ondear un par de veces mi rama de palma, en prueba de júbilo, y acto seguido tensé las cuerdas de mi arpa y me puse a tocar. No puedes imaginarte, Peters, el barullo que armamos. Era una cosa digna de escucharse, y nos provocaba escalofríos de arriba abajo. Pero eran tantas las canciones entonadas al mismo tiempo que aquello hacía imposible la armonía, como ya comprenderás. Además, teníamos cerca a un grupo de tribus de indios que armaron un griterío de guerra que quitaron a la música toda ligazón. Al rato dejé de tocar, dispuesto a tomarme un descanso. Sentado junto a mí había un anciano muy amable y simpático, y me fijé en que él no intervenía. Lo animé, pero me contestó que él era vergonzoso por naturaleza y que le daba miedo probar delante de tantas personas. Al rato me confesó que jamás le había gustado mucho la música. Lo cierto es que también yo empezaba a experimentar idéntica sensación, pero no dije nada. Permanecimos él y yo en silencio un largo rato. Por supuesto, nuestro mutismo no se hacía notar para nada en un lugar como aquel. Después de dieciséis o diecisiete horas, durante las cuales yo toqué el arpa y canté un poco de vez en cuando (siempre la misma canción, porque no sabía otra), dejé en el suelo el instrumento y comencé a abanicarme con mi rama de palma. Después, el viejo y yo no hacíamos otra cosa que suspirar. Por último, me preguntó:

—¿No conoce usted otra canción más que la que ha estado tocando todo el día?

—Ni una sola —le contesté.

—¿Y no cree que lograría aprender otra? —siguió.

—Ni por asomo —dije—. Ya lo he intentado, pero sin éxito.

—Una eternidad es mucho tiempo para pasárselo repitiendo una sola canción.

—No me destroce usted el alma —le pedí—, que ya estoy bastante abatido.

Después de otro largo silencio, dijo:

—¿Se alegra usted de encontrarse aquí?

—Anciano —contesté—, quiero ser franco con usted. Esto no es, por mucho, el concepto que yo tenía de la bienaventuranza cuando iba a la iglesia.

Al fin propuso:

—¿Que le parecería a usted dejarlo y dar por terminado este medio día?

—Lo estoy deseando —dije—. En mi vida he sentido tantas ganas de abandonar una guardia.

Y echamos a caminar. Nos cruzamos con millones de personas que se dirigían hacia el banco de nubes, felices y hosanneando, y otros tantos lo abandonaban con caras muy compungidas, te lo aseguro yo. Nos acercamos a los recién llegados, y no tardé en pedirles que me guardasen un momento mis cosas, y me quedé por fin otra vez como un hombre libre y poseído por una felicidad insultante. En esa situación me topé con el viejo Sam Bartlett, que llevaba muerto mucho tiempo, y me detuve para charlar con él, y le requerí así:

—Veamos: ¿va a durar esto por siempre jamás? ¿No hay nada que podamos cambiar?

Él me contestó:

—Le voy a poner en un periquete al corriente de la situación. La gente toma el lenguaje figurado de la Biblia y sus alegorías de una manera literal, y lo primero que piden cuando entran al cielo es una aureola y un arpa, etcétera. Aquí no se niega nada a quien pida, si es cosa razonable y no dañina y si se hace con buena intención. Por eso se los adorna con todos esos atavíos sin decirles una palabra. Entonces ellos se marchan, cantan y juegan más o menos durante un día, y ya no se les vuelve a ver el pelo por el coro. No necesitan que nadie les diga que esas cosas no podrían constituir un cielo, o, por lo menos, el cielo que un hombre cuerdo pudiese soportar más de una semana sin volverse loco. Aquel banco de nubes está colocado allí donde el barullo que se arma no pueda molestar a los habitantes más antiguos, de modo, pues, que nada se pierde con dejar que todos suban a él y se curen de sus ideas en cuanto lleguen.

»Recuerde esto: el cielo es todo lo encantador y lleno de felicidad que se puede imaginar, pero es también el sitio de mayor actividad del que haya podido oír. Aquí no hay nadie ocioso después del primer día. Lo de cantar himnos y agitar palmas durante toda la eternidad resulta muy bonito para el púlpito, pero nadie sería capaz de imaginar una manera más lamentable de pasar un tiempo precioso. ¿No cree usted que con ello tendríamos un cielo de ignorantes cantarines? Lo del descanso eterno suena con agrado cuando lo dicen desde el altar. Pues bien: pruébelo por una vez, y ya verá lo que le pesa el tiempo. La verdad, Tormentas, un hombre como usted, que durante toda su vida fue activo y emprendedor, se volvería loco en seis meses en un lugar donde no tuviese nada que hacer. ¡El cielo es el último sitio para venir a buscar descanso! Si alguien le sostiene lo contrario, haga usted con él una buena apuesta.

—Sam, me alegro de oírlo tanto como antes creía que me entristecería. Ahora sí que me alegro de haber venido —contesté.

Después me preguntó:

—Capitán, ¿no se siente algo fatigado?

—No es ese el verdadero calificativo. Estoy que me caigo.

—Claro, claro. Se ha ganado usted un buen sueño, y lo tendrá. También se ha ganado un buen apetito, y disfrutará de su comida. Aquí ocurre lo mismo que en la tierra: hay que ganarse noble y honradamente una cosa para luego gozar de ella. Lo que no se puede hacer es gozarla primero y ganarla después. Pero hay una diferencia: usted puede elegir la ocupación que le agrade, y todos los poderes del cielo se conjurarán para ayudarle a que tenga éxito, con tal que usted ponga de su parte todo cuanto pueda. El que fue zapatero en la tierra, teniendo alma de poeta, no se verá aquí obligado a fabricar zapatos.

—Todo eso es razonable y justo —observé—. Que haya trabajo abundante, con tal que sea del que uno anda buscando. No más dolor, no más sufrimiento.

—Alto ahí: aquí abunda el dolor, pero no mata. Y abunda el sufrimiento, pero no dura. ¿Sabe?, la felicidad no es una cosa en sí misma: es solo un contraste con alguna otra cosa que no es agradable. Nada más que eso. No hay cosa alguna que pueda usted citar y que constituya por sí misma la felicidad, solo lo es por oposición a otra cosa. Por eso, en cuanto pasa la novedad y se amortigua la fuerza del contraste, ya no hay felicidad, y tiene usted que empezar con algo nuevo. Pues bien: en los cielos hay mucho dolor y sufrimiento, y, por consiguiente, existe un gran número de contrastes y un sinfín de felicidad.

Dije yo, entonces:

—Sam, esa es la cosa más razonable que he oído hasta ahora, a pesar de todo lo dispar que resulta de la idea en que fui educado. Es tanta la diferencia como la que existe entre una princesa viva y su propia figura en cera.

Durante los primeros meses revoloteé por el reino, trabando amistades y contemplando el país, hasta que me asenté en una región muy bonita para tomarme un descanso antes de iniciar otro viaje. Seguí haciendo amistades y recogiendo información. Charlé mucho con un ángel, viejo y calvo, que se llamaba Sandy McWilliams. Era de algún lugar de New Jersey. Paseé con él mucho tiempo. En las tardes calurosas solíamos tendernos a la sombra de una roca, en un terreno de prados que estaba situado a bastante altura y lejos de los marjales de su granja de arándanos. Allí charlábamos acerca de mil cosas y fumábamos en nuestras pipas. Un día le pregunté:

—¿Qué edad tiene usted, Sandy?

—Setenta y dos.

—Me lo parecía. ¿Cuánto tiempo lleva en el cielo?

—Veintisiete años la próxima Navidad.

—¿Cuántos tenía usted cuando llegó aquí?

—¿Cuántos iba a tener? Setenta y dos, por supuesto.

—¡No hablará en serio!

—¿Y por qué no?

—Porque si entonces tenía usted setenta y dos, ahora tiene usted, como es natural, noventa y nueve.

—Pues no los tengo. Mi edad es la misma que cuando llegué.

—Sí —le dije yo—, bien mirado, esto me hace pensar en una cosa que quiero preguntarle. Allá abajo tenía la idea de que en el cielo seríamos todos siempre jóvenes, alegres y ágiles.

—Desde luego, usted puede ser joven si quiere serlo. No tiene que hacer otra cosa que desearlo.

—Pues entonces ¿por qué no lo deseó usted?

—Lo deseé. Como todos. También usted es probable que lo pruebe algún día, pero muy pronto se cansará de ese cambio.

—¿Por qué?

—Yo se lo diré. Usted fue siempre hombre de mar. ¿No intentó cambiar esa profesión por otra?

—Sí, intenté llevar una tienda de comestibles en una ocasión, allá en las minas, pero no lo aguanté, era demasiado monótono, sin emoción, sin tormentas. Sin vida, en una palabra. Aquello resultaba como estar mitad vivo y mitad muerto, ambas cosas a un tiempo. Yo quería estar de una forma o de la otra. No tardé en cerrar la tienda y marcharme al mar.

—Precisamente lo que yo le digo. A los tenderos de ultramarinos les gusta su oficio, pero usted no pudo. No estaba acostumbrado a ello. Pues bien: yo no estaba acostumbrado a ser joven, y no hubo modo de que me tomase ningún interés en serlo. Yo era fuerte, bien parecido, con el pelo rizado, ¡sí, y también unas alas...!, alegres como las de una mariposa. Acudía a las excursiones de placer, a los bailes y a las reuniones con amigos y procuraba tratar con las muchachas y charlar sobre insustancialidades, pero fue inútil, no logré aficionarme. La verdad es que me resultó una cosa terriblemente aburrida. Lo que a mí me gustaba era acostarme y levantarme temprano y tener algo que hacer, y una vez terminado mi trabajo, me complacía sentarme con tranquilidad, fumar y pensar, y no correr de aquí para allá con un grupo de jovenzuelos alocados. No puede usted imaginarse lo que sufrí mientras fui joven.

—¿Y lo fue usted mucho tiempo?

—Dos semanas tan solo. Con ello tuve bastante. ¡Válgame Dios, y qué soledad la mía! Comprenda usted que yo tenía todo el conocimiento y la experiencia de los setenta y dos años. El más profundo de aquellos muchachos tocaba temas que para mí eran el abecé. ¡Y oírlos discutir, válgame Dios! Si no hubiese sido tan lamentable, habría resultado divertido. Tal era mi anhelo de volver a las maneras y a la conversación tranquila a que yo estaba acostumbrado, que intenté frecuentar el trato de los ancianos, pero estos no me admitieron. Me miraban como a un joven retoño engreído y me volvían la espalda. Con dos semanas tuve más que suficiente. Me alegré mucho de volver a recobrar mi cabeza calva, mi pipa y mis viejas meditaciones adormilado a la sombra de una roca o de un árbol.

—¿Me quiere usted decir que se va a quedar plantado para siempre en los setenta y dos años?

—No lo sé ni tengo formada la opinión. Lo que sí sé muy bien es que por nada del mundo volveré a bajar hasta los veinticinco. Hoy sé mucho más que hace veintisiete años, y disfruto aprendiendo sin cesar, pero sin necesidad de envejecer más. Eso, por lo que respecta al cuerpo, porque mi mente se hace cada vez más anciana, más fuerte, mejor sazonada y más satisfactoria.

—Y si un hombre llega aquí con noventa años, ¿nunca da marcha atrás? —pregunté.

—Claro que sí. Retrocede hasta los catorce, vive con esa edad un par de horas, y comprende que es un estúpido; entonces avanza hasta los veinte, y con ello no gana mucho; prueba hasta los treinta, hasta los cincuenta, hasta los ochenta y, al fin, hasta los noventa, y acaba encontrándose más a gusto y más cómodo en los años que tenía que en ninguna otra edad. En caso de que durante su vida en la tierra le hubiese empezado a fallar el juicio ya a los ochenta años, es allí donde se queda. Se aferra al momento en el que su inteligencia se hallaba en toda su plenitud, porque es allí donde más disfruta, donde sus maneras son más reposadas y asentadas.

—Y los mozos de veinticinco años, ¿siguen siempre con el aspecto de esa edad?

—Los que son unos estúpidos, desde luego. Pero si el joven es inteligente, ambicioso y activo, lo que aprende por el estudio y la experiencia cambia su manera de ser, sus pensamientos y sus gustos, y le hace encontrar mayor placer en alternar con personas de mayor edad. Entonces deja que su cuerpo tome la apariencia de los años que necesita para sentirse cómodo y no desentonar entre esa clase de personas. Deja que su cuerpo tome un aspecto más viejo, a medida que su inteligencia progresa, y llega de ese modo a quedarse calvo y arrugado en el exterior, mientras que en su interior es un hombre sabio y profundo.

—¿Y lo mismo ocurre con los bebés?

—Lo mismo. ¡Válgame Dios, y qué asnos éramos en la tierra acerca de estas cosas! Afirmábamos que en el cielo seríamos siempre jóvenes. Pero no decíamos con exactitud los años que tendríamos (quizá no se nos ocurría pensar en ello), es decir, que, por lo menos, no todos pensábamos lo mismo. Cuando tenía siete años, me imaginaba que en el cielo tendríamos todos doce; cuando tenía doce, supongo que pensaría que en el cielo tendríamos todos dieciocho o veinte; cuando tenía cuarenta, empecé a ir para atrás, recuerdo que esperaba que en el cielo tuviésemos todos treinta. Ni el hombre ni el muchacho piensan nunca que la edad que tienen es la mejor: siempre son unos años más o unos años menos. Y de esa edad ideal hacen la de todos los que están en el cielo. Y esperan que el mundo se aposente en esa edad, permanezca sin moverse y la disfrute. ¡Pues vaya una idea de vida eterna así! ¡Vaya una idea la de un cielo compuesto solo de cachorrillos de siete años que juegan al aro y a las canicas! ¡De mozalbetes de diecinueve torpes, recelosos, sentimentales e inmaduros! ¡O de personas vigorosas de treinta, de inteligencia equilibrada, ardientes de ambición, pero encadenadas de manos y pies a esa edad y a sus limitaciones como galeotes a su galera! Piense en el aburrimiento y la monotonía de una sociedad compuesta de personas con los mismos años, aspecto, costumbres, gustos y sentimientos. Piense en lo superior a ello que sería la tierra, con su variedad de tipos, caras y edades, y del vivificador roce de los mil intereses que entran en choque agradable dentro de una sociedad tan revuelta.

—A ver —le dije yo—: ¿sabe usted lo que está haciendo?

—¿Y qué estoy haciendo?

—Está presentando el cielo bastante agradable por una parte, pero por la otra lo está echando a perder.

—¿Qué quiere usted decir con eso?

—Verá usted —empecé—: ponga el caso de una madre joven que perdió a su hijo y que...

—¡Cállese! —exclamó—. ¡Observe!

Era una mujer de mediana edad y cabellos entrecanos. Caminaba despacio, con la cabeza inclinada y con las alas colgándole lacias y sin vida. ¡Qué fatigada parecía y cómo lloraba la pobrecita! Cruzó por delante de nosotros mirando al suelo, con lágrimas corriendo por su cara, y no nos vio. Entonces Sandy dijo en voz baja y amable, impregnada de compasión:

—¡Va detrás de su hija! Mejor dicho, creo que la encontró. Pero ¡cómo ha cambiado! Aunque han transcurrido veintisiete años desde que la vi, la he identificado al instante. Era entonces una madre joven, de unos veintidós o veinticuatro años, o por ahí, lozana, encantadora y dulce como una flor. Todo su corazón y toda su alma estaban envueltos en el pensamiento de su hija, de dos años. Esa niña murió, y entonces la madre se volvió loca de dolor, ¡loca! Pues bien: su único consuelo era que volvería a encontrar a su hija en el cielo «para no separarse más», según ella decía, y siguió repitiendo un año tras otro. «Para no separarse más.» Con esa frase era feliz; sí, feliz, esas palabras eran su alegría. Hace veintisiete años, cuando yo estaba agonizando, me pidió que me preocupase antes que nada de encontrar a su hija y de decirle que ella vendría «pronto, pronto, muy pronto», porque así lo esperaba y creía.

—Pero, Sandy, eso es lamentable.

Él no dijo nada por unos instantes, pero permaneció sentado, mirando al suelo y pensando. Después me dijo, como dolorido:

—¡Y vino por fin!

—¿Y qué ocurrió? Prosiga.

—Tormentas, quizá no haya encontrado a su niña, pero yo creo que sí. Eso me parece. He visto casos. Comprenda usted que esa mujer llevaba a su hija en el pensamiento tal y como era cuando la mecía en sus brazos como a una cosita regordeta. Pero la criatura no se conformó aquí con seguir en esa edad. No, porque se decidió a crecer, y así lo hizo. Durante estos veintisiete años adquirió todos los profundos conocimientos científicos que se pueden adquirir, y en todo ese tiempo no ha hecho otra cosa que estudiar y estudiar, aprender más y más, sin que le importe un ardite nada que no sea solo el estudio, y hablar de problemas gigantescos con personas que son como ella.

—¿Y qué ha ocurrido?

—Tormentas, ¿no lo ve usted? Su madre entiende de arándanos, de cómo cuidarlos, seleccionarlos, empaquetarlos y venderlos, ¡y no sabe una condenada palabra más! Ella y su hija no pueden hacerse más compañía que la de una tortuga del pantano y un ave del paraíso. La pobrecita venía buscando un bebé al que acunar, y creo que ha sufrido un desengaño.

—¿Y qué harán, Sandy? ¿Serán infelices para siempre en el cielo?

—No, acabarán por reunirse y adaptarse poco a poco la una a la otra. Pero esto no ocurrirá este año ni el que viene.

II

Mis alas me venían dando mucha guerra. Al día siguiente del que participé en el coro, me lancé dos veces a volar, pero no tuve suerte. En la primera recorrí unas treinta yardas, y le hice un estropicio a un irlandés y lo derribé (caímos los dos, de hecho). Después choqué con un obispo y, por supuesto, se vino abajo. Intercambiamos unos improperios, y me tuve por muy poca cosa viendo que había ido a tropezar con un personaje tan anciano y serio como aquel, en presencia de un millón de desconocidos que estaban mirando y sonriendo para sus adentros.

Comprendí que no le había tomado la mano al mecanismo de dirección, y que por eso no podía decidir nunca dónde iría a parar una vez en el aire. Durante el resto del día anduve a pie, dejando descansar mis alas. A la mañana siguiente muy temprano me encaminé a un lugar retirado para realizar algunos ejercicios prácticos. Me encaramé a un peñasco muy alto, empecé bien y fui trazando giros hacia abajo, apuntando hacia un bosque bajo que había a unas trescientas yardas de distancia. Pero no conté, por lo visto, con el viento, que soplaba a unos dos puntos por la popa de mi manga. Vi que marchaba muy a sotavento del bosquecillo, y entonces moví con lentitud mi ala de estribor y agité con energía la de babor, pero la cosa no resultó. Observé que me escoraba a barlovento, por lo que dejé de aletear y me posé en tierra. Volví a la roca y realicé otra tentativa. Apunté dos o tres grados a estribor del bosquecillo (sí, quizá más), casi lo bastante como para volar a contraviento. No me salió mal la cosa, pero pasé un mal rato. Pude apreciar con toda claridad que volando así las alas eran un impedimento. Aprendí que se podía volar muy cerca de la dirección del viento, pero nunca en línea recta contra él. Determiné que si quería ir de visita a cualquier distancia de mi casa con viento de frente, tendría que esperar un cambio durante quizá días enteros. Y también que semejantes artefactos no servían para nada durante las tormentas. Si te daba por volar en la línea misma del viento, te hacías un lío, porque no había modo de acortar vela, es decir, de rizar. Allí solo cabía recoger por completo el trapo: aplastar las plumas contra los costados. Y claro, eso equivalía a caer a tierra. Es cierto que podrías situarte de cara al viento, era la mejor maniobra, pero con ella cargabas con una tarea dura de pelar. Cualquier otra táctica daría contigo en tierra, sin duda.

Creo que fue un par de semanas después cuando dejé al viejo Sandy McWilliams una nota (fue un martes), pidiéndole que viniese al día siguiente a comer conmigo su maná y sus perdices. Lo primero que hizo cuando entró en mi casa fue guiñarme el ojo con picardía y decirme:

—¿Qué ha hecho usted con sus alas, capitán?

Comprendí en el acto que la pregunta encerraba una burla, aunque yo no sabía dónde. Pero lo disimulé y me limité a decir:

—Las mandé a la lavandera.

—En efecto —me dijo con cierta sequedad—, van mucho a la colada cuando no llevan demasiado tiempo aquí, lo he visto muchas veces. Los ángeles novicios son exageradamente pulcros. ¿Y cuándo espera que se las traigan?

—Pasado mañana —contesté.

Me guiñó un ojo y sonrió. Dije al fin:

—Sandy, dígamelo. Venga, entre amigos no debe haber secretos. Ya me he fijado en que usted no lleva alas, y que son muchos los que tampoco. He hecho el idiota, ¿verdad?

—Algo así. Pero no se pierde nada. Todos hacemos lo mismo al principio. Es que, allá en la tierra, llegábamos a conclusiones estúpidas por completo sobre cómo se vivía aquí. En los cuadros veíamos siempre a los ángeles con sus alas, lo que es cierto; pero al suponer que sirven para ir y venir de un lado a otro es cuando errábamos. Las alas no son otra cosa que un uniforme. Cuando los ángeles están, por así decirlo, en campaña, las llevan siempre. Jamás verá usted que un ángel marche a entregar un mensaje desprovisto de alas, del mismo modo que no verá usted a un militar sin uniforme presidiendo un consejo de guerra, ni a un cartero entregando las cartas, ni a un policía haciendo su ronda de paisano con él. Pero ¡las alas no son para volar! Son para lucirlas, no para emplearlas. Los ángeles viejos y experimentados son como los oficiales del ejército regular: siempre que no están de servicio, visten de paisano. Los nuevos son como los milicianos: no se despojan nunca del uniforme, van siempre agitando sus alas y dando tropezones con ellas, derribando a la gente, repartiendo aletazos aquí, allá y por todas partes, imaginando que todos tienen puestos los ojos en ellos con admiración. Sí, se creen los personajes más importantes del cielo. Cuando vea usted a uno de ellos paseando con un ala levantada y la otra baja, puede estar seguro de que va pensando para sus adentros: «¡Ojalá me viese ahora Mary Ann en Arkansas! Creo que se arrepentiría de haberme dado calabazas». Pues bien: las alas son para lucirlas y nada más que para eso, y no hay más.

—Sandy, creo que tiene usted toda la razón —le dije.

—No tiene más que verlo por sí mismo —me contestó—. Usted no fue formado para llevar alas, ni lo fue hombre alguno. Ha visto el montón de años que tardó en llegar aquí desde la tierra, a pesar de que vino usted zumbando como no zumbó jamás una bala de cañón. Imagínese que hubiera tenido que hacer ese viaje dándole a las alas. ¿No es cierto que se habría acabado la eternidad antes de que hubiese llegado? Desde luego que sí. Pues los ángeles tienen que ir todos los días a la tierra (millones de ángeles) para aparecerse a los niños y a las personas buenas que se mueren, porque es el meollo de su misión. Se presentan con sus alas, desde luego, porque están en servicio oficial, y porque los moribundos no se darían cuenta de que son ángeles si los vieran sin ellas; pero ¿cree usted que las utilizan para volar? La razón nos dice que no. Se les habrían estropeado antes de llegar a mitad de camino. Hasta la pelusa habrían perdido, y el armazón quedaría tan pelado como los palos de una cometa antes de pegar el papel. Las distancias aquí, en el cielo, son billones de veces más grandes, y los ángeles tienen que recorrerlas todos los días. ¿Podrían hacerlo si no tuvieran otra cosa que sus alas? De ninguna manera. Las llevan como ornamento, pero se trasladan a cualquier lugar en un instante, solo con querer. La alfombra de los deseos de la que se nos habla en las *Mil y una noches* era una idea muy juiciosa, pero la que tenemos en la tierra de que los ángeles cruzan volando con sus alas torponas unas distancias inmensas es una solemne estupidez.

»Nuestros santos jóvenes de ambos sexos las llevan siempre puestas (de un rojo llameante, azules y verdes, doradas, jaspeadas, con los colores del arcoíris, con círculos y franjas) y nadie lo censura. Es conveniente a la edad que tienen. Las alas son hermosas y sirven para que destaquen los jóvenes. Desde luego, son la parte más llamativa y encantadora de su atavío; la aureola no tiene ni punto de comparación.

—Bueno —dije entonces—, la verdad es que yo he guardado las mías en el armario, y allí pienso dejarlas hasta que no se pueda caminar por el barro.

—Sí, o hasta que haya una recepción.

—¿Qué es eso?

—Esta noche puede usted ver una si lo desea. Se hará una recepción para un tabernero de Jersey City.

—Adelante. Cuéntemelo todo.

—Este hombre se convirtió en Nueva York en una celebración de Moody y Sankey, y a la salida, cuando se dirigía hacia su casa en un ferry, este chocó con algo, y se ahogó. Pertenece a una clase de personas que están convencidas de que cuando se salva algún descreído todo el mundo en el cielo se vuelve loco de alegría. Piensan que los cielos salen en procesión a recibirlos con hosannas, y que no se habla ese día en el reino de los bienaventurados más que de su caso. Este tabernero cree que no ha habido aquí en muchos años otra emoción que pueda compararse a la que despertará su llegada. Yo me he fijado siempre en este detalle en todos los de su clase cuando se mueren: no solo esperan que todos los habitantes del cielo salgan a recibirlos, sino que esperan ser recibidos con una procesión de antorchas.

—Creo, entonces, que se llevará un chasco.

—No, en absoluto. Aquí no se permite que nadie se lleve una decepción. Todo lo que quiera, cuando llegue (es decir, todo lo que sea razonable y no tenga nada de sacrílego), se le concede. Siempre andan por aquí algunos millones o billones de jóvenes que no desean otro entretenimiento mejor que el de llenar sus pulmones y echarse a la calle con sus antorchas, pasando un rato alegre a costa del tabernero. Estas personas se emocionan con ello hasta perder el sueño, y para los jóvenes supone una parranda encantadora. Nadie sale perdiendo, no cuesta un comino y mantiene en alto la fama que tiene este lugar de que todos los que vienen quedan felices y contentos.

—Muy bien, entonces. Acudiré para contemplar cómo desembarca el tabernero.

—La costumbre es ir de etiqueta. Necesita usted llevar sus alas y todo lo demás.

—¿Qué es lo demás?

—La aureola, el arpa, la rama de palma, etcétera.

—Bueno —dije—, reconozco que debería sentir vergüenza de mí mismo, pero si he de decirle la verdad, dejé todo eso tirado por ahí el día en que renuncié a seguir formando parte del coro. Fuera de esta túnica y de estas alas no tengo un mal harapo que ponerme.

—No hay problema. Ya verá como recogieron sus cosas y se las guardaron. Envíe a buscarlas.

—Lo haré, Sandy. Pero ¿qué decía usted de cosas no sacrílegas, que la gente espera alcanzar aquí y sobre las cuales se llevarán una decepción?

—Son muchas las cosas que la gente espera y no consigue. Por ejemplo, sé yo de un predicador de Brooklyn, de apellido Talmage, que se llevará una grandísima decepción. De vez en cuando suele decir en sus sermones que la primera cosa que hará cuando llegue al cielo será echar sus brazos al cuello de Abraham, de Isaac y de Jacob, besarlos y derramar lágrimas sobre ellos. Hay millones en la tierra que se han prometido lo mismo. Llegan aquí en un solo día no menos de sesenta mil personas que desean ir derechas hacia ellos para estrecharlos entre sus brazos y llorar sobre ellos. Pues bien: convendrá usted en que sesenta mil personas por día son una carga algo pesada para esos ancianos. Si accediesen a complacerlos, no tendrían otra cosa que hacer, un año sí y otro también, más que estar en pie y dejarse abrazar y humedecer de lágrimas durante veintidós horas de las veinticuatro del día. Estarían siempre agotados y tan empapados como una rata almizclera. ¿De qué les serviría a ellos el cielo? Sería un lugar estupendísimo del que escapar, eso lo comprenderá usted a la perfección. Son unos viejos judíos amables y bien educados, pero no sienten más afición que la que pueda sentir usted por besar lo más florido de las emociones de Brooklyn. Fíjese bien en lo que le digo: ellos rehusarán, dando las gracias, los afectos del señor Talmage. Hasta en el mismo cielo hay ciertos límites a los privilegios de los elegidos. Mire usted: si Adán se mostrase a todos los recién llegados que quieren visitarlo y contemplarlo y pedirle un autógrafo, jamás habría podido hacer otra cosa. Talmage ha afirmado que piensa guardar con él ciertas atenciones, igual que con los viejos judíos. Pero tendrá que cambiar de propósito a este respecto.

—Pero ¿cree usted de verdad que Talmage vendrá a este lugar?

—Desde luego que sí, con toda seguridad. Pero no se alarme usted, se reunirá con los de su misma clase, que aquí abundan. El mayor encanto de los cielos es este, que aquí hay de todo, y eso no ocurriría si se dejase que los predicadores lo arreglasen a su gusto. Todo el mundo puede elegir la compañía que prefiere en el cielo. De los demás se aparta, y ellos se apartan de él. Al ponerse Dios a levantar un cielo, tenía que hacerlo bien y con un espíritu generoso.

Sandy envió a buscar sus cosas a su casa, y yo hice lo propio con las mías, y a eso de las nueve de la noche empezamos a vestirnos. Dijo:

—Tormentas, va usted a pasar un rato magnífico, porque quizá salgan a la calle algunos de los patriarcas.

—¿Cree usted que sí?

—Puede que sí o que no. Por supuesto, son personas que no se prodigan. Muy pocas veces se exhiben al público. Creo que no salen si no se trata de un converso de última hora. Si por ellos fuera, tampoco lo harían entonces, pero la tradición terrenal considera necesaria una gran ceremonia en esa ocasión.

—Pero, entonces, ¿se exhiben todos ante el público, Sandy?

—¿Quién? ¿Todos los patriarcas? Oh, no, rara vez salen más de dos. Para cuando consiga usted haber visto a todos los patriarcas y profetas, llevará aquí cincuenta mil años, quizá más. Desde que me encuentro aquí, Job se ha exhibido una sola vez, y Cam y Jeremías, otra, y los dos al mismo tiempo, pero lo más distinguido que yo haya presenciado ocurrió hace un año, más o menos. Fue en la recepción que se hizo a Charles Peace, aquel al que llaman «el asesino de Bannercross», que era inglés. En esa ocasión comparecieron en la gran tribuna cuatro patriarcas y dos profetas. No se había visto cosa igual desde la llegada del capitán Kidd. Entonces, y por primera vez en mil doscientos años, se presentó Abel, y corrió la voz de que también acudiría Adán. Desde luego, bastaba con Abel para que se reuniera una gran multitud, sin otro nombre que el suyo, pero la mayor atracción es Adán. Fue una noticia falsa, pero se extendió por todas partes, y tendrá que pasar mucho tiempo para que yo vea una cosa parecida. La recepción se celebró, como es natural, en el distrito inglés, que está a ochocientas once millones de millas de la frontera de New Jersey. Acudí con muchos convecinos míos, y le aseguro a usted que fue un espectáculo digno de verse. La gente iba en tropel desde todos los distritos. Vi allí esquimales, tártaros, negros, chinos, multitudes de todas partes. Usted habrá visto una mezcolanza como esa en el gran coro el primer día de su llegada, pero con dificultad volverá a verla. Se presentaron billones de personas, y cuando cantaban o entonaban hosannas, el estruendo resultaba asombroso, y hasta cuando permanecían callados el aleteo de sus alas era como para hacer que estallase la cabeza, porque todo el firmamento estaba tan tupido de alas como si lloviesen ángeles. Aunque Adán no compareció, la fiesta fue magnífica, porque en la gran plataforma teníamos a tres arcángeles, y son muy pocas las veces en que se deja ver uno solo de ellos.

—¿Qué aspecto tenían, Sandy?

—Verá usted: tenían rostros brillantes, túnicas resplandecientes y alas de asombroso arcoíris. Su estatura, cuando estaban erguidos, era de dieciocho pies, y portaban espadas. Mantenían sus cabezas muy tiesas con una expresión magnífica y relumbraban con su aspecto de guerreros.

—¿Lucían aureolas?

—No, o por lo menos no de metal. Los arcángeles y los patriarcas más distinguidos llevan un artículo más elegante. Consiste en una aureola redonda, sólida y esplendorosa, de oro, que ciega a quien la mira. Con seguridad habrá usted visto muchas veces en la tierra la pintura de algún patriarca con ese artilugio. ¿Lo recuerda? Pues en comparación eso da la impresión de que tienen metida la cabeza en un llevaplatos de metal. No le proporciona a usted, ni con mucho, una idea exacta de esta aureola. Es mucho más bella y brillante.

—¿Habló usted con esos arcángeles y patriarcas, Sandy?

—¿Quién, yo? Pero ¿en qué está usted pensando, Tormentas? Yo no soy digno de hablar a personajes como ellos.

—¿Y Talmage?

—Naturalmente que no. Usted tiene acerca de estas cosas la misma confusión que todos allá abajo. También yo la tenía, pero la he superado. Allá hablan de un rey celestial (y están en lo justo), pero acto seguido se ponen a divagar como si el cielo fuese una república y todo el mundo se hallase en absoluta igualdad con todos los demás, y todos gozaran del privilegio de echar los brazos al cuello a cuantos se cruzan en su camino y a saludar a los elegidos, desde los más altos hasta los más bajos, con un «Eh, amigo, ¿cómo andamos?». ¡Qué confusión y qué absurdo! ¿Cómo va usted a tener una república allí donde hay un rey? ¿Cómo va usted a tener ni un asomo de república donde la cabeza del Gobierno es absoluta, conserva el cargo para siempre, carece de parlamento y de consejo que se entrometa en sus asuntos; donde no se vota a nadie, donde no se elige a nadie, donde nadie en todo el universo tiene voz en las decisiones, donde a nadie se le pide que se inmiscuya en los propósitos del mando, y donde a nadie se le permite hacer semejante cosa? ¡Linda república, en verdad!

—Sí, eso difiere algo de la idea que yo tenía, pero creí que se me permitiría ir y venir con libertad y relacionarme de alguna manera con los grandes aristócratas, no digo yo que para beber de sus manos, pero sí, por lo menos, para intercambiar un apretón de manos y pasar un buen rato.

—Dígame usted: ¿sería posible que Tom, Dick y Harry fuesen a visitar a los miembros del gabinete de Rusia con esa pretensión? ¿O, por ejemplo, al príncipe Gortschakoff?

—Supongo que no.

—Bueno, pues esto de aquí es Rusia, aunque un poco mejor. Aquí no hay por ninguna parte ni una sombra de república. Aquí hay jerarquías. Aquí hay virreyes, príncipes, gobernadores, subgobernadores, subsubgobernadores y un centenar más de títulos de nobleza, que van desde los grandes duques arcángeles, escalón por escalón, hasta que se llega al nivel general, donde no existe rango alguno. ¿Sabe usted lo que en la tierra es un príncipe de sangre?

—No.

—Pues un príncipe de sangre no pertenece exactamente a la familia real ni tampoco a la simple nobleza del reino; es inferior al primer rango y superior al segundo. Esa es, más o menos, la posición en que aquí se encuentran los patriarcas y los profetas. Existe una aristocracia elevadísima, gente a la que uno es indigno de abrillantar las sandalias, y ellos a su vez no son dignos de lustrar las de los patriarcas y de los profetas. Esto le dará a usted una idea aproximada de la jerarquía, ¿no es así? ¿Empieza usted a comprender todo lo alta que está esa gente? Nada más que echar una ojeada de dos minutos a uno de esos personajes es para nosotros cosa digna de recordarse y de contar durante mil años. Fíjese, capitán, nada más que en esto: si Abraham hubiese de pasar por delante de esta puerta, se levantaría una barandilla alrededor de ese sendero y se cubriría con algo que lo resguardase, y las gentes acudirían en tropel hasta aquí desde todas las partes del cielo, durante centenares y centenares de años, para verlo. Abraham es uno de los personajes a quienes el señor Talmage, de Brooklyn, piensa abrazar, besar y llorar sobre su pecho cuando venga al cielo. Tendrá que esperar una buena cantidad de tiempo, y si no, apuesto cinco contra uno a que antes que tenga una posibilidad de hacerlo, se le habrá secado la fuente de las lágrimas.

—Sandy —le dije—, yo venía con la idea de que sería igual a todo el mundo en este lugar, pero me despido ya de esa idea. No importa, aun sin eso me siento lo suficientemente feliz.

—Capitán, de ese modo su felicidad será superior a que si hiciese lo contrario. Estos viejos patriarcas y profetas le llevan a usted una ventaja inmensa; ellos saben más en dos minutos que usted en un año. ¿Se le ocurrió alguna vez aprovechar el tiempo en discutir con amabilidad acerca de los vientos, las corrientes y las variaciones de la brújula con un empresario de pompas fúnebres?

—Ya veo dónde va usted a parar, Sandy. No tendría para mí ningún interés discutir con esa clase de individuo. En estas materias sería un ignorante absoluto, y me aburriría a mí y yo a él.

—Me ha comprendido usted. Pues bien: usted aburriría a los patriarcas cuando les hablase, y, cuando ellos le hablasen, su tiro iría muy por encima de su cabeza. No tendría más remedio que decir: «Buenos días, eminentísimo señor, otra vez vendré a saludarlo». Pero no volvería. ¿Se le ocurrió a usted alguna vez invitar al marmitón del barco a que subiese a su camarote a comer con usted?

—También ahora veo su punto, Sandy. No estaría acostumbrado al trato de personajes tan distinguidos como los patriarcas y profetas, me sentiría avergonzado y acobardado en su compañía y me alegraría muchísimo verme libre de ella. Sandy, ¿cuál de las dos jerarquías es más elevada, la de los patriarcas o la de los profetas?

—¡Oh, los profetas están por encima de los patriarcas! Hasta el más reciente de los primeros es un personaje de mayor categoría que el más antiguo de los últimos. Sí, señor, Adán mismo tiene que caminar detrás de Shakespeare.

—¿Fue Shakespeare un profeta?

—Por supuesto que sí, y también lo fue Homero y muchos más. Pero Shakespeare, igual que todos ellos, tiene que caminar detrás de cierto sastre vulgar de Tennessee, de nombre Billings, y detrás de un veterinario llamado Sakka, de Afganistán. Jeremías, Billings y Buda caminan a la par, el uno al lado del otro, inmediatamente después de una muchedumbre que procede de planetas ajenos a nuestro sistema astronómico. Después vienen una o dos docenas que proceden de Júpiter y de otros mundos; a continuación, Daniel, Sakka y Confucio; después, unos cuantos de otros sistemas exteriores al nuestro; luego Ezequiel, Mahoma, Zoroastro y un afilador de cuchillos del antiguo Egipto; enseguida una hilera larguísima, y por último, ya hacia el final, Shakespeare, Homero y un zapatero apellidado Marais, de los arrabales de Francia.

—Pero ¿es que han dejado de veras pasar a Mahoma y a todos esos otros paganos?

—Sí, todos ellos tuvieron a su cargo una misión, y todos ellos han recibido su recompensa. Quien en la tierra no la recibe, no debe preocuparse, porque, con toda seguridad, la recibirá aquí.

—Pero ¿por qué relegar de ese modo a Shakespeare y ponerlo allá, al final, detrás de esos zapateros, veterinarios y afiladores de cuchillos, que son una gente de la que nadie oyó hablar jamás?

—Ahí ve usted lo que es la justicia celestial. Ellos no fueron recompensados en la tierra de acuerdo con sus méritos, pero aquí alcanzaron el rango que les pertenece. El sastre Billings, de Tennessee, escribió poesía a cuya altura ni Homero ni Shakespeare soñaron en llegar, pero nadie quiso imprimirla, y nadie la leyó salvo sus vecinos, gente ignorante que se burló de ella. Siempre que en su aldea se celebraba una juerga de borrachos o un baile, lo arrastraban y lo coronaban con hojas de repollo y simulaban inclinarse ante él. Cierta noche en que estaba enfermo y casi muerto de hambre, lo sacaron de su casa e hicieron la ceremonia con las hojas, y todo el mundo lo acompañó formando cortejo, entre alaridos y tamborileo de sartenes. Aquel hombre murió antes del amanecer. Jamás había tenido la esperanza de ir al cielo, y mucho menos de que su ascensión armase un revuelo semejante, de modo que se quedó muy sorprendido ante la recepción que se le organizó.

—¿Estaba usted allí, Sandy?

—¡No, válgame Dios!

—¿Por qué? ¿Acaso lo ignoraba usted?

—¡Claro que no! Fue la comidilla de estos reinos. Pero no durante un día, como en el caso del tabernero, sino ya desde veinte años antes de que aquel hombre falleciese.

—¿Y cómo diablos no fue usted, entonces?

—Pero ¡qué manera de hablar la suya! ¿Cree usted que un hombre como yo tenía algo que hacer en la recepción de un profeta? ¿Un miserable como yo tratando de interceder y colaborar en la recepción de un personaje de tan alto rango como Edward J. Billings? ¡Se habrían reído de mí en un billón de millas a la redonda! ¡Aún ahora se estarían burlando de mí!

—¿Y quién fue entonces?

—Muy poca gente de la que usted y yo tendremos nunca oportunidad de contemplar, capitán. Puede usted creerme que uno del vulgo no tiene la suerte de presenciar la recepción de un profeta. Se encontraba allí toda la aristocracia, todos los patriarcas y profetas, sin que faltase uno, y todos los arcángeles, todos los príncipes, gobernadores y virreyes; pero no la baja nobleza, de esta ni una sola persona. Pero tenga usted en cuenta que no me refiero solo a los grandes personajes de nuestro mundo, sino a los príncipes, patriarcas y demás de todos los que brillan en nuestro firmamento y de billones más que pertenecen a sistemas y sistemas astronómicos fuera de aquel en que se encuentra nuestro sol. Había allí algunos junto a los cuales los nuestros no tienen categoría, ni por el rango, ni por lo ilustres, ni por nada. Unos procedían de Júpiter y de otros mundos cercanos al nuestro, pero los más célebres eran tres poetas, Saa, Bo y Soof, que venían de tres grandes planetas de tres sistemas distintos y muy remotos. Estos nombres son corrientes y familiares en todos los rincones y lugares del cielo, desde un extremo hasta el otro (en realidad, son tan conocidos como los ochenta arcángeles supremos), mientras que nuestro Moisés y nuestro Adán no son famosos fuera del rinconcito de paraíso que corresponde a nuestro mundo, salvo por algún que otro hombre docto desparramado aquí y allá, y aun esos pronuncian siempre mal sus nombres y confunden sus hazañas, y se limitan solo a localizarlos dentro de nuestro sistema solar, y creen que basta con eso, sin entrar en detalles tan pequeños como especificar el mundo del que proceden. Es como si un hindú que quisiese parecer muy erudito dijese que Longfellow vivió en Estados Unidos, como si hubiese vivido en todos los lugares del país, y bastase tirar ahí un cascote con la seguridad de darle. Entre usted y yo, me irrita la frialdad con que la gente que procede de mundos monstruosamente grandes de muy lejos menosprecia a nuestro pequeño planeta, e incluso a nuestro sistema. Desde luego, tenemos en gran concepto a Júpiter porque nosotros a su lado somos como una patata por lo que refiere al tamaño; pero existen en otros sistemas ciertos mundos respecto a los cuales Júpiter no representa ni lo que una semilla de mostaza. Como el planeta Goobra, por ejemplo, que no podría usted apretujar dentro de la órbita del cometa Halley sin que corriera peligro de saltar en pedazos. Algunos turistas de Goobra (quiero decir, grupos que allí vivieron y murieron, indígenas) vienen por aquí de vez en cuando y hacen preguntas acerca de nuestro mundo, y cuando se enteran de que es tan pequeño que un rayo de luz es capaz de darle la vuelta en un octavo de segundo, tienen que apoyarse en algo para carcajearse. Luego se insertan un cristal en el ojo y se ponen a examinarnos, como si fuésemos alguna clase curiosa de sabandijas, o algo por el estilo. Uno de ellos me preguntó cuánto duraba uno de nuestros días, y cuando le dije que, en términos generales, duraba veinticuatro horas, me preguntó si la gente de nuestro mundo creía que valía la pena levantarse y lavarse la cara para semejante jornada. Así nos tratan esos antiguos habitantes de Goobra: no pierden ocasión de echarle a uno en cara que el día de su planeta equivale a trescientos veintidós de nuestros años. Aquel joven esnob del que hablo apenas había entrado en la mayoría de edad (solo había cumplido seis o siete mil días de los suyos, dos millones de años) y tenía toda la jactancia de los cachorros de esa edad, es decir, que estaba en ese recodo en el que una persona ha dejado de ser niño, pero no es aún hombre del todo. Si hubiésemos estado en cualquier otra parte, y no en el cielo, ya le habría dicho yo lo que pensaba de él. Sea como sea, lo cierto es que a Billings se le hizo la más grandiosa recepción que aquí se ha visto en miles de siglos, y creo que tendrá consecuencias beneficiosas. Su nombre llegará muy lejos y hará que se hable de nuestro sistema y hasta quizá de nuestro mundo, y con ello ganaremos el respeto del público de los cielos en general. Fíjese usted: Shakespeare caminaba de espaldas delante del sastre de Tennessee, esparciendo flores para que él las pisase, y durante el banquete, Homero permaneció en pie detrás de su silla, sirviéndole. Por supuesto que eso, entre los personajes ilustres de otros sistemas, no llamó la atención, porque ni siquiera habían oído hablar de Shakespeare y de Homero. Pero si allá abajo, en nuestro pequeño mundo, se enterasen, la cosa armaría revuelo. ¡Ojalá hubiese algo cierto en esa insignificante cosa que allí llaman espiritismo que nos permitiese enviarles la noticia! Entonces la aldea de Tennessee levantaría un monumento a Billings, y su autógrafo se vendería más caro que el de Satanás. Lo pasaron en grande en aquella recepción, según me contó un bajo aristócrata de Hoboken, sir Richard Duffer, baronet.

—¿Qué dice usted, Sandy? ¿Un aristócrata de Hoboken? ¿Cómo es eso posible?

—No tiene nada de particular. Duffer tenía una salchichería, y en su vida no ahorró un centavo, porque toda la carne que le sobraba se la daba a los pobres, sin hacer ruido. No a los vagabundos, no, a otra clase de pobres, a los que son capaces de morirse de hambre antes que mendigar, a la gente honrada y como es debido que se encuentra sin trabajo. Richard estaba siempre buscando a hombres, mujeres y niños que tuviesen cara de estar pasando hambre. Los seguía hasta sus casas, se enteraba de todo por los vecinos y después les daba de comer y les encontraba trabajo. Como nadie lo veía nunca dar nada a nadie, tenía fama de avaro; con esa fama murió, y todos dijeron que bien muerto estaba. Pero en cuanto llegó lo nombraron baronet, y las primerísimas palabras que Richard, el comerciante de salchichas de Hoboken, escuchó no bien puso los pies en la orilla celestial fueron: «¡Bienvenido sea, sir Richard Duffer!». La cosa le sorprendió bastante, porque él venía con el temor de que lo enviaran a climas mucho más cálidos.

De pronto se tambaleó toda la región con el estallido de mil ciento un rayos y truenos cayendo de golpe, y Sandy dijo:

—Eso va por el tabernero.

Me puse en pie de un salto y dije:

—Pues entonces vamos hacia allá, Sandy, porque no quiero perderme una cosa así.

—No se mueva usted de su sitio —me dijo él—. Eso solo quiere decir que se ha telegrafiado que llega.

—¿Cómo?

—Esa explosión solo indica que ha sido avistado por la estación de señales. Ha doblado ya por Sandy Hook. Los comités se adelantarán a su encuentro y le darán escolta al entrar. Habrá ceremonias y retrasos, y todavía tardarán bastante en subir por la bahía. Tenga usted en cuenta que se encuentra a varios billones de millas de distancia.

—Yo estuve muy cerca de ser tabernero, y quizá de los descreídos —dije, recordando mi llegada solitaria y en la que no hubo comités ni nada.

—Observo un rastro de pena en su voz —observó Sandy—, y es natural. Pero pelillos a la mar, usted vivió de acuerdo con sus luces y es ya tarde para rectificarlo.

—Sí, dejémoslo estar. No me importa. Pero dígame: ¿también tienen ustedes aquí un Sandy Hook?

—Aquí lo tenemos todo exactamente igual que allí abajo. Todos los estados y territorios de la Unión, y todos los reinos de la tierra y las islas del mar se hallan distribuidos exactamente igual que en el globo, con la misma configuración, y todos a escala proporcional, por lo que cada estado, reino o isla es aquí muchos billones de veces mayor. Ahí viene otra explosión.

—¿Y qué significa esta?

—Es otro fuerte que contesta al primero. Cada uno de ellos dispara mil ciento y una salvas de una sola vez, que es el saludo corriente para los conversos de última hora: cien por cada hora de las once y una por el sexo del que llega. Si se tratase de una mujer, lo sabríamos porque descargarían otro cañón más.

—¿Y cómo sabemos, Sandy, que son mil ciento uno, si las disparan todas a un tiempo? Y el caso es que lo sabemos con toda seguridad.

—En ciertos aspectos, y este es uno, nuestras inteligencias se aguzan mucho aquí en pocos días. Son tan inmensos los números, los tamaños y las distancias, que es preciso que estemos hechos de manera que tengamos la sensación de los mismos. Nuestros anteriores métodos de contar, medir y trasladar en cifras no lograrían siquiera darnos una idea; al contrario, solo servirían para confundirnos, oprimirnos y darnos dolor de cabeza.

Después de un rato de charla acerca de lo mismo, dije:

—Sandy, observo que apenas veo por aquí un ángel blanco, por cada uno con el que me tropiezo hay cien millones de color cobrizo que no saben inglés. ¿Cómo es eso?

—Eso mismo le ocurrirá a usted en cualquier estado o territorio del rincón de cielo de América al que usted vaya. Yo crucé de una vez, y por espacio de una semana, millones y millones de millas por entre verdaderos enjambres de ángeles sin ver uno solo que fuese blanco ni escuchar una palabra que yo entendiese. Comprenda usted que América fue ocupada durante un billón de años o más por los indios y los aztecas y otras gentes por el estilo antes que los hombres blancos pusieran el pie en ese país. Durante los cien primeros años que siguieron al descubrimiento de Colón, no había público suficiente, juntando a todos los blancos, como para llenar el local de una conferencia. Hablo del total, incluyendo las posesiones británicas. En los comienzos de nuestro siglo ascendían solo a seis o a siete millones, pongamos que fuesen siete; en 1825 eran de doce a catorce millones; unos veintitrés en 1850 y cuarenta en 1875. Nuestro crecimiento demográfico ha sido siempre del veinte por ciento anual. Por otro lado, en el primer año de nuestro siglo murieron ciento cuarenta mil; el año 1825, doscientos ochenta mil; quinientos mil en el 1850; y alrededor de un millón en el 1875. Quiero ser generoso, y fijar en cincuenta millones los blancos que han muerto en América hasta hoy desde que la pisaron; ponedle, si queréis, sesenta millones, subidlo incluso a cien millones. Ninguna importancia tienen algunos más o menos en un sentido o en otro. Con eso comprenderá usted que si reparte esa salpicadura en el cielo por las centenares de billones de millas que aquí tiene el territorio americano, la cosa equivale a esparcir por el desierto del Sáhara una caja de píldoras homeopáticas y pretender luego encontrarlas. No puede usted esperar que nosotros representemos gran cosa aquí, y la verdad es que no lo somos y tenemos que arreglárnoslas del mejor modo posible. Los hombres doctos de otros planetas y de otros sistemas suelen acercarse, van de un lado a otro durante algún tiempo, visitan el Reino, y cuando regresan a su sección del cielo, escriben un libro de viajes y solo dedican a América unas cinco líneas. ¿Y qué dicen? Que por esta soledad andan desperdigados unos pocos centenares de miles de billones de ángeles rojos, y entre ellos se ven de vez en cuando alguno que padece una curiosa enfermedad de la complexión. Como ve usted, creen que nosotros, los blancos, y algún que otro negro, somos indios a los que, debido a alguna dolencia leprosa, se nos ha blanqueado o ennegrecido la piel, y que eso ha ocurrido por algún pecado especialmente canallesco. Amigo mío, esa es una píldora bien amarga para los nuestros, hasta para los más modestos, sin hablar de los otros, los que piensan que van a ser recibidos como un título de deuda pública que lleva perdido mucho tiempo, y que de propina abrazarán a Abraham. Yo, capitán, no le he preguntado a usted detalles, pero si mi experiencia vale de algo, creo que cuando llegó no se le recibió con grandes vítores, ¿verdad?

—No me hable de eso —contesté, sonrojándome un poco—, no habría querido que mi familia lo viese por ninguna suma que usted quiera nombrar. Cambie usted de tema, Sandy, cambie usted de tema.

—Bueno, ¿piensa usted instalarse en el distrito de bienaventurados de California?

—No lo sé. La verdad es que no pensaba en hacer nada definitivo en ese aspecto hasta que no venga la familia. Pensé curiosear por ahí mientras tanto, con tranquilidad, y tomar una resolución. Además, conozco un gran número de gente difunta, y pretendía seguirles el rastro y tener con ellos algunas charlas acerca de los amigos, de antaño y de todo un poco, y preguntarles si les complace esto, por lo que ellos han visto. Creo que a mi esposa le gustará establecerse en el rancho de

California, además, porque es seguro que estarán allí la mayoría de sus muertos, y le gusta vivir entre gente que conoce.

—No se lo consienta usted. Ya ve lo que para los blancos es el distrito celestial de New Jersey. Pues el de California es mil veces peor. Allí hay legiones de una clase ruin de ángeles del color del barro, muy zoquetes, y el convecino blanco que tendrá usted más cerca estará a un millón de millas de distancia. Lo que más echa uno de menos en el cielo es la compañía, quiero decir, la de su propia clase, color e idioma. Por esa razón estuve un par de veces a punto de establecerme en la parte europea del paraíso.

—¿Y por qué no lo hizo?

—Por varias razones. En primer lugar, porque si bien allí encuentra usted blancos en abundancia, casi no logra entenderse con ellos, de manera que pasa usted la misma hambre que aquí. A mí me gusta contemplar a un ruso, a un alemán o a un italiano, e incluso a un francés, por si tengo alguna vez la suerte de encontrarlo entregado a alguna ocupación que no sea una indelicadeza. Pero con mirar no se quita el hambre, lo que uno quiere es conversar.

—Pero, bueno, Sandy, ¿e Inglaterra? Le queda a usted el distrito inglés.

—En efecto, pero no está mucho mejor que este otro extremo de los dominios celestiales. Todo va bien mientras usted tropieza con ingleses de trescientos años a esta parte. Pero en cuanto llega más allá de los tiempos de la reina Isabel, el idioma se empieza a oscurecer, y cuanto más se remonta, más incomprensible se hace. Mantuve una conversación con un tal Langland y con un tal Chaucer (poetas de antaño), pero de nada me valió, porque no acabé de entenderlos ni ellos a mí. Desde entonces he recibido cartas suyas, pero su inglés es tan enrevesado que no encuentro modo de entenderlo. Si se remonta aún más, los ingleses no son más que unos simples extranjeros, como le digo. Hablan danés, alemán, normando de Francia, y en ocasiones una mezcla de los tres. Y más hacia atrás todavía hablan latín, británico antiguo, irlandés y galés; y más lejos nos encontramos con billones y billones de salvajes puros que hablan en una jerigonza que ni Satanás mismo entendería. La verdad es que para cuando usted tropieza en los asentamientos ingleses con un hombre con quien pueda mantener una conversación, tiene que sortear espantosas turbas que hablan en idiomas de los que nada puede sacar en claro. Comprenda usted que todos los países de la tierra, en el transcurso de un billón de años, fueron invadidos tantas veces por pueblos tan diversos y por tan distintas clases de idiomas, que han tenido por fuerza que dar origen en el cielo a un mestizaje así.

—Sandy —pregunté—, ¿ha visto usted a muchos de los grandes hombres de los que nos habla la historia?

—Sí, a muchos. He visto a reyes y a toda clase de gentes distinguidas.

—¿Ocupan aquí los reyes el mismo rango de allá abajo?

—No, nadie se trae consigo el abolengo. El derecho divino de los reyes es un cuento que puede pasar bastante bien en la tierra, pero no aquí. En cuanto llegan a los reinos de la gracia, bajan al mismo nivel de todos. Conocí muy bien a Carlos II: es uno de los comediantes que gozan de mayor popularidad en la sección inglesa, siempre llena los teatros. Los hay mejores, desde luego, personas de las que nadie oyó hablar en la tierra, pero Carlos se está ganando una excelente reputación, y se le considera en auge. Ricardo Corazón de León es boxeador y también es muy popular. Enrique VIII es un actor trágico, que representa como en la mismísima vida las escenas en que mata a la gente. Enrique VI tiene un quiosco de libros religiosos.

—¿Y nunca se tropezó con Napoleón?

—Muchas veces. En ocasiones en el distrito de Córcega, y otras en el de Francia. Siempre anda a la caza de algún sitio destacado. Va y viene ceñudo, con los brazos cruzados y el catalejo bajo el brazo, tan hinchado, sombrío y peculiar como lo exige su fama, pero muy fastidiado, porque aquí no pasa por tan gran soldado como él esperaba.

—¿Y quién pasa por mejor?

—Hay un sinfín de gente de quien no habíamos oído hablar antes (acuérdese del zapatero, del veterinario y del afilador de cuchillos), destripaterrones de Dios sabe dónde que durante sus vidas no blandieron jamás una espada ni dispararon un tiro, pero que llevaban dentro la condición de soldado y que no tuvieron oportunidad de demostrar. Aquí ocupan el puesto que les corresponde, y César, Napoleón y Alejandro tienen que retirarse a un segundo plano. El mayor genio militar que jamás produjo nuestro mundo fue un albañil de algún lugar de Boston (murió durante la Revolución) que se llamaba Absalom Jones. Dondequiera que va, acuden en tropel las multitudes para contemplarlo. Todos saben que si hubiese tenido la oportunidad, habría demostrado al mundo unas cualidades de mando militar junto a las que todas las demás habrían parecido juegos de niños y trabajos de aprendices. Pero no la tuvo jamás. Infinidad de veces intentó alistarse como soldado raso, pero el sargento reclutador no lo aceptó porque le faltaban los dos dedos pulgares y un par de colmillos. Pues como digo, hoy saben todos lo que habría podido ser, y por eso vienen millones a verlo pasar en cuanto se enteran de que se traslada a alguna parte. Lleva en su consejo a César, Aníbal, Alejandro y Napoleón, además de otros muchos generales, pero el público no se preocupa de mirarlos a ellos si él está presente. [¡*Buum*!] Allá van otras salvas. El tabernero salió ya de la cuarentena.

Sandy y yo nos vestimos con nuestros atavíos. Formulamos el deseo, y un segundo después nos encontrábamos en el lugar de la recepción. Nos situamos en el borde del océano del espacio, y miramos hacia la oscuridad, pero no logramos distinguir nada. Cerca de nosotros se hallaba la Gran Tribuna, filas y filas de tronos que apenas se distinguían, elevándose hacia el cenit. A uno y otro lado de la Tribuna se extendían las hileras de asientos para el público general. Seguían durante leguas y leguas, y era imposible distinguir dónde acababan. Estaban vacías y calladas, y su aspecto no denotaba alegría, sino la tristeza de un teatro antes de que entre el público, cuando está el gas apagado. Sandy dijo:

—Nos sentaremos y esperaremos. No tardaremos en ver surgir a lo lejos la cabeza del cortejo.

Yo observé:

—Sandy, esto está muy solitario, por alguna parte tiene que haber alguna complicación. Usted y yo solos no resultamos una gran exhibición para un tabernero.

—No se impaciente, todo va bien. Sonará otra salva de cañonazos, y ya verá usted entonces.

Al poco rato distinguimos, allá en el horizonte, una especie de confuso trazo luminoso.

—La cabeza de la procesión de antorchas —dijo Sandy.

Se fue ensanchando, y su brillo y luminosidad fueron haciéndose cada vez mayores. No tardó en adquirir la potencia de un foco de locomotora, y poco a poco resultaba más y más cegador, hasta convertirse en un sol que asoma por encima del horizonte, en el mar, con sus grandes rayos rojos penetrando desgarradores en la bóveda del cielo.

—Clave usted los ojos en la Gran Tribuna y en las millas de hileras de asientos, ¡rápido! —indicó Sandy—. Espere las salvas.

En ese mismo instante estallaron: ¡Buum! ¡Buum! ¡Buum!, igual que un millón de truenos en uno solo, haciendo estremecer los cielos. De pronto se produjo a todo nuestro alrededor un súbito y espantoso resplandor, y en ese mismo instante se ocuparon todas y cada una del millón de sillas. Hasta donde alcanzaba la vista, en ambas direcciones, la multitud formaba como un bloque y todo estaba iluminado y radiante. Sandy explicó:

—De este modo procedemos. Aquí no se pierde el tiempo, y nadie entra con retraso cuando ya han levantado el telón. Formular un deseo es tarea más rápida que viajar. Hace un cuarto de segundo, toda esta gente se encontraba a millones de millas de aquí. Cuando oyeron la última señal, solo tuvieron que manifestar su pretensión, y aquí están.

El coro prodigioso atacó el himno:

Anhelamos escuchar vuestra voz,
y veros cara a cara.

La música era magnífica, pero los que no estaban entrenados entraban a destiempo y la echaban a perder, igual que ocurría en las congregaciones religiosas de la tierra.

Empezó entonces a pasar la cabeza del cortejo, y el espectáculo era maravilloso. Avanzaba como una columna maciza y sólida de quinientos mil ángeles en línea; cada uno portaba una antorcha y cantaba, y el zumbido de las alas era como un trueno que le daba a uno dolor de cabeza. Se podía seguir hacia atrás la línea de la procesión, elevándose por el firmamento como una cuerda luminosa y serpenteante, hasta que no era ya sino una débil mancha en la lejanía. El alud siguió y siguió durante largo rato, hasta que, por fin, por supuesto, llegó el tabernero. Todos se levantaron y estallaron en un vítor que hizo retumbar el cielo. Podéis creerme. Aquel hombre se deshacía en sonrisas, y llevaba la aureola ladeada sobre una oreja, con cierto descaro; en mi vida he visto un santo de aspecto más satisfecho. Cuando subió por la escalinata de la Gran Tribuna, el coro empezó:

Los anchos cielos gimen
y esperan escuchar esa voz.

En el centro, el lugar de honor, había cuatro suntuosas carpas en fila sobre una ancha plataforma enrejada, custodiadas por una brillante guardia. Habían estado cerradas hasta entonces. El tabernero subía por la escalinata, haciendo reverencias y repartiendo sonrisas a todos, y cuando llegó por fin a la plataforma, se destaparon de un tirón las carpas, y descubrimos cuatro magníficos tronos de oro, revestidos por completo de piedras preciosas. En los dos del centro estaban sentados dos ancianos de barbas blancas, y en los otros dos una pareja de gigantes de lo más espléndido y llamativo, con aureolas en forma de fuentes de vajilla y una magnífica armadura. Los millones de concurrentes se postraron, llenos de asombro y de alegría, y estallaron en grandes murmullos de júbilo. Decían:

—¡Dos arcángeles! ¡Qué magnífico! ¿Quiénes serán los otros?

Los arcángeles saludaron al tabernero con una inclinación militar y rígida de cabeza. Los dos ancianos se pusieron en pie, y uno de ellos dijo:

—¡Moisés y Esaú os dan la bienvenida!

Y de pronto desaparecieron los cuatro, y los tronos quedaron vacíos.

El tabernero parecía un poco decepcionado, yo creo que ya contaba con abrazar a los ancianos, pero la multitud estaba de lo más alegre y orgullosa porque había visto a Moisés y a Esaú. Todos preguntaban: «¿Los visteis? Yo sí, Esaú me daba un lado y a Moisés lo tuve de frente, y lo vi con la misma claridad como lo veo a usted en este instante».

El cortejo se hizo cargo de nuevo del tabernero, y siguió con él, mientras la muchedumbre se deshacía y se dispersaba. Mientras nos dirigíamos a casa, Sandy aseguró que aquello había sido un gran éxito, y que el tabernero tendría una razón de enorgullecerse para siempre. Afirmó que también nosotros estábamos de suerte, que quizá, si queríamos ver otra recepción, tendríamos que esperar cuarenta mil años, y aun entonces tal vez no se nos presentase la oportunidad de contemplar a dos peces gordos como Moisés y Esaú. Más tarde nos enteramos de que habíamos estado a dos dedos de ver a otro patriarca, y también a un profeta auténtico, pero se disculparon en el último momento. Sandy me explicó que en el sitio donde habían estado Moisés y Esaú se levantaría un monumento haciendo constar la fecha y los detalles, con todo lo referente al asunto, y que durante miles de años acudirían los viajeros, y se quedarían mirándolo como unos papanatas, y treparían encima, y escribirían en él sus nombres.

1907

Una fábula

Érase una vez un artista que pintó un cuadro pequeño y muy hermoso, y lo colocó para poder verlo en el espejo. Dijo: «Así se duplica y suaviza la distancia, y es el doble de bonito que antes».

Los animales de la selva se enteraron por el gato de la casa, al que todos admiraban mucho por ser tan erudito, refinado y civilizado, amén de educado y bien nacido, y porque les contaba muchas cosas de las que nunca habían oído hablar antes y de las que no estaban muy seguros después. A todos les interesó mucho aquel nuevo cotilleo e hicieron preguntas para entenderlo mejor. Preguntaron qué era un cuadro, y el gato se lo explicó:

—Es un objeto plano —dijo—, sorprendente y maravillosamente plano, deliciosamente plano y elegante. Y, ¡oh, bellísimo!

Eso excitó aún más su curiosidad y dijeron que darían cualquier cosa por verlo. Luego el oso preguntó:

—¿Y qué es lo que lo hace tan hermoso?

—Su aspecto —respondió el gato.

Eso los llenó de admiración e incertidumbre, y sintieron más curiosidad que nunca. Luego la vaca preguntó:

—¿Qué es un espejo?

—Un agujero en la pared —dijo el gato—. Lo miras, y ahí está el cuadro, y es tan delicado, encantador, etéreo e inspirador en su inimaginable belleza, que la cabeza te da vueltas y vueltas y casi se desmaya uno extasiado.

El asno no había dicho nada todavía y ahora empezó a poner pegas. Afirmó que nunca había existido nada tan hermoso y probablemente tampoco existiera ahora. Afirmó que, cuando hacían falta tantos adjetivos rimbombantes para alabar una cosa hermosa, era el momento de empezar a sospechar.

Era fácil darse cuenta de que sus objeciones habían causado efecto entre los demás animales, por lo que el gato se ofendió. Dejaron el asunto de lado unos días, pero pasado ese tiempo volvió a despertarse su curiosidad y se hizo evidente que estaban interesados. Luego acusaron al asno por estropear algo que podría haber sido tan placentero, solo por la sospecha de que el cuadro no era hermoso y sin tener ninguna prueba de que así fuera. El asno no se inmutó, conservó la calma y afirmó que solo había un modo de saber quién de los dos tenía razón, el gato o él: iría a mirar en aquel agujero y volvería a contarles lo que hubiese visto. Los animales se sintieron aliviados y agradecidos, y le pidieron que fuese cuanto antes, cosa que hizo.

Pero ignoraba dónde colocarse y por error se puso entre el cuadro y el espejo. El resultado fue que el cuadro no tuvo oportunidad de aparecer. Volvió a casa y dijo:

—El gato mintió. En ese agujero solo había un asno. No había ni rastro de ningún objeto plano. Era un asno muy bonito y amistoso, pero un asno y nada más que un asno.

El elefante preguntó:

—¿Lo viste con claridad? ¿Estabas cerca?

—Lo vi con detalle y claridad, oh, Hathi, rey de los animales. Estuve tan cerca que lo rocé con el hocico.

—Es muy raro —dijo el elefante—; hasta ahora, y por lo que sabemos, el gato siempre había sido sincero. Será mejor que lo intente otro testigo. Ve, Baloo, mira en el agujero y vuelve a informarnos.

El oso fue y, a su regreso, dijo:

—Tanto el gato como el asno han mentido; en ese agujero solo había un oso.

Grande fue la sorpresa y perplejidad de los animales. Ahora todos estaban deseando hacer la prueba ellos mismos y descubrir la verdad. El elefante los envió uno por uno.

Primero la vaca. Lo único que vio en el agujero fue una vaca.

El tigre solo vio un tigre.

El león solo vio un león.

El leopardo solo vio un leopardo.

El camello vio un camello y nada más.

El Hathi se enfadó y afirmó que él descubriría la verdad, aunque tuviera que ir en persona a averiguarla. A su regreso, acusó a todos sus súbditos de mentirosos y le enfureció la ceguera moral e intelectual del gato. Afirmó que cualquiera que no fuese un miope estúpido podía ver que en ese agujero no había nada más que un elefante.

MORALEJA, POR EL GATO

En un texto se puede encontrar cualquier cosa si uno se coloca entre él y el espejo de su propia imaginación. No verás tus orejas, pero ahí estarán.

1909

El forastero misterioso

I

Era el año 1590. Invierno. Austria quedaba muy lejos del
mundo y dormía; para Austria era todavía el Medievo, y prometía seguir siéndolo siempre. Ciertas personas retrocedían
incluso siglos y siglos, asegurando que en el reloj de la inteligencia y del espíritu se hallaba todavía en la Edad de la Fe.
Pero lo decían como un elogio, no como un menosprecio, y
en ese sentido lo tomaban los demás, sintiéndose muy orgullosos. Lo recuerdo a la perfección, a pesar de que yo solo era
un muchacho, y recuerdo también el placer que me producía.

Sí, Austria quedaba lejos del mundo y dormía; y nuestra
aldea estaba en el centro de aquel sueño, ya que quedaba en el
centro de Austria. Vivía adormilada y pacífica en el hondo
recato de una soledad montañosa y boscosa, a la que nunca, o
solo muy rara vez, llegaban noticias del mundo a perturbar
sus sueños, y vivía infinitamente satisfecha. Delante de la aldea fluía un río sosegado, en cuya superficie se dibujaban las
nubes y los reflejos de los pontones y de los trineos de transporte que se arrastraban a la deriva por la corriente. Detrás, se
alzaba una ladera arbolada hasta el pie mismo de un altísimo
precipicio, y en lo alto de este se levantaba ceñudo un enorme
castillo, con su larga hilera de torres y de baluartes envueltos

en hiedra. Al otro lado del río, a una legua hacia la izquierda, se observaba una abrupta extensión de colinas revestidas de bosques y rasgadas por serpenteantes gargantas en las que jamás penetraba el sol. Hacia la derecha, otro precipicio vigilaba el río, y entre este y las colinas yacía a lo lejos una llanura moteada de casitas pequeñas que se arrebujaban entre huertos y árboles umbrosos.

Toda la región, en muchas leguas a la redonda, era una propiedad heredada por cierto príncipe. Sus sirvientes mantenían a perpetuidad el castillo en perfecta condición para ser ocupado, a pesar de que ni él ni su familia aparecían por allí más de una vez cada cinco años. Cuando se presentaban, era como si hubiese llegado el rey del mundo, que traía con él las magnificencias de todos los reinos; y cuando se marchaban, dejaban tras ellos un sosiego que se parecía mucho al sueño profundo que se produce después de una gran fiesta.

Para nosotros, los niños, Eseldorf era un paraíso. La escuela no resultaba una carga excesiva: nos enseñaban sobre todo a ser buenos cristianos, a reverenciar a la Virgen, a la Iglesia y a los santos por encima de todo. Fuera de estos asuntos no se nos exigía que aprendiésemos mucho; a decir verdad, no se nos permitía. El saber no era bueno para la gente vulgar, porque quizá podría dejarla insatisfecha con la suerte que Dios le había dispuesto, y Dios no tolera el descontento con sus planes. Teníamos dos sacerdotes. Uno de ellos era un clérigo muy celoso y enérgico. Se llamaba padre Adolf, y era muy apreciado.

Quizá en ciertos aspectos puedan haber existido mejores sacerdotes que el padre Adolf, pero no hubo jamás en nuestra comunidad otro por el que sintiesen todos un respeto más solemne y reverente. Ese respeto nacía de que él no experimentaba miedo alguno del diablo. Era el único cristiano de cuantos yo he conocido del que se podría afirmar tal cosa sin faltar a la verdad. Por esa razón, la gente tenía un profundo temor al padre Adolf: pensaban que poseía alguna cualidad sobrenatural, pues de otro modo no se habría mostrado tan audaz y seguro. Todo el mundo habla del demonio con resentimiento y desagrado, pero de un modo reverente, no en tono de guasa. El padre Adolf era muy distinto. Aplicaba al demonio todos los calificativos que le acudían a la lengua, y hacía que sus oyentes temblaran con escalofríos. Con mucha frecuencia se refería al diablo en tono de mofa y de burla, y la gente, al oírle, se santiguaba y se alejaba con rapidez de su presencia, temerosos de que ocurriese algo terrible.

El padre Adolf se había encontrado más de una vez cara a cara con Satanás y lo había desafiado. Se sabía que aquello era verdad. Él mismo lo decía. Jamás hizo de ello un secreto, sino que lo pregonaba en todas las ocasiones. Y de que lo que decía era cierto, por lo menos en una ocasión, existía la prueba, porque entonces se peleó con el enemigo y le tiró con intrepidez una botella; y allí, en la pared de su estudio, podía verse el rojo manchón donde había golpeado, quebrándose.

Pero al que todos nosotros queríamos más y por el que sentíamos una pena mayor era por el otro sacerdote, el padre Peter. Había gente que lo censuraba con que si en sus conversaciones decía que Dios era todo bondad y que hallaría modo de salvar a todas sus pobres criaturas humanas. Eso era una cosa horrible, pero nunca se pudo disponer de prueba terminante que atestiguase que el padre Peter hubiese dicho cosa semejante. Además, no parecía responder a su manera de ser, porque era en todo momento un hombre bueno, cariñoso y sincero. No se lo acusaba de que lo hubiese dicho desde el púlpito, donde toda la congregación hubiera podido oírlo y dar testimonio, sino solo fuera, charlando. Por supuesto, inventarlo resultó tarea sencilla para algún enemigo suyo.

El padre Peter tenía un enemigo muy poderoso: el astrólogo, que vivía en el fondo del valle, en una vieja torre derruida, y que pasaba las noches estudiando las estrellas. Todos sabían que ese hombre era capaz de anunciar por adelantado guerras y hambres, cosa que, después de todo, no era muy difícil, porque por lo general había siempre una guerra o reinaba el hambre en alguna parte. Pero sabía también leer en las estrellas a través de un grueso libraco la vida de cada persona, y encontraba los objetos de valor perdidos. Todo el mundo en la aldea, con excepción del padre Peter, sentía por aquel hombre un gran temor. Incluso el padre Adolf, el mismo que había desafiado al demonio, experimentaba un sano respeto por el astrólogo cuando cruzaba por nuestra aldea luciendo su sombrero alto y puntiagudo y su túnica larga y ondulante adornada de estrellas, con su libro a cuestas y con un cayado, del que se sabía que estaba dotado de poderes mágicos.

El propio obispo, se decía, lo escuchaba en ocasiones, porque, además de estudiar las estrellas y de profetizar, daba grandes muestras de devoción, las cuales, por supuesto, le causaron impresión.

Pero el padre Peter era de los que no tragaban al astrólogo. Lo denunció en público como a un charlatán, como a un falsario que no tenía verdaderos conocimientos de nada, ni otros poderes superiores a los de cualquier ser humano de categoría ordinaria y condición bastante inferior. Como es evidente, aquello hizo que el astrólogo odiase al padre Peter y desease acabar con él. Todos creímos que había sido él quien puso en circulación la historia de aquel chocante comentario, y quien la había hecho llegar hasta el obispo. Se decía que el padre Peter había dirigido aquella observación a su sobrina Marget, aunque esta lo negó y suplicó al obispo que la creyese y que librase a su anciano tío de la pobreza y del deshonor. Pero aquel no quiso escuchar nada. Suspendió indefinidamente al padre Peter, aunque no llevó la cosa hasta excomulgarlo con solo la declaración de un testigo. En aquel momento el bondadoso sacerdote llevaba ya un par de años fuera, y el otro, el padre Adolf, estaba a cargo de su rebaño.

Aquellos habían sido años duros para el anciano padre y para Marget. Ambos habían sido muy queridos, pero eso cambió, por supuesto, cuando cayeron bajo la sombra del ceño obispal. Muchos de sus amigos se apartaron de ellos por completo, y los demás se mostraron fríos y distantes. Marget era, cuando ocurrió el doloroso suceso, una encantadora muchacha de dieciocho años. Tenía la mejor cabeza de la aldea, y en ella más cosas que nadie. Enseñaba el arpa y se ganaba, gracias a sus propias habilidades, lo que necesitaba para vestir y para gastar. Pero sus alumnos la fueron abandonando uno tras otro. Cuando se celebraban bailes y reuniones entre los jóvenes de la aldea, la olvidaban, y los mozos dejaron de ir a su casa. Todos menos uno, Wilhelm Meidling, quien también podría haberlo hecho. Ella y su tío se sintieron tristes y desalentados por aquel abandono y deshonor, y el resplandor del sol desapareció de sus vidas. Las cosas fueron empeorando cada vez más durante los dos años. Las ropas se iban ajando, el pan resultaba cada vez más duro de ganar. Y había llegado ya el fin de todo. Solomon Isaacs les había prestado el dinero que creyó conveniente con la garantía de la casa, y les avisó que al día siguiente se quedaría con la propiedad.

II

Éramos tres los muchachos que andábamos siempre juntos. Había sido así desde la cuna, pues nos tomamos cariño desde el principio, y ese afecto se fue haciendo más profundo con los años. Nuestros nombres eran Nikolaus Bauman, hijo del juez principal del pueblo; Seppi Wohlmeyer, hijo del dueño de la hostería principal, el Ciervo de Oro, que disponía de un bello jardín con árboles umbrosos que llegaban hasta la orilla del río, y que tenía además lanchas de recreo para alquilar; y el tercero era yo, Theodor Fischer, hijo del organista de la iglesia, director de los músicos de la aldea, profesor de violín, compositor, cobrador de tasas del ayuntamiento, sacristán, y un ciudadano útil de varias maneras y respetado por todos.

Conocíamos las colinas y los bosques tan bien como los pájaros, porque, siempre que disponíamos de tiempo, andábamos vagando por ellos, o por lo menos, siempre que no estábamos nadando, paseando en lancha, pescando, jugando sobre el hielo o deslizándonos colina abajo.

Además, teníamos libertad para correr por el parque del castillo, cosa que tenían muy pocos. Ello se debía a que éramos los niños mimados de su más viejo sirviente: Felix Brandt. A menudo íbamos allí por las noches para oírle hablar de los viejos tiempos y de cosas extrañas, para fumar con él —porque él nos enseñó a fumar— y para tomar café. Aquel hombre había combatido en las guerras, y se encontró en el asedio de Viena. Allí, cuando los turcos fueron derrotados y repelidos, encontraron entre el botín sacos de café, y los prisioneros les explicaron sus cualidades y cómo hacer con él una bebida agradable. Desde entonces siempre tenía café, para beberlo él y también para dejar atónitos a los ignorantes.

Cuando había tormenta, se quedaba a nuestro lado toda la noche; y mientras fuera tronaba y relampagueaba, él nos contaba historias de fantasmas y de toda clase de horrores, de batallas, asesinatos, mutilaciones y cosas por el estilo, de manera que encontrábamos en el interior del castillo un refugio agradable y acogedor. Las cosas que nos contaba eran casi todas fruto de su propia experiencia. Había visto en otro tiempo muchos fantasmas, brujas y encantadores. En cierta ocasión se perdió en medio de una furiosa tormenta a medianoche entre las montañas, y a la luz de los relámpagos vio bramar con el trueno al Cazador Salvaje, seguido de sus perros fantasmales por entre la masa de nubes arrastrada por el viento. Vio también en otra ocasión un íncubo, y varias veces al gran vampiro que chupa la sangre del cuello de las personas mientras están dormidas, abanicándolas con suavidad con sus alas para mantenerlas amodorradas hasta que se mueren.

Nos animaba a que no sintiésemos temor de ciertas cosas sobrenaturales, como los fantasmas, asegurándonos que no hacían daño a nadie, que se limitaban a vagar de una parte a otra porque se encontraban solos y afligidos y sentían necesidad de que los mirasen con cariño y compasión. Con el tiempo aprendimos a no tener miedo, y llegamos incluso a bajar con él durante la noche a la cámara embrujada que había en las mazmorras del castillo. El fantasma se nos apareció solo una vez, cruzó por delante de nosotros de una forma muy tenue para la vista y flotó sin hacer ruido por los aires; luego desapareció. Felix nos tenía tan bien adiestrados que casi ni temblamos. Nos contó que en ocasiones se le acercaba el fantasma durante la noche y lo despertaba, y le pasaba su mano fría y viscosa por la cara, pero no le hacía ningún daño. Lo único que buscaba era simpatía y que supiesen que estaba allí. Pero lo más extraño de todo era que también había visto ángeles —ángeles auténticos, bajados del cielo— y que había conversado con ellos. No tenían alas, iban vestidos y hablaban, miraban y actuaban exactamente igual que una persona normal y corriente, y no los habría tomado por ángeles a no ser por las cosas asombrosas que hacían y que un ser mortal no hubiera soñado hacer, y por el modo súbito que tenían de desaparecer mientras estaba hablando con ellos, lo que tampoco sería capaz de hacer ningún hombre. Nos aseguró que eran agradables y alegres, y no tétricos y melancólicos, como los fantasmas.

Fue después de una de esas charlas, cierta noche de mayo, cuando a la mañana siguiente nos levantamos y comimos un desayuno abundante con él, para acto seguido bajar, cruzar el puente y dirigirnos a lo alto de las colinas de la izquierda, hasta una cima tupida que era nuestro lugar preferido. Todavía albergábamos en la imaginación aquellos relatos extraños, que habían impresionado nuestro ánimo, cuando nos tumbamos sobre el césped para descansar a la sombra, fumar y hablar de todo ello. Pero no pudimos fumar, porque por nuestro poco cuidado habíamos olvidado el pedernal y el acero.

Al poco rato vimos venir hacia nosotros por entre los árboles a un joven dando un paseo. Se sentó en el suelo junto a nosotros y empezó a hablarnos amistosamente, como si nos conociese. Pero no le contestamos, porque era forastero, y no estábamos acostumbrados a tratar con forasteros, y sentíamos vergüenza. Venía ataviado con ropas nuevas y de buena calidad, era bien plantado, de cara atractiva y voz agradable, de maneras espontáneas, elegantes y desembarazadas, y no reservón, torpe y desconfiado como los demás muchachos. Nosotros queríamos tratarlo como a un amigo, pero no sabíamos cómo empezar. A mí se me ocurrió de pronto ofrecerle una pipa, y me quedé pensando si la tomaría con el mismo espíritu afectuoso con que yo se la ofrecía. Pero me acordé de que no teníamos fuego, y me quedé pesaroso y defraudado. Pero él alzó la vista, alegre y complacido, y dijo:

—¿Fuego? Eso es fácil, yo os lo proporcionaré.

Me sentí tan asombrado que no podía hablar; porque yo no había pronunciado una sola palabra. Agarró la pipa entre sus manos y sopló en ella, y el tabaco brilló al rojo, y se alzaron espirales de humo azul. Nos pusimos en pie de un salto e íbamos a echar a correr, como es lógico, y en efecto dimos algunas zancadas, a pesar de que él nos suplicaba anheloso que nos quedásemos, dándonos su palabra de que no nos causaría ningún daño, y de que lo único que deseaba era amistarse con nosotros y hacernos compañía. Nos detuvimos, pues, y permanecimos en nuestro sitio, deseosos de volver junto a él, porque nos moríamos de curiosidad y de admiración, pero temerosos de arriesgarnos a ello. El joven siguió apremiándonos de una manera suave y persuasiva, y cuando vimos que la pipa no estallaba, ni ocurría nada, recobramos poco a poco nuestra confianza, y por fin nuestra curiosidad pudo más que nuestros temores. Nos arriesgamos a regresar, aunque despacio, y dispuestos a salir huyendo a la menor alarma.

Él se dedicó a tranquilizarnos, y supo cómo hacerlo. No era posible albergar dudas y temores ante una persona tan deseosa de agradar, tan sencilla y gentil, y que hablaba de manera tan atrayente. Sí, nos ganó por completo, y al poco rato nos encontrábamos satisfechos, tranquilos y charlando, alegrándonos de haber encontrado a este nuevo amigo. Una vez que hubo desaparecido por completo la sensación de vergüenza, le preguntamos cómo había aprendido a realizar aquella cosa tan extraordinaria, y él nos dijo que en modo alguno lo había aprendido, que resultaba natural en él, igual que otras cosas..., otras cosas curiosas.

—¿Qué cosas?

—Muchas, yo mismo no sé cuántas son.

—¿Las harás delante de nosotros?

—¡Hazlas, por favor! —exclamaron los demás.

—Pero ¿no os escaparéis otra vez?

—No, desde luego que no. Por favor, haz esas cosas. ¿Verdad que las harás?

—Sí, con gusto, pero no os olvidéis de lo que me habéis prometido.

Le dijimos que no lo haríamos, y entonces él se dirigió a una charca y regresó trayendo agua en una taza que había hecho con una hoja. Sopló sobre el agua, la tiró, y se había convertido en un pedazo de hielo de la misma forma que el recipiente. Nos quedamos asombrados y encantados, pero ya no tuvimos miedo. Estábamos contentísimos de encontrarnos allí, y le pedimos que siguiese haciendo más cosas. Y eso hizo. Nos dijo que nos iba a dar cualquier clase de frutas que quisiésemos, tanto si eran de temporada como si no. Le gritamos a una:

—¡Naranjas!

—¡Manzanas!

—¡Uvas!

—Las tenéis dentro de vuestros bolsillos —dijo, y era cierto.

Además, eran de las mejores. Las comimos, y sentimos deseos de tener más, pero ninguno de nosotros lo dijo.

—Las encontraréis en el mismo lugar de donde salieron estas —nos dijo—; y encontraréis también todo cuanto vuestro apetito os pida. No necesitáis expresarlo con palabras. Mientras yo esté con vosotros, os bastará desear una cosa para que la tengáis.

Y dijo la verdad. Jamás hubo nada tan maravilloso y tan interesante. Pan, pasteles, dulces, nueces, todo cuanto uno quería, lo encontraba allí. El joven no comió nada, seguía sentado y charlando, y haciendo una cosa curiosa después de otra para divertirnos. Confeccionó con arcilla un minúsculo juguete que representaba una ardilla, y el juguete trepó por el tronco del árbol, se sentó sobre una rama encima de nuestras cabezas, y desde allí nos chilló. Fabricó luego un perro que no era mucho más grande que un ratoncillo, y el perro descubrió la huella de la ardilla y anduvo saltando alrededor del árbol ladrando muy excitado, con tanta animación como pudiera hacerlo cualquier perro. Asustó a la ardilla, que saltó de un árbol a otro, y la persiguió hasta perderse ambos de vista en el bosque. También modeló pájaros y los dejó en libertad, y salieron volando y cantando.

Por fin yo me animé a preguntarle que nos dijese quién era.

—Un ángel —respondió con toda sencillez. Soltó otro pájaro y palmoteó para que huyese de allí volando.

Cuando le oímos decir aquello, nos invadió una especie de temor reverente, y de nuevo nos asustamos. Pero él nos dijo que no teníamos por qué turbarnos, que no había razón para que nosotros tuviésemos miedo de un ángel, y que en todo caso él sentía afecto por nosotros. Siguió charlando con tanta sencillez y naturalidad como hasta entonces. Mientras hablaba hizo una multitud de hombres y mujeres del tamaño de un dedo, y todas esas figuras se pusieron a trabajar con gran diligencia, limpiando e igualando un terreno de dos varas cuadradas en la hierba, y luego empezaron a construir allí un castillito muy ingenioso. Las mujeres preparaban el mortero y lo subían a los andamios en baldes que llevaban sobre sus cabezas, tal como han hecho siempre nuestras mujeres trabajadoras; y los hombres colocaban líneas de ladrillos.

Quinientas de aquellas figuras de juguete hormigueaban de un lado para otro trabajando con actividad y enjugándose el sudor de la cara con tanta naturalidad como las personas de carne y hueso. Nuestro sentimiento de temor se disipó muy pronto atraídos por el interés absorbente de contemplar cómo aquellos quinientos hombrecitos iban haciendo subir el castillo escalón a escalón e hilera a hilera de ladrillos, dándole forma y simetría, y otra vez nos sentimos por completo tranquilos y a nuestras anchas. Le preguntamos si podríamos nosotros hacer algunas personas, y nos dijo que sí, y a Seppi le pidió que construyese algunos cañones para las murallas, mientras que a Nikolaus le encargó que hiciese algunos alabarderos, con corazas, espinilleras y yelmos. Yo me ocuparía de fabricar algunos jinetes con sus caballos. Al distribuir estas tareas nos llamó por nuestros nombres, pero no nos dijo cómo los sabía. Entonces Seppi le preguntó cómo se llamaba él, y contestó con sosiego:

—Satanás.

En ese instante alargó la mano en la que tenía una piedrecita y agarró a una mujer que se iba a caer del andamio, la colocó otra vez donde debía estar y exclamó:

—¡Qué idiota ha sido al caminar hacia atrás así como lo ha hecho, sin darse cuenta de dónde estaba!

La cosa nos cogió por sorpresa. Sí, ese nombre nos desconcertó, y se nos cayeron de las manos las figuras que estábamos elaborando y se rompieron en pedazos un cañón, un alabardero y un caballo. Satanás se echó a reír y preguntó qué había pasado. Yo le contesté:

—Nada, pero nos pareció un poco raro ese nombre en un ángel.

Nos preguntó el porqué.

—Porque, verás..., porque es el nombre del demonio.

—Sí, es mi tío.

Lo dijo plácidamente, pero nosotros nos quedamos un momento sin respiración y nuestros corazones latieron apresurados. Él no pareció advertirlo. Recompuso con un toque nuestro alabardero y demás piezas rotas, nos las entregó terminadas y dijo:

—¿Es que no os acordáis de que él fue también un ángel?

—Sí, es cierto —dijo Seppi—. No había caído en ello.

—Antes de la caída era irreprochable.

—Sí —dijo Nikolaus—, entonces no tenía pecado.

—Nuestra familia es muy distinguida —dijo Satanás—, no hay otra mejor que ella. Él es el único miembro que haya pecado jamás.

Sería incapaz de hacer comprender a nadie lo emocionante que resultaba aquello. Ya conocen ustedes esa especie de estremecimiento que lo recorre a uno cuando tiene ante los ojos un espectáculo tan sorprendente, encantador y maravilloso que hace que suponga un júbilo temeroso estar con vida y presenciarlo. Los ojos se dilatan mirando, los labios se resecan y la respiración se entrecorta, pero por nada del mundo querría uno encontrarse en ninguna otra parte que allí mismo. Yo reventaba por hacer una pregunta. La tenía en la punta de la lengua y a duras penas lograba contenerla, pero sentía vergüenza, podría ser una grosería. Satanás, que había estado fabricando un toro, lo dejó en el suelo, me miró sonriente y dijo:

—No sería una grosería, y aunque lo fuese, la perdonaría. ¿Que si lo he visto? Millones de veces. Desde la época en que era un niño pequeño de mil años de edad fui su segundo favorito entre los ángeles de nuestra sangre y de nuestro linaje, por emplear una frase humana. Sí, desde entonces hasta la caída, ocho mil años, medidos por vuestro tiempo.

—¡Ocho mil!

—Sí.

Se volvió a mirar a Seppi y siguió hablando como si contestase a un pensamiento que este tuviera en su cerebro:

—Por supuesto que parezco un muchacho, porque, en efecto, lo soy. Lo que vosotros llamáis tiempo es para nosotros una cosa muy amplia. Se necesita una gran cantidad para que un ángel llegue a su madurez.

Surgió en mi cerebro una pregunta, y él se volvió hacia mí y me contestó:

—Tengo dieciséis mil años, contando como vosotros contáis.

Luego se volvió hacia Nikolaus y dijo:

—La caída no me afectó a mí ni a ninguno más de mis parientes. Fue solo aquel cuyo nombre llevo quien comió del fruto del árbol y quien luego hizo que lo comiera, con engaños, el hombre y la mujer. Nosotros, los demás, seguimos ignorando el pecado. Somos incapaces de pecar, vivimos sin mancha alguna y permaneceremos siempre así. Nosotros...

En ese momento se enzarzaron en una pelea dos de los pequeños trabajadores. Intercambiaron maldiciones y juramentos con sus vocecitas que parecían zumbidos de abejorro. Luego llegaron a las manos y corrió la sangre, y por último se enfrentaron en una lucha a vida o muerte. Satanás extendió la mano y los aplastó con los dedos, los dejó sin vida, los tiró lejos, se limpió la sangre con el pañuelo y siguió hablando en el punto en que lo había dejado:

—... Nosotros no podemos hacer el mal, ni siquiera estamos capacitados para hacerlo, porque ignoramos en qué consiste.

Aquellas palabras sonaron de un modo extraño en semejantes circunstancias, pero apenas reparamos en ello porque estábamos doloridos y aterrados ante el asesinato gratuito que acababa de cometer, pues era un asesinato en toda la extensión de la palabra, sin paliativo ni excusa, ya que aquellos hombres no le habían faltado de ninguna manera. Nos afligió mucho, porque lo queríamos, y nos había parecido un joven muy noble, hermoso y generoso y habíamos creído con honradez que era un ángel. ¡Y ahora lo veíamos cometer una acción tan cruel como aquella! ¡Cómo lo rebajaba a nuestra vista, y más habiéndonos sentido tan orgullosos de él!

Siguió hablando, como si nada hubiera ocurrido, contándonos sus viajes y las cosas de interés que había visto en los enormes mundos de nuestros sistemas solares y en los de otros alejadísimos en lo más remoto del espacio, y las costumbres de los seres inmortales que los habitan. Nos fascinó, nos hechizó, nos encantó a pesar de la escena lamentable que teníamos delante de los ojos, porque las esposas de los hombrecitos muertos habían descubierto sus cuerpos aplastados y deformados y lloraban sobre ellos, sollozando y lamentándose, mientras un sacerdote, arrodillado y con las manos cruzadas sobre el pecho, rezaba. Se congregaron a su alrededor montones y montones de amigos doloridos, descubiertos con respeto y con las cabezas desnudas inclinadas. A muchos de ellos les corrían las lágrimas por la cara, pero Satanás no prestó atención a aquello hasta que el ligero ruido de los sollozos y de los rezos empezó a molestarlo. Entonces alargó la mano, levantó la pesada tabla que servía de asiento en nuestro columpio y la dejó caer con fuerza, aplastando a toda aquella gente contra la tierra como si fueran moscas, y siguió hablando con la misma naturalidad.

¡Un ángel, y había matado a un sacerdote! ¡Un ángel que desconocía la manera de hacer el mal y que aniquilaba a sangre fría a centenares de pobres hombres y mujeres indefensos que jamás le habían hecho ningún daño! Nos sentimos enfermos ante aquella hazaña espantosa, pensando en que ninguna de todas aquellas pobres criaturas estaba preparada para morir, salvo el sacerdote, porque no habían tenido ocasión en su vida de oír la santa misa y de ver una iglesia. Y nosotros éramos testigos de todo aquello, nosotros habíamos visto cometer aquellos asesinatos, y nuestro deber era denunciarlos y dejar que la ley siguiese su curso.

Pero él siguió hablando sin interrupción y puso en acción de nuevo sus encantamientos sobre nosotros con aquella música fatal de su voz. Hizo que lo olvidáramos todo: no podíamos hacer otra cosa que escucharlo, quererlo, sentirnos sus esclavos y dejar que hiciese con nosotros lo que él quisiese. Nos emborrachó con el gozo de estar en su compañía, de mirar dentro del cielo de sus ojos, de sentir el éxtasis que nos corría por las venas al contacto de su mano.

III

El forastero lo había visto todo, había estado en todas partes, lo sabía todo y no se olvidaba de nada. Lo que los demás necesitaban estudiar, él lo aprendía de una sola ojeada; para él no existían dificultades. Y cuando hablaba de las cosas las hacía vivir delante de uno. Había visto hacer el mundo; había visto crear a Adán; había visto a Sansón agarrarse de las columnas y reducir a ruinas el templo a su alrededor; había visto la muerte de César; nos contó la vida que se llevaba en el cielo; había visto a los condenados retorciéndose en las olas de fuego del infierno. Él nos hizo contemplar todas esas cosas, porque parecía que nos encontrásemos en el mismo lugar donde habían ocurrido, admirándolas con nuestros propios ojos. Además, nosotros las sentíamos, pero no advertíamos ninguna señal de que fuesen para él otra cosa que simples entretenimientos. Aquellas visiones del infierno, los pobres niños, mujeres, muchachas, mozos y hombres vociferando y suplicando angustiados, casi no las podíamos soportar, pero él se mostraba tan impasible como si se hubiese tratado de ratas de juguete ardiendo en un fuego artificial.

Siempre que hablaba de los hombres y de las mujeres que vivían aquí, en la tierra, y de lo que hacían (aun hablando de sus actos más grandiosos y sublimes), nos sentíamos secretamente avergonzados, porque de sus maneras se deducía que para él eran esos hombres y mujeres y sus actos cosas de muy poca importancia. A veces uno llegaba a creer que estaba hablando de insectos. En una ocasión llegó a decir, con estas mismas palabras, que los que vivíamos aquí abajo le resultábamos interesantes, a pesar de que éramos torpes, ignorantes, triviales, engreídos, llenos de enfermedades y de raquitismo y del todo ruines, pobres y sin valor alguno. Lo dijo como la cosa más corriente, sin amargura, como una persona pudiera hablar acerca de ladrillos, abonos o de cualquier otra cosa que no tuviese trascendencia ni sentimientos. Yo me daba cuenta de que él no quería molestar, pero en mis adentros consideré que no tenía muy buenos modales.

—¿Modales? —dijo él—. Esto es la pura verdad, y decir la verdad es tener buenos modales. De hecho, los modales son una ficción. Ya está terminado el castillo. ¿Os gusta?

A cualquiera le habría gustado. Resultaba encantador a la vista, era fino y elegante, perfecto en su ingenio para los detalles, hasta en las banderitas que ondeaban en las torres. Satanás dijo que ahora teníamos que poner en posición la artillería, situar los alabarderos y desplegar la caballería. Los hombres y caballos que fabricamos eran un espectáculo digno de ser visto, y no se parecían en nada a lo que nos habíamos propuesto, lo que no es extraño, porque no teníamos ninguna práctica en ello. Satanás dijo que nunca los había visto peores. Cuando los tocó y les dio vida, resultaba sencillamente ridícula la manera que tenían de actuar, porque sus piernas no eran igual de largas. Giraban y se caían de bruces como si estuvieran borrachos, poniendo en peligro la vida de todos los que había a su alrededor, hasta que, al fin, se quedaron tumbados en el suelo, sin poder valerse y pataleando. Aquello nos hizo reír a todos, aunque era vergonzoso de ver. Cargamos los cañones con tierra para disparar una salva, pero estaban tan torcidos y mal modelados que volaron en pedazos al deflagrar, y mataron a algunos artilleros y dejaron inválidos a otros. Satanás dijo que, si nos complacía, podría ofrecernos una tempestad y un terremoto, pero que era imprescindible que nos apartásemos un poco para situarnos fuera de peligro. Quisimos que se apartasen también los hombrecitos, pero nos contestó que no nos preocupásemos por ellos, que no tenían importancia, que si lo necesitábamos podríamos fabricar más en otro momento.

Se cernió sobre el castillo una pequeña nube tormentosa, de la que brotaron rayos y truenos en miniatura. El suelo empezó a estremecerse, el viento sopló y silbó, cayó la lluvia y toda aquella gente corrió en tropel a buscar refugio dentro del castillo. La nube se fue haciendo cada vez más negra, hasta el punto de que ya apenas se distinguía el borroso castillo. Uno tras otro cayeron los rayos y atravesaron los muros, prendieron fuego a la fortaleza y por entre la nube brillaron rojas y furiosas las llamas. La gente que se había refugiado dentro salió dando alaridos, pero Satanás los barrió hacia el interior, sin hacer caso de nuestras súplicas, llantos y ruegos. Entre los aullidos del viento y de los retumbos del trueno, estalló el polvorín, el terremoto abrió una ancha grieta en el suelo y los restos y ruinas del castillo rodaron al abismo, que los engulló, y se cerró con todas aquellas vidas inocentes, sin que se salvase ni una sola de aquellas quinientas pobres criaturas. Teníamos los corazones destrozados. No pudimos menos que llorar.

—No lloréis —dijo Satanás—, no valían nada.

—Pero es que ¡todos han ido al infierno!

—Eso no importa, podemos hacer muchísimos más.

Fue inútil que intentásemos conmoverlo, era evidente que carecía por completo de sentimientos y que no conseguía comprendernos. Él, en cambio, estaba entusiasmado y tan alegre como si aquello fuera una boda y no una masacre infernal. Además, se sentía inclinado a que nosotros compartiésemos su estado de ánimo, y, por supuesto, su magia hizo que viera cumplido su deseo. No era difícil para él, lograba hacer con nosotros lo que quería. Al poco rato estábamos bailando encima de aquel sepulcro, mientras él tocaba un instrumento desconocido y dulcísimo que se sacó del bolsillo. En cuanto a la música, quizá no haya otra parecida como no sea en el cielo, y de allí la había traído él, según nos contó. Lo volvía a uno loco de placer: no podíamos apartar los ojos de aquel joven, y nuestras miradas salían de nuestros corazones, y su lenguaje mudo equivalía a una adoración. También el baile lo trajo del cielo, y tenía la bienaventuranza del paraíso.

Al rato dijo que tenía que salir a hacer un recado, pero aquella idea se nos hizo insoportable. Nos aferramos a él y le suplicamos que siguiese con nosotros. Esto le gustó, y nos lo dijo, y nos aseguró que no se marcharía todavía y que esperaría un poco más, que podíamos sentarnos y charlar unos minutos. Nos explicó que el único nombre que de verdad tenía era el de Satanás, pero que deseaba que solo nosotros lo llamáramos así; había elegido uno diferente para referirnos a él cuando estaban presentes otras personas. Era un nombre vulgar, como cualquiera de los que tiene la gente: Philip Traum.

¡Qué raro y qué pobre sonaba para un ser como aquel! Pero era su decisión, y nada dijimos: eso bastaba.

Aquel día habíamos visto prodigios. Mis pensamientos comenzaron a darle vueltas a la satisfacción que sería relatar todo aquello cuando volviese a casa. Pero Satanás los percibió y dijo:

—No, todo esto es un secreto entre nosotros cuatro. No me importa que intentéis contarlo, si así os place, pero yo protegeré vuestras lenguas. No escapará nada de ellas.

Aquello fue una decepción, pero no se podía remediar, y nos costó algunos suspiros. Permanecimos conversando agradablemente, él leía nuestros pensamientos y nos contestaba. A mí me parecía que esa era la maravilla más grande de todas cuantas él hacía, pero interrumpió mis meditaciones y dijo:

—No, para ti resulta maravilloso, pero no para mí. Yo no tengo las mismas limitaciones que tú. No estoy sujeto a las condiciones humanas. Sé medir y comprender vuestras debilidades, porque las he estudiado, pero no tengo ninguna de ellas. Mi carne no es real, a pesar de que parezca consistente a vuestro tacto, mis vestidos no son reales: soy un espíritu. El padre Peter viene. —Nos volvimos a mirar, pero no vimos a nadie—. Todavía no ha aparecido, pero enseguida lo veréis.

—¿Lo conoces, Satanás?

—No.

—¿No querrás hablar con él cuando llegue? No es hombre ignorante y de pocas luces como nosotros, y le gustará mucho hablar contigo. ¿Lo harás?

—En otra ocasión, sí, pero no ahora. Dentro de un momento tendré que marcharme a hacer un encargo. Ahí está, ya lo podéis ver. Quedaos sentados y no digáis nada.

Alzamos la vista y descubrimos al padre Peter que se acercaba por los castaños. Nosotros tres estábamos sentados juntos en la hierba, y Satanás frente a nosotros, en el camino. El padre Peter se acercó despacio, con la cabeza gacha, meditando, y se detuvo a un par de yardas de nosotros. Se quitó el sombrero, sacó de él un pañuelo de seda y se enjugó la cara. Parecía que nos fuera a hablar, pero no lo hizo. Luego murmuró: «Yo no sé qué es lo que me ha traído aquí, tengo la impresión de que hace un minuto me encontraba en mi despacho, aunque supongo que he debido de estar soñando durante una hora y que hice todo este recorrido sin darme cuenta; porque, en estos tiempos de dificultades, ya no soy el mismo».

Después de eso siguió moviendo la boca en silencio, como hablando consigo mismo, y avanzó por el sendero justo a través de Satanás, como si allí no hubiera nadie. Se nos cortó la respiración. Sentimos impulsos de gritar, como suele suceder casi siempre que ocurre una cosa sobrecogedora, pero algo misterioso nos contuvo y permanecimos callados, aunque con la respiración apresurada. Los árboles ocultaron, después de unos momentos, al padre Peter, y Satanás dijo:

—Tal como os dije. Yo soy solo un espíritu.

—Sí, ahora lo apreciamos de verdad —dijo Nikolaus—, pero nosotros no lo somos. Es evidente que él no te vio, pero ¿también nosotros le resultamos invisibles? Porque miró hacia aquí, pero no pareció vernos.

—En efecto, ninguno de nosotros fue visible para él, porque yo lo quise así.

Aquello parecía casi demasiado bueno para ser cierto, que estuviésemos presenciando cosas tan novelescas y maravillosas, y que no fuese todo un sueño. Y allí seguía él, sentado, con el aspecto de cualquier otra persona, tan natural, sencillo, encantador y parloteando otra vez igual que antes. La verdad, no es posible dar a comprender con palabras lo que nosotros sentíamos. Aquello era un éxtasis, y el éxtasis es una cosa que no puede explicarse con palabras. Es como la música, y nadie puede hablar de ella y que consiga transmitir a otra persona la sensación que le produce. Había vuelto de nuevo a los viejos tiempos y los revivía delante de nosotros. ¡Cuánto había visto aquel joven, cuánto! Solo mirarlo e imaginarse lo que debía de producir llevar a las espaldas tantísima experiencia resultaba una cosa asombrosa.

Pero nos hacía sentir dolorosamente triviales, igual que una criatura de un solo día, y además de un día brevísimo y mezquino. Y él no nos decía nada que pudiera levantar nuestro orgullo desfalleciente, no nos decía ni una sola palabra. Hablaba siempre de los hombres con la misma indiferencia de siempre, como quien habla de ladrillos, de montones de abono y cosas así. Se apreciaba que para él no tenían ninguna importancia, ni en un sentido ni en otro. Saltaba a la vista que no quería lastimarnos, como nosotros no tenemos la intención de ofender a un ladrillo cuando lo menospreciamos. Nada significan sus emociones, y jamás se nos ocurre pensar si las tiene o no.

En un momento en que amontonaba los reyes, conquistadores, poetas, profetas, piratas y mendigos más ilustres, todos revueltos, igual que ladrillos en una pila, yo me sentí impulsado por la vergüenza a decir algo en favor del hombre, y le pregunté por qué razón establecía él una diferencia tan grande entre ellos y su propia persona. Tuvo que forcejear un instante para hallar la contestación, ya que parecía no comprender cómo era posible que le plantease una cuestión tan extraordinaria. Por fin dijo:

—¿La diferencia entre el hombre y yo? ¿La diferencia entre un mortal y un inmortal? ¿Entre una nube y un espíritu? —Echó mano a un bicho bola que reptaba por un pedazo de corteza—. ¿Qué diferencia existe entre César y esto?

Yo contesté:

—No es posible equiparar cosas que por su naturaleza y por el intervalo que los separa resultan incomparables.

—Tú mismo has contestado a tu pregunta —dijo—. Ampliaré la respuesta. El hombre fue hecho del barro. Yo mismo lo vi. Yo no he sido creado del barro. El hombre es un museo de enfermedades, una residencia de impurezas, llega hoy y mañana ha desaparecido, empieza como barro y acaba como hedor. Yo soy de la aristocracia de los imperecederos. Y el hombre tiene el sentido moral. ¿Comprendes? Él tiene el sentido moral. Esto solo sería suficiente para establecer la diferencia entre nosotros.

Se calló como si hubiese dejado dilucidado el asunto. Yo sentí dolor, porque en aquel entonces solo tenía una idea confusa de lo que era el sentido moral. Solo sabía que los hombres estábamos orgullosos de poseerlo, y al oírle hablar de aquella manera me sentí lastimado. Tuve la misma sensación que una muchacha muy creída que cree que sus galas más preciadas causan admiración y oye de pronto a unos desconocidos que se están mofando de ellas. Todos permanecimos callados un rato. Yo, por lo menos, me sentía deprimido. Satanás empezó a charlar otra vez, y lo hizo enseguida de manera tan chispeante, tan alegre y tan vivaz, que mi ánimo volvió a reanimarse. Dijo algunas cosas muy agudas que nos arrancaron una tempestad de carcajadas. Cuando nos contó lo de aquella vez en que Sansón ató antorchas encendidas a las colas de las zorras y las soltó por los sembrados de maíz de los filisteos, mientras él lo veía sentado en una cerca dándose palmadas en los muslos y desternillándose de tal manera que le corrían las lágrimas por los carrillos, hasta el punto de perder el equilibrio y caerse de la cerca, el recuerdo de esa escena le arrancó a él también una carcajada, y pasamos un rato encantador y delicioso. Poco después dijo:

—Me voy a hacer mi recado.

—¡No te marches! —imploramos todos nosotros—. No te marches, quédate con nosotros, porque ya no regresarás.

—Sí, regresaré, os doy mi palabra.

—¿Cuándo? ¿Esta noche? Dinos cuándo.

—No pasará mucho tiempo. Ya lo veréis.

—Nosotros te queremos.

—Y yo a vosotros. Como prueba de ello os voy a hacer una exhibición que será digna de ser vista. Por regla general, cuando me marcho me limito a desvanecerme, pero ahora me voy a disolver para que lo veáis.

Se puso en pie y aquello sucedió con rapidez. Se fue adelgazando y adelgazando, hasta quedar convertido en una pompa de jabón, pero conservando la forma de su ser. A través de ella se podían distinguir los arbustos con la misma claridad como todas las cosas a través de cualquier pompa. Por su superficie jugueteaban y relampagueaban delicados colores iridiscentes, y además se distinguía ese dibujo parecido al armazón de una ventana que aparece siempre sobre esas burbujas. Todos habréis visto a una de ellas caer en la alfombra y rebotar con ligereza dos o tres veces antes de estallar. Eso fue lo que él hizo. Dio un salto, tocó la hierba, dio otro salto, siguió adelante flotando, tocó otra vez, y así sucesivamente, hasta que, de pronto, ¡puf!, estalló, y ya no se vio nada.

Fue un espectáculo extraordinario y de gran belleza. No pronunciamos una sola palabra; permanecimos sentados llenos de asombro, como en un sueño, y parpadeando. Por último, Seppi se levantó y exclamó, suspirando con dolor:

—Me imagino que nada de cuanto hemos visto ha ocurrido en realidad.

Nikolaus también suspiró y dijo más o menos lo mismo.

Yo me sentía desdichado oyéndolos hablar de ese modo,

porque expresaban el mismo frío temor que yo tenía en mi alma. En ese momento vimos al pobre padre Peter que regresaba, caminando despacio con la cabeza gacha, mirando al suelo. Cuando se encontró ya muy cerca de nosotros, alzó los ojos, nos vio y dijo:

—¿Hace mucho que estáis aquí, muchachos?

—Nada más que un ratito, padre.

—Pues entonces habréis llegado después de que yo pasara, y quizá podáis ayudarme. ¿Vinisteis acaso por este mismo sendero?

—Sí, padre.

—Perfecto. También yo vine por aquí. He perdido mi bolsa. No contenía gran cosa, pero para mí es mucho, aun siendo poco, porque ahí estaba cuanto yo poseía. Me imagino que vosotros no la habéis visto, ¿no?

—No, padre, pero le ayudaremos a buscarla.

—Eso era lo que yo iba a pediros. Pero ¿cómo? ¡Aquí está!

No la habíamos visto, y, sin embargo, allí estaba, en el mismo sitio que Satanás había ocupado en el instante en que empezó a disolverse, si en efecto eso hizo y no fue toda pura ilusión. El padre Peter la recogió y dio muestras de encontrarse muy sorprendido.

—La bolsa es la mía —dijo—, pero no su contenido. Esta es abultada, y la mía, flaca; la mía era ligera, esta pesa mucho.

La abrió. Estaba atiborrada hasta no poder más de monedas de oro. El padre nos permitió mirarla hasta hartarnos, y desde luego que lo hicimos, porque jamás habíamos visto tantas monedas juntas. Nuestras bocas se abrieron a un tiempo para decir: «¡Esto lo hizo Satanás!», pero no salió de ellas ninguna palabra. Era evidente que no podíamos hablar de lo que Satanás no quería que hablásemos, él mismo nos lo había dicho.

—Muchachos, ¿esto es cosa vuestra?

No pudimos menos que echarnos a reír, y él mismo se rió también cuando pensó en lo disparatado de aquella pregunta.

—¿Quién estuvo aquí?

Abrimos la boca para contestar, y así permanecieron un momento, porque si decíamos que nadie, mentiríamos, pero tampoco se nos ocurría la palabra exacta. Entonces yo pensé en la que resultaría verdadera, y la dije:

—Aquí no estuvo ningún ser humano.

—Eso es —asintieron los demás, y dejaron que sus bocas se cerrasen.

—Eso no es así —dijo el padre Peter, y nos miró con gran severidad—. Paseé por aquí hace un rato y en este lugar no había nadie, pero eso no significa nada. Alguien ha estado aquí después. No quiero decir que la persona en cuestión no haya pasado por este lugar antes de que vosotros llegaseis, y tampoco quiero decir que vosotros la hayáis visto, pero sé que alguien ha pasado. Decidme, por vuestro honor: ¿no visteis a nadie?

—No vimos a ningún ser humano.

—Eso basta, tengo la seguridad de que me estáis diciendo la verdad.

Empezó a contar el dinero sobre la senda, y nosotros, puestos de rodillas, lo ayudamos con ansia a colocar las monedas en pequeños montones.

—¡Hay mil ciento y pico ducados! —exclamó—. ¡Válgame Dios, si fuesen míos, con la muchísima falta que me hacen...!

Su voz se quebró y le temblaron los labios.

—¡Son vuestros, señor, vuestros hasta el último *heller*! —gritamos todos a una.

—No, no son míos. Míos son solo cuatro ducados, los demás...

El hombre cayó en una especie de ensueño, y acariciando en sus manos algunas de las monedas se olvidó del lugar en el que estaba, sentado sobre sus talones y con su vieja cabeza blanca descubierta. ¡Qué pena daba verlo! Por fin se despertó y dijo:

—No, no son míos. No me explico cómo puede haber ocurrido esto: quizá algún enemigo. Con seguridad que se trata de una trampa.

Nikolaus dijo:

—Padre Peter, usted no tiene en la aldea, ni tampoco Marget, ningún verdadero enemigo, fuera del astrólogo. Y ninguno de los que quizá os tengan un poco de inquina es lo suficientemente rico para arriesgar mil cien ducados con objeto de haceros una mala jugada. Decidme si tengo o no tengo razón en lo que digo.

El padre Peter no supo responder a ese argumento, y se sintió reconfortado.

—Pero no es mío, este dinero no es mío.

Lo dijo con expresión de deseo, como persona que no lamentaría, sino que se alegraría, de que cualquiera le contradijese.

—Es suyo, padre Peter, y nosotros somos testigos. ¿Verdad que sí, muchachos?

—Sí, lo somos, y además lo sostendremos.

—Benditos sean vuestros corazones. Casi me habéis convencido. Sí, me habéis convencido. ¡Con solo ciento y pico ducados me bastaría! Mi casa está hipotecada por esa suma, y si no la pagamos mañana no tendremos cobijo para nuestras cabezas. Y yo solo dispongo de esos cuatro ducados...

—Son suyos todos los que hay en la bolsa, hasta el último, y debe quedarse con ellos. Nosotros respondemos de que todo ha ocurrido con honradez. ¿Verdad que sí, Theodor? ¿Verdad que sí, Seppi?

Los dos contestamos que sí, y Nikolaus atiborró de nuevo la vieja bolsa con las monedas y obligó a su propietario a tomarlas. Entonces nos dijo que dispondría de doscientos de aquellos ducados, porque su casa constituía garantía suficiente de esa cantidad, y que el resto del dinero lo colocaría a interés hasta que apareciese el verdadero propietario. Y que nosotros, por nuestra parte, tendríamos que firmar un documento en el que constase cómo había llegado el dinero a su poder. Ese documento lo mostraría a la gente de la aldea, como prueba de que no había salido de sus dificultades por ningún medio deshonroso.

IV

Al día siguiente, cuando el padre Peter pagó a Solomon Isaacs su deuda en oro y dejó en sus manos, a interés, el resto del dinero, el hecho dio lugar a inmensos comentarios. También se observó un cambio agradable: fueron muchos los que acudieron a visitarlo a su casa para presentarle sus felicitaciones, y cierto número de amigos que se habían enfriado en su trato, volvieron a mostrarse cariñosos y afectuosos. Para colmo, Marget fue invitada a una fiesta.

Y todo sin el menor misterio. El padre Peter lo refirió tal y como había ocurrido, agregando que no se lo explicaba, aunque hasta donde alcanzaba él, era obra de la mano de la Providencia.

Hubo una o dos personas que sacudieron la cabeza y dijeron en privado que aquello parecía más bien obra de Satanás. Lo cierto es que para tratarse de gente tan ignorante, aquella era una reflexión sorprendentemente exacta. Hubo algunos que merodearon a nuestro alrededor husmeando con astucia, e intentando con adulaciones que hablásemos y «dijésemos toda la verdad». Nos prometieron que no se lo contarían a nadie, y que solo querían saberla para su propia satisfacción, porque todo aquel asunto resultaba muy curioso. Llegaron incluso a querer comprar el secreto, pagándonos con dinero. Si hubiésemos podido, habríamos inventado algo que se adecuara a la situación, pero no teníamos ingenio para tanto, y no tuvimos más remedio que dejar pasar aquella oportunidad, lo que fue una verdadera lástima.

No nos costó trabajo ir y venir con aquel secreto encima. Pero el otro, el grande, el magnífico, nos quemaba las mismas entrañas, porque ardía por salir y nosotros ardíamos por dejarlo salir y asombrar con él a las gentes. Pero no tuvimos más remedio que guardarlo. A decir verdad, él se guardó a sí mismo. Satanás lo dijo, y así fue. Salíamos todos los días de la aldea y nos metíamos en el bosque para hablar acerca de Satanás. No pensábamos en otra cosa, ni de otra cosa nos preocupábamos. Día y noche estábamos al acecho, con la esperanza de que vendría, y a medida que pasaba el tiempo más nos impacientábamos. Ya no sentíamos ningún interés por la compañía de los otros muchachos y no participábamos en sus juegos ni en sus iniciativas. Después de ver a Satanás, nos parecían demasiado domesticados. Después de sus aventuras en la antigüedad y en las constelaciones, después de sus milagros, de su disolución, sus explosiones, etcétera, las cosas de los demás muchachos nos resultaban insignificantes y vulgares.

Durante el primer día estuvimos llenos de ansiedad por una cuestión, y a cada momento, con un pretexto u otro, nos presentábamos en la casa del padre Peter para seguirle el rastro. Se trataba de las monedas de oro: temíamos que en cualquier momento se deshiciesen y se convirtiesen en polvo, igual que las monedas de los cuentos de hadas. Si ocurría eso... Pero no ocurrió. Nadie se había quejado de nada al terminar el primer día; de modo, pues, que, en vista de aquella prueba, quedamos convencidos de que se trataba de oro auténtico, y desapareció esa preocupación de nuestras almas.

Deseábamos hacer una pregunta al padre Peter, y al fin, un poco recelosos, y después de echarlo a suertes con unas pajas, fuimos a verlo. Le pregunté con toda la indiferencia que me fue posible, a pesar de que mis palabras no sonaron tan indiferentes como habría querido, porque no supe cómo hacerlo:

—¿Qué es el sentido moral, señor?

El padre Peter miró sorprendido por encima de sus gruesas gafas y respondió:

—El sentido moral es la facultad que nos capacita para distinguir el bien del mal.

Aquello ya era una luz, pero no un resplandor, y yo me sentí algo defraudado, y también, hasta cierto punto, lleno de vergüenza. El padre Peter esperaba que yo siguiese adelante, y por eso, sin nada más que decir, pregunté:

—¿Y tiene algún valor?

—¿Que si tiene valor? ¡Válgame Dios, mocito! El sentido moral es lo único que eleva al hombre por encima de las bestias que perecen y lo hace heredero de la inmortalidad.

Estas palabras no me sugirieron ninguna otra pregunta. Salí, pues, de allí con los otros muchachos, y nos alejamos con esa sensación indefinida que todos hemos experimentado con frecuencia al encontrarnos llenos, pero no saciados. Los demás querían que me explicase, pero me sentía fatigado.

Para salir de la casa cruzamos por la sala, y allí se encontraba Marget enseñando a Marie Lueger a tocar la espineta. De modo, pues, que ya había vuelto una de las alumnas que antes la abandonaron, y una que era, además, influyente; luego la seguirían las demás. Marget se puso en pie de un salto y corrió a darnos de nuevo las gracias, con lágrimas en los ojos —ya era la tercera vez— por haberlos salvado a ella y a su tío de que los desahuciaran. Nosotros le repetimos que aquello no era obra nuestra, pero esa era la manera de proceder de Marget, jamás se cansaba de dar las gracias por cualquier cosa que uno hacía en su favor. La dejamos, pues, que hablase a su gusto.

Cuando salimos por el jardín, nos encontramos a Wilhelm Meidling sentado y esperando, porque se acercaba el crepúsculo y quería pedir a Marget que saliese a pasear con él por la orilla del río cuando terminase la lección. Era un abogado joven, que comenzaba a prosperar y se abría camino poco a poco. Le gustaba mucho Marget, y él a ella. No los había abandonado como los demás, sino que durante todo aquel tiempo se había mantenido en la misma posición. La muchacha y su tío tenían muy presente aquella lealtad. El joven no era precisamente un genio, pero sí un buen mozo y bondadoso, cosas que son por sí mismas una especie de talento y que ayudan en la vida. Nos preguntó qué tal marchaba la lección, y le contestamos que estaba a punto de terminar. Quizá era cierto lo que decíamos, aunque no lo sabíamos, pero creímos agradarle con ello, como, en efecto, sucedió, sin que a nosotros nos costase nada.

V

Al cuarto día llegó el astrólogo procedente de su vieja torre ruinosa del fondo del valle, donde, según creo, se enteró de la noticia. Conversó en secreto con nosotros, y le dijimos lo que pudimos, porque nos inspiraba gran terror. El hombre se quedó un rato meditando y meditando para sus adentros, y luego preguntó:

—¿Cuántos ducados me habéis dicho?

—Mil ciento siete, señor.

Entonces él, como si estuviera hablando consigo mismo, dijo:

—¡Qué cosa más singular! Sí, es bien curiosa. Una extraña coincidencia.

Acto seguido comenzó a hacernos preguntas sobre todo lo que ya habíamos hablado, y nosotros le contestamos. De pronto dijo:

—Mil ciento seis ducados. Es una gran suma.

—Siete —dijo Seppi, rectificándolo.

—¿Siete, decís? Desde luego que un ducado más o menos no tiene importancia, pero antes dijisteis mil ciento seis.

No hubiese sido seguro para nosotros afirmar que se equivocaba, pero estábamos seguros. Nikolaus dijo:

—Perdónenos usted el error, pero quisimos decir siete.

—No tiene importancia, chico, lo dije solo para que supieseis que me había fijado en esa diferencia. Han pasado varios días y no es de esperar que os acordéis con precisión. Esas inexactitudes pueden darse con facilidad cuando no existe ningún detalle en especial que ayude a grabar en la memoria la cuenta del dinero.

—Pero lo hubo, señor —dijo Seppi, con impaciencia.

—¿Cuál fue, hijo mío? —preguntó el astrólogo, simulando no darle importancia.

—En primer lugar, todos nosotros contamos los montones de dinero, uno después de otro, y todos coincidimos en la misma cantidad: mil ciento seis. Pero yo, en broma, había apartado una moneda al empezar el recuento, y cuando terminó, la volví a colocar con las demás, y dije: «Creo que nos hemos equivocado. Son mil ciento siete, volvamos a contarlas». Así lo hicimos, y, desde luego, yo estaba en lo cierto. Los demás se quedaron asombrados, y entonces les dije lo que había hecho.

El astrólogo nos preguntó si era cierto, y le dijimos que sí.

—Eso deja decidida la cuestión —dijo—. Ya conozco ahora al ladrón. Mocitos, aquel dinero era robado.

Acto seguido se marchó de allí. Nos dejó muy turbados y preguntándonos qué significaría aquello. Lo supimos alrededor de una hora después: para entonces había corrido ya por toda la aldea la noticia de que el padre Peter había sido encarcelado por robar al astrólogo una gran suma de dinero. Todas las lenguas andaban sueltas y en movimiento. Aseguraban muchos que un acto semejante no correspondía al carácter del padre Peter y que, con seguridad, se trataba de un error, pero los demás movían a un lado y a otro la cabeza diciendo que la miseria y la necesidad eran capaces de arrastrar a un hombre a casi cualquier cosa. Sobre un detalle no existían diferencias: convenían todos en que el relato del padre Peter sobre cómo había llegado el dinero a sus manos era del todo increíble, a todas luces parecía imposible. Encontrar dinero de aquella manera era algo que podía ocurrirle al astrólogo, pero ¡jamás al padre Peter! Nuestro crédito empezó ahora a padecer. Éramos los únicos testigos del sacerdote. ¿Cuánto nos habría pagado, quizá, para que respaldásemos su fantástica invención? La gente nos interpelaba de ese modo con toda libertad y despreocupación, y cuando les pedíamos que creyesen que solo habíamos contado la verdad, nos dirigían toda clase de burlas. Quienes peor nos trataban eran nuestros padres. Decían que estábamos deshonrando a nuestras familias. Nos ordenaban que nos purgásemos de nuestra mentira, y cuando insistíamos en que lo que habíamos dicho era cierto, su irritación no conocía límites. Nuestras madres nos abrazaban llorando y nos suplicaban que devolviésemos el dinero del soborno, para recuperar el honor de nuestro nombre y salvar a nuestras familias de la vergüenza, dando la cara y confesando con honradez. Al fin, llegamos a sentirnos tan compungidos y acosados que intentamos referirlo todo, incluyendo a Satanás, pero no nos salían las palabras. Durante todo aquel tiempo nosotros esperábamos y anhelábamos que él viniese y nos ayudase a salir de nuestros apuros, pero por ninguna parte se advertía ninguna señal de él.

Una hora después de que el astrólogo hablara con nosotros, encerraron al padre Peter en prisión, y el dinero quedó lacrado y en manos de los funcionarios de la ley. Estaba dentro de un talego, y Solomon Isaacs dijo que él no lo había tocado desde que lo contó. Se le hizo jurar que se trataba de las mismas monedas, y que el total ascendía a mil ciento siete ducados. El padre Peter reclamó que lo juzgase un tribunal eclesiástico, pero el otro, el padre Adolf, dijo que ese tribunal no ejercía su jurisdicción sobre los sacerdotes suspendidos. El obispo respaldó su opinión. Con ello quedó resuelto de forma definitiva que el caso sería visto ante un tribunal civil, que tardaría algún tiempo en reunirse. Wilhelm Meidling defendería al padre Peter, poniendo todo cuanto estaba de su parte, pero nos dijo en secreto que las perspectivas eran malas porque por su parte el caso resultaba complicado, y porque todo el poder y los prejuicios estaban en la parte contraria.

La nueva felicidad de Marget sufrió una muerte rápida. Ningún amigo acudió a presentar sus condolencias, y ella tampoco los esperaba. Una carta sin firma dio por nula la invitación a la fiesta. Ya no se presentarían alumnas a recibir lecciones. ¿Cómo iba ella a pagarse el sustento? Podía permanecer en la casa, porque la hipoteca había sido levantada, aunque quien de momento tenía el dinero en la mano era el Gobierno, y no el pobre Solomon Isaacs. La vieja Ursula, cocinera, doncella, ama de llaves, lavandera y todo lo demás del padre Peter, además de, antaño, niñera de Marget, dijo que Dios proveería. Pero lo dijo como resultado de una costumbre, porque era una buena cristiana. Desde luego, ella se proponía colaborar en esa provisión, si hallaba manera de hacerlo.

Nosotros, los muchachos, hubiéramos querido ir a visitar a Marget y demostrarle la amistad que sentíamos hacia ella, pero nuestros padres temían ofender a la comunidad y no nos lo permitieron. El astrólogo iba de casa en casa excitando a todos contra el padre Peter, asegurando que era un ladrón consumado y que le había robado mil ciento siete ducados de oro. Aseguraba que por ese detalle tenía la seguridad de que él era el ladrón, pues correspondía exactamente a la cantidad que él había perdido y que el otro pretendía haberse «encontrado».

La tarde del cuarto día después de la catástrofe se presentó la vieja Ursula en nuestra casa y pidió que le diesen algo que lavar, y le rogó a mi madre que guardase el secreto para no herir el orgullo de Marget, porque si esta lo descubría, se lo prohibiría, a pesar de que le faltaban alimentos y empezaba a debilitarse. También Ursula llevaba ese camino, y lo dio a entender. Comió todo cuanto se le ofreció con un apetito voracísimo. Pero no hubo modo de convencerla de que se llevase a casa algún sustento, porque Marget no comería nada de caridad. Le dimos algunas ropas para que las lavara en el río, pero desde la ventana pudimos observar que no tenía fuerza suficiente para manejar el palo. La hicimos volver y le ofrecimos algún dinerillo, que ella se resistía a aceptar por miedo a que Marget sospechase algo. Al final lo aceptó, diciendo que le contaría que lo había encontrado en la carretera. Para que no fuese mentira y no se condenase su alma, me pidió que lo dejase caer en la carretera mientras ella miraba. Acto seguido pasó por ahí, lo encontró, lanzó exclamaciones de sorpresa y de gozo, lo recogió y se alejó. Ursula, igual que todo el resto de la aldea, era capaz de soltar con bastante rapidez mentiras comunes, sin tomar ninguna precaución contra el fuego y el azufre, pero esta era de una nueva clase, y presentaba un aspecto peligroso porque aquella mujer no las había practicado. Si lo hubiese hecho durante una semana ya no habría pasado ningún apuro. Así es como estamos hechos.

Yo me veía lleno de turbación, porque ¿cómo iba a vivir Marget? No era posible que Ursula encontrase todos los días una moneda en la carretera, quizá siquiera podría repetir el hallazgo. Me sentía, además, avergonzado por no haberme acercado a la muchacha, ahora que tan necesitada estaba de amigos. Pero en eso eran mis padres quienes tenían la culpa, no yo, y no podía evitarlo.

Caminaba yo por el sendero muy descorazonado, cuando me sentí embargado de una sensación reparadora, alegre y cosquilleante, igual que un burbujeo, y estaba tan jubiloso que no es posible explicarlo con palabras, porque comprendí por esa señal que Satanás estaba cerca. Ya lo había sentido antes. Un instante después lo tenía junto a mí, y yo le contaba todas mis dificultades y lo que había ocurrido a Marget y a su tío. Mientras hablábamos, doblamos un recodo y vi a la vieja Ursula descansando a la sombra de un árbol. Tenía sobre el regazo una gatita flaca y callejera, a la que acariciaba. Le pregunté de dónde la había sacado, y ella contestó que había salido del bosque y la había seguido. Dijo que quizá no tenía madre ni amigos, y que iba a llevársela a casa para cuidarla. Satanás le dijo:

—Tengo entendido que es usted muy pobre. ¿Por qué agrega usted otra boca más a la que mantener? ¿Por qué no se lo da a alguna persona rica?

Ursula se ofendió al oír aquello.

—Quizá le agradaría a usted quedarse con el animal. Con seguridad es usted rico, a juzgar por la finura de sus ropas y por sus aires de distinción.

Luego resopló y añadió:

—Dárselo a los ricos, ¡vaya una ocurrencia! Los ricos no se preocupan de nadie sino de sí mismos, solo los pobres se compadecen de los pobres y los ayudan. Los pobres y Dios. Dios proveerá a las necesidades de este gatito.

—¿En qué se basa usted para creerlo?

Los ojos de Ursula centellearon de ira:

—¡Porque lo sé! —exclamó—. Ni un gorrión cae al suelo sin que Él lo vea.

—Bien, pero cae. ¿Qué se gana con verlo caer?

Las mandíbulas de la vieja se movieron, pero se hallaba tan horrorizada que no pudo, en el momento, encontrar nada que decir. Cuando al fin logró dominar su lengua, bramó:

—¡Lárguese de aquí con sus asuntos, cachorrillo, o le daré con un garrote!

Yo no podía hablar de tan asustado como estaba. Sabía que, de acuerdo con sus ideas acerca de la raza humana, a Satanás le parecería algo sin importancia fulminarla allí mismo, porque «quedaban muchas más», pero mi lengua no se movió, y no fui capaz de hacerle ninguna advertencia. Nada ocurrió, sin embargo. Satanás permaneció tranquilo e indiferente. Supongo que era tan imposible que Ursula lo ofendiese como que el rey se sienta insultado por un escarabajo pelotero. Al pronunciar sus últimas palabras, la anciana se puso en pie de un salto con tanta soltura como si fuese una muchacha joven. Habían transcurrido muchos años desde la última vez que se había meneado de ese modo. Era la influencia de Satanás, quien, dondequiera que aparecía, era como una brisa refrescante para los débiles y los enfermos. Su presencia afectó incluso a la gatita flaca, que saltó al suelo y comenzó a perseguir una hoja. Aquello sorprendió a Ursula. Se quedó mirando al animal y asintió con la cabeza maravillada, olvidándose de su arrebato anterior.

—Pero ¿qué le ha pasado a este animal? —exclamó—. Hace un rato apenas si podía caminar.

—Usted no vio nunca una gatita de esa raza —dijo Satanás.

Ursula no tenía intención de mostrarse amigable con el burlón forastero. Lo miró con aspereza y le replicó:

—¿Quién le ha pedido que venga aquí a molestarme? Eso quisiera yo saber. ¿Y qué sabe usted de lo que yo he visto o no he visto?

—Usted no ha visto nunca una gatita que tuviera los pelos de la lengua apuntando hacia delante, ¿verdad que no?

—No, ni usted tampoco.

—Pues examine a ese gato y fíjese bien.

Ursula se había vuelto bastante ágil, pero la gatita más aún. No le fue posible echarle mano, y tuvo que renunciar al empeño. Entonces Satanás le dijo:

—Llámela usted con un nombre, quizá acuda.

La vieja probó con varios nombres, pero el animal no dio muestras de interés.

—Llámela usted Agnes. Inténtelo.

El animalito se dio por enterado y se acercó. Ursula le miró la lengua y exclamó:

—¡Por vida mía, que es cierto! Nunca hasta ahora había visto yo un gato de esta clase. ¿Es suyo?

—No.

—¿Cómo, pues, sabe usted su nombre?

—Porque todas las gatas de esa raza se llaman Agnes, no responden a ningún otro.

Aquello impresionó a Ursula.

—¡Qué cosa más extraordinaria! —Luego se le cubrió la cara de una sombra de turbación. Se habían despertado sus supersticiones, y dejó al animal en el suelo muy a disgusto, diciendo—: Me imagino que tendré que dejarlo marchar. No es que me asuste, no, no es eso... Aunque el cura... La verdad, he oído decir a gente, a mucha gente... Además, el animal está ya muy bien y puede buscarse la vida. —Suspiró y se dispuso a marcharse, murmurando—: Sin embargo, es muy linda. Me habría hecho muy buena compañía, y la casa, en estos momentos de preocupación, está muy triste y solitaria, con la señorita Marget tan afligida, convertida en una sombra de sí misma, y el viejo amo encerrado en la cárcel.

—Parece una lástima no quedársela —dijo Satanás.

Ursula se volvió con rapidez, como si estuviera esperando que alguien la animase.

—¿Por qué? —preguntó, melancólica.

—Porque esta raza trae buena suerte.

—¿Ah, sí? ¿Es eso cierto? ¿Usted, joven, sabe si eso es verdad? ¿De qué manera trae buena suerte?

—Por lo menos, trae dinero.

Ursula pareció decepcionada.

—¿Dinero? ¿Un gato va a traer dinero? ¡Vaya una ocurrencia! Aquí no habría modo de venderla. La gente de aquí no compra gatos, incluso cuesta trabajo que los acepten regalados.

Se dio media vuelta.

—No me refiero a venderlo. Me refiero a que produzca ingresos. Esta clase de gatos recibe el nombre de «gatos de la buena suerte». El propietario encuentra todas las mañanas cuatro *groschen* en su bolsillo.

Vi asomar la indignación en la cara de la anciana. Se consideró insultada. Aquel muchacho se estaba burlando de ella. Eso le pareció. Se metió las manos en los bolsillos y se irguió para decirle lo que pensaba. El genio se le había revuelto y estaba irritada. Abrió la boca y pronunció tres palabras de una frase malsonante, pero se calló en el acto, y la expresión de ira de su rostro se convirtió en sorpresa, asombro, temor o algo parecido. Sacó despacio las manos de los bolsillos, las abrió y las mantuvo de esa manera. En una de ellas llevaba mi monedita, y en la otra reposaban cuatro *groschen* de plata.

Las observó unos momentos, atónita, quizá temiendo que se desvanecieran, y luego exclamó con fervor:

—¡Es cierto, es cierto, y yo estoy avergonzada, y pido perdón, oh, amo querido y bienhechor mío!

Se abalanzó hacia Satanás y le besó la mano una y otra vez, según es costumbre en Austria.

En su corazón quizá creyera que se trataba de una gata bruja y una enviada del demonio, pero no importaba, eso le daba una mayor certeza de que cumpliría su cometido suministrando a diario una buena subsistencia para la familia, porque en asuntos de finanzas hasta los más beatos de nuestros campesinos confían más en un arreglo con el diablo que con un arcángel. Ursula se marchó a su casa llevando en brazos a Agnes, y yo deseé en mi interior gozar del privilegio de visitar a Marget.

De pronto contuve la respiración, porque nos encontrábamos allí. Estábamos en la sala, y Marget nos miraba atónita. Se veía débil y pálida, pero yo estaba seguro de que semejante estado no duraría dentro de la atmósfera de Satanás, y así sucedió. Yo lo presenté —a Philip Traum— y tomamos asiento y conversamos sin reservas. En nuestra aldea éramos gente sencilla, y cuando un forastero resultaba agradable nos amistábamos pronto con él. Marget nos preguntó cómo habíamos entrado sin que ella nos oyese, y Traum respondió que la puerta estaba abierta, y que habíamos pasado y esperado hasta que ella salió a recibirnos. Aquello no era cierto: la puerta estaba cerrada. Habíamos entrado por la pared o por el tejado, bajando por la chimenea, o qué sé yo cómo. No importa, lo que Satanás deseaba que creyese una persona, era seguro que había de creerlo; de modo, pues, que Marget quedó satisfecha con esa explicación. En todo caso, Traum acaparaba ya la parte principal de su alma, y no podía apartar los ojos de él, de tan hermoso como lo encontraba. Eso me halagó y me hizo sentir orgulloso. Esperaba que Satanás mostrase algunas de sus habilidades, pero no lo hizo. Su único interés pareció consistir en mostrarse afable y en decir mentiras. Contó que era huérfano. Esto hizo que Marget se compadeciese de él. Se le cuajaron los ojos de lágrimas. Dijo que no había conocido a su mamá, que había fallecido cuando él era un bebé. Aseguró que la salud de su papá estaba muy quebrantada, y que no poseía ninguna riqueza —por lo menos, ninguna que tuviese valor terrenal—, pero que sí tenía allá en los trópicos un tío establecido con negocios, que gozaba de muy buena posición y disfrutaba de un monopolio, y que era él quien proveía a sus necesidades. La simple mención de un tío bondadoso bastó para recordarle a Marget al suyo, y los ojos se llenaron otra vez de lágrimas. Manifestó la esperanza de que ambos tíos llegaran algún día a conocerse. Yo me estremecí al oírla. Philip dijo que él también lo esperaba, y eso me dio otro escalofrío.

—Quizá lleguen a conocerse —dijo Marget—. ¿Viaja mucho su tío?

—Oh, sí, viaja por todas partes, tiene negocios en todos los lugares.

Siguieron charlando de ese modo, y la pobre Marget se olvidó por lo menos durante un rato de sus pesares. Fue aquella quizá la única hora alegre y satisfecha de la que había gozado en este último tiempo. Vi que Philip le gustaba, tal como yo sabía. Cuando él le contó que estaba estudiando para el sacerdocio, pude ver que ella le gustaba más que nunca. Y cuando él le prometió que conseguiría que la dejaran pasar al interior de la cárcel para ver a su tío, aquello fue el coronamiento de todo. Dijo que entregaría a los guardianes un regalito, y que ella debía ir siempre después de anochecer y que no tenía que decir nada, «solo enseñe este papel y pase adelante, y vuelva a enseñarlo cuando salga». Garabateó en una hoja unos signos extraños y se la entregó a la joven. Ella se mostró agradecidísima, y ya deseaba febrilmente que el sol se escondiese, porque antaño, en aquellos tiempos crueles, no se permitía que los presos recibiesen la visita de sus amigos, y en ocasiones permanecían muchos años encerrados sin ver jamás un rostro familiar. Me pareció que las señales escritas eran un encantamiento y que los guardianes no sabrían lo que se harían ni volverían nunca a recordarlo. Y, en efecto, eso fue lo que ocurrió. En ese instante se asomó Úrsula a la puerta y dijo:

—Señorita, la cena está preparada.

Entonces nos vio y se instaló el temor en su cara. Me hizo una señal para que me acercase a ella, y me preguntó si le habíamos dicho algo acerca de la gata. Le contesté que no, y eso le produjo alivio y me suplicó que no le contase nada, porque si la señorita Marget se enteraba, creería que se trataba de un animal diabólico y mandaría venir a un sacerdote a que lo purificase de sus dones y entonces ya no produciría más dividendos. Se lo aseguré, y ella se quedó satisfecha. Empecé a despedirme de Marget, pero Satanás me interrumpió y dijo con gran cortesía... Bueno, no recuerdo las palabras exactas, pero en todo caso se dio por invitado para la cena, y a mí también. Marget se sintió miserable y avergonzada, porque no tenía razones para suponer que hubiese en casa ni la mitad para dar de comer a un pájaro enfermo. Úrsula lo oyó y entró directa a la habitación, muy poco satisfecha. Al principio se quedó asombrada por la lozanía y el color sonrosado de Marget, y así lo manifestó, y luego habló en su idioma nativo, que era el de Bohemia, y dijo, según supe después:

—Señorita, despedidlo, no tenemos bastante comida en casa.

Antes de que la muchacha pudiera hablar, Satanás tomó la palabra y contestó a Úrsula en su idioma, lo que resultó para ella y para su señorita una sorpresa. Lo que dijo fue:

—¿No la vi yo a usted hace un rato en la carretera?

—En efecto, señor.

—Eso me complace, veo que me ha recordado. —Se adelantó hacia ella y le cuchicheó al oído—: Ya le dije que es una gata de la buena suerte. No pase usted apuros, ella proveerá.

Estas palabras borraron de la pizarra de los sentimientos de la vieja toda clase de preocupaciones, y en sus ojos brilló una profunda alegría de tipo financiero. El valor de la gata aumentaba. Había llegado el momento de que Marget se diese de alguna manera por enterada de la invitación de Satanás, y lo hizo de la mejor manera, de la manera honrada que era natural en ella. Aseguró que era poco lo que tenía que ofrecer, pero que si queríamos compartirlo con ella, nos daba la bienvenida.

Cenamos en la cocina, y Ursula sirvió la mesa. Había en la sartén un pescado pequeño, bien frito, moreno y apetitoso, y pudimos ver que Marget no esperaba disponer de un alimento tan respetable como aquel. La vieja lo sirvió y Marget lo repartió entre Satanás y yo, y rehusó servirse ella. Empezó a decir que no le apetecía ese día el pescado, pero no acabó la frase. En la sartén había aparecido otro pescado. Se mostró sorprendida, pero no dijo una palabra. Quizá pensó preguntar más tarde a Ursula qué era aquello. Le esperaban otras sorpresas: carne, caza, vinos y frutas, todo lo que no habían conocido durante los últimos tiempos en aquella casa. Pero no dejó escapar una sola exclamación y llegó incluso a no manifestar asombro, lo cual era, desde luego, efecto de la influencia de Satanás. Este hablaba sin detenerse, atendía a todos e hizo que el tiempo transcurriese de una manera agradable y alegre. Aunque dijo una buena cantidad de mentiras, no resultaba algo malo en él, porque no era más que un ángel y no podía hacer otra cosa. Los ángeles no distinguen el bien del mal, yo lo sabía, porque recordaba lo que él había dicho a ese respecto. Pretendió caerle bien a Ursula. La elogió delante de Marget, de una manera confidencial, pero hablando en voz lo bastante alta para que la vieja lo oyese. Dijo que era una mujer excelente y que esperaba algún día poder juntarlos a ella y a su tío. Ursula no tardó en empezar a hacer remilgos y a sonreír bobalicona de una manera ridícula, haciéndose la jovenzuela, alisándose el vestido y contoneándose como una vieja gallina loca, simulando no oír lo que Satanás estaba diciendo. Yo me sentí avergonzado, porque de esa manera nos presentaba como Satanás pensaba de nosotros, es decir, una raza idiota y trivial. Siguió diciendo que su tío daba muchas fiestas, y que si tuviese una mujer inteligente para presidirlas duplicaría los atractivos de su casa.

—Pero su tío es un caballero, ¿verdad? —preguntó Marget.

—Sí —contestó Satanás, sin darle importancia—. Hay quienes incluso, y por puro cumplido, lo tratan de príncipe, pero él no tiene ningún prejuicio. Para él solo existe el mérito personal, y no el rango.

Yo tenía la mano colgando por un lado de la silla. Se me acercó Agnes y me lamió: esa acción sirvió para revelar un secreto. Sentí impulsos de decir: «Todo ha sido un error; es una gata normal y corriente; los pelillos de su lengua tienen la punta hacia dentro, no hacia fuera». Pero no me salieron las palabras, porque no podían. Satanás me miró sonriente y yo comprendí.

Cuando llegó la noche, Marget metió alimentos, vino y frutas en un cestillo y corrió a la cárcel, y Satanás y yo nos marchamos a casa. Iba pensando para mis adentros que me gustaría ver cómo era la cárcel por dentro. Satanás lo oyó, y un instante después nos encontrábamos dentro. Me dijo que aquella era la cámara de los tormentos. Allí estaba el potro y otros instrumentos de tortura. También había colgando de las paredes un par de linternas humeantes, que contribuían a dar al lugar un aspecto tenebroso y terrible. Había algunas personas —los verdugos—, pero como nadie se fijó en nosotros, supuse que éramos invisibles. Un joven estaba atado al potro. Satanás dijo que se sospechaba que era un hereje, y que se preparaban a averiguarlo. Intimidaron al hombre para que confesase la verdad de la acusación, y él aseguró que no podía hacerlo porque no era verdad. Procedieron a meterle pequeñas astillas por debajo de las uñas y lanzó alaridos de dolor. Satanás no dio muestras de turbación, pero yo no pude resistirlo y tuvimos que salir volando de allí. Estaba débil y mareado, pero el aire fresco me reavivó, y seguimos hacia mi casa. Dije que aquello era una brutalidad.

—No, eso es propio de los hombres. No debes ofender a los brutos con el mal empleo de esa palabra, porque no se lo merecen. —Siguió hablando de esa manera—. Así es vuestra raza miserable. No hace otra cosa que mentir, jactándose siempre de virtudes de las que carece y negándoselas a los animales de tipo más elevado, que son los que, en efecto, las poseen. Ningún bruto comete jamás una crueldad. La crueldad es monopolio de aquellos con sentido moral. Cuando un bruto inflige dolor, lo hace de un modo inocente. No comete una mala acción, pues para él no existe el mal. Y tampoco lo inflige por gusto, eso solo lo hace el hombre, inspirado por ese ruin sentido moral suyo. La función de este sentido consiste en distinguir entre el bien y el mal, con la libertad de elegir entre los dos. ¿Qué beneficio puede sacar de ello? El hombre se pasa la vida eligiendo, y en nueve de cada diez casos opta por el mal. No debería existir el mal, y si no fuese por el sentido moral, no habría. Pero, con todo eso, el hombre es una criatura tan irracional que no alcanza a darse cuenta de que el sentido moral lo rebaja hasta el plano inferior de los seres animados y resulta una facultad vergonzosa. ¿Te sientes ya mejor? Pues entonces voy a mostrarte algo.

VI

Un instante después nos encontrábamos en una aldea de Francia. Cruzamos por una gran fábrica de no sé qué, en la que había hombres, mujeres y niños que trabajaban en medio del calor, de la suciedad y de una nube de polvo. Vestían con harapos y desfallecían sobre su trabajo, porque estaban agotados y hambrientos, débiles y adormilados. Satanás dijo:

—Aquí tienes un ejemplo del sentido moral. Los propietarios son ricos y muy religiosos, pero el jornal que pagan a sus pobres hermanos y hermanas alcanza solo para impedir que se caigan muertos de hambre. Las horas diarias de trabajo son catorce, invierno y verano, desde las seis de la mañana hasta las ocho de la noche. Los niños pequeños, igual que los demás. Van y vienen desde las pocilgas en las que viven (cuatro millas de ida y cuatro de vuelta) un año sí y otro también, por entre el barro y el fango, la nieve, el granizo, la tormenta, cada día. Disponen de cuatro horas para dormir. Viven juntos como perros, tres familias en cada habitación, en medio de una suciedad y un hedor inimaginables. Después llega una epidemia y mueren como moscas. ¿Han cometido algún crimen estos seres sarnosos? No. ¿Qué han hecho para ser castigados de ese modo? Nada en absoluto, salvo haber nacido como individuos de vuestra estúpida raza. Has visto cómo tratan allí, en la cárcel, a un delincuente, y aquí ves cómo tratan a los inocentes y a los honrados. ¿Hay alguna lógica en ello? ¿Salen mejor parados estos hediondos inocentes que aquel hereje? Desde luego que no; su castigo es trivial comparado con el de estas personas. Después de que nos marcháramos de la cárcel, lo descoyuntaron en el potro y lo trituraron hasta reducirlo a pedazos y a pulpa. Está muerto, y se ha liberado de vuestra inapreciable raza. Pero estos pobres esclavos llevan años muriendo, y a algunos de ellos les quedan todavía muchos durante los cuales no podrán huir de sus vidas. El sentido moral es el que enseña a los propietarios de la fábrica cuál es la diferencia entre el bien y el mal, y a la vista tienes el resultado. Se creen mejores que los perros. ¡Qué raza más carente de lógica y de razón la vuestra! ¡Qué raza más ruin, sí, qué indeciblemente ruin!

A continuación, renunciando a hablar en serio, se excedió a sí mismo haciendo mofa de nosotros, burlándose del orgullo que sentimos por nuestras hazañas guerreras, nuestros grandes héroes, nuestros hombres de fama imperecedera, nuestros reyes poderosos, nuestras aristocracias añejas, nuestra historia venerable. Se reía y se reía a carcajadas, hasta el punto de que sentí asco de oírle. Por fin, se moderó un poco y dijo:

—Después de todo, la cosa no es del todo ridícula, está revestida de una especie de patetismo cuando uno recuerda qué escasos son los días de vuestras vidas, qué infantiles vuestras pompas, y que, en suma, no sois otra cosa que sombras.

De pronto, todo desapareció de mi vista, y me di cuenta de lo que aquello significaba. Un instante después paseábamos por nuestra aldea. A lo lejos, en dirección al río, vi centellear las luces del Ciervo de Oro. Entonces oí un grito gozoso en la oscuridad:

—¡Ya ha venido otra vez!

Era Seppi Wohlmeyer. Había notado que la sangre corría a saltos por sus venas y que su ánimo se exaltaba de un modo que solo podía implicar una cosa, que Satanás estaba cerca, a pesar de que la oscuridad le impedía verlo. Vino hacia nosotros y caminamos juntos, mientras Seppi vertía su alegría igual que una fuente. Era como si el muchacho fuera un enamorado que acababa de encontrar a su amada, a la que había perdido. Seppi era un muchacho inteligente y movido, dotado de entusiasmo y expresividad, que contrastaba con la manera de ser de Nikolaus y con la mía. En ese momento se hallaba embebido del último suceso misterioso: la desaparición de Hans Oppert, el vagabundo de la aldea. Nos contó que la gente empezaba a sentir curiosidad por el caso. No dijo ansiedad, sino curiosidad, y aun esa palabra resultaba bastante fuerte. Nadie había visto a Hans durante dos días.

—Al menos, no desde que cometió aquel acto brutal —siguió.

—¿Qué acto brutal? —preguntó Satanás.

—Pues verás: Hans le da siempre garrotazos a su perro, un animal bondadoso, lleno de lealtad, que lo quiere a él, que es su único amigo y que jamás hace daño a nadie. Hace dos días volvió a golpearlo, por nada, por puro gusto, y el perro aullaba y gemía. Theodor y yo le suplicamos que se detuviera, pero Hans nos amenazó y volvió a apalear al perro con todas sus fuerzas hasta que le saltó un ojo. Entonces nos dijo: «Ahí tenéis, espero que ahora estéis satisfechos. Eso es lo que habéis conseguido para el perro con vuestra condenada intromisión». Y se echó a reír, el desalmado bruto.

La voz de Seppi temblaba de compasión y de ira. Yo supuse lo que Satanás iba a decir, y acerté:

—Otra vez utilizáis mal esa palabra, esa calumnia miserable. No son los brutos los que actúan de ese modo, son los hombres.

—Bueno, la verdad es que fue una acción inhumana.

—No, Seppi, no lo fue. Fue una acción humana, característica y distintiva de los hombres. No resulta agradable oír cómo ofendes a los animales superiores atribuyéndoles inclinaciones de las que son libres, y que solo pueden encontrarse en el corazón humano. Ninguno de los animales superiores está corrompido por esa enfermedad llamada sentido moral. Seppi, purifica tu lengua, abandona esas frases llenas de embustes.

Satanás hablaba con mucha severidad, impropia de él, y a mí me pesó no haber advertido a Seppi que tuviese más cuidado con sus palabras. Sabía cómo se sentía. No quería ofender a Satanás; habría preferido insultar a toda su raza. Hubo un momento de silencio incómodo, pero pronto encontramos alivio. Aquel pobre perro se nos acercó con el ojo colgando y fue derecho a Satanás. Empezó a gemir y a quejarse de un modo entrecortado, y él le contestó de idéntica manera. Era evidente que conversaban en el lenguaje de los perros. Nos sentamos todos en la hierba, a la luz de la luna, porque las nubes se estaban deshaciendo, y Satanás tomó en su regazo la cabeza del perro y le volvió a colocar el ojo en su lugar. El perro se sentía bien y movía la cola, lamió la mano de Satanás, adoptó una expresión de gratitud y lo expresó en su idioma. Aunque no lo entendía, comprendía lo que estaba diciendo. Acto seguido, hablaron los dos un poco, y Satanás nos dijo:

—Dice que su amo estaba borracho.

—Sí, lo estaba —corroboramos.

—Y que una hora después se despeñó por el precipicio que hay más allá de Cliff Pasture.

—Conocemos ese lugar, está a tres millas de aquí.

—El perro ha estado muchas veces en la aldea, suplicando a la gente que fuese hasta allí, pero se limitaron a ahuyentarlo sin hacerle caso.

Nosotros nos acordamos de que eso era, en efecto, verdad, pero no habíamos comprendido lo que el perro quería.

—Lo único que quería era buscar ayuda para el hombre que lo había maltratado, solo pensó en eso, y mientras tanto ni ha comido ni ha buscado alimento. Ha montado guardia junto a su amo dos noches. ¿Qué pensáis ahora de vuestra raza? ¿Está reservado el cielo para ella, mientras que al perro le está prohibida la entrada, según os enseñan vuestros maestros? ¿Es capaz de añadir algo al repertorio de normas morales y de generosidades de este animal? —Satanás habló al perro, y este saltó lleno de felicidad y de ansiedad, en apariencia esperando órdenes, impaciente por ejecutarlas—. Id en busca de algunos hombres. Acompañad al perro, él os mostrará dónde se encuentra aquel miserable. Y llevad a un sacerdote para disponer todo lo relativo al seguro, porque la muerte está cerca.

Al pronunciar la última palabra, se desvaneció, con gran dolor y desilusión para nosotros. Buscamos algunos hombres y al padre Adolf y presenciamos la muerte de aquel hombre. A nadie le importó que falleciese salvo al perro. Dio señales de pena y de aflicción, lamió la cara del difunto y no hubo modo de consolarlo. Enterramos al cadáver en el mismo lugar, sin féretro, porque no tenía ni más dinero ni más amigos que el perro. Si hubiésemos llegado una hora antes, el sacerdote habría tenido tiempo para enviar al pobre hombre al cielo, pero había acabado en los horribles fuegos del infierno para quemarse por toda la eternidad. Daba verdadera pena pensar que en un mundo donde son tantos los que no saben cómo matar el tiempo, no se dispusiese de una horita en favor de aquel pobre individuo que tanto la necesitaba, y para el que implicaba la diferencia entre la felicidad eterna y el dolor perpetuo. Eso daba una idea abrumadora del valor de una hora, y me pareció que ya no podría perder ni una sola sin sentir remordimiento y terror. Seppi estaba muy deprimido y pesaroso, y dijo que era mucho mejor ser perro y no correr unos riesgos tan espantosos. Nos llevamos al animal a casa y nos lo quedamos. Mientras caminábamos, Seppi hizo una reflexión admirable, que nos alegró y nos hizo sentir mucho más satisfechos. Dijo que el perro había perdonado al hombre que tanto daño le había hecho, y que quizá Dios aceptaría como buena esa absolución.

Pasó una semana muy aburrida, porque Satanás no apareció. No ocurría nada de importancia y no podíamos arriesgarnos a ir de visita a casa de Marget, porque eran noches de luna y nos podrían descubrir nuestros padres. Tropezamos un par de veces con Ursula, que paseaba por los prados del otro lado del río para que su gata se airease, y por ella supimos que todo marchaba de forma adecuada. Vestía ropas elegantes y nuevas y su aspecto era de prosperidad. Los cuatro *groschen* diarios le llegaban sin interrupción, pero no los gastaba en comprar alimentos, vino y otras cosas por el estilo, porque la gata se cuidaba de ello.

Marget llevaba su abandono y su aislamiento bastante bien, teniendo en cuenta las circunstancias, y estaba animada gracias a la ayuda de Wilhelm Meidling. La joven pasaba todas las noches una o dos horas en la cárcel con su tío, y lo había estado engordando gracias a las aportaciones de la gata. Pero sentía curiosidad por saber más acerca de Philip Traum, y esperaba que yo volviese con él a su casa. Ursula también sentía curiosidad, y nos hizo muchas preguntas referentes a su tío. Los muchachos se rieron muchísimo, porque yo les había contado las paparruchas con que Satanás le había llenado la cabeza. No quedó satisfecha de nuestras respuestas, porque nuestras lenguas estaban atadas.

La vieja sirvienta nos anunció una pequeña noticia: como ahora abundaba el dinero, había contratado a un criado para que la ayudase en las labores de la casa y le hiciese los recados. Intentó decirlo como algo natural y sin importancia, pero le producía tal orgullo y vanidad que se le transparentaron con toda claridad. Era magnífico contemplar cómo disimulaba la satisfacción por tales grandezas, la pobre. Pero cuando oímos el nombre del criado, nos preguntamos si había procedido con juicio, pues aunque éramos jóvenes, y a menudo poco reflexivos, poseíamos para ciertos asuntos una percepción bastante buena. El criado era Gottfried Narr, una criatura bondadosa y de cortos alcances, sin ningún mal y sin nada que se pudiera decir en su contra. Sin embargo, existían recelos acerca de él, y con razón, porque aún no hacía seis meses que había caído sobre su familia una vergüenza y una deshonra pública: su abuela había sido quemada por bruja. Cuando corre por la sangre de una familia esa clase de afección, no siempre se cura quemando a una sola persona. No eran aquellos momentos como para que Ursula y Marget se relacionasen con un miembro de semejante familia, porque durante el último año el terror hacia las brujas había estallado con una violencia nunca vista, según el recuerdo de los aldeanos más ancianos. Bastaba la simple mención para que todos desvariásemos de espanto. Era natural, porque en los últimos tiempos se habían visto más clases de brujas que antes. Antaño era solo una anciana, pero ahora las había de todas las edades, incluso niñas de ocho y nueve años. Las cosas se pusieron de tal manera que cualquiera podía resultar un buen día familia del diablo, sin importar la edad y el sexo. En nuestra pequeña región habíamos intentado extirparlas, pero cuantas más quemábamos, más se multiplicaban.

Una vez, y en una escuela para niñas que solo distaba diez millas de nuestra aldea, descubrieron las maestras que una de las alumnas tenía la espalda por completo roja e inflamada y se asustaron muchísimo, creyendo que eran marcas del diablo. La niña también se asustó y les suplicó que no la denunciasen, y aseguró que solo se trataba de pulgas. Pero, desde luego, no fue suficiente para abandonar el asunto. Se pasó revista a todas las niñas, y se encontró que de cincuenta había once gravemente marcadas, y las demás un poco menos. Se nombró una comisión, pero las once se limitaron a pedir llorando que las llevasen a donde estaban sus mamás y se negaron a confesarse culpables. Las encerraron, separadas, en cuartos oscuros, y durante diez días y diez noches solo les dieron de comer pan negro y agua. Al cabo de ese tiempo aparecieron macilentas y desatinadas, con los ojos secos, y ya no volvieron a llorar, y se limitaron a permanecer sentadas y a mover sus bocas, sin querer probar alimento. Entonces, una de las muchachas confesó y aseguró que a menudo cabalgaba por los aires montada en una escoba hasta el aquelarre, en un lugar solitario en lo alto de las montañas, y que allí había bailado, bebido y celebrado orgías con varios centenares de brujas y con el maligno, y que todas se habían portado de manera escandalosa, injuriando a los sacerdotes y blasfemando contra Dios. Eso es lo que contó, no en forma narrativa, porque era incapaz de rememorar ninguno de aquellos detalles sin que antes se los recordaran, uno después de otro. Eso es lo que hizo la comisión, cuyos miembros sabían muy bien las preguntas que tenían que hacer, porque desde hace dos siglos estaba redactado el cuestionario para uso de los miembros de los tribunales de brujería. Ellos preguntaban: «¿Hiciste esto y lo otro?», y la interesada contestaba siempre que sí, con expresión de hastío y fatiga, y sin el menor interés en el interrogatorio. Por eso, cuando las otras diez niñas se enteraron de que su compañera había confesado, hicieron lo mismo y contestaron que sí a todas las preguntas. Fueron quemadas todas en el poste, cosa muy justa y juiciosa, y de todo el país acudieron gentes a presenciar el acto. Yo acudí también, pero cuando vi que una de ellas era una muchachita dulce y bonachona, con la que yo solía jugar, y la vi encadenada al poste de una manera lastimosa y a su madre llorando sobre ella y comiéndosela a besos agarrada a su cuello, gritando «¡Oh, Dios mío, oh, Dios mío!», me pareció tan horrendo que me alejé de allí.

Cuando quemaron a la abuela de Gottfried hacía un tiempo crudísimo. Se la acusó de curar jaquecas sobando con sus dedos la cabeza y el cuello del paciente —según ella dijo—. Pero la verdad era, como sabían todos, que las había curado con ayuda del diablo. Iban a examinarle el cuerpo, pero ella se lo prohibió y confesó sin más que aquel poder era infernal. Señalaron la mañana siguiente, a una hora temprana, para quemarla en la plaza del mercado. El primero en llegar fue el funcionario que tenía que preparar la hoguera, y así hizo. Luego llegó ella, conducida por los oficiales, que la dejaron allí y se marcharon a traer a otra bruja. La familia no la acompañó en aquel trance, porque si la concurrencia se excitaba quizá los habrían injuriado y hasta apedreado. Yo me acerqué y le di una manzana. La anciana estaba acurrucada junto al fuego, calentándose y esperando. Tenía sus viejos labios y las manos amoratados del frío. Se acercó luego un forastero. Era un caminante que pasaba por allí. Habló a la vieja con cariño, y viendo que no había cerca nadie más que yo, dijo que la compadecía. Le preguntó si era cierto lo que había confesado, y ella contestó que no. El hombre se mostró sorprendido y más pesaroso todavía, y continuó:

—¿Por qué confesó usted, pues?

—Soy anciana y muy pobre —dijo— y trabajo para ganarme la vida. No había otro recurso que confesar. Si no hubiese confesado quizá me hubiesen puesto en libertad, y eso habría significado para mí la ruina, porque nadie habría olvidado que he sido sospechosa por brujería. Nadie me habría dado trabajo, y a cualquier casa que me acercase me habrían echado a los perros. En poco tiempo me moriría de hambre. Es preferible el fuego, su hambre es rápida. Vosotros dos os habéis mostrado bondadosos conmigo, y os doy las gracias.

Se acercó aún más al fuego y extendió sus manos para calentárselas. Los copos de nieve caían con suavidad y lentitud sobre su vieja cabeza blanca, blanqueándola todavía más. Para entonces se había congregado la multitud, y alguien arrojó un huevo con violencia, que impactó en un ojo de la anciana, se rompió y su contenido le corrió por la cara. Aquello provocó una carcajada.

Referí a Satanás todo lo relativo a las once niñas y a la vieja en cierta ocasión, pero mi relato no le produjo ningún efecto. Se limitó a decir que eran cosas de la raza humana y que ninguna importancia tenía lo que esta pudiera hacer. Me dijo además que él había sido testigo presencial, que los hombres no habían sido creados de la arcilla sino del barro, o por lo menos, una parte. Comprendí que se refería al sentido moral. Satanás vio el pensamiento en mi cerebro, y eso lo divirtió y soltó una carcajada. Entonces llamó a un buey que estaba pastando, lo acarició y le habló, y luego me dijo:

—Ahí tienes, este no volvería locas de hambre y de espanto y de soledad a unas niñas, y luego quemarlas por haber confesado cosas inventadas para la ocasión y que jamás habían ocurrido. Tampoco destrozaría los corazones de pobres ancianas inocentes, aterrorizándolas hasta hacerlas perder toda la confianza en los individuos de su propia especie, y tampoco las insultaría en su agonía mortal. Porque este buey no está mancillado con el sentido moral, sino que es como los ángeles, desconoce el mal y nunca lo practica.

A pesar de ser tan encantador, Satanás sabía hablar de un modo cruel e insultante cuando le parecía bien, y así hacía siempre que se le llamaba la atención sobre la raza humana. Al oírla mencionar alzaba desdeñoso la nariz, y jamás tenía para ella una palabra cariñosa. Pues bien, y como iba diciendo, nosotros teníamos dudas acerca de si Ursula había elegido bien el momento para tomar como criado a un miembro de la familia Narr. Estábamos en lo cierto. Cuando la gente se enteró se mostró, como es lógico, indignada. Además, si Marget y Ursula no tenían bastante para comer ellas mismas, ¿de dónde procedía el dinero para dar de comer a otra boca? Eso era lo que querían saber, y para averiguarlo dejaron de evitar el trato con Gottfried y comenzaron a buscar su compañía y a conversar con familiaridad con él. El muchacho se sintió complacido, porque no receló ni vio tampoco la trampa que se le tendía, y se expresó con toda inocencia, sin mostrar mayor discreción que una vaca.

—¿Dinero? —dijo—. Lo tienen en abundancia. Me pagan dos *groschen* a la semana, además de la manutención. Os aseguro que comen de lo bueno, y que ni el príncipe mismo tiene su mesa mejor provista.

Esta afirmación tan asombrosa fue llevada por el astrólogo al padre Adolf un domingo por la mañana, cuando regresaba a casa después de decir misa. El sacerdote se sintió profundamente afectado y dijo:

—Debemos investigar este asunto.

Aseguró que en el fondo de aquello debía de existir brujería, y ordenó a los aldeanos que retomasen sus relaciones con Marget y con Ursula de una manera discreta y sin ostentación, pero que abriesen bien los ojos. Les dijo que guardaran lo que viesen y que no despertasen sospechas entre la gente de la familia. Al principio se mostraron reacios a entrar en un lugar tan terrible, pero el sacerdote les aseguró que mientras estuviesen dentro de la casa gozarían de su protección y no les ocurriría ningún daño, sobre todo si llevaban un poco de agua bendita y tenían a mano sus rosarios y sus cruces. Con esto se sintieron tranquilos y dispuestos, y las personas menos nobles incluso acuciadas por la envidia y la maldad.

De modo, pues, que la pobre Marget volvió a gozar de compañía, y se sentía satisfecha como una gata. Era una mujer como casi todas las demás, es decir, humana, siendo feliz en los momentos de prosperidad y algo inclinada a hacer ostentación de ellos. Se encontró humanamente agradecida de que la gente la tratase con cariño y de que sus amigas y la aldea volviesen a dedicarle sus sonrisas, porque verse abandonada por sus vecinos y dejada en desdeñosa soledad es, quizá, la cosa más dura de soportar.

Se vinieron al suelo los barrotes, y todos pudimos ir a casa de Marget, y así hicimos, los padres y todo, un día tras otro. La gata comenzó a dar de sí cuanto podía. Proveía con lo mejor para aquellas visitas, y en abundancia, incluso muchos guisos y clases de vino que aquella gente no había probado y que ni siquiera conocía por el nombre, como no fuese de oídas y por boca de los criados del príncipe. También la vajilla era superior a la corriente.

Había ocasiones en que Marget llegaba a turbarse y acosaba con preguntas a Ursula hasta hacerse pesada, pero esta se mantenía en su postura, se aferraba a que era cosa de la Providencia, y para nada mencionaba a la gata. La muchacha sabía que nada es imposible para la voluntad divina, pero no podía evitar que la asaltasen ciertas dudas de que este esfuerzo proviniese de allí, aunque tenía miedo de decirlo, no fuera a ser que provocara un desastre. Se le ocurrió que quizá fuese brujería, pero apartó ese pensamiento, porque todo aquello ocurría antes de que Gottfried entrase a servir en la casa y porque le constaba que Ursula era una mujer piadosa y que odiaba con resentimiento a las brujas. Cuando llegó el chico ya se había establecido que aquello era obra de la Providencia, sin ningún lugar a dudas, y era esta la que recibía toda la gratitud. La gata no soltaba ni un ronroneo, y seguía con serenidad mejorando el estilo y la prodigalidad de sus dones a medida que ganaba en experiencia.

En toda comunidad, grande o pequeña, existe siempre una proporción bastante importante de personas que no son por naturaleza ruines ni desapacibles, y que jamás hacen nada desagradable salvo cuando se sienten amenazadas por el miedo o cuando sus intereses se ven en gran peligro, o por alguna otra razón parecida. La aldea de Eseldorf tenía su propia proporción, cuya influencia bondadosa y benévola se dejaba sentir de ordinario. Pero aquellos no eran tiempos ordinarios debido al terror de las brujas, por lo que parecía que no habían quedado corazones bondadosos y compasivos de quienes hacer mención. Todo el mundo estaba aterrado ante la inexplicable situación de la casa de Marget, no dudaba que en el fondo era cuestión de brujería, y el pánico los tenía enloquecidos. Desde luego, había quien sentía compasión de la muchacha y de Ursula pensando en el peligro que las amenazaba; pero, claro, no lo decían, porque hablar no era prudente. A los demás no les importaba, y nadie previno a la ignorante joven y a la estúpida mujer ni las aconsejó que variasen de conducta. Nosotros queríamos hacerlo, pero el miedo provocaba que nos echásemos atrás cuando llegaba el instante. Nos dimos cuenta de que no éramos lo bastante varoniles ni valerosos para realizar una acción generosa si nos podía meter en apuros. Ninguno confesó esta pobreza de ánimo, e hicimos lo mismo que los demás: dejar el tema y hablar de cualquier otra cosa. Yo sabía que todos nosotros experimentábamos la sensación de cometer una ruindad comiendo y bebiendo los manjares y elixires delicados de Marget con aquella concurrencia de espías, mimándola y felicitándola y viendo avergonzados lo estúpidamente feliz que era, sin decirle una sola palabra para ponerla en guardia. Porque era en verdad feliz, se sentía tan orgullosa como una princesa y estaba muy satisfecha de contar otra vez con amigos y amigas. Y durante todo ese tiempo los que la visitaban eran todo ojos para espiar y para luego contar al padre Adolf lo que habían visto.

Pero este no sacaba nada en limpio. Con seguridad que en aquella casa había algún encantador, pero ¿quién era? A Marget no la habían sorprendido en ninguna prestidigitación, ni a Ursula, ni siquiera a Gottfried; y, sin embargo, allí jamás escaseaban los vinos y los guisos exquisitos. Cualquier cosa que se le ocurriese pedir a uno de los invitados, se le servía. Era corriente en brujas y encantadores producir esos efectos. Esa parte del asunto no resultaba nueva, pero realizarlo sin conjuros y hasta sin retumbos, terremotos, rayos o apariciones, era lo nuevo, desconocido y por completo anormal. En los libros no se leía cosa parecida. El producto de los hechizos era siempre irreal. En una atmósfera libre de ellos, el oro se convertía en polvo, los alimentos se esfumaban y se desvanecían. Los espías trajeron muestras. El padre Adolf oró sobre ellas y las llenó de exorcismos, pero sin provecho alguno, pues siguieron siendo cosas tangibles y reales, sometidas solo al deterioro natural, y tardaban lo que era normal en echarse a perder.

El sacerdote no solo se encontraba desconcertado, sino también irritado, porque estas pruebas casi lo convencieron, en privado, de que no se trataba de brujería. Pero no del todo, porque bien pudiera tratarse de unas nuevas artes. Había una manera de averiguarlo: si aquella pródiga abundancia de provisiones no entraba en la casa procedente del exterior, sino que se producía dentro, no cabía duda de que era cosa de brujería.

VII

Marget anunció que iba a dar una fiesta, e invitó a cuarenta personas. La fecha sería siete días después. Aquella era una oportunidad magnífica. Su casa estaba aislada de las demás y resultaba fácil establecer una vigilancia. Fue, pues, vigilada noche y día durante toda la semana. Las personas de la casa entraban y salían como siempre, pero no llevaban nada en la mano, y ni ellas ni otras trajeron nada. Todo eso fue comprobado. Era evidente que no se habían introducido raciones para cuarenta personas. Si se les daba algo de comer, tenía que ser por fuerza de dentro de la misma casa. Es cierto que Marget salía todas las noches con un cestillo, pero los espías comprobaron que cuando regresaba estaba vacío.

Los invitados llegaron al mediodía y llenaron la vivienda. Vino después el padre Adolf, y, a continuación, el astrólogo, sin haber sido invitado. Los espías le habían informado de que ni por la parte delantera ni la trasera de la propiedad habían entrado paquetes de ninguna clase. El astrólogo entró y se encontró con que todos comían y bebían con abundancia, y que la fiesta transcurría de una manera alegre y bulliciosa. Miró a su alrededor y vio que muchas de las exquisiteces y todas las frutas nacionales y extranjeras, a pesar de ser caducas, estaban perfectas y frescas. Sin apariciones, encantamientos ni truenos. El problema estaba sentenciado. Aquello era brujería. No solo eso, sino que era de una nueva clase jamás soñada hasta entonces. Allí había un poder prodigioso, un poder mágico. Decidió descubrir el secreto. El anuncio de algo semejante resonaría por todo el mundo, alcanzaría los países más remotos, paralizaría de asombro a todas las naciones y llevaría su nombre a todas partes, haciéndolo famoso para toda la eternidad. ¡Qué suerte maravillosa, qué suerte prodigiosa! Solo con pensar en semejante gloria se mareaba.

Toda la concurrencia le abrió paso. Marget le ofreció, cortés, un asiento, y Ursula ordenó a Gottfried que trajese una mesa especial para él. Luego le puso ella misma los manteles y el servicio y le preguntó qué era lo que deseaba.

—Tráigame usted lo que bien le parezca —dijo el astrólogo.

Los dos criados le trajeron provisiones que había en la despensa, además de vino blanco y vino tinto, una botella de cada. El astrólogo, que quizá no había visto en su vida esas delicadezas, se echó un cubilete de vino tinto, se lo bebió, se echó otro y empezó a comer con buen apetito.

No esperaba ver allí a Satanás, hacía más de una semana que ni lo había visto ni había oído hablar de él, pero, de pronto, se presentó. Lo advertí por la sensación de siempre, aunque no podía verlo a causa de la multitud que se interponía entre nosotros. Lo escuché excusarse por aquella intrusión; ya iba a retirarse, pero Marget le instó a que se quedara, y Satanás le dio las gracias y se quedó. La joven lo fue llevando por todas partes, presentándolo a las muchachas, a Meidling y a algunas de las personas mayores. Se percibió por todas partes un gran cuchicheo que decía:

—Es el joven forastero del que tanto hemos oído hablar y al que no hemos podido ver, casi siempre está fuera.

—¡Válgame Dios, querida, y qué hermoso es! ¿Cómo se llama?

—Philip Traum.

—¡Qué bien le sienta ese apellido!

(Téngase en cuenta que «Traum» quiere decir, en alemán, ensueño.)

—¿Cuál es su ocupación?

—Dicen que estudia para sacerdote.

—Lleva la fortuna en la cara. Ese llegará a cardenal.

Y cosas así. Se ganó en el acto las simpatías, y los invitados estaban ansiosos de que se lo presentasen y de hablar con él. Todos advirtieron de pronto la temperatura fresca y agradable y se preguntaban la causa, porque podían ver que el sol lucía con la misma fuerza que antes y que el cielo se hallaba limpio de nubes, pero nadie adivinaba la verdadera razón, claro.

El astrólogo había bebido su segundo cubilete y se escanció otro más. Luego dejó la botella encima de la mesa y la volcó por accidente. Sujetó la botella antes de que se hubiese vertido mucho líquido y la levantó para mirar al trasluz, diciendo:

—¡Qué lástima! Es un vino de reyes.

Y de pronto, su cara se iluminó de alegría, o de sensación de triunfo, o de lo que fuese, y exclamó:

—¡Rápido! Traed una gran fuente.

Se le trajo una en que cabía un galón. Levantó la botella de dos pintas y empezó a verter vino, y siguió virtiendo, mientras el rojo líquido caía borboteando y saltando dentro del blanco recipiente, subiendo cada vez más de nivel por sus costados, mientras todo el mundo lo contemplaba con el aliento en suspenso, hasta que la fuente se llenó hasta los bordes.

—¡Fijaos en la botella! —dijo, manteniéndola en alto—. ¡Sigue estando llena!

Yo miré a Satanás y en ese mismo instante desapareció. El padre Adolf se puso en pie de un arrebato, lleno de excitación, se santiguó y empezó a gritar con su voz atronadora:

—¡Esta casa está embrujada y maldita!

La concurrencia empezó a gritar y a chillar, y a huir en tropel hacia la puerta. El padre Adolf prosiguió:

—¡Yo conmino a esta casa...!

Pero su frase quedó cortada. Su cara se puso roja, luego amoratada, pero no pudo pronunciar ninguna otra palabra. Entonces vi a Satanás, convertido en una película transparente, infiltrarse dentro del cuerpo del astrólogo. Este alzó la mano y dijo, en apariencia con su propia voz:

—Esperad y quedaos donde estáis.

Todos se detuvieron en el sitio.

—¡Traed un embudo!

Ursula, temblorosa y asustada, lo trajo, y el astrólogo lo colocó en el gollete de la botella, levantó la gran fuente y empezó a verter de nuevo el vino donde estaba. La concurrencia lo miraba con los ojos dilatados por el asombro, porque sabían que la botella ya se encontraba llena antes de que empezara. Vació todo el contenido de la fuente y luego miró sonriente por toda la habitación, soltó una risita y dijo con indiferencia:

—Esto no es nada. Cualquiera es capaz de hacerlo. Yo puedo hacer mucho más con los poderes que poseo.

Estalló por todas partes un grito de terror:

—¡Oh, Dios mío, está poseído por el demonio!

Todos se abalanzaron en tumulto hacia la puerta, y la casa quedó muy pronto vacía, salvo por los que vivían en ella, nosotros y Meidling. Los muchachos conocíamos el secreto, y lo habríamos dicho si nos hubiera sido posible, pero no podíamos. Nos sentíamos muy agradecidos a Satanás por acudir con tan eficaz ayuda en el momento en que la necesitábamos.

Marget estaba pálida y llorando; Meidling parecía petrificado, igual que Ursula; pero quien peor estaba era Gottfried, que no se podía tener en pie de tan débil y asustado. Porque ya sabéis que pertenecía a una familia de brujas, y sería una mala noticia que sospechasen de él. En ese momento entró Agnes paseándose como si tal cosa, con expresión piadosa, y quiso refregarse contra Ursula y que esta la acariciase, pero la vieja tuvo miedo del animal y se apartó, aunque dejando ver que con ello no quería hacerle ningún desaire. Sabía muy bien que no sacaba nada de relacionarse con tirantez con una gata como aquella. Nosotros la tomamos en brazos y la acariciamos, pensando que Satanás no se habría mostrado amigable si no tuviera una buena opinión de ella, y aquello era suficiente garantía. Satanás parecía tener confianza en todo aquello que no estaba dotado de sentido moral.

Fuera de la casa, los invitados, atravesados por el pánico, se desperdigaron en todas direcciones y huyeron en un estado lamentable de terror. Fue tal la algarabía que armaron con sus carreras, sollozos, chillidos y griterío, que no tardó la aldea entera en salir en manada de sus casas para ver lo que había ocurrido, y se formó una gran multitud en la calle, que se empujaba y atropellaba en medio de gran excitación y miedo. Entonces apareció el padre Adolf y todos se abrieron formando dos muros, igual que cuando se separaron las aguas del mar Rojo. Luego avanzó el astrólogo por aquel corredor abierto entre la gente, a grandes zancadas, y mascullando para sus adentros. Por donde él pasaba las dos líneas se volvían a juntar en una masa apretujada, sumida en un silencio de espanto, y todos los ojos lo contemplaban atónitos mientras jadeaban sus pechos. Varias mujeres se desmayaron. Cuando el astrólogo hubo pasado, la multitud lo siguió a cierta distancia como un enjambre, hablando con mucha excitación, haciéndose preguntas y enterándose de los hechos. Y una vez los habían averiguado, los contaban a los demás, exagerando: la fuente de vino pronto se convirtió en un barril, cuyo contenido cupo en la botella hasta que terminó vacío.

Cuando el astrólogo llegó a la plaza del mercado se fue derecho hacia un malabarista ataviado de forma fantástica, que mantenía en el aire tres bolas. Se las quitó, se volvió hacia la muchedumbre que iba tras él y dijo:

—Este pobre juglar no conoce su arte. Acercaos y ved de lo que es capaz un experto.

Dicho y hecho. Lanzó las bolas una después de otra y las mantuvo girando en un óvalo estrecho y brillante, y luego agregó otra bola, y otra, y otra, y muy pronto, sin que nadie viese de dónde las sacaba, fue agregando, agregando y agregando, y el óvalo se iba alargando poco a poco, y sus manos se movían con tal rapidez que formaban como una telaraña o un borrón, y no se distinguían como tales. Las personas capaces de contar dijeron que en un momento hubo cien bolas en el aire. El gran óvalo giratorio alcanzó la altura de veinte pies y resultaba un espectáculo brillante, centelleante y maravilloso. Luego se cruzó de brazos y ordenó a las bolas que siguiesen girando sin su ayuda, y así sucedió. Al cabo de un par de minutos, dijo:

—Bueno, basta ya.

El óvalo se rompió y se derrumbó con estrépito, y las bolas se desparramaron lejos y rodaron en todas direcciones. A donde iba a parar una de ellas la gente retrocedía temerosa y nadie se atrevía a tocarla. Aquello hizo reír al astrólogo, que se burló de todos ellos, llamándolos cobardes y mujerucas. Luego se dio media vuelta y vio en el aire una cuerda de equilibrista. Dijo que muchos idiotas se gastaban todos los días el dinero para ver cómo un patán ignorante y torpón degradaba aquel arte magnífico; ahora verían trabajar a un maestro. Dio un salto y se posó muy firme sobre sus pies en la cuerda floja. La cruzó de un extremo a otro a la pata coja mientras se tapaba los ojos con las manos, y a continuación empezó a dar saltos mortales hacia atrás y hacia delante, veintisiete veces.

La gente murmuraba, porque el astrólogo era un hombre viejo y hasta entonces siempre había sido tardo en movimientos, y en ocasiones incluso rengo, pero ahora mostraba completa agilidad y realizaba sus cabriolas con la mayor animación. Por último, volvió con ligereza al suelo, se alejó, siguió por el camino, dobló la esquina y desapareció. Aquella gran multitud, pálida, silenciosa y apretujada, dejó escapar un soplido y todos se miraron a la cara los unos a los otros, preguntando: «¿Ha sido real? ¿Lo vio también usted, o fui yo solo, mientras soñaba?». Se levantó un murmullo, se dividieron en parejas y se dirigieron hacia sus casas, conversando todavía con el susto en el cuerpo, juntando mucho las cabezas, apoyando las manos en los hombros de los acompañantes y gesticulando como acostumbra la gente cuando alguna cosa les ha producido una impresión profunda.

Nosotros seguimos a nuestros padres, escuchando y enterándonos de todo lo posible de lo que decían, y, cuando ya en nuestra casa ellos se sentaron y continuaron su conversación, seguíamos acompañándolos. Todos estaban de humor sombrío, porque, según decían, con toda seguridad se cernía un desastre sobre la aldea, después de tan espantosa visita de brujas y demonios. Entonces mi padre se acordó de que el padre Adolf se había quedado mudo en el momento en que quiso lanzar su acusación, y dijo:

—No se atrevieron a poner sus manos hasta ahora en un ungido servidor de Dios y no me explico cómo tuvieron tal audacia, porque él llevaba encima su crucifijo, ¿verdad?

—Sí —aseguraron los demás—, nosotros lo vimos.

—Amigos, esto es serio, muy serio. Hasta ahora contábamos con una protección, y ha fallado.

Los demás sacudieron las cabezas, como acometidos de escalofríos, y mascullaron estas palabras:

—Ha fallado. Dios nos abandona.

—Es cierto —dijo el padre de Seppi Wohlmeyer—, ya no tenemos donde buscar socorro.

—La gente se dará cuenta y la desesperación los privará de su valor y de sus energías —dijo el padre de Nikolaus, el juez—. Sin duda alguna hemos caído en tiempos aciagos.

Dejó escapar un suspiro, y Wohlmeyer dijo, con voz turbada:

—La noticia correrá por el país y nuestra aldea se verá evitada por todos, como si estuviésemos sometidos a la desaprobación de Dios. El Ciervo de Oro conocerá tiempos duros.

—Cierto, vecino —admitió mi padre—. Todos sufriremos las consecuencias, todos en nuestra reputación y muchos en nuestra riqueza. Y... ¡santo Dios!

—¿Qué pasa?

—¡Que eso puede acabar con nosotros!

—¡Dinos qué, *um Gottes Willen*!

—¡La excomunión!

Aquello sonó igual que un trueno y pareció que fueran a desmayarse del espanto. Pero el miedo a semejante calamidad despertó sus energías, cesaron sus meditaciones y comenzaron a discutir las maneras de evitar esa desgracia. Hubo muchas y distintas opiniones y permanecieron hablando hasta muy adelantada la tarde, y entonces reconocieron que por el momento no podían tomar ninguna decisión. Se separaron, pues, muy pesarosos y con los corazones oprimidos, rebosantes de malos augurios.

Mientras se despedían, me escabullí fuera y me dirigí hacia la casa de Marget para ver qué ocurría. Tropecé con mucha gente por la calle, pero nadie me saludó. Aquello hubiera debido sorprenderme, pero no fue así. Se hallaban en tal estado de desvarío, producido por el temor y el espanto, que creo que sus cerebros no razonaban bien. Estaban pálidos y huraños, y caminaban como sonámbulos: con los ojos abiertos, pero sin ver nada; moviendo los labios sin pronunciar palabra; y estrechando muy preocupados las manos sin darse cuenta.

En casa de Marget aquello parecía un funeral. Ella y Wilhelm estaban sentados en el sofá, pero no decían nada y ni siquiera se agarraban de las manos. Ambos se habían sumido en lóbregas meditaciones, y los ojos de Marget estaban rojos de lo mucho que había llorado. Dijo:

—Le he suplicado que se marche y que no vuelva más, porque solo así salvará la vida. No puedo tolerar la idea de ser su asesina. Esta casa está embrujada y ninguno de sus moradores se librará del fuego. Pero él se empeña en quedarse, y se perderá con todos los demás.

Wilhelm dijo que no se marcharía, que si había peligro para ella, su sitio estaba allí, y allí permanecería. Marget se echó de nuevo a llorar, y aquello me resultó tan doloroso que me habría alegrado de no encontrarme allí. De pronto llamaron a la puerta y entró Satanás, alegre, juvenil y hermoso, y con él entró aquella atmósfera espirituosa que traía siempre, y con ella cambió todo. No dijo una sola palabra de lo que había ocurrido, ni de los temores espantosos que habían helado la sangre en los corazones de la comunidad. Empezó a hablar y charlar sobre toda clase de asuntos alegres y agradables, y casi enseguida habló de música, golpe habilísimo que acabó de sacudir el abatimiento de Marget, reanimándola y despertando del todo su interés. Jamás había oído hablar de una manera tan bella y tan inteligente sobre aquel asunto, y se sintió tan elevada y tan hechizada que sus sentimientos encendieron su rostro y se exteriorizaron en palabras. Wilhelm lo advirtió, y no dio muestras de hallarse tan complacido como debiera. Satanás se desvió entonces hacia la poesía y recitó algunas, de manera excelente. Marget volvió a mostrarse encantada, y de nuevo Wilhelm dio señales de que aquello no le agradaba como hubiera debido. Esta vez Marget se dio cuenta y sintió remordimientos.

Yo caí dormido por el son de una música agradable: el tamborileo de la lluvia en los cristales de la ventana y el apagado retumbo de los truenos lejanos. Muy avanzada la noche, llegó Satanás, me despertó y me dijo:

—Acompáñame. ¿Dónde quieres que vayamos?

—A cualquier parte, con tal de estar contigo.

Se produjo entonces un vivísimo resplandor solar y me dijo:

—Esto es China.

Aquello fue una gran sorpresa, y me causó una especie de borrachera de vanidad y de alegría pensar que había ido tan lejos, muchísimo más que ninguna otra persona de nuestra aldea, sin exceptuar a Bartel Sperling, que tan engreído era con sus viajes. Recorrimos aquel imperio durante más de media hora, y lo vimos todo. Los espectáculos que presenciamos fueron maravillosos; unos eran bellos y otros demasiado horribles de recordar. Por ejemplo... Más adelante entraré a ello, y también contaré por qué Satanás eligió China para esta excursión, en vez de cualquier otro lugar; ahora interrumpiría mi relato. Dejamos, al fin, de revolotear y nos posamos en tierra.

Nos sentamos en la cima de una montaña desde la que se dominaba el inmenso panorama de una cordillera, cañones, valles, llanuras y ríos, con ciudades y aldeas que dormitaban a la luz del sol, y allá, en el horizonte, una pincelada de mar azul. Era un cuadro sereno y ensoñador, hermoso a los ojos y descansado para el espíritu. Si tuviésemos la posibilidad de realizar un cambio como aquel siempre que lo deseamos, el mundo resultaría un lugar en que la vida sería mucho más fácil, porque el cambio de escenario traslada el peso del alma al otro hombro, y destierra la vieja y abrumadora fatiga del espíritu y del cuerpo.

Conversamos un rato, y yo tenía la idea de intentar reformar a Satanás y de convencerlo de que debía llevar una vida mejor. Le hablé de todo lo que había hecho y le supliqué que en adelante fuera más considerado y no siguiese volviendo desdichadas a las personas. Le aseguré que yo sabía muy bien que no se proponía hacer ningún daño, pero debía detenerse a pensar en las posibles consecuencias de una cosa antes de lanzarse a ella de aquel modo impulsivo y al azar que él tenía por costumbre, de ese modo no causaría tales disturbios. No le lastimó que le hablara con esa llaneza, pareció solo divertirle, y, sorprendido, me dijo:

—¿Cómo? ¿Que yo hago las cosas al azar? Pues no, jamás. ¿Que me detenga a meditar en las consecuencias? ¿Qué necesidad tengo de ello? Yo siempre las conozco por adelantado, siempre.

—Pues entonces, Satanás, ¿cómo es posible que hagas todas esas cosas?

—Bien, te lo voy a decir, e intenta comprenderlo, si te es posible. Perteneces a una raza curiosa. Todos los hombres sois una máquina de sufrimiento y una máquina de felicidad combinadas. Ambas funcionan juntas armónicamente, con precisión exacta y delicada, y sobre el principio de dar y recibir. Si una de las dos produce una alegría, la otra está preparada para transformarla en un pesar y una aflicción, quizá en una docena. En muchísimos casos las vidas de los hombres están divididas de una manera casi igual entre la felicidad y la infelicidad. Cuando no se da ese caso, predomina la infelicidad, jamás la otra. Hay veces en que el carácter y la tendencia de un hombre son tales que basta su máquina del sufrimiento para realizar la mayor parte de la tarea necesaria. Esa clase de hombres cruzan por la vida casi ignorantes de lo que es la felicidad. Cuanto tocan, cuanto hacen, les acarrea una desgracia. ¿No has conocido tú a gentes así? ¿Verdad que para ellos la vida no es beneficiosa? No, en efecto, es tan solo un desastre. Hay ocasiones en que la maquinaria del hombre le hace pagar con años de aflicción una hora de felicidad. ¿No lo sabes? Pues ocurre con frecuencia. Luego te citaré uno o dos casos. Ahora mismo la gente de tu aldea no significa nada para mí. Lo sabes, ¿verdad?

Yo no quise hablar con total franqueza y le contesté que lo sospechaba.

—Bueno, pues es cierto. Y no es posible que puedan significar nada. La diferencia que nos separa a mí y a ellos es abismal, inconmensurable. Ellos carecen de intelecto.

—¿Que carecen de intelecto?

—No tienen nada que se le parezca. Más adelante examinaré eso que el hombre llama inteligencia y te daré algunos detalles de ese caos, entonces verás y comprenderás. Los hombres no poseen nada en común conmigo, no hay punto de contacto entre nosotros. Ellos tienen pequeños sentimientos estúpidos y pequeñas vanidades, impertinencias y ambiciones, pero su estúpida y minúscula vida no es más que una carcajada, un suspiro y la extinción; carecen de sentido. El único que tienen es el sentido moral. Voy a mostrarte lo que quiero decir. Aquí tenemos una araña roja, que no abulta más que una cabeza de alfiler. ¿Te cabe en la cabeza que un elefante se interese en esta arañita, que se preocupe de si es o no es feliz, de si es rica o pobre, de si su novia corresponde o no a su amor, de si su madre está enferma o sana, de si la consideran en sociedad o no, de si sus enemigos la han de aplastar o sus amigos la han de abandonar, de si sus esperanzas se marchitan o sus ambiciones políticas fracasan, de si morirá en el seno de su familia o abandonada y despreciada en tierra extranjera? Estas cosas no pueden ser nunca importantes para el elefante, pues nada significan para él. Es incapaz de achicar sus simpatías hasta el tamaño microscópico de la araña roja. Para mí el hombre es lo que la arañita roja para el elefante. Este nada tiene que decir en contra de la araña, le es imposible descender a un nivel tan remoto. Pues yo nada tengo que decir contra el hombre. El elefante es indiferente; yo soy indiferente. El elefante no se molestaría por jugarle una mala pasada, quizá incluso se le ocurriese hacerle un favor, si pudiera hacerlo de paso y sin esfuerzo. Yo he hecho favores a los hombres, pero no les he jugado malas pasadas.

»El elefante vive un siglo y la arañita roja, un día. Están separados, en cuestión de fuerza, intelecto y dignidad, por una distancia astronómica. Pues en estas, como en las demás cualidades, el hombre se encuentra situado inconmensurablemente mucho más abajo de mí que la araña roja respecto del elefante.

»La inteligencia del hombre reúne, en retazos, de una manera torpe, tediosa y laboriosa muchas pequeñas trivialidades y obtiene así un resultado, a su manera. ¡Mi inteligencia crea! ¿Te das cuenta de la fuerza de lo que digo? Crea lo que desea, y en un instante. Crea sin materia. Crea fluidos, sólidos, colores (todo, cualquier cosa), sacándolo de esa aérea nada que se llama pensamiento. Un hombre imagina un hilo de seda, imagina una máquina para fabricarlo, imagina una imagen, y luego, a fuerza de semanas de trabajo, la borda con el hilo sobre un lienzo. Yo imagino todo el conjunto, y en el acto lo tienes delante, hecho realidad.

»Pienso un poema, en música, en el registro de una partida de ajedrez, en cualquier cosa, y allí la tienes hecha realidad. Esto es la inteligencia inmortal, a cuyo alcance nada se escapa. Nada puede obstruir mi visión. Para mí, las rocas son transparentes y la oscuridad es la luz del día. No necesito abrir un libro, pues de una sola ojeada a través de las tapas traslado todo su contenido a mi inteligencia, y ni aun pasados mil años podría olvidar una sola palabra ni el lugar que ocupa en el volumen. Nada circula dentro del cráneo de un hombre, pájaro, pez, insecto o cualquier otro animal que quede oculto para mí. Penetro de una mirada el cerebro del hombre docto, y los tesoros que él tardó sesenta años en acumular son míos al instante. Él puede olvidar, y, en efecto, olvida, pero yo retengo.

»Bueno, percibo en tus pensamientos que me estás entendiendo bastante bien. Sigamos adelante. Pudiera suceder que el elefante tomase simpatía a la arañita (suponiendo que la viera), pero nunca podría amarla. Su amor es para los de su misma especie, para sus iguales. El amor de un ángel es sublime, adorable, divino, superior a la imaginación del hombre: está por completo fuera de su alcance. Se halla limitado a su propio y augusto orden. Si se posase por un solo instante en uno de vuestra raza, reduciría al objeto de su amor a cenizas. No, nosotros no podemos amar a los hombres, pero sí podemos ser inofensivos e indiferentes con ellos, y en ocasiones tomarles simpatía. Yo la tengo por ti y los muchachos, la tengo por el padre Peter, y hago todas estas cosas con los aldeanos en vuestro beneficio.

Él advirtió que estaba pensando un sarcasmo, y me explicó su posición:

—Aunque en la superficie no se vea, yo he trabajado en su favor. Vuestra raza no distingue nunca la buena de la mala fortuna. Equivoca siempre la una con la otra. Y eso ocurre porque no sabe el porvenir. Lo que yo hago producirá sus frutos algún día. En ciertos casos, para que los gocen los aldeanos; en otros, para que lo hagan generaciones de hombres que no han nacido todavía. Nadie sabrá jamás que yo he sido la causa, pero eso, no obstante, no será menos cierto. Hay entre vosotros, los muchachos, un juego: colocáis una hilera de ladrillos en pie, a unas pulgadas de distancia, luego empujáis uno, este golpea al siguiente, el siguiente al otro, y así hasta que todos se han venido al suelo. Eso es la vida humana. El primer acto de un niño recién nacido golpea el ladrillo inicial, y los restantes siguen cayendo de modo inexorable. Quiero decir que nada podrá cambiarlo, porque cada acción engendra infaliblemente una nueva. Y esta, a su vez, engendra otra, y así hasta el final, y quien contempla el espectáculo puede ver el final y el momento en que cada acto va a nacer, desde la cuna hasta el sepulcro.

—¿Es Dios quien ordena esa trayectoria?

—¿Predeterminar la sucesión de actos? No. Quienes los ordenan son las circunstancias y el medio en que un hombre se encuentra. Su primer acto determina el segundo y todos los que vienen después. Pero supongamos, en beneficio de la conversación, que una persona fuera capaz de escamotear uno de ellos, un acto en apariencia fútil. Por ejemplo, imaginemos que estaba dispuesto que en cierto día, a una hora, minuto, segundo y fracción de segundo determinados debería ir al pozo y no fuese. En ese instante la trayectoria de ese hombre cambiaría por completo de allí en adelante. Su camino hasta la tumba se diferenciaría por completo del que su primer acto de niño había dispuesto para él. Podría incluso ocurrir que si hubiese ido al pozo, su vida terminase en un trono, y que omitiendo ese acto, su trayectoria lo condujese a la mendicidad y a una tumba de caridad. Por ejemplo, si en un momento dado (pongamos en su infancia) Colón hubiese escamoteado el más insignificante eslabón de la cadena de actos proyectados y de hechos inevitables por su primera acción de recién nacido, habría cambiado toda su vida subsiguiente y habría terminado siendo un sacerdote muerto de forma extraña en una aldea de Italia, y quizá América no habría sido descubierta hasta dos siglos después. Yo lo sé. Saltarse uno de los billones de eslabones de la cadena de Colón habría cambiado por completo su vida. He examinado el billón de vidas posibles de Colón y solo en una ocurre el descubrimiento de América. Los hombres no sospecháis que todos vuestros actos son de un mismo calibre e importancia, y, sin embargo, es así. Darle un manotazo a una mosca es un acto tan preñado de destino para una persona como cualquiera de los demás actos previstos.

—¿Tan importante, por ejemplo, como conquistar un continente?

—Sí. Pues bien: ningún hombre se salta un eslabón, eso no ha ocurrido jamás. Incluso cuando está intentando tomar una decisión sobre si hará o no hará una cosa, ese pensamiento es en sí mismo un eslabón, un acto que tiene su lugar dentro de la cadena, y cuando se decide al fin por una cosa, es la que había de hacer con absoluta seguridad. Ya ves, pues, que nadie escamotea jamás un eslabón de su cadena. No puede. Si se decidiese a intentarlo, esa idea constituiría en sí misma un eslabón inevitable, un pensamiento que se le tenía que ocurrir en ese instante preciso, una reflexión insalvable a causa del primer acto de su niñez.

¡Qué triste parecía todo aquello! Yo dije, muy pesaroso:

—Entonces es un preso durante toda su vida y no puede liberarse.

—No, por sí mismo no puede salvarse de las consecuencias de la primera acción de su infancia. Pero yo sí puedo liberarlo.

Lo miré con ansiedad.

—He cambiado las trayectorias de algunos de vuestros aldeanos.

Intenté darle las gracias, pero lo encontré difícil, y lo dejé pasar.

—Todavía introduciré algunos cambios más. ¿Conoces tú a la pequeña Lisa Brandt?

—Sí, todo el mundo la conoce. Dice mi madre que es una muchacha tan dulce y tan atrayente que no se parece a ninguna otra. Asegura que será el orgullo de la aldea cuando sea mayor, aunque, tal como es ahora, ya es su favorita.

—Cambiaré su porvenir.

—¿Lo harás mejor? —pregunté.

—Sí. Y también el de Nikolaus.

Esta vez me alegré y dije:

—No necesito preguntarte nada sobre él, estoy seguro de que obrarás de una manera generosa.

—Ese es mi propósito.

En el acto me puse a construir en mi imaginación el gran porvenir de Nicky, y ya había hecho de mi amigo un general afamado y un *hofmeister* en la corte, cuando advertí que Satanás estaba esperando a que yo me dispusiese otra vez a escucharlo. Me sentí avergonzado de haber descubierto ante él mis pobres fantasías, y esperaba algunas burlas, pero no ocurrió así. Satanás siguió con su tema:

—Nicky tiene señalados sesenta y dos años de vida.

—¡Magnífico! —exclamé yo.

—Lisa, treinta y seis. Pero, como te he dicho, voy a cambiar sus vidas y los años que tienen por delante. De aquí a dos minutos y cuarto Nikolaus se despertará de su sueño y se encontrará con que la lluvia está entrando por la ventana. Su destino era que se daría media vuelta y seguiría durmiendo. Pero

yo he determinado que se levante y la cierre antes. Esa insignificancia cambiará por completo su trayectoria. Se levantará
por la mañana dos minutos más tarde de lo que estaba predestinado, y de allí en adelante ya no le ocurrirá nada de acuerdo
con los detalles de su vieja cadena. —Sacó su reloj y permaneció contemplándolo unos momentos. Luego dijo—: Nikolaus
se ha levantado a cerrar la ventana. Su vida ha cambiado, y ha
empezado su nueva trayectoria. Habrá consecuencias.

Aquello me puso la carne de gallina, porque parecía muy
extraño.

—De no haber sido por este cambio, habrían ocurrido
determinados hechos de aquí a doce días. Por ejemplo, Nikolaus habría salvado a Lisa de ahogarse. Habría llegado al lugar
del suceso en el instante preciso, a las diez y cuatro minutos,
señalado desde largo tiempo atrás, y el agua sería poco profunda, de modo que el salvamento resultaría fácil y seguro.
Pero ahora llegará algunos segundos tarde, y Lisa en sus for-
cejeos habrá llegado a aguas más profundas. Nikolaus hará
cuanto pueda, pero ambos se ahogarán.

—¡Oh, Satanás, querido Satanás! —grité, mientras se me
llenaban los ojos de lágrimas—. ¡Sálvalos! No permitas que
ocurra. Se me hace intolerable perder a Nikolaus, que es mi
más querido compañero de juegos y amigo. ¡Piensa, además,
en la pobre madre de Lisa!

Me agarré a él, le rogué y le supliqué, pero siguió incon-
movible. Me hizo sentar otra vez, y me dijo que tenía que oír
su explicación.

—He cambiado la vida de Nikolaus, y eso ha hecho cambiar también la de Lisa. Si no lo hubiese hecho, él la habría
salvado, y luego se habría resfriado por el remojón. Habría enfermado entonces de una de esas fantásticas y descon-
soladoras fiebres escarlatinas que atacan a vuestra raza y los
efectos posteriores habrían sido dolorosos. Nikolaus habría
permanecido en cama durante cuarenta y seis años, paralítico
como un tronco, ciego, sordo, mudo, pidiendo noche y día

que viniera la muerte a liberarlo. ¿Quieres que vuelva a hacer que su vida sea la de antes?

—¡Oh, no! ¡No, por nada del mundo! Déjala, por caridad y compasión, de ese modo.

—Sí, es lo mejor. Con ningún otro cambio podía hacerle un favor tan grande. Tenía un billón de posibles cursos de su vida, pero ninguno era digno de ser vivido. Todos estaban cargados de miserias y desastres. De no haber sido por mi intervención, él habría llevado a cabo su valerosa hazaña de aquí a doce días (y que duraría seis minutos), y obtendría como recompensa los cuarenta y seis años de dolor y sufrimiento que te he contado. Se trata de uno de los casos a los que me refería cuando dije que hay ocasiones en las que un acto que produce una hora de felicidad y de satisfacción se paga con años de sufrimiento, o se castiga.

Me pregunté de qué porvenir se salvaría la pobre Lisa con su temprana muerte. Él contestó a mi pensamiento:

—La librará de diez años de dolor y de lento restablecimiento de un accidente, y luego de diecinueve de corrupción, vergüenza, depravación y crimen, y de acabar en manos del verdugo. De aquí a doce días morirá. Si estuviese en manos de su madre, ella le salvaría la vida. ¿No soy yo más bondadoso?

—Sí, desde luego, y más sabio.

—Pronto se verá el caso del padre Peter. Será absuelto, porque hay pruebas incontrovertibles de su inocencia.

—¿Cómo puede ser eso, Satanás? ¿De veras lo crees?

—Lo sé. Recobrará su buen nombre y vivirá feliz el resto de su vida.

—No me cuesta nada creerlo. Bastará limpiar su nombre para ello.

—No vendrá de ahí su felicidad. Ese día cambiaré su vida, para bien suyo. No sabrá jamás que su buen nombre ha sido recuperado.

En mi cerebro, y de una manera modesta, pedí detalles, pero Satanás no hizo caso alguno de mi pensamiento. Acto seguido mi pensamiento saltó al astrólogo, y me pregunté dónde andaría en ese momento.

—En la luna —contestó Satanás, en tono tembloroso, que yo tomé por risa—. Y además, lo mandé a la cara fría. Ignora dónde se encuentra, y está pasando un rato poco agradable. Sin embargo, no le viene mal, porque es un lugar favorable para sus estudios estelares. Luego lo necesitaré aquí, y lo traeré, y tomaré posesión de él otra vez. Tiene por delante una vida larga, cruel y odiosa, pero la cambiaré, porque no siento ninguna animadversión hacia él y quiero hacerle algún favor. Creo que lo haré quemar.

¡Así eran de extrañas sus ideas acerca de la bondad! Pero los ángeles están hechos de ese modo, y no saben hacer otra cosa. No proceden como nosotros; además, los seres humanos no tenemos ninguna importancia para ellos, nos toman como simples rarezas. A mí me extrañó que hubiese llevado al astrólogo tan lejos. Del mismo modo lo hubiera podido dejar caer en Alemania, donde lo tendría cerca.

—¿Tan lejos? —dijo Satanás—. Para mí no hay lugar alejado, no existe la distancia. El sol se encuentra a menos de cien millones de millas de aquí, y la luz que nos alumbra solo ha tardado ocho minutos en llegar, pero yo puedo hacer ese vuelo o cualquier otro en una fracción de tiempo tan pequeñísima que no puede ser medida con el reloj. Solo tengo que pensar en el viaje, y ya estoy allí.

Extendí mi mano y dije:

—La luz cae sobre mi mano. Satanás, pon en ella un vaso de vino.

Así lo hizo. Bebí el vino.

—Rómpelo —me pidió.

Lo rompí.

—Ya ves que es real. Los aldeanos se imaginaron que el truco de las bolas era materia de magia y que se disolverían como el humo. Les dio miedo tocarlas. ¡Qué raza más curiosa la vuestra! Pero ven conmigo, tengo algo que hacer. Te dejaré acostado en tu cama. —Dicho y hecho. Luego se marchó, pero su voz me llegó a través de la lluvia y de la oscuridad, diciendo—: Sí, cuéntaselo a Seppi, pero a nadie más.

Era la respuesta a lo que yo estaba pensando.

VIII

El sueño no quería acudir. No porque yo estuviese orgulloso de mis viajes, ni excitado por haber recorrido el extenso mundo hasta China, ni porque sintiese menosprecio por Bartel Sperling, «el viajero», como se llamaba a sí mismo, mirándonos de arriba abajo porque él se fue en cierta ocasión a Viena, y era el único muchacho de Eseldorf que había hecho ese viaje y había visto las maravillas del mundo. En otro momento eso me habría mantenido despierto, pero ahora no me producía ningún efecto. No, mi alma estaba llena de Nikolaus, mis pensamientos giraban solo a su alrededor, recordando los días alegres que habíamos pasado juntos retozando y jugando por los bosques, los campos y el río durante los largos días veraniegos, y patinando o esquiando durante el invierno, cuando nuestros padres nos creían en la escuela. Y ahora él salía de mi corta vida, y los veranos y los inviernos llegarían y pasarían, y seguiríamos vagabundeando y jugando como antes, pero su lugar permanecería vacío, ya no lo veríamos nunca más. Mañana él no sospecharía nada, sería el mismo de siempre. Oír su risa sería para mí un duro golpe, y verlo actuar frívola y despreocupadamente, porque para mí era ya un cadáver, de manos de cera y ojos sin vida, y yo lo estaría imaginando con la cara enmarcada en su mortaja. Al día siguiente él no sospecharía nada, ni al otro, y aquel puñado de días que le quedaba pasaría con rapidez, y el terrible suceso se iría acercando y acercando. Su destino se cerraría cada vez más a su alrededor, y nadie sino Seppi y yo lo sabríamos. Doce días. Solo doce días. Era terrible pensarlo. Me fijé en que ya no lo llamaba en mi pensamiento con los diminutivos familiares, Nick y Nicky, sino de una manera reverente, con su nombre y apellido, como cuando se habla de los muertos. De la misma manera, cuando acudían en tropel a mi recuerdo todos los episodios de nuestra camaradería, advertí que, por lo general, se trataba de casos en que yo le había causado alguna injusticia o alguna lastimadura, y eso constituía para mí una reprimenda y una censura. Mi corazón se sentía retorcido por el remordimiento, igual que nos ocurre cuando nos acordamos de los desplantes a los amigos que pasaron al otro lado del velo, y que desearíamos volver a tener a nuestro lado, aunque solo fuese por un instante, para arrodillarnos ante ellos y decirles: «Compadeceos y perdonad».

En cierta ocasión, a los nueve años, él se marchó a hacer un encargo a casa del frutero, que estaba a casi dos millas. El frutero le dio de regalo una manzana grande y magnífica, y Nikolaus corría hacia su casa con la manzana, casi fuera de sí de asombro y placer. Me tropecé con él, y me mostró la manzana, sin que se le ocurriera una mala acción, y me escapé con ella, y me la fui comiendo a medida que corría, mientras él me perseguía pidiéndomela. Cuando me alcanzó, le ofrecí el corazón, que era todo lo que había quedado, y me eché a reír. Él se alejó llorando y me dijo que su intención era dársela a su hermanita. Esas palabras me dejaron apabullado, porque la niña estaba convaleciente de una enfermedad, y Nikolaus habría pasado momentos de orgullosa satisfacción contemplando el júbilo y la sorpresa de la niña, y recibiendo sus caricias. Pero sentí vergüenza de decir que estaba avergonzado, y me limité a pronunciar algunas frases rudas y ruines, simulando que aquello no me importaba. Él no contestó con palabras, pero en su rostro se dibujó una expresión dolorida cuando se alejaba. Esa expresión se me presentaba muchas veces años después durante la noche, y era una especie de censura que me hacía sentir abochornado de nuevo. Ese recuerdo se fue borrando poco a poco, y por fin desapareció, pero ahora volvió de nuevo, y vívido.

En otra ocasión, a los once años, estábamos en la escuela y yo volqué la tinta y estropeé cuatro cuadernos. Corría peligro de sufrir un severo castigo, pero le cargué las culpas a él y se llevó los azotes.

Y solo hacía un año que le engañé en un intercambio, pues le di un gran anzuelo de pescar, que estaba medio roto, a cambio de tres pequeños. El primer pez que picó lo rompió, pero Nikolaus no supo que yo tenía la culpa, y se negó a aceptar la devolución de los tres anzuelos, que mi conciencia me obligó a ofrecerle, limitándose a decir: «Un negocio es un negocio. El anzuelo era malo, pero tú no tenías la culpa».

No, no podía dormir. Aquellas pequeñas acciones ruines eran una reprimenda y una tortura, que me producían un dolor mucho más agudo que el que se siente cuando los actos injustos se han cometido contra personas que siguen con vida. Nikolaus vivía, pero no importaba, porque para mí era ya como un difunto. El viento seguía gimiendo alrededor de los aleros del tejado, y la lluvia tamborileaba en los cristales de la ventana.

Por la mañana me fui en busca de Seppi y le conté todo. Fue cerca del río. Movió los labios, pero no dijo nada. Parecía aturdido y estupefacto, y su cara se puso muy pálida. Se quedó así unos momentos, pero las lágrimas acudieron a sus ojos, y entonces echó a andar, y yo me agarré de su brazo y caminamos meditabundos, pero sin hablar. Cruzamos el puente y paseamos por los prados, subiendo hasta las colinas y los bosques, hasta que recobramos el uso de la palabra, y nuestra conversación brotó con libertad. Solo hablamos de Nikolaus, recordando la vida que habíamos llevado en su compañía. De vez en cuando Seppi decía, como hablando consigo mismo:

—¡Doce días! ¡Menos de doce días!

Nos dijimos que debíamos pasar todo ese tiempo junto a él. Teníamos que disfrutar de él todo cuanto nos era posible, pues los días eran ahora de gran valor. Pero no fuimos en su busca. Aquello habría sido como ir al encuentro con los muertos, y nos asustaba. No lo dijimos, pero ese era el sentir compartido. Por eso, cuando al doblar un recodo nos encontramos de cara con él, experimentamos un golpe doloroso. Él nos gritó con alegría:

—¡Ja, ja, ja! ¿Qué ocurre? ¿Es que habéis visto un fantasma?

No logramos articular palabra, pero tampoco tuvimos ocasión. Nikolaus estaba dispuesto a hablar por todos. Acababa de encontrarse con Satanás, y eso lo había animado. Le había contado nuestro viaje a China, y él le había suplicado hacer lo mismo, y se lo había prometido. Sería un viaje a un país lejanísimo, maravilloso y bello. Le pidió que nos llevase también a nosotros, pero le contestó que no, que quizá alguna vez, pero no ahora. Satanás vendría a buscarlo el día 13, y Nikolaus contaba con impaciencia las horas.

Aquel era el día fatal. También nosotros contábamos las horas.

Caminamos millas y millas, siempre por senderos que habían sido nuestros preferidos cuando éramos pequeños, y esta vez no hicimos otra cosa que hablar de los viejos tiempos. Toda la alegría estaba de parte de Nikolaus, ya que nosotros no conseguíamos librarnos de nuestro abatimiento. El tono que empleábamos Seppi y yo era tan extraordinario, cariñoso, tierno y nostálgico que él lo advirtió y quedó complacido. A cada momento lo hacíamos objeto de pequeñas muestras de cortesía y de respeto y le decíamos: «Espera, permíteme que lo haga yo por ti», y esto le satisfacía muchísimo también. Yo le regalé siete anzuelos, todos los que tenía, y le obligué a tomarlos. Seppi le dio su cortaplumas nuevo y una peonza pintada de rojo y amarillo, expiaciones de trampas de otro tiempo, según supe más tarde, y de las que quizá ya no se acordaba Nikolaus. Estos detalles le conmovieron, y no acababa de creer que le quisiésemos tanto. El orgullo y la gratitud que sintió por nuestra conducta nos llegó al alma, porque no nos los merecíamos. Cuando nos despedimos, marchaba radiante, y nos aseguró que jamás había pasado un día más feliz.

De camino a casa, Seppi dijo:

—Siempre lo hemos apreciado, pero nunca tanto como ahora, cuando vamos a perderlo.

El siguiente día y todos los demás pasamos todo el tiempo que pudimos con Nikolaus, y le añadíamos el tiempo que nosotros —y él— hurtábamos al trabajo y a otras obligaciones. Esta conducta nos valió a los tres fuertes reprimendas y algunas amenazas de castigo. Dos de nosotros nos despertábamos todas las mañanas con un sobresalto y un estremecimiento, diciendo a medida que corrían los días: «Solo quedan diez», «Solo quedan nueve», «Solo quedan ocho», «Solo quedan siete», siempre estrechándose el plazo. Nikolaus se mantenía en todo momento alegre y feliz, muy intrigado al ver que nosotros no nos sentíamos igual. Recurría a toda su inventiva para idear medios de alegrarnos, pero sin éxito. Se daba cuenta de que nuestra jovialidad no nacía del corazón, y de que las carcajadas siempre tropezaban con alguna obstrucción, experimentaban algún daño y acababan convertidas en un suspiro. Intentó descubrir la causa, diciendo que quería ayudarnos a superar las dificultades o hacerlas más llevaderas compartiéndolas con nosotros. Tuvimos, pues, que contarle infinidad de mentiras para engañarlo y apaciguarlo.

Lo que más nos angustiaba era que no cesaba de hacer planes, y a veces eran para después del día 13. Siempre que ocurría nuestro espíritu gemía. Él no pensaba otra cosa que en descubrir algún modo para conquistar nuestro abatimiento y reanimarnos. Por fin, cuando ya solo le quedaban tres días de vida, dio con la idea acertada, y esto le produjo gran júbilo. Quería celebrar una fiesta y baile de muchachos y muchachas en los bosques, en el mismo lugar en que encontramos por vez primera a Satanás. La fiesta se celebraría el día 14. Aquello era espantoso, porque entonces se celebrarían sus funerales. No podíamos arriesgarnos a protestar, ya que las quejas solo habrían arrancado un «¿Por qué?», al que nosotros no podíamos contestar. Quiso que le ayudásemos a invitar a sus obsequiados, y así hicimos, porque nada se puede negar a un amigo moribundo. Pero era horrible, porque a lo que estábamos invitando era a sus funerales.

¡Qué once días tan terribles! Sin embargo, con toda una vida alargándose entre hoy y aquel entonces, esos momentos todavía resultan hermosos y gratos a mi memoria. En efecto, fueron días de compañerismo con los muertos sagrados, y no he conocido otra camaradería tan íntima y tan valiosa. Nos aferrábamos a las horas y a los minutos, contándolos a medida que pasaban, y despidiéndonos de ellos con el mismo dolor y sensación de despojo que siente un avaro al ver que los ladrones le arrancan su tesoro moneda a moneda y él no puede impedirlo.

Cuando llegó la noche del último día estuvimos fuera de nuestras casas demasiado tiempo. Seppi y yo tuvimos la culpa, no podíamos hacernos a la idea de separarnos de Nikolaus. Era muy tarde cuando nos despedimos en su puerta. Permanecimos allí un rato escuchando, y ocurrió lo que temíamos. Su padre le aplicó el castigo prometido, y oímos los gritos del muchacho. Pero solo durante un momento, porque salimos corriendo, llenos de remordimiento porque nosotros éramos los culpables. Lo lamentamos, además, por el padre, y pensamos: «¡Si él supiera, si él supiera!».

Nikolaus no se reunió por la mañana con nosotros en el lugar señalado, y fuimos a su casa para ver qué ocurría. Su madre dijo:

—A su padre se le ha agotado la paciencia con todas estas cosas, y ya no está dispuesto a tolerar más. La mitad del tiempo no encontramos a Nikolaus cuando lo necesitamos, y luego resulta que ha estado merodeando por ahí con vosotros dos. Su padre le dio esta noche una tanda de azotes. Esto siempre me ha producido gran pesar, y muchas veces lo había librado a fuerza de suplicar al padre, pero esta vez mis súplicas fueron inútiles, porque también a mí se me ha agotado la paciencia.

—¡Ojalá que esta vez, precisamente, lo hubiese librado de los azotes! —dije yo, con la voz un poco temblorosa—. Quizá ese recuerdo sirviese de consuelo a vuestro corazón algún día.

La madre estaba planchando mientras hablaba, de espaldas a mí. Se volvió con expresión de sobresalto y de interrogación, y me preguntó:

—¿Qué quieres decir con eso?

Me pilló por sorpresa, y no supe qué decir. Fue un momento embarazoso, porque la madre siguió mirándome, pero Seppi estaba alerta y dijo:

—Verá, no cabe duda que sería más grato recordar eso, porque, de hecho, la razón de que llegásemos tan tarde fue que Nikolaus se puso a contarnos lo buena que es usted con él, y que cuando usted se halla presente lo salva siempre de los azotes. Hablaba tan de corazón, y le escuchábamos tan llenos de interés, que ni él ni nosotros nos fijamos en que se hacía tarde.

—¿Dijo eso? ¿De verdad? —La madre se llevó el delantal a los ojos.

—Pregúnteselo usted a Theodor, ya verá como le dice lo mismo.

—Mi Nick es un muchacho bueno y encantador —dijo la madre—. Me pesa haber dejado que su padre lo azotase, nunca más lo consentiré. ¡Y pensar que mientras yo estaba aquí, irritada y furiosa con él, estaba amándome y elogiándome! ¡Válgame Dios, si lo hubiésemos sabido! Entonces jamás cometeríamos errores, pero solo somos unos pobres animalitos mudos que tanteamos a nuestro alrededor y nos equivocamos. Nunca recordaré la noche pasada sin que me duela el corazón.

Aquella mujer era como todos los demás: durante aquellos días lastimosos, parecía que nadie era capaz de abrir la boca sin decir algo que nos hiciera estremecer. Todos «tanteaban a su alrededor», y desconocían lo verdadero, lo dolorosamente verdadero de aquello que decían de casualidad.

Seppi preguntó si Nikolaus podría salir con nosotros.

—Lo siento —contestó ella—, pero no puede. Su padre, para castigarlo más, le ha prohibido salir de casa en todo el día.

¡Qué magnífica esperanza se apoderó de nosotros! Lo advertí en los ojos de Seppi. Pensábamos: «Si no le dejan salir de casa, no podrá ahogarse». Seppi preguntó, para cerciorarse del todo:

—¿Tendrá que estar aquí todo el día, o solo por la mañana?

—Todo el día. Es una lástima, porque el tiempo es magnífico, y Nikolaus no está acostumbrado a quedarse encerrado en casa. Pero anda muy atareado con los preparativos de la fiesta que ha de dar, y quizá eso lo distraiga. ¡Ojalá que no se sienta demasiado solo!

Seppi vio en su mirada que esas palabras eran una expresión de lo que sentía, y eso lo animó a preguntarle si no podríamos subir donde estaba para ayudarle a pasar el día.

—¡Con muchísimo gusto! —exclamó la madre, con gran cordialidad—. A eso lo llamo yo verdadera amistad, pudiendo salir al campo y pasar un día delicioso. Sois buenos muchachos, lo reconozco, aunque no siempre encontráis el modo de demostrarlo. Tomad estos pasteles, para vosotros, y dadle este a él, de parte de su madre.

Lo primero en que nos fijamos al entrar en el cuarto de Nikolaus fue en la hora. Eran las diez menos cuarto. ¿Era posible que fuese exacta? ¡Solo le quedaban unos pocos minutos de vida! Sentí que se me contraía el corazón. Nikolaus dio un salto y nos acogió con la mayor alegría. Estaba muy animado con sus preparativos para la fiesta, y no había sentido la soledad.

—Sentaos —dijo—, y mirad lo que he estado haciendo. He terminado una cometa, que, como vais a ver, es una hermosura. Se está secando en la cocina, voy a por ella.

Nuestro amigo había gastado sus pequeños ahorros en chucherías y caprichos de varias clases para ofrecerlas de premio a los juegos. Estaban expuestas sobre la mesa, y producían un efecto encantador y vistoso. Nos dijo:

—Examinadlo todo a vuestro gusto mientras voy a pedirle a mi madre que planche la cometa, por si no está aún bastante seca.

Salió de la habitación y bajó con estrépito escaleras abajo, silbando.

No nos entretuvimos mirando todo aquello, nada lograba interesarnos más allá del reloj. Permanecimos en silencio con los ojos clavados en él, escuchando su tictac. Cada vez que el minutero avanzaba un saltito, asentíamos con la cabeza, como queriendo decir que ya quedaba un minuto menos que cubrir en la carrera entre la vida y la muerte. Al fin, Seppi soltó un respiro profundo y dijo:

—Faltan dos minutos para las diez. Dentro de siete minutos habrá sorteado el momento de la muerte. ¡Theodor, ya verás como se salva! Se va a...

—¡Calla! Yo estoy como sobre alfileres. Fíjate en el reloj y no hables.

Cinco minutos más. La tensión y el nerviosismo nos hacían jadear. Otros tres minutos, y se oyeron unos pasos por la escalera.

—¡Salvado! —Nos pusimos en pie de un salto, y nos volvimos hacia la puerta.

Quien entró fue la madre, trayendo la cometa.

—¿Verdad que es una hermosura? Válgame Dios, y cómo ha trabajado en ella, creo que desde que amaneció. La ha terminado unos pocos momentos antes de que llegaseis. —La madre se apoyó en la pared, después de retroceder para mirarla en su esplendor—. Él mismo dibujó las figuras, y creo que están muy bien hechas. La que no está muy bien es la iglesia, tengo que reconocerlo, pero fijaos en el puente, cualquiera lo reconocerá al instante. Me pidió que os la subiese. ¡Válgame Dios! Son ya las diez y siete minutos, y yo...

—Pero ¿dónde está Nikolaus?

—¿Él? Vendrá enseguida, salió un momento nada más.

—¿Que ha salido de casa?

—Sí. Cuando bajó antes acababa de entrar la madre de la pequeña Lisa, y nos dijo que la niña se había marchado no sabía ella dónde, y, como estaba intranquila, le dije a Nikolaus que no se preocupase por la orden de su padre y que fuese a buscarla. Pero ¡qué pálidos os habéis puesto los dos! Yo creo que estáis enfermos. Sentaos, os traeré alguna cosa. Parece que el pastel no os ha sentado bien. Es un poco pesado, pero yo creí...

La mujer salió de la habitación sin terminar la frase, y nosotros nos precipitamos hacia la ventana de la parte posterior y miramos al río. Al otro extremo del puente se había reunido una gran multitud, y la gente corría hacia allí desde todas partes.

—¡Todo ha terminado, pobre Nikolaus! Pero ¿por qué, por qué le dejaría su madre salir de casa?

—Retírate de ahí —dijo Seppi, medio sollozando—. Ven rápido, nos será imposible aguantar encontrarnos a la madre, dentro de cinco minutos ya lo sabrá.

Pero no pudimos eludirla. Tropezamos con ella cuando empezaba a subir las escaleras, con infusiones en la mano. Nos obligó a volver a entrar, sentarnos y tomar aquella medicina. Se quedó mirando el efecto que nos había producido, y no quedó satisfecha. Nos hizo, pues, esperar, y no cesó de censurarse a sí misma por habernos obligado a comer aquel pastel indigesto.

Poco después ocurrió lo que temíamos tanto. Se oyó fuera ruido de pasos y de pies arrastrándose, y entró luego con solemnidad una gran cantidad de personas que venían con la cabeza descubierta, y que depositaron encima de la cama los cuerpos de los dos muchachos ahogados.

—¡Oh, Dios mío! —gritó llorando la pobre madre, y cayó de rodillas y abrazó a su hijo muerto, y empezó a cubrirle la húmeda cara de besos—. ¡He sido yo la que lo envió, he sido yo la culpable de su muerte! Si hubiese obedecido y lo hubiese mantenido dentro de casa, no habría ocurrido esto.

He sido castigada con justicia. Anoche lo traté de un modo cruel, cuando me suplicaba a mí, su propia madre, que fuese su amiga.

Siguió hablando y hablando de esta manera, y todas las mujeres lloraban, se compadecían de ella y se esforzaban por consolarla, pero ella no podía perdonarse lo que había hecho, y no admitía consuelos. Siguió repitiendo que si ella no lo hubiese mandado fuera de casa, su hijo seguiría bien y con vida, y que había sido ella la culpable de su muerte.

Esto demuestra la estupidez que comete la gente cuando se censura a sí misma por cualquier cosa que ha hecho. Satanás lo sabía, y por eso dijo que no ocurre nada que la primera acción de la vida no haya dejado ya dispuesta y hecho inevitable. De modo, pues, que por iniciativa propia no es posible jamás alterar el plan o realizar un acto que rompa uno de los eslabones. Al poco tiempo oímos alaridos, y frau Brandt se abrió paso incontroladamente por entre la multitud. Traía las ropas revueltas y la cabellera suelta, y se arrojó sobre su hija muerta, lanzando gemidos, besándola y dirigiéndole frases tiernas y cariñosas. Al rato se puso en pie, casi agotada por los arrebatos de su apasionada emoción, apretó el puño y lo levantó al cielo. Su cara, empapada de lágrimas, tomó una expresión dura y rencorosa, y dijo:

—Durante cerca de dos semanas he tenido sueños, presentimientos y admoniciones de que la muerte me iba a arrebatar lo que para mí tenía mayor valor, y yo me he arrastrado día y noche, noche y día, por el polvo, delante de Dios, rogándole que se apiadase de mi hija inocente y que la guardase de todo mal, ¡y he aquí su respuesta!

Ya veis: Dios había salvado a la niña de un gran mal, pero la madre lo ignoraba.

Se enjugó los ojos y las mejillas, y permaneció un rato inclinada, mirando a la niña con ojos muy abiertos, acariciándole la cara y los cabellos con las manos. De pronto habló otra vez con el mismo tono de rencor:

—No hay compasión alguna en el corazón de Dios. Jamás volveré a rezar.

Levantó y apretó contra su pecho a la niña muerta, y salió de allí, mientras la multitud se echaba atrás abriéndole paso, muda de espanto por las terribles palabras que acababa de oír. ¡Pobre mujer! Es cierto, como había dicho Satanás, que nosotros no sabemos distinguir entre la buena y la mala suerte, y que sin cesar tomamos la una por la otra. Desde entonces he oído a muchas personas pedir a Dios que salvase la vida de algunos enfermos. Yo no lo he hecho nunca.

Los dos funerales se celebraron al mismo tiempo en nuestra iglesia, al día siguiente. Todos se hallaban allí presentes, incluso los invitados a la fiesta. También Satanás, lo que era adecuado, porque era obra suya que todo aquello tuviera lugar. Nikolaus se había marchado de esta vida sin absolución, y se realizó una colecta para decir misas para sacarlo del purgatorio. Solo se reunieron dos tercios del dinero necesario, y los padres iban a tratar de pedir prestado lo que faltaba, pero Satanás se lo dio. Nos dijo en secreto que no existía el purgatorio, pero que él había contribuido para que los padres de Nikolaus y sus amigos se ahorrasen dificultades y angustias. A nosotros nos pareció muy bien aquella acción, aunque él dijo que el dinero no le costaba nada.

En el cementerio, un carpintero al que la madre de la pequeña Lisa debía cincuenta *groschen* por trabajos hechos el año anterior, embargó el cadáver. No había podido pagar aquella deuda, y tampoco ahora. El hombre se llevó el cadáver a su casa y lo tuvo cuatro días en la bodega. En todo ese tiempo la madre no salió de allí, llorando y suplicándole, y entonces el carpintero enterró a la niña en el campo de reses de un hermano suyo, sin ninguna ceremonia religiosa. Aquello hizo enloquecer de dolor y de vergüenza a la madre, que abandonó sus ocupaciones y recorrió cada día la población, maldiciendo al carpintero y blasfemando de las leyes del emperador y de la Iglesia, dando con ello un espectáculo lamentable. Seppi suplicó a Satanás que interviniese, pero este le contestó que el carpintero y los demás eran miembros de la raza humana y actuaban a la perfección desde el punto de vista de esa clase de animal. Intervendría, desde luego, si descubriese a un caballo actuando de ese modo, y debíamos informarle si tropezábamos con algo así, porque entonces él lo impediría. Creímos que aquello era pura ironía, porque, desde luego, no existía caballo semejante.

Pero al cabo de algunos días descubrimos que se nos hacía insoportable el dolor de aquella pobre mujer, y pedimos a Satanás que examinase los distintos cursos posibles de su vida, para ver si podía darle uno nuevo, mirando por su bien. Nos contestó que el más largo le daba cuarenta y cuatro años, y el más breve, veintiuno, y que ambos estaban cargados de dolor, hambre, frío y sufrimiento. Lo único que podía hacer en su beneficio era permitirle salvar cierto eslabón en tres minutos, y nos preguntó si queríamos que lo hiciese. Era un plazo de tiempo muy breve para decidir: la excitación nerviosa nos dejó destrozados, y antes de que pudiéramos dominarnos y preguntar detalles nos dijo que el plazo iba a terminar pocos segundos después. Dijimos, de un resoplido:

—¡Hazlo!

—Ya está hecho —dijo—. Iba a doblar una esquina y la hice volver atrás. Esto ha cambiado el curso de su vida.

—¿Y qué ocurrirá ahora, Satanás?

—Ya está ocurriendo. Se está peleando con Fischer, el tejedor. Este, llevado por su ira, realizará lo que sin este accidente no hubiese llevado a cabo. Ese hombre se hallaba presente cuando la mujer se quedó contemplando el cadáver de su hija y pronunció aquellas blasfemias.

—¿Y qué hará?

—Lo está haciendo ya. La está denunciando. De aquí a tres días esa mujer será quemada en el poste.

Nos quedamos sin habla. El horror nos dejó helados, porque si no nos hubiésemos entrometido en la trayectoria de su vida, se habría ahorrado aquel destino espantoso. Satanás vio nuestros pensamientos y dijo:

—Lo que estáis pensando es estrictamente humano, es decir, un desatino. La mujer sale ganando con esto. En cualquier momento que muera, irá al cielo. Gracias a esta muerte tan próxima gana veintinueve años de cielo más de lo que le estaba destinado, y se los ahorra de miserias aquí abajo.

Un momento antes nos habíamos estado diciendo con rencor que nunca más solicitaríamos favores de Satanás para nuestros amigos, porque no parecía conocer otra manera de portarse bondadosamente con una persona si no era matándola. Pero ahora cambiaba todo el aspecto del caso, y nos alegramos por lo que habíamos hecho, y nos sentimos llenos de felicidad al pensarlo.

Al cabo de un rato empecé a sentirme turbado pensando en Fischer, y le pregunté con timidez:

—¿Acaso este episodio cambia también el curso de la vida de Fischer, Satanás?

—¿Que si lo cambia? ¡Claro que sí! Por completo. Si no se hubiese tropezado hace unos momentos con frau Brandt habría muerto el año próximo, con treinta y cuatro años. Ahora vivirá hasta los noventa, y tendrá una vida muy próspera y feliz, tal como son las vidas humanas.

Sentimos un gran júbilo y orgullo en lo que habíamos hecho en favor de Fischer, y esperábamos que Satanás simpatizase con estos sentimientos, pero no dio ninguna señal, y eso nos produjo desasosiego. Esperamos que hablase, pero no lo hizo. Por eso, y para mitigar nuestra preocupación, tuvimos que preguntarle si la buena suerte de Fischer no tendría ningún inconveniente. Satanás meditó un momento el problema, y dijo después con cierta vacilación:

—Pues veréis, el tema es delicado. Bajo los diversos cursos posibles de vida que antes tenía ese hombre, al final iría al cielo.

Nos quedamos boquiabiertos de espanto:

—¡Oh, Satanás! Y dentro de este...

—Venga, no os angustiéis de esa manera. Intentasteis con toda sinceridad hacerle un favor; eso debe consolaros.

—¡Válganos Dios! Eso no puede servirnos de consuelo. Deberías habernos dicho las consecuencias, y entonces nuestra conducta habría sido otra.

Pero nuestras palabras no lo impresionaron. Jamás había sentido pena ni pesar, e ignoraba en qué consistían, o al menos de una manera muy práctica. Solo los conocía en la teoría, es decir, a través del intelecto. Desde luego, eso no es suficiente. Es imposible obtener más que una noción vaga e incompleta de estas cosas como no sea por experiencia. Nos esforzamos todo cuanto pudimos en hacerle comprender la cosa espantosa que había realizado, y de qué manera quedábamos nosotros comprometidos, pero no pareció que llegase a penetrar bien en el asunto. Aseguró que no le concedía importancia al lugar donde iría a parar Fischer. En el cielo no lo echarían de menos, porque allí «eran muchos». Intentamos hacerle ver que se salía por completo del tema, que Fischer, y no los demás, era el indicado para decidir sobre la cuestión. Pero todo fue inútil. Repitió que Fischer le tenía sin cuidado, y que los Fischer abundaban muchísimo.

Un momento después este pasó por el otro lado del camino. Verlo nos dio mareos y desmayos, recordando la condenación que le esperaba y de la que éramos la causa. ¡Y qué inconsciente era de todo cuanto le había ocurrido! Se advertía en lo elástico de su caminar y en lo vivaz de sus maneras que estaba muy contento por la mala jugarreta que le había hecho a la pobre frau Brandt. A cada momento volvía la cabeza para mirar por encima del hombro hacia atrás, como quien esperaba algo. En efecto, muy pronto lo siguió en la misma dirección frau Brandt, entre oficiales y amarrada con cadenas tintineantes. Tras ella marchaba una multitud, mofándose y gritando:

—¡Blasfema y hereje!

Entre aquella gente había vecinas y amigas suyas de tiempos más felices. Algunas personas intentaron golpearla, y los oficiales no se tomaron todo el trabajo que hubieran podido para impedírselo.

—¡Oh, Satanás, detenlos! —Se nos escapó esta exclamación antes de recordar que no podía interrumpir aquello ni por un solo instante sin cambiar todo el curso posterior de sus vidas.

Pero dio un ligero soplido, con los labios apuntando a la gente, y esta empezó a vacilar y tambalearse, pretendiendo agarrarse con las manos al espacio vacío. Acto seguido huyeron en desbandada y en todas direcciones, dando alaridos, como si fuesen víctimas de un sufrimiento intolerable. Había bastado aquel pequeño soplo para romperles a todos una costilla. No pudimos menos que preguntar si con aquello había cambiado el curso posterior de sus vidas.

—Por completo. Algunas han ganado años, otras los han perdido. Algunas se beneficiarán de distintas maneras por el cambio, pero solo ellas.

No preguntamos si habíamos llevado a un puñado de esas personas la misma suerte que al pobre Fischer. No quisimos saberlo. Creímos con firmeza en el deseo que tenía Satanás de favorecernos, pero empezábamos a perder confianza en su juicio. Pero eso desapareció dejando paso a otros intereses, es decir, una ansiedad cada vez mayor por hacer que revisase el curso de nuestras vidas y que sugiriese mejoras.

Toda la aldea se vio envuelta en una tempestad de chismorreos durante un par de días a propósito del caso de frau Brandt y de la misteriosa calamidad que había caído sobre la multitud. Cuando la mujer compareció al juicio, el local se hallaba atiborrado de gente. Fue fácil condenarla por sus blasfemias, porque había pronunciado una y otra vez aquellas palabras terribles, y se negó a retractarse de ellas. Cuando se le advirtió que estaba poniendo en peligro su vida, contestó que le harían un favor arrebatándosela, que no la quería para nada, que prefería vivir en el infierno con los diablos de profesión que no con sus imitadores en la aldea. La acusaron de haber roto aquellas costillas por arte de hechicería, y le preguntaron si no era una bruja. Ella contestó mofándose:

—No. ¿Os dejaría con vida siquiera cinco minutos a ninguno de vosotros, hipócritas malvados, si tuviese esos poderes? No, os fulminaría a todos en el acto. Pronunciad vuestra sentencia y dejadme morir, estoy cansada de vivir entre vosotros.

La declararon, pues, culpable, fue excomulgada y apartada de los júbilos celestiales y condenada a las hogueras del infierno. A continuación la vistieron con una túnica burda y la entregaron al brazo secular, y la condujeron a la plaza del mercado. Mientras tanto, la campana doblaba a muerto con solemnidad. La vimos encadenada al poste, y vimos también alzarse en el aire tranquilo la primera neblina de humo azul. Entonces la expresión del rostro de aquella mujer se suavizó, miró a la muchedumbre que se apretujaba ante ella y dijo, con cariño:

—Hubo un tiempo en que jugamos juntos, en aquellos días lejanos en que éramos unas criaturas inocentes. En su recuerdo, yo os perdono.

Nos alejamos y no vimos cómo la consumía el fuego, pero escuchamos sus alaridos, a pesar de que nos tapamos las orejas con los dedos. Cuando terminaron, aquella mujer estaba ya en el cielo, a pesar de la excomunión. Nosotros nos alegramos de su muerte, y no sentimos ningún pesar por haber sido los causantes.

Cierto día, poco después de aquello, se nos apareció de nuevo Satanás. Vivíamos en constante acecho, porque cuando lo teníamos a nuestro lado la vida no era jamás una balsa de agua estancada. Se nos presentó en aquel lugar del bosque donde lo encontramos por primera vez. Como éramos unos muchachos, deseábamos divertirnos, y le suplicamos que nos hiciese alguna exhibición.

—Perfecto —dijo—, ¿os gustaría contemplar una historia del progreso de la raza humana? ¿Del desarrollo de ese producto que llama civilización?

Le contestamos que sí.

Le bastó un pensamiento para convertir aquel lugar en el jardín del Edén, y vimos a Abel orando junto a un altar. Acto seguido apareció su hermano Caín caminando hacia él, armado con su garrote. No pareció habernos visto, y me habría pisado en un pie si no lo hubiese apartado. Habló con su hermano en un lenguaje que no entendimos. Poco a poco se fue poniendo violento y amenazador, y nos dimos cuenta de lo que iba a pasar. Miramos un momento hacia otro lado, pero oímos el chasquido de los golpes y alaridos y lamentos. Luego se produjo el silencio, y contemplamos a Abel echado en medio de su propia sangre y respirando las últimas bocanadas. Caín, en pie y a su lado, lo contemplaba, vengativo y sin muestras de arrepentimiento.

Se desvaneció aquella visión, y la siguió una larga serie de guerras, asesinatos y masacres desconocidas para nosotros. Vino luego el diluvio y vimos el Arca balanceándose de un lado para otro en las aguas tormentosas, y a lo lejos, veladas y borrosas por la lluvia, unas montañas altísimas. Satanás dijo:

—El progreso de vuestra raza no había sido satisfactorio. Ahora tendrá otra oportunidad.

Cambió la escena y contemplamos a Noé, vencido por el vino.

Acto seguido aparecieron Sodoma y Gomorra, y «la tentativa de descubrir allí dos o tres personas respetables», según palabras de Satanás. Vino después Lot con sus hijas, dentro de la caverna.

Luego contemplamos las guerras hebraicas, y cómo los vencedores degollaban a los supervivientes y al ganado de su propiedad, salvando a las muchachas jóvenes, que luego se repartían entre ellos.

A continuación surgió Jael. La vimos deslizarse dentro de la carpa y atravesar con un clavo la sien de su huésped dormido. Nos encontrábamos tan cerca que cuando saltó la sangre formó un pequeño arroyuelo rojo a nuestros pies, y si hubiésemos querido habríamos podido manchar en él nuestras manos.

Vinieron luego las guerras egipcias, las guerras griegas, las guerras romanas, que dejaron la tierra empapada con horrendos manchones de sangre. Vimos las traiciones de los romanos a los cartagineses, y el espectáculo repugnante de la masacre de este pueblo valeroso. Vimos también a César invadir Britania, «no porque estos bárbaros le hubiesen hecho ningún daño, sino porque quería sus tierras, y César anhelaba conceder las bendiciones de la civilización a sus viudas y huérfanas», como explicó Satanás.

Después nació la cristiandad. Entonces desfilaron por delante de nosotros las épocas europeas, y vimos de qué manera la cristiandad y la civilización avanzaron de la mano, «dejando en su estela el hambre, la muerte, la desolación y los demás signos del progreso de la raza humana», observó Satanás.

En todo momento vimos guerras, más guerras, y siempre guerras, por Europa y por todo el mundo. «Unas veces por el interés particular de las familias reales —dijo Satanás—, y otras para aplastar a alguna nación débil. Jamás ningún agresor inició una guerra con propósitos limpios. No existe algo así en la historia de la raza humana.»

—Ya habéis visto —dijo Satanás— el progreso de vuestra raza hasta hoy, y no tenéis más remedio que confesar que es maravilloso, a su modo. Ahora debemos ver el porvenir.

Satanás nos mostró matanzas más terribles por la cantidad de vidas destruidas, y más devastadoras por los artefactos de guerra empleados, que todo cuanto habíamos contemplado.

—Ya veis —dijo— que vuestro progreso ha sido constante. Caín asesinó con un garrote, los hebreos con lanzas y espadas, los griegos y los romanos agregaron la armadura protectora y las bellas artes de la organización militar y del generalato, y los cristianos los cañones y la pólvora. De aquí a algunos siglos habrán perfeccionado hasta tal punto la eficacia mortal de sus armas de destrucción, que todos los hombres no tendrán más remedio que confesar que sin la civilización cristiana la guerra habría seguido siendo una cosa pobre y fútil hasta el fin de los tiempos.

Después rompió a reír de la manera más despreocupada, mofándose de la raza humana, a pesar de que sabía que todo aquello nos avergonzaba y nos lastimaba. Nadie, como no fuese un ángel, habría podido obrar de semejante manera, pero el sufrimiento no significa nada para ellos, ignoran lo que es, como no lo sepan de oídas.

Seppi y yo habíamos intentado más de una vez, de un modo humilde y receloso, convertirlo, y como él nos había escuchado en silencio, lo tomamos como una especie de acicate. Por eso estas palabras, necesariamente, nos resultaron una decepción, porque demostraba que no habíamos producido en él una impresión profunda. Nos entristecimos al pensarlo, y entonces comprendimos cuál ha de ser el estado de ánimo del misionero que ha estado acariciando alegres esperanzas y ve cómo se marchitan. Nos guardamos nuestro dolor, comprendiendo que aquel no era el momento de proseguir con nuestra tarea.

Satanás siguió con su risa desagradable hasta que se cansó, y luego dijo:

—El progreso es extraordinario. Cinco o seis elevadas civilizaciones, en el transcurso de cinco o seis mil años, surgieron, florecieron, se impusieron ante el asombro del mundo y luego decayeron y desaparecieron. Ni una sola de ellas, salvo la más reciente, consiguió inventar ningún medio adecuado para matar al pueblo en masa. Todas hicieron cuanto pudieron (porque la mayor ambición de la raza humana y el primer incidente de su historia ha sido matar), pero solo la civilización cristiana ha logrado un triunfo del que puede enorgullecerse. Dentro de uno o dos siglos se reconocerá que todos los hombres competentes en el arte de matar son cristianos, y entonces el mundo pagano irá a que el otro lo eduque, pero no para adoptar su religión, sino sus cañones. Los turcos y los chinos los comprarán para matar a los misioneros y a los convertidos al cristianismo.

Mientras tanto, había vuelto a entrar en acción su teatro. Nación tras nación fueron desfilando ante nuestros ojos en el transcurso de dos o tres siglos, en un cortejo imponente e inacabable, destrozándose, luchando, avanzando por mares de sangre, envueltos en el humo espeso de la batalla, por entre el cual brillaban las banderas y se disparaban las rojas bocanadas de los cañones. Y siempre escuchábamos el tronar de los fusiles y los gritos de los moribundos.

—¿Y qué ha salido de todo eso? —preguntó Satanás, con su maligna risita ahogada—. Nada en absoluto. Vosotros no ganáis nada, termináis en el mismo lugar en el que empezasteis. Durante un millón de años vuestra raza ha vivido propagándose de una manera monótona, multiplicando sin cesar este estúpido absurdo, y ¿qué ha conseguido? ¡No hay sabiduría que lo pueda adivinar! ¿Quién se beneficia con ello? Nadie, sino un grupo de reyezuelos usurpadores y de aristócratas que os desprecian, que se considerarían manchados si los tocaseis, que os darían con la puerta en las narices si quisieseis hacerles una visita; unos reyezuelos y aristócratas de quienes sois esclavos, por los que lucháis, por los que morís, sin que ello os dé vergüenza, sino vanidad; unos reyezuelos y aristócratas cuya existencia es un perpetuo insulto hacia vosotros, contra el que no os rebeláis por miedo; unos reyezuelos y aristócratas que son unos pordioseros que viven de vuestras limosnas; que, sin embargo, adoptan con vosotros los aires del bienhechor con el mendigo; que os hablan en el lenguaje en que habla el amo a su esclavo, y a los que contestáis como el esclavo a su señor; a los que reverenciáis de palabra, mientras que en vuestro corazón (si es que lo tenéis) os despreciáis a vosotros mismos por ello. El primer hombre fue un hipócrita y un cobarde, y esas cualidades no se han perdido en su descendencia; ellas son el fundamento sobre el que se han asentado todas las civilizaciones. ¡Brindad por que se perpetúen! ¡Brindad por que aumenten! ¡Brindad por...!

En ese momento advirtió por nuestras caras cuánto nos lastimaba aquello. Interrumpió su sentencia sin acabarla, cesó en su risa y cambiaron sus maneras. Al fin nos dijo, con afabilidad:

—No, brindaremos por nuestra salud, y allá se las arregle la civilización. El vino que ha volado hacia nuestras manos desde el espacio por un deseo es cosa de la tierra, y lo bastante bueno para este otro brindis. Pero tirad los vasos, brindaremos con un vino que hasta ahora no se vio en este mundo.

Obedecimos, alargamos las manos y recibimos las nuevas copas a medida que descendieron de lo alto. Eran bellas y elegantes, pero no estaban fabricadas con ningún material que conociéramos. Parecían dotadas de movimiento, parecían vivas. Desde luego, sus colores se movían. Eran brillantísimos y centelleantes, de todas las tonalidades, y no permanecían inmóviles nunca, sino que corrían de una parte a otra en un magnífico oleaje que se entrechocaba, se rompía y estallaba en delicadas explosiones de tonos fascinantes. Creo que se parecía mucho a una marea de ópalos que despedía por todas partes un fulgor esplendoroso. Pero no hay nada a que comparar aquel vino. Lo bebimos y experimentamos un éxtasis extraordinario y encantador, como si se nos hubiesen metido dentro los cielos de forma secreta. A Seppi se le humedecieron los ojos y exclamó con reverencia:

—Algún día estaremos allí y entonces...

Miró furtivamente a Satanás, creo que con la esperanza de que dijese: «Sí, algún día estarás allí», pero Satanás parecía estar pensando en alguna otra cosa y no dijo nada. Aquello me produjo una sensación espantosa, porque estaba seguro de que lo había oído. Nada, con o sin palabras, se le escapaba. El pobre Seppi pareció afligido y no terminó su frase. Las copas se elevaron y se abrieron camino hasta los cielos, igual que un trío de trozos de arcoíris, y desaparecieron. ¿Por qué no se quedaron en nuestras manos? Aquello parecía una mala señal, y me dejó decaído. ¿La volvería a ver alguna vez? ¿Vería Seppi la suya?

IX

Era maravilloso el dominio que Satanás ejercía sobre el tiempo y la distancia. Para él no existían. Los calificaba de invenciones de los hombres, y afirmaba que eran puros artificios. Íbamos muchas veces con él a los puntos más lejanos del globo, permanecíamos allí semanas y meses, y, por regla general, solo nos ausentábamos una fracción de segundo. Esto podía demostrarse por el reloj. Cierto día en que la gente de nuestra aldea se hallaba presa de una terrible aflicción, porque el tribunal de brujería tenía miedo de proceder contra el astrólogo y contra los miembros de la casa del padre Peter (mejor dicho, contra nadie que no fuese pobre y desamparado), la gente perdió la paciencia y se dedicó por su cuenta a la caza de brujas. Comenzó por perseguir a una dama distinguida, de la que se sabía que tenía por costumbre curar a las personas con artes diabólicas, como bañarlas, lavarlas y alimentarlas en lugar de hacer las sangrías y purgarlas como es debido por mano del cirujano barbero. La mujer corrió por la calle de la aldea, perseguida por la multitud que aullaba y maldecía. Intentó refugiarse en algunas casas, pero le dieron con las puertas en la cara. La acecharon durante más de media hora, y nosotros fuimos detrás para ver lo que ocurría. Al final cayó al suelo, agotada, y la turba la agarró. La arrastraron hasta un árbol, pasaron una cuerda por una rama y empezaron a hacer un nudo corredizo. Mientras tanto, algunos la sujetaban, y ella lloraba y suplicaba, y su hija miraba y sollozaba, sin atreverse a decir ni hacer nada.

Ahorcaron a la dama, y aunque en mi corazón yo estaba pesaroso, le tiré una piedra. Pero eso mismo hacían todos, y cada uno se fijaba en el que estaba a su lado, y si no lo hubiese hecho, me hubiesen visto y habrían murmurado de mí. Satanás soltó una carcajada.

Todos cuantos estaban cerca se volvieron hacia él, atónitos y nada complacidos. Mal momento era aquel para reírse, porque sus maneras libres y burlonas y su música sobrenatural lo habían hecho ya sospechoso para toda la población y eran muchos los que en secreto conspiraban contra él. El corpulento herrero llamó la atención hacia él, alzando la voz de manera que le oyesen todos, y dijo:

—¿De qué te ríes? ¡Contesta! Explica además a los aquí presentes por qué razón no tiras ninguna piedra.

—¿Está seguro de que no la tiré?

—Sí. Y no te quieras escapar, me he fijado bien.

—¡Y yo, yo también me fijé! —gritaron otros dos.

—Tres testigos —dijo Satanás—: Mueller, el herrero; Klein, el ayudante del carnicero; Pfeiffer, el jornalero del tejedor. Tres embusteros muy corrientes. ¿Hay algún otro?

—Que no te importe que los haya o no, y ninguna importancia tiene tampoco tu opinión sobre nosotros; tres testigos son suficientes para arreglarte las cuentas. Tendrás que demostrar que has tirado una piedra, o mal lo vas a pasar.

—¡Así es! —gritó la multitud, y se arremolinó todo lo cerca que pudo del centro de interés.

—En primer lugar contestarás a esta otra pregunta —gritó el herrero, muy satisfecho de sí mismo por convertirse en portavoz del público y en héroe del momento—: ¿De qué te reías?

Satanás sonrió y contestó, divertido:

—De ver a tres cobardes apedreando a una mujer moribunda, cuando ellos mismos están tan próximos a morir.

Se advirtió que la muchedumbre supersticiosa se encogió y contuvo el aliento tras aquel golpe súbito. El herrero, mostrándose bravucón, dijo:

—¡Ya! ¿Qué sabes tú de eso?

—¿Yo? Todo. Mi profesión es la de echar la buenaventura, y leí las manos de vosotros tres (y de algunos más) cuando las levantasteis para apedrear a la mujer. Uno morirá en ocho días, otro esta noche, y al tercero no le quedan más que cinco minutos de vida, ¡y allí está el reloj!

Aquello causó sensación. Las caras de la multitud palidecieron y se volvieron mecánicamente hacia el reloj. El carnicero y el tejedor parecían acometidos de una grave enfermedad, pero el herrero sacó fuerzas de flaqueza y dijo, animoso:

—No es mucho lo que hay que esperar para ver si se cumple la última predicción. Si te equivocas, mocito, no vivirás ni un solo minuto más, te lo prometo.

Nadie dijo nada. Todos miraban el reloj en medio de un profundo silencio, que resultaba impresionante. Habían pasado cuatro minutos y medio cuando el herrero dio un súbito jadeo, apretó sus manos contra el corazón y dijo: «¡Dadme aire! ¡Dejadme espacio!», y empezó a desplomarse. La multitud se arremolinó hacia atrás, sin que nadie se acercase a socorrerlo, y cayó redondo al suelo, cadáver. La gente se quedó mirando al muerto con ojos atónitos, luego a Satanás y por último unos a otros. Sus labios se movían, pero no salía de ellos una sola palabra. Entonces, dijo Satanás:

—Tres vieron que yo no tiré ninguna piedra. Quizá lo hayan visto algunos más. Que hablen.

Aquello provocó una especie de pánico. Aunque ninguno le contestó fueron muchos los que empezaron a acusarse con violencia, diciendo: «Tú dijiste que no había tirado». La respuesta era: «¡Mientes y te haré comer tu mentira!». Un instante después estaban todos enfurecidos y se había armado allí un revuelo espantoso, porque se golpeaban y acometían los unos a los otros. En medio de todo aquello, solo había una persona indiferente: la difunta que colgaba de la cuerda, terminados ya sus apuros, y con el alma en paz.

Nos alejamos de allí. Yo no estaba tranquilo, sino que me

decía a mí mismo: «Les dijo que se reía de ellos, pero era mentira. De quien se reía era de mí».

Esto hizo que soltara otra carcajada, y dijo:

—Sí, me reía de ti, porque por miedo a lo que los demás pudieran contar apedreaste a la mujer, cuando tu corazón se revolvía contra ese acto. Pero me reía también de los demás.

—¿Por qué?

—Porque su caso era el mismo que el tuyo.

—¿Cómo es eso?

—Verás: allí había sesenta y ocho personas, y de ellas sesenta y dos tenían tan pocos deseos de tirar una piedra como tú mismo.

—¡Satanás!

—Es cierto, conozco a tu raza. Está compuesta de borregos. Está gobernada por minorías, y solo muy rara vez, o quizá nunca, por mayorías. Hace caso omiso de sus propios sentimientos y creencias y sigue al puñado de personas que mete más ruido. En ocasiones, ese puñado bullicioso tiene razón, y otras veces no, pero no importa, la multitud los sigue. La inmensa mayoría de la raza, tanto si es salvaje como civilizada, es bondadosa en secreto, y se resiste a causar dolor, pero no se atreve a manifestarse tal como es si hay delante una minoría agresiva y despiadada. ¡Imagínate! Una persona de buen corazón espía a la otra, y tiene cuidado de que colabore con lealtad en hechos inicuos que indignan a los dos. Hablando como un experto, me consta que el noventa y nueve por ciento de tu raza era firmemente opuesta a matar a las brujas cuando se agitó por primera vez, hace mucho tiempo, esa idiotez por un puñado de locos beatos. Y hoy en día, al cabo de siglos de que se transmitiera el prejuicio y de una educación estúpida, solo una persona de cada veinte acosa a las brujas poniendo en ello su corazón. Y, sin embargo, en apariencia, todos las odian y quieren matarlas. Quizá algún día se levanten algunas personas defendiendo lo contrario y serán las que hagan más ruido (quizá incluso un solo hombre audaz que tenga voz gruesa y expresión resuelta lo consiga), y antes de una semana todos los borregos se darán media vuelta y le seguirán, y termine de pronto la caza de brujas.

»Las monarquías, las aristocracias y las religiones están todas basadas en ese enorme defecto de vuestra raza: la desconfianza que cada uno siente de su vecino, y su deseo, por seguridad o comodidad, de hacer un buen papel ante sus ojos. Esas instituciones permanecerán siempre, florecerán siempre, os oprimirán siempre, serán siempre para vosotros un bochorno y una degradación, porque siempre seréis y seguiréis siendo esclavos de las minorías. Jamás hubo un país en el que la mayoría haya sido en lo profundo de sus corazones leal a ninguna de estas instituciones.

No me gustó oír llamar a nuestra raza rebaño de borregos, y dije que no creía que lo fuésemos.

—Y, sin embargo, corderito, eso es cierto —dijo Satanás—. Fíjate cómo, durante una guerra, ¡qué borregos y qué ridículos sois!

—¿En la guerra? Y ¿por qué?

—Jamás hubo una guerra justa ni honrosa, por la parte de su instigador. Puedo ver un millón de años más allá, y esta norma no se alterará ni siquiera en media docena de casos. El escaso puñado de vociferadores (como siempre) pedirá a gritos la guerra. Al principio (con cautela y precaución) el púlpito pondrá dificultades. La gran masa de la nación, enorme y torpona, se restregará los ojos adormilados y se esforzará por descubrir por qué tiene que haber guerra, y dirá, con ansiedad e indignación: «Es una cosa injusta y deshonrosa, y no hay necesidad de que la haya». Pero el puñado gritará con mayor fuerza todavía. En el bando contrario, unos pocos hombres bienintencionados argüirán y razonarán contra la guerra valiéndose del discurso y de la pluma, y al principio habrá quien los escuche y quien los aplauda, pero eso no durará mucho. Los otros ahogarán su voz con sus bramidos, y los contrarios a la guerra irán menguando y perdiendo popularidad. Antes de que pase mucho tiempo verás este hecho curioso: los oradores serán expulsados de las tribunas a pedradas, y la libertad de palabra se verá asfixiada por hordas de hombres furiosos que en sus corazones seguirán siendo de la misma opinión que ellos (igual que al principio), pero no se atreverán a decirlo. Y, de pronto, la nación entera (los púlpitos y todo) recoge el grito de guerra y vocifera hasta enronquecer y lanza a las multitudes contra cualquier hombre honrado que se atreva a abrir la boca; y, por fin, esa clase de bocas acaba por cerrarse. Acto seguido, los estadistas inventarán mentiras de baja estofa, echando la culpa sobre la nación que es agredida, y todo el mundo acogerá con alegría esas falsedades para tranquilizar la conciencia, las estudiará con mucho empeño y se negará a examinar cualquier refutación. De esa manera se irán convenciendo poco a poco de que la guerra es justa, y darán gracias a Dios por poder dormir más descansados después de ese proceso de grotesco engaño a sí mismos.

X

Los días pasaban uno tras otro, y no había noticias de Satanás. La vida sin él no tenía alicientes. Pero el astrólogo, que había regresado de su excursión a la luna, recorrió la aldea desafiando a la opinión pública, y recibiendo en ocasiones una pedrada en la espalda cuando alguno de los que acechaban a las brujas veía una ocasión segura y evitar ser visto. En ese tiempo hubo dos influencias que trabajaron en beneficio de Marget. Que Satanás, al que ella le era por completo indiferente, suspendiera las visitas a su casa después de una o dos veces, lastimó el orgullo de la joven. Se esforzó por desterrarlo de su corazón. Las noticias que la vieja Ursula le llevaba de vez en cuando acerca de la vida de libertinaje a la que se entregaba Wilhelm Meidling le habían despertado remordimientos, porque la causa de todo eran los celos que Wilhelm sentía de

Satanás. De la combinación de estos dos asuntos Marget sacaba un buen provecho, porque el interés que tenía por Satanás se iba enfriando, y el que sentía por Wilhelm se intensificaba. Para completar su conversión solo era necesario que Wilhelm reaccionase haciendo algo que diese lugar a comentarios favorables e inclinase el ánimo del público otra vez hacia él.

Y esa oportunidad llegó. Marget lo llamó y le pidió que defendiese a su tío en el juicio que se aproximaba. Esto agradó muchísimo al joven, que dejó de beber y comenzó con diligencia sus preparativos. En realidad, lo hizo con más diligencia que esperanza, porque no era un caso prometedor. Había celebrado muchas entrevistas en su despacho con Seppi y conmigo, trillando bien nuestro testimonio, con la ilusión de encontrar algunos cereales valiosos entre la paja. Pero la cosecha, por supuesto, fue pobre.

¡Si Satanás se presentase! Ese pensamiento no se me iba de la cabeza. Él podría inventar algún recurso para ganar el juicio. Había asegurado que todo saldría bien, y por fuerza tenía que saber de qué manera ocurriría. Pero pasaban los días, y seguía sin venir. Desde luego, yo no dudaba que el juicio se ganaría y que el padre Peter pasaría feliz el resto de su vida, porque Satanás nos lo había dicho. Sin embargo, me hubiera sentido mucho más tranquilo si hubiese venido y nos hubiese explicado cómo teníamos que arreglarnos. Ya era hora de que el padre Peter fuese objeto de un cambio salvador que lo condujese hacia la felicidad, pues era sabido que el encarcelamiento y la ignominia de la acusación lo habían reducido al último extremo, y era probable que falleciese de sus aflicciones, a menos que la ayuda llegase pronto.

Llegó por fin el día del juicio, y la gente de todos los alrededores se congregó para presenciarlo. Había entre la concurrencia muchos forasteros que habían llegado desde muy lejos. Sí, todo el mundo estaba allí, menos el acusado. Su debilidad física lo incapacitaba para soportar aquella tensión. Pero Marget se hallaba presente, manteniendo vivas sus esperanzas y su ánimo lo mejor que podía. También el dinero estaba ahí. Fue vaciado encima de la mesa y quienes tuvieron aquel privilegio pudieron manosearlo, acariciarlo y examinarlo.

Accedió el astrólogo a la tribuna de los testigos. Se había ataviado para aquella ocasión con su mejor sombrero y su mejor túnica.

PREGUNTA: ¿Afirma usted que este dinero le pertenece?

RESPUESTA: Lo afirmo.

P: ¿De qué manera llegó a ser de su propiedad?

R: Encontré la bolsa en la carretera, cuando regresaba de un viaje.

P: ¿Cuándo fue eso?

R: Hace más de dos años.

P: ¿Qué hizo usted con él?

R: Me lo llevé a casa y lo oculté en un lugar secreto de mi observatorio, con el propósito de encontrar a su propietario, si podía.

P: ¿Hizo usted algo por encontrarlo?

R: Llevé a cabo activas investigaciones durante varios meses, sin que diesen resultado.

P: ¿Y luego?

R: Me pareció que no valía la pena seguir buscando, y me propuse invertir el dinero en terminar el ala del edificio de la inclusa que hay entre el priorato y el monasterio de monjas. Lo saqué, pues, del lugar en que lo tenía oculto, y conté el dinero para ver si me faltaba algo. Entonces...

P: ¿Por qué se detiene usted? Siga.

R: Lamento tener que decir esto, pero en el momento en que terminaba el recuento y colocaba otra vez la bolsa en su lugar, me volví y encontré a mis espaldas al padre Peter.

Algunas voces murmuraron: «Esto tiene mal aspecto». Otras contestaron: «Pero ¡ese hombre es un grandísimo embustero!».

P: ¿Y eso os intranquilizó?

R: No, en aquel entonces no le di importancia, porque el padre Peter acudía con frecuencia, sin previo aviso, para pedirme alguna pequeña ayuda en su necesidad.

Marget se puso al rojo vivo al oír cómo con descaro y falsedad acusaba a su tío de mendigar, y muy especialmente una persona a la que él había denunciado siempre como un farsante. Iba a hablar, pero cayó a tiempo en la cuenta de lo que le correspondía, y siguió callada.

P: Prosiga.

R: Al final me dio miedo contribuir con aquel dinero a la construcción de la inclusa, y decidí esperar un año más y proseguir mis investigaciones. Cuando oí contar lo del hallazgo del padre Peter me alegré, y no recelé nada en absoluto. Dos o tres días después, al regresar a casa, comprobé que mi dinero había desaparecido, pero ni aun así sospeché hasta que me llamaron la atención como coincidencias muy extrañas tres circunstancias relacionadas con la buena fortuna del padre Peter.

P: Por favor, explíquelas.

R: El padre Peter se había encontrado el dinero en un camino, yo en una carretera. Su hallazgo estaba compuesto en exclusiva de ducados de oro, el mío también. La bolsa contenía mil ciento siete ducados, exactamente como la mía.

Con esto terminó su declaración, que produjo con claridad una impresión profunda en la concurrencia, saltaba a la vista.

Wilhelm Meidling le hizo algunas preguntas, luego nos llamó a nosotros, y contamos nuestro relato. Aquello hizo reír a la gente, y nos sentimos avergonzados. Aun sin eso ya estábamos inquietos, porque Wilhelm estaba desesperado, y lo dejaba ver. El pobre joven estaba haciendo todo cuanto podía, pero nada se inclinaba en su favor, y si había algunas simpatías no estaban desde luego del lado de su defendido. Quizá resultase difícil para el tribunal y la concurrencia creer en el relato del astrólogo, teniendo en cuenta su reputación, pero lo que sí resultaba del todo imposible de creer era el del padre Peter. Estábamos ya bastante intranquilos, pero cuando el abogado del astrólogo dijo que no le parecía necesario hacernos ninguna pregunta, porque nuestro relato era un poco delicado y sería una crueldad por su parte ponerlo a prueba, todos dejaron escapar una risita y aquello se nos hizo ya insoportable. Acto seguido pronunció un discurso burlón, y nuestra historia le dio pie para la mofa, haciéndola aparecer tan ridícula, infantil, estúpida e imposible desde todo punto de vista, que todos ya se carcajeaban hasta que les corrían las lágrimas por la cara. Al final, Marget perdió los ánimos, se dejó llevar por el abatimiento y rompió a llorar. ¡Qué pena sentí por ella!

Pero vi algo que me devolvió los ánimos. ¡Satanás estaba, en pie, junto a Wilhelm! ¡Y qué contraste había entre ellos! Satanás parecía muy confiado y sus ojos y su rostro estaban llenos de animación, mientras que el joven abogado parecía deprimido y lleno de abatimiento. Nosotros dos nos sentimos ya tranquilos, y creímos que Satanás declararía y convencería al tribunal y a la concurrencia de que lo negro era blanco y lo blanco, negro, o del color que a él le pareciese. Miramos a nuestro alrededor para observar qué concepto tenían de él los forasteros que había en la sala, porque Satanás era, como sabéis, bello (mejor dicho, deslumbrante), pero nadie se fijaba en él, por lo que comprendimos que era invisible para todos.

El abogado del astrólogo estaba pronunciando sus últimas palabras, y mientras las decía, Satanás empezó a diluirse en el interior de Wilhelm, y desapareció. ¡Y qué cambio el que tuvo lugar cuando su espíritu empezó a mirar desde sus ojos!

El otro terminó su discurso con mucha seriedad y dignidad. Apuntó hacia el dinero y dijo:

—El amor al dinero es la raíz de todo mal. Ahí lo tenéis, al tentador de siempre, rojo otra vez de vergüenza por su más reciente victoria, por la deshonra de un sacerdote del Señor y de sus dos pobres juveniles colaboradores en el crimen. Si ese dinero pudiera hablar, creo que se vería obligado a confesar que esta es la más ruin y la más dolorosa de todas sus conquistas.

Se sentó. Wilhelm se levantó entonces y dijo:

—Por el testimonio del acusador deduzco que se encontró ese dinero en una carretera hace más de dos años. Rectifíqueme, señor, si lo comprendí a usted mal.

El astrólogo dijo que lo había comprendido bien.

—Y que el dinero encontrado de esa manera no salió de las manos de usted hasta una fecha determinada: el último día del último año. Rectifíqueme, señor, si estoy equivocado.

El astrólogo asintió con la cabeza. Wilhelm se volvió hacia el tribunal y dijo:

—De modo, pues, que si yo demuestro que este dinero que hay aquí no es el mismo, entonces ese dinero no es suyo, ¿no es así?

—Desde luego que sí, pero ese es un procedimiento irregular. Si usted tenía un testigo de esa clase era obligación suya advertirlo a su debido tiempo y traerlo aquí para...

Se interrumpió y empezó a consultar con los demás jueces. Entre tanto el otro abogado se puso en pie con gran excitación y empezó a protestar contra el hecho de que se permitiese introducir nuevos testigos en aquella última etapa del juicio.

Los jueces resolvieron que su oposición era justa y debía ser tenida en cuenta.

—Pero no se trata de un nuevo testigo —dijo Wilhelm—. Se trata de un testigo que ha sido ya examinado en parte. Me refiero al dinero.

—¿Al dinero? ¿Qué puede decir el dinero?

—Puede decir que no es el mismo que poseía el astrólogo. Puede decir que el último mes de diciembre aún no existía. Puede decirlo por la fecha de cuño.

¡Y era así! Reinó la más viva excitación en la sala mientras el otro abogado y los jueces echaban mano a las monedas y las examinaban entre exclamaciones. Todos estaban llenos de admiración ante la agudeza de Wilhelm, que tuvo una idea tan oportuna. Se llamó por fin al orden, y el tribunal dijo:

—Todas las monedas, menos cuatro, son del año actual. El tribunal expresa su más sincera compasión al acusado y su más profundo dolor de que él, un hombre inocente, haya tenido, por una lamentable equivocación, que sufrir la humillación inmerecida de ser encarcelado y juzgado. El acusado queda absuelto.

De modo que, a pesar de que el otro abogado opinaba lo contrario, el dinero pudo hablar. El tribunal se levantó, y casi todo el mundo se adelantó a estrechar la mano de Marget y a felicitarla, y después a Wilhelm, colmándolo de elogios. Satanás había salido ya de su cuerpo y contemplaba todo con el mayor interés, mientras la gente iba y venía atravesándolo, sin saber que estaba allí. Wilhelm no podía explicarse la razón de que hasta el último instante no se le ocurriera pensar en la fecha de las monedas. Dijo que se le había ocurrido de pronto, como una inspiración, y que lo dijo sin vacilar, a pesar de que no las había examinado, pero que estaba seguro de que era así, aunque sin explicarse cómo. En ello demostró su honradez y obró como quien era, pues otro en su lugar habría simulado que lo había pensado antes, pero que lo había reservado hasta el final como una sorpresa.

Su aspecto era ya un poco más apagado. No mucho, pero ya no se veía en sus ojos aquella luminosidad que tenían mientras Satanás estaba en su interior. Casi la recobró cuando Marget se le acercó, lo colmó de elogios, le dio las gracias y no pudo menos que mostrarle cuán orgullosa estaba de él. El astrólogo se marchó descontento y echando maldiciones, y Solomon Isaacs recogió el dinero y se lo llevó. Era ya, de una manera definitiva, propiedad del padre Peter.

Satanás se había marchado. Me pareció que se habría introducido en la cárcel para llevar la noticia al preso, y acerté. Marget y todos nosotros corrimos hacia allá tan rápido como pudimos, en un estado de gran júbilo.

Lo que Satanás había hecho era lo siguiente. Se había presentado delante del pobre preso y exclamó:

—Terminó el juicio, y usted ha quedado para siempre con la infamia de ser un ladrón, por veredicto del tribunal.

Aquel golpe trastornó la inteligencia del anciano. Diez minutos después, cuando nosotros llegamos, estaba paseándose con gran pompa por la cárcel, dando órdenes a los oficiales y a los carceleros, dirigiéndose a ellos como si fuese el gran chambelán, el príncipe tal o el príncipe cual, el almirante de la escuadra, el mariscal de campo en jefe y otros títulos altisonantes por el estilo. Era tan feliz como un pájaro, ¡y creía ser el emperador!

Marget se abrazó a su pecho y lloró. A decir verdad, la emoción casi nos desgarraba a todos el alma. La reconoció, pero no llegaba a comprender por qué lloraba. Le dio unos golpecitos en el hombro y dijo:

—No llores, corazón, ten presente que hay testigos, y que no está bien eso en la princesa de la Corona. Cuéntame la causa, y se remediará. No hay cosa que un emperador no pueda hacer.

Miró luego a su alrededor y vio a Ursula, que se llevaba el delantal a los ojos. Aquello lo desconcertó, y preguntó:

—¿Y qué te pasa a ti?

Oyó, entre los sollozos de la mujer, algunas palabras en que ella le explicaba que le dolía verlo así. Meditó un momento, y luego dijo, como hablando para sí mismo:

—Cosa antigua y extraña, esta duquesa viuda. Tiene buena intención, pero siempre está a vueltas con su catarro, y no se puede explicar lo que le pasa. Y es porque no rige bien.

Sus ojos se posaron en Wilhelm, y le dijo:

—Príncipe de la India, adivino que vos tenéis algo que ver en lo que le ocurre a la princesa de la Corona. Habrá que secar sus lágrimas. No quiero interponerme más entre vosotros; ella compartirá vuestro trono, y entre los dos heredaréis el mío. Venga, mujercita, ¿he hecho bien? Ahora ya puedes sonreír, ¿verdad que sí?

Llamó con nombres dulces a Marget y la besó, y estaba tan contento de sí mismo y de todos, que todo le parecía poco para nosotros, y empezó a repartir a diestro y siniestro reinos y otras cosas por el estilo, y lo menos que nos tocó fue un principado. Y, al fin, cuando se le convenció de que debía marcharse a su casa, lo hizo con imponente majestuosidad. Cuando las multitudes que había a lo largo del trayecto vieron cuánto le satisfacía que lo vitoreasen, lo complacían hasta el máximo de sus deseos, y él respondía con inclinaciones muy dignas y con sonrisas generosas, y alargaba con frecuencia una mano y decía:

—¡Bendito seas, pueblo mío!

Nunca había visto un espectáculo más doloroso. Marget y la vieja Ursula no hicieron sino llorar durante todo el trayecto.

Camino de mi casa me tropecé con Satanás y lo recriminé por haberme engañado con semejante mentira. Mis palabras no le produjeron el menor embarazo, y se limitó a decir con toda naturalidad y calma:

—Estás en un error, te dije la pura verdad. Te prometí que sería feliz durante el resto de sus días, y lo será, porque se creerá siempre el emperador, y el orgullo y el júbilo que eso le produce permanecerán hasta el fin. Es ya, y seguirá siendo, la única persona completamente feliz de este imperio.

—Pero ¡de qué manera, Satanás, de qué manera! ¿No podías haberlo logrado sin privarlo de la razón?

Difícil era irritarlo, pero estas palabras lo consiguieron. Y me dijo:

—¡Eres un borrico! ¿Tan poco observador eres que todavía no has descubierto que la felicidad y el sano juicio son dos cosas imposibles de combinar? Un hombre de inteligencia sana no puede ser feliz, porque la vida es para él una realidad, y ve que es terrible. Solo los locos, y no muchos, pueden serlo. El puñado que se imagina que son reyes o dioses son felices, y los demás no lo son más que los que tienen un sano juicio. Claro está que jamás puede decirse de un hombre que está por completo en sus cabales, pero yo me refería a los casos extremos. Le he privado de ese artilugio de pacotilla que la raza vuestra considera inteligencia; he sustituido esa vida de hojalata con una ficción de plata dorada. Estás viendo el resultado, ¡y todavía lo criticas! Te dije que yo lo haría feliz por siempre, y lo he hecho. Lo he hecho valiéndome del único recurso posible en su raza, ¡y estás descontento!

Dejó escapar un suspiro de desaliento y dijo:

—Me parece que es la vuestra una raza difícil de contentar.

Otra vez lo de siempre. Parecía no conocer otro medio de hacerle un favor a una persona como no fuese matándola o enloqueciéndola. Me disculpé de la mejor manera que pude, pero, para mis adentros, no aprecié mucho sus procedimientos, en aquel entonces.

Satanás solía decir que nuestra raza estaba acostumbrada a llevar una vida de constante e ininterrumpido engaño consigo misma. Desde la cuna al sepulcro se embaucaba con engaños y espejismos que tomaba por realidades, y esto convertía toda su vida en una mentira. De la veintena de cualidades nobles que imaginaba poseer y de las que se enorgullecía, apenas tenía una sola. Se consideraba a sí misma de oro, y no pasaba del bronce. Cierto día en que Satanás se hallaba de este genio mencionó un detalle: el sentido del humor. Eso me alegró, y me puse expeditivo, afirmando que sí gozábamos de él.

—¡Ya habló por tu boca la raza! —dijo—. Siempre dispuesta a reclamar que está en posesión de lo que carece, y a confundir una onza de limaduras de bronce con una tonelada de polvo de oro. Lo que tenéis es la percepción espuria del humor, y nada más. Existe entre vosotros una multitud que detenta esa condición. Esta ve el lado gracioso de mil trivialidades y vulgaridades, que son, por lo general, incongruencias de mucho bulto, cosas grotescas, puros absurdos capaces de hacerla relinchar de risa. Pero de su cegata visión están excluidos los diez mil detalles cómicos que existen en el mundo.

¿Llegará el día en que descubráis lo que esas jovialidades tienen de gracioso y de risible, y os riais, y las destruyáis a fuerza de carcajadas? En efecto, vuestra raza, dentro de su pobreza, posee sin lugar a dudas un arma eficaz: la risa. El poder, el dinero, la persuasión, las súplicas, la persecución, todas esas cosas son capaces de montar un disparate colosal, de darle un empujoncito, de debilitarlo un poco, siglo tras siglo, pero solo la risa es capaz de hacerlo explotar y reducirlo a pedazos y átomos. Nada puede resistir al asalto de la risa. Os pasáis la vida armando grandes revuelos y peleando con otras armas. ¿Empleáis esta alguna vez? No, la dejáis enmohecer. ¿La empleáis alguna vez como raza? No, os falta el sentido y el valor.

En ese momento estábamos viajando, y nos detuvimos en una pequeña ciudad de la India, y nos quedamos mirando cómo un malabarista ejecutaba sus trucos ante un grupo de nativos. Eran maravillosos, pero yo sabía que Satanás era capaz de hacerlos mucho mejor, y le pedí que hiciese una pequeña exhibición. Me contestó que la haría. Se transformó en un nativo, con su turbante y sus bragas, y tuvo la gran atención de darme transitoriamente cierto conocimiento de aquel idioma.

El prestidigitador mostró una semilla, la colocó dentro de un pequeño tiesto de flores y la cubrió de tierra, y luego tapó el tiesto con un trapo. Al cabo de un minuto el trapo empezó a levantarse, y al cabo de diez minutos se había elevado un pie. Quitó entonces el trapo y quedó al descubierto un arbolito, con hojas y el fruto maduro. Lo probamos, y era apetitoso. Pero Satanás dijo:

—¿Por qué tapas el tiesto? ¿No eres capaz de hacer crecer el árbol a la luz del sol?

—No —dijo el juglar—, nadie puede hacer eso.

—Tú no eres sino un aprendiz, no conoces tu profesión. Dame la semilla. Te voy a mostrar una cosa. —Agarró en la mano la semilla y dijo—: ¿Qué clase de planta quieres que salga?

—Es una semilla de cereza, de modo que saldrá un cerezo.

—No, eso es una insignificancia, cualquier novicio es capaz de eso. ¿Quieres que haga brotar un naranjo?

—¡Claro que sí! —dijo el prestidigitador, echándose a reír.

—¿Y no quieres que, además de naranjas, produzca otras frutas?

—¡Si Dios lo quiere! —exclamaron todos, riéndose.

Satanás colocó la semilla en el suelo, le echó encima un poco de tierra y dijo:

—¡Brota!

Apareció un tallo minúsculo y empezó a crecer, y creció tan rápido que a los cinco minutos se había convertido en un gran árbol, a cuya sombra todos estábamos sentados. Estalló un murmullo de asombro, y cuando todos alzaron la vista contemplaron un espectáculo bello y extraordinario, porque las ramas estaban cargadas de frutas de muchas clases y colores: naranjas, uvas, plátanos, melocotones, cerezas, albaricoques, etcétera. Trajeron canastos y empezaron a recogerlas. La gente se apelotonaba alrededor de Satanás y le besaban la mano, y lo colmaban de elogios y lo llamaban el príncipe de los prestidigitadores. Corrió la noticia por la ciudad y acudieron todos a contemplar el prodigio, y todos se cuidaron de traer baldes. Pero el árbol se mostró a la altura de la situación, porque fue echando nuevas frutas a medida que le quitaban las que tenía. Se llenaron cestas por veintenas y por centenares, pero la cosecha seguía sin disminuir. Hasta que llegó un extranjero vestido de ropas blancas y sombrero, y exclamó furioso:

—¡Largo de aquí! ¡Que os larguéis digo, perros! El árbol está en mi terreno y me pertenece.

Los nativos abandonaron sus canastos en el suelo y obedecieron con humildad. También Satanás se inclinó en señal de obediencia, llevándose los dedos a la frente, como allí se estilaba, y dijo:

—Señor, permitidles, por favor, que hagan a su gusto durante una hora, y nada más. Después, podéis prohibírselo, y aún dispondréis de mayor cantidad de frutas que las que vos y las personas de vuestra finca podáis consumir en un año.

Esto irritó mucho al extranjero, que le gritó:

—¿Y quién eres tú, vagabundo, para decir a tus superiores lo que pueden y lo que no pueden hacer?

Golpeó a Satanás con su bastón, y completó este error con un puntapié.

En ese instante las frutas se pudrieron en las ramas y las hojas se marchitaron y se cayeron al suelo. El extranjero contempló el árbol pelado con expresión de sorpresa y desagrado. Satanás le dijo:

—Cuide mucho del árbol, porque su salud y la de usted están ligadas la una a la otra. Ya no volverá a dar frutos, pero si usted lo cuida bien, vivirá mucho tiempo. Riegue sus raíces todas las noches, una vez cada hora, y hágalo usted mismo, no debe hacerlo nadie más, y de nada servirá hacerlo de día. Si deja de regarlo durante una sola noche, el árbol morirá, y usted también. No intente volver a su país, porque no llegaría; no tome usted compromisos de negocio o de placer que le exijan salir de la puerta exterior de su finca por las noches, es un riesgo que no puede correr; no arriende ni venda esta propiedad, sería obrar sin seso.

El extranjero era orgulloso y no se humilló a pedir, pero me pareció que estaba muy inclinado a hacerlo. Mientras él miraba con ojos atónitos a Satanás, nosotros desaparecimos y fuimos a aterrizar en Sri Lanka.

Me daba pena aquel hombre, sentía que Satanás no hubiese actuado como quien era y lo hubiese matado o enloquecido. Cualquiera de las dos cosas habría sido una obra de misericordia. Escuchó mis pensamientos y dijo:

—Lo hubiera hecho así de no haber sido por su mujer, que no me había causado ninguna ofensa. Viene a reunirse con él procedente de su país: Portugal. Ella está bien de salud, pero le queda poco tiempo de vida, y anhela verlo y convencerlo de que regrese con ella el año próximo. Ella morirá sin saber que su marido no puede abandonar ese lugar.

—¿Él no se lo contará?

—¿Él? No confiará ese secreto a nadie, pensará que es posible lo revele en sueños y que lo oiga alguna vez el criado de algún invitado portugués.

—¿Ninguno de los nativos allí presentes entendió lo que le dijiste?

—Ninguno lo entendió, pero ese hombre vivirá siempre con ese temor. Y ese temor constituirá para él un tormento, porque ha sido para ellos un amo duro. Mientras duerma los verá en su imaginación derribando el árbol a hachazos. Ya no vivirá un solo día tranquilo, y en cuanto a las noches, ya va bien servido.

Me dolió, aunque no demasiado, observar la satisfacción con que explicaba cómo había dispuesto las cosas para aquel extranjero.

—¿Y cree que es verdad lo que le dijiste, Satanás?

—Pensó que no lo creía, pero ver que desaparecimos contribuyó, así como que hubiese un árbol donde antes no lo había. Y también la variedad descabellada y asombrosa de las frutas y que estas se marchitasen de pronto. Que piense como quiera, que razone como quiera, lo cierto es que regará el árbol. Pero entre esto y la noche dará principio al nuevo curso de su vida con una precaución muy natural en él.

—¿Qué precaución es esa?

—Hará venir a un sacerdote para expulsar al demonio del árbol. Sois una raza llena de humor, sin que vosotros mismos lo sospechéis.

—¿Le contará todo al sacerdote?

—No. Le dirá que el árbol ha sido creado por un prestidigitador de Bombay, y que quiere que eche fuera del árbol al demonio de este, para que vuelva a su lozanía y dé frutos de nuevo. Los encantamientos del sacerdote no producirán efecto, y entonces el portugués renunciará a ese plan y preparará su regadera.

—Pero el sacerdote quemará el árbol. Estoy seguro de que lo hará, no consentirá que permanezca.

—Sí, y en cualquier parte de Europa quemaría también al hombre. Pero en la India las gentes son civilizadas y no ocurren esas cosas. El hombre apartará de allí al sacerdote y cuidará él mismo del árbol.

Medité unos momentos, y luego dije:

—Satanás, creo que le has preparado una vida dura.

—Relativamente. Claro está que no hay que confundirla con unas vacaciones.

Fuimos revoloteando de un lugar a otro alrededor del mundo tal como habíamos hecho antes, y Satanás me fue mostrando un centenar de maravillas, la mayoría de las cuales reflejaban de una manera u otra la flaqueza y la futilidad de nuestra raza. Llevaba ya algunos días haciéndolo, no por malicia, de eso estoy seguro. Parecía solo que aquello le divertía y le interesaba, igual que un naturalista en una colección de hormigas.

XI

Satanás continuó con sus visitas durante casi un año, pero, poco a poco, empezó a venir con menor frecuencia, y acabó por no hacerlo en muchísimo tiempo. Sus ausencias me dejaban siempre solitario y melancólico. Tuve la sensación de que él perdía interés en nuestro minúsculo mundo y que en cualquier momento dejaría por completo de presentarse. Al fin, cuando apareció cierto día, mi júbilo fue extraordinario, pero duró poco tiempo. Me dijo que había venido a despedirse de mí de una manera definitiva. Tenía que realizar investigaciones y llevar a cabo proyectos en otros rincones del universo, según me dijo, y lo mantendrían ocupado durante un período de tiempo superior quizá al que a mí me sería posible esperar.

—¿Te marchas, pues, para no regresar jamás?

—Sí —me contestó—. Nuestra camaradería ha durado mucho tiempo y ha resultado agradable, agradable para los dos, pero debo marcharme, y jamás volveremos a vernos.

—En esta vida no, Satanás; pero ¿en la otra? ¿Verdad que en la otra nos encontraremos?

Entonces, con toda tranquilidad y sosiego, me respondió de esta manera sorprendente:

—No hay otra.

Desde su espíritu sopló una influencia sutil sobre el mío que me inspiró un sentimiento confuso, indeciso, pero bendito y esperanzador de que quizá esas increíbles palabras fuesen verdaderas, que por fuerza tenían que ser ciertas.

—¿Nunca lo habías sospechado, Theodor?

—No. ¿Cómo podía sospecharlo? Pero si, por lo menos, fuese cierto...

—Lo es.

Surgió dentro de mi pecho una chispa de agradecimiento, pero antes de que pudiera manifestarse en palabras se vio frenada por una duda, y dije:

—Pero..., pero... Esa vida futura la hemos visto, la hemos visto en su realidad, de modo que...

—Aquello fue una visión, no tenía existencia.

La inmensa esperanza que forcejeaba dentro de mí apenas si me dejaba fuerzas para respirar.

—¿Una visión? Una vi...

—La vida es solo una visión, un sueño.

Fue una descarga eléctrica. ¡Vive Dios, que ese mismo pensamiento lo había yo tenido mil veces durante mis meditaciones a solas!

—Nada existe, todo es un sueño. Dios, el hombre, el mundo, el sol, la luna, la inmensidad estelar. Un sueño, todo un sueño, no tienen existencia. ¡Nada existe, salvo el espacio vacío... y tú!

—¡Yo!

—Y tú no eres tú, no tienes cuerpo, ni sangre, ni huesos,

no eres sino un pensamiento. Yo mismo no tengo existencia, no soy más que un sueño, tu sueño, una criatura de tu imaginación; bastará un instante para que te des cuenta de ello, y entonces me borrarás de tus visiones y yo me disolveré en la nada de la que me formaste.

»Estoy ya dejando de existir, estoy desfalleciendo, estoy muriendo. De aquí a unos instantes te encontrarás solo en el espacio sin límites, para que vayas y vengas por su soledad inacabable sin ningún amigo ni camarada, porque serás por siempre un pensamiento, el único pensamiento existente, inextinguible e indestructible por tu misma naturaleza. Pero yo, tu pobre servidor, te he revelado a ti mismo y te he dado la libertad. ¡Sueña otros sueños, y que sean mejores!

»¡Qué cosa más extraordinaria que no lo hayas sospechado años ha, siglos, edades, eones! ¡Porque tú has existido, sin compañía de nadie, por todas las eternidades! ¡Qué cosa en verdad extraña que no hayas sospechado que tu universo y su contenido eran solo sueños, visiones, ficciones! ¡Qué extraño! Porque, como todos los sueños, eran franca e histéricamente disparatados. Por ejemplo, el de un Dios que, pudiendo crear con la misma facilidad hijos buenos que malos, prefiriese crearlos malos; que pudiendo hacerlos a todos felices, no haya hecho ni a uno solo feliz por completo; que les haya hecho apreciar tanto su áspera vida, y que, sin embargo, se la haya cortado de pronto de manera tan mezquina; que otorgó a sus ángeles una felicidad eterna sin que la ganasen, exigiendo, en cambio, a los demás hijos suyos que hiciesen méritos para conseguirla; que otorgó a sus ángeles unas vidas libres de todo dolor, mientras echaba sobre los demás hijos la maldición de angustias vivísimas y de enfermedades de cuerpo y de alma; que habla de justicia e inventó el infierno; que habla de misericordia e inventó el infierno, que dispone las normas básicas de la conducta y del perdón multiplicadas por setenta veces siete e inventó el infierno; que impone a los demás normas morales y no guarda ninguna; que frunce el ceño ante los crímenes, y que los comete todos; que creó al hombre sin que nadie se lo pidiese y trata de descargar sobre él la responsabilidad de sus actos, en lugar de hacerlo, como es lo honrado, sobre sí mismo; y, por último, con una torpeza completamente divina, ¡invita a ese pobre y maltratado esclavo a que le rinda adoración!

»Ahora comprendes ya que todas esas cosas son imposibles como no sea en un sueño. Ahora comprendes que son puros y pueriles despropósitos, creaciones estúpidas de una imaginación que no tiene conciencia de sus monstruosidades. En una palabra: que son sueños, y tú quien los crea. Llevan todas las señales de los sueños, y deberías haberlo advertido antes.

»Esto que te he revelado es cierto. No existe Dios, ni el universo, ni la raza humana, ni la vida terrenal, ni el cielo, ni el infierno. Todo es un sueño, un sueño grotesco y disparatado. Nada existe sino tú. Y tú no eres sino un pensamiento, un pensamiento nómada, inútil, sin hogar, que vagabundea desamparado por el vacío de las eternidades.

Satanás desapareció, y me dejó anonadado, porque yo sabía, y me di cuenta, de que todo cuanto me había dicho era verdad.

1916

ÍNDICE DE CONTENIDOS